大阪近代文学作品事典

編
浦西和彦

和泉書院

鍋井克之「新世界と通天閣」
(『大阪繁盛記』布井書房、1960)

はしがき

私の書誌的文学研究の柱の一つとして大阪の文学がある。これまでの大阪に関する文学者や雑誌などに関係した仕事をあげておくと、次のようなものがある。

『谷沢永一』〈人物書誌大系13〉一九八六年七月十日発行　日外アソシエーツ　A5判　二五四頁

『武田麟太郎』〈人物書誌大系21〉一九八九年六月二十二日発行　日外アソシエーツ　A5判　一八五頁　児島千波と共編

『開高健書誌』〈近代文学書誌大系1〉一九九〇年十月十日発行　和泉書院　A5判　五三〇頁

『織田作之助文藝事典』〈和泉事典シリーズ2〉一九九二年七月二十日発行　和泉書院　四六判　二九〇頁

『田辺聖子書誌』〈近代文学書誌大系3〉一九九五年十一月三十日発行　和泉書院　A5判　五一三頁

『葦分船』〈関西大学図書館影印叢書第一期第八巻〉一九九八年十二月二十五日発行　関西大学出版部　A5判　三六五頁

『河野多恵子文藝事典・書誌』〈和泉事典シリーズ14〉二〇〇三年三月三十一日発行　和泉書院　A5判　六五三頁

『大阪近代文学事典』〈和泉事典シリーズ16〉二〇〇五年五月二十日発行　和泉書院　A5判　三四七頁　日本近代文学会関西支部大阪近代文学事典編集委員会編　編集委員長

このほかに、北條秀司著『信濃の一茶　火の女』（一九九八年三月三十日発行、関西大学出版部、A5判、二九〇頁）の編集もある。また、新聞「夕刊新大阪」の復刻を不二出版より予定している。

この三、四年、若い人たち、主に大学院生たちと大阪が描かれている文学作品を無系統的に読んできた。例えば、岩野泡鳴の短編小説「ぼんち」を読んでいると、主人公が電車のなかから、十三駅近くの淀川で漁師が鮎を捕っているのを眺める場面が出てくる。大正の初期には淀川に鮎が棲んでいたのである。あの淀川に鮎がいたなどとは新鮮な驚きであった。新しい発見や新しい認識が生まれ、そこに文学作品を読む楽しさがある。本事典によって、意外な大阪を知ることができるのではないかと思う。しかし、大阪を描いたすべての作品を網羅したとはとうてい思っていない。まだ〳〵沢山の作品があり、これからも大阪を舞台とした小説が描かれていくであろう。今後もさらに増補に努めたい。本事典は、日本近代文学会関西支部編『大阪近代文学事典』と合わせて活用していただけると大変ありがたいと思う。

『大阪近代文学事典』『大阪近代文学作品事典』に引き継いで、『大阪近代文学雑誌事典』を作りたいと念願している。しかし、大阪から発行された文学雑誌や同人雑誌の多くが散逸している現状を思うと『大阪近代文学雑誌事典』に着手する決断がなかなかできないでいる。明治・大正・昭和期に一体どのような雑誌が大阪から刊行されていたのであろうか。見当もつかない。大阪の地で出版された文藝雑誌等を所蔵されている方がいましたら、お教えいただけるとありがたい。

なん年か前に『大阪近代文学書目』の作成を試みたことがあった。明治から現代まで、いま活躍している大阪出身の文学者たちの文学書目をつくるという、途方もないことを計画したのであったが、計画そのものに無理があって、いつのまにかその仕事を放棄したままになっている。近代作家だけに、あるいは物故者の文学者だけに限定して取り組めば、実現したのかも知れない。その時の原稿のなかから、宇田川文海、渡辺霞亭、村上浪六、西村天囚、角田浩々歌客、菊池幽芳、河井酔茗、中村吉蔵、小林天眠の書目を附録として巻末に収録した。

なお、本事典の執筆者名を左記にあげておく。

荒井真理亜、飯塚知佳、井迫洋一郎、浦西和彦、大杉健太、岡本直茂、小河未奈、桂春美、国富智子、高橋博美、田中葵、中谷元宣、林未奈子、前田和彦、巻下健太郎、三谷修、森香奈子、山本冴子、李鐘旭。

最後に本事典の出版を快諾して下さった和泉書院の廣橋研三社長をはじめ、大変お世話になった編集スタッフの皆さんに心より厚くお礼を申し上げる。

二〇〇五年十二月吉日

浦西和彦

目次

作家別収録作品一覧

あ

凡例

＊本事典は、大阪を舞台とした近・現代文学作品を対象とする事典である。
＊項目は、作品名の五十音順に配列した。
＊一部の例外を除き、原則として新漢字、現代仮名遣いを使用した。
＊各項目は、見出しに作品名・読み方・ジャンルを掲げ、〔作者〕・〔初出〕（雑誌名、発行年月日）・〔初収〕もしくは〔初版〕（書名、発行年月日、出版社名）などの書誌事項と〔内容〕から成り、文末に執筆者名を記載した。
＊目次に作家別収録作品一覧を掲げ、見出し項目の作品を作者別に五十音順で列挙した。
＊巻末に宇田川文海・渡辺霞亭・村上浪六・西村天囚・角田浩々歌客・菊池幽芳・河井酔茗・中村吉蔵・小林天眠の著書目録を付した。
書目の配列は刊行年月日順とし、その記載の順序は次のとおりである。

書名〈叢書名〉著者名
発行年月日、発行者、判型、製本、頁数、定価
§収録作品名
＊初版以外の注記

大阪近代文学作品事典

【あ】

相変る《あいかわる》大阪《おおさか》　エッセイ

〔作者〕織田作之助〔初出〕「読売報知」昭和十九年一月一日発行。

〔内容〕大阪の大淀区のある工場は、性別、職業、年齢を問わず、町会の人が時間に余裕があれば「半日産業戦士」として働いて、増産に成功している。「大阪といふ土地は元来が根強い伝統を持つてゐる半面、つねに『相変らう』とする創意と適応性をもつてゐる」ところで、「本年もまたますます相変ることを期待」したいという。戦時下における大阪の工場における生産増強について述べている。

（浦西和彦）

相客《あいきゃく》　短編小説

〔作者〕庄野潤三〔初出〕「群像」昭和三十二年十月号。〔初収〕『静物』昭和三十五年十月十五日発行、講談社。〔全集〕『庄野潤三全集第三巻』昭和四十八年九月四日発行、講談社。〔小説の舞台と時代〕大阪、帝塚山。昭和二十一年頃。

〔内容〕弟にこんな話を聞いたことがある。弟がオールナイト食堂に行った時、向かいに座っていた二人の男のうちの一人が、子どもの頃からおこうこ（沢庵漬）が嫌いで、尋常小学校の時に一人で朝鮮へやられるときに、おばが船の人におこうこは出さないでくれと頼んでくれたが、その船ではずっとおこうこが出て、がっかりしたという話をしていた。この話は、「トマトは食べない」と話す恵まれた家庭の子どもが言うようなことではなく、その男が貧しい家庭で育ったという、隠された男の残りの部分の生活を暗示しているように思う。本人が真面目であるのに、物事がうまくいかないのを見る時には、滑稽な感じを伴う。そして、そのようなことは、貧乏な人間の方に起こりやすいように思われる。ここで、私はもう一つの話を思い出す。私の兄は終戦後、レンパン島から帰還した。軍隊での生活が長く、婚期を逃し、マラリヤを患っていた兄だが、しばらくの間は勤めに出ず、童話などの原稿を書いていた。ある日、この兄に思いがけないことが起こる。戦時中、兄は俘虜収容所の副官をしており、そのことで戦犯の容疑者として警察に連れて行かれたのであった。私たちは、レンパン島から無事に帰ってきた兄に、もう危険なことは無いと思いこんでいた。兄は東京の巣鴨拘置所に入ることになり、その前に府庁で面会することができた。私たちは兄に弁当を食べさせ、戦時中、外国人に何か喜ぶことをしてやらなかったかを聞き、嘆願状を作るためにメモをとっていた。巣鴨まで見送りすることができるという一人に私が選ばれ、兄たちとともに、大阪発東京行きの急行列車に乗った。兄の他に巣鴨拘置所まで連れて行かれる人がもう一人いた。彼は飛行場で大隊長として勤務していたが、彼の留守中に俘虜の脱出事件が起こり、連れ戻された外国人に処刑命令を出したのが誰であったかを調べられるために東京まで行くそうだ。私はその話を聞いた時、この人は何て運が悪い人だろうと思わずにはいられなかった。それは同情ではなく、もっと重苦しい、希望の無いものであった。しかし、彼は非常に落ち着いており、物腰もやわらかで、静かであった。だから、自分の運命に希望を抱いているのか、全く希望を見出せないで沈んでいるのか、わからなかった。私は、みんなに弁当や酒を勧めるのが役目であると思い、特にその人には一生懸命勧めた。その人が酒を飲む前に、弁当を食べようとするので、もっと勧めてみると、軍隊にいる間に、めしをさかなにして酒を飲

む癖がついてしまい、酒とめしを同時に始めないと、酒の味がしなくなったと話した。私は、その話を珍しく思ったので、未だに覚えている。弟から聞いた話や、兄が連行される時に偶然知り合った男の話から、運命というものに思いを巡らせた短編小説である。

（林未奈子）

「相客」と帝塚山《「あいきゃく」とてづかやま》　エッセイ

〔作者〕河野多恵子〔初出〕「日本読書新聞」昭和四十七年六月一日発行。原題「わが町・わが本―庄野氏の『相客』と帝塚山―」。〔初収〕『文学の奇蹟』昭和四十九年二月二十八日発行、河出書房新社。この時、『相客』と帝塚山」と改題。

〔内容〕庄野潤三の幾つかの作品に現れる、大阪の帝塚山は、紛れもなく私の帝塚山なのである。作中人物の作中には現れていない発想や気分まで伝わってくるように思われる。帝塚山には帝塚山学院と私の通った大阪女専があった。終戦になった時、帝塚山は元の姿で残った。庄野潤三の「相客」では、「そういう無傷の住宅地に住み、また戦争の被害の少かった一家に突然に姿を現わす戦争の傷がテーマになっている。空襲前と少しも変らずはんなりしていて、家の塀越しに伸びた桜が咲き乱れた、その場所の印象が思いだされ、私にはその一家の胸さわぎや不安や憂鬱がそっくり感じられて」くるのである。

（浦西和彦）

愛の渇き《あいのかわき》　長編小説

〔作者〕三島由紀夫〔初版〕『愛の渇き』昭和二十五年六月三十日発行、新潮社。〔全集〕『三島由紀夫全集第四巻』昭和四十九年一月二十五日発行、新潮社。〔小説の舞台と時代〕豊中市米殿村、梅田、奈良天理。昭和二十年代後半、農地改革が完了した頃。

〔内容〕杉本悦子は、夫であった良輔を腸チフスで亡くした後、大阪の郊外、米殿村に住む舅の弥吉の下に身を寄せて暮らしていた。弥吉は小作農の息子であったが、苦労の末商船会社の社長となり、現在勇退の身である。

悦子は夫を愛していたが夫の度重なる浮気から嫉妬に苦しみ続け、夫の死とともに解放される。その後、弥吉と関係を持つようになり、愛さなければ嫉妬も生まれないと言われる。

ある時から悦子は園丁の三郎に思いを寄せるようになるが、三郎は女中の美代とも関係を持っていた。そうしているうち、美代が体調をくずす。美代は妊娠したのである。悦子は再び激しい嫉妬にかられる。

そして、三郎が天理へ里帰りをしているうちに美代に暇を出し、戻ってきた三郎に愛を確かめようとする。しかし、三郎はそんな悦子の思いを拒み、逃げ出してしまう。

しばらくして、弥吉が上京する前の日の夜、改めて悦子は三郎に思いを伝えようとするが、ごまかされてしまう。そんな三郎に対し、悦子は逆上する。気配に気がついた弥吉は鍬を持ち出し、二人を追いかける。そして、悦子は弥吉の持ってきた鍬で三郎を打ち殺してしまう。

二人でその死体を処理した後、悦子はねむりに落ちる。目が覚めた時、鶏の声が永遠に続いていた。しかし、何事も無い。

作者の伯母が天理教の信者であったことから宗教的要素が出ている作品。

（井迫洋一郎）

愛撫《あいぶ》　短編小説

〔作者〕庄野潤三〔初出〕「新文学」昭和二十四年三・四月合併号。〔初版〕『愛撫』昭和二十八年十二月二十日発行、新潮社。〔全集〕『庄野潤三全集第一巻』昭和四十八年六月二十日発行、講談社。〔小説の舞台

と時代〕大山神社、大阪、東京、四国。昭和十九年前後。
〔**内容**〕「私」は今の主人と知り合った時、彼に夢中になった。周りの友達も両親も、「私」が変わったと言った。結婚して一カ月経った時、主人は私にTさんのことをしつこく聞いた。それは同性間の愛情だから主人には教えたくなかった。しかし、しつこく聞く主人に耐えられなく話したのだ。女学校の修学旅行は東京に行った。宿屋に泊まって皆が寝ている時、Tさんに抱かれた。そこで、主人は中学校の時にみた、蛇が交尾する場面を話してくれた。Tさんとの話を聞いて、蛇のその場面を思い出したと言った。

女学校四年生の時、Nさんの紹介で秋築先生にバイオリンを習うようになった。Nさんは秋築先生の奥さんにピアノを習っている。先生は東京の音楽の学校を出て、どこにも勤めなかった。奥さんがピアノを教えるようになってから、先生は教授を始めたのだ。家も資産があるので、のんびりと暮らしてこられたのだ。先生は中年の坊ちゃんと言う感じで、上品な顔をしていた。先生は「私」のわがままを許してくれるし、可愛がってくれた。気楽で、居心地よくしてくれた。

戦争が急速に激しくなり、秋築先生にも徴用が来た。坊ちゃん育ちの先生は恐怖して居られた。授業の最後の日、「私」は一番好きな服を着て一番好きな曲アヴェ・マリアを弾いた。しかし、前の日まで弾けるように練習したが、先生の前ではぜんぜん弾けなかった。涙が出てしまった。しかし、その涙は先生と別れるからではなく、先生に稽古をつけてもらえないからなのだ。

終戦の翌年、「私」は今の主人と結婚した。それからはすっかり以前の自分を見失っていた。身体に満ちあふれていた勇気も憧憬も自信も何もかもなくなった。あの人によって崩壊したのだ。

主人はある出版社に勤めているが、怠惰ということが、あの人を大きく伸ばさない致命的な病気であった。「私」は夢中で、自分の世界を自分だけの王国のように愛してきた。美しい世界はどこにもない。平凡に送るのが「私」の胸の空洞を埋めるための唯一の方法だと思った。

不意にバイオリンを習いたくなって、四年ぶりに秋築先生のところへ行った。先生と奥さんは大歓迎してくれた。「私」も久しぶりに生き甲斐のようなものを感じて家へ戻った。先生の所に週に一回行くことにした。二回目に行った時、奥さんは用事で東京に行って留守だった。先生はその日から、「私」が火鉢に手をかざした手を握ってくれた。先生に指を愛撫せられることが二人だけの暗黙の約束のようになってしまった。

主人は、お酒を飲み始め夜は帰りが遅くなっていた。ある晩、主人が告白した。主人は或る作家に渡すために社から預かった印税を使い込んでもうすぐばれるところだった。それを聞いたとたん、元気になった。印税の問題が解決した夜、主人に秋築先生の愛撫を告白した。主人は別人のようにいきいきして質問攻めにした。あの人がまたこのような熱情を示すことを嬉しく感じている自分に気付いた。

（桂　春美）

愛欲章《あいよくしょう》　短編小説

〔**作者**〕今東光〔**初出**〕「別冊小説新潮」昭和四十一年一月号。〔**初収**〕『今東光秀作集第六巻』昭和四十二年十一月十日発行、徳間書店。〔**小説の舞台と時代**〕八尾。昭和二十年代。
〔**内容**〕「河内もの」の一つ。八尾中野村の村尾の分家の武一には恋女房のお鶴がいた。

お鶴は金三郎と密通している。しかもそれは武一が望んだことだという。武一はお鶴を心底愛している。しかし、お鶴が孕んだ時から、お鶴の体を崩し、その愛情を一人占めする自分の分身を憎むようになる。どうしても女体というものが変わっていくのなら、自分の手で壊さずに、むしろ他人の手によって無残に破壊された方がよい。ゆえに、武一はお鶴に情人を拵えろと勧めたのであった。

（中谷元宣）

青い枯葉《あおいかれは》　短編小説

〔作者〕黒岩重吾〔初出〕「宝石」昭和三十五年十二月号。〔初収〕『青い火花』昭和三十六年三月一日発行、東方社。**〔小説の舞台と時代〕**立売堀、高麗橋、帝塚山。昭和三十五年頃。

〔内容〕橋田工業社長橋田克之は、倒産の危機に立ち、金策に追われていた。津田産業社長貝原は、橋田の愛人由美子を一晩貸せば、在庫をまともな値段で買い取ろうと言う。社員香取の懇願もあり、橋田は苦悶の末、由美子を貝原に抱かせる。しかし貝原は、口約束であるからといって、約束を反故にする。橋田は怒り狂う。その二日後、貝原は帝塚山の自宅で強盗に殺害される。橋田は容疑者として取り調べ中に、警察の三階から飛び降り自殺する。由美子は真相を探る。全ては香取の計画的犯行で、貝原の妻康江との共謀であった。二人は愛人関係であったのだ。事件解決後、由美子は大阪から消えた。橋田の仇は討ったものの、由美子はやはり青い枯葉であったようだ。

（中谷元宣）

青い月曜日《あおいげつようび》　長編小説

〔作者〕開高健〔初出〕「文学界」昭和四十年一月号～四十二年四月号。〔初版〕『青い月曜日　BLUE MONDAY』昭和四十四年一月三十日発行、文藝春秋。〔全集〕『開高健全集第5巻』平成四年四月十日発行、新潮社。**〔小説の舞台と時代〕**龍華、八尾、天王寺、王寺、北田辺、森之宮、淀屋橋、心斎橋、大阪駅、阿倍野、浜寺、布施、中之島、我孫子、難波、御堂筋。昭和二十年四月から昭和二十五年七月十四日まで。

〔内容〕著者の少年時代から青年時代の終わりまでを題材に、戦時中から敗戦を経て戦後の喧噪を生き抜こうとする青年の姿を描く長編小説。題名の『青い月曜日』は英語のブルーマンデー（宿酔）から採ったという。小説は、苛烈な戦争末期の少年時代から終戦までを描く第一部「戦いすんで」と、終戦から様々なアルバイトを経て女と同棲し、父親になるまでを描く第二部「日が暮れて」に分かれる。

大阪がB29の爆撃にさらされるようになった大東亜戦争末期、中学生の「私」は貨車の突き放し作業、川での投網、集団生活など、いつ空襲に遭うかわからない死と隣り合わせの環境のなかで様々な体験と遭遇する。その体験の中には、空襲に遭い、必死で逃げる「私」に追いすがろうとする同級生の佐保を蹴り飛ばして自分だけ助かろうとしたこと、自分を殺そうとしたパイロットが笑っていたこと、偶然の爆弾投下により同級生の弓山だけが死亡したことなどの陰惨な体験もあった。

敗戦を迎え、空襲が終わり、死が隣り合わせではなくなって、生きることに目を向けざるを得なくなった「私」は、パン焼き工、圧延の見習工、闇市物資の配達、倉庫の見張り番といったアルバイトで食いつなぐが、その傍ら本を片端から読み、酒を覚え、大人の仲間入りをしようとする。高等学校に一年在学の後、学制改革で新制大学に入学。その間も旋盤見習工、英会話学校講師、ファンレター代訳業、製薬加工見習

など、様々な職を転々とした。

一方では文学への熱が高まり、友人山沢の勧誘で同人雑誌に加入。印象記風のデッサンをいくつか発表した。やがて同人雑誌の同人で、ペンネームを「森羊子」とする女性との交際が始まり、家を飛び出した「私」は彼女と同棲する。しかし彼女が妊娠するに及んで、女は自殺願望の強いロマンチストから生活臭漂う強健で活力漲る動物に豹変してしまった。やがて子供が生まれ、「私」が父親になったところで小説は終わっている。

（大杉健太）

青い薔薇《あおいばら》　長編小説

〔**作者**〕藤沢桓夫〔**初出**〕「読売新聞」昭和二十八年四月二十五日～九月十五日発行。〔**初版**〕『青い薔薇』昭和二十八年十一月二十五日発行、読売新聞社。〔**小説の舞台と時代**〕千日前、難波橋、大阪市内。昭和二十年代。

〔**内容**〕千日前の喫茶店で働く涼子は、男を巡ってオーナーの多津江と揉めていた。多津江は涼子を殺すと宣言するが、それは涼子の思惑通りであった。涼子は、自分の身代わりを多津江に殺させ、彼女を刑務所に送り込もうと考えていたのである。その身代わりとして選ばれたのが、偶然出会った高校時代の同級生、篤子であった。多津江が襲ってくるよう仕向け、篤子を自分の部屋に泊めた涼子だが、計画を変更し多津江を殺す。そして、その罪を篤子に被せた。自分が殺人犯に仕立て上げられたことを知った篤子は、知り合いの新聞記者、庸太に助けを求める。篤子は良家の娘で家族にも警察にも相談できなかったのである。庸太は友人の記者と共に真相の解明に乗り出し、真犯人が涼子であると断定する。さらに、涼子は口封じに篤子を殺す計画を立てていた。それを篤子に話すが信じようとはしない。そこで庸太は篤子と涼子を会わせようと一計を案じる。涼子は待ち合わせ場所に、難波橋下のボート乗り場を指定してくる。泳げない篤子を溺死させようという涼子の計画を悟った庸太は、篤子に水泳の特訓をさせる。計画通り、篤子を川に突き落とし、意気揚揚と立ち去ろうとした涼子だが、その場に張り込んでいた警官に殺人未遂の現行犯で逮捕される。この事件がきっかけで、庸太と篤子は結婚の約束をしたのであった。

（巻下健太郎）

青い火花《あおいひばな》　短編小説

〔**作者**〕黒岩重吾〔**初出**〕「宝石」昭和三十五年一月号。〔**初版**〕『青い火花』昭和三十六年三月一日発行、東方社。〔**全集**〕『黒岩重吾全集第二十七巻』昭和五十九年八月二十日発行、中央公論社。〔**小説の舞台と時代**〕ミナミ。昭和三十五年頃。

〔**内容**〕日本一の大キャバレー・ラブバードのマネージャー野刈一也は、数いる女の中で、青柳ゆりえを愛していた。ゆりえも野刈を愛していたが、ショー用のゴンドラから転落して死ぬ。元暴力団幹部であった野刈は、真相を探る。野刈は自分自身とゆりえを巡る愛憎関係を知る。そしてついに、嫉妬から五月陽子がゴンドラの鉄棒に電流を流し、ゆりえを殺害したことをつきとめる。野刈は陽子にゆりえと同じように、ゴンドラから飛び降りるように命じる。陽子はその言葉に従い、飛び降り、重傷を負う。野刈は香港に去るのであった。

（中谷元宣）

青い墓標《あおいぼひょう》　短編小説

〔**作者**〕北川荘平〔**初出**〕「VIKING」昭和四十年七月号。原題「企業の過去帳」。〔**再掲**〕「新文学」昭和四十三年六月号。改稿、改題。〔**初版**〕『青い墓標』昭和五十六年九月発行、構想社。〔**小説の舞台と時代**〕大

阪。昭和四十三年。

〔内容〕「わたし」（沖健三）は、城東電器の経理部主計課で「未収金整理簿」という帳簿を管理する仕事についている。その帳簿には創業以来の不正の数々が記録されており、不正事故のため会社が追放した人々のところへ行って、会社に与えた損害額を取り立てるのが、「わたし」の仕事であった。

　本町支店で事故があったらしい、といううわさが情報通の加納によってもたらされたその日、社内はざわめき立った。不正が発覚すると、必ず犯人は処罰を受け、上司も責任を問われ、人事異動が行われるからだ。

　一週間たつかたたぬうちに、犯人の名前が浮かび上がってきた。「わたし」も八年前、本町支店で机を並べたことのある阿曾鉄夫である。彼は本町支店では誰よりも勤務年数が古く、職場の生き字引的な存在であった。歴代の支店長の信用もあつかった。高卒の「わたし」と小学校出の阿曾は、学歴ゆえに出世が閉ざされていることからくる憂さを一杯飲み屋で晴らしたものだった。

　阿曾は調査のための喚問に応じず、出張尋問に出向いた調査員にも口を割らず、真相は闇に包まれたままだった。そのうち、阿曾の公金使い込みは十年前から始まった、といううわさが流れ出す。そうなると、管理責任を問われるべき上司や元上司は、五十人を下らない。会社全体に恐怖が走る。

　やがて、本社六階の人事部別室に、本町事故調査委員会なるものが設置され、関係者は次々と尋問を受けることになった。「わたし」もある日、呼び出された。尋問者は、出世コースを約束された重役室の旗本組である。彼らは阿曾をどう思うか問うてくる。誰もが阿曾のことをあしざまに言ったに違いない。が、保身のために彼のことを憎悪すべき人として仕立て上げることをよしとしない「わたし」は、いい人だったと尋問者に答える。

　その後、意外な方向へと事件は発展する。これまでだんまりを決めていた阿曾が、真相をすっかり語ったのだ。公金は上司への付け届けや供応に使ったのだと言う。彼は細密な記録をとっていた。つまり彼は、自分を踏み台にしてのし上がっていった上司たちと無理心中を図ったというわけである。どういうわけか、彼の思いつきは「わたし」を感動させた。

　だが、彼のもくろみは不発に終わる。彼が無理心中しようとした人物たちは皆すでに出世を遂げ、会社の中枢に入り込んでしまっていたからだ。本町事故調査委員会は誰も知らぬ間に解散された。阿曾をクビにし、事件発覚の時点での阿曾の直属上司であった本町支店の係長を左遷して、会社はすべてを終わらせてしまった。

　月賦償還金を取り立てるためというより、企業という怪物の底知らぬ憎悪を伝えるための使者として、来月から「わたし」は阿曾のアパートを訪問することになる。

（国富智子）

青が散る《あおがちる》　長編小説

〔作者〕宮本輝〔初出〕「別冊文藝春秋」昭和五十三年九月一日・十二月一日・昭和五十五年三月一日〜昭和五十七年十月一日発行。十三回連載。各回「青が散る」「遠くの建物」「地下の駱駝たち」「回転」「パリへ帰る人」「覇道」「檸檬とフィアンセ」「煉瓦色のかげろう」「長雨」「王道」「春の入江」「風の中」「小雪」と題す。〔初版〕『青が散る』昭和五十七年十月二十五日発行、文藝春秋。〔全集〕『宮本輝全集第三巻』平成四年六月五日発行、新潮社。〔小説の舞台と時代〕大阪市内、茨木市、神戸、志摩。昭和四十一年から四十五年。

〔内容〕がむしゃらにただテニスに熱中す

るスポーツ選手椎名燎平を主人公に、その青春時代と大学生活四年間を描いた長編小説。椎名燎平が入学したのは大阪郊外茨木市に新設された大学であって、テニスをするためには、まずテニスコートを自分の手で作らなければならない。燎平と金子慎一のふたりが一カ月も費やして一面のコートを造りあげ、テニス部を創設する。その二人がテニス部の一員としてインカレにペアで出場するまでの生活がこの長編小説の軸として描かれる。

　喫茶店の地下に集まってトグロを巻いている大沢勘太ら応援団の連中、同じ喫茶店で司法試験を受けるための勉強をしている木田公治郎、歌を作って歌いたいと歌手としてデビューするガリバー、天才的なテニス選手でありながら、祖父がカミソリで手首を切って自裁し、兄弟も自殺し、自分にも狂気の血が流れていると思い込んで自殺する安藤克己などの様々なタイプの学生たちが登場する。燎平は同じ大学の女学生の佐野夏子が好きであるが、その夏子は婚約者がある上に、朝原真佐子と挙式をすることになっている元デ杯候補選手であった田岡幸一郎と志摩へ駆け落ちしてしまう。英文学の辰巳教授は燎平に「若者は自由でなくてはいけないが、もうひとつ潔癖でなくてはいけない、自由と潔癖こそ、青春の特権ではないか」という。この小説の圧巻は、燎平とポンクの三時間四十分にわたるテニスの試合の描写であろう。宮本輝は「後記」で「私の作品のひとつである『道頓堀川』が、私の青春の〝夜〟を描いたものだとすれば、この『青が散る』は〝昼〟の部分を描いたものだということもできそうです」という。

（浦西和彦）

青草《あおくさ》　短編小説

〔**作者**〕近松秋江〔**初出**〕「ホトトギス」大正三年四月一日発行。〔**初収**〕『閨怨』大正四年七月五日発行、植竹書院。〔**全集**〕『近松秋江全集第一巻』平成四年四月二十三日発行、八木書店。〔**小説の舞台と時代**〕住吉公園。大正三年頃。

〔**内容**〕広い住吉公園の老松の樹蔭を彩取った桜花も、七日と寿命を保《も》たないで散っていた。五、六十年前まで海であったらしい浅い溝の縁には足の踏み場もないまでに青草が萌えていた。浅海には、無情の花よりも、人間の方が好かった。愛する遊女に存分の銭を蕩尽し得ぬことを唯《ひと》り悲しんでいた。浅海は五年前に七年間同棲していた妻に死に別れた。彼が大阪の土地に予期したよりも永く滞留することになったのは、一夕ふと知り合った遊女の江口が、彼の死《な》くなった妻の亡き影を排して、強い鮮かな形を印してしまったからである。江口をつれて文楽座へ出かけたりする。江口を自分の独占《もの》にしたいというまでに思い募ってくる。江口が今日癪に障ったことがあるからと、浅海の宿まで遊びにくる。その帰り、駅まで送っていく途中、広い草原で江口は小用をした。翌朝、浅海はそこを散歩すると、青草は伸々としていた。

（浦西和彦）

青髯殺人事件《あおひげさつじんじけん》　短編小説

〔**作者**〕藤沢桓夫〔**初出**〕「オール読物」昭和三十三年二月号。〔**初版**〕『青髯殺人事件』昭和三十四年三月五日発行、講談社。〔**小説の舞台と時代**〕諏訪の森、道頓堀。昭和三十年代。

〔**内容**〕医大生、康子の活躍を描いた推理小説。康子は友達の新聞記者純吉から高校時代の同級生幸子の夫が死んだことを聞かされる。幸子の夫継雄は他殺であった。警察は、容疑者の目星を幸子と、継雄の母につけていた。二人には動機も備わっていた。継雄の生活は荒れ、美洋子という女を家に

引き入れ妻の幸子を蔑ろにしていた。しかし、二人が犯人である決定的な証拠は無い。捜査が進展し継雄が使っていた金庫の存在が注目される。金庫屋に錠の暗証番号を問い合わせた者が居たのである。だがそれは幸子が姑と相談して金庫の中身を確認するためにやったことであった。一度目に確認したときには紛失したものは無かったが、再度確認したとき、ある証券会社の証書が無いことに気付く。美洋子の過去を調べた康子たちは、証券会社の社員深井と、美洋子が深い関係にあったことを突きとめる。継雄の殺害と、証書の横領は深井の計画だと推理した康子はそのことを警察に話す。果たして事件の真相は康子の推理通りであった。

（巻下健太郎）

赤い踊り子《あかいおどりこ》　短編小説

〔作者〕貴司山治〔初出〕未詳。〔初収〕『同志愛』昭和五年六月十八日発行、先進社。〔小説の舞台と時代〕大阪、上海。昭和三年。

〔内容〕昭和三年三月十五日未明、大検挙があった。夏子と深い仲だった金星光雄も大阪の公判で懲役四年を宣告された。検事は不服で控訴した。夏子は北浜の株式取引店をやめて、ダンサーになった。店によくくる新聞記者の小野から、金星が逮捕されたのは、黒田安夫の密告であり、その黒田は上海へ逃げていることを聞く。夏子は上海へ出稼ぎにいき、酒場「赤提灯」で働く。上田実と名乗る男が毎日のように店にやってくる。黒田の変名である。黒田に逢ったことがない夏子は気がつかない。上田は黒田に逢わせてやると、夏子をある一軒の洋館に案内する。上田はロイド・メガネを外し、僕は黒田だ、手提金庫に五十万円ある、僕と結婚してくれという。夏子は黒田が火酒をのみ寝ている間に紙幣を盗み出したが、黒田に気づかれ、短刀で刺し殺してしまう。夏子が自分のアパートへ帰ると、金星光雄がベッドの中に寝ていた。控訴公判で三年になり、執行猶予で出てきたのである。夏子は、「あなただけが執行猶予だって、卑怯者、あなたは二人目の黒田だ！」と叫ぶ。黒田を殺して、五千円ばかりをとってきた、この金を持って日本へ帰りなさいという。金星はこの悪銭を立派に役に立てようと決心した。金星の去ったあとで、夏子は毒をのんだ。内地へ帰った金星はどんな活動をしたか。翌年、獄につながれた'　々の内に、金星の名がみえた。プロレタリ　衆読みもの小説である。

（浦西和彦）

赤い鳥居《あかいとりい》　短編小説

〔作者〕今東光〔初出〕「小説新潮」昭和三十四年八月号。〔初収〕『河内風土記』昭和三十五年四月二十日発行、新潮社。〔小説の舞台と時代〕八尾。昭和二十年代。

〔内容〕「河内もの」の一つ。久宝寺には赤い鳥居の看板を出した不思議な家がある。洗い屋という職業だ。おそらく、古家を洗うとまるで狐に化かされたように綺麗に変わるという意味からではあるまいか。久宝寺には洗い屋の親方が二、三軒あり、小さいのが十有余軒もある。これらの親方は十数人の子分を持ち、近郷在住の仕事よりはむしろ大阪辺りから招かれて出稼ぎに行く。天台院和尚が浅吉親分に頼み、前科者の和太郎にその仕事を世話してもらう。和太郎は赤い鳥居の看板をくぐって以来、親方が感心するほど実直に働いた。服部川と玉串川との間の小さな部落の薄汚い質屋に、洗い屋が出向く。和太郎はそこで婚期に遅れた質屋の娘明子に出会う。二人は恋仲になる。和太郎は連れ子を連れ、聟に行くのであった。

（中谷元宣）

朱き机《あかきつくえ》　エッセイ

〔作者〕里見弴〔初収〕『閑中忙談』昭和十六年七月十日発行、桜井書店。〔全集〕『里見弴全集第十巻』昭和五十四年四月十日発行、筑摩書房。

〔内容〕里見弴の随筆集に『朱き机に凭りて』（大正11年9月、金星堂）というのがあるが、その「朱き机」について語ったエッセイ。

　大正二年秋、それまでの対人関係から逃れるため、旧友の九里四郎を頼って、大阪へやってきた。隠棲の場所として選んだのは、藝者の屋形の二階で、諏訪町にあり、道頓堀にも近く、また稼業柄「私」が朝寝夜更かしをしても差し支えがないので申し分なかった。そこへ「私」の監視役として、以前東京の実家で書生をしていた児玉金作という人物が訪ねてくる。まず何よりも先に藝者の屋形の二階を借りていることを不埒だと言って責められると思ったが、児玉はその件については何も言わず、その代わり自分が魂を打ち込もうという仕事の道具だけは「うんと気張つたもん」を使えと言った。そうして作らせたのが、この机である。「君と私と」の続稿から「箱根行」に至るまでの六作品ほどが、大阪時代、この机で書かれた。東京に引き上げる時、世話になった九里にこれを進呈した。次に見た時には、九里の好みで筆止が切り払われ、朱塗り、抽出の金具まで変わって、見違えるほど立派になっていた。そこで「私」はこの「朱き机」を買い戻した。今では押入れの隅に客座の座布団を載せる台に使われている。実は、この「朱き机」は、三、四年前から酒場の主人に進呈する約束になっている。重いので未だ持っていっていないだけで、既に「私」のものではない。

（荒井真理亜）

紅提灯《あかちょうちん》　短編小説

〔作者〕藤沢桓夫〔初出〕「講談雑誌」昭和十五年一月号。〔初収〕『飾りなき女』昭和二十一年十月十日発行、新月書房。〔小説の舞台と時代〕順慶町。昭和二十年代前半。

〔内容〕糸江は裁縫を習っている尼寺で、吉川留次郎が大阪に帰ってきているという噂を聞く。留次郎の名前を聞いただけで糸江は羞恥心で熱い血が頬に上るのを感じる。そして、大阪に帰ってきているにもかかわらず連絡をよこさない留次郎に軽い不満を抱く。だが、留次郎の帰阪が結婚のためであり、候補者まで居ることを知り糸江は落胆する。留次郎は素封家の息子であるのに対し、糸江は紅提灯を下げた小料理屋の娘であった。所詮かなわぬ恋である。糸江は今は亡き留次郎の妹と仲が良かったことがきっかけで留次郎と知り合った。互いに相手に好意を持ちながらも、留次郎が就職のため上京したのを境に二人の関係は一度途絶える。しかし、突然糸江あてに留次郎から手紙が届き、以降文通が始まる。留次郎は一度として「僕はあなたを愛します。」と言うような直接的な文句は寄越さなかったが、糸江はそれを愛情の手紙として読んだ。待ちわびた留次郎からの連絡があり、会いに行った糸江だが、肝心な話を切り出さない態度に泣きたいほどの強い不満を感じる。その夜、人伝てに留次郎が糸江に別れ話を切り出せず困っていると告げられ、一晩中泣きはらす。翌日、留次郎が糸江を訪ね事の真相を話す。彼は親が決めた縁談に抵抗して糸江を妻に迎えるよう説得していたのである。そして、両親が結婚を認めたことを伝えに来たのである。泣きながら男の肩に自分の顔を押し当てた糸江は夢のような幸福の中にいるのをはっきり感じていた。

（巻下健太郎）

あかでみあ　めらんこりあ　ACADAEMIA MELANCHOLIA《あかでみあめらんこりあ》

長編小説

〔作者〕開高健〔初版〕『あかでみあ　めらんこりあ　ACADAEMIA MELANCHOLIA』昭和二十六年七月（日付ナシ）大阪市東住吉区駒川町二丁目五十一〈開高健〉。同人雑誌「えんぴつ」の解散事業として刊行。〔初収〕『開高健全作品〈小説1〉』昭和四十九年七月二十日発行、新潮社。〔全集〕『開高健全集第1巻』平成三年十一月十日発行、新潮社。〔小説の舞台と時代〕神崎川、淀屋橋、貝塚。昭和二十年代中頃の七月中旬から十月まで。

〔内容〕開高健最初の長編小説。会社員の久我道子は恋人の学生、野村計介の死の知らせを受け、計介の生の様相を反芻する。道子は計介の死ぬ三カ月前に圧延工場で働く計介と熊本の八代へ避暑旅行に出かけた。海沿いの、周りにはほとんど人家もない宿に泊まり、二人は体を重ねながら過ぎてゆく時間に身を任せ、倦怠に浸りながら互いの生を凝視する。肺病持ちでありながら神崎川河口の圧延工場で激しい肉体労働に従事する計介は常に死を意識している。計介は九州旅行で道子の鞄から青酸カリを盗む。しかしその青酸カリは偽物で、計介は死ねない。計介の肺病は進行し、友人の静香雅也と斯波義彦は、雅也の家に計介を移そうとするが、計介は雅也の家で手首を切る。大学病院の死亡室で計介の死を確認し、若すぎる寡婦となった道子は、雅也と義彦に別れを告げてプラットホームへと向かう。

（大杉健太）

あかんたれ　土性っ骨《あかんたれどしょっぽね》

長編小説

〔作者〕花登筐〔初版〕『あかんたれ　土性っ骨』昭和五十一年十二月発行、文藝春秋。〔小説の舞台と時代〕船場、南地、曾根崎、本町筋、生国魂、堺、天満、築港、道頓堀、坂町、太左衛門橋、住吉、新地、道修町、千日前、大阪城、宗右衛門町、心斎橋、法善寺横町、堂島、三津寺筋、梅田、今里、飛田、松島、京都、東山、祇園、古川町、仁王町、三条、満州、横浜、天神橋、会津、高麗橋。明治二十年から昭和十二年。

〔内容〕妾の子として丁稚から始めた秀太郎が、周りに認められ、筋を通す船場の大商人となっていく様を描いた一代記。昭和五十一年にテレビドラマ化された。脚本、花登筐。演出、平松敏男・大西博彦。キャスト、志垣太郎・岡崎友紀・中村玉緒など。放映は、昭和五十一年十月十一日から翌年七月二十四日。全二百十回。

明治三十三年、秀太郎は秀松として、父の店、成田屋に丁稚として奉公しだす。船場では、妾の子が父の店で働くことは滅多に無い。契約書などが存在しない当時にあっては、信用が全てであったことから「決着」を絶対視した。故に、「屋台骨を揺るがす妾の子」を店に入れるということは、決着のつけられない店として信用を落とすことを意味したのである。秀太郎は、父の「成田屋に迎え、立派な商人に育て、一人前になった暁には家の財産を半分与える」という遺言と、糸茂という船場では絶対的な位置を占める大店の旦那が後見人となったことで、成田屋へ丁稚として入ることになったのである。妾であった秀太郎の母お絹は、「立派な商人になり、余分な子ではなく、必要な子として、異母兄姉から弟と呼んで貰うまでは一緒には住めない」と言い残し、成田屋に未だ幼い七歳の秀太郎を残し姿を消してしまっていた。好意的でない人々に囲まれて、秀太郎は秀松として、出て行けよがしにいじめ抜かれる日々を、

やがて母と暮らす事だけを支えに、送り始めたのである。

店内で唯一人、明確に秀松を庇ってくれる音松によって、秀松は店の事を少しずつ覚えていく。しかし、成田屋の本妻おひさも、秀松にとって兄弟である安造も、姉弟になる糸子・富江も、秀松を認めることは無かった。そうするうちに、秀松が十三歳の時、おひさの奉公人との情事が世間に露呈し、成田屋の客は激減し、奉公人もほとんどいなくなる。船場の格式を最も大事にしていたおひさが、最も恥となる男狂いとして店の信用を落としたのである。そして、秀松が二十歳となった時、ただでさえ存続の危うい成田屋が、安造によって、のれんを下ろさなければならない事態に陥る。安造が極道者をヒモに持つ女愛子に騙された事を発端に、支払いの為に必死でかき集めた成田屋の全財産に等しい金を、極道者に、取られてしまったのである。安造は、店には出ず、店の金を持ち出して遊び回る、名前だけの若旦那となっていた。そうして、その金を、死に物狂いで取り返したのは、未だ丁稚であった秀松であった。商人としての決着を極道者につけて見せた秀松に、問屋連は以前から信用を置いていた。安造ではのれんを下ろすしかなくなった成田屋であったが、秀松を主人にするなら存続させても良い、と問屋連は糸茂に申し立てる。

秀松は、富江と駆け落ち寸前の音松を店に引き戻し、安造を旦那の名義に据えたまま、成田屋を再建させようと試行錯誤を始める。一方、安造は、ヒモと手を切った愛子と一緒になり、秀松へ恨みを残し、京都でのやり直しを図り出立する。そして富江は、音松を引き戻し、奉公人との結婚をおひさに承諾させてくれた秀松に心を許し、姉さんと呼ばせるようになる。しかし、妾の子に店を救われた糸子は、安造やおひさの使った金も秀松に返そうと、藝妓になってしまう。秀松は、股引を改良した「ステトコ」を考案し、その販売、宣伝にも奇抜なアイデアを出し、成田屋を繁昌させていく。しかしそれらも、糸子や安造を店に戻し、自分を弟と認めて貰い、母お絹と一緒に暮らす為であった。

成田屋を軌道に乗せた秀松は、富江と音松の婚礼を挙げてやる。のれんを下ろすしかないところまでいった成田屋を再建し、富江に白無垢まで着せて婚礼を挙げてくれた秀松に、おひさは、感謝の情を述べ、親代わりとなって秀松の嫁を見つけることを誓う。

それから一年ほどして、京都の市場を開拓しようと出張していた音松が安造を見つける。しかし、安造は、妾の子に乗っ取られた店には帰らない、と戻ろうとはしない。だが、安造は働かず、愛子の稼ぎでやっており、子供を食べさせることさえできない状態にあった。愛子は安造を店に戻すことを音松に頼む。そんなこととは知らない安造は、秀松への妬みや憎悪を燃え上がらせ、成田屋の権利証を持ち出す。山師に騙されてのことであった。挙句、安造は山師の口車に乗せられ、社長になれると信じ、満州へと渡ってしまう。秀松は、愛子とその子安一を成田屋へ引き取り、安一を社長とし、一から店を始め出す。安造の為に成田屋が身代を減らしたことはすぐに船場中に広まる。けれど、秀松は信用を落とすどころか、秀松なら何とかする、そういう賛辞を受けるまでになっていた。そうして苦しい中、秀松は、算段を尽くした結果、糸子を店に戻す事に成功する。そして、糸子の店に帰った日、それは秀松が糸子に弟と認めて貰った日ともなった。

糸子が戻って一年後、おひさが心臓病で入院する。そして秀松に感謝しつつ、安造

のことを気に掛けて死んでいく。更にそれから三カ月後、愛子が不治の病である肺結核を宣告される。秀松は、愛子の為にも、と、満州に安造を捜しに行く事を決意する。しかし、秀松に思いを寄せ、秀松が見舞ってくれるのを日々の精神力としていた愛子は、秀松が出立して十日後に死ぬ。息子安一に、父安造が見つかったら、秀松に謝るように、と言い残して。そして、そんなこととは知らない秀松は、安造を見つけながら、連れ戻すことに失敗し、帰国する。
　それから十五年後。成田屋は株式会社となる。社長は安一で、秀松は自らの意志で、幹部にもなってはいなかった。しかし、秀松はステトコ大将と呼ばれ、尊敬の目で見られていた。そして日支事変に突入したある日、安一の入営式が行われた。秀松に敬意を払って問屋、船場の十大会社社長が参列し、他にも大勢の人がいた。その中に、富山の薬売りの格好をした安造の姿が見つけられる。姉糸子と富江、実の息子安一に叱られ、全てを聞かされ諭された安造は「すまん」と一言、秀松に詫びる。秀松のこの三十五年間は、この言葉を聞き、人間として、商人として、決着をつける為に辿ってきた苦難の道であった。秀松は三十五年目にして漸く、陰ながら力となってくれていた母と暮らすことを得たのである。

（高橋博美）

赤ン坊の刺身はいかが?……《あかんぼうのさしみはいかが?……》　エッセイ

〔作者〕開高健〔初出〕「潮」昭和五十一年七月一日発行。〔初収〕『完本白いページ』昭和五十三年六月二十五日発行、潮出版社。〔全集〕『開高健全集第19巻』平成五年六月五日発行、新潮社。
〔内容〕昭和五十一年の某日、「セキフェ」と呼ばれる豚の胎児を生で食べる朝鮮料理の珍味を十八年ぶりに食べるため、朝鮮料理の元祖、大阪の生野区に出向き、ホルモン料理「とさや」でセキフェを堪能する。昭和三十年ごろの生野区の「苔のごときアジア」のような情景や「日本三文オペラ」を執筆していた頃セキフェの味を知ったことなどが記されている。

（大杉健太）

赤ん坊はいつ来るか《あかんぼうはいつくるか》　短編小説

〔作者〕宮本輝〔初出〕「中央公論文藝特集」平成元年十二月一日発行。〔初収〕『真夏の犬』平成二年三月二十五日発行、文藝春秋。〔全集〕『宮本輝全集第十三巻』平成五年四月五日発行、新潮社。〔小説の舞台と時代〕土佐堀川。昭和三十三年春。
〔内容〕あれは、何十年も前の、小学校四年生になるころ、昭和三十三年だったと思う。ぼくは、土佐堀川の岸を行ったり来たりしながら、伏せたざるで隠されている赤ん坊の死体をこわごわ覗き込んだ。春になると生まれたばかりの赤ん坊の死体が三体も四体もこの川を流れて来るのである。去年、端建蔵橋の橋げたに流れ来た赤ん坊の死体を目にした小沢さんの奥さんは頭が変になってしまったのである。般若のおっさんが博奕で負けて、刺青を取られた。小沢さんの主人は、昔、医者をやってた人が内緒で診察しているので、その人から「生まれたての赤ん坊」を買うつもりであった。般若のおっさんがそのことを警察に言ったので、小沢さんの主人は警察に聴取される。帰宅した小沢さんは奥さんに「赤ん坊は、もう来やへんの?」という。奥さんは「嘘や」、土佐堀川を指差し、「さっきから、赤ちゃんが何人も流れて来てる」と言う。

（浦西和彦）

秋《あき》　短編小説

〔**作者**〕芥川龍之介〔**初出**〕「中央公論」大正九年四月一日発行、第三十五年第四号。〔**初収**〕『夜来の花』大正十年三月十四日発行、新潮社。〔**全集**〕『芥川龍之介全集第三巻』昭和五十二年十月二十四日発行、岩波書店。〔**小説の舞台と時代**〕東京、大阪。大正時代。

〔**内容**〕伸子は女子大学にいた時から才媛の名声を博し、いずれ彼女が作家として文壇に出ることは、誰も疑わなかった。彼女には俊吉という作家志望の従兄があり、妹の照子とともに、その従兄の大学生と親しくしていた。そして、伸子と従兄との間柄は、誰が見ても来るべき結婚を予想させた。しかし、学校を卒業すると、予想に反して、伸子は大阪の商事会社へ勤務することが決まっている青年と突然結婚してしまう。そして、式後すぐに大阪へと立ち、大阪の郊外で幸福な新家庭を作った。夫が留守の時、よく伸子は照子からの手紙を読んだ。その中には、伸子が自分の犠牲となって、俊吉以外の人と結婚してくれたということが書かれていた。結婚後、三カ月ばかりはあらゆる新婚の夫婦のごとく、幸福な日々を送った。そして伸子は、夫の留守の時にだけ創作を再開することにした。しかし、しばらくすると、夫から小説ばかり書いていては困るというような嫌味を言われるようになり、小説を書くのをやめる。秋が深くなってきた頃、月々の雑誌に、従兄の俊吉の名前が見えるようになった。彼の小説が雑誌に載っているのを見ると、懐かしさはあったが、それ以上彼のことを知りたいという気は起きなかった。それからしばらくして、照子と俊吉の結婚が決まり、式を挙げる。その翌年の秋、社命を帯びた夫と一緒に、久々に伸子は東京の土を踏む。そして一人で妹夫婦の家を訪ねる。すると、照子は留守にしており、俊吉一人しか家にいなかった。客間で二人は、いろいろなことを話す。しかし、暮らし向きの問題には触れず、それが伸子には従兄と話しているという感じを一層強くさせた。そのうちに照子が帰宅し、姉の顔を見ると大変嬉しがった。伸子は、照子の家に一泊することになり、寝る前に俊吉に好い月だから出ておいでと声をかけられる。二人が庭から帰ってくると、照子は夫の机の前で、ぼんやり電灯を眺めていた。翌日、俊吉は、午頃までに帰ってくるから待っていろと言って、出かけていった。照子と伸子はお茶を飲みながら話していたが、伸子の心は沈み、いい加減な返事ばかりしている自分に気付く。そして「照さんは幸福ね」と話す。そこには羨望の調子が感じられた。それに対して照子は「御姉様だって幸福の癖に」と睨む真似をした。また、照子に夫のことを訊ねられるが、その声に気の毒そうな響きがあり、憐憫に反撥した伸子は、わざと何も答えなかった。すると、照子は涙を流し始め、伸子は残酷な喜びを感じながらも、自分は照子が幸福ならそれでいいと述べる。すると照子は、抑えられない嫉妬の情を眼の中に見せ、昨夜のことを責めようとするが、言い終わらないうちに、烈しく泣き始める。その後、伸子は従兄の帰りを待たず、電車に乗るために幌車に揺られていた。彼女の心は、寂しい諦めによって静かであった。そこに、町を歩いてくる俊吉の姿が目に入る。声をかけようがするが、伸子がためらったことによって、すれ違ってしまった。伸子は全身で寂しさを感じながら、秋を思わずにはいられなかった。現代の女性を主人公とした、平凡な生活の中にある幸福を考えた小説である。

（林未奈子）

晶子曼陀羅《あきこまんだら》 長編小説

〔**作者**〕佐藤春夫〔**初出**〕「毎日新聞」昭和

あ

二十九年三月十一日～六月二十九日夕刊（5月3日休載）。〔初版〕『晶子曼陀羅』昭和二十九年九月二十五日発行、講談社。同日発行の一〇〇〇部限定版（A5判・箱入式）もある。〔全集〕『定本佐藤春夫全集第十三巻』平成十二年一月十日発行、臨川書店。〔**小説の舞台と時代**〕堺市甲斐町、大阪市北浜、堺市浜寺、神戸市須磨、大阪住吉、京都市南禅寺永観堂、祇園粟田口華頂山、東京渋谷、千駄ケ谷村、福井県小浜町、東京東紅梅町、麹町中六番町、フランス・パリ、フランス・アミアン、イギリス・ロンドン。明治二十五年春から大正二年十月末まで。

〔**内容**〕与謝野夫妻に師事し、特に与謝野晶子の歌に傾倒していた佐藤春夫が、その晶子に対する傾倒から書いた、与謝野晶子像を描いた小説。第一章「十五の少女」から第二十二章「流離の女」の全二十二章から成る。鳳晶子（後の与謝野晶子）は堺市大道の甲斐町の商家、駿河屋の三女に生まれる。堺市女学校本科を卒業し補修科に入る。子供でありながら、ひとりで『源氏物語』を読み白楽天の『長恨歌』を読みたいという才女ぶりを発揮し、町の漢学者樋口氏に後生畏るべし、とその才能を認められた。晶子は商売を助けるかたわら、帳場格子で暇を盗んでは読書に励んでいた。晶子は明治三十一年夏、故郷に隠居する樋口先生を見送る際、顔見知りの河井酔茗に会い、浪華青年文学界に入会を勧誘され、翌三十二年二月、浪華青年文学界から改称した関西青年文学界発行の「よしあし草」第十一号に詩を寄稿した。晶子にとっての宿命の詩人、与謝野鉄幹（寛）は「よしあし草」を改題した「関西文学」をたより東京から西下した。鉄幹は三十三年二月、恩師落合直文に励まされ、新詩社を創立し、続いて四月には社の機関誌「明星」を創刊し、新しい詩歌の機運に拍車をかけ耳目をひくようになっていた。明治三十三年八月五日、関西青年文学界主催で鉄幹の講演会が開かれ、その前日、晶子は泊まりの大阪北浜平井政七旅館を訪れ、鉄幹とその女弟子登美子と初対面した。三人は意気投合し、翌六日には三人で堺の浜寺で逢瀬をもち、また八日には大阪の住吉で再び会う機会をもち関係を密なものにしていった。また、この時の鉄幹西下で「明星」はますます勢いを増すことになった。鉄幹には滝野という妻がいた。寛の気持ちは晶子、登美子の二人にあり、寛の妻に対する気持ちは冷めていたが、滝野は鉄幹の子を身ごもり、すぐにどうすることもできなかった。そのような中、奔放に生きる登美子は彼女を気づかった親族に故郷の若狭に帰るようすすめられる。登美子は帰郷を覚悟した。十一月に最後にもう一度、寛に会う機会を得た登美子は晶子と三人で会う。そこで登美子は二人に別れを告げ、故郷で嫁ぐことになる。晶子は「明星」に投稿し、その天才を発露することになる。それは寛との恋を通してのことであり、後年、晶子は「歌に上達しようと思うなら、恋をしなさい。」と言う。晶子の、その恥ずかしいほどに節度のない感情の解放は旧道徳の牙城、教育家たちを狼狽させ、若い女性に感情の解放をもたらした。明治三十四年春、晶子は京都祇園華頂山で鉄幹と逢瀬をもつ。これを通じ晶子の歌境はさらに磨かれることになる。そして鉄幹は妻滝野と子萃を実家に帰すことになり、東京中渋谷に越し、六月に晶子を迎えることとした。晶子は家族とのつながりを絶って思いを遂げることに悩みながらも上京する。鉄幹は滝野母子とのしがらみに晶子を巻き込みたくないと同じ渋谷の丘の上の一軒屋にまた越す。鉄幹は晶子を正式に妻とし『みだれ髪』は発刊する。しかし、

晶子は不義をなしたと家族に責められる。その後、晶子は一児を得る。三十七年十一月、千駄ケ谷村に越した年、日露間に戦争が起こった。その時発表されたのが、有名な晶子が従軍した弟に送った「君死にたまふことなかれ」の詩である。大町桂月はこれを危険思想として責めたが的外れの攻撃であった。親族のすすめで若狭に帰り、結婚した登美子だが、夫の山川は結婚二年にも満たずに亡くなり、父も六年後四十一年に亡くなる。傷心のなか登美子も病で翌年死んだ。登美子が夫と死別してからもしばらく、登美子と鉄幹には交流があった。寛は登美子に思いを残していたのである。晶子の嫉妬は燃え上がり、二人を苛むが登美子の死により、一応は片がつく。が、晶子の心は収まらない。寛を責め続ける。「明星」は廃刊し、晶子の名声は増すばかりだが、鉄幹の名声は褪せて行く。追い詰められた鉄幹の悲惨な気持ちにやっと気づいた晶子は過去を葬ろうと東紅梅町への転居を夫にもちかける。二人は転居し、また一児をもうける。しかし、晶子の仕事は多いが、鉄幹は仕事が少なく時間がいたづらに多い。またみごもった晶子は悪阻に病み気難しくなる。そんな中離縁話がもち上がる。晶子はこれを解消しようと夫を外遊させることにする。四十三年、鉄幹はフランスに旅立つ。晶子はしかし、寛を思う気持ちを抑えられず、四十五年、追いかけてフランスに旅立つ。晶子は寛とパリ、アミアン、イギリスのロンドンなどを訪ねるが置いてきた七児のことが忘れられず、翌大正二年、日本に帰る。子を離れて夫に行けば子。夫を捨てて子にくれば夫。埒もないと涙し、夫を思いながら晶子は帰国した。（岡本直茂）

秋ぞら《あきぞら》　短編小説

〔作者〕瀬川健一郎〔初出〕未詳。〔初収〕『大阪の灯』昭和二十二年九月三十日発行、誠光社。〔小説の舞台と時代〕大阪（生玉蓮池、道頓堀、清水町、深川仲町、河堀口、谷町、道修町、天王寺、玉造、稲荷、御霊、天満、博労町、馬場先）、江戸。幕末。

〔内容〕三代目富沢広助の門に入った団平は十二歳で太棹を悠々と弾き床へ上がって、たちまち頭角をあらわした。六年たつうちに弟子を数人持つ「上手」になった。その撥は相手の太夫が辟易するほどであった。

団平は、父の安次郎が死んでから、大阪に住む叔父の千賀太夫に引きとられて三味線弾きになった。しかし団平が十六歳の冬、千賀太夫が死んだ。千賀太夫は三味線商いの伊之吉夫婦に後見を頼んでいた。十八歳の冬に、団平の母親モトが死んでから、伊之吉は団平の陰になり日向になりした。ある日、団平が清水町の浜芝居に出掛ける時、途中で合羽が破れて三味線を漏らしてしまった。伊之吉の妻、お梶がその三味線を買い取って他の三味線を持たせ、団平は小屋入りしたが、三味線弾きにとって命の三味線を濡らした事で鶴沢清七に叱られた。小屋に居る他の三味線弾きの一人一人に頭を下げて謝って来いというのである。団平は、悔し涙を流したが、みんなに謝ってまわった。しかし、その事をきっかけに団平は落目になってしまった。その話を聞いたお梶は、団平から買い取った三味線を体を痛めながら、五日かけて懸命に直した。一刻も早く新しい三味線を団平のもとへと、急いで小屋に向かったお梶だったが、団平の姿は見えず、清七に呼び止められた。その三味線を貸してくれと言われ、しぶしぶ渡したが、清七はその三味線を床で使って間もなく死んでしまった。お梶の作った団平の三味線が鶴沢清七の命を奪ったという噂が広がり、お梶は体だけでなく、気も病んだ。その三味線は清七と組んでいた長門太夫が

持っていた。そのうち三味線を注文する者もいなくなった。一方、長門太夫の三味線を団平が弾くこととなり、お梶は今度は、団平のために着物を縫い始める。長門太夫との芝居の日、お梶の縫ってくれた衣類を着た団平は長い時間待たされた。実は、長門太夫は、代わりに団平に三味線を弾かせてやってくれと、清七の位牌の前で拝んでいたというのである。そんな長門太夫の気持ちにも応えられず、初日は失敗に終わった。工夫が足りないと言われ、三味線は返してもらえなかった。その頃、お梶の体はいよいよ悪くなり、昏睡状態に陥っていた。そんな時、伊之吉は新しい三味線を出した。団平の為に新しい三味線を作ってくれていたのである。伊之吉の勧めで、団平は意識のないお梶の前で三味線を弾いた。お梶は遂に帰らぬ人となった。伊之吉が江戸へ帰る日、小屋の中から太棹の強い響きが聞こえた。団平はお梶の枕元で「三十三間堂」を弾いた。伊之吉の三味線は、団平の居間の神棚に置いてあった。（田中　葵）

秋の京阪の二日《あきのけいはんのふつか》　エッセイ

〔作者〕田山花袋〔初出〕「文章世界」大正七年十二月号。原題「小雨の日」。〔初収〕『山水処々』大正九年四月十八日発行、博文館。『花袋紀行集第三輯』大正十二年七月十五日発行、博文館に再録。〔全集〕『定本花袋全集第十六巻』平成六年七月十日発行、臨川書店。

〔内容〕奈良から京都、大阪、と廻り、また生駒山脈から奈良へ、と巡った時、目にとまったその土地の秋の情緒に喚起された感慨を記した随筆。

　大阪の旅舎では、朝起きた二階のすぐ下に掘割の水が澄んでたぷたぷ湛えられてあって、その上を軽い櫓の音と共に舟が静かに通って行く気分が私の心を惹いた。流石は秋だ。秋の水だと私は思った。（高橋博美）

秋晴れ寺前風景《あきばれてらまえふうけい》　短編小説

〔作者〕難波利三〔初出〕「小説推理」昭和五十五年十一月号。〔初収〕『大阪希望館』昭和五十九年九月一日発行、光風社出版。

〔小説の舞台と時代〕大阪で一番大きなお寺の前。昭和四十五年前後。

〔内容〕お客もほとんど来ない秋のある日、三十代半ばの男が自分の娘と一緒にタコ焼のテントへ入ってくる。この人、失業者で心が弱い人柄である。それが原因となって六カ月前夫婦喧嘩があり、ついに奥さんが家出をしてしまったので毎日の如く子供連れで探し回っているという。

　「わて」はこの客を何とか慰めてやりたい気持ちで今までの「わて」の人生の出来事を語ってみる。「わて」は大正十年原首相が暗殺された日である十一月五日に生まれた。三十五、六ぐらいからこのお寺の前でタコ焼を焼いている。寺の前で商売はやっているが、信心というものが性に合わないため大嫌いである。その代わり「わて」は暇があればパチンコ屋へ行く。店の中に落ちている玉を拾ってやる。楽しんでいるうちに玉がなくなっても自分の銭は二百円以上は使わない。これ、「わて」の鉄則である。「わて」が結婚したのは大東亜戦争が始まった次の年である。しかし夫は昭和十九年兵隊に取られ戦死。二十年の三月、大阪空襲の激しかった夜「わて」に産気がおとずれた。来てもらった産婆は空襲の爆弾の音に逃げ出し、一人で娘を産んだ。ところが「わて」の娘は中学生のうち二回も中絶し学校を一年残して中退。今度は不良の仲間入りして和歌山の温泉へ売りとばされたが、数年前家へ戻ってきた。が、娘はまた去年「わて」と同棲していた男性と「わて」の貯金通帳から金を全部引き出し

どろんを決め込んだ。「わて」には夫以外にもう一人の男がいた。戦後、「わて」が二十五、六だった時、六十くらいの爺さんに「息子の嫁になってくれ」「喰いものには不自由させへん」と誘われ、家へ入り込んだらこの爺さんが毎晩「わて」の寝床へ来るではないか。チューインガムが流行っている頃爺さんも資本金を出してABCガム会社を造り馬鹿当たりになった。しかし「わて」は爺さんに正式の籍が入ってないと言われ、雀の涙ほどの慰謝料だけをもらい追い出された。最近は毎日散歩をする金持ちらしいお爺ちゃんに目を配っている。今度こそ「わて」の人生はがっぽり取り返すことができるだろうと思案の最中でござる。

（李　鐘旭）

悪童物語《あくどうものがたり》　短編小説

〔作者〕黒岩重吾〔初出〕「世代'63」昭和三十八年十月号。〔初収〕『坐れない席』昭和四十三年八月十五日発行、東方社。**〔小説の舞台と時代〕**大阪市、奈良。大正十三年から戦中。

〔内容〕恭太は大正十三年、大阪で生まれた。反抗的な子どもであった。中学一年生の夏休み、T女学院の三井圭子と知り合い、南田辺近くの長池でボートに乗っている所を教護連盟に見つかり、父によって奈良県の山奥の中学に転学させられる。寄宿舎で上級生に死にそうになるようなリンチを受けるが、恭太はボス味本と数度にわたり対決して、謝らせる。次いで、M町に下宿することになるが、大女の満子の誘惑を拒絶したため、仕返しされ、下宿を追われる。仕方なく、長谷寺に下宿して、悪友と組んでチンピラに満子を強姦させて復讐しようとするが、失敗。しかし恭太は胸をなでおろす。恭太は早く田舎の中学を出たかった。男とは何か、そんなことを考えたりした。恭太は、周囲から軟弱だと言われるたびに、その内部に鋼のような精神を培った。往年、強豪をうたわれた関東軍山砲部隊にただ一人、すそがりした軍曹がいた。彼はおしゃれ軍曹という名で通っていた。それが、学徒出陣で出た後年の恭太の姿である。彼はソ連が進入するや、部隊命令に反し兵隊をつれて脱走したが、それは生まれながらに恭太が持っている反抗精神の結果であった。

（中谷元宣）

悪名《あくみょう》　長編小説

〔作者〕今東光〔初出〕「週刊朝日」昭和三十五年四月十日号〜三十六年九月二十二日号。〔初版〕『悪名』昭和三十六年十月三十日発行、新潮社。**〔小説の舞台と時代〕**八尾、松島、有馬、伊勢、出雲路、因島、別府など。昭和十五年前後。

〔内容〕河内八尾中野村の朝吉は、やんちゃに育ち、喧嘩が滅法強い。軍鶏泥棒、覗き、河内音頭、情事と、奔放に暮らすが、人妻のお千代が妊娠してしまい、有馬へ駆け落ちして、女に養われて生活する。女は流産、朝吉は女を捨てて河内へ帰る。仲間と八坂神社の境内の夜角力で体を鍛え、玉祖神社で他所村と試合をしたりする。元服の儀式・伊勢参りに参加、その帰り松島の遊廓で精進落としをするが、モートルの貞が率いる吉岡組の若い衆と喧嘩になり、勝利する。朝吉は吉岡組の客人となり、貞を弟分にする。松島の馴染みの遊女琴糸を足抜けさせるが、松島一家ににらまれ、吉岡組を出る。貞も吉岡組に盃を返し、朝吉傘下に入る。琴糸の足抜けを怒り、松島一家が吉岡組に殴り込み、吉岡組長がやられる。朝吉と貞は組長襲撃のリーダー・長五郎に復讐、お絹とお照を連れ、出雲路から松江に落ちのびる。琴糸とは別れ別れになってしまう。玉造温泉に遊び、出雲大社に賭博

に出かけたりして過ごすが、琴糸が再び松島一家に捕まり、因島の廓に転売されたことを知る。尾道を経て、因島に渡り、大和楼のシルクハットの親分と対決、女でありながら二千人の子分を抱える麻生イト親分の仲裁で本意を果たす。大阪に帰り、女を喰いものにする源八親分を懲らしめ、天保山近くで長五郎の仇討ちを狙う永助と辰造を返り討ちにするが、別府温泉で湯治する長五郎を見舞う。まことに気風のいい男である。長五郎の松島一円の縄張りを譲り受け、八尾一家は体裁を整える。やがて、朝吉に徴兵検査の通知がくる。甲種合格は間違いない。しかし、軍隊においても己の意志を押し通すことを誓う朝吉だった。

　本作品は映画化され、シリーズ全十六作、勝新太郎、田宮二郎の名コンビで人気を博した。　（中谷元宣）

明けの鐘《あけのかね》　短編小説

〔**作者**〕長谷川幸延〔**初出**〕「日の出」昭和十五年七月一日発行。〔**初収**〕『御霊文楽座』昭和十七年六月五日発行、日進社。〔**小説の舞台と時代**〕曾根崎、天満。明治三十九年から昭和十年代頃まで。

〔**内容**〕長唄の芳村一門の一人である伊十吉が、二十幾年振りに生き別れた娘のお糸と再会する。芳村伊十吉が、大阪で身を立てようと、天満で屈指の「豆嘉」を頼って下ったのは、明治四十二年の北区の大火に先立つ、三年前だった。当時、伊十吉は二十五歳。浄瑠璃と言えば義太夫、唄と言えば地唄全盛の大阪へ、長唄の、しかも馴染みの薄い看板で割り込むのは、一苦労だった。その時、伊十吉のために一肌も二肌も脱いでやったのが、藝事となると何によらず身を入れる「豆嘉」の当主の嘉兵衛であった。嘉兵衛は伊十吉を自分の家へ草鞋を脱がせ、まず一人娘のお千代に稽古をさせた。そして、それからそれへと道をつけ、二年後には大阪芳村会の初会を開催出来るまでにした。その日の披露には、伊十吉の独吟「娘道成寺」に、三味線はお千代が弾いた。

　その後、伊十吉とお千代について、嫉妬半分のいやな噂が立ち始めた。お千代には許婚がいた。嘉兵衛は、子飼いから育てて気心も知れている誠三を、将来はお千代の聟養子にしようと考えていた。お千代もまた、無口で愛想の足らぬきらいはあったが、誠三の眉の濃い額の秀でた男らしい容姿に頼もしさを感じ、幸せな将来を見つめていた。噂を耳にした嘉兵衛は、誠三に「噂なんぞ気にせんと、お千代の事は頼むぜ」と言った。それに対して、誠三は「たとへ嬢さんが何んな事をしやはろと、私にとっては御主人だす。御心配要りまへん」と答えた。お千代は、この不十分な言葉のあやに「そんな気で私と夫婦になる気やつたのか？」と誠三の気持ちに不信感を持ち、お千代と誠三の間には、感情の行き違い、愛憎の縺れが生じてしまった。お千代は、誠三への当て付けに、伊十吉と関係を結んでしまう。一度は仲へ入る人があって、お千代は誠三の憤りにも詰責にも身を持って詫びるつもりで項垂れた。しかし、お千代の犯した罪に「済んだ事は、もう何とも思うてまへん」と淡々と言う誠三に、お千代は業を煮やして、ついには伊十吉と駆け落ちしてしまう。伊十吉は、お千代に引き摺られて、藝にも恩にも背き続けて「豆嘉」を後にした。

　そして、伊十吉とお千代の間に生まれたのが、お糸だった。お糸は疳の強い子で、手がかかった。産後の肥立ちが悪く乳の出ないお千代に代わって、夜明け頃、伊十吉は泣きしきるお糸を背負い牛乳を温める時、よく寒山寺の鐘を聴いた。親子は天満の寺町で、貧乏のどん底のような生活を一年ほ

ど続けた。その間に、明治四十二年七月三十一日の北区の大火に「豆嘉」も焼けた。伊十吉とお千代は着のみ着のままで駆けつけたが、嘉兵衛は誠三を思うと二人を許せなかった。しかし、嘉兵衛もさすがに親子の情は捨てかねると見えて、伊十吉の留守によく孫を抱きに来ていた。それを知って、伊十吉は妻子の幸せのため、お千代が「豆嘉」へ帰れるように、自分が身を引き、姿を消した。

二十幾年振りに再会した娘は、伊十吉を父とは知らぬまま、「私のお父つあんは、義理にも真実にも一人よりおまへん」と言い切り、母亡き後の育ての親である誠三への義理を立てる。しかし、かつて伊十吉の披露にお千代が三味線を弾いた「道成寺」について、「道成寺はお母はんにとって思ひ出の深い唄やし、私も何故や、この唄が一番好きだす」と述べ、「道成寺」の下りから、天満の寒山寺の鐘を聴くと、かつて三人で暮らした寺町を思い出すと告白する。

何も知らないお糸は、誠三に母とは旧知の間柄という不思議な客の話をする。それを聞いて誠三は、伊十吉の元へ飛んでくる。そして、二十年前にお千代を自分から奪って行ったことで伊十吉を責める。そればかりか、今度はお糸まで奪いに来たのかと詰る。しかし、伊十吉に「お千代の心はいつもあなたのものだった」「恨みをいふなら此方からですよ」と諭され、お千代と自分の愛情の行き違いに巻き込まれ、藝も恩も、果ては人生までも棒に振った伊十吉に深い同情を寄せる。そして、誤解も解けた今、お糸のためにも是非親子の名乗りを上げてくれと詰め寄る。

しかし、その夜、伊十吉はお糸のことを思い、誰にも気づかれないように再び姿を消す。駅へと急ぐ途中、昔のままの寒山寺の鐘が響いてきた。

（荒井真理亜）

朝を待つ女《あさをまつおんな》　短編小説

〔作者〕黒岩重吾〔初出〕「日本」昭和三十七年十一月号。〔初収〕『洞の花』昭和三十八年六月十日発行、講談社。〔小説の舞台と時代〕梅田、天下茶屋、心斎橋筋。昭和三十七年頃。

〔内容〕私は、梅田近辺にあるキャバレー・ニューオリエントのホステスのスカウトマンである。経営者内海の命令で、「春炎」の澄子をスカウト、成功する。しかし私は、澄子に恋をする。だが、店で働くようになれば、スカウトマンとホステスの恋愛は御法度である。私は澄子に結婚を申し込む。二人は結ばれるが、澄子は失踪する。私は必死に探す。私は、澄子のパトロン弥一をはじめ、彼女の男性遍歴を知る。そしてその出生の秘密、つまり、進駐軍のハーフのニグロと、外人相手の売春婦の間に生まれた子であることに直面する。その血が、安定した結婚生活よりも、放浪を選んだのか。パトロン弥一は、澄子と結婚したいがために妻を殺し、捕まる。だが澄子に罪はない。澄子はどこにいったかわからない。

（中谷元宣）

蘆刈《あしかり》　中編小説

〔作者〕谷崎潤一郎〔初出〕「改造」昭和七年十一月～十二月号。〔初版〕『潤一郎自筆本　蘆刈』昭和八年四月十五日発行、創元社。〔全集〕『谷崎潤一郎全集第十三巻』昭和五十七年五月二十五日発行、中央公論社。〔小説の舞台と時代〕京都山崎、橋本、巨椋池、淀川中州（木津川、宇治川、桂川、三川合流地点）、大阪船場。明治十年前後から昭和七年。

〔内容〕恰好な散策地を求めて、「わたし」は水無瀬にある後鳥羽院の離宮蹟を訪ねることにした。数多くの古典文学の世界に思

いを馳せながら、水無瀬一帯の風景を眺めて歩き、淀川の中州に渡って月見の輿に耽る。そこで蘆間から現れた「男」と遭遇する。その「男」は、父慎之助とお遊さんの物語を語り始める。船場の町人の父と、若くして夫と死別したお遊さんは恋に落ちた。しかしお遊さんに子どもがいたため、それは成就するはずもなかった。父はお遊さんの妹お静と結婚、間接的にお遊さんとの関係を続ける。お静と夫婦関係を結ばず、いつも三人で戯れた。だが、お遊さんは子どもの死により嫁ぎ先に居場所を失い、やがて富豪と再婚、父のもとを去る。それ以来、父はお静との間にもうけた「男」を連れ、毎年十五夜の晩に巨椋池近くの再縁先にお遊さんを求めてさまよう。父の死後も「男」がそれを受け継いでいるのであった。「男」は話し終えると、月光に溶け入るかのように忽然と姿を消してしまった。（中谷元宣）

明日の歌《あしたのうた》　短編小説

〔作者〕藤沢桓夫〔初出〕「日の出」昭和十四年四月号。〔初収〕『淡雪日記』昭和十五年五月十五日発行、輝文館。**〔小説の舞台と時代〕**心斎橋。昭和十年代前半。

〔内容〕心斎橋裏のバー「青猫」に勤める冬子は常連の一人に想いを寄せていた。男は寛と言い、彼もまた冬子を目当てに同僚の渋川と連れ立って「青猫」に通っていた。だが、互いの気持ちを薄々察しながらも二人の関係は進展しなかった。ある時、冬子は寛の忘れ物を下宿へ届けることになる。店の帰りに寛の所に行った冬子だが散々迷った挙句引き返してしまう。翌朝、再び寛を訪ねた冬子に対応したのは若い女であった。奥へ通された冬子はその場の雰囲気から女が、寛と一緒に住んでいるのだと悟る。そして、寛に会わずに飛び出してしまう。その夜、「青猫」にやって来て礼を述べる寛に対し冬子は周囲が驚くほどそっけない態度を取る。その翌日、渋川が一人で「青猫」にやって来て、寛は失恋したから「青猫」には来ないのだと話す。冬子の同僚ルリ子が渋川に寛の同居人の女について問い質す。女は寛の妹であった。あまりのことに恥ずかしさがこみ上げた冬子はいたたまれず、店の奥へと逃げ込んでしまった。（巻下健太郎）

味の藝談《あじのげいだん》　エッセイ

〔作者〕長谷川幸延〔初版〕『味の藝談』昭和四十一年六月二十日発行、鶴書房。

〔内容〕『味の藝談』は、「味・入門」「少年の日」「法善寺の味」「お正月のこと」「金と女」「忘れ得ぬ人々」「好きな五つの味」「魚の姓名学」「酒について」「芝居の味」から構成されている。「味・入門」によると、食べ物の味は芝居の味に似ている。味の受け取り方はそれぞれ違う。舌の習練と、進歩とが物をいう。まずそれに先立って、まだ西も東も知らなかった、酸いも甘いも分からなかった長谷川幸延を「味というものの入り口は、ここだっせ…」と連れて行ってくれたのは祖母だという。祖母は、あまり豊かでない市井の一老婆にすぎなかったが、ものの味と、芝居の見方については、独自の見識を持った人で、大阪の旧い料理屋の話や、目の前の料理について、いろいろ語ってくれたという。長谷川幸延は「あとがき」に、「この本は見らるる通り、筆者の、舌と皮膚との巡礼記だが、ここに名の出た先輩や、名はつらねなかったが黄檗の林白雲庵や、平山芦江、本山荻舟ら先達たちから、折にふれ、直接間接に得た話も、知らず知らずに浸透しているかと思う。そういう恩恵なしには書けなかったろう。幼い日から十五年の、祖母の指導はもちろんである。祖母は多分（まだこんな事より書

けんのかいナ。あんたという、人も舌も、あの時分とあんまり進歩してまへんナ）育て甲斐のない孫を、草葉の蔭で嘆いているだろう。面目ない次第である」と記している。

（荒井真理亜）

足踏みオルガン《あしぶみおるがん》　短編小説

〔作者〕阪田寛夫〔初出〕「文学界」昭和五十年三月号。〔初収〕『土の器』昭和五十年三月十五日発行、文藝春秋。〔**小説の舞台と時代**〕東京、京都、奈良、大阪（天王寺、玉造、森之宮、北野）、ドイツ。大正の末から現代。

〔内容〕七十八歳になる「私」の叔父は、作曲家兼、教会の五十五年勤続のオルガン奏者兼、聖歌隊の指揮者である。叔父の一番の宝物は五十年昔のドイツ製足踏み式オルガン、その次は、古い竪型のピアノだ。叔父は、自分はオルガン、指揮者に従兄、あとは合唱団を率いてコンサートに臨んだ。今までは、指揮は他の人に頼んでいたのだが、その人が病気でやむを得ず従兄が引き受けたという。「私」は、叔父のスピーチから昔のことを回想する。

　叔父は戦後しばらく新設の交響楽団でティンパニを叩いたが、「私」が東京へ出た頃は止めて、放送局で毎晩おやすみ番組のハモンド・オルガンを弾いていた。しかしそれも間もなく人が代わり、「光を掲げた人々」という週一度の番組の音楽だけを続けていた。逆に音楽学校を出たばかりの従兄の方に、ラジオ体操の歌とか放送劇の音楽の注文が来るようになっていた。しかし叔父は意気消沈するような気配は全くなく、好きな漫才師の真似や、従兄と即席漫才をして、家に来たお客さんを笑わせていた。そんな性質の叔父は高等小学校の頃初めて日曜学校に行った時も、みんなが賛美歌を歌うときに、家から持参した軍隊ラッパを吹いて滅茶苦茶にしたのであった。

　叔父は、従兄が審査員の一人を務めるオルガン・コンクールに出たことがあった。審査員である従兄は、真正面で叔父の演奏を見ていた。気持ち良さそうにオルガンを弾いている叔父を見て、従兄は、何か賞をあげたい気持ちになる。しかし結果は選外だった。従兄は、クレイムをつける勇気はなかったのである。帰りに叔父の好物の塩昆布をおみやげに買って渡したが、そんなことをしたのは生まれて初めてだったので、叔父も驚いていた。

　話はコンサートに戻り、最後に合唱団が、叔父が作曲した《椰子の実》を歌った。従兄は、叔父を引っ張り出して指揮をさせた。客席の女の人たちはハンカチで目をおさえた。照明がだんだん暗くなり、歌い終えるところでうまく幕が降りた。「私」も少し涙が出そうになり、いい気持ちで立ち上がろうとした時、突然また幕があいた。予期しないで列を崩していた合唱団があわてて並び直そうと入り乱れている中、叔父が現れて、来年の予告を言い忘れていたと、とりつくろった。

（田中　葵）

あすの風《あすのかぜ》　短編小説

〔作者〕今東光〔初出〕「別冊文藝春秋」昭和三十三年二月号。〔初収〕『今東光秀作集第四巻』昭和四十二年九月十日発行、徳間書店。〔**小説の舞台と時代**〕八尾。昭和二十年代。

〔内容〕「河内もの」の一つ。戦後、八尾の電停前に何軒かのパチンコ屋ができた。おえんと吉田の旦那は、そのパチンコ屋から雨の中を相合傘で帰り、女の家で一緒に寝る。旦那はおえんを家に入れ、納屋を改造してそこに住まわせた。おえんが出資、納屋の階下を工場にして、二人はブラシを拵えることにした。おえんが毛揃え、旦那が

売り込み外交だった。しかし、南久宝寺町の問屋街で偽物をつかまされていたことを指摘されるほど、商売に不慣れであった。ある時、旦那が萱振村に地豚の毛を買いに行った留守中、分家が訪ねて来る。旦那の娘と聟が、おえんに家を出て行ってもらうように説得してくれと、叔父に頼んだのであった。激しい口論となる。分家の男はおえんを殴ってしまい、問題を滅茶苦茶にしてしまった。おえんは退散する時期だと思い決め、吉田家を出る。旦那はよりを戻すことを願いやって来るが、きっぱり断る。「明日は、明日の風が吹くさかいなあ」河内女の襟懐であろうか。

（中谷元宣）

新しい天体《あたらしいてんたい》　長編小説

〔作者〕開高健〔初出〕「週刊言論」昭和四十七年一月七日号〜九月八日号。〔初版〕『新しい天体』昭和四十九年三月二十五日発行、潮出版社。〔全集〕『開高健全集第6巻』平成四年五月十日発行、新潮社。〔小説の舞台と時代〕東京、神戸、道頓堀、心斎橋、松江、釧路、高知、秋田県、盛岡、京都、岡山、鹿児島。昭和四十五年頃。

〔内容〕大阪出身で、現在大蔵省に勤務している筆者の友人は、市井の飲食店を巡って景気の動向を調査する「相対的景気調査官」に任命される。彼は余った予算を食いつぶすべく、神戸の明石焼き、大阪のおでん、ドテ焼き、松江のシラウオ、「和田金本店」のステーキなど、日本全国のご馳走を食べ歩く。全国の名物食材の印象を、その食材にまつわる人間模様、それぞれの土地の風景などを織り交ぜて描いた作品。大阪の食材では「ドテ焼き」、道頓堀に実在するおでんの名店「たこ梅」のタコとサエズリ（鯨の舌）が登場し、それらの絶妙な風合いや、店に漂うざっくばらんな大阪らしい雰囲気を活写している。また、終戦後に大きく変貌し、昔の面影が失われてしまった大阪の町並みを愛惜こめて描いている。

（大杉健太）

あちゃこちゃ譚《あちゃこちゃたん》　短編小説

〔作者〕花登筐〔初出〕未詳。〔初収〕『船場情艶』昭和五十一年九月二十日発行、毎日新聞社。〔小説の舞台と時代〕船場、天神橋、姫路。幕末から明治初期。

〔内容〕船場の七福屋の弥之助の嫁、みえは夫に抱かれながら、前の夫、井戸掘りの勇吉の顔を思い浮かべていた。みえは最初は天神橋に住む漢学者山中貞唱の女中であった。山中は船場の豪商の易をみたり、商いの相場の相談に乗ったりして幕末から維新にかけて信頼を得て船場では力を持っていた。みえは他の女中と比べて容姿が際立って綺麗というわけでもなく、又山中の妻のように知的な美しさもなかったが、所謂別嬪であった。ある日、山中の屋敷に井戸を掘りにやってきた勇吉と仲良くなる。しかし、勇吉は井戸掘りの中では下っ端であり、みえと仲良くする様子に兄弟子たちがいじめたことによって正義感の強いみえは一緒になって憤慨し、一層仲良くなった。ある日、その二人の様子が不義であると誰かに密告され、みえは山中邸を追われ、勇吉も山中からの信頼を失うことは船場での商いができなくなることを知っていた頭の万吉からあらぬ疑いをかけられ職を失う。二人はともに助け合おうと夫婦になる。堂島でお茶子として働くようになったみえは、その可愛らしさから別嬪さんとして有名になる。一方で勇吉はみえに助けられ井戸掘りの仕事を独立して始めるが、上手くいかない。みえは、自分を安売りしてしまったと悩む。そんな時、七福屋の弥之助が客としてやってくる。先妻を亡くしている弥之助はみえに入れ込む。みえは弥之助が船場

の豪商の主人であることから、勇吉に別れを持ちかける。勇吉は簡単に応じるが最後に一晩抱かせてくれと言ってみえも応じる。そして、弥之介と再婚したみえは子宝ができるか易を立てたいと頼み、山中を呼び寄せる。やってきた山中はかつて暇をだしたみえとは気がつかず易を見ようと手を取った瞬間、みえは大声を出し襲われそうになったという。山中は必死に弁明するが、受け入れられず、その威厳を失墜させられた。みえの復讐は果たされた。そして弥之助との夜を迎え、何も求めない淡泊な行為に男として最高の武器と体力を持っていた勇吉を懐かしく思い、「あちゃこちゃ試さなあかんなぁ」と呟くのであった。（井迫洋一郎）

暑い道《あついみち》　短編小説

〔**作者**〕宮本輝〔**初出**〕「別冊文藝春秋」昭和六十二年七月一日発行。〔**初収**〕『真夏の犬』平成二年三月二十五日発行、文藝春秋。〔**全集**〕『宮本輝全集第十三巻』平成五年四月五日発行、新潮社。〔**小説の舞台と時代**〕大阪市此花区。昭和二十年代。
〔**内容**〕私は尾杉源太郎に案内されて此花区にある山本食堂にやってきた。これほどうまいステーキを食べさせる店があるのに驚いた。尾杉はさつきを「覚えてるやろ?」という。ケンチ、ゲン、カンの私たち四人組が初めてさつきを見たのは中学二年生の夏であった。さつきは日本人とアメリカ人との混血の少女で、子のない自転車屋夫婦が、遠縁の娘を養女にしたのである。私たち四人組は、さつきに近寄ってくる男たちをあらゆる手口で邪魔しつづけた。だが、さつきはいろんな男たちとつき合っていた。さつきは大手の水着メーカーのキャンペンモデルとして週刊誌に写真が掲載され、東京へ行った。その翌日、ケンチが私の家へやって来て、カン、ゲンを呼び集め、この中に、さつきと寝たやつがおる、寝たやつは、あの壜のところへ行って、十円玉を入れよという。最後にケンチが壜をさかさに振ると十円玉が三つ転がり出た。
　尾杉源太郎は、俺が大学を卒業したころは、さつきはもうぼろぼろになっていた。ときどきケンチと逢《お》うていたみたいであるが、ケンチは刑務所行きになった。五年前にカンちゃんがさつきを訪ねて行きよった。カンは松阪で牛を飼い、この山本食堂の婆さんの養子となった。カンちゃんは松阪で牛を育てて、ええ肉を、この店に安う仕入れさす。三年前にカンちゃんがさつきを自分の女房にして松阪で元気で暮らしている、という。（浦西和彦）

アド・バルーン《あど・ばるーん》　中編小説

〔**作者**〕織田作之助〔**初出**〕「新文学」昭和二十一年三月号。〔**初収**〕『世相』昭和二十一年十二月二十日発行、八雲書店。〔**全集**〕『定本織田作之助全集第五巻』昭和五十一年四月二十五日発行、文泉堂書店。〔**小説の舞台と時代**〕大阪市内（道頓堀、高津、道修町、中之島公園、天王寺の西門）等。明治三十七年頃から昭和十六年頃まで。
〔**内容**〕長藤十吉は生後間もなく母に死なれ、すぐに里子に出された。父は落語家である。七歳の夏に父のもとに帰ってきたが、そこには浜子という継母と新次という異母弟がいた。浜子は二つ井戸や道頓堀の夜店に連れて行ってくれた。十吉は生まれてはじめて見る大阪の夜の世界の悩ましさに、幼い心がうずいていた。やがて十吉に折檻するようになった浜子が家を出ていき、別の女が家に来た。十吉は同じ小学校に行く漆山文子に恋心を覚える。丁稚奉公に出た十吉は、すぐに飽いてしまい、頻繁に奉公先を変え、二十五歳の時には父に勘当され、南紀の温泉に流れていった。そこで偶然客

と遠出に来ていた文子に再会し、大阪へ訪ねてゆくと、文子は既に引かされて東京へ行った後だった。十吉は線路伝いに歩いて東京まで文子を訪ねていくが、文子は十吉を気味悪がり、大阪までの旅費を渡し追っ払ってしまう。十吉は「もう一度大阪の灯を見て死のう」と大阪に戻り、中之島公園で川底を見つめている時、秋山という拾い屋をしている男に助けられる。やがて、十吉は自分の饒舌を生かして紙芝居屋になる。時局から禁酒や貯金宣伝の役も引き受け、地道に数年暮らしたが、命の恩人秋山の行方が気がかりだった。探すうちに「人生紙芝居」と新聞に報道され、四年ぶりに秋山と再会する。それからもお互い相手の為に貯金を続け、五年後の再会を誓った。そして、その約束の日、天王寺の西門に秋山がやってくる。十吉は、また思いがけなく父に再会し、和解する。数年後、十吉は父の遺骨を納めた帰り道、文子に似た歌声の「今日も空には軽気球《アド・バルーン》…」のレコードが聞こえてきた。織田作之助は『世相』のあとがきで「『アド・バルーン』は昭和二十年三月、大阪が焼けた直後、大阪惜愛の意味で、空襲警報下にこつこつと書いた。」「当時私は今のうちに大阪を書き残して置かうといふ、やや悲壮な気持で、この作には一字一句打ち込んでゐたが、読みかへしてみれば、さすがに空襲下らしいまづしさもあるやうだ」と述べている。昭和二十年三月の大空襲で焼失してしまった大阪の町々を惜愛する気持ちで書かれた。（浦西和彦）

兄貴《あにき》　長編小説

〔作者〕今江祥智〔初出〕「すてきなお母さん」昭和五十年一月号～十一月号、理論社。〔初版〕『兄貴』昭和五十三年発行、理論社。〔初収〕『今江祥智の本第6巻』昭和五十六年四月発行、理論社。〔小説の舞台と時代〕橋本、大阪。昭和二十年三月から八月まで。

〔内容〕《第一部　かあさんのいくさが始まる……》大阪大空襲から六カ月が経って兄洋次郎と洋そしてかあさんの三人は汽車に乗って橋本に着く。空襲の時何もかもが一夜で焼かれ、とうさんまでもが死んでしまった。それゆえ三人の家族は新居地を求めここまで来たのである。そこは三十年前町を出て暮らし、結婚し母親になったかあさんの故郷であった。彼らの目的地はかあさんの兄の別荘であった。

久しぶりに三人は風呂に入ったり食事をとったりして穏やかな時間を過ごすが、それは半日も続かない。いくさを避けてやってきた親戚の数がますます増えてきたからである。別荘に人があふれ過ぎると内田の伯父は町を歩きまわりそれぞれの落ち着き先を探してくれる。洋次郎たちは地方銀行の支店長の家の離れに決まる。

家の持ち主の名前は矢代であった。奥さんと娘の静子、静子のおばあさんの四人家族だった。引っ越しして間もなく洋次郎は大阪の淀川堤防に動員される。洋は高野口にある伊都中学校へ合格する。かあさんは静子のおばあさんと仲良くなる。二人は橋本に関わる町のことや思い出を話しながら親しんでいく。かあさんはこのおばあさんとの付き合いが唯一の楽しみであった。しかしこの楽しみも一瞬のことになってしまう。

食料は内田の別荘の倉にあるものを親戚と分けてもらい解決してきたが、皆が自給自足をしなければならない日がくる。内田の伯父は小さな畑を貸してくれる。洋次郎たちの畑づくりが始まる。それは墓地のすぐ下にある荒れ地であった。都会暮らしのかあさんにとって野菜とは市場で売っているものであったので、土づくりするにはとても合わないタイプであった。しかし仕方なくかあさんは二人の息子とともに一生懸

命畑仕事に励む。「箸より重いものはもったこともない」ような手のかあさんは少しくらいの雨の日も休むことがなかった。

洋次郎と洋は何とかかあさんの頼りになればと思い出し、紀ノ川で網と木桶を利用しドジョウ取りをする。

《第二部　兄貴》六月十六日の新聞には沖縄の日本軍が全滅したという記事が載る。そして牛島最高指揮官も「決別の辞」を打電することになる。洋次郎と洋は通学をしていたから、かあさんと違って思いもかけない噂を耳にすることが多くなる。そのなかには日本軍の飛行機は燃料がないためもう飛べなくなったとか弾丸がなくなったので銃を撃てないとか等々があった。

洋次郎の新しい動員先の武器製造工場で三十人対三十人の決闘という事件が起こる。それは工員側が動員されてきた学生たちを無視したことが原因となった。工員より専門知識のない学生たちが武器の部品作りや簡単な組み立てにおいてそのやり方をすばやく身に付け工場の責任者らを驚かせる。ある日学生側に新しい武器の組み立ての機会が与えられるが、普段学生らを恨んでいた工員側の二人がそのまともな図面をオシャカになったものとすりかえる。事情を知らない学生らは慎重に組み立てを終える。完成されたのは新式機関砲であった。配属将校が見守る中試射が行われた。試射数発の後、突然、銃身が破裂し重傷二人軽傷五人という無残な結果となった。

洋次郎には心当たりがあった。図面のすり替えについて話し合っているのを仕事中偶然聞いたのである。結局、学生側と工員側を代表する六十人が集まり喧嘩をしたが、作戦をうまく立てた学生側が圧勝する。そして両側の敵意は溶けてなくなり、力を合わせてまともな図面で改めて同じ組み立てに成功する。

しかし、夏に近づくうちに中途半端に組み立てられたものが工場のすみっこに積み上げられていく。一方、米軍の本土空襲が続行されその範囲もまた徐々に広げられていた。八月六日には広島に、その三日後には長崎にそれぞれ原爆が落とされる。八月十五日正午天皇によって敗戦詔書が放送される。

『兄貴』は著者の昭和四十八年発表作『ぼんぼん』の第二部に当たる。『兄貴』以外に『おれたちのおふくろ』(昭和56年、理論社)、『牧歌』(昭和60年、理論社)が〈ぼんぼんシリーズ〉として知られている。『ぼんぼん』から『牧歌』までおよそ十五年にもわたって書かれた。

昭和四十八年『ぼんぼん』で日本児童文学者協会賞、五十二年『兄貴』で野間児童文藝賞を受賞。

（李　鍾旭）

あの子《あのこ》　短編小説

〔作者〕難波利三〔初出〕「週刊小説」平成四年三月十三日号。〔初収〕『藝人洞穴』平成五年八月二十五日発行、実業之日本社。

〔小説の舞台と時代〕大阪。現代。

〔内容〕鶴田和夫は妻と、ワイドショーの番組を見て、恋人が結婚していたというスキャンダルで苦悩する西かおるの姿が不憫であった。かおるは駆け出しの頃、関西の番組を和夫とやっていたことがあった。和夫はその頃小説家として成功し、ワイド番組の司会をすることになって、その時にかおると知り合った。かおるは最初はOLをしていたのだが、オーディションに合格してこの世界に入ってきた。ひたむきな性格で皆に好かれる存在であった。和夫も話しているうちにいい子だなと思うようになっていた。そして、父親と娘くらい離れているかおるに好意を抱くようになるのであるが、かおるは気がつかないようであった。

そして、番組は不振の為に終了し、かおるは東京で仕事をするようになった。始めは年賀状のやりとりもあったが、東京で人気者になってそれもこなくなった。寂しい気持ちではあったが、テレビで活躍する姿を見ているだけで満足だった。今、そんなかおるが藝能レポーターに集中攻撃を浴びている。妻は電話でもかけて励ましてはどうかと言うが、和夫はもう関係ないことだと拒否する。しかし、妻は「アッシー君までしてかなり熱をいれていたじゃない」と冷やかした。そういうやりとりをしているとテレビの向こうでかおるが「頑張ります」という言葉に、和夫はその通りだ、と相槌をうって応援していた。（井迫洋一郎）

あの頃と大阪《あのころとおおさか》　エッセイ

〔作者〕河野多惠子〔初出〕「女性サロン」昭和五十一年二月十日発行。

〔内容〕戦後つまり大阪女専の二年頃から数年間、自分にとって、大阪の肥後橋にあった朝日会館、中之島の図書館と公会堂はいつも精神世界の殿堂のように感じられた。私がはじめて作家なるものを見たのも、あの中央公会堂の林芙美子・井上友一郎らの文藝講演会に行った時であった。作家志望で上京する決心をした私の未来を、北野劇場の傍の大道易者に占ってもらった時、「椎名麟三的だ」と易者は答えた。何事も中年以後という解説があった。（浦西和彦）

あの花この花《あのはなこのはな》　短編小説

〔作者〕高橋和巳〔初出〕「京大作家集団作品集第三号」昭和二十五年五月十六日発行。原題「片隅から」。〔転載〕「文学界」昭和四十年九月号。この時改稿、改題。〔全集〕『高橋和巳全集第三巻』昭和五十二年六月十五日発行、河出書房新社。〔**小説の舞台と時代**〕大阪。太平洋戦争末期。

〔内容〕動員学徒たちは、工場内で常に争いあっていた。あるときは、正午過ぎに現れた怠け者を、やせた男がののしったことがきっかけで殴り合い、これにまきこまれた者たちも殴り合って、空襲警報のサイレンが争いを仲裁した。あるときは、並べられた死体の一つをこうもりがさで突いた者があり、その肉片が死体の前に蹲っていた男の顔に粘りついたことがきっかけで殴り合いが始まった。あるときは、摩擦熱に焼けた旋盤屑が目に入った若者に、一人の工員が「ぼやぼや、してるからだ」と言ったために争いとなり、このことがさらに工員対動員学徒の乱闘へと拡大していった。争いの波が退いたとき、そこには無残な光景が展開されていた。全員がどこかに傷を負っていた。擦傷、打撲傷、内出血、創傷、骨折…油と一緒に燃えている男もいた。男は火だるまになって死んでいった。工員たちの人数は、最初の三分の一を割っていた。そのころ、誰が言い出したのか、誰もがその存在を忘れていた共同風呂の使用が計画された。その日、争いあった者同士が、湯舟の中で顔をあわせ、目を細めて微笑し合う。一人が歌を歌いだすと、皆が声をあわせて歌いだす。その歌というのは、

　あの花この花、咲いては散りゆく
　泣いてもとめても、悲しく散りゆく
　散らずにおくれよ、可愛い野薔薇
　私や幌馬車、旅ゆく乙女よ

というのであった。

　これを書いている「私」は、二十年の後にもなお風呂に入るたびに何となく歌ってしまうのだが、今もってその歌がなんという歌なのかを知らない。（国富智子）

脂のしたたり《あぶらのしたたり》　長編小説

〔作者〕黒岩重吾〔初出〕「週刊現代」昭和三十六年四月九日号〜三十七年三月二十五

日号。〔初版〕『脂のしたたり』昭和三十七年五月二十日発行、講談社。〔全集〕『黒岩重吾全集第三巻』昭和五十七年十二月二十日発行、中央公論社。〔小説の舞台と時代〕北浜、神戸など。昭和三十年代半ば。

〔内容〕北浜の八代証券調査部員仲田浩（二十八歳）は、多くの女を利用しつつ、相場で一獲千金を狙う、現実社会での勝利者を目指す男である。ターゲットは明昭興業であるが、それを巡り複雑で不可解な買い占め合戦が始まる。仲田は調査、かけひきと奔走するうち、殺人もが絡む巨大な事件に巻き込まれていく。仲田は数々の難所をその持ち前のバイタリティーと冷徹さで乗り越え、愛する美貌の名和雪子の人生を賭けた復讐に手を貸す。仲田は雪子と結ばれるが、雪子は思い残すことなく自ら命を断つ。仲田は相場で二千万円を摑む。だが、八代証券は倒産、金は一文にもならず、夢ははかなく消える。今まで何のためにやってきたのか。仲田は狂人のようにぶらぶら街をさまようのであった。

作者は、『黒岩重吾全集第三巻』の解説「株界に入った動機」において、勧業証券に勤めていた頃を振り返って、「学生時代闇屋などをしていた私には、アウトサイダー的な面がある。結局、私は相場で失敗し、父が建てた家を売り、和歌山市の網屋町にあった祖父の土地も手放さなければならない程の大損害を蒙ったのだ。証券会社時代のことは、小説や随筆にも書いたが、社会というものを、私に知らせてくれたことだけは確かである」としている。

（中谷元宣）

あ・べ・せ・で・長堀川《あ・べ・せ・で・ながほりがわ》　短編小説

〔作者〕龍文雄〔初出〕未詳。〔初収〕『小説大坂蘭学史』平成二年八月十五日発行、鶴書房。〔小説の舞台と時代〕北堀江、長堀川、富田屋橋、京町堀、四ツ橋、江戸、京都。江戸時代中期。

〔内容〕天文学に熱心な大坂屈指の商人である羽間重富《はざましげとみ》、洋学を研究している小石元俊の二人が、記憶力抜群の傘紋かき職人である橋本宗吉にオランダ語を勉強させ、結局、三人組の大坂蘭学者として力を合わせたという内容。

橋本宗吉は紋かき職人である。所謂傘工であった。その腕は評判になっていたものの生活は貧しかった。それは時代のせいでもあった。災難が絶えず、飢饉が続いたので米や物価が競り上がった。ある日宗吉は羽織と着古したおんな物、番傘がいなどを持って質屋へ行く。取引がうまくいかないままであったが、そこで偶然十一屋五郎兵衛と出会う。十一屋の本名は羽間重富で、後に誤差だらけの宝暦暦《ほうれきこよみ》を寛政暦へ導いた推進者であった。十一屋は以前から宗吉の超人的な記憶力とその器用さと多才さに感心していた。それらを利用して蘭学の発展をたくらむというのが十一屋の考えであった。

天文学へ志をもっていた重富には一つの難関があった。蘭語が読めなかったのである。友人で開業医である小石元俊も同じ悩みを抱いていた。実は、二人とも以前から記憶力のすぐれた天才を喉から手が出るくらい探し回っていたのである。小石元俊は杉田玄白・前野良沢らがあらわした解体新書（ターヘル・アナトミア）に衝撃を受け、いつかはこれを越えるべく研鑽するこころが彼を支配していた。

その二人の前に宗吉が現れたのである。二人はためらわず、彼を江戸へ留学させることに決める。一年でも二年でも関係ない、家の面倒は見てやるという条件を受け宗吉は江戸の大槻塾「芝蘭堂」へ向かう。そこ

は洋学入門書『蘭学階梯』をあらわした玄沢という当時としては蘭学の最高権威者がいた。

宗吉は抜群の記憶力を発揮し、たった半年で四万あまりの蘭語を覚える。一日平均二百二十二、三くらいの単語を身につけた勘定になる。これには玄沢も舌を巻く。

大坂へ戻って来た宗吉は重富らに橋本先生と呼ばれ始める。と同時に蘭学へ具体的に挑む。早速、宗吉は開業医である小石元俊の助手となる。阿蘭陀原書の阿蘭陀語を日本の医学用語への翻訳に臨むにあたり、文法へ精通していないことで悪戦苦闘の日日が続く。考えに考えた挙句、彼は訳をより正確にするつもりで小石の手引きで医業のいろいろを詳しく習う。

一方、宗吉は寛政八年（一七九六）の初め、阿蘭陀訳地球図を仕上げる。その版元を儲けさせ好評を得る。それに伴い、重富から預かった天文関係や暦学に関する蘭書をも訳す。その間、重富は江戸の公儀に本名の羽間から羽をとられ間《はざま》の苗字をもらう。

小石は京都へ移り、医堂は一番弟子の斉藤方策が引き継ぐ。京都での小石が解体図を作り上げると、宗吉がその臓腑の前部に蘭語を付ける。

天文学に夢中であった重富は宗吉と一緒に四ツ橋付近の長堀川の流域に自家製の渾天儀、象限儀、子午線儀、望遠鏡などを設置する。月食観測のためであった。まだ天動説へ傾き、人々は日食や月食などの自然現象を天罰だと信じていた時代である。重富は、これらは地球と月の動きによるものであり、神によって作られたものではないこと、さらに地上の人間へ予兆を与える存在ではないことを証明したかったのである。観測時間は寛政十年（一七九八）旧暦十月十六日、秋の夜だった。それから百四十年後につくられたプラネタリウムが設置されたのが、場所もまた偶然というべきか四ツ橋であったのである。

（李　鍾旭）

尼講《あまこう》　短編小説

〔作者〕今東光〔初出〕「別冊小説新潮」昭和三十八年四月号。〔初収〕『今東光秀作集第五巻』昭和四十二年十月十日発行、徳間書店。〔**小説の舞台と時代**〕八尾。昭和二十年代。

〔**内容**〕「河内もの」の一つ。美貌の妙観尼が八尾の天台院の院代になったのは、数え年の二十六歳だった。若い尼僧一人でこの寺に住んでいるので、酒屋の源兵衛旦那をはじめ誰それと寝たなどと、とかく噂が立った。それを防ぐためもあって、妙観は尼講を組んで、夜は御詠歌の稽古をすることにした。二十六ある檀家の半数以上の女房が参加し、尼講は成功した。しかし、妙観は源兵衛の息子長策と関係していた。和尚はそれを叱るどころか、妙観を琵琶湖畔の旗亭に連れて行き、雪見する。温泉にともに入り、二人は結ばれるのであった。

（中谷元宜）

甘酒《あまざけ》　中編小説

〔作者〕里見弴〔初出〕「大阪朝日新聞」大正十一年一月五日～三月二十二日夕刊。〔初収〕『直輔の夢』大正十二年一月十二日発行、改造社。〔**小説の舞台と時代**〕船場、東京。大正時代。

〔**内容**〕船場の御寮人さんの照子は、婿養子の夫の女道楽と長男の放蕩に悩まされていた。宗教学校で娘時代を過ごした照子はもともとの生意気に、家付き女房の傲慢さが加わって、夫の徳造と衝突してばかり。夫婦関係は冷え切っていた。徳造は、堺に囲っている妾だけでは飽きたらず、女に振り回されては、絶えず赤新聞に醜聞をすっぱ抜かれる。この頃では、女中のお千代と

もただならぬ様子である。日頃から「女房一人を後生大事に守つてゐるやうな男では末の見込がない」と思っていた照子ではあったが、髪結いや長男に夫の女性問題を突きつけられて、初めて嫉妬の感情を自覚する。照子は、自分を苦しめる夫に報復するため、朝顔の肥壺で、残飯を使って甘酒を作り、夫とお千代に飲ませる。（荒井真理亜）

阿弥陀池《あみだいけ》　エッセイ

〔作者〕河野多恵子〔初出〕『特選　日本の伝説11　ロマンの旅大阪』昭和五十九年（奥付に月日記載なし）発行、世界文化社。

〔内容〕大阪旧市内の西区の堀江に、境内に阿弥陀池という池があって、昔から町の人々や子供たちに阿弥陀池の名で親しまれてきた和光寺というお寺がある。

かつてそのお寺の近所に雨森という膏薬屋があった。その膏薬屋には、夜更けになると狸が木の葉を持って膏薬を買いにきていたという話が伝わっている。

和光寺は、元禄十一年（一六九八）に長野にある善光寺の智善上人によって創立された。和光寺と名づけられたのは、繋がりのある善光寺の一字を取り入れたからであろう。将軍のお声がかりで建立されたばかりでなく、開帳も江戸表で行われ、将軍が遠路を詣でる代わりに、江戸城へ如来の登城が取り計らわれたことがある。時代が代わってからも、常に格式高い寺とされてきた。（荒井真理亜）

アメリカひじき《あめりかひじき》　短編小説

〔作者〕野坂昭如〔初出〕「別冊文藝春秋」昭和四十二年九月号。〔初収〕『アメリカひじき・火垂るの墓』昭和四十三年三月発行、文藝春秋。〔**小説の舞台と時代**〕東京、大阪、神戸。昭和三十五年頃。

〔内容〕妻の京子が、日本へやってくるヒギンズ老夫婦を家に泊めると言い出したので、俊夫は憂鬱になる。ヒギンズは、京子と息子の啓一がかつてハワイへ旅行したとき、知り合った友人の一人である。二十年前にも一度、彼は占領軍として日本へやってきたことがある。

老夫婦を迎えるため、室内の模様替えをしたり、英会話の勉強をしたり、アメリカ人好みの料理を練習したり、京子はいそいそとして準備を進める。が、俊夫のほうは、終戦直後に味わった、アメリカ兵にまつわるいやな思い出の数々がよみがえる。

臨時雇いの英語教師から教わった頼りない英語を使い、中之島公園で米兵と日本人女性を引き合わせたこと、七日分の配給があると聞き、大きな袋を持って行ってみたら、配給というのは米兵からのチューインガムで、飢えをしのぐには何の役にも立たなかったこと、米軍が落下傘につけて落としていった、食料品入りのドラム缶に、多くの日本人が群がったこと、ドラム缶の中に入っていた黒い糸屑を、アメリカひじきと思って調理したところ、非常にまずく、あとから紅茶の葉であったと知ったこと……。日本人は、昨日まで鬼畜米英とののしってきたアメリカ人におもねり、さまざまな恩恵を受けたのだ。ヒギンズ夫婦を迎える日、絶対に英語は使うまいと俊夫は決意する。ところが、相手が日本語で挨拶したとたん、決意はもろくも崩れてしまう。そればかりか、彼はヒギンズに酒をおごり、女買いの世話をし、シロクロショウの見物まで手配する。本当は、ヒギンズを何かの方法でまいらせたい、酔いつぶすのでもいい、女に惚れさせるのでもいい、日本の何かに熱中させ、屈服させたいという思いが俊夫にはあった。しかし、そうした俊夫の願いはすっかり当てが外れる。シロクロショウで男の威力を示してくれると期待した「吉ちゃ

ん」は、外人の見物客を意識してか、不覚に終わったのである。その日はすきやきパーティーをやる予定だったが、ヒギンズは大使館の友達と会ってくると言って去っていく。俊夫ひとり家へ戻ると、京子がヒギンズ夫人に腹を立てている。すきやきの具を大量に買い込んだというのに、横浜の知人のところへ泊まりに行ってしまったというのだ。明日は藝者でも世話することになるのやろ、などと考えながら、俊夫は忙しく箸を動かす。もう腹いっぱいなのに、松阪肉を胃袋へ押し込み、あのアメリカひじきのごとく味も香りもあったものではないのだが、俊夫はやけくそですきやきを食べ続けた。

（国富智子）

あやつり心中《あやつりしんじゅう》　短編小説

〔**作者**〕小松左京〔**初出**〕「小説現代」昭和五十六年三月号。〔**初版**〕『あやつり心中』昭和五十六年十月三十一日発行、徳間書店。〔**小説の舞台と時代**〕大阪南。江戸時代中期。

〔**内容**〕抜け荷船の海賊だった太平は、稼業から足を洗おうと、木津川沖に仮泊したおり、金箱を盗み脱走を試みる。途中気づいた父親を海に突き落とし、小舟に乗り込んだまではよかったが、操船を誤り、舟は転覆、金箱は海の底、太平自身は水死体のような姿で上げ潮の道頓堀に浮かんだ。ならず者に見つかり再び水の中へ蹴込まれかけた所を助けたのが竹田座の座元、二世竹田近江である。太平は、竹田座の小屋で養生している間に、下働きの娘、ぬいと知り合う。普段は、無口なぬいであったが、太平とは川から引き上げられて以来、看病を続けたこともあって、何や彼やと話をした。平野郷の生まれであるぬいは、幼い頃、酒乱の母親から逃れるため堺の木綿機屋に奉公に出された。堺織りの織り屋に移り、芝居の人形に魅せられたぬいは出入りの人形師を通じ竹本座に下働きとして来たのである。太平に人形への思いを語るが、太平は郷里で見た、死人を人形のように操る仏まわしを思い出し、つっこみ使いの人形に薄気味悪さを感じる。二百二十日も近い、ある日、ぬいは命を絶つ心積もりがあることを太平に告げた。母親の借金を肩代わりするため夏興行が終わると女郎に出る事になっていると言うのである。ぬいは、太平にすぐに一緒に逃げて欲しいと懇願する。だが思い切れない太平は色よい返事をしない。しかし太平も海賊の一味が自分のそばに迫っている事を知り、ぬいを連れ逃げ出そうとする。だが、すでにぬいは、縊れて事切れていた。自分の不甲斐無さを悔やみながらも、太平は後追いを決意する。一度、人形になってみたかったというぬいの亡骸に太平は、化粧を施し、幾本もの細引きで梁から吊るした。その姿はさながらあやつり人形のようであった。そして、太平は台の上からその身を宙へと泳がせた。

（巻下健太郎）

アリラン軒《ありらんけん》　戯曲　三幕

〔**作者**〕北條秀司〔**初演**〕昭和三十六年十月、明治座。配役・崔（辰巳柳太郎）、金（島田正吾）、玉仁（外崎恵美子）ほか。〔**初収**〕『北條秀司戯曲選集Ⅴ』昭和三十八年十月二十日発行、青蛙房。〔**戯曲の舞台と時代**〕大阪南部地帯の朝鮮人街。昭和三十六年秋。

〔**内容**〕大阪南部の朝鮮人街で強盗殺人事件があった。中華料理店の羅津軒の主人夫婦が殺されたのである。すぐ前にあるアリラン軒の料理人の崔は推理マニアである。皿洗いの李が知合いの金を連れてきた。崔がいろいろ推理癖を働かし、新入りのコックの金に犯人の疑いをかける。崔が自分の予想が間違っていたと謝罪したとたんに、

金は自分が真犯人だといい出す。金は運河で溺れている子供を助けて警察から表彰を受けたりして町内の人気者になった。兇悪の犯行も、世界平和運動の資金集めだという。金が悠々と中華街を出てゆく日に、店の女たちは涙を流し、警官は前途を祝して万歳を三唱した

（浦西和彦）

アルキメデスは手を汚さない《あるきめですはてをよごさない》　長編小説

〔作者〕小峰元〔初版〕『アルキメデスは手を汚さない』昭和四十八年八月二十八日発行、講談社。〔**小説の舞台と時代**〕豊中市。昭和四十年代。

〔内容〕女子高生がアルキメデスという謎めいた一言を残し、死んだ。彼女の父親は、やり手で悪い噂もある建設会社の社長である。父親はあの手、この手で娘を死に追いやった相手を探り出そうとする。彼女は妊娠していたのである。その一方、彼女の同級生たちも様々な動きを見せる。残された同級生の間に毒殺未遂事件が起こる。修学旅行ではアリバイトリックが作られる。その全ては、仲間を守る為のものであった。不幸な死を遂げてしまった仲間の名誉を守るため、已むに已まれず人を殺めてしまった仲間を庇うため、彼らは奮闘したのである。

なお、この作品は、昭和四十八年度、第十九回江戸川乱歩賞受賞作である。

（巻下健太郎）

或る校歌《あるこうか》　エッセイ

〔作者〕堂野前維摩郷〔初出〕『大阪讃歌』昭和四十八年九月二十九日発行、ロイヤルホテル。

〔内容〕「私」は今、住友病院の院長をしている。「清き泉は　湧きて溢れて」で歌い出す、付属高等看護学校の校歌の作詞者は、有名な俳人山口誓子である。俳誌「天狼」を主宰する現俳壇の巨匠である山口誓子は、住友本社に在勤した経緯から、特に住友病院のために作詞を承諾した。

かつて山口は本社を病気退職する際に、住友の重役にして、山口の直属の上司であった歌人川田順に句を作って、恩誼に報いた。川田もまた、山口に歌を贈って、別れを惜しんだと伝えられている。これらは文藝の道に対し、伝統的に理解を示した住友の空気を物語るエピソードである。

山口誓子は、昭和六年に「S病院看護婦養成所」という題で、一連の俳句を発表しているが、この「S病院」は住友病院のことである。その住友病院の現院長である「私」は、幾多の問題をはらむ医療の世界に、山口誓子の作詞の如く「清き泉」をいつまでも伝えて、一段と地元福祉の増進に役立ちたいと考えている。

（荒井真理亜）

ある日の散歩《あるひのさんぽ》　エッセイ

〔作者〕開高健〔初出〕「諸君!」昭和五十四年二月号。〔初収〕『言葉の落葉Ⅳ』昭和五十七年十二月十五日発行、冨山房。

〔内容〕昭和五十三年十一月第二回大阪都市文化会議出席のため大阪に行き、天王寺高校で講演した後、谷沢永一と道頓堀の「たこ梅」でサエズリを食べたことを記した短文。

（大杉健太）

あわれ「恋の淵」《あわれこいのふち》　エッセイ

〔作者〕新橋遊吉〔初収〕『浪花のロマン』昭和四十二年十二月二十五日発行、全国書房。

〔内容〕『伊勢物語』の二十三段に登場する河内の女は、魅力が無いように描かれている。だが、河内の高安には「業平の河内通い」という伝説が残されている。業平が平城京から玉祖神社へ詣でた時、福屋という茶店の看板娘梅野を見て、憎からぬ心情を抱く。梅野も雅びな業平に惹かれ、二人は

逢瀬を重ねるようになる。業平は生駒山を越え梅野に会いに出かけ、梅野は業平が吹く笛の音を合図に現れた。ある日、いつもの様に笛を吹いても梅野がやって来ないので、業平は福屋まで足を伸ばし開いていた東窓から中を窺う。そこには、飯を大盛にして食べている梅野の姿があった。それを見た業平は恋情が一気に覚め果て、逢瀬に使っていた笛を玉祖神社に納め、平城京へと帰っていった。その後、梅野は失恋の痛手に耐えかねて近くの淵に身を沈めた。以来この淵には女の亡霊が出るようになり、哀れんだ人々は手厚く供養し、この淵を「恋の淵」と名付けた。この地域では、今でも東の窓を開くのを忌事としている。

（巻下健太郎）

哀れな歓楽《あわれなかんらく》　短編小説

〔**作者**〕野間宏〔**初出**〕「文学会議」昭和二十二年十二月号。〔**全集**〕『野間宏全集第一巻』昭和四十四年十月五日発行、筑摩書房。〔**小説の舞台と時代**〕大阪市内。昭和十年代末。

〔**内容**〕西野、市川、横山ら三人の一等兵は外出許可を得て、心斎橋筋を横切って四ツ橋の方に向かって食欲と肉欲に従って歩いた。軍隊に入る前、西野は売薬行商、市川は化粧品会社の庶務、横山は造船所の製鎖部に勤めていた。西野は万事に力を持つが、市川は大学出であるにもかかわらず知力、体力がなく、横山は体力に優れているのに気が弱く、しかも慢性の淋疾を患っていた。三人は新町遊廓に行く。そこでも西野が我儘を通して、一番若く美しい女を抱く。そして帰隊。三人の兵隊は、寒風に身をさらしながら、軍隊に対する嫌悪と諦めの入り交じった、短時間の間にむやみとあさり歩いた快楽のほてりを、いかに処置していいか解らないような淋しさに心を打ち抜かれるのを、今もまた味わうのであった。

（中谷元宣）

アンガラ節《あんがらぶし》　エッセイ

〔**作者**〕最上三郎〔**初収**〕『浪花のロマン』昭和四十二年十二月二十五日発行、全国書房。

〔**内容**〕大正九年の初冬、大阪親友派の巨頭連中が集まって眉をひそめていた。権威ある親友派の浪曲大会のトリを京山幸枝にとらせたいと浪曲興行界の大物、富岡富十郎から頼まれていたからである。幸枝は若いうえに、一度、大阪の浪曲界を追放された男である。結局、トリは幸枝がとることに決まったが、他の巨頭連中は、トリを失敗させてやろうと自分の出番で熱演した。だが、トリである幸枝の節回しに観客は酔いしれ、知らず知らずのうちに体を揺り動かしていた。以来、幸枝節を誰が言うともなしにアンガラ節と呼ぶようになる。藝は一流だったが私生活では女道楽が激しく、また、タクシーに懸賞金をかけて他の車を追い抜かせるなど破天荒だった。破天荒な性格そのままに生き抜いた幸枝だったが、昭和二十九年九月五日、岐阜の高須劇場で不帰の客となった。五十三歳であった。

（巻下健太郎）

あんたが大将《あんたがたいしょう》——日本女性解放小史《にほんじょせいかいほうしょうし》　短編小説

〔**作者**〕田辺聖子〔**初出**〕「別冊文藝春秋」昭和六十三年七月一日発行、第百八十四号。〔**初収**〕『ブス愚痴録』平成元年四月二十日発行、文藝春秋。〔**作品集**〕『田辺聖子珠玉短篇集④』平成五年六月三十日発行、角川書店。〔**小説の舞台と時代**〕道修町、周防町、ミナミのアメリカ村、曾根崎、北新地、千年町、玉屋町、八幡筋、三津寺筋、笠屋町、心斎橋。現代。

〔**内容**〕辰野の妻の栄子は、『主人』の言

いつけがないと、何も動かれへん女房《よめはん》」であった。辰野に言わせると、結婚生活の要諦は「あんたが大将」を相手に言わせることだ。家具屋に水屋を買いに行った時、栄子は赤札の付いたドレッサーを欲しがって、なりふり構わず田舎言葉丸出しで「購うてえ!」と夢中で喚いた。それをそばにいたハイミスに笑われたと言って泣いて悔しがり、栄子は「自分のモノは自分で買いたい」とキャリアウーマンになることを決意する。始めはパン屋の店番で、そのうちブティックの売り子になった。働きに出るようになって栄子は、見違えるように美しくなった。そして、ブティックに勤めている時、仕入れにいった婦人服メーカーに引き抜かれて、その会社の販売店に勤めることになった。栄子は正社員にしてもらうのだと言って、モデル養成所に行って猫背、内股を矯正し、「美しい話し方教室」で田舎言葉も直してしまった。栄子は自分のモノは自分で買うようになり、辰野に相談もせず息子のことで中学校に意見をしに行ったりするようになった。ある夜、辰野が帰ると栄子が会社をクビになったと言って泣いていた。と思ったら、次の次の夜、今度は別の婦人服メーカーに採用されたと上機嫌であった。辰野は、やっぱり「あんたが大将」というフレーズは妻に捧げたいと思った。（荒井真理亜）

暗潮《あんちょう》—大阪物語《おおさかものがたり》—　長編小説

〔**作者**〕小田実〔**初版**〕『暗潮—大阪物語—』平成九年九月二十五日発行、河出書房新社。〔**小説の舞台と時代**〕大阪。昭和十三、四年。〔**内容**〕室戸台風で天王寺の五重塔が倒れた。主人公の千登世は五年生になった。新しい担任の栗山茂先生は、アダ名が「非常時先生」だった。何か言えば「今、日本は非常時だ」と言うからである。兄の健太郎は少年飛行兵になった。神戸へ一緒に連れて行ってもらった友達のキヨちゃんの「おとうさ」は、英霊の悪口を言ったため役所にいられなくなって三重県の田舎に引っ越した。千登世の父は薬剤師の免状がないので調剤はできなくて風邪薬や胃腸薬の売薬品しか売れなかった。近所に本格的な大きな薬局ができて、父は薬局をやめて造船会社に入って職工の訓練の主任になった。ゲンコツ堂のおじさんは、回転焼の材料がなくなり商売ができなくなって、軍需会社の守衛に雇われたが、昔、海軍に水兵でいたとき「反軍ビラ」を撒いたことがバレてクビになり、北海道へ帰ってしまった。少年戦車兵になるといっていたタツのおとうさんが戦死してしまった。

「あとがき」で、「『暗潮』の時代は一九三八年（昭和一三年）から三九年（昭和一四年）。前前『風河』にあっては、風は河となって局地的に吹き荒れ、吹き通ったが、『暗潮』にあって、暗い潮がすべてをのみ込んで動く。私にはその時代のその実感がある」という。（浦西和彦）

【い】

言い寄る《いいよる》　長編小説

〔**作者**〕田辺聖子〔**初出**〕「週刊大衆」昭和四十八年六月五日～十二月二十七日号。〔**初版**〕『言い寄る』昭和四十九年十一月三十日発行、文藝春秋。〔**文庫**〕『言い寄る』〈文春文庫〉昭和五十三年八月二十五日発行、文藝春秋。〔**全集**〕『田辺聖子全集第六巻』平成十六年八月十日発行、集英社。〔**小説の舞台と時代**〕梅田、本町、六甲、淡路島。昭和四十年代。〔**内容**〕玉木乃里子というハイ・ミスを主人公にして、現代の恋愛の生態をあつかっ

た長編小説である。里子はデザインやイラストなどを手がけている。友達の美々は生命保険会社のＯＬである。美々が恋人に逃げられ、慰謝料の請求に行くのに、里子もついて行くところからはじまる。相手の甲斐隆之は友人の中谷剛と一緒に待ち合わせの阪急ホテルのロビーにあらわれる。里子の強気な交渉の結果、妊娠中絶の費用として十万円もらうことになったが、そのお金を中谷剛が里子に渡すといい、それをきっかけに里子と剛の交渉が展開してゆく。剛は六甲山の別荘へ里子を連れて行く。お金を渡すより、里子に気があるようだ。二人は関係をもってしまう。だが、里子は前から商社につとめながらハワイアン・バンドのアルバイトをしている三浦五郎が好きだった。しかし、五郎は里子の気持ちに気づかない。

美々は急に子供を産みたくなり、子供の籍をつくるため偽装結婚したいと考え、それを五郎にたのんでほしいという。一方、剛は里子以外に他の女とかけもちしていることがバレ、里子は隣の別荘の主人水野に傾く。美々は未熟児を産んだが、その子は死んでしまう。だが、五郎が美々を愛していることを知らされ、里子は絶望する。やっと五郎をあきらめた心の空間に、剛の愛が入ってくるのだ。大阪弁のもつ独特なニュアンスを自由に駆使して現代男女の心理を描く。（浦西和彦）

家《いえ》　短編小説

〔**作者**〕今東光〔**初出**〕「別冊小説新潮」昭和三十七年四月号。〔**初収**〕『河内の風』昭和三十八年七月二十日発行、講談社。〔**小説の舞台と時代**〕八尾。明治、大正、昭和。〔**内容**〕「河内もの」の一つ。喜三郎は屋根職に見切りをつけた。現に茅ぶきの家が少なくなっている。火災防止のためや、大和川の護岸の役を果たす茅の根を守るために法律で苅れなくなるからだ。しかも、喜三郎は嫂のあさ江と関係があり、その露見の心配からも、兄の家を出た。それからの数年間に、兄の屋根屋は没落に瀕した。やがて、喜三郎は手伝い職として独立、村へ帰って来た。頼まれる仕事といえば、トタン板で茅葺きの屋根を包むというのが多く、兄の仕事を次第に喰い潰していく形となった。そのうち、村の青年会場の普請を引き受ける。これは彼に対する信用状みたいなものだった。数カ月後、会場が完成、自宅も建て直し、満願寺村から花嫁をもらった。間もなく長男喜三太が生まれる。妻お倉がスペイン風邪で死ぬ。それから三年ほどして、喜三郎は米子と結婚する。しかし、極道者の喜三太は家に居つかず、女のヒモとなりほとんど外で暮らした。戻って来ても夫婦喧嘩が絶えない。最後、借金するための実印を巡り、喜三太は喜三郎を殴り、昏倒させる。喜三郎は死の床につき、米子の看病を受けながら、米子とどこか知らない土地で暮らしたいと思うのであった。（中谷元宣）

家へ来る女《いえへくるおんな》　小説にあらず《しょうせつにあらず》　小説構想文

〔**作者**〕折口信夫〔**初出**〕「遠つびと」昭和十年四月号。〔**全集**〕『折口信夫全集第二十四巻』昭和三十年六月五日発行、中央公論社。〔**小説の舞台と時代**〕大阪の南、北河内、淀川堤。江戸後期から明治中後期。〔**内容**〕元藝者の寅吉について小説化しようとしている腹案を書いた文章。三章からなる。一章では、近世畸人伝に出てきてもおかしくないような形を備えていながら、人生に伝記中のやまらしいものもなく、落ちもない寅吉という女性を、書き方次第で何かになりそうな予感のすることを述べて

いる。そして、二章では、その小説の一場面と思しきもの、三章では、寅吉の登場部と思われる小説の部分と、再度、筆者が、この女のことを書き綴りたいという望みを持っていることが示される。奇妙な構造であるが、通じて、寅吉という特異な女を文章化したいと思っている心持ちが書かれている。（高橋博美）

猪飼野・女・愛・うた《いかいの・おんな・あい・うた》　詩集

〔作者〕宗秋月〔初版〕『猪飼野・女・愛・うた』昭和五十九年八月二十七日発行、ブレーンセンター。

〔内容〕「生きていること」「我が輪廻のうた」「我がパンソリ」「一枚の写真からの連想」「第一詩集より」「私の詩と生（座談会）」の六章から成る。

　猪飼野とは、かつて大阪市生野区の一画の朝鮮人多住地区の町名であった。一九七三年の町名変更で消えたが、バス停には猪飼野橋という名が残っている。朝鮮動乱の頃の戦争の悲惨さを母や兄のことを交えて歌った詩、祖国に寄せる思いや、日本と朝鮮の間で苦しんだ母のこと、自分の波乱の人生をも歌っている。六章の「私の詩と生（座談会）」では筆者自身の人生を幼年期から遡り、結婚や差別、猪飼野という場所についてなども語っている。詩にはところどころ朝鮮語も出てきており、作者の思いが存分に伝わってくる詩集である。（田中　葵）

猪飼野詩集《いかいのししゅう》　詩集

〔作者〕金時鐘〔初出〕「季刊　三千里」昭和五十年二月一日～五十二年五月一日発行、一～十号。〔初版〕『猪飼野詩集』昭和五十三年十月二十日発行、東京新聞出版局。

〔内容〕作者によれば、この詩集は、季刊誌「三千里」に十回にわたって連載したものが大部分を占めており、当初は長編詩として試みられたものだが、実質的には連作詩に成り変わったものである。

　猪飼野とは、大阪生野区の一画を占めていたが、一九七三年二月一日を期してなくなった朝鮮人密集地のかつての町名である。『猪飼野詩集』は、この猪飼野という、すでになくなってしまった場所についての詩集であり、その冒頭に置かれている詩「見えない町」は「なくても　ある町。／そのままの　ままで／なくなっている町。」という詩句によって始まっている。そして、「あとがき」で作者は猪飼野について、「私のように器用なものばかりが〝日本〟を生きているのでしたら、『在日朝鮮人』は、とっくに失くなってしまっていたでしょう。それを失くさせない土着の郷土性のようなものが、在日朝鮮人の集落体であり、その集落の本源に、猪飼野は存在するのです」と述べている。（三谷　修）

生口を問ふ女《いきぐちをとうおんな》　短編小説

〔作者〕折口信夫〔初出〕「白鳥」大正十一年五、七月発行、第一巻三～四号。〔全集〕『折口信夫全集第二十七巻』平成九年五月二十五日発行、中央公論社。〔小説の舞台と時代〕千日前。近世。

〔内容〕卯之松は、昨夜寝足りなかった覚えがないのに、激しい睡魔に襲われていた。そんな卯之松の姿を見たおちかは、月々の為送りが十分でないことなどを含めた皮肉を卯之松に浴びせかける。その時、卯之松はこの睡気の原因に思い当たる。卯之松の正妻であるお留が、口寄せを行い、そのお留の生霊がそばにいるから、眠くて仕方がないのだと述べる。真っ青になって唇をぴくぴくさせて話す卯之松を見て、おちかは恐怖を覚える。おちかは、陰気な顔をして卯之松に縋りつこうとしているが、卯之松はそのような陰気な雰囲気を吹き飛ばすよ

うに、千日前にでも出かけようと提案する。着物を着替え、白粉を塗ったおちかの後ろを歩いていた卯之松は、おちかが自分の方を一度も振り返らないことに腹を立て、おちかが自分のことを檀那だと思われたくないのであろうということに思い当たり、怒りが湧き返った。その後、卯之松は機嫌を直すものの、おちかの着物に男だけに限ったものだと聞いている丸に貫木を入れた男紋が縫われているのを見て、他に男があるのかと飛びかかりたい気持ちになった。その紋についておちかに問いただすと、鉄眼寺の表門に着くまで待てと言われ、卯之松は黙ってついていくことにする。門に着くと、おちかは卯之松の思いやりの無さに激怒する。そして、着物の紋がおちかの家の紋であることを説明する。卯之松は自分の思い違いであったことに気付くものの、それを認めるのを癪だと感じる。すると、おちかは体の不調を訴え、蹲った膝の上に前髪を押し付けてじっとしてしまった。卯之松は音を立てないように門の敷居に腰をおろしたが、卯之松も撲ちのめされたようなだるさに襲われ、まだお留に口寄せされていることに気がつく。しばらくすると、落ち着いてきた卯之松であったが、再び眠くなってきそうなので、おちかに薬を買いに行こうかと言うが、おちかは手拭いをしぼってきてほしいと頼む。心細げなおちかの声に、卯之松はおちかのために何でもやり遂げてやるという気持ちになる。遠くにある井戸に向かう途中、おちかが生霊に捕まるのではないかと考え、その様子が目に浮かんできた。手早く手拭いをしぼった卯之松がおちかのところに戻ると、その姿が見えず、やはりとり殺されたかと思うが、扉の陰に小さくなっているおちかを見つけ、安心が拡がった。卯之松はもう本堂まで行く元気が無くなり、どこかで休もうと提案するが、おちかがかぶりを振るばかりで、門の敷居に腰をおろして、女の顔を見ているしかなかった。すると、風がだいぶ強まり、鎌鼬が発生する。それを見たおちかはさらに恐怖を感じ、本堂まで手を引いてくれと卯之松に頼み、卯之松が女の手をとって歩き出そうとするが、不思議なほどに体が萎えきって、女を本堂へ連れこもうという気がなくなってしまった。そこで、卯之松はお留の生霊がここにやって来るのだということを確信し、「はて、恐ろしき執念じゃなあ」という言葉が浮かんでくる。しかし、卯之松が、たかが婢一人の怨霊だと見くびっていると、何だかしゃんとしてきた気がしてきた。二人のまわりには日の光が満ちている。来るなら一層早く来いという胸の中の考えが声になりそうに高まってきた。しかし、ひょっとしてこれがおちかに聞こえたかもしれないと、おちかの方を見てみると、先ほどと同様に凍りついたようにしている。卯之松はおちかに聞かれていなかったことに安心する。作品中には登場しないお留という巫女に口寄せされ、お留の生霊に襲われる男女の物語である。

　なお、この作品は未完である。（林未奈子）

生きた造花《いきたぞうか》　短編小説

〔作者〕黒岩重吾〔初出〕「サンデー毎日」昭和三十五年十一月号。〔初収〕『青い火花』昭和三十六年三月一日発行、東方社。〔小説の舞台と時代〕梅田、浜寺、淡路島。昭和三十五年頃。

〔内容〕美貌の大阪観光ガイド新聞調査部長黒木悠は、貧相な梅田の整形外科医院院長金子吉郎の手術失敗をネタに、三百六十万円をゆすり取る。中学時代、二人は同級生で黒木は金子をいじめていたのだが、その関係が現在では逆転して、金子は社会的に出世、財を成し、美しい芳江のパトロン

になり、北新地で一流バーを経営させている。黒木は金子に嫉妬、芳江を奪おうとする。芳江は自らの整形の藝術作品であると言い、金子は今度は黒木の脅しには屈しない。黒木は芳江と組んで金子を殺害しようとするが、逆に毒殺される。素直に三百六十万円払ったところから全て罠だったのだ。しかし加えて、芳江は女の心がわからない金子をも溺死させるのだった。（中谷元宣）

意気地なし《いくじなし》　短編小説

〔作者〕岩阪恵子〔初出〕「新潮」平成四年八月一日発行。〔初収〕『淀川にちかい町から』平成五年十月二十八日発行、講談社。

〔小説の舞台と時代〕大阪市内。現代。

〔内容〕祥造は一カ月も続かず地下道暮らしをやめ、もっぱら電車利用のルンペンである。電車に揺られ、飽きればプラットホームのベンチで腰をかけ、読書三昧にふける。駅で洗髪までもする。祥造が四十七歳の時、勤務する二十人に満たない小さな会社が倒産した。それまで彼は三度も職場を変わっていた。勤労意欲が断ち切れてしまった感じだった。家出する数カ月前から、根無し草とか浮草とかにたとえられる暮らしがすでに始まりかけていた気がするのである。家庭を捨て、ルンペンになることを選んだ初老の生活を描く。（浦西和彦）

池田日記《いけだにっき》　エッセイ

〔作者〕岩野泡鳴〔全集〕『岩野泡鳴全集第十四巻』平成八年六月二十日発行、臨川書店。

〔内容〕明治四十四年の四月三十日から、明治四十五年の七月十日までの日記である。明治四十四年は日付がかなり抜けているが、明治四十五年に関しては一月が若干落ちているだけで、その他はほとんど抜けていない。この日記は、明治四十四年の四月三十日から、遠藤清子と下女と共に、大阪新報記者として、池田にある借家で生活していた頃を記したものである。小川未明や上司小剣、徳田秋声、正宗白鳥、谷崎潤一郎との交流が多く記されている。また、正宗白鳥に関しては、明治四十五年の三月九日に、白鳥の小説「毒」についての感想を述べている。泡鳴自らの作品については、明治四十四年十二月三日に「東京潜伏時代の黄興」、同年十二月十日に「放浪」の前編に当たる「発展」について触れてある。明治四十五年では、一月六日に「船場の一隅より」とその作品を書いた理由、六月二十六日に「養蜂日記」のことについて書いている。趣味の養蜂の事が詳細に書かれており、その他、病気のことなどは、耳のことや痔のことが挙げられている。（田中　葵）

以上の裏の所《いじょうのうらのところ》　エッセイ

〔作者〕吉田健一〔初出〕「あまカラ」昭和三十三年一月～三月号。原題「舌鼓ところどころの裏の所」。〔初収〕『舌鼓ところどころ』昭和三十三年六月二十日発行、文藝春秋。

〔内容〕味覚エッセイ集『舌鼓ところどころ』の中の一章。それまでの章で触れた神戸、金沢、大阪、長崎といった土地の、書き切れなかったことがらを記す。食べ歩きでは、これから原稿にしなければならぬという重荷があるが、大阪はただ遊びに寄ったようで、そして大阪が第一という感じにさせてくれる町だ。ネオン・サインは東京よりも町全体の感じにしっくり合っているからそこに一つの町があるのだという実感が湧く。食べ物のことを書く仕事がなくても飲み食いしに行きたくさせてくれる。店に入ってしまえば仕事になってしまうが、少なくとも店に入る瞬間までは原稿の種を探しに行くという気持ちにならずに済む。大体が食べ物の旨い所である大阪に食べ物

のことを書きに行くのは馬鹿げたことだが、是非とも書くことを抜きでもう一度大阪に行ってみたいものである。（大杉健太）

異水《いすい》　中編小説

〔**作者**〕永山則夫〔**初出**〕「文藝」平成二年五月一日発行、夏季号。〔**初版**〕『異水』平成二年五月三十日発行、河出書房新社。〔**小説の舞台と時代**〕守口市、門真市。現代。〔**内容**〕「陸の眼」（「文藝」平成1年12月、文藝賞特別号）の続編にあたる中編小説。「陸の眼」で勤め先を逃げるようにして辞めたNは、ヒッチハイクの末、大阪にたどり着いた。偶然知り合った男の紹介でNは米屋で働くことになる。大阪にも仕事にも慣れ始めたころ、Nは身元を確かめるために戸籍謄本を出すように求められる。田舎への仕送りと共に、戸籍謄本を送るよう求めたが、送られてきた戸籍謄本にはNを打ちのめすことが記されていた。出生地の欄に北海道網走人呼番外地生とあり、それを見たNは自分が刑務所の生まれであると思い込んだのである。何度も、戸籍に番地を加えて欲しいと懇願したNだが、結局、希望は入れられることなく、刑務所の生まれではないと書かれた手紙を受け取っただけであった。そのことを隠し通していたNだが、やがて戸籍のことが、店の人間に知れる。それを境に、店の人間の態度が変わる。また、淀川では心を満たすことが出来なくなり、Nも大阪を離れる潮時が来たことを悟っていた。店の人間に、Nが辞めなければ自分が辞めると言われ店を辞める決心をする。もう「大きに」と言わないで済むと思うと、大阪を離れるのだという実感が湧き、Nは人の波に乗り改札口へと向かった。（巻下健太郎）

遺跡《いせき》　詩

〔**作者**〕井上靖〔**初出**〕「風景」昭和四十五年六月一日発行、第十一巻第六号。〔**初収**〕『季節』昭和四十六年十一月二十四日発行、講談社。〔**全集**〕『井上靖全集第一巻』平成七年四月二十日発行、新潮社。〔**内容**〕大阪の街の中心部で、難波宮の発掘遺跡の所在地を訊ねてみた。「私たち」の探す古代王宮の跡はプールになっていた。その場所には人家があったのを、孝徳帝の難波宮が建てられ、その後に聖武帝の王宮が建てられ、後代には何ものともわからない建物が次々に出来た。最後に八聯隊の兵舎だったのが空襲で焼け、都会の騒音に包まれたプールとなった。（荒井真理亜）

キタ・アルコホラリス《いた・あるこほらりす》

エッセイ

〔**作者**〕開高健〔**初出**〕『続ウイスキー―キタ・アルコホラリス―』〈洋酒マメ天国第2巻〉昭和四十二年九月三十日発行、サントリー。〔**初収**〕『孔雀の舌〈開高健全ノンフィクションⅣ〉』昭和五十一年十二月五日発行、文藝春秋。〔**全集**〕『開高健全集第15巻』平成五年二月五日発行、新潮社。〔**内容**〕著者の半生を振り返り、これまでの飲酒遍歴を語るエッセイ。祖父の豪快な呑みっぷりから書き起こし、戦時中、十四歳の頃に飲んだ葡萄酒や、戦後、ジャンジャン横丁で初めて稼いだ金で呑んだ「ウイスキー」ならぬ「ウイスケ」、旧制高校在学時に覚えた粗悪な酒「ドブロク」等の印象がその当時の風俗を回顧しながら軽妙な語り口で描かれている。（大杉健太）

鼬《いたち》　短編小説

〔**作者**〕今東光〔**初出**〕「小説新潮」昭和四十三年十二月号。〔**初収**〕『小説河内風土記巻之六』昭和五十二年七月十五日発行、東邦出版社。〔**小説の舞台と時代**〕八尾。昭

和三十年頃。

〔内容〕「河内もの」の一つ。元吉の若い妻は照代といい、夫婦中はいたってよかった。しかし、舅の勘兵衛は折あらば照代を口説いた。ある夜、照代は不覚にも勘兵衛に犯されてしまう。ずるずる関係は続く。やがて元吉に露見する。元吉は二人を力の限り殴り、家出し、阿倍野でやくざとなる。照代も家を出る。後に一人残った勘兵衛は、鼬を飼うことだけが生きがいとなった。勘兵衛が死に、その倅の元吉が更生して鼬獲りの跡を継ごうとする。天台院和尚は、元吉を甲種狩猟者にするのであった。

（中谷元宣）

苺をつぶしながら——新・私的生活——《いちごをつぶしながら—しん・してきせいかつ—》 長編小説

〔作者〕田辺聖子〔初出〕「小説現代」昭和五十六年九月〜十二月号。〔初版〕『苺をつぶしながら（新・私的生活）』昭和五十七年四月二十六日発行、講談社〔全集〕『田辺聖子全集第六巻』平成十六年八月十日発行、集英社。〔小説の舞台と時代〕大阪（梅田、周防町、神戸、東神戸、心斎橋、畳屋町、笠屋町、東清水町、大宝寺町、帝塚山、鰻谷中之町、四ツ橋、横町、淡路）、兵庫県（六甲、有馬、淡路島、御影）、長野県（軽井沢）、東京、京都、北海道、信州。現代。

〔内容〕三十五歳の玉木乃里子は、自由気ままに一人暮らしを楽しむバツイチである。ブリジット・バルドーが好きで、仕事はイラストレーター、人形作り、こちらも自由奔放で売れ行きは、まあまあである。財閥で、ひどいヤキモチ焼きの前夫、剛と別れて一人暮らしを始めてから二年経つが、人生や恋愛についてよく考える。一人身になってから、男友達も出来、付き合いの幅も広がったのだった。そんな時、偶然、剛と再会し、少し淋しがっている様にも見える剛に、乃里子は、やや躊躇していた。ところが乃里子の友人の死をきっかけに、二人は、愛情ではなく、友情を持つようになる。乃里子は、身寄りが無く死んでいった友人の死に直面して、一人身で、今だけを楽しんでいる自分の最期と重ねたのである。そして、大好きなBB（べべ）ことブリジット・バルドーが言った言葉を考える。「ほんとうの友達を持つってむつかしいことよ」もし男と女にそれがあるとするなら、乃里子には、それはいったん別れた男と女にしかないように思えるのだ。人間は、いくつもキカイを持っていて、剛と自分にとっては、「やさしい声を出すキカイ」は壊れても、「友情」のキカイは、まだ使えるのかもしれないと思えるのだ。剛と「スパゲティ友達」になった乃里子は思う。やっぱり、自分の棺は「友情のキカイ」を持っている男たちの手に担いでもらいたいと。

（田中　葵）

一夜官女《いちやかんじょ》 短編小説

〔作者〕司馬遼太郎〔初出〕「講談倶楽部」昭和三十七年二月号。〔初版〕『一夜官女』昭和三十七年三月一日発行、東方社。〔小説の舞台と時代〕摂津野里村。戦国末期。

〔内容〕父親の病気見舞いの帰り、供の老人が病に倒れたため、小若は野里村の宿に逗留していた。小若は編み笠を被った武士に目を奪われる。武士の名は岩見重太郎、追手に追われている身であった。村役人から明神様に捧げる一夜官女の役を頼まれた小若は、好奇心も手伝って引き受ける。社に一人で、一晩泊まるだけであったので、小若は気楽に構えていた。しかし、社の暗闇の中に男が一人いた。男は小若の予想通り、岩見重太郎であった。二人は一夜限りの関係を結び、翌朝、重太郎は姿を消した。

嫁ぎ先の姫路に戻った小若を待っていたのは、夫が家に引き入れた妾であった。元々、夫と上手くいっていなかった小若は、ほどなく暇を出される。実家の紀州への帰路、大坂に立ち寄った小若は重太郎の消息を調べる。大坂城へ入城した浪人の中に重太郎らしき人物がいたことを知った小若は、何とか手段を講じて面会に出かける。重太郎は薄田隼人正兼相と名を変えていた。自分を屋敷に置いて欲しいと願う小若だが、その願いは聞き入れられない。小若が重太郎の戦死を知ったのは、屋敷の庭の栃の花が嵐で散った朝のことであった。（巻下健太郎）

一尺五寸の魂《いっしゃくごすんのたましい》　短編小説

〔**作者**〕藤本義一〔**初出**〕未詳。〔**初出**〕「オール読物」昭和四十九年二月号。〔**初版**〕『一尺五寸の魂』昭和四十九年十二月十日発行、文藝春秋。〔**小説の舞台と時代**〕道頓堀。昭和初年代。

〔**内容**〕俠気の巷に生きる磯貝辰之助、人呼んで「三尺の辰」は、身長四尺三寸の矮男であるが、三尺の虫にも一尺五寸の魂を持つと思っている。三尺は、道頓堀を一大歓楽街にしようとする小村の旦那の傘下に入り、藝者君千代をあてがってもらうが、道頓堀の土地争いにおける小村のライバル・西塚を刺せと命じられる。西塚は、君千代を落籍した男でもあった。三尺は西塚を刺し自首するが、西塚は生き残り、逆に三尺に弁護人をつけ、男の株を上げ、小村は信用を失う。殺人未遂ではなく、単なる傷害罪で五年の刑に服すのみですんだ三尺は、出所後、今は亡き西塚の、吉野山の桜を道頓堀で咲かせようとした夢を、その娘の口から知る。三尺は、西塚が己の名を売るためではなく、その夢のために、自分の寛刑を願ってくれたと思い、男のロマンを感じる。三尺は、道頓堀に桜を咲かせることに執念を燃やし、見事成功させるが、その桜の寿命はそれで尽きてしまう。花びらが散り尽くす前に、三尺は大阪を離れるのであった。（中谷元宣）

凍蝶《いてちょう》　短編小説

〔**作者**〕朱川湊人〔**初出**〕未詳。〔**初収**〕『花まんま』平成十七年四月二十五日発行、文藝春秋。〔**小説の舞台と時代**〕大阪。一九七〇年頃。

〔**内容**〕「私」が小学校へ入学する前、電車に轢かれた人々の肉片の塊である〝鉄橋人間〟の話を兄から聞かされた。その鉄橋人間を見たものには何か必ず悪いことが起こるというのだ。それは兄の創作話であっただろうが、いつからか人目を避けて暗がりで生きる鉄橋人間を哀れに思うようになった。「私」の住んでいた地域では、蔑まれる家に生まれた「私」は〝要らない者〟とされていた。小学校に入学して友だちを作っても、彼らはいつのまにか「私」から離れて行った。その理由を教えてくれたのは転校生のマサヒロだった。彼は東京からの転校生で、東京を必要以上に意識してしまう大阪という土地柄故、クラスになじむことができず、自然と「私」と話すようになり、家でも遊ぶほど仲が良くなった。しかし、ある日、今まで親切にしてくれていた家族の人から、マサヒロとは遊ばないでくれと言われてしまう。再び「私」には友だちがいなくなったのである。孤独に過ごす時間は長く、「私」は一人で外を歩きまわった。そして大阪市営のM霊園でミワさんに出会ったのだ。十八歳のミワさんと「私」は、毎週墓地で会うようになった。ある時、一匹の蝶々が飛んでいるのを見かける。ミワさんはそれを見て、自分の故郷には〝蝶蝶の木〟があり、蝶々はそこで冬を越すのだと話した。信じられなかった「私」は、

図鑑で調べてみると、それが「リュウキュウアサギマダラ」という種類であり、〝凍蝶〟という言葉も知った。調べたことをミワさんに話すと、その南の島が自分の故郷で、大阪には病気の弟の治療費を稼ぐために出てきたのだと話した。ある日、墓地に一匹の蝶が舞っているのを見たミワさんは、蝶々の木の蝶だと言うが、その蝶は姿を消してしまう。ミワさんはその蝶を、病気でダメになった時は蝶になって心だけでも会いに行くと約束した弟だと言い、「私」を抱きしめて泣き叫んだ。その日を最後に、ミワさんと墓地で会うことはなかった。しかし、「私」はミワさんを探し求め、T新地と呼ばれる、いわゆる昔の赤線地帯でその姿を見つける。「私」は、嬉しさのあまり彼女に駆け寄ったが、ミワさんは、「私」のことは忘れない、もうここには来てはいけないと叫んでいた。その数日後、マサヒロが家に遊びに来て、人が何と言おうと「私」と友だちでいたいと言ってくれた。それ以来、彼は「私」の親友であり続けている。大人になってから、「私」はミワさんを探しにもう一度あの地を訪れたが、その行方はわからなかった。しかし、案外強い蝶のように、元気でやっているのではないかと思う。人の目が届かぬ世間の片隅に潜んでいるのは、きっと孤独で哀れな妖怪ではなく、新しい季節を待つために眠っている何万もの蝶のはずだ。孤独を抱えていた少年が、墓地で出会った女性との思い出を語った短編小説。

（林未奈子）

愛しのわが家《いとしのわがや》　短編小説

〔作者〕難波利三〔初出〕「週刊小説」平成二年三月十五日号。〔初収〕『藝人洞穴』平成五年八月二十五日発行、実業之日本社。〔小説の舞台と時代〕天王寺、千里。現代。〔内容〕名倉は古い父親の賞状や昔のメモ帳をみて感慨にふけっていた。何故そのようなものを見ていたかというと、二十四年余り住んでいたこの家から引っ越すことになり、荷物をまとめていたのである。小さい家ではあったが、天王寺から近く、妻の妙子の父親から借り受けていたので家賃も払わずに住んでいた。妙子とは大学中退して業界新聞社で働いている時に知り合った。結婚する直前に結核にかかり、この家で学習塾をしながら何時の間にか結婚式を挙げずに今に至ったことを少し後悔している。名倉は投稿小説を書き続け、新人賞を受賞、そして念願の有名な賞をうけ、家を引っ越すことにしたのだ。名倉と妙子は最後にと家の周りを散歩し、色々思い出を巡らせていた。変わりゆく街を色々二人で話しながら腕を組んで歩いた。二人で風呂に入り、そして布団の中で二人は新人賞をとった時の事、有名な文学賞を六回目にしてやっととれたとき、この小さな家が台風のように無茶苦茶になったことなどを思い出した。眠るのが惜しくなってずっと二人で話しつづけて朝を迎えた。引っ越しが完了し、新しい家へ向かう最後の仕事として表札をはずした。あっけないほど簡単にとれた表札は丁寧に新聞紙に包まれた。妙子は感慨深く嗚咽をもらした。そして、二人は次の家もこれだけ好きになれるだろうか、と言いながらその家にわかれを告げた。

（井迫洋一郎）

いとはん《いとはん》　舞踊劇　四景

〔作者〕北條秀司〔初演〕昭和三十一年九月、名古屋御園座。配役・おかつ（西川鯉三郎）、友七（西川鯉次郎）、おわさ（西川とし子）ほか。〔初収〕『北條秀司作品集』昭和三十四年十二月二十五日発行、演劇出版社。〔選集〕『北條秀司戯曲選集Ⅰ』昭和三十八年五月三十日発行、青蛙房。〔舞踊

劇の舞台と時代〕大阪の西長堀川を前にした土佐稲荷の境内。明治の中頃。

〔内容〕醜女だが気だての優しい材木問屋の長女おかつは手代友七に恋心を燃やしているが、友七は女中お八重と恋仲である。お八重はおかつの恋を知り、悩んだ末、店から姿を消そうとした。友七がそれを追ってとび出した。ひとり物干台に出たおかつは、悲しみをおさえて、お八重の仕合わせを流れ星に祈ってやる。（浦西和彦）

犬女房《いぬにょうぼう》　短編小説
〔作者〕田辺聖子〔初出〕「オール読物」昭和五十五年九月一日発行、第三十三巻九号。〔初収〕『おんな商売』昭和五十六年五月二十五日発行、講談社。〔作品集〕『田辺聖子珠玉短篇集④』平成五年六月三十日発行、角川書店。〔小説の舞台と時代〕高槻、西淀川区。現代。
〔内容〕四十六歳になって梶本はやたら犬恋しくなってきた。娘たちが小さい時は、娘にまぎれて犬のことは忘れていた。甲子園の団地に住んでいたが、娘たちが大きくなって手狭になり、大阪郊外の高槻の文化住宅なる貸家に移った。仕事に追われて、犬のことどころではなく、娘にもあまりかまっていなかった。そうして、小さい建売住宅を買った。やっと自分の家、自分の土地を持てたので、忘れていた犬恋の本能が目覚めたのかもしれない。それを触発したのは、近所で飼われている犬たちらしい。しかし近所の犬は飼い主たちに厳重に管理されていて、触らせてももらえない。梶本も犬を飼いたいが、潔癖症の妻や娘は大反対である。そのうち、犬を散歩させてくれる家を見つけた。濃い化粧の水商売らしい女が飼い主らしいが、あまり犬に愛情はないらしい。犬も運動不足でヒステリーを起こしている。梶本は犬に「クロ」と名前をつけ、頻繁にクロを散歩に連れ出すようになった。しかし、女は突然引っ越してしまい、犬は保健所に連れて行かれたという。梶本は娘の本棚の上にあったヌイグルミの犬を抱いて寝ながら、犬があれば女房子もいらない、犬が女房みたいなものと思う。（荒井真理亜）

井原西鶴《いはらさいかく》　長編小説
〔作者〕武田麟太郎〔初出〕「人民文庫」昭和十一年三月〜五月、七月、八月、十一月、十二年九月号。「文藝」昭和十三年七月号。〔全集〕『武田麟太郎全集第十三巻』昭和二十四年八月五日発行、六興出版社。『武田麟太郎全集第三巻』昭和五十二年十一月二十日発行、新潮社。〔小説の舞台と時代〕大坂、誓願寺、生玉。近世。
〔内容〕「あとがき」に「これは長編小説『井原西鶴』の発端篇である」「これはかの所謂伝記小説の類ではない」という。筋書きを「西鶴置土産」巻二の二「人には棒振虫同前に思はれ」に取り、脚色の細部に「日本永代蔵」や「好色一代女」の中の話を借りて描く。恋敵であり、彼の生計の庇護者であった高安が名妓薄雲を身受けした。彼の盲娘が悶死するが、高利貸しは香奠まで執拗に請求する。娘の三周忌の帰り、誓願寺を出て、生玉の方へ弟子の団水と向かった。金魚屋に、棒振虫を銭二十五文で引き替えている人がいた。落ちぶれた高安である。高安の侘び住まいをたずねて行く。高安をもう一度世に出したいと思うのである。後日、高安を訪ねると、夜逃げしていた。川崎長太郎は「あの作で一番魅力と思はれるのはその文章である」（「帝国大学新聞」昭和11年9月14日）という。（浦西和彦）

今でも残つてゐる道頓堀に「鱧の皮」の家《いまでものこっているどうとんぼりに「はものかわ」のいえ》

エッセイ
〔作者〕上司小剣〔初出〕「サンデー毎日」大正十三年六月二十二日号。
〔内容〕上司小剣は、十八、九歳の頃、大阪へ出て、堺利彦らに交わった。上司の書いたものが初めて活字になったのはその頃のことで、当時大阪にあった「阪城週報」という週刊雑誌に「小王国」という随筆を載せて貰ったという。上司は、東京へ出るまでは、上京したいというようなことを考えるよりも、「大阪を本拠として、大阪の文学を盛んにならしめたい」と考えていた。上司の代表作にもなった「鱧の皮」は、大阪を描く長編の初めのような積りで書かれたものという。「鱧の皮」の舞台となった家は、上司の叔母が経営していた、道頓堀の角座の向かい側にあった「備前屋」という鰻屋であったが、大正十三年の時点では、「備前屋」は人手に渡り、「松重」という店になっている。店を売った金を、小説の中にも出てくる聟養子が持ち逃げしたという。「鱧の皮」に描かれた夫婦のその後も知ることが出来る。

上司は、自身の作家生活を振り返って、『神主』とか、『鱧の皮』で世間から認められるやうになつたのであるから、幼い時から文学に志したとはいへ、本当に私が文壇に出たのは割合に遅かつた」と語っている。（荒井真理亜）

今も生きつづける浪花旅情《いまもいきつづけるなにわりょじょう》　エッセイ

〔作者〕難波利三〔初収〕『関西こころの旅路』平成十二年一月二十日発行、山と渓谷社。
〔内容〕水の都と言われた大阪は、江戸時代から今日までに二十以上の川が消えている。歴史的にも貴重な川が姿を消したということは、得難い財産を失ったということだ。

大阪には現在渡船場が八カ所残っている。これらは道路の延長線上という扱いからいっさい無料になっており、市民の足として利用され、朝夕のラッシュ時には満員になることもあるという。水の上から見渡す大阪の風景は視点が低く、視界も多彩に変化し、意外な発見をもたらせてくれる。どこも名画になりそうで思わずカメラを向けるか、絵筆でも執りたくなってくる。また大阪のウォーターフロントは目覚ましい発展を遂げつつあり、海遊館の人気はまだまだ衰えそうにない。大阪湾に浮かぶ三つの人工の島である、舞洲、夢洲、咲洲も日々充実してきている。その中のひとつ、舞洲を中心とする二〇〇八年のオリンピックが開かれることになれば、海上で開催されるオリンピックは過去に例がないので、さすがは水の都―大阪ならではと、世界中の人々の注目を集めることだろう。

川や船、浮島といった、水にまつわる話題を中心としたエッセイである。（田中　葵）

色絵祥瑞《いろえしょうずい》　短編小説

〔作者〕黒川博行〔初出〕「オール読物」平成十年十一月号。〔初収〕『文福茶釜』平成十一年五月発行、文藝春秋。〔小説の舞台と時代〕大阪富南市（架空）、難波、船場、兵庫芦屋、奈良。現代。
〔内容〕佐保の上司の菊池から大阪市が企画する中国磁器展の出品者について調べてほしいという依頼がくる。何故そんな話になったかといえば、芦屋の富豪久家より展覧会を開く際に宗教法人の出品に混ぜて久家の持つコレクションも出してほしいという話がきたことから始まっていた。久家は宗教法人の人間がどのような存在で自分のコレクションに対してどのようなものを持っているのか調べてほしいというのだ。菊池は自分の所の美術出版が展覧会のパンフレットを作り利益を得たいという目論見が

あったので、その話をうけたのである。佐保は早速その宗教法人を調べてみるが、実際この宗教法人は奈良に本部があり、どうやらねずみ溝のような方法で中国磁器を寄進という形で収集しているようであった。代表の近衛という男も前科もちでますます怪しくなってきていた。そこで佐保は新聞社の後援を餌にして、近衛のコレクションを鑑定したいと申し出る。近衛は中国の鑑定専門家が鑑定していると言い張るが、そこは上手く言いくるめ、学藝員のふりをした古物商の赤松に鑑定してもらう。案の定ほとんどが偽物でそれを指摘すると、近衛は脅しともとれるいいがかりをつけてきた。しかし、佐保の方で偽物の代わりの磁器を出し、面目を保つということで収まる。実際には赤松の売り物を並べ、展示した後で即売するようにしたのであった。作者が焼き物に対して事細かに調べてその鑑定方法などを書いている作品である。（井迫洋一郎）

いわしの頭《いわしのあたま》　短編小説

〔作者〕花登筐〔初出〕未詳。〔初収〕『船場情艶』昭和五十一年九月二十日発行、毎日新聞社。〔小説の舞台と時代〕船場、備後町、道頓堀。明治初期。

〔内容〕どんつくどんつく、となるうちわ太鼓の音を聞くと、しのは身体が火照ってくるのを感じていた。そして同時に怒りに熱くもなっていた。しのは備後町の炭問屋、木津屋の娘として生まれた、炭問屋にふさわしくない肌の白さと、その美しさで、歌舞伎を見に行っても、中村鴈治郎が女形より目立つので来て貰いたくないと懇願するほどであった。しかし、その美しさによって表を出歩くこともままならず、家に閉じこもって何もできない娘に育ってしまった。一方でこの評判の娘を是非嫁にほしいとあちこちから申し出が来たが、花嫁修業を何一つしていないので出す訳にもいかず困っていたところ、唐物町の乾物問屋の三野屋の一人息子が嫁にほしいとやってきた。四国から出てきて日も浅い店であり、しのには何もしなくてもよいという条件を出されて、両親も納得し、嫁に出した。しかし、しのは何も知らないので、初夜に何をするかも分からない。婿の由太郎も女性をあまり知らない為に大騒ぎになる。姑のお念はあんま師を呼び寄せ、体調不良を訴えるしのに嫌がらせをさせようとするが、逆にしのの美しさにあんま師はあんまの痛みではなく、女性としての悦びを教えてしまう。それからは由太郎にその悦びをさせ、しのは夜の営みに励むが今度は由太郎が精魂尽き果てお念になきつく始末となった。あまりに不敏に思ったお念は法華経のお勤めを由太郎とすると誤魔化し、由太郎をかくまう。しのは太鼓の音を聞くたびに快楽を味わえない苦しみを味わった。そして耐えかねたあまり、由太郎を探しに行こうとした夜、舅の由造と出くわし、舅と関係をもってしまう。だが、実は由太郎もお念とその時には関係を持っていたのである、一人息子を取られた嫉妬と、夜な夜な逃げることのできなかった日々を不敏に思ったお念の愛情は皮肉にも近親相姦にまですすんでしまったのである。こうして捻れた関係が続くが、由太郎はお念との毎日の関係にも耐えかね、父、由造の所へ逃げ込む。そして、しのと由造の最中を見、心臓発作で死んでしまう。慌てて由造は柱に頭をぶつけ、これもまた死んでしまった。今、女二人だけが残って店をきりもりしているが、二人の関係はよくない。太鼓の音を聞くたびに身体についてとれないいわしの乾物の頭の匂いが、しののこみあげてくる熱い二つの思いを膨らませるのであった。（井迫洋一郎）

い

言わずの顕蔵《いわずのけんぞう》　短編小説

〔作者〕龍文雄〔初出〕未詳。〔初収〕『おんな医者奔る』平成三年十二月一日発行、かもがわ出版。〔小説の舞台と時代〕大坂（新町、堂島、曾根崎、東町、伏見両替町、鎗屋町、常盤町、北野、天王寺、天満）、京都。江戸中期から後期。

〔内容〕藤田顕蔵が蘭方医として医業に努めながら隠れキリシタン事件に巻き込まれ、やがて死にいたるという一連の過程を描いた作品。

藤田顕蔵は糸漢堂の助教授の一人である。しかも浪花医師番付に常に前頭何枚目かの上位に上げられるほど医術の腕も優れていた。漢方医学古方派を奉じた開業医藤田幸庵は顕蔵を一人娘だったしうの聟養子に迎えるくらいであった。

結婚後、顕蔵は宅診や往診以外の時間は自分の部屋に籠りきりになる生活を営んだ。それは東西の種種雑多な知識までをも吸収し、古書洋書を蒐集、読み尽くしつつ、人間の探り得る教養から絶対的真理へ辿り着こうとした彼の努力であった。

結婚生活も藤田家二代目の医堂もすべてが順風満帆であった。しかし文政九年（一八二六）、医者仲間ではあば門と呼ばれる開業医藤井右門に紹介された水野軍記との出会いで一変してしまう。軍記はキリシタンであったのである。さらに初対面の軍記は顕蔵に同じキリシタンの京都八坂近くに住む豊田貢という女性を紹介する。この二人のキリシタンは彼に禁じられている自分たちの信仰活動の難しさやキリシタンが集落している京都のでいうす丁の状況について説明する。そして信者の一人が病気であることからその患者の様態を顕蔵に診て欲しいと言う。患者は末期に近い悪性腫瘍であったためどうしようもなくなるが、患者の家族らを含むキリシタンたちは神に祈りを奉げる。ここで顕蔵は実証精神に基づく大阪流蘭学の厳しさと、この世の生きる拠り所と最後の救いを耶蘇教へ求める彼らの態度を比べてみる。

顕蔵は貢に自分たちの「でいうす会」に御医者として入ってくれないかと頼まれる。入会まではしなかったものの、あくまでも学問的関心の次元で禁書になっていたキリシタンの書物を読む。寛永二年（一六二五）の金尼閣ことM・トリゴーが翻訳した「況義（イソップ物語）」や同年発行の艾儒略（J・アレニ）の「三山論学記（儒仏批判）」、寛永五年同じく艾儒略著「万物真原（自然哲学）」などであった。妻しうは顕蔵の留守中、散らかった夫の部屋をかたづけるうちにキリシタンの踏絵を見て恐怖感に襲われる。

その頃大坂東町奉行所の天満与力大塩平八郎が中心になって隠れキリシタン検挙が始まっていた。平八郎の捕吏たちによりまず藤井右門が逮捕される。そして水野軍記、豊田貢らを主導者とする京都「でいうす会」と大坂の隠れキリシタンが捕縛される。文政十年（一八二七）の五月末のことである。

入獄して一番最初に死んだのは水野軍記であった。処刑の最後まで生き残ったのは藤井右門と豊田貢のほか後二人いたが、藤井右門は繰り返し訊問を受ける。巧妙な訊問を受けつづけていた藤井は刑吏の脅迫にせまられ、顕蔵のことを喋ってしまう。

キリシタン書物の所持などの疑いで逮捕された顕蔵は獄死する。死体は判決の下る日まで中国風に塩漬けされた。

文政十二年（一八二九）冬灰色の行列が大坂三郷を通る。世に言う隠れキリシタン豊田貢事件の終幕である。行列が予定の道を過ぎ梶木町まで来たとき、突然ひとりの女が群集の中から飛び出そうとした。

（李　鍾旭）

岩見重太郎の系図《いわみじゅうたろうのけいず》

短編小説

〔作者〕司馬遼太郎〔初出〕「オール讀物」昭和三十六年十一月号。〔全集〕『司馬遼太郎全集第十二巻』昭和四十八年十一月三十日発行、文藝春秋。〔小説の舞台と時代〕大坂。延宝年間（一六七三～八一）。

〔内容〕薄田大蔵は梶派一刀流の師範だが、うだつが上がらず妻のお里にも軽んじられている。その大蔵が偶然自分と同じ姓の系図を手に入れたことで人生が大きく変わる。系図を持ち込んだ表具師持明軒は学識深く、系図に書かれていた薄田隼人正の素性が明らかになる。隼人正は大坂の陣で活躍した武将で、またの名を岩見重太郎と言った。偽系図作りの名人でもある持明軒が細工した系図を二十両で買った大蔵はこの時から播州の百姓の倅から、立派な先祖を持った剣客になった。自分の系図を手に入れた大蔵は辻斬りに襲われる。相手は、系図を手に入れるきっかけとなった斬り合いをしていた武士である。その武士からある大名が薄田家の子孫を探していると聞かされる。辻斬りを退治した大蔵の名は上がり道場は栄える。しかし、大蔵の心は重い。系図の本当の持ち主が気になったのである。だが、最初に系図を巡って争っていた二人は本物の武士ではなく、仕官目当てに薄田の名を騙っていただけであった。そのことが大蔵を良心の呵責から解放した。隼人正が逆縁の恩人だと言う水野家から仕官の誘いが来る。しかし、隼人正の差料であった正宗が無い。持明軒の計らいで刀匠井上真改から正宗を借り受けた大蔵は無事、水野家に仕官する。この話には余談がある。あまりの見事さに誰も気付かなかったが、真改が貸した正宗は彼の作であった。この刀は後に浪人を仕官させたことから「浪人正宗」と呼ばれる。結局、水野家に仕官した大蔵は何から何まで贋物であった。水野家除封後、大蔵の子は商人となり後に鴻池と並ぶほどに栄えた。

（巻下健太郎）

所謂痴呆の藝術について《いわゆるちほうのげいじゅつについて》

評論

〔作者〕谷崎潤一郎〔初出〕「新文学」昭和二十三年八月、十月号。〔初収〕『月と狂言師』昭和二十五年三月二十日発行、中央公論社。〔全集〕『谷崎潤一郎全集第二十一巻』昭和五十八年一月二十五日発行、中央公論社。

〔内容〕大阪の郷土藝術である義太夫や、それと密接につながる文楽の人形浄瑠璃や歌舞伎の時代狂言などは、念の入った痴呆の藝術である。世界的だとか国粋的だとか言って、外国人にまで吹聴すべき性質のものではない。我々日本人だけで、慎ましやかにしんみりと享楽したい。

（中谷元宣）

隠花の露《いんかのつゆ》

短編小説

〔作者〕黒岩重吾〔初出〕「別冊文藝春秋」昭和三十九年一月号。〔初版〕『隠花の露』昭和三十九年三月三十日発行、中央公論社。〔全集〕『黒岩重吾全集第二十五巻』昭和五十九年二月二十日発行、中央公論社。〔小説の舞台と時代〕天王寺界隈。昭和三十九年頃。

〔内容〕コールガールの恵美子、縁子姉妹は、種村の斡旋で客を取っている。恵美子は加藤と結婚、吃音の縁子もまともな結婚を望み、コールガールをやめようとする。縁子は加藤にひかれていて、彼をないがしろにする恵美子に腹を立てている。加藤から、縁子は金ぴかの蝶のアクセサリーをプレゼントされる。縁子は醜くはあったが、加藤を愛している。しかし、加藤は警察に捕まる。女に貢がせる詐欺師だったのだ。縁子の恋は終わり、恵美子は再び種村から誘いを受けるのだった。

（中谷元宣）

印象《いんしょう》生活《せいかつ》 LA VIE INPRESSION-ABLE　短編小説

〔作者〕開高健〔初出〕「市大文藝」昭和二十五年一月三十一日発行、第三号。〔初収〕『開高健全作品〈小説1〉』昭和四十九年七月二十日発行、新潮社。〔全集〕『開高健全集第1巻』平成三年十一月十日発行、新潮社。〔小説の舞台と時代〕大阪、心斎橋。昭和二十年代前半頃。

〔内容〕開高健の処女作品。主人公の「彼」が少年期に経験した様々な情景や、移ろいやすい心の断片を捉え、オムニバス形式で描く。「一　情人」「二　鮒」「三　土管」「四　答辞」「五　映画」「六　病院」「七　暗愁」「八　縄張り」「九　濡れた夢」までを大きく前期とするが、未完に終わった。

中学校に入学した頃、「彼」は異性への目覚め、教師への反撥などを自覚する。父が死亡し家の中は暗澹とした。嫌人癖が現れ、不吉な観念ばかりが転がりだしてきた。しかし、「彼」の想念は感覚から意志への道をたどり出し、目の前の暗闇に緻密な未来設計を創り始める。　（大杉健太）

因縁事《いんねんごと》　短編小説

〔作者〕宇野浩二〔初出〕「中央公論」大正九年五月号。〔初収〕『男心女心』大正九年十一月二十日発行、新潮社。〔全集〕『宇野浩二全集第一巻』昭和四十七年四月二十日発行、中央公論社。〔小説の舞台と時代〕河内（玉造から二里、天王寺から三里）、四天王寺、天王寺、今宮、難波新地、大和、玉造、難波、十三峠。大正時代。

〔内容〕「哀れな老女のお鳥が物語り」。語り手は、初めから終わりまで、年老いた後の「お鳥」である。文章は、なにわの言葉で綴られている。被差別部落出身のお鳥は、大人しいが、学校の勉強はいつでも一番だった。そして強情で、幼い頃から滅多に泣かない子だった。七、八歳の時分、父親に連れて行ってもらったことがきっかけで、お鳥は強く大阪に憬れるようになる。そのうちに優等の一番で尋常小学校を出、両親の反対を押し切り、高等小学校へ進んだ。尋常小学校とは違い、高等小学校は「他所」にあったため、酷い仕打ちをうけた。それでも涙一つ見せず辛抱し、首尾よく、やはり優等の一番で卒業をした。そしていよいよ「他所」の世界への憬れが強くなる。お鳥には庄太という兄がいた。十七、八の頃家出をし、帰ってきては銭を持ち逃げした。両親に銭を隠されると、金目になる道具類などを持ち出した。挙げ句の果ては、家に火を付けて、村を去っていった。十六の春、大阪から野遊びに来た人達を見掛け、お鳥は大阪へ出ることを強く願った。その時分の事、今宮にある皮革の卸屋の番頭が、口入屋を連れてやってくる。彼らは難波新地の「をやま屋」（女郎屋）に、お鳥を奉公に出さないかと言い寄った。それを聞いたお鳥は、大阪へ出たい一心で、両親が引き止めるのも聞かず、奉公することを決めてしまう。そして、一生両親とは別れてしまうことになる。「をやま」になったお鳥が十八の年の秋、その年の夏の始めから通い始めた客と結ばれることになる。お鳥は両親の言い付けを守り、自分の出生を隠し通していた。男は大枚の銭をもってお鳥の引き祝いをして、故郷がある大和の国にお鳥を連れて行くことにした。その大和へ向かう道中、男は自分が被差別部落出身者であることを告白する。それを聞き、お鳥は生まれて初めての涙を流し、「これも因縁事」だといって自分の出生を男に明かす。その後、お鳥は男と別れてしまい、そのままである。両親とも別れたままだ。――「さあ、又一つ気直しに唄でもうたひまひょか？」　（森香奈子）

【う】

う《ぅ》 短編小説

〔**作者**〕今東光〔**初出**〕「小説新潮」昭和四十三年十月号。〔**初収**〕『小説河内風土記巻之六』昭和五十二年七月十五日発行、東邦出版社。〔**小説の舞台と時代**〕八尾、上本町。昭和四十年頃。

〔**内容**〕「河内もの」の一つ。大阪の町で焼け残った上本町四丁目あたり、あるいは堀江新町の裏通りなど紅殻格子の古風な建物の軒に、行灯にただ平仮名の一字で「う」と大きく書いてあるのが鰻屋である。「うなぎ」を略して「う」と片付けるのが上方風である。三ぶやんは自分の愛する軍鶏に鰻の肝を食べさせることを思いついて、天然鰻漁に乗り出した。見込み通り、琵琶湖流儀でやると面白いほどよく獲れた。三ぶやんは、友人の頓やんの激しい性生活を聞き、その妻お園に関心を持つ。三ぶやんはお園に大和西瓜を買ってやり、食事に誘う。二人は上六で落ち会うと、そこからタクシーに乗って、生玉神社境内の一軒のホテルに乗りつけた。しかし、お園は生理となり、三ぶやんはがっかりするのであった。

（中谷元宣）

浮世の子《うきよのこ》 短編小説

〔**作者**〕今東光〔**初出**〕「小説新潮」昭和四十五年二月号。〔**初収**〕『小説河内風土記巻之六』昭和五十二年七月十五日発行、東邦出版社。〔**小説の舞台と時代**〕八尾。明治時代。

〔**内容**〕「河内もの」の一つ。門馬家の女中お貞は私生児お喜美を産んだ。私生児のことを浮世の子という。お喜美は美しく育ち、村中の男たちの注目の的となる。お喜美が十三歳の時、門馬家の若旦那と一度だけ関係を持つが、以後は拒む。お喜美にはもっと大きな野心があった。十四歳になったお喜美は誰もがびっくりするような美女となり、今度は大旦那に体を許し、手玉に取る。お喜美は「うちは二番目の御寮人さんになったる」と言う。お貞は「これは浮世の子やない」と思うのであった。

（中谷元宣）

浮世の裂け目《うきよのさけめ》 短編小説

〔**作者**〕今東光〔**初出**〕「小説現代」昭和四十五年十月号。〔**初収**〕『小説河内風土記巻之六』昭和五十二年七月十五日発行、東邦出版社。〔**小説の舞台と時代**〕八尾。昭和初年から二十年頃。

〔**内容**〕「河内もの」の一つ。順治の父親順之助は寅右衛門の小作人であった。そのため、虎右衛門の息子である民雄は、順治に何でも傲然と命令した。順治は劣敗者意識を持つようになる。そんな時、大阪市内の小学校から美しい令嬢貞子が転校して来た。男の子はこぞって憧れるが、民雄の圧力で皆自由に口が利けない。しかしそんな中、順治と貞子は溜りで遊泳し、美しい思い出を作る。貞子は東京の女学校に入学するため、河内を去る。民雄は自らが孕ませた増子を順治にも関係を持たせ、それを口実に手を切る。やがて百姓から刷子用の豚毛ブローカーに転身した民雄は、家が零落した貞子を嫁に迎える。順治は哀しむ。順治も増子の妹悦子と結婚する。民雄は商売に失敗、貞子を順治に預ける。悦子と貞子を両脇に順治は寝るようになるが、やがて姦通する。この天女のように貞淑な貞子も夜の闇の中では順治を一呑みにする裂け目を持っていたのだ。この裂け目のためにこれから何が起こるかわからない。運命の裂け目かもしれない。しかし順治はそれに順応しようとは考えても抵抗する気はないのであった。

（中谷元宣）

動く不動産《うごくふどうさん》　長編小説

〔作者〕姉小路祐〔初版〕『動く不動産』平成三年五月二十日発行、角川書店。〔小説の舞台と時代〕新今宮。平成二年。

〔内容〕園山由佳は十三年ぶりに大阪に帰ってきた。大阪はダサイと思う。小学校三年生の時、両親が離婚し、母親に連れられて東京へ転校したのである。その母は去年交通事故で他界し、父も今や危篤の病床にあるとの連絡を受けて帰ってきたのである。環状線で小学校の同級生の河合敏一と出会う。バレーボールの日本高校代表に選ばれたこともある由佳は、膝を痛め、失意のまま大学を中退し、それから半年経った現在、フリーアルバイターとして生活を送っている。父は貧乏な代書屋を職業にしている。父には亡くなった先妻の連れ子の石丸伸太がいる。伸太は風船のような肥った体つきである。伸太はお好み焼き屋を兼業する司法書士である。岡崎美紀という若い女性が能勢で買った土地の登記を依頼にやってくることから事件は発生する。他人の不動産の所有権や住民票を本人に無断で移動して移転してしまうという不動産犯罪が、探偵役の伸太と由佳がワトソン役になって描かれる。

平成三年第十一回横溝正史賞を受賞した。佐野洋は「選考所感」で「ユーモラスな主人公を設定するなど、作風がまったく変わっているが、法廷物に見られたよけいな力みがなく、上質のエンターティンメントを作り出すことに成功した。読者の中には、作品のトーンを軽いと感じ、不満を持つ方もいるかもしれないが、私は、この世界がこの作者の本領だと評価したい」と評した。

（浦西和彦）

うたかた《うたかた》　短編小説

〔作者〕田辺聖子〔初出〕「小説現代」昭和三十九年六月一日発行、第二巻六号。〔初収〕『わが敵　MY ENEMY』昭和四十二年十月十五日発行、徳間書店。〔全集〕『田辺聖子全集第三巻』平成十六年五月二十日、集英社。〔小説の舞台と時代〕尼崎、東難波、阪神国道、出屋敷、淀川、野田、神戸、生田神社、第二阪神国道、鶴橋、三宮、琵琶湖。昭和三十年代。

〔内容〕能理子と出会ったのは、地元から出た保守系代議士の講演会の集まりだった。「俺」は福原材木の運転手で、福原の親父さんが顔役なので、その会の世話をしていたのだ。最後にある映画を楽しみに下らん演説を聴いていると、年は「俺」と同じ十九、二十歳くらいの可愛い女の子を見つけた。「俺」は「つまらないねえ」と話しかけ「出よう」と誘った。それが能理子だった。彼女は今までの女の子とは違っていた。上品な身なりをしていた。それから物腰がゆったりしていた。そこはかとなく教養の匂いさえある。よく見ると、美しいから若く見えるだけで、自分より年上のような気がした。「俺」は夢中になった。その土曜日に、能理子とまた会った。どこに住んでいるのかとか、勤め先を尋ねるが、はっきりした返事をしない。結局、能理子という名前しかわからなかった。夏の終わりの日曜日に、二人で琵琶湖に遊びに行って、泊まった。「あたしを愛してる?」という能理子に「俺はきみにわるいことはしない」というのがせいぜいだった。お互いが好きだという気持ちだけで、笑いが止まらなかった。帰り際、能理子は「またね」と言った。が、能理子はそれっきり来なかった。「俺」は能理子を探し回った。能理子を見かけたということを聞いて神戸に行ってみた。二人で遊んだ琵琶湖にも行ってみた。しかし、見つからなかった。ところが、大阪の台地の小学校で、偶然能理子を見つけ

た。能理子は小学校の先生だった。「もう一度会おうよ」という「俺」に、能理子はもう学校に来ないでくれ、もう忘れてくれと言った。「俺」が恐喝したりするのではないかと案じている能理子に、「俺」は激怒した。しかし、今思うと、琵琶湖での一夜の幸福は、やっぱりうたかたではなかった気がする。能理子も俺と同じように幸福だったろうと思う。人間なんてうたかたみたいなもんだ、…ただ、恋したときだけ、その思いが人間自身より、生きているようだ。（荒井真理亜）

宴の夜明け《うたげのよあけ》　短編小説

〔作者〕難波利三〔初出〕「小説春秋」昭和五十九年十二月号。〔初収〕『大阪笑人物語』昭和六十年十二月二十日発行、新潮社。〔小説の舞台と時代〕大阪（西成区山王町）。昭和五十年代。

〔内容〕光子は、中学を卒業すると同時に、アシスタントとして三十歳年上の奇術師東天斎一角に弟子入りする。一角は女癖が悪く、かつて光子にも手を出そうとしたが、光子は泣きながらそれに抗い、それ以来、一角は光子に手を出さなかった。しかし、実は光子は一角のことが好きだったのである。その後、光子は東天斎光子という名で独立したが、二十五の時に幼なじみの現在の夫と結婚し、藝人をやめている。現在五十二歳の光子は、仮に一角と体の関係が生じていれば、人生が確実に変わっていただろうと、ふと思うことがある。主婦となった光子だが、師匠・一角との関係は切れていない。今度、一角が老人ホームに入ることになったので、光子の呼びかけで親しい藝人仲間に集まってもらい、宴を開くことになった。その宴の席で一角は、古い蓄音機から流れる〈浪花小唄〉のメロディーに乗せて、衰えのない見事な藝を披露する。そして、一角は昔から使っていた蓄音機を光子にプレゼントした。次の日、光子が老人ホームの車が迎えに来る時間に合わせて一角の家に行くと、一角を見送りに来た藝人仲間達が、一角の姿が見えないと騒いでいた。みんなで警察に捜索願いを出そうかという相談をしたが、その前に老人ホームに電話してみることになる。そして、電話してみると、すでに一角は老人ホームに行っており、さらに老人ホームのみんなに藝を披露しているという。それを聞いた光子は、喉元に熱い固まりが込み上げて仕方なかった。（三谷　修）

うたせ舟《うたせぶね》　短編小説

〔作者〕今東光〔初出〕「別冊文藝春秋」昭和三十三年六月号。〔初収〕『尼くずれ』昭和三十三年十月十日発行、角川書店。〔小説の舞台と時代〕和泉。昭和三十年頃。

〔内容〕「河内もの」の一つ。トロール船の漁獲法に先立って、日本にそういう漁法があったということを小耳に挟んだ私は、和泉地方に講演などに出向く折、機会あるごとに聞き合わせて歩いた。しかしながら容易にその端緒は得られなかった。そこで私は、釣りに詳しい由やんに頼んで泉州深日へ連れて行ってもらうことにした。そこの漁師太作からようやく、トロール船の原型みたいなものをつきとめることができた。それが「うたせ舟」である。うたせとは打瀬と書く。網の名である。または貝漕舟ともいう。数種の古文書を考証して、『大阪府史』を訂正する。また、その資料採訪の旅中、買った女に払う金を巡る、由やんと留やんの争いもあった。（中谷元宣）

美しい声《うつくしいこえ》　短編小説

〔作者〕藤沢桓夫〔初出〕未詳。〔初収〕『大阪の女たち』昭和三十二年三月一日発行、東方社。〔小説の舞台と時代〕南海上

町線。昭和二十年代半ば。
〔**内容**〕小島宣夫は英語教師であるため、生徒の眼を気にして通勤電車の中では、謹厳な教師の顔をしている。しかし、彼は若く美しい女性を見ると感心する点でも人後に落ちないと自負している。晩春の或る朝、電車の中で美しい女に声を掛けられる。その声も美しく標準語の綺麗なアクセントであったことが宣夫を驚かせる。その女性は、かつての恋人坂村通子の妹、徳子であった。「男女七歳にして席を同じくせず」の道徳観が罷り通っていた当時、宣夫と通子は人目を忍んで関係を深めていった。その時、道子に連れられていたのが徳子であった。宣夫が東京の大学に進学するのを機に二人の関係は疎遠になる。その後、通子は店の番頭を婿に迎え、普通の主婦になり、宣夫もまた結婚し平凡な教師になったのであった。徳子は、別れ際に大阪城の近くで働いていると告げる。その日、同僚の英国夫人に誘われ学校付属の幼稚園にテレビの取材の見学に行く。宣夫は子供達にインタビューしているアナウンサーが徳子であると気づく。初めて声を掛けられたときその声に聞き覚えがあったのは、彼女の声をいつもラジオで聞いていたからであった。働く徳子を見ながら宣夫は、若し自分が十年若く、二人が近くに住んでいたなら、彼女と恋に落ちたに違いないと考えていた。

（巻下健太郎）

腕まくり《うでまくり》　短編小説

〔**作者**〕今東光〔**初出**〕「オール読物」昭和四十二年五月号。〔**初収**〕『今東光秀作集第一巻』昭和四十二年六月十五日発行、徳間書店。〔**小説の舞台と時代**〕八尾。昭和初年頃。
〔**内容**〕「河内もの」の一つ。その頃、河内のような大阪郊外にも、社会主義が浸透してきた。北河内に最初に農民組合ができ、次第に中河内に影響を与えてきた。恒やんも村では主義者呼ばわりされ評判が悪かった。恒やんは丑やんから社会主義の概念みたいなものを吹き込まれる。中でも特に、自由恋愛説、女性共有説に惹かれる。その説通り、恒やんと丑やんはお石を共有するが、やはり恒やんには嫉妬がある。やがて、党の事情が苦しくなり、丑やんは本部に帰り姿を消す。恒やんは官服の警察に検挙され、連れて行かれる。妻のお石は、右の腕まくりをさすりながら、「あかんなあ。朝雨と女の腕まくりは。昔から河内では、そない言うけど、ほんまや」と言い、座りつくすのであった。

（中谷元宣）

うどん―初恋について―《うどん―はつこいについて―》　短編小説

〔**作者**〕武田麟太郎〔**初出**〕「新潮」昭和八年九月号。〔**初収**〕『勘定』〈文藝復興叢書〉昭和九年五月二日発行、改造社。〔**全集**〕『武田麟太郎全集第一巻』昭和五十二年十一月二十日発行、新潮社。〔**小説の舞台と時代**〕大阪市西区（現在は港区）大正橋附近。大正九年頃。
〔**内容**〕うどん屋の「つるや」は大阪市西区大正橋附近にあった。主人は六十すぎの極めて臆病そうな小さな男で、中心になって働いているのは、その後添いの女で、ずっと昔は松島遊廓の娼妓をやり、その後「おばはん」と称するやり手婆をしていたという噂であった。この店の看板娘になっているおとみは彼女の連れ子である。おとみの恋人で、おとみと同じ年の十七の中学生若山清吉が「つるや」の馴染客になったのは、学校からの帰途、うどんを食いに立ち寄ったのがはじまりであった。母親は、若山清吉がおとみに気があるらしい様子を見て悦んだ。ある夜、急にあらたまって娘

を貰ってくれないか、と切り出した。彼女は彼を将来に心配のない金持ちの坊ちゃんと誤解したのである。「つるや」には今借金が三千円ばかりある、こちらの苦しいところを救ってもらいたい、という。母親の一切が見込みがいであった。彼は涙で死ぬほどの気持ちで、申し込みを断った。（浦西和彦）

奪い取られて《うばいとられて》　短編小説

〔**作者**〕野間宏〔**初出**〕「展望」昭和二十六年五月号。〔**全集**〕『野間宏全集第二巻』昭和四十五年二月十日発行、筑摩書房。〔**小説の舞台と時代**〕大阪市。戦中。

〔**内容**〕石炭船の着く港で働く労働者の中に、瀕死の病人である西村留吉がいた。虱に寄生され、死を待っていた。会社に申し出なければならない角井が全く尽力せず、ほったらかしであった。川元は角井に訴えるが取り合ってくれない。舎監の大谷も同様である。やがて西村留吉は死ぬ。しかし大谷も角井も、医者にも見せてもらえず、過酷な労働で命を奪い取られた西村留吉に冷淡であった。川元は死体処理や葬式で懸命に働き心を砕く。そしてついに川元は、無神経に振る舞い続ける角井に怒りを爆発させる。川元は一人で骨あげを終えると、全く元気を失い、一週間ほど床の中で過ごすのであった。（中谷元宣）

海辺の幼児虐殺《うみべのようじぎゃくさつ》　エッセイ

〔**作者**〕開高健〔**初出**〕「潮」昭和五十二年三月号。〔**初収**〕『完本白いページ』昭和五十三年六月二十五日発行、潮出版社。〔**全集**〕『開高健全集第19巻』平成五年六月五日発行、新潮社。

〔**内容**〕シラスはアジやサバなどの不可欠の餌になるのでそれを乱獲するのは食物連鎖を破壊することになる。日本は豊富な漁場を持っていながら遠洋漁業に出向かねばならないのはシラスの乱獲という幼児虐殺の結果ではなかろうかと述べる。冒頭、道頓堀の「たこ梅」が登場し、純金製の燗徳利が登場したというエピソードが語られる。（大杉健太）

うろこ落とし《うろこおとし》　短編小説

〔**作者**〕黒川博行〔**初出**〕「別冊小説時代」平成四年十二月号。〔**初収**〕『カウントプラン』平成八年十一月発行、文藝春秋。〔**小説の舞台と時代**〕淀川区三国元町、浪花町、中之島、豊中市。現代。

〔**内容**〕田代恭子のマンションで女が殺された。死んだのは下川路由紀、恭子の親友である。現場の状況から、恭子の正当防衛として捜査は進む。由紀の夫、幹雄も恭子と由紀との間に諍いがあったことを証言する。しかし、恭子の恋人の存在が明らかになると、本当に正当防衛であったのかという疑問が捜査員の間に湧く。そして、取り調べに耐えかねた恭子は全てを自供する。恭子は、何も知らずに頼まれた包丁とうろこ落としを買いマンションを訪ねて来た由紀を刺し殺し、自分は手を傷つけ、それで防御創を装ったのである。すべては恭子と、その恋人である幹雄が仕組んだ計画的犯行であった。幹雄は恭子が自分に惚れているのだと思っていたが、恭子はそれまで、自分を押さえつけてきた由紀へのあてつけに幹雄と付き合っていたのである。（巻下健太郎）

【え】

永遠の新人―大阪人は灰の中より―《えいえんのしんじん―おおさかじんははいのなかより―》　エッセイ

〔**作者**〕織田作之助〔**初出**〕「週刊朝日」昭

和二十年九月九日号。〔全集〕『定本織田作之助全集第八巻』昭和五十一年四月二十五日発行、文泉堂書店。

〔内容〕「既に大阪には新しい灯が煌々と輝き初めた」と敗戦直後における大阪の再建について述べたエッセイ。文楽は空襲で小屋も人形も衣裳も文献も焼かれてしまったが、その伝統藝術を亡ぼすまいとする古靭太夫の興行に、「敵かれても敵かれてもへこたれぬ粘り強さと、いつ如何なる時にも持前の朗かさを失わぬ生活への自信にかけては、どこの土地の人にもひけを取らぬ大阪人」を見る。「大阪人はつねに新規なことを試みて、それに成功して来た」新人であるならば、「新しい大阪は文化都市でなければならぬ」という。


（浦西和彦）

永遠縹渺《えいえんひょうびょう》 短編小説

〔作者〕黒川博行〔初出〕「オール読物」平成十年三月号。〔初収〕『文福茶釜』平成十一年五月十日発行、文藝春秋。〔小説の舞台と時代〕帝塚山、道頓堀。現代。

〔内容〕大阪の老舗ギャラリーのオーナー尾山は、父親の残した作品を買って欲しいと依頼され、苦楽園まで出かけて行く。作品はガラクタばかりであったが、一つの石膏像が尾山の目を引く。それは、幻のブロンズ象と言われた作品の原型であった。尾山は、その石膏像から数体鋳造すれば莫大な利益をあげることが出来ると考え、作品を引き取る契約を結ぶ。しかし、作品の引き渡しの日、尾山は石膏像のみが、別の画商に売却されたと知り激怒する。石膏像を引き取った画商から何とか買い戻し、鋳造にかかろうとする尾山だが、鋳造業者は贋物ではないかと忠告する。そこで、尾山は石膏の成分を調べ、制作年代を特定しようと考える。一方で、彼の娘は震災で倒れたブロンズ像はバラバラになったにもかかわらず、石膏像が無事なのは不自然だと首を傾げていた。


（巻下健太郎）

英語屋さん《えいごやさん》 短編小説

〔作者〕源氏鶏太〔初出〕「週刊朝日」昭和二十六年六月夏期増刊号。〔初版〕『英語屋さん』昭和二十九年八月発行、東方社。〔小説の舞台と時代〕梅田。昭和三十年代。

〔内容〕抜群の英語力を持つ茂木さんは英語屋さんと呼ばれる嘱託社員である。狷介な性格の茂木さんは、新入社員の英語力を試したり、同年代の正社員と喧嘩したりと、あまり評判が良くない。風間京太はそんな茂木さんの良き理解者である。茂木さんが会社からの解雇辞令をはねつけた時も味方であった。茂木さんには英語屋さんとしての意地と誇りがあった。外国の取り引き相手が茂木さんの通訳を希望していると呼び出しを受けた時、勿体ぶって立ち上がった茂木さんだが、その時ほど全身が水を得た魚のように颯爽と見えたことは無かった。

第二十五回直木賞受賞作。


（巻下健太郎）

永代借地権《えいたいしゃくちけん》 短編小説

〔作者〕長谷川幸延〔初出〕未詳。〔初収〕『渡御の記』昭和十七年九月十日発行、東光堂。〔小説の舞台と時代〕川口、本田、天王寺公園。慶応四年（明治元年・一八六八）閏四月二十七日から昭和十七年四月一日まで。

〔内容〕昭和十七年二月十五日、イギリスが「百年の毒牙を磨いた」シンガポールが陥ちた。そして、三月三十一日限りで、安政条約以来八十何年、居留地設定以来七十五年、横浜、神戸、大阪に残る不合理極まる永代借地権が抹消され、「米英撃滅の決戦下」に、治外法権の残滓がなくなってしまうことになった。高原小一郎という七十歳過ぎの老人は、「その四月一日の、大阪

の、川口の、居留地のすがたを、一目見せて死なせたかつた人々が、次から次へと思ひ出されます」とあふれる涙を思わず押さえた。「私」は、不合理な永代借地権と、圧政な治外法権のために、泣いても泣ききれない目にあって死んだ人たちの話が聞きたいと高原老人に頼んだ。高原小一郎の父良輔は、川口のお舟手組の中にあった一橋様のお蔵屋敷に仕え、お納戸役頭心得を務めていた。慶応四年閏四月二十七日、川口は居留地に専管され、お蔵屋敷はそのまま英国公使館として使用されることとなった。お蔵屋敷からの立ち退きを余儀なくされた良輔は、居留地と地続きの本田に住み、清国人の林晶炳と共同で、大規模にポン水などの清涼飲料製造業を営んでいた。良輔の店の品は、居留地へ納入するだけでも大した数に上った。その頃、居留地との取引勘定は、先方の意志ですべて年末払いになっていた。

　そして明治十年、居留地ではコレラの流行を理由に勘定の半金を差し引こうとした。しかし、商品の受け渡し、金銭の授受、あるいは請負の契約にも、何かと難癖を付け、半ば略奪に近い踏み倒しをするのは、居留地の外国人の使う常套手段であった。それに対して、もし当然の主張をすれば、殴る蹴るの暴力を振るい、果ては拳銃で威嚇する。日本人、清国人の商人たちはただ泣き寝入りするより他になかった。良輔は、そんな悶着のある度に居留地側と闘い、何度も泣き寝入りを救っていた。明治十年にも、不条理な居留地側の処置に抗議するため、丸腰の単身で英国大使館に乗り込んだのであった。しかし、応対にあたったジョン・デーヴィスの威すつもりで構えた拳銃が、良輔の命を奪ってしまった。この事件は裁判沙汰になったが、死人に口なしで、正当防衛で片付けられそうになっていた。それを居留地問題に深い関心を持っていた五代友厚が激しく論難し、治外法権の居留地会議で、ジョン・デーヴィスの国外追放まで漕ぎ着けた。

　明治二十七年七月、日清両国は既に交戦状態となっていた。父を失った高原小一郎は二十七歳になっていた。予備役の上等兵だった小一郎にもいよいよ応召の時が来た。戦地に赴く小一郎にはただ一つ気がかりなことがあった。かつて父と共同で事業を営んでいた林晶炳の娘のお蓮である。小一郎は幼くして両親を失ったお蓮を支え、ゆくゆくは自分の妻にとも思っていた。しかし、日清の交戦で清国人のお蓮は、祖国への送還を迫られる。しかも、その心の負担から、お蓮は病床の人となってしまった。お蓮の日本残留のために、小一郎は治外法権下である居留置内の外国人の経営する病院に入院させた。

　翌二十八年五月、小一郎は凱旋した。故郷に戻った小一郎は、死んだと聞かされていたお蓮が生きていて、病院の院長エドモンドの妻となっていることを知る。やり場のない気持ちに苦しんでいると、かつて父の旧友であった山上軍蔵が天王寺公園でお蓮に引き合わせてくれた。お蓮は小一郎を夫に対面させ、そこでエドモンドと思われていた人物が、小一郎の父を殺したジョン・デーヴィスであることを暴露する。ジョン・デーヴィスは居留地以外で日本の憲兵に取り押さえられた。

　こうして小一郎は父の敵を討つことが出来たが、自らの役目を果たしたお蓮はその直後、毒を煽って死んでしまった。治外法権下の居留地のために、大切な人を次々に失った高原老人の苦悩の歴史が語られている。

（荒井真理亜）

江口の里《えぐちのさと》　エッセイ

〔作者〕梁雅子〔初収〕『浪花のロマン』昭和四十二年十二月二十五日発行、全国書房。

〔内容〕謡曲「江口」に謡われた江口の里は現在、新淀川と神崎川に挟まれた地点にあり、江口の君を祀った寂光寺は新興住宅の中に残っている。江口の君とは江口の遊女の総称であり、高貴な身分から落ちてきたここの遊女は、歌を詠み、管絃もできる教養豊かな女達であった。関白藤原道長、頼通も登楼したと言われ、また平家没落後は、多くの平家の高貴な女達が落ちてきたとも言われている。このような、江口の里であるが今では工業地帯に囲まれ、哀婉の儚さなどはひとかけらも残ってはいない。しかし、鉄とコンクリートで作られた町の中に立っても、遠き日に繰り広げられたであろう一夜の別れの光景が一瞬脳裏をよぎっていく。そして、この地で江口の君が華美に酔い、あるときは色褪せてゆく自身に涙し、儚く朽ちていったのは事実であった。（巻下健太郎）

〃えらい奴ちゃ〃《〃えらいやっちゃ〃》 エッセイ

〔作者〕開高健〔初出〕「週刊朝日」別冊、昭和三十五年七月一日号、第三十年四号。〔初収〕『言葉の落葉Ⅱ』昭和五十五年四月二十八日発行、冨山房。

〔内容〕「えらい奴ちゃ」。この言葉は東京で言う「キミは立派だ」とか「お前はバカだからえらいんだ」にやや近いが、少し違ったひびきを持つ言葉で、さまざまな場合に応じてさまざまなニュアンスでつぶやかれる。この言葉は「人を許す言葉である」が、もう「そのような寛容は許されない時代なのである」、と筆者はいう。（大杉健太）

エレキ恐るべし《えれきおそるべし》 短編小説

〔作者〕有明夏夫〔初出〕「小説現代」昭和五十八年九月号。〔初収〕『蔵屋敷の怪事件—新・大浪花諸人往来—』昭和五十八年十月発行、講談社。〔小説の舞台と時代〕野崎観音、寝屋川、曾根崎新地、北久宝寺町四丁目、明石、本田町四丁目、豊崎村、南本町五丁目、堂島、堂島西町、谷町二丁目、天満橋北詰、阿波堀通り一丁目、江戸堀一丁目、靭本町四丁目、南久太郎町、臼屋町、朝日町東筋、天満、姫路、朝日町西筋。明治初期。

〔内容〕朝日町東筋に住む、「海坊主の親方」こと赤岩源蔵は、旧幕府下に東町奉行所の御抱え手廻りを勤めていた、やり手の探索御用である。源蔵は手下である「イラチの安」こと安吉、曾根崎新地の名花である藝子の駒千根と野崎詣りにきていた。三人がジンジンビールやエレキ摩擦に興じていた折に、北久宝寺町四丁目の雨具問屋「波乃屋」の店主、山崎吉三郎に声を掛けられ、翌日、源蔵は吉三郎から「盗まれた絵を捜し出してもらいたい」と相談される。盗まれた絵は、森一鳳が筆を揮った「藻刈りの舟」で「もうかり舟」と呼ばれ、商人の間で珍重されていたものであった。吉三郎の妻であるかよは、万引きの常習犯であったために、警察には届けていないという。そこで、源蔵が事件の調査に乗り出す事となった。（森香奈子）

エロ事師たち《えろごとしたち》 長編小説

〔作者〕野坂昭如〔初出〕「小説中央公論」昭和三十八年十一、十二月号。〔初版〕『エロ事師たち』昭和四十一年三月発行、新潮社。〔小説の舞台と時代〕大宮町、滝井、十三、宗右衛門町、伊丹、門真、守口、芦屋、六甲山、仁川、賢島。昭和三十七年から三十九年。

〔内容〕スブやんは、男たちに性的快楽を与える仕事を生業としていた。ブルーフィルムを制作・販売・上映したり、好みの女

を客たちに紹介したり、ありきたりの刺激では物足りない客には好色話を聞かせたり、痴漢術を手ほどきしたり……。金のために始めたこの仕事を、彼は近頃では人助けと考えるようになっていた。二度も刑務所にぶちこまれながら、「(この仕事の)目的は男の救済にある」と考え、彼は誇りを持ってエロ道(エロ事師の道)を突き進む。彼にはともにブルーフィルムを制作する仲間がいた。藝術作品を作ろうと意気込んでいる、もと写真専門の伴的。その助手をつとめる、売れないエロ本作家のカキヤ。彼は自分の書いたエロ本に興奮し、オナニーの最中に心臓麻痺を起こして死んだ。ブルーフィルムを借り出すことを商売にしている、運び屋のゴキ。外科医の別荘からフィルムやビデオ機器を盗み出す手伝いをして以来、仲間に加わり、女を引っかける役を担当するポール。その相棒で、美青年だが性的不感症のカボー。だが、スブやんの情熱が乱交パーティーに注がれ始めると、藝術作品を作ろうとしている自分の趣味に合わないと言って、伴的は仲間から抜け、ポールもこれについていく。ところで、スブやんにはある悩みがあった。彼は下宿の未亡人、お春と夫婦の関係を結んでいた。お春には恵子という連れ子がいた。お春が病気で亡くなった後、恵子を抱くチャンスが訪れたのだが、不発に終わる。このときより、彼はインポテンツになってしまったのである。恵子が行方知れずになってしまったのも気にかかる。

ある日、スブやんは交通事故にあう。売春容疑でつかまっていた恵子が、知らせを聞いてカボーとともに病院へ駆けつけたとき、すでに意識はなかったが、どうしたことか、性器は勃起した状態になっていた。

(国富智子)

【お】

黄金の日日《おうごんのひび》　長編小説

〔作者〕城山三郎〔初版〕『黄金の日日』昭和五十三年一月発行、新潮社。新潮書下ろし文藝作品。〔全集〕『城山三郎全集第10巻』昭和五十五年十一月二十日発行、新潮社。

〔小説の舞台と時代〕堺、マニラ。永禄十一年(一五六八)十月から元和元年(一六一五)四月。

〔内容〕信長・秀吉・家康らの活躍した戦国時代を背景に、呂宋助左衛門を中心とした堺の豪商、今井宗久・宗薫らの動きを描く。宗久は、近江高島から亡命してきた侍の子で、堺に出て、皮革・鉄砲などを扱って成功した新興商人である。助左衛門は七歳のときから、今井家で育てられた。永禄十一年十月、織田信長がいきなり堺に二万貫の矢銭(軍用金)を課してきた。堺を支配する会合衆三十六人の中で、意見が真っ二つに分かれた。宗久は自分だけでも信長との道をつけておかねばならないと、二つの茶器「紹鷗名物」を献上した。宗久の後妻の連れ子の美緒、石川五右衛門、雑賀鉄砲衆からの流れ者の善住坊、千利休、小西隆佐、高山右近らが登場する。助左衛門は宗久の手足となって活躍する。危ない仕事は何でも任せられた。助左衛門は貿易港堺のもつ開明的な気風を身につけ、海外への雄飛を夢みて独立し、ルソンとの交易に従事する。時代の権力に密着しながらも、独自な自由な立場を維持しようとする。このことで秀吉の機嫌を損じたため、海外へ亡命し、六隻の船を動かし、南海の島々の交易を営み、マニラだけでなく、カンボジヤのピニャールーにも店をもった。慶長十九年(一六一四)暮れ、マニラに高山右近が逃亡してきた。右近から美緒が病身である

ことを聞いた助左衛門は、家康が貿易の統制、独占している日本へ向かった。「建て倒れ」を誇った堺は、いちめんの火の海であった。

　昭和五十三年のＮＨＫ大河ドラマの原作となった。

（浦西和彦）

黄金を抱いて翔べ《おうごんをだいてとべ》　長編小説

〔**作者**〕高村薫〔**初出**〕「小説新潮」平成二年十月号。〔**初版**〕『黄金を抱いて翔べ』平成二年十二月十日発行、新潮社。〔**小説の舞台と時代**〕中之島、吹田、福島、靱。現代。

〔**内容**〕幸田、北川、野田、北川の弟の春樹、ジイちゃんこと岸口、そしてモモの六人は、中之島の銀行の地下から六トンの金塊を盗み出す計画を立てる。百億円を守るため技術の粋を結集して作られた警備システムを打ち破る為、各人が持てる技術を駆使して奔走する。しかし、彼らには複雑な背景があり、時には疑心が生まれ、また時には、裏切りが行われる。計画遂行の過程で、脱落してしまうものが出てくる。だが、金塊強奪計画は着々と進められ、遂に幸田と北川は地下金庫へと到達する。中之島が炎に包まれ真っ赤に燃える中、金塊を積んだトラックに揺られ幸田らは逃走する。国外に逃れる船の中で、今後の身の振り方を思案する北川、野田をよそに、幸田はモモのことを思い出すのであった。この作品の魅力は、計画遂行までのリアリティ溢れる描写はもちろんだが、その背景で複雑に絡み合う人間ドラマにもあるといえる。

　なお、本作は第三回日本推理サスペンス大賞受賞作である。

（巻下健太郎）

王様の食事《おうさまのしょくじ》　エッセイ

〔**作者**〕開高健〔**初出**〕「諸君！」昭和五十三年一月号。〔**初収**〕『最後の晩餐』昭和五十四年五月一日発行、文藝春秋。〔**全集**〕『開高健全集第15巻』平成五年二月五日発行、新潮社。

〔**内容**〕昭和五十二年十二月二日、阿倍野松崎町の辻静雄邸で行われた饗宴の模様を描く。午前十一時から午後十時まで食べ続け、しかも腹にもたれないことを主眼に置いた素晴らしい料理の連続に一同舌を巻く。その料理の数々は「深遠」にして「端麗」を感じさせ、「一皿が独立しながら全体と調和している」という。なお、この日の模様は「小川忠彦さんの魔術――『フランス料理スペシャリテ』」（「ミセス」昭和53年9月5日号。『言葉の落葉Ⅳ』昭和57年12月15日発行、冨山房）にも紹介されている。

（大杉健太）

王将　第一部《おうしょうだいいちぶ》　戯曲　三幕

〔**作者**〕北條秀司〔**初演**〕昭和二十二年六月上演、有楽座。配役・坂田（辰巳柳太郎）、小春（外崎恵美子）、玉江（小夜福子）ほか。〔**初版**〕『王将』昭和二十四年五月十五日発行、新月書房。〔**選集**〕『北條秀司戯曲選集Ⅰ』昭和三十八年五月三十日発行、青蛙房。〔**戯曲の舞台と時代**〕第一幕・大阪天王寺付近。明治三十九年初夏。第二幕・京都木屋町。大正二年春。第三幕・東京芝山内。大正十年秋。

〔**内容**〕通天閣の見える天王寺の長屋に住んでいる坂田三吉が、朝から晩まで一文にもならん将棋ばかりさしているので、女房の小春は子供二人を連れて死のうとした。今日、新聞社の将棋大会で、三吉は関根七段に千日手という割り切れない負け方をしたので、女房を離縁して将棋修行に命を賭けると言い出し、長屋の連中から面罵され、将棋盤を破られてしまう。八年の後、三吉は新聞社の東西対局戦で関根八段に勝った。だが、娘の玉江は「お父つぁんの将棋に品がない」「勝負に勝てても将棋には勝てへ

ん」という。真夜中に一人起きた三吉は、「関根に勝ちたいだけの一心で、肝心の将棋の道を忘れてしもとったんやッ」と、もう一度修行をやり直すと小春にいう。また八年経った。関根が名人についた。三吉ははるばる東京まで祝賀にかけつけ、関根を感激させたが、その時、大阪からの電話が小春の死を知らせて来た。北條秀司の劇作家としての地位を決定づけた作品である。

（浦西和彦）

王将 第二部《おうしょうだいにぶ》　戯曲　三幕

〔作者〕北條秀司〔初演〕昭和二十五年一月上演、大阪歌舞伎座。配役・坂田（辰巳柳太郎）、まさ（初瀬乙羽）、玉江（二葉早苗）、君子（林曠子）ほか。〔初収〕『王将』昭和二十七年三月十日発行、宝文館。〔選集〕『北條秀司戯曲選集Ⅰ』昭和三十八年五月三十日発行、青蛙房。〔戯曲の舞台と時代〕第一幕・大阪中之島、大阪ホテル。大正十三年晩夏。第二幕・大阪四天王寺付近。昭和十一年春。第三幕・洛西嵯峨、天龍寺。昭和十一年初冬。

〔内容〕坂田三吉は「名人は日本に一人でよろしいのや」と辞退したが、関根八段の名人位就位に不満な大阪の後援者たちに祭り上げられて、心ならずも関西名人を名乗ったため、関東の将棋連盟から、十二年間ボイコットされた。弟子たちもみな連盟へ走って、三吉は孤立無援の苦境に立って苦悶する。やがて東京高段者と対局出来る時が来た。だが、三吉は南禅寺で木村八段に負け、続いて天龍寺でも花田八段に負けた。後援者達も愛想を尽かして散ってしまう。末娘の君子が健康上からもう将棋をやめてくれと頼むが、三吉は「たとえ十年、二十年、三十年かかっても、もう一ぺんこの見事な手でデーンと引繰り返すような手を編み出すまでやる」、と決意する。

（浦西和彦）

王将 第三部《おうしょうだいさんぶ》　戯曲　四幕

〔作者〕北條秀司〔初演〕昭和二十五年十一月上演、京都南座。配役・坂田（辰巳柳太郎）、玉江（二葉早苗）、君子（香川桂子）ほか。〔初収〕『王将』昭和二十七年三月十日発行、宝文館。〔選集〕『北條秀司戯曲選集Ⅰ』昭和三十八年五月三十日発行、青蛙房。〔戯曲の舞台と時代〕第一幕・東海道線大垣駅。昭和十三年早春。第二幕・大阪新世界に程近い裏町にある妙見堂。昭和十三年初秋。第三幕・有馬温泉。昭和十八年晩春。第四幕・天王寺付近。昭和二十一年初冬。

〔内容〕十五年の沈黙を破って東京の近代将棋の名人戦に対局したが、二勝六敗で、惨敗を喫した三吉は、ついに限界を知らされ、大阪の新世界に程近い裏町で侘び暮らしをする。頼みとする弟子の松島を列車事故で失う。唯一人の弟子の森川万年初段にも赤紙が来る。五年間の前線生活を終えて帰還した森川六段が東京の木村名人を、三番勝負の決勝戦にまで追い込んだ。前代未聞の手で、ついに木村名人を降した。だが三吉は、「あんな将棋はチンコ将棋じゃ」と激怒する。森川に随いて対局場にやって来ていた三吉は、有馬温泉で木村名人に向かって、「なんとかしてもう一ぺんちゅう気が、どないしても失せまへんのや」と、その心境を訴えるのだった。森川と次女の君子が婚約したよろこびのうちに、三吉は生涯を閉じた。

（浦西和彦）

大いなる笑魂《おおいなるしょうこん》　短編小説

〔作者〕藤本義一〔初出〕未詳。〔初版〕『大いなる笑魂』昭和五十二年五月三十日発行、文藝春秋。〔小説の舞台と時代〕大阪、京都、神戸、九州など。明治三十年二月十四日から昭和五十年頃。

〔内容〕漫才師・花菱アチャコ、本名・藤本徳郎の人生を描く。明治三十年二月十四日、福井県勝山市で産声をあげたアチャコは、大阪で育ち、口減らしのために松島遊廓の後継ぎなどに養子に出されたりしたが、早くから藝に興味を持った。最初、山田九州男一座の座員となり、役者修業が始まる。各座を転々としつつ、女遊びも覚えるが、その金銭感覚から博打だけは絶対しなかった。大正三年に菅原家千代丸と漫才コンビを組み、四年間神戸の常打ちで大当たりをとった後、九州巡業に出て淡海一座の勢いに敗退、夜逃げ同然に悄然と神戸に一人で舞い戻る。自前藝者・鯉奴の家に居候をきめ、千代丸ともめてコンビ解消、名古屋の鯉奴の父の土木会社で婿見習として働くが、やはり藝の世界が恋しく、神戸に帰る。堀越一蝶の大和座に入るが、間もなく淡路島で解散。その解散の日、初めて横山エンタツに会い、お互いにひかれる。アチャコは座を率いたり、今男と漫才コンビを組んだりする。そしてついに、昭和五年五月、エンタツ・アチャコの漫才コンビが誕生、その六カ月後、檜舞台であるミナミの花月の舞台に登る。さらに昭和九年八月、名作「早慶戦」を生み出し、昭和初年代に人気の絶頂に達する。しかしアチャコは中耳炎になり、大阪赤十字病院で切開手術を受け、その間に、エンタツは杉浦エノスケと新コンビを組んでしまう。エンタツの意志か、所属会社の吉本の意向か、それらはよくわからないが、アチャコは薄情な世の中に落胆したりする。終戦後も映画、海外公演で活躍、テレビドラマでも主演として人気を博す。最期、癌で彼岸に旅立つ。まことに、終生屈託のない顔であった。（中谷元宣）

大内旅宿《おおうちりょしゅく》 短編小説

〔作者〕高浜虚子〔初出〕「ホトトギス」明治四十年七月号。〔初収〕『鶏頭』明治四十一年一月発行、春陽堂。〔全集〕『定本高浜虚子全集第五巻』昭和四十九年五月三十日発行、毎日新聞社。〔小説の舞台と時代〕梅田、花屋小路、京都、別府。明治三十六年から明治四十年。

〔内容〕大阪の人力車は塵取りを立てたようである。五年ぶりに大阪に来た「私」は、暫く振りで来てみると、嫌々ながらに乗っていた此の車にさえ一種の懐かしい感じが加わって、あまり好きでない大阪の町にも久闊を叙するような心持ちがする。「私」は大阪での定宿であった大内旅宿に寄る。旅宿の前に来ると、通り軒ランプから、女将の「ツネ」という名が除かれているのにまず目が行った。

　宿の主人が同国であった縁から、大内旅宿はこの地に来る時の「私」の家の常宿であった。一昨年逝った女将は、いつでも「私」を「松山はんの坊ンち」と呼び、五年前、内国博覧会で寄った時、「松山はんの旦那」と呼び方を変えたのであるが、女将とはそれが最後となった。その頃、貰い娘のおたかチャンは娘盛りで、女将が息子の嫁にし、跡を取らせる積もりで仕込んでおり、下女同様座敷の事も働けば給仕もする。火鉢の向こうで話し込む事もある、と言う風であった。そして、「私」は、このおたかチャンについてのある風説を聞き、この宿に寄ったのである。その風説とは、おたかチャンが一緒になるはずであった息子が彼女を嫌い別の女を嫁に貰った、しかし宿の営業に必要な彼女は引き続き大内旅宿で失意の中働かざるを得ないでいる、というものであった。ふさぎ込んだ彼女は、客には顔も見せないでいるという。が、おたかサンはその風説とは裏腹に、立派な大阪風の御寮人様になりすまし子供までいる。只、五年前に会った時とは全く変わって、

挨拶も早々に立ち去り、派手で落ち着かなくなっていた。「私」は宿ってから五日目になって、昔から変わらないお梅ドンとの話から、風説の真相を知る。風説は全くの風説では無かった。確かに話のあった息子がおたかサンを嫌がり他の女を貰った、というのは事実であった。だが、この宿には息子が二人おり、おたかサンはもう一人の弟にあたる息子と結婚し、この宿の御寮人サンとなって呑気に暮らしていたのである。人に沈鬱に見られたのは身持ちであったからであった。兄夫婦は神戸で別の商売をし、主人も女将亡き後、若い後添いを貰い、別に居るという。そしてその翌朝、「私」は、おたかサンとお梅ドンの新しい話を女中から聞く。それは、おたかサンは、普段から商売に身を入れず、雇い人にも情けが無いという事、この宿が廃業になっていないのは、不愛想ながら、陰日向に雇い人を庇い、自家のように働くお梅ドンの存在があるからである、というような事であった。また、お梅ドンには女将の後に入る話があって、若い女を主人が見つけて来た時には機嫌が悪かったという。「私」は、あのお梅ドンにそんな色話があったのに失笑を禁じ得なかったが、その怨みをすぐに忘れて忠実な老婢に戻った事に、感心もする。

　更に翌日、「私」は酒の入ったお梅ドンからこのような話を聞く。若い後添いを貰った主人は何もせずに二、三十万円の金持ちになって只遊んでいる。世話をしておった後家が病気で動けなくなり、その財産二、三十万が、全部主人の手に預けられたという評判である。それで神戸の長男夫婦もこちらの次男夫婦もこれを知って居る為か仕事に勉強しない。自分ももとの女将の七年が済んだら暇を貰う積もりで居る―。「私」は女将の死と共に枯れ出したという松の木、古びた障子、人の居ない帳場、用を為さない電鈴、返事の遅い下女、など何もかも一一合点が行った。そうして翌日、「私」は、今は懐かしいというより寧ろものの哀れを覚える此の宿をいよいよ見捨て、例の塵取りのような車に乗った。塵取車はおたかサンを含めた皆の声を後ろに、かまわずに駆けていった。

　夏目漱石は『鶏頭』の序で、「虚子の小説は面白い所がある。我々の気の付かない所や言ひ得ない様な所に低徊趣味を発揮して居る。其代り人間の運命と云ふ事を主にして見ると、あまり成功して居らん。只大内旅宿丈はうまく出来て居る。こゝには低徊趣味が全然欠乏して居る。（中略）一見平凡な運命をかいたやうで、そのうちに大いなる曲折と出来る限りの複雑の度を含んで居る。それであれ程の頁で済んで居るから低徊趣味のないのも無理はない。」と評している。

（高橋博美）

大阪《おおさか》　エッセイ

〔作者〕木下杢太郎〔初収〕『畿内見物―大阪之巻―』明治四十五年七月二十五日発行、金尾文淵堂。

〔内容〕最後の大阪見物からもう二年経っていて、大阪は今の私にとっては既に概念に過ぎない。しかし、今でも常々大阪という所を深く味わって見たいと思っている。大阪の都会にはどこかに拭《ぬぐ》っても、拭《ぬぐ》い落とせない旧文物の香《にお》いが残っているように思う。明治四十二年四月の大阪の河岸の印象は、東京とは大部違う。大阪の河岸は夏は黄《き》ろい羽目板と簾とで持ち切っているのであるが、尼崎橋から上下を見通した所のように白壁土蔵もすくなくない。東京のように煉瓦は多くない。明治四十二年ごろの大阪の街についての印象を述べている。

（浦西和彦）

大阪《おおさか》　長編小説

〔作者〕水上瀧太郎〔初出〕「大阪毎日新聞」大正十一年七月十五日〜十二月二日夕刊。〔初版〕『大阪』大正十二年四月十五日発行、東光閣書店。〔全集〕『水上瀧太郎全集四巻』昭和十五年十一月十日発行、岩波書店。〔小説の舞台と時代〕大阪市内（道修町・堂島・天満橋）。大正六年十一月から翌年にかけて。

〔内容〕水上瀧太郎は、大正六年十一月に明治生命保険の大阪支店副長として赴任し、翌年十一月まで東区島町高橋館に下宿した。その体験をもとに書かれた作品である。十一月のある朝、東京から大阪に着いた主人公の三田は、「何処に行つてもせせこましく、贅六そのもののやうな町の有様」や、「我利々々貪欲吝嗇」な大阪人が嫌いだった。三田は、天満橋近くの高等御下宿城西館に落ち着くが、最初から気に入らなかった。城西館の持主は権堂ろくで、下宿の経営を弟夫婦に任せていた。三田が帰省すると、無断で部屋を他人に又貸ししたりするのである。三田は、樟喬太郎の筆名を持つ小説家でもあった。新聞記者が勝手に捏造した三田の記事を書いたりする。三田が新聞に連載小説「世相」を発表すると、作家志望の不良少年やあばずれの少女が押しかけてくる。三田は、車輛会社の重役をしている同窓の友人田原と新地で飲んだ時、同席していた藝者の蟒《うわばみ》にからまれたあげく、階段を踏みはずし、怪我をして約一カ月入院する。新聞には「現代式曾根崎心中」「小説家樟喬太郎茶屋の二階より蹴落されて瀕死の重傷」と書かれた。退院して、下宿に帰ってみると、この間の食費代まで請求され、三田は怒り心頭に発して城西館を引っ越す。（浦西和彦）

大阪《おおさか》　エッセイ

〔作者〕伊東静雄〔初出〕「椎の木」昭和十一年一月号。〔全集〕『定本伊東静雄全集全一巻』昭和四十六年十二月十日発行、人文書院。

〔内容〕もし私が大阪に住まなかつたら、詩を書かなかつたであろう。大阪では、自ら「心ある人」を以て任じている人達は、私に、萩原朔太郎氏の西洋の図を、余所の町でよりもやすやすと認容するからである。（浦西和彦）

大阪《おおさか》　エッセイ

〔作者〕宇野浩二〔初収〕『大阪』〈新風土記叢書1〉昭和十一年四月四日発行、小山書店。〔全集〕『宇野浩二全集第十二巻』昭和四十八年三月二十日発行、中央公論社。

〔内容〕「木のない都——昔のままの姿——」、「さまざまの大阪気質——或ひは大阪魂の二つの型——」、「色色の食道楽」、「大阪風の出世型」、「様様の大阪藝人」の五章から成る。「木のない都——昔のままの姿——」では、上京した時と比較し、東京に比べて大阪は木が少ないと述べる。谷崎潤一郎が「道頓堀界隈は、大阪の中心だ」と言っているのを受け、宇野は、中心のひとつだと言う。この道頓堀界隈には「昔のまま」に残っているものがたくさんある。宇野の伯父の家があった、宗右衛門町にある「十軒長屋」もそうである。宇野自身の小説の題名にもなった、この「十軒長屋」については地図入りで細かく説明されている。また、道頓堀の道と法善寺の路地との角地に当たる「めおとぜんざい」の家の阿多福人形のことも、上司小剣の小説『鱧の皮』の話と絡めて語られている。他の章では、鍋井克之の文章を引用しながら、いろいろな大阪人の特質を述べている。例えば、関東ではあまり使われないが、大阪でよく使われる言葉で「ややこしい」という言葉がある。こ

の言葉は、人を怒らせずに悪口を述べながら好意を示し、喧嘩しながらも円満に、といった風の不思議に滑らかな心が表現されているという。食べ物に関しては、大阪の真の食通は、高い物では喜ばずに、安物の中から探し出すと述べる。「肉のドテヤキ」や「天かす」などである。他の大阪らしさが出るのは、藝名や物の名前である。「人を押しわけても成功せねばならぬ努力家としての大阪人」の藝名は、「天津乙女」や「紅千鶴」のように、源氏名のような、人の記憶に便利なものをつけるのは尤もなことで気恥ずかしいとは考えないのである。さらに、商業主義は、名を一聞してその内容が分からねば承知しない。「びっくりぜんざい」や「あんまの瓶詰」などである。また、大阪出身の「藝」とつく人は、「藝人」であっても一般の人から見れば、偏屈や変人といわれる人種であると語っている。

　このエッセイの最後に、「私は、『大阪』を書くのに、大阪の風景、大阪独特の年中行事、大阪独特の風物、大阪の名所名勝などをほとんど書かなかつた。わざと書かなかつたのである。それ等の事どもは、勝手ながら、それ等の事どもに興味を持っている人に書いてもらひたいと思つたからである。」と述べている。

（田中　葵）

大阪《おおさか》　詩集

〔作者〕小野十三郎〔初版〕『大阪』昭和十四年四月十六日発行、赤塚書房。〔決定版〕『大阪』昭和二十八年六月三十日発行、創元社。〔著作集〕『小野十三郎著作集第一巻』平成二年九月二十日発行、筑摩書房。

〔内容〕「遠方に／波の音がする。／末枯れはじめた大葦原の上に／高圧線の弧が大きくたるんでゐる。／地平には／重油タンク。／寒い透きとほる晩秋の陽の中を／ユーフアウシヤのやうなとうすみ蜻蛉が風に流され／硫安や　曹達や／電気や　鋼鉄の原で／ノヂギクの一むらがちぢれあがり／絶滅する。」（「葦の地方」）をはじめ、「早春」「白い炎」「住吉川」「明日」「戸籍」「城」などの詩で、大阪の臨海工業地帯における戦時風景を冷静な目で描いている。中野重治は「戦時を描いてきた小説家たちも、必ずしも『カツと夕映える健脳丸の頭蓋骨』というような感覚の末にまでは戦時風景を消化することができなかった。それというのも、『末枯れはじめた大葦原の上に』『大きくたるんでゐる』『高圧線の弧』を小野は歌っているが、小野自身の精神がまた、曇天のなかにかくのごとく重量ある弧を描いて張っていたからであろう」と評した。決定版で大阪市民文化賞を受賞した。

（浦西和彦）

大阪《おおさか》　エッセイ

〔作者〕織田作之助〔初出〕「文化展望」昭和二十一年六・七月合併号。〔全集〕『定本織田作之助全集第八巻』昭和五十一年四月二十五日発行、文泉堂書店。

〔内容〕私は最近の大阪について書きたい情熱はほとんど持っていない。大阪の闇市場などの風景は私好みでありながら、実は全然大阪らしくない。大阪の特色がまるっきり見当たらない。大阪も東京も横浜も名古屋も神戸も違わなく、ただ敗戦色一色である。大阪人のいない大阪も寂しいが、私のように大阪を書けない大阪の作家もつくづく寂しいものである。

（浦西和彦）

大阪《おおさか》　エッセイ

〔作者〕安西冬衛〔初出〕「小説新潮」昭和三十二年十月一日発行、第十一巻十三号。〔全集〕『安西冬衛全集第五巻』昭和五十三年十二月三十日発行、宝文館出版。

〔内容〕大阪の諺に「朝は宮／昼は料理屋

／夜は茶屋」というのがある。これには「閨と厠はわが家が佳し」という結びの句がある。大阪人の生活行動の対象となっている事物が、ことごとく「や」の脚韻を踏んでいることで、これは大阪人が大地をふまえて、現実を束の間も忘れない相《すがた》を象《あら》わしているのである。（浦西和彦）

大阪《おおさか》　エッセイ

〔作者〕開高健〔初出〕「婦人画報」昭和三十五年二月一日発行。〔初収〕『言葉の落葉Ｉ』昭和五十四年十一月二十五日発行、冨山房。〔全集〕『開高健全集第20巻』平成五年七月五日発行、新潮社。

〔内容〕めし屋、釜ケ崎、浜吉ふぐ屋、旧砲兵工廠跡、大和屋藝者学校、新世界、御堂筋、中之島公園、丼池、法善寺横丁、源聖寺坂、淀川など、大阪の特徴が見出せる場所を一個所につき二百字程度で軽妙に描写したエッセイ。（大杉健太）

大阪《おおさか》　エッセイ

〔作者〕開高健〔初出〕『女性文庫〈5〉現代女性講座別冊』年月日未詳。〔初収〕『言葉の落葉Ⅳ』昭和五十七年十二月十五日発行、冨山房。

〔内容〕大阪の風土はなじみのものだが、そう思う反面、大阪に対する冷ややかな思いもある。戦争中は銃や火に追われ、戦後は飢えさせられ、廃墟となった大阪を目の当たりにしたからであろう。大阪は生まれ変わったがそれに身を任せる気はない。「大阪は私の中で生きている」が、それと同じ密度で信用しないでいるのである、という。（大杉健太）

大阪靭《おおさかうつぼ》　エッセイ

〔作者〕三好達治〔初出〕「群像」昭和三十一年三月号。〔全集〕『三好達治全集第九巻』昭和四十年四月二十日発行、筑摩書房。

〔内容〕大阪は私の生地であるがたいそう「あいまいな故郷」である。戦災後二、三年の頃、私が学んだ西区の靭というところの小学校を見に出かけた。屋上には土嚢を積んだ跡らしいのにぼうぼうと草がのび、襟をすくめたいほど悲惨な感じがした。靭は、以前は商業の殷賑な一画で、乾物問屋が軒を並べ、永代浜という小広い広場に市が立った。その永代浜はのっぺらぼうに埋め立てられて、野球場か何かになっていた。（浦西和彦）

大阪駅にある「結界」《おおさかえきにある「けっかい」》　エッセイ

〔作者〕川崎ゆきお〔初収〕『関西こころの旅路』平成十二年一月二十日発行、山と渓谷社。

〔内容〕ＪＲ大阪駅のホームに立つと旅に出たい気持ちに駆られる。しかし環状線の結界から抜け出すのは容易ではない。しかし一度だけその結界を破ったことがある。「日本海の雪が見たい」と思い立ち、何も考えないで出雲行きの鈍行に乗った。一人になって考え事がしたかったのである。だが、日本海が迫る駅に降りると一面の銀世界にびっくりして考え事も吹っ飛んでしまった。あまりの寒さと雪の深さに驚き、すぐ駅に戻って、にげるように大阪行きに飛び乗った。それ以来環状線の結界は破られていない。

　ＪＲ環状線は、乗り換えをすると奈良や和歌山に続く線が出ている。ＪＲ大阪駅からだとそのまま奈良や和歌山まで行ける。環状線の結界とは、まさに大阪市内だけを円を描いて走っている路線のことであろう。漫画家である筆者は、仕事と絡まない旅行を夢見、会社勤めをしていない自分のような人間は人生そのものが旅人のようなもの

であると述べている。（田中 葵）

大阪駅にて《おおさかえきにて》　短編小説

〔作者〕上林暁〔初出〕「新文学」昭和二十四年七月一日発行。執筆は昭和二十三年四月十五日。〔全集〕『上林暁全集七』昭和四十一年九月二十二日発行、筑摩書房。〔小説の舞台と時代〕大阪駅。昭和二十三年。

〔内容〕四国の郷里から上京する途中、準急行に乗り換えるために大阪駅に下車した。私は下の娘を連れていた。娘は田舎に疎開していて、今年の春、そこで小学校を終え、六年ぶりに東京へ帰って、中学校に入るのだった。地下道に降りて行くと、「数人の警官が、逃げ惑ふ小さな女の子たちを摑まへては、溜りの室に、連れ込んだり押し込んだりしてゐる。」娘が私にはぐれ、一人の警官に摑まって、顔をまっ赤にしている。私が駆けつけると、「米を一升持ってゐるさうだが、証明書を持ってゐますか」と警官は穏やかに言った。戦後の混乱した社会風景が描かれる。（浦西和彦）

大坂炎上《おおさかえんじょう》**―大塩平八郎「洗心洞」異聞―**《おおしおへいはちろう「せんしんどう」いぶん》　長編小説

〔作者〕阿部牧郎〔初出〕「問題小説」平成十四年五、八、十一月、平成十五年三、六、十月、平成十六年一、五、八、十月号。〔文庫〕『大坂炎上―大塩平八郎「洗心洞」異聞―』〈徳間文庫〉平成十七年七月十五日発行、徳間書店。〔小説の舞台と時代〕大坂、隠岐島。天保年間（一八三〇～四四）。

〔内容〕和助は四年まえに女房を労咳で亡くして独り身である。和助は働きづめに働いて加島屋をミナミでも有数の道具屋に育てあげた。品物だけでなく、人物の目ききにも才能があった。和助は、難波新地でも指折りの名妓である小菊を身請けしようとした直前に、小菊と天満の学塾、洗心洞の同門である仙之助の二人を殺した咎で投獄される。石を抱かせられる過酷な拷問を受け、店も放火で焼失してしまう。和助は隠岐へ島流しにされた。かつて西町奉行所の不正をあばいた大塩平八郎に報復する目的で、大塩の学塾「洗心洞」を潰そうとして、西町奉行所与力の角田彦右衛門が同心の福田紋三郎を使って和助を身におぼえのない罪におとしいれたのである。和助が隠岐島に流されているうちに、大坂は凶作で飢餓地獄の街になりつつあった。跡部山城守は供給すべき米を江戸へ廻送させていたのである。和助は島抜けし、手先の三吉と茂市が下手人であること突き止め、遠島処分は取り消された。和助は店を建てなおし一段落したが、今度は、謀叛の罪で西町奉行所に召し捕られる。吉見同心の裏切りにより、大塩一門の騒乱が露見したのである。天満方面に大砲の音がとどろき、天満の大半を焼いた火は、風にあおられて大川を越え、船場に燃え移った。（浦西和彦）

大阪・大阪《おおさか・おおさか》　エッセイ

〔作者〕織田作之助〔初出〕「朝日新聞」大阪版、昭和十六年八月八日・九日・十日・十三日発行。〔初収〕『肉声の文学』〈現代新書〉昭和三十年十二月三十日発行、現代社。〔全集〕『定本織田作之助全集第八巻』昭和五十一年四月二十五日発行、文泉堂書店。

〔内容〕大阪は藝術の育ちにくい土地なのか。毎年文楽座は夏枯れで巡業に出なければならない。大阪にはたった一つの強力な文化雑誌もない。藝術に無理解な土地に安住して、不便を忍びながら小説を書いているのは大阪が好きだからである。大阪弁の良さや西鶴について語っている。（浦西和彦）

大阪落ち《おおさかおち》　短編小説

〔作者〕直木三十五〔初出〕未詳。〔全集〕

『直木三十五全集十三巻』昭和十年五月十八日発行、改造社。〔**小説の舞台と時代**〕大坂。慶長五年（一六〇〇）。

〔**内容**〕関ケ原の合戦に敗れた石田三成は、再起を図るため大坂目指し落ちていった。重臣、島左近の働きで危機を脱した三成だが、次々と襲い掛かる困難にやがて家臣ともはぐれてしまう。三成とはぐれた、家臣の波川は軍資金を携え大坂へと入る。しかし、そこで三成が伊吹山で捕らえられたとの報せを聞く。大坂の町を引き回される三成を奪回しようと波川は同志と計画を巡らせる。しかし、牛車に乗せられ晒し者にされている三成の姿をみて波川は不可解さと反感を抱く。憔悴しきっているとばかり考えていた三成は、血色も良く、幸福そうであった。波川は混乱する。その混乱を鎮めてくれるのは、三成の目だけであると考えていた波川だが、三成は真正面を見つめ、微笑んでいた。三成の後ろ姿を、振り返りはせぬかとじっと見つめていた波川の内に無限の憤怒、悔恨、颶風のような混乱が吹きまわっていた。（巻下健太郎）

大阪おんな系図《おおさかおんなけいず》　エッセイ

〔**作者**〕山崎豊子〔**初出**〕「文藝春秋」昭和三十三年六月号。

〔**内容**〕大阪の女性のタイプを分類すると、「おなご」という言葉で表現される庶民的な甲斐性女、それとは対照的で、船場独特のしきたりと躾の中に生きるいとはん、御寮人さん。戦後に新しく創り上げられてきた企業精神を持った女というふうに分けられるが、これらはみな「大阪女のど根性」という共通した性格を持っている。大阪女はみな、男性をど根性があるか、とか、「働き本位」で選ぶ。また、大阪商人の精神を受け継ぐ彼女らは、ものごとを合理的に無駄なく処理する。さらに、彼女らの愛情にはとことん愛してしまう行動型と、激情を抑制して政治的に寛容に愛する場合の二つの両極端があるようだ。これは二つの極端な性格を併せ持つ街、大阪によって育まれた結果だと言えよう。どうも大阪の女性は船場のいとはんか、庶民的なおかみさんの二つの型に類型化されて考えられがちだが、大阪女は一つの典型として説明できないバラエティ豊かな個性を持っているのである。（大杉健太）

大阪界隈《おおさかかいわい》　エッセイ

〔**作者**〕岡本一平〔**全集**〕『一平全集第九巻』昭和四年八月九日発行、先進社。

〔**内容**〕筆者が見た大阪らしい十二の事柄を、挿絵を交えて綴った随筆。「新聞の二度読み」の項では、偶然電車に乗り合わせた会社の上役から、すでに読んでしまった夕刊を渡されて、断るのも得策ではないと考え、改めて驚いた振りをして、記事を読む男の姿が描かれている。また、「大に経済のつもり」の項では、電車賃も回数券で買えばただ同然と言い、郊外生活の功徳を説く紳士が、毎夜の宴会で安いはずの電車の終電に乗り遅れ、高い金を出して車で家に帰り、酔ったついでに帽子を飛ばし、紙入れを失くす失態を犯しながらも尚、友人には郊外生活は経済的だと説く姿を皮肉混じりに綴っている。全編を通して、筆者は大阪の各所で見た日常の一コマを、斜に構えたような視点で描き出している。（巻下健太郎）

大阪カフェの東京侵略《おおさかかふぇのとうきょうしんりゃく》

エッセイ

〔**作者**〕石浜金作〔**初出**〕「改造」昭和五年十二月一日発行。

〔**内容**〕今年（昭和五年）になって、美人座、日輪、赤玉など、大阪の大カフェーが

続々と東京に相当な資本をもって進出してきた。大阪カフェーの進出は、特殊な銀座文化の空気を作り出すかも知れない。皆相当な大資本をもち、女給数も五十人以上を擁し、それらの女給がズラリと入口の所に並んで、誰かれの差別なく愛想よく客を迎え、店内の賑っている光景は壮大なものである。大衆的で明るい。バーは女給と客との自由会合所だったから、バーはその色彩が恋愛的であり、色情的であって、その空気は個人主義的、秘密主義的で、照明の工合といい、座席の工合といい、そういう傾向に適合して作られている。そこへ来ると大阪式大カフェーは、大衆的で気易くのんきでパッとしている。美人座などでは、客との個人的な交渉を作らせないように、半月毎に女給を大阪と東京と交代させたりして、馴染客とふりの客との区別を作らせないようにしている。銀座にもタイガー、ライオンと、大カフェーがないでもなかった。しかし、それは大阪式のような、のんきな明るい大衆性がない。へんにブルジョア臭く金権的で物々しい。（浦西和彦）

大阪　がめつさ礼賛《おおさかがめつさらいさん》　エッセイ

〔作者〕開高健〔初出〕「ちゃんねる」〈日本電気〉昭和三十八年七月号。〔初収〕『言葉の落葉Ⅲ』昭和五十六年七月二十五日発行、冨山房。

〔内容〕戦前には山崎豊子が描いた船場の「大阪情緒」が残っていたが、戦後は東京化され、大阪の特質が薄れてきた。しかし、戦前までに培われた大阪人気質は根強く残り、いざというときには必ず出てくる。大阪人は西鶴が描いたようにリアリズムに富み、自らもがめついために他人のがめつさは非難しない包容力がある。大阪で藝術家が育たないのは、「形式に使う力をみんな実質の実のあるほうへつぎこんでしまう」からだ、という。（大杉健太）

大阪紀行《おおさかきこう》　エッセイ

〔作者〕林芙美子〔初出〕「婦人公論」昭和二十六年七月号。〔初収〕『声はずむ水の都』〈日本随筆紀行17〉昭和六十二年一月十日発行、作品社。

〔内容〕私は、子供の頃、大阪に五年ばかり住んでいた。私は、大阪が好きである。東京生まれの谷崎潤一郎の「細雪」には、大阪人の書いた匂いは感じられない気がした。去年の暮れから今年にかけて、私は、大阪へ四、五回出掛けて行き、一人で、大阪の街をぶらぶら歩いてみた。大阪生まれでなければ、大阪の土や人間はよく書けないような、分け入りがたいむずかしいものを感じたのである。大阪の生活をみていると、なんとなく巴里的で、言葉の音色も、仏蘭西語に似ている。大阪の街を歩いて、吃驚《びっくり》したことは、看板が多いことだ。大阪の衣食住には大なり小なりあいまいなところがないと、大阪の街々についての印象を語る。（浦西和彦）

大阪希望館《おおさかきぼうかん》　短編小説

〔作者〕難波利三〔初出〕「別冊文藝春秋」昭和五十二年九月号、第百四十一号。〔初版〕『大阪希望館』昭和五十九年九月一日発行、光風社出版。〔小説の舞台と時代〕大阪駅、中之島、四天王寺、天王寺、難波、土佐堀、吹田、甲子園、淀川。昭和二十二年一月から十二月まで。

〔内容〕大阪空襲があった次の日、大阪駅の構内には戦時案内所が設けられる。それまで市役所で内勤であった北村兼造と沼が官長と事務長として任命され、転勤して来る。戦後になってからは市民案内所、一時保護所と改名され、最後に大阪希望館と名

づけられる。大阪希望館という名前は北村が独断で決めたものである。市は改名に反撥したが、北村の施設維持能力に言い負かされる。ここの主な業務は浮浪者、浮浪児、復員軍人、疎開者などの相談をひきうけ府下の各施設へ送り込むことである。板野は北村の勧めで希望館に雇われ雑務を担当している。彼は工業学校二年のときベニヤ飛行機工場に動員されたが、そのまま終戦を迎え、以後ずっと就職口を探し続けていた。北村は警察署に不法取引で没収されている闇市の物資を希望館へ提供するよう何回も署長に食い下がって承諾を得たり、希望館の名を新聞紙上で知らせＧＨＱ、大手会社に寄付を送らせたりしながら、ひとの考えでは想像もつかない腕を見せる。それに感心させられたＧＨＱ側は北村の活動を激讃、彼のために、アメリカの各地で恵まれない労働者と不幸な少年たちの救済にあたっているエドワード・フラナガン神父をも大阪へ招く。この施設の収容者は誰もが、最大限、一週間寝泊まりしながら、ほかの施設に送り込まれる。しかし、食事と寝床が安定していない時代だったので、送られた浮浪者のなかには何回も脱出する者も少なくなかった。九月の末、定期的に行われていた浮浪者に対する狩りこみがあった。この日は板野が大阪希望館へ雇われて以来一番人数が多かった。ベッドの余裕が四十しかなかったため、館長の北村は八十名ほどの人は吹田精神病院へ送らせた。その後も、希望館とほかの施設との都合が合わないときには、浮浪者はこの病院へ送られた。

　秋の頃、病院へ送られた百五十余名のうち百名以上が、院長、事務長、婦長の結託により餓死する事件がおこる。そのなかには目の不自由な四歳と六歳の姉妹と板野に関心を抱いていた松子も含まれていた。北村に対する人たちの見方がかわり始める。板野は北村に餓死の責任を問うが、彼は全然、認めようともしないまま誰にも知らせず、謎のように姿を消してしまう。

　第七十八回直木賞候補作。（李　鍾旭）

大阪ぎらい物語《おおさかぎらいものがたり》　エッセイ

〔作者〕鍋井克之〔初版〕『大阪ぎらい物語』昭和三十七年五月二十日発行、布井書房。
〔内容〕冒頭の「大阪のねごと―序にかえて―」で「その頃、上本町七丁目にあった天王寺中学校へ通う道すがらの大阪式の家屋、それがあまりにも大阪特有のものだったりすると、いついつ迄も印象に残り、終いには理由なく、キライでたまらなくなったりしたことがある。もう今日では、そんな小さな家屋は、探してもほんの僅かより残っていないだろうが、こんなわけの解らぬ気持を、つまりそんなものは、いずれ滅んでしまうであろうが、ただ何となく書いておく気になって、書き出したのが『大阪ぎらい物語』である」という。「大阪のお茶屋遊び」や「北野恒富の美人画と山下繁雄の軍鶏」等のエッセイを収録。北野恒富の緋鹿の子の長襦袢姿の美人画は「大阪らしい濃厚な色気のようなものは完全に摘出されていた。ここに彼の持ちまえの特色と個性がひそんでいたのである」と指摘する。

（浦西和彦）

大阪藝術創始《おおさかげいじゅつそうし》　評論

〔作者〕菊池寛（筆名は草田杜太郎）〔初出〕「不二新聞」大正三年二月十一日発行。〔全集〕『菊池寛全集第二十二巻』平成七年十月三十日発行、文藝春秋。
〔内容〕近松、西鶴は、算盤の響きと道頓堀の雑踏を聞いて筆を取り、偉大な作品を残した。大阪は藝術の沃土として決して東京に劣るものではない。文壇は東京中心の中央集権的傾向を有しているが、大阪人の

誰かが大阪の有する藝術的材料を用いて、新しい浪花趣味の藝術を創始せねばならぬ。大阪藝術の第一歩は偶像と慣習の破壊から始まらねばならぬ。文藝同攻《ママ》会の設立が、大阪藝術の創始たることを切に願っている。

（大杉健太）

大阪講演の要点《おおさかこうえんのようてん》 講演記録

〔作者〕内村鑑三〔初出〕「聖書之研究」明治三十九年十二月十日発行、八十二号。〔全集〕『内村鑑三全集第十四巻』昭和五十六年十月二十三日発行。岩波書店。〔内容〕明治三十九年十一月十六日から十八日にかけて行われた内村の講演を各夜ごとに要点をまとめたもの。

第一夜のまとめとして、「聖書の貴き理由」と題して、聖書は其物自身において貴いものであり、人の保護や援助を受けて貴いものではない、とし、第一に道徳の書として貴い、としている。しかし、聖書は高い清い道徳の書として殊に貴いのでなく、殊に信仰の途を教える書として貴いのであり、罪人に罪の赦免を伝える書として殊に貴いのであり、聖書は殊に義人が義を楽しまんとして読むべき書ではなく、罪人がその罪を赦されんために読むべき書である、としている。そして、聖書の貴さは神に自己の罪を裁かれる時に判る、としている。

第二夜のまとめとして、「聖書の研究法」と題し、今日採るべき聖書の研究法は自由研究法でなくてはならず、自由研究の結果としてその神の書たることが判るまで、満足してはならない、としている。聖書は自由考究に由って常に其光を放つものであり、十六世紀における欧州の宗教革命はその時代の聖書研究の結果として始まったものであり、コロンブスを起こし給うた神は同時にメランクソン、ルーテルを起こし給うた、第十六世紀においてこうであって、第二十世紀においてもこうでなくてはならない、としている。そして、神の事業は大人物によって始まらない、ルーテルその人が世にいわゆる大人物ではなかった、彼は聖書に由って大人物となったのであり、聖書をよく知ることによって何人も大人物となることができる、として彼らは直に聖書について神の福音に接すべきである、としている。

第三夜のまとめは、「余は如何にして基督信徒となりし乎《か》」と題して、これはかつて著者の信仰の経歴を外国人に示そうとして英文で綴った小著述の題号であるとして、英米で不評だったが、独逸人の目に触れてより大いに欧州人の歓迎する所となった、と述べている。

そして著者は自分の基督信徒となったのは人や教会に由ってではないとし、パウロの言葉「今より後、誰も我を煩わすなかれ、そは我れ身にイエスの印記を佩びたれば也」を引き、「印記」とは烙印であり、パウロはイエスのために受けた迫害の傷痕を佩びており、「是れが我が基督信徒たるの証拠である」と言ったのにちなみ、「自分も同じでイエスのために苦しみし痛みの跡、是等の傷痕が、是れが余の基督信徒たるの証拠である」とする。そして、「迫害の印証をもたぬ者はキリストから基督信徒として認められないだろう」としてしめくくっている。

（岡本直哉）

大阪ことば《おおさかことば》 エッセイ

〔作者〕牧村史陽〔初出〕『随筆集大阪讃歌』昭和四十八年九月二十九日発行、ロイヤルホテル。

〔内容〕大阪弁のよさの再認識を唱えた文章。最近は、大阪人の中にも大阪弁をバカに毛嫌いしている人がいる。しかし、東京弁が標準語となったのは明治初年に都が東京に移ったからであって、われわれの先祖

の中央人が千何百年の間使ってきた上方弁こそが日本の標準語であるべきだ。大阪弁の汚いところを誇張した漫才ことばではなく、明治・大正時代の上品な、甘ったるい船場ことばのような、何かきれいなやわらかい音楽でも聴いているような大阪弁のよさを「もう一ぺん、再認識してみようやありませんか」。（高橋博美）

大阪言葉について《おおさかことばについて》　エッセイ

〔作者〕山本健吉〔初出〕「毎日新聞」昭和三十六年五月三十一日発行。〔初収〕『日本の言葉』昭和三十七年四月二十五日発行、河出書房新社。〔全集〕『山本健吉全集第十五巻』昭和五十八年十二月二十日発行、講談社。

〔内容〕大阪言葉は第二標準語にのし上がったと言っていいほどに普及してきているが、山崎豊子さんが「小説の中の大阪弁」で言うように、ある種の情意的表現に弱い面がある。それは、大阪弁が高い効果を挙げているテレビドラマのほとんどが喜劇的要素の強い劇であることと無関係ではない。大阪言葉は地方性を濃厚に持つが故に大阪人の類型を感じさせてしまうのである。類型は悲劇には適さない。近松が大阪弁で悲劇を表現し得た時代とは異なり、今の大阪言葉では悲劇を描けなくなっているのだ。だが、大阪言葉は言葉としての表情が豊かであり、そのことは論理的な正確さの基礎となる。大阪言葉はまだその力を十分に発揮していないが、その日が来たら大阪言葉は日本語の豊かさや美しさを担っていくに違いないのである。（大杉健太）

大阪語を以て大阪市民の心理を表現する文学はなきや《おおさかごをもっておおさかしみんのしんりをひょうげんするぶんがくはなきや》　エッセイ

〔作者〕木下杢太郎〔初出〕「関西文藝」大正十四年十月一日発行。〔全集〕『木下杢太郎全集第十二巻』昭和五十七年六月十八日発行、岩波書店。

〔内容〕十数年前に京大阪を見物し、殊に大阪市民の生活に著しい特徴のあるのを感知した。東京の気質より、大阪人の方に、もっと世界普通の人情の流のあることを推断した。大阪には特殊の――著しい特徴のある甚だ発達した且かなり美しい口語《ことば》があった。その言語をもって、詩や戯曲の形として、此心理此世間を現して渾然たる藝術となす者はいないであろうか、という。（浦西和彦）

大阪今昔《おおさかこんじゃく》　エッセイ

〔作者〕木村荘八〔初出〕「改造」昭和五年十一月一日発行。

〔内容〕現大阪の一番の面白さは、新・旧負けず劣らずにすべて世相の現役として活気潑溂とする点にある。たまたま夕立に出会った。女衆が夕立に出会って、腰巻を現して駆けていった。それが一定の赤の腰巻というわけだから奇妙であった。東京では近頃滅多に赤の腰巻を見ない。道頓堀の赤玉カフェーへ見物にはいると、レヴィューを上演していて、曲馬の猿又の様ないでたちの裸の女が四、五人立ち並んで、その猿又のふくよかな真正面、彫刻家の所謂デルタ面へ墨黒々と、大きくハート形を描いたのに出会った。尖端的といっても、少し新し過ぎる。

僕は、大阪へ行くたびに、過ぐる明治の美感の粋を集めて堂々乎とした本町筋を好んで散歩する。ただ難しいことだが、願わくは無考えの土木工事だけはやって貰いたくない。家々の小ものの町家装飾を見るのも喜びである。（浦西和彦）

大阪今昔《おおさかこんじゃく》　エッセイ

〔作者〕長谷川幸延〔初版〕『大阪今昔』昭和二十一年十一月二十日発行、青朗社。

〔内容〕『大阪今昔』は「大阪の夢」「大阪素描Ⅰ」「続大阪素描Ⅱ」からなる。「大阪の夢」は「序にかへて」とある。その中で、長谷川幸延は「大阪弁の面白さ（佳さ）を、満天下に徹底させたものは、近松でも西鶴でも、鴈治郎でもない。実に曾我廼家五郎である」と述べている。「大阪素描」は、千日前、造幣局の桜、土佐の稲荷、四天王寺、住吉神社、大阪築港、神農さん、道頓堀、天満の天神、新世界通天閣、曾根崎、北野、梅田、中之島、御霊さん、高麗橋、心斎橋、島之内、川口居留地、今宮戎、高津、生玉はん、阿彌陀池について、まさにその「今昔」が描かれている。（荒井真理亜）

大阪今昔《おおさかこんじゃく》　エッセイ

〔作者〕河野多恵子〔初出〕「読売新聞」昭和三十八年十月四日夕刊。原題「道頓堀かいわい〈ふるさとめぐり〉」。〔初収〕『私の泣きどころ』昭和四十九年四月八日発行、講談社。この時、「大阪今昔」と改題。

〔内容〕いつか新聞で東京にただ一つ残っている馬の水飲み場が工事のため取り除かれるという記事が出ていた。故郷の大阪でも、戦前は電車道などに、流し台に水を張ったような設備があった。私が生まれ育った西道頓堀には、問屋が多く、荷馬車が頻繁に通った。車道は木煉瓦にコールタールを塗っていたが、空襲でこの木煉瓦の道は燃え、焦げた道路には二つに割れた馬の水飲み場を見たことを思い出す。戦前は構えの一部を外へ倒すと床几のようになる揚げ店という造りになっている家がよくあった。夏の夕方には、店先に揚げ店や椅子が軒並みに出揃って夕涼みが始まるし、橋では南のネオンが川面に映って揺れているのが美しかった。今の大阪には揚げ店もないし、正月でも家紋と家名を染め抜いた幕が風に膨らむ光景はもう見られない。かわりに、心斎橋の舗道が白と樺色との曲線模様で装われていたりするので、見知らぬ都会に来たような気がする。

　この冬、帰省したとき、阪急の梅田駅の高丸天井、そこに描かれた鳳凰、宝塚のポスター、それからチョコレート色の車体など、昔のまま変わらないものに出会った。座席に腰を掛けると、初めて自分の十三、四歳ごろの故郷大阪に帰ったような気がした。（浦西和彦）

大阪歳時記《おおさかさいじき》　エッセイ

〔作者〕長谷川幸延〔初版〕『大阪歳時記』昭和四十六年三月一日発行、読売新聞社。

〔内容〕「歳時記」とあるように各月ごとの行事や風物について書かれている。一月は「祝い膳」「初芝居」「十日戎」、二月は「初午」「ふぐ」「梅の花」、三月は「春の川」「彼岸」「春の踊り」、四月は「てんとう花」「造幣局の桜」「筍」、五月は「野崎詣」「魚じま」「橋の雨」、六月は「おん田の神事」「こすの戸」「生玉の蓮池」、七月は「愛染ばらばら」「お初の天神」「天神祭」、八月は「旧のぼん」「夜店」「地蔵盆」、九月は「月の住吉」「十万堂の虫」「菊人形」、十月は「誓文払」「松茸」「御堂筋の銀杏」、十一月は「神農さんの鹿」「時雨西行」「船場煮」、十二月は「事はじめ」「十二月の金」「餅搗き」からなる。また、長谷川幸延の生い立ちなども記され、自伝的要素が強い。この本の序詞は北條秀司が書き、その中で北條は「幸延は大阪に関するどんな小さなことでも知っている」と述べている。『大阪歳時記』に収録された文章はのちに再編され、『自己流・大阪志』（昭和49年2月10日発行、昭文社出版部）として刊行された。（荒井真理亜）

お

大阪作者《おおさかさくしゃ》　エッセイ

〔作者〕織田作之助〔全集〕『定本織田作之助全集第八巻』昭和五十一年四月二十五日発行、文泉堂書店。

〔内容〕古来どの作家が大阪を、大阪人をもっとも巧みに描いたか。近松には「何が善やら悪び（欠伸）やら」などと物凄く大阪的な表現があるが、西鶴の方が大阪人の性格をぎょろりとした眼で描いただけでなく、大阪的な徹底的な俗人であった。宇野浩二の大阪弁は、「わかり易く書いた点と、尻取り式の話術（スタイル）が如何にも大阪的」で、上司小剣、水上瀧太郎以上である。谷崎潤一郎の「卍」は大阪弁そのものがこの作の主題になって、後世に残るべきものであろう。（浦西和彦）

大阪殺人旅愁《おおさかさつじんりょしゅう》　長編小説

〔作者〕斎藤栄〔初出〕「小説city」平成二年三月号、広済堂出版。〔初版〕『大阪殺人旅愁』平成十二年七月二十五日発行、日本文藝社。〔小説の舞台と時代〕新大阪、京橋、鶴見緑地、有馬温泉、横浜、宝大寺市（架空）。平成二年の大阪「世界花と緑の祭典」の時期。

〔内容〕神奈川県警、桜警視監は関西から流入しつつある宮古組という暴力団について考えていた。近年暴力団も外人を利用し、犯罪を犯していることに不安を覚え、部下の紫水に大阪へ調査に行かせた。一方、桜の妻かすみは同じ茶道の仲間、丸国美樹から夫が大阪の世界花と緑の祭典に行ったまま帰ってこないことを相談され、大阪へ二人で行く。そして、夫仲太郎は昔、魔術師であり、テレビで昔の仲間を見つけて探しに行ったことが分かり、宝大寺市という大阪南部の町へ行くが行方知れずになっていた。次の日、その町の国宝、宝大寺で左手首を切られた仲太郎が見つかる。一大事を感じとったかすみからの連絡に、桜は紫水に調べさせる一方、秘書役の沢警部補も送る。沢が調べていると、怪しい三人が宝大寺に放火しているのを見つける。そしてそれを紫水に知らせた後、外人二人にさらわれてしまう。紫水は桜自身に来てほしいと連絡、桜も部下の大曾根とともにやってくる。しかし、桜もまた何者かにさらわれてしまう。桜をさらったのは仲太郎の昔の仲間であった多々良香織だった。探偵とまちがわれて桜をさらったのである。実は昔、多々良は仲太郎のダイヤを盗んでおり、仲太郎はそれを取り返しに来たのだった。しかし多々良は宮古組組長の女であったために殺されてしまったのだ。桜は紫水の助けによって脱出するが、多々良は口封じの為に殺されてしまう。沢も又紫水によって助けられ、宝大寺の放火は、実は宝大寺市長石井の隠ぺい工作であることがわかった。同時に宮古組と市長のつながりも分かり、桜たちは石井が隠れている有馬温泉へ潜入する。紫水と大曾根が潜入するも、雇われた外国人の用心棒、ドラゴンとゴリラに苦戦するが桜の助けもあって倒し、石井の悪事をつかみ、この事件は解決する。

宝大寺市という町は架空のもののようで作品の中心舞台となっている。（井迫洋一郎）

大坂侍《おおさかざむらい》　短編小説

〔作者〕司馬遼太郎〔初出〕「面白倶楽部」昭和四十三年四月号。〔全集〕『司馬遼太郎全集第十三巻』昭和四十七年八月三十日発行、文藝春秋。〔小説の舞台と時代〕大坂の市井。幕末から明治元年。

〔内容〕十石三人扶持の同心鳥居又七は侍が町人化する大坂にあって武士としての誇りを持っている。だが、幕府に忠誠を誓っているというわけでもない。父弥兵衛が先祖鳥居強右衛門の名にかけて上野の彰義隊

への参加を命じた時も全く相手にしなかった。一方で又七は、偶然ならず者に絡まれている所を助けた豪商、大和屋の娘お勢に見初められる。大和屋は手を尽くし又七を婿に迎えようとするが、お勢に惹かれながらも又七の武士としての誇りがそれを許さなかった。そんなある日、弥兵衛は江戸までの路銀を又七に託して死ぬ。又七は、父への反撥から路銀を全て妹に渡してしまう。だが、官軍の隊長が、かつてお勢に絡んでいた男だと知り又七は考えを改め、その男を斬り彰義隊へ参加する。

　武士の故郷は江戸だと考えていた又七だが江戸に来てみると居心地の悪さを感じ、戦いの火蓋が切って落とされるのをひたすら待ち続けた。だが、その戦いの結末はあまりに惨めで、又七は大坂の回船問屋の江戸店へと逃げ込む。そこで、お勢と再会するのである。大坂では婚礼の支度が整っているというのである。又七は武士だ、武士だと言いながらも結局、大坂商人の掌の中で踊っていたに過ぎないと感じないでもないのであった。

（巻下健太郎）

大阪讃歌《おおさかさんか》　詩

〔作者〕黒田了一〔初出〕『随筆集大阪讃歌』昭和四十八年九月二十九日発行、ロイヤルホテル。

〔内容〕「序歌」「大阪の町・夢の町」「わが大阪の町づくり」の三つから成る。革新の大阪知事として、「大阪は　革新の町　自治の町　遠の眠りのいま醒めんとす」と詠む。

（李　鍾旭）

『大阪市史』《おおさかしし》　エッセイ

〔作者〕大岡昇平〔初出〕「文藝」昭和四十一年四月一日発行。「名著発掘」欄。〔全集〕『大岡昇平全集第十二巻』昭和四十九年五月十日発行、中央公論社。

〔内容〕私が県史や市史に興味を持つようになったのは、小説の舞台になる土地のことを知る必要からである。市史の横綱格は『大阪市史』八巻であろう。「地方史の創業時代、明治四十四年刊、幸田成友が参加していて、明治末の修史精神が息づいている」と、『大阪市史』を高く評価する。

（浦西和彦）

大阪詩情—住吉日記・ミナミ—わが街—《おおさかしじょう—すみよしにっき・みなみ—わがまち—》　エッセイ

〔作者〕石浜恒夫〔初版〕『大阪詩情—住吉日記・ミナミ—わが街—』昭和五十八年八月五日発行、朋興社。

〔内容〕岸ノ里、姫松、玉出、粉浜、浜口、墨江、住之江…身ぢかな日常の地名に、海はのこっているのに、現在の住吉には海がない。その住吉に関する思い出を記した「住吉日記」と大阪のミナミに関する随筆「ミナミ—わが街」から成る。「ヨットによる海洋の表面をもふくめて、高所ではエベレスト直下のクンブ河、ほぼ北半球は一周しての異郷の旅路が、ここ十年あまりつづいて、さて、ふるさと大阪というか、じっくりと自分の身のまわりの地べたを静かに眺めまわしてみたかったのだ。それでも、なお徒労な満足感だけがのこって、郷土研究の成果でもなく、まして案内記でもなく、住吉で生まれ育って、人生の月日の半ばを、大阪ミナミの盛り場をうかうかと流れ過ごした男の、随筆集とでもして読んでいただければ、わたしはありがたい」「画学生時代の故足立源一郎さんの明治末の習作スケッチ、大正期の川柳雑誌「雪」にあった故小出楢重の装画とカットを全部、また、大正から昭和にかけての故田中有泰氏のスケッチブックから……喪われた大阪の風景風物情緒をよみがえらせ、飾らせていただいた」と「あとがき」でいう。

（浦西和彦）

大阪市と松田喜一さん《おおさかしとまつだきいちさん》

評論

〔作者〕野間宏〔初出〕未詳。〔全集〕『野間宏全集第十三巻』昭和四十五年八月十日発行、筑摩書房。

〔内容〕昭和十三年夏、日華事変が長期化して経済統制が強まり、統制対象の中に皮革が含まれ、部落に多くの失業者が出た。松田喜一さんは靴履物修繕業者の組合を作り、皮革統制に真っ向から反対し、業者の生活を救うべきことを訴える。総動員法に反対してこの時始まった松田さんの経済更生会運動は、それ以後続き、敗戦後も部落の生活運動としてさらに拡げられることになる。従来の水平運動にこの経済生活運動を加え、経済更生会の会員だけに限らず、部落全体に拡げられた運動なのである。その他、靴修繕業の円滑を図り、料理講習会・ハイキング・歴史講座・識字学級など、事業は拡大する。昭和十三年三月、私は大阪市役所社会部に入ったが、部落問題について松田さんに薫陶を受けた。私は松田さんから、大きな、高い、優れた精神を与えられたと考えている。野間は「部落解放運動と『破戒』」（初出不詳『野間宏全集第十三巻』所収）においても松田さんについて述べている。

（中谷元宣）

大阪出身の作家—強靭な神経—《おおさかしゅっしんのさっか—きょうじんなしんけい—》

評論

〔作者〕野間宏〔初出〕未詳。〔全集〕『野間宏全集第十四巻』昭和四十五年三月十日発行、筑摩書房。

〔内容〕大阪出身の作家ということになれば、私の頭にうかんでくるのは、まず織田作之助、井上靖の二人である。作之助の弱点は論理の弱さであり、最近になって私は、作之助の願いがどのようにかなしげなものであったかをようやく感じることができるようになったと思える。武田麟太郎は「釜ケ崎」で、大阪の下層社会を描き、西鶴に渡って行ったが、麟太郎に西鶴の言葉が甦ったとは考えない。麟太郎はリアリズムを目指しながらもそこには到達しえなかったが、作之助も同様である。靖については、大阪作家の間においてどういう位置を取るのか、私にははっきりした判断がまだできない。彼は自らの内容を全て展開するための形式を探求しているのではないだろうか。概して、大阪出身の藝術家には理論を展開する能力に欠けて、現在大阪の評論家といえば小野十三郎、中川隆永、須藤和光などほんの少数である。十三郎の知性には十分期待できるが、次代の新人の中に論理に対する欲求がどのような形で動いているのか、不安に思う。

（中谷元宣）

大阪出身の女性《おおさかしゅっしんのじょせい》

エッセイ

〔作者〕上司小剣〔初出〕「女性改造」大正十三年十一月一日発行。

〔内容〕男も女も田舎臭くなって、首府に見る女性の地方色がはっきりわからない。逆に一つの東京風というものを見い出そうとしても、下町は下町、山の手は山の手と、趣味も好尚もすっかり違っていて、どれが東京風かわからない。つまり、「これが東京を代表する一つの風俗だ」として指摘することは出来ない。

　関東大震災の打撃を受けたと言っても、東京は流行の中心となり、風俗の源泉となる根底の力は、やはり文化の力、経済の力で日本を代表している。東京風俗は、すなわち日本風俗であり、東京語は、すなわち標準語であるから、「おまへんさかい」では日本を代表することにはならない。

　地方の婦人が東京へ移住した場合、なるべく早く地方色を消そうとして、言葉も気をつけ、着物も東京風に仕立て替え、一生

懸命に生え抜きの東京人に見せ掛けようとする。これに反し、東京の人がその他の地方へ行くと、東京人であることを誇りにして、風俗も言葉も東京にいた時よりも、東京式に見えるように注意する。したがって、地方へ行って東京から来ている女の東京色を探ろうとするのは易しいが、東京の女の中に地方色を探ろうとするのは難しいのである。

　それでも大阪から来ている女性を東京人の中で発見するには、履物を見ればよい。履物が粗末であることが、大阪から来ている女性の外形に見える特色である。いくら東京風を装っても、履物へ思い切った金をかけるということは、大抵の大阪人は決してしないことである。また、精神的、内面的には、経済的観念の緻密なこと、世帯もちの上手なこと、着物を大事にすること、外柔内剛であることなどがあげられる。

（荒井真理亜）

大阪趣味《おおさかしゅみ》　評論

〔作者〕柿山伏〔初出〕「文藝倶楽部」明治四十年六月一日発行。

〔内容〕明治三十年代後半、「大阪趣味」が劇界全体に与えた影響を説いた文章。

　故団十郎は、無二の提携者であった菊五郎を亡くした時、歌舞伎座の舞台で涙ながらに口上したことがあった。「今の俳優社会で真の江戸児といったら、私と菊五郎位なものでした。」しかし、今やその団十郎さえ亡くなった。昔の江戸は、江戸児の江戸であった。しかし今は、雅俗折衷な地方人、もしくは、地方趣味の支配を受けた東京人の東京である。それに対して、大阪は昔から大阪人の大阪であって、今尚誰からも侵略を受けてはいない。「東京趣味」は、「大阪趣味」や「江戸趣味」のように、一定の型に入ったものではない。現時点では、海のものとも、川のものとも判別できないものであり、その妙味を味わおうとするならば、迷わざるを得ないものである。

　芝居においても同様である。「東京趣味」は、基礎が固くなく、混沌としている。ところが、この混沌の中へ、ここ数年来、「大阪趣味」の輸入が行われ始めた。団十郎の没後、歌舞伎座が我当を迎えたのは、この急先鋒であった。「大阪趣味」といえば、一口に臭いとして白眼視されていた。それが、青眼を以て味わう程度までに進んできた。時蔵の藝が劇通に賞揚されるようになったのは、このことを証明している。しかし、時蔵の藝風がここ数年の間に豹変したのではない。肩で藝の半分をするのも、顔で電光をするのも、止めた訳ではない。台詞回しも在来の東京俳優とは甚だしく距離があり、旧来通りである。かつ、これらのものは、全て数年前までは、臭いものの要件として数えられていたものであった。しかし、今では、臭いものではなく、美点を認めるものとなった。鴈治郎も東京に迎えられた。鴈治郎には「大阪趣味」の権化と言える紙治が求められた。加えて、鴈治郎は、東京人が殆ど見たことの無かった引窓という「大阪趣味」を発揮した狂言を選び、中幕、二番目とも「大阪趣味」を並べた。数年前の「大阪趣味」排斥の時代であったならば物議の種となっていただろう。だが、紙治も引窓も、予想以上の成功を収めた。

　これらを一つの機運として、歌舞伎座の俳優買収が始まり、「大阪趣味」の輸入が始まった。結果として、明治座は右団次を、東京座は延次郎を、真砂座は福円を迎えてきた。昨今、東京の劇団は客入りが悪く、窮乏していたのだが、この「大阪趣味」の輸入に依って、多少、繁栄を見た。

　混沌とした「東京趣味」が「大阪趣味」の輸入によって、救われたとまでは言えな

い。しかし、「大阪趣味」の輸入を以て、一道の光明を得たのである。（高橋博美）

大坂城《おおさかじょう》　戯曲　二幕

〔作者〕岡本綺堂〔初出〕「演藝画報」大正十年十月一日発行。〔初演〕大正十年十月、歌舞伎座。出演・歌右衛門、市蔵、亀蔵、左団次、左升、中東、秀調、芝鶴。〔選集〕『岡本綺堂戯曲選集1』昭和三十四年十一月十五日発行、青蛙房。〔**戯曲の舞台と時代**〕大坂城の京橋口・大坂城内。元和元年（一六一五）五月七日。

〔**内容**〕家康の茶臼山から阿茶の局が使に来て、淀の方と秀頼を高野山へ移し隠居料として一万石を附すという。また、薩摩守は船を仕立て伊集院半兵衛を使に立てて、秘かに西国に迎え移そうという。敵についても、味方についても、われわれ親子の命は助かる。淀の方は生きながら夜叉の心持ちで双方の使をきっぱりと断る。この城に根強い執心がある。豊臣一家がほろびて後、大坂城内に不入の間があったと聞いたら、そこを私の住家と思え、と淀の方はいう。（浦西和彦）

大坂城《おおさかじょう》　エッセイ

〔作者〕木下杢太郎〔初出〕「百華新聞」昭和四年三月二十一日発行。〔初収〕『日本吉利支丹史鈔』昭和十八年十月二十五日発行、中央公論社。〔全集〕『木下杢太郎全集第十四巻』昭和五十七年九月二十一日発行、岩波書店。

〔**内容**〕天正十四年（一五八六）に、伴天連のルイス・フロイスが下ノ関から印度ゴアなる耶蘇会の元締アレッサンドロ・ワリニャニに書き送った書翰の大要を紹介する。大坂の築城は天正十一年であるが、耶蘇会士の年報によると、天正十四年頃もなお工事が続けられていたという。（浦西和彦）

大阪城《おおさかじょう》　短編小説

〔作者〕林芙美子〔初出〕「別冊文藝春秋」昭和二十六年三月五日発行、第二十号。〔**小説の舞台と時代**〕大阪城。昭和二十六年。

〔**内容**〕大阪城の天守の八階に登って、金網越しに下界を見ると、城の屋根の下に汚れた茶色の街が海のように拡がり、二十年も前の巴里の生活を思い出した。そして心の中では生きる事も死ぬ事も面倒だと考えていたが、天守の上では自分の心身がすくんでしまうような一人ぼっちな気持ちであった。欄干に凭れて、金の鯱を眺めながら、切れ切れないろんなことを考えていた。これまでの生活が邪魔臭くなってくる。天守に来る時に、桜門の左右にある何十畳とかの石を見た。しかし眼の前に大阪城の巨きな石垣を眺めて、少しも明るい気持ちはしなかった。不吉な気さえした。この巨きい石を運ぶためにどれだけの犠牲者が出たかわからない。巨大な石を人力で運んだ奇蹟を、少しも文化なぞとは考えられない。京都の寺々には、人間の信仰的な魂が感じられたが、大阪城の石には、武力に押しひしがれた、哀れな人間のうめきが聞えるようだった。廻廊から天守の中へ這入り、暗い階段を降りていると、ふと宮本百合子さんの棺の上に、赤い旗が被せてあったと、誰かが書いていたのを思い出した。終戦直後、壺井栄さんを訪れると、宮本百合子さんもやって来て、「歴史はくりかえさないわ、これからは共産党の時代よ」と述べたことがあり、百合子さんの優等生らしさを羨ましく感じたことがあった。宮本さんは、一つの間違いもない人生を、生きてきた人であろう。そして、夫の顕治さんに雄大な恋をした女性としての羨ましさも、心の中に残っている。大阪城の階段を降りながら、何となく、枯野の夢のような己の死を考え、

百合子さんの赤旗に覆われた棺を羨ましいと思った。地階へ降り、巨石の横を歩きながら、阿倍野の方へでも行こうかと考える。その夜、ツウリストに紹介してもらった法善寺横町にある旅館で、織田作之助の姉さんを訪ねようと思うが、富田林までかなりあると聞いてやめてしまった。大阪城を訪れたことで思い起こされた、様々な回想を綴った随筆風の小説である。（林未奈子）

大阪城公園駅《おおさかじょうこうえんえき》 エッセイ

〔作者〕司馬遼太郎〔初出〕日本交通文化協会制作「大阪城公園駅」誕生記念・特別制作文章陶板、昭和五十九年三月発行。〔全集〕『司馬遼太郎全集第六十八巻』平成十二年三月十日発行、文藝春秋。〔初収〕『ある運命について』昭和五十九年六月二十日発行、中央公論社。

〔内容〕「大阪城公園駅」では、この駅に立てば、台地のかなたに渚があったことを、私どもは思い出すことができる。八十の洲、それがいまの大阪の市街であることを、冬の日、この駅から職場へ急ぐ赤いポシェットの乙女らの心にふとかすめるに違いない。私どもは、古き津の風防ぎする台上にいる。天地は海鼠型をし、南端の岩盤に四天王寺が建った日のことを、炎だつ陽炎の中で思っている。海鼠型の大地の北の端の地は、生玉荘と呼ばれ、坂があり、〝おさか〟と呼ばれた。その後、ここに城ができたとき、日本の歴史は変わった。威と美を多層であらわした世界最大の木造構造物は、極東のはてに世界意識をもった文明があることの象徴となった。城下は八十洲ではなくなり、大小の商家がひしめき、市が立ち、にぎわいは空前のものとなった。台上の城は、商権を保護し、海外を意識するものの、過剰な自信によって他国に災禍を与え、みずからも火の中で滅ぶ結果となった。つぎの政権でも商権は手厚く保護された。二百七十年もの間、この一都市が六十余洲の津々浦々に商品と文化をくばり続けたのである。しかし再び城が情勢の中心となり、ついにはやぶれることになる。二度目の落城によって歴史が旋回した。この神秘さを感じるとき、城はただの構造物から人格になっていると感じてもよいのではないか。以後、この城は首都を頭脳とする日本国が、十九世紀の欧州の膨張主義が妄想し始めたことによって、三度目の業火を見ることになる。悲しみはこの街には似合わない。とくに春、この駅に立ち、石垣を取り巻く樹木の発し続ける多重な信号を感応するべきである。その感応がある限り、この駅に立つ人々は祝われてある。続いて「草するにあたって」では、この地—上町台地、大阪に対するやみがたき想いを語っている。心の奥から湧き上がる感情は、大阪という都市への尊敬心であると思っている。都市の素晴らしさは、人々がそこに参加する場所だということであり、この都市で、どういう志を遂げようとするかが課題である。都市は機能である。そして美しくなくてはならない。大阪ははるか昔から機能としては大きく精緻であり続けた。しかし、美しさという点では十分ではなかった。都市もまた自然の上に載っている。大阪を成立させているそれら自然と人工という荘厳な営みに、限りない畏敬をおぼえるのである。大阪城公園駅から眺めた景色から、城の歴史をふりかえり、大阪への愛情と尊敬を語った随筆である。（林未奈子）

大阪商人《おおさかしょうにん》 短編小説

〔作者〕瀧井孝作〔初出〕「中央公論」大正十五年七月一日発行。執筆・大正十五年五月。〔初収〕『新進傑作小説全集第12巻〈瀧井孝作・牧野信一集〉』昭和四年十二月十

五日発行、平凡社。〔全集〕『瀧井孝作全集第二巻』昭和五十三年十月二十五日発行、中央公論社。〔小説の舞台と時代〕大阪。大正十五年。

〔内容〕大阪の叔父が訪ねてきた。大阪のエプロン界では屈指の人である。いま店をやめることは惜しい、四年前に繁二郎を養子にしたが、商人の才能がなく跡継ぎに役立たぬ、そこで、実子の清治に商売を手伝わせようかという。叔父は若い頃、妻を捨てて別の女の人と大阪に来てしまった。清治はそんな生まれだった。そのことを七月に来て、叔母と繁二郎に承諾を得てくれというのが、叔父の用向きだった。

　七月の第一日曜に叔父を訪ねていくと、叔父は皆に一応話しをして見た。これも相談やが、利益の分配は三人に二ツ半に割り、資本は叔父が出し、合名会社にしたいという。二ツ半とは、十のものを叔父が四、清治が四、残りの二を繁二郎がとるというのである。清治がやって来たので、そのことを話すと、堺の叔母と相談したいという。その晩、家に戻ってから手紙を書いた。繁二郎も読むと思い、清治さんと共同してやってくれと、繁二郎あての心持ちで書いたが、繁二郎からは何も云って来なかった。繁二郎より安受合の返事のない所に自分は彼の真実の心持ちを感じるのだった。間宮茂輔は「人物の描写なぞは、或る意味で天下一品である。叔父や子供の描けてゐる点、感嘆の他はない」(「読売新聞」大正15年7月9日)と評した。　（浦西和彦）

大坂城の時代《おおさかじょうのじだい》　エッセイ

〔作者〕司馬遼太郎〔初出〕「波」昭和四十七年一月発行。〔初収〕『歴史の中の日本』昭和四十九年五月十日発行、中央公論社。〔全集〕『司馬遼太郎全集第六十八巻』平成十二年三月十日発行、文藝春秋。

〔内容〕貝塚茂樹さんに、日本の建築は中国の建築とくらべると小さい、日本人で何か大きいことをやった人がいるでしょうかと聞かれて、太閤さんの大坂城がケタはずれなものであるという話になった。いまの大坂城は建て直しによって規模が小さくなったが、秀吉が完成させた大坂城は、当時アジア最大の城塞であった。秀吉は、日本最初の大土木工事を大坂付近の百姓に命じ、米を日当として与えていた。民は酷使されたという悲観的な歴史把握法があるが、民が酷使されて歴史が続くはずはない。石造建築物の上に巨大な木造建築物が載った城は、秀吉権力の魔術の大道具であり、世界的意識を具象化したものであった。社会の最下層の出身である秀吉が、関白になり、大坂城を造ったことを世間が認めるにいたった原因は、応仁の乱にあると考えられる。応仁の乱によって、それまであった階級がかきまわされ、秀吉という人物を存立させ、大坂城を造らせた基盤となったのである。しかし、この城の権力的な魔術は、秀吉一代で尽きてしまうのだが、秀頼と淀君だけがその魔術にかかり続けていた。二人は暗示にかかりっぱなしのつまらない人物であり、世間に対して無知であったにもかかわらず、あれだけ世間を動かすことができたのは、大坂城という建造物が主人公となり、歴史を動かしたとみるべきなのである。大坂城は、淀君や秀頼だけでなく、造った人、工事に参加した人々にとっても、一個の人格をもっていた。そういった意味でも、大坂城が大坂ノ陣の主人公であると言える。もし、大坂城が建設されなければ、秀頼は天寿を全うできたであろうし、豊臣家も続いているだろう。しかし、大坂城という魔術的なほどに巨大な建物に支配されてしまったのである。そして、家康も演技の上手な人で、計算や計画も見事であったが、関

ケ原以後も、彼の知恵の及ばないほどに大坂城は大きかったのである。戦国時代は、日本人が最もアクティブな時代であったと思う。明るくて、個々の人生に可能性があったように思うし、個々が非常にバイタリティを持っていて、それを表現しやすかった時代でもあった。『国盗り物語』『新史太閤記』『関が原』で様々なことを述べてきたが、なお思いが残り、大坂城のことについて書かなければならない気がして書いてみた。私なりに日本人のもつ最もアクティブであった時代とか心とかいうものが、なにやら自分ながらにわかった気がする。大坂城という建造物が中世の人々にとってどのような存在であったかを考察し、そこに日本人のバイタリティの原点を見出した随筆である。

（林未奈子）

大阪城の虎《おおさかじょうのとら》　戯曲　三幕

〔**作者**〕かたおかしろう〔**初演**〕関西藝術座が昭和四十一年十一月に大阪大手前会館で上演。〔**初収**〕『大阪の戯作　三人の戯曲集』昭和四十八年七月二十日発行、テアトロ。〔**戯曲の舞台と時代**〕大阪城、天満、泉州堺、奥州大崎。安土桃山時代、文禄元年（一五九二）。

〔**内容**〕全三幕構成の戯曲。タイトルの説明に講談、落語、浪曲、義太夫、囃子などある三幕としている。第一幕は太閤秀吉が命じた朝鮮出兵から話が始まる。そして、負け戦にも関わらずまるで勝利したかのように小西行長、加藤清正らが帰ってきた様子を人々に混じって見る犬たちがいた。その内の一匹、リキは餌取・徳八の飼い犬であった。犬たちは帰ってくる兵士をみて、それぞれ批判したり褒め称えたりしている。そこへ朝鮮で捕らえた一匹の虎をみて皆驚く。しかし、あまりに大きな虎であったために食料がかさみ加藤は困ってしまう。そこで、街の中にいる犬たちを食料にしようと考え、御触れを出して捕らえ始める。一度は捕まってしまうリキたちであったが、不憫に思った小西の家臣の機転によって救われる。第二幕はその続きとなる。しかし、犬たちが逃げて主の徳八の所へいこうとするが、餌取の部落の村は御触れに従わなかったということで焼き討ちにあっていた。第三幕では餌取たちの仕事を奪い、飼っていた動物たちの肉を虎に、皮を武具などに使うようにと加藤と小西が考えた策略がこの焼き討ちだったことがわかる。そして、犬狩りが始まった。徳八はリキたちを助けようとするが、見つかってしまい自分の命惜しさにリキたちを引き渡す。徳八は村人たちからけだもの呼ばわりされる。一方リキたちは虎の檻に入れられ、必死に助かろうと懇願したり、逃げ回ったりする。そこに徳八がリキを返して欲しい、けだものと呼ばれたくないと懇願しにやってくる。しかし聞き入れられるわけもなく、斬り捨てられてしまった。リキはその様子をみて逆上し、果敢に虎に立ち向かう。そして、リキは大虎を倒したのであるが同時に力尽きてしまい、この戯曲の幕となる。作者はリキの勇敢さよりも徳八の人間性を描きたかったと述べている。

（井迫洋一郎）

大坂城物語《おおさかじょうものがたり》　長編小説

〔**作者**〕村上元三〔**初版**〕『大坂城物語』昭和四十一年五月三十日発行、東京文藝社。〔**文庫**〕『大坂城物語上・下』〈時代小説文庫〉昭和五十九年四月二十日発行、富士見書房。〔**小説の舞台と時代**〕大坂、京都、奈良、伊勢、近江。慶長十六年（一六一一）。〔**内容**〕慶長十六年、茂兵衛は主の薄田隼人正兼相とともに、気ままな浪人暮らしを続けていた。立身をしたいという望みもなく、戦が嫌いな茂兵衛であったが、旅の途

中で主とはぐれたことをきっかけに、徳川、豊臣両家の間で起ころうとする争いに巻き込まれていくことになる。今や徳川、豊臣両家の間では、その実力の差ははっきりとしたものだった。しかし、徳川家康は豊臣秀頼の成長ぶりと、秀吉が生前大坂城に貯えた莫大な財産とを恐れた。家康は豊臣家に神社仏閣の再興をさせ、おびただしい額の金銀を費やさせる。しかし大坂城にはまだまだ戦を起こすのに充分な金銀もあり、武器もあった。そのため家康は自分の生きているうちに、徳川家の繁栄の妨げとなる大坂城を無力にしようと考えていた。そうした中、豊臣側では徳川家との間に戦いを起こさせまいとする人々の動きがあった。彼らは豊臣家に仕えた亡き加藤清正の息女、小笛の下知を受けて動いていた。茂兵衛も小笛の下知を受けて動く人物の一人となったのである。小笛は視力を失っていることが嘘のように、洞察力の優れた人物であった。茂兵衛の小笛に対する感情は、ほとんど信仰に近いものであったし、それは茂兵衛に限ったことではなかった。小笛の下知に従い多くの人々が徳川、豊臣両家の間に立って働くのであるが、一人、また一人と殺されていく。その敵の正体は信頼を寄せていた堺の商人、伊丹屋道幾であった。道幾は徳川家にも鉄砲や玉薬を売りつけるつもりだったのだ。浪人たちが大坂城に集まりかけた頃、徳川家は、方広寺の鐘銘問題などの難題を豊臣家へ持ちかけた。そして茂兵衛らの努力もむなしく、いよいよ大坂冬の陣が始まろうとしていた。 （小河未奈）

大阪笑話史《おおさかしょうわし》 評論

〔作者〕秋田実〔初出〕「大阪新聞」昭和三十八年四月～十月発行。百七十回連載。原題「漫才の笑い」。〔初版〕『大阪笑話史』昭和五十九年十一月二十四日発行、編集工房ノア。

〔内容〕エンタツ・アチャコ、砂川捨丸、ワカナ・一郎、蝶々・雄二らの大阪で生まれた漫才の笑いを通して、大阪の世相や風俗の移り変わりを描く。ワカナ・一郎の漫才は、エンタツ・アチャコの開拓したしゃべくり漫才に、新しく歌の要素を付け加えた。漫才でアコーディオンを持ったのは玉松一郎が最初であるが、それに合わせてワカナはオモチャのような小さいギターを持って出た。名古屋万歳からはじまった漫才が、新しい庶民娯楽として隆盛していく。その大阪漫才界で活躍した藝人たちの人柄や藝風を描く。支那事変の始まったころには、しゃべくり全盛で、おもしろさの質が以前とは変わった。それまでの笑いは総括してユーモアと呼ばれていたが、新たにナンセンスと呼ばれる笑いが加わる。ナンセンスは「あり得ない」不可能な笑い、ユーモアは「あり得る」可能な笑いである。時代と共に笑いの変化を語る。 （浦西和彦）

大阪女系分布図《おおさかじょけいぶんぷず》 エッセイ

〔作者〕山崎豊子〔初出〕「中央公論」昭和三十八年一月号。〔全集〕『山崎豊子全集3』平成十六年三月十日発行、新潮社。

〔内容〕大阪女の呼称は非常にバラエティ豊かであるが、それは家を中心にものごとを考える大阪女の美徳と深く結びついているからだ。船場の御寮人さんを例に挙げると、商いには決して口を出してはいけない代わりに家事の一切を差配せねばならない。そしてそれは商いと密接に関わりあっている。芯の強い甲斐性女という大阪女の典型はこのような風習によって形作られたものではなかろうか。このような古い商人社会に形成された大阪女とは対照的なのが、戦後に台頭してきた帰化大阪人と呼ばれる地方に生まれ、大阪に育った人達であるが、

彼女らは現在の大阪の女性をよく代表していると思う。鋭い企業精神に満ちた彼女らは、生粋の大阪女を尻目にバイタリティあふれる行動力でビジネスを成功させ、新しい活力を大阪にもたらしている。大阪のいとはんがいるかと思えばこうした活力に満ちた女もいるという、大阪女の個性の豊富さは、大阪の街が二つの極端な性格を併せ持つところから来るのだろう。多くの地方人の性格が類型化していくと、より一層大阪の女性がクローズアップされていくのではあるまいか。（大杉健太）

大阪女性と銀座《おおさかじょせいとぎんざ》　エッセイ

〔作者〕河野多恵子〔初出〕「銀座百点」昭和三十九年八月一日発行。

〔内容〕最近、年に一、二度は習慣的に東京へ出てくる大阪女性がかなりあるらしい。未婚または子供に手のかからなくなった中年以上の女性である。一般的な面では東京と大阪との差が大きくないだけに、その小差が逆に東京への激しい憧れをそそるらしい。「ちょっと東京へ」の女性たちの在京時間の大半は旧馴染みを訪ねるのと銀座ゆきで費やされる。銀座では、自分用に、土産用に、さすがに東京の銀座だと思うような品物を買わなければならない。そして、帰阪後の便りには「結婚するまでにもう一、二度は東京へやってもらうつもりです」などと書いてくるのである。（浦西和彦）

大阪人《おおさかじん》　エッセイ

〔作者〕山崎豊子〔初出〕『随筆集大阪讃歌』昭和四十八年九月二十九日発行、ロイヤルホテル。

〔内容〕大阪人は、ケチではなく「しぶちん」である。「しぶちん」は無駄金は使わないが、生き金ならぽんと使う。その精神は金銭、物質に対する徹底した価値の認識であり、合理精神である。日本全体が「総しぶちん精神」に徹したら、日本経済は健全になるだろう。（山本冴子）

大阪人のエスプリ《おおさかじんのえすぷり》　エッセイ

〔作者〕開高健〔初出〕「浪花のれん」昭和三十五年五月号（創刊号）。〔初収〕『言葉の落葉Ⅱ』昭和五十五年四月二十八日発行、冨山房。

〔内容〕難波にある街頭テレビの人だかりを見て小学生の男の子がつぶやいた「口あけてテレビ見たろか」という人を喰ったようなユーモア、鶴橋のマーケットで値切り倒して買った「アメリカ製」の革ジャンが実は日本製だったが、革ジャンの調子は良好だったこと、市電の中で見た大阪らしい露骨な広告、といった事例を紹介し、大阪人気質の一端を垣間見せるエッセイ。（大杉健太）

大阪人の顔其他《おおさかじんのかおそのた》　エッセイ

〔作者〕長谷川如是閑〔初収〕『現代ユウモア全集』昭和四年三月十日発行、現代ユウモア全集刊行会。

〔内容〕「大阪人の顔」「車と道路」「大阪式の家」「大阪主義の郊外生活」「空間と緑色の否定」「非田園的田園都市」の六編からなる。東京人である筆者は初めて大阪を見て外国に行った様な感じを受ける。大阪弁を聞き女性の話し言葉の様だと思い、歌舞伎役者の鴈治郎の顔こそが、大阪人の顔であると断じる。また、大阪の郊外の発達が、空間を有効に利用するのではなく、空間に価値を認めず家を市中と同じように建てることで、大阪の飛び地になっていると論じる。さらに、樹木などの緑色は東京人にとっては世話の焼けない良い友だちであるが、大阪人にとっては随分手数のかかる厄介者であると続ける。最後に、筆者は大阪人に

自然的景観に対する感覚を鋭敏にすることを勧め、大阪人とは自然のうちに生活するには一番不適任な人間であると結ぶ。

（巻下健太郎）

大阪人の強み《おおさかじんのつよみ》—最近の大阪見聞から《さいきんのおおさかけんぶんから》—　エッセイ

〔作者〕広津和郎〔初出〕「婦人公論」大正十五年五月号。

〔内容〕ちょっとした用事で大阪まで出かけたが、自分はこの大都会が大好きになった。以前の私は生駒山トンネルを掘った大阪人のバイタリティには感服しながらも、金や物品には直截で露骨な大阪人に、すっきりしないものを感じていた。だが、今回、大阪という大都会の建設をつぶさに見て周り、公会堂から中之島あたりにかけて、伝統と近代とが見事に調和し、完成しているのを見た。大阪人には大阪に対する愛着と、洗練された美意識、いいものは積極的に取り入れ、実行に移すという美徳がある。自治的に市民が協力しながら都会を完成させていくという点と、公徳心の高さにおいて、大阪人は東京人よりも水準が高い。東京は今、関東大震災から立ち直ろうとしているが、議論よりもまず実行という美風や都市生活に必要な公徳心といったものを大阪から学び、復興に役立てていくべきではあるまいか。

（大杉健太）

大阪シンフォニー《おおさかしんふぉにー》　長編小説

〔作者〕小田実〔初出〕「中央公論文藝特集」平成六年夏季号～七年秋季号。第七楽章～九楽章は書き下ろし。〔初版〕『大阪シンフォニー』平成九年三月七日発行、中央公論社。〔小説の舞台と時代〕大阪の焼跡。昭和二十一年。

〔内容〕敗戦直後の大阪は大半が焼け野原で東の高台から真っ赤な太陽が海にむかって落下する壮大な落日の光景が眺められる。登場人物は自前の闇市を開設するために奮闘する中学一年の「私」と、マルコ・ポーロと、その妹のクレオパトラ、父が朝鮮人で戸籍のない少年、特攻くずれの青年、闇市でコーリアン・ポリスをしている朝鮮人等である。戦災孤児であるマルコ・ポーロは占領軍兵士と結託して、米軍のナイロンの靴下や煙草など物質を横流ししたり、ニセ警察となって隠退蔵物資を摘発したりする。妹のクレオパトラは強盗をはたらいている。マルコ・ポーロの両親は、昭和二十年八月十四日、すでに日本の降伏が決まっていた後、最後の大阪大空襲で死んでいた。マルコ・ポーロは実行不可能であるが、両親が死んだ砲兵工廠の廃墟となった跡地に、天皇陛下とアメリカ大統領の二人を来させたいと思う。「あとがき」で「私の衝動の根となる大阪は戦争と戦後（戦後すぐの時代のことだ、ここで言う戦後は）がいやおうなしにからみついた大阪だ。」「戦争と戦後のことを考えるなら、どこかで大阪に行き着く。突きあたる。この二つがあってのまるごと突き出しのどしがたい衝動である。この衝動が根にあって、戦後何十年、私は生きて来た。書きもして来た」という。

（浦西和彦）

大阪人物管見《おおさかじんぶつかんけん》　評論

〔作者〕奥村梅皐〔初版〕『大阪人物管見』明治三十六年五月三十日発行、小谷書店。

〔内容〕「鶴原定吉氏」「原氏と小松原氏」「東西屋久里丸」「藤田氏と松本氏」「関西文壇の二遊星」「織田事務官に辞職を勧告するの書」「大阪の五代議士」「月刊新聞と其記者」「寸語尺評」「紳士の側面」「藤本参謀長の談片」「緒方正清氏の文学談」「本多雪堂氏の談」から成る。「関西文壇の二遊星」では渡辺霞亭と村上浪六を論じる。

「霞亭には得色あり、故に老るも才気を失はず、浪六は凡庸の器のみ、ゆゑに老ゆれは用に立たず」「霞亭の時代を通じての傑作なりと云ふべきものは、『夕霧伊左衛門』『遺言状』の二篇なると想は陳套なれども、文に活気ありて快読に価す、浪六の一代を通じての名篇は、『三日月』なるべし、『五人男』はやゝ異采を欠く」と評する。「寸語尺評」では、「浩々は寡言黙想の人で、愚仙は不得要領の人」である。「湖南は異眸の一奇士、腕を扼して壮心鬱勃の気を吐くが如き概ある人」「菊池幽芳子は、極めて俗気のある、キザな人である」「泣菫の詩は、形式に於て已に成功して居る詩である、彫麗琢白、才色既に玉の如しである、だから想に於て下って居ても形式声調に於て其以上に勝って居るので、子が詩人として今日の地位に認められたのも、則ち此の手腕がある為め」であるという。（浦西和彦）

大阪づくし《おおさかずくし》　エッセイ

〔作者〕山崎豊子〔初出〕「サンデー毎日」昭和三十三年十月五日～三十四年一月二十五日号。原題「東京と大阪と」。〔全集〕『山崎豊子全集2』平成十六年二月十日発行、新潮社。

〔内容〕「嫉妬」「金銭」「おしゃれ」「街筋」「酔客」「贈答」「師走」「正月料理」「浮気」「流行」「おのろけ」から成る。大阪人気質や船場のしきたりを描いたエッセイ。

上方贅六という言葉は、大阪人の金銭に対する執着を揶揄《やゆ》する形容らしい。早川電機の早川徳次社長は「大阪商人が日本の税金の六割をおさめるから、税六やと思えば、腹もたちまへんやろ」と異説贅六を唱えた。山田五十鈴さんは、「上方人は、贅沢しても、懐金の六分しか使いはれへんケチやから、贅六や」というのである。大阪人は「あの人おしゃれやなあ」とはいわない。「あの人やっしやなあ」という。大阪の商家では、どんな贅も尽くせるほど金をもっていても、お客より上目《うわめ》なみなりは、厳しく禁じられている。

船場の商家では、四月一日から男女ともに袷着、外出には袷長襦袢、袷羽織着、六月一日から単衣《ひとえ》、浴衣は六月十五日から、七月一日から薄物、外出には絽《ろ》の羽織着用などの季節の変わり目ごとに、更衣《ころもがえ》のしきたりも、おしゃれの不可欠な条件になっているところが、大阪らしい〝やつし気質〟ともいえる。

大阪では人から物を戴いた時、その御礼のしるしに「御為紙」または「御為」を入れる習慣がある。御為紙は、半紙を四つ折りにして、進物の盆の上にのせて返す。これは、また重ねて戴きたいという心のしるしである。結婚の時は、贈られた品額の七分を、仏事の時は四分を、お金または品物で返せばいいのであるが、贈答の性格や、相手と自分の対人関係によって、返礼の仕方が変わって来るので、一家の主婦たるものは、御為に泣かされる。

師走は売り前月という。店全体が、師走の商いに気負いたつ。十三日の事始めは、店の床、商品棚の掃除からはじまって、家内、蔵の片付け、新年のお道具の運び出しというのが、どの商家でもきまった順序である。この日は、別家衆の餅納めの日である。暖簾分けしてもらった別家衆が、鏡餅を三方の上に載せて、母家（本家）へ商い御恩のお礼挨拶をする。母家は、二十八日の吉日を選んで、貰った餅より、小さい目の鏡餅を搗いて、別家衆へ返す。二十九日は忌み避ける。商い月に九文字は、苦文字に通じるという御幣担ぎである。大阪の正月料理は簡素なお煮しめ一本である。三が日がすめば、残ったお煮しめで、かやく御飯（五目めし）をつくる。大阪の正月料理

の真骨頂は、このお煮しめかやくであるかも知れない、という。（浦西和彦）

大阪ずし《おおさかずし》　エッセイ

〔作者〕河野多恵子〔初出〕「新婦人」昭和四十三年五月十日発行。

〔内容〕風邪ひきの熱のために食慾がないような時、私は大阪の雀ずしならば食べられるように思う。小さい時分、好きだったのは箱ずし。バッテラは女学生の頃から好きになった。それにしても、高野豆腐と椎茸とかんぴょうと三つ葉を巻き込んだ大阪ふうの海苔まきは、十六年前の春に上京して以来、一度も味わったことがないようである。（浦西和彦）

大阪西部劇《おおさかせいぶげき》　短編小説

〔作者〕藤本義一〔初出〕未詳。〔文庫〕『浪花色事師』〈徳間文庫〉昭和六十年八月十五日発行、徳間書店。〔小説の舞台と時代〕神崎川、豊中、大阪湾。昭和五十年頃。〔内容〕「極道もの」の一つ。暴力団黒川組の準構成員松原光三郎は、神崎川に死体となって浮く対抗組織の桜会の辰を発見、桑内部長刑事の取り調べを受ける。辰は黒川組の糸岡を殺したため、黒川組長に百万円の懸賞金をかけられたお尋ね者になっていた。だが、誰が殺したかわからない。死因は肝硬変と出たが、何か毒をもられた形跡があった。松原は、桑内に無理矢理その司法解剖に立ち合わされたが、それが男気の証明となり、豊中の組長宅で褒められ、準組員に昇格する。しかし真相は、黒川組長が街で拾ってきたチンピラの辰を敵方の桜会に入れ、改めて自分の片腕と言われた糸岡を刺殺させ、そして辰を自分の家にかくまい、白髪染を少量ずつ盛り、病死させ、神崎川に捨てたのだった。そして黒川組長は、糸岡秀太郎追善花会を催し、一晩で一億六千万円も儲けたのである。次は、自分の番か。松原は、桑内の「やくざに正当防衛がある」という言葉に天啓を受け、銃を持って黒川組長宅に乗り込み、組長をはじめ皆殺しにして、桜会をも襲撃、大阪湾に逃げる。大阪の西のどん詰まりで、松原は警察に包囲され、桑内に撃たれて死ぬのであった。（中谷元宣）

大阪善哉《おおさかぜんざい》　エッセイ

〔作者〕安西冬衛〔初出〕「小説新潮」昭和三十三年十月一日発行、第十二巻十三号。〔全集〕『安西冬衛全集第五巻』昭和五十三年十二月三十日発行、宝文館出版。〔内容〕「濁りスープの味」「詩人を大切にする風尚」「職業と階級」「女」の小見出しがある。東京がコンソメ（清汁）の味なら、大阪の舌ざわりは濁りスープの味である。大阪の味は、「ばくろまちのどぶいけ」という町名のもつ言語感情にそのよろしさがいいつくされているようだ。大阪では養子は大和から、丁稚は河内から、そして乳母は猪飼野からというのが古来からの大体のおきまりである。職業と階級の分野で、職業別が出身地方別と一致していると指摘する。（浦西和彦）

大阪大会評《おおさかたいかいひょう》　評論

〔作者〕内村鑑三〔初出〕「聖書之研究」大正八年二月十日発行、二百二十三号。〔全集〕『内村鑑三全集第二十四巻』昭和五十七年八月二十四日発行、岩波書店。〔内容〕基督再臨研究大阪大会を振り返り、内村は盛なる会合であった、と述べる。世界の平和とか国際連盟とかいう問題を標榜せず、旧い迷信視される問題について語り、しかも大阪の市において三日間五回にわたり千人以上二千三、四百人の人が集まった。実に奇異なる現象である、主の為し給いし

所なりと云うと間違いなかろう、とする。

　しかしながら、厳粛の点においては大阪大会は東京大会に及ばなかった、教会が重視される結果、大会が軽視される傾きがあった、と不満も述べ、大阪大会は失敗ではなかったが、大いに改良すべき点が見えた、としている。（岡本直哉）

大阪大学《おおさかだいがく》問題《もんだい》—事実と批評《じじつとひひょう》—　エッセイ

〔作者〕岩野泡鳴〔初出〕「大阪新報」明治四十五年六月七日発行。〔全集〕『岩野泡鳴全集第十二巻』平成八年十月二十日発行、臨川書店。

〔内容〕大阪大学が単独組織としてなるらしいが、それは現今の大阪府立高等医学校の名称を変更せられたに過ぎないから、成らないよりはましだが、然しそれでは余り大した結果でもなかろう。大阪でなければあんな平民的、実際的で痛切真摯な学者や素養家は出ない、という風に定評ある大学が存在していたら、鴻池や藤田があるよりも以上の誇りになったではないか。大阪に大学を設けるなら、思い切って文科や法科を含む綜合大学にせよと勧めたい。（浦西和彦）

大阪滞在記《おおさかたいざいき》　エッセイ

〔作者〕広津和郎〔初出〕「週刊朝日」大正十五年三月二十八日号。

〔内容〕二、三日の滞在予定を引き伸ばし、半月以上滞在している。大阪はとても快適だからだ。市街は立派で、良い印象を与えてくれる。大阪の道路はいつも整備されて美しく、東京とは比較にならない。また、順番というものを尊重する大阪人の公徳心の高さには、大阪人同士が連帯して都市を美しくしようとする美風が垣間見える。道頓堀や心斎橋の美しさを堪能しながら歩くのもまた楽しい。心斎橋筋の狭い、しかし一種関西の都の特徴といったような完成した感じを持つ通りには、私のような都会好きの人間は、飽くなき快感を覚えるのである。ただ、婦人や若い青年たちの服装が良かったならもっとすっきりした印象を大阪の街に持っただろうに。また、東京人の私にとって欠くべからざる桐下駄の品揃えが大阪の下駄屋ではそろいもそろって貧弱なのは困ったものである。この他、大阪では松竹座などで活動写真を、楽天地では悲運の俳優、加藤精一の芝居を見た。（大杉健太）

大阪で《おおさかで》　エッセイ

〔作者〕田山花袋〔初出〕「文章世界」大正九年七月号。原題「常磐樹の落葉」。〔初収〕『黒猫』大正十二年四月十五日発行、紅玉堂書店。〔全集〕『定本花袋全集第二十四巻』平成七年四月十日発行、臨川書店。

〔内容〕大阪の影響を受けた文人達縁の地—現在に繋がる趾—から、仏教の因果理法思想に触れ、欲するばかりの若い心を戒め諭した随筆。

　かつて、関ケ原を通った時、「新しき若木若葉に日影さし埋れ果てたるいにしへのあと」と口吟んだが、何うしてか、此頃は趾ということが頻りに「私」の心を惹くようになった。

　山子橋の西念寺にある熊谷直好の墓を訪ねた。古い御影石の墓の前に立った「私」は何とも言われない懐かしさを感じた。それはまるで自分の叔父とか祖父とかいうものの墓の前に来たようだった。それに、そこから見た新緑で覆われた谷地には馬場があって、騎兵が頻りに馬を乗り回しているのが見渡され、「私」はじっと立ち尽くした。帰りに、誓願寺の西鶴の墓を訪ねた。書生時代にお詣りした時とは変わって、寺の前の路も広くなり、電車も走り、ちょっと見てはわからないようになってしまった。

けれども、寺に入ると、その時分の様はまだはっきりと残っていた。仙皓西鶴と書いてあるその字のうまさ――「私」たちは長い間そこから離れなかった。

　欲するばかりの若い心が多い。そこには路があって、丸で反対に思われたことが少しの不自然もなしに、ひとりでに融和されて行く時が来る。掃いても掃いても尽きない常磐樹の落葉――。仏教で言う因果の理法は、単に自己の感得にとどめて置く時にのみ、その価値を生じてくる。宇宙への同化、永遠の生命への同化、これより他に、「私」達の行く道はないのだ。唯、心の感得のみである。実際に触れないうちは、すべてのものは皆空想だ。その癖、一度実際に触れると、あらゆる空想が皆実際になって来る。口に出せば、荒誕極まるようなことでも、ひとりで、胸に蓄えているうちは、甚だ合理的で、決して不自然に思われないものがある。

　そしてこの内と外との細かい区別の中に、現象と現象の底に深く隠れた不可思議さの区別があるような気がする。（高橋博美）

大阪的《おおさかてき》　エッセイ

〔作者〕織田作之助〔初出〕「都新聞」昭和十六年二月十八日夕刊。〔全集〕『定本織田作之助全集第八巻』昭和五十一年四月二十五日発行、文泉堂書店。

〔内容〕「文化が非常に進むと、そのモラルはユーモアになる。リアリズムの極点はユーモア」である。現代の日本に欠けているのはユーモアだ。「ユーモアに富んでいる大阪人が文化的」である。大阪の漫談師K・Qの投書狂のエピソードを枕にして述べる。（浦西和彦）

大阪と開放性《おおさかとかいほうせい》　エッセイ

〔作者〕原田伴彦〔初出〕『随筆集大阪讃歌』昭和四十八年九月二十九日発行、ロイヤルホテル。

〔内容〕筆者が大阪市会史の編纂に携わったことを契機として当時の大阪市政に触れ、その中に見る大阪の特長である開放性を述べた随筆。

　筆者は大阪市議会の委嘱をうけて、大阪市会史二十二巻を執筆し、それが公刊された。そのなかでまず昭和初期の分を筆者が担当した。当時の二百万都市大阪市政のかかえる課題の主なものは、四十年たった現在、問題がひとまわり大きな規模で緊急課題となっていると述べる。昭和二年度の当初予算を市会では若干修正して可決しているが、そのとき二十五項目の希望条項をつけている。その一項に「全市ノ煤煙ヲ防止スルノ方法ヲ講究セラレンコトヲ望ム」というのが目につく。公害問題がすでに採り上げられているのである。そのころの市長は関一だった。東京商大（いまの一橋大）教授から大阪市高級助役に迎えられ、その後十数年、市長として在職した。東京市長の後藤新平とならび、戦前の名市長といわれた。ことに大阪の都市計画事業では大きな功績を残した。実は関に思う存分に手腕を振るわせたのに当時の市会の協力的雰囲気があった。もちろん協力とはいえ理事者べったりでなく、非は非として、市行政の問題点は徹底的に指弾することも行われたが、市会野党も、目的のために手段を選ばぬというセクト的性格をむき出しにする傾向はなかった。その背後に、大阪市民のもつ伝統的な自治意識の高さがあった。この点に大阪の一つの特色があった。大阪の歴史を顧みると、大阪の経済や生活の発展向上に貢献した者に、大阪以外の出身者の多いことが目立つ。関もその一人だった。江戸時代には、早くは堺や伏見からの移住した町人、中期からは大和やとくに近江出身

者が多い。明治になって、大阪経済に貢献したという人々に、五代友厚（薩摩）、藤田伝三郎（長州）ら。下って大阪の財界人をみても、小林一三（甲州）、杉道助（長州）らがいる。こういうエトランゼたちに対し、大阪人は排異的でなく、自由に活動させ、いつのまにか、それを大阪的な土着性に包容し、大阪の利益のうえに活用してしまう。そこには大阪のもつ開放性とエネルギーが深く関わっているように思われる、と筆者はいう。（岡本直茂）

大阪とことん《おおさかとことん》　句集

〔作者〕小寺勇〔初版〕『大阪とことん』昭和六十三年十二月十八日発行、海風社。

〔内容〕木津川計は「跋文」で「小寺勇さんは底辺下積みの俳人だ。なんの衒《てら》いもなく平易に詠みあげて、高尚俳句と一線を画されるのである」という。「あとがき」で「本集は私の旧作中より、大阪的なものを二百句抽き出し一集を編むことにした。／二十年ばかり前から、私は大阪や大阪弁にかなり拘った句を作ってきた。（略）大阪弁抜きでは私の日常生活が成り立たないのである。句を作るときもまた然りで、大阪弁を使うのが、最も自由な発想が出来るのであり、私の追求する世界と大阪弁がよくマッチしていると確信している」と述べる。「秋風に粉ぐすりを呑む舌を出し」「お骨納めて千日前でまむし食う」「阿呆《あほ》で通す上方藝人十二月」。（浦西和彦）

大阪と東京《おおさかととうきょう》　エッセイ

〔作者〕横光利一〔初出〕「大阪朝日新聞」昭和九年十二月四日発行。〔全集〕『定本横光利一全集第十三巻』昭和五十七年七月三十日発行、河出書房新社。

〔内容〕大阪の商業は、今までは丁稚奉公制度が中心になっていたのが、漸次近ごろになって会社組織に変わりつつある。精神というものは、制度の前では、案外に脆弱なものである。大阪の現在は、法則への屈服であろうか、反抗であろうか。行きつまりというのは、いつでも心が法則に支配せられ切ったときに現れるものである。（浦西和彦）

大阪と東京《おおさかととうきょう》　エッセイ

〔作者〕小岩井浄〔初出〕「文藝春秋」昭和十年四月一日発行。

〔内容〕最初つくづく感じたのは、東京という都会がいかにも広いことだ。そこには欧化した、近代的―ブルジョア的なものと、日本的な特殊性をもったものとが、織りまざって、複雑なニュアンスと調和とが見られる。大阪というところ、そこの人間が、何となく庶民的だという感じをうけた。それに比べると東京は「プチ・ブル的」といいたい感じだ。二つの都市の相違は、食べものによく現れる。蕎麦は東京、大阪人はうどんを好む。関東の下地はからいが、大阪はあまい。何より目につくのは容れ物だ。東京は一杯七銭の蕎麦かけでも漆塗りの外側を黒、内側を赤く塗った立派な蓋をきせてもってくる。大阪では四角の板切れをのせ、その上に青葱のきざんだのをのせてくる。うす汚いといえば汚い。大阪の女の人は盛装したときでも天気のいいのに足駄を履くが折角のスタイルをぶちこわすこと夥しい。銀座がハイヒールのお嬢さんなら、心斎橋は振袖のいとはんか。（浦西和彦）

大阪と文化《おおさかとぶんか》　エッセイ

〔作者〕望月信成〔初出〕『随筆集大阪讃歌』昭和四十八年九月二十九日発行、ロイヤルホテル。

〔内容〕「文化藝術の育たない所」と言われた大阪で、大阪市立美術館を根付かせるこ

との困難であったことを綴った随筆。

　京都博物館から大阪市立美術館に移る時、ある先輩から「大阪は藝術のない所だから、大阪に行くのはやめた方がよい」という忠告さえ聞くほどであった。そして案の定、大阪に来てそれを実感した。大阪は天下のお台所で日本経済の中心地であるから富は大きい。しかし噂のとおり大阪人は文化藝術に関心が極めて薄かった。―美術館如きに金を出すくらいなら貧乏人にシャツの一枚を配った方が遥かに喜ばれる―。とにかく美術館は大阪で唯一の美の殿堂であり、人生行路のオアーシスであるべきであるから、これを根城として大衆の情操をかき立てることが、「私」等の勤めであると認識した。戦後、全国で初めて、学童を相手の展覧会を開くことにした。三十年ののちに楽しみを託しつつ子供相手の展示をした。それが多少実ってか大阪の美術館には若い人が多く来るようになっている。

　「大阪は文化藝術の育たない所」といういやな口碑を、一日も早く解消するように努力してきたが、その効果はあったであろうか。（高橋博美）

大阪と私《おおさかとわたし》　エッセイ

〔作者〕正田健次郎〔初出〕『随筆集大阪讃歌』昭和四十八年九月二十九日発行、ロイヤルホテル。

〔内容〕元大阪大学学長の「私」は大阪の地で、三十一歳の時から六十三歳までを過ごした。「私」の生涯の仕事の大半は大阪の地でなされたといってもよい。そんな「私」にとって、大阪は第二の故郷である。

　阪大に赴任した当初、食べ物はうまいと思ったし、山あり海ありの環境もすばらしいと思ったが、言葉も違うし、習慣も違う、その上、多くの人は軽薄に見え、大阪の地になかなか馴染めなかった。

　しかし、やがて軽薄に見えた言葉も習慣も実は永い歴史によって精錬されたものであり、軽々しく見えた態度も実は庶民的な格式ばらない性格の所産であることがわかった。「もうかりまっか」という言葉で東京人から皮肉られる経済観も、実は合理主義の結果であると理解できた。こうして「私」はいつのまにか大阪に親しみ、大阪を愛するようになってしまった。（荒井真理亜）

大阪と私《おおさかとわたし》　エッセイ

〔作者〕里井達三良〔初出〕『随筆集大阪讃歌』昭和四十八年九月二十九日発行、ロイヤルホテル。

〔内容〕「私」の故郷は泉州佐野湊でありながら、大阪人意識の乏しい少年時代をすごした。そのころ父に連れられ、南海電車の特急に乗って二、三泊の近郊旅行にでた。その特急には特等車と食堂車が付いていたが、私達はいつも特等車を利用した。特等車は子供心にかなり印象深いものであった。

　岸和田中学校の生徒のときには大阪がもっと近く感じられた。そのとき松竹座の洋画、心斎橋の丸善、南海の難波駅、道頓堀や千日前の芝居小屋、などなどを少しずつ味わったのである。

　大阪で就職、結婚した八年間、「私」に、いわゆる大阪人としての市民意識がめざめた。（李　鍾旭）

大阪と私《おおさかとわたし》　エッセイ

〔作者〕永田敬生〔初出〕『随筆集大阪讃歌』昭和四十八年九月二十九日発行、ロイヤルホテル。

〔内容〕筆者が日立造船に勤めるようになり、大阪で勤めることになったことを振り返り、大阪についての思いをつづった随筆。

　旅先から新大阪駅なり、伊丹空港に帰り

着くと、ほっとした気持ちになるほど、大阪にすっかり私は馴じんでしまった。筆者の大阪暮らしは、昭和九年、縁あって大阪鉄工所（昭和十八年に日立造船と改称）に入社してから、あしかけ四十年になる。日立造船は、明治十四年に、英国人E・H・ハンター氏が大阪の安治川のほとりに造船所を開設したのが嚆矢で、爾来大阪の歴史とともに九十二年間歩んできた、大阪生まれの大阪育ち、生っ粋の「浪花っ子」日立造船という。このことについて、昭和三十六年に、創業八十周年の記念式典を挙行した際、当時の関西経済連合会の太田垣士郎会長からの祝辞を頂戴したこと、その言葉が今も強く印象に残っていることを触れる。昭和九年二月、熊本から上阪してはじめて大都会の土を踏んだ時の驚き、大都会の喧騒に目がくらむ思いがしたことを思い起こす。その年九月二十一日、突如関西を襲った室戸台風の被害、北港島屋町から大津波のあと胸まで水に浸りながら桜島工場にかけつけたこと、戦争中川崎市の神奈川造船所に勤労部長として転勤して、辛酸、多くの体験をつみ後日、それが大いに役立ったことをふりかえる。終戦後再び大阪に帰り、数年前には茨木に居を構え、名実ともに大阪人の資格を得たが、最近では仕事の都合で大阪、東京半々の生活が続いているという。

　大阪のよさのなかでも大阪に育った「浪花っ子」の気質がなかなか棄てがたいと述べ、大阪人の「きどらない」こと、またすぐ実行にうつす気風も強く、万博の成功でわかるように団結力もあり、日本における産業経済の原動力となるのは、やはり大阪をおいてない、と述べ大阪への敬意を表すとともに古希にあたるが大阪のために全力投球して、大阪に酬いたいと念願して文を閉じている。（岡本直茂）

大阪と私《おおさかとわたし》　エッセイ

〔作者〕日向方斉〔初出〕『随筆集大阪讃歌』昭和四十八年九月二十九日発行、ロイヤルホテル。

〔内容〕大阪に四十数年余、関西財界人の旗手としての役割を果たした筆者がその誇りと関西自由主義経済の精神を讃えた随筆。

　昭和六年、不景気の最中、筆者は東大を卒業した。高文試験にパスしたので、役人になるつもりでいたところ、恩師穂積重遠先生の紹介で大阪の住友本社に就職することに決まった。都落ちする気持ちで大阪に来たと云うのが当時の偽らざる心境だったという。初めて来た大阪でまず耳なれないのが大阪弁であったが、いつのまにか慣れてきて、十年ほどたつと、酒に酔ったときなど自然に大阪弁が口から出るようになった。

　関西人には広い視野が欠けているとか、天下国家の視点に立った論議や行動が少ないなど、批判の言葉が往々にしてある。百歩譲ってそういう点が見られるとしても、民間の自由なエネルギーを基とする能率的な自由主義経済体制、政府の援助に頼らずその介入を好まない独立企業の精神、これが関西の体質であり、それを築き上げたのは筆者たちの先輩だという。筆者も在阪四十数年余、伝統的に自由主義経済を重んじる関西財界人としてその旗手的役割の一端を果たして来たことを誇りに思っている。日本の経済がどう変化しても自由主義経済に対する信念はゆるがない。自由の都、大阪で自由主義経済の理念を確保し、これを後進にゆずって行くのが私の使命であると思っている、としている。（岡本直茂）

大阪と私《おおさかとわたし》　エッセイ

〔作者〕升屋治三郎〔初出〕『随筆集大阪讃歌』昭和四十八年九月二十九日発行、ロイヤルホテル。

〔内容〕中学課程を終えるまで約十七、八年間暮らした大阪の思い出を綴った随筆。居留地に近く、国際情緒豊かであった本田学校。水がまだきれいで、涼み舟や岸の家に立てられた提灯の灯影が水にうつって美しく、また、スクール・ゾーンでもあった中之島。昔あったが今はない「古川倶楽部」や「伯太山」などの大阪の味。〝昔の味〟はなつかしい。

（高橋博美）

大坂夏之陣《おおさかなつのじん》　史伝

〔作者〕菊池寛〔初出〕「オール読物」昭和八年八月号。〔初収〕『日本合戦譚』昭和八年九月五日発行、中央公論社。〔全集〕『菊池寛全集第十六巻』平成七年五月十五日発行、高松市菊池寛記念館。

〔内容〕大坂城が難攻不落の名城だったことを鑑み、豊臣家滅亡と大坂冬の陣、そして夏の陣へと思いを馳せる。「夏之陣起因」「塙直之戦死」「片山道明寺付近の戦」「八尾若江の戦」「岡山天王寺口の戦」に分け、大坂方の武将に焦点を当てて、史伝を考察する。

　家康の大坂城対策は、まず戦争をして、和議の条件として濠をつぶさせ、その後滅ぼすというもの。思惑通りに大坂方が濠を埋めると、家康は残りの講話条件を反故にした。大坂方は怒り、ここに夏の陣が開戦される。先鋒塙団右衛門直之の敗死に絡む話では、戦国女性の気魄が窺え、陣中に女を伴っていたこともわかる。片山道明寺付近で散った後藤其次は、関東と内通したと訛伝され、既に死を決していたらしい。その心情の颯爽たるや、日本一の武士である。死を焦らず、名退却をなした真田幸村は名将の器であった。木村重成は戦に敗れ、従容たる戦死。天王寺の決戦で、真田一党が壮烈な最期を遂げる。他の諸武将も相次いで倒れ、内通者により本丸に火の手が上がると、城内は狼狽を極め、遂に松平忠直第一に城に入り斬獲二万余に上った。夏の陣はもとより到底勝てない戦であったが、淀君や秀頼の矜持の強さと武将達の剛直さが、不利な戦いをやり遂げさせたのだろう。大坂陣の文献がみな徳川時代に出来た物であるにも拘わらず、大坂の戦死者が誉めちぎられているのは、各人が典型的な武人として、当時の人心を感動せしめたためであろう。まさに「人は一代名は末代」である。

（山本冴子）

大阪《おおさか》　奈良《なら》　神戸《こうべ》　エッセイ

〔作者〕中野重治〔初出〕「都新聞」昭和十年九月十八〜二十一日発行。〔初収〕『子供と花』昭和十年十二月十七日発行、沙羅書店。〔全集〕『中野重治全集第十巻』昭和五十四年一月二十五日発行、筑摩書房。

〔内容〕大阪についての部分には「大阪の自動車」「大阪の映画館」の小見出しがある。久しぶりに大阪へ行って自動車賃の高いのにおどろいた。大阪では電車の切符に鋏《はさみ》を入れるのに一度でパチンとやらずに床屋のようにパチパチパチッと鋏を鳴らす。この神経質な鋏と自動車のラッパとはどうも我慢ができない。それよりも閉口なのはバスの車掌のくそ丁寧な挨拶である。

　映画「夕暮の歌」と「春の調べ」を見たが二つ驚いたことがあった。一つは「春の調べ」の若い男主人公が宮本顕治にそっくりなこと、第二は見物がスパスパたばこを吸っていることだった。大阪には知識的なブルジョア的空気がないか非常に少ない。上へ行くほど野蛮でえげつないものが、下へくると全く別のものへ変化して行く事実は大阪では殊に強いのではないかと思う。

（浦西和彦）

大阪に《おおさかに》住馴れる《すみなれる》　エッセイ

〔作者〕土師清二〔初出〕「週刊朝日」昭和四年十一月二十四日発行。

〔内容〕「こちらにゐては損ではないか」私はしばしばそうした好意的な質問をうける。私は大阪の土地に十余年馴染んでいる。関西の人、殊に大阪の人は、東京人にくらべてワカリが早い。東京人は、先ず一理窟あってからイエスかノウかをいってくれる。大阪人は、こちらのいうことを聞いてくれた上でイエスかノウをハッキリいってくれる。東京の人は、理窟に拘泥る以上に理窟をいうことを娯んでいるように見える。大阪人は実行力を持っている。東京には場末があるが、大阪には場末がない。大阪も騒騒々しい、東京も騒々しい。が、その騒々しさは趣を異にしている。東京は神経衰弱の渦だ。大阪は騒々しくても、その騒々しさを他人事にして眺めていられる。

（浦西和彦）

大阪に近く《おおさかにちかく》　歌集

〔作者〕多磨仁作〔初版〕『大阪に近く』〈国民文学叢書第68篇〉昭和四十六年二月二十日発行、短歌春秋社。

〔内容〕第一部「東に西に」（四五三首）、第二部「死を見つめて」（三八五首）、第三部「激動の底に」（一四二三首）から構成され、昭和五年から昭和四十五年までの歌を収録する。菊池庫郎は第二部「死を見つめて」の「序」で、「同君の歌は我儘を通す点がよく、其上に体臭ともいふべきものさへ感じられる点がよい」という。昭和九年の「大阪駅地下鉄工事」を「デパートのネオンサインを遮りて立てる打杭機黒黒と見ゆ」「手をかざす人影もなき夜業場の焚火は燃えて風は勢ふ」と詠み、昭和二十一年の「大阪駅前闇市」を「煮売屋の客が残しし皿の菜二人の童手に摑み食ふ」「豚饅頭せいろの湯気の消えざるが一人一人に運ばれ来たる」と歌う。

（浦西和彦）

大阪日記《おおさかにっき》　エッセイ

〔作者〕貴司山治〔初収〕『暴露読本』〈新鋭文学叢書〉昭和五年十一月十日発行、改造社。

〔内容〕大正十四年一月一日、大屋霊城君にさそわれて、河内の汐の宮という温泉で暮らした。聖徳太子の廟所である河内の叡福寺や楠正成が城を築いて足利勢を防いだという金胎山、河内の野田というところにある文化村で「ワシラノシンブン」を手刷りで発行し、新民衆劇をやっている難波さんの家を訪ねたことが記されている。

（浦西和彦）

大阪にて《おおさかにて》　エッセイ

〔作者〕久保田万太郎〔初出〕「文藝春秋」大正十五年五月一日発行。〔初収〕『新選久保田万太郎集』昭和三年八月五日発行、改造社。〔全集〕『久保田万太郎全集第十巻』昭和四十二年十月二十五日発行、中央公論社。

〔内容〕久保田万太郎が、大正七年、火事にあって全焼し、会社の都合で大阪の支店に赴任したA（水上瀧太郎）に会い、自分の身のふり方を相談するために、はじめて大阪へ来たときの思い出を書いたエッセイ。この時のことを描いた小説に、水上瀧太郎の「友情」（「新小説」大正9年1月1日発行）がある。

（浦西和彦）

大阪にて《おおさかにて》　エッセイ

〔作者〕小泉八雲〔初版〕“In Osaka” Gleanings in Buddha-Fields (Boston and New York: Houghton, Mifflin and Co., 1897)〔全集〕『小泉八雲全集第五巻』大正十五年十二月発行、第一書房。「仏の畠の落穂」と邦訳された第七章。訳者は落合貞三郎。

〔内容〕町並みや建築物、人など、その隆盛な商業的風土から、「日本の最も偉大な都会」である大阪を綴った随筆。商業都市大阪に触れながら、広く日本の精神までを説く。七つの節から成る。

　大阪は日本の主要港の一つである。「テムズ川程の幅を有する河」—淀川—と、その河に架せる「幾多の壮麗な木造の橋」と、「驚くばかり大きく、且つ堅固な」城—大阪城—を有している。そして、財政、産業、及び商業の上では日本第一の都会である。殆ど全ての人の需要品が大阪で製造され、各種商業組合の中心となっている。日本のヴェニスと呼ばれる街は淀川の支流によって分割され、なおかつ多くの橋によって区切られた区・町は同種の商家が集い、実に商売上整理された都会となっている。かといって、大阪は国色乏しい近代都市ではない。家屋や町並み、人、生活の至るところに、日本的特徴を依然として理想的に残している。「私」が最も訪れたかった天王寺では、引導の鐘、亀井水で、商業的都会に於ける仏教の力の顕著な事を見た。又、「私」は商売の賑やかさとは別に、家屋の隅毎に、人目を待っている和らいだ明るさ、完全な平静、優雅繊細の秘密を見た。中でも、「私」が大阪滞在中、最も深く印象された事実は、絹布商店で見た、商家における、無給で働く奉公人とその主人の父子のような信頼関係を築く主従関係であった。

　「私」は、大阪を去る夜行列車から、落陽に輝く天王寺の古塔を見、「古塔の象徴せる信仰が、日本の最も偉大な都会の、あらゆる富と元気と力の根底なる、忍従と愛と信頼の精神を作ることを助けたのではないだろうか」、と自ら問うたのである。

（高橋博美）

大阪の朝《おおさかのあさ》　散文詩

〔作者〕安西冬衛〔初出〕「サンデー毎日」昭和二十七年八月二日発行。〔全集〕『安西冬衛全集第四巻』昭和五十八年十一月三十日発行、宝文館出版。

〔内容〕「川に張り出した道頓堀の盛り場は、仇女の寝くたれ姿のように、たくましい家《や》裏《うら》をまざまざと水鏡に照し出している」の書き出しではじまり、朝の「ゆうべの歓楽の名残をとどめている」盛り場を歌う。「朝は宮、昼は料理屋、夜は茶屋……」という大阪の理想である生活要件。どおとん、と、つぶやく。秋（ドオトンヌ）というフランスの言葉を連想する。「巴里の空の下をセーヌが流れるように、わが大阪の生活の中を道頓堀川が流れているのだ」と歌う。

（浦西和彦）

大阪の味《おおさかのあじ》　エッセイ

〔作者〕早川良雄〔初出〕『随筆集大阪讃歌』昭和四十八年九月二十九日発行、ロイヤルホテル。

〔内容〕東京と行き来するなかでやはりよそと比べようのない、大阪の風土と洗練された絶品とも言える味に対する賛美を表す随筆。

　朝、新幹線で大阪に向かう。筆者は車内で食事をすませようとするが、ビュッフェは不味いし落ち着かない、弁当も恐ろしく味気ない。それやこれやで瞼にうかぶのが先方で待っている、人間の舌を小馬鹿にしない親切なたべものの味である。三時間十分、空腹をこらえながら新大阪駅に着く。タクシーを飛ばしてまっしぐらにミナミへ一直線、目指すかやく御飯の老舗「大黒」へ…。すべてに優先するうまいものへの韋駄天である。オーソドックスな和食の粋や高級西洋料理なら、東京でも金さえだせばいくらでも賞味できる。最近はずいぶんと関西風の料理屋が幅を利かせていて、大阪

で修行した腕のいい板前の料理を口にできるし、神戸肉の素敵なステーキも焼いている。だがしかし、かやく御飯、豆御飯、うどんにおでんというような、町人、生活派の味だけは、まず東京ではラチがあかない。おでんといえば、銀座の「やす幸」など、関西風な味つけで結構いけるのだが、それでもキタはお初天神、「常夜灯」のそれには及びつかない。常夜灯のおでんなど、もはや絶品ともいえる味の神様である、と強調する。

　東洋のマンチェスターよ、煙の都よ、と自賛した素朴な時代は既に過去の笑い草としても、川は埋めつくされ、橋はこぼれ、街はずれに生き残ったひと握りの草木さえ、巨大なコンビナートの足下に跡かたもなく打ち消えてしまった。が、その灰色の故郷大阪にも、もう一つ別の意味の自然がある。それは数少ない肉親や古い友人たちへのどうすることもできない人間の絆であり、また、上方の文化が歳月をかけてひねりだした大阪人気質であり、それから、少し牽強付会気味ながら、大阪の味覚の洗練となる。昔から味音痴であり、とても味覚一般を語る資格などないが、大阪でしか口にできない食べものの味にだけは、不思議にシャープな感応を示すようである、と筆者はいう。こんどの大阪は「美々卯」のうどんすきにしよう、として終わる。（岡本直茂）

大阪の穴《おおさかのあな》　短編小説

〔作者〕小松左京〔初出〕「歴史読本」昭和三十九年一月号。原題「大阪城ぬけ穴考」。〔初収〕『猫の首』〈集英社文庫〉昭和五十五年三月二十五日発行、集英社。〔小説の舞台と時代〕大阪城。昭和三十年代。

〔内容〕大阪城には真田の抜け穴が存在する。自称ヌケ穴研究家のSは、「私」に力説する。しかし、そんなものを信じている者はほとんどいない。だが、ある夜半Sが「私」を訪れ、ついに抜け穴を見つけたのだと告げる。頭上には近代化した街並みがあるのだと感慨にふけりながら二人は穴を進む。やがて、見えた出口の向こうには四百年前の大阪の陣の情景が広がっていた。そればかりではなく、そこには様々な歴史上の人物が集っていたのである。やがて、「私」は気づくのである。穴の中ではなく、Sの狂的な意識の中を走っていたのだと。今、Sは精神病院の重症病棟に、「私」は軽症病棟にいる。「私」は大阪らしさを失っていく街を見ながら、Sの心だけではなく表情も病んでいるのだと思う。（巻下健太郎）

大阪の〝アパッチ族〟《おおさかのあぱっちぞく》　エッセイ

〔作者〕開高健〔初出〕「日本読書新聞」昭和三十四年六月八日発行。〔初収〕『ああ。二十五年。』昭和五十八年七月十日発行、潮出版社。〔全集〕『開高健全集第20巻』平成五年七月五日発行、新潮社。

〔内容〕『日本三文オペラ』の舞台やモデル、およびそのモチーフを述べる。小説のモチーフを「社会小説のリアリズムで作品に額縁をつくるよりは」、「四方八方から額縁を破ることでなにがしかのリアリティーを定着できないものか、と思った」と語っている。（大杉健太）

大阪の連込宿《おおさかのあべっくほてる》　エッセイ

〔作者〕三島由紀夫〔初出〕「文藝春秋」夏の増刊号、昭和二十五年六月二十八日発行。〔全集〕『三島由紀夫全集第二十五巻』昭和五十年五月二十五日発行、新潮社。

〔内容〕小説の取材の為に宝塚の親戚の所へ滞在に行く途中、大阪に到着し当夜の宿に困った私は、駅長に宿屋を紹介してもらって小ぢんまりしたホテルに泊まることに

なった。靴のまま上がろうとしてたしなめられ、靴を持つとなるとなんて不便な格好なんだろうと思いながら部屋に向かった。部屋に向かう途中で女中とぶつかりそうになるが、その応対になんとなく自分は客扱いされていないのかもしれないと感じてしまう。部屋は三階で殺風景なその部屋は広いような狭いような、そして満遍なく汚れたカーテンと三等病室のような窓がある。忽ち女中がお茶を持って明日の朝食の代金と宿泊費の催促に来た。しかしいきなり来て七百五十円と言われた為に、なんて高いお茶だろうと思ってしまった。退屈なので廊下に出てみると隠れて夜遊びした兄妹のような二人がつつましげに笑ってやって来た。私を見ると羞恥にかられて沈黙して部屋に入っていった。私は案内人のいないホテルというのは洒落ているものだと考えながら、前金制案内人無しの他にどんな規約があるのか注意書きを読んだ。こういう注意書きに興味をもつのが私の道楽であり、学士会館の喫煙室の椅子にかかった札や東大法学部のトイレに貼ってあった注意書きや六法全書を思い出した。何故思い出したかというと、注意されたものやその行為とは別物でありながら「ありうべき場合」を網羅しようとした抽象的なものが現実よりも生々しいと考えるからだ。ホテルの規定は馬鹿らしいものであるが、しかしこれのおかげで殺風景なこの部屋に妙に生々しい実質が与えられているように思えるのだ。規則の中で生活し、誰もが同じ様に過ごす、それなしでは人間は実質を失ってしまうのではないかとダブルベッドで横たわりながら考えた。次の日、朝食を食べに向かうと、アベックに溢れていると思っていた目算は外れた。そのうち老人がやってきて食事をとっている。「全く変な旅行の振り出しだ」と考え、「こんな風変わりな宿にいたら予測することもできない不幸に引き止められて、あの老人の年まで居つづけなければならぬようにならないとも限らない」とも考え早く逃げ出そうと思う。そうして食堂の天窓を見上げると金網入りの青い磨硝子に水の影が映っている、それは今朝になって降り出した雨らしかった。作者は大阪に寄った時の連れ込み宿の雰囲気を記している。その後親戚のところへ赴き、「愛の渇き」の取材をすることになる。（井迫洋一郎）

大阪の一夜《おおさかのいちや》　草稿

〔作者〕北條民雄〔全集〕『定本北條民雄全集上巻』昭和五十五年十月二十日発行、東京創元社。〔小説の舞台と時代〕大阪。昭和十一年。

〔内容〕北條民雄は昭和十一年六月十日、秘かに自殺を決意して病院を出た。二週間、東京・関西を転々とし、二十三日、わずかに生の希望を得て帰院する。その時の大阪での体験を素材とした未完成作品である。

大阪は十日ほど降り続いた梅雨がやっと終わって、蒸し暑い日が続いている。鹿野巳喜三は、「一晩、この街で過すことにしようかな?」と、心身共に不安定な今の自分の状態に、やはり一時も早く東京に帰った方がいいか、思案している。（桂　春美）

大阪のいろ〱《おおさかのいろいろ》　エッセイ

〔作者〕上司小剣〔初出〕「新小説」大正十一年八月一日発行。

〔内容〕大阪の特色は道頓堀にあるように言って、すぐ道頓堀が引き合いに出される。「私」は昔ながらの大阪の色が殊に濃く漂っている、堺筋の一つ東の八百屋町の狭い通りを愛する。「私」が少年の頃、寄遇していた家が八百屋町筋の備後町にあり、しばらく通った学校も博労町の板屋橋筋近くにあったから、毎日八百屋町の通りを歩き

馴れたためでもあろう。

大阪のよさは、夜が暗いこと、人間が東京に比べて少ないことにある。また、道頓堀に劇場がいくつも並んでいるのは、よい特色である。道頓堀川に赤い提灯をかけたボートがいくつも浮かんでいる景色もいい。

市役所は東京に比べていい建物であるが、東京にはないものとして大阪が誇りにしている公会堂は、内実ともに失敗の作である。大阪には、大阪市が独力築いたものが多い。東京が都市としての壮麗を誇るに足るべき建物などは、大抵東京市が造り出したものではなくて、日本の国の力によって成ったものだ。したがって、東京に及ばぬと言っても、それは大阪の恥ではない。

しかし、大阪の停車場の貧弱さは、何としても弁護の余地がない。また、大阪の飲食店にはうまいものもあるが、それは多く原料のうまさで、料理人もしくは料理店の主人の忠実さが欠けている。儲けるための商売が第一で、人に美味なものを味わせようというのが第二になるからである。

相撲は昔から、大阪は東京に比べてひどく弱い。合併相撲をしても、勝負は問題にならない。しかし、芝居は大阪がよかった。「私」は、自分の故郷と言ってもよいほどの大阪が、どうにかして商売以外、藝術にも目覚めて、歌舞伎劇などはどうでもよいけれど、新劇壇のいいものを樹立させたいと思う。詩、音楽、美術、小説など総て、大阪を藝術の上で東京から独立させたい。

（荒井真理亜）

大阪のうた《おおさかのうた》　エッセイ

〔作者〕藤沢桓夫〔初出〕『随筆集大阪讃歌』昭和四十八年九月二十九日発行、ロイヤルホテル。

〔内容〕近年の大阪の変わり方の凄じさのなかで昔聞いた手鞠歌に昔ながらの大阪を思いだし、この歌を知っている大阪人がどれだけいるか慨嘆した随筆。

近年の大阪の街の変わり方の凄じさを眺めていると、私たちの知っている古い大阪は一体どこへ行ってしまったのかと、些か心細い気がしないでもない。そう言えば、大阪市内の各所にあった大小の名所旧跡のなかには、時代の流れの激しさには抗すべくもなく、ブルドーザーの蹂躙に敢えなく消え去ったものも少なくないようである。古い大阪のあのどこかのんびりした独自のムード。もしかしたら、それは、私たち大阪人の耳のどこかに残っている大阪の昔の歌くらいにしか、もはや見つけだすのはむずかしいのかも知れないという。そして、それらの古い歌の二、三の歌詞が、不思議に忘れられずにこびりついている。その一つとして、渋谷天外らの「松竹新喜劇」の当たり狂言の一つ、「大阪嫌い物語」のなかで、藤山寛美の扮する船場の坊ん坊んが、むかし母親に歌ってもらった子守歌を逆に母親に歌って聞かせる歌をあげる。もう一つ、アリタレーションの楽しさが快いリズムを生む、尻取り式の手鞠歌をあげ、連想の豊かさ、その絢爛華麗なること、大阪のぬく寿司やちらし寿司のようにまことに見事で、世界の童謡コンクールに出しても決して負けないくらいに素晴らしい。おまけに、「食い倒れ」の大阪らしく、山海の珍味がいろいろ登場するあたり大阪の面目躍如だとしている。もっとも、この手鞠歌を知っている大阪人が果たして幾人いるだろうか。と考えると、やっぱりちょっと心細くなってくる。

（岡本直哉）

大阪の思出《おおさかのおもいで》—五代氏と贋札事件《ごだいしとにせさつじけん》—　エッセイ

〔作者〕広津柳浪〔初出〕「中央公論」大正十三年二月一日発行。〔作品集〕『定本広津

柳浪作品集下巻』昭和五十七年十二月二十五日発行、冬夏書房。

〔内容〕私は、明治十一年十二月から大阪商法会議所へ書記見習という名目で五代友厚家から通勤している。商法会議所の副会頭中野梧一、議員藤田伝三郎が、突然警官に拘引された。その嫌疑について五代も心当たりがない。私は中野家を訪ねたが、巡査が監視していて、何の得るところもなかった。そのうち、中野・藤田の拘引は、二円紙幣贋造の嫌疑だと広がった。その贋造は極めて精巧で、肉眼で真贋を弁ずることが出来ない。しかも三百万円に達している。二円札の通用が止まってしまった。五代は、商法会議所の役員会を開き、贋造の二円紙幣というものはない、万一贋造紙幣が発見された場合、当会議所において引き替える、その損害は私一人で負担することを提案した。そして、その印刷物を撤布した。即日二円札の通用が恢復された。贋札事件における五代友厚の思い出を話す。（田中　葵）

大阪の恩人《おおさかのおんじん》　評論

〔作者〕織田作之助〔初収〕『大阪の顔』昭和十八年九月二十日発行、明光堂書店。

〔全集〕『定本織田作之助全集第八巻』昭和五十一年四月二十五日発行、文泉堂書店。

〔内容〕人々に忘れられているが、大阪の発展に多大な貢献をした五代友厚とその業績について記す。五代は剛直な性格で、明治政府の外国官権判事兼大阪府権判事として、外国商人の不正を容赦なく摘発処分し、電信線架設の利権や鉄道布設権問題などではフランスやアメリカを相手に日本の権益を守った。会計官権判事として横浜へ転勤したが、二カ月で退官し、五代は民間人として再び大阪に戻った。蔵屋敷の廃止などで大阪経済が壊滅状態にあった時、五代は金銀分析所の開設、鉱山経営、大阪株式取引所の設立など、その後の大阪の基盤となる事業を起こした。明治十七年には、阪堺鉄道及び神戸桟橋会社を設立する。織田は、五代が坂本龍馬や大久保利通と親交があったことから、薩長連合の構想に加わっていたのではないかと推定している。五代は死後、百万の負債を残した。「五代はその代償として、今日の大阪の隆盛を見た―いや、すくなくとも、大阪更正の礎を築き得た筈である」と、五代を高く評価する。（浦西和彦）

大阪の女《おおさかのおんな》　短編小説

〔作者〕織田作之助〔初出〕「ロマンス」昭和二十一年六月号（創刊号）。〔初収〕『船場の娘』昭和二十二年二月五日発行、コバルト社。〔全集〕『定本織田作之助全集第五巻』昭和五十四年四月二十五日発行、文泉堂書店。〔**小説の舞台と時代**〕大阪（道頓堀、宗右衛門町、太左衛門橋）。敗戦直後。

〔内容〕雪子は大空襲で焼失した喫茶店「千草」を苦労して復活させた。常連客の島村は、道修町の薬屋の息子で、雪子の一人娘の十八歳になる葉子と好き同士である。三月十三日、火の海をくぐって太左衛門橋を雪子は葉子と渡って逃げた。振りかえると、橋は二つに割れて燃え落ちようとする所であった。島村は東京へ出て酵素肥料の研究をするという夢のような話をする。雪子は葉子から島村が結婚を申し込んだことを聞く。いくら、民主主義だ、自由の世の中だといっても、妾の子を島村の父が息子の嫁にする筈がない、葉子に諦めさせるほかはないと雪子は思う。父の許可を得ることが出来なかった島村は葉子と東京へ駆け落ちしようとする。夜中に荷物をまとめ書き置きを書く葉子を見つけ、雪子ははじめて、自分は東横堀の伊吹屋という瀬戸物問屋の船場の嬢はんとして育ったが、本当は

藝者の子だった身の上を話す。病身を押して自分の舞踊会に三味線をわざわざ弾いて息を引き取った生みの母のこと、自分が丁稚秀吉と東京へ駆け落ちする寸前に引き戻されたこと、妾の子であることが判明して離縁され、藝者になったいきさつなどである。太左衛門橋は雪子が実母の亡骸を運び、また、初恋の秀吉と再会した橋でもあった。しかし、葉子は「うちお母ちゃんみたいに、船場の因習の犠牲になるのんいややや」という。雪子は駆け落ちする娘を大阪駅まで送っていく。葉子の覚悟や島村の理想が夢であっても、その夢を信じようと思うのである。太左衛門橋は道頓堀と宗右衛門町をつなぐ橋で、祖母と母と娘がさまざまな宿命を背負って渡る想い出がこもっている橋である。「大阪の女」は「女の橋」「船場の娘」に続く、織田作之助の船場もの読物小説である。

（浦西和彦）

大阪の顔《おおさかのかお》　エッセイ

〔作者〕織田作之助〔全集〕『定本織田作之助全集第八巻』昭和五十一年四月二十五日発行、文泉堂書店。

〔内容〕いちばん大阪らしいところへ案内してくれといわれると、やはり法善寺へ連れていく。法善寺は「大阪の顔」だ。法善寺の大黒柱ともいうべき場所に、古びた阿多福人形が陳列ガラスの中に入れられた夫婦ぜんざいがある。一人に二杯ずつ持って来て、大阪の下町的な味がある、という。


（浦西和彦）

大阪の可能性《おおさかのかのうせい》　エッセイ

〔作者〕織田作之助〔初出〕「新生」昭和二十二年一月号。〔初収〕『可能性の文学』昭和二十二年八月三十日発行、カホリ書房。〔全集〕『定本織田作之助全集第八巻』昭和五十一年四月二十五日発行、文泉堂書店。

〔内容〕大阪は「だす」であり、京都は「どす」である。「私は京都の言葉を美しいとは思ったが、魅力があると思ったことは一度もなかった。私にはやはり京都よりも大阪弁の方が魅力があるのだ。優美で柔らかい京都弁よりも、下品でどぎつい大阪弁の方が、私には魅力がある」と、京都弁と大阪弁を比較して述べる。京都弁は、大阪弁の「ややこしい」のように、三十ぐらいの意味に使えるほどの「豊富なニュアンス」はなく、「簡素、単純」なのである。「詩的であるかも知れないが、散文的な豊富さはなく、大きなロマンや、近代的な虚構の新しさに発展して行く可能性もなく、いってみれば京都弁という身辺小説的伝統には、新しい言葉の生れる可能性は皆無なのである」という。谷崎潤一郎の「卍」は「美化され、理想化された大阪弁であって、隅から隅まで大阪的でありたいという努力が、かえって大阪弁のリアリティを失っている」と指摘する。


（浦西和彦）

大阪の雁《おおさかのかり》　短編小説

〔作者〕林芙美子〔初出〕「日の出」昭和十二年九月号。〔小説の舞台と時代〕大阪・天王寺、東京。昭和十二年頃。

〔内容〕津村が東京からやってきた。須美江はどういって打ちあけたらいいのか。

　須美江は十九歳のとき母が死に、母の姉りつ子の家に養女がわりに貰われて、東京へ行った。津村は、洋裁科で知った一枝の兄で、真面目なクリスチャンで、デリカシイのある心の細やかな青年だった。

　叔父西谷良から友人の国友夫妻を紹介された。国友秀一は四十七で、夫人は長いこと病床にあった。夕飯を馳走になった嵐の夜、須美江は秀一に犯され、子供を宿した。須美江は大阪に帰り、北河内郡殿山町の産院で赤ん坊を生んだ。秀一から毎月、仕送

りを得ている。

須美江の告白は津村にとって青天の霹靂だった。そんな人の仕送りを断ることが出来ないのか、僕はひと船早めにロンドンへ発って行くという。

ロンドンの津村から赤ちゃんを連れて来る勇気があるかという便りがあった。しかし、赤ん坊は急性肺炎で亡くなってしまう。夜になると、毎晩雁が鳴いて通る。須美江は群をはぐれた一羽の雁の姿も、また幸福なのかも知れないと、何時《いつ》までも眺めているのである。

（浦西和彦）

大阪の感化《おおさかのかんか》　エッセイ

〔作者〕田山花袋〔初出〕「文章世界」明治四十三年八月号。「旅のインキ壺」の一節。

〔内容〕宮崎における大阪の感化を説いた随筆。

宮崎の女はすべて大阪式であった。扮装も言葉も風俗も土地らしいところは少しもない。歌も三味線も皆そうである。「私」はこうしたものにも大阪の商業都市としての勢力を感じずには居られなかった。大阪を西に下るとその感化を受けないところは一つもない。少しハイカラな娘達は、皆上方言葉を使うのを伊達にしている。裾に厚い派手な袘を出している。しかし九州の中でもこの地方が殊に大阪式になるのは、交通機関が大阪内海間の汽船で繋がれているからである。海と舟から文明が開けてくるという例は此処でも見える。

（高橋博美）

大阪の義太夫《おおさかのぎだゆう》　エッセイ

〔作者〕岩野泡鳴〔初出〕「新小説」明治四十四年十一月一日発行。〔全集〕『岩野泡鳴全集第十五巻』平成九年二月二十日発行、臨川書店。

〔内容〕堀江座の人形芝居の小屋として、最後の興行「義経千本桜」を見たことを書いた「大隅太夫」と、三味線弾きの故鶴沢重造一周年忌追善の浄瑠璃会について記した「素人浄瑠璃」の二章から成る。前者では、大隈太夫は浄瑠璃界における自然主義の率先者であることを指摘し、後者では「驚いたのは、こんな席へも、大阪人は自家から用意して来た弁当と瓢箪とをひろげて、むしや〳〵ちび〳〵やつてゐることだ」と、述べている。

（浦西和彦）

大阪の義太夫《おおさかのぎだゆう》　エッセイ

〔作者〕徳田秋声〔初出〕「文藝春秋」昭和十年八月号。〔全集〕『秋声全集第十五巻』昭和四十九年十一月三十日発行、臨川書店。

〔内容〕「文藝春秋」昭和九年九月から十一年一月まで十五回にわたって連載された「思ひ出るまゝ」のなかの、「大阪の義太夫」は十回目にあたる。

徳田は当時の義太夫について「一体義太夫は本場の大阪で聴くと、人形が邪魔をして本当に義太夫を味ふことができない。人形の郷土藝術としての価値は相当認めていいのだろうが、義太夫好きは人形なんかに気を取られてはゐなかつた。小説の挿画ほどの価値も認めないのである。小説も明治以前は挿画の方がのさばつてゐて、本文は虱の這つたやうな細字で、画面の空間をうめてゐるに過ぎない。大阪の人形浄瑠璃もそれに似てゐる。どつちがイラストレエシヨンの役目を果たしゐるのか解らないが、大衆藝術としては仕方がないだろう」と記している。それに加えて「日本の音楽(?)としては何といっても義太夫の三味線が一番優れたものではあろう」という。

また東京の義太夫と大阪のそれとを比較して、「ただ義太夫は大阪に限るやうで、東京人の義太夫はいくら上手でも、本場ほどの甘味もなければ重さもない（中略）今はすっかり変ったけれど、義太夫だけは東

京人の口にかかると、妙に人間の『おっちよこちよい』なところが出て来て始末がわるい」と述べる。

（李　鐘旭）

大阪の気楽さ《おおさかのきらくさ》　エッセイ

〔作者〕高田好胤〔初出〕『随筆集大阪讃歌』昭和四十八年九月二十九日発行、ロイヤルホテル。

〔内容〕薬師寺管長の「私」は大阪生まれだが、奈良で育ったので、故郷といえば、やはり奈良と答える。しかし、東京からの帰り、大阪へ立ち寄ると、大阪のよさをしみじみと感じるので不思議だ。その理由を、理屈を並べて説明することはできない。できないが、それ故に、理屈抜きで「何となくやっぱりフンワカ」と肩の力を抜いて休める。そういう雰囲気が、大阪の「ええとこ」である。

　東京では地方色を許さない、というよりは軽蔑するといった習性がある。ところが、大阪はむしろ地方色を大事にして、大阪で仕事をしている人はみんな大阪人、関西人として受け容れる寛容さがある。

　また「私」のよく知る大阪人、かつて「雄さん」で親しまれた南都雄二さんは「人がようて、欲がのうて、何となくたよりのうて、けれども何となくおさまっている。そうしていなければ淋しいて頼りない」、そんな大阪を感じさせてくれる人であった。

　最後に『大阪讃歌』を企画したロイヤルホテルに対して、大阪人には大阪弁で応対するくらいのところがあってほしい、関西人が戸惑うような事務的なホテルになってもらいたくない、と要望している。


（荒井真理亜）

大阪の藝人《おおさかのげいにん》　エッセイ

〔作者〕谷崎潤一郎〔初出〕「改造」昭和十年一月号。〔初収〕『摂陽随筆』昭和十年五月二十一日発行、中央公論社。〔全集〕『谷崎潤一郎全集第二十一巻』昭和五十八年一月二十五日発行、中央公論社。

〔内容〕歌舞伎の鴈治郎はどうしても好きになれないが、我が愛する大阪のために、成駒屋の幸福を祈る。いつからともなく好きになった文楽では、その美しい容貌からも、綱造の絃が一番である。彼と対照される津太夫は醜男であるが、その男前において格別綱造に見劣りしない。二人が並ぶ光景は文楽座における一つの比類なき壮観である。また二、三年前から、時々大阪の寄席も覗く。行くのは主に法善寺境内「花月」で、幼年の頃に父母に連れられて見た東京日本橋の寄席の空気を味わうことができる。思いがけない邂逅は、昔の朝寝坊むらくが今は円馬と改名、ここの真打ちになっていること、東京からの移住藝人の常で、話ぶりがサラサラし過ぎ、大阪ではあまり受けていないようだ。


（中谷元宣）

大阪の原形《おおさかのげんけい》　エッセイ

〔作者〕司馬遼太郎〔初出〕『大阪の原形―日本におけるもっとも市民的な都市―』昭和六十二年三月発行、大阪都市協会。〔初収〕『十六の話』平成五年十月発行、中央公論社。〔全集〕『司馬遼太郎全集第五十四巻』平成十一年一月十日発行、文藝春秋。

〔内容〕大阪の地理的成り立ちから、古代、中世を経て合理主義精神の生まれる近代までの変遷を述べたエッセイ。豊臣秀吉によって大坂は全国経済の中心になった。江戸時代には流通経済が発達し、合理主義精神を培った。町人は自ら町の自治組織を作り、橋を架け、懐徳堂を建てるなど、独立心が強くなった。明治維新政府は、大坂商人の商業的特権を否定したため、一時期大坂は灯の消えたような街になってしまったが、今は、この街自体の工夫と努力によって繁

栄を取り戻したという。　（浦西和彦）

大阪の言語と思想《おおさかのげんごとしそう》　エッセイ

〔作者〕岩野泡鳴〔全集〕『岩野泡鳴全集第十六巻』平成九年七月二十日発行、臨川書店。

〔内容〕東京人と大阪人を比較したエッセイである。明治四十五年頃。

大阪人の神経は東京人よりも遅鈍で、相違は生活上のあらゆる面から見ることができる。言葉もその一つであり、大阪言葉は東京言葉に比べて、凛とした響きを生じないで、どことなく弛んだような濁ったような調子がある。発音の相違では、大阪と東京を九つの点から指摘し、人の性質の点では、東京人を貴族的、大阪人を平民的と述べている。両都の特色を見ると、東京より大阪の方がかえって現代的色彩が現れており、東京人は貴族的な弊として、人を待ち、人の説に動かされるのに多忙である。しかし大阪人は新しい方へ推移するには鈍いかも知れないが、新しいものを受けてても自分の方へ比較的によく消化してしまう。そこが大阪人に潜んでいる思想の取り柄である。やがて東京人の官権主義のような思想は時代遅れになり、第二の近松や西鶴が新たに現れて来て、東京人に対して大阪人の特有思想を深刻に確立発揮させるだろう。　（田中　葵）

大阪の再開発《おおさかのさいかいはつ》　エッセイ

〔作者〕吉村正一郎〔初出〕『随筆集大阪讃歌』昭和四十八年九月二十九日発行、ロイヤルホテル。

〔内容〕鶴橋付近の街景は気持ちのいいものではない。あの汚らしい、雑然たる地域が再開発されないのには合点がいかぬ。大阪市内は徹底的に高層化すべきである。それによって道路は拡巾され、小公園なら何十も作れるし、大公園だってできる。大阪は自らを再開発することと真剣に取り組まねばならない。将来の本当の「大阪讃歌」のために、大阪人の知性と経済力と意欲とエネルギーとが十分発揮されるのを期待する。　（山本冴子）

大坂の「サカ」《おおさかの「さか」》　エッセイ

〔作者〕吉川英治〔全集〕『吉川英治全集第47巻』昭和四十五年六月二十日発行、講談社。

〔内容〕サカに、坂と阪と両字がある。僕の習性では、土扁の坂の方でないと、サカという字を書いたような気がしない。ところが大坂ではこぞって「阪」だ。大坂土着の人は、坂は土《つち》に反《かえ》るで、不吉な文字として嫌うのだという。古川重春の『錦城復興記』を見ると、江戸時代の事項はすべて坂を用い、現代の事項には阪を使っている。なお、仔細にみると、明治五年の項に大坂鎮台を置くとあり、次の項の明治十九年大阪砲兵工廠を置く、という所には「阪」を用いられている。坂が阪になったのは、維新直後ではなく、明治五年から十年前後のことなのであろうか。　（浦西和彦）

大阪の作家《おおさかのさっか》　エッセイ

〔作者〕織田作之助〔初出〕「現代文学」昭和十八年一月二十八日発行。

〔内容〕梶井基次郎、川端康成、宇野浩二、武田麟太郎、藤沢桓夫らの大阪出身の作家を取りあげ、その抒情や神経の底にある「不逞不逞しいばかりの勁さ」や、「執拗なまでに逞しい」大阪の性格を指摘する。「大阪的とはリアリズムの称ひ」で、長谷川幸延、宇井無愁、大庭さち子らも大阪を描いているが、しかし、「大阪的である」ということと別であるという。　（浦西和彦）

お

大阪の詩情《おおさかのしじょう》　エッセイ
〔作者〕織田作之助〔初出〕「瓦斯灯」（年月日未詳）。「プラネタリウム」「大阪新聞」昭和十七年八月一日発行。〔初収〕『大阪の顔』昭和十八年九月二十日発行、明光堂書店。〔全集〕『定本織田作之助全集第八巻』昭和五十一年四月二十五日発行、文泉堂書店。
〔内容〕「瓦斯灯」「プラネタリウム」の二編から成る。「瓦斯灯」では、明治の大阪情緒というものとして頭にうかんで来るのは「人力車と瓦斯灯」である。遠い昔の名残りのようにともっていた心斎橋の瓦斯灯も大東亜戦争が勃発すると、姿を消してしまった。「プラネタリウム」では、大阪の詩情を語ろうとすると、どうしても明治・大正臭くなる。昭和の大阪の詩情を瞬かせているものとして、四ツ橋のプラネタリウムについて語る。（浦西和彦）

大阪の指導者《おおさかのしどうしゃ》　長編小説
〔作者〕織田作之助〔初版〕『大阪の指導者』昭和十八年九月二十日発行、錦城出版社。〔全集〕『定本織田作之助全集第四巻』昭和五十一年四月二十五日発行、文泉堂書店。
〔小説の舞台と時代〕大阪。明治維新後。
〔内容〕五代友厚を描いた書きおろし伝記小説で、織田作之助はさきに「五代友厚」（「日本織物新聞」昭和17年1～2月）で友厚の青年時代を描いている。「大阪の指導者」はその「五代友厚」の続編にあたる。問屋都市としての大阪は、明治維新後、政府の廃藩置県や株仲間の解散などで、蔵屋敷が消滅し、衰弱し没落の一途をたどりつつあった。その大阪を復興させ、商都大阪の繁栄の基礎をきずいたのが五代友厚である。友厚は明治政府の栄職を捨てて野に下り、明治二年七月、大阪市東区梶木町に仮居を定めた。十月には西成郡今宮村の紀の庄別邸を買収して、金銀分析所を開設し、大阪における最初の事業を開始した。以後、鉱山、製藍、鉄道、紡績などの事業を次々と興し、大阪更生の礎をつくった。また、大阪株式取引所や大阪商法会議所（大阪商工会議所の前身）の設立など、大阪の商人を新しい経済体制に適応させるための指導啓蒙にあたったが、明治十八年九月二十五日、友厚は五十一歳の生涯を閉じた。百万円の負債があった。「維新の際は友厚という指導者が出て、よく大阪の危機を救うた。今日大阪はよく昭和の新しい経済体制に適応し得るだろうか。大阪の指導という証文を今日友厚の手から渡される人は、いかなる指導者であろうか」という。（浦西和彦）

大阪の将棋指し《おおさかのしょうぎさし》　短編小説
〔作者〕藤沢桓夫〔初出〕「小説新潮」昭和四十一年十一月号。〔初収〕『将棋水滸伝』昭和四十二年十月五日発行、文藝春秋。
〔小説の舞台と時代〕大阪の市井。大正初期から昭和十八年九月六日まで。
〔内容〕昭和初期、大阪将棋の実力者として活躍した名棋士、神田辰之助の伝記小説。辰之助は、五歳のとき実父と死別し、叔父の養子となる。十七歳の頃に将棋を覚え、二十歳を過ぎる頃には、阪神沿線では負け無しの腕になっていた。叔父に将棋を続けるのなら勘当だと言われ辰之助は大阪に出る。二十三歳の時であった。将棋会所でくすぶっていた辰之助は、坂田三吉と知り合い新聞社主宰の対局にも出られるようになる。だが、対局料は僅かで、それは五段に昇格しても同じであった。生活に困った辰之助は将棋をやめることを条件に養家に戻る。その間、結婚もして家族も持った。だが、平凡な生活は苦痛であった。そこへ、大阪棋界の長老木見金治郎から一度会いたいという手紙が届く。辰之助は妻子を残し

出奔した。木見家に内弟子として転がり込んだ辰之助だが、折り合い悪くやがて家を飛び出す。その足で和歌山の素封家の家へ向かう。一カ月滞在するうちに辰之助の懐は相当に暖かくなった。そこでその後人生を変えることになる一人の女と出会う。女は千代と言い、大阪に帰った辰之助は彼女と同棲生活を始める。大正十二年の春、六段に昇った辰之助は内弟子を置き、ようやく棋士らしい生活が出来る目途がついてきた。内弟子と指す場合でも幾らかの金を賭けさせた。勝負師の本能からである。三十七歳で七段に昇った辰之助は坂田の後継者と目される。だが、期待された関東の棋士との対局に敗れる。しかし、生来の負けん気で再起戦では棋界最高の八段全てに勝利する。将棋の上では頂点に確実に近づいていった辰之助だが私生活では不幸が続く。娘が内弟子と駆け落ちしたショックで千代が急死し、その後再婚したれい子も胸を病み倒れる。妻の病気がうつったのか、辰之助も胸を病む。衰えた体で、時の名人木村義雄に挑むが完敗する。昭和十八年九月六日、稀代の勝負師、神田辰之助は五十一年の波瀾に満ちた人生を終えた。（巻下健太郎）

大阪の小説〈この3冊〉《おおさかのしょうせつ〈このさんさつ〉》

エッセイ

〔作者〕河野多恵子〔初出〕「毎日新聞」平成八年一月八日発行。

〔内容〕谷崎潤一郎の本当に大阪らしい小説となると、中絶作品であるが「夏菊」を択びたい。各人物の描かれ方には終始、大阪なればこそあり得るように思える大阪人らしさが深く、鋭く備わっている。

　庄野潤三の短編「相客」は、帝塚山のはんなりした雰囲気が、一家の胸さわぎや不安を際立たせ、一つの場合の大阪を思わせる。

　今江祥智の「ぼんぼん」は、実に新鮮で、拡がりもある、少年の戦時下の体験記である。戦争、苦楽の妙味つまり人生、そして大阪らしさが、常に一体となって躍如としている名著である。（浦西和彦）

大阪の松竹《おおさかのしょうちく》

エッセイ

〔作者〕上司小剣〔初出〕「新演藝」大正十三年三月一日発行。

〔内容〕芝居の興行や劇場の経営は、昔から一種の投機事業となっていて、「着実」を看板にする金持ちの営利事業にはならない。それは鉱山などと等しく、あるいは鉱山以上の危険性を帯びている。その上、藝人という鉱夫以上の厄介な代物を相手にしなければならないので、素人にはちょっと手出しのならないものである。やがて、芝居もやれば必ず儲かるという時代が来て、興行師も暢気に懐手をして、太平楽を唄っていられるようになった。しかし、とにかく事が小さい、儲かったとしても高が知れている。藝人相手という面倒もあるから、やはり大資本家の営利上の目的物にはならない。そのため、依然として芝居師や興行師が存在することとなった。伊藤博文が骨を折って、興行師の手を借りずに成功させた、帝国劇場のある東京以外の地方にあっては、大阪でも京都でも当分は劇場を興行師の手から引き離すことが出来ない。そのため、興行師の覇王、あるいは魔王とも言うべき松竹の天下は、まだしばらく続くものと見なければならない。松竹は発祥の地だけあって、京阪神方面におけるやり口の方が、東京よりも勝っているという。松竹の事業には、書類万能の日本に珍しく、帳簿がない。また、自ら努力して新方面を開拓せずに、他人の築き上げるのを待っていて、それが成功したら金で手に入れる。大阪は堅実と私利私欲とを持って聞こえた商業地だが、案外に甘く、東京と違っておだ

てが利く。したがって、松竹は大阪人のこの「お調子もん」ということをうまく利用して、東京にもないような、新しい計画を立てるとよい。「東京にもない」ということは、大阪で仕事をするのに、一番有効な標語である。松竹はこの急所をもっと突くべきだ。

上司小剣は、松竹の大谷と白井が双子であることを、劇場で隣に座っていた、有島武郎に教えてもらったという。（荒井真理亜）

大阪の女性《おおさかのじょせい》　エッセイ

〔作者〕織田作之助〔初出〕「大阪新聞」昭和十八年二月十二・十三日発行。原題「蝸牛の美―決戦下大阪女性の美―」。〔初収〕『大阪の顔』昭和十八年九月二十日発行、明光堂書店。〔全集〕『定本織田作之助全集第八巻』昭和五十一年四月二十五日発行、文泉堂書店。

〔内容〕大阪言葉に「いかけ」というのがある。夫婦のことである。明治の頃、夫婦づれの鋳掛屋《いかけ》が「いかけェ！　いかけェ！」と、夫婦声を合わせて大阪の町々を練り歩いた。そこから夫婦共稼ぎの意味も含まれているのである。夫婦共稼ぎを新しい女性の倫理のように言っていた時代があるが、これは大阪の女性が古くからもっている倫理である。大阪女性の美しさは蝸牛のように伝統の殻の中に閉じこもっているところばかりか、柔軟に外界に適応して行くところにある。絶望しないで、執拗に生き抜いて行く勁さに、大阪女性の美を認めるのである。（浦西和彦）

大坂の陣異聞《おおさかのじんいぶん》　中編小説

〔作者〕遠藤周作〔初収〕遠藤周作文庫『ユーモア小説集Ⅱ』昭和四十九年七月二十日発行、講談社。〔小説の舞台と時代〕京都、三条河原、大坂、津和野、岩見国、関ケ原、奈良、上野、大和路、伏見、河内路、丸太町。慶長十九年（一六一四）から元和三年（一六一七）まで。

〔内容〕慶長十九年、京都の三条河原に、「関白も亦糞を垂れれば将軍も亦糞を垂る人間悉く平等なり」という唄が書き付けてあった。この唄は寛斎という老人が書いた唄で、この時代の世情を唄い、時の権力者を嘲ったのだから大変な騒ぎになった。京都に来たばかりの徳川家康は、意外にも寛斎を連れて来るように命じた。家康は、自分の考えをはっきり主張する寛斎を処することはせず、評価した。寛斎に職を尋ねると、人のウンコを見て運勢を占うという。そこで家康は、淀君と秀頼との戦いを占ってみよと命じた。さらに孫の千姫を救い出せるかを問うた。しかし占うにはそれぞれのウンコが必要であり、それを手に入れることは容易いことではなかった。家康は、大坂城内に入って淀君と千姫のウンコを持ってくるものを探した。それを持ち帰った者がいたならば、たくさんの褒美をとらせ、千姫を与えても惜しくないという。傍にいたほとんどの大名たちは家康のいつもの冗談だと受け止めて笑ったが、冗談としては受け止めなかった者が一人だけいた。坂崎対馬守直行である。彼は千姫に惚れていたのだ。所詮は届かぬ恋と思っていたので、宇治拾遺物語にある平中の話を思い出して、その話と同じように千姫のウンコを見れば、自分の千姫に対する思いも諦めがつくだろうと考えた。坂崎直行は村田吉蔵という素破に頼んで、大坂城から二人のウンコを盗って来るように命じた。そうしてウンコを手に入れ、運勢を占えば、家康の勝利に間違いないという。坂崎直行は十万石の大名にとりたてられ、家康は大坂城の戦いで見事に勝利を収めた。また坂崎は千姫のウンコを見て、あまりの臭さに恋心も消え去っ

た。しかしその後、出羽守となった坂崎を尋ねてきた寛斎の話によると、あのウンコは千姫のものではなく、男のものであるという。五百人ものウンコを見てきた寛斎がいうのだから間違いない。村田吉蔵が途中で阿呆らしくなって自分のものとすりかえたのだ。その三年後、坂崎は千姫によって自決させられた。自分のウンコを盗み、衆目に晒したことがゆるせなかったのである。坂崎は自決の際に家臣に口惜しげに「これこそ、文字通り、糞死である。」と語ったという。

（田中　葵）

大阪の神社仏閣巡り《おおさかのじんじゃぶっかくめぐり》

エッセイ

〔作者〕岡本一平〔全集〕『一平全集第九巻』昭和四年八月九日発行、先進社。

〔内容〕放送局の依頼で大阪を訪れた筆者が見て回った神社仏閣について挿絵を交え書かれた随筆。取り上げられているのは、天満天神、高津神社、住吉神社、天王寺、生玉神社の五つ。天満天神では境内の露天に集まっている人々を道草人種と呼び、商売人、株式米相場の人が熱心に詣でることから、商売の方面にご利益があるのだろうと続ける。高津神社では、しきりに聞かされる仁徳天皇以前という口上を怪しみ、黒焼屋で売られている様々の物を見て、現実的大阪人も呪術好きであると考える。天王寺では、上阪してきた道草人種が多いと言い、建物の涼しい陰で日本全国金持番付を開いて感心している人々を天王寺境内人種と呼んでいる。全編を通して、単なる見物記ではなく、神社仏閣に集う人々の観察記といった趣の随筆である。

（巻下健太郎）

大阪の進歩と東京の進歩《おおさかのしんぽととうきょうのしんぽ》

エッセイ

〔作者〕岩野泡鳴〔初出〕「女子文壇」明治四十五年四月一日発行。〔全集〕『岩野泡鳴全集第十二巻』平成八年十月二十日発行、臨川書店。

〔内容〕大阪と東京の比較論。東京には、御用商人でなければ小売り商ばかりだが、大阪は、小売商の方が心斎橋筋くらいで、あとはすべて卸し屋の存在地だといってもいい、事業界でも東京よりも大阪の方が活潑だ。大阪人の方が事業に先見があり、また大胆である。東京は思想的に貴族的であり、官権主義的で、空想的である。大阪は平民的である。東京人は意気と名誉とをおもてにして、裏で金と女とをあさり、大阪人は金と女とを正直な糧にして、蔭で意気と名誉とを養っている。食物では、東京のあッさりが、大阪のこッてりだ。風景は、東京は紅塵万丈の都であるに反し、大阪は煤煙天を蔽う都である。東京は実際の花と学生とをこきまぜた都である代わりに、大阪は水と舞い子との都だ。

（浦西和彦）

大阪の性格《おおさかのせいかく》

エッセイ

〔作者〕織田作之助〔初出〕「都新聞」昭和十六年七月十七、十八日発行。

〔内容〕暉峻康隆の「西鶴の再発見」（「文藝春秋」）における西鶴の女性観の健全性の指摘は「故事つけ」であって、西鶴は「女性観の健全性とか頽廃性とかいふやうなことが問題になる場所を通り超えた、逞しいふてぶてしさの上に胡座を組んでゐる、真の大阪人」なのである。西鶴や近松だけでなく、藤沢桓夫や川端康成や武田麟太郎などの大阪出身の小説家は、その技巧までも計算せずにはやまぬという大阪的性格を持っている。また、大阪を象徴する場所として、法善寺と文楽座について言及している。

（浦西和彦）

大阪の生理《おおさかのせいり》

エッセイ

〔作者〕安西冬衛〔初出〕「小説新潮」昭和三十九年四月一日発行、第十八巻四号。〔全集〕『安西冬衛全集第五巻』昭和五十三年十二月三十日発行、宝文館出版。

〔内容〕大阪人の稀知《けち》とは、類《たぐい》希れな知恵才覚をいうのだ。大日本紡の前身、旧岸和田紡績を興した寺田甚与茂の逸話を紹介する。寺田甚与茂は「商売に油断なく弁舌手だれの知恵才覚」の申し子ともいうべき人物で、便所の汲み取り口から排泄物を掻きまわし、従業員の栄養状態をひそかに査べ、いちはやく労働者の健康管理に目をつけたのである。産業人野球のはしりというべきゲームの始球式を「式ボール」とよんだ翁の愉快なアネクドオトは、日本ノンプロ野球史から逸してはなるまい。（浦西和彦）

大阪の椿姫《おおさかのつばきひめ》 短編小説

〔作者〕藤沢桓夫〔初出〕未詳。〔初収〕『飾りなき女』昭和二十一年十月十日発行、新月書房。〔小説の舞台と時代〕心斎橋。昭和二十年代前半。

〔内容〕使いこみが発覚し会社をクビになった栄治は、バーの馴染みの女、芳江に別れを告げに行った。使い込んだ七百円もの大金は芳江の手におえるものではなく、栄治は心斎橋で貴金属店を営む兄に始末を頼む決心をする。芳江は栄治が兄と折り合いの悪いことを知っており、また、栄治が自分に会うため分不相応の店に通い詰めていた事に責任を感じ一計を案じる。その夜、店の帳場に座っていた栄治は芳江が恋敵である加納と現れたのを見て激怒する。その場にいたたまれず部屋に引きこもった栄治は以前芳江と見た『椿姫』の一場面を思い出す。男の幸せのために自分の愛を殺し、愛想を尽かしたふりをする椿姫の気持ちに同情して芳江は泣いた。その椿姫を気取った芳江の仕打ちに耐えかねて栄治は家を飛び出した。酔って帰ってきた栄治は番頭から芳江が加納に買わせた七百八十円の指輪を七十円のものと交換しに来たと聞かされる。机の上には芳江の字で「長岡栄治様親展」とだけ書かれた封筒が置かれていた。中身は所々涙で滲んだ別れを告げる短い手紙と七百円であった。この話には後日談がある。会社をクビになった栄治と、加納の愛人となった芳江はその後もこっそりと逢っているのである。（巻下健太郎）

大阪の道路《おおさかのどうろ》 エッセイ

〔作者〕薄田泣菫〔初出〕「大阪毎日新聞」大正八月一月十四日発行。〔全集〕『薄田泣菫全集第三巻』昭和十三年十月二十日発行、創元社。

〔内容〕大阪市の道路ほどひどいものはない。ロブコゥヰチ宰相が市長を泥田のようななかに放り出したように、一度雨降りの日に自動車の窓から池上市長や市会議員達を泥濘のなかに放り出してみたらどんなものだろう。理窟よりも実物教育の解りやすい人達だけに、効力があるかも知れない。コラム「茶話」のなかの一編。（浦西和彦）

大阪の夏の印象《おおさかのなつのいんしょう》 エッセイ

〔作者〕岩野泡鳴〔初出〕「中央公論」大正二年七月一日発行。〔全集〕『岩野泡鳴全集第十五巻』平成九年二月二十日発行、臨川書店。

〔内容〕大江橋の下を十噸や十一噸の巡航船が頻繁に通い、二、三カ所の水泳指南所では、平べッたい船を浮べて、多くの真ッ裸の少年を泳がしているのが見えた。二十一歳の時、大江橋の上で、初恋の婦人のありかを求め思案に暮れたことを回想した「大江橋」、いつも人出の多い千日前の自安寺の妙見さんで、大阪は実生活に於ても、また藝術の上からも、飽くまでも、人工的

な地獄若しくは天国だと、考えた「妙見さん」、箕面の動物園での時鳥啼き合わせ会を書いた「九官鳥と『一静』とかじか」、天満天神の神輿は天空を渡ったが、人込みで神輿その物を見ることは出来なかったが、神輿の威光だけが見えたと記した「天神祭」など、大阪の夏の印象を回想する。（浦西和彦）

大阪の夏の宵《おおさかのなつのよい》　エッセイ

〔作者〕上司小剣〔初出〕「解放」大正八年八月一日発行。

〔内容〕「私」は「此頃」の大阪を一向に知らないが、塵埃の都である大阪が、夏は一層塵埃で塗られて、川の水にも一面塵埃が浮かんでいると聞くと、慄然とする。

　大阪でも、だいぶ前に橋の上の涼みが禁止されたが、橋の上の夕涼みを除いては、大阪にほとんど夏の宵の情景が残るまい。昔は、大川筋の橋の上には、夏になると両側にずらりと氷屋や葛湯を飲ませる店が並んだ。その前を、人々は浴衣を着て団扇を片手にぞろぞろと通り、水に映る提灯の影が言い知れない趣きを見せていた。

　中之島公園の夏の夜も、電灯の光で水の色が五つに変わる噴水に、一縷の雅趣を感じた。大阪の夏の夜は、更くるを知らぬというのが、生命であった。

　西鶴が生まれ、近松が活き、芭蕉が終焉を告げ、履軒、小竹等の諸先生が帷を垂れたのも、大阪であった。自然が破産し、精神が自殺し、物質のみ徒らに栄えているこの土地は、塵埃の都というより外に、今は何も残らないかも知れない。しかし、「私」はこの塵埃の下、汚水の底から、ある貴きものを求めて止まない。我が愛する浪花津に、再び麗しく咲き誇ることが、「私」の一生の願いである。（荒井真理亜）

大阪の夏祭《おおさかのなつまつり》　エッセイ

〔作者〕山崎豊子〔初出〕「週刊漫画タイムス」昭和三十三年八月六日号。〔全集〕『山崎豊子全集5』平成十六年五月十日発行、新潮社。

〔内容〕船場における夏祭りを描いたエッセイ。大阪人にとって夏祭りは一年中の大きな行事の一つである。お祭り着のために平絽《ひらろ》の着物を新調し、ご馳走の献立をし、氏神の祭日を待つ。宵宮の夕食は、どの商家でも、梅酢のハモちりと蛸酢が並べられる。特に蛸酢は、淡路や明石から運んで来る活《いき》蛸を買う。その家に銭がよう吸いついて儲かりますようにという縁起をかついでいる。店の表には、麻布に家紋を墨色で染め出したまん幕を引きまわし、高張式の台提灯を張り出す。夕陽に青貝塗りの飾り提灯の柄が虹色に美しく輝いた。飾り提灯は、男の子のある家だけで、男の子が一人あるごとに一本ずつ掲げる。夜になると、飾り提灯を先頭に、氏神に参詣し、お神楽を奏し神符を受け、それを提灯の上部に貼りつけ、その家の繁栄を祈願するのである。（浦西和彦）

大阪の墓《おおさかのはか》　エッセイ

〔作者〕高浜虚子〔初出〕「ホトトギス」昭和八年三月一日発行。〔全集〕『定本高浜虚子全集第八巻』昭和四十九年四月五日発行、毎日新聞社。

〔内容〕先祖の墓が一基だけ大阪の地に在る。大阪に居る同郷人である津田宗甫翁がその所在地を知っていた。梅田の近所にある西寺町の法界寺であった。亡き長兄もこの大阪に在る先祖の墓には一度も参ったことがなく、ただ父が江戸参覲交代の時分に一度立ち寄った事があったと云うことを聞いていた。無縁墓の取り扱いを受けているのではないかと心配している中に、友次郎が探し出した。「松山家中、池内八兵衛妻、

天保七年（一八三六）三月二十二日歿」と書いてある。この方ならお父さんのおひいばあさんだよ、と老兄も懐かし気にその墓を見た。住職に過去帳を見せてもらうと「智光院明室貞照大姉／予州松山家中、池内三良衛門祖母　八十七歳」と書いてあった。

（浦西和彦）

大阪の話《おおさかのはなし》　短編小説

〔**作者**〕藤沢桓夫〔**初出**〕「中央公論」昭和九年十月号。〔**初版**〕『大阪の話』昭和十年十月十五日発行、サイレン社。〔**小説の舞台と時代**〕心斎橋。昭和初期。

〔**内容**〕警察の風紀取り締まりで検挙され菊本菊次郎は島之内署に呼び出される。大学生の菊次郎は、不良青年として有名であった。対照的に兄の菊太郎は体が不自由であったが、実直な働き者で家業の仕立職を大いに発展させていた。菊太郎は、警官の前で菊次郎を殴りつけ、弟の不始末を謝る。警官は、菊次郎に杉山初江との関係を問い質す。しかし、初江の名前を聞いて、はっとなったのは菊太郎の方であった。初江は心斎橋第一のマルスギ帽子店の家付き娘で、菊太郎の初恋の人であった。その後も初江は菊太郎の「永遠の女性」の面影として心に残っていった。その初江が養子との仲が冷え切ったのか、派手な姿でダンスホールに出入りしているという噂を聞いたとき、菊太郎は厭な思いをした。弟の菊次郎と初江が心安いことも、菊太郎を不快にした。物語の後半部は、マルスギ帽子店の番頭が初江の不倫を種に、一儲けしようとする様子が描かれているが、相当個所が削除されており話の全貌を摑むのは困難である。

室生犀星は「藤沢桓夫君の『大阪の女《ママ》』をよむと大阪の大商家の生活がよく出てゐる。兄とその弟、派手な有閑夫人までが悉く大阪色をおびて、そのすぢの搬びやとらへどころにそつがなく、がつちりと表現されてゐる。しかしかういふ物差しではかつたやうに運びすぎる小説といふものには、うまみが泌々して来ないのだ」と評した。

なお短編集『花粉』（昭和22年11月30日発行、コバルト社）収録時に伏せ字個所は復元されている。

（巻下健太郎）

大阪の反逆《おおさかのはんぎゃく》　評論

〔**作者**〕坂口安吾〔**初出**〕「改造」昭和二十二年四月一日発行。〔**初収**〕『欲望について』昭和二十二年十一月発行、白桃社。〔**全集**〕『定本坂口安吾全集第七巻』昭和四十二年十一月十五日発行、冬樹社。

〔**内容**〕織田作之助の『可能性の文学』（昭和21年）を軸とした一種の文学論。

伝統の否定は実際の内容の優位によって成立するものである。フランスの文学者たちは衒気があるという。たとえば屋根裏のボードレールもシャツだけは毎日垢のつかない純白なものを着た。つまり、現実の低さから魂の位を高めようとしたのである。現世的に俗悪であっても仕事さえすぐれたものであればそれでよかろう。しかし、日本の従来の如く、清貧に甘んじるとか、困苦のなかでも精進するとかのことが傑作を生む条件であるというのは迷信である。

このような迷信を破ることができるのは大阪の市民性にあるようだ。

織田作之助にそれに相応しい二つの例がある。その一つは彼が京都の火の会の講演で客席の灯は消させ、壇上の彼にだけスポットライトを当てさせながら二流文学論を論じたこと。これは彼なりの衒気として我我が納得してもよいものであろう。もう一つは織田と太宰と平野謙と「私」が座談会をやったときのことであるが、後にその座談会の速記が回ってきたのでそれを読んでみると、織田が当時には言わなかったはず

の無駄な言葉を自ら書き加えたのが判った。ここでの彼の狙いは読者を面白がらせるというところにあった。

「私」は織田作之助のこの徹底した戯作者根性に見上げてしまった。永井荷風は自ら戯作者云々とするが、彼は戯作者を衒い、戯作者を冒瀆する俗人である。荷風のようなひとには文学的境地はあり得ない。小説に面白さは不可欠の要件である。文士は常に人間探求の思想家たる面と物語の技術によって訴える戯作者の面とをうまく調和させるべきである。

我々の周囲には面白さのみの読物がありすぎている。単なる読物は文学ではない。人生に対する省察の深さ、思想の深さ、それが文学の本質である。が、志賀直哉のような態度のまじめさだけを強調することも困る。作者が悩んでいる、思想と文学が真実である、態度がまじめであるというが、これは不当なまた乱暴な、そして素朴な限定である。生活の複写にすぎないのだ。実に日本文学は大人の作文となり、退化、堕落をしてしまった。

そういう意味で織田作之助の『可能性の文学』は当然な主張でありながら興味深い。この織田の反逆は商人気質の大阪から育てられたものであろう。ただ織田の『可能性の文学』は東京に対する大阪であった。言い換えれば、織田の反逆ではなく、大阪の反逆という感情的な低さが根底にある。彼が日本文学の歪められた部分を否定するには文学本来の地盤から論理を導入し展開すべきであったと思う。織田は悲しい男であった。彼はあまりにも大阪を意識しすぎた。ありあまる才能を持ちながら、ふるさとに限定されてしまったのである。（李　鍾旭）

大阪の人《おおさかのひと》　エッセイ

〔作者〕小原豊雲〔初出〕『随筆集大阪讃歌』昭和四十八年九月二十九日発行、ロイヤルホテル。

〔内容〕昔から大阪は商売の町である。それゆえに、商人《あきんど》気質とそれに徹した心意気があった。これは相手に奉仕するという気持ちと、相手に悪印象を与えぬように心がけるという人間らしい暖かさに基づいていた。人間不信の時代、大阪商人独自の心が生きていたころの大阪がなつかしい。（李　鍾旭）

大阪の誇りと反省《おおさかのほこりとはんせい》　エッセイ

〔作者〕松本重治〔初出〕『随筆集大阪讃歌』昭和四十八年九月二十九日発行、ロイヤルホテル。

〔内容〕大阪の誇りを、一、大阪城の壮大さ、二、新聞活動の原点の地であったこと、三、大阪料理のすばらしさ、四、大阪弁の全国的な広まり、五、義理人情の花咲く文楽、六、理屈なしの「根性」という言葉と思想、の六点を列挙し、これからの大阪のあり方について提言した文章。これからの大阪については、「世界的都市という以上、スモッグ、瀬戸内海の汚染、その他の諸公害を大阪式にテキパキ退治して、模範都市としての大阪を実現しようとする決意を大阪の方々にお願いしたい。」としている。（高橋博美）

大阪の街角《おおさかのまちかど》　エッセイ

〔作者〕眉村卓〔初出〕「月刊 SENBA」昭和五十八年四月〜平成五年四月号。〔初版〕『大阪の街角』平成五年十一月三十日、三一書房。

〔内容〕大阪在住のSF作家である作者が大阪という街の移り変わりを身辺の思い出や出来事とともに書き綴ったエッセイ集である。作者が耐火煉瓦の会社に入社したと

き、堂ビルといわれ親しまれたビルの一角にその会社があった。岡山の工場勤務から転勤となり、やる気満々でそのビルに颯爽と向かった時のことを懐かしんでいる。かつて中之島公園を舞台にした小説を執筆した時、主人公である元サラリーマンが中之島公園を訪れた時、憩いの場所であったはずの公園から今は拒否されているような感覚に合い、真夜中の公園で影だけのサラリーマンやOLたちに追い詰められるという怪奇小説を書いたことを回想する。そして、作者自身が昔懐かしんだ公園に対して違和感を覚えたこと、そして今はまた違う感覚になっていることを綴っている。また、子どもたちの遊ぶ姿を見なくなったことと最近の少年少女の犯罪や非行について、昔はいたずらというものが許され、またその楽しみがあったことを述べている。そして、現代の子どもたちのおかれている環境は欲求を抑圧しているのでこのような事件が起こるのではないかとも考えている。このように作者は日々気がつくことと大阪の風景、昔と今の違いなどを組み合わせて、エッセイとして綴っている。千円で売っていたふるいカメラを欲しいと思う一方で不良品だろう、もったいないから買わないでおこうという葛藤の末、買わなかった事に後悔する話、うまく撮れた電柱の写真を引き伸ばして今でも残している話など趣味のカメラについても多い。大阪人の交通マナーの悪さに対して、道路に植木鉢を置いて緑が乏しい大阪に対して貢献しているのでないかというユニークな考えをしたり、四ツ橋の電気科学館のプラネタリウムに少年時代通っていたことを思い出しいつかまた行こうと思いつつも改装された科学館をみて昔と今の姿の変わりように嬉しくもあり、寂しくもあり思いをはせている。（井迫洋一郎）

大阪の役者《おおさかのやくしゃ》　エッセイ

〔作者〕志賀直哉〔初出〕「星雲」昭和六年三月一日発行。原題は「中座を見て」。〔全集〕『志賀直哉全集第七巻』昭和四十九年一月十八日発行、岩波書店。

〔内容〕昭和六年二月四日に康子と一緒に中座を見物したときの観劇記。鴈治郎達の芝居は観客を甘く見ている。不真面目になり、不熱心になる。鴈治郎は紙治とか、忠兵衛とか、椀久とか、ああいう意志の弱い遊治郎の役だけでは天下一品であるが、少し偉そうな人物に扮すると、中が空っぽになり、それを形の美しさや科白の調子で誤魔化してしまう、と否定的に評価した。（浦西和彦）

大阪の宿《おおさかのやど》　長編小説

〔作者〕水上瀧太郎〔初出〕「女性」大正十四年十月〜十五年六月号。〔初版〕『大阪の宿』大正十五年九月十五日発行、友善堂。〔全集〕『水上瀧太郎全集四巻』大正十五年十一月十日発行、岩波書店。〔小説の舞台と時代〕土佐堀、北新地。大正七、八年。

〔内容〕大阪へ来て、まだ半年にしかならない主人公の三田は、土佐堀の酔月に下宿する。三田は三十を越してまだ独身で、会社に勤めながら、樟喬太郎の筆名を持つ小説家である。酒好きの三田は友人の田原と北新地で飲む。蟒《うわばみ》というあだ名のある藝者のお葉とは気が合い、酒の飲みくらべをして、コップの酒を頭から浴せられた。三田は通勤途中に会う美しい女性に恋心を寄せたりするが、小説「贅六」を完成させる。酔月には勝気で男勝りのおかみさん、おつぎ・おりか・お米の女性たちが働いている。同宿人の大貫や野呂など次々に女性と関係を持つ漁色家や、身投げから助けた娘に肉体関係を迫るおっさん、板前に騙されて下宿人の金を盗むおりか、仕立物をしながら

売春をする近所の娘おみつなど、話は酔月を中心に展開する。支店長のともをした接待の席で、蟒が支店長に酒を浴びせかけ、それがもとで三田は東京本店に復帰を命ぜられた。「すす汚なく曇った空の下に、無秩序に無反省に無道徳に活動し発展しつゝある大阪」における様々な男女の人間模様を描く。　（浦西和彦）

大阪の宿《おおさかのやど》　エッセイ

〔作者〕脇村義太郎〔初出〕『随筆集大阪讃歌』昭和四十八年九月二十九日発行、ロイヤルホテル。

〔内容〕大阪ではいつも宿屋やホテルに泊まる。初めての宿は長堀に臨む商人宿で、すぐ前の近松座にも行った。結婚後行った堂島ホテルは感じが悪く、その後は父の定宿である内本旅館に泊まったが、そこは戦争になる頃廃業してしまった。戦後しばらくはいろいろな宿を試すも親しめず、新大阪ホテルが接収解除になるのを待ってそこに移り、今日までここばかりに泊まってきた。近頃のホテルと比べて設備は旧式で、サービスも悪い。一番の特色はよい絵画を多数持っていることだ。その新大阪ホテルはロイヤルホテルの新館完成に備え、まもなく閉鎖される。この数々の名画がロイヤルホテルの誇りとなって受け継がれる事を期待する。　（山本冴子）

「大阪の宿」を中心に《「おおさかのやど」をちゅうしんに》　エッセイ

〔作者〕椎名麟三〔初出〕「映画藝術」昭和二十九年七月一日発行。〔全集〕『椎名麟三全集15』昭和四十九年三月十五日発行、冬樹社。

〔内容〕五所平之助監督・水上瀧太郎原作の映画「大阪の宿」についての映画評。「大阪の宿」を観て、一番先に感じたことは、時代的なずれを少しも感じなかった。「大阪の宿」が風俗映画であることから救われているのは、生産生活へ入って行ったおみつが、作者によって肯定されているからだ。「大阪の宿」のいままでの日本映画になかった新しい手法にも言及する。　（浦西和彦）

大阪の憂鬱《おおさかのゆううつ》　エッセイ

〔作者〕織田作之助〔初出〕「文藝春秋」昭和二十一年八月一日発行。〔全集〕『定本織田作之助全集第八巻』昭和五十一年四月二十五日発行、文泉堂書店。

〔内容〕「音に聴く大阪の闇市風景」という依頼を受けて書かれたエッセイ。「大阪の話は書きにくい。大阪の最近のことで書きたいような愉快な話は殆んどない」という。「大阪の情緒を香りの高い珈琲を味わうごとく味わいながら、ありし日の青春を刺戟する点に、たのしみも喜びもあるのだ。かつて私はそうして来た」のだ。織田作之助にとって大阪を語ることは、作之助なりの「青春の回顧」であった。それが出来ないところに「私も憂鬱」であり、「書かれる大阪も憂鬱」であるのだ。大阪の闇市の特色は「何でも売っている」ことに尽きる。この大阪の逞しい復興の力と見えたものは、食べても食べても絶えず空腹感に襲われる飢餓恐怖症と似たようなものである。復興すればするほど、「大阪のあわれな痩せ方が目立って仕様」がないと、その感想を述べている。　（浦西和彦）

大阪の友人《おおさかのゆうじん》　エッセイ

〔作者〕高見順〔初出〕「新大阪」昭和二十七年一月発行。〔全集〕『高見順全集第十七巻』昭和四十八年五月二十日発行、勁草書房。

〔内容〕大阪の警視総監になった田中楢一、国鉄関西総支配人の大槻丈夫、日新化学工

業取締役の長谷川周重など、一高時代の一年上の上級生や同級生たちの思い出を記したエッセイ。

（浦西和彦）

大阪の友人藤沢桓夫君《おおさかのゆうじんふじさわたけおくん》

エッセイ

〔作者〕横溝正史〔初出〕「新大阪新聞」昭和二十七年一月二十八日号。〔全集〕『新版横溝正史全集18』昭和五十年七月三十日発行、講談社。

〔内容〕「私」は大阪薬専出身であるが、学校をでてすぐに文筆活動に転向してしまったので、その頃の友人たちとはそれきり縁が切れてしまった。神戸にいるが企画と齟齬するので藤沢桓夫君のことを書く。「私」が昭和八年大喀血をし、正木不如丘先生の富士見の療養所へ入院した時に彼と初めて会った。彼の父は大阪薬専で先生をしていたから君と僕とは弟子筋みたいなものだと言って決め付けていた。彼は三年近く居り、ほとんど主のようになっていた。見たところ回復しているようであったが大事をとって山をおりようとはせず、病室でせっせと仕事をしていた。「私」は自分の病気については初心者であったので細かい心遣いをしてくれた彼には感謝している。療養所を出てから深い交際はないが彼の名は今でも「私」の胸に温かくひびく。大阪に行く時に顔を出さないと「ぼくは大阪のぬしみたいなもんやからな」と叱られるかもしれない。

（井迫洋一郎）

大阪の夜《おおさかのよる》

短編小説

〔作者〕吉田健一〔初出〕「文藝」昭和四十九年五月号。「連作・旅の時間3」として掲載。〔初収〕『旅の時間』昭和五十年九月三十日発行、河出書房新社。〔小説の舞台と時代〕道頓堀、千日前、御堂筋、新大阪。昭和四十年代。

〔内容〕オムニバス小説「旅の時間」の第三章。主人公の山田は東京から店の用事で大阪に来た。行きつけの宿屋で以前聞いた三味線の音を思い出した山田はそこのおかみさんに三味線を弾いてくれと頼む。おかみさんの弾く三味線を聞いていると、山田はおかみさんを「女」であると意識し始めた。三味線を弾き終わった女は山田を車に乗せ、自ら運転してとある屋敷に連れて行き、月光の差し込む和室で山田と酒を酌み交わす。その時間はまるで日常の時間から切り離され、別な時間へと流れ込んでいるかのようだった。やがて朝が来て山田は女と宿屋へ戻るが、時間は既に日常の時間に戻っていた。昨夜の女ももう宿屋のおかみさんだった。大阪で体験した束の間の時間の断絶は終わり、山田は女と別れて東京へと帰る。

（大杉健太）

大阪バカ《おおさかばか》

エッセイ

〔作者〕司馬遼太郎〔初出〕「サンケイ新聞」昭和三十五年一月二十三日発行。〔初収〕『歴史の中の日本』昭和四十九年五月十日発行、中央公論社。〔全集〕『司馬遼太郎全集第六十八巻』平成十二年三月十日発行、文藝春秋。

〔内容〕大阪では、喫茶店で断りもせず平然と相席をする人や、旅行で車内の空気をひとりじめする観光団がいる。金を払っているのだから、自分の勝手だろうという精神なのである。しかし、東京に行った時、ある蕎麦屋で席が無くて困っている中年の女性に対して、自分の横が一人分空いていたので勧めると、その女性は「めっそうもない。旦那様のそばなどに」と言った。そしていまなお、洋服を着てネクタイをしめている人物は身分が上だとみて、同席さえしない人がいることに驚いた。江戸の最盛期には、五十万人が武士であり、その頃、

大阪の武士は二百人程度であった。つまり、江戸では武士の儒教的節度やきびしい身分意識が町人にも入り込み、逆に大阪は、身分意識がうすく、封建時代が無かったといえるのである。封建的節度が無い大阪人は江戸者に嫌われ、現代でも喫茶店の中などで、他国に迷惑をかけている。その社会的感覚の奇妙さは一種のバカと言うほかない。自分も代々バカの土地で生まれ育ってきたが、生涯この土地で住み続けようと思う。そして、当分は大阪者の野放図な合理主義精神が、封建のジャングルの中でどう反応するかを、時代小説の中で面白おかしく書いていきたいと思っている。大阪人の精神の由来に言及し、そのような大阪への愛情を示している随筆である。（林未奈子）

大阪八景《おおさかはっけい》　長編小説

〔作者〕藤沢桓夫〔初出〕「産経新聞」昭和三十四年（月日未詳）発行。〔初版〕『大阪八景』昭和三十五年二月二十日発行、講談社。〔小説の舞台と時代〕生国魂神社、船場、島之内、鰻谷、池田、泉州。江戸時代。

〔内容〕同心の倅、上月篤太郎は生国魂神社で侍に絡まれていた所を助けたことがきっかけで、豪商丹波屋の娘小雪、孤児の春吉と知り合いになる。一方で篤太郎は、女の辻斬りに襲われ、不覚を取り逃げられてしまう。後に辻斬りの正体が山国の小藩、青江藩の姫、不二だと知らされ、命を狙う者たちから身を守って欲しいと依頼される。また、その頃、丹波屋には青江藩の家老、大鳥主膳が金策に訪れていた。この大鳥こそが、不二の命を狙う一味の首謀者であった。藩政を我が物にしようとする大鳥は、幾度となく不二姫を亡き者にしようと企てるが、その都度、春吉の機転、篤太郎の剣術に阻まれていた。そこで、大鳥は、篤太郎に想いを寄せている小雪を誘拐し篤太郎を討ち果たそうとする。数々の危機を乗り越えた不二姫は無事、大鳥らを討ち果たし、青江藩の改革を打ち出す。そして、常に傍で姫の危機を救ってきた春吉が、かつて何者かに連れ去られた、青江藩の嫡男、鶴丸であることが分かる。不二姫の剣術指南役として、藩に残ることを懇願された篤太郎だが、それを固辞し、大阪に戻り、小雪と夫婦になることを決める。なお、この作品は藤沢桓夫唯一の歴史小説である。

（巻下健太郎）

大阪発見《おおさかはっけん》　エッセイ

〔作者〕織田作之助〔初出〕「改造」昭和十五年八月一日発行。〔全集〕『定本織田作之助全集第八巻』昭和五十一年四月二十五日発行、文泉堂書店。

〔内容〕ある夫婦が年中夫婦喧嘩をやっている。嫂が心配して、ある日、御寮人さんを呼び寄せて、いろいろ言い聴かせた末、「黒焼を買いイな」と二十円やった。御寮人さんは高津の黒焼屋へ出かけ、「いもり」の雌雄二匹を買い、亭主の下帯へこっそりいもり一匹を縫いこんで置き、自分も一匹を身に帯びた。しかし、この御寮人さんは時々憤然たる顔をして戎橋の「月ケ瀬」というしるこ屋にはいっている。夫婦喧嘩のあと、栗ぜんざい一杯とおすましとおはぎを食べて、安い豪遊をするのである。この大阪的な御寮人さんや、ぶぶ漬を注文すると文楽芝居のようなお櫃で出すしるこ屋や、あるいは、千日前自安寺の境内にある石地蔵や、日本橋筋四丁目の五会という古物露天店の集団で足袋のコハゼの片一方だけを売っていることや、「大阪の顔」である法善寺など、大阪の故郷を感じる風景が描かれている。（浦西和彦）

大阪ばなし《おおさかばなし》　エッセイ

〔作者〕金子光晴〔初出〕「笑の泉」昭和三十五年九月一日発行。〔全集〕『金子光晴全集第十五巻』昭和五十二年一月三十日発行、中央公論社。

〔内容〕三遊亭円馬の弟子分であった正岡蓉をおもいだして語る。正岡は、生理的にはあぶら族で、性質は小心だが、心悸昂進型で、熱するときは猪のごとく、鼻息あらく口説きよるが、さめればたちまち他にうつるという、ちょっと厄介なところのある人物だった。正岡の初恋の女といってもいい、真杉静枝が大阪に来ているので会わせたことや、彼が妻との縁切りの話をつけにゆくのについていったことなどが回想されている。（浦西和彦）

大阪繁盛記《おおさかはんじょうき》 エッセイ

〔作者〕鍋井克之〔初版〕『大阪繁盛記』昭和三十五年一月発行、布井書房。〔新装・新訂版〕『大阪繁盛記』平成六年九月四日発行、東京布井出版。

〔内容〕初版本は口絵として原色の油絵二十四点が収録されたが、新装・新訂版では十六点となり、「戦災街景スケッチ」が割愛された。「序にかえて―『大阪繁盛記』誕生の由来―」「新進『北大阪』」「伝統の南大阪」「大阪のたべもの」「大阪の看板」「大阪弁と大阪人」「絵でみる街、絵でみる商売」「大阪の芝居」「昔の街、思い出の街」等のエッセイから成る。木村荘八の『東京繁昌記』に誘発されて成立した。「序にかえて」で、「題名は『東京繁昌記』に似通いながら前者は著者が挿絵の名家であり、それを中心に集めてあるのに比して、後者の大阪の方は挿絵は殆どなく、主として本絵（普通展覧会に出品する如き絵）の描法で、なるべく市の街景などは実写を基本にしたものである。この相違は全然別個の趣きを呈することになると思われる。しかし大阪の特殊な伝統的な名所、たとえば道頓堀とか、天神橋の淀川蒸気とか、造幣局の通りぬけとか、その他昔をしのぶことによって大阪郷土の愛着に関係のあるものは、これを現在の市内の景色の作品と同調の描法によって絵にすることにした」という。（浦西和彦）

大阪繁昌誌《おおさかはんじょうし》 評論

〔作者〕宇田川文海・長谷川金次郎〔初版〕『大阪繁昌誌上巻』明治三十一年四月二十七日発行、『大阪繁昌誌下巻』明治三十一年六月二十五日発行、東洋堂。

〔内容〕その「緒言」に「本誌編纂の目的は現今大阪の繁昌を記すると同時に其源泉をも併せて之を記し新古の大阪を了得するの便に供し傍大阪の真相を世人に知らしむとの微志に外ならず」という。大阪商業の源泉、趨勢、将来の繁昌について、上巻では南区・東区を、下巻では北区・西区を主に取りあげている。（浦西和彦）

大阪風水害ノート《おおさかふうすいがいのーと》 エッセイ

〔作者〕藤沢桓夫〔初出〕「文藝」昭和九年十一月号。

〔内容〕昭和九年九月に大阪を襲った台風の被害を綴った随筆。その日、親戚の家で寝ていた「私」は、風で窓ガラスが割れる音で目が覚めた。ガラス戸を補修するため外に出ると、屋根瓦が飛び散り、トタン板が舞い上がっていた。学校に出かけた親戚の子供を心配しながら「私」は何事が起こっても一番損害を受けるのは貧乏人であるのだろうと考える。三、四十分、猛威をふるって台風は東へ去って行ったが、大阪府下だけで百数十の小学校が倒壊し、二千人以上の児童が死傷する程の被害を残していた。復興の始まった大阪の街では瓦を不当

な高値で売り、儲けていた瓦屋が摘発される一方で、住むところを失った人々が塵箱を拡大鏡で大きくしたような不潔な環境で雑居していた。「私」は風水害の本当の被害者は誰であったのだろうかと考えていた。

　なお、本文には数カ所の伏せ字が見られる。

（巻下健太郎）

大阪文学地図《おおさかぶんがくちず》　紹介文

〔作者〕東秀三〔初版〕『大阪文学地図』平成五年五月十一日発行、編集工房ノア。

〔内容〕大阪出身の作家の描いた作品、大阪を舞台にして書かれた作品を、「北界隈」「船場・島之内界隈」「難波・天王寺界隈」「北摂・淀川流域」「堺・河内」の五つに分類して紹介した大阪文学案内書。（浦西和彦）

大阪弁《おおさかべん》　書評

〔作者〕田辺聖子〔初出〕「朝日ジャーナル」昭和五十二年五月六日号。〔初収〕『歳月切符』昭和五十七年十一月三十日発行、筑摩書房。

〔内容〕大阪弁について読み物風な本を書こうとしている筆者は、前田勇氏の『大阪弁』を絶賛する。前田氏の著書は、「学術的でありながら、判例を多く引き出し、わかりやすくまとめてあって読みやすい。」他の研究書にありがちな、大阪弁への身びいきはなく、「学者の冷静な観察力が働いている。」等々。

　筆者が興味深く読んだのは、現代作家の大阪弁表記について記した一節である。「大阪弁は文字に書きにくいとか、読みにくいとか言われるが、そのくせ表記にくふうを凝らしている人はまれである」という前田氏の言葉を引用した上で、筆者は、現在では少なくない作家が大阪弁の表記にくふうを凝らしていることに触れる。名前があがっているのは、小松左京、筒井康隆、阿部牧郎、眉村卓、黒岩重吾、難波利三等等である。谷崎潤一郎の『細雪』については、「字面から見る大阪弁がきたなくみえてしようがない」と、酷評している。

　いま、テレビ、ラジオから流れる大阪弁の氾濫はすさまじいものがある。新しいセンスの大阪弁研究者の出現を待望しつつ、筆者はこの書に「大阪弁研究の古典といえる、すぐれた著書」と、大きな賛辞を送っている。

（国富智子）

大阪弁おもしろ草子《おおさかべんおもしろそうし》　エッセイ

〔作者〕田辺聖子〔初出〕「本」昭和五十九年五月一日～六十年四月一日発行。十二回連載。原題「ことばの天窓」。〔初版〕『大阪弁おもしろ草子』〈講談社現代新書〉昭和六十年九月二十日発行、講談社。〔全集〕『田辺聖子全集第十五巻』平成十七年五月十日発行、集英社。

〔内容〕大阪弁の表情の多様さ複雑さを生き生きと語り、また大阪弁の背景となる上方文化の特質をこまやかに考察したエッセイ集である。「よういわんわ―古語について」「ちちくる―上方弁の淫風」「そやないかいな―語尾と助詞」「けったくそ悪い―大阪弁の猥雑」「はる―大阪弁の敬語」「タンノする―好もしき大阪弁」「明治・大正の大阪弁（その一）―大阪弁の表情」「明治・大正の大阪弁（その二）―大阪弁の陰影」「新大阪弁―大阪弁のせつなさ」「いてこます―大阪弁のバリザンボウ」「あたんする―過ぎし世の大阪弁」「せいてせかん―大阪弁の機能《はたらき》」「あとがき」から構成されている。「ちちくる」の語源は「乳繰る」ではなく、雀などのさえずりの擬声語チェチェなどが語源で、現代のニャンニャンするは、雀が猫になったもの、という。口語だけでなく、文章の大阪弁まで自在に語る。

「あとがき」で「上方文化風発想というのは、しぶとく人の心に巣くい、居坐って、ちっとやそっとの言葉の変りようぐらいでは、押し流されそうにないのである」と述べる。（浦西和彦）

大阪勉強《おおさかべんきょう》　エッセイ

〔作者〕藤沢桓夫〔初出〕「改造」〈時局版6〉昭和十五年四月号。

〔内容〕太平洋戦争前夜の大阪の様子を「北浜株式街」、「闇さまざま」、「鉱山師」、「五会百貨店」、「食べ物の都」の五部構成で綴った随筆。田村孝之介が大阪の名所を挿絵と共に紹介している。

「北浜株式街」　中年男の株価の上下を巡る喜怒哀楽を軸に農村からの資本の流入、「北浜三人組」と呼ばれる仕手集団の存在など当時の株式市場の様子を描いている。末尾の、荷車で焼き餅を売りに来ていると言うエピソードは近代化した街の殺伐とした雰囲気と対照的で微笑ましい。

「闇さまざま」　物資が不足する時節柄、あの手、この手で儲けようとする闇商売を紹介している。或るカメラ店の場合、新品のカメラをわざと水に浸して売っている。何故なら新品であれば、公定価格が適用されるが、中古になれば闇で高値が付けられるからである。他に、病院の清掃婦、中古レコード屋、鉄道の古レール売買などを挙げている。

「鉱山師」　鉱山熱に浮かされ、一攫千金を夢見た人々の悲哀と、その裏で暗躍するブローカーの実態を書いている。新聞記者からの聞き書きの形で瀧井孝作の小説『欲呆け』にも描かれた鉱山乗っ取りの手口を明かしている。

「五会百貨店」　日本橋にある中古品を売る五会百貨店の活気ある様子を書いている。小出楢重がここの常連であり、彼の油絵の小道具には五会で見つけた物が相当あると言う逸話は興味深い。

「食べ物の都」　食の都大阪といえども食糧難である。筆者は、友人の武田麟太郎が帰阪したら、好物の狐うどんの質が落ちたことを嘆くであろうと想像し、料理屋の料理の分量が減ったことで胃腸障害が少なくなったと話す医者に憤慨する。（巻下健太郎）

大阪弁護論《おおさかべんごろん》　エッセイ

〔作者〕岩野泡鳴〔初出〕「日本主義」大正六年十月一日発行。〔全集〕『岩野泡鳴全集第十三巻』平成八年十二月二十日発行、臨川書店。

〔内容〕北峰順修の「大阪を論ず」（「中外日報」）に異議を申し立てる、東京からの大阪弁護である。東京は新たに都会として出来たたった五十年間の大きな田舎であるが、大阪は少なくとも西鶴並びに近松このかた中断せずに固まって来た時代の一転機を要するほど爛熟した古い都会だ。大阪人は朝鮮出兵時代の豊太閤の如く、将来の大阪人中の日本人を代表すべき天職を持っている。大阪人よ、「皆奮って立て」という。（浦西和彦）

大阪弁川柳《おおさかべんせんりゅう》　川柳集

〔編者〕葉文館出版・出版部。〔初版〕『大阪弁川柳』平成十年五月八日発行、葉文館出版。

〔内容〕〝なんなんタウン〟が開業四十周年を記念に募集した「大阪弁川柳コンテスト」の入賞作品と入賞候補作品、および『月刊オール川柳』（葉文館出版）から抽出したものを収録する。挿画は松葉健、随筆は川野圭介。「命までかけた女てこれかいな」（松江梅里）、「大袈裟に言うてけろっとしてくさる」（岩井三窓）、「ごめんやすうちら浪花のオバタリアン」（小竹美香）、「か

んにんな心に残るこのひびき」〈滝崎京子〉、「どんくさいハンドル叱る交差点」〈入口とみを〉、「いとはんがナンパしてはる橋がおま」〈茨木修〉、「『ぼちぼちや』成績問われて孫が言い」〈佐藤直美〉、「別れよか旨いもんでも喰うてから」〈阿住洋子〉等の句を収める。〈浦西和彦〉

大阪弁ちゃらんぽらん《おおさかべんちゃらんぽらん》　エッセイ

〈作者〉田辺聖子〈初版〉『大阪弁ちゃらんぽらん』〈ちくまぶっくす7〉昭和五十三年六月二十日発行、筑摩書房。〈文庫〉『大阪弁ちゃらんぽらん』〈中公文庫〉昭和五十六年八月十日発行、中央公論社。〈全集〉『田辺聖子全集第十五巻』平成十七年五月十日発行、集英社。

〈内容〉「ああしんど」「あかん」「わや」「あほ」「すかたん」「えげつない」など、独特な大阪弁の言葉をとりあげて、その言葉の本質とそれを使用する庶民の文化を考察する。「しんどい」は、「由緒ただしき古語」であり、肉体的疲労だけでなく、精神的な疲労も含まれる。「ああ、しんど」には、人生を見透すような思いもあることなど、大阪弁を使ってきた人、使っている庶民たちの日常生活における感覚やニュアンスを明らかにする。「あとがき」で、前田勇の『大阪弁の研究』『大阪方言事典』に定着された戦前の大阪弁文字化のあとをつぎ、「終戦から現代までの大阪弁の雰囲気を伝え、とどめようと試みた」「庶民が使う言葉は、地力のあるもので、生々と芽をふき枝葉を張る、おのずからなる生命力を秘めたものである。日本語の乱れ、というのは、むしろ、方言が標準語に吸収され、方言独自の生々発展の力を失い、ひいてはその地域に住む人々の心まで廃頽、萎縮させてしまう、そのことを指すのではないだろうか」と、方言のもつ豊潤さを主張する。〈浦西和彦〉

大阪弁ノート《おおさかべんのーと》　エッセイ

〈作者〉安西冬衛〈初出〉「新娯楽」昭和二十二年九月二十五日、十月十日発行、第五、六号。〈全集〉『安西冬衛全集第五巻』昭和五十三年十二月三十日発行、宝文館出版。

〈内容〉日頃聞いたり口にしたりする大阪弁のヤリキレナサ、ヤリキレナサのうちに醸し出される一種独特のタマラナイ持ち味について述べる。〈浦西和彦〉

大阪弁の論法《おおさかべんのろんぽう》　エッセイ

〈作者〉藤本義一〈初出〉『随筆集大阪讃歌』昭和四十八年九月二十九日発行、ロイヤルホテル。

〈内容〉東京弁との比較から大阪弁の妙味を説いた随筆。東京の友人が、大阪弁は柔らかみがあって抽象的だと言いだした。そういわれてみれば「ケッタイナ」は人にも物にもつくし、「おおきに」はサンキューでもノーサンキューの場合でも使う。これは町人、いや商人文化から生まれてきた言葉だろう。なによりも相手を心象的に傷つけないでおこうという気持ちから発したものだと思う。大阪弁はいいまわしが過ぎるという人があるが、「阿呆」と言われて「へ、さよか。阿呆に阿呆という阿呆は、ほんまの阿呆でんなあ……」と途呆けながらいうところに、大阪弁の真骨頂があるのだ。〈高橋博美〉

大阪ホテル《おおさかほてる》　エッセイ

〈作者〉宮本又次〈初出〉『随筆集大阪讃歌』昭和四十八年九月二十九日発行、ロイヤルホテル。

〈内容〉明治二十一年「自由亭」に始まる「大阪ホテル」の歴史を綴った「大阪ホテ

ル」史。「今から考えると万事お粗末だったかも知れぬが、大阪を代表する洋式ホテルとして、まばゆいばかりの晴の場所であった、その思いではいまもあざやかである」と結ばれている。（高橋博美）

大阪まで《おおさかまで》　紀行文

〔作者〕泉鏡花〔初出〕「新小説」大正七年十月一日発行、第二十三年第十号。〔全集〕『鏡花全集第二十七巻』昭和十七年十月二十日発行、岩波書店。

〔内容〕四章から成る。種痘に苦しむ喜多八は、妻の勧めで大阪の東区某町に住む保険会社の支店長格である、矢太さんに会いに行くことにする。喜多八は、いつもと同じように「道中の魔除」として、膝栗毛を一冊持って車で駅へと急いだ。電報を打って、列車に乗り込んだ喜多八は、膝栗毛を開く。物語の時代と今の時代を比較しながら、汽車の旅路を楽しんだ。大阪に着いた喜多八は、再び車に乗り、道修町へと向かう。

　この作品は、『東海道中膝栗毛』を意識して書いたと思われる。膝栗毛の時代は、勿論、車や列車などはなく、徒歩で旅を楽しむという筋だが、近代に置き換えると、列車や車で簡単に行けてしまうのである。また、大阪に着いてからの、車の運転手とのやりとりがおもしろい。東京から下ってきた喜多八は、「道修町」を「どうしゅうまち」と発音し、運転手に「同心町」と間違えられてしまう。大阪では、「道修町」を「どしょうまち」と呼ぶからである。このように、交通の便が良くなるにつれて、いろいろな所に行くことが容易になったために生じる、言語のすれ違いに眼を向けている点には注目すべきであろう。（田中　葵）

大阪無宿《おおさかむしゅく》　短編小説

〔作者〕田辺聖子〔初出〕「文学雑誌」昭和三十二年六月二十六日発行、第二十五号。〔初収〕『感傷旅行』昭和三十九年三月十日発行、文藝春秋新社。〔作品集〕『田辺聖子珠玉短篇集②』平成五年四月二十日発行、角川書店。〔小説の舞台と時代〕梅ケ枝町、塩町、唐物町、梅田、大阪駅、花園町、井池、南森町、農人橋。現代。

〔内容〕滝川は梅ケ枝町のうどん屋でかつての同僚杉野と再会する。杉野は腕のいい商売人で、誰からもかわいがられる男であったが、労働運動を始めたために金物問屋「金藤」の「おやじ」と気まずくなって、店をやめさせられるようにしてやめてしまった。杉野に労働運動をけしかけたのは、滝川である。滝川は肝心なところはぬらりくらりと身をかわし、従業員大会当日も出張を入れて参加しなかった。杉野は滝川の入れ知恵で総評や国鉄の労組へ応援を頼んだりして、のっぴきならぬはめに立たされていた。滝川が杉野に殴られずに済んだのは、当時滝川の恋人であった阿部たよ子や同僚たちが止めたからだ。杉野は「金藤」を辞めてから名もない群小問屋ででっち働きをして食うや食わずでいたらしいが、最近とうとう塩町に店を張ったという。杉野に誘われて、滝川は杉野の店を訪ねてみる。杉野は滝川のかつての恋人たよ子と結婚していた。たよ子ははつらつとして、昔より美しく新鮮に見え、滝川は杉野に妬ましさを覚えた。（荒井真理亜）

大阪迷走記《おおさかめいそうき》　長編小説

〔作者〕阿部牧郎〔初出〕「大阪人」昭和五十八年四月〜六十年五月号。原題「大阪暮らし」。〔初版〕『大阪迷走記』昭和六十三年三月二十五日発行、新潮社。この時、大幅な加筆改稿を行い、最終章「霧の彼方」を書き下ろし、改題した。〔**小説の舞台と時代**〕心斎橋、北区、橋本、城東区茨田諸

口町、吹田市泉町、高槻市、茨木市北春日丘。昭和三十三年春から昭和六十三年一月十三日まで。

〔内容〕七回も直木賞候補に挙げられながらも、ことごとく落選した。そして、十四年ぶりに八度目の候補になり、念願の受賞に至るまでの迷走ぶりを描く自伝小説。「昼も夜も」「五分の魂」「旅立ち」「新しい街」「父の死」「繁忙期」「霧の彼方」の章から成る。「私」は京都大学文学部を卒業し、事務器の輸入販売会社の日本レミントンランドの営業部員になる。一台三百五十万円の会計機はどこへ行っても需要がなく、門前ばらい。麻雀でサボって過ごし、憂鬱な毎日で、昼間の大阪の街は冷たい。昭和三十四年には退社、週三千円の失業保険でくらし、小説を書き始め、同人雑誌「雑踏」に入る。失業中に京都女子大生の映子と出逢う。「私」は日本食糧新聞社に勤めたが、広告取り業務の屈辱に耐えられなく、タキロン化学に転職した。映子と同棲し、のち結婚式をあげ、南京虫の出る部屋や旧遊廓だった下宿屋などを転々とした。タキロン化学で宣伝課長になるが、「小説現代」に書いた小説から昭和四十二年に退職。「蛸と精鋭」が直木賞候補になるが、以後、六回落選し、ポルノ小説や野球小説を書きつづける。父親がガンで死んでゆくことや編集者や野坂昭如、黒岩重吾らの交友が描かれている。野坂昭如は「あらたなる『迷路』を築け」(「波」昭和63年4月1日発行)で、『大阪迷走記』は、読者をして、作者、妻、周辺の人間、時代、背景を、いとおしい思いに、一刻、惹きこむ小説である」と評した。

（浦西和彦）

大阪物語《おおさかものがたり》―浪花から大阪へ―《なにわからおおさかへ》 エッセイ

〔作者〕直木三十五〔初出〕「夕刊大阪」昭和六年（月日未詳）。〔全集〕『直木三十五全集第六巻』昭和九年七月四日発行、改造社。〔内容〕「その前に」「難波といふ名称」「泥海の街」「高麗橋の女敵討」「天満橋」「高津より石山へ」「大阪城」「旧居附近」「東横堀の東」「玉造」「清堀」「平野より天王寺へ」「上町の墓」「鶴橋付近」「今福より毛馬へ」「江口の昔」「石井兄弟」「年を送る」の章から成る。「その前に」で、「大阪」という名称が現れた時、石山本願寺の建築された前後から、大阪の「土地を、人物を、事件を、語って行かうとおもふ」と述べる。「難波」という名称は、「なみはや」「なみはな」が訛って「なには」となり、その津の端《はし》にあるから「難波津」「難波里」になったのである。いまの東成、西成辺りを指して、難波と称していたらしい。竹本座で「鑓の権三重帷子」として上演された「高麗橋の女敵討」など小説風に描かれる。高麗橋は、大阪で最初の鉄橋で、鉛製活字の創始者である元木昌蔵の設計であった。

この『大阪物語』の中心部分は、「大阪城」の章である。豊臣亡き後の真田幸村が天王寺付近で松平忠直の軍勢と激戦の末、越前家・西尾仁左衛門に討ち取られたことなどを物語風に、大阪の役が描かれる。「旧居付近」では、直木が子供時代を過ごした内安堂寺町や花月亭九里丸との交遊などが語られる。玉造や天王寺や鶴橋など大阪のさまざまな場所を視点に、その土地にまつわる大阪の歴史的事件や人物について述べられる。

（浦西和彦）

大阪野郎《おおさかやろう》 長編小説

〔作者〕椎名龍治〔初版〕『大阪野郎』昭和三十五年十二月五日発行、浪速書房。〔小説の舞台と時代〕西成新世界、新今宮、日本橋、曾根崎、松屋町、船場井池。昭和二十年戦後から三十年代頃。

〔内容〕この作品は大阪よみうりテレビ製作の連続テレビドラマ「大阪野郎、第一部『ごでぼん』」の基礎として書かれたものであると、作者はあとがきで述べている。佐多玲一は、行方不明になった妹を探してさまよっていた。そして西成新世界にたどりつき、その場所でポン引きをしている男が妹らしき女を見たということでやってきたのであった。その時、偶然襲われそうになっていた露子を助けたことから話が始まる。この街にはいったら名前がなくなるという町、西成のドヤ街は戦後、職を失ったもの、復員した兵士、やくざなどが集まる街だった。朝になれば日雇いを募る声が聞こえ、強盗は日常茶飯事、盗んだものが平気で売られ、野垂れ死にした死体があっても、平然と隣で子供たちが遊んでいた。玲一はこのドヤ街に妹がいると信じ、同じ様に口入屋の日雇いとしてこの街で働き始めた。探している妹の幸代は、実家の菓子問屋のアルバイト学生と恋仲になり、その幸せな様子を見て父の進める縁談を破談させ、妹のために世話をする。しかし、相手は交通事故で亡くなり、同時に幸代も行方不明となる。そして、ポン引きをしている女性が幸代に似ていたという情報を聞きつけ、池内という男を手がかりにこの街へやってきたのであった。玲一は地元のヤクザに接近し、ポン引きの内情や、敵対しているやくざの中に池内らしき男がいることを知る。同時に、その街で知り合った、医療ミスによって自信を無くした元医大生の浮浪者や、一日宿屋の娘の露子、口入屋の娘芳枝とともに妹の行方を探した。そんな中、やくざ同士のいざこざで、池内が殺され、一方、おやの結婚に反対し、家を飛び出した芳枝が座敷女中の住み込みを始めるようになって話が急展開する。芳枝はその働き先で麻薬によって廃人同様になった幸代と出会う。池内が殺され途方にくれていた玲一が再び芳枝と会うことによってようやく幸代と会うことができたがその変容ぶりに落胆する。芳枝の実家が公共事業の談合に失敗し、落ちぶれる。芳枝は父の失意を知り、実家に戻ることにする。玲一もまた妹の治療のため松屋町の実家に帰ることにする。利権とエゴが渦巻くこの街にいることの意味もなくなり、まして敵討ちなど今の入り組んだ世の中でどうしようもないと考えたからであった。そして、またいつも通りのドヤ街の一日が始まった。

（井迫洋一郎）

大阪遊記《おおさかゆうき》

〔作者〕吉井勇〔初出〕『畿内見物—大阪之巻—』明治四十五年七月二十五日発行、金尾文淵堂。歌随筆

〔内容〕僅かな事実を骨子として、大部分は空想であるという。ある一人の女と私との間に起こった悲しむべき出来事から、私は苦痛と恐怖とを一カ月程前から感じ、東京を逃亡して、大阪へ往く。「逃亡をこころ密《ひそ》かにたくらみぬそれも悲しき恋のすさびか」。文楽座の桟敷で、三年前、東京にいた女と出会う。「君恋しかの東京を遁れたるひととおもへばさらになつかし」。私はその夜、女とともに暗き市街を歩き廻った。「ひとごみの道頓堀の宵あかりそれも二人は怖れけるかな」。私はこの女と数日を送った。夜、私は女と牡蠣船に入った。女の知っている力士が営んでいるものである。「牡蠣の香に恋をおもふも覚束なやがて別れむ君にむかへば」。頬に傷痕がある力士が「早く東京へお帰りなった方が好うがせうぜ」と、その身がすべて嫉妬となったような調子でいった。私は女と別れねばならぬ時が来たと思った。翌日、私は東京へ向かった。「大阪よさらばと云へばはらはらとにはかに涙頬をまろび落つ」。

（浦西和彦）

大阪行き《おおさかゆき》　短編小説

〔作者〕広津和郎〔初出〕「我観」大正十三年二月号。〔初収〕『秋の一夜』大正十五年十月十五日発行、改造社。〔小説の舞台と時代〕梅田駅、心斎橋、千日前。大正十三年三月中旬。

〔内容〕出版社設立の資金調達のため、主人公の「私」はT出版社社長である水野氏に会いに大阪まで出かけるが、大阪行きの夜行列車の車内で偶然水野氏と出会い、水野氏自身からT社設立の背景と、水野氏自身の経済状態を聞かされた。文学青年だった水野氏は、実業家として成功した後も文学への情熱を捨て切れず、同士を集めてT社を起こした。ところが水野氏の本業である毛布問屋が傾き、T社の経営もうまくいっていないのだった。金を扱う人間にはおよそ似つかわしくない善良な人柄に触れた「私」は、水野氏に資金融資を依頼するつもりだったが、用件を切り出すことが出来なかった。水野氏の自宅に案内された「私」は、親切で善良な一家を目の当たりにした。「私」は感動するが、彼らの善良さと家庭的な雰囲気が心を圧迫し始める。心の重さに堪え切れなくなった「私」は、自宅で歓迎したいという水野氏の誘いを振り切って東京へと帰る。

（大杉健太）

大阪夢の陣《おおさかゆめのじん》　短編小説

〔作者〕小松左京〔初出〕「オール読物」昭和五十七年二月号。〔初版〕『大阪夢の陣』昭和五十八年十月十五日発行、徳間書店。〔小説の舞台と時代〕大坂城。慶長十九年（一六一四）十一月七日から十二月十六日まで。

〔内容〕大坂冬の陣を歴史ドラマとして収録しようとする、テレビクルーの奮闘を描いたSF小説。昭和五十四年五月発行の「SFアドベンチャー創刊号」に発表された「とりなおし」の続編にあたる作品。前作で歴史に介入した為、「時代も場所もさだめなき、浮寝の旅」に出ることになった梅木は、巨大企業TSNの現場採用クルーとして大坂冬の陣の収録に参加することになる。城を包囲する徳川方の武将が続々と着陣し、守る豊臣方が防御を固める決戦前夜、TSNのクルー達もまた最後の作戦会議に臨んでいた。そんな緊迫した空気の中、梅木は今回の中継の責任者、青江に冬の陣を生中継するよう依頼される。梅木には以前、関ケ原の合戦を生中継し高視聴率を取った実績があったのである。テレビ局の番組枠をめぐり思惑が交錯する中、生中継の為にかつての名チーム梅木サーカスが再結成された。そして、そこには、たっての希望で新たに梅木サーカスの一員となった阿波座の宇の姿もあった。慶長十九年十二月十六日の徳川方の天守閣砲撃を中心に六時間に亙る中継を終えた梅木は大仕事をやり遂げた充実感とは別に、歴史中継の名の下に、人の生き死にまで興味の対象とする人間の野次馬根性に一種のおぞましさを感じていた。しかし、梅木の感傷をよそに事態は急展開する。歴史に介入しようとする阿波座の宇のを止めようとする梅木だが、反対に気絶させられてしまう。正気に戻った梅木を待っていたのは衝撃の事実であった。彼らが歴史であると思っていた出来事は全て天才的作家が書いた創作歴史劇であったと言うのである。

（巻下健太郎）

大阪礼讃《おおさからいさん》　エッセイ

〔作者〕釜洞醇太郎〔初出〕『随筆集大阪讃歌』昭和四十八年九月二十九日発行、ロイヤルホテル。

〔内容〕九年間にわたって軍医活動をした

後、大学の研究生活に入ってから、大阪は実に学問の好環境であることがわかった。湯川理論の出たのも大阪であるし、現在、文部省の科学研究費を貰っている学者の数も全国一位である。

大阪の学者仲間においては政治的官僚的権威というものがほとんど無意味なのであるがゆえに、大阪は庶民的でもある。庶民の英知は過去に近松、西鶴などの天才を生んでいる。そういう観点から考えてみると大阪は大人の「修身」の本であったのにちがいない。

（李　鍾旭）

大阪落城《おおさからくじょう》　長編小説

〔作者〕直木三十五〔初出〕「時事新報」昭和八年四月十八日～十二月三十一日発行。〔全集〕『直木三十五全集第十巻』昭和九年十二月十四日発行、改造社。〔**小説の舞台と時代**〕大阪城、枚方、天満口、守口、高麗橋、天王寺の西門、玉造門、本町通り。慶長三年（一五九八）頃から慶長五年十月一日まで。

〔**内容**〕桃山城で病床に伏している六十三歳の秀吉は、常に死を感じ、信頼する治部（石田治部少輔三成）にその不安を漏らし、誓文を書かせるように命じる。秀吉は自分の死以上に、秀頼の身を心配し、〝秀頼のために仲が悪くてもいがみ合わないこと〟などの誓文を立て、大納言（前田利家）や内府（徳川家康）、などの十人に起誓させる。いよいよ死の間際になると、秀吉は、秀頼と淀の君をそばに呼び、家康のことを父と呼べと話す。しかし、治部はこの話を聞いて天下（秀吉）の一生にこれほど人を見誤られたことはないと、内府に対して憤りを感じる。秀吉が亡くなった後、秀頼は伏見から大阪城へ移ることになる。一方、内府が起誓を破って縁組をしたとして、増田長盛や前田玄以らが糾明するべきかを大納言や治部に相談すると、内府の違背を見過ごしておくわけにはいかないということから、生駒らに糾明の使者を頼む。しかしこの件が内府に漏れ、内府は伏見へと戻ってしまう。生駒らは伏見まで内府を糾明しに出かけ、口上を述べるが、自分は何もわからないとはぐらかされてしまう。大納言が病で没した後、治部が内府と戦うことを決心した一方で、公私ともに治部を憎んでいる加藤清正や福島正則、細川忠興、池田輝政らは、秀頼のためにという名目で治部を討つことを決め、治部の邸を襲撃するが、治部は大納言の邸を弔問していたために助かる。治部は目をくらますために女乗物の籠に乗り、宇喜多秀家の邸へ向かい、助けを請う。そして、とりあえず、七人の諸大名に命を狙われているから助けてほしいという名目で内府にかくまってもらうという奇策を立てる。内府のもとを訪れた治部は、佐和山の城に隠居するように言われ、内府は向島の邸から伏見城へと移る。そして、故大納言の〝三年は大阪を離れてはならない〟という遺言があるにもかかわらず、前田家を加賀へと帰らせた。その後、前田利長が首謀者で大野修理らが内府討伐を企てたとして、捕らえられる。前田家の老臣が内府に拝謁したところ、利家の正室芳春院を江戸に人質に送るという条件を出され、芳春院は家存続のためにそれを受け入れる。その間に治部は毛利輝元、宇喜多中納言、小早川金吾、島津義弘、真田昌幸、立花宗茂らを味方につけようと画策していた。一方、内府は上杉景勝に謀反の疑いがあるとして、上杉退治を行うことにする。島左近は、内府が上杉退治に向かう途中で立ち寄る石部の村で夜討ちをかけるつもりであったが失敗する。大谷刑部を呼び寄せた治部は、加勢を頼む。治部に大きな恩があり、死んでほしくないという気持ちから刑部は

反対するが、治部に考えを改める気がないことを知り、命をかけて味方することを誓う。その後、《内府、ちかひの条々》として内府の罪を糾問する立て札が高麗橋などに立てられ、戦が始まることを暗示した。治部たちは、まず伏見城から落とすことにし、兵を送った後、大阪へ向かった。成長した秀頼と対面した治部は、何かあった時はすべて治部一人の仕業であるとし、自分が滅んでも毛利、宇喜多、上杉が味方になってくれる、その後は内府が死ぬのを待てということを形見として話した。その後、織田秀信が守る岐阜城が福島正則らによって開城される。大垣城で内府を待つことにした治部は、味方に寝返る者がいない限り、勝算があると考えていた。その頃、刑部より総勢関ケ原へ退くようにという沙汰が出る。治部らは関ケ原へ向かい、刑部らと落ち合い、それぞれが陣についた。治部は体を冷やしたために腹痛を感じながら夜が明けるのを待った。夜が明け、霧が晴れると戦は始まった。刑部は小早川さえ裏切らなければ勝てると思ったが、島津までもが指示通りに動かず、味方であるはずの小早川の兵が治部らに襲いかかってきた。島左近は治部を討ち死にさせてはならないと考え、戦から逃れるように言う。もう一度戦をするために、何とか大阪城まで逃れようとする治部だが、逃げ込んだ先の村人に訴人されそうになり、自ら捕まりに行く。大津の詰所の前に莫蓙を敷いて座らされた治部は、戦に勝った人々が通るたびに見下ろされる。小早川秀秋が通る際、治部は太閤の恩を忘れ、武士の義をすてて、どの面で自分を見るのかと怒鳴りつけた。九月三十一日、治部の引き廻しが行われた。処刑を前にしても治部は秀頼のことを気にかけていた。そして十月一日、京都六条ケ原へ引き出された治部は、死の間際まで、故天下（秀吉）に尽くして生きてきたことを誇りに思っていたのである。豊臣秀吉の死の直前から、石田三成が関ケ原の合戦で命を落とすまでを、様々な人間の思惑をからめて描いた長編歴史小説である。（林未奈子）

大阪立身《おおさかりっしん》—小説・松下幸之助《しょうせつ・まつしたこうのすけ》 長編小説

〔作者〕邦光史郎〔初出〕「週刊サンケイ」昭和四十八年十一月十六日～五十年一月二十三日号。〔初版〕『大阪立身—小説・松下幸之助』昭和五十年五月三十日発行、サンケイ新聞社出版局。**〔小説の舞台と時代〕**船場、淡路町、平野町四丁目、道修町、天満、住吉、築港、寺町、市岡、幸町、高津、松島、堺市浜寺、大阪商工学校、千日前芦辺劇場、南地、竜神、猪飼野、玉造、野田阪神大開町、曾根崎、梅田、東京神田、中之島、帝塚山、江之子島、東京駒込神明町、桜橋。明治三十八年二月から大正十四年正月まで。

〔内容〕和歌山生まれの木下英之助（松下幸之助をモデルとする）は、生家が没落したため、数え年十一で小学校を中退し、明治三十八年、大阪船場、淡路町の八代自転車商会の丁稚として奉公を始める。ひ弱な体ながら機転がきくため主人から目をかけられ、それを励みとして先輩の意地悪に耐えていた。しかし、街に次々と現れる電灯やイルミネーション、市電を見るにつけて、若い英之助の胸に、これからの時代に一番必要なのは電気ではないか、という思いがふくれあがってくる。英之助は姉の夫である義兄の亀井と相談して、大阪電灯会社への就職を決意し、十七歳の春、家出同然で店を出てしまう。

四十三年十月、紆余曲折を経て、大阪電灯会社に就職する。電気のことなどほとんど何も知らない英之助だが、幸町の営業所

で担当上司川端の言うことを良く聴き、努力と才能で頭角を現し、注目を受け、三カ月で高津の新しい営業所で人を教える役職につくようになる。浜寺で海水浴場にイルミネーションをつける仕事や南地の演舞場の再建による電気工事など大きな仕事を手掛けるようになる。大阪商工学校にも通ったがこれは中途挫折となった。二十二歳のとき、義兄亀井のすすめで井上梅野と結婚、二十四歳で工事人最高の立場である検査員のポストを得た。はた目には幸せで時間もあって余裕のある立場であったが、それに安住することのできない英之助は、改良型のソケットづくりに励む。それを上司に見せたが、「出過ぎたことをするな!」と叱責されてしまう。社内での前途に限界を感じた英之助は独立する決意を固める。

英之助の改良ソケットは元上司の川端に認められ、元同僚の古山、小室、妻梅野の弟年夫(後の三洋電器創業者)と猪飼野の自宅を改造してソケット工場木下電器を始めることにする。苦心して始めたソケット業だったが、いくら営業に出ても、ソケットは売れない。給料も払えず、古山と小室は仕事をやめる。残ったのは義弟の年夫のみ。英之助と妻、年夫の三人の暮らしになり赤貧状態にあった。しかし、ある日、年夫が電機屋から仕事の話を取ってくる。それは本業のソケット業ではなく、扇風機の絶縁体に使う碍盤の仕事であったが、ソケット作りに使う練り物の技術を生かせるもので独立後初の仕事となった。年夫も仕事を大分覚える。古山は元の鞘に戻ろうと英之助に近づくが、まだまだ商売の先行きに不安を感じる英之助はこれを断る。仕事が増え、工場が手狭になったと感じた英之助は野田阪神大開町に転居する。工場も大きくなり、改良開発した製品が好評を得、工員を五人雇うことになった。しだいに問屋からも注目をされるようになり、大正七年七月、大阪で五本の指に入る問屋の吉岡商会と総代理店契約を結び、三千円の資金援助を受けて木下電器の規模もさらに三倍となる。しかし、東京のメーカーから反撃を受け、吉岡商会は撤退する。それにもめげず英之助は拡張した事業を背景に大阪の他所の問屋や東京にまで商線を広げていく。その頃、電灯会社のころの同僚で資産家の上野に会い、共同経営の話を持ちかけられ迷うが、上野が急死したためその話は立ち消えになる。しばらくして、江之子島で自動車にぶつかるが奇跡的に無傷で助かる。

東京の商売は広がり、大正九年、工業専修学校をやめていた年夫を専任者として行かせる。その頃梅野は身ごもり英之助は初めての子を得る。英之助は大開町に百坪の土地を買いさらに事業を拡張する。拡張費のために借金をした英之助は新商品の開発を考え、長時間もつ自転車用の電池ランプを作成する。最初は売れなかったが次第に注文が殺到するようになる。年夫は独立を目指し木下電器の仕事のかたわら様々な仕事をこなし頭角を示すが、兵役に選ばれ、独立をひとまず断念し、自分の取り付けた仕事を英之助に託す。関東大震災を挟み年夫は兵役に服する。そんな時、大阪の大物製造販売業者山元武士に会い、大阪の電池ランプ販売の総代理店契約を結ぶ。ところがその山元は無断で大阪の他の問屋に木下電器の電池ランプを売り、それを地方に横流しし、九州など他所の代理店の市場を荒らしてしまう。当然、問題になるが桜橋で行われた代理店会議で山元は「違約金二万円を払うか、代理店契約を自分の一手に任せるか」と逆に迫る。その厚かましさに呆れ、ためらいながらもここは一旦引くことに決め、会議の翌年正月、英之助は山元と全国の販売権契約を結ぶ。果たしてこれで

よかったのかと英之助は自問自答しながら、彼はすでに青春をすぎようとしていた。

（岡本直茂）

大阪料理《おおさかりょうり》　エッセイ

〔作者〕国木田独歩〔初出〕「東洋画報」明治三十六年四月三日発行、第一巻第二号。「料理」欄。署名、K，D，生通信。〔全集〕『定本国木田独歩全集第九巻』昭和四十一年十月十五日発行、学習研究社。

〔内容〕二月中旬に訪ねた大阪の贅沢料理屋、槌田、南吉の料理を一品ずつ報道し、店構えなども含め割烹店としての評価を記した記事。南吉に関しては、料理紹介後、「槌田の諸種に比較するときは、何人も其優劣を知るに難からざるべし、且つ家も頗る古びて座敷の清潔、迚も槌田に比較すべくもあらず」とし、「南吉と云へる名代なかりせば、態々立寄り味ふ程の割烹とは思はれず」として一蹴する。

　槌田の料理　一人前一円五十銭の注文。一　すッぽんの汁　肉が極めて小さくすッぽんとは名ばかり。二　鯛の刺身　東京のように薄く切らず大片に作る。味わいは極めて佳。刺身は厚くあって欲しい。三　まな鰹の味噌づけ　上方人の得意とするまな鰹、味噌加減頗る良。肉の色は味噌漬けに類しないが、これは東京の上等料理屋でも同様で珍しくは無い。四　鶉と筍　鶉は小塊にしたもので味の付け加減は佳。殊に筍の煮味は甚だ佳し。五　酢のもの　酢の加減あしからず、柱も佳し、併し味は普通。六　鰻の汁　当家特色の料理。器も特製で、小土瓶のような焼き物の中に鰻中筋の白焼を入れ、松茸の小品をあしらい、澄ましの汁をそッぷで、あっさりとした中に味わいがあり食道楽家の満足するものである。淡泊で濃厚を好む素人にはどうか。しかし兎に角絶品と称されるものである。七　鯛のあらの塩煮、脂肪を抜きあっさりとした塩加減あしからず。

　そして、概評して、味に関しては濃淡其中を得て、下戸、上戸、両方に通用する、当地で割烹第一の評があるのも失当ではない、とし、庭を含め家の掃除の行き届いている事を誉め、「酒楼は斯くありたきものなり（中略）割烹の点より云へば、或は灘万の上に位すべし」とする。


（高橋博美）

大阪六十二年《おおさかろくじゅうにねん》　エッセイ

〔作者〕出口常順〔初出〕『随筆集大阪讃歌』昭和四十八年九月二十九日発行、ロイヤルホテル。

〔内容〕「中学校へ行ける」というので、「私」が甥の僧に連れられて、大阪の四天王寺に小僧として来たのは明治四十四年のことであった。それから六十二年の間、定められた僧侶の経歴を経て、今日に至るまで、天王寺の高台から半世紀を越える大阪の変遷を、この眼で眺め、世の移り変わりをこの肌で感じてきた。十一歳の時、初めて五重塔に登った。あたりの大阪の風景は、近く緑の田園に続いて、遥か西に海が光っていた。大正の初め、当時正午を報ずる大砲の空砲が「ドン」と呼ばれて、市民から親しまれていた。その天守閣の高台に、大阪城が昭和の初めに魏然としてその雄姿を出現した。大阪の街々はその頃から急に活気に充ちたように思われる。しかし、第二次世界大戦に敗戦。以来、四半世紀国を挙げての復興から、近代都市化を急いだ大阪は緑を失い、美しい水の都の河川は埋め立てられ、排気ガスが撒かれる高速道路と入れ替わった。


（荒井真理亜）

大阪ろまん《おおさかろまん》　エッセイ

〔作者〕石浜恒夫〔初版〕『大阪ろまん』昭和四十二年十一月二十五日発行、全国書房。

〔内容〕「明蝶色ざんげ」「道頓堀の死」「釜が崎ラブコール」等二十五編の随想を収録する。安西冬衛が名づけた道頓堀左岸は、大阪のミナミ（南地）の盛り場、その盛り場を東西に横ぎって流れる道頓堀川の左岸で、道頓堀、戎橋筋、千日前、法善寺、南海高島屋百貨店にかけての一帯である。宗右衛門町、心斎橋筋界隈の道頓堀右岸にくらべると、庶民のにおいが濃く、映画館、演藝場劇場もことごとく左岸にある。随想「道頓堀左岸」は、松竹と吉本のライバル同士の存在と角逐が、大阪の大衆演藝を育て、隆盛をもたらしたことを描く。「蝶々善哉」や「人は天外、酒も天外」や「ピロピロピイ」では大阪で活躍する蝶々や天外、鴨居羊子等を素描する。万国博を控えて道頓堀川改修工事がはじまった頃には、道頓堀橋の下の橋脚の鉄骨の部分に巣くっていた鳩がいつの間にかいなくなったことを「道頓堀の死」で記している。大阪人と大阪の風俗を著者の詩情をもって描く。

（浦西和彦）

大阪論《おおさかろん》 評論

〔作者〕織田作之助〔初出〕未詳。〔初収〕『大阪の顔』昭和十八年九月二十日発行、明光堂書店。〔全集〕『定本織田作之助全集第八巻』昭和五十一年四月二十五日発行、文泉堂書店。

〔内容〕文楽、文学、落語、将棋を通して大阪を論じた評論。吉田文五郎の修行時代について語る。文五郎は十五歳で文楽の世界に入り「人形遣いか小使いかどっちゃ判らんくらい」こき使われ、三年目にして初めて貰った給料が、一興行で二十銭という。師匠の初代玉造に、人形が極まる勾欄の位置を飲み込んでいない、と「眼ェまわすほど蹴り飛ばされ」る程、厳しい修行を経験した。文楽の悩みは、人形遣いの徒弟を得られないことで、吉田栄三が「わてや文五郎はんみたいな阿呆はもう出まへん」という通りの、名利に見離された、難行の道である。銭勘定が細かく、拝金思想が根強いと言われている大阪について、「私は、そういう人達に、文楽の人を見よと言いたいのである」という。

大阪の作家についても述べる。梶井基次郎は「その芯のところはあくまで勁く、あれほど心身を蝕まれながら、驚くべき逞しい健康な生活意欲をもっていた」といい、それは彼が大阪人であったからだ。川端康成の「浅草紅団」に見られる「尻取り式話術や、宇野浩二の「水すまし」の枯れ方に、西鶴の影響を見い出している。武田麟太郎は、「宇野、川端、梶井の三氏よりも、いや、現代作家中もっとも大阪的」で、「このひとの聡明さは、西鶴のそれに何か似ている」とする。さらに、武田の書く大阪を大正的、藤沢桓夫の描く大阪を昭和的であると指摘する。

上方落語の「もっとも大阪らしい傑作」として「鴻池の犬」を挙げている。「大阪人にとっては、物乃至金とは、象徴にまで高められた」倫理的なものである。致富とは「現実に金を握る快感を目指したものではなく、致富までの倫理的な努力に重きを置いたもの」である。大阪においては、致富の観念が倫理化されているが故に、物欲の煩悩を捨てた文楽の人達が生まれた。同様に、生涯銭勘定を知らず、藝に生きた人として、将棋の坂田三吉をあげる。将棋の道一筋に生き、その他のことは「阿呆」で通した坂田の人生も、名利や物欲とはかけ離れたものであった。女房や子供に苦労をかけ、「銀が坂田の心になって泣いている」という名文句を残した坂田は、その心が将棋の盤より外へ出ることがなかった。陰惨な苦労にかかわらず、坂田や文楽の人々が

明るい、とぼけた味を持っているのを「大阪人として元来持っているものではなかろうか」という。

（浦西和彦）

大阪を歩く《おおさかをあるく》　エッセイ

〔作者〕直木三十五〔初出〕「夕刊大阪」昭和六年頃。〔収録〕『直木三十五随筆集』昭和九年四月三日発行、中央公論社。〔全集〕『直木三十五全集第十五巻』昭和十年六月十八日発行、改造社。〔作品集〕『直木三十五作品集』平成元年二月十五日発行、文藝春秋。

〔内容〕大阪の非文化性を批判するエッセイ。私は父がいるので月に一度は必ず大阪に飛行機で来る。木津川尻へ着く。これから大正橋までは退屈で、腹も立つし、大阪軽蔑心も湧き出してくる。

汽車の着く梅田駅は非文化的で、駅前の光景は、第三流都市の下品さである。「赤玉」とか「美人座」という俗悪な名称は、非文化的大阪人の頭からでないと生まれない。大阪の人々には、せめて東京の理化学研究所程度の科学研究所を設立してくれと頼みたい。

心斎橋も梅田と同じように、田舎町である。飾窓に意匠を凝らしている店は何軒あるか。昆布屋と、飴屋と鮓屋のほか、感心するものは何もない。大阪の板前が既に百人近く東京へ行ったというが、それは、鼠の移動と同じことで、料理の発達と無関係だ。「大阪料理は生地の料理や」で済ませていて、古今東西の料理を研究して、新味を出す努力をしない。

大阪人は史蹟に冷淡すぎる。天守を立てるなら、真田幸村最後の地へ石一つ位建ててもいいと思う。

叱るお巡さんが多いのは叱られる市民の多いということで、これは非文明、非公徳の反映であろう。いつの間にか、大阪から講談はなくなってしまった。滑稽の才能は、江戸の洒落よりも優れているが、それが完全に発達しないのは料理と同じで、研究をしないからである。これ位、市民と没交渉の美術館もない。美術館を建てる金で、梅田駅前を清潔にするがいい。

（浦西和彦）

大塩平八郎《おおしおへいはちろう》　長編小説

〔作者〕幸田成友〔初版〕『大塩平八郎』明治四十三年一月発行、東亜堂書房。〔改訂版〕『大塩平八郎』〈日本文化名著選〉昭和十七年八月二十五日発行、創元社。

〔内容〕著者は明治三十五年より四十二年まで大阪市史の編纂主任を務めていた。本書は「再刊序」「緒論」「第一章　与力」「第二章　学者」「第三章　終局」と附録「一　辞職詩并序」「二　送三大塩子起適二尾張一序」「三　寄二一斎佐藤氏一書」「四　大塩平八郎消息」「五　檄文」「六　大塩平八郎父子裁許書」と写真・挿画「大塩平八郎肖像」「大塩平八郎消息の一節」「大塩平八郎消息」「大塩平八郎施行引札」「大塩焼図」「大塩平八郎父子隠家油懸町美吉屋五郎兵衛宅之図」から成る。

挙兵より自滅に至るまでの大塩平八郎を知る史料は随分多いが、幼年より挙兵に至るまでの履歴を書いたものは極めて少ない。「緒論」で「洗心洞詩文に見ゆる辞職の詩并序（附録一）」「平八郎が洗心洞劄記に添へて佐藤一斎に与へた尺牘（附録三）」の史料を基礎として挙兵前の平八郎の伝記を叙述するが「最も安全にして且つ適当な方法」であろうという。

（浦西和彦）

大塩平八郎《おおしおへいはちろう》　中編小説

〔作者〕森鷗外〔初出〕「中央公論」大正三年一月一日発行。「附録」は「三田文学」大正三年一月一日発行、第五巻一号、「大塩平八郎」。〔初収〕『天保物語』大正三年

五月七日発行、鳳鳴社。〔全集〕『鷗外全集第十五巻』昭和四十八年一月二十二日発行、岩波書店。〔小説の舞台と時代〕内本町通、本町橋、本町通、船場安土町通、神田町通、与力町、天満橋長柄町、京橋通、谷町、天満東照宮、建国寺、玉造口定番所、島町、天満橋、難波橋、北浜二丁目、御祓筋、高麗橋、内骨屋町筋、内平野町、平野橋、天神橋筋、豊後町、瓦町、鍛冶屋町筋、堺筋、橋詰町、北船場、新築地、伊丹、河内国渋川郡大蓮寺、下寺町、天王寺村、平野郷、吹田、極楽橋、天満、川崎、知源寺、摂津国町、又二郎町、越後町、旅籠町、大川、大手前、船場、上大みそ筋、下難波橋筋、内本町、太郎佐衛門町、西入町、安土町、魚屋町、河内国志紀郡田井中村、高安郡恩地村、大坂油懸町、紀伊国橋、本町五丁目、信濃町。天保八年(一八三七)二月十九日から九月十八日。

〔内容〕江戸末期の陽明学者、大塩平八郎が起こした大坂暴動事件を巡り、その始終を同情と批判の目をもって描いた歴史小説。

天保八年二月十九日、明け七つ時、本町橋の北側の大坂西町奉行所に二人の少年が訪れる。東町奉行所付の同心、吉見九郎右衛門からの密訴で吉見が息子と、同心河合郷左衛門の子に預けたものであった。十七日にも東町奉行所で奉行跡部のもとで東町組同心平山助次郎の密訴を聞いていたので、西町奉行堀利堅はすぐにあの事だなと思った。果たしてあの事である。河合と共に陰謀に加担したが、寝返って情報を伝え、自分と一族の延命を願うものであった。堀は侮蔑の念をもちつつこの返忠を認め、すでに平山から聞いていたことではあったが、少年二人から東組与力瀬田、小泉の二人が連判に加わっていることを聞き出し、放免する。その上、東町奉行所に使いを出して、気を落ち着けようとしていた。

東町奉行所で奉行跡部が堀の手紙を受け取ったのは明け六つ時頃であった。大坂の東町奉行所は京橋通と谷町との角屋敷で、天満橋の南詰東側にあった。陰謀に対する処置をためらっていた跡部であったが、堀の手紙を受け取り、瀬田、小泉に手を着けることにした。小泉は切り捨てられ、瀬田は便所から飛び出し、天満橋を北へ渡って、陰謀の首領、大塩平八郎のもとに向かった。天満橋筋長柄町を東に入ったところに、東組与力大塩格之助の役宅がある。しかし万事指図は、今年四十五歳になる隠居平八郎がしている。瀬田が駆け込んで来たときには家内中の女子供は立ち退かせ、書籍を売り、銀に変えて、人民に施してしまったので、家はがらんとしていた。また兵器弾薬を製造し、蓄えて門人、家内で開いている塾の塾生、職人などが寄り合っている。塾生の内で天下のことを思わず、決起に賛同しない、宇津木は斬られ、その弟子岡田は彦根に逃げ延びる。朝五つ時、総人数およそ百人が屋敷に火を掛け、表側の塀を押し倒して繰り出した。跡部と堀は明け六つ時に手配りをし、昼四つ時に跡部は砲術者坂本鉉之助を参見して防備の相談をした。そして大塩一行が長柄町から南へ迂回したことを聞き、杣人足の一組に天神橋と難波橋の橋板を壊すように命じた。平八郎は平生私曲の疑いのあった与力の家に大筒を打ち込みつつ、天満宮の側を通って、天神橋に掛かった。天神橋が壊されたのを見て、平八郎は迂回をし北浜二丁目に立って、三百人になった同勢の渡るのを待った。方略の第二段として、大坂富豪を襲撃し、窮民を助けようとするが、富豪を懲らすことはできたが、財を烏合の衆のつかみ取るに任せて、窮民を賑わすことはできず、百五十人になった皆の顔に失望の色がある。高麗橋で堀の手の者と衝突、平野橋で跡部の手と

大塩一行は衝突し、同勢は百人余になり、淡路町を西へ退く。淡路町で坂本勢と争う。淡路町二丁目に平八郎は立ち止まっていた。同勢はみるみる減り、主だった者を集めて平八郎は「もう働きもこれまでじゃ」と言い渡した。平八郎以下十四人は共に落ち延びる。平八郎父子と瀬田、渡辺が最後まで残り、河内から大和路へ走る。大坂で朝五つ時に始まった火事は大塩の同勢が到る処に火を放ったので、思いの外ひろがり、三千三百八十九軒が焼けた。二十日、四人の内渡辺は力つきこれ以上は足手まといになると河内界で自刃する。二十一日瀬田は発熱して、二人と分かれ、河内国恩地村で民家にかくまわれるが、脇差を取られ、素性が知れたところで首を吊って死ぬ。二十三日大塩父子は僧形となり大坂油懸町のなじみの商家、三吉屋にかくまわれる。三月二十七日、二人の隠れていることが知れ、捕り手が踏み込む。平八郎父子と捕り手は立ち回り、騒動のなか火事となる。焼け落ちた後から、二人の死骸が現れる。格之助は傷創から父の手にかかったと知れた。六月七日評定があり平八郎ら十九人が磔と罪科が決まる。しかし、九月十八日に刑の執行があった時、生きていたのは、返忠をしかけて遅疑した竹上万太郎ひとりだった。城代土井以下十九人が賞与を受け、坂本鉉之助は鉄砲方になり、目見以上の末席に進んだ。両奉行に賞与はなかった。

附録として、事件の時間割、大塩平八郎の年譜、事件の背景説明、大塩同勢の解説などがついている。（岡本直茂）

大空の下《おおぞらのした》　短編小説

〔作者〕水上瀧太郎〔初出〕「三田文学」大正八年四月・六月・八月号。〔初版〕『大空の下』大正九年五月発行、春陽堂。〔全集〕『水上瀧太郎全集三巻』昭和十六年八月三十日発行、岩波書店。〔小説の舞台と時代〕大阪市内・千日前。大正七年夏。

〔内容〕庶務係の柘植滋郎は、「嘘をつくのが商売人の働きだ」と思っている大阪人が好きになれなかった。会社では世間見ずのお坊ちゃんであると評されている。二人の給仕が二十五銭しか貰えないので退職し、三十三銭呉れる郵便局へ移っていった。滋郎は自分の仕事のほか、給仕のしていた雑用まで引き受けなければならなくなる。新聞に給仕募集広告を何回も載せるが、「欧羅巴の戦争の影響を受けて、俄に膨張した経済界の好景気は、どんな人間にも職業を与へたと同時に、極端な物価の騰貴は、多数の人間を飢餓の淵に陥れた」ので、二十銭の安給料では応募してくるものはいなかった。ある日、兄に連れられて雇ってくれと長谷部が来た。長谷部は何をさせても不注意で、することは遅く、手ぬかりが多く、電話の取り次ぎも出来ず、役に立たなかった。その上、盗癖もあった。滋郎は、物覚えの悪い長谷部を根気良く助けながら使っていて、盗癖さえ人に知らさず直してやろうとする。滋郎は、千日前に長谷部を遊びに連れていくが、たった今食卓の上に残した二枚の銀貨の一つが、既にないのである。滋郎は激しい憤りに長谷部を突き飛ばした。その拍子に拾銭銀貨が転がった。それを犬のように探し廻る長谷部の姿を見て、滋郎はつくづく歎息して、晴れわたった夏の夜の更けた空を仰いだ。「広々と澄んだ大空の遥かの下の地面の上に、うす汚なくうごめいてゐる人間の世の厭《いと》はしさを遣瀬無く」思ったのである。（浦西和彦）

オーバー・ザ・レインボー《おーばー・ざ・れいんぼー》　短編小説

〔作者〕黒川博行〔初出〕「オール読物」平成八年十月号。〔初収〕『カウント・プラン』

平成八年十一月二十日発行、文藝春秋。

〔小説の舞台と時代〕長堀、野田阪神、淀川、難波、東大阪市。現代。

〔内容〕深堀明彦はフリーターである。ある日、深堀はアクアリウムに忍び込み、〝派手〟な熱帯魚ばかりを盗み出す。西淀署の松坂は、パチンコの強力なスプリングショットでガラスを割って侵入したと考えたが、なぜ派手な熱帯魚ばかりを盗んだのかわからなかった。深堀は、部屋に魚を持ち帰ると、アクリルミラーに囲まれた部屋の中で、赤く色付けされたインコや色とりどりの魚たちの動く姿を鏡ごしに見ながら、もみほぐした煙草の煙と同化したように幻惑の中へ落ちてゆく。松坂は決定的な物証が無く、いきづまっていた。その時に、事件で使われたパチンコ玉を使っていたパチンコ店で誘拐事件が起こる。そして同時に、青く色を染めた猫を持っていたという男の存在が明らかになり、現場に落ちていた赤いインコの羽との関連で深堀を犯人とにらむ。深堀はパチンコ屋で誘拐してきた（本人はそんな気はない）相沢瑠美を鏡の部屋に座らせ、自分の世界に入っていた。瑠美は〝派手〟な服を身に付けていたのだ。そして松坂は深堀の白い車の中にインコの羽を見つけ確信、深堀を逮捕し、少女を保護した。深堀に悪意は見られず、ただ子供のころから頭の中にかかるキラキラした虹を見ていただけなのだ。「この世界が黒と灰色だけの汚い世界でそこに生きている人々には分からない」深堀は狂ったようにわめき出した。


（井迫洋一郎）

おかあさん疲れたよ《おかあさんつかれたよ》

長編小説

〔作者〕田辺聖子〔初出〕「読売新聞」平成三年三月二十一日〜平成四年五月二十四日（全四百十八回連載）。〔初版〕『おかあさん疲れたよ㊤㊦』平成四年十二月十八日発行、講談社。〔文庫〕『おかあさん疲れたよ㊤㊦』〈講談社文庫〉平成七年六月十五日発行、講談社。〔全集〕『田辺聖子全集第二十一巻』平成十七年八月十日発行、集英社。〔小説の舞台と時代〕大阪、神戸、京都。昭和時代（戦前、戦後）。

〔内容〕主人公は定年目前の六十一歳の昭吾と四十八歳の妻の美未である。同じ昭和を生きる二人だが、敗戦の年十五歳だった昭吾と二歳だった美未では、決定的な違いがある。美未は作家である。昭吾と結婚して人気作家となった。妻に不満はない昭吾だったが、彼には密かなロマンスがあった。戦争中、共に戦火を潜り抜けた美少女あぐりとの再会である。美未は自分の作品の愛読者である十八歳年下の青年と京都で逢瀬《おうせ》を重ねる。昭吾にとっては、戦時中の記憶はいついかなる時も去らず、あぐりも家に縛られている女性である。一組の夫婦の過去と現在の生活を捉えることによって昭和という時代を描く。著者は「あとがき」で『おかあさん疲れたよ』は私の〈昭和〉報告書である。昭和三年生れの私は、生涯のほとんどを過した〈昭和時代〉に強い思い入れがある。大きな体験であった戦争、そのあとの有為転変、大正・昭和初年生れの人々にとっては疾風怒濤の時代といっていい。／そして昭和が逝《い》ったいま、私には、／『おかあさん疲れたよ』／というフレーズが、しぜんに唇にのぼってきたのであった。〝おかあさん〟というのは超越者である」と述べる。


（浦西和彦）

丘に向ってひとは並ぶ《おかにむかってひとはならぶ》

中編小説

〔作者〕富岡多恵子〔初出〕「中央公論」昭和四十六年六月号。〔初版〕『丘に向ってひとは並ぶ』昭和四十六年十一月二十五日発

行、中央公論社。〔全集〕『富岡多惠子集2〈小説I〉』平成十年十月二十日発行、筑摩書房。〔小説の舞台と時代〕伝法村（町）、軍艦町、四貫島、ウメダ、フクシマ、ノダ。十九世紀後半から二十世紀後半まで。

〔内容〕ツネやんは二十代後半の時に伝法村へやってきた。始め蜆取りを生業としていたが、スサ屋の下働きをし、下請けになった。軍艦町で女を買うが再訪する金は無く、製麻工場に勤めるおタネと知り合い、所帯を持つ。子供は男の子が二人と女の子が四人、上からジューやん、トラやん、キク、キネ、キヌ、キヨである。ツネやんは軍艦町通いをするようになり、ジューやん、トラやんも博打と軍艦町通いに精を出す。トラやんは十七の時に家を出て行った。ツネやんは四貫島に女を囲って、昼間だけ帰ってくる。ジューやんはなぜか兵隊にもとられずに、父親と細々商売をしている。キネは看護婦になり、大病院の病院長の息子と懇ろになって子供を産んだが、ヨメはんにはしてもらえず、慰謝料を貰ってよそに間借りして住んでいる。職の無い男をムコにしてまた子供を産み、それを理由に無心にくる。キクはタダで不特定多数の相手をし、十七で死児を産み落とした。オヤジは四貫島やし、トラ公はどこ行ったか分からんし、どなしたらええねんな、とジューやんは困り果てている。スサ屋仲間には家のハンコを騙し取られ、家を抵当に入れられた。一方、トラやんは気まぐれからウメダに行き、ナゴヤまでの切符を買い、どうにかして東京へ行き着いていた。三年間様々な奉公をしたあと、伝法村に帰ってきて自慢話をする。しばらくしておタネさんが死んだが、誰も何とも言わなかった。ジューやんは所帯を持って出て行き、キクにも旦那が見つかる。伝法村が伝法町になったころ、トラやんは古鉄と台風を利用して儲け、コトエというヨメはんももらった。一年余りして女の子が産まれ、トラやんはシナへ兵隊にとられる。二年振りに帰って少しするとツネやんが死んだ。それから十年か二十年くらい経って、戦争が始まった。商売あがったりで、家もぶち壊されたから、一家は郊外へ移った。ショーイダンがあたってジューやんとヨメはんは死に、キクもその五人の子供も死ぬ。トラやんは伝法町へ帰って他の女と暮らし始めた。コトエは親とおんなじことして、とトラやんを罵り、三人の子供に愚痴を言う。トラやんは自殺しかけた。自慢話が好きなトラやんがそういっても誰も信じないが、娘は信じられる気がする。トラやんは自分で死ななかったが病気で死んだ。コトエはそれから十年経ってまだ生きていて、また時々トラやんの悪口や愚痴を言いつづけている。二、三年前の正月、昔養子にやった息子からコトエに電話がかかった。あんたは忘れてはるやろけど、わたしはあんたをうらんでまっせ、と言って、電話は切れたそうである。

（山本冴子）

お吟さま《おぎんさま》　中編小説

〔作者〕今東光〔初出〕「淡交」昭和三十一年一月～十二月号。〔初版〕『お吟さま』昭和三十二年二月二十日発行、淡交社。〔小説の舞台と時代〕堺。安土・桃山時代。

〔内容〕物語の語り手は、河内国若江郡出身の少女である。お吟さまは千利休の実の娘ではない。父は弾正久秀であったが、織田勢に滅ぼされて自刃した。その後、母の連れ子として利休のもとに来たが、実の子にもまして可愛がられた。太閤秀吉の御前で万事を切り盛りする石田三成の威光で、お吟さまは好きでもない万代屋新太郎に嫁したが、心の中では、キリシタン大名高山右近を愛していた。その恋を諦めず、二人

は東陽坊で密会する。やがてキリシタン大名への強い弾圧が始まり、右近は漂泊の旅に出る。北野の大茶会で、秀吉はお吟さまを初めて目のあたりにし、執着するようになる。右近との密会が露見し、離縁となるが、お吟さまはかえって美しくなる。秀吉はお吟さまを我がものにしようとするが、お吟さまも利休も拒む。お吟さまが右近の隠れ住む雪深い北陸へ旅立とうとする直前、もはや秀吉は彼女を生かしておこうとはしなかった。天正十九年（一五九一）正月十八日、お吟さまは自害するのである。

本作品は茶道雑誌「淡交」に連載。茶道についても相当専門的に書かれている。第三十六回直木賞受賞作品。　（中谷元宣）

送りん婆《おくりんばぁ》　短編小説

〔**作者**〕朱川湊人〔**初出**〕「オール読物」平成十七年一月号。〔**初収**〕『花まんま』平成十七年四月二十五日発行、文藝春秋。
〔**小説の舞台と時代**〕大阪。一九六〇年頃。
〔**内容**〕「私」の生まれ育った町は、大阪のTというところで、今でも昔とほとんど変わらない姿で「私」を迎えてくれる。けれど、「私」が生まれ育った横町だけはすでにその姿を失くしてしまった。あの横町こそが「私」の愛した大阪だった。「私」は当時、元売笑宿をそのままアパートにしたところに住んでいた。「私」の両親は横町の中の運送屋で働いていたが、親戚にあたるそこの社長さんの七十歳を過ぎたお母さんが見るからに怖そうな人だった。しかし、おばさんの〝怖さ〟の原因はもっと別のところにあったのだ。それを「私」は、友人のお父さんの死に直面した時に知ることになる。おばさんは〝オクリンバァ〟と呼ばれ、代々父の実家で引き継がれている役目を担っていたのである。それは肉体を死なせる言葉〝送り言葉〟を唱え、人を一切の苦しみから解放し、息を引き取らせるというものだった。「私」はおばさんに目をつけられ、友人のお父さんの息を引き取らせる儀式を手伝って以来、おばさんの弟子のような役目をするようになる。苦しみから解放され、穏やかな顔で息を引き取る人々を見ていると、送りん婆の仕事も役に立っているようにも思えたが、中には「人殺し！」と罵る人もいて、とても孤独で寂しい仕事だとも思った。おばさんは、「私」を連れて行くのは、一つは自分の跡継ぎにするためで、もう一つは自分が人の死を自由に操ることができるということに付け上がらないためだと話す。そして、おばさんは跡継ぎにしか明かしてはならない送り言葉の秘密を、一度だけ他人に話してしまったことがあると言い、それがたった一度の〝外道〟だと話した。「私」が十三歳の時、おばさんは体を壊して引退することになった。激しい痛みに苦しみながら、「私」に送り言葉が書かれている紙を渡し、跡を継いでくれるのであれば、自分を送ってくれと言う。「私」は送り言葉を読み始めたが、「ゑ」という字を読むことができず、おばさんに質問した。ひらがなが読めないのかという言葉がおばさんの最後の言葉となり、それきり目を開けることはなかった。時代が変わり、横町も消え去った。「私」は他人の生き死にに干渉することにためらいを覚え、送りん婆の跡は継がなかった。今ではただの大阪のおばちゃんだ。しかし、近頃のむごたらしい事件の報道を耳にすると、この言葉が役に立つ時が来たのではないかと思うこともある。人を苦しめて恥じない連中にそっと送り言葉を囁くことで、「私」のようなおばちゃんにでも、世の中を正すことができるのではないかと思うのである。もちろん冗談だが。人間の死を操ることができる送りん婆と、その役目を目の当たり

にし、命や死について思いを巡らせる少女を描いた短編小説である。（林未奈子）

遅すぎた春《おそすぎたはる》　エッセイ

〔**作者**〕開高健〔**初出**〕「文藝春秋」昭和五十三年六月号。〔**初収**〕『言葉の落葉Ⅳ』昭和五十七年十二月十五日発行、冨山房。〔**全集**〕『開高健全集第22巻』平成五年九月五日発行、新潮社。

〔**内容**〕昭和五年生まれで、天王寺中学校での卒業式を経験できなかった。昭和五十三年、同窓生たちが二十余年を経て卒業式を行う。出席できなかった著者のもとに、同窓生から卒業証書が突然送られて来て、懐かしさに胸が熱くなる。天王寺中学校当時の自分自身を回顧した一文。（大杉健太）

おそすぎますか?《おそすぎますか?》　短編小説

〔**作者**〕田辺聖子〔**初出**〕「ai」昭和五十二年六月一日発行、第八巻六号。〔**初収**〕『孤独な夜のココア』昭和五十三年十月十五日発行、新潮社。〔**作品集**〕『田辺聖子珠玉短篇集①』平成五年三月二十日発行、角川書店。〔**小説の舞台と時代**〕大阪。現代。

〔**内容**〕「今にして思えば、私は、男と女のちがいにあまりにも無智だったといえるかもしれない」。大阪の小さい出版社に勤めている「私」は、仕事が面白く、また人にも有能だと言われ、自分でもそう思い、仕事を追って暮らしていた。透と出会って、恋という仕事以外の楽しみを見つけたが、相変わらず疲労のきわみまでくたくたになるほど働いた。それは、透と結婚してからも変わらなかった。その代わり、家にいるときは最高によくできた妻で、恋人だと自負していた。透が淋しい思いをしていることに気づいていながら、問題にしなかった。「私」が旅行の本を担当させられ、旅に出ることが多くなってから、二人はすれ違いが多くなった。留守にする度に書いておく置き手紙が多くなり、しまいには透が読んでいるのか、読まないのか、分からなくなった。たまに早く帰れると思う日、「私」は透に電話した。久しぶりに二人きりでいたいという透は機嫌がよかった。しかし、その日もさらに仕事が来て、結局帰りが遅くなった。帰ると透は家にいなかった。「私」は透を捜して、雨の中をさまよったが、透は見つからなかった。夜遅くに帰ってきた透はひどく酔っていて、怒らないのが「私」には恐ろしかった。落ち度はみな「私」にあるような気がした。夏が過ぎて寒くなってから、透は家を出て行った。「私」が別れるのはいやだと言って、籍はそのままにしていた。ある日、会社へ見知らぬ女の人が訪ねてきた。彼女の訪れは、あらかじめ透から電話で知らされていた。「私」は、彼女が透の子供を産むつもりで、「私」に離婚してくれと言いに来たのだと思った。「私」はやはり自分は仕事をとるだろうと思った。しかし一方で、透に別れたくない、仕事をやめるからもういっぺんやり直しさせて下さいと言って泣きわめいてみたらどうだろうとも思った。「おそいですか? 今からではもう、おそすぎますか?」目をあけていられないような空っ風が砂埃を捲いて吹きつけていったが、「私」が目をこすったのは、そのせいだけではなかった。（荒井真理亜）

おたふく《おたふく》　短編小説

〔**作者**〕岩阪恵子〔**初出**〕「新潮」平成四年六月一日発行。〔**初収**〕『淀川にちかい町から』平成五年十月二十八日発行、講談社。〔**小説の舞台と時代**〕千林。現代。

〔**内容**〕美佐子は結婚七年目で俊夫と離婚し、幼い子供二人を連れ、千林の実家に戻った。十四年前のことである。両親がうど

ん屋を開けるようにしてくれた。開店して二、三年後に両親が相ついで亡くなったとき、どこで聞いたのか、通夜と葬式に俊夫が姿を見せた。それから数年は月に一度の割で、うどんを食べにくるようになった。俊夫は再婚しており、男の子が一人いた。二人は気心の知れた友人同志といった顔で話している。しかし、美佐子の気持ちはすっきり割り切れているわけではない。俊夫はうどんを食べ終えると、「僕な、康子らに悪いことした、思ってる」と調理場の美佐子に小さく声をかけ、レジに、そっと五百円を置いて帰るのである。この数年は判で押したように月の半ばにやって来ていた俊夫が姿を見せなかった。美佐子はひどく気を揉んだ。美佐子は黙々とうどんを作る。彼女の頭のなかには、はにかんだような目をして暖簾をくぐってくる俊夫の姿が描かれている。

（浦西和彦）

おちょろ舟《おちょろぶね》　短編小説

〔作者〕田辺聖子〔初出〕「別冊文藝春秋」昭和四十七年九月五日発行。〔初収〕『中年の眼にも涙』昭和四十九年六月一日発行、文藝春秋。〔作品集〕『田辺聖子珠玉短篇集⑤』平成五年七月三十日発行、角川書店。

〔小説の舞台と時代〕大阪、曾根崎新地。昭和四十年代。

〔内容〕久野の妻の正子は、年増の深なさけというか、やたらべたべたしたがって、久野は疎ましくて仕方がない。久野は四十三歳、妻の正子は四十歳である。久野は内心「ああ、お婆ンはいやや…」と思っている。久野と同期の清川と瀬木は、久野と同じく課長だが、麻雀仲間で飲み仲間で、会社では一番しゃべりやすい相手である。三人は、曾根崎新地の「ルパン」を巣にしている。そこで、女房の質が悪くなったと妻の悪口に花を咲かせる。コールガールのような家政婦がほしいという話から、昔、港から漕ぎ出して沖の船へ春を売りに行った「おちょろ舟」の遊女が話題にのぼった。その後、正子が法事で十日ほど実家に帰ることになった。高校生と中学生の娘と、寝たきりの久野の母親の世話もあるので、正子の留守中、家政婦を雇うことになった。やってきた家政婦の大塚テルヨは、秀逸であった。彼女のたたずまい、動き方、雰囲気は、その昔、戦時中にあった「挺身隊」を思わせる。つつましく、遠慮深いテルヨに、久野はいつしかもう少し打ち解けてほしいと思うようになっていた。妻が帰るまでに、「おちょろ舟」にならぬものかしらと思う久野であった。

（荒井真理亜）

おでん屋《おでんや》　エッセイ

〔作者〕吉田健一〔初出〕「熊本日日新聞」昭和三十二年四月七日夕刊。「甘酸っぱい味（二十二）」として掲載。〔初収〕『甘酸っぱい味』昭和三十二年八月三十日発行、新潮社。

〔内容〕先日、大阪に行って十何年ぶりかに東京に昔あったようなおでん屋を見つけた。それは、安くて旨い酒を、安くて旨いおでんをアテに呑ませてくれる店なのである。おでんの他に小料理をだすような店はおでん屋ではない。安くて旨い酒とおでんがあるだけでいい。また、そういう店の主人は酒に関してはいい舌を持っているものだ。久しぶりに昔の気分で呑むことができた。大阪の目抜き通りに昔のおでん屋が残っているのを見て、日本にはまだ人間の生活が残っていると感じた。

（大杉健太）

男の花弁《おとこのかべん》　短編小説

〔作者〕黒岩重吾〔初収〕「小説中央公論」昭和三十八年十一月号。〔初収〕『虹の十字架』昭和三十八年十二月十五日発行、集英

社。〔全集〕『黒岩重吾全集第二十六巻』昭和五十九年一月二十日発行、中央公論社。〔小説の舞台と時代〕大阪市内、汐見橋、八坂神社、梅田、東京。戦中から昭和三十年代。

〔内容〕大阪新町近くの汐見橋の傍の貧しい生まれ育ちから、美貌と才覚を頼みに日本舞踊の世界に飛び込んだ坂田実は、清川流の師匠満州につき、女も教えてもらうが、出世を望み、十六の時、清川梅香の弟子になった。十九の時、清川流名取りの会、大阪顔見世競演で絶賛され、翌年名取りになり、八坂神社の近くに稽古場を持つ。藝名清川秀麗。先代頂家の素子も稽古をつけ始め、実の格は一挙に上がった。素子は東京の芳樹の助力を得て、実を取り立て師匠にする。実は、六十に近い素子を愛しさから抱く。しかし、ここまでが古いしきたりを持つ世界での出世の限界であった。素子が亡くなり、実は破滅の道を辿る。やがて、自分から清川流を返上、大阪から姿を消すのであった。（中谷元宣）

鬼の詩《おにのうた》　短編小説

〔作者〕藤本義一〔初出〕「別冊小説現代」昭和四十九年陽春号。〔初版〕『鬼の詩』昭和四十九年七月二十四日発行、講談社。〔小説の舞台と時代〕難波界隈。明治末。

〔内容〕ほんの一刻《とき》、明治の末に、大阪の寄席で人気を博した、桂馬喬という藝人がいた。その藝はまさに狂っていた。捨て児であったが、寺男の養父に育てられ、それゆえ経文をたしなみ、手堅く古典の藝を守り抜く藝風で高座に出たものの、陰気さが抜けきれず客受けが悪かった。明治二十年、二十八歳の時、露と結婚、息子を溺愛、藝が明るくなる。しかしそれも束の間、朋輩桂文我の「鬼」の藝を目指すあまり、三十三歳の時、日本橋一丁目の文我の家の隣りに貸家を借り、その藝を盗み模倣しだした頃から、その執着がもとで藝が陰気になり、またも下降線をたどり始める。三十四歳の時、露と死別、悲しみに沈むが、魂寄せに通った巫女の藝を身につけ、人気を得る。だが長続きはせず、藝とはいいながら物乞いするようにまでなるが、起死回生、故意に馬糞を喰らい再び浮上する。しかし天然痘にかかり、容貌が崩れ鬼のような顔となる。しかしながらそれをも藝に転じ、「鬼譚」を披露、ついには痘面の窪みに煙管の雁首をひっかける「煙管釣り」という珍藝で人気の頂点に達する。藝が客筋の加虐の的になった時、その藝人は奈落の底に堕ちたということである。馬喬は姿を消す。やがて、衰弱による自然死を迎えるのであった。

第七十一回直木賞受賞作品。（中谷元宣）

お初の天神《おはつのてんじん》　短編小説

〔作者〕長谷川幸延〔初出〕未詳。〔初収〕『御霊文楽座』昭和十七年六月五日発行、日進社。〔小説の舞台と時代〕曽根崎。明治四十二年。

〔内容〕実際に起こった、明治四十二年七月三十一日の大火が作品に登場する。

曽根崎新地の藝妓、お照の駆け落ちまでのいきさつを、お照とは町内も一緒、学校も一緒、舞踊の師匠も一緒、さらに不思議なことに二人の家が潰れたのも、藝妓となってお披露目をした日まで一緒というお艶が語る、という形式になっている。

お照の家は、梅田の駅前で貴久田運送店という大店であった。しかし、家を興すのは一歩ずつ、家の倒れるのは一足飛びと言われるように、その大店もお艶の家もあっという間にバタバタと潰れてしまった。お照もお艶も家が没落してしまったため、藝妓となった。お照の家は大家だけに、娘を金に代えなければならないほどではなかっ

たようだが、お照は自分から進んで藝妓になろうと言い出した。お照とお艶には、もう一人幼馴染みがいた。「綿屋」という古着屋の息子の善次郎である。二人が舞妓から藝妓になる頃、善次郎も立派な若旦那になって、三人は水入らずで御座敷で顔を合わせることが出来るようになった。お照と善次郎はやがて恋仲となった。

ある時、曾根崎でも屈指のお茶屋「野むら」で、九州の大きな製糸会社の総会が開かれた。曾根崎で名代の一流所は一人残らず出揃い、もちろんお照もお艶も呼ばれていた。ところが、製糸会社の専務の国木田が、お照に白羽の矢を立ててしまう。国木田は「野むら」にとって何ものにも代え難い大事な人物であった。下手に断るわけにもいかず、「野むら」の女将はお艶に相談する。お艶は国木田の申し出をうまくかわすため、同じ会社の社員である、伊村に一切を打ち明け、お照の情人であるように繕って貰う。国木田もさすがに同じ社員の情人とあっては横恋慕するわけにもいかず、おかげでその場は丸く収まった。

ところが、嘘から出た誠で、今度は伊村がお照に夢中になってしまう。そして、毎晩「野むら」を本陣にして、お照を片時も放そうとしない。善次郎も「梅本」を根城にして、お照を遣るまいとする。しかし、所詮「梅本」と「野むら」では茶屋の格式も違えば、女将の腕も違う。お照は泣く泣く、何度も「梅本」の軒灯の下から、車で「野むら」へ送られていった。ままならぬ我が身に煩悶するお照であったが、ものの半年も経たぬうちに、善次郎は両親に外出を禁止され、伊村はその身を案じた同僚の計らいで、鹿児島に転勤させられる。

しかし、伊村はお照にあてて、毎月五十円の仕送りをし続けた。そのため、伊村は仕事も辞め、先祖からの家も土地も売り払い、いつしか浪人に身をやつしていた。お照のために送った金も、伊村を気遣う友人の計らいにより、お照の手には渡っていなかった。それを知った伊村はよくも自分の顔を潰してくれたと言って友人を責め、再び大阪に舞い戻り、その金を持ってしつこくお照につきまとうようになった。尋常ではない伊村の様子に、周りの者はみな、お照の身を案じていたが、そんな矢先に、大阪の北区の大火が起こる。その動乱に紛れ、お照は伊村の目を逃れ、善次郎と駆け落ちした。

（荒井真理亜）

帯結べマス《おびむすべます》　エッセイ

〔作者〕開高健〔初出〕「オール讀物」昭和四十八年四月号。〔初収〕『路上にて〈開高健全ノンフィクションⅢ〉』昭和五十二年七月二十日発行、文藝春秋。〔全集〕『開高健全集第21巻』平成五年八月五日発行、新潮社。

〔内容〕昭和四十八年ごろ、上本町五丁目近辺のモーテルの一角に「帯結べマス」という貼り紙が貼ってある。これは、成人式を終え、モーテルに直行した振袖姿の女性向けに、そこで着付けのサービスをいたしますという意味だが、「あけすけなように見えて読みがこまかい」ところ、いかにも大阪的である、という。

（大杉健太）

お目当てはいつもあのあなご寿し《おめあてはいつもあのあなごずし》　エッセイ

〔作者〕西村玲子〔初収〕『関西こころの旅路』平成十二年一月二十日発行、山と渓谷社。

〔内容〕筆者は大阪で生まれ、二十五歳で東京に出て来てから三十年間、東京で暮らしている。どこか東京の人になり切れなくて、三カ月に二回ぐらいの割合で大阪に「帰る」。大阪に帰ると、いつも御陵前の駅の西にある「深清」のあなご寿司を食べる。

ここのあなご寿司を食べるのが大きな楽しみなのだ。

「深清」はあなご寿司だけではないが、看板を挙げたのが五十年前で、本来はあなごの卸元であった。あなごの方は百三十年になる老舗で独自のやり方を貫いている。伝統を守り抜いて、我々の口に届くことはとても有り難い。

大阪に戻るとすっかり大阪らしさが板についてしまう。またの大阪帰りが楽しみである。（田中　葵）

思い出す《おもいだす》　エッセイ

〔**作者**〕開高健〔**初出**〕「潮」昭和四十九年三月号。〔**初収**〕『白いページⅡ』昭和五十年十月二十五日発行、潮出版社。〔**全集**〕『開高健全集第19巻』平成五年六月五日発行、新潮社。

〔**内容**〕終戦当時の自身の姿を叙述するエッセイ。終戦の年の冬は「飢え」に悩まされ、サツマイモをめぐって肉親同士が欲望の権化になった。いたるところに「死」がはびこりながらも人々はたくましく生きていた。やがて全てが嫌になって働くようになり、薬を刻むだけの単純労働に従事したが「名状しがたい倦怠と出口ナシの狂気の衝動」が襲い掛かってくる。大人になりたい一心で得た給料の幾ばくかをジャンジャン横丁でカストリを呑んで消費した。それが「私の、私に対する〝成人式〟であった」という。（大杉健太）

思い出すことども《おもいだすことども》　エッセイ

〔**作者**〕緒方富雄〔**初出**〕『随筆集大阪讃歌』昭和四十八年九月二十九日発行、ロイヤルホテル。

〔**内容**〕大阪で生まれ、中学校二年生のころまで大阪の上町―お城の近くに住んでいた。そのときと今はかなり変化が激しい。中之島の昔と今をしっかりつないでいるのは、府立図書館と日本銀行である。今の変化にびっくりする。中之島の記念碑のなかで、木村長門守重成表忠碑はあまりに巨大で、これをおぼえている人が多い。（桂　春美）

思い出すままに《おもいだすままに》　エッセイ

〔**作者**〕片岡仁左衛門（十三世）〔**初出**〕『随筆集大阪讃歌』昭和四十八年九月二十九日発行、ロイヤルホテル。

〔**内容**〕「私」の子供の頃は、家が黒門にあった。ちょっと裏通りへ抜けると狐や狸が化けて出るとか、夏の地蔵祭りには狸が三味線を弾くのが夜中に聞こえるなど、その頃の大阪にはそんな情緒があった。

子役の頃、「私」は角座、中座、弁天座の順によく行った。浪花座は活動写真館で、朝日座は新派だった。当時、「私」たちの一家が旅行する時は帳簿車といって、ハイヤー並みの人力車をつらねて、梅田駅に向かった。中之島にくると南とは別天地で見なれぬものが多かった。そのなかでも大阪ホテルを見て「大人になってホテルに泊まらんならん！」と憧れたことはたわいない思い出である。（李　鍾旭）

面影双紙《おもかげそうし》　短編小説

〔**作者**〕横溝正史〔**初出**〕「新青年」昭和八年一月号。〔**初収**〕『日本探偵小説傑作集第二集』昭和二十三年十二月二十五日発行、新府書房。〔**小説の舞台と時代**〕道修町、難波、道頓堀。昭和初期。

〔**内容**〕大阪にいた頃の友人R・Oが話してくれたことである。「彼」の生家は大阪では有名な売薬問屋だった。「彼」が十か十一の時のことである。当時は日露戦争に勝利して沸き返る賑わいで、これからは一等国になった、外国との取引きも対等にし

ていかねばならぬと西洋流の商いを取り入れるようになってきており、うちもそのひとつとして医療器械を扱うようになった。父は元は手代で、一人娘だった母と結婚した。母はいつでも嬢はん気取りの人で自分の都合の良い時しか可愛がってくれなかった。そんな母にはよく芝居に連れて行ってもらったのであるが、嵐福三郎という女形と親密な関係であったらしく、よく引き合わされた。父の方は母と違い仕事に対して一本気な人で母の遊びには関心が無く、また母も反撥しなかった。しかし、唯一母が父に対して反撥したのは、骨格模型を商売品として仕入れた時で相当神経質になっていた。あるとき、父が満州に仕入れに行ったきり戻ってこなくなった。そうすると、福三郎は母に会う為に家に出入りするようになった。同時に一つの気味悪い骨格模型が店に届いた。ある日学校から戻ると女中のつるにその模型の前に連れて行かれる。その模型は父と同じ様に左足中指と次の指がくっついていたのである。私は驚き、つるに飛びついた。つるは母と福三郎が父を殺して模型にしたのだと言い張った。その夜、私は福三郎が模型師と父を殺す夢を見て目が覚めた。そして自然と昼見た模型の傍へ行き、左足を愛撫していた。それを見た母は恐ろしい顔で私を引き離し母とは思えない口調で問い詰めた。私は睨み返し「知ってるぞ…。」と呟いていた。その後母と福三郎はつるによって蔵の中で焼き殺され、つるも井戸に身を投げて自殺した。こうして結局父は行方不明のままとなった。話し終わると「彼」は同じ姿の写真を二枚差し出してこう言った、一枚は福三郎、そしてもう一枚は「私」だと。父は福三郎と母の情事を隠す為に結婚させられたのである、本当の父である福三郎と瓜二つのその姿を見せて呟く彼は泣き出しそうになっていた。

（井迫洋一郎）

檻を出た野獣《おりをでたやじゅう》　短編小説

〔作者〕黒岩重吾〔初出〕「別冊小説新潮」昭和三十六年十月号。〔初収〕『落日の群像』昭和三十六年十二月二十五日発行、新潮社。〔小説の舞台と時代〕釜ケ崎界隈。昭和三十六年八月頃。

〔内容〕釜ケ崎近くの霞町の憩荘の裏から、死体が発見された。死体の男は、帝塚山に住む佐度島勇という、立売堀の鉄屋の社長であった。現在は、佐度島屋に婿養子として入り、社長然としてはいるが、元々今宮スラムの屑屋の倅として育ち、成り上がってきた彼は、夫婦仲がうまくいっていないこともあり、釜ケ崎騒動に血をたぎらせ、暴徒とともに暴れる。しかし、警官に警棒で殴られ怪我をして、憩荘で二人の娼婦に世話してもらう。二人の娼婦は佐度島に惚れ、怪我が治り去ろうとする彼を、永遠に我が物とすべく、殺害したのであった。

（中谷元宣）

俺、南進して。《おれ、なんしんして。》　長編小説

〔作者〕町田康〔写真〕荒木経惟〔初版〕『俺、南進して。』平成十一年九月三十日発行、新潮社。〔小説の舞台と時代〕大阪（架空の「瓜破市」）。現代。

〔内容〕荒木経惟の撮り下ろし大阪の写真と、町田康の小説とを組み合わせた作品。二人が大阪を一緒に旅して、荒木経惟が町田康を撮影し、町田康がその写真に触発されて書き下ろした小説である。主人公の「俺」は、喫茶店でやくざ者が忘れていった鞄を盗んだ。その中に入っていた原稿を懸賞小説に応募して入選し、思いがけず小説家になった男である。ある日、小説が書けなくて苦しんでいると、十年前に別れた刑部岸子から同棲時代に「俺」が話した秘

密を録音したテープを持っていると脅迫する手紙が舞い込んだ。十五年前に拳銃の運び屋をする途中で、屋台の女をあやめてしまったかもしれないことだった。「俺」は岸子のいる大阪にむかう。岸子が働いていたところをさがしていってみれば、「あかぺぇ♡はうす」という、男女が入り乱れて性交をおこなうカップル喫茶だった。岸子と連絡をとろうとするがうまくいかず、締め切りの原稿を気にして、そこで「俺」は小説を書き続ける。「俺」の物語と、作中の小説の物語が現在進行形として展開していく。

（浦西和彦）

音楽入門《おんがくにゅうもん》　短編小説

〔作者〕阪田寛夫〔初出〕「文学界」昭和四十一年七月号。〔初収〕『土の器』昭和五十年三月十五日発行、文藝春秋。〔小説の舞台と時代〕広島、大阪、梅田、江戸堀、東京、千歳村、北野村、中之島、京都、瓢箪山、ベルリン、シベリア。明治二十年の暮れから昭和三十二年九月まで。

〔内容〕「私」の家で普及していった西洋音楽のことが、父の人生を中心に描かれている。「父」は、満五歳の時にハイカラな伯母によって、新しく出来た幼稚園に入れられる。そこでキリスト教と西洋音楽に出逢った。幼い「父」にとって、そこの「幼稚園唱歌」は祖母の歌ってくれた「猿が三匹」の歌とは違い、「パン菓子」の味がしたのだった。「父」の音楽生活における最初の活動の機会は、中学四年生の時で、日露戦争中、梅田駅で出征兵を見送る有志団の一員となったのである。そこで指揮者も経験する。中学校を出て専門学校へ進学してからも、キリスト教青年会の運動の次に、音楽部の活動に力をつくした。学校を卒業し、大阪へ戻った「父」は実家のニス屋を継ぎ、江戸堀の聖歌隊の副指揮者を務めた。そこでオルガニストを務める杏子に出逢い、結婚する。二人は大正モダーン風な夫婦になり、毎週木曜日には、聖歌隊に自宅を提供して合唱練習が行われた。こうして週に一度、あかぬけた人々と西洋音楽が「家庭」に入り込むことになり、その習慣は、それ以来父が死ぬまで続いたのであった。

第五十六回芥川賞候補に推された作品である。

（田中　葵）

おんな医者奔る《おんないしゃはしる》　短編小説

〔作者〕龍文雄〔初出〕未詳。〔初版〕『おんな医者奔る』平成三年十二月一日発行、かもがわ出版。〔小説の舞台と時代〕京町、四ツ橋、心斎橋、梶木町、摂津、京都、西宮。江戸中期から後期。

〔内容〕学問中心のオランダ医学者中耕助天游とその妻さだが臨床中心の医療活動を広げていく物語。

さだは江戸蘭学塾芝蘭堂で四天王といわれた海上隨鷗《うながみずいおう》の娘であった。美貌を持ちながら頭のいい女性であったが婚期を逃しかけていた。海上隨鷗五十四歳、臨終近く遺言交じりのことばによって中耕助天游と結ばれる。京都の海上の邸内で喪明けを待ち、ささやかな婚礼を挙げた夫妻は西宮に移転する。西宮を選んだのは無医村に等しい状況と、物価が安いからだった。その新居地の門前に天游は「西洋式万病治療所」と貼った。夫の天游は蘭方医であったものの患者と交じりあう臨床医としての仕事はあまり希望しなかった。天游の主な日常生活は書斎に引きこもり、医学蘭学の書籍を耽読することであった。しばらくの間医業は妻さだのこととなる。しかし医業は冴えなかった。例の看板の西洋式云々というのが人人に理解されなかったのである。さだの医師開業の皮切りになったのは元使用人の知り合いであった。患者は胃腸の都合が悪か

った。さだの手当てがよかったのか患者は診察を受けてから十日余りで回復に向かう。当然これをきっかけとして人々のおんな医者への偏見と西洋式治療への疑いは少なくなる。その頃からさだは体力をつけるために毎朝早起きして走る。往診が多くなる。往診の際さだはなるべく微笑を浮かべながら患者と対面する。それは臨床医としてのさだの態度であった。診療希望が増え始めた頃、当地の銘酒醸造の豪家からの依頼を受ける。患者は醸造元「鶴翔」の長女であった。ありようは軽度の精神分裂と容貌が醜いと気に病んだ一種の自閉症であった。さだは彼女に自信をつけることを薦める。治療費は「鶴翔」や町方商家以外の患者はほとんど、現物で支払うことが多かった。その現物の種類は麦、玄米、稗、白菜、ほうれん草、大根、さつまいも、採種油などなどであった。一方、夫の天游は西宮へ引っ越ししてから六年目に念願の私学校を設立する。思斎塾がそれである。その間彼は船場にある糸漢堂の塾長橋本宗吉に師事、オランダ語を含め学力を補う様々な教えを受けていた。塾生たちは十余人で、塾の広さは十二畳であった。天游は世に称せられる権威への抵抗と蘭学志向者への気配りのために授業料を安くした。しかし授業はかなりきつかった。受講は食事時間と休憩に半刻を与えただけで十時間ぶっ通しのものであった。講堂の板壁ひとつ隣りにさだが医長を務めている医堂があった。現代の医科大学とも言える組み合わせであったが、臨床医学の手腕と実績、患者の治療や扱いは妻さだの方が学究派の天游より上位であった。しかし天游も妻に負けないくらいの業績を成し遂げる。眼球の光学理論としては日本最初と思われる『視学一歩』という書物がそれである。さだの新しい往診先は文政十年（一八二七）夏隠れキリシタン事件で逮捕された蘭方医、藤田顕蔵の妻しうであった。藤田顕蔵は糸漢堂橋本宗吉の愛弟子の一人であり、この点で宗吉はキリシタン庇護者と誤解され、大坂から放れて諸所を転々とし不遇な晩年を送ることになる。しうの病気は夫の逮捕が原因となった精神錯乱と自閉症を伴う体力低下であった。往診しはじめてから半年が経つがしうの病状は一進一退。ついに夫顕蔵は獄中で病死してしまう。江戸幕府はキリシタンが増えることを禁ずるために病死した藤田顕蔵の屍を含め、獄中のキリシタンらを大坂三郷曳き廻しにする。しうもその噂を聞き行列を見に行こうとする。夫の死を知らないしうとその行列をあわせないよう、さだは急いでしうのほうへ走る。

（李　鍾旭）

女興行師《おんなこうぎょうし》　吉本《よしもと》せい――浪花演藝史譚《なにわえんげいしたん》――　長編小説

〔作者〕矢野誠一〔初版〕『女興行師吉本せい――浪花演藝史譚――』昭和六十二年九月二十日発行、中央公論社。〔小説の舞台と時代〕難波、天神橋、本町、船場、北区、中央区、西成区、天王寺、梅田。大正から昭和時代。

〔内容〕兵庫県明石市で生まれたとされている吉本せい（実際のところは不明である）が林家から吉本家へ嫁ぎ、演藝の一大興行、吉本興業を発展させるその様子を作者が長い年月をかけて調べ上げた評伝。せいの実家は小さいなりにも信用のあつい米穀業を営んでいた。せいの藝人への扱いや興行のノウハウは実業家であった船場のしまつ屋への奉公と、母の「身体は労働をいとわず、心は正直に」という信条からきているものとしている。吉本家へ嫁いだせいは夫吉兵衛の放蕩と、姑ユキとの確執に苦労をした。とうとう吉本家が昔から行っていた商いの荒物問屋も廃業してしまう。そこで夫吉兵

衛にせいが「それほどまでに好きな藝の世界やったら、いっそご自分で寄席を始めはったらどうですか。」と言い、大阪天満天神裏門の第二文藝館を買い取り、興行運営を本格的に始めたということになっている。しかし、実際には夫吉兵衛がせいに話を持ちかけた、というのが正しいようである。そして、せいの興行運営が始まる。藝人たちに対して安い給料でも、それを補うためにせいは人の何倍も働いた。一方で倹約にも努め、寄席の無駄を徹底的に省いていった。夏は飲み物を売り、辛いお菓子を一緒に売ることによってさらに飲み物が売れるようにした。これらの商売の才覚には夫吉兵衛も驚いたという。そして、法善寺の傍の南地花月を皮切りに一気に関西の興行界を席巻していくことになるのである。もちろん、この躍進は吉本せい一人の運営の機転のよさばかりではない。藝人たちの力があってこそのものである。吉本躍進の立役者は時代によって違うが大正から昭和へ移る時代に活躍したのは桂春団治である。彼もまた多くの伝説を残し、富士正晴たちによって小説や評伝を多く書かれるほどの落語家であった。そして、エンタツ・アチャコがいる。今まで落語の前座であった漫才をひとつの藝として確立させ、スーツ姿・話術中心のその藝風は、新しい演藝として認知されていった。これらの藝人の発掘、そしてプロデュースを手がけたせいの能力は感嘆に値する。しかし、その辣腕ぶりも一方では問題にもなっていた。夫吉兵衛の急逝後、林家から呼び寄せた兄弟との確執、落語から漫才へ取って代わろうとした時代の中で今までの立役者であった落語との訣別、そして、興行を安定したものとするために、地元の者とも、また国家権力ともつかずはなれずの関係を続け、政治家と懇意にしていたために脱税事件に巻き込まれたりもした。現在、吉本という名はその名前だけでひとつのステータスとして成立している。そこまで大きく、そして揺るがないものとして作り上げたせいの能力はものすごいものであった。

（井迫洋一郎）

おんな商売《おんなしょうばい》　短編小説

〔作者〕田辺聖子**〔初出〕**「別冊文藝春秋」昭和四十二年三月五日発行、第九十九号。**〔初収〕**『わが敵　MY　ENEMY』昭和四十二年十月十五日発行、徳間書店。**〔作品集〕**『田辺聖子珠玉短篇集④』平成五年六月三十日発行、角川書店。**〔小説の舞台と時代〕**大阪。現代。

〔内容〕信三の家では、食事は一緒にするが一応階下と二階は別所帯となっている。階下は八十二歳の祖母と母と妹の桃子と、それに出戻りの叔母が占拠している。一方二階は、信三夫婦に二人の小学生の娘である。女七人に、男は信三、一人である。信三の父は養子で、二十年ほど前に死んだ。既に何代も続いた母系家族は、信三の代まで持ち越されそうである。信三自身、養子か厄介者のような存在である。朝の出勤に朝飯も間に合わず、見送りもない。行き遅れた妹の縁談をめぐっての、妻に母に妹に叔母という女同士の目に見えない心理戦の修羅場に、信三は一家の長たる貫禄も発揮できず、こそこそ二階へ上って蒲団にもぐってしまった。いつの間にか寝入ったと見え、うつらうつらしていると、妻がこんなややこしい家を出て親子水入らずで暮らしたいと泣いている。信三は何だが無性に何もかもから離れたくなり、会社を二、三日休むことにして、独り天高温泉にやってきた。そして、爺さんと婆さんでやっている「たぶさ屋」という旅館に宿を取った。信三は風呂に行く途中、爺さんと婆さんが口論しているところを見る。婆さんは爺さん

をこき下ろし、かっとした爺さんは婆さんが用意したらしい夕食の膳をひっくり返してしまった。（荒井真理亜）

女であること《おんなであること》　長編小説

〔作者〕川端康成〔初出〕「朝日新聞」昭和三十一年三月十六日～十一月二十三日発行（5月4日・9月24日休載）。〔初版〕『女であること一』昭和三十一年十月十五日発行、新潮社。『女であること二』昭和三十二年二月二十五日発行、新潮社。〔全集〕『川端康成全集第十六巻』昭和五十五年八月二十日発行、新潮社。〔小説の舞台と時代〕大阪、米原、名古屋、東京。昭和三十年頃。

〔内容〕市子に憧れている三浦さかえが突然大阪の家を出て東京に来る。市子はさかえの母の友人である。母は傾きかけた大阪問屋街の商家を守っている。さかえは直接市子の所へ行かずに、東京駅の近くのホテルに泊まった。市子と弁護士をしている主人の佐山は来京した旧友の村松を見にホテルへ行き、ちょうどさかえと会った。さかえは市子に連れられ家に行った。さかえは市子に憧れるし、嫉妬も強い。それで、佐山夫婦の養子妙子も嫌いだった。妙子の父は殺人犯で、佐山は妙子の父の裁判の弁護士だった。さかえは佐山の事務所へ勤めはじめ、佐山とずっと一緒にいた。さかえは若いし、美人で色っぽかったので、市子はなんとなく不安だった。佐山はさかえの生き生きした生活態度と若さに引かれたが、市子には忠誠だった。妙子は友達千代子の紹介で有田という大学生と付き合い始めた。さかえと市子と村松の息子光一とレストランで食事したとき市子は偶然昔の恋人清野と会った。さかえはすぐ気づいたが、市子の前では知らないふりをした。さかえのため佐山夫婦は喧嘩したこともある。さかえと佐山夫婦が一緒に映画を見に行って市子は気持ちが悪くなり先に劇場を出た。ちょうどそのとき偶然清野と会ったのだ。佐山とさかえは市子を探しに別れ、佐山は交通事故に遭ってしまった。佐山は入院したが重病ではなかった。看病中、市子は体調が悪く医師に検査してもらって、妊娠したことを知った。それを知ったさかえは荒れ、タバコを吸い始め、お酒ばかり飲んで、光一や他の男と遊び始めた。妙子は結局有田の家族の反対で有田と別れ、佐山の紹介で医療少年院に勤めるようになった。佐山は入院時の世話の感謝で皆を自宅に呼んだ。しかし、さかえは市子に別れの挨拶の言葉だけ残して雨の外へ飛び出した。光一は追ったまま戻らないし、さかえから京都の父の所へ行くという電話がかかってきた。父と会ったら、戻ってこい、という市子にさかえは素直な返事をする。（桂　春美）

女道楽《おんなどうらく》　短編小説

〔作者〕富岡多恵子〔初出〕「作品」昭和五十五年十一月一日発行、第一巻一号。〔初収〕『遠い空』昭和五十七年七月二十日発行、中央公論社。〔全集〕『富岡多恵子集4』平成十一年三月二十日発行、筑摩書房。〔小説の舞台と時代〕大阪、東京。昭和のはじめ。

〔内容〕「女道楽」とは、端唄、小唄、清元、義太夫といろいろな音曲を少しずつ入れまぜておもしろく演ずる藝で、それを女がするところからその名がついた。昭和のはじめころ、大阪にその「女道楽」をする藝人桜家春駒がいた。春駒は人気があり、自家用の人力車を持っていた。その人力車の車夫は文治といい、四十二、三歳の所帯持ちで、子供も二人いる。三十九歳の春駒は、婀娜《あだ》っぽい女だと評判で、ダンナやパトロンには不自由せず、また、藝人相手にかずかずの浮名を流して有名だった。いつもの

お

ように、男と逢ったあとの春駒を文治が自宅まで送りとどけた時、ふと春駒が「大阪はいやになった、また東京へでもいこうかな」と言った。すると、めったにものをいわぬ文治が「東京へいこう」とハッキリと答え、次の日の早朝に、二人は汽車で東京へ行く。東京の郊外に移ってから、文治は或る医者の車夫になり、春駒は車夫の女房登勢となった。東京へ移って半年ほどすぎたころ、登勢が「あたしは悪いことしたねえ。あんたを道づれにしちまったよ」と言うと、文治は「冗談も休み休みいえ」と言い、登勢を突き飛ばす。それから一週間ほどして、登勢は二十六、七歳の辰という左官職人と情事をする。そして、その後も次次にいろいろな男と情事をし、その男の話を文治に話して聞かせた。するとある時、左官職人の辰の親方が登勢のところへやってきて、辰が登勢のことを忘れられないでいると告げ、登勢のホントの気持ちを聞かせてくれと言った。登勢は勘弁して下さいと答える。このことで、登勢は一年もしないうちに自分が素人になっていたことを感じ、文治に「こわい、どこかへつれていって」と言う。すると文治は、車夫の装束を身につけ外へ出て、裏口においてある車を表へまわし、家の中の登勢に向かって「師匠、師匠！　車の用意はできてますよ！」と叫んだ。

（三谷　修）

女の勲章《おんなのくんしょう》　長編小説

〔作者〕山崎豊子〔初出〕「毎日新聞」昭和三十五年二月二十四日～三十六年一月二十六日発行。〔初版〕『女の勲章上巻』昭和三十六年二月十五日発行、中央公論社。『女の勲章下巻』昭和三十六年三月二十三日発行、中央公論社。〔全集〕『山崎豊子全集3』平成十六年三月十日発行、新潮社。〔小説の舞台と時代〕甲子園、堂島、心斎橋、鶴橋、京都。昭和二十八年二月から昭和三十二年四月十六日まで。

〔内容〕大阪船場の名門羅紗問屋出身の大庭式子は、敏腕経営コンサルタントの八代銀四郎を片腕に、倫子・かつ美・富枝という三人の職員を擁し、甲子園に聖和服飾学院を設立。式子は関西デザイナー協会会員となり、華々しいデザイナーの道を歩み始めるが、そこは女同士の欲望と陰湿な嫉妬の渦巻く世界だった。式子は関西デザイナー協会主催のファッションショーで、マスコミの注目を惹くことに成功。一方、並外れた経営手腕で学校の拡張を目指す銀四郎は、式子や倫子たち女性職員を懐柔し、事実上の経営権を掌握する。銀四郎の学校拡張戦略は成功を続け、それに伴って式子と聖和服飾学院の名声は上がっていくが、学校の内部にも、式子に取って替わろうと目論む倫子、他の三人を出し抜き、金と地位を得ようとするかつ美、そらとぼけて欲のない顔をしてみせながら、巨額の利益を手に入れる富枝、それに式子を加えたどろどろとした女の争いがあった。銀四郎は、彼女らの野心に巧みにつけこみ、男としての野心を満足させようとする。式子は東京での「十大デザイナー作品ショウ」に関西の服飾界の代表として出品し、デザイナーとしての名声を確立。また、心斎橋に大阪校を設立、京都にもチェーンスクールを開校させるなど、短期間で一流デザイナーの仲間入りを果たすが、その成功は自らの野心と虚栄心の上に築かれたものであることに、式子は気付き始めていた。そして式子は世界的デザイナー、ジョン・ランベールとの提携交渉のためにパリへ赴き、交渉は成立する。華やかな外見とは裏腹の、虚栄と欲望に満ちた生活に疲れ果てた式子は、銀四郎の恩師で、聖和服飾学院顧問の仏文学者白石教授との愛に、心の平安を見出す。

しかし、唯一の心の拠り所となったその愛も、莫大な慰謝料を盾に取り、院長留任を迫る銀四郎によって引き裂かれ、式子は再び野心と虚栄と欲望に満ちた生活へ引き戻される。白石教授の愛を失った式子は栄華の絶頂の中、自らの命を断つ。（大杉健太）

女の橋《おんなのはし》　短編小説

〔作者〕織田作之助〔初出〕「漫画日本」昭和二十一年四月十五日発行。〔初収〕『船場の娘』昭和二十二年二月五日発行、コバルト社。〔全集〕『定本織田作之助全集第五巻』昭和五十年四月二十五日発行、文泉堂書店。**〔小説の舞台と時代〕**船場。明治三十五年頃、大正十一年。

〔内容〕伊吹屋という瀬戸物問屋の当主の恭助は、「お人善しで、世間知らずで、気が弱く、いわば『船場の坊ンち』の見本」のような男である。藝者の小鈴が太左衛門橋の上で、子を宿したことを打ちあける。恭助はいとも簡単に結婚を約束する。小鈴はその日から手習いをはじめる。しかし、ひたすら伊吹屋の暖簾を守ることに残りの半生を捧げている番頭の藤吉が縁切り話を持ってやってくる。恭助は、小鈴と別れ、靱の乾物問屋の嫁を貰うこと、小鈴との子は里子にやり、時機を見て伊吹屋へ連れかえるということに反対出来なかったのである。小鈴は手切れ金を受け取り、証文を書かねばならなかった。

二十年近くの歳月が流れ、大正十一年の夏が来た。小鈴は名古屋へいったが恵まれず、再び大阪に戻っていた。伊吹屋の長女の雪子が名取りの披露をかねて「娘道成寺」を中座で踊ると聞いた小鈴は、昔の朋輩勝子に頼んで、替え玉となって三味線を弾くが、倒れてしまう。雪子が小鈴を楽屋に見舞うと、勝子が何もかも打ちあける。しかし、既に小鈴の息は切れていた。小鈴の亡骸は雪子や勝子に付き添われて、太左衛門橋を渡っていた。自分はもう船場とは何の縁もない人間だという想いが、雪子の頭をかすめた。織田作之助の船場もの読物連作小説「女の橋」「船場の娘」「大阪の女」の第一作目にあたる。（浦西和彦）

女の骨《おんなのほね》　短編小説

〔作者〕富岡多恵子〔初出〕「すばる」昭和五十三年八月五日発行、三十六号。〔初収〕『斑猫』昭和五十四年十月十五日発行、河出書房新社。〔全集〕『富岡多恵子集3』平成十一年一月二十日発行、筑摩書房。**〔小説の舞台と時代〕**大阪。現代。

〔内容〕二十年ぶりの大学のクラス会が大阪でいちばん大きなホテルでひらかれたが、「わたし」は出席しなかった。そのクラス会の前日、「わたし」はそのパーティーがあるというホテルで、親類の息子の結婚式と披露宴に出ていた。その結婚式で、「わたし」は新郎の姉から母親のことを訊ねられる。「わたし」の母親は、結婚式を欠席していた。「わたし」の母親は、二カ月くらい前から熱心に「老人文化センター」へ通っており、結婚式の日も「老人文化センター」へ出かけたのである。この母親が七十一歳の時に、八十四歳の母親の姉が老人ホームで死んだ。母親の姉が死ぬ時、そばにはだれもいなかった。そして、みんなが火葬場に着いた時には、もう母親の姉はコンクリートのカマの中で燃やされていた。火葬場から骨壺をもって帰り、それは母親の部屋の仏壇の前におかれた。母親の姉の遺産が六十万円あり、それをすべて寄附しようという話になった時、「寄附なんかせんでええ、わたしがもらう」と母親は突然いった。結局、遺産の三分の一が母親のものとなり、あとは寄附となったのだった。結婚式の明くる日、「わたし」が母親と長

男とその妻とで話していると、母親が自分の着物を「わたし」にゆずると言い出す。しかし、「わたし」はそれをハッキリと断る。「わたし」にとって親は、母親というよりはひとりの老人になっている。そして、「わたし」が帰ろうとすると、「きたと思うたらもう帰るのか」と母親はいった。玄関先で「わたし」が、母親にめがねをつくってもらうことをすすめると、母親は「新聞も本も見いへんのに、めがねなんか要らん。このごろテレビもあまり見てへん」とウツロな目でつぶやいた。「わたし」は予定していたその日のクラス会に出席しないで自分の家に帰った。 （三谷　修）

女紋《おんなもん》　長編小説

〔作者〕池田蘭子〔初版〕『女紋』昭和三十五年一月三十日発行、河出書房新社。〔小説の舞台と時代〕今治、神戸、大阪。明治二十九年から大正十二年。

〔内容〕旧家日吉屋の妻の敬が愛媛県今治へ巡業にきた大阪の講釈師玉田玉秀斎と一緒に、夫と五人の子供を残して出奔した。やがて、日吉屋は没落し、長男の阿鉄ら残されていた子供たちや孫が大阪へ出てきて、立川文庫の共同執筆者に加わる。

大阪の立川文明堂から出版された立川文庫は、明治四十四年に発行された『諸国漫遊一休禅師』を皮切りに、大正末年までに約二百冊出された。なかでも第四十編の『猿飛佐助』は全国的に忍術ブームを巻き起こした。立川文庫のほとんどが加藤玉秀、雪花山人、野花山人、草花山の四人の共同執筆である。敬の孫であり、立川文庫の執筆者の一人であった著者が、祖母の敬が死ぬまでの後半生と、立川文庫成立の事情を実伝小説に描く。なお、速記者小田都三郎、伊知（著者）の二人を仮名にしたほかは、登場人物の全員が実名で書かれている。足立巻一は同書の「解説」で「この作品は小説としても人間記録としても興味深いものだが、さらに明治、大正の大衆文化史に貴重な資料を加えるものである。ここに描かれた『立川文庫』の成立の事情はこの実伝ではじめて明らかになったのであり、関係者のほとんどが物故したいまでは、これ以上詳細な記録を今後求めることはできないだろう」と述べている。 （浦西和彦）

女予言者《おんなよげんしゃ》　短編小説

〔作者〕黒岩重吾〔初出〕「小説中央公論」昭和三十七年五月号。〔初収〕『法王の牙』昭和三十八年一月三十日発行、中央公論社。〔全集〕『黒岩重吾全集第二十六巻』昭和五十九年一月二十日発行、中央公論社。〔小説の舞台と時代〕道修町界隈、豊中。昭和三十七年頃。

〔内容〕大阪道修町、大宮製薬社長大宮平助は、破産の危機を迎え、金策に狂奔していた。浜寺の自宅も抵当に入っている。豊中に住む評判の女予言者天地川まゆ子に会い、二十日後にチャンスがくるとアドバイスを受けるが、その日に平助は天王寺と和歌山を結ぶ省線電車に飛び込み自殺する。平助の懐の二千万円の手形がなくなっていた。息子で、弁護士の卵である治は、真相を探るが何もわからずあきらめる。二年後、平助の運転手瀬野が痴情のもつれでまゆ子の秘書容子を刺し、中之島の拘置所でかっての事件について告白する。あの事件は容子が仕組んだことで、手形を盗んだのは瀬野であったが、手形を紛失した平助がショックのあまり自殺したのは予想外であった。容子はまゆ子の信者であったA製薬専務から莫大な金を受け取り、大宮製薬が開発中であった製品を奪うため、破産させることだけが目的だったのだ。 （中谷元宣）

おんば《おんば》　短編小説

〔**作者**〕今東光〔**初出**〕「オール読物」昭和三十五年四月号。〔**初収**〕『今東光秀作集第六巻』昭和四十二年十一月十日発行、徳間書店。〔**小説の舞台と時代**〕八尾、天満。明治、大正、昭和。

〔**内容**〕「河内もの」の一つ。おゆきとおたまは両親をチフスで亡くした。二十と十七の姉妹は両親の残した田畑で野良仕事に励んだ。姉おゆきが私生児を生む。子は他所へ出し、乳の出る乳房を押さえて松屋町の玩具問屋へ乳母奉公に行く。おたまも、小学校代用教員の西川丑松の子を生むが、他所へ出し、たっぷりと出る乳房を元手に天満の酒造屋に乳母奉公に行く。家同士の結婚をする良え衆の子どもは、骨が細く、ひ弱に生まれる。それが河内百姓の娘の健康な乳を飲むので、たちまち甦ったように丈夫に育つ。その子らは自分に河内の血が流れていることを感じていた。大阪人のド性骨はこうして形成されるのだ。おたまは夜寝る時も英一郎を抱いて寝た。英一郎が五歳の冬、右手人差し指を火傷した。おたまは自らの秘所にその指を入れさせる。河内では火傷には女の陰部が妙薬だと言い伝えられていたからだ。おたまは五年余り勤めて河内山本に帰った。英一郎が十六歳の夏、おたまのいる河内山本に遊びに来る。おたまは久しぶりに英一郎を抱いて寝る。英一郎は五歳の時の火傷の治療を覚えていた。おたまは胸が切なくなる。二人は愛撫する。おたまは身籠り、女児を産み、育てる。英一郎はやがてスペイン風邪で死ぬ。おゆきは奉公先に後妻に入るが、十年前後で亭主に死に別れ、家に帰って来る。月日が経った。姉妹は七十三と七十になる。姉は亡き夫の命日に、妹は英一郎の命日に、それぞれ天台院に詣でて御経を読んで貰っては満足している。

（中谷元宣）

【か】

会社再生《かいしゃさいせい》　長編小説

〔**作者**〕阿部牧郎〔**初版**〕『雷鳴のとき』昭和六十三年六月発行、文藝春秋。〔**文庫**〕『会社再生』〈徳間文庫〉平成六年五月十五日発行、徳間書店。この時、改題。〔**小説の舞台と時代**〕大阪、東京、サイゴン。昭和十五年から昭和五十二年まで。

〔**内容**〕多額の不良債権をかかえて倒産寸前にあった大阪の鉄鋼商社安宅産業が昭和五十二年十月一日に伊藤忠商事に吸収合併された。この安宅産業の合併劇を実名で描いた長編小説。

松井弥之助は、プラスチック製品メーカーのタキロン株式会社の社長である。十年前、伊藤忠商事から出向し、経営危機におちいったタキロンを一年で再建した。昭和五十一年二月二十五日、伊藤忠商事の戸崎誠喜社長は「きみに安宅の社長になってもらいたい。合併の準備をするんだ」と言う。四月、松井弥之助は安宅産業の最高顧問（のちに会長）に就任し、伊藤忠から選出された十一名のスタッフを率いて、安宅産業に乗りこんだ。伊藤忠の理事である永松が、松井弥之助について「弥之助は信義に厚い、約束をやぶらぬ男です。戦時中彼はビルマで、生命がけで約束をまもったことがある。彼がやるというなら、安宅産業の再建だって成りますよ」という。松井弥之助らは安宅産業の実体を把握することに乗り出したが、七百五十億という損失額の大きさに愕然とする。伊藤忠サイドはこの吸収合併の話から手を引こうとするが、銀行サイドの強い要請で再び取り組むことになる。

（浦西和彦）

か

階《かい》段《だん》　短編小説

〔作者〕宮本輝〔初出〕「文学界」昭和六十三年四月一日発行。〔初収〕『真夏の犬』平成二年三月二十五日発行、文藝春秋。〔全集〕『宮本輝全集第十三巻』平成五年四月五日発行、新潮社。〔小説の舞台と時代〕大阪市大正区S町。昭和三十七、八年。

〔内容〕父は半年前、母に大怪我をさせて、どこかに姿を消した。私と母と兄が昭和三十七年四月に大正区S町の亀井荘に引っ越した。兄は高校を退学し、堺市にある電機部品工場に就職して工場の寮に行ってしまう。頭痛を治すために飲んだ酒が母をアル中にしてしまう。スカートをめくりあげて、電車のレールに寝転がって市電を停めるのである。私は学校を休み、アパートの階段に坐って、母が部屋から出ないように見張る。それからしばらくした日、アパートの住人の島田の部屋から一万円を抜き取る。一カ月に一度、多いときには二度、私は合計で八万五千円も盗んだ。島田は部屋の鍵を取りかえる。私はそれ以降もう盗みはやめる。それからも、「冬の寒い日以外」は「階段の真ん中の段に坐るのを」やめない。もしあのとき盗みがばれていたらどうなったか。「なぜお前は護られたのか、なぜお前に護られたのか。」と、その言葉は私をうなだれさせるのである。（浦西和彦）

改訂増補漫遊案内《かいていぞうほまんゆうあんない》　案内記

〔作者〕田山花袋、野崎城雄〔初版〕『改訂増補漫遊案内』明治三十六年八月一日発行、博文館。明治二十五年七月十三日第一版発行より数えて二十五版目に当たる。

〔内容〕明治二十五年の発行より、爾後隔年毎に増補訂正して印刷し、明治三十年には十五版を重ね志賀重昂の序を新たに載せる。更に明治三十三年には増補改訂を加え二十二版を発行する。初版に比すると、名所数は八十四カ所増え紙数はほぼ二倍となり、前版までは東海・東山・畿内・山陽に分けていたのを鉄道線汽船の航路に従い遠近の順序で列記するように改める。二十二版の凡例には、「此書を編むに当り各私立鉄道会社等は材料蒐集の便利を与へられ且理学博士、医学博士、工学博士、鉄道技師、地理専門家及び学士、新聞記者、小説家、漫遊家等の諸氏にして懇篤に余が所見の足らざる所を教示せられしも多く、是等の教示は此書に無量の光彩を添へたるや論なし」とあり、それぞれの専門家の門戸を叩き編んだ書であることが示されている。そして更に明治三十六年改訂増補版では鉄道路線を増やし、紙数は百五十頁以上を増加、名所は九十余りを増やすに至る。緒言として旅行心得を載せる。「堺浜海水浴場　南海鉄道に頼りて尚ほ南」に「進めば住吉より次の停車場を堺とす、堺停車場より西南の方へ緩歩すると六町ばかりにして堺の海岸大浜に出づ、即ち海水浴場の在る処なり、浜は西に面して茅渟の海を控へ正面は遥かに淡路島と相対し右の六甲、武庫の峯嶽を遠望し眺矚頗る快豁なり、浜辺には二層三層の高楼簷を連ね酒旗風に翻へりて客を招くが如し、中に就て茅海楼を最とし一力亭之に亜ぐ、皆な館内に温浴場を設け又割烹の業を兼魚は潑溂俎の上に踊るもの〻みを用ふるが故に新鮮にして佳味殊に鯛を以て名物とす、茅海楼には一定の宿料なしと雖も一日凡そ七十銭以上二円以下なるべし」。（高橋博美）

街路の装飾品としての東京の女と大阪の女《がいろのそうしょくひんとしてのとうきょうのおんなとおおさかのおんな》　エッセイ

〔作者〕清水庸三〔初出〕「中央公論」大正四年五月一日発行、第三十年五号。

〔内容〕東京の女と大阪の女を街路の装飾

品として見る時は、そこにまた捨てがたい味が生じてくる。東京の街が地形上、山の手と下町に大別されているように、東京の女も趣味の上でも、思想の上でも、服装の上でも、山の手風と下町風に分かれているのは面白い。下町風の女の服装は江戸っ子の趣味であり、山の手風の女のそれは、田舎者の趣味である。ハイカラで高尚なのが山の手の女の特徴であるごとく、下町の女はイキであり、粋である。東京の文明は諸方の田舎者によって作られた文明であるが、大阪の文明は大阪土着の住民、すなわち「贅六」の作った文明である。大阪は東京ほど地方の田舎者が移住していない。大阪の女をその色合いの上から強いて区別してみるならば、船場、島の内、九条、天満、福島くらいなものである。とりわけ、船場と島の内は、上方文明の「発酵地」であり、繁華街の中心であるだけに、大阪の代表女と言わねばならない。趣味思想が古風で保守的な点は東京の下町女と似ているが、違うのは、東京の下町女がイキであり粋であるのに対して、船場と島の内の女は濃艶であり官能的である。九条と天満と福島の女は、その趣味が浅薄粗大で、「植民地的乃至実利的」なる点において、東京の山の手の女を髣髴とさせるものがある。東京の女は個性を重視するが、大阪の女は自分の容姿に独自の見解を持っていない。繊弱な女性として個性を滅却され、または滅却したままの永い習俗によって、大阪の女の顔は類型的である。また、服装においても階級的区別を承認して、その制限区域外へは一歩も踏み出そうとしない。一方、東京の女も頑迷にして無知なる点はたくさんある。肉体美を発揮するはずの襟筋と眼と足首を、足袋カバーや襟巻き、青色の眼鏡で覆ってしまうのである。街路の若い女の装飾美が、それらによって破壊されている事実は慨嘆に堪えない。

（荒井真理亜）

カウント・プラン《かうんと・ぷらん》　短編小説

〔**作者**〕黒川博行〔**初出**〕「オール讀物」平成七年四月号。〔**初版**〕『カウント・プラン』平成八年十一月二十日発行、文藝春秋。
〔**小説の舞台と時代**〕富南市、南港、天王寺、新今宮、芦原橋、大正、箕面、松原、九条、羽曳野、西区千代崎、阿波座、東大阪市、淀川。現代。
〔**内容**〕福島浩一は妙なことをするのがクセになっていた。何でも数を数えたくなるのである。節分の豆もひとつひとつ丁寧に並べ、数えた後に豆まきをした。一方、富南署の樋本のもとにスーパーマーケットから毒物混入の脅迫状の相談が届く。以前にも同じ系列に届いたらしいが何も起こらなかった。しかし、用心の為、張り込みをする。福島はボルトのメッキ加工の工場に勤務している。二人だけの小さな工場はたいてい工場主の安井が不在のまま、一人で仕事をしている。樋本が担当していた脅迫事件は、そのスーパーマーケット内のペットショップにて脅迫状の通り、青酸塩が魚の水槽に入れられ、更に別の支店にて同じ脅迫状が届く。青酸塩の出どころを調べる内に、この薬品が金属のメッキに使われることが分かり、又、脅迫状に残ったわずかな指紋から、福島があやしいとにらむ。福島のことを調べる内に、彼が神経科に通院していることが分かり、医師のところに聞き込みに行く。医師は彼は数を数えたくなる強迫観念にかられる〝計算症〟であるときく。樋本に金の受け渡しの情報が入り、福島を張り込むのだが、一向に福島は動きをみせない。すると、犯人が逮捕されたと連絡を受ける。犯人は福島の雇い主、安井であった。彼は借金による苦しい会社運営だったのだ。しかし、何故福島の指紋がつい

ていたのかは分からなかった。一方、福島は自分が警察に張り込まれていることを知っていた。彼にとって、それはどうでもいいことだった。そしてまたポテトチップスを並べて数えていた。（井迫洋一郎）

帰り道は遠かった《かえりみちはとおかった》　短編小説

〔作者〕黒川博行〔初出〕「オール読物」昭和六十三年五月号。〔初収〕『てとろどときしん〈大阪府警・捜査一課事件報告書〉』平成三年九月二十六日発行、講談社。〔小説の舞台と時代〕淀川区西中島、大正区小林町、箕面、池田。現代。

〔内容〕淀川の河川敷でシートに血糊のついたタクシーが発見された。運転手の姿も無く、現場の状況から強盗事件として捜査が開始される。手掛かりは、車に残された事故の痕跡と、ラジカセだけであった。運転手・柴田の交友関係の捜査が進むにつれ、最近羽振りが良かったことが明らかになる。柴田は、偶然乗せた客が不倫をしていることを知り、遣り取りを録音したカセットをねたに恐喝していたのである。タクシーに残されていた事故の痕跡は、恐喝された側がカセットを奪い返す時に出来たものであった。しかも、シートに付いていた血痕は柴田のものではなく、カセットの取り戻しを依頼されていた男のものであった。死んだはずだと思われていた柴田は生きていたのである。（巻下健太郎）

カオスの星屑《かおすのほしくず》　長編小説

〔作者〕黒岩重吾〔初版〕『カオスの星屑』昭和四十九年七月一日発行、文藝春秋。〔全集〕『黒岩重吾全集第十一巻』昭和五十七年十一月二十日発行、中央公論社。〔小説の舞台と時代〕大阪市内、上野芝、六甲山など。昭和二十年代初頭。

〔内容〕黒木恭吾は、ソ連軍の満州進入と同時に軍隊を脱走、昭和二十年十一月、生命からがら、廃墟の大阪に帰ってきた。混沌としたカオスの時代だった。D大学に復学して、半年間ぐらいは、恋人敬子との結婚を夢見て真面目に通学するが、その希望は破れ、ロマンを求めて闇市場の世界に入る。小口沢、貝沼らの闇市場の組織に参加、金を儲け、浪費生活を送る。酒と女、退廃的な生活ではあったが、青春の炎を燃やす。そして、六甲山中での四トンもの砂糖の大取引を迎える。その準備は大変過酷な肉体労働を要したが、メンバーはやり抜き、取引は成功する。しかし貝沼は、黒木に、闇屋の世界は所詮賭けと憑きの世界であり、この世界から足を洗えと忠告する。その後、組織は解散、それぞれはそれぞれの人生を歩む。成功を収めるものもいれば、早くに命を落とすものもいた。約三十年後、黒木は、かつて進駐軍の刑務所であった新大ビルを見上げながら、「人間のロマンは、崩壊と廃墟の季節にこそ、思い切り火花を散らすことが出来るのではないか」と思うのであった。作者は、「三部作の背景」（『黒岩重吾全集第十一巻』）において、「この巻に収録された作品（「人間の宿命」「裸の背徳者」「カオスの星屑」）は、比較的自伝的要素が強い作品である。だが自伝では決してない。飽迄小説であり、私の人間観、またイマジネーションの所産である。ただ、この巻の三作についていえることは、私がこれ等の作品に描かれた場所に居り、その時代を生き抜いたということである。そういう意味で主人公や大勢の登場人物は、私が創作した人間であると同時に、私の分身であるともいえよう。私にとっては最も身近な作品である」と語っている。（中谷元宣）

火気厳禁《かきげんきん》　短編小説

〔作者〕田辺聖子〔初出〕「小説現代」昭和

四十一年一月一日発行、第四巻一号。〔**初収**〕『ここだけの女の話』昭和四十五年二月二十八日発行、新潮社。〔**作品集**〕『田辺聖子珠玉短篇集②』平成五年四月二十日発行、角川書店。〔**小説の舞台と時代**〕西淀川区、天王寺。現代。

〔**内容**〕志奈子はもう二十九だというのに結婚もせず、蓄財に心がけている。会社の同僚の福田民子には「男って金を持ってると思うと、しつこくつきまとうんだから、気をつけないと……あんた甘いから、火気厳禁よ」と言われている。志奈子は未来の劇作家を夢見る、素寒貧で一文無しの浅見が好きである。浅見はいつも志奈子が来ると酒をおごってもらうことに決めている。今夜もまた、彼の空疎な演劇論を聞き、自画自賛を聞き、無駄な金を酒場へ払わされて別れるのだと思うと、志奈子は理不尽な怒りや不平不満がやるせなく高まってきた。不機嫌な志奈子を浅見は部屋に誘った。浅見と結ばれて志奈子はゆたかで誇らしい気持ちだった。浅見に「急に会いたくなって」と言って呼び出され、夜にもかかわらず、家を飛び出した。急に呼びつけるところが、いかにも恋人らしいわがままでよかった。しかし、金を持たずに駆けつけた志奈子に浅見は「酒飲ましてもらおうと思ったのに」と言った。志奈子は怒り、浅見と喧嘩別れをしてしまう。その後、浅見から手紙が来た。浅見の戯曲が入賞し、浅見は上京することになったという。志奈子は独り白浜へ出かけ、波音の高い闇の中で孤独を感じた。

（荒井真理亜）

餓鬼の晩餐《がきのばんさん》　短編小説

〔**作者**〕富岡多恵子〔**初出**〕「文藝展望」昭和四十九年四月発行、第五号。〔**初収**〕『冥途の家族』昭和四十九年六月二十八日発行、講談社。〔**全集**〕『富岡多恵子集2』平成十年十月二十日発行、筑摩書房。〔**小説の舞台と時代**〕大阪、ハワイ、アメリカ。現代。

〔**内容**〕ふく子の父兼吉には、脇腹に固いカタマリがある。それを知ったふく子の母歌子は、兼吉を大学病院に入院させたが、兼吉は一週間もしないうちに逃げて帰ってきてしまった。「医者のタマゴかなにか知らんが、あんな洟たらしのガキみたいな若僧のモルモットにされるほど、わしはまだ落ちぶれてへん」というのが逃げ出した兼吉のいい分だった。ふく子は、兼吉がそのカタマリによって死ぬのではないかと感じている。兼吉が病院を脱走してから半年ばかりしたころ、ふく子は家を出て、絵かきである男性と一緒に暮らしていたが、一年に二、三度しか家に寄りつかない兼吉はそのことをまだ知らない。ふく子は大阪駅の近くの喫茶店で待ち合わせをし、兼吉にその相手の男性を紹介する。その後、絵かきであるふく子の夫は、アメリカの或る大学から奨学金を受けて渡米することになり、ふく子もそれに付いて行くことになった。ふく子は、そのためのセンベツを兼吉からせしめようと思っていたが、ある日実家に帰ると、兼吉が入院していると知らされる。ふく子が病院を訪れると、兼吉はふく子に、「今はな、ゼニは無理や、ゼニは」と言う。自分がアメリカ行きの金の無心に来たことを、兼吉は言わなくても知っていた、とふく子は思う。やがて、ふく子はアメリカに渡り、アメリカで兼吉の死を知る。日本に帰ったふく子は、母の歌子から、兼吉の葬式に四つか五つの子を連れた知らない女が来たことや、兼吉が残したものが病院で買ったフトンと病院へ着て行った背広と借金だけであることなどを聞く。ふく子は、「あのひとは、うまいもんを食べるのと、冗談であげる笑声と、それからバクチが好きだった」と思った。

（三谷　修）

牡蠣船《かきぶね》　エッセイ

〔作者〕石割松太郎〔初収〕秋田貢四編『夜の京阪』大正九年八月十七日発行、文久社出版。

〔内容〕磯の香趣味を味わう俳味ある牡蠣船の情趣を今は亡き水落露石と重ね合わせ哀傷深く描き出した随筆。

　水の大阪の一名物「牡蠣船」の情趣は磯の香にある。大抵の牡蠣船の構造がそうであるが、仮橋を入ると畳三枚程の土間に一人か二人の男が盤台を抱え込み鵞鳥の嘴のような物で、牡蠣の殻を割っている。まず、その「藻に埋るゝ」ような生々しい磯の香が嬉しい。そして牡蠣船の料理は千篇一律である。しかし千篇一律にして巧みのない処、原始的な幼い処に、船の妙味、磯の味、漁村の趣がある。南画に見る山水のような盆景のような貝蒸しに至っては、磯の香趣味の横溢を見ることが出来る。—一年前、丁度今日のような春寒の宵に、北浜の淀屋橋下の牡蠣船で、卓に貝蒸しを盛り、水落露石氏が風雅の談に興じておられた。その俳味ある牡蠣船に露石氏を見出して以来、船と俳諧と棒を呑んだが如く端然と坐っている露石氏とが、連鎖をなして思い出されるのが習慣のようになっている—今もそうであった。その露石氏は今は亡し、逝いて一年余、その遺稿「蛙鼓」一編、贈られて机上にある。

　舷の明障子に、淡い雪がサラサラと降っていた。

（高橋博美）

カクテルのチェリーの味は《かくてるのちぇりーのあじは》　短編小説

〔作者〕田辺聖子〔初出〕「小説すばる」平成元年九月一日発行、第三巻四号。〔初収〕『金魚のうろこ』平成四年六月二十五日発行、集英社。〔作品集〕『田辺聖子珠玉短篇集①』平成五年三月二十日発行、角川書店。

〔小説の舞台と時代〕ミナミ、千年町、北新地、西宮、北摂、日本橋、地下鉄御堂筋線の難波、梅田、三津寺筋、宗右衛門町。現代。

〔内容〕人間、五十九になれば、おのずと諸事諸物に対して感想を抱くようになる。有川も五十九になって、少しばかり、そして何ごとに対しても、感想を持つようになった。有川には妻と娘がいるが、別居して離婚同然。家庭を飛び出したが帰るところがないので、西大阪の小さなマンションに一人で暮らしている。会社を辞め、スーパーの倉庫番をしている。恋人の汐見エリ子とは台湾グルメの旅というパック旅行で知り合った。去年、北新地で偶然再会し、仲良くなった。エリ子は三十二のハイ・ミスでとにかくよくしゃべるが、丸顔で可愛らしい女だから、とても若々しく見える。エリ子との思いがけぬ関係は、有川の人生を楽しく彩っている。昔の有川なら会社を辞め、妻と離婚同然なんて信じられなかっただろう。もう一つ、昔なら考えられないような身の上になったのは、夜の勤めを持ったことである。ミナミでバーをやっていた友人伊東が肝臓を「いわしてしまい」入院、有川がスーパーを辞め、店を手伝うことになったのだ。伊東の女房の咲江が接客をし、有川はバーテンダーである。店に出ていると、様々な人生に触れ、その都度、有川は感想を持つ。深夜、家に帰ってテレビをつけると、エリ子が、「女も政治に口出しする会」の会合で力説している。緊張していて、りりしく見えた。いつかはエリ子と別れることになるだろう。有川の才覚で手にしたアパートもいつかは妻子にむしり取られるかもしれぬ。この世に男の残すものは何もない。男のもちものは、ただ一つ、「かんそう」だけである—というのがその時の有川の感想である。有川はカクテルの

チェリーを口に含みつつ、テレビのチャンネルを回した。

（荒井真理亜）

花月亭団丸好色噺俗《かげつていだんまるこうしょくばなしぞく》　長編小説

〔作者〕藤本義一〔初版〕『花月亭団丸好色噺俗』昭和五十一年七月十五日発行、新潮社。〔小説の舞台と時代〕大阪。明治三十年代から昭和三十年代。

〔内容〕二代目春団治を師匠に持つ花月亭団丸は、明治末から、浪花の寄席で珍談藝で活躍、だが早漏であった。恐妻千勢とせめぎ合いながらも、お夏を囲う。旅先で知り合った定子を大阪に連れて帰り、愛人とする。また、米軍キャンプのアメリカ人女性とも関係する、という具合に数多くの女を作る。藝人仲間と好色に興じ、中でも特に長崎で八十八人斬りをした花丸は、大阪駅で昏倒、死んでしまう。しかし、団丸は懲りない。生きている裡に、自分の香典がどのくらい集まるかを見たいといって、二号宅で偽りの葬式を挙行するが、千勢に怒鳴り込まれる。漫談家としての才能豊かな団丸は、「団丸童謡」を考案、爆発的人気を得る。昭和三十年代、上方喜劇協会会長就任、浪花文化賞受賞。性病にも感染する。しかし、その治療に苦しみ虚ろになりながらも好色を語り、千勢を怒らせるのであった。和多田勝は「解説」（『馬鹿ばかしい咄《花月亭団丸好色物語》』〈徳間文庫〉昭和61年6月15日発行、徳間書店）において、この作品の主人公のモデルを花月亭九里丸と断定、「戦後の活躍もめざましく、公私共に大車輪、必死懸命奔走の人生を送り、昭和三十七年、七十二歳で眠った。花咲院漫譚栗苑居士。大阪市と大阪市教育委員会は、九里丸の功績を称えて、昭和五十一年度の上方藝能人顕彰に、彼を選んでいる。勿論、藝並びに上方演藝界への多大の功績によってで、小指の方の業績評価は入っていない」と伝えている。

（中谷元宣）

かしく寺《かしくでら》　エッセイ

〔作者〕吉田定一〔初収〕『浪花のロマン』昭和四十二年十二月二十五日発行、全国書房。

〔内容〕酒に酔った遊女八重が兄、吉兵衛を殺したのは寛延二年（一七四九）二月二十八日のことであった。二日酔いと記憶中断のまま牢に入れられた。おそらく、八重は自分が何をしているかさえわからぬまま兄を殺したのである。江戸時代の刑罰は重く、判決は、寛延二年三月十八日、八重即ち新屋敷油屋かしく死罪であった。八重は純粋に酒で人生を棒に振ったのである。死刑を前に、八重が最期の酒を所望したのなら面白かったのだが、実際には油揚げを頼み、髪の手入れをして刑場へと曳かれていった。牢やつれした顔に、髪の艶やかさが凄い効果を与え、「八重霞浪花浜萩」という芝居が発想されて道頓堀の劇場で上演されるにいたった。八重の首は、法清寺に葬られており墓もそこにあることから、通称かしく寺と呼ばれている。また、この寺は禁酒寺としても有名で、筋向かいにキャバレーがあることは対照の妙である。墓を削って酒に入れて飲むと酒が嫌いになるという迷信から、かしくの墓は今では戒名が読めないほどになっている。

（巻下健太郎）

かしく髷《かしくまげ》　短編小説

〔作者〕上司小剣〔初出〕「太陽」大正十一年一月一日発行。〔小説の舞台と時代〕上町、曾根崎新地。「御一新」の頃。

〔内容〕『木像』の主人公福松のモデルになった上司小剣の叔父が、父親を失った経緯を描いた小説。

福松の家は、上町で「龍田屋」という饂飩屋を営んでいる。福松の父門左衛門は、

毎日、朝から河豚汁を肴に酒を飲んでは、仕事をしない。門左衛門の酒癖が原因で、妻のお粂との間に、激しい夫婦喧嘩が絶え間なく繰り広げられる。男勝りの姉のお小夜は仲裁に入るが、愚鈍な福松は父親に当たられ「癪に障るな、この鈍間小僧め」と殴られ、「何故死んじまはないんだ。手前のやうな奴は」と罵倒される。

お粂は、夫が死んだら、福松に跡を継がせ、自分が後見として、切り方によい職人を入れて、この商売を続けていこう、今のように毎日毎日汚く罵られたり、頭へ手を上げられたりして、泣いたり喚いたりしながら暮らすより、どんなにいいかしれないと思い、何度も夫婦別れの決心をしかけるが、踏み切れないでいた。

それなら門左衛門の酒癖を治そうと考えたお粂は、禁酒のまじないに、遊女「かしく」の墓石を欠いてくるよう、福松を使いにやる。「かしく」の墓石を砕いた粉を、燗徳利に入れて飲ますと、如何なる酒好きもたちまち酒嫌いになると伝えられていた。「かしく」は、生来の大酒飲みで、殊に酒癖が悪く、そのせいで兄を殺してしまった。刑場で仕置きを受ける直前、自分は酒で人生を狂わせた、だから皆さんも酒はやめた方がいいと訴えた。その時、「かしく」が結っていた髷が「かしく髷」と呼ばれ、大阪の「御寮人さん」は忌中に会うとその髷を結うようになり、他方で「かしく」の名は禁酒のまじないに用いられるようになった。母に命じられて、上町から曾根崎へ出かけた福松だが、寺には辿り着いたものの、「かしく」の墓がわからず、手ぶらで帰ってきてしまう。それを母にひどく叱られ、再び使いに出された福松が、寺に着いた時には、日も暮れ、門も閉まっていた。

途方に暮れて泣いていると、中から武士が出てきた。福松は、この武士が、自分ばかりでなく、自分の家も母も姉をも助けてくれそうな気がして、あらかたの話をしてみると、武士は「かしく」の墓の欠片だと言って、白い粉をくれた。福松が持って帰ったその白い粉を、お粂は夫に飲ませたが、次の日、門左衛門は冷たい死骸になっていた。こうして、福松の父親は死んだ。

（荒井真理亜）

花神《かしん》　長編小説

〔作者〕司馬遼太郎〔初出〕「朝日新聞」昭和四十四年十月一日～四十六年十一月六日夕刊。〔初版〕『花神1～4』昭和四十七年六月二十五日～八月二十五日発行、新潮社。〔全集〕『司馬遼太郎全集第三十・三十一巻』昭和四十九年三月一日、三十日発行、文藝春秋。〔小説の舞台と時代〕北浜、天満橋、江戸堀四丁目、中央区徳井町、大坂城、北区東寺町。弘化三年（一八四六）から明治二年。

〔内容〕百姓医であった大村益次郎（村田蔵六）が、後に倒幕軍の司令塔になり、明治維新において重要な役割を果たしたという生涯を綴った小説。蔵六は長州鋳銭司村字大村の村医者の家に生まれ、家を継ぐために蘭医になりたいと思い、大坂の緒方洪庵塾（適塾）に入塾する。そこで蘭学を学び、優秀な成績を修める。この時期、蔵六は備前岡山へ行く機会があり、そこでシーボルトの娘イネと出会う。そして二人の関係は蔵六がその生涯を閉じるまで続くことになる。大坂へ戻ったあと、蔵六は塾頭という立場になるが、故郷の父親から帰って開業しろと言われ、洪庵に惜しまれながらも退塾し、故郷へ戻る。そして、お琴という女性と結婚する。その後、蔵六は宇和島へと渡り、西洋式砲台を作ることと、蘭書の翻訳を命じられる。それを終えた後、大坂へ戻った蔵六は、洪庵に江戸へ行くことを勧められ、江戸へ向かう。そこで「鳩居

堂」という塾を開き、蘭学や医学、兵学を教授した。そのかたわら、幕府の蕃書調所の教授手伝いや宇和島藩入用の兵書翻訳、講武所の教授もすることになる。しかし、蔵六は幕臣になろうとは思わず、あくまでも長州の藩士になりたいと考えていた。ある時、蔵六に人体解剖をしてほしいという依頼が入る。それを引き受けた蔵六は、彼が知らぬ間にある人物との接点を持つことになる。同日、処刑された吉田松陰を埋葬しに来た桂小五郎が、解剖刀をふるっている蔵六を見るのである。その後、桂は蔵六を長州に出仕させるための運動を始め、それを実現させる。それ以後、蔵六は攘夷派の一人として、尽力する。慶応元年（一八六五）には、用所役・軍政専務に抜擢され、はじめて正規の藩士となった。その時から、大村益次郎という名を名乗るようになる。この頃、坂本竜馬や高杉晋作らと関わるようになり、幕軍との戦いに備え始める。その戦争を長州人は「四境戦争」と呼んだ。その戦争は、西洋の武器を大量に導入したことと蔵六の指揮によって、長州側の圧勝で終わった。この戦争の敗北によって、幕府は衰亡への坂道をころがることになる。そして、村田蔵六という軍事的天才を最高立案者にしたことが、長州を勝利へと導いたのであり、大村益次郎という名が江戸や京にまで聞こえることになる。その後も、政治家としての才は持たないものの、司令官としての才を発揮していく。そして、新政府樹立とともに京へ出てきた蔵六は、彰義隊を討伐するために江戸へ向かい、アームストロング砲などを駆使し、数分で新政府軍は勝利をおさめる。こうして、新政府軍の中心人物となっていく蔵六であったが、彼の考え方についていけない長州や薩摩の武士たちの反感を買い、京都の宿で襲われることになる。蔵六はさほど重症ではなかったが、敗血症によって死亡する。遺言らしきものはなく、西郷の反乱を予期していたのか、四斤砲をたくさんつくっておけということと、自分の骨を緒方洪庵の墓のそばに埋めてほしいということだけを話していた。蔵六は地位や栄光を自ら求めることはなかったが、幕末に生きた要人である桂小五郎や高杉晋作らから大きな信頼を寄せられていた。蔵六の人生は、世間が彼を求めるままに動いたのであり、ついに歴史的役割を果たしたのである。桂小五郎、高杉晋作、西郷隆盛、坂本竜馬といった歴史に大きく名を残す人物たちとの関係を通して、幕末に生き、医者という立場でありながら、明治維新において大きな役割を果たした大村益次郎（村田蔵六）を主人公に、その生涯を詳らかに描いた長編歴史小説である。

（林未奈子）

仮装集団《かそうしゅうだん》 長編小説

〔作者〕山崎豊子〔初出〕「週刊朝日」昭和四十年十月八日～四十一年十一月二十五日号。〔初版〕『仮装集団』昭和四十二年四月三十日発行、文藝春秋。〔全集〕『山崎豊子全集9』平成十六年九月十日発行、新潮社。〔小説の舞台と時代〕梅田新道、御堂筋、堂島、上本町九丁目、千里丘、道頓堀。昭和三十二年九月から昭和三十六年十一月まで。

〔内容〕大阪勤労者音楽同盟（通称「勤音」）は、一般大衆に良質の音楽を提供する会員制の団体である。ニヒルな敏腕音楽プロデューサー流郷正之は、優れた企画力で会員の心を摑み、当初六百人だった勤音の会員をわずか六年間で三万人にまで押し上げた。オペラ「蝶々夫人」公演を成功させた流郷は、巨大化していく勤音を自らの企画を成功させることで牛耳ろうと目論むが、勤音の運営委員会は「蝶々夫人」に民衆を啓蒙

する内容が含まれていないとして公演の成果を過小評価する。純粋に音楽の力で大衆を惹きつけたい流郷は、政治的イデオロギーと公演内容とを結びつけようとする運営委員会に反撥を覚えながらも、協和プロダクションの千田と共に、次々に勤音の例会を成功させる。一方、勤音の組織が巨大化するにつれ、自社の社員達の思想が左傾化していくのを苦々しい思いで見ていた日東レーヨン社長門林雷太は、勤音が人民党の下部組織であるとの情報を聞きつけ、関西の財界人を募り、勤音に対抗すべく、産業音楽連盟（通称「音連」）を結成。豊富な資金源で超一流の指揮者バーンスタインを招聘。金と政治力で音連会員を着実に増やしてゆく。勤音と音連との対立は激化し、勤音会員と音連会員とが、桜橋のS会館前で乱闘騒ぎを起こす。それに巻き込まれた勤音会員菊村俊一は、門林の妾である菊村文代の弟だった。思想にとらわれず、まっすぐに音楽を見詰める菊村を流郷は温かく見守るが、門林に憎悪を抱く菊村は徐々に勤音の活動分子として育成されていく。勤音の政治的傾斜に強い不審感を抱いていた流郷は独自に調査を開始。会計委員の江藤斎子と情事を重ねるうちに、勤音執行部が人民党と強いつながりを持っているという疑惑をさらに強め、運営委員会の極秘の会合を立ち聞きするに及んでその疑惑は決定的となった。それでも純粋な音楽鑑賞団体としての勤音という立場を固持する流郷は、ソ連から世界的ヴァイオリニスト、サベーリエフの招聘に成功。千田との絶妙なコンビネーションで、気難しいサベーリエフの心を掴み、来日公演を大成功に導いた。門林は流郷を音連に引き抜こうと画策するが、流郷は固辞。あくまで勤音という舞台で自らの企画力の挑戦を続けようとするが、勤音運営委員会から流郷の企画する内容がブルジョア的であるとの批判を受け、突如事務局次長を解任される。音楽という場に政治と思想を持ち込み、そこに集まった群衆を政治的に利用しようとする現代の仮装集団との戦いに敗れた流郷は、会場に向かう群衆の波に圧倒されながら一人大阪駅へと向かっていった。（大杉健太）

家族会議《かぞくかいぎ》　長編小説

〔作者〕横光利一〔初出〕「東京日日新聞」昭和十年八月九日〜十二月三十一日（11月18日休載）。〔全集〕『定本横光利一全集第七巻』昭和五十七年一月三十日発行、河出書房新社。〔小説の舞台と時代〕大阪・北浜、東京。昭和十年頃。

〔内容〕大阪北浜の仲買店の仁礼文七の画策によって相場に敗れた重住高之の父は死んだ。東京の兜町の仲買店で「精神の法則に従う事を道徳だ」とする高之は、文七の動きを察知して、大阪へ飛んで洋反物問屋の池島の好意を得て、自家の破滅をあやうく防ぐことができた。高之は、仁礼の娘泰子の愛にとまどいを感じる。重住の番頭尾上の娘春子は仲買店仲間の梶原の娘清子を高之と見合いさせる。仁礼の手代で、泰子の婿に予定されている京極練太郎、泰子の友人で、高之と泰子の仲を取りもつ池島忍らが登場する。仁礼の野望は東京の兜町の破壊にあった。大阪製紙による東京製紙の乗っ取りから、兜町の株式取引所を根本的にひっくり返す大計画の実現にすすんでいく。仁礼は遂に取引所未曾有の立会中止を勝ちとる。仲買店のほとんどは潰れ、高之も全財産を賭して破産する。高之は、自分を応援してくれた忍に店を譲る。仁礼は家が破滅した春子の復讐で刺される。泰子は父の死の悲しみと同時に高之の所へ行くのである。（浦西和彦）

桂春団治《かつらはるだんじ》　長編小説

〔作者〕富士正晴〔初版〕『桂春団治』昭和四十二年十一月五日発行、河出書房新社。〔内容〕天才的かつ独創的藝術と奇行で一世を風靡した桂春団治。上方弁を駆使して落語界を席巻、上方落語の全盛期を築いた春団治の一代記を、出生から五十七歳の死まで、詳細綿密な調査と、豊富な資料を提示して書き下ろした評伝である。本作品執筆のため、藝能記事や藝能本を読み、関係者からの聞き書取り、戸籍謄本読みなど精力的に取り組んだ。

第二十二回毎日出版文化賞受賞作品。

（中谷元宣）

加奈子の失敗《かなこのしっぱい》　短編小説

〔作者〕田辺聖子〔初出〕「週刊平凡」昭和四十一年十月二十七日号。〔初収〕『愛の風見鶏』昭和五十年十一月五日発行、大和出版販売。〔作品集〕『田辺聖子珠玉短篇集③』平成五年五月三十日発行、角川書店。〔小説の舞台と時代〕難波。現代。

〔内容〕独り暮らしをする達治のもとに、恋人の加奈子が突然押しかけてきた。二人で暮らす方が経済的だと思い、加奈子は自分のアパートを引きあげてきたのだ。職場で出逢った二人の仲はもう一年になり、いずれは結婚するという気持ちをそれぞれに持っている。同棲生活が始まり、達治は結婚したも同然だと思ったが、加奈子はそうは思わなかった。結婚式をあげなければいけないと思っているのだ。加奈子の中では花嫁衣裳を着て、神主に祝詞をあげてもらい、新婚旅行に出発するというプランができている。達治は結婚式にこだわる加奈子の気持ちがわからなかった。それに、達治は二人ともまだ二十二歳で、結婚するには若すぎると思っている。勤め先の店の主人が、何でも若いうちに身を入れて修業しなければいけない、と普段から言っているのも気になって、加奈子とのことは隠していた。ある日、達治の同僚が訪ねてきた。達治は加奈子に隠れろと言う。加奈子は達治の友人に自分を紹介してもらいたくて達治の前に立ちふさがった。しかし結局、達治は荒々しく加奈子を押しやり、黙ってドアの外に出てしまった。加奈子は寂しさを感じた。結婚式の夢がだんだん遠くなってゆく。どうしてこんなになってしまったのか。友人と去ってゆく達治の足音をききながら、加奈子は失敗の原因を絶望的な気分で探した。

（小河未奈）

かなしい色やねん《かなしいいろやねん》　短編小説

〔作者〕小林信彦〔初出〕「小説新潮」昭和六十三年一月号。〔文庫〕『悲しい色やねん』〈新潮文庫〉昭和六十二年十二月二十日発行、新潮社。〔小説の舞台と時代〕西成、南港。昭和五十五年頃から昭和六十年まで。

〔内容〕その頃の私は、たいした用も無いのに大阪でぶらぶらしていることがよくあった。そんな時、顔見知りの漫才師から落語家の桂馬を紹介された。桂馬は私に小説になりそうな話を聞かせた。桂馬には浩という友達がいた。父親は西成では有名な組長だったが、浩は銀行員として働いていた。父親が引退し、浩が跡を継ぐと組の合理化をはかりＯＡ機器を導入し、麻薬の売買を禁じた。その結果、組員は減り、残った若頭もトラブルが原因ではなれてしまう。そこまで話し終えた桂馬は胸のわだかまりが無くなったかの様であった。一九八七年の秋、私は大阪にいた。そこで売れっ子の藝人になった桂馬に声を掛けられる。桂馬は以前の話の顚末を私に聞かせた。浩は組を解散し、結婚して豊橋に引っ越していた。そして、浩はそこで死んだのである。暴力団と住民のいざこざの最中、住民側の弁護士が撃たれた。その時、流れ弾に当たって

浩は死んだのであった。それを聞き私は始めて、会ったことも無い人間の死にショックを受けた。南港で桂馬が浩との思い出を話すのを聞きながら私はもう一度この海を見ることがあるのだろうかと考えていた。

（巻下健太郎）

悲しい《かなしい》錘《すい》 短編小説

〔**作者**〕野間宏〔**初出**〕「群像」昭和二十六年一月号。〔**全集**〕『野間宏全集第二巻』昭和四十五年二月十日発行、筑摩書房。〔**小説の舞台と時代**〕大阪市。敗戦後。〔**内容**〕三谷、藤井、八島、須賀は戦時中、徴用で同じ圧延工場で働き、戦争が終わり百五十円の退職金と感謝状とを貰い、共同で百円ずつ出資して食用粉（メリケン粉、フスマ粉、うどん粉など）の売買を始めた。商売は上手くいき、それぞれの夢が叶いそうに見えたが、新円交換を境に振るわなくなったので、闇専用の製品を作るように転向しなければならなくなった。しかしそれから、互いの裏切り合いとなった。やがて警察に見つかり、三谷と須賀が捕まる。谷前の天ぷら屋の杉本は、裏工作して三谷を助けてやると言い、三谷の娘喜美子の肉体をもてあそぶ。杉本はすでに六カ月前、父親の許可を得て喜美子の寝床に忍び込んでいたのだ。父を救うため相当な金がいる。喜美子は身が削られていくのを感じる。そしてまた嫌な父親が帰って来る。「ああ、いや」と彼女はつぶやく。「喜美ちゃんに会わしてよう……喜美ちゃんに会わしてよう」と、留置場で叫ぶ須賀の声が聞こえてくるようだった。

（中谷元宣）

甲蟹《かぶとがに》 短編小説

〔**作者**〕今東光〔**初出**〕「オール読物」昭和三十六年一月号。〔**初収**〕『今東光秀作集第一巻』昭和四十二年六月十五日発行、徳間書店。〔**小説の舞台と時代**〕八尾。明治、大正、昭和。〔**内容**〕「河内もの」の一つ。久次の母親が死に、一周忌も経たぬうち、郡山の元妓女が後妻に入った。久次につらくあたる。久次は八尾の魚屋へ小僧になって住み込む。仕事は順調だったが、親方が卒中で亡くなる。十三歳上のその女房と夫婦同然に暮らし、店を手に入れる。この頃が久次の全盛時代だったが、博奕はするし、女極道はするし、全く手のつけようもない放埒に耽った。二十歳も下の淫売婦おとよを家に引っ張り込み、内儀さんをも含めた変態的な生活を始める。やがて多大な借金を作る。内儀さんが首を吊って死に、久次は店を人手に渡して失踪、落ちるところまで落ち、ルンペン同様になり天王寺公園をさすらっていた。しかし依然として、おとよの体に執心していた。やがて、おとよが久次を連れ、アパートで一緒に暮らす。久次は甲蟹のごとく、おとよの上に乗りっぱなしとなり、痩せ衰え、死ぬのだった。

（中谷元宣）

釜ケ崎《かまがさき》 短編小説

〔**作者**〕武田麟太郎〔**初出**〕「中央公論」昭和八年三月号。〔**初版**〕『釜ケ崎』〈文座書林文学全集〉昭和九年二月十八日発行、文座書林。〔**全集**〕『武田麟太郎全集第二巻』昭和五十二年十一月二十日発行、新潮社。〔**小説の舞台と時代**〕釜ケ崎。昭和七年冬。〔**内容**〕武田麟太郎が昭和七年十月下旬、とめ子を連れて、大阪に約六カ月間滞在したときに、素材を得た作品。昭和七年の冬の夜、小さな和服姿の「外来者」が唯一人で釜ケ崎の恵美須町市電車庫の南の表通を歩いている。いまは東京に住む、ルンペン（放浪性）のあるといわれている小説家である。なぜ彼があんなに物思いに沈んだ表情でこの地帯を行くのかというと「それは

過去をなつかしむ感情に駆られた結果」である。彼はこの街で生まれ、十二まで育った。自分が十二年もいた家は、今は淫売婦の仕事場になっていた。彼は女にむりやり自分の住んでいた部屋にひきずり込まれる。女は本当は男で、女装しているのである。轢死人や浮浪者が住む釜ケ崎の街が描かれる。（浦西和彦）

上方笑藝見聞録《かみがたしょうげいけんぶんろく》　エッセイ

〔作者〕長沖一〔初出〕「放送朝日」昭和四十八年〜四十九年。〔初版〕『上方笑藝見聞録』昭和五十三年六月十日発行、九藝出版。〔内容〕「上方笑藝のエスプリ」「漫才を育てた人たち」「横山エンタツ」「花菱アチャコ」「ミス・ワカナ」「奇人・珍藝」「浪花千栄子」「わが有為転変（対談・庄野英二）」「上方の笑いの名著（藤沢桓夫）」「長沖一という人（富士正晴）」「あとがき（長沖渉）」から成る。吉本興業の文藝課に勤め、PR雑誌「ヨシモト」の編集に携わり、戦後は放送作家としても活躍した著者が、万才（あるいは万歳）を漫才に変えた横山エンタツをはじめ、主に昭和十年代の上方藝人たちを描いた見聞録。「横山エンタツという人は風采といい性質といい、女性にチヤホヤされるようなところはなかったし、彼自身もそれは自覚していた節もあった。そして、たとえ艶っぽい秘話があったとしても決して人前では口にしない人だった。ところが、アチャコの方は得々と、あけすけに面白おかしく話した。根っからの藝人というか、そうしたサーヴィス精神旺盛なところがある」という。（浦西和彦）

上方贅六《かみがたぜえろく》　エッセイ

〔作者〕山崎豊子〔初出〕「小説新潮」昭和三十二年九月号。〔初収〕『日本随筆紀行第十七巻　大阪―和歌山　声はずむ水の都』昭和六十二年一月十日発行、作品社。〔全集〕『山崎豊子全集1』平成十五年十二月二十五日発行、新潮社。

〔内容〕大阪商人の父は、富裕でありながら市電で通勤していた。それは、一銭の無駄金をも出すまいとする厳しい大阪商人の信念から来る姿勢だった。大阪商人を軽んじて言う「上方贅六」などという言葉があるが、これなどは大阪商人への誤解も甚だしい。大阪商人は、日ごろはうんと節約しているだけに、ここぞという商いの場では思い切った金の使い方をするものだ。また、大阪商人は「損して得取れ」と言うが、これなども本来は「損して徳取れ」。経済的に損しても、商人として徳行を積め。そうすれば信用が高まり、立派な顧客や優れた同業者との取引が出来、大きな無形の財産を得、商人として大きな修行となり、徳行を積むことができるという意味なのだ。「上方贅六」という言葉は大阪商人の思い切りの良さを見落としている。そんな言葉で大阪商人を律するのは見当違いなのである。（大杉健太）

髪かたち《かみかたち》　エッセイ

〔作者〕岩野泡鳴〔初出〕「女子文壇」明治四十四年九月一日発行。総題「大阪の婦人」。〔全集〕『岩野泡鳴全集第十五巻』平成九年二月二十日発行、臨川書店。

〔内容〕大阪の婦人は見えるところばかりを立派にして、ちょっと裏手へまわるとひどい汚れが見えるのも厭わない。大阪婦人の衣物の着こなしが下手で、色彩の観念の乏しい欠点を述べる。しかし、大阪の婦人の特色は、快濶で、平民的で愛嬌がある点である、と指摘する。（浦西和彦）

上方の食ひもの《かみがたのくいもの》　エッセイ

〔作者〕谷崎潤一郎〔初出〕「文藝春秋」大正十三年八月号。〔全集〕『谷崎潤一郎全集第十四巻』昭和三十四年七月十日発行、中央公論社。

〔内容〕鯛、鰆、鱸、蝦、鮎、魚は大概東京より上方の方が美味だ。野菜、きのこ、牛肉も然り。大阪の鶏はよくないが、京都のものは甘く、柔らかで、安価である。およそ料理の材料は何一つとして関東に取り柄はない。酒も上方が旨い。日本料理は上方に発達し、江戸前料理はその実田舎料理である。人間は気に入らないが、食物だけは上方の方がずっとよい。東京に知られていない上方の「うまい物屋」として、牛肉は京都京極「おきな」、鶏鍋は京都三条寺町「鳥新」、すっぽんは大阪北区樽屋町「いせや」、日本料理は奈良「月日亭」や京都「伊勢長」、支那料理は神戸南京町「第一樓」を紹介する。また、作者は同様のことを、「東西味くらべ」（「婦人公論」昭和3年4月1日発行）でも述べている。

（中谷元宣）

上方落語のこと《かみがたらくごのこと》 エッセイ

〔作者〕富士正晴〔初出〕『随筆集大阪讃歌』昭和四十八年九月二十九日発行、ロイヤルホテル。

〔内容〕上方落語の衰盛を大正から昭和にかけてとらえ、現在の上方落語の盛運を好ましく見た随筆。

　法善寺紅梅亭をおこした原田むめという女傑が死んだ時、葬列は数町におよぶほどであったという。これは大正三年二月のことで、当時の落語家、藝妓の、世間における人気のほどが知られる。しかし、この一大女傑の死と共に、徐々に上方落語の隆盛期は去って行き、吉本興業の花月の時代がはっきり出て来ると、上方漫才の隆盛期となる。上方落語の方は初代桂春団治、先代松鶴、先代染丸のような人気落語家がいたとしても、落語全体としては後退し、前面には大きく漫才が出て来て、落語が逆にさしみのつまみたいなものになって来た。筆者が寄席を覗いた昭和十年代には、落語は不景気に息もたえだえという感じでしかなかったという。

　その頃から、敗戦を経て、上方落語は死んだものだと思いこんでいた。しかし、偶然テレビできいた米朝、小文枝で、はてな？と思ったことがある。随分以前のことであるという。そのあたりで、筆者が十分注意深くあったなら、今日の上方落語の復興を予見できたかも知れない。予見出来なかったから、現在の大興隆に驚くところがあったという。これには正岡蓉のところで、じっくり考えをねり、力をねり、古い師匠連をたずねて古い話を発掘し、復興した知恵者の米朝と、親ゆずりの放胆さと気軽い機動性をもった松鶴との大両輪が共に存在したことが、第一の基礎にあったと感じる。それに、どの師匠についているにせよ、今の落語家の弟子たちは聡明でもあり、ねばりづよいところもあり、中々面白い連中が多い。上方落語の層は厚くなった。まず、ここ二十年位は安泰で、二十年のちに古今未曾有の開花期がくるかも知れぬという気もしないでもないが、それはなってみなくては判らない。しかし、現在が大へんな上昇期にあることはたしかだと思われる。今の大阪として数少ない景気のいいことの一つだろう、としている。

（岡本直哉）

神の道化師《かみのどうけし》 短編小説

〔作者〕椎名麟三〔初出〕「文藝」昭和三十年三月特別号。〔全集〕『椎名麟三全集6』昭和四十六年五月一日、冬樹社。〔小説の舞台と時代〕大阪（天王寺、扇橋、堂島、梅田、中之島、千日前、心斎橋、天満、浪速

区、土佐堀川、小橋内本町、上本町六丁目）、兵庫（姫路、神戸、飾西）。大正から昭和。〔内容〕高山準次は、小学校三年生まで大阪で育った。父は、藝者上がりの女と一緒になるために、母と別居することになった。準次は、母について姫路市外の里で暮らしていたのであるが、十六歳の時、金に困り、大阪の扇橋に住む父の家を訪ねる。しかし、藝者上がりの女と同居していた父は、十円だけ持たせて、準次を追い出してしまう。病身の母のもとにたった十円だけを持って帰るわけには行かず、準次は途方に暮れ、「家出」を決意する。「でっち」をする事に決めたのだ。やっとのことで天王寺の無料宿泊所を探し出し、そこで、「善やん」こと石原善太郎に出会う。「善やん」は、準次によくしてくれた。口入屋で仕事を見つけられるように、きれいな着物の調達までしてくれた。しかし、同じ無料宿泊所に泊まっている沖仲仕の足立から、「善やん」は「天満の乞食」だと聞く。真実を知るべく天満の橋のところまで来た準次は、物乞いしている「善やん」を見つけた。その姿は、準次がなろうとしていた、社会という権威のある玉城からは遠くかけはなれたものだった。「玉城の住人」になることしか考えてなかった準次は、「善やん」の計らいで「でっち」になれたものの、「玉城の住人」になれた準次は、自分が働く西洋料理店に「善やん」が物乞いに来ても、相手にしなかった。準次は二年後に独学で専検を受けたが、その受験写真は、厚顔にも「善やん」のくれた絣の着物を何の罪の意識もなく着ていた。

　この小説は、自伝小説『自由の彼方で』に続く姉妹編である。（田中　葵）

神の火《かみのひ》　長編小説

〔作者〕高村薫〔初版〕『神の火』〈新潮ミステリー倶楽部特別書下ろし〉平成八年八月二十日発行、新潮社。〔小説の舞台と時代〕大阪（阿倍野、吹田、土佐堀川、西淀川、新世界）、舞鶴、高浜、敦賀。現代。〔内容〕原子力発電所の原子炉の襲撃を描いたサスペンス小説。『神の火』（平成3年8月発行、新潮社）の文庫化において全面的に改稿が施され、その文庫版を底本として、新たに新潮ミステリー倶楽部の一冊として刊行された。

　主人公の島田浩二は、家に出入りしていたロシア人宣教師と母が密通して生まれた。島田は元ロシアのスパイで、優秀な原子力科学者であったが、いまは大阪の阿倍野筋にある科学関係専門図書輸入販売会社の木村商会に勤めている。父の葬儀の日、島田をかつてスパイの道に引きずり込んだ江口彰彦や幼な友達の日野草介とめぐりあうところから物語ははじまる。江口はその時「どこかで罠が仕掛けられている」という。主な登場人物はこの三人のほか、青い瞳を持つ若者の良、CIAのエージェントのハロルド、木村商会の事務員の川端美奈子らである。アメリカ、ロシア、北朝鮮など複数のスパイが入り乱れて登場し、だれが味方でだれが裏切り者か分からない。北朝鮮からひそかに日本に持ちこまれた謎のマイクロフィルムをめぐって、各国のスパイや日本の公安警察、過激派らが入り乱れて暗闘を繰り広げる。大阪という独特の雰囲気と匂いを持つ街を中心に、スパイなどのさまざまな男たちの心情や性格が描き出される。高見浩は「波」（平成3年8月号）で、「感心したのは、人物がよく描けていること。とりわけ、一見単純明快な男のようでいて鬱屈した怨念を胸に秘めている男、日野や、ストーリーの要所要所に見え隠れしてメフィストのような貌をちらつかせる江口等、忘れがたい印象を残す。島田が良に

寄せる仄かな愛情もデリケートに描かれていて、いやみがない」と評した。（浦西和彦）

紙屋治兵衛《かみやじへい》 戯曲 四幕八場

〔**作者**〕北條秀司〔**初演**〕昭和三十六年五月上演、東京宝塚劇場。配役・紙屋治兵衛（長谷川一夫）、女房おさん（水谷八重子）、曾根崎の白人小春（中村扇雀）ほか。〔**初収**〕『北條秀司戯曲選集Ⅷ』昭和三十七年十二月二十五日発行、青蛙房。〔**戯曲の舞台と時代**〕大阪天満・天満天神境内。江戸時代。

〔**内容**〕近松門左衛門の「心中天網島」の現代版。貞淑な世話女房がいるのに遊女と浮気して、あげくはその女と心中する男の物語。大阪天満の小売り紙屋治兵衛は、おさんという貞節な女房があるのに、曾根崎新地の白人小春とねんごろになり、遊びの金で、親類中に何度も迷惑をかけている。一度は心をいれかえ、遊女小春を思いきり、仕事に精を出していた治兵衛は遊び仲間にそそのかされ、また曾根崎新地へ足をいれる。小春の母親にだまされ、白紙の借金証文に請け判を押してしまう。金貸し源八に十二両の証文をつきつけられ治兵衛はおどろくが、どうにもならない。女房おさんの懇願で兄の力にすがり、どうにか救われるが、たまたま道で出会った小春の母親とモミあううち、あやまって殺してしまう。自首しようとしたが、小春が一緒に死なせてくれというので、天満橋の欄干から二人は「この世の名残り夜も名残り……」と手を合わせ、心中する。（浦西和彦）

花紋《かもん》 長編小説

〔**作者**〕山崎豊子〔**初出**〕「婦人公論」昭和三十七年十月～三十九年三月号。〔**初版**〕『花紋』昭和三十九年六月十日発行、中央公論社。〔**全集**〕『山崎豊子全集5』平成十六年五月十日発行、新潮社。〔**小説の舞台と時代**〕河内長野、大阪駅、高津高台、清水町、神戸市御影、宮城県陸前富山。明治二十八年十二月から昭和二十四年秋まで。

〔**内容**〕主人公の「私」は、大阪大空襲により焼け出され、神戸市御影の葛城郁子の元に身を寄せる。そこで「私」は戦争中とは思えぬ美しく静かな、そして大地主の伝統の刻印がまざまざと感じられる異様な生活を体験した。昭和二十年五月に「私」は姫路へ疎開したが、終戦後、葛城郁子は死去。「私」は御影の葛城邸で彼女のお守り役山田よしから葛城郁子が昭和二年に物故したと伝えられる夭折の歌人「御室みやじ」であることを知らされ、葛城郁子の生涯を聞くことになった。葛城郁子は河内長野の大地主、葛城家の総領娘として寵愛されていたが、葛城家は伝統と格式を重んじる旧家の家柄。同居している妾腹のお葉、お恵、お歌の三人と郁子とは折り合い悪く、お葉の画策により、実母と生き別れるなど、郁子は特殊な家柄故の様々な苦しみを経験して育つ。家庭教師の小牧芳美に歌を詠む才能を見出された郁子は二十歳の春、初めて「御室みやじ」のペンネームで短歌誌「柊」に投稿。京都大学助教授荻原萩令から賞賛の手紙を受ける。歌に集中できるようにと庵を拵えてもらった郁子はさらに作歌に打ち込み、流麗で気品に満ちた作品を発表する。郁子の歌の批評者であった荻原と何度となく手紙を取り交わしているうち、郁子と荻原は熱烈に愛し合うようになる。荻原は葛城家に結婚を申し込むが父と祖父は拒絶。失意のうちに荻原はドイツへ留学してしまう。一方、郁子は病床に臥した祖父の為に不本意ながら大和の岡崎家と結婚するが、祖父はあえなく死去。郁子は庵に籠って作歌に耽り、夫婦生活は愛情のないものになっていった。郁子は祐司を出産するが、

祖父の一周忌の日、荻原と郁子との愛への嫉妬にかられた夫は郁子の唯一の拠り所である庵を焼いてしまう。歌人「御室みやじ」は庵とともに焼失してしまったのだった。郁子は歌人としての自分を封印し、夫への憎しみと息子への愛情を糧に生きるようになる。歌人としての自分が死んでしまってからの郁子は、自らの心境を「荊のにっき」に認めており、そこには自分が葛城家を取り仕切るようになった経緯と荻原への想いが綴られていた。それを読んだ「私」は荻原の消息を突き止め、「荊のにっき」を携えて荻原のもとに向かう。「私」は荻原自身から、郁子と別れてドイツへ留学した後、放蕩のあげくに右足を失い、研究者として立ち直るまでの経緯を聞くのだった。そして、郁子が荻原に自らの歌人としての経歴を抹消するよう懇願した事実をも知る。郁子はその後、庵を焼いたのが夫の仕業であると知るに及んで葛城家のしきたりを無視する夫に代わり、葛城家を取り仕切って夫を廃嫡し、祐司を葛城家当主に立てた。夫を河内長野に残したまま、御影へと居を移した郁子だったが、出征する祐司の強い願いで夫を御影に引き取る。郁子は既に半狂乱となった夫を暗室に幽閉。一方、祐司は北支戦線で戦死してしまった。生きる糧を失った郁子は昭和二十一年九月、河内長野の葛城家に戻り、そこで五十七年間の生涯を終える。そして、歌人「御室みやじ」の閲歴は、「私」の友人三宅伸子によって「昭和二十一年十月二十九日、南河内の生家で孤独のうちに歿す」と改められたのだった。

（大杉健太）

ガラスの庭《がらすのにわ》　短編小説

〔作者〕黒岩重吾〔初出〕「婦人生活」昭和四十六年十月〜十二月号。〔初収〕『消えない影』昭和四十八年四月三十日発行、サンケイ新聞社出版局。〔小説の舞台と時代〕大阪市内、豊中。昭和四十六年頃。

〔内容〕相田冴子（三十七歳）は、一流繊維会社（A紡績）の企画部次長の夫（四十五歳）と豊中に住み、カソリック系の学校に通う中学三年生の一人娘がいる。夫は家庭を顧みず、どうやら女がいるようだ。冴子は、初恋の人伊東と再会、浮気する。しかし実は、伊東の父の会社はかつてA紡績に乗っ取られ、父はショックで病気になって死んでいた。その時、交渉にきたA紡績側の男が相田だった。だから、伊東は罠をかけ妻を汚すことで復讐しようとしたのであった。伊東は夫には何も告げなかったが、冴子は離婚を決意する。冴子は今さらのように、自分たちの家庭が雑草さえ生えていないガラスの庭になっていたのを悟ったのだ。もう手遅れか。だが冴子は、もう一度だけ、ガラスの庭に草らしいものでも生やしてみよう、と決心したのだった。

（中谷元宣）

枯野抄《かれのしょう》　短編小説

〔作者〕芥川龍之介〔初出〕「新小説」大正七年（一六九四）十月一日発行。〔初収〕『傀儡子』大正八年一月十五日発行、新潮社。〔全集〕『芥川龍之介全集第二巻』昭和五十二年九月十九日発行、岩波書店。〔小説の舞台と時代〕御堂前南久太郎町。元禄七年（一六九四）十月十二日の午後。

〔内容〕元禄七年十月十二日、俳諧の大宗匠、芭蕉庵松尾桃青は、御堂前南久太郎町の花屋仁左衛門の裏屋敷で、五十一歳の生涯を終えようとしていた。師匠の床を囲みながら、限りない死別の名ごりを惜しんでいる門弟たちの、「悲歎かぎりなき」心の中を描いた作品。

芭蕉は痰咳にかすれた声で、覚束ない遺言をした後は、昏睡状態に入ったらしい。

末期の水を取ろうとした時、芭蕉の床を囲んでいた一同の心に、「愈と云ふ緊張した感じ」とともに、「来る可きものが遂に来たと云ふ、安心に似た心もち」が通り過ぎた。木節は、「果して自分は医師として、万方を尽くしたらうか」という疑惑に遭遇し、素朴な山家育ちの治郎兵衛は、誰でも等しく彼岸に往生するのならまた等しく弥陀の慈悲にすがるべきだという信念から、専念に称名を唱え始めた。師匠と今生の別れを告げるのはさぞ悲しいものだろうと思っていた其角の心は、意外にも冷淡に澄みわたっていた。更に、何故かわからないが、致死期の師匠の無気味な姿に、最も耐え難い種類の嫌悪を感じた。道徳的に潔癖で、神経の繊弱な去来は、一身を挙げて師匠の介抱に没頭したという「満足」と同時に、師匠の容態を心配するどころか、自分の献身ぶりを満足に眺めている疚しさからくる「悔恨」で落ち着きを失った。やがて乙州の慟哭を皮切りに、何人かの弟子の中から、「しめやかに冴えた座敷の空気をふるはせて」、啜り泣きが聞こえ始めた。師匠の命終に侍しながら、支考の頭を支配しているものは、他門への名聞、門弟たちの利害、或はまた自分一身の興味打算であり、みな直接垂死の師匠とは関係のないことばかりであった。そして、「自分たち門弟は皆師匠の最期を悼まずに、師匠を失つた自分たち自身を悼んでゐる」という厭世的な感慨をもよおす。惟然坊は、死別の悲しさとは縁のない、自分自身の死への恐怖に襲われる。この恐怖に祟られて、末期の芭蕉の顔を正視することが出来なかった。老実な禅客の丈艸は、芭蕉の呼吸がかすかになるのに従って、「限りない悲しみ」と「限りない安らかな心もち」が、徐々に心の中に流れ込んでくるように感じた。悲しみは元より説明を費やすまでもないが、「安らかな心もち」は「久しく芭蕉の人格的圧力の桎梏に、空しく屈してゐた彼の自由な精神」の解放の喜びであった。（荒井真理亜）

川蟹《かわがに》　短編小説

〔**作者**〕今東光〔**初出**〕「小説新潮」昭和三十四年三月号。〔**初収**〕『河内風土記』昭和三十五年四月二十日発行、新潮社。〔**小説の舞台と時代**〕八尾。昭和三十年頃。

〔**内容**〕「河内もの」の一つ。五十歳に近いお久米が八尾山本に越して来て、下宿屋を始めた。銭湯で他の女連中が羨むぐらいに肌が美しく、村中の噂であった。定助とお三は夫婦。定助は、夜中に近鉄大阪線で伊賀境方面にまで出かけ、河内野の川にも少なくなった毛の生えた川蟹を南京袋一杯に獲り、朝の一番で帰村、山本八幡の脇門で店を開いている。そこにお久米が買いに来る。お久米は定助を家に引っ張り込み関係する。定助はその肌にうつつとなる。しかしその一度きりだった。それから時が経つ。お三はお久米から借金した。お三は返済できず厳しく取り立てられるが、無い袖は振れない。往来で激しく言い争う。天台院の和尚が仲裁に入る。お三が立ち去った後、和尚はお久米に、定助がお久米ほど肌の美しい女を見たことがないと褒めていたと告げる。お久米は喜び、以後、思い出の川蟹での借金返済を受け入れるのであった。（中谷元宣）

河内音頭《かわちおんど》　短編小説

〔**作者**〕今東光〔**初出**〕「別冊文藝春秋」昭和三十二年八月号。〔**初収**〕『小説河内風土記巻之一』昭和五十二年四月三十日発行、東邦出版社。〔**小説の舞台と時代**〕八尾。昭和三十年頃。

〔**内容**〕「河内もの」の一つ。天台院の所在する八尾中野では、八月十五、六日に盆踊

りをする。「僕」（作者）が天台院住職になって再興を進め、三十年ぶりで復活したものである。一般に河内音頭と言い慣らわしているが、厳密にいうと江州音頭で、それが河内流に美しく編曲されていると言えるだろう。夏の夜の河内音頭には聞き惚れる。これは河内人の郷愁からだろう。踊りには二通りある。「ろくごう」はゆるやかな舞の手振り。「豆かち」は手拍子を三つ打ち、それが豆の弾ける音を連想させるのか、おもしろくも「豆かち」と呼ばれている。ほか、河内音頭にまつわる、田村の隠居爺さんと紺野の婆さんの昔から続く愛の話を添える。（中谷元宣）

河内気質《かわちかたぎ》　短編小説

〔**作者**〕今東光〔**初出**〕「小説現代」昭和四十年五月号。〔**初収**〕『今東光秀作集第一巻』昭和四十二年六月十五日発行、徳間書店。〔**小説の舞台と時代**〕八尾、西成。昭和四十年頃。〔**内容**〕「河内もの」の一つ。継母に折檻される友吉と、盲目の兄の妻に誘惑される直助は、それぞれに家出するが、やがて再会、直助は西成の友吉のアパートに身を寄せる。友吉はやくざになっていた。直助はまっとうな仕事を探すが見つからない。直助は独学で法律を勉強、できれば弁護士になりたいと思う。その一方で、直助は喧嘩が強く、友吉を狙うやくざを叩きのめす。売春も兼ねる女アンマが八尾から大阪に手を伸ばしてくる。直助はその元締めを八尾で成敗、取り上げた金を聾啞学校へ寄付する。友吉は到底直助に及ばないと悟り始めるのであった。（中谷元宣）

河内勘定《かわちかんじょう》　短編小説

〔**作者**〕今東光〔**初出**〕「小説新潮」昭和三十三年九月号。〔**初収**〕『尼くずれ』昭和三十三年十月十日発行、角川書店。〔**小説の舞台と時代**〕八尾。昭和三十年頃。〔**内容**〕「河内もの」の一つ。河内山本に美しい女が越してきた。男どもは注目、あれこれ詮索する。刷子屋の奈良吉の情婦であることがわかる。刷子用の豚毛ブローカーの芳やんは、支払うべき金を払わないで、情婦に入れあげている奈良吉に腹を立て、その妻お仙に告げ口する。お仙は情事の現場を押さえ、夫を叱り飛ばし、女に大バケツで水をかける。この事件は村中に聞こえ広がり、集落の女たちはお仙の勇敢な振る舞いを大いに称揚した。奈良吉の色女を叩き出し、勝ち誇った軍鶏のごとくお仙は元気づいた。しかし奈良吉は、その女を新しく布施のアパートに囲い直したのであった。奈良吉は、芳やんに告げ口されたことも知らず、借金五万円を申し入れる。芳やんはその金が女のために使われることを悟り、懲らしめるために一計を巡らす。お仙の臍繰りを一旦芳やんが預かり、その金を奈良吉へ謀って貸す。利子はお仙へ。これを「河内勘定」という。（中谷元宣）

河内幻視行《かわちげんしこう》　紀行文

〔**作者**〕川村二郎〔**初版**〕『河内幻視行』平成六年十一月十八日発行、トレヴィル。〔**内容**〕大阪、特に河内についての紀行文。まず第一章では、主に古市古墳群のことが語られ、そこからヤマトタケルや仲哀天皇といった記紀伝承へと話が及ぶ。第二章では、錦織神社を始めとした河内の神社建築が取り上げられる。そこで著者は、室町期から近世にかけて、日本の神社の様式が近江の素朴典雅な「流造」から、日光東照宮のような豪奢を旨とした「権現造」へと移行する際の、ちょうど中間段階に河内の神社があると位置付け、その中間的な美しさを賞揚する。第三章では、河内を代表する

寺として、金剛寺と観心寺が挙げられ、この二つの寺と南朝との関わりが語られる。そして特に、観心寺にその首塚がある、河内出身の武将楠木正成に注目する。第四章は、竹内街道に関する章である。著者は、大和から竹内峠を通って河内に入るという、竹内街道の道筋を想う時、河内には「近つ飛鳥」という名がふさわしいと述べる。現在、飛鳥と言えば大和の飛鳥のことを指すが、古代の天皇達は難波に王宮を設けていたので、その難波に近い河内がもともとは「近つ飛鳥」だったのであり、大和は「遠つ飛鳥」だったのである。第五章では、河内にある聖徳太子記念の遺構に注目し、その代表的なものとして、「上の太子」「中の太子」「下の太子」と呼ばれる三つの寺、叡福寺、野中寺、勝軍寺を挙げる。第六章では、菅原道真にまつわる古跡のことが語られ、中でも道明寺が取り上げられる。そして、そこからさらに大坂夏の陣へと話が及ぶ。第七章では、庶民的感覚と高雅な文化との同一性を暗示する、河内に根ざした物語として、「しんとく丸」のことが語られる。第八章は、浄土真宗系の寺院を中心に形成された、八尾や富田林の寺内町に注目する。そして、最後の第九章では、記紀神話に登場し、物部氏の祖神とされるニギハヤヒを取り上げ、ニギハヤヒと河内との関係から、河内が「天皇の日本」よりもさらに古い国であったという想像をする。

（三谷　修）

河内路《かわちじ》　短編小説

〔作者〕今東光〔初出〕「別冊小説新潮」昭和三十八年七月号。〔初収〕『今東光秀作集第一巻』昭和四十二年六月十五日発行、徳間書店。〔小説の舞台と時代〕八尾。昭和三十年頃。

〔内容〕「河内もの」の一つ。竹の歯刷子を製造する宗七は、ある晩、河内によく出没するという河太郎と間違え、切り花屋の花車を曳くお紋に石を投げつけてしまう。幸い的は外れたが、聞けば荷車が故障して困っているという。宗七は自宅で丁寧に修理してやる。お紋の帰路を送る途中、宗七とお紋は結ばれる。世帯を持つことを望むが、商売がうまくいかず、叶いそうもない。母親の情夫三次の援助を受けてはいるが、不完全な植毛織機では不良品を出してしまう。援助不足と、母親との肉体関係から、宗七は三次を疎ましく思い始める。お紋が妊娠、結婚を約束する。しかし、三次は八尾街道でダンプカーに跳ねられ死んでしまうのであった。

（中谷元宣）

河内の顔《かわちのかお》　短編小説

〔作者〕今東光〔初出〕「小説新潮」昭和三十五年二月号。〔初版〕『河内の顔』昭和三十五年六月十五日発行、講談社。〔小説の舞台と時代〕八尾、布施。明治、大正、昭和。

〔内容〕「河内もの」の一つ。太吉、真太郎、安夫のうちの誰かの子をお類が孕んだ。お類の母親に怒鳴られ、三人は金を出し合ってその子を始末する。お類は嫁に行かないままに三十娘になってしまった。母親をスペイン風邪で亡くす。太吉もそれで死んだ。やがて、お類は妻子ある真太郎と付き合い、お仙を産む。経営する八百屋が食中毒を出したために商売が駄目になり、真太郎は家をたたみ、女房の里の松原へ逼塞した。男と別れたお類は、刷子の内職に精を出した。そんな時、豚毛ブローカー屋の安夫と再会、情婦となり、お久を産む。お類はお久にとって見知らぬ三人の男の写真を残して亡くなる。お久は今まで勤めていた刷子工場を辞め、布施の洋酒バーに働きに出た。店に出て間もなく、布施の既製服屋のぼんぼん松岡義一と懇意になる。松岡と生駒から信

貴へのハイキングコースを歩き、今までにない幸福を感じる。信貴山中の料理旅館で二人は結ばれる。それから二、三カ月たって、バーに刑事が訪ねて来る。松岡義一というのは仮名で、本名は高崎修治という前科のある詐欺師であった。しかしお久は、南河内の竹籠屋の旦那小畑辰之助とも上六付近のホテルで密会していた。お久は妊娠した。どちらの子かわからないが、見事な男の子、辰一を産む。赤ん坊の顔から判断を試みるが、やはりどちらの子か判然としない。しかし、誰かに似ている。お久は文楽人形を見た時に気づく。その仕出し役の人形は、どれも河内の顔だ。それらの顔は太吉、真太郎、安夫、松岡、小畑、皆に似ている。だが、もっともそっくりなのは、我が子の辰一だった。（中谷元宣）

河内の観心寺《かわちのかんしんじ》　紀行文

〔作者〕近松秋江〔初収〕『旅こそよけれ』〈冨山房百科文庫〉昭和十四年七月三十日発行、冨山房。

〔内容〕河内の観心寺へ行ってみたいと思っていたのは久しい前からである。京都駅で四分のことで乗り遅れ、法隆寺で故障で二、三十分も停車することになったため、柏原で一時間も待った。日が暮れて、葛城、金剛の暮色も暗に没して仰ぐことができなかった。宿へは延着したために風呂の湯が冷めて臭く汚れていた。

　だが翌朝、「私」は街道から小高くなった樹林の葉隠れに幽かに朱色の堂宇が見えた時、予想外の仙境の眺めに恍惚となった。観心寺の門に入って庭に立ち、「第一に感じた印象は境内の広袤といひ、いかにも慎ましやかに引締つてゐて、楠家累世の菩提寺たるに応しい清楚な好感を抱かしめた」。後村上天皇の檜尾山陵は、先年拝した吉野の延元の御陵よりも一層幽寂の趣が深くして何となくゆかしい感じがした。（浦西和彦）

河内《かわち》まんざい《まんざい》　短編小説

〔作者〕今東光〔初出〕「小説現代」昭和四十五年六月号。〔初収〕『小説河内風土記巻之六』昭和五十二年七月十五日発行、東邦出版社。〔小説の舞台と時代〕八尾。昭和四十五年頃。

〔内容〕「河内もの」の一つ。「真似師　まんざい／大和の乞食／一日かせいで／米三升」と嘲けられたのが、河内では河内漫才となって発達した。河内漫才は一九〇五年、すなわち日露戦争後の高景気とともに玉子屋円吉という人が掛け合い漫才を編み出して人気を博したのに気をよくして、芝田楽の伝統を打ち破って舞台で興行し、今日の盛行を見るに至った。百姓の栄助は村の政治に関わる一方、漫才師になりたいと思っているが、容易に決心がつかずにいた。しかし、女理髪店に働く静子の励ましで、彼女と夫婦漫才を組むことになる。嘲笑する声に、「わいは米三升の河内乞食で結構じゃ」と応えるのであった。（中谷元宣）

河内《かわち》女《め》　短編小説

〔作者〕今東光〔初出〕「別冊小説新潮」昭和三十七年十月号。〔初収〕『河内の風』昭和三十八年七月二十日発行、講談社。〔小説の舞台と時代〕八尾。昭和二十年代。

〔内容〕「河内もの」の一つ。亀田善妙は湊区で土方をしながら、やくざの仲間入りをして、その仲間の妻だったお加也と姦通して夫婦となり、頭を剃って坊主になった。四天王寺の実相教団（修験道の団体）で修行して、山伏となった。滝行場詰めを経て、八尾中野村の天台院の院代となる。しかし終戦後、仏教界も事情が変わり、四天王寺が天台宗から離脱する。善妙は天台宗の吉野の金峰山寺へ籍を移すが、その寺も天台

宗から離れる。天台院を立ち退かないと、他宗による不法占拠となる。予想通り、天台宗から明け渡しを迫られ、立ち去る。善妙は信貴山中で滝行場を開く。繁盛し、貯金さえできた。しかし、善妙は脳溢血で倒れ、仰臥する。お加也は看病する。善妙が寝込んで二年半ほど経った頃、中田というお加也より十歳ほど若い三十前後の信貴山口の駅員が滝にやって来て、泊まることになる。善妙が病床から硝子のような目玉で見ているにもかかわらず、お加也と中田は関係する。中田は滝行場へ移って来て、一つ床に枕を並べて寝るようになる。半年足らずで、善妙は息を引き取る。中田はお加也に飽きてくるが、彼女は逃がさない。お加也は寝ている中田の頭を剃る。中田は電車会社を辞め、滝を守る決意をするのであった。

（中谷元宣）

河内女《かわちめ》　短編小説

〔作者〕今東光〔初出〕「小説新潮」昭和四十五年十月号。〔初収〕『小説河内風土記巻之六』昭和五十二年七月十五日発行、東邦出版社。〔**小説の舞台と時代**〕八尾。昭和四十年頃。
〔**内容**〕「河内もの」の一つ。市太郎は八尾中野村天台院檀家総代であり、すでに妻を亡くしていたが、ストイックな人物として知られていた。弟の進次は妻帯しているにもかかわらず、好色な後家お政を家に同居させている。倅の文吾にしても、何不足ない女房を持ちながら、布施に情婦お美津を囲い、入りびたっている。市太郎は倅の妻お通に同情、いつか愛情に変わり、二人は関係を持つのであった。

（中谷元宣）

河内奴《かわちやっこ》　短編小説

〔作者〕今東光〔初出〕「小説新潮」昭和四十年二月号。〔初収〕『今東光秀作集第四巻』昭和四十二年九月十日発行、徳間書店。
〔**小説の舞台と時代**〕八尾。昭和四十年頃。
〔**内容**〕「河内もの」の一つ。山本村の源吾はブローカーが舌三寸でぼろい儲けをしているのを見て、自分も百姓仕事を放棄して見よう見真似で豚毛ブローカーをやってみたが、口下手の上に愛嬌もない男だったので他のブローカーのようには成功しなかった。源吾には八尾の佐堂にお駒という二号さんがいた。その妾宅で源吾が卒中で死ぬ。妻は怒り、お駒の家で暴れる。河内奴のような朝吉は、その妻の身内の勇を殴って言うことを聞かせ、その家を叩き壊すのであった。河内奴とは、明治・大正頃まではまだ見られた、小柄で、毛並みが美しく、小取り廻しが巧みな、根性の強い軍鶏である。十六世紀の頃、南蛮からエスパニヤやポルトガルの人々が渡来した時に将来した喧嘩鳥で、シャムロ（今のタイ国）あたりから来たらしいというので、それが訛ってシャモと呼ばれた。マレー半島やフィリピンに野生した闘争心の強い野鶏の一種である。

（中谷元宣）

かわることなき厚意《かわることなきこうい》

エッセイ
〔作者〕浜田庄司〔初出〕『随筆集大阪讃歌』昭和四十八年九月二十九日発行、ロイヤルホテル。
〔**内容**〕東京蔵前高工の窯業科にいたころ、休暇には各地の陶業地を見学した。陶磁器を中心に廻ったが、ガラス工場にも注意した。大阪の山為硝子は見学に来る学生達の面倒をよく見てくれると評判が高く、「私」が訪ねたときも噂どおりで、山本為三郎社長と愉しい挨拶を交わしたものだ。その後渡英して関東大震災の年帰国し、翌春改めて山本さんに会う。以来、彼が亡くなるまで変わらず無条件の厚意を受け続けた。大

阪の三越で個展を開いた時にも世話になったし、日本民藝館の収集品にしても、彼一流の収集振りが活きている。（山本冴子）

姦《かん》　短編小説

〔作者〕小田実〔初出〕「群像」昭和五十三年十月号。〔初収〕『海冥　太平洋戦争にかかわる十六の短篇』昭和五十六年八月二十五日発行、講談社。〔小説の舞台と時代〕天王寺、今里、東南アジアの密林地帯。昭和五十年代、回想は戦時中。

〔内容〕木川田は長女頼子の結婚式で天王寺のホテルにいた。今里で兼業農家をしている自分の家にとっては不釣合いだと思っていたのであるが相手側の意見もあったのでホテルで行うことになったのだ。相手は同じ職場の人間で、大学も出ていて将来も嘱望されているとのことであった。仲人をしている同じ自然戦友会の吉田はあまり好きではなかったが同じ会の人間として関係があった。結婚式の始まるまでの間、吉田は木川田と木川田の納屋の話をしていた。木川田の家の納屋は街道に面した茂みのところにあったからよく街からきたアベックや地元のわるがかっこうの休み場として使っていた。それを木川田は追い返していた。ある日、大阪から来たと思われるアベックが納屋にいた。木川田はどなりつけて、迷惑代を置いていけと叫ぶ。その時の様子は戦時中、学徒を叱りつけたあの頃と重なって見えた。男は二千円をおいて、逃げ出した。木川田は金とその場に置き忘れたストッキング、そしてしみのついた白いものを拾い、臭いをかいでいた。結婚式の場面に戻り、木川田は酒に酔い、新郎の顔を見て、戦時中の部下の顔を思い出してつぶやいていた。あの時、撤退命令が出てジャングルをさまよっていた時、一軒の小屋で土人の女性の死体にうずくまる部下がいた。食料のタロ芋を置いていけ、といって部下を追い返して部下と同じ様に土人の女性に近寄った。そして腐敗臭とは違うもうひとつの臭いに向けて這っていった事を思い出していた。結婚式でつぶやいている言葉はタロ芋をおいていけ、だったのである。戦争をモチーフにした短編のひとつ。（井迫洋一郎）

かんこま《かんこま》　短編小説

〔作者〕田辺聖子〔初出〕「週刊小説」昭和四十八年七月十三日発行、第二巻二十六号。〔初収〕『ほとけの心は妻ごころ』昭和四十九年十月二十五日発行、実業之日本社。〔作品集〕『田辺聖子珠玉短篇集②』平成五年四月二十日発行、角川書店。〔小説の舞台と時代〕大阪。現代。

〔内容〕「私」の夫ほど、モノを丁寧に扱い決して捨てない男はないだろう。夫の柏木重男は、会社で勘定にこまかいから「カンコマ」というあだ名をつけられている。結婚前、重男と「私」は違う会社に勤めていた。重男の会社へ使いに来て待たされていた「私」を重男が見初めたのである。熱烈だがどこかピントのずれた求愛が繰り返されるうち、「私」は「この阿呆」がかわいらしくなってきて、結婚を承諾した。しかし、「カンコマ」の夫と濫費癖のある「私」は絶えず衝突した。「私」が服をつくってくれと泣き喚いて要求したので、夫は仕方なく服を買ってくれた。しかし、色もデザインも趣味が悪く、「私」は洋品店に行って替えてもらうことにした。そこで、夫がありもしない姉にも同じ洋服を贈っていたことが発覚する。不審に思って住所を聞いて訪ねてみると、そこは結婚前に夫が下宿していた「けったいな」中年女がやっている私設の結婚相談所であった。夫は結婚前から中年女と「デキていた」のだ。興奮して「私」が問いつめると、夫は「ものを大

事に使わんならん」「捨てるのんもったいない、いう、カンコマ精神なんや」と言い訳する。（荒井真理亜）

関西の女を語る《かんさいのおんなをかたる》　評論

〔作者〕谷崎潤一郎〔初出〕「婦人公論」昭和四年七月号。〔全集〕『谷崎潤一郎全集第十二巻』昭和六年十月二十八日発行、改造社。〔内容〕服装については、日本式なものは関西がよいが、洋装は東京に及ばない。帽子の好みから靴の爪先まであまりに千代紙式、長襦袢式で綺麗すぎる。それが欠点といえば欠点。着物の色彩は派手でよいが、足袋や下駄に無神経で困る。言葉は東京弁と比べると一長一短だが、下品な言い回しがないので、女は関西弁の方が優っているかもしれない。大阪の娘は金銭に慎ましく、無駄遣いをしないように心がけている。しかし、使うべき時には使う。決して一概にケチではない。東京の婦人も見習うべきである。（中谷元宣）

関西文学の為めに《かんさいぶんがくのために》　評論

〔作者〕谷崎潤一郎〔初出〕「大調和」昭和二年六月号。〔全集〕『谷崎潤一郎全集第二十二巻』昭和四十三年八月二十四日発行、中央公論社。〔内容〕関西は、気候や風土が明るく晴れやかで、自然の色彩も花やかである。生活も安易。大阪人は享楽的で、貧富を問わず人は皆愉快に遊ぶ。このような環境で、所謂突き詰めた文学が興らないのは当然である。しかし、乱離の世にも文学があれば、泰平の世にも文学がある。江戸時代の秋成、近松、西鶴を見よ。東京中心主義を改め、関西は関西独自の、明るく晴れやかな文学流派を開拓すべきだ。上方風のこってりとした濃厚な色彩を思い切って出したらどうか。もしも真面目に運動を起こす人があれば、蔭ながらお手伝いぐらいはしてみたいと思っている。（中谷元宣）

関西瞥見記《かんさいべっけんき》　紀行文

〔作者〕後藤宙外〔初出〕「新小説」明治三十四年三月～十一月号。七回連載（8月、10月休載）。〔初収〕『非自然主義』明治四十一年九月十九日発行、春陽堂。〔内容〕明治三十三年七月二日から同年八月一日の間、関西地方を旅した時の見聞録。大きく、「旅日記」「京都」「洛外の探勝」「大阪」の四部で構成され、中に細目を挙げる。「大阪」は、「船遊び」「人力車と車夫」「街上の所観」「家屋に就て」「大阪の婦人」「湯屋と理髪店」「芝居と寄席」の七項目。東京では見られぬ大阪の水上・街上の風物を、驚異の目を以て描き、かつそれらを大阪の経済思想に結びつけ、大阪気質を解こうとした文章。車夫や広告看板、寄席での聴衆の様などは、東京より優れたものとして「文明流」と評す。「船遊び」桜橋の下を抜けながら両岸を眺めた。細々した陰気な小綺麗な趣のある家屋が並び、二階の縁側には盆栽が並び、軒には金魚の硝球や大きな葱などを多く掛け連らねてある。河風に揺れる青簾からは、裸美人の影が透いて見えるかと思うと、艶めいた扮装の舞妓が欄干に凭れて船で行く客を金扇で招くのもある。何となくそこらに、小春や治兵衛が彷徨っていそうに思われ、その光景は戯曲的懐旧の情を引き起こす。天神橋下に漕ぎつける頃には、画楼に灯がともり、紅灯万天星の如しである。納涼船が蟻のように集まり、その光景は、東京の縁日を河の上に持ち込んだようである。船には麻張りや磨硝子・色硝子などの行灯がともされ、波上に映る影と照り合い美しい。それに、蜜柑や卵、酒、氷菓子といった物売りや、義太夫語りや新内語り、落語

家といった藝人などが船で絶えず回ってくる。大きいビヤホールも船上に出来ており、西洋料理も食わせる、といった様。大阪は夜になると暑苦しく凌ぎがたい所故に、納涼には色々な工夫を凝らしているのだ。大阪滞在中、最も面白く感じたのは、名高いこの船遊びであった。

「人力車と車夫」 大阪の車は狭く、不快であった。だが、大阪の車夫に就いて感心した事がある。第一は、全速力を以て疾駆し休まないこと。第二は、賃銭が東京に比して頗る廉価であること。そして第三は、増銭や酒代をねだる者の殆どないこと、である。東京では、八銭の所へ十銭銀貨を出すと、釣銭は無いと言って丸取りする悪弊がある。だが自分は大阪滞在中、一度もそのようなことがなかった。車夫のこういった様を見ると、車体の不快さなどは、商業地である大阪の経済思想から来た、安直で迅速でさえあれば、という実利気質から胚胎したものと思われた。

「芝居と寄席」 浪花座と文明館を一度ずつ覗いただけだが、観客の七割が婦人であることに驚いた。東京では男が六分、時によると七分の割合である。そして、感心したのは、観客一同、静粛に熱心に見物して、悪騒ぎをしたり罵評を差し挟んだり大声で怒鳴ったりする者が殆ど無い事である。東京では夢にも見られない好い習慣である。そして、東京では大抵最後の一幕は残して帰る者が多い中、こちらでは、閉場になるまで観客が一人も席を立たない。遊藝熱心の土地であるからでもあろうし、聴衆は商人のみで、書生などの乱暴者が混じらないという理由もあるだろうが、兎も角、聴衆の態度は「文明流」である、と感服した。

（高橋博美）

寒山寺門前《かんざんじもんぜん》 短編小説

〔**作者**〕長谷川幸延〔**初出**〕未詳。〔**初収**〕『舞扇』昭和十八年六月十日発行、六合書院。〔**小説の舞台と時代**〕梅田、曾根崎、寒山寺、天満。九代目市川団十郎が大阪の歌舞伎座へ上がった明治三十一年から昭和初期まで。

〔**内容**〕主人公の信吉は三十九歳で、長いこと東京に住みついてしまっていたが、生まれは大阪で、曾根崎の名刹寒山寺の前で、青年期までを過ごした。「現在」でも、そこには自分の家がある。旧友も多く、知己も多い。

天満の名物であった寒山寺の鐘もついに弾丸となって、その音色を聴くことが出来なくなった。かつて、その鐘が弾丸となる日が来ることを予言した「乞食」がいたことを、信吉は「現在」も寒山寺に住んでいて、既に七十歳近い木下彌七という老人に聞く。「おまる団十郎」というその「乞食」の名は、信吉の記憶にもあった。信吉が子供の時分、小学校の行き帰りにいつもからかった「乞食」の名である。五目飯が好物で、信吉の家では五目飯を炊くと、信吉の祖母が団十郎を呼んできては食べさせてやっていた。そんなわけで、信吉が少々悪さをしても、団十郎は大目に見てくれていた。その団十郎について、木下老人は信吉も知らなかった話を教えてくれた。

明治何年か（明治31年）、九代目市川団十郎が、その頃梅田にあった、大阪歌舞伎座へ乗り込んだことがあった。当時流行の二人引きの人力車での歌舞伎座への往復の際に、市川団十郎の車がおまる団十郎を突き飛ばした。おまる団十郎は九代目相手に「団十郎、待て。お前が九代目団十郎なら、わしもおまる団十郎や。大阪の乞食一人、俥にかけて轢き仆しても、天下の名優なら関はんといふのか。乞食は芝居を見んものと、おのれは思ふか。俳優と名がつきや藝

人やろ。たとへ乞食の口の端にも、藝の出来不出来は評判される。それが俳優の冥利やぞ」と啖呵を切った。九代目は自らおまるの手を取って、彼を起こし、「大阪へ芝居に来れば、大阪の人は皆お客、お前さんの一言一句、団十郎の肝に銘じて居ります」と丁重に謝罪と礼を述べ、実に水際立った態度で、おまるに相対した。このような逸話からも、おまるの起居挙措の中に、「乞食」であっても上品なところがあったことが思い出され、その育ちは決して悪くなかったと想像されるのだった。しかし、おまる団十郎はとうとう素性も言わず、故郷も言わず、おそらくどこで死に果てたか、知っている人はいない。ただわかっていることは、おまる団十郎は「乞食」に身をやつして、毎日生き別れた我が子の行方をたずねていたということである。団十郎の妻は、幼い姉弟を残し、早くに他界した。隣家の夫婦の親切に、我が子を預け、団十郎は出稼ぎに出たが、病にたたられ、月日が嵩むうちに、隣家の夫婦とともに我が子の消息もわからなくなってしまったという。

　その後、おまる団十郎は娘に再会することが出来た。しかし、皮肉なことに、その娘はいつも団十郎のために余りものを残して恵んでくれる、お菊という親切な女中であった。いつも集まりに来る「乞食」が実の父であった娘のことを思うと、団十郎は親子の名乗りをあげることが出来なかった。そして、我が子のために貯えてきた百五十円を、誰からとも書かず為替に組んで、お菊に送ってやった。また、青島戦争に大阪の深山重砲隊から出征して、華々しい戦死を遂げたお菊の弟、つまり我が息子を思い、寒山寺の鐘楼を見上げて、「人間だけやなしに、こんな梵鐘もみな大砲の弾丸にして戦ふ時が来ますやろ」とまるで「現在」を予言したかのようなことを言ったのである。

　ところが、全ては団十郎の思い違いであった。なるほど名こそお菊、年も同じ、境遇も似すぎるほど似ていたが、お菊は団十郎の娘ではなかったことが後々明らかになった。しかし、それを最後まで知らなかった団十郎は、実の娘との再会を果たしたと信じて、満足して死んだであろうからそれでよいと木下老人は語った。（荒井真理亜）

勧善懲悪《かんぜんちょうあく》　短編小説

〔作者〕織田作之助〔初出〕「大阪文学」昭和十七年八月一日、九月一日発行。〔初収〕『天衣無縫』〈新生活叢書〉昭和二十二年三月十五日発行、新生活社。〔全集〕『定本織田作之助全集第三巻』昭和五十一年四月二十五日発行、文泉堂書店。〔小説の舞台と時代〕東京、大阪、横堀筋違橋、土佐堀、博労町、安堂寺橋、日本橋、玉造、狭山、紀州、高津、釜山、河原町、通天閣、千日前、京町堀、天神橋、上本町。明治十五年から数十年。

〔内容〕川那子丹造の五代の祖先は当時大阪在勤で、蔵屋敷の留守居をしていた。蔵元から藩の入用金を借り入れることが役目である。ところが、自ら禄を離れて、住み所を広島に移した。それより三世、即ち彼の祖父にいたる間は相当の資産を持ってきたが、彼の父新助の代となると徐々に産を失って、第九番目の末子として、川那子丹造が生まれた頃は、赤貧洗うが如きであった。兄姉の誰もがまだ知らない祖先のことを新助は丹造に語って聞かせた。その話を聞いた丹造は発奮し、このおれがやり直そうと思った。十六歳の時、丹造は広島をあとにして、立身出世の夢をみて、大阪の土を踏んだ。

　大阪に来て、政商五代友厚の弘成館へ書生の伝手を求めた。五代は目付きの野卑な顔を見て、途端に使わないと決めた。丹造

はどこでも長く仕事をやり続けられず、東京へ走った。しかし、東京にはたった三カ月いてまた大阪へ戻った。それからは大阪日報のお抱え車夫になった。一年ばかり記者を乗せて彼等の内幕やコツをすっかり覚えこんでしまったある日、急に丹造の野心はもくもくと動きだして、自身新聞社を経営してやろうと本気で思った。ほとんど無学でほとんど読み書きのできない丹造の独力では、経営難に陥った。それを助けたのは古座谷だった。しかし、新聞の中傷記事が原因で罰金刑を受け廃刊となった。新聞社がなくなり丹造はまた車夫になったがすぐ止めて、昔灸をしたことがあるおかね婆さんを利用して、三人で南河内の狭山へ出掛け、寺院で灸をやった。そこで古座谷は宣伝の役割をした。金はちょっと儲けたが、婆さんは年だし、倒れてしまった。丹造は婆さんを放棄し、逃げてしまった。そして、妻を連れて釜山へ行った。しかし、そこも短かく、妻を残し一人で戻った。それからは、肺病自家薬の薬屋を経営した。薬屋の宣伝チラシを配ったが、それは手刷りだったし、紙は粗末なものだった。古座谷は自分の金でチラシを作ってやり、新聞に三行広告を出した。それから薬はだんだん売れ始めた。丹造は資金調達の手段として、支店長募集の広告をだした。支店長になった人から身元保証金として大金を集め、その金で私腹を肥やした。豪宅を買い、妾も置いた。そのうち、『川那子丹造の真相をあばく』という暴露本が出て、丹造は狼狽した。そのあと古座谷は丹造と絶縁し、丹造も落目になった。別れて五年目に、丹造から二円を頼まれた。しかし、古座谷もその金がないのだ。丹造の過去を暴露した本『川那子丹造の真相をあばく』は実は古座谷が書いたのだ。（桂　春美）

歓楽の世界《かんらくのせかい》　エッセイ

〔作者〕松崎天民〔初収〕秋田貢四編『夜の京阪』大正九年八月十七日発行、文久社出版部。

〔内容〕大正九年の二月まで住んでいた大阪に関する作者の思い出を書いている。大阪で生まれ、育ち、家族ができ、今は東京に住んでいる。大阪を離れてたった二カ月にもかかわらず、東京と比べながら、大阪に対する作者の懐かしい気持ちが伝わってくる。作者は大阪の秋と食べ物が大好きなのだ。秋になると松茸狩りでとても楽しいし、大阪のお酒と料理が懐かしい。大阪の料理がおいしいから大阪人は食べ物を楽しみにしている。それで、芝居の見物の時でも、食べられないと非常に物足りなく思ってしまうのだ。そして東京と比べ夜はもっともにぎやかなのだ。大阪には有名な藝妓も多い、男の人にとっては魅力のある町なのだ。作者も一度ある女との出会いで家を忘れたことがあった。しかし大阪人は自然にあまり興味を持ってないし、いい景色のところもなく、藝術も遅れている。文楽が唯一の大阪のものだった。それでも作者は住み場として大阪が好きなのだ。（桂　春美）

【き】

キール・ロワイヤル《きーる・ろわいやる》　短編小説

〔作者〕尾川裕子〔初出〕未詳。〔初収〕『星祭り』平成十四年七月七日発行、読売ライフ。〔小説の舞台と時代〕大阪、東大阪、北海道、札幌、北見紋別、サロマ湖、網走、帯広、ススキノ、千歳、伊丹空港、阪急百貨店、淀屋橋、難波。現代。

〔内容〕原題「積もる雪」。藤井涼子は現在、結婚披露宴の司会の仕事をしている。今ま

でに五百組近くの披露宴を担当してきた。夫である耕二と結婚する以前にも、北海道でフリーアナウンサーとして働く傍ら、披露宴の司会の仕事もこなしていた。結婚前、涼子と耕二にはそれぞれ婚約者がいた。急展開の結婚と、婚約者たちへの気遣いから、皮肉にも自分の披露宴はできなかった。涼子は急いで札幌を飛び立ち、今は耕二の職場がある大阪に住んでいる。

田中昭夫と川本真紀子は、見合いで養子縁組をきめたカップルであった。打ち合わせの時に不安を感じた二人ではあったが、意外にも幸せに歩き始めた。一方、吉田陽子は大学時代から婚約をしていた岡野と順調に結婚する予定であった。しかし、挙式の一カ月前に岡野のバーレーンへの転勤が分かり、破談となってしまった。

涼子はこの二つのカップルと接して、自分と耕二という夫婦について考える。二人には子供がいなかった。そのことで涼子は悩み、以前にも検査のために病院へ通っていた。再度検査をし、今度はお互いに何の問題もない事が分かる。その結果が、余計に涼子を苦しめ、口論になる。

翌日は涼子の誕生日の前日だった。結婚してからは、二人の誕生日の前日に外食をするようになっていた。先に着いて耕二を待っていた涼子に、バーテンが食前酒としてキール・ロワイヤルを出した。

耕二と食事をしながら、涼子は思った。「あるいは自分たちこそ、一生修羅場のフルコースなんか味わうことのない、料理を想像するだけで、一生甘いピンク色のキール・ロワイヤルを飲みつづけて終わる夫婦なのかもしれない。そして何も残さずに泡のように消えるのだ。それもいい。」そして涼子は、静かに微笑んだ。

平成二年第二回自由都市文学賞佳作。

（森香奈子）

黄色い人《きいろいひと》　短編小説

〔作者〕遠藤周作〔初出〕「群像」昭和三十年十一月号。〔初収〕『白い人・黄色い人』昭和三十年十二月二十日発行、講談社。〔全集〕『遠藤周作全集第一巻』昭和五十年六月二十日発行、新潮社。〔小説の舞台と時代〕高槻、仁川、河西、宝塚、甲東園、津、和歌山、東京、西宮、有馬、鹿児島、三宮、神戸、信濃町、芦屋、四谷、四谷見附、魚崎村、御影、銀座、千駄ケ谷。昭和八年頃から昭和二十年。

〔内容〕大阪の高槻の収容所にいるブロウ神父宛ての、千葉という医学生の青年が書いた手紙と、デュランの手記から構成される。千葉と神父であったデュランの経験を通じて黄色人種と白色人種の「罪」の意識の違いを問うた作品である。著者は作品にも出てきた通り、仁川にある河西の飛行機工場をB29が襲うのを実際に目撃しており、その経験も題材にしていると考えられる。「白い人」の芥川賞受賞後に「黄色い人」を書く義務を感じると述べている。「白い人」では白色人種だけを取り扱ったが、「黄色い人」では黄色人種と白色人種を登場させ、「白い人」より視野を広げている。

（田中　葵）

黄色い夢《きいろいゆめ》　短編小説

〔作者〕藤沢桓夫〔初出〕未詳。〔初収〕『四十一枚目の駒』昭和五十一年七月八日発行、講談社。〔小説の時代と舞台〕道頓堀、夕陽丘、河内松原。昭和四十年代後半。

〔内容〕平凡な日常に飽き飽きしていた松崎虎夫と半沢茂は海外放浪の旅に出ることを夢見ていた。しかし、高校生の二人に旅立つ資金などない。そこで、虎夫は偽装誘拐を思いつく。遊び仲間の一人、一之瀬雪子は社長令嬢である。もし、警察が介入し

てきたとしても、雪子が主犯の狂言だと主張すれば、大事には至らない。そう考えれば、危険度は黄色信号程度であった。それを、茂は「黄色い夢」だと名付ける。計画を打ち明けられた雪子は、偽装誘拐に乗り気になる。要求額を一千万と決め、成功後の渡航計画も万全である。しかし、安全な身代金の受け渡し方法が問題であった。雪子は、その問題を解決するために、家に出入りしている洋画家の石津を仲間に引き入れようと提案する。石津もまた、渡航する夢を持っていた。そして何より、雪子は石津と母親が不倫関係にあることを知っており、裏切りの心配はなかった。雪子を、石津のアトリエに隠すことに決め、受け渡しも彼が車で行うことになった。計画は全て旨くいった筈であった。しかし、石津の迫真に迫りすぎた演技が、雪子の父親に不審の念を抱かせた。翌日、何事も無かったように下校しようとした虎夫と茂は、刑事に呼びとめられる。その瞬間、虎夫は黄色い夢が風船玉のように砕け散ったのを感じていた。

（巻下健太郎）

消えた故郷《きえたこきょう》　大阪高等学校《おおさかこうとうがっこう》

エッセイ

〔作者〕開高健〔初出〕『同級生交歓第二集』昭和四十三年六月三十日発行、あすなろ社。〔初収〕『言葉の落葉Ⅲ』昭和五十六年七月二十五日発行、冨山房。
〔内容〕旧制大阪高等学校（現大阪市立大学）が新制に移行する前年に一年生として過ごした。その頃は学校を見下し、「ひまつぶし」の場としか考えていなかった。それでも個性溢れる同級生たちと笑ったり騒いだりして遊んだ。だが、今はもう訪ねるすべもない、と過ぎ去りし青春時代を語る。

（大杉健太）

消えた〝私の大阪〟《きえた〝わたしのおおさか〟》

エッセイ

〔作者〕開高健〔初出〕「読売新聞」昭和四十六年七月二十二日発行。〔初収〕『白昼の白想』昭和五十四年一月十五日発行、文藝春秋。
〔内容〕昭和四十五年五月、大阪を歩いたときの印象を記したエッセイ。上本町五丁目はお色気商売の町と化し、天王寺の焼け跡は消え、今では高層ビルが林立するスモッグだらけの町になった。筆者の知っている大阪はことごとく消え、自らの記憶の片隅におぼろげに存在するだけになってしまったことを痛感する。

（大杉健太）

消えない影《きえないかげ》

短編小説

〔作者〕黒岩重吾〔初出〕「小説新潮」昭和四十八年一月号。〔初版〕『消えない影』昭和四十八年四月三十日発行、サンケイ新聞社出版局。〔小説の舞台と時代〕道頓堀、心斎橋、新地。昭和四十八年頃。
〔内容〕弁護士である昔気質の義父に育てられた津和子（二十五歳）は、初老の弁護士矢杉と関係を続けながらも、まともな結婚生活に入るか否か、人生の分岐点に立っていた。義父に反撥して家を出て、二十歳で道頓堀の喫茶店から心斎橋の美人喫茶に移り、痴情のもつれから刃傷沙汰も経験、やがてクラブのマネージャーにスカウトされ、二十二歳で新地の一流クラブ「朱扇」に勤めるようになった。そこで、矢杉と知り合い、「朱扇」を辞め、その女となった。麻雀仲間の喜美が殺され、その警察の捜査で津和子自身の男性関係のみならず、周囲の人間の愛憎関係を知る。喜美殺しの犯人は証券会社のセールスマンで、色と欲と金に溺れた結果の悲劇であった。津和子は思う。結婚も勉強もできない。かといって、矢杉の女としてブラブラしているのも退屈

きわまる。津和子はもう一度水商売に戻る決意をするのであった。

（中谷元宣）

帰郷《ききょう》　短編小説

〔作者〕岩阪恵子〔初出〕「群像」平成五年八月一日発行。〔初収〕『淀川にちかい町から』平成五年十月二十八日発行、講談社。

〔小説の舞台と時代〕大阪市の北東部にあたる大宮町。平成三年頃。

〔内容〕四十六歳になって東京住まいの鶴子が、大阪の両親の家を訪ねる。父は膀胱にできていたポリープを内視鏡を使って切除する手術のため、約一カ月ほど入院し、そして、半月ほど前に退院して家にいる。

　翌朝、父と散歩に淀川べりへ行く。父は病院で、むかし、うちに来ていた屑屋さんに逢った話をする。鶴子もその謙虚で折り目正しい物言いをした屑屋さんを覚えていた。彼女の夫は中学校の教員だったが、出征し、フィリピンで戦死した。戦争が終わってもう八年になるが、今でも信じられない気持ちで、姑さんと子供二人かかえて苦労していた。少し前に川を上っていった艀によく似たのが四艘羨ましいくらいの速度で遠ざかっていく。

　ところが、散歩から帰ると、母が、そのひとの主人がひと月ほど前、同じ泌尿器科で父の隣りのベッドへ入った、戦死したというのは嘘であったという。「そやけどあの当時は貧乏で苦労しているひとが多かったよってに…」「わたしかって、毎日一所懸命やったもの。なんであないに朝から晩まで骨身を削るようにして働かなあかなんだのやろう」と、母にはその問に満足のいく答はないように思われたのではあるまいか。母は言葉を呑み下し、沈黙し、いつのまにやら、行儀よく座ったまま居眠りをはじめた。

（浦西和彦）

危険な年齢《きけんなねんれい》　長編小説

〔作者〕阿部牧郎〔初版〕『危険な年齢』平成四年十月発行、徳間書店。〔文庫〕『危険な年齢』〈徳間文庫〉平成八年八月十五日発行、徳間書店。〔小説の舞台と時代〕大阪、梅田、北新地、心斎橋、御堂筋、東三国、東大阪、千里中央、舞鶴、永楽町、西宮、尼崎、和歌山、東京、小金井、新宿、福岡、浪速区、生駒、六甲、千林、野江、ミナミ、鶴見区、福岡。現代。

〔内容〕「春は名のみの」「移ろい」「希望」の三章から構成される。渥美準一は家庭電気製品の量販会社であるジャパン家電の大阪支店長である。実家は東京の小金井で、久子という妻と高校二年生の受験を控えた、勇という息子がいる。仕事も順調で、妻子がありながらも、多数の女の子と関係を持ち、プライベートもうまくやっていた。そんな時、ジャパン家電と同じ杉山ビルの四階に本社をおいているA商社で、レイプ未遂事件が起きた。その容疑者としてジャパン家電の営業担当である変わりものの、川添春雄が捕まってしまった。しかし本人は容疑を認めず、証拠不十分で釈放された。にも拘らず総務部長の松野は、あくまでも川添を犯人だと疑い、彼をクビにしようとする。渥美は川添の性格から考え、どうも納得がいかず、真犯人を探すべく努力する。現場検証や遊び相手の女からの意見で、松野の息子が犯人ではないかと推測する。結果は黒だった。松野の高校二年生の息子は暴走族に入っているような不良少年だった。松野が会社の鍵を誤って家に持って帰ってしまい、それを持って夜のビルに忍びこんだが、何も金目の物が見当たらず、女を襲った。結局は見つかりそうになって未遂に終わったが、息子の容疑をかくすべく、松野は川添を犯人に仕立てようとしたのであった。渥美は同じ年の息子がいるため、こ

の年齢の子どもが難しい時期だと分かっており、何とか被害者の女の子に示談で済ませてもらえないかと説得した。結果、松野の息子は警察には捕まらずに済むことになった。ひと息ついた渥美は相も変わらず、被害者の女の子にも手を出した。

大筋よりも、大胆な性描写が注目される作品である。事件のことについては少しミステリー気が感じられるが、それも性描写が主になっている。渥美の息子が作品の中で彼女を妊娠させてしまう場面がある。性に対して開放的な主人公渥美と、その息子の勇、松野の息子の章一を軸に、抑圧された思春期の性を描いている。（田中　葵）

鬼才縦横《きさいじゅうおう》—評伝《ひょうでん》・小林一三《こばやしいちぞう》　長編小説

〔作者〕小島直記〔初版〕『鬼才縦横—評伝・小林一三上巻』昭和五十八年七月二十九日、『鬼才縦横—評伝・小林一三中巻』昭和五十八年九月七日、『鬼才縦横—評伝・小林一三下巻』昭和五十八年十二月五日発行、ＰＨＰ研究所。〔**小説の舞台と時代**〕鰍沢、三島、麹町、東京日本橋駿河町、大阪安土町五丁目、梅田、曾根崎新地、土佐堀川、淀屋橋、高麗橋通二丁目、本町橋筋、伏見町一丁目、韮崎町、麻布森本町、四国町、宗右衛門町、道頓堀、名古屋伏見町、伝馬町、桑名町、下根岸、大手町、北浜二丁目、天王寺鳥ケ辻町、高麗橋一丁目、福岡、宝塚、日比谷、芝公園。明治二十六年一月から昭和三十二年一月二十五日まで。

〔**内容**〕阪急電車の創業者であり、多くの事業をなした企業家、小林一三の生涯をつづった伝記。

一三は明治二十六年二十一歳のとき、慶応大学を卒業し、郷里の韮崎町に帰省した後、三井銀行員として就職した。一三は大阪支店に転勤となり三井銀行入社の恩人であり、井上馨ともつながりのある高橋義雄のもとで働く。しかし、後任の岩下清周の仕事とくらべても仕事に全力投球しない高橋の働きに疑問を抱く。高橋が大阪支店長となったころ、井上馨の推薦で、福沢諭吉門下の中上川彦次郎が三井銀行常務となり、断固として三井銀行の改革に腕をふるう。一三はかなわぬ恋にのめりこみ、安月給に甘んじる。高橋からは軽蔑を受け、中上川からも相手にされず、不遇をかこつ。一三は大阪で商工業より上方情緒にひかれ、曾根崎新地、淀屋橋などの花街に出入りする。一三は「三つの初恋」をしたと言い、藝者のトミの紹介で一三が書いた小説のファンだというお品という娘と知り合い、宗右衛門町でデートをする。三つ目にお歌という藝者と恋仲になり、道頓堀などを一緒に歩く。お歌と会っている頃、一三は後に彼の運命を変えていく強烈な個性を持った企業家、岩下清周に出会う。岩下は独断で仕事を進め、大阪財界にテコ入れをするが、大阪財界人に好意を持たない中上川と対立し、三井銀行を退社し、北浜銀行を設立する。一三は岩下について行きたい気持ちを胸にしつつ、踏み切れずにいた。

このころ、後に伴侶となる丹羽コウに出会う。明治三十年一月、名古屋に転勤となる。そこで、慶応の先輩、温厚で遊び好きな支店長、平賀敏に可愛がられる。一三は同業の優秀な若者に出会い、充実した日々を送るが、夜は大阪のコウとの逢い引きを重ねる生活を送る。平賀が大阪に転勤になるので、一三もついて行くことを望む。平賀は一三が結婚することを条件とする。一三は文壇に出るのを夢見て、インテリ女性との結婚を望み、違う女性と結婚をするが、コウは収まりがつかず、一三のところに押しかけてくる。妻は怒って帰り、そのことが新聞にも醜聞として書かれ、銀行内の信

用も失われる。仕方なくコウを妻として迎える。展望が暗くなり北浜銀行に心ひかれる。一三のもとに栄転の話が来て上京するが、取り消され、断腸のおもいを味わう。そんな時に東京で近くの社宅に住む池田成彬の出世を見て、はがゆい気持ちになる。池田は中上川の長女を妻に迎かえ、エリートコースを歩む硬骨の青年だった。池田は苦労しながら経営者として成長をし、一三は検査主任という立場に甘んじる。大阪を尋ねたところ、岩下に仕事を手伝わないか、と誘われるが慎重になる一三。新事業の条件の良さを聞いてその気になって、三井銀行をやめ明治四十年一月大阪に出るが、株の暴落のため頓挫する。

同じく会社をやめた平賀と退職金だけを頼りに天王寺烏ケ辻の土地に住む。慶応同窓で、同様に株で失敗した松長安左ヱ門と再会する。冬が過ぎ、春となり、岩下から阪鶴鉄道の監査役という仕事をすすめられる。阪鶴鉄道の買収と新電鉄設立の仕事を含む困難な仕事だったが、引き受ける。一三は、大阪から池田を歩くことで、新しくできる箕面有馬電軌（後の阪急電鉄）の路線に新興住宅地を開くことを閃き、岩下と相談する。岩下に激励を受け、岩下が社長、一三が責任を持って、専務取締役として、事業に取り組む。一般の人向けに、文才を生かし、電鉄の事業内容を知らせるパンフレットを作り、大きな反響を呼ぶ。次に箕面電軌と京阪電車を連絡させる計画を考え、市の許可を得るべく、福岡で福博電気軌道の専務となった松永安左ヱ門に根回しを頼む。不手際があり収賄の容疑で、一三と松永は未決監に収容されるが、二人とも頑固に非を認めない。ついに松永が事情を説明して釈放となるが、二人の意志に多くの人が称賛を送った。箕面電軌創設に伴い、宝塚新温泉、宝塚パラダイスというプール施設、箕面に動物園などを作るが、動物園は失敗、パラダイスは風紀を乱すということで、閉鎖を余儀なくされる。そこで、パラダイスの建物を使って、宝塚少女歌劇を結成し、大きな反響を呼び、大正七年、東京進出も果たす。

一三は関西財界における地歩を確立したが、東京では、ほとんど無名の存在であった。東京の田園都市事業家、矢野恒太が一三の噂を聞き付け、事業に参加させようと運動する。一人一業主義で、よその仕事に手を出すことをしぶる一三だが、ついに折れ、参加する。また、三井銀行の専務に出世していた池田成彬が一三に目を付け、東京電灯の整理役としての仕事を依頼し、一三は引き受けることになる。池田は一三を「問題にぶつかるといくらでも知恵の出る人」と評する。東京生活で、一三は文筆に手を染めることを慰めとして、『雅俗山荘漫筆』『私の行き方』などを著す。この頃、満州事変などを契機として、日本の軍国化がすすむ。二・二六事件をきっかけとして、電力国家管理がはじまり、一三や松永の立場は微妙なものとなる。一方で一三は東京における宝塚歌劇の事業を進めていた。軍国化のなかで、松永は財界を引退、一三も当初は引退を決意するが、近衛内閣の商工大臣を務めるようになる。一三は政府内で、統制を弱めようとするが、失敗し、引退。戦後『大臣落第記』を記す。終戦後は宝塚歌劇、東宝の再建などに携わる。宗教的関心も深まり、薬師寺の橋本凝胤などとも交流を持つ。そして、長男富佐雄氏が不治の病に落ちたことにショックを受けたこともあり、昭和三十二年一月二十五日、この世を去るのであった。

（岡本直哉）

きざみうどん《きざみうどん》 エッセイ

〔作者〕森下泰〔初出〕『随筆集大阪讃歌』

昭和四十八年九月二十九日発行、ロイヤルホテル。

〔内容〕唯一の故郷である大阪に惚れ込んでいる理由を述べ、明日の大阪の姿を提言した随筆。

「私」が大阪に惚れ込んでいる理由はいろいろあるが、まずは食物がうまい、ということである。うどんにしても、どうも江戸風はいただけない。第一、あの醤油を煮しめたような、おつゆがいけない。やはり上品な関西風のおつゆこそ、うどんの味がわかろうというものである。とくに「私」は、きざみうどんが好きだ。安くて栄養もある。大阪の食べ物は〝おふくろの味〟である。うまくて、舌になじんだ安らぎがある。

ただ、この大好きな大阪も、最近はかなり汚れてきた。かつての水の都も流れているのはどぶ川であり、水もけっして多いとはいえない。空気も排気で汚れている。町は車で混雑している。いまのうちに具体的な解決策を打ち出し早急な手を打っておかなければ、それこそおいしい、きざみうどんが食べられなくなる時代がこないとも限らない。大阪商人のど根性と知恵をもってあたれば現在の大阪が抱えている都市問題は必ず解決できると信じている。あすの大阪は明るい。

（高橋博美）

岸和田少年愚連隊《きしわだしょうねんぐれんたい》

長編小説
〔作者〕中場利一〔初版〕『岸和田少年愚連隊』平成六年十一月二十五日発行、本の雑誌社。〔小説の舞台と時代〕岸和田、春木。昭和四十年代末から昭和五十年代前半。
〔内容〕作者の青春時代を描いた自伝的小説。気性の荒い土地で育った「私」は、仲間の小鉄、サイ達と喧嘩に明け暮れる毎日を送っていた。宿敵の定との抗争もあり、生傷の絶えない中学時代であった。工業高校に進学した「私」だが、新しい仲間と相変わらず喧嘩三昧の毎日を送っていた。手ごわい相手がいる高校を探しては、殴り込みをかけ勝利を重ねていたが、ある時、大人数に囲まれてしまう。その中に定の姿を見つけた「私」は辺り構わず襲い掛かる。パトカーがやって来て私達の近くに止まった時、「私」の高校生活は終わった。高校を辞めた後も、小鉄らと博打にのめり込む毎日を送っていた「私」だが、やがて、住む場所を失くし、家に帰るわけでもなく、かつて付き合っていた彼女の元に身を寄せる。そこで、居候しながら通っていた自動車学校で小鉄と再会し、小鉄の勤めるレストランに就職する。そこでの、生活は充実したものであったが、その一方で家への郷愁、虚しさも感じ始めていた。そして、「私」はずっと帰ることのなかった家へ帰る決心をしたのである。
（巻下健太郎）

岸和田少年愚連隊《きしわだしょうねんぐれんたい》　血煙純情篇《ちけむりじゅんじょうへん》

長編小説
〔作者〕中場利一〔初版〕平成七年十二月五日発行、本の雑誌社。〔小説の舞台と時代〕岸和田市内。昭和五十年代。
〔内容〕前作、『岸和田少年愚連隊』の続編。かつての喧嘩仲間が少年院等に送られ、一人になった「私」は、喧嘩はからっきしだが、商才は抜群であるユウジの家に居候していた。路上賭博の用心棒などをして生活していたある日、「私」は小鉄と再会する。喧嘩の強い「私」と小鉄、商魂逞しいユウジの三人は次々と、インチキ商売を生み出し、金を稼ごうとしていた。しかし、いつも上前をはねられ、くたびれもうけである。そんな毎日が続く中、小鉄は結婚を決意し、ユウジもまた、病気だった生みの母の退院を期に、同居することを決意する。それぞれが幸せを摑みそうだった矢先、三人は暴

走族との喧嘩に巻き込まれる。小鉄の改造した車で、暴走族を追いかけている最中、ブレーキが利かず事故を起こしてしまう。運転していた小鉄は一命を取り留めるが、ユウジはこの世を去ってしまう。再び一人になった「私」は偶然再会した宿敵の定と喧嘩をし、逮捕される。今回ばかりは、少年院送りを「私」は覚悟したのであった。

（巻下健太郎）

季節《きせつ》　短編小説

〔**作者**〕開高健〔**初出**〕「えんぴつ」昭和二十五年五月一日発行、第五号（第一部「少年の風土」）。「えんぴつ」昭和二十五年七月一日発行、第七号（第二部「十九歳の青年の風土」）。「えんぴつ」昭和二十五年九月一日発行、第九号（第三部「試みと誤ちの実験」）。「えんぴつ」昭和二十五年十月一日発行、第十号（第四部「状況調査その（1）」）。第二部、第三部、第四部は未完。小説自体も第四部までで未完に終わった。〔**作品集**〕『開高健全作品〈小説1〉』昭和四十九年七月二十日発行、新潮社。〔**全集**〕『開高健全集第1巻』平成三年十一月十日発行、新潮社。〔**小説の舞台と時代**〕大阪市、泉大津、淀屋橋、鶴見橋。昭和十九年八月三日から昭和二十三年まで。

〔**内容**〕戦争の行方に暗雲がたちこめた昭和十九年八月、柚木博、井口俊雄、山奈雅雄ら少年たちは勤労動員に駆り出され、集団生活を営む。彼らは死と隣り合わせの恐怖、肉親と会えない淋しさ、教師たちの偽善など、様々な経験をした。ある日、博が敵機の奇襲を受け、犠牲になった。この時から少年たちの心に早すぎる乖離が訪れる。

終戦後、十九歳になった俊雄は選挙の応援のアルバイトを体験するが、美しいスローガンの下に隠された虚妄に激しい憎悪を覚えた。候補者は落選し、憎しみは去ってもなお俊雄の中に残された歪みは消えなかった。

その後、自己破壊の衝動を持つ微沙という女と交わりを求めるが大きな空虚感を覚える。様々なアルバイトで日々を食いつないでゆく俊雄だったが、精神は萎縮していくのだった。旧制高校最後のファイヤーストームの日、俊雄は旧世界に背を向け、明日の筆耕の都合を考える。

（大杉健太）

季節ある女《きせつあるおんな》　短編小説

〔**作者**〕藤沢桓夫〔**初収**〕『道頓堀の女』昭和十二年四月十六日発行、信正社。〔**小説の舞台と時代**〕天下茶屋、千日前。昭和十年頃。

〔**内容**〕レビュー団で人気者だった萩子と、そこの音楽教師だった利雄は結婚して二年になる。烈しい恋愛を経ての結婚だったが、二年の月日は二人を世間の平凡な夫婦に変えた。幸せには違いないのだが、二人は何か物足りなさを感じていた。利雄のいない退屈な時間を持て余していた萩子を、知り合いの高校生啓二が訪れる。萩子は啓二に好意を持っており、啓二もまた萩子に年上の女性に対する憧れを抱いていた。二人は甲子園へ野球を見に出かけ、萩子が帰宅したのは七時半ごろであった。だが、利雄は帰っていない。時計の針が午前二時を廻っても利雄は帰らず、萩子は不安を抱えたまま朝を迎える。一方の利雄は、普段通り踊り子に稽古をつけ、劇場の出口で一人の少女に出会うまでは、早めに帰ろうと考えていた。しかし、少女の不思議な魅力に惹かれた利雄は、喫茶店に誘い、踊りに誘いして夜を明かす。翌朝、タクシーで少女を連れて帰ってきた利雄に、萩子は料金を代わりに払ってくると言い残しそのまま車に乗って家出する。利雄を心配させてやろうと有馬温泉で数日過ごし、大阪へ帰ろうとし

た矢先、啓二が萩子を連れ戻しに来る。その日のうちに帰ろうとした啓二だが、電車が無い。そして、成り行きで二人は、同じ部屋で一夜を共にする。　（巻下健太郎）

北区老松町《きたくおいまつちょう》　短編小説

〔作者〕藤沢桓夫〔初出〕「小説新潮」昭和四十一年三月号。〔初収〕『将棋水滸伝』昭和四十二年十月五日発行、文藝春秋。〔小説の舞台と時代〕伏見町、築港、老松町。大正十三年から昭和十年まで。

〔内容〕木見金次郎門下の棋士の内弟子時代を綴った伝記小説。大野源一は東京下町の大工の子として生まれた。将棋好きだった父親の影響で将棋を覚えた源一は、偶然の経緯から、大阪の木見八段の内弟子になる。しかし、師匠の内職であるうどん屋の手伝いばかりで、伏見町の家にいた一年の間に指したのはたった一度であった。本格的に将棋に打ち込むようになったのは築港に移ってからのことである。素質があったのか棋力は目に見えて進み、十六で初段になって以来、師匠の代わりに出稽古に出向くようにもなった。その頃の大野の将棋は早指しで持ち時間を使い切ることは無かった。だが、いつもの様に早指しで対局を終えて戻った大野は師匠に早く指して勝つだけが将棋ではないと大喝され、それ以降、大野の将棋は長考型になった。昭和四年の正月、木見家に新しい内弟子が加わった。鳥取から出てきた角田三男である。気が小さい角田は、将棋を指すときはいつも体が震えていた。それを見た大野は角田に「震えの角田」という綽名をつける。内弟子時代の角田にとって、この一つ年下の兄弟子ほど意地の悪い存在は無かったが、そのお陰で勝負師の根性を鍛えられたのも事実である。昭和七年の六月、木見家に三人目の内弟子がやって来る。広島から出て来た升田幸三である。升田は十三歳であった。母親の物差しに「この幸三、名人に香車を引いて勝ったため大阪に行く」と彫りこんで家を出た升田の素質は素晴らしく、三、四段になった頃には、数段上にいる大野も勝てなくなるほどであった。また、性格も大野と同様豪放で、ある時角田の指し手を批判し、それが原因で角田が木見家を去るという舌禍も引き起こしている。角田が去って暫く後に父親に連れられて、丸顔に強い近眼鏡を掛けた頭の大きな十三歳の子供が入門して来た。その子供の名前は大山康晴と言った。　（巻下健太郎）

ぎっちょんちょん《ぎっちょんちょん》　短編小説

〔作者〕田辺聖子〔初出〕「小説新潮」昭和四十五年十月号。〔初収〕『三十すぎのぼたん雪』昭和五十三年三月二十五日発行、実業之日本社。〔作品集〕『田辺聖子珠玉短篇集③』平成五年五月三十日発行、角川書店。〔小説の舞台と時代〕天王寺、芦屋。現代。

〔内容〕杉の家花奴は夫の花蝶とコンビを組む漫才師であった。元来気短な花奴は花蝶の女癖の悪さにいつも腹を立てていたが、その亭主孝行は有名であり、高血圧を患った花蝶のために尽くす努力を惜しまなかった。二人の間には菊江という一人娘がいたが、アクセサリー店経営のため親許を離れていた。その菊江がもうすぐ津村という一流会社に勤める青年と結婚するという。花奴から見て、津村は容姿も態度も申し分ない。しかし本音はもっと心安だてにモノの言える聟の方がよいと思っている。いよいよ両親に津村を会わせようという日、花蝶は浮気相手の藝子の家で帰らぬ人となった。「〈花はたれしも　桜というに　国のつかさは　菊の花〉ぎっちょんちょん　ぎっちょんちょん……」花蝶の唄声が花奴の耳の底から離れず、苦労もさせられたが楽しい生活だったと真実の涙が溢れてきた。花奴は

悲しみを紛らせるため仕事に打ち込もうとし、菊江を相方として仕立てることを思いつく。菊江は渋々新しい相方が見つかるまでという条件付きで承諾した。菊江の漫才師としての評判はよく、菊江自身もアクセサリー店のことなど忘れるほどに、漫才の面白さがわかり始めた。そんな菊江を津村は理解できなくなり二人は別れることになる。花奴らはある日、会社に行くと新しい台本を渡された。それは菊江と、花奴の弟子である蝶太郎のために書かれたものであった。花奴の漫才は古いから、菊江と蝶太郎で新しいコンビを組めというのである。二人の稽古を聞いた花奴は菊江が父のように面白くなるかもしれないと思い、舞台の上で菊江に頭を叩かれる蝶太郎がいかにも心安い、いい男に思えたのであった。

藝人人生の苦労や喜びなどが描かれた短編小説である。（小河未奈）

狐物語《きつねものがたり》　短編小説

〔作者〕今東光〔初出〕「小説新潮」昭和三十四年七月号。〔初収〕『河内風土記』昭和三十五年四月二十日発行、新潮社。〔**小説の舞台と時代**〕八尾。昭和三十年頃。
〔**内容**〕「河内もの」の一つ。八尾中野部落の五軒長屋の一つに佐兵衛夫婦が住んでいた。夫婦で刷子の毛植え内職をしていたが、ナイロン製の刷子が出現、佐兵衛はナイロンのブローカーに転身した。佐兵衛は羽振りがよくなり、朝から酒を飲むようになる。県主神社近くに情婦ができる。妻お安の耳に入る。しかし佐兵衛は「あれは県主神社の森に棲んどる狐やがな」と言い、自分は化かされたと、妻をすっかり騙してしまう。おそらく、佐兵衛の機知が後世に伝わると、『日本霊異記』の物語のように、河内国若江郡三野県主神社の狐と交わる話として伝承されるかもしれない。（中谷元宣）

気になる天使《きになるてんし》　短編小説

〔作者〕難波利三〔初出〕未詳。〔初収〕『通天閣夜情』昭和五十九年九月五日発行、桃園書房。〔**小説の舞台と時代**〕大阪のミナミ、難波の地下鉄、島根県。現代。
〔**内容**〕主人公パー子はある風俗店で働いている。店のマネジャー熊井さんの言ったとおり、お客さんが要求したとおり応じているため、店で一番売れっ子だった。同じ店で働いているボーイ塚口雪夫は自分の妹と似ていると思いパー子をいつも見守っていた。雪夫が小学校五年生の時、父は事故で亡くなった。義父とは関係が悪くて奈良市内の養護施設に入った。その後は次々と転職した。雪夫はいつからかパー子が気に入った。ある日、パー子は接客するとき突然倒れた。それで雪夫が救急車を呼んで病院まで付き添った。パー子は入院させられた。その後雪夫は毎日看病に行った。熊井の督促でパー子は退院し、その費用も雪夫が出してくれた。パー子の健康のため雪夫は自分の家に連れていった。店の寮に戻ったら、またすぐ働くことに決まっていた。その後、パー子から求めてきたが、雪夫が先に浮かべたのが不潔感だった。パー子も幼いころに父母を失い、祖父母に育てられたが、あるセールスマンに騙され大阪に来たのだ。退院のお祝いにパー子が会いたがっていた祖父母のところに連れて行くことにした。しかし、実際行って見たら、祖父母は亡くなり、古い家しか残っていなかった。二人は新しい生活を始めようと、荷物の整理をつけるため大阪へ引き返した。しかし、熊井ら三人の男達が押し入ってきた。雪夫は殴られ、パー子は連れ去られた。雪夫はずっと待っていたが、パー子は戻らない。それで店に電話をかけたら、自分はやっぱり店の生活に慣れていると言って、切

られてしまった。

（桂　春美）

昨日と明日の間《きのうとあしたのあいだ》　長編小説

〔作者〕井上靖〔初出〕「週刊朝日」昭和二十八年五月二十四日〜二十九年一月十七日号。〔初版〕『昨日と明日の間』昭和二十九年四月十日発行、朝日新聞社。〔全集〕『井上靖全集第九巻』平成八年一月十日発行、新潮社。〔小説の舞台と時代〕天保山、梅田、淀屋橋、日田、芦屋、三宮、中之島、難波、土佐堀川、渡辺橋、桜橋、元町、四ツ橋、田村町、明治神宮、赤坂離宮、有楽町、数寄屋橋、東京駅、大阪駅、四条大宮、嵐山、三千院、寂光院、四条河原町、妙心寺、竜安寺、堂島川、舞子、香櫨園。昭和二十七年十二月三十一日から数カ月。

〔内容〕白戸魁太郎は社長と大喧嘩して関西放送を辞めたばかり。ふと一人で旅に出てみたくなり、大晦日の日に別府航路の「瑠璃丸」に乗った。そこで事務長をしている中学時代の級友の山辺伸吉に、要監視者の見張りを頼まれる。二十七、八くらいの美人で、名を彩田菊子と言った。しかし、何事も起こらず、要監視者は無事船を降りた。魁太郎は日田の旅館で再び菊子に出会う。菊子の顔はまるで別人のように、蒼く、暗かった。魁太郎は死にとりつかれた菊子の頬を打ち、自殺を思いとどまらせた。自殺の理由は失恋で、人妻である菊子が八年間密かに想い続けた相手が結婚するのだという。魁太郎は菊子を伊丹の飛行場まで送り、二人は別れた。三カ月後、魁太郎は来阪し、自分が計画中の航空事業に出資してもらうため、関西の綿糸業界では一、二と言われる彩田商店の社長彩田周平に会う。周平の態度に手ごたえを感じた魁太郎は、翌日芦屋の周平宅を訪ね、菊子に再会する。その頃、菊子は自分が生きていることを感じるような、そんな生き方をしたいと思い、今の気持ちを正直に夫に打ち明けようとするが、機会がなくてなかなか言い出せない。そのうちに、八年もの間想い続けた四村乙彦から彩田と離婚して自分と結婚してほしいと迫られる。しかし、菊子には四村と一緒に家庭を持って共同生活を営むということも、また夫の周平と別れるということも、現実として想像がつかなかった。しまいには、自分の四村への愛情さえも疑い始める。揺れる菊子の前に、四村の婚約者が現れ、不真面目な気持ちなら四村と口を利かないでくれと言われる。しかも、魁太郎の愛人弾正れい子にも呼び出され、二度と魁太郎と会話をしないように約束させられる。暴力に訴えるれい子のやり方に怒りを覚えた菊子は、れい子の鼻をあかさねばどうしても気が済まず、魁太郎に会って話をするために周平にくっついて東京に行く。菊子は自ら願い出て、魁太郎に明治神宮の内苑、赤坂離宮の裏門、有楽町のガード下を案内してもらう。この頃になって、周平はようやく菊子と四村の関係を疑い始め、その監視を魁太郎に頼む。夫の命令に背き、一人嵐山で外泊した菊子を迎えに来たのは、魁太郎だった。二人は、ついでに三千院、寂光院、妙心寺、竜安寺を訪れる。菊子は今日の一日だけが自分の生涯で、本当の意味で輝かしかったのではないかと思った。そして、魁太郎に惹かれ始めている自分を感じる。一方、魁太郎は航空会社設立の準備に追われ、多忙な毎日を送っていたが、ふとした瞬間に思い出すのは愛人のれい子ではなく、菊子の面影だった。れい子はすばやく魁太郎の変化を察知した。れい子に詰め寄られた魁太郎は菊子を好きだと認める。魁太郎への愛情を認識したことで、菊子は周平と別れて、生きるために働こうと決心する。菊子は再びれい子に呼び出され、折檻されるが、魁太郎を好きだと毅然と言い

放った。そして、周平に対しても魁太郎への愛を告白する。周平は魁太郎が萄子を取れば、その時は萄子を失うが、動き始めた航空会社を独り占め出来ると、萄子と事業を量りにかけていた。しかし、開所式の祝宴で魁太郎は萄子と周平に向かって、れい子を紹介し、れい子と結婚する意志を宣言する。魁太郎が自分を愛していないことを知っているれい子は、その場を飛び出し、そのまま姿を消してしまった。事業が軌道に乗ってくると、魁太郎は飛行機に対する魅力を失い、惜しげもなく事業のすべてを周平に譲って、マニラ湾の艦船を引き上げる計画にのめりこむ。萄子は魁太郎に手紙を書き、女として今日という日を精一杯生きたいと思ったが、悲しいことに自分には許されないようだと別れを告げた。

（荒井真理亜）

木の都《きのみやこ》　短編小説

〔**作者**〕織田作之助〔**初出**〕「新潮」昭和十九年三月号。〔**初収**〕『猿飛佐助』昭和二十一年一月三十日発行、三島書房。〔**全集**〕『定本織田作之助全集第五巻』昭和五十一年四月二十五日発行、文泉堂書店。〔**小説の舞台と時代**〕上町口縄坂。昭和十八、九年頃。

〔**内容**〕大阪は木のない都だといわれるが、「私」が住んだ上町という高台には木があり、下町の匂いの漂う路地や坂の多い町であった。なかでも口縄坂の中腹には女学校があり、私にはとりわけなつかしい坂である。私は京都の高校に入り両親を失い、上町と没交渉になったが、十年振りに口縄坂を訪れる機会があった。寺も家も木も昔のままであったが、私がよく書棚を漁った本屋がなく、「矢野名曲堂」という看板が掛っていた。そこの主人は、私が京都の高校時代によく行った矢野精養軒という洋食屋の主人だった。私の第一の青春の地（大阪）と第二の青春の地（京都）が重なり合った。年の暮れに矢野名曲堂を訪れると「廃業」の貼紙がしてあった。矢野名曲堂の息子の新坊が名古屋の工場へ徴用され、家が恋しくなって無断で帰ってくるので、一家をあげて名古屋へ行ったのである。

（浦西和彦）

逆光の街《ぎゃっこうのまち》　長編小説

〔**作者**〕難波利三〔**初版**〕『逆光の街』平成二年十二月十日発行、ファラオ企画。〔**小説の舞台と時代**〕島根、天王寺、難波、中之島、泉佐野、吹田、帝塚山。昭和四十年代。

〔**内容**〕澄夫は高校を中退し、故郷の島根から大阪へ出稼ぎに行くことになった。父が事故で半身不随になり、母は男と駆け落ちして逃げ出してしまったからである。祖父母と弟妹を残し、一人澄夫は自動車工の見習いになる。先輩の嫌がらせに耐えながらも同じ様に出稼ぎに来ている故郷の同輩たちとともに頑張っていた。しかし、母が突然訪ねてくる。憎しみの中にも甘さが残る澄夫は半ば押しかけでやってきた母とともに住み込み先で住むことになった。しかし、それも長く続かず先輩の一人の男性の家に預かってもらうことになった。すると、その先輩とともに再び駆け落ちし、問題を起こした責任でクビになってしまう。途方にくれた澄夫は同輩、啓次と洋子の所に転がり込む。だが二人の仲良く暮らす様子に耐えられなくなり洋子の給料を盗み飛び出す。結局彷徨った挙句、飲み屋で介抱された女の所で暮らすようになる。だが、それも続かずに、そこから逃げ出し、露天で玩具を売るようになった。そんな時、あるデパートで露店を開いているとアイドルとなって営業に来ていた美奈がいた。自分の惨めさを噛み締めながらもお金を貯め、洋子の下を訪れ盗んだお金を返す。洋子は啓次

がいなくなってしまった寂しさから澄夫に拠り所を求めた。折り悪くそこに啓次が戻ってきて誤解されたまま啓次は再び行方をくらませた。澄夫は密輸ブローカーの片棒を担いでいたが、鬱憤をはらすために始めたボクシングが上達し、有望視される選手となっていった。しかし、初めての試合で脱臼、選手生命を絶たれ、更にボクシングで知り合った友人望月と暴走族となった啓次を事故によって失う。全てを失った澄夫を飲み屋の女主人初美は、愛人である田川の農作業の手伝いをさせるようになった。都会で農作業する澄夫は熱心さと物珍しさからテレビに取り上げられるようになった。そこにまたしても母が現れ、田川に取り入って住み着くようになった。とうとう初美と母が争いをしだし、澄夫は母を刺し殺す。許されるならまたこの街に住みたい、そう思いながら交番へ歩いていった。

（井迫洋一郎）

キャンデーワイン《きゃんでーわいん》　短編小説

〔**作者**〕黒岩重吾〔**初出**〕「面白倶楽部」昭和三十五年七月号。〔**初収**〕『坐れない席』昭和四十三年八月十五日発行、東方社。
〔**小説の舞台と時代**〕ミナミ界隈。昭和三十五年頃。
〔**内容**〕警察が暴力バーの取り締まりに乗り出し、千日前のバー白鳥の客引き・良平は、明日からどうやって食っていこうかと悩み、法善寺横丁にある別れた元女房のバーおけいに行き、働くことになる。良平は、キャンデーワインという安い酒に、レモンとトリスを少したらしておけいカクテルを作り出し、好評を得て、店はやり出す。しかし喧嘩別れ。かってやさしい言葉をかけてくれた朱実の店に会いに行くが、そこでも失望、暴れ回り、殴り倒される。「わしの生き方も間違うとった。わしは焼酎やのに、キャンデーワインのように、甘い生き方を今までやっていた。これからは、焼酎らしく、汗水たらして労働しよう。」とつぶやくのだった。

（中谷元宣）

吸血鬼どらきゅら《きゅうけつきどらきゅら》　短編小説

〔**作者**〕黒川博行〔**初出**〕「オール読物」平成五年七月号。〔**小説の舞台と時代**〕泉山台。現代。
〔**内容**〕刑事の伴進平は、深夜、ビルから飛び降りようとしている男の説得に呼び出される。男は由良木といい、ドラキュラを気取って黒マントを靡かせていた。由良木は、進平を宿敵のヴァン・ヘルシングだと決めつける。進平は高所恐怖症に耐え、由良木の妄想に付き合いながら説得を続ける。地上には、由良木の妻が現れ、説得に加わるが効果は無い。そこで、ゴンドラを使い二人を保護する作戦を採ることになる。進平の説得で由良木はゴンドラに乗ることを承諾するが、まさに、乗り移ろうとした瞬間、二人は月に向かって空中に飛んでいた。

（巻下健太郎）

求《きゅう》婚《こん》　短編小説

〔**作者**〕田辺聖子〔**初出**〕「別冊小説新潮」昭和四十年七月十五日発行、第十七巻三号。〔**初収**〕『もと夫婦』昭和四十六年八月十六日発行、講談社。〔**作品集**〕『田辺聖子珠玉短篇集②』平成五年四月二十日発行、角川書店。〔**小説の舞台と時代**〕昭和町。現代。
〔**内容**〕友成三平は恋をした。相手は一年ほど前に同じ町内に引っ越してきた沢野すが子である。几帳面な性格なのだろう。すが子は毎朝同じ時間にアパートを出て、ぴたりときまって駅の改札を通る。友成は駅のホームで見かけて、素行のよい娘らしいすが子に何となく好意を覚えた。そのうち、会えばぼつぼつ口を利くようになったが、

友成は思いを伝えるタイミングがつかめないでいた。すが子が昭和町のバス慰安旅行に参加するというので、友成も参加することにした。ぜひこの機会にすが子にプロポーズをと思うが、同行の婆さんやらのすったもんだに振り回されて、せっかくのチャンスは空しく去っていった。三、四日後、家へ帰ると下宿先の婆さんが待ち構えていて、友成に見合いを勧めた。見合いは既に済んでいるという。見合いの相手は、すが子であった。すが子は友成を気に入って、兄を友成に合わせるため、先の慰安旅行に同行させたのだ。友成の奮闘振りを見ていて、厳格な兄も了承した。大きな大きな安堵感に包まれた友成だが、その中には、ほんの少しだけ、ついにプロポーズをする機会がなかったことを惜しむ気持ちがないでもなかった。

（荒井真理亜）

休日の断崖《きゅうじつのだんがい》　長編小説

〔作者〕黒岩重吾〔初版〕『休日の断崖』昭和三十五年五月三十一日発行、浪速書房。〔全集〕『黒岩重吾全集第一巻』昭和五十八年七月二十日発行、中央公論社。〔小説の舞台と時代〕キタ、ミナミ、新和歌の浦、京都。昭和三十年代。

〔内容〕本社が堂島川の傍にある石原工業の取締役営業部長十川隆造は、盟友である日本建設新聞社社長川草成に、家出した娘冴子を探すことと、愛人であるキャバレーMの百合子に手切れ金を渡すことを頼み、株を買い占め傘下におさめた高柳工業の専務として単身東京に出発したはずが、その夜、なぜか新和歌の浦の崖から落ちて死ぬ。自殺か他殺か。新世界出身でかつてやくざの世界にいた川草は、その旺盛なバイタリティーで真相を探る。やはり十川は自殺ではなく、株の失敗を埋めようとした内藤と、その情婦夏江が、行方不明の娘冴子の自殺を騙り殺害現場におびき出し、大阪駅からバイクで高速移動するという、周到かつ巧みな計画的犯行であった。川草は、巨大資本に操られる人間の哀しさを知り、事件解決後の虚脱感とともに、明日からの新しい人生観、社会観を感じるのであった。作者は、『黒岩重吾全集第一巻』の解説「無名作家の頃」において、本作品発表前後の生活の苦しかった時代を振り返り、「女房は初めて読んで、非常に面白かったから、次はこれ以上のものを書いて欲しい、といった。そして女房は、そのためにも、キャバレーの方は辞めて欲しい、と要求したのである。生活が不安なら、創作人形の教師の口でも見付ける、と私を力づけてくれた。そういう女房の決意を知り、私もやっとキャバレーを辞める決心を固めたのだった」と述べている。

本作品は昭和三十五年上半期の直木賞候補であった。

（中谷元宣）

侠客「たが袖の音吉」《きょうかく「たがそでのおときち」》　エッセイ

〔作者〕下井喜一郎〔初収〕『浪花のロマン』昭和四十二年十二月二十五日発行、全国書房。

〔内容〕元和（一六一五～二四）から元禄（一六八八～一七〇四）、享保（一七一六～三六）にかけて大阪には根津の四郎右衛門、木津の勘助、たが袖の音吉と呼ばれる三侠客がいた。音吉は漁夫であったが、魚介類を新町の廓まで売りに行く商人でもあった。自分で稼いだ金で音吉は廓で遊んだが、無理矢理算段した金は決して使わなかった。それだけに、侠気のある音吉は廓の中を横行していたならず者たちを苦々しく思っていた。ある時、偶然網にかかった大きな鯉を周囲の反対を押し切って、生簀で飼い、それを見世物にして金儲けをした。人が集

まり、いざこざが起こると音吉は如才なく解決していった。そのことで信望を集めいつの間にか男だてに祭り上げられていた。音吉の人気は村でも、廓でも上昇の一途で、着ている小袖も毎日変わった。「誰の小袖」が「たが袖」となり、音吉はたが袖の親分と呼ばれるようになった。刺客に襲われた音吉は、自分のわき腹にドスを突き立て羽交い絞めにした相手もろとも、刺し貫き息絶えた。（巻下健太郎）

強迫者《きょうはくしゃ》　短編小説

〔作者〕黒岩重吾〔初出〕「小説中央公論」昭和三十七年一月号。〔初版〕『強迫者』昭和三十七年三月三十日発行、中央公論社。〔小説の舞台と時代〕大阪。昭和三十七年頃。〔内容〕大西化学営業部長井頭義一は、出世のトップを走っているが、お前の悪事を知っている、と何者かに強迫される。確かに愛人も二人、取引先からもリベートを受けている。家庭は顧みず、妻久乃との間もひややかで、それが原因か、妻はクリスチャンになっている。井頭は鳥沢牧師が強迫者であることを知る。鳥沢牧師は久乃の苦悩を聞き、自らの罪に気づかない迷える小羊である井頭の眼を醒ますため、強迫者となったのだ。清廉な生活を送った鳥沢牧師は、栄養失調による心臓衰弱で亡くなるのであった。（中谷元宣）

「虚栄の市」と「闇市」と――京阪の盛り場を歩く――《「きょえいのいち」と「やみいち」と―けいはんのさかりばをあるく―》　エッセイ

〔作者〕織田作之助〔初出〕「週刊朝日」昭和二十一年七月七日発行。〔全集〕『定本織田作之助全集第八巻』昭和五十一年四月二十五日発行、文泉堂書店。〔内容〕空襲で焼けた大阪と、焼けなかった京都の盛り場を比較したエッセイ。大阪には今は盛り場というものがないが、強いていえば、闇市場が盛り場であろう。それは「復興という威勢の良い言葉がふと誇張じみるくらい、バラックのペンキの色や荒削りの木の肌は、さすがに痛々しい」感じがする。ところが、京都の盛り場は「虚栄の市と名づけたいくらい、贅沢な色彩感に溢れている。のんびりした余裕」がある。だが、大阪の盛り場は「大阪らしい荒っぽい逞しさがみなぎって」いるのに対して、京都の盛り場は力が欠けている。「古い保守的な無気力さがひそんで」いるという。（浦西和彦）

挙措、親愛に満つ――大阪大会の成果――《きょそ、しんあいにみつ―おおさかたいかいのせいか―》　エッセイ

〔作者〕織田作之助〔初出〕「文学報国」昭和十八年九月二十日発行。〔内容〕昭和十八年九月三日、大阪朝日会館で開催される第二回大東亜文学者大会大講演会のために西下した代表一行たちの大阪案内記。「沈、林、小林の三氏が仲良く斎藤氏から高砂の歌を習ってゐるのを見て、私はここでもアジヤの文学者は一つなりと思った」と記す。（浦西和彦）

切れた琴糸《きれたことのいと》　短編小説

〔作者〕本多隆朗〔初出〕未詳。〔初収〕『北摂の三姉妹』昭和五十九年五月十五日発行、弘文出版。〔小説の舞台と時代〕大阪（高槻、千里丘）、京都。昭和五十年代。〔内容〕田中秀夫は、高槻中学の同窓仲間と京都の寺院を廻っている時に小杉八重子と出会う。大学生である田中秀夫は高槻市に両親と弟とで四人暮らしをしており、父親は商社のサラリーマン部長である。そして、小杉八重子は京都で十一代続いている陶器家の老舗「小杉商店」の一人娘であった。二人は恋に落ち、結婚の約束をするが、両親が家柄の違いを理由に二人の交際を認

めず、会うことすら出来なくなる。その間に秀夫は、京都大学を優秀な成績で卒業しテレビ局に就職した。そして、改めて小杉家に結婚の申し込みをしに行くのだが、八重子に会うこともできないまま、八重子の母親に追い返されてしまう。そして、それから十日後に、八重子は秀夫の母親に呼び出される。八重子が呼び出された場所へ行くと、秀夫の母親は秀夫が別の女性と結婚するのだと告げた。それを聞いた八重子は家に帰り自殺を図る。しかし、その自殺は未遂に終わり、八重子は別の男と結婚することになった。その後しばらくして、八重子は偶然に会った秀夫の友人から、まだ秀夫が結婚していないことを知らされ、二人の約束を裏切っていたのが自分であったことを知る。それから月日は流れ、八重子は夫の強制によって、祇園のバーでママをさせられていた。するとそこへ、秀夫がやってくる。お互いすでに妻子がいたが、そこから二人は一カ月に一度、忍び逢うようになった。しかし、ある時八重子は身体の調子がおかしくなり、病院で検査をするとガンであることが分かる。そして同じ頃、秀夫は交通事故で突然死んでしまう。それから五年後、八重子はガンの手術に一応成功し、秀夫の住んでいた高槻市にある温泉宿で毎年十日ほど過ごすのが唯一の楽しみとなっている。　（三谷　修）

禁断の果実《きんだんのかじつ》　短編小説

〔作者〕藤沢桓夫〔初出〕「小説新潮」昭和四十年五月号。〔初収〕『われ愛す』昭和四十二年十月二十日発行、東方社。〔小説の舞台と時代〕初芝、高津。昭和二十年代。

〔内容〕堀田益造は戦後の混乱に乗じて、荒稼ぎをし、世間では成功者の一人と目されている。だが、益造には心配の種があった。長男孝雄のことである。益造が中学生の頃は「男女七歳ニシテ席ヲ同ジクセズ」の道徳観が支配的で、女友達を作ることは不可能であった。そのせいで、女性に対する欲求も激しかったことを振り返り、孝雄の女友達との付き合い方に不安を感じるのである。中学生だった益造には脇井という友達がいた。素封家の息子で、いわゆる「やんちゃ坊主」であった。その脇井が、女友達を作るために同窓会を企画する。会が成功裏に終わった翌日、脇井が訪ねてくる。女友達を紹介してやると言うのである。益造はその申し出を危ぶみながらも受ける。約束の高津神社についた頃には辺りは暗くなっていた。しばし談笑した後、脇井の提案で二組に分かれて、女友達を家に送ることになる。無愛想に黙ったまま歩く益造に対し不安になったのか、彼女は一人で話し始めた。それにも、益造は殆ど応えず、沈黙を守っていた。やがて、堪えられなくなったのか彼女は立ち止まり、「さよなら」と言い残し去って行った。益造は後を追うことが出来なかった。半年後、脇井は女友達を妊娠させたことが学校に知られ、京都の私立中学へ転校して行った。益造にとってあの頃の青春は寒々として、不健康なものであった。　（巻下健太郎）

【く】

食ひ倒れの都、大阪《くいだおれのみやこ、おおさか》

エッセイ

〔作者〕吉田健一〔初出〕「文藝春秋」昭和三十二年四月号。原題「食ひ倒れの都・大阪―舌鼓ところどころ・第二回」。〔初収〕『舌鼓ところどころ』昭和三十三年六月二十日発行、文藝春秋。

〔内容〕味覚エッセイ集『舌鼓ところどころ』の中の一章。高津神社から少し歩いた

所にあるたこ梅というおでん屋は、昔の東京のおでん屋を彷彿とさせる。酒がうまくて料理はおでんのみ。無駄なものがないのが身上で、主人と客との無愛想な付き合いがそこの空気を作っている。その意味でここは英国のパブそのものである。難波にあるアストリアという西洋料理屋では久しぶりに匂いで牛肉だと分かる牛肉を味わった。大阪ではかやく飯、粕汁など、昔からの食べ物そのままが残っているが、これは大阪人が生活者としての態度を持しているからであろう。他にも卯月のうどん、新橋にある生野の鰻茶漬け、鮨万の磯巻き、曾根崎新地にあるいなば播七のおはぎ、今橋の鶴屋八幡の干菓子などは大阪で味わったうまい料理である。本格的な関西料理が食べたい人は内北浜のにし井に行けば世界一安い懐石料理が食べられる。大阪は天麩羅の発祥地でもあるが、最近は全国の天麩羅が大阪風になっている。どこのものでもない天麩羅が食べたければ曾根崎新地の菊屋に行くと良い。（大杉健太）

空中庭園殺人事件《くうちゅうていえんさつじんじけん》

長編小説

〔作者〕吉村達也〔初版〕『空中庭園殺人事件』〈光文社文庫〉平成九年七月二十日発行、光文社。文庫書き下ろし。**〔小説の舞台と時代〕**東京、梅田、北浜。現代。

〔内容〕精神分析医氷室想介のもとに脅迫状が舞い込んだ。消印は市川市行徳である。以前にカンセリングを受けにきたことのある香川瑠美子の筆蹟に似ていた。しかし、瑠美子は前の年の五月に、高校時代の恋人井上健太の働いている北浜の大阪証券取引所の見学席でナイフで首を刺し自殺していた。瑠美子は高校時代に井上健太との結婚を心に誓っていたのであるが、別々の大学に進学した。そして、瑠美子は二人の担任でブラスバンド部の顧問をしていた十五歳年上の音楽教師香川先生と結婚したのである。瑠美子はなぜ自殺したのか。瑠美子に自殺をそそのかした占い師玉造綾華が新梅シティの四十階建てツインビルの最上階にある空中庭園で殺された。人目もあるところで、しかも警備の人もいる場所でなぜ玉造綾華は殺されたのか。容疑者は二人に絞り込まれる。氷室想介は真犯人の思いもよらぬ動機を解明していく。（浦西和彦）

釘師《くぎし》

短編小説

〔作者〕藤本義一〔初出〕「小説現代」昭和四十七年四月号。〔初版〕『釘師』昭和五十一年一月二十日発行、毎日新聞社。**〔小説の舞台と時代〕**道頓堀界隈。昭和四十七年頃。

〔内容〕かつて山師であった中本福松は現在、天頂と名乗る釘師である。腕は確かで、出玉率を一定に保ち、勤め先であるパチンコ店「エリーゼ」での信頼も厚かった。そこに、プロパチ・佐川弘光が挑戦してくる。佐川は、天頂が同棲している矢津子の昔の男であった。四年前、板前だった佐川は矢津子のために詐欺を犯し、一年間の刑務所暮らしを経て、今、矢津子を取り返すためにプロパチとなって現れたのであった。天頂は佐川の挑戦を受ける。しかし、天頂は強敵・佐川を意識するあまり、店の利益を下げ、クビになってしまう。天頂の敗北であった。しかも、矢津子の不貞を知る。天頂は何もかも失い、道頓堀を南に渡りながら、「阿呆んだら奴」と呟くのであった。（中谷元宣）

矩形の療養地《くけいのりょうようち》

エッセイ

〔作者〕開高健〔初出〕「潮」昭和五十一年十月号。〔初収〕『完本白いページ』昭和五十三年六月二十五日発行、潮出版社。〔全集〕『開高健全集第19巻』平成五年六月五

日発行、新潮社。

〔内容〕昭和五十年ごろ、大学時代の友人が守口市に貸農園を開業した。「頭の酷使にたいして手が無視される」という近代化特有の現象は深化するばかりだが、この病弊に陥らぬために孔子は「バクチでもいいから手を使え」と言った。「この奇怪な時代には、その一片の黒土が、他の何に替えようもないサナトリウムとなり原野となることだろう」という。（大杉健太）

腐った太陽《くさったたいよう》　長編小説

〔作者〕黒岩重吾〔初版〕『腐った太陽』昭和三十六年四月二十五日発行、浪速書房。〔全集〕『黒岩重吾全集第二巻』昭和五十八年九月二十日発行、中央公論社。〔小説の舞台と時代〕堺、天王寺、ミナミ。昭和三十年代。

〔内容〕波乱に満ちた過去を持ち、かつてコールガールであった佐伯加津子（二十九歳）は、愛する宮内の会社（宮内産業）の秘書で、その愛人である。宮内が中之島で入水自殺する。加津子は女の武器を使い、一心に真相を探る。加津子は、宮内の家庭、社内の愛憎を知る。そしてついに、コールガールを紹介する天王寺クラブの主・北野に行き着く。北野はかつての加津子の元締めであり、宮内とは戦後のどさくさをメチルアルコールの製造などの悪事によってのし上がった旧知の仲である。北野は資金援助の見返りとして、宮内産業の大半の株を握っていた。しかし、これが宮内の重荷であり、彼にとってはコールガール業者が自社の大株主であることに堪えられなくなったのだ。二人は争う。北野は損得を離れて、人間的に宮内を愛していたのに、宮内は北野を嫌ったのである。北野は、宮内を人間的な怒りによって自殺に見せかけ殺害したのであった。作者は、『黒岩重吾全集第二巻』の解説「傷の問題」において、「『腐った太陽』の主人公はコールガールだった女性である。（中略）高度成長期以前のコールガールには、身体を代償に金銭を得ることへの罪悪感があった。その罪悪感が、時にはこの主人公のように、愛情への飢餓感を生み、愛情を追求する女性に変身する可能性を秘めているのである」と述べている。（中谷元宣）

鎖と歯《くさりとは》　長編小説

〔作者〕黒岩重吾〔初出〕「別冊文藝春秋」昭和三十七年六月号。〔初版〕『鎖と歯』昭和三十八年四月十八日発行、文藝春秋新社。〔全集〕『黒岩重吾全集第四巻』昭和五十八年四月二十日発行、中央公論社。〔小説の舞台と時代〕新世界界隈。昭和三十七年頃。

〔内容〕新世界東梅映画館支配人山根久男はその特権を利用して、ここ一年余り、モギリで月四、五十万の不当所得を得ていた。モギリとは、税務署や社の正式な検印の押していない映画館入場券を、客が差し出す正式の入場券とすりかえ、無効の半券をもぎって渡す行為であり、つまり、一枚の切符が何度も売られるわけである。学歴コンプレックスを持つ山根はこの不当な金を利用して女にバーや食料品店をやらせ、大金を掴み、やがて独立するつもりであった。山根の部下たちもこの金で潤っていた。しかし、山根が何者かに命を狙われたのを機に、人間関係が崩壊、上司にもモギリが露見する。ついには、山根は部下宇都宮に殺害され、全ては終わる。山根は、有能であるがゆえに上司におそれられ、また、部下や女を自分の道具としか見なかったことで恨まれていたことなど、知らずに死んだのであった。作者は、『黒岩重吾全集第四巻』の解説「私と新興宗教」において、「『鎖と歯』の舞台になっている新世界界隈は、戦

前は庶民の街であった。（中略）だが戦争中に鉄不足のため通天閣がなくなり、終戦後、新しく通天閣が再建されるまでに、新世界の様相は一変してしまった」と言う。捻り鉢巻の酔った男たちが目立つようになり、家族連れは姿を消し、大人の娯楽だけを対象にした街になるとともに、テレビなどが普及、戦前とは娯楽の性質が変わり、「今の新世界は、庶民から次第に忘れられつつあるようだ。戦前の新世界を知っている私には、淋しい限りである」と述べている。

（中谷元宣）

腐れ縁《くされえん》　短編小説

〔**作者**〕黒川博行〔**初出**〕「小説現代」平成八年十二月号。〔**初収**〕『燻り』平成十年九月発行、講談社。〔**小説の舞台と時代**〕住之江区、浪速区、西成区、天下茶屋、岸和田。現代。

〔**内容**〕フリーターの志村は住之江競艇場で知り合った釘師の真野と二人で真野の担当しているパチンコ店「パルテノン」に深夜侵入し、パソコンに入力されている売り上げの裏帳簿を盗み、恐喝しようと企てる。そして、作戦を決行するが、肝心のパソコンにはデータが入っておらず、データのCDの保管場所にも店内BGMの音楽CDしかなく、あわててその音楽CDを持ち帰ってしまう。ところが音楽CDと思われたそれは巧妙に隠された裏帳簿のデータであり、二人は喜んで「パルテノン」のオーナーにデータと金の交換を迫る電話をかける。一度は交換に応じるが、ヤクザの待ち伏せに会い失敗する。再び電話をかけるが全然取り合わない、多分データ自体を書き換えられて今持っているデータは意味を成さないものとなっているようであった。二人はお互いをなじるが、結局後の祭りであり、仕方なくこのデータを買ってくれそうな商売敵を探してまわることになった。

（井迫洋一郎）

籤《くじ》　短編小説

〔**作者**〕藤沢桓夫〔**初出**〕「改造」昭和十二年七月号。〔**初収**〕『花ある氷河』昭和十三年二月二十日発行、竹村書房。〔**小説の舞台と時代**〕心斎橋裏、九条。昭和初期。

〔**内容**〕料理屋の風呂番兼燗番を十年以上も勤めてきた虎吉は店の誰からもおっさんと呼ばれ親しまれていた。その夜も虎吉は好物の餡かけうどんを女たちと食べようと誘うが断られ一人で出かけて行く。夜明け前、仲居のお美代は電話のベルで目を覚ます。電話は警察からで、虎吉が車に跳ねられ大怪我をしたと告げる。慌てて店の主人が病院へ駆け付けるが虎吉は死んでしまう。跳ねられたとき店では無く、九条の家の住所を言った為に、病院へ運ばれるのが遅れたのである。虎吉には娘が一人いた。利口そうな顔をしていたが器量は悪く将来が心配された。葬式のため虎吉の妹に連絡を取るが、関心の無い様子で、他の二、三の親戚も中々やって来ない。しかし、遺品の中から大金が預けられた通帳が見つかり状況が一変する。それまで、何の関心も無いように見えた四軒の親戚は娘を誰が引き取るかで揉め始める。そして、その争いは娘の引き取り先を籤で決めねばならないほどひどくなっていった。

（巻下健太郎）

鯨の舌《くじらのした》　エッセイ

〔**作者**〕開高健〔**初出**〕「サントリーグルメ」昭和四十九年三月発行、第三号。〔**初収**〕『孔雀の舌』昭和五十一年十二月五日発行、文藝春秋。〔**全集**〕『開高健全集第15巻』平成五年二月五日発行、新潮社。

〔**内容**〕大阪ではおでんのことを「関東煮」と呼ぶが、道頓堀の「たこ梅」は「関東煮」

の老舗中の老舗ながらあたたかくて思いやりのある名店である。店は小汚く、垢だらけだけれどもそれでいて深い工夫が垣間見られる。「私」にとって大阪は「帰る」ところではなく「行く」ものになってしまい、すっかり変わってしまった大阪の中で、昔の雰囲気を濃厚に持った「たこ梅」はとても貴重な存在だと述べている。（大杉健太）

鯨を見たか《くじらをみたか》 短編小説

〔作者〕難波利三〔初出〕「週刊小説」平成二年七月六日号。〔初収〕『藝人洞穴』平成五年八月二十五日発行、実業之日本社。

〔小説の舞台と時代〕天王寺、新世界、天保山、堺、和歌山。現代。

〔内容〕明子はデートに遅れていた幸夫を不安に思い待っていた。遅れて来た幸夫は明子に、大阪湾に現れ打ち上げられた鯨を保存する作業の為に今から行かなければならないと告げ、去ってしまう。明子はその様子に腹を立ててその日は過ごした。二日後、鯨を解体するから見にこないかと幸夫から連絡が入る。しかし、そんな相手にしてくれない様子に明子は冷たく対応する。そして解体当日、明子は幸夫に見つからないようにそっと鯨の解体現場に赴く、が、クレーンで持ち上げられたその鯨は黒い固まりに見え、恐怖を覚える。次に内臓などを取り出す様子を見ながら幸夫を探すが見つからない。風向きが変わり、異臭が漂ってきて嘔吐しそうになり、その場から離れる。明子は幸夫が鯨に夢中なことで自分が忘れられてしまうのではないかと心配した。そして、再びデートの約束を取り付ける。次の日やって来た幸夫はやはり、鯨の話ばかりを繰り返した。そして挙句にはかまってくれないことを勘違いし、君は鯨と相性が悪いのかと言う始末となる。腹が立って明子は途中で帰ってしまった。しばらくして、幸夫がお詫びを兼ねて大阪港に停泊している客船へデートに誘った。そこで外国人の船員に鯨は好奇心旺盛で船についていくと聞いたことがあるので本当か聞いて欲しいと頼まれる。明子は半ば諦めて自分の勉強している英語で聞いてみるが、聞いたことは無いと答えられる。幸夫はすこし残念そうにしていたが、客船の観覧もしないまま、自分の職場の博物館の広場に明子を連れて行き、鯨をここに埋めて骨格標本を作るんだと説明する。それには二年かかるらしい、その頃には結婚したいという幸夫に、つくづく鯨と縁があるのだと明子は考えるのであった。（井迫洋一郎）

燻り《くすぶり》 短編小説

〔作者〕黒川博行〔初出〕「小説現代」平成八年五月号。〔初版〕『燻り』平成十年九月発行、講談社。〔小説の舞台と時代〕春野（架空の地）、阿倍野。現代。

〔内容〕吉村と麻雀をしていた白川はソファから起きてこない大上に代わって光岩の使いを頼まれる。それは春野署の谷岡が、自分の署における株を上げるために取引をしてほしいと言ってきたのである。光岩は意図的に拳銃を見つけさせるために駅のロッカーに拳銃をおいてこさせようと白川を使いにだしたのだ。しかし、白川は高速道路で車がエンストを起こして警察がやってきて拳銃が見つかってしまい、銃刀法違反で逮捕されてしまう。白川は谷岡がなんとかしてくれるだろうと思っていたのであるが、谷岡に冷たくすべての罪をかぶれとあしらわれてしまう。結局懲役刑を受けて収監されてしまう。しばらくして大上が面会に現れ、出世をしたと自慢した。腹が立つ白川であるが、その様子を見てただ笑う大上との運命の差を見せ付けられていた。（井迫洋一郎）

崩れた《くずれた》顔《かお》　短編小説

〔作者〕黒岩重吾〔初出〕「小説新潮」昭和三十七年三月号。〔初収〕『強迫者』昭和三十七年三月三十日発行、中央公論社。〔小説の舞台と時代〕梅田、信太山。昭和三十七年頃。

〔内容〕梅田新道の裏で、趣味の店を経営する桂木香納子の夫が失踪した。かつて、桂木は勝元、吉峯という恋のライバルに競り勝ち、香納子と結婚したのであった。東京に左遷されていた勝元が桂木の上役として大阪本社に帰ってきたため、桂木は姿を消したと考えられた。香納子は、夫の失踪について調べるうち、勝元のかつての左遷にも裏があり、自分自身を巡っての様々な愛憎があり、吉峯が巧妙に仕組んだ罠であったことをつきとめる。吉峯は桂木を毒殺、信太山の奥の山林に埋めたのだった。

（中谷元宣）

口惜しい《くちおしい》人《ひと》　短編小説

〔作者〕岩阪恵子〔初出〕「群像」平成四年四月一日発行。〔初収〕『淀川にちかい町から』平成五年十月二十八日発行、講談社。〔小説の舞台と時代〕大阪市北東部の大宮町。昭和二十七年。

〔内容〕三吉は市中にある会計事務所に勤める。彼には六歳の学と四歳の寧子、一歳半になる昌子の三人の子供がいる。三吉は近所の子供らから「偏屈親父」といわれている。七年前に結婚してから、ある教派神道の一つである教会に通い始めた。三吉は、子は女房を頼りにし、女房は「わし」を頼りにしていると考えると、不安で、急に心細くなりだしたので、熱心な信者になった。戦後七年が経とうとしていた。夏祭りのころ、妻のたみが妊娠九カ月目に入った。宵宮の日、三吉は折り詰めを教会から貰って帰った。その翌朝、食中毒にあたり、たみと寧子が重症となる。一日経って、予定より二十幾日も早く赤ん坊が生まれた。だが、入院してから五日目に寧子が、そしてその翌日、たみも死んだ。赤ん坊はたみの兄夫婦の養子にする話がまとまる。三吉は、妻のすでにいない今、自分の子供という感触が得られなかったのである。三吉は、妻の死を悲しいと感じたことはまだ一度もなく、悲しみよりは、理不尽を、憤りを、口惜しさを感じるばかりであった。

（浦西和彦）

口のない《くちのない》群れ《むれ》　短編小説

〔作者〕難波利三〔初出〕「小説サンデー毎日」昭和四十八年七月号。〔初収〕『大阪希望館』昭和五十九年九月一日発行、光風社出版。〔小説の舞台と時代〕大阪。昭和四十八年。

〔内容〕谷岡は四国の中学を卒え、集団就職で大阪にきて十二年間成型加工工場で働いたが、三カ月前その会社が倒産してしまった。彼は会社勤めの時からアパートの近所にあるパチンコ屋の常連である。この店の韓国人とも互いに見知りあいである。仁花《インファ》をはじめてみたのもこの店だった。仁花は韓国の三十八度線に近い山村で生まれ育った。朝鮮戦争の時、村の男たちが韓国側の兵士達に北朝鮮のスパイ疑いで銃殺される事件があった。この日、仁花は父と兄を、成真《ソンジン》は父と母を失った。当時仁花より二つ年下の成真は三歳だった。その日から一人とり残された成真は仁花と家族になったが、生活はまずしかった。仁花には実の姉がいた。日本で結婚し夫婦でクリーニング店を経営しながら、母と仁花のために生活費くらいの金を送ってくれた。が、三年前からは連絡が全然なくなり、それに去年母までも病死してしまった。成真が日本へ行こうと提案、釜山《プサン》港まできた。仁花が輪姦される。さまよっていた二人に偶然機会

が訪れる。日本へ行くすべての費用を現地で働いて払う密航船があったのだ。パチンコ屋の支配人はこういう人たちを斡旋しているブローカーであった。谷岡は支配人に頼まれ三カ月間日本語を教えることとなった。成真と仁花を含む十三人の男女に日常生活で必要な日本語をマスターさせるのが彼の役割である。十三人のなか仁花は上達者であった。谷岡は彼女の純粋さにこころを奪われ結婚を決心する。十三人の人たちをただ単なる商品とみなしている支配人は、仁花を谷岡に譲る条件として百万円を要求する。何ら手も出せない状態のまま、谷岡はもう一度交渉しようと支配人を訪ねるが、すでに仁花の姿はなくなっていた。

（李　鍾旭）

口ぶえ《くちぶえ》　中編小説

〔作者〕折口信夫〔初出〕「不二新聞」大正三年三月二十四日～四月十九日発行。二十五回連載。最終回の末尾に「（前編終）」とあるが、続編は発表されていない。〔全集〕『折口信夫全集第二十四巻』昭和三十年六月五日発行、中央公論社。〔**小説の舞台と時代**〕枚方、寺町、家隆塚（夕陽丘）、藤井寺、周防町、河内、千日前、道頓堀、四条、大和、大和三山、多武峰、長谷、西山。明治三十八年五月から夏。〔内容〕大正二年九月二十六日付の武田祐吉に宛てた書簡に、「口ぶえといふ自叙伝風のもの二百頁余」を書いた、とある。

百済中学校三年級で十五歳の漆間安良は、一学期試験の最終日に手紙を貰う。それは、十八、九の浅黒い、にがみばしった髪の毛の太い男で、五年級の優等生で庭球の選手、岡沢からであった。つけてきた岡沢が、安良を後ろから抱きしめ、手づから渡してきたのである。返事をする段になって、夢心地がふっと切れた安良は当惑した挙句、「おもふことだまつてゐるかひきがえる」という句を手帳の紙を裂いて紫鉛筆で走り書きしたものを返事とする。その二日後、水泳が始まる。岡沢に、川床が急に深くなっているところに落とされた安良は、予想もしていなかった事態に慌て、足もつかず、溺れそうになる。と、岡沢がひしと後ろから安良を抱え、頬には彼の唇が突如としてあてられる。そして、安良の寄越した返事の意味がわからないことを囁く。安良は多くの人前で接触してきた岡沢の大胆な挙動に戦慄する。幼い時から、上品で脆い心持ちが慕わしかった安良は、野獣のような性質のある岡沢にはこれが欠けていると思う。けれど、いつか異様な感覚をそそった痙攣が、岡沢という名を思い起こすたびに、顎の付け根を通り過ぎるのを覚える。安良の頭には、清らかなものと、汚らわしいものが相克し、火の渦が巻いていた。活版刷りの山家集を見ていた安良は、今は亡き父が、蒲団の中で抱き入れた安良に、俳句を口移しに暗唱させた事を思い出す。そうして今浮かんでくる句はどれも涙を催すようなものばかりであった。近頃は、西行や芭蕉の住んでいた世界がまざまざと見えだしてきていた。と、そこへ、夏は京都の親戚の寺へ身を寄せている、一歳年上の渥美泰造から手紙が届く。安良の顔は高揚し、胸には大きな期待がこみ上げる。が、安良には、自分の穢れ果てた心で、清らかな人の手紙に触れることが憚られた。そして、恐る恐る封を切ったその手紙には、安良の来京が請われていた。一年生の頃から渥美の名前を聞くと、柔らかな毛羽で撫でられたような気持ちになるのが安良の癖だった。自分でもなぜそうなるのかわからない、が、それが岡沢に対する心地とそう違わないのに思い当たって、安良は不快に思う。渥美を汚すようでもあった。家人にいい加減な言

い訳をして、安良は渥美を訪ねる。いつもとかわらないように話す渥美に安良は動揺する。そしてその夜、床の中で静まっていると、渥美は、たった一人で良いから自分の事を知っていて、可愛そうだと思ってくれる人があったら、今でもその人の前で死ぬ、ということを告げてくる。「私も死ぬ」、安良はその時、唯それだけの答を渥美が聞こうとしているのを直感する。翌日、渥美の案内で渓に行く。そして、その帰り、目に入った釈迦ケ嶽に登る。痛い心臓を抱えながら登る安良には、今にも世界を始めに戻す威力の、天地を覆す一大事が降りかかってくるように思えていた。渥美も一言も話さない。そうして、頭をふらふらさせながら、目に見えない力が迫り、抗えないかのように、安良達は漂うようにゆらゆらと頂上を目がけて歩いていった。そして、頂上についた安良は渥美の胸に頭を埋めた。ひしと相擁き合った二人は崖の縁に立つ。「死ぬのだ」という概念が、その時の二人の胸に、高いよどみをつくって流れ込んでいた。手を繋いだ二人は一歩岩角を乗り出した。

（高橋博美）

工夫に富める紳士《くふうにとめるしんし》 エッセイ

〔作者〕織田作之助〔初出〕「新太陽」昭和十九年十月一日発行。

〔内容〕親子三人が自転車を数珠のように一本の綱でつないで走っていく大阪の町で見た風景を四百字余りで描いている。

（浦西和彦）

狂う《くるう》 エッセイ

〔作者〕開高健〔初出〕「潮」昭和四十六年七月号。〔初収〕『白いページI』昭和五十年三月二十五日発行、潮出版社。〔全集〕『開高健全集第19巻』平成五年六月五日発行、新潮社。

〔内容〕昭和二十年、住吉区駒川町に住んでいた「七ちゃん」について語るエッセイ。彼は「頭のあたたかい」人物で、無目的に電車に乗ることを好み、いつも運転台の横で前方をながめていた。その目はいきいきと輝き、いつもニコニコと笑っており、さながら「衰えることを知らずに新鮮でありつづけようとする不動の岩」であった、という。

（大杉健太）

黒い顔《くろいかお》 短編小説

〔作者〕織田作之助〔初出〕「銃後の大阪」昭和十六年五月三十一日発行。〔全集〕『定本織田作之助全集第二巻』昭和五十一年四月二十五日発行、文泉堂書店。〔小説の舞台と時代〕新世界、千日前。昭和。

〔内容〕小学校を卒業すると、藤吉は「新世界デンキ飴」屋に奉公する。公休日に見た活動写真がこんなに面白いものかと感動した。田舎の友達、中村京助に手紙を書いた。京助も大阪へ出てきて一緒に奉公する。京助も活動写真が病みつきになり、公休日を待ち焦れた。六年経った。藤吉も京助も二十歳になった。器量よしの京助は「スクリーンの上でお眼に掛かろう」と、暇を取り、京都へ行ってしまった。藤吉も飴屋の丁稚がいやになり、活動写真へのあこがれを満たすことが出来るかと、日本橋筋の映写機械の製造屋へ奉公した。京助からはなんの便りもなかった。十年経った。藤吉はいまでは常設館の映写技師であった。ある日、宣伝スティルに京助が出ていた。ところがその場面はカットされたらしく、スクリーンには京助の出ている場面はなかった。ある日、戦況ニュースを映写していると京助が写っていた。京助はいつの間に出征したのか、山嶽戦で砲弾をつめていた。それから一週間、藤吉はその場面のフィルムを二十秒ぐらい止めて、「大砲に砲弾をこめ

るとは、ええ役がついてくれたな」と、京助を見つめているのだった。　（浦西和彦）

黒い《くろい》白髪《しらが》　短編小説

〔**作者**〕黒川博行〔**初出**〕「野性時代」平成五年九月号。〔**初収**〕『カウント・プラン』平成八年十一月二十日発行、文藝春秋。〔**小説の舞台と時代**〕枝川町、堤町、泉北市、信濃橋、御堂筋、道頓堀、羽曳野。現代。〔**内容**〕田出井署の管内で僧侶と葬儀屋の傷害事件が起きる。担当となった種谷は、二人がゴルフ仲間で、ゴルフのことで口論となって事件が起きたことに疑問を持つ。おかしいのは本堂でゴルフクラブの練習をしていたという点と七百万円というまとまったお金を被害者である葬儀屋の永松が持っていた点である。普通そんな高額の葬儀はまずありえない。また、加害者の僧侶の飯田ものらりくらりとごまかしているのが怪しまれた。種谷が、永松の部下に話を聞くと、永松に女がいることがわかる。女は前島美枝子といい、永松が近々泉北に家を買ってやる、その為のまとまった資金が入ると聞く。そうしているうち、沢口総業とのつながりが見えてくる。種谷は沢口総業の社長に話を聞きにいく。沢口は会長の葬儀で知り合い、千五百万円の支払いのうちの七百万円を渡したというが、腑に落ちない。永松の車に残されていた黒い髪が怪しいとにらんだ種谷は仮説を立てて永松、飯田を逮捕した。そしてその仮説は正しいものであるとわかる。実は沢口会長は社長によって毒殺されていたのだ。白髪染めの薬材は毒薬であった。そしてその不審な死因を見つけた永松はあらかじめ会長の髪を切り取り、飯田と二人で脅したのだ。そしてその取り分のいざこざで二人は傷害を起こしたのである。結局、三人とも逮捕されてこの事件は幕引きとなる。種谷は前島と、一度難波、道頓堀の店に行こうと約束していたが、行かずにいる。　（井迫洋一郎）

黒い《くろい》蝶《ちょう》　長編小説

〔**作者**〕井上靖〔**初版**〕『黒い蝶』昭和三十年十月十日発行、新潮社。〔**全集**〕『井上靖全集第十一巻』平成八年三月十日発行、新潮社。〔**小説の舞台と時代**〕桜橋、心斎橋、芦屋、茨木、難波、日比谷、上野、品川、梅田、羽田、銀座、日本橋。昭和二十八年十二月二十三日から数カ月。〔**内容**〕井上靖唯一の書き下ろし長編である。オビに伊藤整は「大胆で新鮮な新しい着想の小説である」と評し、吉田健一は「この小説は虚構だけで書かれている。小説はこういうものだった。これで、日本は始めて小説の名に恥じないものが出現した」との賞賛を寄せた。

　事業に失敗し、店をたたんだ夜、三田村伸作がこれからのことを考えながら、一人レストランで食事をしていると、江藤という男に声をかけられ、病人である娘の言葉を聴いてほしいと依頼される。ベットに横たわっていた十六、七くらいの少女は色が白く、大きな澄んだ目をして、名をラリ子と言った。なるほど母親はイタリア人だという。ラリ子は真っ赤な唇を動かし、透き通るような澄んだ声で「ムラビヨフ」とだけ言った。初めはこの言葉が何を意味するかわからなかったが、やがてソ連のヴァイオリニストの名であることが判明した。最早死を待つだけのラリ子は、最後に好きだったヴァイオリニストの演奏を聴きたがっているらしい。江藤が金の力でソ連からムラビヨフを呼ぼうととんでもないことを言い出した矢先、ラリ子が息を引き取った。三カ月後、三田村は石鹸会社を手に入れようと金策に奔走していた。その時、ふと江藤を思い出す。三田村は芦屋の江藤宅を訪

れ、今度は自分から鉄のカーテンの向こうからムラビヨフを引っ張り出そうと持ち掛ける。倹約家の江藤だが、死んだラリ子の悲願をかなえるためなら、全財産を投じても惜しくはないという。こうして三田村は江藤をそそのかして百万円を引き出し、その金で石鹼会社を我が物にした。もちろんムラビヨフの招聘は口から出まかせである。初めから何かと理由をつけてうやむやにしてしまうつもりであった。三田村は、江藤の妹舟木みゆきに貧乏ヴァイオリニストの左近豹太郎を紹介される。みゆきは左近を招聘活動に参加させることで、左近にも利益があるようにしてやってほしいと頼みこむ。しかも、その金はムラビヨフの招聘を口実に兄に出させればよいとさらりという。三田村はムラビヨフ招聘促進連盟の発足を理由に、関西の実業家のコネクションを作って、自社石鹼の市場を確保した。石鹼会社の経営は苦しかったが、江藤から巻き上げた金で何とかやりくりしていた。三田村は江藤宅に出入りしているうちに、次第に美しいみゆきに惹かれていった。しかし、愛情を感じ始めていたみゆきに一連の嘘を指摘され、三田村はペテン師である自分を認めたくはなかったので、ムラビヨフ招聘活動に本腰を入れ始める。昭和二十八年米ソの関係が緊迫する状況下で、ムラビヨフの招聘は困難をきわめたが、三田村はムラビヨフ側の許可を取り、新聞社をも味方につけた。招聘活動は実現に向かって前進していたが、三田村には信じられなかった。そもそも事の起こりはラリ子がうわ言でムラビヨフの名を呼んだだけの話ではないか。そして、江藤が金を出し、三田村がそれを勝手に使い果たしただけではないか。それでソ連の高名なヴァイオリニストが日本にやってくる気になっていいものであろうか。しかし、再びみゆきと対峙した三田村は、意思に反して、ムラビヨフは来ると宣言していた。日本では吉田内閣が総辞職し、ソ連ではマレンコフが辞職し、国内外の情勢が急変する中で、果たしてムラビヨフは羽田空港に降り立った。機体にかけられたタラップの上の人物を光線の中に見出そうとした三田村の目には、一匹の蝶が飛んでいるのが鮮明に見えた。黒い蝶はムラビヨフの首の付け根に静止した。三田村はふと「ムラビヨフ」という声を、ラリ子の冷たく澄んだ低い声を耳にしたように思った。「ムラビヨフ！」三田村は再び声を聴いて思わず振り返った。そこにはラリ子が立っていた。黒く大きい澄んだ目と赤い唇を持った少女が！　しかし、それはラリ子ではなく、みゆきであった。そして、黒い蝶は彼女の元へ確実に近づきつつあった。

（荒井真理亜）

黒い牧師《くろいぼくし》　短編小説

〔作者〕庄野潤三〔初出〕「新潮」昭和二十九年六月号。〔初版〕『黒い牧師』昭和三十年二月二十五日発行、みすず書房。〔全集〕『庄野潤三全集第一巻』昭和四十八年六月二十日発行、講談社。〔小説の舞台と時代〕北畠。日中戦争時代。

〔内容〕私がまだ女学校のとき、母に立上先生を教えられた。六十に近いが、若く見えた。腎臓の気がある母に指圧療法をしにくる牧師である。前の年からここの教会に一人で赴任し、東京には奥さんと息子がいる。立上先生は物知りで、歴史とか、音楽にも興味を持っている。何か分からない時、非常に役に立つのだ。そして、二つ上の姉と母と三人だけの家族に賑わいをつけてくれた。先生はだんだん私達と一緒にご飯を食べることが多くなった。母も喜んでいたし、翌日の朝ご飯の弁当まで作ってあげていた。先生は私より姉のほうが気に入って

いた。姉をよく映画館や絵の展覧会へ連れて行き、よく褒めていた。姉も先生を大変尊敬していた。クリスマスの日、先生は私と姉に本をプレゼントした。姉のには分厚い手紙が挟んであった。先生は皆がいる前で姉に読ませた。それは私たちの家庭に対する礼讃であり、父のいない家庭で母がどのように献身し、苦労したかを誉めた手紙であった。読んでいる姉も、母も泣いてしまった。私は何ともない顔をしてはいけないと思っても、ちっとも泣けて来なかった。私が小学校の時から毎年、一度くらいは遠くないところへ旅行していた。先生のお勧めで夏休みにG峡へ行った。しかし、意外にも駅で先生が待っていたのだ。立上先生が一緒に旅行に行くとはまったく知らなかった。母にも前夜までそんな気配がなかった。翌日川へ降りて泳いでいるとき、沈みかけ、必死に姉の助けを求めた。二、三回沈んで上がって、姉に笑われた。母と先生が笑いながらこちらを見ていた。私はその時、母を憎んだのだ。旅行から帰ってから母は先生に前より冷たくなった。姉が結婚して東京へ行ってからは先生の訪問は次第に少なくなり、翌年の春休みにはとうとう来なくなった。

（桂　春美）

黒船さわぎ《くろふねさわぎ》　短編小説

〔作者〕福田紀一〔初出〕未詳。〔初収〕『浪花のロマン』昭和四十二年十二月二十五日発行、全国書房。〔小説の舞台と時代〕北浜、天保山、安治川四丁目。安政元年（一八五四）九月十八日から十九日。

〔内容〕安政元年九月、北浜にある緒方洪庵の適々斎塾へ奉行所の使いが訪ねてきた。洪庵は、塾生は気性が荒いので有名だったので、刃傷沙汰でも起こしたのだと考えていた。しかし、用向きは天保山に現れたロシアの黒船相手に通訳して欲しいというものであった。小船で上陸したロシア人に二人の塾生はオランダ語で話し掛ける。ロシア人は納得づくで帰船したが、その様子は堂々としていて幕府役人を終始圧倒していた。木津川口には大坂城代を指揮官に一万五千の兵が展開し警備にあたっていたが、半月後、幕府から訓令が届きロシアの黒船は下田へと去って行った。適々斎塾の塾生にとってこの事件はいわば新しい時代の前ぶれとして強く受け取られた。その半年後、九州なまりの強い青年が入塾してくる。彼が、明治期の人々に啓蒙的役割を果たした福沢諭吉であった。

（巻下健太郎）

薫風権之進《くんぷうごんのしん》　短編小説

〔作者〕龍文雄〔初出〕未詳。〔初収〕『小説大坂蘭学史』平成二年八月十五日発行、鶴書房。〔小説の舞台と時代〕河内、泉州阿波座、京町堀、道頓堀川、木津川、葭島刑場、黒金橋、堀江、堀江川、池田、堺、鳶田。江戸時代後期。

〔内容〕堺出身の漢方医者が晩年蘭医学へ傾倒し、十数年間研鑽を重ねた結果、西洋よりいち早く腎臓の機能を立証したという内容。

薫風権之進本名は伏屋素狄《ふしやそてき》。少年の頃、河内国日置荘《ひきしょう》村（現堺市日置荘町）から由緒ある和泉国池田村万町（現和泉市万町）の土豪、伏屋の分家をついだ所以である。彼の生業は漢方医である。漢方医学の後世派の竹田蘭畹から、天地陰陽五行説・五運六気の伝統的思索を軸とする漢方医学のイロハを教わる。そして竹田の娘千代と結婚。最初の開業地の堺での医堂は繁昌し、ほぼ三十年間恵まれた生活を送る。

権之進の五十歳の年、大坂から聞き馴れない「ランポウ」という言葉が伝わって来、それに引かれた彼は阿波座万町へ移転を敢行する。移転してまもなく、ドイツ人医学者クルムスの解部図譜を原稿としたオラン

ダ訳書『ターヘル・アナトミア』を手元にした彼は啞然とする。それは杉田玄白が訳した『解体新書』である。それきり全四冊を読みつくし蘭学への意志を立てる。

　権之進は当時塾長の橋本宗吉が営んでいた蘭学の寺子屋である糸漢堂へ行く。その日、彼は宗吉と各務文献に自分が抱いている蘭学への志を披瀝する。即座に入門が決定される。

　糸漢堂入門以来、権之進の課題は人体の臓腑諸器官の実際に則した徹底的追求と解明であった。それで鼠、蛙、猫、兎、猿、豚、犬などを片っ端から腑分けする日々が続いた。生きているものではなく、ほとんど貰い受けてきた亡骸ばかりで執刀は行われた。そしてそれぞれの動物の体内から臓器を取り出し、アルコール入りの容器へ納め保存しはじめた。万町医堂の雰囲気が一変すると同時に患者数も極めて減ってしまう。一人減り二人減り、医堂には終日患者の来ない日がつづく。

　とはいっても、権之進は執念を曲げない。彼の苦心の実証は鳶田刑場から運ばれてきた屍を執刀することによって実現される。彼のもっとも関心を持っていた腎臓の機能を明らかにすることもできる。墨汁を腎動脈に注入する方法が、慎重に進められる。その結果彼の予想どおり、腎臓からやや白濁状の汁液が流れ落ちる。

　以後彼は肝管、膵管、ラッパ管と子宮腔のつながり、精液生成、頭脳組織と個人差の問題などの研鑽をつづけ著書へ収めた。『和蘭医話』上下二冊がそれである。

　権之進の晩学はこの『和蘭医話』の刊行によって、西洋医学の本拠地であるヨーロッパのイギリス人ボースマンや、ドイツ人ルードウィヒ、あるいはハイデンハイツの腎臓をめぐる諸学説よりはるかに早く、人体におよぼす腎機能を彼らから何十年も以前に立証したのである。彼が死んだのは文化八年（一八一一）で享年六十五歳であった。彼の業績を称え、大阪西区堀江三丁目和光寺境内に大きさ縦七十五糎《せんち》、横五十二糎の金属板碑がたてられている。（李　鍾旭）

【け】

計算する女《けいさんするおんな》　短編小説
〔作者〕藤沢桓夫〔初出〕未詳。〔初収〕『大阪の女たち』昭和三十二年三月一日発行、東方社。〔小説の舞台と時代〕難波。昭和三十年代。
〔内容〕咲子はキャバレー「ニューメキシコ」の女給である。この店に咲子目当てに通ってくる毛利という男がいた。常々、好き放題贅沢が出来る女になりたいと考えていた咲子だが、毛利の旦那になってやるという誘いを軽く受け流していた。咲子には順一という将来を約束した恋人がいたのである。順一は金持ちではなく、結婚できる目途さえ立たない。一週間以上も店にも、アパートにも順一は姿を見せなかった。その順一に、アパートの近くで呼びとめられる。しばらく会わなかった順一はやつれていた。会社の金を二十万使い込んだという話を聞いた咲子は、思案する。翌日、咲子は毛利を呼び出しダイヤの指輪を買わせる。これは、咲子が毛利の愛人になることを意味していた。咲子は、買わせた指輪を持って店に行き、安物と交換する。その差額で、順一の使い込んだ二十万を作ったのである。順一に泣きながら別れの手紙を書き、金を送った咲子だが、半月と経たない内に、自分のアパートで二人は忍んで逢うようになるだろうと感じていた。（巻下健太郎）

警視総監の笑い《けいしそうかんのわらい》　短編小説

〔作者〕由起しげ子〔初出〕「文学界」昭和二十四年九月号。〔初収〕『厄介な女』昭和二十五年四月発行、時事通信社。〔小説の舞台と時代〕宗右衛門町、仁右衛門町、パリ、中目黒、麻布、飯倉一丁目、巣鴨、泉岳寺前、新橋。昭和十年代。

〔内容〕さわ子の姉増子の夫は宗右衛門町の茶屋酒に浸り、姉は婚家で肩身の狭い思いをしながら不幸な結婚生活を送っていた。それでも実家である清谷の家が芦屋の邸に住んでいるうちはよかった。しかし、継母のぶの画策で父親の財産のほとんどを奪われてしまうと、風祭家における姉の地位にも影響が及んだ。気疲れなどでちょっとした風邪の咳が治らないのを姑や小姑が肺病だと云い立てた。そうして姉は蕗子を産むとすぐに家風に合わぬという理由で離縁されてしまった。しかし、増子は一年も経たぬうちに、見合い結婚した。相手は地方の大学の教授で初婚であった。姉の事情は承知の上で熱望してきたのだ。小さい蕗子の存在は忘れられていたが、さわ子はパリの日本人倶楽部で増子の前夫と出会い、蕗子が中目黒で祖父と暮らしていることを知る。さわ子は日本に帰ってから、蕗子を訪ねてみた。蕗子は背中を悪くしていた。さわ子は風祭家で蕗子を愛する最後の人物であろうと思われる老人に蕗子を託して、その日は帰った。女学校に通う蕗子を待ち伏せし、消息を姉に知らせてやったこともある。それから一度、関西からやって来た姉と一緒に蕗子の様子を見に行ったこともあった。月日が流れ、二月のある朝、手紙で蕗子が現在孤独で、不遇であり、救援を要する境遇にいることを知らされる。蕗子は風祭家の策略で養女に出され、また養家とも無関係で援助も期待できない、その上蕗子は監禁同様で洋裁店で働かされているという。さわ子は愕然とした。蕗子の身体をかばいたいと思い、自宅の近くで蕗子を世話してもらえるところを見つけた。しかし、世間体を重んじる風祭家が邪魔をし、蕗子の監視は一層厳重になって連絡も取れないようになった。なんとか蕗子と会うことが出来たさわ子は蕗子を監視下から脱出させようと試みる。しかし、蕗子とも考えが食い違い、自分一人の力ではどうしようもないことを悟る。沈んで帰った我が家には、来客があった。警視総監の大平徳寿である。さわ子は風祭一族と正面から交渉すべきで、そのために必要とあれば法律的手段も辞すべきではないと思い定めた。そのことを相談するために、大平徳寿を訪ねた。一部始終を聞いた大平は、面会させることを拒否すればそれは監禁していることの証明になるから、早速刑事をやって洋裁店を懲らしめ、風祭の方にはしっかりした弁護士を頼んで交渉させようと言ってくれた。しかし、後日風祭が大平と旧知の間柄の人物であったことが発覚した。大平は風祭に直接話をしてくれたものの、風祭は蕗子は風祭の子ではないと言い張ったそうである。しかし、さわ子は大平が自分の言ったことを真実だと承知している上で、風祭がしらを切るのを承認したに違いないと思う。そのうち戦争も激しくなり、国内の事情も次第に切迫してきた。蕗子は洋裁店の一家と一緒に新潟に疎開することになった。蕗子に別れの挨拶に行き帰ってみると、笑い声が響いていた。声の主は大平徳寿に違いなかった。それは一人の人間の閲歴と人格が籠められた笑いであった。しかし、蕗子のことがあったさわ子は、この笑いは人の世の恥辱や破綻や生々しい生活の焦燥をどのように処理し終えた人の笑いであろうか、彼がその思考の途上で中断し、遮断し、切り捨てた問題の彼方にこそ天真の笑いも、真の涙も隠されていたのではないだろうかと思った。

け

（荒井真理亜）

刑場のネオン《けいじょうのねおん》　短編小説

〔作者〕藤沢桓夫〔初出〕「週刊小説」昭和四十九年三月号。〔初収〕『四十一枚目の駒』昭和五十一年七月八日発行、講談社。〔小説の舞台と時代〕九条、高津。昭和四十年代後半。

〔内容〕母親の顔を見ようと実家を訪ねた紫花子は、見知らぬ若い男が二人、留守番をしていることに驚く。母はお人好しで、気前が良かったので、この男たちに家に上がり込まれたのだと紫花子は考えた。母の帰宅を待っていた紫花子は男たちに手籠めにされる。半ば放心状態で産婦人科に入った紫花子は事情を話し、処置を受ける。不潔な厭わしい残滓は紫花子の体内から流れ去ったが、心の傷と、歯軋りしたいほどの屈辱は消えなかった。翌日、紫花子は事情を聞くため母を、買い物に誘う。自分に乱暴した二人の男がオートバイ狂だと知った紫花子にある考えが思い浮かぶ。高津には坂や急な起伏が多く、道が途中で切れ、その先は崖になっている地点があった。昼間であれば崖があることに気付くが、ネオンで彩られる夜になると、状況は変わる。崖の下ではビルの基礎工事が行われており、大量のコンクリートが流し込まれていた。その夜、紫花子は二人の男を誘い出すことに成功する。そして、二人に自分の体を賭けて高津界隈をバイクでレースをさせる。五、六分後、紫花子は昼間通った道を歩いていた。行き止まりに来て、崖の下を見下ろすと、ネオンの明かりが地底の基礎工事を浮かび上がらせていた。そこには、棒切れのようなものが、二カ所に、合計四本突き刺さっていた。それは、紫花子の眼には、人間の脚というよりは、洋式の墓標のように映っていた。

（巻下健太郎）

藝人洞穴《げいにんどうけつ》　短編小説

〔作者〕難波利三〔初出〕「週刊小説」平成二年二月二日号。〔初版〕『藝人洞穴』平成五年八月二十五日発行、実業之日本社。〔小説の舞台と時代〕千日前。現代。

〔内容〕笑々亭楽助が、高座の合間にパチンコに行こうと楽屋の前に行くと、若手の漫才コンビのファンの対応に苦慮する雑用係の野川がいた。野川はその昔、ハッピー圭太・竜子の夫婦漫才で一世を風靡したが、病気で妻を失い、そして彼自身、喉頭ガンで喉をやられてしまい、劇場側の温情で雑用係として働いていた。現在発声機もあるのだが、野太い声が売りであった野川は自慢だった声が出せないのならと考えたためなのか、拒否し、筆談をする。そんな様子を当初は、昔散々先輩として厳しくされていた楽助はざまあみろと考えていたのであるが、今では、噺家として自分自身いつ野川のように藝人人生を断たれるかわからない不安、そして哀れみを覚え、自分自身に照らし合わせていた。ある日、野川から飲みに誘われて飲んでいた時、漫才の脚本を幾つか書いてあるので見て欲しいと頼まれる。楽助は見せてもらうが、時代遅れのネタは観客が喜びそうにないものであった。しかし、楽助はあえて持って帰り、後輩の漫才コンビにこの脚本でしてほしいと頼む。後輩達は古めかしい部分を少し変えてやらせてもらうと約束する。その日、楽助は野川と二人でその漫才を見に行くが、実際にはまったくの別物となってしまっていた。野川は楽助の気持ちを察して謝る。楽助は申し訳なさで一杯になり、次は落語の台本を僕に書いてくれと頼む。お互いに目を潤ませながら、手を取り合って話している中、トリの漫才が始まった。

（井迫洋一郎）

京坂一日の行楽《けいはんいちにちのこうらく》　旅行案内記

〔作者〕田山花袋〔初版〕『京坂一日の行楽』大正十二年二月八日発行、博文館。

〔内容〕枚方、昔淀川船の通ったところで、ちょっと面白いところである。電車は町の西に枚方停留場、東に枚方東口停留場を置いている。今は俗化して、昔の面影を見ることは出来ないが、泥町遊廓あたりに行くと、いくらかその感じは残っている。昔は盛んな船着きであったに違いない。名所図絵の挿し絵などを見ても想像できる。「船をとめるにいかりはいらぬ三味や太鼓で舟とめる」といった俗謡や、くらわんか船が何艘も岸に寄ってくる様も思い出された。ここは、太古には、白肩と言って、淀川の河口になっていただけではなく、神武天皇が東征の師を上陸させた地でもあるという。天皇はここから生駒山脈に沿って河内の枚岡に行き、そこで長髄彦と戦って敗れた。枚方停留場で下りると、その北一、二町のところに伊加賀の梅林がある。良い梅林で、人も沢山来るようになった。それに、この付近には遊園地が出来たが、これも次第に開けて料亭茶店などの設備もそのうち完備するだろう。躑躅も松もあり、いかにも静かな心持ちのするところである。東口停車場の東南二町には天の川が流れてきて、静かに淀川へと注ぎ込んでいる。天人が水を浴びたところだと言われている。（高橋博美）

京阪文化の大きな鍋《けいはんぶんかのおおきななべ》　エッセイ

〔作者〕上司小剣〔初出〕「早稲田文学」大正十年七月一日発行。

〔内容〕大阪百二十五万の人間は、とにかく大阪という一つの鍋の中に入って、文化の火でコトコトと煮られている。東京三百万の人間は、小さい鍋をいくつもかけて、ある者は飛び離れた急進的な強い火で煮ているし、ある者は蛍火のような燃え残りの保守的な火で、時代遅れの思想を温めようとしている。大阪のように、一つの鍋のものを全市民が突っ付き合うように、文化の足並みが揃わない。東京と大阪を鍋に例えた、上司小剣の比較文化論。

関西地方の文化を、大阪を中心としてごく大雑把に考えてみると、やはり全てのことを算盤玉から割り出すところから、その特色を窺わなければならない。つまり、実利を離れては、藝術も宗教も科学もないというのが、京阪文化の大きな特徴である。

京阪人は軽佻なようで、なかなか鈍重なところがあるし、深刻に見えて、浅薄を免れない。金銭を貴ぶことは、ほとんど生命以上で、金のほかには人生に価値を持つものがないように言いながら、権力の前に拝跪し、勲爵に随喜する。こうした「良民的素質」から、彼らの文化は順当に発達するのである。大阪人の行うことは全てが秩序的で、手堅い。そして、営業のためならば、旧道徳の忠孝仁義まで広告の種にする大胆さが見える。いたずらに気位が高い東京人に笑われながら、着々と実利を上げていくところに、京阪文化は強く地に根ざして、手堅く進んでいく。「近頃」の日本においては、文華が麗しく東京に咲き誇って、美味なる果実をこっそりと大阪人に賞味されるという傾きが見られる。しかし逆に、たとえ芝居が客止めでも、音楽会が満員でも、絵の展覧会が流行しても、詩や小説が売れても、大阪には藝術がない、あれば借り物である。（荒井真理亜）

京坂文藝便り《けいはんぶんげいだより》　エッセイ

〔作者〕午白子〔初出〕「早稲田文学」明治四十年七月一日発行。

〔内容〕大阪の文藝概況を記した文章。大

阪には文藝雑誌が一つも無い。だが、菊池幽芳・角田浩々などが、発行の計画を立てている。筆者は、それに先駆けて大阪の藝能界概況を記している。

　大阪へ行ったら文楽座を見を行くべきだ、というのは、必ず東京人の口に上る所である。しかし、今日では、文楽座のみの見物では文楽を見たと言うわけにはいかない。何故ならば、新進気鋭の一団、堀江座を忘れるわけにはいかないからである。大隈太夫を頭に、伊達太夫・春子太夫、三味線には仙左衛門、人形には兵吉等、何れも文楽座と拮抗する力を持っている。去年の三月に興行した忠臣蔵通し狂言では、図らずも文楽座と同狂言で争う形となり、共に大入りとなり数十日間打ち続けたが、結果的には、堀江座の方が好人気であった。この七月には、東京の明治座で当たり物の忠臣蔵を演じることになっている。勿論、文楽座は依然として、文楽の重鎮である。けれども、この堀江座も文楽座と並んで浪花人の誇りなのである。また、芝居では、道頓堀が昔から大阪の名物である。浪花座は先年焼失し、未だ再建の運びには至ってはいない。だが、残りの角座・朝日座・弁天座は、旗賑わしく、絵看板に花電灯、前茶屋の懸け行灯二十銭戸軒を連ねて繁昌しており、江南の浪花風流は二百年前と変わりが無い。角座は、大阪の梨園、片岡仁左衛門一座を、朝日座は、小織の新俳と多見之助等の旧俳の合同劇を、弁天座は、東京下りの高田等の新劇で興行を打ち、何れも好人気を博している。仁左衛門は年と共に落ち着き、重みが出来てきた。大阪梨園の大立物はやはりこの人である。朝日座の新旧合同は、旧俳優の方が勢力を得ているという。しかし、田舎藝でキザな声を出す秋月は、新俳優だが、新聞物を出して毎回大入りとしている。弁天座の高田一座は、大阪では、一時ほどの人気は無くなった。しかし、新劇としては大阪では見られない好一座であるから、一意技藝に身を入れたならば、当たるだろう。そういった風で、右団治や延次郎等は東上してしまったが、その後も道頓堀は相変わらずの賑わいである。そもそも、右団治は大阪では人気も落ちた老骨で、得意の舞で舞台生命を保持していた。また、延次郎は、藝風が達者で何でもやってのける仁左衛門系統の技よりは、気でやる方の人であったが、東京の藝風に調和するかは疑わしい藝風であった。

（高橋博美）

毛蟹《けがに》　短編小説

〔作者〕今東光〔初出〕「別冊小説新潮」昭和四十二年一月号。〔初収〕『裸虫』昭和四十二年十一月二十五日発行、新潮社。〔小説の舞台と時代〕八尾。昭和二十年頃。

〔内容〕「河内もの」の一つ。ブリキ屋の大矢の姉妹は、姉は佐登子、妹を佐喜子という。この姉妹は、若い頃によく若い衆が夜這いに来て、果ては誰の胤ともわからない子を孕み、身二つになると大阪へ御乳母さん奉公に行った。佐登子が三十の年に父親が死に、親類から足の不自由な信助を姉妹の弟分として養子に貰い、ブリキ職を継がせた。常逮夜の時刻を巡り、八尾天台院の和尚は大矢姉妹と喧嘩、対立する。信助は仕事中の事故で性交不能に陥る。お佐喜は妻お梶の夜の相手を捜し、夜這いの手引きをする。しかし、信助はお梶の陰部に指をつめ、夜這いの男を撃退する。信助の手の甲はまるで甲羅一面毛の生い茂った毛蟹そっくりだったので、お梶の陰部には毛蟹がいるという噂が立つのだった。

（中谷元宣）

下座地獄《げざじごく》　短編小説

〔作者〕藤本義一〔初出〕「小説現代」昭和四十七年十月号。〔初収〕『鬼の詩』昭和四

十九年七月二十四日発行、講談社。〔小説の舞台と時代〕高津、難波界隈。昭和十年代。〔内容〕箱田鶴は読み書きはできないが、三味線に天賦の才があり、春江に稽古をつけてもらう。しかし、春江は五厘屋の富岡に犯され、富岡と夜逃げする（事実は、春江は富岡に殺害されていた）。鶴は春江の代わりに、下座で三味線を弾くようになる。これはお茶子からの異例の出世であった。十六歳の春、前座の落語家玄五朗を知り、その秋、体を預け、高津の低家《ひらや》で同棲する。鶴はつる枝と称し、玄五朗と万才をやり当たるが、鶴の方が客の人気をとり、玄五朗は嫉妬して殴ったりする。鶴は耐えるが、玄五朗は春子のもとに去る。鶴は檜舞台から一銭劇場の下座に落ちてしまう。旅興行に出るが、殺された春江の霊が乗り移ったかのように有明節を弾き歌うようになり、それは一銭劇場に帰ってからも続き、舞台に混乱を起こすのでひまが出る。その二日後、鶴は草津で東海道線に飛び込んで自殺する。四十五歳であった。（中谷元宣）

「ケチ哲学」再論《「けちてつがく」さいろん》 エッセイ

〔作者〕吉本晴彦〔初出〕『随筆集大阪讃歌』昭和四十八年九月二十九日発行、ロイヤルホテル。〔内容〕落語に出てくるようなケチは「シブチン」であって「ケチ」でない。「私」のいうのは合理的ケチ精神であり「もったいない」と思う心だ。両者の定義は、目的を持ったケチであること、実行力のあるケチであること、生き金を使うこと（死に金使うのはシブチン）、人に迷惑をかけないこと（迷惑かけるのはシブチン）、ユーモアを持つこと（ユーモアを欠くのはシブチン）である。これは大阪商法そのものなのだが、やろうとしても相当難しい。恥、義理、情、見栄、をかく「四かく」が実行できなければ金は残らない。これが経営者の基本的な姿勢であろう。（山本冴子）

月下の河内野《げっかのかわちの》 短編小説

〔作者〕今東光〔初出〕「小説新潮」昭和三十八年八月号。〔初収〕『今東光秀作集第四巻』昭和四十二年九月十日発行、徳間書店。〔小説の舞台と時代〕八尾。昭和二十年頃。〔内容〕「河内もの」の一つ。日露戦争の頃に輩出した河内漫才の草分け名人玉子屋円吉の高弟として知られた文句留は、円吉の没後は若くして一枚看板となり、その高座はいつも満員の盛況を極めていた。その文句留が肚裡に一物を蔵する仲間から水銀を呑まされ、咽喉を潰す。漫才界から摘み出され、生まれ故郷の八尾中野在に戻って来た。河内者の一生に一度の楽しみである伊勢参り。女から腰紐を貰ってお参りするのが風習であるが、朝吉は望んだおけいから貰えず、お志津から貰う。それを貧しい栄吉に譲り代参させる。伊勢参りに参加しなかった朝吉は、そんな文句留と交流する。やがて朝吉は二年間福知山の連隊に入隊する。帰村してみると、待つと約束したお志津は非常に嫌っていた仙太郎の嫁になっていた。朝吉は仙太郎に頭突きを見舞い、瀕死の重傷を負わせる。朝吉は女が信じられなくなり、博奕と喧嘩にのめり込む。そんな時、かたきの藝人が出ると聞いた文句留は、道頓堀の席亭に押しかけ、心臓麻痺で死ぬ。朝吉は、実は好き合っていたおけいとともに文句留を引き取り、月下の河内野に帰るのであった。（中谷元宣）

結婚記《けっこんき》 短編小説

〔作者〕藤沢桓夫〔初出〕未詳。〔初版〕『結婚記』昭和三十一年八月二十日発行、東方社。〔小説の舞台と時代〕心斎橋、難波、住吉。昭和。

〔**内容**〕作者の結婚までの経緯を綴った自伝的小説。慕っていた叔母が亡くなった年の暮れ、「私」にセメント会社からカレンダーが送られてくる。差出人の矢谷典子という女性に心当たりは無い。読者からの手紙に滅多に返事を出さない「私」だが、カレンダーを送って寄越したことに興味を覚え返事を書く。年が明けると、普通葉書にペン字で書かれた年賀状が矢谷典子から届く。そのまま、数日が過ぎ彼女の名が脳裏から消え去ろうとしていたある日、「私」は生まれて初めて横書きの手紙を受け取る。手紙には、カレンダーを送った理由が記されていた。「私」の小説の女主人公の名前と彼女の名前が似ており、それで親しみを感じていたのである。実際は彼女と女主人公の間には何の関係も無かったが、空想好きな彼女らしい思い込みであった。その後、彼女から毎日のように手紙が届くようになる。しかし、「私」は開封するものの、一切返事を出さなかった。だが、彼女の手紙は叔母を失って気落ちしていた「私」の心を慰めた。一度会ってみたいと言う彼女を「私」は家に遊びに来るように誘う。最初の訪問の後、「私」は彼女に毎日手紙を出すことを約束する。手紙の遣り取りが続くうちに「私」は彼女との結婚を意識する。そして、「私」は結婚の前日まで、一日も欠かさず会おうと決心する。彼女が会社の旅行に出かけた一日を除いてこの試みは果たされた。「私」は彼女と一緒になったら、仕事の習慣が乱れるのではないかと心配する。だが、結婚三日目、一晩中原稿を書いていた「私」に気を遣い彼女は、書斎から一番離れた部屋で寝ていた。「結婚三日目にもう別居したなんて恥ずかしくて実家に帰っても言えないわ」と言う彼女に、「私」は「それでいいのだ。僕たちは僕たち流にやれるところまでやってみよう」と答えた。彼女の返事は「ええ、いいわ」だった。

（巻下健太郎）

結婚の条件《けっこんのじょうけん》 長編小説

〔**作者**〕源氏鶏太〔**初出**〕「婦人生活」昭和三十七年一月～三十八年三月号。〔**初版**〕『結婚の条件』昭和三十八年三月発行、東方社。〔**文庫**〕『結婚の条件』〈集英社文庫〉昭和五十六年七月二十五日発行、集英社。〔**小説の舞台と時代**〕御堂筋、豊中、住吉公園。現代。
〔**内容**〕主人公の水戸まひるは大阪の御堂筋にあるK化学工業株式会社に勤めている。二十二歳である。両親を亡くしたまひるは、東京の支店から大阪へ転勤し、姉夫婦の家に同居している。「大阪の御堂筋は、大阪の恋人たちにとって、二つとないような理想的な散歩道路なのではあるまいか」と思いながら、まだ恋人はいない。義兄の桜井史郎は御堂筋のA商事株式会社に勤め、三十歳にして係長である。姉のますみとは職場結婚をした。まひるは結婚の条件として「愛情」「誠実」「勇気」の三つが必要と考える。そんな彼女に同僚の矢貝修治と義兄の部下の三好忠義の二人が立候補した。義兄の桜井とその友人の未亡人青山英子をめぐる恋愛問題にまひるは憂慮する。結局、桜井夫婦はニューヨークへ転勤することになった。英子の人柄のよさを知ったまひるは、英子の住む住吉公園にある同じアパートに移っていく。三好と矢貝の二人のうち、どちらを選ぶか、自分の本当の心がまひるにはわかっていない。三好は、子供が自動車にひかれそうになっているのをたすけようとして、左脚を骨折して入院する。まひるは自分が好きなのは、矢貝よりも三好であることに気づくのである。

（浦西和彦）

けったいな癖《けったいなくせ》 短編小説

〔作者〕藤本義一〔初出〕未詳。〔文庫〕『悪い季節』〈角川文庫〉昭和五十五年九月発行、角川書店。〔小説の舞台と時代〕谷町界隈。昭和五十年頃。

〔内容〕美佐子は蒟蒻屋の玉太郎と結婚、九州への四泊五日の新婚旅行から帰ってきた。しかし美佐子は、玉太郎の異常な性癖を母浪江に訴える。それは、夜の営みの時、玉太郎が美佐子にハイヒールを履かせるというのである。美佐子はそれに屈辱感があり、浪江もそう感じる。二人は仲人の八百屋を連れ、玉太郎と離婚の協議をする。しかし、床でハイヒールを履くという行為が異常と思う側と、そう思わない側の話し合いはまとまるはずもなく、法律の専門家の意見も聞いたりするが、裁判に委ねるしかないところまでいく。八百屋は玉太郎にハイヒールをやめさせ、この約束を破ると慰謝料をとって別れさせることを条件に、もう一度夫婦生活を始めさせる。二人の新婚生活は始まるが、夜の行為の時、玉太郎はハイヒールがないと不能であり、美佐子も徐々に哀れになってくる。そうこうするうち、美佐子の内部には被虐的な快感が頭をもたげ、ハイヒールを履いての行為を受け入れ、玉太郎は満足する。夫婦が納得ずくであれば、法律の入り込む余地はない。二人は新しい生活を始めるのであった。


（中谷元宣）

けろりの道頓《けろりのどうとん》　短編小説

〔作者〕司馬遼太郎〔初出〕「別冊文藝春秋」昭和三十五年六月号。〔全集〕『司馬遼太郎全集第十三巻』昭和四十七年八月三十日発行、文藝春秋。〔小説の舞台と時代〕天満、久宝寺村、大坂城。天正十七年（一五八九）七月から元和元年（一六一五）六月まで。

〔内容〕道頓と秀吉の出会いは、天満の市であった。このとき、道頓は自分の妾を一人献上している。一年ほど過ぎたある日、秀吉から鯉が下賜される。道頓はこの鯉のために大きな池を作るが、やがて池には藻が浮き、鯉は三年余りで死んでしまう。だが、道頓は全く意に介さずけろりとしていた。鯉が死んだのと同じ頃、道頓は城に呼び出され葦原に堀を掘って欲しいと依頼され、承諾する。しかし、年月が流れるだけで城からは何の音沙汰もない。秀吉が死に、関ケ原の合戦の後、豊臣家の家制が崩れても道頓の意志は崩れなかった。執事、片桐且元から、私費なら自由に工事を進めてもよいとの許しを得た道頓はすぐさま作業を始める。だが、慶長十三年（一六〇八）秋、大坂に戦乱の機運が高まると、堀の工事も中止せざるを得なくなる。道頓は、かつて声を掛けられたと言うだけの縁で豊臣家に味方すべく大坂城に入城する。ほどなく、大坂冬の陣がおこり、そこで道頓は城とともに火に巻かれて生涯を終えた。徳川治下の初代大坂城主となった松平忠明は、道頓が掘りのこした堀を完成させるため、道頓ゆかりの者たちに工事を再開させる。やがて完成した堀は、道頓の名にちなんで、道頓堀と名付けられた。


（巻下健太郎）

健在なり、大阪のチンチン電車《けんざいなり、おおさかのちんちんでんしゃ》　エッセイ

〔作者〕眉村卓〔初収〕『関西こころの旅路』平成十二年一月二十日発行、山と渓谷社。

〔内容〕関西の、こだわりの…とくると、どうしても上町線を持ち出してしまう。正しくは阪堺上町線といって、阪堺軌道の経営する路線の一つで、天王寺駅前駅と住吉公園駅とを結ぶ軌道電車のことである。このチンチン電車は電車といっても、全く別物で、あまり速くなく走る。駅だってかたちばかりの、電車ごっこの駅なのである。しかしそれは、ガソリンのライターや手回

し式しぼり機のついた洗濯機に通じるような〝自分たちの道具〟の記憶に重なり、懐かしさがある。さらに乗っていても街中を歩いているような感じがするのが不思議である。この上町線には貸切のシステムがあって、申し込むと臨時の電車を出してくれる。ゆっくり外を眺めながら、時を過ごせるのだ。また乗ってみたいと思う。

〝チンチン電車〟とは、警鐘をちんちんと鳴らして走ったことからついた、市街地を走る路面電車の愛称である。今ではあまり見られなくなったが、天王寺に行くと、思わず見てしまう、昔を感じさせる乗り物である。

（田中　葵）

元禄流行作家《げんろくりゅうこうさっか》―わが西鶴《さいかく》　長編小説

〔作者〕藤本義一〔初版〕『元禄流行作家―わが西鶴』昭和五十五年七月十五日発行、新潮社。〔小説の舞台と時代〕大坂、伊賀上野、上町、新町、久宝寺町、鎗屋町。延宝三年（一六七五）三月から元禄七年（一六九四）。

〔内容〕十二章から成る作品である。団水は、師匠である西鶴の妻、おきわの世話をしている。団水が初めて西鶴を見たのは、十一歳の時で、伯父に連れられて行った生玉の社の句会であった。ぎょろりとした目で俳諧師を睨みつける西鶴を見て、「俳諧の道も、これまた男の道也」と、団水は感動を覚えたのであった。西鶴は、「俳諧は、雅の道やない」と言った。これは、大坂談林派の主張であり、それは、大坂の町人俳人たちで形成された庶民生活派であった。目立つことを必要とし、「あいつは、面白い奴ちゃ」と言われることを重んじた。京では、雅を尊しとし、兵庫では古を重んじ、紀州では格を重んじている。西鶴は、大坂だけに通用する特権で、俳諧に新しい波を創ろうとしたのだった。団水は、遊里に通う西鶴の考え方や生き方に反撥しながらも、やはり魅了されていた。そんな折、西鶴は『俳諧独吟一日千句』を久宝寺町の書肆から出したが、俳諧師たちの評判は悪かった。しかし、それが書肆の予想を遥かに上回った売れ行きを示したのである。句集が売れると書肆の主人は、掌を返すように腰を低くして、次の上木を約して欲しいと言ってきた。そのうち西鶴は『俳諧之口伝』を書いた。しかし、それに対して、大坂に来た芭蕉の門人の其角が、芭蕉の句と似ているが西鶴のそれには味わいがないと、酷評した。西鶴は、芭蕉に負けを認めたが、ここで崩れては名折れと思い、立ち直った。その後、西鶴は苦心して『好色一代男』や『諸艶大鑑』を出した。この頃になれば、浮世草子の大坂を代表する作り手として名が巷に広がり、西鶴という名前だけで売れるようになっていった。しかし、以前に妻や娘、その後に愛した者を失った西鶴は、大坂の灯を見ながら、ただひたすら先を急がねばならなかったのである。

井原西鶴と、その弟子北条団水らを中心に、西鶴の生涯を描いた作品。西鶴の考え方や商売の仕方には、大阪人らしさが十分に窺える。

（田中　葵）

【こ】

小出楢重随筆集《こいでならしげずいひつしゅう》　エッセイ

〔作者〕小出楢重〔文庫〕『小出楢重随筆集』〈岩波文庫〉昭和六十二年八月十七日発行、岩波書店。

〔内容〕『小出楢重随筆集』〈岩波文庫〉に収められているのは、小出楢重の生前に刊行された『楢重雑筆』（昭和2年1月発行、中央美術社）、『めでたき風景』（昭和5年

5月発行、創元社）、『油絵新技法』昭和5年10月発行、アトリエ社）の三冊と、没後に刊行された『大切な雰囲気』（昭和11年1月発行、昭森社）から選ばれた長短さまざまの文章である。文庫版はこれらの随筆集のまとまりを尊重し、「Ⅰ楢重雑筆」「Ⅱめでたき風景」「Ⅲ大切な雰囲気」「Ⅳ欧州からの手紙」「Ⅴ油絵新技法」の章からなり、その内容は、絵画論から文化論、日常雑感、回顧録、そして愛妻重子に宛てた手紙と多岐にわたっている。「Ⅳ欧州からの手紙」「Ⅴ油絵新技法」以外は随所に大阪が登場するが、中でも「Ⅱめでたき風景」では小出楢重らしい大阪文化論が展開されている。例えば、「大阪弁雑談」では「浄るりの標準語は何といっても大阪弁である。／従って、大阪人は浄るりさえ語らしておけば一番立派な人に見える」という。また、「春眠雑談」では、関東よりも熱帯的な関西には常に「わけのわからない湯気」が漂っていて、その「湯気」が悪くいえばものを腐らせ、退屈させ、間のびさせ、物事をはっきりと考えることを邪魔くさがらせる傾きがある。「大阪では、まあその辺のところで何分よろしく頼んますという風の言葉によって、かなり重大な事件が進められて行く様子がある。従って頗るあてにならない人物をついでながらに養成してしまうことが多い。よたな人物などというものは関西の特産であるかも知れない」。ただし、この「湯気」は役立つこともあって、関西の音曲と芝居を育てたのだと述べている。「上方近代雑景」には、大丸の屋上から展望を望めば、「大阪は驚くべき黒く低い屋根の海である。その近代らしい顔つきは漸く北と西とにそれらしい一群が聳えている。特に西方の煙突と煙だけは素晴らしさを持っている」とあり、現代と違う大阪の姿を窺い知ることが出来る。「春の彼岸とたこめがね」「蟋蟀の箱」「亀の随筆」では幼い頃の思い出が語られているが、小出楢重は「下手もの漫談」の中で大阪を代表する繁華街の一つであった千日前について、「最もエロチックにして毒々しき教育のモチーフは、千日前を散歩するとざらに転がっていた。私の家が千日前に近い関係上、ひまさえあると誰れかに連れられて私はこの修羅場を歩きまわった」と回想している。この他にも「Ⅲ大切な雰囲気」に「陽気すぎる大阪」が収められていて、「学術、文藝、藝術とかいう類の多少憂鬱な仕事をやろうとするものにとっては、大阪はあまり周囲がのんきすぎ、明る過ぎ、簡単であり、陽気過ぎるようでもある」、そのため、「大阪は常に文藝家、藝術家は不在で」、「私なども、関西に暮らしていると、ロータリークラブへ画家として出席しているような、変な淋しさを常に感じている」と述べている。

（荒井真理亜）

恋の口縄坂《こいのくちなわさか》　エッセイ

〔作者〕石浜恒夫〔初収〕『浪花のロマン』昭和四十二年十二月二十五日発行、全国書房。

〔内容〕大国神社の境内に、忘れられたように、木津勘助の銅像は立っている。勘助は、もともとは大阪の人間ではない。相模の国の生まれで、早くから木津に移り住んだ。道頓堀で有名な安井道頓と同時代人である。大阪城落城後、天満川崎の東照宮の造営や木津川を開くのに功労があった。この市井の英雄をロマン好きな大阪町人は、女侠客、奴の小万の父親に仕立て上げた。小万のモデルとおぼしき娘は実際にいたらしい。色は抜けるように白く、背は高く、ふっくらとした下ぶくれの顔の大女。侠気に富み、男以上に節操の折り目正しく、一度結婚するが相手を嫌いぬいて一生結婚しないと言う誓いを立てる。それ以後、自分

と同じような女中二人を連れ、街を闊歩していた。ある時、口縄坂で追剝に襲われた小万は、反対に追剝を石垣に叩きつける。その様子を見ていた、大和の粋人柳里恭は小万に一目惚れする。やがて、小万は柳里恭に書画を習うようになり、ついには彼の妾となる。奴とは彼女が柳里恭以外には男嫌いで世間を通したからのことで、小万と呼ばれたのは彼女の母親の名が万だったからだそうである。

（巻下健太郎）

郊外生活《こうがいせいかつ》　短編小説

〔**作者**〕岩野泡鳴〔**初出**〕「新日本」大正二年九月一日発行、三巻九号。〔**所収**〕『炭屋の船』大正二年十二月二十三日発行、岡村盛花堂。〔**全集**〕『岩野泡鳴全集第一巻』平成六年十二月二十日発行、臨川書店。〔**小説の舞台と時代**〕大阪（桜井）。明治末年。

〔**内容**〕野崎家は桜井に別荘を買い、そこで暮らしている。その家で母の玉江と娘とまだ幼い息子とで話をしていると、近隣の百姓が家を訪ねて来た。百姓は、自分の畑の葡萄を、野崎の家の者に勝手に取られたと文句を言いに来たのである。事実、玉江は葡萄畑の葡萄を勝手に取ったのだが、白を切り、百姓を追い返してしまう。後日、早めに晩餐を済ませた後、家族で夏蜜柑を食べていると、玉江がもう一度葡萄が食べたいと言い出す。そして、日が暮れてから、玉江は娘と共に外に出て、葡萄棚へと行き、葡萄を取るために勝手にそこに入る。すると、どこかから石が飛んで来て、娘の額に当たった。娘の叫び声に驚いた玉江が畑から飛び出すと、娘はその場に気絶していた。

（三谷　修）

興行師一代《こうぎょうしいちだい》　長編小説

〔**作者**〕五味康祐〔**初版**〕『興行師一代』昭和四十八年六月十五日発行、新潮社。書き下ろし。〔**小説の舞台と時代**〕堀江、南地、周防町、平野町、天下茶屋、道頓堀、北新地、梅田、奈良、紀三井寺、神戸、久留米。明治二十六年から昭和初期。

〔**内容**〕大阪で興行を営む山岡楠次郎は元は士族であったが、興行界では一目置かれる程の存在になっていた。それはひとえに楠次郎の人柄と知恵によるところが大きかった。例えば妾を数多く囲っていたが、その道のもの以外の女に手を出すことはないことからもその性格が伺える。一方で料亭の味を気に入って女中を送り込んでその味を盗ませることをさせたりと手段を選ばない部分もある。息子浩太郎も父と同じく興行師としての資質があり、多くの藝人と懇意を深めていた。浩太郎とその妻である卯乃の間に生まれた千寿子は祖父楠次郎に寵愛されて育つ。千寿子はアルバイトとして店に出入りしていた逸見一郎の兄秀夫と結婚するが、山岡の財を狙われた結婚と知り、更に父浩太郎の死、姑の旧時代的な家庭観によるストレス、息子浩介の出産など多くの困難に直面する。そんな千寿子を影ながら支えるのが乳母であったお糸と風来坊のやくざ勘五郎であった。浩太郎の死は山岡興行の勢力を衰えさせるものであった。京都を中心として松竹が台頭してきた。楠次郎は紀三井寺に隠居し、番頭の生島にまかせていたが、この状況を打開すべく後家となっていた千寿子を映画会社横田商会に嫁がせようとする。しかし、楠次郎の影響力も今となっては十分なものではなかった。千寿子の息子浩介は祖父、父ゆずりの女好きに育ち、卯乃やお糸は心配していた。そんな浩介自身、山岡興行という興行の世界に疑問を抱いていた。楠次郎が脳溢血で倒れ、親族、藝人たちが紀三井寺に集まる。浩介は真言の読経が流れる中、楠次郎の死によって山岡興行の歴史の幕が引かれるの

を感じ取っていた。

（井迫洋一郎）

高原《こうげん》　詩

〔作者〕井上靖〔初出〕「火の鳥」昭和二十一年十一月二十五日発行、第二冊。〔初版〕『北国』昭和三十三年三月三十日発行、東京創元社。

〔内容〕「私」は、大阪のある新聞社の地下編集室で空襲警報を聞きながら、妻と子を疎開させた中国山脈の尾根にある山村を思い浮かべる。「いかなる時代が来ようと、その高原の一角には、年々歳々、静かな白い夏雲は浮かび、雪深い冬の夜々は音もなくめくられてゆくことであろう」と思い、ふとむなしい淋しさを感じる。それは、雌を山の穴に隠してきた生き物の「いのちの悲しみ」に似ていた。

（荒井真理亜）

高校時代《こうこうじだい》　長編小説

〔作者〕三田誠広〔初出〕「蛍雪時代」昭和五十三年四月～五十四年三月号。原題「僕はどこへ行く」。〔初版〕『高校時代』昭和五十五年五月二十日発行、角川書店。〔小説の舞台と時代〕大阪。昭和三十九年。

〔内容〕作者自身の高校時代を題材に恋と友情を描いた青春小説。昭和三十九年四月、真は大阪でも一、二を争う名門、O高校に入学した。何故一流大学に入らねばならないのか、自分は何になりたいのか。入学早早受験勉強に取り組もうとする雰囲気の中で、真の心は重苦しく沈みこんでしまう。そんな気分もクラスメイトの橋本佐知子に恋をして紛らわすことができた。二学期になり、校内でツッカケを履くことが禁止された。これまでは革靴以外は自由であったのに、地震や火事の時に危険であるという理由から、運動靴以外は禁止になった。このツッカケ禁止を押しつけ教育の一環であると捉え、反対闘争を起こそうとしている生徒たちがいた。彼らは、ただ単に与えられたものだけを覚えている他の生徒たちとは明らかに違い、政治や社会に関する知識を豊富に持っていた。彼らと友人関係を築き、幼い頃から模範的な〝優等生〟だった真は、未知の領域への重大な一歩を踏みだす。自分は、佐知子という女性の輝かしさに比べたら、とるにたらない無力な人間でしかない。しかし、無力な人間なりに、せいいっぱいのことをやってみよう――。真はビラ配りなどの具体的な政治活動にも参加した。政治活動には特別な興味が湧かなかった真だが、受験勉強一色に塗りつぶされた生活からの救いを求めた。友情を深め、多くの本を読むことで真は自分がどんどん成長していくのを実感した。本が読みたい、何かを書きたい、じっくりと、自分というものを見つめてみたい。そのためには時間がいる……。高校二年生の秋、休学を決意した真は学校に別れを告げに行く。

（小河未奈）

行人《こうじん》　長編小説

〔作者〕夏目漱石〔初出〕「朝日新聞」大正元年十二月六日～二年十一月十五日発行。〔初版〕『行人』大正三年一月七日発行、大倉書店。〔全集〕『漱石全集第十一巻』昭和三十一年七月十二日発行、岩波書店。〔小説の舞台と時代〕梅田、京都、天下茶屋、浜寺、和歌山、和歌の浦、紀三井寺、名古屋、有楽町、番町、上野表慶館、富士見町雅楽稽古所、紅が谷、沼津、三島、修善寺、小田原、箱根。明治末年。

〔内容〕鋭敏過ぎる知性を持つがゆえに何事にも悩み、抜け出せなくなる知識人の姿を描いた長編小説。

　夏の日、二郎は所用を果たすため梅田の停車場を下りて天下茶屋にいる遠縁の岡田の家に向かう。岡田は二郎の実家に出入り

していたお兼を妻としていた。岡田は彼の会社の佐野という若者と二郎の家の厄介ものお貞さんとの縁談を切り出す。翌日、岡田夫婦と佐野に会いに浜寺に行く。二郎は縁談を認めてもよい主旨の手紙を母に書く。親友の三沢から手紙を受け取って胃腸の調子を崩して入院していることを知る。三沢のいる病院に向かう。三沢は悪態をつきながら二郎の見舞いを受ける。大人数で飲み食いして調子を崩したものらしい。二郎は三沢のいた宿に移る。病院で、二人はなにかと「あの女」について噂する。「あの女」とは三沢が大阪に着いて友達と茶屋で飲んだ時に出会った藝者で三沢が強引に飲ませたために入院するに至った女であった。三沢は日増しに「あの女」への興味を加える。三沢は退院することにし、二郎に借金して「あの女」に詫びとして金を渡す。三沢は二郎に、以前自分の家にいた精神病の女性が三沢に憐れを漂わせた目を向けたが、それが精神病のために自分に気があったのかどうか分からなかったこと、そして「あの女」がその女性とよく似ていたこと、女性はその後亡くなったことを話す。

三沢を梅田の停車場に送った翌日、岡田の誘いで二郎の母と兄夫婦がやって来る。予想外のことに驚きながら家族を迎える。一同で翌日和歌の浦に向かう。二郎は電車の中で学者の兄の一郎に三沢の精神病の娘さんの話を聞かせる。一郎もその話は知っていた。和歌山を通り越し和歌の浦に着くと、一郎は三沢の娘さんが三沢に気があったかどうかを執拗に二郎に問い、自分にはその女が三沢に気があったとしか思えないと話す。そして女も気狂いにしてみないと本体は分からないのかと溜息する。母は兄夫婦がしっくりいかないのを二郎にもらす。翌朝、一郎に誘われて東洋第一エレヴェーターというのに昇る。二人は頂上から権現に向かう。そこで一郎は奔放な妻の直が二郎に惚れているのではないかと疑念を表す。そして自分がどうしても信じられない男だと嘆く。翌夕、二郎は一郎に連れられ紀三井寺に向かう。そこで一郎は二郎を信用することを前提に、直と和歌山で一泊して一晩泊まって直の貞操を試して欲しいと頼む。下らないとそれを拒む二郎だが一郎にせがまれ、直と明日の昼和歌山に行って直の腹の内を聞くことにする。嵐の気配があり母の反対もあったが、二郎は直と和歌山に向かう。嫂に用件を切り出すが一郎に優しくするようにうまく話を向けられない。そうしている内に嵐となり、和歌の浦に帰れなくなる。その日は嫂と和歌山で一泊することになる。何事もなく一晩が過ぎるが嫂の激しい態度に翻弄される。翌朝、好天気となり和歌の浦に帰る。二郎は一郎に呼び出され報告を求められ、直の性質は分からず、彼女の人格について疑うところはないと兄を軽蔑した冷淡な態度をとる。後にあの時の態度について今は深く懺悔すると二郎は回想する。

二郎は兄夫婦の仲を心配しながら東京へ帰る。一郎夫婦の子芳江は母になつくが兄にはなつかない。妹のお重は兄の肩を持ち直を非難する。父の所へ二人程客が来る。兄夫婦と二郎が同席し、父と客の演じる「景清」という謡を聞く。それは盲目の景清が勇ましく生きるのを描いた戦物語であった。謡を演じた後、父は景清を女にしたような人の話を聞かせる。兄はむずかしい顔をするばかりであった。二、三週間して二郎が兄の部屋を訪ねるとあの時の話で父の言ったことは軽薄で情けないと嘆くのだった。そして直とのことを聞く一郎だったが姉との間には何もないと冷淡に突き放す。一郎は激怒する。それから一週間、二郎は夕食以外一郎と顔を合わすことはなく三沢

と相談して家を出ることにする。家を出て三沢から兄が烈しい神経衰弱になっているという噂を聞く。お貞さんは祝言をあげて大阪に発つ。兄は腹の中で何を考えているかわからない。番町の実家をしばしば訪れるが兄には近寄りにくく和解はできない。そうして冬は去っていく。

春が来て二郎の下宿に直が前触れもなく訪れ、ただ夫婦の仲がうまくいかないのを訴える。父から電話があって呼ばれ共に上野表慶館を訪れる。父に連れられとうとう番町を訪ねる。そこでお重から兄が近頃、超能力の研究を始めるなど奇行が多いことを聞く。父母も一郎の様子がことに最近おかしいことを訴える。家族で話しあって兄と親密なHさんに三沢を仲介して頼んで旅行に連れていってもらうことにする。三沢とHさんを訪ねる。Hさんは旅行を勧めることを承諾する。春休みは兄を連れ出すのは不調に終わるが、三沢から六月二日富士見町の雅楽稽古所の音楽演奏の知らせが届き、またHさんは六月学校の講義が終わり次第、一郎を旅行に連れていくことを説得したと書いてあった。六月二日出かけると、三沢は彼の婚約者を紹介し、もう一人来ていた女性を二郎の相手にと見せるがあまりに簡単な挨拶にすむ。Hさんは兄を連れて旅立つことになるが、二郎は行くに当たって兄の感情や思想についてこれは尋常でないと思ったものについて手紙で知らせてほしいと頼む。番町に行くと嫂はやつれお重に二郎の結婚問題について追求する。Hさんと兄が立って十一日目の晩に重い封書が届く。そこには旅の始終が記されていた。それによるとまずHさんは最初、沼津に着いて兄と碁を打っていると、兄から碁をするのもなにも苦痛だが同時に何かしなくては居られないという告白を聞く。修善寺では、妻を打ったが打っても打っても落ち着いていて無頼漢あつかいしかされないと訴え、小田原に着いて、死ぬか、気が違うか、宗教に入るしか自分には道がないという一郎の告白を聞く。Hさんは宗教を心棒にして綺麗に投げ出して生きることを勧めるが一郎は、と言うのなら君は我を投げ出しているね、と尋ねHさんの横顔を打つ。そしてHさんの怒るのを見て矢張り神を信じていない、と告げる。箱根に着き「神は自己だ」「僕は絶対だ」「絶対即相対」と一郎は述べる。そしてそれを実行に移せず矛盾に満ちた自分を泣きながら告白し、人間としての君は遥かに僕よりも偉大だと語る。Hさんは兄さんの頭が明らかすぎて心の他の道具が一つに進めないところに兄さんの苦痛があり、ただのわがままと解釈しては近寄る機会は来ないかもしれないと語る。箱根を出て紅が谷の小別荘に向かう。そこで一郎はお貞さんのような慾の少ない善良な人間が幸福に生まれてきた人間だと羨ましがる。しかし結婚前の女と結婚後の女は同じでないとし、嫁に行った女性から幸福は要求できないとする。Hさんは一郎の眠っている間にこの手紙を書いていることに触れ、彼が眠りから覚めなかったらさぞ幸福だろう、同時にもしこの眠りから覚めなかったらさぞ悲しいだろうとして手紙を終える。

（岡本直茂）

後世の範となる都市への成長を《こうせいのはんとなるとしへのせいちょうを》　エッセイ

〔作者〕松下幸之助〔初出〕『随筆集大阪讃歌』昭和四十八年九月二十九日発行、ロイヤルホテル。

〔内容〕秀吉・大阪城と絡め、これからの大阪におけるロイヤルホテルのあり方を提言した文章。大阪というものを考えるとき、遠くは太閤秀吉がしのばれ、大阪城がしのばれる。そして今、この新しいロイヤルホ

テルの完成を思うとき、古い大阪にも新しい大阪にも、大阪人としての一つの印象的な誇りのようなものをつよく感じる。後世の範となるようなすばらしい都市に成長し、発展していくことを願っている大阪で、それらを現実のものとする上において、大きな一役を買うことに、ロイヤルホテルの面目がある。その使命を全うされることを祈っている。（高橋博美）

交尾《こうび》　短編小説

〔作者〕梶井基次郎〔初出〕「作品」昭和六年一月号。〔全集〕『梶井基次郎全集第一巻』昭和四十一年四月二十日発行、筑摩書房。**〔小説の舞台と時代〕**大阪市。昭和六年頃。〔内容〕「その一」「その二」から成る。「その一」は、大阪の陋巷で、昼は葬儀屋、夜は夜番の陰気な男が、艶めかしい猫の様子を見る。「その二」では、湯ケ島の河鹿の交尾を美の極致として描き上げている。健康を害した作者は、大正十五年十二月三十一日、湯ケ島温泉に赴き年を越した。この地で川端康成と交流、伊豆の自然の中で独り静養して、独自の文学を生んだ湯ケ島時代が始まった。この時期の作者は、生の頂点に生殖、対極に死を見る傾向が強く、本作品の主題にも連なっている。（中谷元宣）

幸福伝説《こうふくでんせつ》　長編小説

〔作者〕阿部牧郎〔初版〕『幸福伝説』昭和六十一年一月発行、徳間書店。**〔小説の舞台と時代〕**御堂筋、梅田、桜宮、梅田新道、生魂町、北新地、吹田市、戎橋、心斎橋筋、道頓堀筋、宗右衛門町、堺筋、桜橋、本町四丁目、中之島。現代。〔内容〕大阪Pレーヨンの営業課長の野中幸太郎は三十八歳、突っ張りすぎて取引先や上司と衝突したことが何度もあり、もう一つエリートコースに乗れずにいる。中年の入り口にさしかかり、無理をすると疲れが翌日にもちこされてしまう。しかし、ある日、野中を訪ねて、昔の恋人竹村俊子が現れた。それを見ていた受付の福田美奈は「野中さんと噂のあった人はみんな良縁に恵まれるそうですね」と言って、野中に接近してきた。確かに福田美奈の言うように、女子社員の間で、野中と関係を持った女性は幸せな結婚が出来ると評判になっているようだ。次々に良縁を期待して女子社員が声をかけてくる。野中はオフィスラブに、良縁の世話にと忙しい。（荒井真理亜）

幸福の所在《こうふくのしょざい》　短編小説

〔作者〕藤沢桓夫〔初出〕未詳。〔初収〕『大阪千一夜』昭和二十二年六月三十日発行、明星社。**〔小説の舞台と時代〕**天王寺、心斎橋、難波。昭和二十年代前半。〔内容〕若い手相見の男は退屈しのぎにその日一番の客に「死相が出ている」と言って驚かせてやろうと、天王寺駅前に机を出していた。最初にやって来たのは悲しげな感じのする美しい若い女であった。根は人の良い手相見は、女を元気付けてやろうと、近々幸運を摑むであろうという暗示を与えてやった。女の名は松尾光江と言い、三重の生まれである。恵まれた容姿を持ち、夢見がちな性格の彼女にとって、田舎で少ない収入を遣り繰りしなければならない結婚生活は我慢できなかった。結局、夫婦喧嘩の末に大阪に出てきたのである。心斎橋近くのダンスホールで光江は男に誘われるままに踊る。その時、光江の頭の中に「幸運」の二文字が浮かぶ。しかし、翌朝彼女の心は行きずりの男と関係を持ってしまった罪の意識に苛まれる。「郷里に帰ろう」そう思った光江にダンスホールの支配人が声を掛けた。ダンスホールで流行歌手そっくりに歌った光江に目をつけたのである。かつ

ては、ダンサーになって都会で暮らそうと考えていた光江だが、本当の幸福は夫と田舎で慎ましく暮らすことだと思い直す。彼女は「幸福」の代償に支配人から受け取った支度金を手に、足取りも軽く地下鉄乗り場に下りていった。　（巻下健太郎）

幸福の隣で《こうふくのとなりで》　短編小説

〔**作者**〕藤沢桓夫〔**初出**〕「小説新潮」昭和三十七年七月号。〔**初収**〕『新・大阪物語』昭和三十八年十一月五日発行、桃源社。〔**小説の舞台と時代**〕西道頓堀、八尾、豊中。明治二十五年から昭和三十五年頃まで。〔**内容**〕辻谷道助は西道頓堀の材木屋の次男に生まれた。血の気が多かった父親に似た道助は、若い頃から硬派で、兄が身代を傾けてしまってからは、家にも寄り付かず無頼の生活を送っていた。だが、道助の無頼生活も糸枝という女性の出現で終わる。彼女と一緒になるため、道助はまっとうな商売を始める。料理屋の残飯を貰いうけ、それを利用した養豚業で財産を築き、終戦後は自動車部品工場を経営し財を成した。しかし、道助は家庭人としては幸せとは言えなかった。糸枝は、一人娘、初子を生んで間もまく死んでしまい、道助を深く悲しませた。残された初子に自分の残りの人生を託した道助だが、思うようにはならない。初子は、道助の許し得ず婚約し、駆け落ち同然に結婚してしまう。道助は朧気ながら初子の消息を知っていたが、男と別れたと知って、彼女に会いに出かける。初子は、働きに出ている女性の赤ん坊を預かるアルバイトをしていた。初子のそばにいる道助は幸福とはいえないまでも、自分が幸福の隣りくらいにいることを感じていた。　（巻下健太郎）

こうもり《こうもり》　短編小説

〔**作者**〕宮本輝〔**初出**〕「オール讀物」昭和五十三年十二月一日発行。〔**初収**〕『幻の光』昭和五十四年七月二十日発行、新潮社。〔**全集**〕『宮本輝全集第十三巻』平成五年四月五日発行、新潮社。〔**小説の舞台と時代**〕大阪市大正区鶴町。昭和二、三十年代。〔**内容**〕ランドウが死んだと、友だちが知らせてくれた。ランドウたちのグループと無縁であったが、なぜかランドウは私に好意を持っていたようだ。ある暑い土曜日に一枚の写真を見せ、この娘に逢《こ》いに行くから一緒に来てくれという。大阪港近くの鶴町である。バスの終点が大運橋で、工場が建ち並んでいる。路地の一角には、犬の死骸がころがっている。ランドウは「俺がすんだら、コンスケもさしてもらえ」という。その意味がとっさに解せなかったが、「俺は、そんなことせえへんぞォ」と答えると、「早いこと済ましてしまうから最後までつき合うてくれよ」とランドウはささやいた。くすんだ貧しい家に娘はいた。ランドウと娘が話し込み、「ちょっと待ってくれ」と言い残して、二人は堤防のほうに行った。二人がひそんでいるであろう堤防の向こうの上空に、すさまじい数のこうもりが飛び交っていた。その日以来、ランドウは学校に現れず、ヤクザの道に入ったという噂を耳にしたが、それから死に至るまで、どんな道を歩いたのか知らない。　（浦西和彦）

小売屋はん《こうりやはん》　短編小説

〔**作者**〕花登筐〔**初出**〕未詳。〔**初収**〕『船場情艶』昭和五十一年九月二十日発行、毎日新聞社。〔**小説の舞台と時代**〕順慶町、心斎橋、本町、松屋町、北浜。幕末から明治初期。〔**内容**〕ゆきは本町の呉服問屋和泉屋清兵衛の子を宿していた。清兵衛もそれを承知であり、子どもが将来困らないように念書

まで書き、ゆきに手渡して別れた。清兵衛とゆきの出会いは奇妙なものであった。元元清兵衛は五十過ぎて腰痛が酷くなり、順慶町のやいと師の所へ通っていた。ある日、灸をしてもらっていると離れの方で琴がなっている。やいと師のよねに聞くと、昔、乳母として働いていた大店の娘ゆきを預かっているのだという。ゆきは両親の不幸に続き、嫁にいった先でも不幸が続いて結局追い出され身寄りがないところを不憫に思って預かっているのだという。それからというもの、真面目で実直な清兵衛はやいとに来る度に聞こえる琴の音を聞くたびにゆきの不憫さを考えていた。そして、腰が良くなるにつれ、心も若返ってきた気がしていた。ある時、やいとが混んでいたために、離れで待っていて欲しいと離れに通される。そこにはゆきがおり、話をしながら酒を飲んで待っていた。すると、いつの間にか酔いつぶれ、寝かされていた。さらに、ゆきが介抱をしていたのであるが、清兵衛の子がほしいと告白され、そのまま清兵衛は関係をもってしまう。それからというもの、やいとに行ってはゆきとの関係を持ち、無事子も授かったのである。清兵衛は子どもとゆきの幸せを願い、念書を書いて送り出したのであった。しかし、実は子どものできない夫婦のために大店の子を孕み、お金をもうけていたのである。それも全ては店を再興したいという気持ちからであったのだ。そうして何人も子どもを産んでは売っていたゆきは維新後、どうなったかわからない。ただ、松屋町に女主人の玩具問屋があり、小売屋はんと呼ばれていたらしい、小売と子売り、通じるものから案外ゆきだったのかもしれない。

（井迫洋一郎）

香炉《こうろ》　短編小説

〔作者〕宮本輝〔初出〕「文学界」平成二年二月一日発行。〔初収〕『真夏の犬』平成二年三月二十五日発行、文藝春秋。〔全集〕『宮本輝全集第十三巻』平成五年四月五日発行、新潮社。〔小説の舞台と時代〕心斎橋、ロンドン。平成元年。

〔内容〕私が大学三年生のとき、アルバイトをしていた心斎橋の広東料理店のコックの曹興民に包丁で切りつけられた。曹興民は、青磁の香炉を、私が盗んだと誤解したのである。香炉は、曹興民と結婚の約束をしていた謝清玉が祖父から譲り受けたものである。香炉には、謝清玉の名を書いた紙が入れてあり、曹興民はその香炉に手を合わせて拝んでいた。当時、謝清玉は、女子大二年生で、しょっちゅう店に遊びに来ていた。私は大学を卒業してから、曹興民は睾丸に出来た癌で死に、謝清玉がその後ロンドンのチャイナタウンで商売をしている男と結婚したことを知った。

昭和天皇の死をデュッセルドルフで知った翌々日、ロンドンへ向かった。四世香という店と謝清玉を捜していたら、五歳のときから二十年間、日本で暮らしたという荘志潔が「謝清玉は死にました」と言う。清玉は、ひとつのことに一心不乱になる女で、私を好きになる前に、清玉が一心不乱になった相手はあなたですよと言われる。私は清玉と一緒に産婦人科の病院へ行った日を思い浮かべる。清玉の墓を聞くと、「私のここに」と荘は木箱らしいのを私に手渡した。見覚えのある青磁の香炉で、蓋をあけてみたが、何も入っていなかった。

（浦西和彦）

故園《こえん》　短編小説

〔作者〕川端康成〔初出〕「文藝」昭和十八年五月～八月、昭和十九年一・三・四・十一・十二月、昭和二十年一月号。〔初収〕『天授の子』昭和五十年六月十日発行、新

潮社。〔全集〕『川端康成全集第二十三巻』昭和五十六年二月二十日発行、新潮社。〔小説の舞台と時代〕鎌倉、八丁の松原、千里山、如意寺、小松山、淀川。明治末年から昭和十八年四月まで。

〔内容〕親戚の家庭の事情から、大阪に出向き、従兄の娘を引き取ることをきっかけとして、川端が自身の少年期の大阪にいたころの記憶に心を巡らせた随筆的な短編小説。「子供や縁者に迷惑でない範囲のことしか、私はよう書かぬのだから、これは小説でもあるまいし、真実の記録でもない。作家としては怯懦であり、欺蔽である。それなのになぜ書こうとするのか、自分でもむしろ不思議である。実在はわれわれの言葉の彼方にある。言葉でどこまで追つかけて行つても、なほ彼方にある。しかし、実在といふものを、私はさう簡単に信じてゐるわけではない。子供をもらひに京阪地方へ行つたことを書くのが、私はなんとも言ひやうなくいやである。」として作品は始まる。川端夫婦は従兄の離縁した先妻が窮して川端に娘を預けたいという願いを聞き、娘の民子をひきとりに京阪にやって来る。子供の家は川端が育った八丁の松原にある。自分の記憶があいまいであること、妻の記憶をたよりにすることが多いのを語る。従兄の先妻母子と話をしながら、作者川端の過去の想起へと作品の筋は移って行く。作者の出た中学校は子供のいる町から二つ目の駅にあった。故郷の山が見えるのもこの駅だった。古里の村は、この駅から一里半ばかり北で、丹波の方へ山が重なり高まっていくその裾にあたるが、めじるしとなるような山はなかったし、駅の近くの千里山の端に遮られてよく見えなかった。ある時、作者の村らしい山に寺を見つける。如意寺という。不意に古里がぶつかり、せつなくなる。子供のころは尼寺で一人いた尼さんの籍は作者の家に入っていて、親密な関係にあった。祖母の死、両親が先立ったことを思い出し、よく生きて来られたと感想する。子供のころの学校嫌い、祖母に厄介をかけたこと、死に目に世話をしたことなどを思い起こす。如意寺が改築するために仏像を預かったこと、その際の幼いころの感動を思い出す。庭の木斛の樹上で本を読んでいたことを思い出して、四十歳近くのころ明恵上人の樹上座禅の画像を初めて見た時に涙を流したことなどを述べる。また、祖父の夢をよく見ること、祖父を死なせたくないという切なさで目がさめること、涙をながしていることがあることを語る。しかし、悲しい夢を見ることは必ずしも現実の悲しみとはならない。過去の感情が夢に復活するのであっても、それは現在の事実とはならない。むしろ悲しみが深ければ深いほど今の自分を清めてくれる度が大きいように思われる。それは狡猾な自己満足でさえある、と言う。また、祖父の夢の映像や感情は明らかに目覚めている時の記憶よりも確かであり、してみると過去は記憶よりも夢に確かに生きているようである、と語る。悲劇とは無論事の如何にあるのでなく、心の如何にある。したがって、自分に悲劇を感じるのは、あるいは人と天とを冒瀆する思い上がりとも言えよう。それにしても、私の肩の過去の思いは軽過ぎて、それをなにか天来の罪業と危ぶまれるほどだ、と自分の記憶について考えを述べている。そして、幼い私は人からかわいそうにと言われて幾度おどろいたかしれないこと。伯母の思い出、雇い婆さんのこと、祖父の死期が近づいたにもかかわらず、夜遊びに出ていたことを追憶する。祖父が亡くなった晩に、詩を音読したり祖父の傍を離れたことなど、自分の挙動が異常だったことを従姉に非難されたこと、しかし、「明らかな

記憶に残るものと言えば小さな踏台ひとつしかない、追憶や記憶も現在の勝手な思いに包まれている。異常な日々の忘却を私は時の恩寵とするけれども、異常を一向異常と感じないで暮した、子供の恐ろしいほどの現実肯定もまだ心脈に脈打つのを愛惜する時もある」として文を閉じている。（岡本直茂）

氷に咲く花《こおりにさくはな》　短編小説

〔作者〕藤沢桓夫〔初出〕「講談雑誌」昭和十四年八月号。〔初収〕『淡雪日記』昭和二十二年四月二十五日発行、博多成象堂。〔小説の舞台と時代〕道頓堀、萩之茶屋、阿倍野橋。昭和十年代前半。

〔内容〕お光は道頓堀の料理屋「かき清」の仲居である。十人ほどいる女の中で最年少の彼女は特に主人の栄造に可愛がられていた。その栄造からお光は愛人との連絡役を頼まれる。公休の日、お光は恋人の新次郎に逢える喜びで一杯であった。しかし、その前にお光は、栄造に愛人からの手紙を届けねばならなかった。店に寄ると栄造は不在で、手紙を同僚のお辰に託し、待ち合わせの場所へと急いだ。新次郎との楽しい時間はあっという間に過ぎ、いつも二人が別れる路地へとやって来た。その日は別れがたく、新次郎はお光の家まで送り、次に会う約束をする。翌日、店へ出たお光を災難が襲う。栄造に手紙を渡していたことが、女将の知るところとなったのである。栄造との関係を邪推され、結局、半ば喧嘩別れの形でお光は「かき清」を辞める。全くの濡れ衣であった。約束の日、待ち合わせ場所で新次郎を待つお光だが、一向に現れない。思い切って、阿倍野橋にあるアパートを訪ねたお光は、新次郎の余りに素っ気無い態度に呆然とする。新次郎は「かき清」の女将に、お光は栄造の愛人だと聞かされていたのである。泣きながら身の潔白を訴えるお光に新次郎は胸を打たれ、誤解が解ける。お光は謝る新次郎の膝にすがって泣き続けていた。（巻下健太郎）

故郷喪失者の故郷《こきょうそうしつしゃのこきょう》　エッセイ

〔作者〕開高健〔初出〕「サンデー毎日」昭和五十一年三月七日・十四日号。〔初収〕『開口閉口2』昭和五十二年六月十日発行、毎日新聞社。〔全集〕『開高健全集第21巻』平成五年八月五日発行、新潮社。

〔内容〕大阪から去って二十年になるが、大阪は一変してしまった。しかし、黒門市場の「パイ一屋」の冷え冷えとした客と店の雰囲気は変わらない。谷沢永一が教えてくれた大阪駅前のドブロクの味を思い出し、「故郷の無い故郷」に辿り着いた気になる。大阪で過ごした青春時代、闇市、パイ一屋、映画館、それに「手を使う労働」は「私」の「隠れ家」だった。「手を使う労働」はおびただしいものを「私」に込めてくれた。「手は故郷」だと感じさせられる、という。（大杉健太）

告白《こくはく》　長編小説

〔作者〕町田康〔初版〕『告白』平成十七年三月二十五日発行、中央公論新社。〔小説の時代と舞台〕明治中期。河内。

〔内容〕河内音頭の「河内十人斬り」にも歌われる、明治中期に起こった連続殺人事件を題材に描いた長編小説。

　主人公の熊太郎は、少年時代、極端な劣等感の持ち主で気弱だった。恐怖心が強く、小柄な子供を奇妙な顔をしているだけでこわがり、森の小鬼と名づけた。一緒にいた小鬼の兄を間違って殺したものと思いこんだりする。熊太郎は、自分を「極度に思弁的、思索的」人間だと思う。大人になって

も万事冴えない。家業の農家の仕事を嫌い、博打に熱中する。森の小鬼に似た男が出現する。男は博打が強く冷酷である。熊太郎は、蛇ににらまれた蛙同然になり、貸金も踏み倒される。男の弟は熊太郎の妻と不義を働く。我慢の限界となり、熊太郎は兄弟の家を襲い、一族十人を殺す。中条省平は「朝日新聞」（平成17年3月27日）で、「ともかくエキサイティングで、読む者の背筋を熊太郎の哀《かな》しみが最後に刺しつらぬく。そういう小説である」と評した。（浦西和彦）

心の肩衣《こころのかたぎぬ》 短編小説

〔**作者**〕長谷川幸延〔**初出**〕「日の出」昭和十六年三月一日発行。〔**初収**〕『御霊文楽座』昭和十七年六月五日発行、日進社。〔**小説の舞台と時代**〕内淡路、高麗橋、靭南通、永代浜、西寺町、平野町、御霊神社境台内土田の小屋。明治三年十二月から明治四年三月まで。

〔**内容**〕文楽史において、本格的な古風古格を守った太夫として知られる、初代古靭太夫を描いた伝記的小説。亡き師の靭太夫の意志を継ぎ、江戸で藝を磨いていた満女太夫が、「古靭太夫」を名乗り、一座を旗上げするまでを描いている。

豊竹満女太夫は、本名を木村彌吉と言って、豊竹靭太夫の秘蔵の弟子であった。生まれは貧しい導引按摩の伜だったが、幼少から靭太夫の弟子となり、早くから師風を継いだ。繊細巧緻を極めた語り口は、行く行くは二代目靭太夫を襲うものと、師匠も世間も認めていた。その矢先、靭太夫は卒然とこの世を去った。大阪の靭南通りに屋敷を構え、町の名をそのまま藝名とした初代豊竹靭太夫は、嘉永（一八四八〜五四）から安政（一八五四〜六〇）にかけて、人形浄瑠璃界を風靡した一世の名手であった。しかし、その恬淡たる名人気質のため、彼の死後は山のような借財だけが残り、妻子は靭の家を追われて、内淡路町の裏店に逼塞せねばならなかった。妻子のそれから後の生活は、満女太夫が何かと面倒を見、仕送りを続けていた。その頃、大阪の人形浄瑠璃界は爛熟期で、名人が大勢いたが、満女太夫には改めて門を叩こうという人物はいなかった。そこで、血気盛んな若い満女太夫は大阪に留まることを潔しとはせず、師匠の靭太夫でさえ噂した江戸の竹本播磨太夫を慕って、上京した。

それから五年、満女太夫は、師の七回忌に「靭太夫」の名を襲名するのを夢見て帰阪した。しかし、その時既に遅くして、富司太夫が「二代目靭太夫」を名乗っていた。富司太夫の暴挙に怒り狂う満女太夫であったが、三味線弾きの鶴澤寛吉の「靭太夫の名跡が何んや。二代目が何んや。お前はんは、そんな看板だけで浄瑠璃を語るつもりで帰つて来たのか。藝人にとつて一番大切なものは、看板やない、自分の藝や！ 心構えや！ 事に当つて顚倒せぬ、勇猛不退転の精神や！」の言葉に発奮し、亡き師の形見の肩衣を手に「裸一貫の浄瑠璃語り」になることを誓う。かくして、老巧の鶴澤寛吉を相三味線に、火の出るような凄まじい稽古が始まった。先輩である鶴澤寛吉の癖を満女太夫が叱ることもあった。満女太夫は一座の旗上げとともに、「二代目より私の方が古い！ 富司太夫が靭太夫なら、私は古い靭太夫や！」と言って、初代豊竹古靭太夫を名乗ることにした。そして、のちに御霊文楽座となる土田の小屋に上がったのであった。初日が開くと、神品とも言えるその出来栄えは、義太夫の都大阪の、満都を圧する評判になった。旗上げの語り物に、近松の「傾城反魂香」を取り上げた。又平が名筆の誉れ現れて土佐又平光興となり、師より首途の裃を賜って、大頭舞を舞

うあたり、古靭太夫はおのが肩衣と思い合わせて、語っては泣き、寛吉もまた泣いては弾き、溢れる涙はともに霰小紋の肩衣をさめざめと濡らした。その興行二十二日間、小屋に溢れた観客もまた、涙を流し、声を惜しまず泣いたという。

なお、「心の肩衣」では、初代靭、初代古靭を弾いた相三味線は、「鶴澤寛吉」となっているが、史実では「鶴澤清六」である。

（荒井真理亜）

故障車の女《こしょうしゃのおんな》　短編小説

〔作者〕難波利三〔初出〕未詳。〔初収〕『漫才ブルース』昭和五十九年十月発行、双葉社。〔小説の舞台と時代〕国道二十五号線、大阪市内、住吉大社、西名阪、三重県伊賀上野（忍者屋敷）、国道百六十三号線、京都府の南の端、奈良市内（飛火野、春日大社、二月堂、三条通り）、法隆寺、天王寺区、ミナミ、大正区、大阪駅前、淀屋橋、御堂筋、天王寺、なにわ筋、四ツ橋筋、堺筋、谷町筋、松屋町筋、高槻市（養護施設）、大阪府警、大阪城、大阪城公園駅、環状線、名神高速道路上り線の天王山トンネル。現代。

〔内容〕大阪にあるK大の三回生で、天王寺区に住む広田光男は、貴船美起子と初めてのドライブに出かける。大淀区に住み、O女子大の二回生である彼女とは、先月、K大の学園祭で知り合ったばかりである。彼女はドライブクラブに属しており、自身も赤のサニーを所有し、それで大学に通っている。今回のドライブは彼女が言い出して実現したものであった。

大阪・三重・京都・奈良と巡った後、帰路についた頃には暗くなっていた。初体験に失敗し、気まずい雰囲気のまま国道二十五号線の、奈良と大阪との中間辺りにさしかかった時、ある故障車に遭遇した。光男と美起子が車から降りて近付くと、明かりを手にした女がいた。そして二人が故障車を点検している隙に、女は美起子の車で逃げてしまった。その時光男には、走り去る車内にもう一つ黒い影が見えた。自分の車を乗り逃げされた美起子はますます不機嫌になっていった。さらに残された白いチェイサーのトランクを開けてみると、そこには男の絞殺死体があった。少し待って通りかかったトラックの運転手に事情を話し、電話ボックスまで乗せてもらい、警察に電話した。現場へ行き事情聴取を終えた後、やっとそれぞれの家に送り届けられた。

次の日光男が電話をかけると、相変わらず美起子は不機嫌である。彼女の機嫌を直すため、大学の友達である杉浦裕司に車を借りて赤のサニーを捜そうと考えるが、杉浦の車は高級車ジャガーで貸してもらうことはできず、杉浦の運転で彼女に会うこととなった。当然の事ながら、彼女は杉浦に興味を持ってしまう。

結局その日も赤のサニーは見付からなかった。光男はその後もレンタカーや徒歩で探し回り、四日後ようやく大阪駅前の駐車場で美起子のサニーを見付け出す。彼女に連絡すると、事もあろうか杉浦とジャガーであらわれた。

しばらくすると、事件の晩に会った女と若い男が現れた。すぐさま取り押さえたが、女の頼みで高槻市にある養護施設に向かった。そこで女の娘に会い、その後、警察へ連行した。実はトランクに入れられていた死体は女の別れた夫で、正式に離婚したにも関わらずいつまでも付きまとうので、若い男に頼んで殺したのであった。

事件解決とともに、光男と美起子の仲は完全に終了した。打ちひしがれた気持ちが、ようやく前に進みかけた時、あるニュースが飛び込んできた。

美起子が運転していたジャガーが交通事故を起こし、杉浦と共に全焼してしまったのである。（森香奈子）

五千回の生死《ごせんかいのせいし》　短編小説

〔作者〕宮本輝〔初出〕「文藝」昭和五十九年一月一日発行。〔初収〕『五千回の生死』昭和六十二年六月十五日発行、新潮社。〔全集〕『宮本輝全集第十三巻』平成五年四月五日発行、新潮社。〔小説の舞台と時代〕大阪、福島区、花園町、大国町、堺。現代。

〔内容〕十四年も昔、大学二年の冬、死んだ親父の遺品を整理していたら、ダンヒルのオイルライターが出てきた。友人が五万円で譲ってくれという。友人の住んでいる堺まで出かけたが、前日から一家で旅行中だった。帰宅する電車賃もなく、夜の街を歩き続ける。途中で自転車の男と会う。男は送ってやるから自転車に乗れという。ところが男は「俺、一日に五千回ぐらい、死にとうなったり、生きとうなったりするんや」という。男が「死にとうなった」というたびに荷台から飛び降りねばならない。花園町では手配師が来たと思われ、七十何人かの労務者に取り囲まれるなかを、スピードをあげて逃げた。その男に着ているコートを礼にあげた。ダンヒルのオイルライターはコートのポケットに入れたままやった。一夜の奇妙な経験を描く。（浦西和彦）

五千人の失踪者《ごせんにんのしっそうしゃ》　短編小説

〔作者〕開高健〔初出〕「文学界」昭和三十九年六月号。〔初収〕『文学選集30〈昭和40年版〉』昭和四十年五月十日発行、講談社。〔全集〕『開高健全集第7巻』平成四年六月五日発行、新潮社。〔小説の舞台と時代〕東京御茶ノ水、杉並区井草町、東京駅、大阪梅田、高槻、心斎橋筋、御堂筋。昭和三十年代後半の五月から七月まで。

〔内容〕東京杉並区在住の会社重役葦田照一は、これまで堅実な人生を送ってきた。ある日、御茶ノ水の橋の上に佇んでいるうち、奇妙な焦燥感にかられて大阪へ向かう。大阪の街を歩き回り、高槻でアパートを借りて無為の生活を送る。しかし、「失踪」した手ごたえは全く感じられなかった。やがて仕事を見つけ、キャバレーの経理担当として勤務し、東京にいたときとまるで変わらない勤勉な生活を送る。二カ月たった初夏のある日、葦田は突然東京に戻り、何事も無かったかのように元の生活を再開する。現代人の抜け道の無い倦怠感と焦燥を描いた作品。（大杉健太）

五代友厚《ごだいともあつ》―大阪物語続編《おおさかものがたりぞくへん》―　長編小説

〔作者〕直木三十五〔初出〕「夕刊大阪」昭和七年一～五月（日未詳）発行。〔全集〕『直木三十五全集第六巻』昭和九年七月四日発行、改造社。〔小説の舞台と時代〕鹿児島、東京、大阪。天保六年（一八三五）から明治十八年。

〔内容〕「序（一―七）」「その幼少時代」「その青年時代」「官界時代」「大阪時代」「終りに」から成る。大阪で、日本最初の英和辞書を刊行したのを皮切りに、金銀分析所の設立、紡績、鉱山、製塩事業や大阪商法会議所、大阪商業学校をつくった五代友厚の伝記小説。その「序の七」で、「私が稿を新にする理由は、その伝記と共に大阪の近代資本主義の発生を書かんが為である」という。（浦西和彦）

五代友厚《ごだいともあつ》―実業界の恩人を偲ぶ《じつぎょうかいのおんじんをしのぶ》―　エッセイ

〔作者〕織田作之助〔初出〕「ナショナル経営資料」昭和十七年十一月一日発行。

〔内容〕大阪株式取引所や大阪商法会議所

（商工会議所の前身）や大阪商業講習所（大阪市立大学の前身）などを創設し、大阪商工界の指導、啓蒙者として活躍した五代友厚についての功績を高く評価する。「五代友厚が豊臣秀吉につぐ大阪の恩人」であるという。（浦西和彦）

五代友厚と大阪《ごだいともあつとおおさか》　エッセイ

〔作者〕織田作之助〔初出〕『随筆大阪』昭和十八年六月十日発行、錦城出版社。

〔内容〕明治実業界の指導者としての五代友厚の活動は渋沢栄一と相並ぶ位であり、しかも、五代は幕末維新の志士としては渋沢などが足許にも寄れぬ位に活躍した。五代は豊臣秀吉に次ぐ大阪開発の恩人である。だが五代のことを知る人はあまりに少なく、忘れられている。五代の正確な伝記が「目下のところ皆無」であることを嘆き、五代が外国官権判事として「外国商人の不正を容赦なく摘発処分」したことや、野に下って大阪実業界に活躍したことなどを紹介する。五代を「龍馬に劣らぬ新人らしい風貌」をもった「新人」であると評する。（浦西和彦）

こちら関西〈戦後編〉《こちらかんさい〈せんごへん〉》　エッセイ

〔作者〕小松左京〔初出〕「産経新聞」平成六年六月～七年三月発行。〔初版〕『こちら関西　もうひとつの情報発信基地・大阪〈戦後編〉』平成七年十二月十五日発行、文藝春秋。

〔内容〕戦後日本の時代変化を振り返りながら、その中で「情報発信者」として登場する在関西の人物や、あるいは特に関西をクローズアップさせたイベント、関西の社会・生活・産業・経済を大きく変えたプロジェクトのことをひろいあげている。

先ず、著者自身の戦争体験に始まり、敗戦直後の夕刊紙創刊ラッシュ、手塚治虫の『新宝島』が引き起こした赤本マンガブームやカストリ雑誌の流行、昭和二十二年に三十四歳で死んだ織田作之助、そして著者自身も参加した大阪万博などについてが、著者の体験を基に語られている。特に、雑誌やラジオ放送、テレビ放送など、戦後のマスメディアの発達が注目され、そのような戦後の関西の大衆文化に実際に関わってきた人物たちとの対談も多数収められている。（三谷　修）

子供の死《こどものし》　短編小説

〔作者〕岩阪恵子〔初出〕「群像」平成四年十二月一日発行。〔初収〕『淀川にちかい町から』平成五年十月二十八日発行、講談社。〔小説の舞台と時代〕淀川のほとり。現代。

〔内容〕洸は四人きょうだいの末っ子で、もう赤ちゃんが出来んもんと珠江が諦めていたところへ授かった男の子であるから大事に育てられた。そのため小学一年生になっても、よその家で遊ぶことも出来ず、母親に甘える。洸の父は、地方のダム建設やトンネル工事などのために、一年の半分以上も長期出張している。下にまた子供ができたとわかると、洸は家庭のなかで暴れはじめる。生まれてくる赤ん坊のための着物とわかれば、洸はわざと汚したり使えなくしてしまう。予定日より二週間早く生まれた赤ん坊は、弱かったらしく、二カ月ほどで死んでしまった。するといっそう珠江は洸を溺愛するようになる。洸を膝にのせ、赤ん坊をあやすようにその背中に両腕をまわす。その珠江が倒れ、死んでしまう。洸は家族の誰がすすめても強情に食事を摂らなくなる。全身の衰弱がはっきり目につきだしたとき、入院させた。流動食を拒まなくなり、皆がほっと安心した時、洸は病院の屋上から飛び降りた。見つかったとき、頭が砕けていた。（浦西和彦）

こどもの発言《こどものはつげん》　エッセイ

〔作者〕竹中郁〔初出〕『随筆集大阪讃歌』昭和四十八年九月二十九日発行、ロイヤルホテル。

〔内容〕詩人の「わたくし」が子供の指導をはじめて二十五年以上になる。「二年生になったら　先生がかわる」で始まる、大阪市内の長吉校の生徒の詩は、あどけない期待でいっぱいの心が、飾り気もなくあけひろげで美しい。大阪市上新庄校の男児の詩は、運動場の不利不便についての、その発言ぶりがまことに怜悧で、ユーモアをまじえて相手を納得させる力がある。京都市竹田校の男児は、父の形見の時計がいたんだら、かつて父がしていたように自分もまた直して使うと詠った。そこには父への愛情の裏打ちがある。

しかし、不思議なことに子供は建築物や建造物については、全く発言しないようだ。長い間にたった一つだけ、堺市湊校の女児が銀行を見て書いた詩があるのみである。

（荒井真理亜）

このヴァイタリティ《このゔぁいたりてぃ》

エッセイ

〔作者〕長沖一〔初出〕『随筆集大阪讃歌』昭和四十八年九月二十九日発行、ロイヤルホテル。

〔内容〕「私」は、大阪で生まれ大阪で育ち、戦前戦後四十年も根が生えたように大阪に棲みついている。刻々と変貌する大阪に眼をみはりながらも、あらためて大阪を意識することは滅多にない。

しかし、大阪は？　と問われて反射的に頭に浮かぶのは、鍋井克之の随筆集の題で知られる「大阪ぎらい」という言葉である。大阪が好きだからこそ嫌いだという掌の裏表みたいな切実な心情の、このニュアンスは、大阪人ならではの感覚であり、感情であろう。

谷崎潤一郎の名文をもってしても書き言葉に移し変えられなかった、「……しておみやす」などのとろけるような船場の女性の話し言葉も、私自身すっかり忘れてしまって久しい。島之内の娘たちがやたらと語尾に「し」を付けるのも、当時は嫌でたまらなかったが、今はもう娘たちの口から聞くことはない。

あえて進歩といわずとも変貌は世の常、それに順応して生きて愉しみましょうというのが、大阪人の身上だと「私」は思う。外面はどんどん変わっても、このような大阪人の精神は変わらないであろう。

しかし、時には、そうした大阪人の「ヴァイタリティ」に自己嫌悪することもある。つまり、「大阪ぎらい」にならざるを得ないのである。

（荒井真理亜）

小旗《こばた》　短編小説

〔作者〕宮本輝〔初出〕「世界」昭和五十六年一月一日発行。〔初収〕『星々の悲しみ』昭和五十六年四月二十五日発行、文藝春秋。〔全集〕『宮本輝全集第十三巻』平成五年四月五日発行、新潮社。〔小説の舞台と時代〕梅田新道。昭和四十三年頃。

〔内容〕父が精神病院で死んだ。父とは四年近く別々に暮らしていた。ぼくと母は梅田新道から東へ行った太融寺というところにあるビジネスホテルで働いていた。父は最後の事業に失敗し、姿を消したのである。ある日、父から手紙が来、会うと「もう捨てたぞ」といい、一万円札を五枚ぼくの手に握らせた。

四カ月前、父は脳溢血で倒れた。父は宗右衛門町の小菊というバーで勤めていた女と同棲していた。父は三日後に意識を恢復したが、右半身が麻痺し、暴れるようになったので、完全看護で費用も国がみてくれ

るという精神病院に移った。

父の死んだ知らせで、その病院へ行くためにG駅に着いた。赤い小旗を振って道に立って交通整理をしている若い男が気になった。市役所で火葬許可書を貰ってバスで戻ってきた時も、さきの青年が一瞬たりとも気をゆるめていない峻厳な動作で小旗を烈しく振っていた。ぼくはふと、赤い小旗を振っていた青年は、もしかしたら狂人ではないだろうかと思った。青年は、全身全霊を傾けて、自分の仕事を遂行していた。青年の姿を見入っていると、父が死んだことが、たまらなく哀しく思えてきた。父の死に目に立ち会わなかったことを烈しく悔いた。

（浦西和彦）

五百羅漢《ごひゃくらかん》　短編小説

〔作者〕今東光〔初出〕「オール読物」昭和四十年三月号。〔初収〕『今東光秀作集第四巻』昭和四十二年九月十日発行、徳間書店。〔小説の舞台と時代〕八尾。昭和二十年頃。

〔内容〕「河内もの」の一つ。お留の母のお兼は若い時から放蕩三昧に暮らし、男もコロコロ変わった。井原西鶴「好色一代女」に、ある極道な女が五百羅漢を見ているうちに、一人一人の羅漢の相貌が若かりし日から今日までの数々の男、つまり五百人近い男の顔に似ているので、今更のように女の罪業の深いことを知るというのがあるが、お兼もその口であった。お兼は年をとり、卒中で倒れる。しかし命はつなぎとめ、寝た切りとなる。お留が妊娠していたにもかかわらず、お兼を重荷に感じ、お留の男は逃げてしまう。子は里子に出すが、またすぐに孕み、男の子を堕ろす。女の業は二代三代と続くのであろうか。

（中谷元宣）

小松左京《こまつさきょう》『地球になった男』《『ちきゅうになったおとこ』》　エッセイ

〔作者〕開高健〔初出〕小松左京『地球になった男』〈新潮文庫〉昭和四十六年十二月二十五日発行、新潮社。解説。〔初収〕『白昼の白想』昭和五十四年一月十五日発行、文藝春秋。〔全集〕『開高健全集第20巻』平成五年七月五日発行、新潮社。

〔内容〕小松左京の作風には大阪人の「いらち」の特徴が見て取れる。一瞬の停滞もなく脱皮し続ける「新手一生」の精神であり、井原西鶴や坂田三吉にも通ずる精神である。小松左京は千変万化しながら、人々に見過ごされがちな問題を鋭く突く作家だ、という。

（大杉健太）

菰かむりお仙《こもかむりおせん》　短編小説

〔作者〕花登筐〔初出〕未詳。〔初収〕『船場情艶』昭和五十一年九月二十日発行、毎日新聞社。〔小説の舞台と時代〕淡路、天王寺。明治三年頃。

〔内容〕吝嗇で有名な酒問屋の越後屋が嫁をもらうということで界隈は騒然となった。しかもあまりにもケチで皆から嫌われていたので嫁が何処からやってきたのか不思議であった。奉公人もその素性を知らなかった。それもそのはずで、増左衛門が冬の暖を取るために炭をケチって外の陽に当たっていたところ、菰かむりの女が通り過ぎた。増左衛門が普通恵みを求める菰かむりが何もいわないので逆に問いただすと、越後屋が吝嗇を心がけている所であると見抜き、物乞いしてももらえないと分かっているからであると答えた。増左衛門はその答えが気に入り、更に何故そのような物乞いをしていると聞くと、生きるために稼げる分だけでいいし、誰から文句を言われることもないと答えた。その吝嗇ぶりを気に入って嫁にしたのである。実際のところ嫁になっても吝嗇につとめ、金がかかるから嫁をとらないと言っていた増左衛門もタダで女と寝ることもできるようになって喜んだ。更

に、このお仙という女は行為においては積極的で増左衛門は益々気に入った。お仙は事が終わるといつももったいない、と言って終わる事を惜しんだ。もったいないという言葉だけでケチの増左衛門はいい嫁をもらったと思うのであった。しかし毎日続くとさすがに増左衛門も疲れてくるのであるが、お仙は求めようとする。そんな日はもったいないといわずにご馳走さん、と言うのであった。ある日、親戚の家に行くと言って出たお仙を天王寺で見たと奉公人から聞く。増左衛門が調べると、どうやらお仙は昔、増左衛門が詐欺にあった金貸しの角千の娘であることが分かった。角千は昔丁稚をしていた増左衛門に嘘の涙を流し、物乞いして金を巻き上げたのだ。その時に言われた台詞が、銭はまずくれてやるより貰うことを考えろだった。それ以来、増左衛門はその悔しさから今のケチになったのである。どうやら、お仙は身寄りが無くなり、また男ほしさに増左衛門に近付いたようだったのだ。増左衛門はそれを逆手にとって抱いてやるかわりに一円をよこせとお仙に迫る。お仙は同意して抱かれるが、終わった後で一円の価値がない、金を返せと言う。増左衛門は躍起になって抱くが全然反応が以前と違いお仙は感じないようだった。そして増左衛門は力尽き、死んでしまう。お仙は莫大な遺産を手に実家の金貸しの家に戻っていった。そして、位牌の前で手を合わせ、「返してきてもらったで」と報告するお仙がいた。「あの時の捨て台詞が講義の代金としてお仙に貰ってこい、と言われていたのなら増左衛門はどう草葉の陰で思うのだろうか」と締められている。

（井迫洋一郎）

隠沼《こもりぬ》　短編小説

〔作者〕今東光〔初出〕「小説新潮」昭和四十四年二月号。〔初収〕『小説河内風土記巻之六』昭和五十二年七月十五日発行、東邦出版社。〔**小説の舞台と時代**〕八尾。昭和二十年頃。

〔**内容**〕「河内もの」の一つ。弓子の父虎右衛門は大地主で、八尾中野村では酋長のように振る舞っていた。八三郎の祖父、父親は虎右衛門の小作人で、八三郎もそのように扱われた。八三郎は釣りが大好きであらゆる釣場に行ったが、ある時、南河内の森深く踏み込み、蘇我馬子の隠沼を発見する。奇妙なことに、この雄大な女体のような緑林に蔽われた隠沼のほとりにいると、どっと下腹を突き上げてくる欲情に圧倒された。戦後の農地法で虎右衛門の家は没落する。八三郎は刷子用の豚毛ブローカーに転身し力を持つ。八三郎はかつての主家の娘弓子を隠沼に誘い、そのほとりで弓子に没入する。蘇我の古地では下剋上は平然と行われたに相違ない。水呑み百姓の伜が大地主の令嬢に命令し、その命令に従わせることができる力を持っていることに彼は胸を膨らませた。

（中谷元宣）

狐狸狐狸ばなし《こりこりばなし》　戯曲　十一場

〔作者〕北條秀司〔初演〕昭和三十六年二月上演、東宝劇場。配役・伊之助（森繁久弥）、おきわ（山田五十鈴）、重善（中村勘三郎）ほか。〔初収〕『北條秀司戯曲選集Ⅶ』昭和三十七年七月一日発行、青蛙房。〔**戯曲の舞台と時代**〕大阪の町外れ。江戸の末期。

〔**内容**〕女形役者あがりの伊之助、その女房おきわ、破戒坊主重善らの、キツネとタヌキのばかしあいを描いた喜劇。お初天神の裏で伊之助が、酒のみで怠け者の美人女房のおきわと、手拭染屋をしている。おきわは近所の寺の住職の重善と密通しており、亭主を殺して来い、そしたら夫婦になってやらあ、と重善に言われ、その気になる。

毒薬を河豚鍋に入れて伊之助を殺してしまう。長柄の焼き場で伊之助を火葬し、おきわと重善と安心していると伊之助があらわれる。毒だと思ってのませた染め粉は無害で、伊之助はもと役者あがりだけに死んだふりをし、雇い人又市とはかり、葬式も他人の棺を使って火葬したのであった。おきわは発狂し、再び伊之助とくらす。が、おきわの発狂はつくりごとで、重善とヨリをもどしてしまう。

（浦西和彦）

御霊文楽座《ごりょうぶんらくざ》　短編小説。

〔**作者**〕長谷川幸延〔**初出**〕未詳。〔**初版**〕『御霊文楽座』昭和十七年六月五日発行、日進社。〔**小説の舞台と時代**〕船場御霊神社境内土田小屋。明治十年十月十一日から翌十一年二月二十四日まで。

〔**内容**〕浄瑠璃の名人として知られる、初代古靱太夫を描いた伝記的小説「心の肩衣」の続編。実際に起こった、初代古靱太夫惨殺のいきさつを描いている。この題材については、長谷川幸延自身が、作品の末尾で「『古靱殺し』として現在に伝はる実話、実説は区々であるが、作者はその末節に重きを置いてゐない（中略）純然たる創作である事を付記しておく」と記している。

大阪は義太夫の都である。殊に松島に転じた文楽座は、人形浄瑠璃中興の祖である五代目竹本春太夫が、二代目豊澤団平を立三味線として、一座には後の摂津大掾こと竹本越路太夫、竹本大隅太夫、竹本住太夫などを擁し、義太夫王国を築いていた。これに対して、豊竹古靱太夫を盟主とし、彼の咽喉一つで文楽座に対抗したのが、船場御霊神社境内の土田の小屋であった。時に豊竹古靱太夫は齢五十一歳にして、浄瑠璃の太夫として、まさに円熟の峠にさしかかり、俗に言う脂の乗った盛りであった。その激しい彼の気構えと烈々たる闘志によって、土田の小屋は、ライバルの松島文楽座をも押さえ込む勢いにまでなっていった。明治十年、初春の屠蘇の酔いも醒めきらぬ内から、西郷戦争で物情騒然。九月に入って全国的にコレラが蔓延した。その予防策として、大阪府下には興行物閉鎖令が布告される。人形浄瑠璃が閉鎖になると、まず生活に行き詰まるのは、御簾裏の太夫や、人形の手足を使う人々である。古靱太夫は、一座の人々の生活を保護するために、自分自身は無給金に甘んじて地方巡業を試みた。大阪の興行物閉鎖令は、十一月末に解除された。松島文楽座では十二月に入ってすぐに興行の蓋を開けたが、土田の小屋では大黒柱の古靱太夫が地方巡業からまだ戻っていなかった。ちょうど新宮で興行中であった古靱太夫を呼び戻すため、土田の小屋の座席表を管理している井上源吉が一座を代表して古靱太夫に会いに行った。古靱太夫は、大阪に戻るには時期が悪いことと地方巡業を世話してくれた興行師への義理から躊躇するが、源吉の必死の説得に応じ、年明けすぐに大阪へ戻る約束をした。そして、一座の人々の年越しの費用に百五十円を用意し、源吉に託す。ところが、源吉は新宮からの帰り、古靱太夫に預かった大金を紛失してしまう。気の弱い源吉は、なくした金額の大きさと、事の重大さゆえに、誰にも相談出来ずに苦しむ。古靱太夫が年が明けてもなかなか戻ってこないのと、古靱太夫が一座のために用意した金の存在を知らない人々は、次第に古靱太夫に対する不審感をつのらせていった。こうして、源吉はどんどん追い詰められ、古靱太夫の戻るのを待たずに、ついにその責任を取って自殺してしまう。源吉の弟で大道具の棟梁の梶徳は、兄の死は古靱太夫のせいだと思い込む。そして、古靱太夫にその罪滅ぼしに、源吉の追善興行を要求した。しかし、古靱太

夫は、源吉のことでは他のことなら何でも力になるが、追善興行は「筋道が違う」と断る。怒り狂った梶徳は古靭太夫を逆恨みし、亡き兄の敵討と称して、斬殺した。明治十一年二月二十四日のことである。梶徳はその場から逃げたが、後で見つかった源吉の遺書で事の真相を知り、自ら命を絶った。

　最後に長谷川幸延は、初代の立て籠った御霊境内の土田の小屋が、後年植村文楽軒に買収され、御霊文楽座の名称は此処に起こったことを付け加え、「初代豊竹古靭太夫を描くにあたつて、題名に『御霊文楽座』を冒した所以である」と結んでいる。

（荒井真理亜）

子を棄てる藪《こをすてるやぶ》　短編小説

〔作者〕上司小剣〔初出〕「中央公論」大正六年四月一日発行。〔**小説の舞台と時代**〕大正上町、鳴野、長柄、高麗橋。大正六年頃。

〔**内容**〕上司小剣の叔父から、「貴下の小説の材料にもと恥を忍んで左に一切を開陳致します」として届いた手紙を題材にした小説。『木像』の主人公である「福松」のモデルとなった人物の、その後が描かれている。

　五十五歳の「拙者」は、大阪の上町にある、饂飩屋の跡取り息子である。少年期から「絶対の強者といふものを理想」として生きてきたが、今までの人生を振り返れば、「この長い五十余年の長道中をば、別段に面白いこともなく、たゞぶら〳〵と、……いや〳〵、ぶら〳〵どころか、苦しみ藻掻きながら通つて来たのは、我ながら根のよかつた話」だと思われる。饂飩屋の家に生まれるのも、百万長者の邸へ生まれるのも、一寸したはずみで、そこに誕生の僥倖もあれば、不幸もある。「拙者」は、饂飩屋に生まれた上に、十七歳で父親と死に別れ、その後を追うように祖父母が次々に亡くなった。そして、母と姉と「拙者」に残されたものは、ほんの僅かな商売と商売道具だけだった。「拙者」は母とともに細々と商売を続けていたが、商売敵との激しい競争の中、母の糖尿病に加えて、「拙者」は心臓病を起こし、二人して病床の人になってしまう。さらに、無理な普請をして家を改装した借金のため、三度目の妻との間にもうけた、女六人、男三人の子も、口減らしのため、次々に奉公に出さねばならなかった。こうして、「拙者」は「老・貧・病兼備の大将」となった。しかし、やはり人間は自分が一番可愛く、自分ほど大事なものはないため、「子を棄てる藪はあつても、自分を棄てる藪は無い」。

（荒井真理亜）

子を作る法《こをつくるほう》　短編小説

〔**作者**〕田辺聖子〔**初出**〕「小説現代」昭和四十九年六月一日発行、第十二巻六号。
〔**初収**〕『無常ソング―小説・冠婚葬祭―』昭和四十九年十月十二日発行、講談社。
〔**作品集**〕『田辺聖子珠玉短篇集④』平成五年六月三十日発行、角川書店。〔**小説の舞台と時代**〕大阪。現代。
〔**内容**〕伊吹はこの頃、とみに子供ぎらいになってきた。伊吹が建売住宅を買ったときには淋しい山村だった場所が瞬く間に新興住宅街となり、とにかく周りにむやみやたらと子供が増えたからだ。町を歩く女性は、たいてい妊婦か、その予備軍である。子供が生まれる、生まれたと聞くだけで伊吹は幻滅してしまう。まるで世をあげて熱狂的な、子産み競争をしているようである。伊吹にも三人の子供がいるが、わが子の出来が悪かったので、子供全般に夢をなくし、醒めた意識を持つようになってしまったに違いない。伊吹は四十八歳、妻は四十三歳、「わが家はありがたいことに、もうそっちの競争から卒業してん」と思うと解放気分でうれしくなる。伊吹はふと妻を抱き寄せ

たくなった。ある日伊吹が帰宅すると妻が深刻な顔をして、短大生の娘が子供が出来たので結婚したいと言っていると告げた。ついに娘まで子産みレースに参加することになった。じつに嘆かわしい。しかし、そのあと更に憂鬱な話が伊吹を待っていた。妻が妊娠したのである。うなだれる伊吹を余所に、妻は産むと張り切っている。

（荒井真理亜）

権太夫さま《ごんたゆうさま》　短編小説

〔作者〕長谷川幸延〔初出〕未詳。〔初収〕『大阪百話・千日前』昭和二十六年十月二十日発行、新小説社。〔小説の舞台と時代〕道頓堀、南御堂、楽天地。明治半ばのことを昭和二十年代に話題にしている。

〔内容〕戦災に合う前は、道頓堀の中座と言えば、日本にただ一つの純和風、そのかみの名残を留めた劇場であった。若い青春の何年かを、その舞台裏の作者部屋で過ごした経験を持つ、語り手の信吉にとっては、この度の中座の再建はひとしおの感慨を禁じ得ないものがある。芝居の初日、中座では舞台監督や作者のために、六人詰めの桟敷が用意してあって、信吉はそこで仕事として芝居を観ていた。芝居の観覧中、新築の桟敷に鼠が出た。大阪の観客は幕合によく物を食べる。それを狙って鼠が出るのだ。信吉は劇場主任の山本に注意した。山本は信吉の忠告にひとしきり鼠の愚痴を言った後で、「桟敷へ鼠の出るのはまだましや。権太夫さんが出て、悪戯しやはるよりは―」と付け加えた。「権太夫さん」は、俗に言う「お奈落さん」のことである。もともと奈落に祀って敬うので「お奈落さん」と言うのだが、奈落に祀るのは、劇場を建てるために掘り返した土や下水に棲んでいた生物の霊を慰め、その棲家を奪ったことを詫びるのである。その慰める代表は、大抵狐か狸であった。

　しかし、中座の「権太夫さん」には、そもそも中座の奈落に御鎮座になったいきさつを伝える話がある。と言っても古い話ではなく、明治半ばのことである。「権太夫さん」は、もとは南御堂の下水に棲んでいた姉弟の狸の弟であった。もちろんその時分はまだ「権太夫さん」とは言われず、だんじり好きの父親が二代目だんじり吉兵衛と言われた高名な狸で、姉はだんじりお吉、弟は吉之助と呼ばれ、下水仲間では幅を利かせていた。父が死んでからは、幼い姉弟が父にならって、チキチキコンコンと奏でていた。ある雨の夜、納所の坊主が姉弟のだんじり囃子を聴いて「親父どころか、中座のだんじり囃子の、足もとにも及ばんわい」と言ったのを聞いて、姉弟は地団太を踏んで悔しがり、人に姿を変えて、中座のだんじりを聴きに行った。その日の中座は殊の外大入で、姉弟は汗をかいて見物した。夜になって「夏祭」のだんじりが鳴り出すと、二人はもう夢中になって聴きいり、弟の吉之助は調子に乗って酒に手を出した。幕が閉まると、大入の観客が一斉に立ち上がり、出口に殺到した。姉弟は人波の中に巻き込まれ、はぐれてしまった。姉のお吉は押し出されるようにして出た道頓堀の路上で、赤犬に襲われる。酒の酔いに足をとられた吉之助が、ようやく姉を見つけ出した時には既に遅く、お吉は狸の姿で事切れていた。自らも赤犬の犠牲となりそうになった吉之助は、すんでのところで下足番の松やんに助けてもらった。律儀な吉之助は、以来奈落に住み着き、大入や雨の日で仕事が忙しい時には、松やんの手伝いをするようになった。そして、吉之助が姿を見せる日は、大入満員になると噂になった。吉之助が出るから大入なのではなく、大入なので吉之助が出るのだが、逆にそういう評判

が立った。人々は奈落にいる「お奈落さん」に気付き始めていた。また、姉を死なせた悔しさから酒を断つ吉之助が、ホロ酔いの道具方や役者に悪戯をすることから、「お奈落さんは、下戸らしい」と噂になった。そして、いつしかだんじりのコンチキチンに由来して、「権太夫稲荷」と呼ばれるようになった。

　しかし、この度中座が改築されることになり、「権太夫さん」は一時楽天地の奈落に身を寄せた。中座の改築は半年以上かかった。竣工の日、中座は陽春四月の道頓堀へ、板囲いを取り外した、処女の皮膚にも似た木肌を露にした。「権太夫さん」にとっても楽しい奈落入りの日になるはずであったが、あまりに強烈な檜の匂いに辟易して、楽天地の奈落へ舞い戻った。

　楽天地もやがて、日本一の大劇場、大阪の歌舞伎座となった。中座も戦後、再建された。両座に祀られている「権太夫さん」に纏る言い伝え。

（荒井真理亜）

コンニャク八兵衛《こんにゃくはちべえ》　短編小説

〔**作者**〕田辺聖子〔**初出**〕「オール読物」昭和五十四年七月号。〔**初収**〕『おんな商売』昭和五十六年五月二十五日発行、講談社。〔**作品集**〕『田辺聖子珠玉短篇集⑥』平成五年八月三十日発行、角川書店。〔**小説の舞台と時代**〕天満、天王寺、難波、源聖寺坂。現代。

〔**内容**〕作品の前半は、私が、生前の祖母から聞いた話である。大阪では昔、タヌキ（大阪ではタノキと発音）の話が多かった。明治四十二年七月の天満の大火以降、タノキは「いっぺんに出んようになった」が、以前は夕暮れの空にどこからかタノキ囃子が流れてきたものであった。タノキも人もごっちゃにまぎらわしく住んでいるのが大阪の町であったのだろう。タノキにまつわる話には淡路の柴右衛門ダヌキや天王寺の「お初っつあん」がある。昔のタノキはやさしい情緒があり、人間に対して大いに友好的だった。大阪の源聖寺坂に祀られているタノキのコンニャク八兵衛の話がある。八兵衛にはおよいという妻がいた。人間からコンニャクを捲きあげることが難しくなり、食べるのにこと欠くようになると、およいの方から別れを告げられた。泣く泣く別離してから一年ばかりたつと、どちらもゆとりができた。偶然およいと八兵衛が町なかで会った。およいは金の入歯を見せびらかし八兵衛も赤のふんどしを見せびらかした。

　後半は、私の古い友人である須賀サンの話になる。コンニャク八兵衛の様な境遇にある須賀サンの、現在の妻に対する意識を述べながら、筆者と須賀サンはコンニャク八兵衛について語る。金歯と赤ふんを見せびらかし、デモンストレーションをしている以上、ヨリがもどっているとは思えない。「八兵衛は、およいが出ていったあと、気が変わったのです。八兵衛タノキを拝んだら、女運がようなるかもしれん」と別居している須賀さんはいう。

　友人の夫婦関係を、祖母から聞いた昔話と照らし合わせて描いたユーモア溢れる短編である。

（飯塚知佳）

コンビー婦の缶詰《こんびーふのかんづめ》　短編小説

〔**作者**〕藤本義一〔**初出**〕未詳。〔**文庫**〕『浪花色事師』〈徳間文庫〉昭和六十年八月十五日発行、徳間書店。〔**小説の舞台と時代**〕ミナミ、キタ。昭和五十年頃。

〔**内容**〕作者の十八番「浪花藝人もの」の一つ。漫才師の師弟、都家菊松（六十二歳）とチブス（二十三歳）の関係は、最近悪くなる一方である。関東煮屋でチブスは菊松に殴られ、顔に怪我をするが、舞台は上手

につとめる。チブスは相方のコレラから、菊松が若い娘の美津子と結婚することを聞く。チブスは、菊松に復讐するため、美津子と肉体関係を持つが、美津子はコレラからこの秘密が漏れるのを恐れ、コレラとも床を共にする。チブス・コレラのコンビは上方漫才新人王を受賞する。美津子が妊娠するが、誰の子かわからない。ホテルで、コレラがコンビーフの缶詰を開けながら、漫才コンビに主婦の「婦」で「コンビー婦」やなぁと美津子に冗談を言ってから間もなく、コレラは交通事故で死ぬ。チブスは号泣、一時藝も低迷するが、復活する。しかし、美津子に子どもができて、菊松とチブスが言い争い、決着は鑑定にゆだねられる。判定は二人のどちらの子どもでもないというものだった。父親はコレラであったのだ。ショックで吐いている菊松の背を、チブスはゆっくりと撫でてやるのであった。

（中谷元宣）

【さ】

西鶴《さいかく》忌《き》　エッセイ

〔作者〕織田作之助〔初出〕「新文化」昭和十七年十二月一日発行。〔全集〕『定本織田作之助全集第八巻』昭和五十一年四月二十五日発行、文泉堂書店。

〔内容〕「私」の知人のT氏の岳父の葬式に、五、六人の老人が「古い大阪の郷愁」をあたりに漂わせているように突っ立っていた。今年（昭和十七年）の八月十日は西鶴の二百五十年忌である。時局のせいか、文壇、国文学界、ジャーナリズムは何ひとつ催しもしない。上方郷土研究会だけが西鶴忌の法要を営んでくれた。昭和六年の西鶴忌には誓願寺に三百名も集まったのに、その日には世話役を入れてわずか二十名だけである。その中に、さきの葬式の時の老人が来ており、野間光辰の講演をせっせとノートしていた。それを見ていて、『西鶴置土産』の「人には棒振むし同然におもはれ」の中の一節を思い出した。

（浦西和彦）

西鶴新論《さいかくしんろん》　評論

〔作者〕織田作之助〔初出〕第一章、「大阪文学」昭和十七年五月一日発行。他の章、書き下ろし。〔初版〕『西鶴新論』昭和十七年七月五日発行、修文館。〔全集〕『定本織田作之助全集第八巻』昭和五十一年四月二十五日発行、文泉堂書店。

〔内容〕十章に分け、井原西鶴を論じる。「大阪の人」西鶴が数字を好んだところに、「私」は大阪人を感じ、リアリストとしての性格を見、その技巧をうかがう。彼は私小説的正確さよりも語呂の良さを尊んだ。その文学、人間は大阪的性格抜きには考えられない。大阪的とは即ち元禄的（町人的）ということである。

「元禄町人」西鶴の本領は、元禄期の所産である町人物にある。当時大阪は商業、金融の中心として栄え、大阪町人は町人の天下を築いた。西鶴文学の意義は、新興階級だった彼らを書き、新しい文学を創ったことにある。

「大阪人的性格」西鶴は何事も信じなかった。あるがままの人間を、あるがままに繰り返して書く執拗な反芻の中には、露骨と徹底を期する大阪人の粘り強さが表れている。自力本願の強さも、巧妙な話術も、直感に頼る態度も、無用の感傷がなくちゃっかりしている点も大阪的だ。大阪人と同様、虚飾を嫌い、気取りや気障な態度を避けて、露骨なまでに自然を尊ぶ。彼はしかし、俳諧人でもあった。大阪人特有の楽天性から過度の自然が堪えがたく、虚実を逆転させるという俳諧的（大阪的）手法を用いたの

だ。興がり、酔えず、根は楽天家で、計算家、気取り屋、何も信じず、俗物…大阪人的性格は全部西鶴の中にある。また、西鶴は俳諧人としてユーモアを重んじた。俳諧人西鶴を無視して、西鶴を理解する事は出来ない。

「俳諧師」　俳諧師と小説家を五分ずつ合わせて出来たのが西鶴である。近世文学運動の母胎は、貞門、談林の俳諧運動にあった。それは貴族階級の専有物だった連歌を町人にもたらし、新しい旋風を文学史上に巻き起こした。西鶴は談林を代表する俳諧人である。町人西鶴が町人の眼で見た町人生活を、町人の感覚で写したという点に、談林俳諧は文学運動としての意義を持つ。西鶴の浮世草子は俳諧的で、その俳諧は浮世草子的であった。

「浮世草子」　俳諧師から浮世草子作者へと移った西鶴の、内心の秘密は何か。私は彼の浮世草子が仮名草子の要素を集大成したものであることに、大阪的な逞しい消化力と貪欲さを感じる。最初の浮世草子で『源氏物語』の翻案を試み、物語性という小説のアプリオリを摑んだことが、その後の浮世草子製作へと続く。

「町人物への過程」『一代男』で『源氏物語』の主人公を町人化したことに、『日本永代蔵』成立への過程は始まっていた。続く『二代男』の口吻、『五人女』の人物描写と神の町人化（戯画化）、『一代女』の経済生活の暗さ……『一代男』にはじまる諸作は、途中横道に逸れながらも、次第に町人物へと向かう足取りを見せる。武家列伝を書いたのは、町人物で写実小説家としての態度を確立するのに必然であったせいか。町人物的要素の濃化、俳諧的な推移、手法や態度、全ての点から『日本永代蔵』成立は『一代男』より六年を必要とした。

「町人物の教訓」　教訓的仮名草子は西鶴の町人物に影響を与え、教訓的口吻が作品中に溢れた。しかし、彼の本意は物語にあった。彼が彼の周囲を物語として、リアリストの眼で書いたということ自体、元禄の力として、当時の町人に対する無言の教訓だったのである。

「晩年」『日本永代蔵』から死去までの元禄六年間に、西鶴は元禄文学の最高峰と目される作品群を残した。晩年の闘病生活を救うのは、大阪人西鶴の笑いである。絶筆『置き土産』が一連の浮世草子の最高傑作であることに、彼も快心の思いがあっただろう。未定稿でありながらその価値はゆるがない。もって瞑すべしである。

「西鶴の文章」　西鶴は非常に個性的な文章を書いた。正しい文法では夥しい想念を支えきれず、簡潔に描くために破格の文章を必要としたのだ。その激しいリズムは元禄町人の意気さながらで、「何事も信じない人」の口調、大阪人特有の一種楽天的な口調である。大阪的といえば、尻取り式話術、ユーモア、数字使用もそうである。写実的観察眼を持ちつつ写実的手法に沈潜しなかったところに、独特な調子の主因があろう。西鶴の文章の持つ盛んな意欲と気迫、力強いリズム、逞しい放埒さは、今こそ要望されているものだ。

「現代的意義」　西鶴没後二百五十年に当たる今年、人々は彼をいかに遇するか。元禄町人は自力本願の人間主義に頼ろうとし、そのために新しい文学（町人文学）の出現を要望した。西鶴はそれに応えた唯一の作家である。今日、古い機構は崩壊し新しい機構が始まっている。西鶴が元禄の町人社会という、新しい機構の要望する文学を創った事情は、今日の文学の在り方にきわめて有意義な示唆を与えていると私は思う。

（山本冴子）

西鶴二百五十年忌《さいかくにひゃくごじゅうねんき》　エッセイ

〔作者〕織田作之助〔初出〕「大阪新聞」昭和十七年八月八・九日発行。〔全集〕『定本織田作之助全集第八巻』昭和五十一年四月二十五日発行、文泉堂書店。

〔内容〕井原西鶴は大阪の生んだ日本最高の作家であることは周知である。しかし、この八月十日が彼の二百五十年忌にあたるのを知る人は少ないだろう。私は大阪人の冷淡・無関心が情けない。遊里小説を書いたから白眼視されるのだろうが、果たして西鶴文学は時宜を得ていなかったのか。新しい時代は新しい文学を要望する。元禄は町人文化を求め、近松・芭蕉・西鶴が立った。ところが近松は中世から抜け出せず、芭蕉も自然の中に逃げた。自身が元禄大阪町人であった西鶴は、あくまで近世町人の健康な力を表現した。この事情が、今日の文学の在り方に何の示唆も与えないと言うなら、もう一度西鶴を読めというほかない。（山本冴子）

西鶴の感情《さいかくのかんじょう》　評論

〔作者〕富岡多恵子〔初出〕「群像」平成十四年一、二、七、十一月号。平成十五年二、五、八、十二月号。平成十六年六月号。原題「大坂的感情」。〔初版〕『西鶴の感情』平成十六年十月五日発行、講談社。

〔内容〕「一　人は何ともいへ」「二　そしらば誹れわんざくれ」「三　水は水で果つる身」「四　笑いという『すい』」「五　是から何になりとも成べし」「六　流れのこと業」「七　雪中の箏八百屋にあり」「八　西鶴の孫は」「九　世界の偽かたまって美遊」「十　つみもなく銀もなく――」の十章と「付記」から成る。

　西鶴の生き方を描いた評論。西鶴は、確実な伝記的事実がほとんどわからず、俳諧はもとより散文作品でも、「そこは玄人、私的部分を露出しないから、このひとの私的『感情』はわかりにくい。しかし、役者の（若衆）の『好み』は隠しきれなかったようだ」という。二十三、四で自殺した上村辰彌への西鶴の偏愛、そこになにかしら憤りに近い、「世間」への対抗心のようなものが感じとれる。西鶴文学の舞台となる遊里、商都大坂の状況を明らかにしながら、西鶴の心情にせまる。荒川洋治は「週刊朝日」（平成16年11月12日号）で、「この『西鶴の感情』という書物の『感情』は、それほどはっきりはしていない。小説家としての興味があらわれるところや、詩（俳諧）と小説（浮世草子）のつなぎめに目をとめるくだりなどに、ちらほらと『好み』や憧憬を感じるものの、著者を知るための標識になる『感情』はない。『感情』はないのに、心をうけとった気持ちになる。井原西鶴が、富岡多恵子のなかに生きているしるしである」と評した。（浦西和彦）

才覚の人　西鶴《さいかくのひとさいかく》　エッセイ

〔作者〕開高健〔初出〕『カラー版現代語訳日本の古典17井原西鶴』昭和四十六年十月十五日発行、河出書房新社。〔初収〕『白昼の白想』昭和五十四年一月十五日発行、文藝春秋。〔全集〕『開高健全集第20巻』平成五年七月五日発行、新潮社。

〔内容〕井原西鶴の文学的営為を大阪人気質と結びつけて考察する。西鶴は「才覚」の人であり、何よりも「大阪人」であった。それは安住する事に満足出来ず、自身を新しいものにしようとする要求に突き動かされるという精神のリズムである。元禄は「彼を得て完成されたのだ」、という。（大杉健太）

西行と遊女《さいぎょうとゆうじょ》　エッセイ

〔作者〕河野多恵子〔初出〕『特選日本の伝説11ロマンの旅大阪』昭和五十九年（奥付に月日記載なし）発行、世界文化社。

〔内容〕大阪市東淀川区の南江口町というところは、昔は江口の里と呼ばれ、遊女の里として栄えていた。この里に婦人病に苦しむ妙という遊女がいた。妙は、寂光寺に祀られている観音様に願をかけ、一心に身の病の平癒を祈った。すると、妙の病に霊験があらわれた。妙は願かけを成就させてくれたお礼に、お寺のお堂を再興した。

寂光寺には、妙に因んでつくられた旧蹟が、もう一つある。境内の一隅にある、妙と高名の出家歌人西行の供養塔である。遊里の江口の里で、西行が一夜を過ごしたときに行われた、西行と妙の歌問答は、『新古今和歌集』に入れられて、有名になった。

（荒井真理亜）

西郷はんの写真《さいごうはんのしゃしん》 短編小説

〔作者〕有明夏夫〔初出〕「野生時代」昭和五十三年二月号。〔初収〕『大浪花諸人往来—耳なし源蔵召捕記事—』昭和五十三年十月三十日発行、角川書店。初出を加筆訂正。

〔小説の舞台と時代〕南森町、天満神社、南渡辺町坐摩神社、伏見稲荷、松島天神、梅田、吹田、西京、京極、三条誓願寺、深草瓦町善福寺、西洞院六角、朝日町、大手前之町、大阪城、又治郎町、堀川、東横堀川、天満橋、空心町、久左衛門町、宗右衛門町、京橋、肥後橋、中之島、渡辺橋、寺町、緑橋、薩摩。明治初期、西南戦争（明治十年）前後。

〔内容〕大阪朝日町東筋に住む赤岩源蔵は、旧幕中は十手取縄を扱い、御維新後は捕亡下頭として警察の末端に繋がっている。幕末、天誅組の残党に左耳を削ぎ落とされた特異な容貌と度胸のよさを売り物に、浪花の街ではちょいとした顔で「海坊主の親方サン」といえば知らぬ者はない。明治十年に勃発した西南の役で、いまだ世情定まらぬ大阪で頻発する事件を追って、手下の「イラチの安」こと安吉を伴い、東奔西走している。ある夜、安吉が宮大工の鶴次を源蔵の元に連れてくる。話を聞くと、天満天神の夜店（絵草子屋）で売られていた薩摩賊将等の写真がどうも怪しいという。内、桐野利秋と篠原国幹は、以前に仕事で顔を合わせた伏見稲荷神社の神官たちであるらしい。

事件のにおいを感じた源蔵は、すぐさま安吉を調べに出し、自らも菅原警察署の厚木寿一郎一等巡査部長の許可を得て、京都の伏見稲荷まで赴く。そこで、以前に写真屋を伴い神社の撮影に来た男の話を聞く。やはり、薩摩賊将等の写真として売り出されていた物は、伏見稲荷の神官たちと、その縁の者、また、たまたま大阪を訪れて写されただけの東京人であった。

その後、写真に残されているレンズの傷を手掛かりにして、ようやく久左衛門町にある写真館を見付け出す。そこの店主である吉岡甚作を問い詰め、ことの真相を聞き出したが、吉岡は利用されただけであったことを知る。さらに吉岡の話では、犯人は西南の役に乗じて雇われた、大阪府警の巡査であった。そして、厚木に相談した後、犯人の逮捕に乗り出した。

九日後、朝日町西筋にて海苔問屋を営む弁天屋の楽隠居、大倉徳兵衛が「上方新聞」にこの事件の一部始終を掲載する。

（森香奈子）

最後のプレゼント《さいごのぷれぜんと》 短編小説

〔作者〕黒岩重吾〔初出〕「週刊女性」昭和三十九年一月十三日号。〔初収〕『坐れない席』昭和四十三年八月十五日発行、東方社。

〔小説の舞台と時代〕難波界隈、豊中。昭和三十九年頃。

〔内容〕某商社の営業マン・河合二郎は、ナイトクラブの公演会で、加奈木美知子と出会う。デートを重ね、Sデパート屋上の空中船でキスするが、河合が高さを怖れるあまり、「冷たい接吻」となってしまい、喧嘩してしまう。クリスマスの二日前に、河合に電話がかかる。加奈木が河合に、二十四日クリスマスイブの夜、会いたいという。河合は加奈木に高価なブレスレットを贈り、豊中にある河合のアパートで二人は結ばれる。加奈木は処女で、それがプレゼントだったのだ。しかしその夜以来、交際は途絶える。河合の勤めている商社の社長令嬢が悪性の癌が急に拡がり亡くなった。高月美也という名である。五年も前からかかっていて、医者もさじを投げていた。亡くなった時、美也の腕にブレスレットが美しく輝いていた。（中谷元宣）

警笛《さいれん》 長編小説

〔作者〕佐藤春夫〔初出〕「報知新聞」大正十五年十一月五日〜昭和三年三月十一日発行。〔全集〕『定本佐藤春夫全集第六巻』平成十年八月十日発行、臨川書店。〔小説の舞台と時代〕大阪（難波、天王寺）、滋賀（琵琶湖、逢坂山）、東京（上野、浅草）、千葉（松戸）、新潟、静岡（浜松）、中国。大正時代。

〔内容〕大阪の、ある走行中のタクシーのなかで殺人事件が起こる。殺されたのは、野々木涼枝という女性で、尖鋭なハサミによって胸を突かれて死んでいた。殺したのは同乗していた男性で、名は牧沢信吉といった。野々木涼枝を殺した直後、牧沢信吉は凶器のハサミで自らの喉を突き自殺を図っていたのだが、傷は浅く、果たせなかった。そして、意識を回復した牧沢が病院で綴った手記によって、この殺人事件の顚末が語られる。牧沢はもとは作家で、路子という妻とともに東京で暮らしていた。しかし、野々木涼枝と出会った牧沢は、涼枝の魅力に取り付かれてしまい、ついには家を捨て、涼枝とともに東京を出る。東京を出た牧沢と涼枝は、様々な場所を点々としながら暮らすが、その間にも涼枝は、牧沢以外の様々な男を誘惑し続ける。しかし、牧沢は涼枝と離れることが出来なかった。涼枝との生活に疲れ果てた牧沢は、一度自分のもとの家へ帰ることにする。そこで路子と十数年ぶりに会った牧沢は、ついに涼枝と別れることを決心する。そして牧沢が、涼枝のいる大阪へ帰り、別れたいということを話すと、涼枝は殺してくれと言い出す。それを聞いた牧沢は、涼枝と一緒に死のうと決める。いざという時に涼枝が逃げることを恐れた牧沢は、涼枝の不意をついてタクシーで彼女を殺し、直後に自らの喉を突いたのである。牧沢に会いに大阪へ来ていた路子は、牧沢の手記によって、事件の顚末を知る。そして、路子は、牧沢を改めてもう一度、夫として迎える決意をし、東京へと戻る。（三谷　修）

堺港攘夷始末《さかいこうじょういしまつ》 長編小説

〔作者〕大岡昇平〔初版〕『堺港攘夷始末』平成元年十二月発行、中央公論社。〔小説の舞台と時代〕洛東妙法院方広寺、富ノ森、中書島、納所、二条、枚方、福島、大阪城、西本願寺、神戸三宮、西宮、生田口、宇治川口、打出村、長田、奥平野村、加古川、堺、大和川、大阪長堀土佐藩邸稲荷神社、妙国寺、浦戸、高知、幡多郡、四万十川。慶応四年正月九日（一八六八年陽暦二月二日）から大正九年。

〔内容〕世に知られる「堺事件」を、この事件をあつかった同名の鷗外の小説を批判したところから、背景となった歴史の大きな流れを踏まえ、ふんだんな資料を集め調

査して描いた歴史小説。

鳥羽伏見の戦いの三日後、慶応四年正月九日（二月二日）八ツ時妙法院方広寺を出発した箕浦猪之吉を隊長とする土佐六番隊は淀城の藩兵先鋒と交替すべく、伏見街道を南下、富ノ森で火をとぼした。土佐藩は中立だったが、薩長の勝利と錦旗が下ったのを見て、討幕派に移る。箕浦は攘夷論者で学者、ことの推移を隊員と喜びつつ、予断を戒める。箕浦隊が大阪に赴任するころ、神戸では一月十一日備前池田藩の家老日置帯刀の隊が、神戸で外国兵と接触。仏兵二人と米兵一人を傷つけるという「神戸事件」が起きる。これは「堺事件」と多くの共通点をもつもので日置は謹慎、発砲命令を下した砲兵隊長滝善三郎が切腹した。この報は入っており、後に堺事件を起こした箕浦はこの影響を受けて、最後には自分が責任をとって腹を切ればいい、との判断があったのではないかと作者は推定する。この間、箕浦は堺に赴任する。二月八日、それまで箕浦隊と任に当たっていた近藤隊の交替として、西村左平次率いる八番隊一ケ小隊がやってくる。事件は二月十五日仏人将官が大和川大和橋に至り、土佐藩兵に追い返されることに始まり、事件の中心は同日夕刻、仏人水兵十六人が殺傷されたことにある。ことの起こりは仏兵が堺港内の測量を勝手にはじめたところ、かねて軍監杉紀兵太と、両隊長の外国人打ち払いの合意もあり、箕浦西村両隊が発砲したところにあるが、作者の資料によって判断するところによると、従来「堺事件」といえば種本とされ、鷗外もこれを用いた『堺列挙始末』にあるような、仏人の暴行といったことはなかった、と言う。事件はフランス艦艦長、プチ・トアールの沈着な処置により、外交的解決の道が開かれる。フランス公使ロッシュは英独などの列強の支持も受け、二月十六日、「相当ト心得候処置ニ及ビ候」といった内容の最後通牒をつきつける。宇和島藩主伊達宗城らが応対し、仏人を殺した土佐兵の処刑、朝廷要人の謝罪、土佐藩の賠償金の支払いなどを命じた要求を受け入れる。処刑されるのは二十名と定められ、自分が撃ったと自白した二十九人のうちから二十人が二十二日大阪長堀土佐藩邸の稲荷神社で、くじで決められた。処刑は宗城の申し入れで割腹でと決まった。くじにあたった二十人は、男子の本懐として痛飲したとされるが、助かってよろこんだのは外れたほうだった、と伝えられる裏話があると言う。鷗外『堺事件』ではこの夜、罪名の取り決めと、士分取り立てを要求して、二十人のうちで直訴があったとされるが、二十人のうちの一人、生き残った横田辰五郎の「手記」によると、そのような事実はなく、『始末』をもとにして、そう信じられていたのだろう、と言う。割腹は妙国寺で行われる。仏側は事件現場での処刑実施を信じていたが、そうはならなかった。

切腹は箕浦から始まりプチ・トアール、五代才助立ち会いのもと行われる。その描写が資料を通して詳細に伝えられるが、その光景のあまりのすさまじさ、勇猛さから、これではかえって殉教者のような印象を与えるとして、死亡者十一人でさしとめにしてくれと、プチ・トアールから申し入れがあり、途中で止められる。生き残った九人は藝肥二藩お預けとなり、事後処理としては宗城の卑屈な態度による応対、土佐藩主、山内豊範の来艦などが行われる。ロッシュから朝廷に九人助命嘆願の申し入れがあり形式的には堺事件は片がつく。イギリス公使パークスが朝廷参内をする際、暴漢に襲われるという事件が起きるが、これは事なきを得る。

九人は浦戸港に着き、高知に帰国する。

幡多に流罪と決まり、不満は残るが受け入れる。九人のうち一人、川谷銀太郎はまもなく死んだ。『始末』、横田の「手記」上に追悼の文が載せられる。その後、五傍の禁令などがあり外国人殺傷は厳に戒められる。九月八日恩赦が行われる。士分取り扱いはなかったが、当時の事情から言って、誰もそれを期待しなかったろう、と作者は記す。赦免のよろこびはとにかく大きかったろう、と述べる。『始末』は生き残りの一人、土居八之助が書いたもので、情熱的な彼の書いた文章は、多分に誇張と憤慨の念に包まれたものだと言う。最後に与謝野晶子の「堺事件」を回想した愚作詩があるが、これは書かれたこと自体が貴重であると述べ、大正九年、戦死フランス兵の碑を並び立てるのを条件に、クレマンソー政府が十一士の顕彰碑を建てることを承諾したことに触れ文を閉じている。　（岡本直哉）

堺事件《さかいじけん》　短編小説

〔作者〕森鷗外〔初出〕「新小説」大正三年二月一日発行。〔初収〕鈴木三重吉編『堺事件』〈現代名作集第2編〉大正三年十月二十三日発行、東京堂。〔全集〕『鷗外全集第十五巻』昭和四十八年一月二十二日発行、岩波書店。〔小説の舞台と時代〕糸屋町、大通櫛屋町、大和橋、大阪御池通六丁目、長堀土佐藩邸、住吉新慶町、妙国寺、木津川口、千本松、松が鼻、帯屋町、土佐郡浅倉村、幡多郡、入田村、真静寺。慶応四年（一八六八）正月から明治元年十一月十七日。

〔内容〕慶応四年に起きた堺事件を題材に、武士の責任感、死生観を「切腹」の形で現し、「殉死」の問題を捉えた、鷗外の歴史小説。

　慶応四年、徳川慶喜の軍が鳥羽・伏見に敗れ、海路を江戸に遁れた後で、大阪、兵庫、堺の諸役人は匿れ、これらの都会は一時無政府の状況に陥った。そこで朝命で堺は土佐藩が取り締まることになり、二月に歩兵隊が入った。陣所には糸屋町の与力屋敷、同心屋敷が当てられ、民政のため、大通櫛屋町の総会所に軍監府をおいた。二月十五日、フランス兵が大阪から堺へ来ると訴えが出る。大目付の杉と目付の生駒は二隊の兵を随え、大和橋を扼して待っていた。そこへフランス兵が来掛かる。免状の有無を訊くと持っていない。小人数のフランス兵は大阪へ引き返した。同じ日の暮方、フランス兵が上陸したという訴えがある。悪戯をするフランス兵を帰らせようとするが、事がこじれ、両隊の兵がフランス兵十三人を射殺するに及ぶ。そこへ杉が駆けつけ、射撃を止めて陣所へ帰れと命じた。十六日払暁に、外国事務係の沙汰で土佐藩は堺表取り締まりを免ぜられ、兵隊を引き払うことになった。軍監府はそれを取り次ぎ両隊長は堺を立つ。住吉街道を経て、大阪御池通六丁目の土佐藩なかし商の家に着いたのは、未の刻頃であった。十八日、両隊長に勤事控、配下一同の出門の禁が命ぜられた。両隊長は自分たちの責任と配下の赦免を訴える。フランス側から損害要償として、土佐藩主が自らフランス軍艦ヱニユス号に出向き謝罪すること、フランス人を殺害した兵二十人の事件場所における死刑、殺害せられたフランス人の家族の扶助料十五万弗の支払いが要求され、直ちに朝議で容れられた。

　六番、八番両歩兵隊に射撃したかどうかの訊問があり、したと答えたのが、箕浦、西村両隊長以下二十九人、しなかったと答えたのが四十一人である。二十二日、死刑に処せられる二十人のうち、隊長、小頭を除いた十六人が稲荷社にて籤で決められた。その夜、兵士たちは名誉ある切腹を受けたい、堺の事件は上官の命令によるもので、自分たちに咎はない。死刑にするならその

理由をあげよと大目付、小南に直訴する。それを入れて再度評議し、藩主も恥を忍び、フランス艦に出向いた旨を小南は述べ、兵士たちの要求を容れ切腹を告げる。その上で兵士たちは士分の取り扱いがあるよう申し入れ、それも容れられる。隊長、小頭は以上の旨を聴いて、喜び、かつ悲しんだ。二十三日未明には長堀土佐藩邸の門前に到着。細川、浅野両藩の丁重な扱いで切腹場所に向かう。住吉新慶町辺に来ると、別れを惜しむ者があり、堺に入るとすすり泣きの声が聞こえる。切腹の場所として定められたのは妙国寺である。切腹は午の刻からと定められた。一時大雨があり、申の刻に再度の用意が整い切腹の儀となる。箕浦に始まり「フランス人共聴け。己は汝等のために死なぬ。皇国のために死ぬる。日本男児の切腹を好く見ておけ」と云い、凄絶に果てる。フランス公使は驚駭し畏怖に襲われる。切腹が続き、十二人目を迎えて、フランス公使は不安に堪えず、退席する。切腹はフランス人立ち会いとなっており、差し止めになる。子の刻になって、フランス公使は、土佐藩士には感服したが、何分惨憺たる状況を見るに忍びないから、日本政府に助命を申し入れるとの知らせが入り、残り九人は助命される。国元へ帰され、五月二十日、九人は流罪を告げられ、苦笑しつつ請けることになる。配所は幡多郡入田村である。九人はそこで文武の教育を施す。九月四日、九人の一人川谷が時疫でなくなり、十一月二十七日、明治天皇即位に伴い、特赦が下り、八人も特赦を受けたが、兵士としての扱いで士分の取り立てはついになかった。妙国寺でなくなった十一人には土佐藩で宝殊院に十一基の石碑が建てられた。箕浦には男子がなく、同姓の男子に家名を立てさせ箕浦の娘を配した。西村は生存していた祖父に家督を復し、後、親族から養子を招いた。小頭以下兵卒の子は、幼少でも大抵兵卒に抱えられて、成長した上勤務した。

（岡本直哉）

堺の市街《さかいのしがい》　エッセイ

〔作者〕与謝野晶子〔初出〕「新少女」大正四年十二月号、一巻九号。〔初収〕『私の生ひ立ち』昭和六十年五月十日発行、刊行社。『私の生ひ立ち〈普及版〉』平成二年二月二十八日発行、刊行社。

〔内容〕筆者が生まれ育った町である堺のことを述べたエッセイ。


例えば堺にある神社やお寺の紹介や、筆者の家がどこにあるのかということの説明がされている。そして、年に一度筆者が蚊帳の洗濯につれて行って貰う際に、新大和川という運河の河原でお弁当を食べていたという思い出や、友達と一緒に田圃へいなごを取りに行った時に、冗談で狐に化かされた振りをしたら皆が信じてしまい、仕方なしにそのお芝居を続けたという話などが語られている。

（三谷　修）

坂田三吉覚え書《さかたさんきちおぼえがき》　エッセイ

〔作者〕藤沢桓夫〔初出〕「小説新潮」昭和四十一年十一月号。〔初収〕『将棋水滸伝』昭和四十二年十月五日発行、文藝春秋。

〔内容〕坂田三吉の生涯を彼と交流のあった人物の回想をまじえて綴った随筆。「伝説の人」「回想Ⅰ」「回想Ⅱ」「回想Ⅲ」の四部から成る。また、坂田の略年譜が付されている。

「伝説の人」　三吉の負けん気の強さと独創性は、既に幼年期に現れていた。誰よりも高い竹馬に乗るため物干し竿を屋根に立てかけ、二階からそれに乗ったことがあった。話の真偽の程は別として、坂田三吉を象徴する逸話だといえる。

「回想Ⅰ」　中村浩の回想。中村の父、眉山

は書家として有名で三吉に字を教えた人物である。名前の「三吉」の書き方を眉山は、先ず「一」の字を七つ書き、その後、縦の「一」を書き加えると教えた。また、角使いの名人であった三吉にちなんで「馬」の字を教えたのも眉山であった。関根名人に勝つために捧げた三十年の間、三吉を支えた妻小春が宿願を果たすのを待たず病死したことも回想されている。

「回想Ⅱ」作者自身の回想。家に訪ねて来た坂田に、一番よい将棋盤を見せたが、表面を殆ど見ずに裏返す。三吉は裏面中央の「ヘソ」と、その真ん中にある「ピラミッド式の突起」を指し、そのままでは駒の音が冴えないので彫りなおすよう勧める。作者は坂田のような勝負師は「盤の裏の凹みもトンガリも、いい加減の造作では魂をこめた将棋はさせない道理かもしれないと考えた。」

「回想Ⅲ」星田啓三の回想。星田が内弟子として入った時、三吉はすでに老境にさしかかっていたが、生活は新聞社の嘱託費などで潤っていた。だが、将棋指しでありながら将棋を指せない寂しい毎日が続いていた。電車に乗ると三吉は、いつも窓の外を向いて立っていた。そして、以前世話になった人の家の近くに来ると、両手を合わせていた。その姿を見て、星田は鬼と呼ばれた勝負師も、年とともに心が弱って来ているのだと感じる。三吉は昭和二十一年七月二十三日、七十七歳の生涯を終えた。服部霊園に建立された三吉の墓は彼の勝負強さにあやかろうとする人々によって名前の部分が削り取られ、判別不能になっていると言う。

（巻下健太郎）

逆立ちの純粋《さかだちのじゅんすい》　エッセイ

〔作者〕開高健〔初出〕「野生時代」昭和四十九年七月号。〔初収〕『路上にて〈開高健全ノンフィクションⅢ〉』昭和五十二年七月二十日発行、文藝春秋。

〔内容〕変わってしまった大阪を歩いて検分した著者が、「大阪人気質」を考察するエッセイ。西鶴や坂田三吉に見られる「いらち」気質、「銭を儲ける」よりも「手形をパクる」こと自体を目標にする大阪の詐欺師の徹底ぶりが紹介されている。また、エッセイ「日本人の遊び場」「大阪人のド根性」で紹介された、釜ケ崎騒動の時、おばはんが「一個十円」で投石を売っていたという話は、実は石浜恒夫の創作だったことが記されている。

（大杉健太）

詐欺師の旅《さぎしのたび》　長編小説

〔作者〕黒岩重吾〔初出〕「小説宝石」昭和四十四年四月〜四十五年一月号。〔初版〕『詐欺師の旅』昭和四十五年一月二十日発行、光文社。〔全集〕『黒岩重吾全集第九巻』昭和五十八年十月二十日発行、中央公論社。

〔小説の舞台と時代〕大阪市、岡山、和歌山、東京。昭和四十四年頃。

〔内容〕堺の刑務所を出た詐欺師神口悟郎は、従来のように歌手高田信行をネタに金を儲けていたが、高田と藝者菊江の無理心中に見せかけた殺人事件に遭遇する。神口は調べることを決意、東京に出る。高田がかつてクビにした昔のマネージャー甘谷を中心に調べる。様々な女と関係を持ち、情報を収集、高田のホモ関係が浮かび上がる。ホモ関係の清算を訴えた高田を憎み、菊江もろとも殺害したのは現マネージャーの伊吹だった。高田の仕事は終わりホッとしたのも束の間、釜ケ崎でかつて騙した男に下腹部を刺され、倒れるのであった。作者は、『黒岩重吾全集第九巻』の解説「人間の盲点」において、『詐欺師の旅』は、比較的楽しみながら書いた小説である。（中略）私は、人間の心理の盲点が余りにも多いのを知り、なにか、人間をくすぐるような気

持でこの小説を書くことが出来た」として、「それと取材して思ったのは、詐欺に引っ掛かる人間は、欲呆けているか、焦っているか、または大地に足をちゃんと踏みしめていないなど、精神的に不安定な人間に多い、ということであった」としている。この自作解説にあるように、本作品において、作者は人間心理の盲点や弱点を巧みに突いて金を得る主人公を描いているが、そこから一転、人に恨みを買い、命を落とすという、人生の苛烈さをも描き加えることを忘れていない。

（中谷元宣）

桜の中の銅像《さくらのなかのどうぞう》　短編小説

〔**作者**〕長谷川幸延〔**初出**〕未詳。〔**初収**〕『渡御の記』昭和十七年九月十日発行、東光堂。〔**小説の舞台と時代**〕夙川、大阪今橋、嵐山。昭和十七年春。

〔**内容**〕主人公の欣三は、三十歳の時に単身シンガポールに渡り、二十年の間に、その地に確乎とした地盤を築き上げた貿易商である。この度「聖戦の完遂に協力するため」、故郷の大阪に引き揚げてきた。しかし、「現在」は大阪に身を寄せる先もないので、郊外の夙川にある高級アパートに住んでいた。「馬来上陸作戦」「新嘉坡陥落」と戦局が進むにつれ、自分が汗と脂をしみこませたシンガポールのことが気にかかって落ち着かなかった。しかし、二月十五日夜の感激の放送（注、昭和十七年二月十五日のシンガポールの英軍降伏）を聞いてから、欣三の心はカラリと晴れた。

そこで、欣三は曾遊の地である東山の桜、嵐山の桜を訪ねて、久し振りに京都に出掛けた。亀山へ登る道の路傍に、雅趣のある小径があり、そこから小督の塚へ行くことが出来る。小督は想夫憐の秘曲で名高い佳人で、大堰川に身を投げたのを哀れんで、後人が弔った塚である。欣三はいつしか小督の塚に足を向けていた。欣三にとってそこは、かつて結婚しようとまで思っていた斗米よし子と歩いた、思い出の場所でもあった。その頃、欣三は大阪今橋二丁目にある商事会社に勤め、堪能な英語を買われて貿易課長をしていた。よし子は、同じ会社で社長秘書のような仕事を受け持っていた。二人ははっきり結婚を意識していたが、よし子は父の勧める縁談に、古い孝行だとは思いながらも引きずられて、京都丸太町の婚家へ嫁いでしまった。そして、欣三もシンガポールへ渡り、二人の交渉は途絶えた。

欣三が小督の塚で深い感慨にとらわれていると、「斗米」という名字の女学生に出会う。「斗米」という珍しい名字と、よし子にそっくりな顔立ちが、その女学生がよし子の娘であることを教えていた。その女学生は、病気の母へ見舞いの手紙を送るという。その宛名は「大阪市北区曾根崎上二丁目三〇　斗米よし子様」とあった。その住所は、昔、欣三が幾度かよし子へ手紙を書いたその所書き、そのままであった。何故よし子の娘が母方の姓を名乗っているのか、何故よし子は娘とともに大阪の実家へ帰っているのか、欣三にはわからなかったが、よし子の娘が母に宛てて、「お母様が、嵐山で一番お好きな小督の塚へ、私たちもまっ先に来ました」と書いたのを知り、欣三は胸が熱くなった。そして、二銭切手がなくて困っていた女学生に、欣三は持っていた二銭切手をあげる。自分の持っていた切手が、娘の手で貼られて、よし子の病床に届く、そう考えると欣三は青年のように胸がときめいた。女学生と別れた後で、欣三は亀山公園の桜の木の間に立っている角倉了以の銅像に対面する。角倉了以は、徳川幕府がまだ海外渡航を禁制しなかった頃、遠く安南、東京（仏印）の地に朱印船を押し進めた、通商貿易の先駆者である。しか

も、初めて家康から朱印状をもらった時、既に五十一歳。そして、六十一歳で死ぬまで、十年間の間に六度も朱印船を出し、その内三回は自ら乗船して渡航している。殊に了以の偉大なことは、他の貿易家のようにその獲得した富によって、自ら豪奢な生活に甘んじることはせず、ほとんどその大部分を土木工事のために使って、世人に裨益しようとしたことである。欣三はそれに比べて、齢五十一歳で、故郷の華やかな環境に浸りきって、身動きが取れなくなっている自分自身を恥じる。南方政策の実践には、本当に南方事情に明るく、経験もある自分自身が指導者として働かなければならないことを悟った。そして、先ほどまでの斗米よし子に対する感傷を捨て、心の中に刻んだよし子の住所を粉々に破った。欣三の心は軽くなり、頭の中では南方における新しい計画を積み上げ、積み重ねていた。

（荒井真理亜）

雑魚の棲む路地《ざこのすむろじ》　短編小説

〔作者〕難波利三〔初出〕「オール読物」昭和四十七年十月号。〔初収〕『大阪希望館』昭和五十九年九月一日発行、光風社出版。〔小説の舞台と時代〕淡路島、生野区、阿倍野、ミナミ、明石、宗右衛門町。昭和四十年代。

〔内容〕六さんは淡路島の岩屋から魚介類《ぎょかいるい》を生野区まで担いで持ってくる。四十歳から二十年近く続いている。五人の子供がいるが女房は末男を生んだ後から躰が弱り、夜、六さんの要求の三分の二は拒んでいた。それゆえに六さんが他所で物色することは自然に多くなった。亭主が毎日競輪へ通いつめている三十過ぎの人妻や同じ年の未亡人との付き合いなどなど、豊かな経歴の持ち主である。いまの「おばはん」とは三年前からである。「おばはん」の亭主、船谷氏が急に気が狂って精神病院へ入院したころから始まったのだ。生計がきつくなった「おばはん」はその後すぐ阿倍野のスタンドバーに、「おばはん」の娘貴子はミナミの二流クラブで働いている。六さんと「おばはん」との関係を知っているとなりの八十を超えた婆さんは六さんと会うたびにいつもぶつぶつ文句をいう。にもかかわらず六さんは一人暮らしの婆さんをかわいそうだと思い商売で残った魚を密かに差し入れたりする。「おばはん」の亭主が入院している精神病院から運動会の連絡がとどく。「おばはん」と貴子は気の毒だと思いながら運動会当日の朝まで行くべきかどうか迷う。六さんも精神病院へついていく。「おばはん」と貴子はよろこぶが、運動会で船谷氏の様子を見て二人は自責の念を覚える。「おばはん」と貴子はもっとまじめなひとになろうとする。六さんと「おばはん」との関係もその日から急変、船谷氏のことが気になった六さんは以前のように「おばはん」の玄関に上がり込めない。そのころ婆さんが急性肺炎を起こし亡くなる。六さんは身内がいない婆さんの骨を同郷の淡路島へもって帰ることにする。夕暮れの連絡船に乗って島へ向かう途中、六さんは婆さんの骨箱を海に放す。

第六十八回直木賞候補作。

（李　鍾旭）

細雪《ささめゆき》　長編小説

〔作者〕谷崎潤一郎〔初出〕〈上巻〉「中央公論」昭和十八年一・三月号（連載中止）。〈中巻〉『細雪中巻』昭和二十二年二月二十五日発行、中央公論社。〈下巻〉「婦人公論」昭和二十二年三月～二十三年、十月号。〔初版〕『細雪上巻』昭和十九年七月十五日発行、私家版。『細雪下巻』昭和二十三年十二月十日発行、中央公論社。〔全集〕『谷崎潤一郎全集第十五巻』昭和四十三年一月

二十五日発行、中央公論社。〔**小説の舞台と時代**〕芦屋、上本町、船場、東京、京都、岐阜など。昭和十一年十一月から昭和十六年四月まで。

〔**内容**〕戦中、戦後に描き継がれた、谷崎文学最大の長編小説。大阪船場の旧家、蒔岡家の四人姉妹、鶴子（長女）、幸子（次女）、雪子（三女）、妙子（四女）の物語。昭和十年代の関西の上流社会の生活が、京都の花見や岐阜の蛍狩などをもまじえ、四季折々の風情をもって描かれる。雪子と妙子は本家鶴子の夫と折り合いが悪い。そのため、ほとんど芦屋の貞之助、幸子夫婦宅に身を寄せていた。雪子は姉妹の中で一番の美人ではあるが、無口で地味なところがあり、三十歳を過ぎて未だに独身である。大家であった昔の格式にとらわれていることも、縁談がまとまらない原因であった。これとは対照的に、妙子は自由奔放な性格で、人形制作に才能を発揮する。若い時、船場の道楽息子奥畑とスキャンダルを起こしたことが、姉たちの負担になっていた。雪子は見合いを繰り返すが、どれも不首尾に終わる。妙子は奥畑と付き合いながらも、洪水の時の命の恩人でカメラマンの板倉と恋に落ちる。しかし板倉は急死、バーテンの三好と同棲する。だが、妙子は死産してしまう。雪子はついに華族の末裔御牧との縁談がまとまる。内心不満があったが、結婚式に上京するのであった。

（中谷元宣）

細雪以前《ささめゆきいぜん》　エッセイ

〔**作者**〕折口信夫〔**初出**〕「婦人之友」昭和二十四年七月発行、第四十三巻七号。〔**全集**〕『折口信夫全集第二十八巻』昭和三十二年二月五日発行、中央公論社。

〔**内容**〕「私」が生まれたのは、大阪の場末の郡部の町であり、それだけに街中で廃れた古い習俗が多く残っていた。例えば、七月七日の七夕から盆すぎまで「をんごく」という踊りが残っており、日が暮れると女の子が手に提灯を持って、町通りを歩いていた。この踊りは一時街中では廃れてしまっていたが、また復興したと聞いた。また、月見の夜には、極度に子供の悪戯が許された。供え物の団子に狙いをつけて、子供が盗みを図る。それを見つけた所でとがめる家もなかった。大阪の節分の日は、近郊の寺社で方違えの祈願が行われ、その参道で鳥の羽根でつくった簪が売られていた。女たちはみなその簪を頭に飾り、七夕と同様に、その夕方に限って女の子の頭から簪を抜き取ることが見許されていたのである。少し広く、古い時代まで遡って七夕について話すと、「七夕」という語自身、支那文化の入ってくる以前からあって、その信仰がきわめて古くから日本で行われてきたことがわかる。本来、「七夕」という語は、星の名ではなく、機を織り、神の身に接する清らかな「をとめ」のことをさす。しかし、それがいつのまにか、「中華の星まつり」の信仰を取り込んで、星の名となってしまった。夏から秋へと移り変わる頃が神を迎える時期であり、大きな祭りが行われた。しかし、それが忘れ去られようとした時、新しく入ってきた七夕の星祭りを語る遠い国の伝説と結びつき、その生まれ変わった習俗が現代にまで伝わったのである。民間に伝承される過去の生活には、どんな事があっても亡びさせまい、民族の性格だけは残しておこうという努力感が感じられる。大阪の町での伝統行事において、著者自身が体験した子供たちの楽しみが生き生きと描かれ、同時に七夕の起源についての考察もあり、興味深い随筆である。

（林未奈子）

『細雪』の女《『ささめゆき』のおんな》　評論

〔作者〕折口信夫〔初出〕「人間」昭和二十四年一月一日発行。〔全集〕『折口信夫全集第二十七巻』昭和三十一年十一月五日発行、中央公論社。
〔内容〕「飇風」以来の愛読者であり大阪出身者でもある折口が、『細雪』を通して、谷崎の文学世界を賛美した評論。京阪神の特質を映した女性の言葉などを取り上げ論じる。

谷崎さんは「私」より二つ三つ年上であろう。ずっと年輩の人のように思ってきた。鏡花を卒業するかしないかに、新しく飛びついたのが、この人の書き物であった。戦争中に「中央公論」に出始めた『細雪』の連載が、うち切られるということがあった。理由は、遊蕩文学だから、という事と、この作が戦時であるという時代意識を持っていないから、という事らしかった。前者については、この作がそうした非難を受ける理由の無い事を思って切に憤りを感じた。後者については、何とも為方のない文学者の業であるとしか言いようが無かった。

谷崎さんが、馴れた東京を見捨てたのは、一つは、古典に馴染み深い氏には、京阪の風物・人情の間に汲めども尽きぬ風趣を感じたからであろう。殊に言語である。中でも中心となる大阪語は、近年一つの飛躍を遂げる様相を見せていた。とりわけ婦人語において、宝塚歌劇団の座員用語が一つの準拠として現れてきた。大阪語の流れに東京語の放恣な取り入れ、良家子女の語中に、遊所の語の舌たるさを加え、それらの奔流が仄かに目指すところは、西洋語の持つ気分と表現力の獲得にあるようだった。そして今尚、京阪神の女性の間では、口語上の新文体成立の過程にある。谷崎さんがこれを取り上げない筈は無い。私の母や叔母、祖母達の使わなかった新しい語。これが『細雪』の会話全体を占めている。そしてこの小説を読み始めて、打ち切りを挿み、凡そ三年後に読み上げたわけだが、その間忘れることなく、持ち続けていた幸福な心持ちが私にはある。姉妹の間に交わされたさして抑揚の無い対話。三十年前までは、日毎にもっと平凡でのどかな対話が、私の生まれた家では聞かれたのであった。訣っていなければならぬ事で、又訣っていると思っている事であり乍ら、小説を読んで、初めて花の蕾の開けるように、ほっと胸に理解の来ることがある。『細雪』は読み上げるまで、幾度そうした光のようなものに出会わせてくれたか知れない。『細雪』を見ると、三人の若い女性が、明るい明日を、希望を世間に寄せている。戦前の日本社会中層の均しく抱いていた希望である。氏は、最も華やかにして、而も脆さを深く包蔵する、若い婦人のあらゆる姿態によって、そうした日本の希望を表そうとしたのである。だがもう、其の中流社会は瓦壊してしまった。

これは、大正・昭和に最も光彩を発揮した日本の中流社会の姿である。せめてこれだけでも書き残された為に、崩れ行く中流階級の、あでやかなる夢を、後世に止め置くことになったのは、私どもの挙って、作者に献げる感謝である。（高橋博美）

錆《さび》　短編小説

〔作者〕黒川博行〔初出〕「小説新潮」平成七年十月号。〔初収〕『燻り』平成十年九月発行、講談社。〔小説の舞台と時代〕大正区、道頓堀、十三。現代。
〔内容〕高校教師籠谷は、美容師橋本悠紀の殺人の容疑で大阪府警の刑事田中から学校内で質問を受けた。このような光景を他の教師や生徒に見られたくない気持ちから追い返そうとするが、引き下がる様子はない。実際に殺人などしていないので否定はするが、実は橋本とは浮気関係にあったた

めに言い返すことができなかった。後日、教頭に刑事から質問されていたことを怪しまれ、更には他の教師たちの間に、全く関係の無い強盗事件の犯人ではないかという噂まで広がってしまう始末である。田中は籠谷の出すゴミまで漁って橋本の関係、そして彼女が妊娠していたことなどをつきつけ、犯人にしようと揺さぶりをかけてくる。ところが、意外なところで犯人が逮捕される。それは橋本の昔の関係者であった。籠谷は疑いは晴れるものの、家庭は崩壊し、学校での立場を失い、失意の中、転勤届を提出する。（井迫洋一郎）

寂しからずや《さびしからずや》　中編小説

〔作者〕井上友一郎〔初出〕「群像」昭和二十一年十一月号。〔所収〕『日本現代文学全集94』昭和四十三年一月十九日発行、講談社。〔小説の舞台と時代〕東京、心斎橋、宝塚、白浜、芦屋、豊中、河内。昭和十年代から終戦後まで。

〔内容〕「わたくし」の従弟である正之は、心斎橋に店を構える川井という大きな袋物屋の長男として生まれた。しかし、放蕩を尽くした末、二十歳くらいの時に、増子という藝妓置屋の養女と箕面に所帯を持った。そのことで実家から廃嫡される。そうは言っても、実家の両親は正之たちへ毎月五十円の援助を施していた。その当時、「わたくし」は東京の大学に通っていたが、夏期休暇で大阪に戻ってきた時、正之から相談を受ける。それは正之自身の進学のことであった。つまり増子と共に東京に出たいということである。結局、翌年には両親の援助を受けながら、正之たちは上京して暮らし始めた。正之は夜間の大学に通い、増子はカフェの女給として働き始めた。

　正之たちが上京して三年後、正之の弟芳造は両親が勧める見合いを素直に受け、結婚した。相手は河内の裕福な農家の娘ナミであった。ナミは最小限の必要以外、人と顔を合わせて喋ることを避ける性格で、家族などが、自分を特別に注視することを嫌った。そんなナミと芳造の間に性生活は生まれず、些細なことから、それが一緒に住む両親に知れ、問題になった。困った両親は東京にいる正之に、手紙で善後策を乞う。そしてそれに答えるように、そろそろ東京を引き揚げたがっていた正之と増子は大阪へ戻り、芳造・ナミ夫妻と共に白浜で四、五日を過ごした。その後、東京に戻った正之と増子が「わたくし」の元を訪れ、自分たちが東京を引き揚げることを、半ば報告に近い形で相談に来た。なんとその時、増子はナミが心配なので、大阪に帰ったらしばらく引き取りたいと言っていた。そして、正之と増子はナミを引き取り、川井の家から援助を受けて、阪急沿線の芦屋川に別荘風の小住宅を借りて住むことになった。芳造は心斎橋の実家からの援助金を届ける時や、月二回の店が休みの日には芦屋へやって来て、ナミと共に過ごしていた。またその頃、正之は他の女性と付き合いだしているようだった。そんなある日、ついにナミが妊娠した。増子は相手を正之ではないかと疑ったが、ナミを孕ませたのはナミの夫芳造であった。それをきっかけに、ナミは二年おきくらいに次々と子供を生んでゆき、戦争が始まるころには二男四女を擁するに至った。その頃になると正之は満州に召集されたが、間もなく現地で召集解除となったらしかった。しかし、現地であやしげな会社を始めたらしく、一向に大阪には帰らなかった。一方、増子は芦屋の家を出て心斎橋の川井に入った。そこではひどい扱いを受けており、中でも増子につらく当たるのは、なんとナミらしかった。そんな増子をかばうのは、川井の母だけという生活が

続いたある日、ついに増子は心斎橋の家を出て、川井の荷物疎開の留守番として豊中に住むことになった。また、その頃、心斎橋に、一人の女性が小さな娘を連れて訪れた。そしてその女性と正之との間に出来た娘を、増子が養女として引き取ることになった。増子はその之子という娘を厳格に育てることを決意し、やがて自分と同じくナミに心斎橋の家を追い出された川井の母と三人で暮らすことになった。そして戦争で心斎橋の家が焼け、家族共々、実家の河内に帰っていたナミは終戦直後の十月、七人目の子を生んだ。その噂を耳にした時、「わたくし」にはなんとなく人の死んだ便りのように寂しく聞こえた。（前田和彦）

去り状《さりじょう》　短編小説

〔**作者**〕今東光〔**初出**〕「別冊小説新潮」昭和四十五年四月号。〔**初収**〕『小説河内風土記巻之六』昭和五十二年七月十五日発行、東邦出版社。〔**小説の舞台と時代**〕八尾。昭和二十年から四十年頃。
〔**内容**〕「河内もの」の一つ。河内では、離縁状とは言わず、今でも去り状と言う。「去り状のこと／三井寺の　鐘の／ひびきに　綱きれて／矢橋の舟も／今日限りかな」と三行半に書き、年月日と名前が何時でも書き込めるようにしてあるのが、河内流去り状である。杉山太郎吉は今回で九度目の離婚である。その理由も、小鳥や軍鶏の世話ができないとかいうくだらないものである。矢橋の舟をつなぎ留める方法はないのであろうか。（中谷元宣）

猿のこしかけ《さるのこしかけ》　短編小説

〔**作者**〕花登筐〔**初収**〕『船場情艶』昭和五十一年九月二十日発行、毎日新聞社。〔**小説の舞台と時代**〕道修町、梅田、船場、京都山科。江戸末期から明治初期。
〔**内容**〕道修町の神農さんの祭りが近づく頃、薬問屋の甲賀屋のお光の七人目の婿取りの話で持ちきりだった。何故なら、あの店に婿にくるのは何時も薬売りであること、そして、すぐ別れるのであるが、別れた後も裏口からよく出入りしていることがあったからである。しかも円満な様子であったのだから他の薬商人は不思議でしかたなかった。それには理由があったのである。お光の祖父が死んだときに、店の資金が何者かによってほとんど脅し取られていたことがわかった。しかも婿養子はその有様を知って逃げ出し、母も精神錯乱に陥ってしまう。祖父の代からの番頭、甚助がなんとか切り盛りしていたが限界にきていた。一人娘のお光はなんとか店を立て直し、父に帰ってきてもらえるようにしようと甚助と莫大な結納金を用意できる婿養子を探すが、父の失踪、母の錯乱の噂のせいで誰も来てくれない。更に、父は実は京都で結婚しており、二重の生活をしていた事を知り愕然とする。そして、お光は一人の薬売りと結婚する。薬売りは初夜を迎えてすぐに行商に出される。薬売りは一日でも早く新妻に会いたくて一生懸命仕事をして帰ってくる。しかし、薬売りには地方に家族があり、それを内緒にして結婚していたのだ。ある日、行商を終え、店に帰ると、お光に二重生活をしている事が見つかっており、別れて警察に突き出すと言われる。薬売りは別れてこれから店の行商人として一生懸命働くから警察だけは勘弁してほしいと懇願する。お光は納得し、離婚はするがこれからも働くように言いつける。実はこれが狙いだったのである。相手に妻子がいることを知っておきながら大店の主人になれると結婚を持ちかけ、妻子持ちであることを理由に離婚はするが、その負い目からずっと働かせるという方法であった。そして、帰ってく

る薬売りに一日夜の相手をしてやって適度に愛情をみせれば薬売りも悪い気がせずに働くという算段だった。そうして現在六人の薬売りの元夫が働き、店も落ち着きを取り戻した。そんなある日、祖父が死ぬ前に言っていた得体の知れない男が現れた。祖父は男の妹と二重生活をした挙句、里の「猿のこしかけ」という薬になる茸を持ち逃げしていたのである。そして、捕まった時に誓約書を書かされていたのである。今のお光がしているように。猿があちこちの猿のこしかけに座るようにあちこち男が動き回るという皮肉を込めた作品である。

（井迫洋一郎）

山陰土産《さんいんみやげ》　紀行文

〔**作者**〕島崎藤村〔**初出**〕「大阪朝日新聞」昭和二年七月三十日～九月十八日発行。〔**初収**〕『名家の旅』昭和二年十月二十日発行、朝日新聞社。〔**全集**〕『藤村全集第十巻』昭和四十二年八月十日発行、筑摩書房。

〔**内容**〕島崎藤村は昭和二年七月八日、次男の鶏二を伴い、大阪の宿を発って、汽車で山陰に向かった。「山陰山陽方面には全く足を踏みいれたことがない。山陰道とはどんなところか」と、多くの興味をかけての旅であった。「山陰土産」は、「大阪より城崎へ」の章からはじまり、「汽車で新淀川を渡るころには最早なんとなく旅の気分が浮んで来た」「関西地方を知ることの少い私に取つては、ひろ〴〵とした淀川の流域を見渡すだけでもめづらしい」「大阪近郊の平坦な地勢は、甲・武庫、六甲の山々を望むあたりまで延びて行つてゐる。耕地はよく耕されてゐて、ぶだう畠、甘藷の畠なぞを除いては、そこいらは一面の青田だ」と、車中よりの大阪の風景が描かれている。

（浦西和彦）

山居静観《さんきょせいかん》　短編小説

〔**作者**〕黒川博行〔**初出**〕「オール讀物」平成九年七月号。〔**初収**〕『文福茶釜』平成十一年五月二十日発行、文藝春秋。〔**小説の舞台と時代**〕堺筋本町、梅田。現代。

〔**内容**〕佐保は美術雑誌「アートワース」の副編集長である。ある日、編集長の菊池に星野産業の裏金作りに協力するよう言われる。会社のコレクションである絵画の贋作を作りその売却益で、資金を調達するのである。佐保は、コレクションの内で柏木渓斎の水墨画のみを借り出し、知り合いの表具師の下に持ち込む。水墨画の特徴を生かして二枚に剝いで、相剝本を作るためである。佐保は、作った相剝本を密かに処分し、利益を得ようとしたのである。しかし、星野産業と贋作の売却に関係した画廊が検挙されて、状況は一変する。佐保は、渓斎の真本が押収されたのをいいことに、手元にある相剝本を真本として売りに出そうと考える。しかし、真本であるとの鑑定書の発行を依頼するため鑑定人を訪ねた佐保は、自分が持ち込んだ渓斎は全くの贋作であったことを知らされる。欲に目が眩んだため目利きを誤ったのである。

（巻下健太郎）

三郷巷談《さんごうこうだん》　エッセイ

〔**作者**〕折口信夫〔**初出**〕「郷土研究」大正二年十二月発行、第一巻十号の「資料及報告」欄。〔**全集**〕『折口信夫全集第十五巻』昭和三十年一月五日発行、中央公論社。

〔**内容**〕大阪市東区平野町の御霊神社と大阪市浪速区難波の八坂神社の二社の氏子は、その社の氏子に限って玉茎が曲がっているということを信じている。御霊が蓄神であることから、その氏子が普通の日本人と違った身体的特徴を持っていると考えるのはおもしろい。また、古老に聞くと、祇園の

氏子は小水が曲がって出るのだと言い、天神の氏子は同様に曲がっていると伝えられている。この伝説については、他の神社の氏子が言うだけではなく、曲がっていると称せられている氏子自身が言うので、恥じるというよりは誇っている様な傾向があるからおもしろい。浜松歌国の『南水漫遊』に「ぼおた」のことが書かれているが、昔の木津村難波村今宮村では、明治の初年までは確かに行われていた。奪掠結婚のことであるが、父母が反対の時に行うのではなく、父母も合意の上で奪掠に任せるのである。夕方になると、男の友達が駕籠をかつぎ、女をそれに乗せて、門を出ると大きな声で「ぼおたぼおた」と懸声をあげながら男の家に送り届けるのである。最も盛んに行われたのは木津村であった。今五十年輩の女たちの話しから、「ぼおた」は、家計不如意で嫁入り支度の出来ない場合にするのだということが窺える。後にこれは貧民の結婚の一形式となってしまい、木津難波今宮あたりは昔農村であったから、「ぼおた」は水呑百姓のなかまには普通に行われていたのである。「ぼおた」は「うばうた」の「う」が略されて出来た言葉で、そのような結婚の形式の名称となったのである。大阪の神社に伝わるユニークな伝説と、村の結婚に関する風習など、著者最初の民俗学的な随筆である。なお、新版の『折口信夫全集第十七巻』（平成8年8月10日発行、中央公論社）では七項目が削除されている。

（林未奈子）

三郷巷談《さんごうこうだん》　エッセイ

〔作者〕折口信夫〔初出〕「郷土研究」大正三年三月発行、第二巻一号の「資料及報告」欄、大正五年十月発行第四巻七号の「報告」欄、「土俗と伝説」大正七年八月発行第一巻一号の「報告」欄、大正七年十月発行第一巻三号の「報告」欄。〔全集〕『折口信夫全集第三巻』平成七年四月十日発行、中央公論社。

〔内容〕十五章から成る随筆で、一章「もおずしやうじん」では泉北郡百舌鳥村大字百舌鳥で行われる、正月の三が日の肉食、男女のかたらいが禁じられ、家にこもって精進する「もおずしやうじん」という行事や、その起源について述べている。二章の「あはしま」では、紀州から大阪へかけて拡がっている「あはしま伝説」の形式について述べ、加太（紀州）の淡島明神が崇められるまでの伝説や、住吉明神との関係、同様の形式を伝える朝日明神の社について語っている。三章の「南ぬけの御名号」では、願泉寺門徒が各顕如上人から苗字を授けられたという伝説を紹介し、その中の雲雀氏は、その苗字のほかに、六字の名号を書いた布を頂戴したが、その御名号には「無阿弥陀仏」の五字だけしかなく、南の一字が消えていたので「南ぬけの御名号」と称して、神聖なものとして扱われていた。四章「算勘の名人」では、安政の大地震の時に木津の唯泉寺の本堂が曲がってしまったが、誰かが十露盤の名人を連れてきて、その名人が本堂にひとりでこもり、十露盤をぱちぱちし始めると、段々、柱などが起き直ったという話を紹介している。五章「樽入れ・棒はな」では、木津に兄若い衆という者があり、彼らは随分威張っており、町内の婚礼で憎まれている家の時は、空樽の山を築いたり、祭りの時には、兼ねて憎んでいる家に対して、「だいがく」の舁き棒を家の戸や壁に撞き当てる「棒はな」というものが行われていたことを書いている。六章「執念の鬼灯」は、曾根崎新地の茶屋についてのもので、菊野という茶屋の者が鬼灯を鳴らしている時に斬り殺され、その執念が残って、茶屋の下には今でも鬼灯が

生えるという伝説について述べている。七章「六部殺し」では、南区三丁目の沖田という家で、唯一人残った老婆が天王寺あたりで寂しく生活している所に一夜の宿を求めて六部がやってきたが、彼は突然その姿を消してしまった。その後老婆は大金を得たようで金持ちになったが、主人や息子が死に、ついに亡びてしまった。その話が長堀から鰻谷にかけて「沖田の六部殺し」として伝わったとしている。八章「日向の炭焼き」では、難波の土橋（今の叶橋）の西詰めに畳屋があり、土橋の下によく取引先である日向の炭船が着いていたが、その船が日向に帰った後、行方知れずになる子供があり、畳屋が子供を盗んで日向の炭焼きに遣るのだという噂について書いている。九章「しゃかどん」は、大阪府三島郡佐位寺にある一家について述べており、その一家は男女問わず、一様に青黒い濁りを帯びた皮膚の色をしており、「釈迦どん」と言われているという。十章「夙村」では、河内の夙村をとりまく濠のような池は、すべて「への字なり」になっているということを述べている。十一章「ゆんべ」では、「昨晩」という言葉が冒頭に来る二つの唄を紹介し、それらが川村氏の唄と南方氏の田辺へ聞こえた、又は西の宮へ聞えた唄の趣向と似ていることを指摘している。十二章「うしはきば」では、「うしはぎば」という言葉が、美濃路から東方で言われている馬捨て場と同じ意味の場所であることを述べ、池の堤などの大抵人のいかない場所にあったことから、わりあいに神聖な場所だと考えられている。死んだ牛の皮を剝ぐ場所で、河内辺りに多い地名であることを話している。十三章「名字」では、木津・難波には「本」という字がつく名字が多いということに触れ、それは樽屋が樽本、下駄屋が桐本などというように、その商品の資本をもとに名付けられたと述べている。十四章「人なぶり」は、南区船場などで言われる、あばた面などを罵る文句や、子供同士が喧嘩の時に使う文句の中で、名前をあてはめて用いるものを紹介している。十五章「らっぱを羨む子ども」は、時々子どもが謡っている軍人羨望、あるいは崇拝の唄について述べている。大阪やその他近畿地方に伝わる伝説や、折口自身の体験などに基づく民俗学的な話を集めた随筆である。

（林未奈子）

山行水行《さんこうすいこう》 紀行文

〔作者〕田山花袋〔初版〕『山行水行』大正七年七月十五日発行、富田文陽堂。

〔内容〕目次には細目を載せるが、本文では六十八の章に分けるのみ。日本各地を訪問した時の思い出やその地の特徴などを綴る。他地域との比較という形で上方に関する記述は散見できるが、京阪を主として取り上げているのは二十から二十三の章である。

近畿地方は電車が非常に便利である。大阪にいても、京都にいても、何処へでも簡単に遊びに行けた。大抵の処へは、一日で行って帰って来られた。この点では、東京はとても及ばない。先ず第一に、京都と大阪の間を四、五十分で往来する京阪電車がある。この間は、昔の旅客が伏見から例の「くらわんか船」で淀川を下って行ったところで、淀の川瀬の水車があり、枚方の船宿があり、江口の遊郭があったりしたところである。そして陸路を行けば、山崎の古戦場あり、桜井駅の跡あり、高槻町あり、勝尾寺あり、松永久秀の芥川城跡がありするところだが、今は電車は一直線に忽ちにして通過し去った。そして新しい名所として枚方の菊花園などが出来た。他、阪神電車、南海線、紀和線、奈良線、木津線、河南線、吉野線…何処へでも勝手に出て行っ

ては帰って来られる。

従って、一日の行楽と言う意味から言うと、東京よりは京都大阪の方が面白くもあるし、便利でもある。京都も大阪も今は元からの郊外を突破して、その他の区画も郊外としたような形になっている。その代わりに何処も彼処もよく開けて、宿賃なども高く、人情も浮薄に、東京の郊外に見るような原始的な自然な生活は、何処にも発見することが出来なかった。　（高橋博美）

山水小記《さんすいしょうき》　紀行文

〔作者〕田山花袋〔初出〕「東京日日新聞」大正六年六月二十日〜八月十一日（7月4・8・11〜14・23日休載）。〔初版〕『山水小記』大正六年十二月十日発行、富田文陽堂。〔全集〕『田山花袋全集第十六巻』昭和四十九年三月二十日発行、文泉堂書店。

〔内容〕大阪は花袋曰く「煤煙の都」であった為、そういった趣は薄いが、『山水小記』は、「東京日日新聞に連載されて、頗る好評を博したるもので著者は更にそれに、稿を続いて、苦心惨憺の後、漸くこれを完成した紙数三百五十頁、回数八十余回、飽まで新式のスタイルと、情緒に富んだ絢爛の筆と、足跡到らざる処なき山水の描写と批評とを以て満たされ」「山容の美水態の妙恰も一巻の絵巻物を翻へすが如く心は遠く近く山水を趁《お》ふて飛去するの思有」（山水小記広告『山行水行』大正7年7月）と宣伝された如く、日本全国の山水の趣を記した紀行文である。目次に細目はあるが本文は八十六の章に分けるのみ、挿絵及び写真を掲載する。挿絵は石井柏亭。大阪に関する章は七十六章。

生国魂の丘陵はかつては浪に洗われたところで、これから下の低地、即ち大阪の繁華な市街は、さながら海であったのだ。仁徳帝の眺められた民の煙は、漁村蜑戸の煙であったのである。大阪は京都と比べると、空気から感じからすべて違っていた。山の都会と海の都会の相違のあるのを感じずにはおれなかった。京の着倒れに比して食い倒れと言われるだけあって、食う物には旨いものがあった。料理も優れていた。例のあんこう鍋、まな鰹、鯛なども瀬戸内海でとれる奴を此処でくい留めて京都まではやらないので、旨いのが食えた。京都料理の概して上品に外形を美しくしたのに比べて、此方は内容と実質に富んでいると言って好い。そして、今日でも関西地方における大阪の勢力というものは非常なものであった。否、大阪から出帆する汽船の到る処―中国・四国・九州までその感化の及んでいるのを「私」は見たのである。　（高橋博美）

さんとはん《さんとはん》　エッセイ

〔作者〕桂米朝〔初出〕『随筆集大阪讃歌』昭和四十八年九月二十九日発行、ロイヤルホテル。

〔内容〕大阪弁では敬語の使い方、敬称の用い方がかなり微妙に使い分けられている。奥様、おかみさん、お内儀（ないぎ）、御寮人さん、お家さん、御後室（おこうひつ）さん、若寮人さんなどいろいろあるが、今なら奥さん一本で十分であろう。

いとさん――はお嬢さんであるが、いとしい者、といういみの「いと」である。「かなも年頃」の「かな」も「いと」と同じ意味で「かなしい」は「いとしい」と同義の古語である。いとさんといとはんは、お嬢さんのことで、「こいさん」は末の娘、こいとさん、こいさん、こいちゃんなどがある。三人娘の真中の場合は「中いとさん」という呼び方もある。

しかし、「いとさん――いとはん」の「さん」と「はん」の呼び方ははっきりする必要がある。「さま」「さん」に対して

「はん」の方はやや卑俗な、馴れた感じになるが、上につく言葉の語尾が、アカサタナのア列の場合は「はん」がついて差し支えない。ところが語尾がイ列のばあいは「さん」である。ウ列も「さん」の方である。エ列は「はん」が使えると同時に「さん」を使っても立派な大阪弁になる。オ列は原則として「さん」である。ところが近世になってこのオ列が「はん」になってきた。たとえば三升――サンショウとなった時は「さん」であるが、三升が大阪特有の言い方でサンショになったばあいは「サンショはん」が成立する。語尾が「ン」のときは、これも、「さん」である。御寮人さんはゴリョオンサンと発音する。（李　鍾旭）

【し】

汐見橋《しおみばし》　エッセイ

〔作者〕河野多恵子〔初出〕「大阪春秋」昭和五十四年五月三十日発行。〔初収〕『気分について』昭和五十七年十月二十日発行、福武書店。

〔内容〕「私」の家は町名でいえば、西道頓堀四丁目、地図でいえば汐見橋の北詰めを半町ほど東へ入った陸側にあった。市岡高女へ、私が通っていた時分のことである。時局柄の身体鍛錬の意味もあって、通学距離二キロ以内の生徒は徒歩通学すべしと、学校で決められた。私は歩かなければならなかった。大阪府女専に入ってからは、私は帝塚山まで始発の汐見橋駅から南海電車の高野線で通った。「つもり」駅のフォームの標識が、誰かのいたずら書きで、「やもり」となっていたのを今、思い出した。汐見橋といえば、兄が大雨のあと、藻のちぎれたのを釣りあげたり、あの橋の東側の欄干から、よく凧揚げをしたのを思いだす。ほんの一時、道頓堀と西道頓堀を通る遊覧船があった。西行きの市電に夕凪橋ゆきというのもあった。汐見橋の上へ涼みに行った。川の筏や岸や伝馬船をひたひたと叩く満潮の音や、大都会の街中の川特有のあの匂いを覚えている。私のこれまでの人生は、大阪で過ごした前半と東京で過ごした後半とが、今年でちょうど同じ歳月になる。大阪のことには疎くなったけれど、却って昔の細かいことを覚えている節もある。堀江の藝者達の踊る「あみだ池」の盆踊りは昭和六年に始まったものらしい。谷崎潤一郎が秘書の江田治江さんにすすめられ、妹尾健太郎夫人らと見に行ったそうである。

（浦西和彦）

死火山の肌《しかざんのはだ》　短編小説

〔作者〕黒岩重吾〔初出〕「別冊週刊朝日」昭和三十七年一月号。〔初収〕『強迫者』昭和三十七年三月三十日発行、中央公論社。

〔小説の舞台と時代〕住吉、奈良県竜門ケ岳。昭和三十七年頃。

〔内容〕O市通産局の建材部長だった木暮与一郎は、二十数年の役人生活を離れ、民間会社の専務になった。役人時代の木暮を太鼓持ちのように接待した井植は、常務取締役大阪支店長として、木暮の部下となった。五年前、汚職事件に絡み、木暮の直属の部下真山が口をつぐむために自殺していた。井植は、木暮に住吉神社の裏の旅館でコールガールをあてがうが、その女は、真山の妻八千代であった。八千代は井植の世話を受けていたが、井植を嫌っている。八千代は、亡き夫の自殺した場所に木暮を誘い出し、井植と共謀してライフルで殺害する。八千代は、上司が怖くて夫が自殺したとして、木暮を恨んでいて、井植も常に自分が太鼓持ちをしなければならない木暮を恨んでいたのだ。八千代はまた、夫を誘惑

し、憎い役人の妻を汚すことで復讐欲を満足させていた井植をも葬る。その翌日、八千代は夫の墓前で服毒自殺するのであった。（中谷元宣）

死刑《しけい》　短編小説

〔作者〕上司小剣〔初出〕「表現」大正十年十一月三日発行、一巻一号。〔初収〕『ユウモレスク』大正十三年八月十日発行、中央堂。〔小説の舞台と時代〕大阪、千日前、守口。江戸時代。

〔内容〕西町奉行荒尾但馬守が江戸から新しく来任して、ちょうど五カ月が経とうとしている。着任当初、但馬守は悔悟の情を伴わない死刑は刑罰ではないと思っていたが、町奉行という重い役目を承って人々の生殺与奪の権を握ると一転して、死刑を十分利用しなければならないと考えるようになった。今日も千日前に首がいくつかかったという噂が市中いっぱいに広がって、町町は灯が消えたようだ。「狡猾で恥知らずで、歯切れが悪くて何一つ取り得のない人間が、年中算盤を弾いて、下卑たことばかり考えている」この土地で、但馬守は医師の中田玄竹だけは珍しく上出来だと感心している。但馬守は玄竹を呼んで、一献もうけ、夜の更けるのを忘れて語り続けた。亥の下刻になって、但馬守は玄竹に江戸から「一日の支度、三日の道中で、出府いたせとの御沙汰」があったと明かした。韋駄天の力でも借りなければ、三日で江戸には着けまい。玄竹は面をあげることが出来なかった。但馬の守は「死骸の手当てはそちに頼む」という。「だいぶ殺したからのう」但馬守の沈みきった顔には、凄い微笑があった。

なお、上司小剣は作品の末尾で、「昔、大阪の町奉行には荒尾但馬守という人があったそうです。それとほぼ時代を同じゅうして安田玄筑という医者もあったそうです。しかし、本編の奉行荒尾但馬守と、医師中田玄竹とは、それらの人々とは全く無関係であります」と断っている。（荒井真理亜）

地獄篇第二十八歌《じごくへんだいにじゅうはちか》　短編小説

〔作者〕野間宏〔初出〕「光」昭和二十二年十月号。〔全集〕『野間宏全集第一巻』昭和四十四年十月五日発行、筑摩書房。〔小説の舞台と時代〕大阪北区。昭和二十年頃。

〔内容〕木原始は再び江島春枝のもとを訪ねた。木原始は会社員で、江島春枝は本町幼稚園に勤めている。彼の心の中には既に一ひらの愛の優しさもなかった。もはや二人の恋は完全に地獄に落ちていて、たとえ二人が再び結び合わされることがあるとしても、それは結局二人の肉体の中に残っている情欲の跡形によって結ばれるにすぎない。しかし二人は肉体関係を持つ。木原始は、梅田新道の車通りを、大阪駅、大融寺、扇町交差点と歩きながら、江島春枝の「あなたはただ御自分のことしかお解りにならないのよ」という言葉をかみしめるのであった。（中谷元宣）

持参金《じさんきん》　短編小説

〔作者〕山崎豊子〔初出〕「オール読物」昭和三十三年八月号。〔初収〕『しぶちん』昭和三十四年二月五日発行、中央公論社。〔全集〕『山崎豊子全集1』平成十五年十二月二十五日発行、新潮社。〔小説の舞台と時代〕心斎橋、本町四丁目、梅田新道、天王寺。昭和三十年代前半の二月下旬から四月中旬の日曜日まで。

〔内容〕マルイチ洋品雑貨店の店主、市田民造の四男、民四郎に、船場の問屋、中村家から持参金一千万円という破格の条件で、次女千賀子の縁談が持ち込まれた。市田家では条件の良過ぎる縁談に、器量の悪さを

隠しているのではといぶかしんだが、一千万円と千賀子とが果たして見合うものなのか、とにかく一度見合いをという民四郎の意向で中村家との見合いを承諾する。一回目の見合いで初対面の千賀子は京都風の厚化粧を美しく施されていたが、それは操り人形のような不自然さを伴った美しさだった。民四郎は千賀子の無口なのを不審がって二回目の見合いを頼み込む。二回目の見合いの席では話が弾み、一千万の秘密が知能の低さではないことを知った民四郎は、千賀子の乳母八木せきが、京都の山科で千賀子を預かっており、医者である竹田安秀に千賀子の家庭教師を頼んでいたことを突き止める。愛人エイ子と共に竹田安秀を訪れるべく山科へ出かけた民四郎は、竹田安秀が既に死んでいること、八木せきの実家では千賀子が家奥に引き籠っていたことを知るが、竹田の死により、真相はわからない。しかし、見合いの際の天気が両日とも曇りで湿度の高い日であったことから、民四郎は車を借りて京都へ二人きりで行きたい旨、中村家に申し入れる。その日も曇天であったが、桂に入ると日光が照り付けてきた。その時両手で顔を蓋った千賀子の指の間から肉色の豆粒が落ちた。千賀子の痘痕を隠すため、中村家はドーランを塗り込み、それを維持するために曇天の日を見合い日に定めていたのである。民四郎は船場の見栄とからくりに馬鹿馬鹿しさを覚え、「これなら合い勘定や」と頭の中で算盤を弾いた。

（大杉健太）

死者の書《ししゃのしょ》　長編小説

〔作者〕折口信夫〔初出〕「日本評論」昭和十四年一月〜三月号。第十四巻第一号〜第三号。〔初版〕『死者の書』昭和十八年九月三十日発行、青磁社。〔全集〕『折口信夫全集第二十四巻』昭和三十年六月五日発行、中央公論社。〔小説の舞台と時代〕磐余の池、伊勢、二上山、石川、大和川、日下江、永瀬江、難波江、難波、飛鳥、当麻、葛城、伏越、櫛羅、小巨勢、河内路、磯城、河内安宿部、竹内谷、大阪越え、吉野、奈良の宮、藤原の宮、大津の宮、唐土、近江、麻呂古山、大和、葛城川、耳無山、畝傍山、埴安の池、香具山、藤原の里、筑紫、藤井个原、鷺栖の坂、太宰府、枚岡、朱雀大路、五条、右京、御蓋山、高円山、平城京、長安、平群の丘、三条七坊、添下、広瀬、越中、鹿島、香取。天平宝字初期。

〔内容〕単行本刊行の際には、著者による全編改訂が行われ、光明皇后筆の「山越し阿弥陀像」を含む図版五葉が挿入された。著者名釈迢空。また、角川書店再刊版（昭和22年7月1日発行）には「山越しの弥陀」（原題「山越しの阿弥陀像の画因」「八雲」第3号、昭和19年7月発行）が解説として付された。特異な蘇生譚で始まる本作品は、彼岸中日に向かって展開されていく物語であり、不思議な尼や化身の出てくる当麻信仰を材として、古い日祀りの上に来迎信仰を重ね、作品世界が織りなされている。折口は、本作品を書いた動機として「山越しの弥陀像や、彼岸中日の日想観の風習が、日本固有のものとして、深く仏者の懐に採り入れられて来たことが、ちつとでも訣つて貰へれば」（「山越しの阿弥陀像の画因」）という事であった、と述べている。

　去年の春分の日、西に向かって座し、山の端に沈む日を見ていた藤原郎女は、二上山の背景に荘厳な俤を見た。美しく、老女達でさえ舌を巻く天稟を持つ郎女は、後宮入りのお召しも掛かっている姫であった。しかし、郎女は、一族の中で最も神さびた質を持って生まれ、次の斎き姫に立つと目されていた。郎女は、その時を境に益々清澄さを増していく。そしてその年の秋、彼

岸中日の夕方に、郎女は再びその俤を二上山山上に見る。そうして郎女は、自身で発願し、称讃浄土仏摂受教千部の写経を始める。その写経の終わったのは、翌年の春の彼岸中日であった。そして、郎女が神隠しに遭ったのはその夜のことであった。家人の探索も虚しく、郎女の行方は知れなかった。その時、郎女は、どこをどう歩いたのか、覚えも無いまま、西へ辿っていたのである。唯、郎女の行く手には常に二つの峰の並ぶ山、二上山が聳えていた。そして、世間の事は何一つ知りもせぬように育てられてきた郎女が発見されたのは当麻寺であった。女人禁制の寺の浄域を穢し、結界までも破った郎女は、当地で長期の物忌に入る事になる。そして、その翌晩、彼女の寝所には、明かりの中で上半身を現し、浄い伏せたまみで彼女を見下ろすかの人が現れたのである。郎女が物忌に入ってから、刀自や若人等は、蓮を績む生活を送っていた。それは、目に見えぬもののさとしを綴っていくように、郎女より吐かれた「夏引きの麻生《をふ》の麻を績むように、そして、もっと日ざらしよく、細くこまやかに」という言葉に従っての事であった。そしてそれは、秋の彼岸中日、寺のかどで、郎女が、半身を顕した尊者の姿を見る日まで続けられた。蓮が績み終わると、郎女は筬や梭の扱い方をすぐに会得する。そして、終日、機に上り、唐土でも天竺から渡った物より手に入らぬと言われる珍品の蓮糸織りを織り始める。容易で無い技藝であったが、一糸纏わぬ尊者の素肌を覆って差し上げたい、郎女はそればかりを考え一心に機に向かう。しかし、糸はすぐに切れ、機織りは進まない。そうしてとうとう糸も絡まり機が動かなくなったある夜、郎女は夢の中で、何処からともなく来た尼に織り方を教えて貰い、織り上げる事を得る。郎女の織り上げた上帛一反は、月光の中、若人達が夜の更けるのも忘れて、見讃《みはや》す程のものであった。そして五反目を織りきった時、姫は機に上るのをやめ、針を動かすようになる。だが、苦労して織った蓮糸織りの布は段々と狭くなっていくばかりで何物にもならない日が続く。が、ある暖かい昼に見た夢の中で、郎女はまたしても尼に、天竺の行人たちの着るという僧伽梨の縫い方を教えて貰う。そうして、二日も経たぬ内に、郎女が縫い上げた袈裟は、五十条の大衣とも言うべきものであった。郎女は更に、その上に大唐の絵の具で彩色を施す。郎女自身は、そこに唯一人の色身の幻を描いたに過ぎなかった。だが、郎女が俤人に貸す衣に描いた絵は、そのまま曼荼羅の相を具えていた。そして、それを見た刀自、若人たちには、数千地涌の菩薩の姿が浮き上がって見えたのであった。

（高橋博美）

史跡名勝花袋行脚《しせきめいしょうかたいあんぎゃ》 紀行文

〔作者〕田山花袋〔初版〕『花袋行脚』大正十四年七月十日発行、大日本雄弁会。〔全集〕『定本花袋全集第二十五巻』、平成七年五月一日発行、臨川書店。

〔内容〕「一番先きに私は近畿地方を頭に浮かべて見る。何故かといふのにそこは日本の歴史の最初の舞台であつたからである」として書き起こされていった本書は、「親しく杖を運びてものせる旅行記にして又古代文化追懐の書である。（中略）有史二千五百年の絢爛たる文化の趾は一層の生彩を放ち、未だ何人も開拓せざりし史実を、新しき生命を以て甦らしめ恰も顔前に髣髴たらしむ」（「雄弁」大正14年9月号）と発刊時の広告文にもあるように、史跡探訪記となっている紀行文集である。六十七の章から成り、大阪に関する章は、「二、大阪付近」「三、住吉と天王寺」「五〇、淀川のデ

ルタ」「五一、住吉の浜」である。

淀川から難波のデルタ—今は治水工事が出来ているので、水に浸ることはあるまいが、川村瑞賢が安治川の堤防工事をやる頃までは、水が出ると昔のデルタ状態になるのが例であった。それは今でも地図を見るとわかる。あそこいらは手に取るように今でも見える。大阪が今の形になったのは、足利時代の末に僧兼寿が本願寺をあの高台に持って来て建ててからである。それ以前は全く沮洳の地で、蘆荻が風に靡いていたばかりであった。川尻（淀川の海に入った所）はかなり港として栄えたらしい。江戸時代にもくらわんか船などがあって、淀川の水路はかなり栄えていたが、中世にあっては、そんなものではなかったらしかった。帆と帆と重なり、櫓声は櫓声と雑わり、船唄は其処此処に聞こえ、追手の時などには、扇をひろげたように末ひろになっている淀川は、全く帆影で埋められたに相違なかった。「春の野にこそ音をば鳴く、わが薄にて手を切る〳〵摘んだる菜を、親や貪るらん、姑や食ふらん。かへらや昨夜の菜を、偽言をして、賒わざをして、銭もて来ず、おのれだに来ず」。これは『土佐日記』に出ている船頭の唄で、作者も珍しがって引いているくらいであるから、京近くではこの歌はなかっただろうが、その節や調子はいくらか似通っていたものであっただろう。しかし今は淀川は全く静かだ。舟すらも一日に数えるほどしか通らない。昔は水郷らしく、今で言ってみれば、支那の浙江とか蘇州とかの辺りにある運河に見るような光景を展げていたのであろうが、今は面影すらそこに見出すことは出来ない。蘆荻や真菰すら完全に残っているとは言えない。いかにもさびしい。

笹川臨風は「『花袋行脚』評判」で「花袋君の紀行文は従来世に公にされたものが少なくないが、次第に歴史に触れて、これまで史家の閑却したところを、極めて鋭利に極めて機敏に観察し、地理を活し歴史を活し、相互の密接の関係を巧に道破し、此に一段の精彩を加へて来た」（「読売新聞」大正14年8月24日）と評した。（高橋博美）

地蔵流《じぞうながし》　エッセイ

〔作者〕佐治敬三〔初出〕『随筆集大阪讃歌』昭和四十八年九月二十九日発行、ロイヤルホテル。

〔内容〕父は神仏を選ばず信仰心が強い大阪商人であった。家には真言・天台・禅宗などのお寺さんの来訪でにぎにぎしい生活であった。戦争ですべてがなくなるまで、家の行事の多くは父の信仰心と繋がっていた。「地蔵流し」とは、父が毎朝、二十数枚ずつ書いた御先祖様の戒名の経木と、ヨコ一寸、タテ二寸位の細長い和紙に、木版で捺された朱色の地蔵尊である「お地蔵さん」を家族全員がつくりあげ、年の一度川に流すことであった。私達は中之島の岸で舟に乗り込んで、堂島川を北に向かって上っていた。舟の上ではお坊様がお経を読んでいて、その経に和して私達は「地蔵さん」を一枚一枚川に流した。（李　鍾旭）

舌三寸—味の随筆—《したさんずん—あじのずいひつ—》　エッセイ

〔作者〕長谷川幸延〔初版〕『舌三寸—味の随筆—』昭和四十七年十二月二十日発行、読売新聞社。

〔内容〕副題に「味の随筆」とあるように、食べ物に関するエッセイ集。長谷川幸延が「あとがき」で、「京の味・大阪の味」があって「東京の味」がないというように、『舌三寸—味の随筆—』に収められているのは、関西の味に関する文章が中心である。季節ごとに分けられた「春の味」「夏の味」

し

「秋の味」「冬の味」の他、「旅の味」「米の味」「京の味・大阪の味」から構成されている。「まむし」「すし」「関東煮」「うどんすき」など関西らしい食べ物がたくさんあげられている。長谷川幸延に言わせると、「大阪の味を、ともすれば濃厚そのもののように解釈されるのは、間違いである」。例えばふぐ。「瀬戸内海のふぐそのものは馬関（下関）のそれに劣るとも、料理はやっぱり大阪である。大阪の味は、ふぐの味だといえば、私の舌の錯覚であろうか」という。「旅の味」の中には、「小説・鱧の皮（大阪）」と題した文章が収められていて、上司小剣の小説「鱧の皮」が紹介されている。

（荒井真理亜）

十軒路地《じっけんろじ》　短編小説

〔**作者**〕宇野浩二〔**初出**〕「中央公論」大正十四年九月号。〔**初収**〕『高天ケ原』昭和二年三月二十日発行、春秋社。〔**全集**〕『宇野浩二全集第五巻』昭和四十三年十二月二十五日発行、中央公論社。〔**小説の舞台と時代**〕宗右衛門町、道頓堀川、日本橋、戎橋、大阪城、大手町通、東京、心斎橋通、東横堀川、相合橋、太左衛門橋、道頓堀筋、鍛冶屋町、稲荷神社、千日前、堂島、谷町、大手町、朝鮮、旅順、銀座、横町、神田、梅田。明治から大正期。

〔**内容**〕「私」は幼馴染の山木宇三吉からの手紙を受け取り、彼が多額納税議員の互選資格者になったことを知る。この手紙は「私」に全く不意のものだった。その数カ月前、「私」は或雑誌社から『カッフエーの思出』という感想を求められ、カッフエー・サン・パウロとともに、宇三吉との思い出を文章に書いていた。多分、宇三吉はその文章を読んだのだろう、と私は思う。「私」はこれを機会に、宇三吉との交際を回想すると共に、その頃の私たちが住んでいた大阪の宗右衛門町に就いて書いてみようと思い立つ。「私」は少年の頃、祖母と共に伯父に引き取られ、宗右衛門町の十軒路地に十年ばかり住んでいた。というのも、父が死に、寡婦の母が間もなく破産したためであった（ここでいう路地とは、大阪によくあった特種な路地の長屋を指し、訛って「ろうぢ」と言い馴らされていたものである。また、その特徴は、門を持っていることであった）。「私」と宇三吉とは、十軒路地の向かい同志だった。そして、同年輩の友達の中で一番うまが合い、お互いに好きだった。「私」は、母の家の近くにあった陸軍偕行社附属小学校に、宗右衛門町に移ってからも半年ばかり、一里の道を歩いて通っていた。その通学路では、偕行社に反感を持つ学生たちの野次もあり、内気で体が弱かった「私」には辛いものであった。

十軒路地には宇三吉の家族の他、待合を営む老婆、藝妓や娼妓たち、博奕打ち、自前の藝者、大阪角力、かつら職人、老夫婦などが住んでいて、「私」には風変わりな人々に思えた。その後、「私」は中学を出て、東京の大学に進学した。二十二歳の頃、よく通っていた銀座のカッフエー・サン・パウロで、給仕たちの監督をしている宇三吉に出会った。また、神田にできた同じカッフエーでも彼を見出した。さらに、小さな出版社に勤め出し、その仕事で大阪へ出かけた帰りにも、カッフエーで軌道に乗り始めたという彼に出くわした。その時、十軒路地が火事で焼失してしまったことを聞き、「私」は驚く。そして、手紙が届いたのは、最後に彼と会ってから早十年が過ぎた頃であった。思い出の中の十軒路地があった場所には、前よりはずっとハイカラになった十軒路地ができていた。―今はどんな人たちが住んでいるのだろう？

渋川驍は『十軒路地』は、著者が少年

時代を過ごした大阪市南区宗右衛門町一番地の、伯父の家のあった路地の住人を扱った作品である。著者の大阪人としての気質や嗜好は、多くこの時代に養われたものであろう。そこは、花柳界の一隅にあたるところだったから、大阪の商人階級の者とも違った気風が流れていたことだろう。それだけに、特殊の世界とも考えられるが、それだけに、ある意味では、かえって、大阪らしい要素が濃い部分もあったのではないかと考えられる。そういう著者の環境を知る上に欠かされない作品であろう。」という。（森香奈子）

失職《しっしょく》　短編小説

〔作者〕水上瀧太郎〔初出〕「新小説」大正十年一月号。〔初収〕『明窓集』大正十二年六月発行、大阪毎日・東京日日新聞社。〔全集〕『水上瀧太郎全集三巻』昭和十六年八月三十日発行、岩波書店。〔**小説の舞台と時代**〕大阪。大正九年。

〔**内容**〕田原は大株主の岩井甚兵衛と対立して、常務取締役を投げ出してしまった。最近まで大阪の江戸堀の宿屋にいた友達の三田に失職したことを知られたくなかった。今年の正月に会った時、日曜と祭日の続く日には大阪に遊びに来ると約束した三田が大阪へやってきた。田原は三田に失職したことをいい、就職の世話を頼むのである。三田は「君は羞しいって事は知つてるが、恥は知らない男だ。責任感を欠いてる奴に何が出来るもんか」と手酷しく非難する。東京に帰った三田からは何の消息もない。ある日、神戸の叔父から仕事の話があるから来いといってきた。家に帰ると三田からの手紙がきていた。三田はほんとに自分の就職のことを引き受けてくれていたことに感激しながら、今更叔父に断ることも出来ないと、田原は友達への返事を愚図々々延ばした。二週間近く返事を出さなかったので、立腹した三田から電報が来た。三田は絶交状のつもりで寄越したに違いない。三田に見捨てられた気持ちがした。（浦西和彦）

質朴な日日《しつぼくなひび》　短編小説

〔作者〕岩阪恵子〔初出〕「群像」平成三年十二月一日発行。〔初収〕『淀川にちかい町から』平成五年十月二十八日発行、講談社。〔**小説の舞台と時代**〕大阪市東北部。平成二年頃。

〔**内容**〕弘吉は八十二歳になる。子供四人はとうに世帯を持ち、四歳下の細君と二人だけで暮らしている。弘吉は一人で晩飯を食っている。細君が裏のおばあさんの通夜に出向いているのだ。いちばん小さい缶ビール、百三十五cc入りを開けて、晩酌をやる。「鯛の刺身をわさび醤油にちょっとつけ、白い飯のうえにのせ」て食べるだけで仕合わせになれる。

弘吉は十四歳のときに大阪に出てきた。奉公人の食事の粗末さは、貧しい百姓の家の食事よりもさらにひどいもので、脚気で田舎へ帰って養生したこともある。身体検査で不合格になり召集を免れた。敗戦後一年ほど経ったころ、大阪市の東北部にあるこの地に引っ越してきた。今から四十四年前のことになる。淀川の風景も年々に変わる。弘吉は補聴器が外せない体で、一人で外出すれば階段を踏み外し怪我をする。大阪の夏は暑い。弘吉はまた朝の散歩を始める。淀川の堤防の下を流れる川を眺めて、「よう来たもんや」と呟く。川は鏡の面のように鈍く光る。（浦西和彦）

支那《しな》蕎麦《そば》　短編小説

〔作者〕長谷川幸延〔初出〕未詳。〔初収〕『渡御の記』昭和十七年九月十日発行、東光堂。〔**小説の舞台と時代**〕本田、茨住吉、

今里新地。昭和十年代。

〔内容〕林孝陳は、大阪でも民国人の最も多い、川口の旧称居留地を南へ寄った本田の交叉点に、「安居楽業」という名の支那蕎麦屋台を経営していた。林は、どんな時にも物柔らかな笑顔を忘れず、誠実に働き通したので、店は、いつも和やかに繁盛した。いつかは小さくても、支那料理店を出そうと少しずつではあるが、金も貯めていた。

しかし、林は、鄭という、厄病神のような男に付きまとわれていた。鄭は、表向きは日本人として塚本という名で通し、詐欺紛いのことを繰り返しては、いつもその尻拭いを林に押し付けていた。林には、鄭の無心を撥ねつけることが出来ない理由があった。千日前の汚い支那料理屋の出前持ちだった林を、屋台店にもせよ、立派に独立させたのは、鄭だった。鄭が林に力を貸してやったのは、同国人のよしみでも何でもなく、林の妹の美代子に下心があって、恩に着せようとしたのである。もとより林に、日本人の妹がいるはずはなかったが、林と美代子はある事情から兄妹のように一緒に育った。林は、美代子を大切にしていた。だから、鄭の望みも退け、林がこの人こそと見込んだ、市電の車掌だった福島に嫁がせた。鄭は、その時のことを根に持って、林に無理難題を押し付けてくるのだ。

林は美代子という妹がいること以外、支那蕎麦屋を始める以前のことを他人に語ろうとはしなかった。親のない林と美代子は、曲馬団に拾われた。満州で、北京で「徐州生れの林孝陳、大和なでしこの桜美代子、日華親善の大舞台」と称してブランコ乗りをしていた。二人の師匠であり親方でもある川島清兵衛は、人間よりも象や、虎や、ライオンが大切な曲馬団で、最後まで二人を一番に大切にした。それでも長春が土壇場となって、一座ぐるみ手放さなければならなくなった時も、「曲馬団はともかく、二人を取り戻す金だけはきっと持って迎へに来るぞ」と言って別れた。それ以来、林も美代子も清兵衛を探してきた。林は清兵衛の故郷である大阪で、曲馬団が来る度に屋台を引いて、所構わず出掛けて行き、親方の行方を知っているものを探した。しかし、清兵衛の消息はわからなかった。

ある日、林は美代子から、家の周りを変な男がうろついていて気味が悪いと相談を受ける。林には思いあたることがあって、鄭が未だに美代子のことを諦めきれずに付きまとっているのではないかと思う。美代子の護衛のため、不審者を突き止めるため、林は妻とともに美代子の家の周りに屋台を出すことにした。張り込んで三日目の夜、遂に怪しい男を捕まえた。しかし、それは林の思っていた人物ではなく、ずっと兄妹が探し続けてきた清兵衛親方であった。二人の知る頑丈な親方は、すっかりうらぶれた老人になっていた。

林は清兵衛を自分の家に招き、一緒に暮らすことにした。同時に、二人の子供も得た。林の妻の王春は、つい最近流産していた。当分、子供は諦めていた二人は、支那料理店を出す予定で蓄えていた貯金を使い、親方が林と美代子にしてくれたように、親がなく、曲馬団で酷使されていた男の子と女の子を養子にしたのである。夫婦の長年の夢だった支那料理店は先の話になったが、一気に家族が増え、林の家はすっかり明るくなった。

（荒井真理亜）

死の蔭に《しのかげに》　紀行文

〔作者〕徳冨蘆花〔初版〕『死の蔭に』大正六年三月発行、大江書房。〔全集〕『蘆花全集第十一巻』昭和四年八月五日発行、新潮社。

〔内容〕上の巻「門出から九州めぐり」に「大阪」の章がある。「大阪」の章は「宿帳」

「雨」「明石の蛇」の三つから成る。中之島の宿、花屋に泊まった晩、何気なく開いた宿帳に先月ロシアで亡くなった坪井正五郎氏の名前や、拓殖局総裁から通信大臣へと帳を追うと肩書きが変わる元田肇氏があり、僻目で見てしまう。十年前、札幌で見かけた沢田氏は大阪市の助役となって家族と訪れているし、明治二十年初めて行った海水浴で知り合いになった奥沢さんは消息もしれなかったが、実業家となって商用で来ている。様々な人の上を思って異な感にうたれた。九月七日に一家四人で心斎橋へ出かける。狭い通りを歩いていると、京、大阪でもこの様な雨が降るのかと言わんばかりの豪雨になり、たまらず店中に入り、冷やかし半分の旅の買物をする。戎橋までくると小降りになったので川魚が好きな「余」は花屋の女中に聞いた柴藤という店を探し鯉こく、鮒の洗いなどを食べる。腹ごなしに電車で天王寺公園へ出かけ、通天閣にのぼる。濛々とした白い雨、鼠色の雲、大阪の都は夢幻の都、詩の都、虚無の都となっていた。ルナパークで子供芝居の重之井子に別れ相応の哀れをもよおしたりジョン・ベルさんの英語「春雨」洋服姿に笑ったりして午後を楽しく過ごす。天王寺を門外から拝み、宿へ戻る。贅を言わず魂ぬきで遊ぶには本当に大阪は好き処だ。九月八日は晴天で、阪神電車にのって神戸へ出かける。ミカドホテルで食事を取った後、先程道をきいた巡査に呼び止められ質問されたりして可笑しなものであった。楠公へ参詣し自筆とされる書を見て胸の鼓動を覚えた。その後須磨へ行くも、富豪と肺病の占領地となった須磨は居心地が悪い。早々に退散し、明石、人丸神社へ行く。高い石段を登り、淡路島を含む景色は好い。本来一首詠むところだがくたびれて欠伸しか出ない。その帰り路、歌を詠まなかった人丸様の使わしめか六尺近い青大将が通せんぼしている。しかし汽車の時間を気にする臆病な旅客はステッキでどいてもらい、明石から梅田へ急いで戻っていった。そして別府行きの舟に乗り込むのである。

（井迫洋一郎）

信太妻の話《しのだづまのはなし》　評論

〔作者〕折口信夫〔初出〕「三田評論」大正十三年四・六・七月発行、第三百二十・三百二十二・三百二十三号。〔全集〕『折口信夫全集第二巻』平成七年三月十日発行、中央公論社。

〔内容〕昔、「葛の葉の子別れ」という猿芝居を見たことをきっかけに、信太妻伝説について考察している。この伝説は、狐でありながら人間に化けて暮らすものの、人間との間に生まれた子どもにそれがばれてしまい、姿を消してしまうという伝説である。信太妻伝説と同じような話は古代から存在したが、竹田出雲の「蘆屋道満大内鑑」という浄瑠璃が登場してからは、それが信太妻伝説の基本となってしまった。そして、沖縄の島の女性にだけ伝わるという信仰の存在を例に挙げて、そのような伝説が生まれたのは、部落が違う男女が結婚した場合のそれぞれの風習の違いが原因となっており、子どもに正体がばれてしまうということも、夫と妻が別々に持っている秘密や風習といったものが、子どものために調和されてゆくからだと説いている。狐だけではなく蛇に関する伝説も同様で、異族の村からきた妻の話が、いまだに地方の伝説に痕跡を止めていることや、動物を祖先として信仰していたことを指摘している。信太妻伝説の安名（夫）と葛の葉（妻、狐）が住み、童子を育てたという阿倍野の村と信太との交渉は、熊野への道順であるということのみであるが、葛の葉の子どもの名が「童子丸」とか「安倍ノ童子」であること

に特殊な感じを受ける。そこで、安倍野に村を構えた一群れがあり、それが近処の四天王寺か住吉の神宮寺に属していたのではないかと推測している。そして、大寺の奴隷として存在する部落を「童子村」と言ったことから、阿倍野の村人のことを「阿倍野童子」と呼ぶようになり、同時に安倍晴明の母が信太からきた狐の化生であったという動物祖先の伝説がその村にもあったことから、自分たちは狐の子孫であるという意識が生まれたのではないかという仮設を立てている。しかし、事実はそのように整頓されたものではないとも考えられ、「信太妻」がどの社寺の由来・本地・霊験であるのかは明らかになっていない。しかし「安倍野童子」村についての想像が、外れていなかったとすれば、その村の童子であって、布教していた者の口に生まれた物語が、説経に採り入れられて、「阿倍野童子」の物語として伝えられ、最後には主要人物の名前になってしまったという推測もたつのである。これは「萱堂の聖」や「弱法師」、「山椒大夫」などの説経でも同様なことが言え、口頭で久しく謡い伝えられてきたことを示している。また、「信太妻」という題もいつから言われているかは知られていない。これにも由来はありそうだが、この名前が異族の村から来た妻という意味を含んでいるようなこともおもしろい。狐と人間との交渉に関わる物語をもとに、異族間の結婚や、動物祖先、説経などの藝能についてを取り上げている論文である。（林未奈子）

師の棺を肩に《しのひつぎをかたに》　短編小説

〔作者〕川端康成〔初出〕「東光少年」昭和二十四年六月号。〔全集〕『川端康成全集第十九巻』昭和五十六年十一月二十日発行、新潮社。〔小説の舞台と時代〕大阪（茨木市）、東京。大正期。

〔内容〕七章から成る。「私」たち五年生の英語を受け持っていた倉木先生が死んだ。倉木先生はこの中学校に来てから二十年になるが、学問は相当出来た。地元の新聞社に勤める東京の記者からも評判が良く、校長も田舎の中学に埋もれさせておくにはもったいない人材だと言っていた。出世の機会はいくらでもあったが、この学校に対する愛情と、校長への友情とで動かなかったのだ。倉木先生には徳があり、腹からはむかう生徒は誰一人いなかった。みんな生徒たちへの深い愛情を感じていたのだ。倉木先生が死んだその日は、どの先生も思い出話ばかりで授業にならなかった。ある生徒が、お葬式に出て倉木先生の棺をみんなでかつごう、と言い出した。生徒たちの意見は倉木先生の遺族やお寺の人たちにも聞き入れられ、先生は五年生全員に火葬場まで見送られることになった。

この作品は「キング」昭和二年三月号に「倉木先生の葬式」として発表されたが、少年時代のノートをもとに新たに改稿され、「師の棺を肩に」として発表された。（田中　葵）

忍びの者をくどく法《しのびのものをくどくほう》　短編小説

〔作者〕田辺聖子〔初出〕「小説現代」昭和五十四年八月号。〔初収〕『宮本武蔵をくどく法』昭和六十三年四月十五日発行、講談社。〔作品集〕『田辺聖子珠玉短篇集⑥』平成五年八月三十日発行、角川書店。〔小説の舞台と時代〕大坂城。元和元年（一六一五）。

〔内容〕広大な大坂城の本丸の長局に住む女たちは、世の中の事が全くわからない。大坂冬の陣が終わって三、四カ月の平和の後に、夏に向かって戦争が迫っている事も知らないで緊迫感もなくのんびりしている中で、小松の局だけは冷静に落城を予想し

ていた。お末（下女）のお阿茶もまた、城内の女たちの様に落城に対して楽観視することはできなかった。お阿茶には好きな男がいた。冬の陣が終わった後の、ある夜ふけに見たその男は忍びであった。それからもお阿茶は男の姿は二、三べん見かけてあとをつけていったが、いつも姿を見失った。やがて戦が始まった。小松の局に落城が迫っている事を告げられた後、夕方の城内を歩き回っていた時、お阿茶はようやく男を捉え、二人で山里曲輪へ行き、男との間に子どもができた事を改めて知った。元和元年（一六一五）五月七日に大坂城は落ちた。お阿茶は城門口で男と会い、男の故郷へ向かって走った。後ろから男の名を呼ぶ声が聞こえる。お阿茶はうっとりとして自分を背負って走る男の背に顔をつけ、大坂城やお局さまに別れを告げた。

城に仕える一人のお末に焦点を当て、天下分け目の合戦といわれた大坂の陣を描いた時代小説である。（飯塚知佳）

痺れる町《しびれるまち》　短編小説

〔作者〕難波利三〔初出〕未詳。〔初収〕『通天閣夜情』昭和五十九年九月五日発行、桃園書房。〔小説の舞台と時代〕大阪の生野区、ジャンジャン横町、西成のドヤ街、飛田本通り、地下鉄の動物園前。現代。

〔内容〕主人公保夫が中学校三年生の時、父は姿を消した。家は田舎でお金がないから高校も行けず、大阪に出て働いている。最初の職場は修理工場だった。そこで半年ぐらい働いたが、同じ寮の部屋の先輩が変質者だったので仕事をやめた。それからは職場を転々と変わって三カ月前からこの串屋で働くようになった。やっと気に入った店で働けたのに、ある日突然父が現れた。しかも、化粧の濃い女を連れて店に入ってきた。姿を消してからこの三年間ずっと父の悪い噂ばかり聞いていたので、見た瞬間懐かしさよりも苦々しさと憎しみでいっぱいだった。しかも食べ終わって、お金も払わずに帰ってしまった。翌日、またお金を借りに来た。保夫は父の哀れな顔を見てお金を出し、店に来ないようにと言った。数日後、その女―町子から電話が掛かってきた。父は車に撥ねられて入院し、保夫に会いたがっていると伝えた。店で働いていたにもかかわらず、すぐ病院に行ったら、それほどひどくなく、騙された感じもした。保夫を見た父は、かなり元気になった。その一週間後、また町子から電話があった。今度は保夫だけに言いたいことがあるからと、自分のアパートに誘った。父は、退院したら、町子と別れたいというが、承知できない、保夫に説得するよう頼んだ。その夜、保夫は町子と関係ができ、罪悪感で保夫はその串屋をやめることにした。ある日偶然、通りで杖をついている父と会った。父はすぐ町子の行き先を聞いた。町子は父の見舞い金を横取りしたのだ。女と金で狂った父に保夫はいっしょに田舎に帰ろうと誘った。父にタバコを買いに行かされたが、戻ってくると父の姿はどこかへ消えていた。

（桂　春美）

しぶちん《しぶちん》　短編小説

〔作者〕山崎豊子〔初出〕「サンデー毎日特別号」昭和三十四年一月発行。〔初版〕『しぶちん』昭和三十四年二月五日発行、中央公論社。〔全集〕『山崎豊子全集1』平成十五年十二月二十五日発行、新潮社。〔小説の舞台と時代〕東横堀、長堀橋、上本町六丁目、新町。明治三十九年から昭和十三年秋まで。

〔内容〕東横堀の材木問屋山田万次郎は、陰で「しぶ万」と渾名される程の「しぶちん（吝嗇）」。十九の時に材木問屋・岩井庄

し

兵衛のもとに丁稚奉公し、一銭の無駄遣いをも惜しむ徹底した節約と煙草屋などからリベートをちゃっかり受け取る要領の良さとで、貯金を少しずつ増やしてゆく。万次郎は次第に商才を開花させ、手代に昇格し、結婚して独立するようになっても相変わらずの「しぶちん」方式を徹底。商いを充実させてゆく。しかし、あまりに極端な彼の節約ぶりに、家族はみっともない思いをした。万次郎の貯金は着実に増えてゆくが、彼は銀行には預けずに銭箱へ溜めておく丁稚時代からの方式を頑なに守っていた。そうして金が次第に溜まっていくのを眺めるのが彼の気の張りだったからである。万次郎の節約・貯蓄主義と合理的な経営方針で山田屋は大阪で有数の材木問屋に発展するが、万次郎は少しも気を緩めずに節約にいそしむ。宴会の料理を折り詰めにして持ち帰ったり、箸箱で屋根を葺き替えたりと、その振る舞いに周囲の人々は半ば呆れ返りながらも、妙な野心を持たず、貯金と商いに熱中する万次郎に多少の尊敬と親しみを込めて、「しぶ万」と渾名をつけていた。そんな万次郎が商工会議所の議員に推薦された。万次郎はこれを機会に同業組合に十万円を寄付する。「しぶ万」の太っ腹な振る舞いに一同は度肝を抜かれるが、万次郎は「また明日からしぶちんでせっせと銭、溜めさしてもらいまっさ。これでないと銭というもんは溜まりまへん」と涼しい顔で答えるのだった。

（大杉健太）

死亡記事《しぼうきじ》　短編小説

〔作者〕山崎豊子〔初出〕「小説新潮」昭和三十三年十月号。〔初収〕『しぶちん』昭和三十四年二月五日発行、中央公論社。〔全集〕『山崎豊子全集9』平成十六年九月十日発行、新潮社。〔小説の舞台と時代〕梅田、堀江中通。昭和二十四年三月二十九日。

〔内容〕三年近く病床に臥している「私」は昭和二十四年三月二十九日付の朝刊に、毎朝新聞の上司であった大畑慶治氏の死亡記事を見た。「氏は生涯独身であった」と記された一行に心牽かれた「私」は大畑氏の生涯に思いを馳せる。大畑氏は非常な読書家で、大島の対の着物をゆったり着こなし、強靭な意志と理性を持った人であったが、その左足は切断されていた。泥酔し、阪神電車の軌道を歩いているうち、列車に轢かれたのだった。切断された自分の足を持ち、「無礼者!」と叫んだというエピソードの中に「私」は大畑氏の剛毅さを感じる。大畑氏が独身であることを不思議に思った「私」は高名な大江画伯の夫人、大江芙蕗と大畑氏との恋愛を知る。芙蕗は大畑氏と熱烈に愛し合ったが、大畑氏のものであるかもしれない子を身ごもったまま大江画伯の元へ走った。大畑氏は怒りを内に湛えながら黙ってそれに耐えていた。また、同僚の連絡ミスの責任を転嫁され、阿川丸遭難事故の第一報を阪日新聞に抜かれたという非難を一身に浴びた大畑氏は会社から譴責される。その時の態度も卑屈や恐れのない、何ものかに耐えるような立派な態度だった。「私」は大畑氏に厳しい剛毅な人生を生きた人間の姿を見た。戦況が逼迫し、新聞社が空襲に遭った時、すさまじい音響と恐怖の中で、「私」は大畑氏が少しの乱れもなく一階から地下への階段を下りてくるのを見た。正確にカタ、コトと刻む静謐な松葉杖の音は厳しい人生を生きた大畑氏の心そのもののようであった。ベッドの上でもう一度大畑氏の死亡記事を見る。「氏は生涯独身であった」と書かれた一行が大畑氏の真実を語る一行のように「私」には思われるのであった。

（大杉健太）

しまつする心《しまつするこころ》　エッセイ

〔作者〕芦原義重〔初出〕『随筆集大阪讃歌』昭和四十八年九月二十九日発行、ロイヤルホテル。

〔内容〕大阪といえばすぐ浮かんでくるのは「始末する」という言葉である。地球上のあらゆる資源について危機意識を持たれなければならない。それならばこそ物を大切に使う精神が復活されなければならない。ケチや吝嗇ではない、始末する心、この言葉とニュアンスと感覚が、これからの経済には必要である。


（桂　春美）

島の内《しまのうち》　短編小説

〔作者〕藤沢桓夫〔初出〕「双樹」第一輯昭和二十二年発行。〔初収〕『初恋』昭和二十二年七月発行、弘文社。〔**小説の舞台と時代**〕島之内。大正時代。

〔内容〕子供の眼を通して見た三人の老人の思い出を描いた自伝的小説。

「私」の記憶に残っている床屋の老人はいつも腰巻一つの姿で涼み台に座っていた。子供の「私」は裸で外に出ると巡査に叱られると教えられていた。しかし、老人は巡査に叱られることも無く、老人に声を掛けられた巡査は、それに笑って応えていた。子供の「私」にはこれが不可解で永い間、驚きとして心に残っていた。父親に連れられ銭湯に通っていた「私」は時々不思議な老人に出くわした。常に二人の男が付き添い、老人は彼らのなすがままに世話をされていた。老人の体に刺青が彫られていたことが「私」の興味を惹いたが、一方で老人が名の知れた侠客であるという事実は「私」を恐怖させた。しかし、怖いと思っていた老人の「私」達を見る眼差しが優しいことに気がつき不思議に思う。或る日、老人からビスケットを貰った「私」は怖い人が善い人でもあり得ることを発見して少なからず感動した。中学生になった「私」は銭湯でたびたび非常に気難しい顔をした老人に出会った。その老人に注意を払うようになったのは、彼の顔に残る傷痕のせいもあったが、何より彼が、どのような種類の人間なのか「私」には判らなかったからである。ある時、「私」が水を浴びていると、老人が普段に増して気難しい顔で、飛沫がかかると抗議してきた。「私」がこの気難しい老人が人形遣いの名人、吉田栄三であると知るのは高等学校に進み文楽座へ通うようになってからであった。


（巻下健太郎）

地虫《じむし》　短編小説

〔作者〕難波利三〔初出〕「オール読物」昭和四十七年六月号。〔初収〕『大阪希望館』昭和五十九年九月一日発行、光風社出版。

〔**小説の舞台と時代**〕大正区、生野区、桜木神社、住吉神社、生駒山、南田辺、杭全《くまた》神社、昭和町、中央市場、阿倍野、四天王寺、今川町、川堀町。昭和三十年代。

〔内容〕今から十年前、朝子が小学校五年生、千江が三年生、幸一が幼稚園へ通っているころ父は家出した母と喧嘩の末二階から突き落とされて、足が不自由になった。朝子はそのときから父の仕事を手伝いながら家庭では母の役割までを果たしている。父と朝子は露天商をやっている。扱っている品は中古服や輸出もれの雑貨類などがほとんどである。母はチンドン屋といっしょになってから息子も一人生んだ。朝子はその母がみっともない存在だと思っている。心から許したこともないし、許したくもない。露天商の仕入れなど朝子らの家のことにいろいろ手をかしてくれるススムに父は朝子を嫁にしてくれないかと尋ねてみる。そんなある日ススムが朝子をデートへ誘うが、翌日にある露天の支度で忙しかった朝子の代わりに、内心ススムのことが好きだった妹千江がそれに応じる。このデートが

きっかけになって千江が妊娠。一方、母はチンドン屋のおっさんが交通事故でなくなったため生計が苦しくなる。母の昔からの友達であるおばさんが母を連れて朝子ら家族のところへ来て、これからのことを相談にのってもらおうと話し掛けるが朝子が猛反対。この日から幸一は母とともに過ごす。そして千江は自分の体のことを朝子に知らせる。朝子には千江のことが納得できない。千江はそのままススムとの同棲にはいる。朝子はこのようなまわりの出来事をもっと冷静に考えようとし、千江とススムに結婚費用をだす。そして露天の仕事場へ母を呼ぼうと和解の心をかまえる。これを父が裏切ってしまう。父が例のおばさんと最近から深い関係になっていたのだ。

　第四十回オール読物新人賞受賞作。第六十七回直木賞候補作。　（李　鐘旭）

射程《しゃてい》　長編小説

〔**作者**〕井上靖〔**初出**〕「新潮」昭和三十一年一～十二月号、第五十三巻一～十二号。〔**初版**〕『射程』昭和三十二年五月三十日発行、新潮社。〔**全集**〕『井上靖全集第十一巻』平成八年三月十日発行、新潮社。〔**小説の舞台と時代**〕梅田、北新地、御堂筋、十三、吹田、茨木、心斎橋、嵐山、天王寺、高台寺、姫路、難波、本町、淀屋橋、堺、井池。昭和二十一年二月から二十七年一月。

〔**内容**〕幼い頃からの父親との確執から、ついに父親の頭をバットで殴り、芦屋の家を飛び出した諏訪高男は、服毒自殺をはかるが死にきれなかった。廃墟の大阪の街をさまよい、得体の知れぬ闇屋の女と一夜を共にした高男は、ともかく死ねなかった以上、このまま生きなければならないだろうという気になる。そのためには金が要る。最早芦屋の家にも戻れない高男は以前原料を横流しにしたことのある石鹸屋の田ノ倉五平を訪ね、当分置いてもらうことにした。再び原料の横流しで儲けようと、父親の知己である製薬会社の社長勢谷了次に油脂会社を紹介してもらう。そうして仕入れた油脂の脂肪酸が高騰し、高男は予想以上の利益を上げた。それを見ていたやはり田ノ倉の居候となっている相模兵太が、セメント瓦工場をやらないかと持ち掛けてきた。吹田にあるその工場の権利金十万円を作るために、高男は実家に忍び込んでダイヤを盗もうとするが、失敗する。追っ手に追われ、逃げ込んだ隣家で、三石多津子に逃してもらう。仕方なく田ノ倉から十五万円を出資させ、工場を手に入れた。二十二歳の高男が社長に座り、四十人の工員を使うまでに成長させたが、インフレで物価が高騰、原料のセメントが高いので、利益はなかなか上がらなかった。高男は再び勢谷を訪れ、闇ブローカーの司亮作と扶桑印刷株式会社の社長吉見円八郎を紹介してもらった。司は高男に現代はブローカーの時代だと言い、吉見はブローカーなどは板子と一緒に波打ち際に打ち付けられるのが関の山だと言った。当初はブローカーなどには興味がなかった高男だが、三石多津子が金に困っていることを耳にし、その金を自分が工面してやりたいという思いにかられる。そして、関西紡績の丸山金助の力を借りて、綿糸の闇をやった。高男は多津子を助けるために、多津子所有の美術品を三十万円で買ってやった。その時の売買品には田黄と鶏血という印を刻む石もあったが、多津子が惜しむのを見て返してやった。しかし、後日多津子が「買手が瓦売りだから猫に小判」と言っていたと人から聞かされた高男は、悔しさから一流の実業家に名を連ねようと、一瞬のうちに大金がつかめる闇ブローカーにのめり込んで行く。そうして莫大な利益を手にした高男の前に、多津子が現れ、金が

要るので先に厚意で返してもらった印材ではあるがやはり買ってほしいと申し出る。多津子の「猫に小判」という言葉を忘れたわけではなかったが、高男は二対のうちの田黄を五十万円で買ってやった。その後、関西紡績への綿糸の横流しの疑いで捜査の手が入る。高男は瓦工場を田ノ倉に譲り、身を隠さねばならなくなった。高男が二世外国人と組んで、新しい仕事の準備に奔走している間に、多津子は高利貸しに引っ掛かり多額の借金を抱え込んでしまう。高男は他人の妻である多津子への恋情の虚しさを痛感しながらも間に入って借金を肩代わりし、話をつけてやった。そして、多津子への執着の苦しさから逃れたいために、丸山の娘みどりと結婚する。高男は自分が出資して、二世外国人の名義でSPS（外国人生活用品売店）を経営し始める。そこでも法の目を掻い潜り、相当の金を手にした。クリスマスの夜、多津子が再びやって来て、どうしても三百万円が要る、自分にはもう売るものはないから貞操を買ってほしいと迫る。高男は多津子に三百万円はあげるから、あなたの貞操はもっと高く売るべきだと言って諭す。そのうち、高男はSPSからも手を引き、井池で毛織物の店を始めた。店は順調に利益をあげたが、綿布が暴落して損をした。高男はそれまで金というものが一瞬にして儲かることを経験したが、初めてその逆を知ったのである。その損を取り返すため、高男は毛織物を一億五千万円程契約しようと考える。吉見に助言を求めたが、吉見は「弾丸の届かんところを狙ったらあかん」とだけ言った。大きな取引を前に迷う高男は、偶然多津子に出会う。今度は一億円で自分を買ってくれという多津子の明らかな求愛表現に、高男は射程距離をはるかに越えた遠くに、一億円の獲物が入ってきたことを感じた。と同時に、毛織物にかけることに決めた。しかし、毛織物は大暴落し、高男は多額の負債を抱えてしまう。多津子の高貴な存在を思うと、自分が無一文であるということの意味を思い知らされ、絶望した。高男は再び薬を飲んで、死ぬことを決める。

　オビで臼井吉見が「敗戦による社会の混乱を風俗的にとらえた作品はすくなくない。だが、混乱が育てあげた諏訪高男のような人物を、これほど鮮明に描ききったものは、「射程」のほかにない。この一作は、作者の新しい冒険と野心を語るものであり、それの見事な結実を示すものでもある」と推奨した。

（荒井真理亜）

しゃも寺《しゃもでら》　短編小説

〔作者〕今東光〔初出〕「小説新潮」昭和四十四年十一月号。〔初収〕『小説河内風土記巻之六』昭和五十二年七月十五日発行、東邦出版社。〔**小説の舞台と時代**〕八尾。昭和四十年頃。

〔内容〕「河内もの」の一つ。河内近郷に名を轟かせた春日庵の主人の軍鶏は、農閑期の闘鶏博打の本場所を控え、闘志を漲らせていた。その軍鶏は河内奴という名鳥。しかし春日庵の主人は、赤犬という渾名を持つ貞やんに欺され、その軍鶏を多くの雌の種付けに使われてしまう。軍鶏は弱り、勝負に敗れてしまう。一度でも敗北した軍鶏は殺され食われなければならない。だが天台院和尚はその命を貰い受ける。その軍鶏は寺の裏の坪内で余生を送るのであった。

（中谷元宣）

十能《じゅうのう》　コント

〔作者〕上司小剣〔初出〕「文藝日本」大正十四年九月一日発行。〔**コントの舞台と時代**〕東京柳橋、大阪北新地。大正時代。

〔内容〕北の新地の二階の一室で、四十が

らみの大阪紳士が、「私」と二人の大阪藝妓を相手に、東京での失敗談を語る。

　大阪紳士は「大阪の藝妓みたいに客に遊んでもらひよるのもいきまへんけど」「東京の藝妓は、ツンとしてゐくさつて、愛嬌がおまへんわい」と前置きをして、話し始めた。

　東京の柳橋で、大阪紳士が藝妓を呼んだことがあった。その藝妓は、大阪では池田炭、東京ではさくら炭と呼ばれる炭の切り口によく似た紋の入った着物を着ていた。その紋は、藝妓が贔屓にしている役者の紋である。役者に心当たりのない大阪紳士を「おのれ等田舎もん」と言わんばかりに冷ややかな顔をしていた藝妓が、やがて役者の惚気を言い始めた。藝妓の態度が癪に障った大阪紳士は、あんまり胸糞が悪いので、赤く焼けた池田炭を火箸に挟んで、「さアこれをお前にやらう」と言って、その藝妓に差し出した。すると、藝妓は「ありがたうございます」と礼を述べ、下着から長襦袢から何枚も重ねた仕立て下ろしの着物の両袖の上へ、赤い火を置いてくれと頼む。大阪紳士はたいそう驚いたが、焼けた炭を藝妓の袂の上へ載せてやった。錦紗縮緬の袂が焦げて、放っておけば、掌が焼けてしまう。

　ここまで話して、大阪紳士は話をやめてしまった。「私」は一緒に話を聞いていた藝妓の一人に、「それが若し君だッたら、どうする」と問いかけると、大阪藝妓はちょっと考えてから、「十能持つて来ますわ」と答えた。（荒井真理亜）

十六歳の日記《じゅうろくさいのにっき》　日記

〔作者〕川端康成〔初出〕「文藝春秋」大正十四年八・九月号。〔初収〕『伊豆の踊子』昭和二年三月二十日発行、金星堂。〔全集〕『川端康成全集第二巻』昭和五十五年十月二十日発行、新潮社。

〔内容〕作者のたった一人の肉親である祖父は、寝たきりの状態になっており、食事も排尿も寝返りも、人の手を借りなくてはならない。この祖父の世話をしているのは、十六歳（満年齢では十四歳）の作者と、近所に住む百姓女のおみよである。

　かつて祖父は、易学・家相学の著作「構宅安危論」を出版しようとして果たせなかった。また、漢方の薬術の心得があったので、三、四種の薬を売り出す許可を内務省から得ていたのだが、この製薬の仕事も立ち消えになってしまった。何人もの子や孫に先立たれ、盲目で耳も遠いため、見ることも聞くこともできない。孤独の悲哀とは祖父のことだ、と作者は思う。

　作者は夜中に何度も起こされ、祖父の世話をさせられる。祖父がわけのわからない無理ばかり言うので、憤り罵ったり、不平や厭味を言ったりもする。が、一方で作者は祖父を哀れみ、生きてほしいと願い、しだいに衰弱していくさまを見て心細いと思う。

　この日記は、原稿用紙を百枚用意し、死にそうに思える祖父の面影をせめて日記にでも写しておきたいと思って書いたもの。大正十四年九月に書かれた「あとがき」によると、日記にあるような生活の日々を、作者は記憶していないという。このような「過去に経験したが記憶していないという不思議」に加え、「あとがきの二」には、「死に近い病人の傍でそれの写生風な日記を綴る十六歳の私は、後から思ふと奇怪である」とも作者は述べている。（国富智子）

春琴抄《しゅんきんしょう》　中編小説

〔作者〕谷崎潤一郎〔初出〕「中央公論」昭和八年六月号。〔初版〕『春琴抄』昭和八年十二月十日発行、創元社。〔全集〕『谷崎潤一郎全集第十三巻』昭和五十七年五月二十五日発行、中央公論社。〔小説の舞台と時代〕大阪道修町、淀屋橋筋、天下茶屋、下

寺町。文政八年（一八二五）から昭和八年。

〔内容〕春琴と佐助の物語。「鵙屋春琴伝」、てる女の証言、佐助の言葉を考証しながら物語は進められる。大阪道修町の薬種商の美貌の娘鵙屋琴は、九歳の時、眼病で失明する。しかし、驕慢に育つ。やがて、三味線で天賦の才を発揮、春松検校の門下へ入る。その号、春琴。四歳年長の丁稚・佐助は、当初春琴の手曳きだったが、春琴を慕い、夜中に隠れて三味線を稽古する。露見して肝を冷やすが、春琴はその稽古熱心と力量を認め、毎日一定時間佐助を指導することになる。だが、春琴のそれは峻烈を極め、目に余るようになったため、鵙屋夫婦は佐助も春松検校門下に入れ、春琴の直接教授を封じるに至る。そのうち春琴は、佐助に瓜二つの男の子を生むが、双方、二人の子であることを否定。赤子は里子に出される。春琴は春松検校の死去を機に独立、淀屋橋筋に家を構え師匠の看板を掲げる。佐助もともに住むが、主従の関係を崩さなかった。稽古に厳しい春琴ゆえ、恨みを買うことが少なくなかったためか、何者かに襲われ、顔に大火傷を負う。佐助はその顔を見ないように自ら針で両目をついて失明する。佐助は己れの観念の中にいる春琴の面影を保ち、春琴が五十八歳で亡くなるまで、献身的な愛を捧ぐ。二人の墓は下寺町にある。

（中谷元宣）

春日遅々《しゅんじつちち》　短編小説

〔作者〕今東光〔初出〕「別冊文藝春秋」昭和三十二年十二月号。〔初収〕『尼くずれ』昭和三十三年十月十日発行、角川書店。

〔小説の舞台と時代〕八尾。大正、昭和初年代。

〔内容〕「河内もの」の一つ。たくましく生きる河内女の姿。七荷の嫁入道具を持って嫁入りしたお芳しゃんは、スペイン・インフルエンザの流行した年、七年ほど連れ添った最初の亭主（荒物屋）に死に別れた。お芳しゃんは布施の衣摺の店をたたみ、岩留爺さんの世話で八尾中野村に再婚してきた。しかし、その夫村松某は背丈が五尺八寸五分もあり、人並はずれた逸物を持つ、精力絶倫の大男であった。そのためお芳しゃんは体をこわし、市民病院に入院、離婚に至る。やがて小坂合の工場の少し耳の遠い職工と再婚、幸せをつかむ。お芳しゃんの娘お君は、賢いのか阿呆なのか、一寸わからないような子だった。お君が竹林の分家の旦那に悪戯される。縁談話はあきらめたが、岩留爺さんの尽力で慰謝料をせしめるのであった。

（中谷元宣）

春宵一刻《しゅんしょういっこく》　短編小説

〔作者〕藤沢桓夫〔初出〕未詳。〔初収〕『大阪千一夜』昭和二十二年六月三十日発行、明星社。〔小説の舞台と時代〕梅田。昭和二十年代前半。

〔内容〕恋人の松子と喧嘩した彰吉は、一人、家でふさぎこんでいた。原因は些細なことであったが、結果は重大であった。松子は「私が悪うございました。さよなら」という葉書を残して姿を消してしまったのである。話を聞いた友人の岡田は、彰吉を笑い飛ばし、松子は一週間以内に戻ってくると予言する。その日、岡田に半ば無理やり街に連れ出された彰吉は酔いも手伝い易者に手相を見てもらう。易者の見立ては偶然と分かっていながらも次々と的中していった。煙草を買いに大阪駅に向かった二人は、易者が幸運をもたらすと予言した色眼鏡の男を見つける。その時、男が並んでいた公衆電話の箱から旅支度をした一人の女が現れた。その女こそ松子であった。声を掛けたが一人で去って行く松子を追う彰吉の後ろ姿を見送っていた岡田はにやりとし、

そして自分の下宿へと帰って行った。

（巻下健太郎）

春情蛸の足《しゅんじょうたこのあし》　短編小説

〔作者〕田辺聖子〔初出〕「小説現代」昭和六十一年四月一日発行、第二十四巻五号。〔初版〕『春情蛸の足』昭和六十二年七月十日発行、講談社。〔作品集〕『田辺聖子珠玉短篇集⑤』平成五年七月三十日発行、角川書店。〔小説の舞台と時代〕道頓堀、清水町、谷町。現代。

〔内容〕道頓堀のおでん屋で、杉野は小学校から中学校まで一緒だった幼馴染のえみ子に偶然再会する。二人で飲みなおすことにして、えみ子が知っている清水町にあるおでん屋にやってきた。だしの薄さといい、店の雰囲気といい、杉野はすっかり気に入ってしまった。特に蛸が旨かった。子供の時、杉野はえみ子を好きだったが、えみ子も杉野が好きだったという。えみ子に「今まで私杉野サンのタイプばっかり、さがしててんわ」と言われ、なんと返事をしてよいのか杉野は困ってしまう。後日えみ子から会社に電話がかかってきて、次の日曜日は家族が出かけて一人なので、家で一緒にお昼を食べないかと誘われた。えみ子は杉野の食べたがっていた飯蛸を出してくれる。味がいいと褒めると惣菜屋で買ってきたという。昼飯も弁当屋の弁当である。えみ子の手料理を期待してきた杉野は、味気ない思いをする。落ち着かないので、二人は神戸に行く。まだ明るいのでホテルの地下にあるバーで飲んでいると、えみ子は「時間、勿体ないやないの」と言って杉野をせかした。えみ子は街の「ファッションホテル」に行こうというが、なかなか暗くならないので入りづらい。結局再びえみ子のマンションに戻る。せかされるのは男としてうれしいが、姑が帰ってくるから急げと言われると、とたんに杉野は靴を脱げなくなった。

（荒井真理亜）

正月《しょうがつ》　短編小説

〔作者〕水上瀧太郎〔初出〕「改造」大正十二年四月号。〔初収〕『明窓集』大正十二年六月発行、大阪毎日・東京日日新聞社。〔全集〕『水上瀧太郎全集三巻』昭和十六年八月三十日発行、岩波書店。〔小説の舞台と時代〕大阪（土佐堀、新地）。大正九年正月。

〔内容〕母親の容体がよくないという知らせで茅野は大晦日の夜行で大阪を立った。友人の三田は二年ばかり大阪にいたと思ったら、十月の初めに東京へ呼び戻されてしまった。別れる時、三田は正月に遊びに来ると田原・茅野に約束していた。茅野からの電報が届いたことを知らないで、三田は夜行汽車に乗って大阪へ向かった。大阪駅に出迎えると約束していた茅野も田原もいなかった。三田は、とりあえず土佐堀の宿屋に行った。そして、田原の家を訪ねたが留守である。自分の来ることを知りながら、何処に行ったのかと憤慨した。年始廻りを済して帰宅した田原は、三田が東京から本当に来たと聞いて恥じ入った。三田は、茅野も田原もやってこないので、大阪くんだりまでなんのためにやってきたのかと、宿で苛々していた。翌日、三田は茅野の家を訪問したが、自分と行き違いになっていることを知る。夜、宿に訪ねてきた田原と新地で飲んだが、田原は自分を出迎えもしなかった気まりの悪さから、一言も真面目な口はきかないで、飲めもしない酒を飲んで酔払ってぶっ倒れてしまった。だが、明日は京都の島原のおいらんを見にいく約束をしていた。翌日、三田は田原の来るのを待ったが、田原の女房からの電話で、田原は発熱し、今日はお伴出来ない、東京へ帰ったら、沢庵のあさづけを送ってほしいとい

う。三田は茅野に会うことを楽しみに東京へ帰る。一方茅野も母がよくなったので、三田の寝込みを驚かす計画で東京を発ったのである。

（浦西和彦）

将棋童子《しょうぎどうじ》　短編小説

〔作者〕藤沢桓夫〔初出〕未詳。〔初版〕『将棋童子』昭和五十四年十二月十八日発行、講談社。〔小説の舞台と時代〕大阪市内、北畠。昭和三十年前後から昭和五十一年二月十三日。

〔内容〕新聞記者の小牧磯男がその男に出会ったのは下りの東海道線の中であった。男は小牧が又従兄弟と指している将棋を見て辛辣な批評を加えてきた。名古屋を過ぎた頃、又従兄弟はこの男に挑む。だが、六枚落ちでも勝てず、大阪に着いた時には二人は呆気に取られていた。小牧が男と再会したのは、大山康晴を取材に行った折である。大山と親しげに話していたのが例の男、大野源一であった。この再会が縁で、小牧と大野との二十年にわたる交友が始まる。小牧が大野の将棋に惹きつけられた一番の理由は、彼の将棋が強烈な個性を持っていたからである。所謂「大野の振り飛車」の魅力である。将棋記者になった小牧は北畠の将棋連盟で大野の対局を幾度も観戦する。そして、その殆どが深夜にまで及ぶ長将棋なのである。大野の長考の理由は内弟子時代にあった。当時の大野は非常に早指しの棋士であった。しかし、ある時、師匠の木見八段に早指しを窘められて以来、三十余年、大野は師の訓えを頑なに守ってきたのである。それを聞いた小牧は、「将棋童子」とでも呼びたい大野のいじらしさに瞼に涙が滲みそうになった。昭和四十九年秋、六十二歳になった大野に九段位が贈られた。この年彼は歳のせいか、棋力にも翳りが見え始めていた。しかし、それ以上に大野の健康が誰の目にも不安を抱かせる状況を示していた。昭和五十一年の成人の日、小牧は将棋連盟で行われていた大野の対局に立ち会った。その時、大野は脳腫瘍を患っていたのだが何の頓着もなく将棋を指していた。その後、行われた手術は無事成功し、経過も順調であった。それを聞いた小牧は行きつけの飲み屋で大野のために一人乾杯した。そしてグラスを重ねていた小牧の目に、滅多に流したことの無い涙が溢れ出てきた。

（巻下健太郎）

将棋に憑かれた男《しょうぎにつかれたおとこ》　短編小説

〔作者〕藤沢桓夫〔初出〕「オール読物」昭和二十九年一月号。〔初収〕『真剣屋』昭和三十四年十二月一日発行、東方社。〔小説の舞台と時代〕新世界。昭和三十年前後。

〔内容〕立花幸助は表具屋であったが、身を持ち崩し、今では賭け将棋でその日暮らしをする、くすぶりの一人であった。いつものように鴨を探しに会所に出かけた幸助は、呉服屋の主人砂田良造を見つける。良造は初段の段位を貰ったばかりで、腕試しをしようと考えていた。二人は、一本賭けて対局する。良造は、幸助の風体を見て掛け金は、百円程度だと高をくくっていた。三番指したが、自力に勝る幸助の全勝であった。掛け金を払う段になって、幸助に一本は一万円であると言われた良造は、散々に脅され有り金を全部巻き上げられてしまう。話を聞いた、良造の師匠の下に逗留していた棋士、朝倉文吉は敵討ちをしようと幸助に挑む。戦局は文吉優位に進み、勝負は決したかに見えた。だが、幸助のいかさまにより文吉は勝ちを逃してしまう。会所の外で喧嘩になった二人は警察に留置される。だがそこでも、二人は夜通し将棋を指し続けたのであった。

（巻下健太郎）

し

少女小説に夢中だったころ《しょうじょしょうせつにむちゅうだったころ》　エッセイ

〔作者〕田辺聖子〔初出〕「薔薇の小部屋」昭和五十三年秋発行。

〔内容〕十四、五歳のころ、筆者は、野田阪神にある「十六堂」という古本屋で多くの少女小説を手に入れ、読みふけった。それらは筆者の心に夢とロマンをかきたてた。とりわけ心引かれたのは、吉屋信子の作品だった。

　そこに描かれた上流社会の令嬢たちの生活は美しく優雅である。登場する少女たちは、どんな境遇であっても、邪心がなく、可憐で、あたたかな、少女らしいはにかみを失わない。女であることの誇り、思いやりゆたかな「永遠の女性」的イメージを備えている。また小説に出てくる小道具がいかにも清らかで夢を誘う。

　時は、戦争が拡大の一途をたどった昭和十年代。やさしいもの、美しいもの、夢やロマンなどは、次第に姿を消していき、現実世界は軍国主義に塗りこめられていく。そうした時代にあって、筆者も学校では救護訓練や防空演習に打ち込むのであるが、しかし、家へ帰れば屋根裏部屋で読書に没頭する。そして、夜中であっても期待を高ぶらせながら「十六堂」へと夜道を急ぐ。筆者はこのときのことを懐かしさと一抹の寂しさをこめて回想する。「あの至福のときは、中年の私自身にはもう、なくなっている。」

（国富智子）

小説・桂春団治《しょうせつ・かつらはるだんじ》　長編小説

〔作者〕長谷川幸延〔初版〕『小説・桂春団治』昭和三十七年五月十日発行、角川書店。

〔小説の舞台と時代〕船場、道頓堀、千日前、法善寺、北新地、炭屋町、高津、越後町。明治十一年から昭和九年十月六日まで。

〔内容〕「世にも面白い男の一生」というキャッチ・フレーズで、のちには大阪一の人気者になった落語家の初代桂春団治の一代記を、彼を支え続けた姉や三人の妻、弟子、車夫など周辺の人々の人間模様から描き出している。長谷川幸延は、漫談の花月亭九里丸に奔走してもらい、この小説の材料の大部分を近親や知己の話から得たが、「あとがき」で断っているように「あくまでこれは私の創作である」という。

　初代桂春団治は、本名を川田藤吉といい、「きんから革」の職人川田藤助の子として高津に生まれた。早生まれのため十三歳で小学校を出ると、すぐに口減らしのため八百屋に奉公に出された。我が子が不憫で引き止める母親を、父の藤助は「藤吉は、寅の五黄じゃ。五寅といえば、日本一の強い星じゃ。一日に千里行って千里戻るというのが、この寅じゃ」と半ば強引に出したのである。藤吉には幼い頃から、さすがは「五黄の寅」と思わせる運の強いところがあった。この父親の言葉は、やがて藤吉の言い草となり、「桂春団治」の急場しのぎの言い分となった。八百屋に奉公に出された、一日に千里行って千里戻るこの「寅」は、三日目に戻ってきた。それから三カ月の間に五軒、転々として暇を出されたが、理由は皆、喋舌りすぎる、口が軽い、そのわりに尻が重いというものであった。十八の時、法善寺の小間物屋「花宗」の店員として働いていたが、一つ年上のお玉という仲居に入れ揚げ、店の売り上げを使い込み、クビになる。そこを父の藤助の知り合いで、藤吉の身元引受け人となっていた桂文我が、自分の師匠の二代目文団治に弟子入りさせ、藤吉の運命は決まった。十九歳の春、初めて大阪でも名代の寄席、法善寺紅梅亭の連名の、「しょっぱな」に名が出る。その時の名は「桂我藤」であった。それから三年目、師匠の桂文団治が七代目桂文治を襲名

した時、「桂我藤」は「桂春団治」と改名した。お玉との交渉は「花宗」をクビになってからも続いていたが、「桂我藤」が「桂春団治」と改まってからすぐ、突然お玉が姿を消した。お玉は春団治の大事な時に自分が足を引っ張らないように身を引いたのだが、お玉が自分を捨てたと思った春団治は、敵愾心から人が変わったように死にもの狂いの勉強を積み重ねていった。のちに春団治は大阪落語の伝統を崩していくが、壊すべき伝統はこの時期に研究し尽くした。春団治から身を隠している間、お玉は身を粉にして働き、春団治にお抱え車夫付きの人力車を持たせてやる。赤い漆の塗られた人力車は、人気が鰻のぼりに上昇過程にあった春団治に、箔をつけてくれた。そのいじらしいまでのお玉の献身に、春団治とは異父姉弟であるお初が間に立って、春団治とお玉は晴れて夫婦となった。しかし、幸せな結婚生活も束の間で、春団治の女癖が禍して、おふみ、お千代が現れる。おふみは京都の「辻井」という旅館の娘である。お玉の存在を知らなかったおふみは、勘当覚悟で春団治のもとへやってきた。お千代は北船場の「岩井初」という大問屋の「御寮人さん」であり、春団治が幼い頃、奉公に出された古着屋「大磯」の「嬢うやん」であった。お玉は春団治の子を身ごもったおふみのために身を引き、おふみはお千代のために妻の座を明け渡した。そのことがやがて世間に広まり、もともと落語家の姿が高座に見えると、客は十八番にしている噺を口々に注文する慣わしがあったが、春団治には「後家殺し」と声がかかるようになった。この三人の妻は、人気落語家春団治の豪奢な振舞いとは正反対に、台所は火の車という貧乏生活を強いられていた。持ち前の運の強さと機転の速さで大概の事は切り抜け、数々の逸話を残した春団治だが、レコードの二重吹き込みで訴えられた時には、この三人の妻が苦しい生活の中から、二千円の違約金を払うために奔走し、春団治を助けたのである。

　春団治と作者（長谷川幸延）の出会いは、やはり落語の席であった。南の宗右衛門町に対抗する花街である北新地で育った長谷川幸延は、子供の頃から藝事の好きな祖母に連れられて、よく寄席を聴きに行った。少年時代になると独りで出かけ、桟敷の客と一緒に来る北新地の藝妓に、高座の藝人を忘れて眼を奪われていると、「もしもし、そこのぼんぼん。落語は此方でやってますねんで。桟敷ばっかり見てんと、此方見なはれ。桟敷の方は、まだ早い」と高座から声をかけたのが、初代桂春団治であった。それからのち、作者も成長して、春団治の一人の客として、一人の友達として、彼の落語に対しては愛好から鑑賞へ、そして批評へと移っていった。

　昭和九年十月六日、桂春団治は胃癌で死んだ。入院中も他の患者を集めて一席設けたりして、死ぬまで酒と女とバレの落語（艶色落語）はやめられなかったという。「もう一遍、五黄の寅を走らして、盛り返そうという元気がおまへんのか」と励ますお玉に、「五黄の寅にも、寿命はあるわい」と一生の、落語のサゲをそれでつけたのか、そのまま息を引き取ったという。

　なお、「あとがき」によると、『オール読物』に掲載された長谷川幸延の『小説・桂春団治』は、渋谷天外が舘直志のペンネームで脚色して上演し、前後編、東京・大阪でそれぞれ再演、三演し、森繁久弥によって東宝映画にもなった。天外はやや地味に、森繁は派手に、それぞれの味を出して成功したという。

（荒井真理亜）

小説巡礼《しょうせつじゅんれい》　エッセイ

〔作者〕上司小剣〔初出〕「早稲田文学」大正七年二月一日発行。

〔内容〕上司小剣が、自身の小説の舞台となった場所、モデルとなった人物たちを訪ねた時のことを記したものである。モデルとなった人物たちに関しては、作品における名称を用いている。「鬚」（「早稲田文学」大正7年1月）の主人公は、上司が東京へ上った時、大阪の停車場に送ってくれた最も親しい旧友だという。大阪へ着くと、まず上町の叔父の家を訪ねている。この叔父は、源太郎という名で、「鱧の皮」に現れている。上司は奈良にいる父方の親戚を訪ねた後、この叔父と一緒に、堺の大浜へ「鱧の皮」の女主人公・お文とお梶に会いに行っている。お文は上司の従妹、お梶は叔母にあたることがわかる。この時点では、お文の夫は大連にいることになっている。また、お文も相変わらず酒で憂さを晴らしているらしい。また、「お光壮吉」の女主人公については、若い書生などが、宿屋と料理屋を兼ねた彼女の家を襲ったり、「上司の家へ弟子入りの世話をせよ」と言って来たりするという。小説のモデルとなった影響が書かれている。

京阪を舞台にした作品のモデルとなった人物たちのその後を知ることが出来る、資料的価値もあるエッセイ。

（荒井真理亜）

小説の中の大阪弁《しょうせつのなかのおおさかべん》　エッセイ

〔作者〕山崎豊子〔初出〕「思想の科学」昭和三十六年三月号。〔初収〕『日本の名随筆 別巻66〈方言〉』平成八年八月二十五日発行、作品社。

〔内容〕「暖簾」「花のれん」といった大阪弁を用いた小説を書いてきて、大阪弁は商人言葉として驚くほど豊富なニュアンスを持っていることに気付いた。大阪弁独特の柔らかさと間だるさが、スムーズにビジネスを推進するのに役立ったり、柔らかく持っていきながら、理詰めで相手を納得させる決め手にもなる。また、「おま（あ）」、「ありま（あ）」などの言葉は、一種の間延びした飄逸ささえ感じさせながら、次の言葉の運びを考える才覚に富んだ言葉だと言える。大阪弁は商業言葉として非常に有効な言葉だと言い得るが、緊迫感を必要とする独白や、ラブシーンを描く際に大阪弁の弱さを感じる。しかし、そのことが、大阪弁が商人言葉として強い個性をもつ証左となっているのである。

（大杉健太）

小説吉本興業《しょうせつよしもとこうぎょう》　長編小説

〔作者〕難波利三〔初出〕「スポーツニッポン新聞〈関西版〉」昭和六十二年十月十一日～六十三年二月二十九日発行。〔初版〕『小説吉本興業』昭和六十三年八月三十日発行、文藝春秋。〔小説の舞台と時代〕道具屋筋、千日前、大阪南区、日本橋、心斎橋、道頓堀、道頓堀橋、心斎橋筋二丁目、船場、明石、大阪上町、天満宮、天満天神裏、上本町、松島、福島、法善寺裏、新世界、出雲、堺、東京、神戸、浅草、大阪北野、東大阪、中河内、玉造、三田、上本町九丁目、宗右衛門町、新町、堀江、今里新地、通天閣、天神橋筋、京都新京極、祇園、梅田、梅田新道、淀屋橋、御堂筋、難波、生野区、大淀区、住之江、堺市百舌鳥梅北町、浪速区今宮戎神社、箕面。明治後期から昭和六十三年一月まで。

〔内容〕エンターテイメント会社の代表格となった吉本興業。その吉本興業を作り上げ、近代日本演藝史の根底に深く根ざす敏腕プロデューサー林正之助を、藝人や演藝関係者とのエピソードを絡め、描き出そうとした長編小説。通の藝道とは違う、金銭の大きく絡む近代大衆藝能の歴史としても読める。「幕開き」「第一景」「二幕目」「名

人藝」「荒れ狂言」「再登場」「ベイビーの巻」「松ちゃんの章」「仁鶴の巻」「きよしの章」「花道一直線」「SAWADA」「新風一番」の章から成る。

昭和六十二年十一月一日、大阪・ミナミのど真ん中に、地上四階、地下二階のビルがオープンする。八百九十五坪という広大な敷地に建てられたそのビルは、延べ面積三千四百一・七坪を誇り、演藝劇場をメインとする種々の娯楽施設を持っていた。演藝場にもショーシアターにもなる劇場は、間口十三メートル、奥行き十二メートルの舞台に、計八百七十七の座席を有し、高度な音響や照明を装備していた。更に、テレビ中継や録画撮りを行うスタジオをも備え、イベントホールとしても活用できた。この、他に類を見ない一大劇場をメインとするビルこそ、会長林正之助が、八十八年の人生の集大成として作り上げたNGK会館―吉本興業の城であった。吉本興業は、明治四十五年四月一日、正之助の姉せい（22歳）が、藝人道楽で財産を失った夫吉本吉兵衛の為に借金返済を図り、天満天神裏に「第二文藝館」をオープンさせた事に始まる。「安くて面白いものを」、吉本興業に今日まで流れる基本精神は、この時から始まっている。正之助は大正七年（19歳）から姉夫婦を手伝い出す。正之助は、時には、藝人を金で引き抜こうとするヤクザや松竹と渡り合い、恩義を忘れて金に走る藝人達の掌握に手を尽くした。そして一方で、大衆に受け金になる、新人や新藝能を発掘し、いずれも一流に育て上げたのである。吉本興業をここまでにした正之助には多くの伝説がある。ある漫才師が、十五分の持ち時間を十三分で済ませ舞台を下りてきた。居合わせた正之助に支配人は注意を受ける。しかし、時間に不備の無かった事を支配人は訴えた。すると、腕時計の値段を聞かれる。そこで「三万円です」と答えると、間髪を入れず「俺のは百万や」いう正之助の言葉が返ってきたという。その後支配人は続ける言葉がなかった。また、笑福亭仁鶴は全盛の頃、契約更新日が間近になると、必ず正之助に会った。「仁鶴君は金については言わんからなあ」。直の交渉相手は違うものの、さも感じ入るように言われると、「ええわい、なんぼでも」と交渉意欲を削がれ、仁鶴は諦めの心境に陥った。普段は姿さえ見ない「御大」であったのに、その時ばかりは何とも絶妙なタイミングで会ったという。そのような反面、正之助は、吉本のためによく働き、忠義を尽くした藝人には、芯から報いた。関東大震災で全てを失った花菱アチャコには、自身も大変な中、興行をうって家を建てる金を作ってやった。仁鶴には、ほぼ全盛時と変わらぬ待遇を今なお続けている。昭和六十三年一月、四週に渡って正之助を主人公にしたドラマが放映された。正之助には、正之助ブームとも言える現象が起こり、ドラマ化されるまでに世間の注目が集まっていたのである。本人は世間の羨望などお構いなく飄々としていたが、ドラマ制作発表の記者会見（昭和62年11月）終了後、会長室で直立して姉の胸像と、向き合う正之助の姿が、正之助に惹かれその人生を追っていた新聞記者に見られている。無言ではあったが明らかに姉せいと会話をしていたその光景は、姉弟愛に溢れる美しいもので、侵し難い崇高ささえ漂っていたという。その他作品中に登場する主な藝人に、エンタツ、千歳家今男、初代春団治、ミスワカナ・玉松一郎、白木みのる、笑福亭松之助、やすし・きよし、明石屋さんま、島田紳助などがいる。

（高橋博美）

饒舌録《じょうぜつろく》

評論

〔作者〕谷崎潤一郎〔初出〕「改造」昭和二年二〜十二月号。「大調和」昭和二年十月号（原題「東洋趣味漫談」）。〔初版〕『饒舌録』昭和四年十月十二日発行、改造社。〔全集〕『谷崎潤一郎全集第二十巻』昭和五十七年十二月二十五日発行、中央公論社。〔内容〕自らの文学観を展開。小説の「筋の面白さ」を巡り、芥川龍之介との間に論争があった。また、話題は多岐にわたり、文学、演劇、東洋趣味、歌舞伎、文楽といった伝統藝能にも及ぶ。上方において見るべきもののただ一つは、大阪文楽座（焼失後は弁天座）の人形浄瑠璃であると言う。

（中谷元宣）

少年と拳銃《しょうねんとけんじゅう》　短編小説

〔作者〕藤本義一〔初出〕「小説宝石」昭和五十三年四月号。〔初版〕『少年と拳銃』昭和五十四年二月二十五日発行、光文社。〔小説の舞台と時代〕摂津。昭和五十三年頃。〔内容〕やくざの子として生まれ育った多加志は、父親を憎み、彼の車の前車輪のタイヤの溝にマッチの火薬を詰め込み、高速走行中に摩擦で発火させることによってタイヤをパンクさせて、交通事故に見せかけて殺害する。多加志は疫病神から解放されたように明るくなる。転校して新しい生活を始め、実業家で弁護士であるが、暴力団とも関係のある父を持つ安田という友人ができる。やがて多加志は、母や警察学校に通っている兄が、安田の父の援助を受けていることを知る。兄に至っては、知らずに安田の父のスパイになっているのかもしれなかった。多加志は殺意を覚える。安田の父が暴力団の金融の法律相談を受け持っているせいか、安田の自宅には拳銃・ワルサーppkオートマチックがあった。中学二年生に進学する前日、摂津の渓谷で、その拳銃によって安田親子を殺害するのであった。

（中谷元宣）

女系家族《じょけいかぞく》　長編小説

〔作者〕山崎豊子〔初出〕「週刊文春」昭和三十七年一月八日〜三十八年四月一日号。〔初版〕『女系家族上巻』昭和三十八年四月一日発行、文藝春秋新社。『女系家族下巻』昭和三十八年六月一日発行、文藝春秋新社。〔全集〕『山崎豊子全集4』平成十六年四月十日発行、新潮社。〔小説の舞台と時代〕南本町、上本町六丁目、道頓堀、神ノ木。昭和三十四年二月二十日から同年九月二十四日まで。〔内容〕大阪船場の木綿問屋の老舗矢島家は、後継ぎ娘に養子婿を取る女系の家筋。その四代目、矢島嘉蔵が死去。遺言状を託された大番頭の宇市は、嘉蔵の葬儀の三日後に開かれた親族会議で長女の藤代、次女千寿、三女雛子たち親族一同の前で、遺言状を読み上げる。娘達への遺産配分は均等であったが、少しでも自分に有利な配分を得たい娘達は納得しない。さらに、二通目の遺言状で嘉蔵に文乃という愛人がいることが判明。嘉蔵の遺した遺言状を法的根拠として、矢島家の遺産をめぐる相続争いが始まる。出戻り娘で勝気な藤代は、不動産の知識を操る踊りの師匠梅村芳三郎をバックに、自分に有利な不動産相続を目論む。また、千寿は養子婿良吉と共に、相続分である暖簾の抵当権以上の利得を目指す。姉の相続争いに触発された雛子は、叔母の芳子を後ろ盾にし、不利な相続にならぬよう画策する。一方、法律に詳しい宇市は大番頭の立場を利用し、巧妙な財産隠蔽工作で矢島家の遺産を横領しようと企み、叔母の芳子は雛子を抱きこんで雛子の相続分をせしめようとしていた。矢島家の相続争いは文乃の妊娠が発覚するに及んで次第にエスカレートしていく。不動産相続が最も大き

い相続分だと踏んだ藤代は、宇市の作成した財産目録に疑いを持つ。宇市は自分しか知らない財産目録の内容が疑われたことに危機感を募らせ、あの手この手で親族の目くらましを謀る。さらに、文乃の様子が気になる宇市は神ノ木の文乃の家に自らの妾である君枝を送り込み、文乃の様子を探らせるが、慎ましやかな文乃はなかなか尻尾を見せない。一方、文乃の出産による遺産配分の減少を恐れた藤代たちは、文乃に堕胎を迫るが文乃は拒否。業を煮やした藤代たちは目の前で文乃に検査を受けさせ、女にとって最大の屈辱を与える。その藤代たちの姿は女の憎しみと執念の権化さながらであった。かくして矢島家の相続争いは、利欲に取り付かれた女の妄執が剝き出しとなって、虚々実々の様相を呈するに至る。そして宇市は、ついに三姉妹の内諾を取り付け、自分に有利な条件で五回目の親族会議に臨むが、その席上、出産を終えた文乃が現れ、嘉蔵が文乃に託した三通目の遺言状を突きつける。その遺言状には、文乃の子が嘉蔵の嫡子であることを証明する胎児認知届と嘉蔵自らの克明な財産目録が記載されていた。末尾に「この上さらに女系を重ねることは、固く戒め申し候」と認められた遺言状は、女系家族というしきたりに虐げられてきた嘉蔵の怨嗟の声でもあった。宇市の隠蔽工作は瓦解し、娘たちは嘉蔵によって見事に思惑を外され、金の妄執に最後まで無縁であった文乃が最後の勝利者となって物語は終わっている。（大杉健太）

女中の恋《じょちゅうのこい》　短編小説

〔作者〕岩野泡鳴〔初出〕「文章世界」大正三年六月一日発行、第九巻第六号。〔全集〕『岩野泡鳴全集第六巻』平成七年十月二十日発行、臨川書店。〔小説の舞台と時代〕大阪、池田、箕面ほか。大正期。

〔内容〕お末は、池田のある家で女中をしている。ここの「奥さま」は、顔も美しい上に良い旦那を持って、毎日楽に暮らしており、女中のお末にも綺麗にするように言った。お末の実家は百姓で、姉ができた後、母がお末を身ごもった時、父は母に、おろし薬を飲ませた。この上子どもができたら、麦飯も食べられないようになると思ったのである。それでも生まれてきたのが因果で、お末の両目は人並みでなく、いつもしょぼしょぼしていた。以前は夫がいたが、だんだん邪慳にされ、ついに別れてしまった。それから、いろいろな所へ奉公に出たが、夫婦の仲を見せ付けられるばかりで、お末に幸せは回ってこなかった。しかし、ここのところは「奥さま」のお陰で、そこの「旦那」にも、綺麗になったと言われている。しかし奥さまはあまり思いやりがないようで、まだ「旦那」の方がお末のことを考えてくれているようだった。ある日、お末がいつものお茶の間で寝ていると、「旦那」が夜遅く、お末の部屋の近くを通ったので、「誰じゃ」と声をかけると、「旦那」は「おれだい」と答え、自分を目当てに来たのだと思い身構えたがお末をよそに、冷や飯のおはちを開けて部屋に戻っていった。次の日「奥さま」は、お末が「旦那」に「誰じゃ」と言ったことを生意気だ、と怒り、お末の部屋の障子を開けたのも、のりにするごはんつぶを取りに行っただけなので思い違いをするなと言った。しかしお末は、「旦那」が横へ反れたのも「奥さま」が、せきばらいをしたからだと思う。その後、「奥さま」は、お末に「旦那」の世話をさせないようになった。お末には、「奥さま」が自分と「旦那」との仲を隔てているように思えてきた。そのうち「奥さま」が夜遅くまで帰ってこない日があり、お末は「旦那」が自分に手をかけるために、

「奥さま」を遊びにやったのだと考えた。お末は自分から「旦那」の部屋へ行き、足を揉むなどしたが、そのうち「奥さま」が帰って来てしまった。

　数日後、お末は前々から行きたいと思っていた、料理屋の女中に行くことになった。「旦那」は、その店を訪ねると約束したが、全く現れなかった。心配した店の女中がしらの旦那が様子を聞きにいってくれたが、「旦那」は、お末に惚れられているのが迷惑だと言っていたという。お末は、「きっと奥さんが邪魔するのんだっせ」と言って信じなかった。（田中　葵）

尻無川の黄金騒動《しりなしがわのおうごんそうどう》　短編小説

〔作者〕有明夏夫〔初出〕「野生時代」昭和五十三年四月号。〔初収〕『大浪花諸人往来—耳なし源蔵召捕記事—』昭和五十三年十月三十日発行、角川書店。〔**小説の舞台と時代**〕朝日町東筋（旧幕中は天満四丁目といったのを、町名改正で金屋町の西側と合併して朝日町となった）、摂津、河内、和泉、若松町、北久宝寺町三丁目、天神橋、堂島、上本町、東横堀川、久宝寺橋、追手町、堂島浜二丁目、伊丹、堀川町、松屋町、信保町、土佐堀川、木津川、難波橋、淀屋橋、肥後橋、江之子島、亀井橋、尻無川、靭町、岸和田、泉屋新田、伏見町、阿波座中通二丁目、立売堀川、尼崎。明治初期。

〔**内容**〕大阪の町名の分合改称が実施され、それに伴う政道が朝令暮改を繰り返している間に、モグリの肥やし汲みが急速に勢力を伸ばしてきた。金が絡む事なので、大阪屎尿取締会所とモグリの百姓との間には、汲み取りの支配権をめぐっての紛争が絶えなかった。また、厄介な事に、モグリには、会所に敵対した小学校の訓導や監事たちが後ろ盾としてついていたのである。そんな折、赤岩源蔵は、菅原警察署の厚木寿一郎一等巡査に呼び出され、モグリの百姓を取り締まるよう言い渡される。源蔵は渋々ながらも引き受け、手下の安吉を伴い、川の上でモグリの肥やし船を待ち受けることにした。何艘か由緒正しい汲み取り百姓を見送った後、とうとう二人のモグリを捕まえた。さらに取り締まりを続けようとした矢先、捕まえたモグリの肥担桶から、黄金が入った信玄袋が見付かる。実はこの二人組み、強盗をしでかした後、汲み取り百姓の目を盗んで肥やし船をかっぱらい、逃げる途中だったのである。十一日後、朝日町西筋にて海苔問屋を営む弁天屋の楽隠居、大倉徳兵衛が、「上方新聞」にこの事件の記事を掲載した（事件については多少手が加えられている）。そこには、各家庭の屎尿売却代金を小学校の経費にまわす、という妙計についても触れられていた。（森香奈子）

白い巨塔《しろいきょとう》　長編小説

〔作者〕山崎豊子〔初出〕「白い巨塔」「サンデー毎日」昭和三十八年九月十五日〜四十年六月十三日号。「続白い巨塔」「サンデー毎日」昭和四十二年七月三十日〜四十三年六月九日号。〔初版〕『白い巨塔』昭和四十年七月二十日発行、新潮社。『続白い巨塔』昭和四十四年十一月十五日発行、新潮社。〔全集〕『山崎豊子全集6〜8』平成十六年六月十日、七月九日、八月十日発行、新潮社。〔**小説の舞台と時代**〕淀屋橋、梅田、上本町一丁目、心斎橋、本町、道頓堀、丼池筋、高槻、帝塚山、高麗橋、千里丘。昭和三十九年から昭和四十二年三月まで。

〔**内容**〕大学病院で繰り広げられる権力争いや、誤診による医事紛争裁判を題材に、大学病院という「白い巨塔」の内部を描く長編小説。国立浪速大学付属病院第一外科助教授、財前五郎は、高度なメス捌きを要

求される食道噴門癌手術の若き権威である。退官を間近に控えた東貞蔵教授の後任教授として嘱望されていた五郎だが、東は五郎の華やかな名声と、我の強い性格に嫉妬を抱き、金沢大学教授の菊川昇を後任に据えようとする。一方、五郎は教授の座を手中に収めるべく、舅の財前又一、岩田重吉医師会会長と共に、次期学長を狙う医学部長の鵜飼を買収、来るべき教授選に備え、着着と布石を打っていた。様々な利権と思惑が絡む教授選は激戦を極め、最後は僅差で五郎が勝利する。教授の座を手に入れた五郎は、ドイツでの国際外科学会招聘も決まり、栄華の絶頂を極めた。そのころ、五郎と同期の第一内科助教授、里見脩二は、五郎が手がけた患者、佐々木庸平の容体の悪化を受け、五郎に胸部X線断層撮影をするよう勧告するも、自らの腕に絶対的自身を持つ五郎は、その必要なしと断定、国際外科学会へ行ってしまう。ドイツで医学者として高い評価を受け、絶賛の渦中にいた五郎に、佐々木庸平死亡の知らせが届くが、五郎は一顧だにしなかった。国際外科学会準備の多忙さを理由に、直接診断の求めに応じなかった術後の五郎の処置に憤慨した佐々木庸平の妻よし江と庸平の弟信平は、五郎を相手取り、庸平の死亡は五郎の誤診によるものだとして大阪地裁へ訴訟を起こす。自らの栄光と威信を傷付けられた五郎は、金にものをいわせて医事紛争裁判に強い河野弁護士を雇い、庸平の受持ち医であった柳原に圧力をかけ、断層撮影を却下した事実を隠蔽して裁判を有利な方向に運んだ。原告代理人関口弁護士は、佐々木家のため、医学の専門的知識が要求される医事裁判に立ち向かうが、判決では五郎の術後の処置に法律上の責任が認められず、原告側は敗訴する。また、五郎に不利な証言をした里見は大学を追われた。勝訴した五郎は日本学術会議会員選挙の候補者に推薦されて当選。さらに大きな権力を得ようとしていた。原告側はすぐに控訴し、二審では胸部X線撮影を怠った五郎の責任を問い、一審判決の突き崩しにかかるが、五郎の支配下にある柳原、医長代理の金井、講師の佃はなかなか口を割らず、裁判は難航する。しかし、賄賂で口封じを図ろうとした五郎のやり方に義憤を感じた元第一外科病棟婦長亀山君子が、五郎が断層撮影の勧告を無視した事実を法廷で証言。また、切除胃の再病理検索や、人命尊重の立場からの里見の証言によって、柳原の証言は覆され、裁判は原告側有利に傾き始める。そして、柳原は全責任を自分に転嫁する証言をした五郎を見限り、ついに五郎が断層撮影を却下した事実を法廷で証言。さらに五郎によって舞鶴へ飛ばされた当時の医局員、江川も、五郎に医者としての過信による落ち度があったことを立証する記録を持って法廷で証言した。その結果、第二審では原告側の逆転勝訴となる。五郎は最高裁へ上告するが、長年の過労により、五郎の体は既に胃癌に冒されており、もはや手遅れの状態となっていた。学内に与える影響を慮り、他の教授たちは、五郎に事実を知らせなかったが、全てを知った五郎は自らの死亡診断書を認め、この世を去る。（大杉健太）

白い羽《しろいはね》 短編小説

〔**作者**〕藤沢桓夫〔**初出**〕未詳。〔**初収**〕『青髭殺人事件』昭和三十四年三月五日発行、講談社。〔**小説の舞台と時代**〕桃谷、浜寺。昭和三十年代。

〔**内容**〕医大生康子の活躍を描いた推理小説。その夜、康子は越川家の長女鈴子に新年パーティーに招かれていた。金持ちのパーティーらしく贅を尽くした料理と、華やかな余興に康子は驚く。鈴子に兄一郎と

その友人を紹介されるが典型的な金持ちタイプの彼らに康子は好感が持てない。ステージでは一郎の友人下塚が奇術を披露する。かなりの腕前で、最後にシルクハットから青い鳩を出し出番を終えた。ホールでダンスが始まった頃、康子は鈴子から母親の指輪が無くなったと聞かされる。鈴子に兄の友人の中に犯人がいると言われた康子は、注意深く辺りを見廻し、白い羽を見つける。それを見て閃いた康子は、鈴子を連れ浜寺にある下塚の下宿へと向かう。下宿には伝書鳩の鳩舎があり、その中の一羽の足には指輪が結び付けられていたのであった。

（巻下健太郎）

城の怪《しろのかい》　短編小説

〔**作者**〕司馬遼太郎〔**初出**〕「小説新潮」昭和四十四年四月号。〔**全集**〕『司馬遼太郎全集第二十九巻』昭和四十九年一月三十日発行、文藝春秋。〔**小説の舞台と時代**〕大坂城。元和年間（一六一五～二四）。

〔**内容**〕大須賀万左衛門は、時の大坂城主、松平忠明と同郷であることを頼りに仕官先を求め大坂に出てきていた。万左衛門は、街角で鍋を売っていたお義以と親しくなる。万左衛門は自分が求めた、小ぶりの鍋が届く十日の間に、松平家の中間と工事人夫との喧嘩に巻き込まれる。その縁で、松平家の中間頭・松蔵と知り合う。松蔵はお義以の情夫であった。お義以は、小鍋を受け取りに来た万左衛門に、城に現れる亡霊の話を聞かせ、討ち取って手柄を上げるように勧める。万左衛門は松蔵と語らって、城に忍び込む。夜を待ち機会を窺う万左衛門だが、城の番兵に発見される。自らの危機を感じた松蔵は、保身のため万左衛門を裏切り、反対に万左衛門に斬り殺される。一方の万左衛門も、堀に落ちて水死する。しかし、万左衛門の魂は「もっと、小鍋はないか」と言いながらお義以の商いの場に現れるのであった。

（巻下健太郎）

塵埃を喰う花《じんあいをくうはな》　短編小説

〔**作者**〕黒岩重吾〔**初出**〕「小説現代」昭和四十八年二月号。〔**初収**〕『消えない影』昭和四十八年四月三十日発行、サンケイ新聞社出版局。〔**小説の舞台と時代**〕東京、ミナミ界隈。昭和四十八年頃。

〔**内容**〕車坂が、真須江に逃げられたのは、大阪で穀物取引のセールスマンをしていた頃、小豆で大儲けして、毎晩のように遊び回っていた結果であった。その後車坂は相場に失敗、逃げるように東京に出たのであるが、かつて相場を共にはった大垣を頼って、再び大阪に帰ってきた。大垣の助けを借り、現在ミナミの小料理屋の経営者となっている真須江をひき戻すため、一日おきに通うが、真須江は不動産屋の二号となっていた。真須江とはよりが戻りそうにない。大垣にそそのかされ、部屋に忍び込み、襲うという強硬手段をとる。しかし格闘の末、我にかえる。真須江の寝顔を見て、車坂は本当にこの女を愛していることを知り、静かに去る。明日からは西も東もわからない。結局それが俺の人生。車坂は湿った夜気を胸一杯吸い込むのだった。

（中谷元宣）

新・大阪極道戦争《しん・おおさかごくどうせんそう》　長編小説

〔**作者**〕福本和也〔**初版**〕『新・大阪極道戦争』昭和六十年九月発行、光文社。〔**文庫**〕『新・大阪極道戦争』〈光文社文庫〉昭和六十三年十月二十日発行、光文社。〔**小説の舞台と時代**〕金剛山地、大阪。昭和五十年代。

〔**内容**〕金剛山中で高橋富造の死体が発見された。塚田組組長宝田徳一は、大宮町の自宅前で大日本義勇団員に狙撃され、旭区生江の病院に運ばれた。狙撃したのは高橋

富造である。宝田徳一は、四カ月の療養後、回復し、Q薬品会社の乗っ取りを目論む。オイルダラーをバックに株の買い占めを始めた。Q薬品会社は社長派と専務派が対立していた。闇の相場師XがQ薬品のカラ売りにまわっているという噂がたった。Xの正体は誰か。会社の乗っ取りを描く宝田徳一シリーズの第四作目である。（浦西和彦）

真空地帯《しんくうちたい》　長編小説

〔作者〕野間宏〔初版〕『真空地帯』昭和二十七年二月二十九日発行、河出書房。〔全集〕『野間宏全集第四巻』昭和四十五年六月十日発行、筑摩書房。〔小説の舞台と時代〕大阪。戦中。

〔内容〕真空地帯とは全ての人間性を奪う兵営のこと。木谷一等兵は二年の刑を終え、陸軍刑務所から出所、大阪城内の中隊内務班に帰ってくる。枚方火薬庫で衛兵勤務中に、巡察の週番士官が落とした財布を着服したという、単なる窃盗事件が次第に大きくでっちあげられ、服役したのであった。部隊内の対立、腐敗した勢力争いに巻き込まれ、軽い犯罪にもかかわらず林中尉によって軍法会議にまわされ、そこでも不利な立場に立たされ、反軍思想の持ち主とされた挙げ句のことであった。飛田の山海楼の花枝にも裏切られる。木谷は、林中尉と花枝に復讐し、軍法会議のからくりを暴くことを希う。他の兵士から「監獄帰り」と白眼視される木谷は、部隊内で起こる様々な出来事に世話をやく大学出身のインテリ・曾田一等兵と懇意になり、曾田の協力を得て真実に近づく。しかし思いもよらず、自分のために尽力してくれたと信じていた金子軍曹と中掘中尉が、実は木谷を監獄に送り込んだ張本人だった。だが、木谷は林中尉を殴りに殴る。またもや上層部の企みで野戦行きが決められた木谷は、雨の中を逃亡するが断念。花枝との思い出を胸に、野戦に出発するのであった。軍隊の非人間性を描き、そこで「如何に人間性が奪われるか」を追求した作品で、文学作品の中軸を貫くストーリーと大きな思想を、自分のものとするための試みであったと作者は語っている。（中谷元宣）

新葛ノ葉《しんくずのは》　短編小説

〔作者〕今東光〔初出〕「小説新潮」昭和三十四年十一月号。〔初収〕『河内風土記』昭和三十五年四月二十日発行、新潮社。〔小説の舞台と時代〕八尾。昭和二十年代。

〔内容〕「河内もの」の一つ。終戦になり、どの百姓もまだ何にもしないうちに、恩智村のやもめの嘉助は芋作りを逸早く止め、苺の苗を畑の中に囲った。町から買い出し部隊がやって来て、百姓たちはにわかに物持ちになった。ある日、嘉助の家に一人の女が現れた。今里に近い片江町に住む中尾妙という三十五、六歳の未亡人だった。夫は戦死、二人の子どもが残されていた。嘉助は妙に苺の箱詰めの仕事を与え、離れを貸す。やがて嘉助と妙は同棲する。一緒になって二年半ほど経った時、死んだ夫によく似た弟巳之吉が訪ねて来る。妙は身仕度し、恩智から近鉄線に乗り、安堂で降りて、大和川の川べりに出た。二人は以前からの愛を確かめ合い、東京に逃げてしまう。この話を聞いた天台院和尚は「新しい『葛ノ葉』や」と言った。（中谷元宣）

神経科と温宮氏《しんけいかとおんみやし》　短編小説

〔作者〕黒岩重吾〔初出〕「宝石」昭和三十六年六月号。〔初収〕『落日の群像』昭和三十六年十二月二十五日発行、新潮社。〔小説の舞台と時代〕北大阪。昭和三十六年頃。

〔内容〕私はベンゾール中毒で下半身が麻痺して、二十六歳の晩秋、神経科に入院し

た。ノイローゼ患者温宮氏と仲良くなるが、危険人物であることを知り、距離を置くが、彼はおかまいなしだ。美貌で重度の分裂患者三上京子が入院してきたが、温宮氏は嫉妬から、私と京子が恋人同士であるという噂を流す。京子は回復に向かっていたが、温宮氏はショックを与え、再び悪化させる。そして温宮氏は会社に復職するといって勝手に退院して行く。しかしその二週間後、温宮氏が重症の精神分裂患者として帰ってくる。私は事実を知る。温宮氏はノイローゼではなく、実はもともと精神分裂だったのだ。回復しつつある京子に嫉妬し再び悪化させたり、復職すると嘘をついたりという奇怪な行動の理由は、それであった。軽症だったが、会社から完全に引導を渡され、重症となったのであろう。私は、京子が一刻も早く回復するのを願っている。

（中谷元宣）

真剣屋《しんけんや》　短編小説

〔**作者**〕藤沢桓夫〔**初出**〕「オール読物」昭和三十四年十月号。〔**初版**〕『真剣屋』昭和三十四年十二月一日発行、東方社。〔**小説の舞台と時代**〕新世界。昭和三十年代。

〔**内容**〕将棋会所の奥で奈良孝治はその日も盤に向かっていた。貧弱な学生服姿からは想像も出来ないが孝治は「蟻地獄の奈良」という綽名を持つ凄腕の真剣師である。一流会社の入社試験に失敗して以来、将棋会所に入り浸りの生活が続いていた。夜十一時になると下宿の向かいにある漬物屋の娘が迎えに来る。毎日一緒に帰ってはいるものの、孝治は娘に何の感情も持ってはいない。しかし真剣師としての荒んだ生活を省みると嫁を貰うのも悪くは無いと孝治は考える。会所で古着商に誘われ二年余りの間に孝治は大きな真剣を二十度ほど戦っていたが、ここ四カ月、孝治は大きな真剣を一度も戦っていない。相変わらず会所で盤に向かっている孝治を東京の実業家、谷田が訪ねる。将棋の腕も確かで豪放磊落な性格の谷田が孝治は好きだった。谷田は高知まで大きな真剣を戦いに行く旅の供に孝治を誘いに来たのだ。高知まで遠征した谷田だったが結果は惨敗であった。高知から戻った孝治は下宿に面接を受けた合成樹脂会社からの速達の届いているのを見つける。しかし、通知に記された来社日時は一日前のものであった。念のため会社に出向いたが、結局不採用となる。会社を出た孝治は、バスに乗り、ジャンジャン横丁へ一番近い停留所で降りたのであった。

（巻下健太郎）

しんこ細工の猿や雉《しんこざいくのさるやきじ》

長編小説

〔**作者**〕田辺聖子〔**初出**〕「別冊文藝春秋」昭和五十二年三月五日～五十三年十二月五日発行。八回連載。〔**初版**〕『しんこ細工の猿や雉』昭和五十九年四月三十日発行、文藝春秋。〔**文庫**〕『しんこ細工の猿や雉』〈文春文庫〉昭和六十二年三月十日発行、文藝春秋。〔**全集**〕『田辺聖子全集第一巻』平成十六年九月十日発行、集英社。〔**小説の舞台と時代**〕大阪。昭和十九年から三十九年まで。

〔**内容**〕物語は、戦後の混乱期から高度成長期にかけて、昭和三十九年に主人公の私が作家として本格的にデヴューするまでを描いている。田辺聖子の『私の大阪八景』などに続く自伝小説である。「私」は繰り上げ卒業で、昭和十九年に樟蔭女子専門学校の国文科へ入学した。「私」は、戦争中という時局にもかかわらず、「本を書く」のを夢みている。「本ごっこ」「著者ごっこ」が好きなのである。戦争が終わり、昭和二十二年に女専を卒業した私は、梅田新道にあった家庭金物の卸し問屋に就職する。

「佐藤サン」や「ヤネウラ3チャン」などに実らぬ恋心を抱いたりするが、世の中が少し落ち着いてくると、物語を書く夢は再び頭をもたげ、盛んに投稿を始める。やがて、退職し、大阪文学学校に通い、同人誌に参加する。昭和三十九年「感傷旅行《センチメンタル・ジャーニイ》」で芥川賞を受賞した。

　沢木耕太郎は「『しんこ細工の猿や雉』は、田辺聖子が虚構という手鏡を用いず自らを全面的に写し出した、ほとんど初めての作品であるように思われる。あるいは、それは虚構という仕掛けを通してのみ自ら語ることができた少女が、ついにその仕掛けなしに語りはじめたということなのかもしれない」（「虚構という鏡」）という。

（浦西和彦）

真言秘密の法《しんごんひみつのほう》　短編小説

〔作者〕今東光〔初出〕「小説新潮」昭和三十四年一月号。〔初収〕『河内風土記』昭和三十五年四月二十日発行、新潮社。〔**小説の舞台と時代**〕八尾。昭和二十年代。

〔内容〕「河内もの」の一つ。檀家ではないが、檀家の親類にあたる豚毛ブローカーのパア太が天台院にやって来た。本名は太郎吉だが、ブローカー仲間から馬鹿にされ、パア太と呼ばれている。聞けば、真言秘密の法で妻・正栄子の正念を抜いてほしいと言う。パア太がケチで家に金を入れないために世帯がまわらず、妻は苦しみ、金を出してくれる弁吉の優しさに惹かれ、この男と関係していたのだ。実際金を援助してもらっている以上、強くも出られず、妻との関係は続いていく。そこで、妻の正念を抜いてほしいと頼んで来たわけである。和尚は正栄子と会い話を聞くが、全ての災いはパア太のケチに原因があるという結論に至り、真言秘密の法を施さずに済ましたのであった。

（中谷元宣）

心斎橋幻想《しんさいばしげんそう》　短編小説

〔作者〕黒岩重吾〔初出〕「小説現代」昭和三十九年二月号。〔初収〕『隠花の露』昭和三十九年三月三十日発行、中央公論社。

〔全集〕『黒岩重吾全集第二十五巻』昭和五十九年二月二十日発行、中央公論社。〔**小説の舞台と時代**〕心斎橋界隈。昭和三十九年頃。

〔内容〕大野幸子は三重県の高校を出て、町の郵便局に勤めたが、都会に憧れ、心斎橋に出る。喫茶カメルンに勤める。映子と仲良くなる。インチキ映画プロデューサーの誘惑もはねつけ、純潔を守り抜く。そんな時、社長令息の大学生真鍋と出会い、映子の友人であることもあり、交際する。二人は結ばれるが、真鍋は偽学生で、実は東南アジアのバイヤーや駐在員に日本女性を斡旋する高級売春業者の情夫だった。幸子も映子と同様、崩れた世界に身を落としてしまう。やがて幸子は、自分を顧みなくなった愛人の在日R国貿易社社長を刺殺、毒を飲んで自殺するのであった。

（中谷元宣）

心斎橋筋《しんさいばしすじ》　エッセイ

〔作者〕薄田泣菫〔全集〕『薄田泣菫全集第八巻』昭和十四年六月一日発行、創元社。

〔内容〕市街を都市の血管だというが、大阪の町ほど血管らしい町はあまり見つからない。大阪の町には押さえることのできない、血の出るような生命の躍動があり、取り替えることのできない地方的な色彩がある。活きて働くその町々が絡まって一つの有機体的都市を形づくっているところに、大阪の生命と特色があると言える。大阪の脊髄は心斎橋筋だが、ただ活動があるというだけではなく神経がある。四季の移り変わりはいうまでもなくその時々に絶えず異なった気分が動いている。そんな心斎橋筋

の気分は、油断をするとつい知らぬ間に見ようとする一刹那の感じを取り逃してしまうことになるので、あの路筋が、身動きも出来ないほどに狭苦しいことが何よりも嬉しかった。訪れる者を傍観者の位置におかないで、あの気分の中に動き、あの雰囲気の中で呼吸せしめるには、あの路筋を狭くする必要があったに違いない。ともかく、心斎橋筋が好きで、あの路を通らないと大阪にいる気分になれない。（田中　葵）

新世界通天閣《しんせかいつうてんかく》　短編小説

〔作者〕長谷川幸延〔初出〕未詳。〔初収〕『舞扇』昭和十八年六月十日発行、六合書院。〔小説の舞台と時代〕新世界。昭和十七年十一月。

〔内容〕主人公の木村繁は俳優である。大阪生まれであるが、「現在」は東京新派劇の幹部の一人として納まっていた。

この度、東京名物の川上音次郎の銅像と大阪名物の通天閣が、政府の金属回収運動に応じていち早く献納され、その姿を消すことになった。どちらの献納物も木村繁にとっては、感慨無量なものがあった。川上音次郎は新派劇の鼻祖であり、木村の偉大な先達であった。木村は、川上音次郎の残した功績は、銅像などなくとも永く人々の心に生き生きとして存在するだろうと思う。しかし、木村には、新世界の通天閣は亡き妻ふさとの思い出の場所であっただけに、また格別の思い入れがあった。「今」から七、八年前、木村がまだ新世界の朝日座へ出ていた頃、木村とふさはいつも通天閣の下で待ち合わせた。ふさは、新世界の小料理屋「ことぶき」の女中をしていた。興行の稽古で木村の帰宅が一時、二時になる時は別として、二人は必ず通天閣の下で落ち合った。新世界では、評判の仲睦まじさであった。木村繁は、道頓堀などの大きな劇場で働いたことはなかったが、新世界の役者たちが「あくの強い」芝居をする中で、ただ一人「正しい」芝居をした。それがかえって客の目を引いた。ふさはそんな繁を見ながら、「もし、この一生懸命を、もつと大きい檜舞台でしたら、木村繁はもっと立派な役者になるやらうに」と思っていた。そして、「新世界の木村繁から、大阪の、出来ることなら日本の木村繁にすることが、私のつとめやないやらうか」とも思い始めていた。そんな矢先、繁に東京行きを勧める者が現れた。木村の芝居仲間である島文二郎である。一足先に東京に進出していた文二郎は、久し振りに木村の舞台を観て、その成長に目を見張った。そして、「君は選ばれた一人や。わずかな感傷と心中してはならんのやぞ！」と忠告する。木村は心が動かぬでもなかったが、今日までの座主の山田の知遇や一座の人々の好意を思うと、すぐには決心がつきかねた。様子のおかしい木村に座主の山田が、「わしは決して君の才能を縛らうといふやない。願ふことなら、その天分を充分にのばして貰ひたい。が、たゞ君を手放すのが辛いのや。いや、その愛情は間違ふてゐる。それも分つてゐる。が、毎日打ち出してから帰る客が、あゝよかつた、木村は巧い、と満足して行く姿を見ると、興行師として君を手放すわけには行かん。利益のためではない」と釘を刺す。苦しむ木村にふさは、つましい生活の中から蓄えた二百円を渡し、新世界や自分への未練は一切捨ててくれ、一時の不義理は大きな義理で償えばよいと説得し、木村を単身で東京へ発たせた。そんなふさの心情を汲み取って、座主の山田も木村の不義理を許してくれた。木村の東京における下積み生活は辛いものだったが、石の上にも三年、苦労は覚悟の上である。よく精進した。その血のにじむような努力が実って、

木村がいよいよその光芒を現すという時に、ふさが心臓鞭膜症で死んだ。木村が上京してから、四年後のことである。ふさは死の床で通天閣を指差しながら、「今度なほつたら、あの人と、もう一度あの塔の下の待合して、一しよに御飯を食べに行くんですよ。あゝ出世しなくてもいゝから、何時までも一緒に暮らしたい……」と初めて辛い心の内を語ったという。

待ちに待った木村の大阪巡業の日、やがて消えゆく運命にある通天閣を眺めながら、木村は亡き妻ふさを思い出し、感慨にふける。（荒井真理亜）

新雪《しんせつ》　長編小説

〔作者〕藤沢桓夫〔初出〕「朝日新聞」昭和十六年十二月～十七年四月発行。〔初版〕『新雪』昭和十七年六月三十日発行、新潮社。〔小説の舞台と時代〕大阪市内。昭和十六年から十七年頃。

〔内容〕この作品の連載開始日が太平洋戦争開戦直前であったにもかかわらず、作中からは戦争の暗い影は伝わってこない。物語はモンゴル語の権威を父に持つ保子、国民学校の教師良太、眼科医の千代、保子の父の弟子信夫の四人の恋愛模様を軸に展開する。千代は子供のようなところのある良太を頼りなく感じていたが、やがて何事にも情熱を注ぐ姿に心を惹かれていく。一方、保子も良太に好意を寄せていたが、信夫の想いの深さを知り彼を受け入れる。そして、良太と千代、信夫と保子は結ばれ、互いの新しい旅立ちをもって物語は幕を閉じる。

なお、この作品は昭和十七年、五所平之助監督、水島道太郎、月丘夢路主演、大映で映画化された。灰田勝彦が歌う主題歌も流行した。また、『新雪』の登場人物に影響され、司馬遼太郎が大学でモンゴル語を専攻に選んだというエピソードが残されている。（巻下健太郎）

新撰名勝地誌巻之一《しんせんめいしょうちしまきのいち》　旅行案内記

〔作者〕田山花袋〔初版〕『新撰名勝地誌巻之一』明治四十三年三月十五日発行、博文館。

〔内容〕凡例に「大体を国別にし、更に交通路に由りて、これを数区に分ちたり」「旅行者に取りては交通路別け、地形別けにする方却って便なるべきを編者は思へり」とあるように、「地誌」の体裁をとった写真入りの旅行案内記である。文体は文語体。史実なども踏まえ、焼失した建築物についても触れている。『新撰名勝地誌』は全五巻であり、内、大阪に関する事項は、巻一の「畿内」部である。巻一は、山城国、大和国、河内国、和泉国、摂津国を挙げ、それぞれの国別に地名・名所を挙げ細説する。「道頓堀とは道頓堀川の南岸十余町の総称なれども、西は戎橋、東は日本橋までの間を言へるものゝ如し。市内屈指の繁華地にして、北岸は所謂宗右衛門の狭斜地、艶を含める絃歌の音は夜絶えず。脂粉の香は到る所に溢る。ことに夜に至れば、楼々の灯火溝水に落ちて、絃音歌声、坐に遊子の思を惹くに堪へたり。橋を渡れば、道の南側に有名なる浪花座、中座、朝日座、弁天座の諸劇場相並び、北側には昔時いろは茶屋の名を止めたる芝居茶屋相接し、まことに一種特色ある一区を成せり」。（高橋博美）

身毒丸《しんとくまる》　短編小説

〔作者〕折口信夫〔初出〕「みづほ」大正六年六月号。〔全集〕『折口信夫全集第十七巻』昭和三十一年九月五日発行、中央公論社。

〔小説の舞台と時代〕住吉、大和、伊賀、伊勢、遠里小野《おりおの》、奈良、鈴鹿、近江路、水口、逢坂山、泉州石津、百舌鳥、耳原、丹波氷上、生駒、信貴山、長谷寺、国見山、

し

神宮寺、家原寺、大仙陵、坂下、窪田。鎌倉後期から室町初期。

〔内容〕身毒丸は、住吉の神宮寺に附属している田楽法師の瓜生野座に養われた子方で、遠里小野の部領の家に寝起きしていた。田楽師であった父（信吉法師）及び身毒丸の身には、先祖から持ち伝えた病気があった。そのため、身毒丸は九つで父に別れ、その後は、父の弟弟子である源内法師に育てられた。身毒丸は容姿端麗で、源内法師から殊更に愛された。また、巡業先では、人々に持て囃された。五月の中頃、伊勢の田植え踊りで身毒丸を見初めた長者の妹娘が、一行の後を追って来た。妹娘はすぐさま追い返されたが、そのことをきっかけにして、源内法師の身毒丸に対する愛情は、厳しい態度をもって現れるようになった。女に対する雑念を捨て切れない身毒丸に、源内法師は、「藝道のため、第一は御仏の為ぢや。心を断つ斧だと思へ。」と言い、龍女成仏品を血書させた。何度も血書し続ける姿を見て、源内法師はやるせない気持ちになる。その後、座を抜けて、自立することを考え始めた身毒丸。やはり父である信吉法師の血が、「一代きりの捨身では、をさまらなかつた」と、源内法師は心を痛める。次の日、一行が発った後の部屋で、身毒丸は鉦や鞨鼓の音を聞く。そして「身毒丸は立ち上つた。かうしてはゐられないといふ気が胸をついて来たのである」。

　作品の末尾に、折口自身による「（附言）」が記されている。そこには、この作品の題材となった高安長者伝説などについて、触れられている。また、身毒丸は「しんとくまる」と読むことも附されている。（森香奈子）

新聞《しんぶん》　短編小説

〔作者〕上司小剣〔初出〕「文藝春秋」昭和十一年七月一日発行。〔小説の舞台と時代〕久宝寺橋筋谷町、中之島、上町。明治十五、六頃から、二十二、三年頃まで。

〔内容〕お瀧は十八歳の年から、阿波座の太物問屋の主人伊豆平の世話になっている。伊豆平の妾となって足かけ十六年、伊豆平の子・作太郎も十二歳になった。お瀧は、日陰の身を嘆くこともなければ、自分が本妻になれるということをあてにもしていない。ただ、作太郎が私生児であることだけが不満であり、いつも気にかかっている。そんな折、伊豆平の身代が「左り前」、つまり経済的な窮地に陥る。伊豆平は柄にもなく、「山師仕事」に手を出し、「朝陽新聞」という新聞社を経営していたが、新聞の売れ行きが悪く、月々の欠損が積もり積もって、莫大な借金を抱えこんでしまったのである。お瀧は、見るに見兼ねて、それまで一番の願いであった作太郎の認知を後回しにしても、今すぐ新聞事業から手を引いてくれと伊豆平に頼む。お瀧の涙を流しての再三の苦諫に、伊豆平も惜しくてたまらない「朝陽新聞」をついに断念して、尾張出身の徳山良平に譲り渡した。ところが、「朝陽新聞」は社長が徳山になってからどんどん売り上げが増加し、その評判も徳山の名声とともに次第に高まってきた。また、機械も増え、人も加わり、今や大阪名物の一つになろうとしていた。一方、伊豆平の健康は、「朝陽新聞」の隆盛とは反対に、だんだん衰えていく。しかし、伊豆平本人は、持って生まれた山気はなかなか直らず、今にも一旗挙げそうなことばかり口走っている。本来なら「朝陽新聞」の社長の息子であったはずの作太郎は、家計の都合から「朝陽新聞」の給仕となった。作太郎は、社内の取り留めもない噂を耳にしては、帰ってきて珍しそうに父親へ報告する。それが、伊豆平にとって、楽しみでもあり、一種の苦しみでもあった。「朝陽新聞」はま

すます勢いを増し、印刷部数増加のために、マリノイ輪転印刷機械を購入した。それと同じ年に、伊豆平は、重い病気にかかって、ついに治らず死んでしまった。やがて大新聞と呼ばれるようになる「朝陽新聞」の誕生に携わった人物の、失敗の一代記。

（荒井真理亜）

新聞記者《しんぶんきしゃ》　短編小説

〔作者〕岩野泡鳴〔初出〕「文章世界」大正二年四月一日発行、第八巻第五号。〔全集〕『岩野泡鳴全集第六巻』平成七年十月二十日発行、臨川書店。〔小説の舞台と時代〕大阪、箕面、中之島、淀屋橋、北野、新淀川、東京。大正時代。

〔内容〕川田は、大阪の新聞社で二面を受け持っている。同じ社に墨川という東京下りの男がいるが、川田は小憎らしく思っていた。墨川は、この社の一員になったにも拘らず、毎日出勤するでもなく来ても遅くからやって来て、のっそりと早く帰る。東京では有名な文士であったらしいのだが、川田には、その態度が気にくわなかったのである。ある日、会社帰りで一緒になった二人は、新聞や社のことについて話をするが、やはり話は合わない。川田は、電車の中で墨川を新淀川にある自宅に誘った。墨川は最初は遠慮していたが、川田におされて、彼の自宅へと向かうこととなった。川田の家で、二人は碁を打ちながら酒を飲んだ。川田はどうにかして墨川から編集長の悪口を引き出そうとしたが、墨川はその手には乗らなかった。主な肴の塩鮭のことで、川田が「薄給者の身ですから」と断ったのを、墨川は「喰い物にゃあ好き嫌いがないのです」と正直に答えた。しかし、川田はそれでも気を悪くした。食事が終わってから、墨川が「今度は僕の方へ来給え」と言ったが、川田は電車賃が要るからと言って承諾しなかった。外は暗いからと、親切そうに墨川に提灯まで渡した川田であったが、この一連の出来事に親切心など全く存在しなかった。すべては墨川に恩を売るためと、どうにかして墨川を落とし入れてやろうという心持ちからであったのだ。川田は、墨川が帰ったあと、妻に「電車にでも引かれて、死んでしもたらええ――提灯一つぐらいは何でもない、さ。」と言い、「見ていなさい、今に、あいつを社から追い出してやるから」と妻の顔を見上げた。

（田中　葵）

新聞記者になった自画像《しんぶんきしゃになったじがぞう》　短編小説

〔作者〕貴司山治〔初出〕未詳。〔初収〕『暴露読本』〈新鋭文学叢書〉昭和五年十一月十日発行、改造社。〔小説の舞台と時代〕大阪。大正九年頃。

〔内容〕今から十年前である。徳島県の田舎から出てきた二十歳あまりの青年が、大阪のある新聞社の応接間で、編集長のF氏に「わしを使《つこ》てもらえまへんかいな?」と、どもりながらやっといった。田舎を出ようと、小説を書いて大阪J新聞に投書した。その小説のことで呼び出されたのである。職工に使ってくれと頼んだのを記者に採用してくれという意味に先方ではとってしまったようだ。三日後、採用するから出勤しろというF氏の手紙がきた。大阪の町もろくろく知らず、一枚の地図をふところにして、毎日暑い大阪の町を出歩いた。その後五年間この記者生活をつづけた。粋狂にもその時私を採用したF氏の意志がいまもってわからない。

（浦西和彦）

新・暴力株式会社《しん・ぼうりょくかぶしきがいしゃ》　長編小説

〔作者〕福本和也〔初版〕『新・暴力株式会社』〈光文社文庫〉平成七年六月二十日発

行、光文社。文庫書き下ろし。〔**小説の舞台と時代**〕大阪北区、心斎橋、西成区、大黒町、箕面市、茨木市、尼崎。現代。
〔**内容**〕宝田徳一亡き後の塚田組勢力拡大を描いたアクション小説。「暴行と殺人」「黒い渦動」「焰の噴出」「乱流」「全面戦争」「奈美の煩悶」「果てぬ野望」の七章から成る。前塚田組組長、宝田徳一は「一瞬の光芒」に生きた。宝田の生き方を尊敬する者は少なくなかったが、その死は謎に包まれていた。宝田亡き後、塚田組を受け継いだのは上条久であった。彼もまた宝田を深く尊敬しており、同じような生きざまをしたいと思っていた。黒沢邦夫もまた、同じであった。大学生の黒沢はある日、恋人を相原組の組員に暴行された。怒りに狂った黒沢はその復讐を果たし、相原組と敵対関係にあった、上条率いる塚田組に入ることになる。この事件がきっかけとなって、南西会の支配下にある塚田組と大場組の支配下にある相原組・荒瀬組の間で抗争が起こるのである。「新法」の壁が立ちはだかるが、上条は決してひるむことはない。そして、荒瀬組に捕われていた上条の妻、奈美を無事に救い出す。しかし、誇り高い奈美は上条への申し訳なさから自殺してしまう。上条は奈美を失い深い悲しみに沈むが、しばらくして前組長から引き継いだQ薬品会社の茨木研究所へ赴いた。そこで知った宝田の死の真相。宝田は「類人猿」を生み出そうとしていたのだ。それを神の摂理に反する行為として、射殺されたのであった。上条はその話を聞いて、一先ず組の経営を立て直した後、新しい商売をすることを考え始めた。そして、相原、荒瀬両組を壊滅させたことで南西会の会長から昇格の旨を告げられる。涙を流して喜ぶ上条だったが、その野望は果てることがない。（小河未奈）

深夜の競走《しんやのきょうそう》　短編小説

〔**作者**〕黒岩重吾〔**初出**〕「オール讀物」昭和三十七年八月号。〔**初収**〕『深夜の競走』昭和三十七年八月十五日発行、角川書店。
〔**全集**〕『黒岩重吾全集第二十二巻』昭和五十九年三月二十日発行、中央公論社。〔**小説の舞台と時代**〕阿倍野。昭和三十七年頃。
〔**内容**〕脊髄炎で阿倍野のY病院神経科に五年も入院している佐々木万郎が、絞殺された。非常に難しい事件で迷宮入りしたが、神経科科長の話が事件を解決する。足の悪いもの同士、どちらが早いか、院内の廊下をひと回りする競走を、万郎と浦上宗明が行い、万郎が勝ちそうになった時、その足に宗明がしがみつき、邪魔をした。万郎は宗明を罵倒し怒鳴る。宗明は恨みに思い、被害妄想狂の患者に、お前の妻と万郎が関係していると中傷したので、その患者は万郎を殺したのであった。宗明もそこまでやるとは思っていなかった。松木警部は司法警官になって初めて、法律も及ばない深い犯罪があることを知ったのである。（中谷元宣）

迅雷《じんらい》　長編小説

〔**作者**〕黒川博行〔**初出**〕「小説推理」平成六年十月～七年二月号。〔**初版**〕『迅雷』平成七年五月二十五日発行、双葉社。〔**小説の舞台と時代**〕茨木、吹田、箕面、大阪市住之江、天王寺、難波、梅田、中島地区、西成、北新地、京都。現代。
〔**内容**〕友永が稲垣、ケンと三人で消費者金融社長であり、暴力団組長緋野を誘拐しようとしたところから物語が始まる。緋野が京都の知り合いのところから、帰る途中で拉致をした。そして、組に電話をかけさせて三千万銀行に振り込むように指示させた。友永と稲垣は同じ病院に入院したことから知り合った。ダライコ屋と言われる金

属収集業の仕事の最中に事故で入院した友永は、交通事故で入院している稲垣と知り合いになった。退院してしばらく仕事を休んでいると稲垣からヤクザを誘拐して金を巻き上げようと持ちかけられた。最初の相手はノミ屋をしている西尾という男だった。その時は上手くいった。そして一人三百万という大金を簡単に得ることが出来た。友永はそれっきりで誘拐はしない、と稲垣と別れたはずであったのだが、しかし稲垣はまた誘ってきたのであった。結局、手伝う羽目となって今回の組長誘拐となった。しかし、緋野が巧妙に電話で舎弟の矢代に連絡していたため、金の受け渡しの際に待ち伏せされ襲われる。やっとの思いで逃げ出したものの、稲垣の相棒、ケンが捕らえられてしまう。そのため緋野の受け渡しとケンの受け渡しのやり取りとなり、様相が変わってきた。友永は一度だけ稲垣たちを見捨てようとするが、稲垣のケンを思う気持ちに動かされ、最後まで付き合うというようになった。しかし緋野が持っていた委任状から話が更に複雑になっていった。緋野はとある大学の学長選挙に関わっていたのである。それは土地ころがしによる利益と情報のやりとりを示すものであり、緋野は芳賀という大学教授に票のとりまとめを頼んでいたのであった。時間もなくなり、焦る緋野たちを利用し、稲垣は更に身代金を要求し、ケンも救出しようとする。そして、ケンの監禁場所を特定し救出しようとするが、緋野に逃げられてなし崩し的にケンを救出するべく宿舎に侵入する。ケンを無事助けたが、結局は芳賀からせしめた一人三百万だけだった。怪我の治療をして、友永は稲垣たちと別れた。二人と一緒に行動していたら、警察にも、緋野たちにも見つかるかもしれないからである。しかし、空港に着いた友永はいつも自分の煙草をもらっていた稲垣の顔を思い出し、二人が逃亡した四国、石鎚へとタクシーを走らせた。

（井迫洋一郎）

【す】

粋人《すいじん》　短編小説

〔作者〕太宰治〔初出〕『新釈諸国噺』昭和二十年一月二十七日発行、生活社。〔全集〕『太宰治全集第六巻』平成二年四月二十七日発行、筑摩書房。〔小説の舞台と時代〕浪花。江戸時代。

〔内容〕『新釈諸国噺』は、題材を西鶴の著作からひろく求め、それにまつわる太宰の空想を自由に書き綴ったものである。「粋人」は『世間胸算用』巻二の二、「訛言も只は聞かぬ宿」を題材としている。大晦日、男は妻をひとり家に残し、自身は借金取りから逃れるために茶屋へ赴く。茶屋の婆に、あたかも自分は妻の出産で家を逃げ出してきた大旦那である、と、うそをつき、一日遊ばせてくれるように言う。婆はそれを大うそと見抜いてはいたが、こちらも客商売だから、と、遊ばせておくことにする。そしてお世辞を言い、手間のかからぬ料理を出し、売れ残りの藝者を座敷に突き出す。男は婆と藝者から上手い具合に金を巻き上げられ、さらには借金取りに見つかり、着ぐるみ一式剝ぎ取られ、散々な目にあう。それでも意地を張って、狸寝入りをしてしまう。台所では婆と藝者が、「馬鹿というのは、まだ少し脈のある人の事」と話し合って大笑い。とかく昔の浪花あたり、このような粋人とおそろしい茶屋が多かったと、その昔にはやはり浪花の粋人のひとりであった古老の述懐。

（森香奈子）

水都大阪の変貌《すいとおおさかのへんぼう》　エッセイ

〔作者〕竹腰健造〔初出〕『随筆集大阪讃歌』昭和四十八年九月二十九日発行、ロイヤルホテル。

〔内容〕昔から大阪は「八百八橋」といわれる。橋の多いことは水路が蜘蛛の巣を張り巡らしたように通じていることを意味し、水都の名で知られてきた。

　しかし、その水都も半世紀の間に大きく変わり、工業用水の汲み上げが原因で地盤が沈下したため、地面から数メートルも高い堤防を川沿いに築き、それが水都の景観を見苦しいものにした。また、地盤とともに橋も下がって、水都の夏祭りである天神祭の船渡御も通れなくなってしまった。更に大阪の景観を醜悪なものにしたのが、高速道路である。水都の美観の最も重要な要素である川の上に高速道路が縦横に走るので、橋の美しさが壊される。美しかった心斎橋は今は陸橋の装飾となって、昔の名残だけが残っている。四ツ橋、筋違橋などその名前だけでも懐かしい橋が、今はもうない。中には、水都にふさわしい景観を目指して建てられた、中之島の府立図書館、中央公会堂などを取り壊すという考えの人もいるらしい。永遠と呼ばれていた建物の生命の長さも、短いといわれる人の命も、現代では大差がないのを嘆ずる。水都大阪という大都市の命は永遠であろう。しかし、時の流れに伴う様相は刻一刻と変化し続けることであろう。（荒井真理亜）

末広《すえひろ》　短編小説

〔作者〕長谷川幸延〔初出〕未詳。〔初収〕『冠婚葬祭』昭和十六年十二月二十日発行、新小説社。『御霊文楽座』（昭和17年6月5日、日進社）に再録の際「慰問演芸」と改題。〔小説の舞台と時代〕曾根崎新地、老松町。昭和十年代。

〔内容〕戦時下において、花柳界のおかれた状況と、曾根崎新地の藝妓たちがどのように生きるべきかを模索する姿を描いている。

　曾根崎新地の名高い料亭「梅ケ枝」の人気藝妓だった加代子は、弟の出征を機会に花街の外の世界を知ることになる。町会や在郷軍人会の人たちや愛婦、国婦の人たちが、何の報酬もなく働いている姿を見て、藝妓の仕事に疑問を覚える。花柳界では、十一時の制限時間直前に、自動車で駆けつけて来る客たち、それで一遍に売り切れになる藝妓たち、出征の首途の盃にも事欠くお酒が、何本も並べられてよいのか？　藝妓はそんな人たちのお守りだけで、毎日を過ごしてよいのか？　そうしなければ生きて行く道はないのか？　そのように考えると、自分たちの存在が、世の中に益するためと思えず、舞踊一方で身を固める決心をして、花柳界からあっさり身を引いてしまう。加代子とともに北陽の五人組と言われる富美江、愛之助、千代梅、おいろの仲良し連も、曾根崎屈指の大茶屋「松音」「きぬ本」「大利」などの女将たちも、加代子の二十五歳という盛りの年や藝、器量を惜しがったが、加代子の決心は固かった。しかし、そんな加代子にも、一つだけ心残りがあった。加代子にひたむきな純情をかたむけていた吉村との交渉に、終止符を打ったことである。妓籍を退くことを決めた頃は、自分を生かすためとは言え、何らかの面で世の中のために働く男たちに値打ちを感じた。だから、吉村のくれようとした弟への餞別も、遊んでいる金、苦労のこもっていない金のような気がして、吉村の貴公子然とした美しい顔や、端然と整った身なりが、かえっていまわしいもののように見えていた。ふとした事から性来の潔癖があらわれ、花柳界へ出入りする男たちに激しい嫌悪を覚え出すと、誰も彼もが汚く見え、吉村の純情さえ叩きつけてしまったのであ

る。だが、吉村の弟への餞別は、好意から出た贈り物であって、喜んで受納すべきものだったと思い直す。長年住み馴れた花柳界から、泳ぎ出る。こんな時こそ、女には心から頼りになる「突支棒」が要る。吉村は弱々しくて「突支棒」にならないかもしれないが、心の疲れた時、見る眼を楽しませてくれるような人ではあったと悔やんだりもした。わずか一年の間に時局は激変した。「七・七の禁止令」が出され、藝妓の国防婦人団も組織される。加代子の決断が正しかったことを裏付けるように、藝妓たちにとっては、生きにくい世になっていった。しかし、加代子の仲良し連の藝妓たちは、逆に国防思想に目覚める。そして、自分たちの存在意義を見直すべく、加代子の元へ結集した。そして、各所の陸軍病院を慰問し、唄や三味線、舞踊などの藝を披露して、「御国の為の御奉公」とすることを決めたのである。その第一回の慰問先は、大阪府下の金岡分院であった。プログラムの冒頭は、富美江の端唄で、三味線はおいろが弾いた。初めての舞台で初心な素振りが、純真な兵隊たちに好感をもって迎えられ、アンコールを求められる好成績であった。取りを務める加代子は、出番待ちで外のベンチでくつろいでいた。そこで偶然、吉村に再会する。吉村は加代子が餞別を突き返したことを怒ってはいなかった。そればかりか「血税を払って立止る身に、遊惰な金を卑しむ潔癖が分った」と言ってくれる。吉村は別人のようにたくましくなっていた。吉村は、また見舞いに来るという加代子に、「来ては不何んよ。病院にゐても、まだ御奉公の身の上だから」と弱々しい昔の影の微塵もない強い逞しい声で言い、「お眼にかゝれる軀になつたら、きつと僕の方から……」と言いかけて、口をつぐんだ。加代子も胸のふさがる思いで、声が出せなかった。加代子は、世の中はだんだん変わるが、自分だけは変わらず、吉村を待っていようと心に誓った。

（荒井真理亜）

好きになる薬《すきになるくすり》　短編小説

〔作者〕藤沢桓夫〔初出〕「モダン日本」昭和十四年八月号。〔初収〕『大阪千一夜』昭和二十二年六月三十日発行、明星社。〔小説の舞台と時代〕鶴橋。昭和十年代前半。〔内容〕薬剤師の戸川は、高学歴が故に同年輩の旋盤工、和歌山に対し反感を抱いている。和歌山の給料が自分に倍することも癪に触る。お妙の態度が普段とは違うことに不審を感じていた所に、和歌山とお妙の間が親密であるという話を聞き戸川は動揺する。さらに、羽振りの良くなった和歌山がお妙にルビーの指輪を贈ったことを知り戸川は恋が破れたと感じる。和歌山はそんな戸川の心中も知らず、惚れ薬を求め薬局にやって来る。夜の散歩の約束を取りつけたが、お妙の愛に確信が持てないと言うのである。戸川は、お妙が約束を忘れ眠ってしまう様にと睡眠薬を「好きになる薬」だと和歌山に渡す。翌朝、約束を反故にされ、落ち込んでいるはずの和歌山が明るい笑顔でやって来て戸川を狼狽させた。事の真相は、お妙の愛を確信した和歌山は薬を酒に混ぜ二人の関係の障害となるお妙の父親に飲ませたのである。薬のお陰で二人は気兼ね無く散歩を楽しみ、関係は決定的になった。その話を聞いて戸川はよろよろと椅子に尻餅をついた。

（巻下健太郎）

好き法師《すきほうし》　短編小説

〔作者〕今東光〔初出〕「小説新潮」昭和四十六年二月号。〔初収〕『小説河内風土記巻之六』昭和五十二年七月十五日発行、東邦出版社。〔小説の舞台と時代〕八尾。昭和四十年頃。

〔内容〕「河内もの」の一つ。八尾中野村の天台院の北、十五町ほどのところに地蔵院という真言律宗の寺があった。自ら好色と称する島村英厳がその寺の和尚となる。英厳は苔の蒸した墓石を洗い、拓本を取るのを趣味としていて、曾根崎心中のお初や、懐徳堂の三宅石庵の碑などを発見していた。英厳は檀家の女に手をつけ、その夫にしたたか殴られ、寝込む。次にその姪に近づき、子どもに恵まれないのは赤松の祟りだと吹き込み、加持祈禱と偽り交合する。しかし今度もまた、その夫に現場に踏み込まれ、英厳は裸のまま飛白のような雪の闇を逃げ廻るのであった。（中谷元宣）

助平村《すけべえむら》　短編小説

〔作者〕今東光〔初出〕「小説新潮」昭和四十五年四月号。〔初収〕『小説河内風土記巻之六』昭和五十二年七月十五日発行、東邦出版社。〔小説の舞台と時代〕八尾。大正、昭和。

〔内容〕「河内もの」の一つ。他村の人は一概に助平村と呼んでいるが、正確に書くと河内八尾の助兵衛新田である。その村の名前のせいばかりではなく、新田というとどの国の村落でも入り人が多いせいか風儀が悪い。夜這いが横行するのは概して新田風俗だ。明治になってからは夜這いなどという悪習は法律で禁じられた。したがって、河内国でも夜這いはほとんどなくなっていたが、それを敢えて行おうというのはその名も著《しるし》き村だからである。朝吉は町子、吉太は糸子に夜這いして成功する。三公は節子に挑み、村雲は郡山の廓に行く。朝吉は他村から夜這いに来る侵入者を撃退するため、夜警に出かけるが、やはり町子の家のある西の方に吸い寄せられるのであった。（中谷元宣）

錫婚式《すずこんしき》　短編小説

〔作者〕藤沢桓夫〔初出〕「小説新潮」昭和三十六年六月号。〔初収〕『新・大阪物語』昭和三十八年十一月五日発行、桃源社。〔小説の舞台と時代〕狭山、梅田、天下茶屋。昭和三十年代。

〔内容〕瀬戸口修吉は妻の美和子に結婚十年目は錫婚式であると教えられて感慨にふける。修吉が美和子を知ったのは、取引先の会社であった。いつも明るく微笑んでいる美和子に修吉は好感を抱いたが、一度目の結婚に失敗してからは以前にまして地味な男になっていたので、自分には縁の無い女性だと諦めていた。ある時、偶然、駅のホームで美和子と出会った修吉は食事に誘い、彼女が不幸な生い立ちであることを知る。それ以来、二人の間の距離は縮まっていった。しかし、修吉の求婚を美和子は頑なに拒む。その内、修吉は美和子がかつて、幾人もの男と関係を持っていたという噂を耳にする。そして、それは事実であった。だが、それでも修吉は美和子の過去に拘らず結婚すると宣言する。泣きたいほど悔しかった修吉は、その日が春の夜で、月が無かったのを覚えている。（巻下健太郎）

すばらしき野生！　郊外へ——4《すばらしきやせい！こうがいへ——よん》　エッセイ

〔作者〕開高健〔初出〕『自然探訪4〈関西・近畿を歩く〉』昭和五十七年九月二十日発行、講談社。〔初収〕『オールウェイズ上』平成二年九月三十日発行、角川書店。

〔内容〕少年時代、「自然の息吹くなかで毎日を送っていた」ころを語る。その頃の上本町五丁目や北田辺でカブト虫採りやモロコ釣りをしたことなどが記され、「私の故郷はあってなきが如くになってしまった」、という。（大杉健太）

すべってころんで《すべってころんで》　長編小説

〔作者〕田辺聖子〔初出〕「朝日新聞」昭和四十七年五月二十九日～十二月九日夕刊。〔初版〕『すべってころんで』昭和四十八年一月二十五日発行、朝日新聞社。〔文庫〕『すべってころんで』〈中公文庫〉昭和五十三年八月十日発行、中央公論社。〔全集〕『田辺聖子全集第三巻』平成十六年三月一日発行、集英社。〔小説の舞台と時代〕千里ニュータウン、鳥海山。昭和四十年代。〔内容〕妻の啓子は四十一歳、夫の太一は四十五歳。二人の子供がいる。千里ニュータウンに住んでいる平凡な夫婦である。啓子は家事に追われながら、中原中也の詩を読み、外国映画に心を奪われる。太一は妻が何をいっても「ム……」としか答えない、頼りない男であるが、釣りに情熱をもっている。息子の清はいつの間にか学生運動に深入りし、二人はあわてふためく。啓子には青春の思い出がある。その淡い思い出の中にいる男は、北国の鶴岡で暮らしている。啓子はふと見知らぬ土地をたずねにでかける。太一はツチノコを追う夢にとりつかれる。子供が親の元を離れて行く。夫婦の理解が行きとどかない。中年夫婦の哀歓を描く。「あとがき」で「意図としては、中年の男女を主人公にした、たのしい家庭小説として、自分でもあたらしい方向を切りひらいてみたかった。現代で一ばんドラマチックな世代は、戦中・戦後をからくも生きながらえてきた、中年の男女であるように思えたからである」と述べる。（浦西和彦）

住吉《すみよし》　短編小説

〔作者〕川端康成〔初出〕「個性」昭和二十四年四月一日発行。原題「住吉物語」。〔初収〕『哀愁』昭和二十四年十二月十日発行、細川書店。〔全集〕『川端康成全集第七巻』昭和五十六年一月二十日発行、新潮社。〔内容〕「住吉」三部作の最後の一編。「住吉物語」と「母の住吉物語」が対照的に、かつ渾然一体となって物語られる。

　六つか七つの頃、母（継母）は住吉物語を聞かせてくれた。しかし、成人してから読んだそれはあまりにつまらなかった。母に聞いた住吉物語の方がもっと古く、美しいように思われる。「私」にとって、住吉物語の琴は母の琴である。だが琴の音は悪心の芽生えでもあった。母は十七で結婚し、十八の時に数え年で二つだった「私」を引き取ってくれたのだが、「私」はものごころつくと、母の早い結婚に嫉妬した。十七より下の少女を幾人か犯した（「反橋」）―「汚辱と悪逆と傷枯の生涯」の師匠である盲目の老人を憎んだのも、母の琴のせいだったのではないか。幼かった「私」は老人の前で執拗に母に甘え、琴の爪で足の霜焼けを掻いてくれとせがんだ。すると母は、これは姉の形見、あなたのお母さんのだからと拒んだのだった。（山本冴子）

坐れない席《すわれないせき》　短編小説

〔作者〕黒岩重吾〔初出〕「現代」昭和四十二年十月号。〔初版〕『坐れない席』昭和四十三年八月十五日発行、東方社。〔小説の舞台と時代〕大阪。昭和四十二年頃。〔内容〕風采は上がらないが、逞しい肉体を持つ大波は、R銀行B支店の預金課長代理（四十歳）であったが、出世コースから外れていた。養わねばならない妻子がいる。大波は、大金持ちの内縁の妻斎藤愛子に出会う。大波は愛子に贔屓にされ、預金実績を上げるが、その色香に迷い、やがて肉体関係を持ってしまい、愛子の言いなりになる。ついには、愛子の主人を殺害。しかし愛子に裏切られ、大波はこの世から姿を消す。誠実をモットーとする銀行員の意外な破局であった。（中谷元宣）

【せ】

生活の樹《せいかつのき》　長編小説

〔作者〕藤沢桓夫〔初出〕「日の出」昭和十七年四月～十八年三月号。〔初版〕『生活の樹』昭和十八年七月発行、全国書房。〔小説の舞台と時代〕恵比須町、羽衣、玉出。昭和十年代。

〔内容〕田村滋子は銀行家の娘であることを隠し、男も女も健康である以上、社会のために働かなければならないと言う信念のもと実費診療所の薬剤師として働いている。ある時、貧しい親子の診療費を立て替えたことをきっかけに、滋子は初めての給料をその親子に寄付しようと決心する。しかし、突然、心当たりの無い書留が送られたきたその家庭では、扱いをめぐって母と娘が対立することになる。娘は、他人から施しを受けるのを潔しとせず、なんとしても差出人に突き返そうと考えていた。それを知った滋子の心は傷つく。また、滋子は淡い想いを寄せていた診療所の医師竹村がかねてより欲しがっていたレントゲン機器を、匿名で父親に寄付させようと考える。しかし、執拗に寄付するよう迫る滋子に業を煮やした父親は、竹村に直談判を求める。この時、初めて滋子が銀行家の娘であることを知った竹村は、娘を騙してレントゲンを買わせようとしているのだろうと言われ、激怒する。そして、事実を知った竹村は滋子を批難する手紙を残す。滋子は、良かれと思いした事が裏目に出た上に、竹村に去られ深く傷つくのであった。

　この作品は、昭和二十二年に森一生監督、折原哲子・小柴幹治主演で映画化された。

（巻下健太郎）

青春の逆説《せいしゅんのぎゃくせつ》　長編小説

〔作者〕織田作之助〔初出〕『二十歳』昭和十六年二月十五日発行、万里閣。『青春の逆説』昭和十六年七月十日発行、万里閣。〔全集〕『定本織田作之助全集第二巻』昭和五十一年四月二十五日発行、文泉堂書店。〔小説の舞台と時代〕大阪・ミナミ、京都。昭和十年代。

〔内容〕お君は浄瑠璃写本師毛利《もうり》金助のひとり娘である。十六歳の時、母が糖尿病で亡くなってからは家を切りまわしていた。彼女が軽部と知り合ったのは彼の下宿先へ写本を届けに行ったことがきっかけである。当時、軽部は二十八歳の小学校の教師で、出世が固着観念の男であった。少なくとも校長級の家の娘と結婚する予定だった軽部は、写本を届けに来た美貌のお君に手をつける。教育者の醜聞を恐れた彼はいろいろ思い案じた挙句、十八歳のお君との結婚を選択する。その翌年二人の間に豹一が生まれる。「日本が勝ち、ロシアがまけたという意味の唄が未だ大阪を風靡していた」頃の三月であった。軽部はお君と結婚したのを後悔していたが、お君が翌年の三月、男の子を産むと、日を繰ってみてひやっとし、結婚してよかったと思う。同じ年の暮れ、軽部は初めて浄瑠璃大会に参加した後、急性肺炎になって死んでしまう。お君は豹一を連れて実家へ戻ってくる。豹一の祖父金助が養父になってくれた。豹一の名字が毛利となったのはこの所以である。しかし豹一が六つの年の暮れ、電車に引かれて金助も死ぬ。

　豹一は早生まれだったので七つで尋常一年生になったが、休暇時間には好んで女の子と遊んだ。少女のような体つきで、顔も色白くこじんまり整っていて女の先生たちにいきなり抱きしめられたりする。可愛がられるのが身についていなかった豹一は、二、三日はその教師の顔さえよく見ること

が出来ない。豹一が八つの時、お君に縁談がはいってくる。相手は谷町九丁目いちばんの金持ちと言われ、欲張りとも言われていた野瀬安二郎という高利貸しであった。お君は三度の離婚経歴がある野瀬の四番目の女房となる。実は安二郎は三番目の妻を死なせて女中を入れたが、この女を時には自分の女房代わりにしていた。しかもお君が嫁入りしてからはその女中を追い出し、妻であるお君に女中代わりをさせた。金銭的な面においても安二郎はけちんぼうであった。いつか集金に行かされたお君が乱暴を受けると、安二郎は山谷という人を使用人として雇う。豹一はこの山谷から義父の安二郎と母との関係についてきくにたえぬ話をきかされる。そのとき、豹一の自尊心は傷つけられてしまい、さらに、「性的なものへの嫌悪」という偏見が植え付けられる。やがて豹一は中学生になるが、再婚したにもかかわらず、義父からの援助は一切なかったため、学資などすべての面倒はお君の役目であった。実父軽部が出世の固着観念を抱いたように豹一も人一倍箔をつける虚栄心があった。その自尊心を保持しようと、そして夜遅くまで学資をこしらえるために針仕事をしている母親お君のことを考えながら、豹一は勉強に集中する。結局、二年生に進級する時には首席になるが、二年生の一学期試験の前日に映画を見たのが知られて一週間停学処分を受ける。学校中の模範であったクラスの評判が豹一の行動で悪くなり、級友全体にいじめられる事にもなった。中学校を卒業させてくれるだけで精一杯であった母お君のことを考えて、豹一は上級学校への進学をあきらめる。ところが校長の推薦があれば学費援助がつくという条件で入学試験を受け、京都の第三高の文科へ入学する。それと同時に援助者が持ち主になっている塾に入る。塾生は全部で十八人いたが、みんな特権意識を持っていた。豹一はそのような雰囲気がいやであったので独りになり始める。塾の規則も勝手に破ったりする。これらの塾生活に対して豹一と同感していた赤井、野崎ら三人は学校を欠席しながら遊びまわる。教授会議が開かれ、欠席日数を超過した三人ともに落第が決められる。落第は塾の給費が中止されることを意味した。豹一は学校を止めて大阪へ帰ってくる。しかし、返済が終わったはずの豹一の中学学資としてお君が安二郎に借りた金の利子がまだ三百円も残っていた。それで豹一は就職を急ぐ。毎朝新聞の社員募集広告欄で見た、製薬会社へ履歴書を持って行くが落ちる。やっと日本畳新聞社へ入社するが、新聞記者らしい仕事はまともにしたことがない。一年半こらえにこらえて勤めるが、不正の手段で五、六万円を溜めてきた社長に抵抗し、やめてしまう。豹一は「大学出の青年が生活に困って紙屑屋を開業したと、新聞に写真入りの、いわば失業時代」に東洋新報社会部見習記者となる。それは書類審査が終わって、筆記試験へ百人ばかり残った中で選ばれたのである。仕事らしい仕事を与えられずにいたある日、編集長からキャバレーラウンジギャルとなった映画女優村口多鶴子を取材しろと言われる。多鶴子は監督との恋愛事件で「罪の女優」だとか「嘆きの女優」だとか新聞の見出しになるくらい世間を驚かせた「問題の美貌女優」であった。豹一は彼女についているそのようなレッテルがどうにもうなずけなかった。彼は多鶴子を予期せぬことから救ってやる。それが契機となり、二人は深い関係に陥る。これは豹一にとって初めての恋であった。それゆえに、彼はもはや多鶴子以外になんの興味も感じ得なくなる。一方多鶴子の方は豹一以外にも興味を持ちえる余裕があった。結局

彼女に裏切られた豹一はカフェの女給である友子と関係を結ぶ。自分より一つ年下の友子が妊娠したことが分かった豹一は彼女と結婚する。友子が子供を産むとき豹一は新しい生命の誕生を見守る。産声があがった途端、彼は涙ぐむ。そして、「いままで嫌悪していたものが、この分娩という一瞬のために用意されていたのかと、女の生理に対する嫌悪がすっと消えてしまった。なにかに救われたような気持ち」になる。

青山光二は、「『青春の逆説』（第一、二部）は変名で書いた時代小説『合駒富士』を除けば、著者の最初の長編小説であり、いわゆる〝呼吸《いき》もつかせずに読ませる〟のを誇ったその巧みな話術が、他のどの作品にも増して奏効しつつ、ストーリ・テラーとしての卓抜した手腕を遺憾なく立証した初期の代表作の一つである。と同時にこの作品は、著者の〝青春の書〟として重要な意味を持っていると思われる。つまりそれは、奇妙に〝逆説的な青春〟の歌であり、ご他聞に洩れず〝失うに足る青春〟を持たなかった著者の、奇妙に逆説的な〝青春の書〟である」（『定本織田作之助全集第二巻』）と評している。

（浦西和彦）

青春物語《せいしゅんものがたり》　エッセイ

〔作者〕谷崎潤一郎〔初出〕「中央公論」昭和七年九月～八年三月号。〔初収〕『青春物語』昭和八年八月三日発行、中央公論社。〔全集〕『谷崎潤一郎全集第十三巻』昭和五十七年五月二十五日発行、中央公論社。〔内容〕青春回顧録。「大貫晶川、恒川陽一郎、並びに万龍夫人のこと」「『新思潮』創刊前後のこと」「『パンの会』のこと」「紅葉館の新年会のこと」「小山内氏とのいきさつのこと」「京阪流連時代のこと」「敏先生と初対面のこと」「神経衰弱症のこと、並びに都落ちのこと」といった章から成る。「京阪流連時代のこと」以下の章で、作者と大阪との関わりが描かれる。特に、神経衰弱が再発、汽車に乗ることに極度の恐怖を覚え、大阪から東京に帰るのに大変苦心した話がおもしろい。「私は郷関を捨てゝより十年、今や摂陽の山河を第二の故郷と頼み、やがては浪華を墳墓の地と定めたい念願が切であるが、わが回想に浮かぶ若き日の大阪がいかになつかしいことぞ」と記している。

（中谷元宣）

聖女たち《せいじょたち》　短編小説

〔作者〕藤沢桓夫〔初出〕未詳。〔初収〕『東京マダムと大阪夫人』昭和二十九年二月十五日発行、東京文藝社。〔小説の舞台と時代〕大阪の郊外。昭和二十年代後半。〔内容〕詩人としても名が売れている桂木敬助は、学生に人気のある教官である。ある日、速水きぬ子は偶然、敬助と電車で乗り合わせて、その服装の乱れに気づく。それから十日も経たないうちに、敬助が奥さんに逃げられたという噂が学生の間に拡がる。きぬ子らは敬助を慰めようと映画に誘い、煙草の贈り物をする。数日後、敬助から礼状と短冊が送られて来る。その中に、自分宛ての短冊だけ無いことに憤慨した弓子は敬助の家へ抗議に出かける。抗議に来た弓子に応対したのは別れたと思っていた敬助の妻であった。玄関に顔を見せた敬助を、涙を溜めた目で見つめた弓子は、自分の短冊だけがなくて悲しいのではなく、別れたと思っていた奥さんが出てきたから悲しいのだと彼に言ってやりたかった。

（巻下健太郎）

清二郎夢見る子《せいじろうゆめみるこ》　短編小説

〔作者〕宇野浩二〔初出〕「人形になりゆく人」「醜き女が物語」「ある雨の夜」「玩具の錨」「細目の格子」の五編は、「しれえね」

明治四十五年三月十五日発行（「ある雨の夜」の原題は「雨と夜と三味の音」である）。その他の諸編は、書き下ろし。〔初版〕『清二郎夢見る子』大正二年四月二十日発行、白羊社。初版の単行本の表紙には、冠称として「貧しき前奏」、副書名として「小さき話集」と書かれており、奥付には、「清二郎夢見る女」となっている。〔全集〕『宇野浩二全集第一巻』昭和四十三年七月二十五日発行、中央公論社。〔**小説の舞台と時代**〕大阪、道頓堀、天王寺、相生橋、千年町、戎橋、太左衛門橋、糸屋町、南新地、北新地、新町、西横堀、日本橋、大黒橋、櫓町、千日前、北地、堀江、西道頓堀、東横堀、船場、宗右衛門町、奈良ほか。大正時代。〔**内容**〕この作品は、宇野浩二が早稲田大学の学生の時に出版したものである。

「著者自らの序」「人形になりゆく人」「醜き女が物語」「ある雨の夜」「ガラス写しの写真」「うた」「天王寺の南門」「西の桟敷に」「玩具の錨」「清二郎彼自らの話」「細目の格子」「蝙蝠飛ぶ夕」「堀割の誘惑」「櫛を抱いて」「人形とすご六」「与力の心」「悲しき祖母の寝物語」「古都と」「冥加知らぬ人の栄華」「その人と未だ見ぬ従兄」「伯父の小唄」「友禅の座蒲団」という多くの章から成る。その中で「清二郎彼自らの話」は、「浜」「水の流れ」「南地」「北地や堀江」「東横堀の浜」「いろ〳〵の話」「終わりに」の七編となっている。その中の「終りに」では、大阪者について、お金のためには親や妻を捨て、子をも顧みない大阪商人を思い浮かべてしまうと述べている。「著者自らの序」では、この作品を書いた早稲田大学時代のことに触れている。宇野は自らを清二郎のようにドリーマーだという。また、少年清二郎のもったような心を思い、泣くという。

清二郎は九歳から二十歳の春までを大阪の宗右衛門町に育った。それは、九州、神戸、大阪の糸屋町と、長い旅を終えた後である。幼くして父親を亡くした清二郎は、母方の祖母と母親に、なめるようにして育てられた。純粋でありながら頭の良い清二郎は、大人に言われた何気ない一言に、傷ついたり深く考えたりすることがしばしばあった。例えば、清二郎が中学を出た翌年まで世話してくれた祖母が添い寝をする時、清二郎に愚痴をこぼす時である。祖母は、裕福な家に生まれながら不幸が連続して押し寄せてくるので、恨まずにはいられなかったのだろうが、小さい清二郎には迷惑であった。その上、母親の悪口も言うのである。「お父さんが生きて居たら……」という祖母に対して、清二郎は、祖母が無闇に可愛想な子にしていると考えていた。しかし、涙だけは尽きずに流れてくるのであった。そういったところに清二郎の繊細な心が表れている。祖母は、母親のことを阿呆というが、清二郎はその母親が好きであった。母親に関する話はよく描かれている。感受性豊かな清二郎と、周りを取り巻く親戚たちとのエピソードが語られている作品である。

（田中　葵）

清楚《せいそ》　長編小説

〔**作者**〕織田作之助〔**初出**〕「大阪新聞」昭和十八年五月一日〜終了年月日未詳。〔**初版**〕『清楚』昭和十八年九月二十五日発行、輝文館。〔**全集**〕『定本織田作之助全集第四巻』昭和五十一年四月二十五日、文泉堂書店。〔**小説の舞台と時代**〕淀屋橋、心斎橋、梅田、難波、日本橋筋、赤川町界隈、上本町三丁目、上本町六丁目、千日前。昭和十八年頃。

〔**内容**〕戦中で、世の中が暗くたのしくないから、明るくたのしい小説を書こうという著者の願いに基づいて書かれた小説。

せ

主人公、岸上正平は二十九歳の帰還軍医。今日、除隊になり、わが家へ帰る途中の地下鉄で淀屋橋から老人が乗り込んでくる。席をゆずろうとするが、自分は立っている方がいいと、うしろの若い女性に席を譲る。その女性の透き通るような白い素顔に胸をときめかせる。老人は心斎橋で降りる。立っている方がいいとは変わった老人だと思い、あれは誰かとあわててうっかり知らない婆さんに尋ねる。あれは文楽の吉田文五郎だと聞き、成る程と合点する。難波に着くと、ホームで騒動が起きている。轢死かと正平はそそっかしく錯覚するが、草履が落ちているだけだった。それを取りに行って持ち主によこすと、地下鉄で会った若い女性だった。正平は阪大の医学部を卒業して、軍医として大東亜戦争に従軍するまでは、ある大病院の皮膚科に勤めていた。従軍したおかげで、正平は、そそっかしいのはそのままだが無気力な懐疑家から、急にピチピチした行動家に変わってしまった。除隊になった正平が何年か振りに帰ってみると、通天閣も献納でなくなり、大阪も変わっていた。日本橋筋の呉服屋の家に帰ると不精者の叔父庄造の紹介があって見合い話が持ち上がっていた。正平は、戦地へ送られて来た慰問袋の差出人でまだ一度も会ったことのない浅間和子に強く心を惹かれていたので、見合い話には気が進まなかった。翌日、正平は浅間宅と、戦中に最期をみとった学友の中瀬古上等兵の妹をたずねることにした。正平が赤川町界隈の浅間和子宅を訪ねていくと、和子はすでに去年暮れになくなっていた。慰問袋の手紙はその娘の元枝が母に代わって出していたのである。そして、実にその元枝は、地下鉄の中で出会った美しい娘その人であった。偶然の一致に心をときめかせ、「このひと以外に結婚の相手はない、おれの夢みていた浅間和子というひとは、ほんとうはこのひとなのだ」と求婚を決意するが、父の藤吉からこの娘は結婚が決まっていると聞かされ、残念がりつつも「なにも言わなかったが、それでよかったのだ」と言い聞かせるのであった。元枝に見送られて浅間宅を出て電車に乗り上本町三丁目の停留所を発車した時、戦中に治療した船山一等兵にでくわし、上本町六丁目を歩き、千日前まで地下鉄で向かい、そこで喫茶店に入り、歓談する。喫茶店を出て、船山と分かれると正平は難波から南海高野線に乗る。途中、故障により電車は止まり、そこで見合い話をもちかけた叔父庄造に出くわす。そこで庄造の長い無駄話につきあわされる。退屈であったが、見合いのことを完全に忘れてしかも高野山に行こうとしているようだったので、「しめた!」と思い、最後まで話につきあい叔父と別れた。正平は中瀬古の妹清子の勤める国民学校に向かう。そこでは、運動会が行われており、清子はみつからない。手違いから正平は長距離競争に飛び入り参加することになり一等を取る。その賞品をもらったところで、清子にやっと出会う。正平は中瀬古の最期の始終を聞かせる。その学校には正平が見合いすることになっている小谷菊代も働いていた。菊代は、運動会で一等になった正平が見合いの相手と気づき心を踊らせる。あわて者の正平は、運動会に出る時に係の教員に借りた巻脚絆を返すのを忘れて帰ってしまう。帰ると父から呉服屋を畳もうかと相談を受け、父が今飼っている山羊などの動物好きを生かして、寒村に家族皆で移って牧畜に転業してはどうかとすすめ、父もその気になる。次の日また正平は国民学校に出掛け、そこにいた菊代に巻脚絆の返却をこと付けた。その時にやっと正平は菊代が見合いの相手と気づく。正平は、菊代の「美しい、というより、

清楚なひとという感じ」、その「健康な感じ」に、われを忘れるほど心惹かれてしまった。正平は菊代に「山羊がお好きですか」とたずねて別れる。「一昨日からおれにはいくつかの偶然が重なったが、しかし、今日おれがあのひとに会うた以上の、見事な偶然は、おれの一生の中でも、恐らくあるまい」そう思い正平は家に帰ると、見合いはもう済んだ、貰うことに決めたということを告げる。菊代からそこで電話があり正式に婚約する。そこにいた庄造は「おれもそそっかし屋だが、上には上がいるもんだ」と冷やかし、父母も呆気にとられつつ受け入れる。南海電車のなかの庄造の話の続きが始まり、正平は山羊の鳴き声の方へ耳を傾けていた。

森本薫脚色のラジオ・ドラマとして、昭和十九年五月、NHK大阪放送局から放送され、のち放送賞を獲得した。（岡本直茂）

青年の環《せいねんのわ》　長編小説

〔作者〕野間宏〔初出〕「近代文学」昭和二十三年六～七月号、「文藝」昭和二十三年八月号、「序曲」昭和二十三年十二月号、「文藝」昭和二十五年三～五月号、三十七年三月～三十八年十二月号、三十九年一月～三月号、四十一年一月号。〔全集〕『野間宏全集第七～十一巻』昭和四十九年二月二十五日、三月三十日、四月三十日、五月三十日、七月十五日発行、筑摩書房。〔小説の舞台と時代〕大阪市。昭和十四年七月から九月。

〔内容〕全六部五巻「華やかな色彩」「舞台の顔」「表と裏と表」「影の領域」「炎の場所」から成る、全体小説を企図した長編。日中戦争下の昭和十四年夏、大学を卒業して大阪市役所社会課に勤める矢花正行は、被差別部落の経済更生問題を担当している。矢花の高等学校時代の先輩で、関西電力界の実力者を父に持つ大道出泉は、性病を患い、足の悪い田口吉善を連れて遊びまわっている。二人は学生運動の仲間であったが、大道は脱落、矢花はなお地下に潜った運動家と連絡をとっている。矢花には、大道の異母妹でかつての恋人であるバレリーナの陽子の肉体と、以前役所でともに働いた日野芙美子の魂との間に引き裂かれた恋の悩みがあるが、担当する部落問題には専心している。やがて、物資統制で苦しくなった村の生活をめぐり、水平運動側の経済更生会と、それを潰そうとする警察と結託した反動派との間に抗争が起き、矢花の仕事も困難に直面する。一方、大道は自身の出生の秘密を探りながら、父が隠す腐敗の匂いを嗅ぎつけ、田口がその秘密を種に父を恐喝していて、そこにも部落問題が根強く絡んでいることを知る。大道は田口を問いつめ、矢花を警察に売ると漏らした田口を締め殺し、自身も拳銃で自決する。中淀区の被差別部落の一触即発の危機にあった抗争は、更生会側の勝利に終わる。大道は被差別部落の一青年を殺して自殺したが、矢花は差別される人々とともに生きていこうとするのだった。本作品は、二人の青年の環に多くの様々な人間が結び合う八千枚にも及ぶ大長編である。（中谷元宣）

上方武士道《ぜえろくぶしどう》　長編小説

〔作者〕司馬遼太郎〔初出〕「週刊コウロン」昭和三十五年一月五・十一日合併号～八月二日号。〔初版〕『上方武士道』昭和三十五年十一月発行、中央公論社。〔全集〕『司馬遼太郎全集第一巻』昭和四十八年三月三十日発行、文藝春秋。〔小説の舞台と時代〕大坂（道修町、心斎橋、道頓堀筋、堺筋、馬場先通、安堂寺町、長堀川、淀川）、京、近江、土山、伊勢、庄野、熱田、鳴海、岡崎、藤川、掛川、興津、薩埵峠、沼津、箱

根、藤沢、神奈川。安政六年（一八六〇）～文久元年（一八六一）。

〔内容〕下級公家である高野則近は、大坂道修町の売薬問屋、小西屋総右衛門の家へ養子に行った。安政六年のことである。理由は金のためであった。その頃の公家は生活が苦しく、高野家も例外ではない。そこで則近が小西屋へ養子に行き、その代わりに小西屋は高野家へ支度金として一万両を払い、さらにそれとは別に年々五百両を仕送る約束になっていたのである。そして、則近は公家には珍しく剣が使えた。小田無応流の山田寛斎という人物について剣術を学び、寛斎から皆伝をうけているのである。小西屋の養子として大坂で暮らしていた則近だが、ある時、尊融法親王に帰洛するようにと命じられる。そして、京へ帰った則近は、尊融法親王の内命によって、「公家密偵使」として江戸へ下ることになった。「公家密偵使」とは、武家の実体を探ることを役目とするものである。幕府側にとっては、この「公家密偵使」は目ざわりな存在であった。則近は、幕府側の人間に命を狙われながらも、東海道を通って江戸へと向かう。そして、本作品は則近が江戸に入る直前までを描いている。（三谷　修）

善界《ぜがい》　短編小説

〔作者〕藤井重夫〔初出〕「文学十人」昭和二十九年二月号。〔初収〕『虹』昭和四十年九月二十五日発行、文藝春秋新社。〔小説の舞台と時代〕ジャンジャン横丁。昭和二十六年。

〔内容〕ジャンジャン横丁に取材に出かけた新聞記者の辻は串カツ屋ですみいろ観相学師と名乗る高山象山を知る。辻は高山象山らの友だちであった「他ァやん」の一周忌に加わった。この街では、悪党になれぬ男たちにとって、バクチは最良の社交であった。若いころの「他ァやん」は、指定した障子の桟のうえに、言ったとおりの目でサイコロが乗っている、そんな名人藝をもったバクチ打ちであった。人を泣かせ自分も泣かねばならぬ指先の技を生涯封じる決心をして「他ァやん」は、ミシンのように踏み板を足で踏んで鑿で木を削る、轆轤《ろくろ》細工の職人になり、ジャンジャン横丁の飲み屋に出かけ、晩酌することが生きる楽しみになった。メチールが跳梁したころ、「他ァやん」は、あたら一杯の酒でいのちを奪われる人間の不運をだまって見のがせなかった。そのため「そうれん代」と用意していたお金も慈善金に費い果たしてしまった。戦後の世の中がめまぐるしく変わっていった。「他ァやん」が新世界の空き地に来ている天幕張りのインチキ・レビューに毎日足をむけて、ろくに仕事もしないという噂がたった。年甲斐もなく女にのぼせて、今里くんだりの賭場に出かけていくのである。だが、終電で霞町の車庫前で降りたとたんに、「他ァやん」は頓死してしまった。「あァここはもう霞町か……かすみ町……何やしらん眼がよう見エへんよになったなア……わいの眼ェまで霞町や……」とみごとな「辞世」を口にしたのである。堅気で日夜汗して稼ぎ貯めた「そうれん代」は人のいのちを護るために費い果たし、たった二円しか残さなかった。「他ァやん」をして分別を誤らせたほど魅力をもった踊り子とは、いったいどんな女だったのだろうか、だれもそれをしらない。（浦西和彦）

昔日の面影を失ったわが町《せきじつのおもかげをうしなったわがまち》〈大阪（市内）〉《おおさか(しない)》　エッセイ

〔作者〕開高健〔初出〕「週刊朝日」昭和四十一年一月二十一日号。〔初収〕『オールウェイズ上』平成二年九月三十日発行、角川書店。

〔内容〕昭和四十年、母と叔母を連れて故

郷の上本町五丁目近辺を訪ね、幼年時代の回顧談を交えて変わってしまった大阪の風景を描く。団地アパートが建ち、ネオン看板が見え、「上本町五丁目」という停留所もなくなっていた。ただ、地蔵坂の石だたみだけが昔のままだった。井池筋までがさびれきっていて、「さいごの根を切断されたような痛み」を覚えて大阪を去る。

（大杉健太）

石塔供養《せきとうくよう》　短編小説

〔作者〕今東光〔初出〕「小説新潮」昭和三十四年十二月号。〔初収〕『河内風土記』昭和三十五年四月二十日発行、新潮社。〔**小説の舞台と時代**〕八尾。昭和三十年頃。
〔内容〕「河内もの」の一つ。八尾の知人の家の庭から掘り出された二つに割れた五輪塔を見ると、天文十一年（一五四二）という年紀が刻んであった。天台院和尚は、疑いもなく木沢左京亮長政滅亡にゆかりのある供養塔だと推定した。和尚はこれを貰い受ける。太賀吉は若江岩田の花子と一緒になった。太賀吉は山道を修理したり、石塔を並べたりする人夫として、石塔寺へ出稼ぎに行く。その一カ月の留守中、花子は昔馴染みの嘉吉と間男する。浅吉親分は嘉吉にゲンコツを見舞い、花子と手を切らせるのであった。太賀吉は帰って来て、天台院から石塔寺へ供養塔を納めると言ってきたと言う。和尚は、大事な供養塔を、そんなに心安く納められては堪ったもんじゃないと思うのであった。

（中谷元宣）

関の以西に炬火あり不滅《せきのいせいにきょかありふめつ》　エッセイ

〔作者〕藤野恒三郎〔初出〕『随筆集大阪讃歌』昭和四十八年九月二十九日発行、ロイヤルホテル。
〔内容〕大阪医科大学の精神を、創立から現在に至るまでの経緯によって説いた随筆。大阪高等学校校長佐多愛彦博士が多年唱道してきた「医学教育の統一」「単科大学認定」などの大学制度改革案は大正四年十月二十八日付官報に公表された。「関の以西に炬火あり不滅」で始まる学風会歌に象徴されるが如く、当時の国立大学に類例を見ない特殊な研究所と病院は、新生大学のアクセサリーではなく、大きなポテンシャル・エナジーとしてはたらいた。それぞれの研究所は更に発展し炬火となっている。

（高橋博美）

世染—私版・夫婦善哉—《せせん—しはん・めおとぜんざい—》　短編小説

〔作者〕藤井重夫〔初出〕「文学十人」昭和二十八年六月号。〔初収〕『虹』昭和四十年九月二十五日発行、文藝春秋新社。〔**小説の舞台と時代**〕大阪ミナミ、四国、東京。昭和十五年から二十三年。
〔内容〕尾田参之助は千日前で出会った柿井辰彦と一緒に自作の「夫婦善哉」の舞台稽古を見に道頓堀の劇場へ行った。この夜の偶然が、ヒロインの蝶子になる牧らん子と柿井辰彦を結びつけるきっかけとなった。柿井はらん子の所属する劇団に文藝部見習いとして入団した。柿井の家は道修町の薬問屋で、兄が跡目を継いでいる。母を失って天王寺に隠居している祖母の許で柿井は暮らしていた。四国公演の旅先で、柿井とらん子が駆け落ち騒ぎをおこした噂を尾田は聞いた。柿井は二十六歳、らん子は三十六歳である。柿井は帰阪するとらん子と正式に結婚したいと述べるが、祖母の反対にあい、家の敷居を跨ぐことを差し止められる。馴れそめからして夫婦善哉に縁があり、境遇にも何やらよう似たところがある柿井とらん子の同棲生活、柿井が急性盲腸炎で死ぬまでを、尾田参之助、柿井辰彦、牧ら

ん子のそれぞれが一人称で語る。著者は『虹』の「あとがき」で『世染』は、せせん、と読んで頂く。世塵あるいは世俗といったほどの意味である。尾田参之助が、織田作之助であることは、すぐに気づかれるだろう。矢村崇や辻沢先生が、高名な俳優であり作家であることも、たやすくわかるはずだが、これはモデル小説である。単なるモデル小説にしたくなかったので、ⅠⅡⅢと順を追って、それぞれの人物が一人称で語りかけるうちに、しだいに物語の全貌が浮かびあがる、という手法をとった。これは、成功しているとおもう。」と述べている。（浦西和彦）

世相《せそう》　短編小説

〔**作者**〕織田作之助〔**初出**〕「人間」昭和二十一年四月号。〔**初版**〕『世相』昭和二十一年十二月二十日発行、八雲書店。〔**全集**〕『織田作之助全集第五巻』昭和四十五年六月二十八日発行、講談社。〔**小説の舞台と時代**〕南河内郡林田村、千日前大阪劇場、堀川、祇園町、清水町、宗右衛門町、心斎橋、生国魂神社、道頓堀、太左衛門橋、笠屋町、三津寺、八幡、周防町、清水町、堺、畳屋町、四ツ橋、今宮、新世界、飛田、船場、島之内、坂口楼、戎橋、天王寺公園、難波、東京屋久町、嵐山、神戸、尼崎、宮川町、北野、保津川、満洲、鴈治郎横丁、南海通り、法善寺横町、帝塚山、神田新銀町、品川、名古屋、覚王山、市岡、大阪ミナミ、大阪駅、軍艦横丁、阿倍野橋、大和川、戎橋筋、上本町、下寺町、四国、朝鮮、北浜。昭和十五年七月から二十年師走。

〔**内容**〕七つの章から成る。「現代小説家の苦渋を主題とし、ひいて現代（戦後）の世相を主題」とした「著者の全作品系列の中でもユニークな位置を占める代表作の一つ」（青山光二「作品解題」『織田作之助全集第五巻』）とされている。

　凍てついた寒さの師走の夜、「私」は新しい風俗小説への思案に暮れていた。だが、煙草を売りに来た闇市の老訓導の哀れさが、国亡びた後に栄える闇屋と婦人を思わせ、今宮の十銭藝者と「ダイス」の肉感的なマダムを思い出させる。今から五年前の昭和十五年七月九日、著書『青春の逆説』が風俗壊乱を理由に発禁処分を受けた「私」は、うらぶれた気持ちになっていた。そんな夜、十銭藝者の話を、放蕩なマダムから聞いたのである。その時、「私」は、「君には十銭藝者は書けない」と今にも痛いところを突いてきそうな海老原から逃げるようにダイスを出、大阪の町を歩きながら「十銭藝者」の構想を立て、家で一気に書き上げたのであった。その作品は結局、発禁処分を受けるだろうと、出版社からは戻された。「私」は、続いてカフェの静子を思い出す。静子は嫉妬を覚えさせ、閨房の行為に対する考えを一変させた女であった。静子の事は、昭和十一年五月に起こった阿部定事件をも思い出させた。その頃、「私」は定を描きたいと、公判記録の写しを探していた。しかし、それを見ることを得たのは、戦争が始まって三年目の秋の夜、鴈治郎横町のてんぷら屋天辰の主人からであった。それは、彼女の流転の半生を描けば女の哀れさが表現できると「私」に思わせるものだった。だが、検閲が厳しく時期を失していたのである。夜更け、「私」が一人、このような回想に耽っている時だった。小学校の同級生横堀が、金の無心に来た。横堀は、血のにじんだ顔を紫に腫らし、師走にも関わらず夏服という格好であった。横堀は放浪した挙句、街頭博奕に負け、無銭飲食で袋だたきに会い、最後に「私」の所へきたのである。「私」は横堀を一晩泊め、二百円を

やる。「私」は、昔を偲ぶだけの十銭藝者や定よりも、横堀を小説に書くことを考えた。が、「世相」と言いながら、処女小説から変わらず「放浪」を書こうとしている自分に気付き、情けなくなり止める。大晦日、気晴らしに闇市を見に出かけた「私」は、意外にも横堀が、街頭博奕を開いているのに出会う。そして、鴈治郎横町の焼跡に来ると、偶然、天辰の主人にも出会う。誘われるままに行くと、そこはダイスのマダムがもぐりで開いた料理屋であった。二十歳前後になるマダムの妹が固い表情で呼ばれてきた。彼女は、化粧だけは濃く、しかし大変に窶《やつ》れていた。「私」は公判記録の焼けた事、かつ、天辰主人が一カ月ほど阿部定と関係のあった事を聞く。「私」は、ふと、書くとすればお定でも横堀でもなく、あの妹、と思いながら硝子窓に当たる白い風の音を聞いていた。（高橋博美）

絶対の探求者　大阪人《ぜったいのたんきゅうしゃ　おおさかじん》

エッセイ

〔作者〕開高健〔初出〕「大阪に活力を」昭和五十三年七月三十一日発行、第一輯。〔初収〕『言葉の落葉Ⅳ』昭和五十七年十二月十五日発行、冨山房。

〔内容〕坂田三吉が敗北することは知り抜いていながら角頭の歩を突き敗れてしまったことに象徴されるように、「人のやらないことをやってみたい一心」で「全身と全心を賭ける」ことが大阪人にはしばしばおこる。大阪人のこの心性は「平均化が徹底的に社会の全分野で進行していく時代にあっても生きのびていくことだろうと思いたい」という。（大杉健太）

蟬の声がして《せみのこえがして》

中編小説

〔作者〕岩阪恵子〔初出〕「郡像」昭和四十六年五月号。〔小説の舞台と時代〕大阪市、六甲、金沢。現代。

〔内容〕幼い頃、いつも思いがけず不意打ちのように「わたし」を驚かせる、「外の世界」が好きではなかった。そんな「わたし」の唯一の親しい避難所が机の下で、そこでは青紫の闇の色が、「わたし」を怯えさせる全ての人や出来事から護るように包むのだった。小学校六年生の夏休み、父を除く「わたし」たち家族は、例年通り、六甲山の麓にある母方の実家を避暑に訪れていた。そんなある日の午後、家族のみんなが昼寝し始めた横をそっと擦り抜けて、蟬取りにでかけた。場所は祖母の家のすぐ隣りの私立大学のグランド。その日もいつものように体育クラブが練習していた。「わたし」はその隅で蟬取りに興じていると、突然、鈍い痛みを下腹部に感じた。ポプラの根もとにしゃがみ込んで、しばらくじっとしていた。やがて痛みも引き、這うように慎重に身体を動かしながら、祖母の家に帰ろうとしていた。するとその時、四、五人の汚れたユニホームを着た学生が「わたし」の前を通りかかり、猥雑な言葉を投げつけながら、まるで珍しいものでも見るかのように「わたし」を眺め始めた。「わたし」は恐怖と羞恥に身体をこわばらせながらなんとか家路に着いた。帰ってから下着が汚れているのに気づいたのは、「わたし」ではなく母であった。それが「わたし」の初潮であった。そして、その日の出来事の正体を母から教わって以後、「わたし」は自分の身体に起こってきた羞恥を伴う変化に怯えていた。それは同時に現実と「わたし」の身体と間にあった防壁が崩れていく気がしたからだ。しかもその変化は「外の世界」がもたらしたものではなく、「わたし」の内部から起こったという事実が「わたし」を一層臆病にした。そんな時、「わたし」は家で飼っている猫だけが唯一、自

分と近い存在であると思っていた。自然のままに生きる、そのメス猫のことを「わたし」はたまらなくいとおしく感じ、お互いの信頼をわかちあっているように思っていた。しかし、彼女の発情期や抑制出来ない暴力性を見て、やはり「わたし」自身の変化のことを否応なく再認識させられるのだった。
　やがて「わたし」は中学生になる。「わたし」が通っていた中学校はキリスト教系の女子校で、校舎は修復部分があるものの、戦前に建てられた優雅な建築物であった。中学二年生の頃、同じ年頃の修道尼がクラスに編入してきた。ある日、彼女に生理が来て、授業中にも関わらず教室を飛び出した。教室中に驚きのざわめきが起こった。表情は羞恥の情で青かった。その時、「わたし」は密かに彼女の後ろ姿に「ひとりの女性」の惨めさを感じた。その数日後の昼休み、「わたし」たちは「はじめて生理が来たのはいつか?」という話題で盛り上がった。「中学一年生のとき」と口々に言う友達の間で「わたし」は何故か「小学校六年生の夏」と言い出せずにいた。みんなより早く「ひとりの女性」になった自分を汚らわしく思い、恥じたからだった。その後も、祖母の死、手鏡をもつ「わたし」の自意識、自分の裸体デッサンを描く友人の話、などを通して「わたし」は自分の中の「ひとりの女性」としての意識の存在に気付かされ、その度に戸惑い恥じる。しかし、やがて鏡に映る「女性であるもの」という他者としての自分を理解しようとし、徐々に受け入れていく。そしてついに、「わたし」は「ひとりの女性」として、「わたし」の前に唐突に現れ突然去っていくことになるある男性のことを意識するのであった。

（前田和彦）

線香《せんこう》護摩《ごま》　短編小説

〔**作者**〕今東光〔**初出**〕「オール読物」昭和三十五年九月号。〔**初収**〕『今東光秀作集第一巻』昭和四十二年六月十五日発行、徳間書店。〔**小説の舞台と時代**〕八尾。昭和二十年頃。

〔**内容**〕「河内もの」の一つ。悦子は継母で育った。大東亜戦争に入り、河内にも多くの疎開者がやって来た。悦子が小学校にいる頃、東京から物静かな夫婦と上品な男の子が疎開してきた。悦子はこの坊っちゃんに憧れる。夏のある朝、突如として戦争は終わった。彼の一家は間もなく東京へ帰ることになった。悦子は坊ちゃんと強く抱き締め合って別れた。月日が経つ。伝吉は悦子と同じく継母育ちだった。悦子は伝吉に同情する。ある日曜日、二人は生駒山ドライブウェーをデートする。伝吉のオートバイで枚方街道、阪奈街道、四条畷を過ぎて山を登ってゆくと、河内平野が広がって見える。はるかな地平線に大阪城の天守閣が指呼され、煤煙にかすむ大阪市が横たわっている。さらに目を転ずると、泉州の海がキラキラと光って見える。二人は信貴山麓の東高安の深い草叢の中で関係を持つ。しかし悦子はもう二度と逢わないと思い、亡き母や祖母の墓で線香に火を点けた。悦子は香煙を手であぶると、そっと四辺を見廻してから、スカートの上から下腹部のあたりを撫で廻して清めるのであった。

（中谷元宣）

線香《せんこう》護摩《ごま》　短編小説

〔**作者**〕今東光〔**初出**〕「小説新潮」昭和四十二年三月号。〔**初収**〕『裸虫』昭和四十二年十一月二十五日発行、新潮社。〔**小説の舞台と時代**〕八尾。明治末。

〔**内容**〕「河内もの」の一つ。今から半世紀以上も昔、天台院は尼僧が庵主を務めていた。明治の末近く四国から移り住んだ庵主

に、素晴らしく美しい弟子の尼僧が仕えていた。河内八尾の中野村にある天台院に別嬪の尼さんがいるという噂は、中河内郡ばかりでなく近郷近在に知れわたっていた。庵主は宗慶といい年は四十前後、痩せぎすで権高に見えた。弟子の美貌の宗鬘は数えで二十五歳だったが、どう見ても二十前後としか見えなかった。宗鬘は、宗慶と比叡山大僧都の夜の交合を覗いてしまう。宗慶は、師の御坊の煩悩の根を枯らすための務めであると言う。信貴山麓の白滝大明神の行者が、天台院に可愛らしい尼僧がいると知り、朝霧の濃い中、中野村の村有墓地で宗鬘を潜んでうかがっていた。乳白色の靄が立ちこめたある朝、日参してきた宗鬘が自我偈を唱えた後、裾をまくり小水を草の根に向かって放った。宗鬘は行者に犯される。宗鬘は汚された秘所を線香護摩で清めるのであった。（中谷元宣）

感傷旅行《センチメンタル・ジャーニー》《せんちめんたる・じゃーにー》　短編小説

〔作者〕田辺聖子〔初出〕「航路」昭和三十八年八月一日発行。〔初版〕『感傷旅行《センチメンタル・ジャーニー》』昭和三十九年三月十日発行、文藝春秋新社。〔文庫〕『感傷旅行《センチメンタル・ジャーニー》』〈角川文庫〉昭和四十七年一月三十日発行、角川書店。〔全集〕『田辺聖子全集第五巻』平成十六年五月二十日発行、集英社。〔小説の舞台と時代〕大阪。昭和三十年代。

〔内容〕「ぼく」ヒロシが森有以子というテレビドラマ作家の恋愛事件を物語る。ヒロシは二十二歳、有以子は十五歳年長である。二人は同時期の放送台本募集に応募して当選し、ともに大阪の放送界で働いている。有以子は過去に随分と男性遍歴を重ねてきた。八月の終わりの真夜中、ヒロシのところに有以子から電話がかかった。今度の恋人はケイという鉄道の保線区員で共産党員である。これまで革命的な政治用語などとは無縁であった有以子が、ラジオの身上相談などでも「民族的権利」とか、「反動勢力」とかといった言葉を使い出す。こんどこそ結婚するのだと意気ごむ有以子だが、ケイはもと交際していた党員の女性のもとに去っていく。ヒロシの部屋を訪れた有以子は取り乱し、ヒロシと結ばれる。二人は奈良方面へ旅行しようと計画を立てる。しかし、放送局から仕事の電話がかかって、旅行は無期延期ということになる。有以子はヒロシに、ケイが本当に好きだったといい、ヒロシは有以子とのセンチメンタルな旅行が終わったことを知る。第五十回芥川賞受賞作品。（浦西和彦）

千日前心中《せんにちまえしんじゅう》　短編小説

〔作者〕長谷川幸延〔初出〕未詳。〔初収〕『大阪百話・千日前』昭和二十六年十月二十日発行、新小説社。〔小説の舞台と時代〕千日前。昭和十年代。

〔内容〕語り手の信吉は歌舞伎座へ入ると、誰にも挨拶せずにすぐに奈落へ下り、そこに祀ってある権太夫大明神の祠の前に立ち、しばらく合掌した。楽屋口を入ろうとして、ふと若くしてその奈落で死んだ富永芳夫のことを思い出したからであった。

信吉は今でこそ東京に住み着き、小説家の末席に名を連ねているが、若い日を大阪で過ごし、芝居の脚本を書いて暮らした。その頃、歌舞伎座のあるところに楽天地という劇場があった。信吉も時々出かけた楽天地の作者小屋は、その劇場の奈落にあり、若い劇作家たちはよくここへ集まった。

楽天地の作者部屋に籍を置く若い見習作者の富永芳夫と、切符売場の吉本光子は、その奈落で密かに青春の花を咲かせていた。二人の交渉がどの程度に進んでいたかは知る由もないが、富永も光子も少しも不純な感じを与えないところがあった。

しかし、会社から楽天地の全権を委ねられている営業主任の河野金太郎が、尤もらしい理由を並べて、二人の恋路を邪魔しようとする。もとより好色家として噂のある河野は、富永に自分の大切な花を盗まれたかのように、楽天地の作者部屋を代表していた森脇一郎に抗議した。富永は心から彼に師事していた。森脇は河野に、富永と光子のことについては自分が責任を持つと約束した。森脇は光子の家に出かけて行った。光子の家は貧しかったが、謹直な退職官吏の娘であった。光子の父の吉本公平は、二人の仲を取り持とうとする森脇の勧めを拒否し「三文文士に娘はやらん」と言い放つ。それから三日程して、富永と光子が駆け落ちする。あてはなかったが、皆で手分けして二人を捜した。見つからず、二人の安否が気遣われた。そこへ富永から電話があった。二人ともしめし合わせて家を出たが、遠走りする勇気もなく、大阪駅前の宿屋の二階で二日過ごし、里心がついて電話をかけてきたのだ。結局、富永と光子は引き離されてしまう。その時富永はただ黙々とうなだれているだけであったが、その日から彼は見違えるほど仕事に打ち込んだ。富永は実に驚くべき精力を集中していくつかの脚本を書いたが、情熱だけで作品は出来るものではなかった。年頃の光子のためにも機を急いだ森脇は、自分の書いた脚本を「富永芳夫」の名で発表させた。脚本の出来栄えに、さすがの河野も上演を決めた。題名も暗示的に「光を求めて」だった。初日から好評であった。そして、森脇は招待席に来ていた光子の父を見つけ、会釈した。吉本公平の顔に初めて微笑が見られた。森脇の脚本によって、一躍脚光を浴びた富永は、今度こそ自分の作でと思い、以前にも増して奮発した。そして、「光は暗から」という素晴らしい脚本が完成した。森脇は見違えるようだと思った。後のことを自分が全て引き受け、富永を結婚の了解を得るため故郷の福島へ向かわせた。森脇は富永の代わりに河野に「光は暗から」を見せたが、「光を求めて」が森脇の作であることに気付いていた河野はそれを「森脇一郎」の名で発表することを決めてしまう。すぐに上演のための準備が進められ、富永不在のまま初日を迎えた。ところが、四日目に事件が起こった。大阪朝日、毎日の両新聞に、「光は暗から」が実は文豪の故小栗風葉の小説「落潮」を無断脚色したと報じられたのである。森脇は色を失った。残酷にも、新聞記事は事実だった。森脇は小栗風葉の遺族に陳謝するため、未亡人のいる豊橋に急行した。幸い、未亡人の深い同情によって、何とか事無きを得て帰阪すると、富永の死を知らされた。富永芳夫は、楽天地の奈落の梁に紐をかけて死んでいたという。富永の通夜は、楽天地の奈落にある作者部屋でしめやかに執り行われた。その席に、吉本光子も姿を見せた。光子は富永の代わりに森脇に謝罪し、富永の仏前で毒を呷って自殺した。

（荒井真理亜）

仙人《せんにん》　童話

〔作者〕芥川龍之介〔初出〕「サンデー毎日」大正十一年四月発行。〔全集〕『芥川龍之介全集第五巻』昭和五十二年十二月二十二日発行、岩波書店。〔童話の舞台〕大阪。

〔内容〕仙人になるため大阪の町へ奉公に来た権助は、口入れ屋にそのように申し込んだ。困った口入れ屋は、近所の医者に相談する。それを聞き、古狐という渾名を持つ狡猾な医者の女房は、「それならうちへおこしよ。うちにいれば二三年中には、きっと仙人にして見せるから」と承知した。かくて医者が権助に仙人になりたい理由を問うと、権助は太閤様のように偉い人でも

いつか一度は死んでしまう、人間ははかないものだと思ったからだと答え、仙人になるためにはどんな仕事でもすると言う。医者の女房は給金なしで二十年間奉公すれば、仙人になる術を教えてやると約束した。それから権助は二十年間医者の家で使われていたが、二十年目に不老不死の仙人の術を教えてくれと申し出た。女房は権助を庭の松の天辺まで登らせ、右手を放すように指示した。そして、次は左手を放すように言った。医者は権助が落ちてしまうのではないかと心配するが、権助の身体は落下することなく、宙に浮いていた。権助は仙人になれた礼を医者夫婦に述べると、静かに青空を踏みながら、だんだん高い雲の中へ昇って行った。（荒井真理亜）

千利休とその妻たち《せんのりきゅうとそのつまたち》

長編小説

〔作者〕三浦綾子〔初出〕「主婦の友」昭和五十三年一月～五十五年三月号。〔初版〕『千利休とその妻たち』昭和五十五年三月二十六日発行、主婦の友社。〔全集〕『三浦綾子全集第九巻』平成四年七月八日発行、主婦の友社。〔**小説の舞台と時代**〕堺、阿波、奈良、京都、安土、小田原、博多。天文（一五三二～五五）から天正（一五七三～九二）。

〔**内容**〕堺の豪商、千宗易は十九歳の時、茶の湯に心のより所を真剣に求め始め、武野紹鷗の門を叩いた。茶の湯に示す自分の実力に、宗易は誰にも譲らぬ自信があったが、強い武将のもとに嫁ぐことを夢見ていた妻のお稲は、「どんなに茶の湯がうまくなっても、城の主にはなれない」と息子に言い聞かせていた。宗易は茶の湯に通ずるものがあるとして、宮王三郎から能を習うことにした。その帰り、宮王の妻おりきと出逢う。宗易はおりきの美しさに心を奪われた。おりきもまた、宗易に何か縁の深いものを感じていた。患っていた宮王が死に、長い月日が流れ、宗易とおりきは互いの思いを確認し合った。おりきは妻のお稲とは違い、茶の湯のよき理解者でもあった。宗易がしばらく訪れないうちに、おりきはキリシタンになった。死んだ者が甦るというキリシタンの教えに、おりきは宗易との間の子供の死が思い出されたのである。その頃、宗易は織田信長の茶頭となっていた。茶頭はいずれも堺の豪商であり、信長にとっては財力と知力を兼ね備える側近ともいうべき存在であった。やがて、時は豊臣秀吉の世となった。天正十三年（一五八五）、宗易は利休居士の号を朝廷より与えられた。秀吉は茶の湯にすぐれた利休はいかなる道にもすぐれているにちがいないと思った。そして、政道について相談をもちかけることも多く、利休の存在は城内において大きなものとなった。しかし、娘のおぎん、愛弟子の山上宗二が秀吉によって命を奪われ、刎頸の友である古渓が九州に流されたことなどから、利休は秀吉に対する怒りを募らせていった。

そのような中、利休は『こんてむつすむん地』を読んだ。そして、武人の剣に対して、茶道をもって対決しようと生き、天下の武将の茶の師として、名声をほしいままにしてきた自分に厳しい目を向けた。以来利休の心からは恨みも奢りも消え去り、新しい境地に踏み入った。その頃、秀吉の心を利休から遠ざけるために、増田長盛、石田三成、前田玄以、木下祐桂らは陰謀を企てていた。彼らは、利休が秀吉の嫌いな黒茶碗を茶会で度々使用していることや、大徳寺山門に利休の木像が掲げられているのは、秀吉に対する叛意であると噂を流した。秀吉はついに利休へ切腹を命じた。利休は最後の茶会を開き、その茶室において切腹

を遂げた。利休、七十歳であった。おりきは利休が平安のうちに、誰をも恨むことなく、生涯を閉じることのできるように天主に祈った。利休の死後、おりきは三成に召し出された。しかしおりきが三成の屋敷を出た姿を見た者はいないという。かくて天正十九年（一五九一）、千利休とおりきの姿はこの世から消えたのである。（小河未奈）

船場《せんば》　エッセイ

〔作者〕山崎豊子〔初出〕未詳。〔初収〕『大阪今昔』昭和五十五年七月十日発行、鹿島出版会。

〔内容〕船場は豊臣秀吉が河川や運河を改修して基礎を築いてから、政治、経済の中心として発達し、船場の豪商たちは大阪の経済力ばかりでなく、上方歌舞伎と浄瑠璃を育て、独特の文化を築き上げてきた。その大阪商人たちが過酷な「窓税」を逃れるために考え出したと言われるのが「大阪格子」で、大阪商人の歩んできた道の険しさを物語るものである。また、「卯建」と呼ばれる隣家と仕切る壁の有無は、商人の甲斐性の度合いを示すものとされ、「うだつがあがれへん（甲斐性がない）」という言葉はそこから生まれている。さらにしきたりを遵守できているかどうかが老舗の信用にも関わるので、普通の主婦とは違う重責を担いながら家事一切を差配する「御寮人はん」と言う言葉は、寮即ち部屋住みの身分という意味だが、これなどは家と結びついた呼び方をするという点で最も船場らしい言葉である。戦前の船場には建物や言葉の一つにも大阪人の歴史と生活、思想があり、人の心に訴えるものがあるが、これらは戦後になって影をひそめてしまった。だが、船場独特の家族制度や風習、言語などは上方独特の文化として永く残るだろう。

（大杉健太）

船場狂い《せんばぐるい》　短編小説

〔作者〕山崎豊子〔初出〕「別冊文藝春秋」昭和三十三年八月号。〔初収〕『しぶちん』昭和三十四年二月五日発行、中央公論社。〔全集〕『山崎豊子全集1』平成十五年十二月二十五日発行、新潮社。〔小説の舞台と時代〕本町四丁目、鰻谷西之町、堂島中町、肥後橋、平野町、京町堀、大手橋。明治二十六年頃から昭和二十年代中頃まで。

〔内容〕大阪船場は独特の風習を持つ排他的な商人の街。その船場でなく、堂島中町に生まれた主人公久女の生涯最大の念願は「船場の御寮人さん」になること。久女は幼い頃から船場に対する憧憬を抱きつづけ、船場商家に嫁ぎたいと熱望していたが、頑固な父親の反対で、船場と川一つ隔てた円山小物問屋にしぶしぶ嫁ぐ。この結婚によって船場に対する執着をますます強めた久女は、子供たちの呼び名、食膳や食事の作法、さらには店構えに至るまで、全てを船場流にしつらえる。夫が死んでからは商いを取り仕切り、徹底した節約と女らしい細かい商売で店を繁盛させ、今度は金の力で「御寮人さん」への仲間入りを目指す。何としても船場商人の暖簾が欲しい久女は、末娘の照子を、商いの逼塞している船場の亀久紙問屋に金に物を言わせて嫁がせた。空襲で大阪が焼け、終戦を迎えて一年半目に久女は亀久紙問屋を船場に再建。ついに念願かなって船場の人となった久女は、使用人から「御寮人さん」とよばれるようになる。しかし戦争で焼け野原となった船場には、伝統を持たない裸一貫の人たちが移り住み、近代的な建物が林立し、昔ながらの風習などもうなくなってしまっていた。それでも久女は昔ながらのしきたりにあくまで執着し、船場流を押し通す。そんな久女は、隣近所で、「船場狂い」と陰口を叩

かれていたのだった。（大杉健太）

船場の娘《せんばのむすめ》　短編小説
〔作者〕織田作之助〔初出〕「新生活」昭和二十一年一月号。〔初収〕『船場の女』昭和二十二年二月五日発行、コバルト社。〔全集〕『定本織田作之助全集第五巻』昭和五十一年四月二十五日発行、文泉堂書店。〔小説の舞台と時代〕船場。大正十二年夏から五年後。
〔内容〕秀吉は十三の年に福井県武生町から大阪へ出て瀬戸物町の伊吹屋へ奉公した。十年の間、日がな一日こきつかわれていた。そんな秀吉を慰めてくれるのは、いつかは東京へ出て弁護士になろうという希望と、息吹屋の一人娘の雪子との淡い恋であった。その雪子が来年の春には北浜の株屋へ嫁に行くというのである。雪子は秀吉と一緒に東京へ逃げようとしたが、中番頭の藤吉に梅田駅でつれ戻される。一カ月後、東京で新聞社の給仕をしながら夜学に通う秀吉から、雪子に上京を求める電話がかかってきた。その電話の最中に関東大震災がおこり、電話は切れてしまう。五年後、二人は太左衛門橋で再会する。秀吉は弁護士になる夢が破れて大阪へ舞い戻っていた。雪子は妾の子であることがわかり、離縁され、藝者になっていた。秀吉は一日中働き口を探していて、「今は二人でうどん屋へ行く金もない状態」なのだ。しかし、秀吉の燃えるような眼は、五年前、一緒に逃げようと雪子が迫った時の眼と同じであった。雪子は「奥さんによろしく」といって、太左衛門橋を渡って行った。「女の橋」に続く織田作之助の船場もの読物連作小説の第二作目である。（浦西和彦）

川柳にみる大阪《せんりゅうにみるおおさか》　エッセイ
〔作者〕藤沢桓夫〔初版〕『川柳にみる大阪』昭和六十年七月三十一日発行、保育社。
〔内容〕川柳作者・橘高薫風との共著。川柳と写真を交え大阪の名所、名物を紹介している。大阪は川柳の中心地であり、大阪らしいユーモア溢れる句が収録されている。全国の土産物店が集まっている梅田の地下街の一角を岸本水府は次のように詠んだ。「どの県も大阪弁で梅田地下」。この他、大阪城や御堂筋、法善寺など地名を詠んだもの、きつねうどん、たこ焼きなど食べ物を詠んだものなどがある。また、変わった句では古書店の天牛や、紀伊国屋書店、旭屋書店を詠んだ句もある。巻末に藤沢は「大阪の川柳」という一文を寄せ、大阪を代表する川柳作家二人に次のような評価をしている。「岸本水府には柔道を思わせるやわらかさがあり、麻生路郎には剣道を思わせる厳しさがあった」。（巻下健太郎）

【そ】

象牙の穴《ぞうげのあな》　長編小説
〔作者〕黒岩重吾〔初出〕「小説新潮」昭和三十八年一月～十二月号。〔初版〕『象牙の穴』昭和三十八年十一月二十五日発行、新潮社。〔全集〕『黒岩重吾全集第六巻』昭和五十八年六月二十日発行、中央公論社。〔小説の舞台と時代〕大阪市、釜ケ崎、伊丹。昭和三十八年頃。
〔内容〕大京大学工学部合成化学教室助教授・雨森茂高は、自他ともに認める優秀な頭脳を持ち、その研究成果を各企業が狙い、彼を引き抜こうとしていた。当然、懐も潤い、貧相な雨森には不似合いではあるが、ジャガーを愛車にしている。しかしそんな矢先、雨森はひき逃げ事件を起こし、やがて失踪する。かつての学友である弁護士萩原誠が事件を担当する。事件は複雑な様相

を呈する。その根底には雨森の人知れぬ苦悩があった。雨森は、その抜群の頭脳で出世、美しい妻を手に入れたが、やがて、妻の愛が自分に向いていないことに気づき、その愛を得るため世界的な研究をして、産学協同の渦の中で大金をせしめようとした。しかし、研究の成功は収められそうにない。それなのに、各社は雨森の周りに群がり、金を積む。雨森は追いつめられ、己の研究者としてのプライドを守り、研究の失敗を知られずに失踪するため、故意にひき逃げ事件を起こし、それを苦に失踪、自殺したように見せかけたのであった。全ては周到な計画的犯行であった。象牙の塔と言われる大学の研究の世界に空いた穴に、利潤追求を第一義とする企業社会の苛烈な価値観が入り込み、それに翻弄され、かつ自己のプライドを過剰に守ろうとした男の悲劇である。価値観の違う世界の共存の難しさを描いた作品である。

（中谷元宣）

葬式の名人《そうしきのめいじん》　短編小説

〔**作者**〕川端康成〔**初出**〕「文藝春秋」大正十二年五月号。原題「会葬の名人」。〔**初収**〕『伊豆の踊子』昭和二年三月二十日発行、金星堂。「葬式の名人」と改題。〔**全集**〕『川端康成全集第二巻』昭和五十五年十月二十日発行、新潮社。〔**小説の舞台と時代**〕淀川、河内、摂津、東京、湯島天神。明治三十九年、明治四十二年、大正三年夏、大正九年夏。

〔**内容**〕自伝的短編小説であるが、回顧録にほぼちかい作品。「私」は少年の頃から自分の家も家庭もない。学校の休暇には故郷へ帰省してほとんど親戚のところで過ごす。二十二歳の夏休みも従兄の家に寄食したが、そのとき三十日足らずの間に「私」は三度葬式に参列する。その三度目の葬式は従兄に「あんた、葬式の名人やさかい。」と言われながら頼まれ代参したものである。じつに、「私」は幼少の頃から数え切れない程葬式に参列してきた。摂津地方の葬式の習慣を体得したことを始めとして、浄土宗、真宗、禅宗、日蓮宗の葬式も知っている。記憶しているだけでも人間の臨終を五、六度、末期の水の最初の一筆で死人の唇を潤したのも三、四度ある。焼香順の第一番目や最後の所以抑えの焼香を勧めたこともあるし、お骨拾いお骨納めにも度々行った。死後の七日七日の仏事の習慣にも詳しい。これらは「私」が幼いころ両親を亡くして家を代表する立場として会葬した所以である。しかし「私」は父母の葬式については何の記憶も持っていない。そんな「私」に人々は父母を忘れるな、思い出せといったが「私」には思い出しようがなかった。それに「私」は父母の味を知らない。そして父母の死とともに「私」と離れて親戚の家に育てられ、「私」が十一、二の年に死んだ姉のこともそうである。祖母は「私」が小学校一年生の時なくなった。が、これをきっかけに「私」は初めて自分の家の仏壇に対して生きた感情を持つようになる。

昭憲皇太后の御大葬の夜、祖父が死んだ。「私」の十六歳の夏であった。祖父の葬式のとき、多くの会葬者から弔問を受けている最中に突然鼻血が出、この鼻血が祖父から受けた「私」の心の痛みであることを悟った。同時に唯一人になったという感じに襲われた。祖父の葬式には全村五十軒が「私」を哀れんで泣いてくれた。ところが、二十二歳の夏休みの三度目の葬式が終わって従兄の家へ帰ってくると「私」の脱いだ着物を干そうとしていた従妹が一言いう。「いやや。兄さんの着物、お墓臭あい。」

（李　鍾旭）

崇禅寺馬場《そうぜんじばば》　短編小説

〔作者〕直木三十五〔初出〕「苦楽」大正十三年四月号。〔全集〕『直木三十五全集第一巻』昭和九年五月一日発行、改造社。〔小説の舞台と時代〕崇禅寺。正徳五年（一七一五）十一月四日。

〔内容〕生田伝八郎と遠藤惣佐衛門は些細なことから切りあいになり、伝八郎は惣左衛門を斬殺する。殺された惣佐衛門には、治左衛門と喜八郎という二人の兄がいた。家中での惣佐衛門の評判は悪く、また、目下の者の仇は討たないという慣習からも、二人の兄は仇討ちをすることに乗り気ではなかった。しかし、惣佐衛門の実母に迫られ二人は伝八郎を求めて旅に出る。一方の伝八郎は、門人を抱える道場主になっていた。惣佐衛門の敵として自分が探されていることを知った伝八郎は二人に宛て、潔く立ち合う旨の書状をしたためる。崇禅寺の馬場で対峙する三人だが、二人を相手に苦戦する伝八郎に後見役の門人たちが助太刀をする。その結果、七人に取り囲まれることになった治左衛門、喜八郎はあえなく返り討ちにあってしまう。しかし、仇討ちに際し騙し討ちをしたかのような噂が広がり、やむなく伝八郎は道場を畳む。その後、遠藤兄弟の怨念に悩まされた伝八郎は、遠藤家の墓の前で自害して果てた。（巻下健太郎）

相場師《そうばし》　短編小説

〔作者〕黒岩重吾〔初出〕「小説倶楽部」昭和三十一年十一月号。〔初版〕『相場師』昭和三十五年十一月二十五日発行、東方社。〔全集〕『黒岩重吾全集第二十四巻』昭和五十九年七月二十日発行、中央公論社。〔小説の舞台と時代〕北浜、阿倍野界隈。昭和三十年代。

〔内容〕北浜の相場師谷田玄洋は、のらりくらりと生きているが、娼婦のお里と一緒になりたいと思っている。しかし、株で負け続ける。もうだめだと思い、お里を諦める。身を固めるため、見合いをすすめる証券会社社長北村満一郎は、玄洋の身なりを整えさせるため、二万円の小切手を渡す。しかし、玄洋は満一郎を裏切り、株で最後の賭けに出て、大勝、約十万円儲ける。しかし、満一郎を裏切ったけじめをつけ、北浜を去り、東京に行くことにする。玄洋の横にはお里がいる。この幸福を大切にしようと、玄洋は思うのであった。（中谷元宣）

双恋の蜘蛛《そうれんのくも》　短編小説

〔作者〕黒岩重吾〔初出〕「別冊小説新潮」昭和三十六年七月号。〔初収〕『落日の群像』昭和三十六年十二月二十五日発行、新潮社。〔全集〕『黒岩重吾全集第二十六巻』昭和五十九年一月二十日発行、中央公論社。〔小説の舞台と時代〕ミナミ界隈、淡路島、東京。昭和三十六年。

〔内容〕柴五郎は、春木の競馬場で黒崎大三と出会い、その後、ミナミ界隈のバーを飲み歩き、拳句に天六近くの黒崎商事の社員となる。黒崎の妻千代は、雨月物語から出てきたような美女であり、柴は魂を奪われるが、どうやら浮気しているようである。黒崎は柴に尾行・調査を依頼する。家のある住吉から、難波高島屋、千日前、森之宮公園、梅田とタクシーを使いながら尾行、鈴本の存在を確認する。千代と鈴本は心中を図るが、千代だけ生き残る。千代に死ぬ意志があったことを柴は証言、不起訴となる。しかし真実は、鈴本から金をだまし取るための夫婦ぐるみの罠だったのだ。柴も詐欺にかかったわけである。双恋の蜘蛛、柴は大阪の街を飲み歩きながら、ふとそう呟いた。（中谷元宣）

続池田日記《ぞくいけだにっき》　日記

〔作者〕岩野泡鳴〔全集〕『岩野泡鳴全集第

十四巻』平成八年六月二十日発行、臨川書店。

〔内容〕「池田日記」につづく日記である。明治四十五年七月十一日から大正元年九月二十九日までとなっている。「池田日記」に引き続き、知人との交流や趣味の養蜂のことが書かれている。他にも、植物、特に朝顔などにはかなりの関心を持っていたようである。また、大正元年の八月二十六日には「この頃、清子との仲が円滑に行かない」と記されており、八月三十一日には「どうも夫婦の仲が角が立って面白くない」と書かれている。社会の出来事については、明治四十五年七月三十日の明治天皇の崩御、大正元年七月三十日の乃木大将夫妻殉死についての意見を記している。その他、大正元年九月二日、新報社を退社したとある。


（田中　葵）

続大阪を歩く《ぞくおおさかをあるく》　エッセイ

〔作者〕直木三十五〔初出〕「夕刊大阪」昭和六年頃。〔初収〕『直木三十五随筆集』昭和九年四月三日発行、中央公論社。〔全集〕『直木三十五全集第十五巻』昭和十年六月十八日発行、改造社。〔作品集〕『直木三十五作品集』平成元年二月十五日発行、文藝春秋。

〔内容〕『大阪を歩く』前編は評判がよかったからとて後編もいいとはいえない。前編において「歩く」つもりをしていて歩かなかった。今度は、歩かなくてはならぬ。

　純粋の大阪人は、いま、幾人残っているか。東西南北から他国人が入り込んで大阪人になっている。大阪商人の蔵屋敷出入りの人々は、度胸と、見識と、洒落と、悟りと、諦めと、趣味と、多少の学問とを持った都会人らしい文化人であった。町人学者の輩出した懐徳当時の大阪人は、いまの田舎者の成功者とは、ちがった大阪人だと思っている。大阪商人および大阪人の面目玉を踏み潰したのは、他国の人にちがいないという。

　店員の品物への知識、それによる客の知識の開発が商売を盛んにするのであると、デパート店員の心得を述べる。また、大阪名物の昆布店について、大阪人が昆布をもっと宣伝し、改良し、発達せしめないかと、昆布の不遇を嘆ずる。

　飛行機に対する理解のなさは、一般科学に対して優劣があるからである。大阪人は、明日の大阪をして、発明の源泉地たらしめて後、私は大阪文化の樹立を説きたいとある。続いて「芝居」「女」「倹約」「楢重君と九里丸君」「大阪物語へ」を述べる。大阪の一町内にあった事件と人物と書きたいと考えているという。


（浦西和彦）

続浪華風流《ぞくなにわふうりゅう》　短歌

〔作者〕吉井勇〔初出〕未詳。〔初収〕『祇園双紙』大正六年七月発行、新潮社。〔全集〕『吉井勇全集第一巻』昭和三十八年十月二十日発行、番町書房。

〔内容〕京阪における紅灯緑酒の巷をうたった歌集『祇園双紙』に、大阪関係の歌が「続浪華風流」として、「小夜更けて角の果太鼓かなしく水にひびき来るとき」、「大阪の水ははなし夕さればうらはかなげに蝙蝠の飛ぶ」等、二十一首を収める。


（浦西和彦）

族譜の果て《ぞくふのはて》　長編小説

〔作者〕梁石日《ヤンソギル》〔初版〕『族譜の果て』昭和六十四年一月発行、立風書房。〔文庫〕『族譜の果て』〈徳間文庫〉平成八年一月発行、徳間書店。〔小説の舞台と時代〕大阪。昭和四十年前後。

〔内容〕二十八歳の高泰人《コオテイン》が建てた印刷会社は、ドイツ製の印刷機を四台も設備して大きく動き出した。ところが、専務の後藤敏明には、朝鮮人の若造に使われているこ

とへの不満もあり、新たな取引先を開拓する熱意がない。そのため、泰人は毎日資金繰りに追われていた。あまりにも易々と手形を乱発することに慣れてしまい、泰人の金銭感覚はもはやすっかり麻痺してした。危機から脱するため、二千万円という破格の融資を取り付ける必要に迫られた泰人は、なりふりかまわず奔走する。数千億の資産家、山辺彦次郎の力を借りるためにS学会へも入会した。政治家の力添えを得るために政治献金の要求にも応じることにした。保証協会の理事長と理事を料亭へ接待し、太鼓持ちの役を買ったりもした。さまざまな滑稽を演じながら、泰人はやっと二千万円を手に入れる。ところが、細々した借金を返済し、二千万円の融資を受けるために協力してくれた人々に謝礼をすると、もうわずかしか手元に残らない。その上、代表取締役の井原雄造に百十万円を騙し取られ、専務の後藤に会社の金を持ち逃げされ、どん底にまで落ちてしまう。会社はついに倒産した。出資者の一人でもある父親の俊平《チュンピョン》は怒り狂い、泰人に暴力をふるう。身の危険を感じた泰人は妻子とともにこっそりと家を抜け出し、妻明愛《ミョンエ》の姉が引っ越したあとの粗末な家にしばらく身を隠す。泰人は十代の頃、在日同胞の左翼系組織にかかわっていた。その頃、ともに闘った友人たちは、すでに理想を投げ捨て、あくどい金貸しになっている者もいた。が、崔民生《チェミンセン》だけは純真な心のまま挫折の日々を送っていた。彼はふとしたことから朴正熙《パクチョンヒ》暗殺計画のメンバーに引き込まれる。このことが災いし、正体不明の韓国人から凄惨な拷問を受けたあげく、ゴミのように全裸で海辺に捨てられる。その頃、泰人は再起をめざし、手形ブローカーや土地ブローカーと頻繁に接触していた。身元不明の男の死体が海辺で発見されたという新聞記事を目にするが、彼は見出しだけを一瞥して新聞を折りたたむ。そして、いつもと変わらず金儲けのために奔走する。（国富智子）

続淀川《ぞくよどがわ》　紀行文

〔作者〕井上俊夫〔初版〕『続淀川』昭和三十二年十一月二十五日発行、三一書房。

〔内容〕『淀川』（昭和32年6月15日、三一書房）の続編で、「治水に殉じた農民の物語」「キリシタンの町高槻」「寝屋川から四条畷へ」「淀川べりの民謡Ⅰ」「淀川べりの民謡Ⅱ」「野崎観音と毛馬」「茨木から江口まで」「大阪市内の淀川」「淀川の治水と洪水《明治以後Ⅰ》」「淀川の治水と洪水《明治以後Ⅱ》」の十章から成っている。前作では、琵琶湖の水源である滋賀県から大阪の枚方市を中心に描かれていたが、本作では、淀川を、筆者が住む寝屋川市と、高槻市から大阪市内に向けて辿っていく。高槻市のキリシタンの話や、寝屋川付近の逸話が語られている。また、今日ではもうあまり聞かれなくなった、近世から明治の初期にかけて、淀川ぞいの村々でさかんに唄われていた民謡の話なども取り挙げられている。「淀川の治水と洪水」の章では、淀川の改良工事やダムの工事の歴史が詳しく語られ、淀川の水の利用についても述べられている。（田中　葵）

蘇生した女《そせいしたおんな》　短編小説

〔作者〕藤沢桓夫〔初出〕「文学界」昭和十一年八月号。〔初収〕『恋人』昭和十一年十二月二十日発行、竹村書房。〔**小説の舞台と時代**〕天王寺。昭和初期。

〔内容〕昏睡から醒めたあさ枝は、自分が死に切れず病院のベッドに横たわっていることに愕然とする。舞妓の頃から名妓の卵と評判だったあさ枝は小しんと名乗りお座敷に出ていた。それを、府会議員の山岡鉄

次郎が落籍させたのである。その後、十年間山岡の愛人として天王寺で何不自由ない生活を続けた。しかし、あさ枝は決して自分が日陰の女であることを忘れなかった。脱税事件の記事が新聞を賑わせ始めた頃、山岡にも捜査の手が伸びる。拘引されて三日後、山岡は獄中で首を吊って死ぬ。あさ枝は後を追って睡眠薬自殺を図るが死ねなかったのである。遺言を残し、遺産が実の姉ら数人に渡るよう計らっておいたが、養父はそこから除かれていた。それは、あさ枝を金儲けの道具としか考えていなかった養父への復讐でもあった。養父は遺産を取り戻そうと必死になるが、徒労に終わる。だが、遺産を渡した誰一人として見舞いに来ないことにあさ枝はあさましさと悲しみを感じる。あさ枝が初次と名乗り、東京で二度目の左褄を取ったのは山岡が死んでから一カ月後のことであった。（巻下健太郎）

曾根崎新地《そねざきしんち》 短編小説

〔作者〕東秀三〔初出〕未詳。〔初収〕『中之島』平成三年七月十四日発行、編集工房ノア。〔小説の舞台と時代〕北新地、梅田、緑地公園、北浜、高麗橋、堺筋。現代。

〔内容〕栄次郎はルポライターとして大阪を中心に活動をしている。昔は伸也、武夫とともに学生運動に参加していた。成田の拡張工事の反対デモをテレビでみていて、主義もなく参加していたあの頃、そして逮捕されて、それから人生がつまづくようになったことを思い巡らせていた。その時に助けてもらった姉と姉の愛人である竜介についても思い出していた。仕事が終わると新地で小料理屋をする妻の妙子の所へ向かう。栄次郎が無職だった時に竜介のはからいで新地に店をかまえて働くようになり、今ではちょっとした店になっていた。仕事が終わるといつも二人でマンションに帰った。栄次郎は就職活動をしても昔、活動したときの逮捕歴がひっかかってしまった。見かねた友人が文章をかくライターの仕事をもってきてくれるようになり、それからライターとして働くようになった。有名になったのは伸也の働き先の社長の伝記を書いて欲しいと頼まれたことからである。そして雑誌を作るようになり、伝記がテレビドラマになるようになってある程度生活も出来るようになった。そうしているうち、仕事で近松門左衛門のことを調べていたら面白い生き方をしているのだと共感するところがあった。そして、大学教授となった武夫、アパレル業界でのしあがった伸也の二人の親友をみて、栄次郎は自分として納得の出来る仕事として近松門左衛門について書いてみようと考えるようになる。そんな時、武夫から大学で講師として今までの経験を話してくれないか、と頼まれる。栄次郎はこうして二人にいつまでも頼ってばかりの仕事は自分としてどうなんだろうかと考えながら、返答を保留する。結果はどうであれ、一度自分の書くことについて賭けてみたくなった。上手くいけば話を受けよう、失敗すれば負い目をおってまで助けてもらうのはやめよう、そう思っていた。（井迫洋一郎）

空と水《そらとみず》 エッセイ

〔作者〕西山夘三〔初出〕『随筆集大阪讃歌』昭和四十八年九月二十九日発行、ロイヤルホテル。

〔内容〕子供のころから筆者は天文学に興味を持ち、星をさがすと北斗七星、北極星、オリオンなどはすぐわかったが、「天の河」がいくら探してもみつからない、七夕の牽牛織女もみつけようがない、今にして思うと、筆者の住んでいた西九条は工場の街でスモッグにおおわれていた、と語る。船場

の親戚で奉公して嫁いできた筆者の母は、第一次大戦の景気で父のつくった二階座敷を毎日のようにふき掃除をしていたが、ちょっとこすると手につくほどすぐススがたまり、みるみる木地がよごれていくとこぼしていた。煙の都といって煙突が林立している絵がほこらしげにかかれていた大阪は、新建ちの家もすぐ薄汚れていく公害の街になっていた。ただ一つ絢爛たる色彩の美しい演出を筆者にみせてくれたのは、西向きの勉強室の窓から工場の屋根ごしにみえる夕暮れの空だった。一九四五年、敗戦の年、大阪にゆくたびに筆者はあおいで空を見た。大阪はこんなに美しい青空をもっていたのかと何度か思った。しかし、戦後の「高度経済成長」がはじまり、大阪の空は前よりはげしく汚れ出した。沢山の公害病患者が生まれ、幼い生命がむごたらしく蝕まれだした。大阪を彩っていたいまひとつの大切な水面も、長堀、横堀など次々うめたてられ、高速道路がのたうちまわるようになった。

大阪も東京と同じ、人間の住むところではないと筆者はよく悪口をいうが、これは大阪がそうであってはならないとねがっているからだという。黒田大阪府知事の下に最近環境回復への手がやっと打たれだした。オープンスペースとしてレクリエーション空間として、水面は積極的な意味をもっている。大阪湾をうめたてることよりも大阪平野の中に水面を積極的に沢山つくることを考えるべきであると、大阪を再び水の都にするという抱負を語る。「ガメツサをそんなヴィジョンを実現する方向に発揮する知恵を、大阪の人はもっていると私は思っている。」と述べ文は終わる。　（岡本直茂）

空に籤《そらにくじ》　短編小説

〔作者〕岩阪恵子〔初出〕「群像」平成五年五月一日発行。〔初収〕『淀川にちかい町から』平成五年十月二十八日発行、講談社。〔小説の舞台と時代〕淀川のほとり、高槻。現代。

〔内容〕夫の徹は、宝籤で一攫千金を夢見ている。徹がはずれた籤を玩具がわりに息子の洋一にやるというのも、明子には気に入らない。徹はあるファミリー・レストランの系列会社に就職している。肩書きは副店長だが、中味はウェイターも雑用もなんでもこなす社員にすぎない。洋一が徹に自転車が欲しいとねだる。「宝籤が当ったら買うたる」と答えるが、息子は「宝籤、いつ当る?」と執念深くたずねる。

徹にはひとつの風景がある。父親が徹をトラックの助手席に乗せて淀川の橋の上を走った。父親がいつか自分の車を手に入れて気の向くまま走らせてみたいと低いくぐもった声で呟いた。父親は四十歳そこそこでこの世を去った。もしかしたら、徹は父親のあの見果てぬ夢を引き継ぐかたちで追いかけているのかもしれないと思う。秋の日、一度も夫の勤務先を見たことがないので、明子は洋一を連れて出かけることを思い立つ。普段着のみすぼらしい恰好なので、店の前を歩くだけで、店には入っていけない。洋一が弾んだ声をあげる。澄んだ空に、宝籤の紙切れが、二、三片思い思いに翻っている。　（浦西和彦）

反橋《そりばし》　短編小説

〔作者〕川端康成〔初出〕「別冊風雪」昭和二十三年十月一日発行。原題「手紙」。〔初収〕『哀愁』昭和二十四年十二月十日発行。細川書店。〔全集〕『川端康成全集第七巻』昭和五十六年一月二十日発行、新潮社。〔小説の舞台と時代〕住吉。昭和二十三年頃。

〔内容〕「あなたはどこにおいでなのでせうか」で始まり、同じ一文で終わる「住吉」「しぐれ」の三部作の一編。三作ともに

「古典回帰宣言」を反映し、現実から遊離した世界が描かれている。

「私」はこの春、大阪住吉の宿で、今は亡き友人須山が書いた歌の色紙を見た。この歌が心に残るのは、住吉で見たためだ。絵、古美術、歌切などからも、住吉を思い出す。「私」が住吉に行ってはならない人間だからだろう。五つの時、「私」は母に手を引かれた住吉神社の反橋の上で、本当の母は彼女の姉であること、その人がこの間死んだということを聞かされた。「私」の生涯はこの時に狂った。やがて自分の出生が尋常なものではなく、生母の死が自然なものではないだろうと疑い出し、それから二度と住吉へは行かなかった。生に破れ死が近い今、もう一度だけ住吉の反橋を見たいと来たその宿で、須山の書きのこした色紙にめぐりあったのは何かの因縁だろうか。反橋を降り、深い溜息を吐く。遠いかなしみと衰えとで目先が暗くなりそうなのをどうすることも出来なかった。（山本冴子）

そんな筈がない《そんなはずがない》　短編小説

〔作者〕藤沢桓夫〔初出〕「オール読物」昭和二十九年十一月号。〔初収〕『そんな筈がない』昭和三十二年七月十日発行、大日本雄弁会講談社。〔小説の舞台と時代〕大阪市内、茶臼山。昭和二十年代後半。

〔内容〕医学生康子の活躍を描いた推理小説。十月はじめの或る昼下がり、百貨店の屋上から若い女が飛び降りた。現場の状況から見ても、自殺である。だが、その場に居合わせた康子は「そんな筈がない」と呟く。康子は友達の新聞記者・純吉に手柄を立てさせてやろうと彼を伴い検死が行われている大学へ向かう。そこには、現場検証にも立ち会っていた老刑事の真田が居た。真田が明らかに警戒しているのを感じた康子は、自分の父親の名前を出す。康子の父はかつて警察署長を務めたこともあり、真田はその当時の部下であった。それが、縁で二人は心安くなる。飛び降りた若い女は、後頭部を殴られた痕がありそれが致命傷であった。康子が考えた通り、自殺ではなく殺された後、屋上から突き落されたのである。女には別れ話が縺れている男がいた。男は自分と別れようとしない女を百貨店の屋上に呼び出し金槌で殴って殺害した。そして、死体を自殺に見せかけるため突き落した。既に死んでいた女が、屋上で生きているかのように動いていた秘密は男の過去にあった。芝居の裏方の家に生まれた男は、十六で人形遣いになるため文楽の徒弟に入っていた。それで、多少あやつりの心得があったのである。そして、この事件の記事を書いた純吉は無能記者の汚名を返上したのであった。（巻下健太郎）

【た】

大大阪の似顔を書きに《だいおおさかのにがおをかきに》

エッセイ

〔作者〕岡本一平〔全集〕『一平全集』昭和四年八月九日発行、先進社。

〔内容〕大阪朝日の同人から、大阪から大大阪になる記念に、大大阪の顔を描いてみないかと注文を受けた筆者は、日本最大の商業都市の成長を画筆によって計ることに張り合いを感じ、来阪する。大阪通のロイド眼鏡のS君を案内役に大大阪の眼、鼻、口を探すため、筆者は自動車で駆け出す。この文章は、後に描かれる「大大阪君似顔の図」の執筆経緯を示すものである。

（巻下健太郎）

大黒像と駕籠《だいこくぞうとかご》　短編小説

〔作者〕川端康成〔初出〕「文藝春秋」大正

十五年九月号。〔全集〕『川端康成全集第二十一巻』昭和五十五年六月二十日発行、新潮社。〔小説の舞台と時代〕東京、大阪（水無瀬神宮、三島郡、島本町）。大正期。〔内容〕この作品は三章から成る。

中学三年生の栄吉は七十五歳になる祖父と二人っきりで十年以上暮らして来た。祖父は一日のうちで床についている時間の方が多くなった。老病である。祖父は暑さに向かうのと同時に衰えていった。それから数日後に自家の仏壇の身長一尺五寸くらいある阿弥陀像の裏から風呂敷包みを出してきた。金の大黒像だった。それは祖父が骨董屋に請われても売らずに持っていた、大した金目の物であるらしいのである。自分が亡くなれば誰かに取られてしまうので、秘密で「永宮さん」に預けてくるようにと言う。そして栄吉が一人前になれば返してもらって、形見のつもりで無くさないようにと言われた。身長五寸くらいの像である。永宮は栄吉の小学校、中学校時代の親友で、その両親は栄吉を実の子のように思っていてくれた。栄吉は祖父の言葉に素直に従った。それから間もなく祖父は死んだ。十七歳の時に叔母の家に引き取られ、そして中学を卒業してから東京へ出た。小説を書き始めるが筆の進みが悪い。いろんな思案の中、「祖父が大黒像を黄金だと思って大切にしていたように、自分も自分の才能を黄金だと思い違いしていたのではないか」と考える。祖父のことを思い出し、いささかの慰めになると思い、上京した永宮の遠縁の少年が持ってきてくれた大黒像を部屋に置いた。それでも筆は進まない。金銭面でも精神面でも病んだ栄吉は、ついに大黒像を質にいれてしまった。そんな時、栄吉の分家のまた分家の主人から、倉に残っている祖父母の駕籠を買いたいと言う人がいるので、売ってはどうかという手紙がくる。栄吉はその駕籠から昔を回想し、それは発想の転換へとつながる。

栄吉は駕籠を売ったお金を受け取り、質屋に飛び込んだ。大黒像を買い戻しにいったのだ。質屋の小僧は店の奥の倉から大黒像を慌てて出してきて、「金だ、金だ、金だ。ああ、眩しい。大黒さんの後光で庫の中火事だい。」と言った。祖父への愛情がうかがえ、大黒像に自分の才能を結び付けている私小説である。

（田中　葵）

第三十六号《だいさんじゅうろくごう》　短編小説

〔作者〕野間宏〔初出〕「新日本文学」昭和二十二年八月号。〔全集〕『野間宏全集第一巻』昭和四十四年十月五日発行、筑摩書房。〔小説の舞台と時代〕奈良、大阪城。戦中。〔内容〕治安維持法で逮捕された私は、陸軍刑務所で一人の奇妙な逃亡常習犯の兵隊と親しくなった。彼は三十六号という番号を持ち、逃亡に加え、いくつかの余罪があった。彼には全く身寄りがなく、その身軽さと、肉食動物が肉に対するような女性観とによって、しばしば逃亡を断行した。私は彼の中に鈍感と同じ程度の狡猾と、同じ程度に単純な虚栄心とを見る。第三十六号の取り調べは手間取り、長い未決生活を送り、次第に弱ってくる。やがて第三十六号は、奈良街道を通り、大阪城内にある中部軍指令部の軍法会議公判廷に出廷する。第三十六号は懲役五年の刑を受ける。自分のあまい予想をはるかに上回る厳刑であった。私は彼の顔の後に、白い炎を発するような暗い生命の衝撃を認めたのであった。

（中谷元宣）

大正とともに《たいしょうとともに》　エッセイ

〔作者〕茂木草介〔初出〕『随筆集大阪讃歌』昭和四十八年九月二十九日発行、ロイヤルホテル。

〔内容〕もうすぐ取り壊すのだという大阪高裁の塔のある場所が空き地だった頃、鉾流橋はまだ再建されてなくて、北詰め東角の天満警察署と、川向かいの大阪ホテルはいつもキレイな川の水に影を映していた。どちらも木造モルタル塗りの古風な建物で、警察の前からホテルを見ると、外人や紳士淑女というべき階層の人が、銀色のナイフやフォークを操作しているのがよく判った。このホテルには親しい思い出がある。

一つは七歳くらいのときである。親戚の籐製品加工業者が、自分の手作りの椅子を、このホテルにたまたま止宿された某宮様に献上し、ロビーで拝謁を賜った。親戚は「イスを、ありがとう」という宮様の口真似がうまかったが、あまりたびたびするので少しうるさく感じた。

もう一つは十三歳のとき、先取的な友人と二人相談して、テーブルマナーを書いた英語のテキストを買い、ディナーの席を二人分予約し、出向いたことである。サービスのボーイさんは微笑をたたえていたが、終い頃には大人の客に接するのと同じようであった。ドアボーイに送られて石段を降りるとき、一つの世界を征服したという満足感と、万事が上の空で胃にうまく納まっていない料理の妙な後味を同時に味わった。

そして十六歳くらいのとき、ホテルの中にある理髪屋で散髪をしてもらいたいと思った。父は笑ったが、「私」はこの店への好奇心を失わなかった。必ず一度は入ってやろうと、その時の言葉使いまで考えていたのだが、昭和前に、このホテルは焼けてしまった。対岸に坐って棟木が落ちるまで眺めていた。悲しく、そして、美しかった。

（高橋博美）

タイトフォーカス《たいとふぉーかす》　短編小説

〔作者〕黒川博行〔初出〕「野生時代」平成六年九月号。〔初収〕『燻り』平成十年九月発行、講談社。〔小説の時代と舞台〕心斎橋、淀屋橋、戎橋、梅田、藤井寺、箕面。現代。

〔内容〕麻子は大学時代の美術教授川島と結婚したのだが、夫の顔色をうかがいながらの生活に不満を抱いていた。そんなある日、テニスレッスンで知り合った江藤と関係を持ちそうになる。しかしその場は何事もなく終わったのであるが、その時のラブホテルの駐車場の車中の写真が送られてきた。対処に困った麻子は友人の美奈に相談する。そして怪しい人物から接触の手紙を受け取り、その場へ行ったが現れなかった。その後、夫の川島にも写真が送られ、麻子は危機に陥る。一方、美奈は江藤をまず怪しみ、調べたが、そのような風ではない。直接問い正してみると、江藤は否定した。実はこの一連の写真は夫の川島自身が麻子を困らせる為の自作自演のものであったのだ。写真と麻子のその日の状況から、明るさやナンバープレートの違い、全体の差異から美奈は川島に詰め寄る。しかし川島は理由も言わずに美奈を買収しようとして、失敗するのだった。

（井迫洋一郎）

大博打《だいばくち》　長編小説

〔作者〕黒川博行〔初版〕『大博打』平成三年十二月発行、日本経済新聞社。〔文庫〕『大博打』〈新潮文庫〉平成十年四月一日発行、新潮社。〔小説の舞台と時代〕箕面、堺、玉出、沖津運河、宗右衛門町、此花、大正、尼崎、住之江、梅田、西宮、難波、西成、御堂筋、中百舌鳥、甲子園、他。現代。

〔内容〕大村修平は一人の老人を誘拐した。そして、その家族に金塊二トンという常軌を逸した要求をもちかけた。それには理由があった。修平が運営していた曳洋曳船がとある会社のクルーザーの不注意事故によ

って甚大な損害を被った、しかし、そのクルーザーがどこのものか分からず調べていくうちにアイボリーという梅田の金券ショップの会社のものであると知った。そこで復讐と会社の資金運営を何とかするために姉と二人でその会社の会長を営利誘拐したのである。しかし、その思惑も会長である倉石泰三、達明親子の不仲、警察の介入、そして泰三自身が誘拐を楽しんでいる様子に思わぬ展開をみせる。達明は私欲にくらみ警察をも誤魔化して受け渡し金塊をすり替え、それは修平には大きな誤算となる。そして、金塊を乗せた船を爆破し、後で自らの船で引き上げようとした計画も変更となり、金塊を盗みに倉石邸へ侵入し、大怪我を負ってしまう。結局、金塊はたった一本盗んだだけであった。それよりも、誘拐した泰三との奇妙な関係が修平に変化をもたらした。結局、泰三を解放し、事件は迷宮入りとなった。達明の金塊隠しの疑惑、泰三の痴呆による曖昧な証言が事件をうやむやにさせた。暉洋曳船は廃業し、修平は金塊を換金することなく別の所で働いていた。すると、ある日泰三がやってきた。驚く修平に泰三は修平の事件の経緯を調べたこと、自分が痴呆のふりをして警察を混乱させたこと、そして誘拐されていたときの本の差し入れと世話の代金としてお金を持ってきたことを話した。誘拐という話を中心に、複雑な人間関係や金塊を海中からどうやってひきあげることができたのかというトリックなど、構成が綿密に作られた作品。又、犯人の偽名を三浦タカオとし、昔、仙台藩主が三浦屋の高尾太夫を落籍するときに身体と同じ重さの金を支払ったという逸話を用いるなど面白さも各所に挿入している。

（井迫洋一郎）

太陽を這う《たいようをはう》　長編小説

〔作者〕黒岩重吾〔初出〕「週刊現代」昭和三十八年一月六日～十一月十四日号。〔初版〕『太陽を這う』昭和三十九年五月十日発行、講談社。〔全集〕『黒岩重吾全集第二巻』昭和五十八年九月二十日発行、中央公論社。〔小説の舞台と時代〕大阪、神戸、奈良。昭和三十八年。

〔内容〕新大阪鉄工営業課長代理早見卓二は、有能であるにもかかわらず、突然左遷される。理由がわからない。早見は辞職。会社と、自分を陥れた張本人に復讐すべく、太陽の中を這い廻る竜のごとく野心を燃やす。産業情報新聞社の坂股のもとに身を寄せ、新大阪鉄工の粉飾決算に目を付け、策略を巡らせ、一千万円の大金を脅し取る。そして、左遷させた張本人が、社内の自分の立場を守るために早見が邪魔になった、部長の峯林であることをつきとめ、痛い目にあわせる。その間、自分に愛を示す新田和子を上手く利用し、十津田香乃子、梶村成子といった美しい女と駆け引きしながら、徐々に目標を達していく。早見は欲をかき、坂股を裏切り、その報復を受けることになる。早見は新大阪鉄工の株式公開に絡む巨大な陰謀に巻き込まれ、警察に追われる身となる。釜ケ崎に身を隠し再起を図るが、やがて逮捕される。大企業内部の壮大な人間葛藤劇である。作者は、『黒岩重吾全集第二巻』の解説「傷の問題」において、「この小説は、私が業界紙の編集長をしていた頃見聞した、大企業内部の人間葛藤や醜悪さを描いたものである。（中略）この小説の主人公は、自分で納得出来る人生を送るために、企業から飛び出した」と述べている。

（中谷元宣）

高い月謝《たかいげっしゃ》　短編小説

〔作者〕藤沢桓夫〔初出〕「小説新潮」昭和三十九年七月号。〔初収〕『われ愛す』昭和

四十二年十月二十日発行、東方社。〔**小説の舞台と時代**〕天王寺区細工谷。昭和三十年前後。

〔**内容**〕葉子は細工谷で美容院「オーロラ」を開いて十五年になる。短大を卒業したら店を手伝わせようと考えていた娘の美津子は、期待を裏切り就職してしまう。社会に出た娘が、悪い男に引っ掛からないか心配する葉子だが、彼女自身が恋に落ちる。葉子は二十代の頃から現在まで望月という男の愛人であった。夫に先立たれて、乳呑み児だった美津子を抱えた葉子が勤めていた喫茶店のオーナーが望月であった。「オーロラ」の開店資金を出したのも望月であった。客足も伸び、経済的にも余裕が出来た今、葉子は望月と別れる潮時だと考えていた。そんな時、葉子の遠縁にあたる悦子が女将をする料亭で結城礼之助を紹介される。結城はいわゆる上流階級の名士で、その立ち居振る舞いは望月とは全く対照的であった。悦子から金を工面した際、結城は即日、利子をつけて返金してきたと言う話を聞き葉子は益々彼を信頼し、そして惹かれていった。ある日、葉子は結城から求婚される。それを機に望月とは完全に縁を切った。もう一軒店を持たないかともち掛けられた葉子は、結城に二百万円を預ける。しかし、結城は「インテリ色事師」と綽名される結婚詐欺師であった。激しく動揺する葉子に、美津子は高い月謝を払ったのだから、もう男に騙されることも無いだろうと言い、自分は会社の同僚と婚約したのだと告げた。

（巻下健太郎）

武石浩玻《たけいしこうは》　短編小説

〔**作者**〕長谷川幸延〔**初出**〕未詳。〔**初収**〕『舞扇』昭和十八年六月十日発行、六合書院。〔**小説の舞台と時代**〕大阪城、天王寺公園。大正二年五月四日のことを三十年後に回想している。

〔**内容**〕武石浩玻の助手であり、彼の「右の手」となって働いた荒尾なる人物が、武石浩玻の死の真相について語る。

　武石浩玻が、愛機「白鳩号」とともに、深草練兵場に壮烈な最後を遂げたのは、大正二年五月四日。同じ年の三月二十八日、木村、徳田両中尉が所沢付近に墜落して陸軍航空最初の犠牲者となった日から、一カ月余り後のことである。武石浩玻の死後三十年が経過した「今」、少なくとも日本の航空技術の発展に関心がある者ならば木村、徳田の名くらいは知っているが、武石浩玻の名を知る人は少ない。荒尾は、日本の航空技術の発展の歴史において、武石浩玻が忘れられつつあることを遺憾に思う。茨城県出身の武石浩玻は、水戸中学を卒業後、文学を志して上京した。その一年後、さらにアメリカ文学を学ぶため、渡米した。そこで、彼のひたむきな文学への情熱を転換させたのが、フランスの一民間飛行家の妙技であった。武石は、合衆国をはじめ欧米諸国の陸海軍、民間飛行界の、目覚ましい発展ぶりに目を向け、祖国の航空技術の発展のために飛行家となろうと決心した。大学の予科でも容易でもなかったのに、倍以上の学費を必要とする飛行学校で、武石の苦学は言葉で語れぬものがあったが、スメルザ在住の日本人会の後援を得て、修業することができた。飛行機購入の資金調達も困難を極めたが、やはりスメルザ在住の日本人会の援助によって、時速六十マイル、ウオルスカット六十馬力発動器にカーチス式推進複葉機を携え、日本へ帰国することができた。いよいよ武石浩玻の祖国処女飛行となったが、これを支援したのが大阪朝日新聞社である。この時、語り手の荒尾は、大阪朝日新聞社の一社員であったのが、飛行機好きがこうじて武石浩玻の助手となっ

た。しかし、神戸・大阪・京都、すなわち京阪神三都連絡という武石浩玻の処女飛行は、失敗に終わり、武石は命を落としてしまう。その墜落の原因について、巷では「浩玻は着陸に際して目測を過りたり」とか「浩玻の機は尾部過重の欠点があり、つねにそれを気にして、機首下げの着陸法を採つてゐたゝめなり」といわれている。しかし、荒尾は、墜落の原因は武石浩玻の飛行技術にあるのではないという。日本人はアメリカ人に比べて、身長、重量ともに低いため、七・四キロの鉄片を針金で操縦席にくくりつけ、体重の不足を補い、機の平衡を保っていた。その針金を通すために鉄片に穿った穴が、相当鋭利であったため、針金が磨滅して、三都連絡飛行の長時間に耐えられず、飛行中に切断されていたからだと説明している。

（荒井真理亜）

たすかる関係《たすかるかんけい》　短編小説

〔**作者**〕田辺聖子〔**初出**〕「小説宝石」昭和六十一年六月号。〔**初収**〕『嫌妻権』昭和六十一年九月三十日発行、光文社。〔**作品集**〕『田辺聖子珠玉短篇集③』平成五年五月三十日発行、角川書店。〔**小説の舞台と時代**〕京都、上本町。現代。

〔**内容**〕桑野と順子は仕事の関係で知り合った。順子は上六のマンションに住んでおり、仕事のよくできる女であり、「女は男に能力的に劣る」という桑野の女性観は変わった。はじめは仕事上の付き合いだけだったが、やがて、桑野は私生活のことまで順子に相談するようになった。順子はいつも適切な助言や批判を返してくれた。二人が、親しい関係になって三年が経つ。桑野には二人の子供がおり、妻とは二十年近い結婚生活であるが、順子との三年の方が、中身が濃いと思われた。三年経った今では、桑野にとって、順子のところもわが家と同様、空気のように居心地がよかった。しかし、最近、桑野は自分の課に入ってきた若い女に気を取られていた。ある時、順子は別の男と結婚するつもりであると言った。男とは恋人期間が長く、刺激もなくなっていたと言う。しかし、刺激的だった桑野とでさえ、夫婦のようになってしまったから、その男と本当の夫婦になろうと思ったと言うのだ。桑野は順子の結婚式に出席し、スピーチでは仕事面で有能であることをほめた。新夫婦がローソクの火をつけに、桑野のテーブルに廻って来た時、順子は耳元で「浮気したら、あかんよ！」と言った。順子は桑野の課に入ってきた女のことを知っていたのだ。そう言った順子の眼は、不倫を続けようという眼であった。順子はワルイ女だ。しかし、桑野としてはワルイ方がたすかる。二人はたすかる関係と言ってよかった。桑野は自分に不倫能力があるのを発見している。そして、現代の女がワルイ女であるのを「たすかった」と思うのであった。

（小河未奈）

たそがれの春《たそがれのはる》　短編小説

〔**作者**〕難波利三〔**初出**〕「オール読物」昭和六十年四月一日発行、第四十巻四号。〔**初収**〕『大阪笑人物語』昭和六十年十二月二十日発行、新潮社。〔**小説の舞台と時代**〕大阪、山陰のY市（大山を眺めながら）。昭和六十年頃。

〔**内容**〕「ぼく」という一人称によって語られる小説である。「ぼく」は、名前を松田音一といい、八十八歳の藝人である。音一は花尾好江とコンビを組んでおり、体を縮めて歩く「かぼちゃ」という藝を得意にしている。そして、音一は大阪に住みついて六十年になるが、大阪弁が生理的に嫌いで、標準語を話すようにしている。それほど人気のある藝人ではなかった音一だが、南川

友三という小説家が音一を主人公にした小説を書き、それが賞をとったことをきっかけに、一気に世の中の注目を浴びるようになった。以前は、寺社の境内や、学校の庭に組み立てられた舞台などが主な仕事場だったが、今ではテレビ、ラジオ、雑誌、新聞等にも取り上げられるようになったのである。巷の人気者になった音一は、どこへ行っても一般の人から声を掛けられるようになり、家の前で女子大生が待ち伏せしていることさえあった。出身地である山陰のテレビ局の招きで、故郷であるY市に帰った時も、市長の肝いりで歓迎パーティーが開かれ、帰る際には万歳で見送られる。そんな音一は、ある日インタビューを申し込まれ、そのインタビューのためにあるビルに連れて行かれる。しかし、インタビューというのは嘘で、そこで音一は、悪徳な業者に百万円のゴルフ会員権を買うように脅される。さらに業者に何か藝をしろと言われた音一は、仕方なく得意藝の「かぼちゃ」を見せる。すると、業者はあきれた顔をし、急に音一を帰す。家には米寿の祝いをするために仲間が集まってくれていたが、業者にあきれた顔をされたことがショックの音一は、家に入ることができず、家から遠い方へ向かって「かぼちゃ」の格好で歩き続けるのである。

（三谷　修）

黄昏の悲戯《たそがれのひぎ》　短編小説

〔作者〕難波利三〔初出〕未詳。〔初収〕『通天閣夜情』昭和五十九年九月五日発行、桃園書房。〔**小説の舞台と時代**〕道頓堀、法善寺横町、千日前、服部緑地、南の坂町、難波。現代。

〔内容〕古田は定年退職の日に同じ営業部で働いている光夫を連れてストリップ劇場へ入った。光夫はまだ会社に入って三カ月しか経ってないし、年の差もあるのでまだ古田とまともに話したことがない。古田は部長よりももちろん課長よりも年上だが、ずっと平のまま会社を退職するから、いろんなうわさを光夫は聞いている。劇場に行った古田は会社にいる時の几帳面さとは違って、まったく別人みたいであった。そして自分から進んで、舞台に女と一緒に登場した。そのとき運が悪く私服を着ていた警察が現れ女と古田を捕まえ、光夫は逃げた。翌日、どうも心配で警察署に行ってみたら、玄関先でちょうど古田と会った。奥さんに絶対叱られると言い、光夫と一緒に帰った。奥さんは年取っていたが、まだ色気が感じられる。奥さんは記事が載っている新聞を二人の前に開けて見せながら、二人を叱った。しかも光夫は証人として名前と住所を奥さんに書かせられた。数日後の夜、光夫のところに奥さんが来て主人と喧嘩したので一晩だけ泊めて欲しいという。今まで親戚以外の女といっしょに同じ部屋で寝たことがないので、とても緊張した。光夫が寝ていると奥さんはいつの間にか自分の寝床へ入ってきた。それから何日か後、古田から電話が掛かってきて自分が開けた店に来てと言われた。焼き鳥の店だった。退職後、見切りをつけて、奥さんは男を作り古田を離れた。そして、古田も本当の道を歩もうとしているように見えた。

（桂　春美）

忠直卿行状記《ただなおきょうぎょうじょうき》　短編小説

〔作者〕菊池寛〔初出〕「中央公論」大正七年九月号。〔初収〕『心の王国』大正八年一月八日発行、新潮社。〔全集〕『菊池寛全集第二巻』平成五年十二月十日発行、高松市菊池寛記念館。〔**小説の舞台と時代**〕大坂城、岡山、天王寺、茶臼山、青屋、庚申堂。元和元年（一六一五）五月六日から慶安三年（一六五〇）九月十日まで。

〔内容〕徳川家康の孫松平忠直を主人公に、

た

権力者の孤独を描く歴史小説。

越前少将忠直卿は十三歳で領主となって以来、我が儘放題に育てられた。しかし、大坂の陣では、合戦に遅れて祖父家康の叱責を受ける。非難というかつてない経験に発奮、翌日は大坂城一番乗りを果たしたうえに、誰よりも多く首級を挙げた。家臣の誰よりも優れているという自信は、六十諸侯の何人よりも優れているという自信に移りかけていた。ところが、ある時、これまでに城中で行った勝負事のいくつかが、故意に自分を勝たせたものだったことを知る。数限りない勝利や優越の中で、どれだけが本当で、どれだけが嘘だったのか。自分と家来の間には虚偽の膜があり、そして人情の代わりに服従がある。――索漠たる孤独の中、生活は荒んでいった。以降、人々の反抗を願って放埒な行為を重ねるも、満たされず、乱行の噂が広まるばかり。ついには幕府によって所領・家禄・身分、すべてを剝奪される。しかし、『忠直卿行状記』によれば、忠直はそのことをむしろ喜んだらしい。津守として過ごした晩年は、かつての荒々しさが嘘のように、臣下や領民らと心安く暮らしたという。

（山本冴子）

立川文庫の英雄たち《たちかわぶんこのえいゆうたち》 評論

〔作者〕足立巻一〔初版〕『立川文庫の英雄たち』昭和五十五年八月五日発行、文和書房。〔内容〕Ⅰの「考説立川文庫」とⅡの五編「真田幸村とその影武者」「猿飛佐助の成立―中川玉成堂本と松本錦華堂本を中心に」「石川五右衛門―負の英雄」「忍者と隠密」『立川文庫』の終焉―池田蘭子の死」から成る。猿飛佐助、霧隠才蔵、石川五右衛門ら大正期の少年たちが胸躍らせて読んだ「立川文庫」について、その源流、創刊と初期、全盛と終末を考証する。広く読まれたが現存するものが少ない。大正末年まで約二百点が刊行された立川文庫は稀覯本となっている。その百九十六点の「立川文庫刊行一覧」が「考説立川文庫」の巻末に附されている。「あとがき」で「旧稿をすべて補正して本書を公刊することにした。今度こそ、これをもってわたしの『立川文庫』の考証の終わりとしたい」という。

（浦西和彦）

蓼喰ふ虫《たでくうむし》 中編小説

〔作者〕谷崎潤一郎〔初出〕「大阪毎日新聞」「東京日日新聞」昭和三年十二月四日～四年六月十九日発行、全八十三回。挿絵は小出楢重。〔初版〕『蓼喰ふ虫』昭和四年十一月三日発行、改造社。〔全集〕『谷崎潤一郎全集第十二巻』昭和四十二年十月二十五日発行、中央公論社。〔小説の舞台と時代〕豊中、道頓堀、神戸、須磨、淡路島、京都市左京区、東京。昭和二年三月下旬から初夏。〔内容〕豊中に住む斯波要と妻美佐子は、離婚に向かいつつある夫婦である。生理的に合わないのが主な原因。美佐子には須磨に愛人阿曾がいるが、要は容認している。岳父に誘われ、その妾お久とともに道頓堀弁天座で「心中天網島」を観たりするが、夫婦は気まずい。上海から帰った要の従弟高夏秀夫が間に入り、離婚を強引に進めようとするが、別れ自体にある悲しさや息子弘（十歳）のことが気がかりで、夫婦は尻込みしてしまう。要は、岳父とお久とともに淡路旅行に出かけ、人形浄瑠璃に親しんだりする。また、神戸に馴染みの混血の外人娼婦ルイズがいる。だが要は、文楽人形に似たお久に「永遠女性」の面影を見て、惹かれていく。結局、夫婦の離婚問題は決着がつかないまま物語の幕は閉じられる。プロレタリア文学陣営からの批判もあったが、正宗白鳥が「文藝時評」（「中央公論」昭和5年1月1日発行）で、「日本の伝統

的情趣や、洗練された伝統的文章は、今の文壇では、殆ど欠けてゐるらしいので、この作品などは類を絶してゐるのであらう」と評した。本作品を嚆矢に、谷崎文学におけるいわゆる日本古典回帰が始まると言われる。

（中谷元宣）

谷沢永一《たにざわえいいち》　エッセイ

〔作者〕開高健〔初出〕「波」昭和五十一年七月一日発行。〔初収〕『私の中の日本人』昭和五十二年十一月五日発行、新潮社。〔全集〕『開高健全集第20巻』平成五年七月五日発行、新潮社。

〔内容〕著者の友人谷沢永一の人となりを語る。アルバイトで生計を立てていた時代、「過敏と焦燥、絶望をなぐさめてくれた」のは谷沢永一とその書斎だけだった。昭和町にある谷沢の自宅書斎で焼酎を飲みつつ話にふけり、その圧倒的な知識と論理にたじたじとなった。彼の希少性はまだまだ人人に認知されているとは言えない様だ。「正気をきわめた狂気」がこの国にはなさ過ぎるのだ、という。なお、大阪でのエピソードを交えながら谷沢永一を語るエッセイは他にも「谷沢永一のこと」（『言葉の落葉Ⅳ』昭和57年12月15日発行、冨山房）がある。

（大杉健太）

狸の安兵衛《たぬきのやすべえ》　エッセイ

〔作者〕与謝野晶子〔初出〕「新少女」大正四年五月発行、第一巻二号。〔初収〕『私の生ひ立ち』昭和六十年五月十日発行、刊行社。『私の生ひ立ち〈普及版〉』平成二年二月二十八日発行、刊行社。

〔内容〕筆者がまだ小さかった頃に、筆者の家に始終出入りしていたという二人の車夫に関する思い出が綴られている。その二人の車夫は、名前を友吉と安兵衛といった。そして、安兵衛は狸の安兵衛と呼ばれていた。ある時、友吉と安兵衛は車夫を辞めて、新しい事業を起こすことにする。それは、青や赤で塗った箱馬車に子供を乗せて、一つの町を一回りし、降ろす時に豆と紙旗を与えるというものだった。幼い頃の筆者も、その箱馬車に乗せてもらうが、馴染みのない子供等の中に一人で交じって行くことになり、寂しい思いをする。結局、この友吉と安兵衛の仕事は一カ月も続かず、二人はまた車夫に戻ることになった。

　この車夫との思い出に加えて、幼い頃の筆者の家がよく行ったという、大阪行きのことが語られている。筆者の家の大阪行きには、必ず決まった様式があった。それは、最初に吉助園という植木屋に行き、次に上本町の博物場へ廻り、さらに中之島公園へも行き、最後には浪華橋の下の川魚料理の船で御飯を食べて帰る、というものだった。

（三谷　修）

種貸さん《たねかしさん》　短編小説

〔作者〕田辺聖子〔初出〕「小説新潮」昭和四十七年一月号。〔初収〕『オムライスはお好き』昭和五十五年六月二十五日発行、光文社。〔作品集〕『田辺聖子珠玉短篇集③』平成五年五月三十日発行、角川書店。〔小説の舞台と時代〕出屋敷、布施、住吉、難波、野田。現代。

〔内容〕三十六歳になる里枝は、はやく子供が欲しいと焦っている。しかし、夫の多市は先妻との間にミツ子という娘が一人いて、その娘がときどき会いに来てくれるので、新しい子供を欲しがらないようであった。子供好きな里枝は、たとえ人の子であろうと可愛がりたいのであるが、ミツ子はなかなかうちとけない。結婚して三年にもなるのに、里枝はいつも団欒からはじき出されてしまい、いよいよ自分の子供が欲しいと思いつめていた。ある時、町内の物知

りの奥さんに、大阪の住吉大社の中にある種貸さんにお参りに行ったらどうかと勧められた。里枝は買物に出たついでにお参りに行くことにした。若い巫女から三、四センチくらいの土人形を渡され、「お祀りなさいますと、子種を貸してもらえます」と言われたが、子種を貸すとはどういうことなのかわからなかった。帰りは表の参道でタクシーをひろった。三十五、六の小太りの運転手は、淡々としゃべり、里枝はとても楽しかった。食事をしてから帰る気になったので、運転手によく行く店を教えてもらい、一緒に食事をした。そのうち里枝はとてもこの男が好きになった。そして急にこの男の寝顔が見たくなった。食事が終わって、里枝はまた男の車に乗った。そっと買物籠をのぞいたら、種貸さんの土人形の入った白い封筒は、確かにじゃがいもの上にのっていた。（小河未奈）

旅のいろ／＼《たびのいろいろ》　エッセイ

〔作者〕谷崎潤一郎〔初出〕「経済往来」昭和十年八月号。〔初収〕『鶉鷸隴雑纂』昭和十一年四月十八日発行、日本評論社。〔全集〕『谷崎潤一郎全集第二十一巻』昭和五十八年一月二十五日発行、中央公論社。

〔内容〕観光客の増加でその特色が失われるのを嫌い、気に入った土地は人に教えず、文章にも書かない。人の多い一流の土地よりも、二、三流の場所の方が旅行や遊覧の目的にかなう。スピードある電車よりも、ゆっくり車窓の景色を楽しめる汽車がよい。車中でのマナーの悪さ、特に大阪人がひどい。旅館、車中の暖房のいい加減さ。旅館へのこだわり。宿の女中はその土地の知識を身につけるべきである。人は各々の生活、仕事のためにも、旅によって日常から切り離された世界を覗く必要があるなど、旅についての考え、感想を語る。（中谷元宣）

旅の話《たびのはなし》　紀行文

〔作者〕田山花袋〔初版〕『旅の話』大正十四年六月五日発行、博文館。

〔内容〕「私」は西鶴の『置土産』にある話を思い出した。ある男が物詣での帰途、ある女と出来心で一晩を共にし、後は駕籠に乗る金も無く、京都から大阪まで草鞋履きで帰ったという話であった。三十歳くらいで、月ケ瀬に寄った自分もその時、その男と同じであった。そして、それから二十年経った今でも、猶彼女に会おうと思っている。T屋で聞きさえすれば、その女の行方もわかると思っているのだ。情痴もまた甚だしい。ある日、「私」が古い反古を整理していると、中からつたない女の手跡で書いた一通の手紙が出てきた。それは今から二十年前、「私」が雑誌記者をしている時分のある朝に、「私」の卓の上に置かれていたものだった。女から手紙が来るのは珍しい事ではなかったが、手跡のつたないのと、大阪の新町の遊廓差し出しであったのが興味を引いたのだった。手紙には、「私」が八年前、鳥取市の料亭「しからき」へ来たTであるかを尋ねていた。もし、そうであるならどんなに懐かしく、今でも忘れずに思っているか、帰った後も色々な物を送ってくれた事を忘れずにいるか、あれから二年後、大阪に出てきたがそれでもなお忘れる日は無い、先日人から小説を書く人でこの雑誌社にいると聞き、急いで手紙を書いた次第である、もし、Tであるなら、返事をくれ、そういった事が書かれていた。「私」は、狐につままれたような気がした。そんな記憶は無かった。これは誰かが「私」の名を語って遊んだのに相違ない、この女は藝者だろう、一人で立っているような語気がある…そう考えているうちに、「私」はふと、思い出し、手を打った。思い出さ

れてきたのは、兄の事であった。兄は確かに八年前、そちらの方面へ出張に行き、風景の美しかった事や、盗賊にあいかけた事、その話はさすがに聞かなかったが様々な事を話してくれた。「私」は微笑せずにはおられなかった。だが、それはすぐに悲哀に変わった。兄はその山陰の旅行から帰って三年後に、「人生の綱を踏み外した」煩悶から肺を病み、亡くなっていたからである。兄には女の話がたくさんあった。よく半襟だの帯上げだの買ってやっていた。この女にも送ってやったのに相違なく、兄が生きていたら面白かっただろう。「あ、そうかえ？　そういう女もあったよ」と、例のにこにこした顔をしたに違いない。と、「私」はそういった事なども思い出し、次第にこの世にはもういない人に思いを寄せている女が可哀相になった。そうして返事をどうしようかと考えて放っておいたら、十日後にまた手紙が来た。で、兄の写真を送り、この人ではないのか、そうであるならば、と「私」は、事情を記した返書を書いてやった。四、五日して、厚い封書で返事が来た。それは、いくら書いても悲哀は尽きないという風に長く書かれていた。その後、女が「私」の家に訪ねてきた。新町でもかなりの藝者で、抱えも五、六人置いているという話であった。女に色々話してやったが、兄の死んだ時の話になると、ハンカチを目に当ててすすり泣きしていた。「私」は、しばらくその女と手紙のやりとりをしていた。この手紙を見ているうちに、そのような事を思い出した。

（高橋博美）

旅への誘い《たびへのさそい》　短編小説

〔作者〕藤沢桓夫〔初出〕「小説新潮」昭和三十七年三月号。〔初収〕『新・大阪物語』昭和三十八年十一月五日発行、桃源社。

〔小説の舞台と時代〕道頓堀、新世界、北畠、生玉。昭和三十年代。

〔内容〕大学を定年で退官した小此木啓作はかねての計画通り大阪へ気ままな旅へと出かけた。啓作は大阪に着くなり、かつての教え子だと言う男に声を掛けられるが無視を決め込む。雑踏の中で、詐欺まがいの恐喝をされるが、法学の権威である啓作は反対に相手をやり込める。そして、その男の案内で、新世界のストリップ劇場へと出かけ、そこで踊り子のリリーと知り合う。その夜はリリーの部屋に泊まった啓作は、彼女に将来を約束した男がいるのだが、生活していくだけの収入が無く結婚できないでいると知る。翌日、リリーの部屋に大金の入った鞄を隠して、啓作は青春時代に心を寄せた女性の消息を訪ねる。すでに亡くなっていたその女性の墓参りを終え戻ってきた啓作は大金の入った鞄を持ってリリーが駆け落ちしたことを知らされる。盗難届けを出すように求められた啓作だが、金はリリーにやるつもりだったと断る。そして、啓作は気ままな旅行に早めの結末が来たことに味気なさと、安心を感じながら、リリーの幸福を祈るのであった。

（巻下健太郎）

たべもの世相史《たべものせそうし》　エッセイ

〔作者〕長谷川幸延〔初版〕『たべもの世相史』昭和五十一年十一月三十日発行、毎日新聞社。

〔内容〕大阪の食文化及び世相を記したエッセイ集。「キタ」「船場・新町・堀江」「ミナミ」「新世界・阿倍野・住吉」「書き足りなかったこと」の章からなる。「狐うどんのこと」では、狐うどんが好きだった祖母の影響を受け、長谷川幸延自身も大阪で一番うまいものは狐うどんだという。「ミナミのよさ」によると、「ミナミの愛称の中心は『食べ物』であった」「食べ物屋の氾濫である」「それなしにはミナミもキ

タも、存在しない」のである。「大阪の味」は「濃厚な味」だと思われがちだが、「ほんとうの大阪の味は、淡泊にある」。「思えば、おそるべき大阪の胃袋である」。しかし、胃袋には限界がある。ただふくらませるために食べるのではない。食べて悔いなき、食べ甲斐のあるものを食べるのではなければ、イミがない。そして支払いもまた、なっとくの行くものでなければならない。大阪の美味探求における、永久不変の二大原則である。それが大阪の持つ合理性である」と述べている。（荒井真理亜）

食べ物屋さんも情が大事《たべものやさんもじょうがだいじ》　エッセイ

〔作者〕竹本住大夫〔初収〕『関西こころの旅路』平成十二年一月二十日発行、山と渓谷社。

〔内容〕大阪のなんばグランド花月の裏手に「一半」という寿司屋がある。一半とは三十年以上の付き合いだが、うまい。これだけうまいということは材料を吟味しているのだろうと思う。一半のご主人は苦労して今のような立派な店を建てた。自分とは道は違うが、思いは同じのようである。この主人には「情」を感じる。自分は「情」という言葉が大好きなのだ。自分は浄瑠璃の世界へ入って五十年以上、大夫をやっている。しかしいつまで経っても百点満点の藝はできない。食べ物屋さんが食べ物から感情を伝えていくように、藝人は藝から感情を伝えていく。これが素直な思いやりの心ではないだろうか。自分はもう七十三歳になるが、できる限り「情」というものを伝えていきたいと思っている。

　作者は人形浄瑠璃文楽座の大夫である。大阪にある、こだわりの一品について語っている。「情」という言葉を用いてるあたりが関西らしいエッセイである。（田中　葵）

玉造日記《たまつくりにっき》　エッセイ

〔作者〕泉鏡花〔初出〕「大阪朝日新聞」大正十三年七月二十日～九月六日夕刊、断続掲載。〔全集〕『鏡花全集第二十七巻』昭和十七年十月二十日発行、岩波書店。

〔内容〕三十一の章から成る。鏡花が東海道を通り、東京から大阪へ下った時のことを記している随筆である。列車の中で風景を楽しんだり、歴史を振り返ったりしている。九章で、東京鉄道局列車内備付図書の中に、谷崎潤一郎や菊池寛、坪内逍遥が並べてあるのを見つける。また、鏡花は、『太平記』や『源平盛衰記』があるのを見て、『東海道中膝栗毛』を備え付けて欲しいと述べている。この日記でも、『東海道中膝栗毛』についてのこだわりが窺える。京都の辺りでは、平家の話についても触れている。十三章では、以前、梅田の停車場で俥を雇うために「道修町」を「どうしゅうまち」と言ったために伝わらなかったことが書かれており、このエピソードは、「大阪まで」にも書かれた通りである。二十章では、「しんきやな隣の地唄春の雨」という京都で詠んだ、尾崎紅葉の句が登場する。二十五章では、岡本にいる谷崎潤一郎を訪ねた時のことが記されている。

　この「玉造日記」という名前は、覚え書きの最初の筆をとった所の温泉の名にちなんだものである。（田中　葵）

だまってすわれば―観相師・水野南北一代―《だまってすわれば―かんそうし・みずのなんぼくいちだい―》　長編小説

〔作者〕神坂次郎〔初出〕「週刊新潮」昭和六十二年四月三十日～十一月十二日号。〔初版〕『だまってすわれば―観相師・水野南北一代―』昭和六十三年二月二十日発行、新潮社。〔小説の舞台と時代〕大坂・船場浮世小路、島之内畳屋町。安永二年（一七

七三）から天保五年（一八三四）。

〔内容〕熊太は大阪弁でいう「くすぼり」、すなわち、一人前の極道になりきれぬ半端なやくざである。牢獄にも入った。押しの強さで示談屋をしている。通りかかった乞食坊主に「死相がでておる」と、それもあと四、五カ月の間であるといわれる。材木河岸を通りかかると丸太が崩れたり、殺し屋に斬りつけられたこともあった。乞食坊主の観相は適中するので、恐ろしくなって、東来の沙門・水野海常に弟子入りする。海常は、観相というのは、ものの貌《すがた》を観るということじゃ。人間の相というものは、顔だけではなく、頭のてっぺんから足の先、坐った姿、歩く姿、その人のさまざまな動作、また、臍《へそ》から五十万本におよぶ体毛の相まで、にんげん全体を観るものだという。宋人、陳図の相書『神相全編』を説ききかせる。熊太は水野南北の姓を与えられた。以来、南北は一所不在の旅をつづける。諸国遍歴すること六年、大坂へ舞いもどった南北は、人が集まる新町の橋詰めの髪結床・鬼床、松ノ湯の三助、千日墓所での焼ノ隠亡《おんぼう》と、稼業を転々として、人の種々相を観つづけた。そして、天明七年（一七八七）に〝相師〟を表看板にして大坂の巷に立った。「黙って坐れば、ぴたりと当たる」そんな南北の風説《うわさ》は大坂の街にひろがり、「当たるだけやおまへん。死運を封じて、生ける道を教えてお呉ンなる〝天の相法〟じゃ」といわれた。著者は「あとがき」で「南北の命運学の面目は『適中を誇るべきではなく、人間を救う』ことに重点をおいたことであろう。南北が偉大なのは、ここである。」と述べる。『南北相法』『南北堂箚記《さっき》』『相法和解』等の著作を出した南北は天保五年十一月十一日、七十八歳で亡くなった。（浦西和彦）

たまらんでェ《たまらんでぇ》　短編小説

〔作者〕藤本義一〔初出〕未詳。〔文庫〕『悪い季節』〈角川文庫〉昭和五十五年九月発行、角川書店。〔小説の舞台と時代〕浪花。現代。

〔内容〕作者の十八番「浪花藝人もの」の一つ。松福亭鶴天と松福亭凡太郎は淀川アパートで同居している。しかし、凡太郎に房ちゃんという恋人ができたため、同居を解消、凡太郎らは鶴天の隣りの部屋で同棲を始める。もちろん、鶴天は隣りから聞こえる二人の夜の営みの声に悩まされる。そんな中、鶴天は師匠の鶴福に浪速放送の深夜放送のディスク・ジョッキーに推薦してもらい、凡太郎に一歩先んじる。凡太郎は嫉妬するが、すぐにラジオ阪神の仕事を得る。二人は張り合う。鶴天は房子と関係するが、淋病をうつされる。しかも、凡太郎もすでにうつされていて、それが理由で房子と手を切っていた。女はこわいと言い合い、またも、二人の同居生活が始まるのであった。（中谷元宣）

たみの橋界隈と山本為三郎さん《たみのばしかいわいとやまもとためさぶろうさん》　エッセイ

〔作者〕赤堀四郎〔初出〕『随筆集大阪讃歌』昭和四十八年九月二十九日発行、ロイヤルホテル。

〔内容〕私が阪大の理学部に着任したのは昭和十年で、一週間ほど新大阪ホテルに泊まって貸家を探した。戦争が始まり、食料不足になったある日、山本為三郎は阪大の十数名をアラスカへ招いてご馳走してくれた。終戦後、阪大の理学部は大阪の瓦斯会社の好意で瓦斯の出方も解決し、研究活動が活発になった。その後、大阪の経済も急速復興した。昭和三十六年、山本為三郎さんの提議で第二室戸台風の被害のため理学部を豊中に移転した。その跡地にロイヤル

ホテルを建ててはという話もあった。山本さんが御存命であったら、高層の新館の完成は自慢のことだろう。

（桂　春美）

大夫殿坂《たゆうどのさか》　短編小説

〔作者〕司馬遼太郎〔初出〕「別冊小説新潮」昭和三十七年四月号。〔全集〕『司馬遼太郎全集第十二巻』昭和四十八年十一月三十日発行、文藝春秋。〔小説の舞台と時代〕大坂。幕末。

〔内容〕井沢斧三郎は、兄庸蔵が急死した為生家に戻り大坂蔵屋敷詰めの役人になる。兄は病死したことになっていたが、斧三郎は兄は殺されたのだと確信する。死の真相を探ろうと、兄が馴染みにしていた女、小磯に近づくが当初の目的を忘れるほどに惑溺する。小磯は庸蔵を「びびんちょ」であったと言う。尾籠、猥褻、不潔の三つを合わせた「びびんちょ」という言葉で語られた兄を斧三郎は軽蔑せず、上方の毒がそうさせたのだと考えた。小磯の所へ通うようになってから、斧三郎は背後に人の気配を感じる。駕籠に乗っている所を襲われた斧三郎は、自分を狙ったのが新撰組の者であると知る。兄を殺したのも新撰組であると考えた斧三郎は情報を集める。だが、緘口令が敷かれ誰もが話したがらない。ようやく、藩が新撰組の威力の前に屈して庸蔵を見捨てたことを探り出した斧三郎は藩に愛想を尽かす。小磯から、仇は新撰組伍長、浄野彦蔵だと聞かされた斧三郎は脱藩して敵討ちの機会を待つ。大夫殿坂の休息所を見張り始めて二カ月目の薄暮、浄野が姿を現す。武藝で皆伝を許された斧三郎は、浄野を斬り兄の敵を討つ。斧三郎は兄が反幕思想を持っていたがために新撰組に斬られたと信じていたが、実際は、小磯をめぐっての痴情のもつれから庸蔵は浄野に斬られたのである。

（巻下健太郎）

樽屋おせん《たるやおせん》　エッセイ

〔作者〕河原義夫〔初収〕『浪花のロマン』昭和四十二年十二月十五日発行、全国書房。

〔内容〕今では近代化してしまったが、西鶴が生きていた貞享三年（一六八六）、樽屋町は町人に住みよい町であった。樽屋町の樽屋は、金持ちの家に奉公に来ていた、おせんに一目惚れしてしまう。かなわぬ恋だと諦めていた樽屋だが、老婆のはからいで結ばれることになる。樽屋は妻を得てよく働き、二人の子供も生まれ二人は行く末幸福に暮らすかに思われた。しかし、近くの家に法事の手伝いに行った折、偶然乱れた髪を見た、その家の妻に夫との関係を疑われたおせんは、本気に夫を誑《たぶら》かしてやろうと考える。正月遊びに夜更けまですごしたおせんは、男を家に引き入れる。だが、物音に気づいた樽屋に見つかり、その場で自害して果てる。逃げた男の方も密夫として捕らえられ、二人の亡骸は仕置き場にさらされて恥を残した。なお、文末に「西鶴『好色五人女』―情を入れし樽屋物語―より」とある。

（巻下健太郎）

誰や、こんな坊ンに飲まして《だれや、こんなぼんにのまして》　エッセイ

〔作者〕開高健〔初出〕「オール読物」昭和五十四年一月号。〔初収〕『地球はグラスのふちを回る』〈新潮文庫〉昭和五十六年十一月二十五日発行、新潮社。〔全集〕『開高健全集第20巻』平成五年七月五日発行、新潮社。

〔内容〕自らの「酒に目覚める頃」を振り返ったエッセイ。幼い頃食べた酒かすマンジュウは後味がよく、愉しく酔えた。戦後になり、大阪駅裏で「カルピス」という極悪酒をしこたま飲んで倒れていると、「誰や、こんな坊ンに飲まして」という大人た

ちの嘆声が降ってきた、という。（大杉健太）

断雲《だんうん》　短編小説

〔**作者**〕井上靖〔**初出**〕「小説公園」昭和二十五年五月一日発行。〔**初収**〕『死と恋と波と』昭和二十五年十二月十日、養徳社。〔**全集**〕『井上靖全集第二巻』平成七年六月一日発行、新潮社。〔**小説の舞台と時代**〕大阪、赤穂、有年駅。太平洋戦争中。

〔**内容**〕B新聞社の一室で深い眠りの底にあった多木は、空襲の最中の激しい打撃を全身に感じて目が覚めた。既に大阪の街は大半が灰燼に帰していた。去年の秋からの懸案だった家族の疎開を漸く三日前に完了したところであった。老いた母親と妻の映子、そして五歳になる男の子を、中国山脈の尾根にある小さい山村に連れて行った帰り、多木ははるかな場所に家族を置いてきたことが、果たして父として夫として取るべき処置だったのかと疑問に思う。いかにも愚劣な処置であったようにも、反対に国家の敗亡を前にして、一人の男のなすべき当然の行為であるようにも思われるのである。多木は、人間の手から守るため子供を隠した雌猫の「どろんとした暗紫色の、暗いが冷たく落着いた眼の色」を思い出す。雌猫は「エゴイスティックな愛情の、梃でも動かないたたずまい」を持っていた。多木は、そんな雌猫と今の自分を重ね、虚脱したような、自分の心の空白感に、何か落ち着いていられない不安を感じるのであった。

一人で家で過ごしていると、妻の妹であるいつ子がやってきた。かつて、いつ子は多木に「あのね、人間どんな不可ないことしてもたいしたことじゃないと思ったの」と言ったことがあった。以来、多木は、この妻の妹に、単なる義妹としてではない既に成熟し独立した一個の女性を見ていた。映子を挟まず一つの部屋で二人だけが向かい合っていると、多木はいつ子に今までにない眩しさと重苦しさを感じた。警戒警報のサイレンを聞いて、いつ子は帰ると言って立ち上がった。いつ子を駅まで送る途中、多木は星空を仰いで目眩を感じ、いつ子の肩に手を置いた。いつ子は顔を左右に、何ものかを拒むように、ゆっくりと振った。多木の思いがけぬ動作を、いつ子は求愛の仕種と受け取ったことは明らかであった。次の日、郵便受けに苺といつ子の手紙が入っていた。手紙には「わたし、やはりくにに帰ることを決心しました」とあった。多木は、いつ子がもう再びここに現れないことを知ると、自分でもついぞ予想しなかった淋しさに襲われた。H蔵相の塩田視察を記事にするため、多木は赤穂へ行った。視察に随行後、多木は書いた記事を伝書鳩に託して飛ばした。鳩がいかにも必死な様子で、空へ、高く高く舞い上がって行くのが、多木にはひどくいじらしく思えた。鳩係の芳さんは雲に入ったまま見えなくなった鳩を案じて、多木に説明しながら天の一角を指した。長いこと仰向いていたので首が痛いという芳さんの首を叩きながら、多木は烈しいものを感じ、泣いていた。妻子のためにか、いつ子のためにか、自分のためにか、それは判らなかったが、「とにかくそれが戦争に少しも傷められない美しいものを見せられた感動によって呼び起こされたものであることだけは、間違いなかった」。（荒井真理亜）

だんじり囃子《だんじりばやし》　戯曲　二幕

〔**作者**〕北條秀司〔**初演**〕昭和十八年十一月上演、帝国劇場。配役・重助（辰巳柳太郎）、清太郎（小川虎之助）、万次郎（岩田正）ほか。〔**初収**〕『北條秀司戯曲選集Ⅴ』昭和三十八年十月二十日発行、青蛙房。〔**戯曲の舞台と時代**〕第一幕・大阪の西長

堀河岸、昭和十三年頃。第二幕・前の場から半月ほど経った祭りの当日。

〔内容〕大阪の西長堀河岸の材木問屋山重は老舗である。決戦下の産業統制令によって統合問題が起こっている。祭礼も今年限りだというので、山重の隠居重助は、だんじり囃子の稽古が聴きたく、芦屋から西長堀へ出てきている。次男の万次郎は開拓団の建設に満州へ行っている。その万次郎が祭りに帰ってくるのである。重助の病気は重く、長男夫婦は心配しているが、重助は医者が幼友達なので、バカにして薬ものもうとしない。祭りの日、重助は店先へ病床を持ち出させて、祭りの人達と話し合っていると、暴れ神輿が店にとび込んできた。重助は、絢爛たる祭風景の中に、幸福に死んでゆく。「この芝居は不思議と当った。辰巳の演技もおもしろく、郷友長谷川幸延の演出も良く大阪の祭風景を写してくれたが、なによりも観客自体が祭りといったものに飢えていたことが、好評を博した最大原因だったと思う」と北條秀司は回想している。

（浦西和彦）

【ち】

近松物語の女たち《ちかまつものがたりのおんなたち》 評論

〔作者〕水上勉〔初出〕「ミセス」昭和五十年一月〜昭和五十一年十二月号。〔初版〕『近松物語の女たち』昭和五十二年五月発行、中央公論社。〔全集〕『水上勉全集第十九巻』昭和五十三年四月二十日発行、中央公論社。

〔内容〕近松戯曲の世話物について、心中する女たちの胸中を読み解き、批評する。

①『曾根崎心中』は実在事件にヒントを得、義理と人情の綾が語り尽くされた世話悲劇である。遊女お初は、手代徳兵衛と恋仲だった。徳兵衛は主人に信用が厚く、えらばれて姪の婿にと口説かれる。玉の輿に乗ってからでも遊廓通いはできたろうし、お初にも身請け話が出ていた。他に選ぶ道もあった二人が、なぜ死ななければならなかったのか。近松は暗い心中物を書きすすめるにあたって、明るい筆致に固執する。名作といわれ、初演以来三百年、昭和の私たちを魅了するのも、不思議な明るさのうちに、じわじわしめつけられる、人間物語となっているからだ。義を守り、欲をはなれ、貞をつくして死ぬ男女がそこにいる。お初は永遠の女性である。お初がまことに女らしくて果敢なのに対し、徳兵衛は気弱な男である。悪人九平次に騙されて罪人扱いされ、泣き寝入りする徳兵衛は死の覚悟をするが、それは大阪中の人々へ申し訳をしようとの意地と、窮地に立たされ、途方にくれたあげくの行為である。お初の場合は、現世での恋の成就は叶わぬから、冥府へ行って夫婦になろうとの決意である。死を決するお初の自由感は、廓に生きる女の象徴的な桎梏をも表現していて、心を打つ。お初の恋した徳兵衛が嫌気するほど気弱なだけに、恋はまた美しい。徳兵衛には幼くして死に別れた両親がおり、冥府で会える喜びがある。一方、お初の父母兄弟は健在で、死ぬことなど許されぬうえ、死んで向こうで逢える身内もいない。お初の行く手にあるのは、徳兵衛と「夫婦」になって生きてゆける、あの世の楽しみだけである。在所を悲しませる代償にそれを得るお初には、徳兵衛とはまた違う死の自由が、ふかく迫るのである。不思議にも、私たち読者はお初の境遇に同情していながら、その死の成功をよろこんでいる矛盾に気付く。お初は夢の女性となって、死に向かって明る

くいそいでいる。近松は事実に即しながら、事実ならざる「恋物語」の主人公としてお初をえがき切り、読者に女心の美しさを提示した。のちの近松心中物に比べ、筋書きが簡略で、死の動機に粗ささえ感じる『曾根崎心中』は、しかしどの作品よりも美しく心をうつ。お初の性格と、「恋」に生きるためには死にいそがねばならぬという行為の純粋さが心を打つのだ。お初の死がさっぱりとした哀感をともなうのは、泥の世に足をとられていた当時の庶民の思いであろう。お初は、世にもたえて見られぬ男女の連帯を、死によって完成している。身分の最も低い廓にそんな女性がいたのは、なんとも貴重である。

②近松三大姦通物の一編、『鑓の権三重帷子』の主人公は、おさゐである。権三は藩内きっての美男子で、茶友伴之丞の妹お雪と末を契っている。権三、伴之丞はともに市之進（おさゐの夫）に茶道を習っていて、主君の江戸詰めに随行して市之進の留守中、二人のうち一人が殿中饗応の真の台子を勤めることになった。権三は伴之丞に先駆けて伝授方を頼むため、市之進の家を訪れる。おさゐは美貌の子持ち、賢妻ぶりを発揮し、家を守っている。おさゐはこの機会に娘の菊を貰ってくれと頼み、権三も、立身出世のためとお雪を捨て、これを承諾してしまう。この場の面白さは、しきりと賢妻ぶって書かれてあるおさゐが、権三の登場で、その本性を露わにしていく点にある。数々の言を見れば、おさゐは貞女ではなく、むしろ娼婦が巧妙な衣を着て登場している、と思える。これと入れちがいに、お雪の乳母が権三とお雪の事情をうちあけにきて、おさゐに仲人を頼む。その夜更けに、数奇屋へおさゐを訪ねてきた権三は、伝授の巻物をみせてもらうが、昼間乳母からお雪との仲を聞き、心おだやかでなかったおさゐが嫉妬のありたけをみせる。お雪の仕立てた権三の帯を引き解き、自分の帯を締めさせようとするも、権三はこれを防ごうと、おさゐの帯を庭先へ投げ捨てる。ところが庭には、色仕掛けで巻物を奪うつもりだった、伴之丞が忍び込んでいた。帯を拾われ、「不義密通見とどけたり」と叫ばれてしまう。近松の手練はここで、おさゐと権三を、無実の姦通劇へと急転直下ではまりこませた。おさゐは自害しようとする権三を、必死で押し留める。おろかを通りこして、なりふりかまわぬ女の本性を露わにしている。夫ある身という垣根をとりはらわれた絶体絶命の場で、自殺する才覚はなく、目の前にいる色男へとりすがるしかない。うろたえ女の姿態がみえる。「下之巻」の冒頭「道行」は、『曾根崎心中』の哀憐の極美とは趣向を変え、たぶんにかろやかで、からかい気味である。なりゆき上の憂き河竹の流れは、娼婦の世界ではなく武人の妻の世界にあったとする、近松の視座である。父、子、夫への不忠不義を嘆きつつ、姦夫に抱かれる女の二面性を、もともと娼婦型の女が、貞婦の座から転落し、たてまえだけに生きられなかった悔いの重層、というふうにおさゐの心情をのぞくのである。帰国した市之進は、伴之丞を討ちとったおさゐの弟甚平を同道し、妻敵討ちに出るが、義父母は本望とげて帰られよと言い、子はかかさまだけは息災に連れ戻って下されと頼む。いのちより義理、人情より面目を重んじる武士道の非人間性を告発する部分である。権三がたてまえに殉じていれば事はかんたんだったが、おさゐがそれをとめた。夫が討ちとりにくるまでのつかのまの生を、思いこがれた権三と、心ゆくまで契りあい、亡びの悦楽を喰いつくしたいという妖婦の本性がむき出しになった。それゆえ、われわれは、おちゆくおさゐの

旅に、妖しいものを想像して、そのやつれ姿を思い、一層悲哀を感じて、二人の奈落を楽しむわけだ。おさゐが誘うこの興趣は、近松物に限らず今日の姦通劇でも存在するが、格段に違うのは、現代人は第三生活への飛躍を夢見て姦通するのに、おさゐは死を覚悟の抱擁であることだ。ともに一分をたてようと市之進に討たれる日を願ってこそ、二人は抱擁し得た。『鑓の権三重帷子』が傑作といわれる所以だろう。おさゐと権三は、京都伏見にかくれていたところを、甚平に見つけられる。いま甚平に討たれて死ぬのは犬死に、逃げて市之進がくるまで待つのが夫へのご奉公だと、おさゐは矛盾したことを言う。理では死ぬ覚悟だが、必死で生にしがみつく。市之進が甚平に案内されてやってきて、権三を斬り捨てる。おさゐは「なうなつかしや」と夫に寄りそう。ここにおさゐの真骨頂が出ている。ようやく義理が立ったよろこびと、殺されねばならないかなしみ、それらがこの一言にあふれて感慨をふかめるのだ。しかし、迷いの姦婦おさゐはあっけなく斬られた。近松はおさゐへいささかの同情もみせない。「私」は、屈折し屈折し、おろかな事々のめぐりにひきずられ、情欲の流れに浮くおさゐに、深い情感を味わう。武家の妻が人間的欲求に根ざして生きるとすれば、現実はいつもねじくれる。近松は、禁じられた姦通こそ、悲劇の材料とみたのである。われわれは、女心の無明を、憎むべきものとするも、美しいとするも自由である。この姦通曲は絢爛たる人間讃歌である。おさゐは、参勤交代時の武家のなした女性差別に抵抗した、近代的な女性だったといえる。桎梏の枷を抜けて外へ出たら、死が待っていた。しかし、おさゐは誰をも憎んでいない。誰もかもが、結局、おさゐの姦通を手助けしてくれていたから。われわれもまたおさゐを憎まない。男性側からいえば、おさゐもまた、理想の人妻なのである。（山本冴子）

力《ちから》 短編小説

〔**作者**〕宮本輝〔**初出**〕「文学界」昭和五十八年十一月一日発行。〔**初収**〕『五千回の生死』昭和六十二年六月十五日発行、新潮社。〔**全集**〕『宮本輝全集第十三巻』平成五年四月五日発行、新潮社。〔**小説の舞台と時代**〕大阪市北区。昭和二十八年頃。
〔**内容**〕「私」が曾根崎小学校に入学させられた七歳の時の父母との思い出を描いた短編である。夕暮れが失意のひとつの象徴のように公園を侵蝕し始めている。「元気が失くなったときはねェ、自分の子供のときのことを思い出してみるんですよ。これが元気を取り戻すこつですなァ」と老人がいう。商売仲間の裏切りで落ちぶれた父と母のいさかいの間で、「私」が無事にひとりでバス通学出来るだろうかというのが、両親の一番の心配事だった。母が「私」の「ぼんぼん」ぶりを心配して、「私」のあとを尾けて無事校門に入るまでを見届ける。私の学校へ行くまでの道草を父に報告すると、父はお腹《なか》をかかえて笑い、「あの頼りないやつでも、これでひとりで生きていけるめどがついた」という。母が父の思い出を語るとき、愛情と憎悪が交錯している。酒癖の悪さと、生活苦の中で女を囲っていた父に憎悪を持っていたが、母の父に対する深い愛情は、父がいかに一人息子の「私」を可愛がったかという、その可愛がり方の大きさによってであった。（浦西和彦）

ちぐはぐタン《ちぐはぐたん》 短編小説

〔**作者**〕藤本義一〔**初出**〕未詳。〔**初収**〕『淀川ブルース』昭和四十九年十二月十五日発行、番町書房。〔**小説の舞台と時代**〕千里丘。昭和五十年頃。

〔内容〕千里丘の団地に住む小林は、町の広告代理店に勤めるしがないサラリーマンである。競馬の資金として金融会社から十五万円を借り、それが五カ月の間に利子が嵩んで今、二十六万円になった。中島という組関係の男から取り立てを受け、契約証の第十九条「返済不能の場合、同居人を認める」にのっとり、同居人として中島を家に入れることになる。妻は怒るがしかたがない。というより、すでに愛の冷めた妻が愛想を尽かし、家を出てくれればよいと考えてさえいる。中島は早朝からトイレに籠城、家族を苦しめる。妻は中島に反撥し頑張るが、その家庭内の雰囲気に耐え切れず、小林は家出し、釜ケ崎の安宿で三日間過ごす。四日目、家に帰ると家族はおらず、見たことのない女が一人いた。なんと、中島であった。中島は刑務所生活で男に目覚めていたのであった。どこでどう間違えてこうなったのかさっぱりわからない。小林は中島に凌辱されるのであった。（中谷元宣）

ちさという女《ちさというおんな》　短編小説

〔作者〕田辺聖子〔初出〕「ai」昭和五十二年九月一日発行、第八巻九号。〔初収〕『孤独な夜のココア』昭和五十三年十月十五日発行、新潮社。〔作品集〕『田辺聖子珠玉短篇集①』平成五年三月二十日発行、角川書店。〔小説の舞台と時代〕心斎橋、戎橋、高山。現代。

〔内容〕秋本ちさは三十二歳で、課の名物女だった。仕事はよくできて、頼もしく、女親分のようなところがあった。課長であろうと、部長であろうと物怖じせず対等にしゃべった。三十歳をすぎた、すらりと粋で美しいハイ・ミスたちとは異なり、ちさは醜女としかいいようがない。男のような大阪弁を使い、ちさの大阪弁は何だか相手を小バカにしたように響くのだった。同じ課の工藤静夫は「漫才的リアリズムでしゃべりよンな」と陰で笑っていた。女の人は二十六、七歳からは「あるがままの自分」ではなく、「どういう感じの女になるか」ということをいつも考え、年齢化粧を始めなければいけないと思っている「私」は、ちさのすべてが嫌いだった。年が近いこともあって、ちさは、私と連れだっているのを好んだが、正直、「私」は、ちさの友情が迷惑だった。会社の男たちは、ちさに呆れながらも、ちさが資産を持っているのを知っていて、少し畏敬していたが、逆に「私」はちさがあんまり金に執着するので反撥していた。誰も知らないが、「私」と工藤静夫は一年ほど前から恋人同士だった。静夫に愛されるようになって、自分でも綺麗だと思うようになった。飛騨高山へ旅行に行ったとき、静夫は「私」にプロポーズした。結婚が決まって二人の関係を神経質に隠したりしなくなったからだろうか、ちさが「工藤サンとあやしいの?」と聞いてきた。「私」はちさを下品だと思った。そうして、ちさをからかいたくなった。「私」は、「工藤サンは、秋本さんが好きやって」と言った。静夫の誕生日、静夫のもとにちさから、ローマ字で静夫の名前の入った、直径三十センチくらいの大きなバースデイケーキが贈られてきた。まるで幼児のためのもののようで、「私」は笑い出してしまった。しかし、菓子屋の前で、静夫の名を紙に書いて頼んでいるちさの姿を思い浮かべると、「私」は、はじめて、ちさをかついだことが胸いたく思われた。（荒井真理亜）

千すじの黒髪―わが愛の与謝野晶子―《ちすじのくろかみ―わがあいのよさのあきこ―》　長編小説

〔作者〕田辺聖子〔初版〕『千すじの黒髪―わが愛の与謝野晶子―』昭和四十七年二月十五日発行、文藝春秋。書き下ろし。〔文

庫〕『千すじの黒髪―わが愛の与謝野晶子―』〈文春文庫〉昭和四十九年七月二十五日発行、文藝春秋。〔全集〕『田辺聖子全集第十三巻』平成十七年四月十日発行、集英社。〔小説の舞台と時代〕大阪の堺市甲斐町、浜寺、東京。明治十一年から四十四年頃。

〔内容〕堺の菓子屋の老舗の「いとはん」鳳晶子の生いたちに始まり、浪華青年文学会の群像、鉄南への思慕などが描かれる。やがて浜寺寿命館で催された鉄幹歓迎の歌会での出会いから、山川登美子への鉄幹をめぐっての感情のくまぐまをえがき、鉄幹の生い立ち、浅田信子、瀧野との結婚生活の経過などから鉄幹の性格を克明に紹介する。明治三十四年、晶子二十四歳の時、出奔して上京し、鉄幹のもとに身を寄せる。「明星」の女王的な存在になりながら、鉄幹の先妻瀧野への嫉妬に悩み、やがて「明星」の廃刊で憔悴した鉄幹を巴里へ発たせるまでの、晶子の前半生を描いている。佐藤春夫から頭ごなしに批判されている瀧野を、愛情こめて描きだしている。「この作品はいわば、寛・晶子に宛てた私のラブレターである。眷恋久しき、二人の天才歌人に捧げるわが讃め歌である」と「あとがき」で語っている。

（浦西和彦）

父親《ちちおや》

短編小説

〔作者〕里見弴〔初出〕「人間」大正九年六月発行。〔初収〕『善心悪心』大正九年十月十八日発行、新潮社。〔全集〕『里見弴全集第二巻』昭和五十二年十二月二十日発行、筑摩書房。〔小説の舞台と時代〕堂島。大正時代。

〔内容〕十三の歳から五十四まで、「客」というものに寄生していたが、この二、三年は気楽に遊んでいる老妓きん助は、十日ほど前に島之内から堂島へ越してくる。そこで、かつて半年ほど同棲したことのある木田に再会した。思いがけなく木田と出会ってからうきうきしているきん助ではあったが、六十近い年齢になっては今更色恋を求めるのではなく、好きな酒を飲み、うまいものを食えると思うからだった。三月に入ったある日、木田はきん助のもとを訪れる。二人で酒を飲み始めるが、木田は株の儲け話を繰り返し、きん助に資金を出させようとする。一方、きん助はきん助で口腹の欲ばかりで、気まずい空気が流れていた。そこへきん助の娘であるおてるが帰ってくる。木田はおてるの顔から足の先まで舐め回すように眺め、おてるに絡む。おてるは木田を冷たくあしらう。おてるの知る木田は、身なりもみすぼらしく、いつも酔っ払って訪ねてきては一人で威張り散らし、大した人間とも思われなかった。おてるは木田に対する古くからの軽蔑と、藝妓として一家の生活を支えているという高慢とから、木田を邪険にし、再び仕事へ出て行った。木田は、きん助に「あれ、ほんまに貴莚はんの子かいなア」「今、なんや知らん、ふいと、わての子のやうな気がしてん」と問う。きん助は否定するが、木田はおてるの実の父親であった。

（荒井真理亜）

知的経験のすすめ―何んでも逆説にして考えよ―《ちてきけいけんのすすめ―なんでもぎゃくせつにしてかんがえよ―》

エッセイ

〔作者〕開高健〔初出〕「東京新聞」昭和六十一年二月十八日～九月十六日発行。原題「私の大学」。〔初版〕『知的経験すすめ―何でも逆説にして考えよ―〈青春愛蔵版〉』昭和六十二年三月十日発行、青春出版社。

〔内容〕昭和五年から二十年頃まで大阪の天王寺、北田辺で過ごした二十代前半までの前半生を振り返り、様々な経験を「教育」という観点から語るエッセイ。小、中学校

での遊びや読書、その当時受けた学校教育、敗戦後の混乱した世相の中で教えられた酒、タバコに始まる大人の風俗、仕事の中に発見した忘我などについて述べる。最後に「ムダを恐れるな」、「教育の別名は経験」であると言い、「手と足を使う工夫」を考えよ、と語っている。（大杉健太）

血と骨《ちとほね》 長編小説

〔作者〕梁石日《ヤンソギル》〔初版〕『血と骨』平成十年一月発行、幻冬舎。〔小説の舞台と時代〕大阪、和歌山、奈良、東京、岡山、宮崎、済州島。昭和五年から五十五年。

〔内容〕蒲鉾職人の金俊平は、凶暴な性格ゆえに皆から恐れられていた。常に棍棒や鉄の鎖を持ち歩き、まかり間違えば殺人さえ犯しかねない男だった。そんな彼が、スエ（豚の腸詰め）の店の女主人、李英姫にほれ込み、レイプしたあげく結婚を強要する。英姫にとっては忍従の日々の始まりだった。いつの間にか工場を辞めた金俊平は、店の金を賭博や酒代に使い込んだ。気に入らぬことがあれば暴力を振るい、家財道具を破壊した。耐えかねた英姫は一人娘を連れ、執拗に追ってくる金俊平から逃げ回ったが、やがて餓死寸前の変わり果てた姿で戻ってきた。何年かたって、金俊平は蒲鉾工場を立ち上げる。工場を操業できたのは、英姫が苦心惨憺して資金を工面してくれたおかげである。にもかかわらず、金俊平には家族を養う気はまるでなく、それどころか情婦を賄い婦として雇い入れ、同じ屋根の下に住まわせた。工場の売り上げは順調に伸びていった。しかし、金俊平は孤独だった。彼と英姫との間に生まれた花子と成漢は、成長するにつれ父への憎悪をつのらせた。自殺未遂事件をおこして暴力を振るう父に抗議する花子。刃物を握って金俊平と対峙する職人に向かい、「はよやらんかい、ばっさり殺ってしまえ」と叫ぶ成漢。そうしたこともあり、金俊平は工場に居を移す。そして、清子という情婦を迎え入れる。

脳神経の病気で入院している間に工場が閉鎖になると、金俊平は金貸しに転身する。彼は、自殺者さえ出すほどの非情な取り立てによって大もうけする。しかし、金俊平の運勢もやがて傾きはじめる。それは、清子が脳腫瘍の手術の後遺症で寝たきりになってしまったことからはじまった。甥がバラック小屋で見つけてきた定子という女を情婦にし、彼女に清子の世話を任せたのだが、二人の情婦を一つの家に囲ったためトラブルが絶えない。金俊平はついに清子を殺してしまう。その後、今度は金俊平自身、多発性脳梗塞で下半身不随になる。定子はこれ幸いと金俊平の財産を奪い、派手な遊びにのめりこむ。そして、金俊平の怒りに遭うと、彼を棍棒でうちすえ、家を出て行ってしまう。定子との間にもうけた子どもたちからはないがしろにされ、頼みの綱であった成漢にも見放された金俊平は、子どもをつれて北朝鮮へと帰っていく。それから十年後、成漢は東京でタクシードライバーとして働いていた。彼はA新聞の記事によって、金俊平が死んだことを知る。そのA新聞社から手紙が届く。金俊平が北朝鮮に連れて行った子どもたちが、成漢に会いたがっているという内容だった。断ち切ったはずの絆がどこまでも鎖のように連綿とつながっている肉親という因果関係を思い、また助けを求める父を振り捨てた己の冷酷さを悔いながら、成漢はどう対処すべきか思い悩む。

第十一回山本周五郎賞を受賞した。（国富智子）

地に花あり《ちにはなあり》 長編小説

〔作者〕藤沢桓夫〔初出〕「主婦と生活」昭

和二十七年一月〜二十八年二月号。〔初版〕『地に花あり』昭和二十九年九月一日発行、豊文社。〔小説の舞台と時代〕梅田、池田。昭和二十七年頃。

〔内容〕大学生の草鹿知子は、姉夫婦から仕送りの打ち切りを告げられて悩んでいた。ぼんやりしていた知子は、タクシーに跳ね飛ばされそうになる。大事はなかったが、病院へ連れて行こうと申し出る運転手に知子は病院に行く代わりに、親友の三好和歌子の家まで送ってもらう。運転手の名は松平茂雄であった。知子から学資の相談を受けた和歌子は一計を案じる。裕福な家庭の娘である和歌子には金持ちの知り合いが多く、三村一雄もその一人であった。和歌子からの、匿名で知子に学資を援助して欲しいとの申し出に難色を示していた一雄だが、結局承諾する。数日後、知子の許へ五千円の書留が届く。だが、知子は、心当たりのない金を使うわけにはいかないと決心し、同じ下宿に住む女に進められるまま、梅田雪子の名でバーでのアルバイトを始める。その頃偶然、茂雄と再会する。知子は心の中で再会を喜ぶ。知子の同僚の加津代は常連客の三村幸彦に恋をしていた。幸彦の仕事がタクシーの運転手だと知った知子は茂雄の顔を思い出さずにはいられなかった。茂雄と幸彦は二人でタクシー会社を経営していたのだが、そのことを知子は知らなかった。知子は、和歌子に一雄との縁談話が進んでいると相談される。和歌子が愛しているのは、一雄ではなく弟の幸彦であった。加津代が恋をしている幸彦とは別人であって欲しいと願った知子だったが、事実は残酷であった。和歌子は幸彦に求婚するが、幸彦にはその気が無い。幸彦は加津代を愛していた。その加津代は元々病弱だったのに加えて、胸を病み臥せっていた。見舞いに来た知子に、死ぬ前に一度だけ幸彦に会いたいと懇願する。その願いを叶えるため幸彦を事務所に訪ねた知子は、思いがけず茂雄と再会する。病状は重大ではなく、入院すれば治る程度であった。知子は、匿名で送られてきた書留を入院費にあてる。知子としては和歌子にも加津代にも幸福になって欲しかったが、それは不可能である。悩んだ末、茂雄に全て打ち明けようと決心するが、茂雄には会えない。店に出勤した知子は、警察に連行される。翌日の新聞にはアルバイトの店員にホテルで客をとらせていたという記事と共に、知子の実名が記されていた。事実無根で釈放された知子だが、実名が出たことで、絶望に打ちひしがれる。それでも、茂雄に会いたくて、事務所に向かった知子は、男が言い争う声を聞く。茂雄と幸彦の声であった。そして茂雄の「あんな女大嫌いだ！　二度と会いたくない！」という言葉を聞いてしまう。知子は茂雄に短い別れの言葉を書いた手紙を残して東京へと行こうと決心する。ホームの階段を上りかけていた知子は自分の名前を呼ばれ振り返ると、そこには茂雄が彼女を追ってきていた。二人のわだかまりは氷解した。茂雄は自分の車の助手席に知子を乗せて走り出した。そこは二人が最初に出会った御堂筋であった。

（巻下健太郎）

茶人《ちゃじん》　短編小説

〔作者〕藤沢桓夫〔初出〕「文藝」昭和十二年四月号。〔初収〕『花ある氷河』昭和十三年二月二十日発行、竹村書房。〔小説の舞台と時代〕南久太郎町。昭和初期。

〔内容〕『花粉』に登場した七宮七兵衛の吝嗇振りを茶会仲間の老婦人が語る形で描いた短編小説。食事を一日二食しか採らないことで「ニジキの袋物屋」と陰口を叩かれている七兵衛だが何故か茶の湯に凝っている。七兵衛は茶会があれば必ず顔を出し、

良い道具を見ると口を極めて誉めた。しかし、誉められた方は決まって複雑な顔をする。それは、七兵衛が誉めた道具を必ず借り受けに来るからである。七兵衛が道具を借りに来る理由は長らく謎であったが、七兵衛の家で茶会が開かれた時、一同は驚く。出された茶器は全て七兵衛が借りて行った物の模しである。七兵衛は職人に名器の模しを作らせてやる見返りに出来上がった模しの一つを受け取っていた。そうやって、大阪中の名器の模しを手に入れた。茶会に出された料理も吝嗇な七兵衛らしく簡素なものであった。その中に、「鰻のざく」を見つけた老婦人は七兵衛が以前、鰻を出されても食べずに持ち帰っていたことを思い出す。遠慮せずに箸をつけるよう勧められた老婦人は困惑するのであった。

（巻下健太郎）

忠女ハチ公《ちゅうじょはちこう》　短編小説

〔**作者**〕田辺聖子〔**初出**〕「別冊文藝春秋」昭和六十二年四月一日発行、第百七十九号。〔**初収**〕『ブス愚痴録』平成元年四月二十日発行、文藝春秋。〔**作品集**〕『田辺聖子珠玉短篇集②』平成五年四月二十日発行、角川書店。〔**小説の舞台と時代**〕曾根崎新地、淀川。現代。

〔**内容**〕この頃、城戸はパートのオバハン川添きく江のせいでなんとなく憂鬱である。ていねいな物腰、品のいい口のききかた、まじめな働きぶりは、いかにも世間ずれしていない「箱入り主婦」という感じである。城戸は共稼ぎの妻のおかげで、二十年自分のことは自分でする癖がついている。川添きく江の、深々とお辞儀する、恭しく道をあける、悪遠慮する、謙遜する、女臭芬々のいやな気のつき方が気に入らない。しかし、意外とべたべたしたお節介が好きな男もいるらしい。曾根崎新地の小料理屋で川添きく江の噂をしていると、若い課員の児玉は川添きく江に好感を持っているらしい。大阪の中堅服飾会社の商品企画部長である城戸の妻は、城戸に負けず忙しい。たまに妻と過ごすと、城戸も「ベタリズム」になってしまう。しかし、翌朝妻が出張に行ってしまうと、あっさりしているのも淋しいものだと思う。例の川添きく江は半年も経たずに会社をやめた。児玉と「仲ヨク」なってしまったのである。城戸の課には新人類の女の子が入って、お茶は自分で入れろとなっている。城戸はあっさり趣味はしんどくて淋しいと思うが、やっぱりこっちの方がいいと安心する。

（荒井真里亜）

中年《ちゅうねん》ちゃらんぽらん《ちゃらんぽらん》　長編小説

〔**作者**〕田辺聖子〔**初出**〕「日本経済新聞」昭和五十二年二月九日～十二月十四日夕刊。二百五十五回連載。〔**初版**〕『中年ちゃらんぽらん』昭和五十三年六月二十日発行、講談社。〔**長編全集**〕『田辺聖子長篇全集16』昭和五十七年十二月一日発行、文藝春秋。〔**小説の舞台と時代**〕大阪郊外の新興住宅街。昭和五十年頃。

〔**内容**〕平助は四十九歳のマジメな資材課課長、妻の京子は四十五歳。二人は大阪の町なかで生まれ、大阪で育った。二人の世代は「時代からむごくあしらわれた」戦友のような夫婦である。子供が三人いるが、今は家を出ている。長男の謙は高校時代から学園紛争のリーダーで、同棲した娘さんが妊娠してからの結婚披露宴、次男の卓は勉強ぎらい、髪をちぢらせ、ローションを顔にすりこみ、スナックにつとめている。長女の小百合は信州の大学へ行っている。「人は子供のために世間に気がねし、他人に心をつかい、おそれることを知るのだ」戦中、戦後、苦労し、子供を育て、ローン

の残った建売住宅に二人だけで住んでいる。平助は戦争中、戦死した戦友にむかって「眠れる頬に馬鹿と言い／砕けし額《ぬか》に馬鹿と呼ぶ」と叫ぶ詩がある「ガダルカナル戦詩集」を思い出しながらも、もうちょっと人生を楽しんでもよかったのではないかと考える。「あとがき」に「あんまり若者ばかりもてはやされる世の中なので、中年の人々のために、私はこれをかきました。／同じ世代の中年男女の戦友に捧げたいと思います」という。（浦西和彦）

蝶になるまで《ちょうになるまで》　長編小説

〔作者〕井上友一郎〔初出〕「新文学」昭和二十二年五、六、十一、十二月、二十三年二、四、十月号。〔初版〕『蝶になるまで』昭和二十四年二月二十五日発行、全国書房。〔小説の舞台と時代〕東京、大阪、京都。大正末期、昭和二十年。

〔内容〕「私は三十にして冒険を忌《い》み、四十にして子女の養育に心を労する平凡人に成り果てた」という。「私」の青春は、いつも現在のわが身と較べて「苦渋を呑むようなやり方でなければ、その青春の思い出がうかんで来ない」のである。若者の学業に打ち込めない行動や心理、早熟な恋愛と焦燥に充ちた無軌道な生活を描いた自伝小説である。「私」の中学時代は郷里の大阪で始まった。ミッション・スクールで、四年生の三学期に落第するのがいやで退学届を出した。当時、「私」は野球の選手をしていて、学期試験で皆が青くなっても、中之島公園へボートを漕ぎに行っていた。仏蘭西人の校長は折にふれて「私」のことを「学問むかない、学問止めて百姓になれ」とこぼした。京都に出て、下宿し、聖峰中学三年に編入するが、たちまち退学した。野球の能力を買われて立命館中学の三年生に編入する。人妻で年上の吉仲弓子との恋愛を、生徒監から「お前、その女と情交があったというが、事実か」「開校以来の不届きな生徒だぞ」「すぐ退学届を出したまえ」といわれて、東京へのぼるため、弓子といったん大阪へ帰る。初出では、第二編から「小夜子と私」「陽炎立つ」「危機」「毒草」「傷」「失楽」の題で発表された。（浦西和彦）

ちりめんじゃこ《ちりめんじゃこ》　長編小説

〔作者〕藤本義一〔初版〕『ちりめんじゃこ』昭和四十三年発行、三一書房。〔小説の舞台と時代〕新今宮駅、ミナミ、キタ、京都、静岡。昭和五十年頃。

〔内容〕自身の仕事と技巧を藝術であると自負するスリの平平平平《ひらだいらへっぺい》（六十歳）と、彼を筆頭とするスリの一団やその周辺の人間の、ちりめんじゃこのように頼りはないが、そこにある彼らなりの喜怒哀楽に彩られた人生模様を描く。このスリ集団には、鬼門的存在であるスリ係刑事船好和成がいる。ヒラやんの過去三回の前科は、この船好によってつけられたものだ。ヒラやんにはやくざの息子平一郎があり、船好刑事にはひとり娘の昭子がいる。ヒラやんは、各地で大活躍して大金を稼ぐかたわら、組の抗争で刺された平一郎を足繁く見舞い、親子の関係を修復し、やくざから足を洗わせ、望み通りスリの弟子入りをさせてやる。親子の幸せが戻ったと思うも束の間、平一郎は何者かに刺殺される。愛する息子を失ったヒラやんは真相をあばこうとするが、中気になってしまう。しかも、二十二歳の妻紙江は、自分の弟子佐助と駆け落ちし、ヒラやんは何もかも失う。昭子も、妻子ある男とのつまらぬ恋愛から大阪を去り、ついには恋人とブラジルに新天地を求めて父親のもとから去っていく。大阪駅に通じる地下街を歩く失意の船好は、不自由となった

片足を引きずりながらスリをはたらくヒラやんを見つけ、現行犯逮捕する。ヒラやんは諦念の中にいる。二人と被害者は群れの中に消えた。群れの上に都会の陰鬱な空があった。

（中谷元宣）

地を払う《ちをはらう》　短編小説

〔作者〕黒川博行〔初出〕「EQ」平成九年九月号。〔初収〕『燻り』平成十年九月発行、講談社。〔小説の舞台と時代〕心斎橋、宗右衛門町、大阪城公園、立売堀《いたちぼり》、新大阪、東三国。現代。

〔内容〕ローレル企画という便利屋を営む長尾は総会屋金盛の部下篠原から、ある製薬会社の社長の娘の美人局の現場のビデオを持ち込み、社長を脅すように頼まれる。だがそのビデオは一度金盛の手によって脅され、金が払われており、篠原は危険を分かっていながらそのビデオをコピーし、もう一度脅そうとしているのであった。長尾は折半で依頼を受け、社長が出席するパーティーに潜入する。又、万が一のことを考え、ビデオを更にコピーする。社長は初めは否定するが、一千万円でビデオを買うと約束する。次の日、金とビデオの受け渡しの為、愛人めぐみと二人で行くが、金盛の部下に見つかり、捕まってしまう。篠原も裏切り者として捕まっており、逆に五百万払わされる自分のみじめさに笑いがこみあげてくるのであった。

（井迫洋一郎）

珍事《ちんじ》　短編小説

〔作者〕平野啓一郎〔初出〕「群像」平成十五年十一月一日発行。〔初収〕『滴り落ちる時計たちの波紋』平成十六年六月三十日発行、文藝春秋。〔小説の舞台と時代〕大阪（梅田駅近くのホテル）。現代。

〔内容〕男は東京に本社を持つ大手食品会社の不動産営業部の若い社員である。大阪に出張してきていて、梅田駅近くのホテルに泊まる。翌朝、カーテンを引っ張ると、向かいの高層ビルから、珍事でも期待してか、男がずっとこちらを見ている。そして、男はこちらに向かって手を振ってきた。あわれな奴だな。これからも懲りずにあの窓辺に立って、愚にもつかない期待を抱きながら、覗き見をし続けるのだろう。つまらない人生だ。

　東京に戻る新幹線の中で、男は何度となく今朝のホテルでのことを思い返した。出社し、残業していた同僚と酒を飲みに行った。同僚に事の顛末を喋ってやった。同僚は「まア、それは、ちょっとした珍事だったな」と短く感想を言った。

（浦西和彦）

ちんぴら・ぽるの《ちんぴら・ぽるの》　短編小説

〔作者〕藤本義一〔初出〕未詳。〔初収〕『淀川ブルース』昭和四十九年十二月十五日発行、番町書房。〔小説の舞台と時代〕ミナミ、キタ、茨木、摂津峡、芦屋など。現代。

〔内容〕折目節目を貫き通すのが仁侠の道だと、やくざの五郎は信じている。だが現実は、そんな格好のよいものではない。五郎は、仲間の三郎と梅松とともに、自分自身の自慰を撮影させ、不感症の女性を治療するための医療ビデオに出演する。高収入であったが、むなしい思いをする。同時に、大企業の課長からの依頼で、現在不倫中の部下のＯＬと手を切るため、輪姦してブルーフィルムに撮ってほしいという仕事を、三人は引き受ける。五郎は内心、やくざにあるまじき卑劣な行為であると思い、その依頼者の課長を激しく嫌悪するが、幹部の命令には従うしかない。三人は、課長とＯＬを摂津峡で襲い、茨木の分譲住宅に連れ込み、輪姦して撮影するが、そのＯＬの律子は逆に悦楽を示す。三人はキツネにつま

まれたようになる。律子は会社をクビになるが、それ以後、律子は三人を弄ぶようになる。折目節目がどこでこうなったのか、ちんぴら三人にはとんとわからない。

（中谷元宣）

珍品奉賀帳《ちんぴんほうがちょう》　短編小説

〔作者〕藤本義一〔初出〕未詳。〔初収〕『淀川ブルース』昭和四十九年十二月十五日発行、番町書房。〔小説の舞台と時代〕天下茶屋。現代。

〔内容〕落語家笑鶴の弟子紅鶴は前座がどうにかつとまる藝人であるが、包茎であった。紅鶴が笑鶴に手術費用を期待して相談したところ、予想に反して、達筆で名文を書き、「珍品奉賀帳」なる一束を作ってくれ、第一頁目に「一、金参千円也　笑鶴」とした。紅鶴は各所をまわり、総額九万六千八百円を得るが、実は真性ではなく仮性であるから、当然女も知っていて、園子というアルサロ娘と同棲もしているし、よって手術するつもりもなく、その金を借金返済にあてた。しかし、紅鶴は園子から淋病をうつされる。再度笑鶴に助けてもらおうとするが、なぜか詐欺がばれていて、強烈な拳をもらい、無理矢理治療させられる。費用は負担してくれたが、実は笑鶴も園子と関係を持ち、病気をうつされていたのだ。紅鶴は怒るが、年の功でうまくまるめこまれるのであった。

（中谷元宣）

【つ】

追憶《ついおく》　短編小説

〔作者〕藤沢桓夫〔初出〕未詳。〔初収〕『初恋』昭和二十二年七月二十日発行、弘文社。〔小説の舞台と時代〕南区竹屋町。明治四十五年。

〔内容〕幼き日を回想した自伝的小説。「私」の一家が大阪の市内に引っ越して来たのは数え年、八歳の夏の頃であった。竹屋町は質屋、八百屋、子供相手の駄菓子屋など混じった、相当賑やかなくせに、子供心にもどこか不潔で陰気な感じのする古風な商売人の町であった。引っ越してきた日の記憶に、新しく住むことになった家のことがあった。それは、古びた日本建築の学校のような建物で、「私」は陰気で殺風景なその広い家に住むことに心細さを感じていた。念願の塾が開けると喜んでいた父と、子供の自分との気持ちの差に「私」は自責と当惑を覚えていた。昔、校舎であった「私」の家には雨天体操場がそのまま残っており、天井から二組のブランコが下がっていた。父が、講義の邪魔になると、ブランコを天井に括り付けてしまうまで、ここは子供たちの格好の遊び場になっていた。遊びに来る子供の中に、糸子さんがいた。六年生になる糸子さんは古風な美人であり、またブランコの名手でもあった。ある日、糸子さんは一年生の「私」を一緒にブランコに乗せてくれた。しかし、臆病な「私」の恐怖と緊張を感じ取ったのか糸子さんはそれ以来、誘ってくれなくなった。「私」が引っ越して半年ほどして、糸子さんはどこかへ引っ越していった。「私」に糸子さんの面影がおぼろげにしかないのはそのためであろう。十二歳になると、初恋がはじまる。

　このほかに、放送局の依頼で書いた「わがふるさと」から、島之内を綴った個所が抄出され、挿入されている。

（巻下健太郎）

追懐《ついかい》　エッセイ

〔作者〕佐藤春夫〔初出〕「中央公論」昭和三十一年四月一日〜五月一日発行、第七十一年四・五号。〔全集〕『定本佐藤春夫全集第十四巻』平成十二年五月十日発行、臨川

書店。

〔内容〕和歌山県出身の作者が、和歌山の伏虎城址と新宮の丹鶴城址の写真を糸口として、自らの幼少年時代のことを回想している。例えば、六歳の時に母に伴われて実家の和歌山へ汽船に乗って行ったことや、大火事によって無くなってしまったという作者が生まれた家の話、そして、中学校時代に交流のあった少女の話などが語られている。

　大阪については、作者が十歳ぐらいの時に、大阪であった第五回内国博覧会へ姉と一緒に見物に行くため、大阪を訪れた際に、天王寺の桜之宮に住んでいた、大阪の師団に中尉として勤務中の人の家に二、三泊させてもらった、という思い出として出てくる。

（三谷　修）

通天閣《つうてんかく》　短編小説

〔作者〕黒岩重吾〔初収〕『坐れない席』昭和四十三年八月十五日発行、東方社。〔小説の舞台と時代〕天王寺界隈。昭和三十一年十月頃。

〔内容〕定職を持たない雄太は息子たー坊の小学校最後の修学旅行費を稼ぐため、偏頭痛で集中力を欠く格上の大倉定吉と賭碁をして勝ち、二千五百円儲ける。雄太と定吉は子どもの頃、通天閣のてっぺんから小便をした親友である。雄太はパチンコで五百円なくす。金を稼ぐ術がない。定吉に頼み、賭碁の鴨を紹介してもらうが、ことのほか強く、大敗を喫する。実は、これは定吉が雄太に賭碁をやめさせるために仕組んだもので、鴨だと思っていた男は早川五段、到底かなう相手ではなかったのだ。雄太は定吉にサンドイッチマンを斡旋してもらい、地道に働く。働くことへの希望も芽生え、六千円稼ぎ、目標を達成する。新しい通天閣完成の日、親子三人で新世界に出かける。浪華っ子の誇り、東洋一のこの望楼は、この晴れの日に、白ペンキで薄化粧し、黄昏の微光を受けて、薄赤く染まっていた。

（中谷元宜）

通天閣高い《つうてんかくたかい》　短編小説

〔作者〕難波利三〔初出〕「小説宝石」昭和五十九年十二月一日発行、第十七巻十二号。〔初収〕『大阪笑人物語』昭和六十年十二月二十日発行、新潮社。〔小説の舞台と時代〕大阪（西成区山王町・新世界）。現代。

〔内容〕津八子は、新世界のはずれにある料理屋・彦乃家で仲居として働いている。津八子の夫は光洋斎正馬という名の奇術師で、以前は津八子も夫のアシスタントとして舞台に立っていた。だが、五年前に正馬がエミという若いホステスと駆け落ちしたため、自分では藝ができず、年齢も五十を過ぎていた津八子は舞台を諦め、彦乃家の仲居になったのである。そんなある日、先輩藝人の徳介兄さんが津八子のもとを訪れ、正馬が津八子の住むてんのじ村に戻って来ていることを告げる。戸籍上まだ正馬と夫婦関係にあるとはいえ、もう私には関係ないことだと津八子は思うが、その翌日、津八子は正馬がどこに住んでいるのか確かめに行き、結局は正馬の家に上がることになる。そこで正馬は、エミと別れたことを津八子に告げ、津八子を引き寄せようとするが、津八子はそれを拒む。その四日後、再び津八子が正馬のもとを訪れると、正馬は壁に稲荷の絵を描いており、津八子に絵の稲荷への寄進を頼む。津八子は、それに応じて二万五千円寄進し、正馬を許してもよいという気持ちになる。そして、津八子は彦乃家の仕事が終わった後に正馬の家に行く。すると、正馬の布団には正馬とエミが二人で寝ており、津八子は慌ててそこを飛び出す。その翌朝、正馬が津八子の家にや

って来て、エミが妊娠したことが分かったと告げる。そして、正馬が生まれて来る子のために籍の整理をしたいと言うと、津八子は好きなようにしろと答える。数日後、津八子は勤めに出る途中に徳介兄さんと出会い、正馬がまたどこかへ消えたことを聞く。そして、津八子が上を見上げるとそこには通天閣があった。津八子は「通天閣は高い、高いは煙突〜」という歌を口ずさみ、足を早める。（三谷　修）

通天閣の女《つうてんかくのおんな》　短編小説

〔作者〕藤沢桓夫〔初出〕「モダン日本」昭和十一年十月〜十二月号。〔初収〕『道頓堀の女』昭和十二年四月二十日発行、信正社。〔小説の舞台と時代〕新世界界隈。昭和初期。〔内容〕保険会社に勤める山川啓三は、退社までの退屈な時間を三枚の写真を見て過ごしていた。写真の三人の女性は、啓三の花嫁候補者であった。だが、家族にどれだけ責められようが独身の気楽さを知った啓三に結婚の意志はまるでない。その日も家に帰らず新世界の映画館に寄った啓三は一人の女に関心を持つ。良家の婦人の様に見える女が、普通の女ならば昼間でも足を踏み入れないであろう新世界に居ることに興味を覚えたのである。相手の正体が何であろうと構わないと思い、啓三は女の後を追い雑踏へと飛び出して行った。阿倍野橋近くのホテルで女と関係を持った啓三は、女のことが忘れ難く再び逢う約束を交わす。女は自分は街の女だと言うが、啓三にとってその正体は謎のままであった。その後、幾度となく逢瀬を重ねた二人だが女は決して自身の素性を明かさず、啓三の求婚も拒絶した。ある時、気持ちを押さえきれなくなった啓三は女を尾行する。しかし、尾行は失敗し、叱責された啓三は一人桜之宮の家へと帰って行く。尾行の件は許すと言った女だがその後、二度と啓三の前に姿を見せることはなかった。女と逢えぬまま月日は流れ、啓三は写真の花嫁候補の一人と結婚することになる。啓三が「この娘ならまあ辛抱出来るな」などと考えているうちに結婚式はつつがなく進んでいった。しかし、来客の方に視線を移した啓三は我が目を疑った。そこには、謎の女が座っていたのである。式が終わり、女は祝いの言葉を述べて去っていった。「今の方は？」これが妻に対し初めて話しかけた言葉であった。妻は「船場で開業しているあたしの復従姉妹なの」と答えた。（巻下健太郎）

通天閣の少女《つうてんかくのしょうじょ》　短編小説

〔作者〕難波利三〔初出〕未詳。〔初収〕『通天閣夜情』昭和五十九年九月五日発行、桃園書房。〔小説の舞台と時代〕通天閣。現代。

〔内容〕中学生の久美はおっちゃんの吉岡と一緒に住んでいる。久美が小さいころ、水商売をする母が、久美に吉岡への手紙を手渡しさせた。その後、母は蒸発してしまった。吉岡と八年間生活する間、本当に自分の子供のように育てられた。吉岡は五十代半ばで日雇い労務で働いている。お金はないけど、久美を高校へ行かせるため頑張った。久美は恩返しに自分で学費を稼ぐつもりで、あるおばさんの紹介で怪しいバイトを始めた。いつも夜吉岡が戻る前に戻った。しかし、ある日吉岡は久美のバイトのことを知った。今までそんなに怒ったことがなかった吉岡が、とても大きい声で怒鳴った。「うち男に抱かれてへん、ただ、指で」というと、本当か、嘘か、いまから調べてやると、彼女にむりやり乗りかかった。久美は反抗しながらも、またずっと待っていたような感じもした。しかし、それから吉岡は出て行って戻らなかった。久美は高校の制服の格好に憧れているし、吉岡にそ

の姿を見せたかった。そのため、学費稼ぎに頑張りながら、吉岡が戻るのを待っていた。

（桂　春美）

通天閣の灯《つうてんかくのひ》　短編小説

〔作者〕井上友一郎〔初出〕「小説新潮」昭和三十六年四月号。〔小説の舞台と時代〕福島、阿倍野、梅田、天王寺、新世界、千日前、東京日比谷。昭和初期から戦後二十年代。

〔内容〕漫才師の芦の家雁玉が亡くなったことを知って、「私」は昔のことを思い出していた。私は学生の頃、野球の練習が終わると福島の寄席に通い雁玉の漫才をみて、これは大物になると思い期待していた。その時、連れ立って来ていた友人が今成という男だった。天王寺に住んでいた今成は私を連れて新世界へ遊びに繰り出した。新世界は遊び好きの私にとって何とすばらしい輝かしい天地であったことか。玉突き屋に行き、ゲーム取りの女中の照ちゃんに淡い恋心を抱きながら楽しい時間を過ごした。そして夜も更け、結局今成の家に泊めてもらうことになった。しばらくして、今成は遊び癖の悪さから学校を中途退学した。当時は理由をよく知らなかったが、私が東京へ行ってから夏休みに帰省した際、偶然出会い、中途退学した理由は藝者遊びの激しかった父親を探しに席貸しに行っているうちにその店の女将と出来てしまったとのことだった。現在は父親から店を一軒譲ってもらいカフェーを営んでいるとのことだった。その時に赤ん坊を見たが母親の姿は見なかった。そして終戦を迎え、作家として東京で生活をしていた私に今成の息子という乙一が突然訪ねてきた。作家にどうしてもなりたいと言って今成に内緒で上京してきたのだという。今成は現在寄席の裏方で働きながら、藝人に対して高利貸しのようなことをしているらしい。とりあえず、半年様子をみて作家になれるかどうか見極めるということで同居させた。しかし、父今成への反抗の思いを聞いているとどこか腑に落ちないところがあった。そうしているうちに乙一が奇妙な行動をするようになる。精神を病んでいてどうにもならなくなってしまっていたのである。私は乙一の言っていた寄席を頼りに今成を探すが見つからない。そしてやっと探し当てると、焼けたトタンのバラックで病床についていた。懐かしむ今成が、隣りにいたやせた女性を紹介した。それは玉突き屋の照ちゃんであった。乙一のことも話したかったので二人で新世界へビールを飲みに出た。通天閣は戦争でなくなってしまったがまた建つやろう、と言いながら二人で天王寺公園の南口に向かって歩いていった。作者の学生時代を基にして新世界、大阪の戦後を描いた作品である。

（井迫洋一郎）

通天閣夜情《つうてんかくやじょう》　短編小説

〔作者〕難波利三〔初出〕未詳。〔初版〕『通天閣夜情』昭和五十九年九月五日発行、桃園書房。〔小説の舞台と時代〕天王寺公園、新世界。昭和五十年代のある正月。

〔内容〕小説雑誌の編集長の北川は東京に住んでいるが、妻が大阪出身で、正月を迎えるために来阪した。大阪に住む草田は小説家として北川の雑誌とは十年以上のかかわりがある。草田の誘いで二人は新世界にあるヌード劇場へ行った。最初のシーンだけ見てすぐ出た。二人は今まで何十回もいっしょに歩いたことがあった。出た彼らは今度はパチンコ屋へ行くつもりだったが、人がいっぱいで呑み屋へ行った。二人が飲んでいると、さっき劇場で踊った女が入ってきた。女はもう結構年だった。女は二人を自分の家に案内した。そこで女に二人の

子がいて、実家に預けているのを知った。女にとっては一番したいことは二人の子と一緒に生活することだった。いろいろ話していると一人の老人が入ってきた。いわゆる大人の玩具を造る人だった。彼は三人を自分の家に連れて行って、その発明した玩具を見せた。女は三人の前で試して見せた。それは二人にとっては刺激だった。別れるときに草田が女にお金を渡したが、女は拒否した。もう少し歩いたときに女は追いかけてきてプレゼントとして玩具を二人にくれた。二人はちょっと迷ったが、家に持って帰ることにした。通天閣がそそり立つ風情を見た。

（桂　春美）

月の石と北京原人《つきのいしとぺきんげんじん》　エッセイ

〔作者〕大島靖〔初出〕『随筆集大阪讃歌』昭和四十八年九月二十九日発行、ロイヤルホテル。

〔内容〕月から採取した石が万国博に出品展示され、人々に感銘を与えた。来年夏に予定の中国博は、単なる貿易博に終わらせたくない。中国の広い地域、長い歴史と文化を理解しようと努めることから、ほんとうの日中友好の新しい芽が生まれる。

（桂　春美）

机の中にあったパン《つくえのなかにあったぱん》　エッセイ

〔作者〕開高健〔初出〕「読売新聞」昭和三十八年七月一日夕刊。〔初収〕『言葉の落葉Ⅲ』昭和五十六年七月二十五日発行、冨山房。

〔内容〕敗戦後の困窮の中、ご飯のかわりに水を飲んで空腹をしのぐ「トトチャブ」をせざるを得ず、学校の昼食では恥ずかしい思いをした。ある日、私をみかねた級友の一人が机の中にパンを入れてくれたが、渡した側も渡された側も互いにぶざまに傷ついてしまった、という経験を語る。

（大杉健太）

土の器《つちのうつわ》　短編小説

〔作者〕阪田寛夫〔初出〕「文学界」昭和四十九年十月号。〔初版〕『土の器』昭和五十年三月十五日発行、文藝春秋。**〔小説の舞台と時代〕**大阪市内、夙川、奈良、大阪近郊、千里ニュータウン、豊中市、京都、東京、六甲山、内海湾西村、新大阪、阿倍野、江戸堀、大阪市南部、大阪湾、西宮、伊丹、北大阪。大正から戦後。

〔内容〕「母」の死後「私」は、平城山教会から頼まれて「母」が書いた草稿をもとに、クリスチャンであった「母」の生き様を辿っていく。昔は病気がちだった「母」だが、「父」が食道癌で死んでからの十二年間は活発に暮らしていた。怪我の話や大手術中に麻酔がきれて、構わず讃美歌をうたった話など、肉体の痛みを素材にした話は「母」のお得意で、子供の頃の「私」をいい気持ちにさせる魔力を持っていた。だが、家族の間では、このような「やせ我慢」は、あまり評価されていなかった。「母」は膵臓癌が発病してからも、その「やせ我慢」する態度を崩さず、看病にあたった「私」、「姉」、「嫂」は苦労する。見舞いに来てくれた友人には晴れ晴れとした顔を見せ、医師に対しても「元気です」と答えた。しかし病が悪化するにつれ、痛みに耐え、心配をかけまいと必死にこらえる「母」の姿を見て、「私」は可哀相に思う。「私」は闘病生活を通じて「母」の生き方を考えるが、そういった間に「母」は息を引き取ってしまう。

　第七十二回芥川賞受賞作品。丹羽文雄は「文学表現が表に立ちはだかっている。」と、井上靖は「主人公の老母の姿もよく撮しているし、その老母を取り巻く周囲に対する観察も正確で、他の登場人物たちをも、小

さい事件や、一つ二つの短い会話でうまく捉えていると思った。」と選評した。

（田中　葵）

椿の花《つばきのはな》　短編小説

〔作者〕上司小剣〔初出〕「太陽」明治四十五年三月一日発行。〔小説の舞台と時代〕「五座の櫓を並べたこの芝居町」（道頓堀）、東京、大阪から「六里距てた」（多田）。明治四十五年頃。

〔内容〕十四年前、主人公の早瀬は淡い恋心を抱いていたお照のいる故郷を捨てて、東京に上った。

早瀬の生まれた家には、老いた椿があって、一つの木に赤い花や、白い花や、紅白染め分けの花を着けていた。その椿で花輪を作って遊んでいたお照も、二十七になっている。十四年ぶりに故郷の土を踏んだ早瀬を、真っ先に訪ねて来たのは、もう早瀬のことなど忘れているだろうと思っていたお照だった。

数日後、早瀬とお照は、カモフラージュに十二、三歳の小娘を伴って、五座を並べた芝居町で活動写真を観た。早瀬は、お照に自分の知らない十四年間のことを聞いてみたが、お照は結局何も答えなかった。また、早瀬の家のこと、妻子のことなど、お照は何も聞かなかった。滅多に口を利かない彼女の口からわずかに漏れた言葉は、「あの椿の花は、去年も、今年も、咲きました」という、「柔かな夢のやうな」回想だけであった。しかし、別れ際にお照は、早瀬に向かって、細いが力のある声で、「東京にお帰りになりましたら、奥様によろしく」と言った。

東京へ帰ってから初めて早瀬は、お照と別れた後の、何となく残り惜しかった心の蟠《わだかま》りは、「妻」というものとはまた別の、「女」というものを得る機会を逃したことにあると気付く。

十四年ぶりに帰郷してから一年後、早瀬は、テーブルの上の赤い造花を眺めながら、昔、家の奥庭に咲き誇っていた椿の花を、その堆《うずたか》い落ち椿を思い出し、お照のいる西の方へ旅をしてみたくなった。（荒井真理亜）

妻を買ふ経験《つまをかうけいけん》　短編小説

〔作者〕里見弴〔初出〕「文章世界」大正六年一月発行。〔初収〕『恐ろしき結婚』大正六年五月十日発行、春陽堂。〔全集〕『里見弴全集第一巻』昭和五十二年十月二十日、筑摩書房。〔小説の舞台と時代〕大阪。大正時代。

〔内容〕主人公の内藤は、軍隊生活やここ三、四年の貧困によって、かつての貴族的な生活から脱して、忍耐という美徳を身につけていた。内藤はそこに、人格的な向上を自認し、過大な評価を与えていた。その内藤が、清水敬一という旧友に頼まれて、彼の弟で母方の姓を継いでいる昌造の結婚問題を解決するため、大阪に向かう。昌造は、大阪の藝者と懇ろになって、その女と結婚しようと決心していた。二人の間に子供まで出来た。清水の両親は散々反対した末に、とうとう息子の強情に折れてしまった。内藤に課せられた役目は、昌造が女を見請けするために必要な金、つまり女の借金の始末であった。内藤もまた、藝者を妻に娶ったので、その経験を見込まれたのである。大阪に着いて、内藤は昌造にアドバイスを施すが、相手の女も内藤の妻とは勝手が違うし、内藤のワンマンぶりが原因で当の昌造とも衝突してしまう。帰京した内藤は、清水の両親に昌造にとって不利な報告をする。結局、昌造は自分の力で債権者に女の借金を値切り倒し、女を見請けした。値切って買い取った女との結婚披露の席で、昌造は内藤に再会する。何事もなかったよ

うに挨拶をする昌造だったが、内藤に対する怒りでその頬には血が沸きあがってきた。

（荒井真理亜）

つるべの曲《つるべのきょく》 短編小説

〔作者〕長谷川幸延**〔初出〕**未詳。**〔初収〕**『渡御の記』昭和十七年九月十日発行、東光堂。**〔小説の舞台と時代〕**大阪南区島之内炭屋町、大宝寺町。明治十三年頃から昭和十七年頃まで。

〔内容〕「その頃」のラジオのプログラムの中でも白眉であった富崎春昇の「つるべ」の曲は、地唄の中でも珍しく、絢爛とした三曲の賑やかさはないが、唄・三弦の、ものさびた弾き唄いで、得も言われぬ風韻をそこはかとなく漂わせていた。

　信吉の家では、「今年中の寿命やさかい、心残りのないやうにして上げなはれ」と医者に宣告された祖母のために、大枚を叩いて、調子の悪い、粗末な受信機を購入した。そんなラジオでも、祖母は毎日喜んで聴いてくれた。ある夜、ラジオから流れて来る富崎春昇の「つるべ」の曲を聴いていた祖母が、「このラジオの人、左門さんや。左門さんにちがひない」と言い出した。「左門さん」というのは、祖母がまだ三十五、六歳の頃、隣家に預けられていた盲目の少年である。祖母はその時分、祖父の放蕩に手を焼いて別居し、大阪南区島之内炭屋町のささやかな露地の中に、仕立て物で生計を立てながら、暮らしていた。独り住まいの寂しい身の上だったので、その盲目の少年をたいそう可愛がり、毎夜三味線の稽古を付けてやった。すると、「左門さん」は普通の人なら四、五日はかかる曲をたった一晩で覚えてしまった。その才能に驚いた祖母は、「このお子が生きる道はここにある」と思い、「左門さん」の親である文楽の人形使いをしていた「玉助はん」に「左門さん」を弦竹の道へ進めるよう頼んだのだ。こうして、「左門さん」は大宝寺町の師匠の元へ、杖を頼りに通うこととなった。少年が十二歳の時、祖母が祖父の元へ戻るまで、祖母は何かと「左門さん」の面倒を見てあげた。その「左門さん」が、東京でも屈指の名人で、殊に古いものにかけては、これ以上の人はないと言われている大家の、富崎春昇だと言うのである。祖母思いの信吉もさすがに「そんな無茶いふたら、どもならん」と否定せざるを得なかった。祖母はそれから半年ほど患って死んだ。祖母の四十九日も済んだある日、信吉は婦人雑誌の別冊付録の「東西名曲の聴き方」に書いてあった富崎春昇の経歴を見て驚く。そこには、「生田流箏曲家。明治十三年大阪島之内に生る。幼名、左門」とあった。富崎春昇が本当に「左門さん」だったのなら、あの時嘘でも祖母に「さうだつせ、左門さんだつせ」と言ってあげればよかったと悔やむ信吉だった。

　それから長い歳月が流れ、祖母の十七回忌を終えた信吉は、富崎春昇を訪ねた。紹介者もなく約束もなかったが、春昇は祖母の名を聞いただけで、信吉に会ってくれた。祖母の思い出話をしている内に、春昇は祖母の追善にと言って、あの「つるべ」の曲を聴かせてくれた。今をときめく藝界の長老が、名もなき祖母のために秘曲を手向ける、信吉はこんな美しい追善がまたとあろうか、よい友達を持って祖母は幸せだと思った。

（荒井真理亜）

【て】

手《て》 詩

〔作者〕井上靖**〔初出〕**「すばる」昭和五十七年七月一日発行、第四巻第七号。**〔初収〕**

『乾河道』昭和五十九年三月二十五日発行、集英社。〔全集〕『井上靖全集第一巻』平成七年四月二十日発行、新潮社。

〔内容〕今、「私」は喪に服している。三十余年前、戦死してしまった中島栄次郎と高安敬義が、今暁、「私」の書斎の戸を叩いてくれたのだ。「私」は、二人の友が最期に上げたであろう一本の手を瞼に思い浮かべている。中島とは大阪の新聞社の傍の小さい喫茶店で、高安とは茨木の「私」の家で会ったのが最期となった。「私」はいつか迂闊にも、二人の友の倍の年齢を生きてしまっている。（荒井真理亜）

泥酔《でいすい》　短編小説

〔作者〕今東光〔初出〕「小説現代」昭和四十一年四月号。〔初収〕『今東光秀作集第五巻』昭和四十二年十月十日発行、徳間書店。

〔小説の舞台と時代〕八尾。昭和二十年頃。

〔内容〕「河内もの」の一つ。諦念は宗立の芝中から順調に巣鴨の大正大学を卒業して、縁あって河内の浄土宗称名寺に住職として入聟して来た。梵妻のお松とは仲が悪く、夫婦の関係もない。娘の冴子は小児麻痺で少し足を引きずり、息子の諦信は聟入りした父の苦労を見て、跡継ぎとなることを嫌がっている。戦後のアメリカによる宗教政策で寺院の秩序は乱れ、増上寺派の諦念と、知恩院派の妻の仲もますます悪くなった。諦念は酒の席で泥酔、知恩院派と大喧嘩する。酔ったまま帰房し、院代の内妻郁子と関係する。次の朝、諦念は何も覚えていないのであった。（中谷元宣）

定年後《ていねんご》　長編小説

〔作者〕岡田誠三〔初版〕『定年後』昭和五十年三月二十五日発行、中央公論社。〔小説の舞台と時代〕大阪、河内、ニューギニア。戦時中から昭和四十三年まで。

〔内容〕大阪市北区中之島三丁目三番地、朝日新聞社の正面玄関の階段をのぼってゆく。昭和四十三年三月八日、「私」が五十五回目の誕生日と同時に、三十二年間勤めた朝日新聞社を定年退職する日である。「定年は株式会社で現役の命数の尽きた大衆社員のために荘厳に営まれる生身《なまみ》の葬式」である。大阪心斎橋筋の呉服商の長男に生まれ、大阪外国語学校を卒業して、朝日新聞社に入社した。おおむね外勤記者だったが、定年の十年前くらいから学藝部で映画関係を担当していた。戦時中、ニューギニア戦線に従軍し、その体験によって書いた小説が昭和十九年直木賞を受賞したことや、妹照子の過失死や在職中に出会ったさまざまな人たちとその死などが回想される。定年の日のあと精神医学でいう離人症にともなう二重身に近い感覚を経験したことなど、定年とその後の生活を、「1 定年葬」「2 古猛妻」「3 独房」「4 死」「5 血縁」の五章で描く。（浦西和彦）

定年後以後《ていねんごいご》　長編小説

〔作者〕岡田誠三〔初版〕『定年後以後』昭和六十三年八月二十五日発行、中央公論社。

〔小説の舞台と時代〕河内、昭和四十八年頃。

〔内容〕「1 古猛妻、腰をぬかす」「2 全知と全自動、きそう」「3 ガンジロー、ワキへまわる」「4 病院にダフ屋あらわれる」「5 息子、家を出る」「6 ボクらは神に近づきつつある」「7 カネにはきりがない」「8 老人は山にいた」の八章から成る。『定年後』（昭和50年3月、中央公論社）の続編にあたる。三年ごしの原稿を書きあげたが、空とか白い壁に虫や黒い斑点が見えショックを受ける。飛蚊症である。眼科医へ行くのについてきてくれた古猛妻の茂子は工事現場の塀を乗りこえようとして、腰の骨を折って入院する。「私」は五十五歳

で定年退職して家にとじこもってから、躁（発揚的気分変調）と鬱（悲哀的気分変調）との波が、ある一定の周期で内面に生じることをはっきり自覚した。脱稿するまで三年半かかって書いた四百二十枚の原稿は出版社から返されてきた。息子の省三は妻子を捨てて家を出ていった。「自然の川は分水嶺を発して下へゆくほどに水量を増し、川幅をひろげながら、ゆったりと平野をくだってついに洋々とした海へはいる。しかし、人生の川はそれとは逆だ。終末に近づくほどけわしさをます。両岸がせばまり、ときに激湍となってさわぎ、飛沫をあげ、やがて沈黙してよどみ、枯れる」。原稿を送り返されてきてから三年目をすぎるころ、長らくよどんでいた内面が動きかかろうとする気配を「私」はかすかに感じ、山道を散歩に出かける。（浦西和彦）

妾垣《てかけがき》　短編小説

〔作者〕上司小剣〔初出〕「中央公論」大正五年七月一日発行。〔初収〕『鱧の皮』〈代表的名作選集第二十七編〉大正六年十月十八日発行、新潮社。〔小説の舞台と時代〕谷町、東横堀、御堂筋、堺筋、道頓堀、日本橋、相生橋、上町。大正初期。

〔内容〕用事もなく家を出た光淳は、行き場に困って谷町の方へ下りた。亡き父のことを思い出したりしながら、御堂筋まで出てしまった。ぶらぶらと外を歩くことのほか楽しみのない光淳は、正午を過ぎても空腹を感ずることなく、堺筋から島之内を過ぎて日本橋の北詰めにさしかかった。そこは光淳が二、三年前まで住んでいた場所だった。光淳の家には、幾十年拭き込まれて、ピカピカ光っていた杉の細丸太の妾垣があった。その妾垣は隣りの家のお静さんを想起させる。光淳が十七で、お静さんが十五の時である。河内の大百姓の娘と島之内の大問屋の息子の縁談が調って、三十もの箪笥長持が舟で相生橋の北詰めに着いたので、光淳とお静さんは近所の人と一緒に見に行ったことがある。人込みに紛れて、二人はいつしか手を握り合っていたが、誰かに冷やかされて繋いでいた手を互いに振り離した。繋いだ手を離した途端、光淳はお静さんとはぐれてしまった。その夜、お静さんがいなくなった。以来、お静さんは行方知れずのままである。お静さんに節操を立て通すというわけではなかったが、お静さん以外の女は見ないと心に決めて天主教に凝ったりして、光淳は四十歳になるまで結婚をしなかった。日本橋の北詰めの家は市区改正で取り払いになったが、懐かしいお静さんの細い身体を支えた隣りの家の妾垣は、光淳の家のものと合わせて上町の新居に持っていった。歩き疲れた光淳は、妻と思わぬ妻と、さして可愛くもない子のいる上町の家へ帰ろうと思った。そこには、懐かしの妾垣が待っている。

　角書きに「鱧の皮後編」とあるが、「妾垣」の主人公は「鱧の皮」の女主人公のお文ではなく、その叔父の源太郎であり、内容も「鱧の皮」の続きにはなっていない。（荒井真理亜）

帝塚山風物誌《てづかやまふうぶつし》　エッセイ

〔作者〕庄野英二〔初版〕『帝塚山風物誌』〈垂水叢書8〉昭和四十年五月三十日発行、垂水書房。〔全集〕『庄野英二全集第九巻』昭和五十四年六月十日発行、偕成社。

〔内容〕その「後記」に「その昔、松風の吹きわたる人煙まれな帝塚山台地も、帝塚山学院の発展と共に、今日では家並のぎっしりと立ちならんだ大大阪市の一画と化してしまった。／私は帝塚山台地に住みついた最初の頃の移住者の一人として、私の回想を中心に、わが町について勝手気ままに

筆を走らせてみたのであった」という。記憶にある帝塚山の建物や風物や人との交流が描かれる。昭和四年十一月より帝塚山に移住した女流俳人の橋本多佳子や、昭和十年頃に出会った小説家の井葉野篤三などの文学者も登場する。初出は帝塚山学院高等学校の雑誌「ておりあ」に五年間にわたって連載。

（浦西和彦）

てろどときしん《てろどときしん》　短編小説

〔作者〕黒川博行〔初出〕「オール読物」昭和六十二年二月号。原題「河豚の記憶」。〔初版〕『てろどときしん〈大阪府警・捜査一課事件報告書〉』平成三年九月二十六日発行、講談社。〔小説の舞台と時代〕西区」靭本町、南区三津寺、岸和田。昭和六十年代。

〔内容〕大阪府警の刑事、黒木と亀田は馴染みの河豚料理屋、ふぐ善を探していた。しかし、かつて、ふぐ善があった場所はステーキハウスに様変わりしており、跡形もない。近所で事情を聞けば、ふぐ善は中毒事故を起こし、それがきっかけで店を閉め立ち退いて行ったのだと言う。そして、その裏には、地上げ屋の存在が見え隠れしていた。捜査の合間に、中毒事故を調べていた亀田は地上げ屋に命じられて中毒事故を起こすように仕向けた報酬に、ふぐ善の仲居がステーキハウスの支配人に納まったのだと考える。しかし、真相は中毒死した客の内縁の妻が、男の仕打ちに耐えかねて計画した殺人事件であった。女は男に中毒症を装ってふぐ善を恐喝するよう唆し、無毒だと偽った猛毒の肝を食べさせたのである。

（巻下健太郎）

出臍物語《でべそものがたり》　短編小説

〔作者〕藤本義一〔初出〕未詳。〔文庫〕『悪い季節』〈角川文庫〉昭和五十五年九月発行、角川書店。〔小説の舞台と時代〕関目。昭和五十年頃。

〔内容〕中学校を中退して、西成界隈でスリの縄張の見張り役をした後、関目の劇場に入り、ストリッパーになったのが雪江である。舞台から客席に向かって突き出した、俗にいう「出臍」に出て行き、長襦袢を脱ぎ捨てる時、この界隈の町工場の工員藤井宏次を意識してしまう。ある日、雪江が出臍でショーをしている時、かつての情夫である出所してきたスリの飛安が、金を抜き取り、空の財布を藤井のポケットに入れて逃走する。藤井は警察署に連行されるが、雪江は藤井を助けるため署に出向き、飛安にはふれず証言する。藤井は助かるが、かつてスリの情婦であったことが刑事の口から彼に語られる。雪江は、藤井との距離が遠くなったことを感じる。警察署からの帰り道、飛安と会い、一緒に歩くうち、雪江は飛安に限りない愛おしさを抱く。自分でも思ってもみなかった感情であったが、こんな計算外の気持ちが人生なんだろうかと、ふと思ってみたりするのであった。

（中谷元宣）

天国挿話《てんごくそうわ》　短編小説

〔作者〕藤沢桓夫〔初出〕未詳。〔初収〕『横顔』昭和十六年九月二十五日発行、輝文館。〔小説の舞台と時代〕大阪の郊外。昭和十年代。

〔内容〕郊外電車の沿線に奇妙な不動産広告が現れた。「天国住宅地」、「禁酒天国」、「飲酒亡国」この三つの看板に人々は目を奪われた。その点では広告の役割を十分果たしていたのだが、肝心の家の借り手は殆どいなかった。経営者は熱心なクリスチャンで禁酒主義者の妻を持った楠田氏であった。この楠田氏、夫人がそばにいなければ祈りの言葉を呟いたことも無いし、子供を

連れて夫人が避暑に出かけている間は教会の存在も忘れていた。その年も、子供たちは避暑に出かけ、楠田氏は留守番であった。借り手の現れることが無いのは分かっていながらも楠田氏は毎日、事務所に行き無為な日々を送っていた。八月も終わりに近づいたある日、「天国住宅地」を嵐が襲う。被害は甚大で、自慢の看板も「天国住　地」、「　酒天国」、「　酒亡　」という有様である。大工がやって来て、飛ばされた四枚を見つけてくる。広告は、「天国住宅地」、「飲酒天国」、「禁酒亡国」と修理された。その日を境に家を借りたいという人間が殺到した。それまで、寂しかった事務所には人が溢れ、毎夜、酒場のような活況を呈していた。避暑から戻ってきた夫人は、電車の窓から見た「天国住宅地」に家の光が満ちているのを見て感動のあまり涙を流す。幸いにも、「飲酒天国」、「禁酒亡国」の看板は目に入らなかったのである。電車を降りた彼女が酒場のようになった事務所で夫の姿を見つけたとき一体、どんな騒動が持ち上がることやら。

（巻下健太郎）

天使も夢を見る《てんしもゆめをみる》　短編小説

〔**作者**〕藤沢桓夫〔**初出**〕未詳。〔**初収**〕『妖精は花の匂いがする』昭和二十七年十月二十日発行、東成社。〔**小説の舞台と時代**〕帝塚山、天下茶屋、難波。昭和二十年代。〔**内容**〕淀川良平は会社の野球チームの練習中に偶然美しい女に出会う。それを親友の大田黒に話すが、興味を示さない。社長の仙兵衛の家に宿直に行った良平は、仙兵衛の娘、礼子が練習中に出会った女に似ていることに驚く。二人は他人の空似と言うには余りにも似ていた。礼子から映画に付き合って欲しいと頼まれた良平は困惑する。礼子に求婚している男の前で恋人のように振る舞ってほしいというのである。野球の練習があるので、乗り気ではなかった良平だが、相手が戦争中同じ部隊で評判の悪かった男、宮脇だと気付き俄然、乗り気になる。ことごとく、邪魔をする良平に宮脇は腹を立てる。一方、練習に参加していた大田黒は懐かしい人と再会する。かつて、下宿していた家の娘、夏代であった。良平が出会ったのも彼女である。改めて、夏代の家を訪ねた大田黒は、侘しい生活を送っている母娘を見て、力になろうと決心する。翌日、出社した良平は仙兵衛から呼び出され、礼子との関係を問い質された。良平はたとえ娘をやると言われても貰うつもりは無いと答え、宮脇の本性を暴露する。また、仙兵衛から礼子は良平と結婚の約束が出来ていると言ったと聞かされ憤慨する。良平は結婚の約束が出来ていると嘘をついた礼子を叱責する。夏代の家に通うようになった大田黒も夏代が礼子に似ていることに気付く。夏代は自分が仙兵衛の子であると告白する。事実を知った良平は、夏代親子の生活が立ち行くように、仙兵衛と直談判し、仙兵衛も快諾する。一方、仙兵衛も礼子を嫁に貰って欲しいと良平に懇願するのであった。

（巻下健太郎）

天授の子《てんじゅのこ》　中編小説

〔**作者**〕川端康成〔**初出**〕「文学界」昭和二十五年二～三月号。〔**初版**〕『天授の子』昭和五十年六月十日発行、新潮社。〔**全集**〕『川端康成全集第二十三巻』昭和五十六年二月二十日発行、新潮社。〔**小説の舞台と時代**〕安藝の宮島、東京、尾道、交野、大阪、鎌倉、北鎌倉、大船、広島、厳島、神戸、箱根、備中、中国地方、須磨明石。戦後。〔**内容**〕この作品は、「天授の子」と「水晶の玉」の二章から成る。結婚してはいるが子どもをもっていない「私」は四十五歳の時、十二歳の民子を養女にもらい、鎌倉に

住んでいる。それっきり民子の実母の時子には会っていない。民子自身も離れて七年の間に、時子の老母の見舞いに行ったときに会ったきりだ。民子は時子に手紙を出すこともしなかった。だが、時子が危篤だという電報が入り、大阪にいる時子に会いに行くことになる。実は、経過良しという電報が後に送られて来ていたのだったが、「私」と妻は留守のため、知らなかったのである。高熱であった民子は一足遅れてきた。民子の他に二人の娘を持つ時子は、民子を養女に出してから再婚していた。「私」と妻はそれを民子に言わなかったが、なぜか民子はそれを知っていた。民子は七年ぶりに実母に会うことになったのだが、その暮らしのありさま、病みほうけたありさまを見て声も出さず涙を流す。その日は民子だけが時子の家に泊まることになった。しかし次の日「私」と妻が家に迎えに行くと、民子はけろっとしており、帰ろうというと、はいといって、素直にうなづき、時子にはお大事にとだけ言って家を出た。民子は養父の「私」に不安や疑念を感じさせないところから、易者には「天授の子」と呼ばれていた。素直であって強情であり、幼稚であって老成しており、分かりにくい人間として描写されている。しかし実母の病んだ姿を見て泣く姿などには民子の本来の性質を読み取ることができる。

　登場人物のモデルを推測できる私小説である。（田中　葵）

天神橋筋《てんじんばしすじ》　短編小説

〔作者〕東秀三〔初出〕未詳。〔初収〕『中之島』平成三年七月十四日発行、編集工房ノア。〔小説の舞台と時代〕天神橋筋、茨木、梅田、南森町、天満橋、京都四条河原町、常島、雑喉場。現代。

〔内容〕豊はグラフィックデザイナーとして働いている。ある日、カメラマンとして仕事をしている淳二から会いたいと誘われる。二人は天神橋筋の立飲み屋で会うことになった。いつものように仕事の話をしながら飲んだのであるが、様子がすこしおかしいので気になった。あくる日、北新地で店を開いている愛人の京子が淳二が買ってくれたマンションの支払いが滞納していることを豊の所に相談にやってくる。豊は困惑しながらも友人としてとりあえずの支払いを手助けする。その後、淳二がやってきて豊に詫びる。豊が自分の写植の仕事を一段落させ、印刷所に連絡をいれると印刷所の知り合いである遠藤から淳二の仕事ぶりがあやしいことを聞かされる。豊は不安に思い、調べてもらうことにする。学生時代から淳二には色々手助けしてもらったからこそ今の自分がある。そう思いながら姪の仕事ぶりをチェックしていた。遠藤からどうやら事業に手を出して上手くいかなくなってしまっているとの報告を受けた。そして、二日後、淳二が死んだと聞かされる。どうやらガスもれ事故のようであったが、豊は自殺ではないかと思った。天神橋筋を歩きながら淳二が駆け出しのころに食べさせてくれた「きずし」のことを思い出し、今頃は骨を拾っている頃だろうと思う。しかし今は戻る気にはなれなかった。飲んでいるはずなのに酔うことも出来ず、天神橋筋商店街の人の流れと逆に歩いていった。

　天神橋筋を中心に書かれた作品、商店街にある料理屋の描写が多く描かれている。（井迫洋一郎）

天神祭の夜《てんじんまつりのよる》　短編小説

〔作者〕有明夏夫〔初出〕「野生時代」昭和五十三年三月号。〔初収〕『大浪花諸人往来―耳なし源蔵召捕記事―』昭和五十三年十月三十日発行、角川書店。〔小説の舞台と

時代〕天満橋北詰、空心町、長柄村鶴満寺、生国魂神社、住吉大社、長町五丁目から九丁目、朝日町東筋、難波八坂神社、天満宮、天満川、三津八幡、淡路町二丁目、御霊神社、高津神社、志宜山法案寺、大和町、南森町、久左衛門町、博労町、千日山安楽寺、千日前、天王寺村、難波神社、坐摩神社、内両替町、松屋町筋、天神橋、東清水町一丁目、西横堀、長堀橋筋、江戸堀。明治初期。

〔内容〕生国魂神社の夏祭り以来、大阪の地に、東京のチボどもが入り込んでいた。チボとはスリのことで、夏祭りにはつきものであった。同じ頃、大阪では虎列刺《コレラ》が流行しており、菅原警察署は衛生管理に奔走していた。そんな中、これらの無法者に執念を燃やして立ち向かっていったのは、「海坊主の親方」こと赤岩源蔵である。源蔵は手下の「イラチの安」こと安吉を伴い、いつもの如く捜査を進めていった。

　チボどもはグレ宿が密集する長町や淡路町の春日屋（旅籠）と、居所を変えつつも、最終的には法案寺と東清水町の某妾宅に分かれて潜伏していた。そこで源蔵は、安楽寺の僧にチボどもの似顔絵を描かせ、それをもとにして写真館で焼き増しをさせた。仕上がった写真を討手陣に配布し、天神祭の夜、捕り物の一幕はあっけないほど簡単に終わったのである。五日後、朝日町西筋にて海苔問屋を営む弁天屋の楽隠居、大倉徳兵衛が、「上方新聞」にこの事件の一部始終を掲載する。


（森香奈子）

天茶《てんちゃ》　短編小説

〔作者〕藤沢桓夫〔初出〕未詳。〔初収〕『恋人』昭和十一年十二月二十日発行、竹村書房。〔小説の舞台と時代〕千日前。昭和初期。

〔内容〕店では会社員らしい二人連れと、大学生の四人組が飲んでいた。一種の穏やかな空気と共に五月の夜は更けていった。そこに赤ん坊を負ぶった若い女が入って来る。客は彼女の挨拶に頷いたものの、物売りには興味が無いという顔で、無関心を決めこむ。二人連れのうち、上役らしい男が女に「君は朝鮮のどこだ?」と訪ね、自分も同郷人であることを明かす。女は、必死に売り物を捌こうと客席を巡るが誰も買わない。上役の男はある理髪職人の話を始める。この職人も朝鮮人で、男の会社に散髪のため通っていた。しかし、病気で長い間休んでいたので、様子を見に行くと胸を病んで既に手遅れであった。ここまで話が進んだ頃、物売りの女は同郷人の不幸が思わず身につまされたのか、悲しさと苦しさが入り混じったような表情になった。そして、時計を見上げ、「さいなら」と言い残し店を出ていった。上役の男は、女に残酷なことをしたと思いながらも話を続ける。理髪職人にはタクシーの運転手をしている同郷の友人がいた。友人を死に目に会わせてやろうと探すが見つからない。聞き手の若い男は話の先を読み、葬儀自動車の運転手がその友人であったのだろうと言う。事実、そうであった。話を聞き終えた若い男は、脂肪でぎらついた顔で天茶を注文する。天茶とは、天婦羅の茶漬けのことである。


（巻下健太郎）

伝統藝能「文楽」《でんとうげいのう「ぶんらく」》　エッセイ

〔作者〕竹本津大夫（四代）〔初出〕『随筆集大阪讃歌』昭和四十八年九月二十九日発行、ロイヤルホテル。

〔内容〕竹本義太夫が、道頓堀で旗上げしてから三百有余年。明治の初期に御霊神社の境内、昭和の初期に四ツ橋畔、昭和三十一年から現在の道頓堀へと、文楽も約一世紀、命脈を保っている。

最近は観客層も大変若くなり、また、後継者も急激に増え、現在文楽の平均年齢も四十三歳と若返っている。しかし、文楽という総合藝術は、太夫も、三味線も、人形も、各部門ごとに一つの感情に対して全精神を傾注し、それぞれが我が道を往き、三者の体当たりの感情が完全に一致した時、そこに大きな藝の道が開ける。そこに至るには、結局「無」の境地であり、「無」を伝えることの難しさは、伝統藝能の伝承の難しさでもある。

かつて文楽界は、名人上手が綺羅星のごとくいた時代にも、経営難に陥った時もあり、また、一年中休みなしの時もあった。栄枯盛衰は世の習い、一喜一憂せず、昔日の盛んな時代に戻す事、伝統の火を消さぬように、いっそうこの道に精進するのが、「私」に課せられた任務と思っている。

（荒井真理亜）

天王寺《てんのうじ》　エッセイ

〔作者〕中上健次〔初出〕「朝日ジャーナル」昭和五十三年一月十三日発行。〔初収〕『紀州 木の国・根の国物語』昭和五十三年七月二十九日発行、朝日新聞社。

〔内容〕「私」のような紀伊半島の者には、天王寺という地名の響きが独特に感じられる。子供の頃から天王寺は「私」を催眠状態にさせた。それはそこから引っ越しして来た子供が「電車なるものが天王寺という土地の不思議さを象徴するものだ」と言ったからかもしれない。「私」には冠する名字がない。天王寺を歩きまわると中学卒業までの自分のキノシタという名字が思い出され、体がしびれる気持ちになる。複雑な家族関係が原因だったが高校から「私」はナカウエとなり、十八歳で東京に出た頃からはとなりの人たちに現在のナカガミと呼ばれはじめたのである。このナカガミは「私」に抽象的な感じを与え安堵させる。

釜ケ崎の入り口近くのバーで二十年間勤めている高田絹子さんを訪ねた。四十三歳の彼女は二十三年も働いて貯めた金をそっくりそのまま賭け事や若い女に熱中していた亭主に持っていかれたそうである。どこにでもある話だと思いながらも、直接聴くと生々しい。高田さんには二十歳のこどもがいるが、最近「ノイローゼみたいにボーッとなっとるの」という。それは破壊された夫婦関係そのものが抑圧として青年に作用していると「私」は思った。高田さんは天王寺を「田舎では何やってもわかってしまうけど、ここでは分からんやんか」という。これは一種身を紛れさせる〈闇〉であることを意味する。

阿倍野のアパートで創価学会に入っているある女性を訪れた。「私」と年齢がかわらない彼女は巫女の喋り方で霊媒体験を語ってくれた。彼女は「独りで昼間でも、夜でもウツラウツラしてると、それが夢でもないのに、手足を金縛りにするんよ。体が動けん。手も足も圧えつけられて。いやと言うてもしょうがない」と言った。ある日この女性は自分を苦しめるその正体の後ろ姿を見た。が、それは中学三年の時彼女に片思いをしていた一つ年上の少年のものであったらしい。少年は両親から交際を止められ自殺したのだった。「私」はここでも「高田さんの二十歳の青年と同じように、抑圧がその幻視なり幻聴なりを導き出している」のを知った。差別と被差別との回路もこれらとつながっていると「私」には考えられる。つまり「差別なるものが暴力的でありエロチシズムであり美であるとはすぐ見えるが、性にその回路をつなぐと、実に奇妙なことであるが回路そのものが分光されてしまう気がする」のである。また「私」は事物の本質なるものが労働ではな

く、事物の本質に性があるとすれば、差別という言葉は意味を持たないと考え込む。（李　鍾旭）

天王寺中学《てんのうじちゅうがく》　天王寺高校《てんのうじこうこう》　エッセイ

〔作者〕開高健〔初出〕「朝日新聞」昭和三十九年四月七日夕刊。〔初収〕『饒舌の思想』昭和四十一年三月二十五日発行、講談社。収録の際の見出しは「わたしの母校」。〔内容〕著者の天王寺中学校時代の回想記。二年生から勤労動員にかり出され、「社会の裏表」を「ゲップがでる」ほど教えられた。この中学校は「私の大学の第一課」だった。このころのことを書こうとすると、教室のことがほとんど書けず、「教室の外で出会ったことだけしか書けない」という。（大杉健太）

天王寺の妖霊星《てんのうじのようれいぼし》　エッセイ

〔作者〕内田百閒〔初出〕「小説新潮」昭和四十三年五月号。「百鬼園随筆」のタイトルで連載。〔全集〕『内田百閒全集第十巻』昭和四十八年四月二十日発行、講談社。『新輯内田百閒全集第二十二巻』平成元年八月十五日発行、福武書店。〔内容〕作者が、琴に夢中になっている当時のことが記され、琴の難しさ、「五段砧《ぎぬた》」という難曲のことにも触れている。観ていた芝居に義太夫が「天王寺の　天王寺の妖霊星を見ばや見ばや」と「押さへた陰気な調子で歌ふ」のが出てくる。（田中　葵）

天王寺悲田院の能瀬茂人さん《てんのうじひでんいんののせしげひとさん》　エッセイ

〔作者〕中野重治〔初出〕「新潮」昭和三十八年八月号。〔全集〕『中野重治全集第十九巻』昭和五十三年六月三十日発行、筑摩書房。〔内容〕かつて、筆者の書いた文章の誤りを指摘した手紙をくれた人に対する思い出を綴った随筆。手紙の差出人の住所は大阪の天王寺にある悲田院であった。指摘に対する礼状は出したが、後に問題の文章を収録した本は住所が分からず遂に送らなかった。何度も、大阪に出向いたが、どうしようもなかった。その後、二十年して件の手紙を見つけ、筆者は当時に思いを馳せ、差出人の健康を祈ったのである。（巻下健太郎）

天皇陛下ばんざい《てんのうへいかばんざい》　短編小説

〔作者〕五味康祐〔初出〕「別冊小説新潮」夏季号、昭和四十八年七月発行。〔初収〕『五味康祐代表作集第十巻』昭和五十六年十一月二十五日発行、新潮社。〔小説の舞台と時代〕大阪（天王寺、夕陽丘、大国町、千日前）、京都祇園、兵庫淡路、岡山、東京早稲田。昭和十年代後半。〔内容〕工藤常夫は大学の夏休みで岡山の実家に帰る前に同じ学校の友人逸見欣吾の実家のある大阪に立ち寄った。初め訪れた際にいると言っていた逸見は留守で、しばらく時間をつぶしてから再び訪れると淡路に宮田という友人と女遊びに出ていていたらしい。呆れながらも三人で夕食をとる。逸見が住んでいる所は本家の別宅で普段は女中と逸見たちしかいないらしい。女中の一人さやに心奪われた工藤はなし崩し的に夏休みの間居候することになった。宮田は東大の学生ということらしいが、まるで自分の家かのように振る舞う姿に工藤は嫌気がさしていた。その宮田から、夜は一階に下りてはいけない、それが約束であるからと教えられる。逸見と宮田はガールハントに精を出し、工藤は家でゆっくり過ごしながらさやとの語らいを深めた。しかし、ある夜、工藤は一階で物音がするので下りて見てみると、逸見がさやと行為をしている

ところであった。次の日から工藤の何かが変わった。宮田と同じ様に振る舞うようになった。しかし、祇園に遊びに行くとき、逸見にあの夜のことを見ていただろうと言われ激昂する。そして、夏が終わり、逸見とは疎遠になっていた。家族関係の不和から女性というものに対して何かを求めようとしていた逸見の心がわからなかったのである。宮田から早稲田を退学になったと聞くまで知らなかったが、女たらしの逸見に同情はしなかった。それから一年、工藤には恋人ができていた。そして、夏休みに一緒に旅行しようと計画し、試験期間中は会わずに頑張った。そして試験が終わり彼女に会いにいくと、そこには逸見と楽しそうに話す彼女がいたのであった。工藤は逸見を殴り、事件となった。結局、工藤は逸見という色魔に負けたと思い込み去った。逸見は入院しているベッドの上で彼女と行為に及んでいた。そして、次に工藤が逸見のことを聞いたのは逸見が出征するときだった。逸見は宮田に「神がみつかった」と話す。多くの家族親戚、女性たちに見送られながら逸見は、天皇陛下ばんざいの声の下、深々と頭を下げた。

（井迫洋一郎）

てんのじ村《てんのじむら》 長編小説

〔作者〕難波利三〔初版〕『てんのじ村』昭和五十九年四月三十日発行、実業之日本社。〔小説の舞台と時代〕大阪市西成区山王町、神戸。昭和十二年から五十八年まで。〔内容〕てんのじ村の正式な地名は大阪市西成区山王町という。明治時代に東成郡天王寺村という行政区分になっていた名残りで、天王寺を縮めて、「てんのじ村」といわれる。そこには四、五百人の藝人たちがひしめきあっていた時期もあったという。てんのじ村に住む藝人たちの戦中・戦後史を描いた長編小説。

漫才師の花田シゲルは鳥取県米子に生まれ国鉄に勤めたが、昭和十二年に大阪へ遊びに出た。その時、安来節の興行を見物に行き、出演していた同郷の大工に誘われ、ドジョウすくいを踊ったことから一座に加わった。千代香と結婚し、めおと漫才をはじめる。「かぼちゃ」踊りや「よごれ」の藝で各地を廻った。戦争中は慰問団を組織し、各地を巡回した。和歌山の慰問地で敗戦を迎える。食べることに追われたが、そのうちにてんのじ村に円之助藝能社が活動をはじめ、シゲルたちにも仕事がまわってきて活況を呈した。昭和十七年、兵隊に征《い》って、右腕を失ったニカちゃんこと朝日家ハーモニカもてんのじ村の長屋に帰ってきた。ラジオで人気が出始めた藝人たちがてんのじ村を離れた。テレビが普及するにつれて、てんのじ村の活況にかげりが見えはじめる。シゲルは妻の千代香を事故で失う。高速道路の建設で長屋の立ち退き問題がおこった。シゲルは反対運動にたちあがるが、うまくいかず、てんのじ村を出て、神戸の義弟のもとに身を寄せた。二度目の夏、女漫才師の美也子がたずねてくる。彼女も相方が亡くなったため、新しくシゲルとコンビを組みたいというのである。

再出発した二人は、やがて東京のテレビ局からの依頼ではじめてテレビに出演する。シゲル八十三歳、美也子五十三歳である。シゲルはリハーサルで失敗するが、本番で「よごれ」「かぼちゃ」の得意藝を見事に成功させる。さらに二年後、関西の藝人達の手によって寝屋川市の成田山新勝寺に「笑魂塚」が建立され、最年長のシゲルが乾杯の音頭をとるまでを年代記ふうに描いている。「東京タワーは、なんやしら、鉛筆の芯みたいに尖ってますし、通天閣はクレヨンみたいに、ずんぐりしてる」と美也子はいう。通天閣の破壊と再建も効果的に描か

れている。第九十一回直木賞受賞作品。（浦西和彦）

てんのじ村赤い《てんのじむらあかい》　短編小説

〔作者〕難波利三〔初出〕「オール読物」昭和五十九年十月一日発行、三十九巻十号。〔初収〕『大阪笑人物語』昭和六十年十二月二十日発行、新潮社。〔小説の舞台と時代〕大阪（西成区山王町、和歌山に近いK市、難波、動物園前駅、心斎橋筋、ミナミ、寝屋川市成田山新勝寺）、兵庫県。現代。

〔内容〕夫婦である桃代と源次は、かつてハッピー竹馬、ハッピー桃代という藝名で舞台に立っていた。夫である源次の藝は、ハシゴの天辺近くでバランスを保ちながらクラリネットを吹いたりするというもので、妻の桃代はそのアシスタントである。しかし、七年前に源次は、曲藝を演じている際にハシゴから落下して下半身不随となり、それ以来、すっかり乱暴な人間になってしまっている。桃代は、源次が舞台に立てなくなったので、先輩藝人である凡作とのコンビで漫才をしたり、娘婿で歌手である大野浩一と歌謡漫才をしたりしており、さらにそれ以外にも、今年の春から料亭で時給七百五十円の皿洗いのパートをしている。そんなある日、凡作が桃代と源次のもとを訪れる。凡作は源次に、毎年八月十五日に寝屋川市の成田山新勝寺で催される「笑魂まつり」に出て、河内音頭をクラリネットで吹くことを勧める。そうすれば、下半身不随になって以来、すっかり荒れている源次の気が晴れるのではないかと思ったからだ。そして、笑魂まつり当日、凡作と桃代はいやがる源次を無理矢理まつりに連れて行く。源次はそこでクラリネットを上手く吹いてみせるが、その夜家に戻った時、源次は桃代を殴りつける。源次は舞台を思い出したせいで、かえって苦痛を強めたのだ。まつりに連れて行ったことが逆効果だったことに気付いた桃代は、さらに殴られる覚悟で源次のそばに寄って謝る。だが、そこで意外にも源次は、桃代にやさしい言葉をかける。翌日、桃代は余興のネタの最中に、昨夜の源次のやさしい言葉を思い出しながら、この先ずっと喧嘩しながらも、源次と離れられずに生きていくことを思う。そして、「多分、それでよいのだろう」と得心する。（三谷　修）

天保山桟橋《てんぽうざんさんばし》　エッセイ

〔作者〕上林暁〔初出〕「浪花のれん」昭和三十七年九月号。〔全集〕『増補改訂上林暁全集第十九巻』昭和五十五年十二月十日発行、筑摩書房。

〔内容〕学生時代から、憧れにも似た気持ちを抱いていた天保山桟橋をようやく見ることが出来た筆者の落胆を綴った随筆。大阪の知人に、中之島、法善寺横町と案内され、一人郷里の高知へ帰るため天保山桟橋に向かったが、そこにはがさつで、整ったところが全くない完全に期待はずれな風景が広がっていた。（巻下健太郎）

天満老松町《てんまおいまつちょう》　短編小説

〔作者〕東秀三〔初出〕未詳。〔初収〕『中之島』平成三年七月十四日発行、編集工房ノア。〔小説の舞台と時代〕天満老松町、梅田、船場、中之島、堺筋、道修町、桜宮、箕面、金沢。現代。

〔内容〕良太は金沢の旅館の営業として大阪に出てきている。ある日、あまり行く事のなかった西天満、昔で言う老松町の小料理屋の女将ゆきから一度顔を出して欲しいといわれる。そして行って見ると、女将のゆきから、一度金沢へ連れて行って欲しいと言われる。目的は九谷焼の器を店で使いたいから買いに連れて行って欲しいとのこ

とだった。良太は店の板前お葉とゆきをつれて金沢へ戻ることになった。お葉は女性の板前であったが腕は確かなものであった。焼き物を見る目もあるようだった。しばらくして、天神祭の季節になり、ゆき、お葉、そしてゆきの娘らと出かける。それからというもの、良太はゆきの店の常連となった。しかし、安い小料理屋ではなかったために経費がかさんでしまっていた。良太は気にしながらも通うことを絶やすことはなかった。ある日、ゆきの店の周り一帯が買い取られマンションになるという話が出た。ゆきは潮時だと考える一方でお葉はまだ続けたいということであった。十日戎が終わった頃、使い込みがばれて良太は金沢に呼び出された。専務である叔母に、きつく窘められたが、実家にいる嫁を女中に出すことで許してあげるといわれ、旅館を切り盛りする叔母の手腕にただ感心するばかりだった。そして、春がやってきて、ゆきの孫の入学式に海外出張している嫁婿の代わりに出て欲しいと頼まれる。入学式が終わったあと、皆で造幣局の桜の通り抜けに出かけた。川原で酒を飲みながら、叔母に言われた宿六の叔父のことを思い出し、今度帰ったら一度話をしてみよう、と思いながら日溜まりに座っていた。

第二回小島輝正文学賞受賞作品。

（井迫洋一郎）

天満宮《てんまんぐう》　短編小説

〔**作者**〕上司小剣〔**初出**〕「中央公論」大正三年九月一日発行、二十九年十号。〔**初収**〕『父の婚礼』大正四年三月十八日発行、新潮社。〔**小説の舞台と時代**〕大阪、金毘羅、道頓堀、網島。大正初期。

〔**内容**〕竹丸の家は天満宮の別当筋で、父は還俗して神主になり、名も前田道臣と名乗るようになった。父は細身の大小を差し、しきりに女を買って歩く。一昨年の春、道臣は別当の家来に当たる千代松の娘お時を連れて、金毘羅参りに行くと言い出し、妻の京子と竹丸も同行することになった。四人は大阪へ出てから多度津に行き、金毘羅へ参った。備中から備前、そして播州巡りをし、再び大阪に戻ってからは道頓堀の宿屋に泊まって芝居見物をした。金毘羅参りから帰って、母が病気になる。医者の見立てによれば、子宮病から激しいヒステリーになって、心臓を悪くしたのだという。府立病院に入院してから、四カ月あまりが経とうとしていた。竹丸は初めて母の見舞いに行く。京子は寝台から下りて、畳の上に座布団もなく座り、薄暗いランプの下で短刀を抜いて見ていた。竹丸は、母が父の居ぬ間に修験者と懇ろになり、短刀をちらつかせて修験者のことを口止めしたことを思い出す。痩せこけた頬に櫛巻きにした髪の後れ毛が振りかかり、大きな円い目が血走っているように思われて、竹丸は母を怖がった。しばらくして、村に京子の死を知らせる電報が届いた。京子の死に涙するお時を、竹丸は「女といふものは何時でも直きに泣けるもんやなあ」と眺める。竹丸は京子の死に水を取りながら、今にも京子の口が開いて食いつかれはせぬかと思った。

（荒井真理亜）

【と】

桃雨《とうう》　短編小説

〔**作者**〕阪田寛夫〔**初出**〕「早稲田文学」昭和四十八年三月号。〔**初収**〕『土の器』昭和五十年三月十五日発行、文藝春秋。〔**小説の舞台と時代**〕広島、（広島県）豊田郡忠海町、大阪、服部、神戸、上福島。安政三年（一八五六）以降から昭和十八年まで。

〔内容〕「私」がこの世で最初に出くわした俳句は「私」の「祖父」である「阪田桃雨」作の〝浦の名の花やほまれの古跡城〟であった。「祖父」は四十代半ばで家業を息子たちに任せ、「祖母」と二人で、大阪近郊の服部に二人きりで隠居所を構えた。それから「祖父」は、専ら俳句にふけって余生を過ごした。貫禄があり賢い「祖母」に比べて、商才も度胸も少ない「祖父」が、知人もいない大阪へ移り住んだ理由を「私」は、「女」、もしくは「女に関わる妻との葛藤」だと考えた。

「祖父」が作った俳句を交えながら「祖父」の晩年から死ぬまでを描いている。

（田中　葵）

東海道戦争《とうかいどうせんそう》　短編小説

〔作者〕筒井康隆〔初出〕「SFマガジン」昭和四十年七月発行、六巻七号。〔初版〕『東海道戦争』〈ハヤカワ・SF・シリーズ〉昭和四十年十月十五日発行、早川書房。〔異版〕『東海道戦争』昭和五十一年二月二十五日発行、中央公論社。〔全集〕『筒井康隆全集第一巻』昭和五十八年四月十五日発行、新潮社。〔小説の舞台〕大阪（梅田、高槻）。

〔内容〕「おれ」は裏の家の大きなラジオの音で、眼が醒める。そして、「おれ」が家を出ると、町の様子がおかしかった。「おれ」は、電気器具商に行き、そこでテレビを見て、日本で戦争が起こっていることに気付く。「おれ」は電車で梅田へ出てみるが、大阪駅前は大へんな騒ぎになっていた。そこに居た若い将校と話をし、「おれ」はこの戦争が東京と大阪との間に起こったものであることを知る。作家である「おれ」は放送局へ行き、友人のアナウンサー山口と会う。山口は、この東京と大阪の戦争を引き起こしたのは大衆であると語る。つまり、大衆は常に面白いニュースを求めていて、マスコミはその大衆の要求に応え、この戦争をでっちあげたというのである。そして「おれ」は、山口に誘われ、この戦争の最前線へと向かうことにする。すると、そこには「おれ」の恋人の邦子が居り、三人はそこで夜を明かすことになる。そして、明け方になるとついに敵機がやって来る。「おれ」は手榴弾を二箇手渡され、いつの間にか最前線守備兵にされていた。しかし、敵機の攻撃は凄まじく、「おれ」は砲弾がひっきりなしに炸裂するなかを逃げることになる。そんな中、友人の山口は敵の機銃掃射によって殺されてしまい、恋人の邦子も装甲車の砲弾に吹き飛ばされてしまう。邦子の死に腹を立てた「おれ」は、逃げるのをやめ、敵の装甲車に向かい、手榴弾を投げ付けようと手を振り上げるが、砲弾によって首を吹きとばされる。

（三谷　修）

闘牛《とうぎゅう》　中編小説

〔作者〕井上靖〔初出〕「文学界」昭和二十四年十二月一日発行、第三巻第十号。〔初版〕『闘牛』昭和二十五年三月二十日発行、文藝春秋新社。〔全集〕『井上靖全集第一巻』平成七年四月二十日発行、新潮社。〔小説の舞台と時代〕西宮北口、西宮、神戸、三宮、京都、梅田新道、中之島公園、愛媛県伊予、高松。昭和二十二年十二月中旬から二十三年一月二十二日まで。

〔内容〕大阪新夕刊の編集局長の津上は、興行師の田代に持ちかけられ、社運を賭して闘牛大会を企画する。終戦直後の日本人にとって、生きる手懸かりといえば、牛の勝負に賭ける、まずそのくらいだろうと思ったからだ。津上は妻子を郷里の鳥取に疎開させたままにして、愛人であるさき子と別れるの別れないのといつも悶着を起こしている。さき子は津上に燃えきらないもの

を感じながらも、「孤独な魂のどこか腐食して燐光を放っているような」津上が好きだった。津上のずるい、自堕落なやくざな面を知っているさき子は、闘牛にどんどんのめりこんでいく津上を不安を抱えながらも冷ややかな目で見ていた。

　表向きは大阪新夕刊新聞社の独力の事業たる体裁を取りながらも準備が進むにつれて、闘牛の牛の運搬やその飼料、大会後の牛の買い取りで問題が生じ、岡部という不敵な小男の手を借りねばならなかった。闘牛大会の開催日が近づくにつれ、関連記事で大阪新夕刊の紙面は賑やかになっていく。と同時に、津上は次から次に起こるトラブルを片付けるため奔走し、家に帰る暇もなく飛び回っていた。さき子は津上に会おうと思い、阪神球場を訪ねた。「なんの用なの、一体」とさき子を突き飛ばしたように言う津上は、ひどく憔悴していた。さき子の中で、そんな冷たい男への怒りが膨らんでいった。さき子は、「あの人は失敗する」と、確信のような強い予感に襲われた。闘牛大会第一日、第二日は、雨で中止せざるを得なかった。津上は、自尊心と自信を失って、独りスタンドで雨に打たれていた。そんな津上を、さき子は初めて自分のものとして眺めることが出来る。三日目、風は冷たかったが、からりと晴れた。事業の失敗は免れなかったが、津上はこの闘牛を東京へ持っていくという新しい企画を立てる。大会の失敗は結局津上になんの傷痕も与えていなかったのだ。平常のエゴイスチックな津上を目にして、さき子は、自分が津上にとって必要な女だと思った確信を、夢のように儚く思い出していた。大会きっての呼びものであった三谷牛と川崎牛の闘いは一時間以上続けられた。観客は引き分けでは承知しない。津上の「つまりそれだけの人間がこの競技に賭けているということさ。彼等は牛の勝敗ではなく、自分達の勝敗を決めてしまわねばならないんだ」という言葉に、さき子は「みんな賭けている、あなただけね、賭けていないのは」と答え、自分は津上と別れるか別れないかの苦しい長い命題を賭けた。勝負はついたが、どちらの牛が勝ったのか、即座には見極められなかった。「そこには、ただ、この馬蹄形の巨大なスタジアム全体に漲るどうにも出来ぬ沼のような悲哀を、身をもって、攪拌し攪拌している、切ない代赭色の生き物の不思議な円運動があった」。

　井上靖は『闘牛』の「あとがき」で、「作品のいい悪いは別にして、いづれも、私としては精いっぱいの気持で筆を執ったもので、その意味で、多くの忘れられぬ思ひ出と、恐らく今後の作品には持ち得ないであらうやうな特殊な愛情を持ってゐる」と語っている。「闘牛」は、昭和二十二年九月、「人間」の「第一回新人小説募集」に「井上承也」のペンネームで応募され、選外佳作の六編の中の一編に選ばれた。その後、昭和二十五年一月三十一日には、昭和二十四年下半期・第二十二回芥川龍之介賞を受賞した。（荒井真理亜）

東京・関西そして大阪《とうきょう・かんさいそしておおさか》

エッセイ

〔作者〕伊部恭之助〔初出〕『随筆集大阪讃歌』昭和四十八年九月二十九日発行、ロイヤルホテル。

〔内容〕生まれも育ちも東京の「私」が、大阪を根城とする銀行に入行した。東京で勤務すること三十年余り、ようやく大阪で腰を落ち着けて仕事をすることになる。その後九年間の関西生活は非常に愉しく、関西の肌合にも充分に触れ得た。関西における日本文化の遺産にふれる生活は楽しく、商都大阪の合理性に徹したものの考え方が、

文化と上方言葉につつまれて調和していることは、江戸っ子にとって驚きであった。「新大阪ホテル」がロイヤルホテル新館として脱皮誕生することは、大阪の今後の歩みがこのホテルで象徴されたともいえるのではないか。（山本冴子）

東京・京都・大阪《とうきょう・きょうと・おおさか》 エッセイ

〔作者〕吉井勇〔初版〕『東京・京都・大阪』昭和二十九年十一月二十五日発行、中央公論社。〔全集〕『吉井勇全集第八巻』昭和三十九年五月二十日発行、番町書房。

〔内容〕恩地孝四郎装幀、カバーの絵およびカットは木村荘八が描いた新書判の本。サブタイトルに「よき日古き日」がついている。東京・京都・大阪の三都に因んだ四方山ばなしを集めたエッセイ集で、「大阪」には「泥竜和尚」「八千代回想」「曾根崎懐旧」「小林逸翁」「六甲対談」「都踊雑感」「文楽の人々」「笑福亭松鶴」「桂春団治」「道頓堀」「満身創痍」「懺悔録」の十二のエッセイが収録されている。（浦西和彦）

東京での「大阪の…」《とうきょうでの「おおさかの…」》 エッセイ

〔作者〕花登筐〔初出〕『随筆集大阪讃歌』昭和四十八年九月二十九日発行、ロイヤルホテル。

〔内容〕筆者は二、三年前迄、東京で仕事をすると、「大阪の劇作家」と云う言葉をよく聞いた。何故あえて大阪のと付加されねばならないか疑問を抱いた。当時の演劇界の代表的な劇作家グループに三氏までが、大阪を母胎として産まれた劇作家からなる四人の会があったからである。「大阪の喜劇」と云われるに至っては、些か腹が立ってきた。なぜなら、喜劇なる言葉を、使って始めて芝居が上演されたのは、道頓堀で曾我廼家五郎・十郎が、一座を組んだ時だからである。喜劇の名称こそ大阪が元祖であるのにもかかわらず、いつの間にか、東京で演じると、喜劇が単なる喜劇で元祖の大阪側が作ると、大阪の喜劇と区別されているからである、とする。

　解せぬまま、或る時、銀座のクラブで飲んでいると純粋の銀座マダムなる女性の次の言葉を聞く「お隣りに、大阪のバーが出来て、表でお客を引っ張られて困るのよ」「じゃあ、あんたのところも、客を引っ張ったら?」「私のとこが? そこ迄はしたくありませんわ!」筆者はそれを聞いて全ての謎が解けたと言う。「そこ迄はしたくない」この一語に尽きる。商売をしている以上、客が来んとどないする。との考え方は、大阪人の合理主義で、何の不思議もない。だが、銀座のバーは、客を引っ張る程、がつがつしないのか、宵越しの銭は持たない式の東京人のプライドである。そう云えば演劇の世界でも、大阪出身者は新劇より商業演劇に圧倒的に多い。「そこ迄は、したくない」東京側の眼には作家である筆者を、プライドなんか何のその、客を引くバーの如く映じているのではないか、だから、大阪の劇作家なのだと、述べる。大阪の喜劇と云われる理由もそこだろう。が、大阪の喜劇の根源のテクニックはモリエールの喜劇なのだ、と例を挙げて語る。そう知れば東京側はどう表現するだろう?「そこ迄、しなければならないのね」そう云わせてみたいと筆者は言う。（岡本直茂）

東京と大阪《とうきょうとおおさか》 評論

〔作者〕上司小剣〔初出〕「文藝春秋」大正十五年八月一日発行。

〔内容〕東京と大阪は「近頃」殊によく比較されるようになった。これは、東京に関東大震災という大痛事が起こって、重いハ

と

ンディキャップを負わされたこと、大阪が「最近」近接町村を併合し、面積と人口とを頓に拡大したことによって、東京と大阪の均衡がとれかかってきたためであろう。

　生方敏郎や広津和郎などが関西見物、大阪視察の結果を発表し、その対照に東京を罵っている。しかし、両者の批判も、学術的見地や実地研究によるものではなく、あくまで第一印象を骨子としたもので、彼らが深く大阪を知っているわけではない。

　東京と大阪を比較するのもよいが、大阪は東京の次だとか、「近頃」は大阪の方がえらくなったとか、そのように見るべきものではない。東京と大阪は比較すべく出来ていない、別のものである。「現在」の政治組織や社会制度の存続している限り、東京の日本における地位は絶対である。また、大阪の優れている点は、何事も全て地方行政でまかなって、美観と繁華とを維持していることだ。それに対し、東京は大都市として国家の力で作り上げられたのだから、東京市を一切国家の力で経営してはどうか。要するに、一国家を田舎の一村に仮定した場合、東京は学校や役場、郵便局、巡査派出所を合わせた村の中心であり、大阪は村の一隅にある公設市場であり、ついでに言えば、京都は村のお寺、または鎮守の森であろう。（荒井真理亜）

東京と大阪《とうきょうとおおさか》　エッセイ

〔作者〕吉田健一〔初出〕「熊本日日新聞」昭和三十二年四月七・八日夕刊。原題「甘酸っぱい味（二十三）」。〔初収〕『甘酸っぱい味』昭和三十二年八月三十日発行、新潮社。

〔内容〕大阪は近代都市であることにかけて東京に引けをとらず、そして堂々と美しい。東京がさながらビルの雑居であるのに対して御堂筋にある建物は多くが戦後に建てられたものでありながら大阪の街と見事に調和している。大阪はもともとからの大阪人が住んでいるのに対し、東京は大半が他所から来た人間であるから東京の街はビルの雑居になるのであろう。しかし東京も捨てたものではない。東京は一切が死んでいる雑然とした大都会であるが、そこでは、我々自身が無名の人間になり、勝手に銘々が暮らしていけるのである。どれだけ時間がかかるか分からぬが、この広大な自由と孤独の中から、必ず何かが生み出されるに違いない。（大杉健太）

東京と大阪―復興に面して―《とうきょうとおおさか―ふっこうにめんして―》　エッセイ

〔作者〕大須賀巌〔初出〕「大大阪」昭和十年九月一日発行、第十一巻九号。

〔内容〕「田舎生まれのモダン江戸ッ子」が「大東京市」が世界第三位の人口だということを自慢しているが、「大阪のハイカラ」が、大阪を「東洋のマンチェスター」と呼んでうれしがっているのもおかしい。大阪は、今日のマンチェスターよりも商工業の世界的都市として、むしろアメリカのニューヨークに比するのが相当であると思う。「帝都震災時」に、大阪の「機敏な全幅的な同情の救援」が、東京を甦らすのにどれほど役に立ったのかは言うを俟たない。こうした厄難の試練は、東京と大阪の提携と、それぞれの使命を自覚せしめたと思う。見方を変えれば、東京は大震災のおかげで、封建的な江戸の町をなげうって、近代的な新粧を凝らしてしまった。今日の東京の都市計画が、市民生活の合理化、産業の発展を促すものであり、東京と大阪が東西相俟って復興都市の威力を世界的争覇の上に発揮すると確信している。日本における都市計画を最初に施行したのは大阪だが、大阪市政に尽力した故関博士と大阪築港に携わった直木博士の功績は大きい。また、大阪

の緑化運動を進めた故大屋雲城博士の存在も看過できない。（荒井真理亜）

東京の女・大阪の女《とうきょうのおんな・おおさかのおんな》

エッセイ

〔作者〕森田たま〔初出〕「中央公論」昭和八年八月一日発行、第四十八年八号。

〔内容〕大阪にいた時分、東京から転任してきた新聞社の人が、大阪には美人がいないと言って、こぼしているのを聞いたことがある。大阪には大阪の美人がいるに違いないと思うのだが、どこにいますかと問われれば当惑してしまう。さて自分が東京に来てみると、いつどこへ行っても美人を見かけないことはない。だが、はじめは美しいと思った人も長い間見ているとだんだんあらが見えてきて、大阪の女の人の一様にきめこまやかな、身の透き通るさかなのようにあぶらの程よくのったむっちりとした肉つきを好ましく思い出すのである。東京は職業婦人の数が多いから、他人に見られるための化粧がうまくなるのであろう。大阪の女はまだ家の中で旦那さん一人を対象に生きているようなところがある。大阪は、家の中で主人に絶対の権威があることは封建時代そのままである。しかし、いったん没落し始めると、亭主の資格は失われてしまう。亭主の放蕩は許しても貧乏は許しがたいのである。大阪の婦人は、無遠慮といってもよいほど率直で、見も知らぬ行きずりの他人に声をかけるくらいは何でもない。また、大阪の婦人の着物に対する知識の深さは到底東京の女の及ぶところではない。ただそれほどに専門に近い知識を持ちながら、その着物を着た姿がすっきりしないのはどういったわけであろうか。大阪は空が明るく気候も暖かで物質的な土地柄から、外に対して「身をよろう」必要は少しもなく、自然に解放的になるのだろうか。そういえば、性的にも羞恥心や秘密を知らずに育っているようだ。「東京へいたらなんやそうでんな、雨が下からふりますさうな〵」と大阪の人は皮肉を言うが、まったくその通りで、雨風のはげしいむさし野に育つ少女は、荒い自然に抗するためおのずから小褄をキリリとひきあげて歩くのかもしれない。（荒井真理亜）

東京の女と大阪の女《とうきょうのおんなとおおさかのおんな》

エッセイ

〔作者〕泉鏡花〔初出〕「新潮」明治四十五年三月一日発行、第十六巻三号。〔全集〕『鏡花全集第二十八巻』昭和十七年十一月三十日発行、岩波書店。

〔内容〕大阪ではすべての物事がきちんと決まっている。それだけ東京より狭い。だから、往来の女を見ても、娘は娘、お酌はお酌、下女は下女、というように区別がはっきりしている。大阪の女はけばけばしい服装をしていても、どこかくすんで見えるのに対し、東京の女は地味な服装をしていても、際立って見える。大阪は女も男も特に水際立った者がいない代わりに、はなはだしく醜い者もいない。東京は町が広いから、したがって気も広く、大阪のように小さなことに目くじらを立てるようなことはない。一方、大阪人は汽車の中で話をするのにも他を憚らなければならない。このような事情で、大阪は商業都市ではあるが、外へ発したいものを中へ抑えていて、建物の中で煮えくり返っているようだ。酒は大阪が特によい。ところが、大阪の人は酒癖が悪い。普段抑えつけられているものが、酒の力を借りて現れて来るのだ。藝者についても、大阪では一目見て藝者とわかるように仕込んであるが、東京の藝者は藝者になっていない者が多い。藝者の声は人に快感を与えなければならないし、藝者はいつ

でもお座敷に出られるよう、お湯に入って身支度をしておかなければならないのに、近頃の藝者はなっていない。（荒井真理亜）

東京マダムと大阪夫人《とうきょうまだむとおおさかふじん》　長編小説

〔**作者**〕藤沢桓夫〔**初出**〕「婦人生活」昭和二十八年一月～十二月号。〔**初版**〕『東京マダムと大阪婦人』昭和二十九年二月十五日発行、東京文藝社。〔**小説の舞台と時代**〕東淀川区。昭和二十年代後半。

〔**内容**〕西川房江と伊藤美枝子は、共に紡績会社に勤める夫を持つ主婦である。船場生まれの房江と東京生まれの美枝子は、何かにつけて張り合っていた。英語に堪能な美枝子は、会社の海外出張所が再開されると知り、夫に英語を習わせ、房江もまた、専務の妻に取り入って夫を出世させようと奮闘する。美枝子の努力の甲斐あって夫の英語が認められた頃、房江の夫は会社の金を紛失するという大失態をおかす。金は無事に戻ってきて一安心の房江だが、美枝子の夫が昇進し、特別手当を貰っていることを知り面白くない。そこで、房江は夫を何とか出世させるべく、専務の妻に働きかける。その効果があったのか、房江の夫も専務秘書に抜擢される。ただし、この昇進には、房江が専務夫人の相手を勤めるという条件がついていた。一方、美枝子の夫にも海外出張所へ夫婦で赴任するという内定が下される。偶然、会社に来ていた美枝子が流暢な英語で外国人に対応していたのが専務の目に止まったのである。二人の夫は、妻の活躍で見事出世したのである。房江と美枝子は互いのことを褒め合いながら、前世からの友達のように固く手を握り合っていた。

　この作品は、昭和二十八年に川島雄三監督、三橋達也、月丘夢路主演で映画化された。（巻下健太郎）

闘鶏《とうけい》　短編小説

〔**作者**〕今東光〔**初出**〕「中央公論」昭和三十二年二月号。〔**初版**〕『闘鶏』昭和三十二年八月三十日発行、角川書店。〔**小説の舞台と時代**〕八尾。昭和二十年代。

〔**内容**〕「河内もの」の嚆矢。河内闘鶏に魂を奪われた仁吉のもとに、新しい軍鶏がやって来た。仁吉は「龍騎兵」と名づける。仁吉はすでに闘鶏で「平助」を亡くしている。それだけ一層仁吉は、闘鶏に勝ち抜くための力や技を身に付けさせるため、龍騎兵を訓練し、丹精して育てる。やがて勝負の時が来る。相手は強豪「鬼高安」。死闘の末、龍騎兵が勝利する。負けた軍鶏は戦士としての自持を失い、雌鶏とも交尾できず、自然淘汰されていく。生きていても、強い軍鶏の突かれ役に堕するだけだ。飼い主は、辛い選択にはなるが、愛情から、その軍鶏を軍鶏鍋にして食べてしまうのである。負ければ命はない、闘鶏の世界の厳しい掟である。作者は闘鶏だけでなく、人間同士の勝負、さらには人間世界の厳しさも描いた。作者は『闘鶏』の「あとがき」で、「この集に収めた「闘鶏」は二か年ばかりの年月を費した。角力の四十八手のごとく文献的資料があるならともかく、河内の闘鶏に使われる術語などは、まったくの口伝であり、伝承にすぎない。若し闘鶏みたいなものに血を沸かすような老人連がいなくなり、今の部落の青年等が成人した頃には、これ等の伝承は失われ、まったく世に知られなくなるだろう。僕でも書いておかなければと思い立って、岩田浅吉君や芋谷清君らの助けをかりて幾分か纏めることが出来た」と語っている。（中谷元宣）

東光院《とうこういん》　短編小説

〔**作者**〕上司小剣〔**初出**〕「文章世界」大正三年一月一日発行、九巻一号。〔**初収**〕『鱧の皮』〈現代文藝叢書第四十一編〉大正三年九月十五日発行、春陽堂。〔**小説の舞台と時代**〕旧東光院（西成郡豊崎村南浜）。明治末頃。

〔**内容**〕幼なじみの小池とお光は十一年ぶりに大阪の停車場で偶然再会する。そして二人は人目を避けるようにして、何もない片田舎までやってきた。小池は今年三十三になる。二人が別れたのは、お光が十三、小池が二十二の時であった。まだ小学生だった頃の可愛らしい姿は夢のようで、二十四のお光は髪油の匂い、香水の匂い、強い酒のような年増の匂いがたまらなく鼻を衝いた。小池は東京にいる妻子や今日訪ねる予定であった大阪の叔母を思い出し、横に寄り添っているお光の身体が執念深く付きまとう蛇のように思われた。しかし、「沈み勝の、物悲しさうな、人懐かしさうな、痛々しげな状をして男のすることには背くまい」としているお光の様子が、次第にいじらしく、いとしく見えてきて、カナリヤでも掌の上に乗せてきたような心持ちになっていく。二人は乗り物を使わずに田舎道を歩いて、東光院を参詣し終えた時は、辺りはもう夕闇に包まれていた。小池が傍らにあった「御支度所大和屋」に入ると、お光は黙って後からついてきた。二人はそこで食事をし、「ぐんにやり」としていた。小池が歩くのはもう嫌だから泊まろうかと欠伸交じりに早口でいうと、お光もわざとらしい欠伸をして同じように早口で賛成した。小池がにこにこして「十五年も前の古い馴染だから、ツイ引ツ張られて、君と一所にこんなとこへ来たんだね。…初めて会つたんだと、僕は君なんぞに見向きもしないんだけど。」と不躾けに言い放つと、「私かてさうや。…幼馴染やなかつたら、あんたみたいな男、始めて見たて、眼に止まれへん。」と可愛らしく薄化粧を終わったお光はこう言った。

　中年の男女がお互いに意識しつつも、今更少年少女のような恋愛ごっこも出来ず、帰る時間をわざと遅らせて口実を作り、宿を取るまでが描かれている。上司小剣の京《かみ》阪《がた》情緒ものの秀作の一つである。

　主人公の小池は、のちに宇野浩二が「解説」（『鱧の皮他五編』〈岩波文庫〉昭和27年11月5日発行、岩波書店）で「小剣その人を思はせる人物」と指摘している。また、お光も「小説巡礼」（「早稲田文学」大正7年2月1日発行）の記述から実在の人物をモデルにしていることがわかる。

（荒井真理亜）

堂島《どうじま》雨月の宿《うげつのやど》　短編小説

〔**作者**〕上井榊〔**初収**〕『浪花のロマン』昭和四十二年十二月二十五日発行、全国書房。〔**小説の舞台と時代**〕曾根崎新地。堂島。明和年間（一七六四～七二）。

〔**内容**〕若い東作は曾根崎新地で夜毎、放蕩を繰り返していた。持って生まれたような放蕩無頼は有名で、嶋屋の道楽息子には悪い血が流れていると噂されていた。曾根崎新地の花屋で東作は谷口蕪村と遊んでいた。蕪村に「わたしに果たせないものはお前によってなし遂げられるのを信じているよ。」と言われた東作は放蕩とは哀れなものであると噛み締める。自分を愛し、心から理解してくれた義父茂助の死を契機に、東作の創作意欲は燃えたぎった。都賀庭鐘に眼を開かれ、東作は『諸道聴耳世間猿』を書き上げた。明和三年（一七六六）のことであった。その後、次々と八文字屋本を書いた東作だが、そのころから東作は長い時間をかけて想を練るようになった。明和五年、読本文学の不朽の名作『雨月物語』

九巻は書き続けられていた。明和八年、嶋屋の附近から出た火は、嶋屋に燃え移った。東作は、『雨月物語』の初稿を抱えたまま燃え落ちる嶋屋の大屋根を見つめていた。それから、東作の流転の人生が始まる。きびしい人生に打ちひしがれて盲《めしい》に近く陋巷にうらぶれて東作の生涯は七十六年で幕を閉じる。彼は、後世のおのれの評価をもちろん知ることはなかった。東作、その人の名は上田秋成である。（巻下健太郎）

堂島・梶木・夢の城《どうじま・かじき・ゆめのしろ》

短編小説

〔作者〕龍文雄〔初出〕未詳。〔初収〕『おんな医者奔る』平成三年十二月一日発行、かもがわ出版。〔小説の舞台と時代〕堂島、淡路切町、梶木町、仙台、江戸。江戸中期から後期。

〔内容〕大阪蘭学の先駆者たちに多少でも助力しようとした人たちを大阪商人精神に合わせて描いた作品。

山片平右衛門重芳は長崎から運ばれてくる珍奇な南蛮紅毛西欧文物の数々を購入する升屋という両替商である。その品目はおおむね、天文・暦数・医療・人体解剖医学図・ヨーロッパ全土からシルクロードへ至る地勢を刷り込まれた骨董性の濃い古地図や大型の地球儀などであった。平右衛門の支配番頭に長谷川七郎左衛門がいた。彼は平右衛門が通っている半民半官塾懐徳堂の先輩でもあった。升屋は堂島にあった。升屋には様々な人たちが出入りする。特に蘭学を志す学者がおおかった。淡路切町に住む町医者上田秋成もその一人であった。かつて版元八文字屋から上梓した『雨月物語』の作者として、伊勢松坂在の本居宣長の論敵としてよく知られていた。上田は実父の顔も名も知らず、母親は曾根崎新地の遊女勤めの私生児である。七郎左衛門が升屋を任されたのは安永元年（一七七二）であったが、それ以来ほぼ十二年間これといった実績をあげることとなしにやってきた。商人としてはあまりよくない状態続きであった。最悪の場合破産する可能性すらあった。しかも外様の雄藩仙台の財政は火の車だった。それゆえ彼の胸の中には升屋を軌道に乗せようとする意志がいつも燃えていた。彼は散歩のとき偶然、利益になりそうな光景を目撃する。陸揚げされていく米俵が検査のため刺し米されるたび、竹サシをつなぎに桟俵をゆききする米粒が地上へ零れ落ちていたのである。直ちに、仙台藩から出荷される米が江戸表で検査を受けるときに、この刺し米のお零れを升屋のものにすることができると思い付く。彼は自ら江戸表升屋の出店に向かう。七郎左衛門の留守が数カ月経ったある日、大店商家が密集している町に大規模な火事が発する。堂島升屋はすべて焼かれる。その時、取引関係の書類証文などをも全部灰燼に帰してしまう。一方、七郎左衛門は算用にくらい仙台藩勘定方、武士たちの盲点を衝き莫大な利益をあげる。目的を達成し江戸表を旅立ち無事に帰ってくる。貸借証文の束が火災でなくなったことを取引先の相手に知られひどい目にあうが、七郎左衛門は卓越な記憶力と話術で、誤魔化そうとする相手を制圧する。そして船場梶木町の旧家を購入し改築を加え升屋の新しい時代を迎える。梶木升屋には西欧文明の陳列を借りに来る蘭学者が堂島時代よりはるかに多くなる。蘭方医藤井顕蔵、産科医大矢尚斎、整骨を極めようとしていた各務文献、本道専門の中川元吾、謙虚で勉学に励む伏屋素狄、大阪蘭学事始めを提唱する蘭学校糸漢堂の総師橋本宗吉などなど。七郎左衛門は升屋の仕事を平右衛門に委任し、「夢の代」という著作に没頭する。

時代は天明（一七八一～八九）を過ぎて寛政、享和（一八〇一～〇四）へと移り変わっていく。

（李　鍾旭）

当世鹿もどき《とうせいしかもどき》　エッセイ

〔作者〕谷崎潤一郎〔初出〕「週刊公論」昭和三十六年三月～七月号。〔初版〕『当世鹿もどき』昭和三十六年九月三十日発行、中央公論社。〔全集〕『谷崎潤一郎全集第十八巻』昭和五十七年十月二十五日発行、中央公論社。

〔内容〕「はにかみや」「朝湯」「袴の似合ふ落語家」「演説ぎらひ」「女優さんの手紙」「関西語」「『まし』と『ませ』」「濁音ばやり」「『はい』と『へい』」「たんじやく」「書生奉公の経験」「大貫晶川の歌」「質屋通ひ」「屁飯」「不作法談義」「病床にて」「気晴らしの方法」「顔のいろ〳〵」「芥川龍之介が結ぶの神」「たをり」「猫と犬」「臆病について」という章から成る。「鹿」とは落語家（はなしか）の「しか」の意。回想や雑談を落語家の口調を真似て書いたもの。「関西語」「『まし』と『ませ』」「『はい』と『へい』」で大阪言葉と東京言葉の相違を述べている。また「芥川龍之介が結ぶの神」では、大阪南の旅館「千福」での、翌年に自殺することになる芥川の様子と、後の夫人となる松子との出会いが語られる。

（中谷元宣）

当世てっちり事情《とうせいてっちりじじょう》　短編小説

〔作者〕田辺聖子〔初出〕「小説現代」昭和六十二年二月一日発行、第二十五巻二号。〔初収〕『春情蛸の足』昭和六十二年七月十日発行、講談社。〔作品集〕『田辺聖子珠玉短篇集⑤』平成五年七月三十日発行、角川書店。〔小説の舞台と時代〕道頓堀川、太左衛門橋、宗右衛門町、道頓堀、北新地、曾根崎新地。現代。

〔内容〕三年前に別れたしん子と鈴木は太左衛門橋で再会する。しん子はフリーのアナウンサーで、シンディという愛称で親しまれ、人気がある。鈴木はしん子を誘って、二人の好物のてっちりを食べに行く。女性はふぐを「しゃぶりつくしていとしむ」。やはり「てっちりは女と食べるもんじゃなあ」と思う。結婚当時、鈴木はR局のラジオ制作部のプロデューサーで、しん子とは職場結婚のようなものだった。鈴木もしん子も仕事が面白い時期でよく働いた。まもなくしん子は子宮外妊娠で仕事先で倒れてしまった。しん子が姫路の実家で静養中、鈴木は家事手伝いに来ていたしん子の遠縁のハイミスと間違いを犯してしまう。それが原因で鈴木としん子は離婚してしまった。てっちりをつつきながら、鈴木は昔を思い出す。鈴木は「さめてまうデ」と言ってしん子に雑炊を勧め、さめてしまわぬ内に何とかした方がいいのは、自分としん子かもしれないと考えた。

（荒井真理亜）

道祖問答《どうそもんどう》　短編小説

〔作者〕芥川龍之介〔初出〕「大阪朝日新聞」大正六年一月二十九日夕刊。〔初収〕『煙草と悪魔』大正六年十一月十日発行、新潮社。〔全集〕『芥川龍之介全集第二巻』平成十一年十二月八日発行、岩波書店。〔小説の舞台と時代〕天王寺、五条。平安末期。

〔内容〕天王寺の別当、道命阿闍梨は、ひとりそっと床を抜け出し、経机の前へにじりより、その上に乗っていた法華経を開く。そして、几帳の向こうで眠っている和泉式部が目を覚ますのを憚るように静かに誦しはじめた。

　道命は、大納言藤原道綱の子として生まれ、天台座主慈恵大僧正の弟子となった。しかし「天が下のいろごのみ」という生活

をも続けていたのである。一方で、不思議にもその生活の合間には、必ずひとり法華経を読誦した。現に、今日、式部を訪れたのも験者としてではなく、春宵のつれづれを慰める為である。にもかかわらず、こっそり床を抜け出して、やはり例の如く法華経を読誦していた。その最中、切り灯台の向こうに五条西の洞院のほとりに住むという翁（五条の道祖神）が現れた。翁は、「不浄の身での誦経であるため、身近く参ることができた。そこで聴聞の御礼を申しに罷り出た」と言う。それを聞き、気を悪くした道命は、あらゆる経文論釈に目を曝した上に成り立ったらしい自己弁護に終始した持論を展開した後、翁を叱りつけた。すると翁は、ふっと消えてしまった。時はもう鶏の鳴く頃になっていた。

尚、本作品は古典文学作品の中に類話が散見される。しかし、初出文末の記述により、主として、『宇治拾遺物語』の巻頭話「道命阿闍梨於和泉式部之許読経五条道祖神聴問事」を基にして成ったと言われている。

（田中　葵）

道頓堀川《どうとんぼりがわ》　長編小説

〔作者〕宮本輝〔初出〕「文藝展望」昭和五十三年四月一日発行。〔初版〕『道頓堀川』昭和五十六年五月二十五日発行、筑摩書房。〔全集〕『宮本輝全集第一巻』平成四年四月五日発行、新潮社。〔小説の舞台と時代〕大阪の道頓堀川沿い。敗戦から昭和四十四年頃。

〔内容〕道頓堀川沿いの喫茶店リバーを舞台に、大阪の南の歓楽街に生きる人々を描く。リバーのマスターは五十になる武内鉄男で、フィリピンで敗戦を迎え、昭和二十四、五年から三十年代前半にかけて、ビリヤードの世界で名を馳せた男である。邦彦は、両親と死別し、リバーで働きながら大学に通う。三本足の捨て犬にだけ心をくだくまち子姐さん、邦彦の父の愛人であった弘美、ヌードダンサーのさとみ、ゲイボーイのかおる、昔、邦彦の父に世話になったという宇崎金兵衛、その娘の由起子など、道頓堀川沿いに生きるさまざまな人物が邦彦の周りに現れる。邦彦と同じ歳の武内政夫は、父の血を引いたのか、玉突きに凝っている。本格的なプロの玉突き師として生きたいと思っている。それに対して、武内は、俺に勝ったら玉突き師として生きろ、負けたらもうやめてしまえと、政夫と玉突きの試合をやるのである。武内は、幸橋に立って夜の道頓堀をながめると、「人間にとっていったい何が大望で、何が小望かが判ってくるなァ」「とにかく、道頓堀が、何やしらんネオンサインのいっぱい灯っている無人島みたいに見えるんや」と、邦彦にいう。

（浦西和彦）

『道頓堀行進曲』《『どうとんぼりこうしんきょく』》**（？）**《（？）》

エッセイ

〔作者〕広津和郎〔初出〕「時事新報」昭和三年四月二十三～二十八日発行。

〔内容〕心斎橋筋に出て大阪での散歩友達であるNとカフェの梯子をした。東京より一層けばけばしく、しかも知的な趣の皆無なカフェが道頓堀に沢山あるのを見て、つい五、六年前まで道頓堀に漂っていた古い大阪の匂いを愛する自分は、ただもう出鱈目で末期的で、しかも徹底的なその変わり様に驚いた。ジャズの波に押され、大阪が保存してきた文楽ですら客の入りが悪い。商業的に成功すればそれで良しという事例をまざまざと見せられた自分は、人生と文藝との関係について考えた。極端な文藝の功利化という主張は時代の変わり目には必然的に出てくるし、必要でもあるのだが、その考えはそう長く続きはしないだろう。

低級なジャズにうんざりした自分は、良い音楽を求めてレコード店に入ったが、店員から勧められたレコードには「道頓堀行進曲」と書いてあった。

（大杉健太）

道頓堀初夜《どうとんぼりしょや》　長編小説

〔作者〕長谷川幸延〔初版〕『道頓堀初夜』昭和四十六年六月十五日発行、東京文藝社。〔小説の舞台と時代〕久宝寺、大阪城、河内、道頓堀。慶長二十年（一六一五）二月から元和元年（一六一五）十一月十七日まで。〔内容〕今日では、堀の名というよりも歓楽街の名で知られ、大阪の象徴にさえなっている道頓堀の開拓者安井道頓、道卜の兄弟を中心とした歴史小説。『大阪人物事典』（平成12年11月20日、清文堂出版）によると、「道頓堀を開削し、市中繁華の礫を開き、今も地名に名を残している安井道頓は、架空の人物である」というから、大部分は長谷川幸延の創作であろう。

『道頓堀初夜』の「あとがき」によると、原題の「雲と水と」は、尾崎士郎の勧めによるらしい。しかし、新聞小説を単行本として出版する際に、当初長谷川幸延が考えていた「道頓堀黎明」という題に近付け、「いささかいろどりをそえるため、小説の中の淡雪の局（お雪）にささげて『初夜』の字を選んだ」という。

久宝寺の地方豪族であった安井一族は、市右衛門と九兵衛の父与左衛門の時、豊臣秀吉の大阪築城に召し出されて、内濠構築の役に命じられた。その功によって改めて士分に取り立てられ、久宝寺の地を預けられた。その時の恩顧に報いるため、安井一族は東横堀、西横堀を連結する南堀の開拓を使命とする。一切の工費を一族でまかない、総力をあげて堀割工事に取り組む。しかし、秀吉が死に、秀頼の代になって、今日「大阪冬の陣」と呼ばれる戦のため、工事は停頓した。それを一カ月前にようやく再開した矢先、安井一族は、大阪城の埋められた濠に代わる内濠をさらに拡げるため、堀割工事をひとまず中断して入城せよ、と命じられる。兄の市右衛門は、今や一族の悲願でもある南堀の事業を成し遂げるため、全てを弟の九兵衛に託し、自分は頭を丸めて「道頓」と名乗り、一族の堀割工事の続行と引替えに、権六をただ一人供に連れ、入城することを決意した。慶長二十年四月一日、その日徳川家康は東海道を上って名古屋城まで進撃していた。二代目将軍秀忠も、江戸発向の支度を整え、いつでも東北、関東二十万の大軍を動かす準備を整えていた。後年「大阪夏の陣」と呼ばれる戦は、すでに火蓋が切られていたといえよう。同じ日、安井道頓が大阪城に入城した。道頓は宰領として、足軽組、鉄砲組、浪人組をまとめ、昼夜休む暇もなく、工事の指揮にあたる。特に浪人組は、武士のプライドから「河内の土濠」にすぎない道頓の下で働くことへの反撥が強かったが、やはり浪人の一人であった小西嘉東太の助言を受けて、道頓は城内で禁じられていた酒をふるまい、浪人組を味方につけることができた。

そんな中、道頓は城内で思いがけない人に出会う。淡雪の局である。淡雪の局は久宝寺の出身で、かつてお雪と呼ばれ、一族の長であった市右衛門、つまり道頓が嫁にもらうはずの女であった。しかし、秀頼の室千姫の小間使いとしてお雪の奉公が決まり、お雪は一生を城中に止めおかれる身となった。そのお雪に道頓は偶然再会することができたのだが、その時が二人が生きて顔を会わせた最後となった。一方、弟の九兵衛も兄より引き継いだ南堀の堀割工事に一族を総動員して、その指揮にあたっていた。恋人である女役者の八島小主水に会う暇もなく、そのために二人の間に感情の行

き違いが生じる。小主水の一座は戦の影響で肝心の興行ができず、次第に追い詰められていくが、九兵衛は南堀のため、どうすることもできなかった。慶長二十年五月六日、「大阪夏の陣」といわれるこの戦は、すでに戦わずして勝敗の色ははっきりしていた。先の「大阪冬の陣」で自ら真田丸に自信満々の赤備《あかぞなえ》をして敵を引き付け、散散に撃ち悩まし、家康を恐怖させた真田幸村も、五月七日に戦死した。大阪城にも戦火がそこまで迫っていた。暇乞いを勧められた道頓は、「いえ、私の任めはまだ終っては居りません。私は、私の宰領して掘増した濠に、成程、水も引入れました。が、この一間はばの掘増しが、果してどれだけお城のために役立つか、それを見届けねば去れません」と静かに笑った。道頓は、この時すでに大阪城と運命を共にする覚悟をしていたのであろう。攻め入る敵軍に紛れて、弟の九兵衛が助けに来たが、「わしが、身をもって濠となる決心だったことは、すでにいった。濠の命は、城とともに亡びるのが当然だ……」と切腹する。最期に「必ず南堀に水が通うのを、地獄から見る」と言い残し、道頓は息絶えた。戦は関東方の勝利で終わり、ただ一面の焼け野原である大阪の町は、雨と、泥濘と、疲労の上に広がる、飢餓のドン底で喘いでいた。九兵衛は道頓の亡骸とともに久宝寺に戻ってきた。今や、南堀は道頓の遺志ともなり、すぐにも堀割を再開したいところではあるが、道頓が大阪城の内濠工事の宰領として指揮にあたったことや、南堀が秀吉の命による事業であることが障害となって、新しい城主松平忠明の許可が下りない。その上、安井一族に不利になるような出来事が続き、そのため忠明の反感を買い、工事の一時停止どころか、今まで掘り進んできた南堀を全て埋めることを余儀なくされる。九兵衛も最早これまでと、「わが生んだ子をわが手で殺すのだ」と自らに言い聞かせ、南堀の埋め立てを買って出た。不運な仕事が怨めしかったが、安井一族は総力をあげて埋め立てに尽力した。しかし、お上より与えられた一カ月という限りある日数は、あまりにも短すぎた。出頭を命じられた九兵衛は、死を決して入城した。ところが、そこで九兵衛の予想もしなかったことが起こる。忠明は直々に九兵衛に面会し、「其方たちが、故太閤の志をついで掘ろうとした南堀は、これで全く潰え去るのだ」と述べ、「これから掘るのは、忠明の命じる新しい堀だ」として、今埋めている南堀を新しい堀として掘ることを命じた。こうして、元和元年十一月十七日、新しい南堀が東横堀と西横堀をつないだ。九兵衛はその前夜頭髪を剃り、名を「道卜」と改めた。新しい堀に兄の名を取って「道頓堀」と名付けたいと申し出たが、忠明は「道卜堀」と命名した。しかし、その堀はいつしか「道頓堀」と呼ばれるようになり、忠明も見て見ぬふりをして、うるさく取り締まらなかった。これが道頓堀の由来である。

　長谷川幸延はこの作品を「私が若い日（そう昔でもない）の何年かを、生活の場にした劇場をふりかえって、その黎明であり、初夜であり、初日であった日に、かぎりない思いをこめて書いたつもりである」という。

（荒井真理亜）

道頓堀の雨に別れて以来なり《どうとんぼりのあめにわかれていらいなり》—川柳作家・岸本水府とその時代《せんりゅうさっか・きしもとすいふとそのじだい》

長編小説

〔作者〕田辺聖子〔初出〕「中央公論」平成四年一月～九年九月号。〔初版〕『道頓堀の雨に別れて以来なり上・下』平成十年三月七日発行、中央公論社。〔全集〕『田辺聖子全集第十九・二十巻』平成八年三月十日・

四月十日発行、集英社。〔小説の舞台と時代〕大阪（道頓堀、梅田、戎橋、宗右衛門町、上本町六町目、道修町、法善寺横町、天王寺、中之島）、兵庫県、三重県、奈良県、東京ほか。明治から昭和。

〔内容〕岸本水府は、三重県鳥羽町の生まれで大阪に住んだのは小学生からであったが、終生、大阪を愛した人であった。水府の生きた軌跡は大阪の歴史でもある。父の転勤をきっかけに大阪に住むことになった水府は、十七歳の時、関西川柳創立句会に出かけていく。「毎日柳壇」に以前から投句していた水府は、その第二句会で、「毎日柳壇」の選者、西田当百や、読売新聞の川柳壇から発展した「滑稽文学」や「ハガキ文学」の常連投稿者である浅井五葉と出会う。またそこには、「滑稽文学」の選者として有名だった人々が並んでいた。そのうち、水府は「滑稽文学」に自分の句が載ったことを機に、川柳でえらくなりたいと熱心に勉強し始めた。さらに、五葉、青明、半文銭らと集まり、東京の雑誌の「矢車」に投稿したりしていた。明治が終わり、水府は、当百、半文銭、五葉、蚊象たちと、大阪の川柳結社「番傘」を創る。「番傘」という名前は、大阪的、庶民的、であることを川柳の心意気として名づけられたものであった。当百は、東京と大阪の川柳の違いとして、東京は何がなんでも新しく新しくと焦り、大阪は停滞とも見えるくらい平静であると語っている。当百は、自分の年齢の半分くらいの青年たちと共に、「大阪において大いに大阪を詠はんとする」川柳に賭けていた。そのうち「番傘」を担う水府は、平成まで続く「川柳二七会」や「川柳瓦版」などの柳誌を創設することになる。水府は、戦争、恋、友情、盟友の死、その生涯を川柳を通して語っている。「大阪はよいところなり橋の雨」、「桐柾でみな若かった法善寺」などである。

　大阪を舞台とし、川柳作家の岸本水府の生涯と川柳を織り交ぜ、その魅力を描いた伝記である。またそこには、川柳に生涯を賭けた、明治、大正、昭和の人々の人生が絡み合っている。川柳作家のみでなく、宇野浩二や織田作之助など、大阪出身の小説家も数多く登場する。

　読売文学賞、泉鏡花賞、井原西鶴賞などを受賞した田辺聖子の代表作の一つである。

（田中　葵）

道頓堀の女《どうとんぼりのおんな》　短編小説

〔作者〕藤沢桓夫〔初出〕未詳。〔初版〕『道頓堀の女』昭和十二年四月二十日発行、信正社。〔小説の舞台と時代〕道頓堀。昭和初期。

〔内容〕椿洋子の通り名でカフェーに勤める庫子は、店で偶然かつての恋人鶴雄と再会する。庫子を捨て九州へ養子に行った鶴雄は今では会社の社長である。一方で庫子は、自暴自棄の生活の末、無感動で何事にも情熱を持てない冷たい女になっていた。未練が残る素振りを見せる鶴雄に対し、庫子はわざと素っ気無い態度を取り続ける。鶴雄は気落ちして帰って行く。だが、忙しく立ち働いていた庫子は再び店にやって来た鶴雄に指名される。その様子を目ざとく見ていた支配人の波山は鶴雄に復讐するように持ちかける。初め計画を一笑に伏していた庫子だが、波山と関係が有り、一番折り合いの悪いクララという女に嫌味を言われ、あてつけの意味も込めて計画を実行しようと決心する。予定通りホテルへ鶴雄を誘い出したのだが、十二月の冷気で冷静になった庫子の考えは変わっていた。庫子は波山の計画を半ば暴露する形で鶴雄に話し、この場に男が踏み込んで来ても責任が取れるかと問う。それを聞いた鶴雄は帽子と外

套を摑み部屋を飛び出して行った。その様子を見ていた庫子の表情はどこか寂しく、そして冷ややかな微笑に変わっていた。計画が失敗して自分一人が残されたホテルに波山が来ることに恐ろしさを覚えた庫子はクララに電話をし、ホテルの部屋番号を教える。そして、明日からどう生きようかと考えながら難波新川の方へと歩いていった。

（巻下健太郎）

道頓堀の兄弟《どうとんぼりのきょうだい》　短編小説

〔作者〕長谷川幸延〔初出〕未詳。〔初収〕『渡御の記』昭和十七年九月十日発行、東光堂。〔小説の舞台と時代〕道頓堀、島之内。元和元年（一六一五）五月一日、慶応四年（一八六八）四月から五月一日まで。

〔内容〕堺屋文吉と信濃屋善次郎の二人は、道頓堀でも名の通った興行師であった。文吉と善次郎は、四つ違いの兄弟で、道頓堀の芝居茶屋「堺屋」に生まれた。その生家は文吉が十八歳の時に没落した。芝居の世界の空気を吸って成長した兄弟は、やはり芝居の道で家を再建しようと決心する。独立するために、下足番とともに最も下等な仕事とされる、芝居の中売りを七年間もして、苦労した。兄弟の昔を知る人は、その零落ぶりに涙したが、家を興そうという希望に燃える二人は、そんなことはお構いなしで、せっせと金を貯め続けた。

やがて、兄弟は芝居茶屋「堺屋」の再興では満足出来ず、大阪一の興行師となることを念願とするようになった。大阪一という以上は、一人であって、二人ではない。兄弟はその時から宿命の敵となり、二人のしのぎを削る競争が始まった。興行師としては、才気煥発な善次郎の方が、一足先に「中の芝居」で名乗りをあげた。文吉は黙ってそれを見送った。善次郎の興行は何しろ初めてなので、費用は予算より超過してしまった。善次郎は辛い気持ちで座主のところへ劇場の借賃の猶予を乞いに行ったが、既に兄の文吉が善次郎に黙って立て替えた後だった。弟の一生の門出に資金繰りに困るようではこれから先の沽券に関わるからと兄は考え、弟は「折角の出発に、誰からも恩を売られたくなかつた」と思う。兄弟の溝は、ますます深まるばかりだった。それから十年後の慶応四年の五月興行で、機を見るに敏感な善次郎が、「中の芝居」に江戸の人気俳優市川八百蔵（のちの四代目関三十郎）の初上がりを迎えた。初日を明日に控えて、「中の芝居」の表には、市川八百蔵の櫓旗や賑い幟が翻り、お土産狂言の「鼠小僧」の看板の前には、道頓堀の通り一杯に人集りが出来ていた。それに引替え、文吉の手掛ける「角の芝居」は、負けず劣らず派手な表飾りをしていながら、閑散としていた。演目も「中の芝居」は大阪で珍しい「鼠小僧」であるのに対して「角の芝居」は、普通の興行師なら実川延若（先代）の十八番を持って来るところを、新作ものの「天誅組、吉村寅太郎」を選んだ。善次郎曰く、これは文吉の悪い癖であり、そのために「角の芝居」は今までにも「桜田事件」や「寺子屋騒動」などの新作ものを出しては、損を積み重ねていった。幕が開かぬ内から、既に勝負がついているかに見えた。しかし、五月一日の初日、善次郎の予想していなかった事態が起こった。此方は閑古鳥が巣を変えたかと思うばかりの状態なのに、「角の芝居」の木戸前は、押すな押すなの騒ぎなのである。これは文吉の策によるものであった。文吉の手配した者たちが「中の芝居」へ来る客を途中で食い止め、「角の芝居」の半値の引き札をばらまいていたのである。怒り狂った善次郎は、島之内の文吉の家へ押しかけた。善次郎を病床で迎えた文吉は、座っているの

もやっとの、窶《やつ》れ果てた姿であった。文吉は「この御時勢に、人の涙をたゞ恋や人情にながさせてゐてはならんのや」と訴え、「桜田の烈士、寺子屋の志士、天誅組の人人が、なぜ身を殺してまで事をあげねばならなんだか、わしも、河内屋も、芝居の間にそれをお客に識ってもらはうとしてゐるのや」と明かす。そして、善次郎に、兄の遺志を継いで道頓堀を開いた道卜のように、損を覚悟、で兄の志を継いで欲しいと頼む。文吉の心の内を知って、善次郎は次の興行に「道頓堀由来」と「高山彦九郎」の二本立てを選び、市川八百蔵と実川延若の別看板で蓋を開けた。そして、割れるような大入りを記録した。文吉は安心したせいか病が進み、ついにその舞台を観ることがないまま、興行中に死んだ。信濃屋善次郎は、兄の名を襲って二代目堺屋文吉と改まり、のちに堺文翁という大興行師となった。

（荒井真理亜）

道頓堀罷り通る《どうとんぼりまかりとおる》　評論

〔作者〕坂口安吾〔初出〕「文藝春秋」昭和二十六年四月一日発行。〔初収〕『坂口安吾選集第二巻』昭和三十一年八月発行、東京創元社。〔全集〕『坂口安吾全集11』平成十年十二月二十日発行、筑摩書房。

〔内容〕この作品は「文藝春秋」（昭和26年3月～12月号）に十回にわたって発表された連載批評「安吾の新日本地理」のうち第二回目にあたるものである。

檀一雄君の「石川五右衛門」が連載されてから「新大阪」新聞が送られてくる。いきなりグサッとする見出しのついた記事を読むとオモロイ。一月にはどこかのダンスホールがダンサーに奮励努力せよとし、売り上げナンバーワンからテンまでに本物の勲章を授与した。ところがその二日目にはこのダンスホールの経営者が国家の栄誉の象徴を冒瀆した疑いで軽犯罪法の大目玉を食ったという記事が載っている。

大阪はオモロイ。「私」は大阪である新聞記者に例のダンスホールがどこにあるかと聞いてみた。あれは新大阪の特ダネやとグサッと答えられた。各社の社会部記者は部長に「こんなオモロイ記事知らんちう新聞記者あるか！　アホタレ！」と怒鳴りつけられたらしい。東京の方からの一読者としてはまったく想像もつかないものである。

大阪はエゲツなく、エズクロしい。ストリップ・ショウが軍艦マーチで始まるのも多少その辺の作用があるだろう。大阪では電車の起・終点駅をターミナルと言う。このターミナルはどこもかしこも汚らしいが、表通りだけは規則ずくめによって人たちを一列縦隊かなんかで歩かせるためらしく金網のバリケードがはってある。これは人間に対する失礼である。さらに表通りの人たちの表情には互いに良識を信頼するという雰囲気が感じられない。そして千日前も規則ずくめの兵隊を扱うような表通りとなっている。裏通りはそれとは雲泥の差がある。これはまたひどい。

とは言え、とにかく大阪はオモロイ。「私」が競輪場へ足を運んだのは日曜日であった。やはり東京では味わうことのできない風景があった。数万人で混雑、満員の状況のなか車券を買いに往来する人はその五分の一しかいなかった。あとは全部遊びに来たのである。そして東京の競輪雑誌は誤植だらけであることに比べると大阪のそれは全然比較になり得ないものである。ここが大阪のよいところである。

新世界のジャンジャン横丁を歩いて驚いた。ホルモン焼きの天国であったのだ。「私」はあまり好きじゃないけれど、とりあえず安くておいしい本場の味であるのは言うまでもない。ジャンジャン横丁の労働者

はたった二十五円で一度の食事を済ませる。

御堂筋には大阪人が三ツデラサンという三ツ寺がある。鉄筋コンクリートで作られ、戦争が終わってみるとこれだけは残っていたそうである。これで大阪の凡夫の気質がわかる。大阪の凡夫は頭をしぼってせっせと働く。このお寺がその証拠たるものである。

大阪は食道楽だというが高いフグ料理とか高級バーで飲んだジンヒーズを含めて総評するとそうでもない。これらには大阪人特有の実質派の感じがしない。味覚的な実質、審美的な実質までとどかず、あくまでも安値で満腹すればよいという実質派の傾向がある。むしろ大阪ではあまりぜいたくではない人たちが美味しいものを味わっているような気がする。（李　鍾旭）

動物集《どうぶつしゅう》　短編小説

〔**作者**〕織田作之助〔**初出**〕「大阪文学」昭和十六年十二月創刊号。〔**初収**〕『漂流』昭和十七年十月一日発行、輝文館。〔**全集**〕『定本織田作之助全集第二巻』昭和五十一年四月二十五日発行、文泉堂書店。〔**小説の舞台と時代**〕「土佐犬」肥後国上益城郡矢部ノ在田所村、堺町、大阪道頓堀、広島県三原町、京都の撮影所、心斎橋の呉服屋。「馬地獄」大江橋、渡辺橋、田蓑橋、船玉江橋、川口界隈、針中野、阿倍野、西宮。昭和十年代。

〔**内容**〕「十姉妹」「土佐犬」「鴉金」「馬地獄」「梟」「狸」「猫の蚤」の七つの小品から成る。発表当時、正宗白鳥に「織田作之助といふ未知の作家の『動物集』が私には面白かつた。いろ〳〵な鳥獣を題目に採って、人間を描いた小品である。目のつけ所が面白い。少し舌足らずの書き振りだが、そこに愛嬌があると言ってもいい。そして、これは都会の文学であり、ことに大阪の産物らしいと思はれた」（「年末所感」「文藝」昭和17年1月1日）と推賞された。

「十姉妹」は、下駄のちびるのを惜しんで小石の多い道は避けて歩く始末第一の男が、迷い込んできた十姉妹を金に換算し、無我夢中で上を向いて後を追った結果、小石に蹴躓き、足が不自由になってしまうという話。「土佐犬」は、「私」の知っている頗る貧乏な三尺二寸の侏儒が、「一寸法師」の映画出演の後、転々と仕事を変えていき、最近では土佐犬好きの金持ちに雇われ犬の散歩役に就いたと思しき様を見た話。「鴉金」は、年中貧乏で、出前用の岡持ちに質草を入れ外聞を隠して質屋を駆けずり回っていた寿司屋が、出前の多い店と勘違いされ店が繁盛するようになり、岡持ちには本当の出前がいつも入るようになったという話。「馬地獄」は、橋の欄干で重い荷を積んだ馬が悲鳴を上げ空を嚙みながら苦労して登る様を見るのが日課となっている男が、ある日五十銭を騙し取られるが、騙されたことがわかっても馬のいななきを聞いた途端、騙した男のことを忘れ、馬の苦痛の表情を見ていたという話。「梟」は、子供を二人持つ女房と合わせて収入八十円の貧乏な男が、つけで新刊を買い、夜も寝ずに読み明かし、それを古本屋に売り払い、現金化することで生計を立てているという話。

「狸」は、少なく見積もっても十万円の資産はあると言われた老人と結婚した二十九歳の女が、籍も入れてもらえないまま、老人の甥の遺児まで面倒を見させられたが、老人が死んで見ると一文の財産も無く、あると見せかけての借金暮らしだったことがわかるという話。「猫の蚤」は、吝嗇《りんしょく》な男太一が暮らしに困って、古い小説のきれはしに見た猫の蚤取屋をやってみるが、一銭にもならず、すごすご帰るという話。

青山光二は「著者は、大阪を素材にして著者自身の商売往来の世界を構築している

のであって、実際的で実用的な大阪そのものの性格を映しているのではない」(「作品解題」『定本織田作之助全集第二巻』)と指摘している。

(高橋博美)

動物の葬礼《どうぶつのそうれい》　短編小説

〔作者〕富岡多恵子**〔初出〕**「文学界」昭和五十年五月号。**〔初版〕**『動物の葬礼』昭和五十一年二月十五日発行、文藝春秋。**〔全集〕**『富岡多恵子集2』平成十年十月二十日発行、筑摩書房。**〔小説の舞台と時代〕**大阪。現代。

〔内容〕林田ヨネは五十五、六歳の指圧師である。彼女は週に一度、大阪北部の郊外に住む銀行の支店長の家へ出向く。その隣りには、小さな工場の社長の家もある。社長は妾と暮らしているので、奥さんは怒りのカタマリである。この奥さんのつながりで、ヨネの患者はさらに増える。ヨネはお得意さんの家を訪ねると、いろいろな人たちの噂話をする。しかし、彼女は、二十歳になる自分自身の娘、サヨ子のことは人に話そうとはしない。サヨ子は、ヨネの住む長屋から出て行って、どこに住んでいるのかわからない。時たまぶらりと帰ってくるのは、何かモノをもらうためか、金をせびるためである。彼女は、人々からキリンと呼ばれている、背の高いやせた男と暮らしていた。ある日、サヨ子は胃がんで死んだというキリンの遺体を長屋に運び込んでくる。翌日、死体の番を頼まれたヨネは、一日をおろおろと落ち着かない気持ちで過ごす。一方、サヨ子は、キリンを捨てた母親やキリンが貸しのある人物のところへ行き、通夜に出す弁当や酒類(誰も通夜に呼んでいないのだが)、葬式代をゆすり取る。あくる日の葬式は簡単にすんだ。その後、サヨ子は長屋に戻ってくる。長屋に戻ってきたその日、支店長からのもらい物を取り合って、ヨネとサヨ子は口汚く互いをののしりあいながら、取っ組み合いをする。

(国富智子)

桃李記《とうりき》　短編小説

〔作者〕井上靖**〔初出〕**文藝季刊誌「すばる」昭和四十五年六月発行、創刊号。**〔初版〕**『桃李記』昭和四十九年九月三十日発行、新潮社。**〔全集〕**『井上靖全集第七巻』平成七年十一月発行、新潮社。**〔小説の舞台と時代〕**大阪、千里丘、東京、東名高速道路、沼津、韮山、下田街道、市山、湯ケ島、伊豆。万国博覧会の年(昭和四十五年)の三月十三日から三月下旬。

〔内容〕「私」は学生時代を京都で送り、大学をおえて社会人になってからは四十代の初めまで大阪の新聞社に勤め、住居を京都と大阪の間の茨木に持っていたので、季節の推移に対する認識や感覚には多分に関西人的なところがある。冬から春への移り変わりでも、三月十三日の奈良のお水取りが済まないうちは、冬の寒さが遠のこうとは思わないし、三月終わりから四月初めにかけての所謂比良八荒の最後の寒さが通り過ぎて行かないと、本格的な春の到来を信ずることは出来ない。この時期に梅、杏、李、桃といった木はひどく正確な感じで花をつける。万国博覧会の開会式の模様を記事にするため、三月十三日のお水取りの日に大阪へ出掛けた。ひどく寒い時にぶつかってしまった。大阪に三泊して、東京に帰ると、こちらもまたしばらく寒さが続いたが、やがて寒さは薄らいで、家の杏と李と桃が時を同じくして花をつけた。中国流に言えば、桃李の頃である。桃李という言葉は、中国の詩書や史書では、豊かさとかめでたさとかに関して使われている。清純という意味もある。日本でも桃李共に開いているところは、桜花の埃っぽい騒がしさとは異なっ

て、本当の意味での花やかさと言えよう。清純であり、豊かであり、めでたくもある。あと三、四日で四月に入るといういう頃、郷里の伊豆へ行く用事が出来た。急ぐこともなかったが、どうせ帰省するなら、桃や李が郷里の山野に咲いているのを見ようと思い、すぐ出掛けることにした。しかし、道中桃と李の花を一緒に目にすることはなかった。妻の提案で寄り道し、祖父母の墓参りをすることになる。「私」は祖父母二人がそれぞれに持った奇妙な人生行路を思い、感慨に耽る。墓地に着くと、そこには桃と李が共に花をつけていた。念願がかなった「私」は桃李を前に笑い興じる家族を眺めながら、祖父母の血が自分の妻子に受け継がれていることを感じた。（荒井真理亜）

投了図《とうりょうず》　短編小説

〔**作者**〕藤沢桓夫〔**初出**〕「小説新潮」昭和四十九年一月号。〔**初収**〕『棋士銘々伝』昭和五十年六月二十四日発行、講談社。〔**小説の舞台と時代**〕吹田、住吉区帝塚山。昭和四十八年夏。

〔**内容**〕若き日は天才棋士の名を欲しいままにしていた大野源一も六十一歳になった。棋界では世代交代が進み、二十代の中原誠を中心に三十代の棋士が主流を占めていた。それだけに、大野が内藤国雄を破り、中原への挑戦権を獲得したことは、大きな話題となった。根っからの将棋好きであった大野は棋士になって以来、対局の前に気持ちが沈むことは無かった。しかし、中原との大将棋を控えた大野の心は冴えない。対局の当日は雨であった。重大対局に相応しく、二人は羽織袴姿で向きあった。先輩を前にしてもタイトル保持者であるが故に、物怖じすること無く上座に坐った中原には、若い世代の代表者としての気性の素直さが現れていた。攻めの将棋が身上の大野に対し、中原は先制攻撃をかけ守勢に廻らせる作戦に出た。気勢を削がれた大野の振り飛車はかつて無いほどの無様な結果に終わった。大野は僅か七十七手で投了した。そして、自分と中原にだけ聞こえるような声で「まずい将棋を指したもんだ」と言った。大野の完敗であった。

なお、対局の流れは、作中に付された棋譜によって知ることが出来る。（巻下健太郎）

遠い《とおい》**夏**《なつ》　連作短編集

〔**作者**〕河野多恵子〔**初版**〕『遠い夏』昭和五十二年十二月五日発行、構想社。〔**全集**〕『河野多恵子全集第一巻』平成六年十一月二十五日発行、新潮社。〔**小説の舞台と時代**〕大阪。日中事変の前年から敗戦の暮れまで。

〔**内容**〕女の子の戦争体験を素材にした四つの短編「みち潮」「時来たる」「塀の中」「遠い夏」で構成されている。「みち潮」は、まだ小学生だった「少女」が主人公である。「少女」は、花火を禁じられた。日中戦争が始まっていたのだ。受け持ちの先生が、軍服装で出征していくのを駅まで見送った。セーラー服は粗悪な代用品のスフで、襞が崩れる制服を着なければならなかった。「時来たる」の主人公は女学生の信子である。信子は三年生だが、短縮授業期間、軍需衣料の作業をさせられる。五年生になると軍需工場に送りこまれることになっていた。「塀の中」の主人公は正子で、被服工場に動員され、自宅が焼失しても、家に帰してもらえない。増産に励むよう軍人に叱咤された。寮生活のなかへ、五歳の迷子の男の子が飛びこんできた。視察官がやってきた日、空き樽にかくされた男の子は、誰かが注ぎ満たした水に溺れて死ぬ。「遠い夏」は、挺看隊にいた二十歳の景子が主人公で、敗戦の廃墟のなかで、死なずにすん

だことに歓びを覚える。だが、妹が戦火で片腕を失ったように、景子の失った夢は取り返しようがなく、体験の傷口は痛みつづけた。戦争のなかで青春を奪われた少女たちが描かれる。（浦西和彦）

遠い日《とおいひ》　短編小説

〔**作者**〕藤沢桓夫〔**初出**〕「新文学」昭和二十一年一月号。〔**初収**〕『初恋』昭和二十二年七月二十日発行、弘文社。〔**小説の舞台と時代**〕岸和田。明治四十二年から大正五年まで。

〔**内容**〕小説家庸介の回想という形で作者の幼年時代を描いた自伝小説。父が漢文の教師として岸和田に赴任したのは「私」が五歳のときであった。最初に住んだ川沿いの家で起こったある出来事を、「私」は今でもはっきり覚えている。ある夜、「私」は机の上に置かれていた洋灯を倒してしまう。石油が流れ、火がそれに燃え移り机の上で燃え拡がろうとしていた。その炎の色の美しさは、激しい恐れの中で、幼かった「私」の心に焼きついた。あまりに大きな過失を犯したと感じた「私」は泣くことすら忘れていた。それを笑いながら「もう済んだ、もう済んだ」と言った父の優しさは四十年を経た今でも「私」を感動させる。しかし、母に叱られなかった日は無かった。若かった母は一種のヒステリー状態にあり、「私」を叱ることで鬱憤を晴らしていたのである。幼い「私」は叱られることで親孝行をしていたことになる。女中に手を引かれて盆踊りに行ったときの出来事を今も「私」は忘れることができない。屋台から出てきた若い男が「私」に西瓜を差し出した。それを、断る女中の顔が赤いのを見て「私」は男が女中のことが好きでそれを知っていたから女中が赤い顔をしたのだと納得する。それならば、男はひどく自尊心を傷つけられたに違いないと思い「私」はひどく気になった。しかし、西瓜を貰えなかったことは気にならなかった。最後の思い出は、父の同僚の家に遊びに行った時のものである。その家の「私」より年上の兄弟は、生まれたての子犬を池に放り込んで、泳がせていた。子犬が無事、泳ぎ切ったことに「私」は安堵したが、むくむくと可愛らしく肥っていた子犬が濡れると骨と皮みたいに見窄らしく変わってしまったことは、「私」を悲しくさせた。（巻下健太郎）

遠い日《とおいひ》　詩

〔**作者**〕井上靖〔**初出**〕「すばる」昭和五十八年十月一日発行、第五巻第十二号。〔**初収**〕『乾河道』昭和五十九年三月二十五日発行、集英社。〔**全集**〕『井上靖全集第一巻』平成七年四月二十日発行、新潮社。

〔**内容**〕産後の妻を病院に見舞うと嬰児は亡くなっていた。妻と別れをさせてから、それを抱いて、京都の妻の実家に向かった。自動車を頼む金もなく、神戸から大阪、大阪から京都へ電車で移動した。「私」の腕の中で、嬰児は「枯れ葉の重さ」だった。

　それから四十余年、時に言い知れぬ切なさで、「遠い日」のこと思い出す。あの時、「私」は幸薄き嬰児の〝死〟に付き合ってやっていたのではなく、嬰児が若い父親の未熟な〝生〟に付き合ってくれたのだと思う。（荒井真理亜）

遠い日のゆめ《とおいひのゆめ》　エッセイ

〔**作者**〕北條秀司〔**初出**〕『随筆集大阪讃歌』昭和四十八年九月二十九日発行、ロイヤルホテル。

〔**内容**〕どんどんと姿を消していく懐かしい橋の景色を悼み、白髪橋から北詰めまでを、明治三十五年に生まれた「私」の幼い

と

記憶のなかに追い哀惜した随筆。蕪村の春風馬堤曲「故郷春深く行き行きて又行き行く／楊柳長堤漸暮れたり／むかしむかししきりにおもう慈母の恩」で結ぶ。（高橋博美）

トカビの夜《とかびのよる》　短編小説

〔作者〕朱川湊人〔初出〕「オール讀物」平成十五年十一月号。〔初収〕『花まんま』平成十七年四月二十五日発行、文藝春秋。〔小説の舞台と時代〕大阪。一九六〇年代。〔内容〕「私」は、東京に住んでいたのだが、父が事業に失敗したことで、大阪のSという下町にある文化住宅に住むようになった。大阪にいたのは、三年にも満たない程だったが、チュンジとチェンホという朝鮮人の兄弟のことはくっきりと頭に焼きついている。兄のチュンジは「私」の二つ年上で、弟のチェンホは「私」より一つ年下で、重大な障害があって」寝たり起きたりの生活だった。ある時、「私」はチュンジの母親にチェンホを紹介され、怪獣の本を貸してくれないかと頼まれ、一緒に見るならいいと返事をして、チェンホの家に行くことになる。それ以後、「私」は気が向くとチェンホを訪ねるようになる。しかし、チェンホは翌年の八月に短い生涯を終えてしまったのである。チェンホが亡くなった日、「私」はお通夜に行ったが、家に帰るなり高熱で倒れてしまい、二日間ほど入院することになる。その間、しきりにうわ言で「チェンホ、リモコン戦車」と繰り返していたという。それは「私」が友人とリモコン戦車で遊んでいた時に、チェンホには遊ばせてあげることができなかったことを後悔していたのである。そして、窓の外にチェンホがいたとか、絵日記に書いた覚えのない絵が書かれていたりと不思議な出来事が起こり始めたのは、チェンホが亡くなってから一週間ばかりが経った頃である。そして、チュンジと会った「私」は、チェンホがトカビという子鬼になったという祖母の話を耳にする。数日後、チュンジが母親とともに家に来て、トカビは火が嫌いだから、赤いトウガラシを窓にぶら下げるようにと言ってトウガラシを置いていった。「私」がトカビを見たのは、その後である。「私」は夜中に突然眠りから覚め、何故か二階が気になり、階段を上った。窓にかかっているトウガラシをはずし、振り向くと部屋の真ん中にチェンホがいた。「私」が再会の嬉しさのあまり、リモコン戦車で遊ぶかと提案すると、チェンホの顔がぱっと光った。「私」はもう二度とチェンホに会えないという気持ちで、玩具をすべて引っ張り出した。翌朝、目を覚ますと、夕べの出来事は夢のように思えたが、リモコン戦車の電池が切れていたことから本当なのだと思った。「私」は夕べ、時折意識を飛ばしてしまったが、チェンホの姿が無いことに気がつき、慌てて外を見ると、海のような屋根の上を楽しそうに踊り跳ねているチェンホがいた。それを見て、チェンホは誰かを恨んでいたのではなく、自由に動けることを喜んでいるのだと思った。あれから三十余年が過ぎたが、「私」は今でもチェンホがどこかの屋根の上を楽しげに飛び跳ねているような気がしてならないのである。少年が、友人との死別を通して体験した不思議な出来事を描いた短編小説。（林未奈子）

渡御の記《とぎょのき》—冠婚葬祭《かんこんそうさい》（祭の部《まつりのぶ》）—　短編小説

〔作者〕長谷川幸延〔初出〕未詳。〔初版〕『渡御の記』昭和十七年九月十日発行、東光堂。〔小説の舞台と時代〕天満。昭和十三年七月二十五日から十四年十月十日まで。〔内容〕日本三大祭礼の一つである大阪の天神祭の舞台裏や、天神祭を支えてきた人

人の人間模様を描いた小説。長谷川伸は『渡御の記』の「序」で、「大阪の真をうつす資格は、先天的に大阪人であって、後天的には大阪を離れて観ることが出来ることにある」とし、長谷川幸延は「大阪の真をうつして遺す使命を課された作家である」と述べている。「渡御の記」は単行本の表題作となっており、大阪の天神祭の日程や準備、その伝統などについての事細かな描写がある。

岩田達吉と津村滝之助、そして彼らより五歳年上だが山本源太郎は、子供の時分からの遊び友達である。また、この三人は、「この五年間」毎年、天神祭の渡御に出る鳳神輿、王神輿の二つの神輿の内、「あばれ神輿」とも呼ばれている王神輿の前棒の棒先になくてはならないトリオでもあった。岩田達吉の家は、代々提灯屋であった。時代の変遷にしたがって、次第に提灯の需要も少なくなり、傘や合羽、大福帳など印文字を書くものを合わせて商うようになったが、一年の生計の半分は、年に一度の天神祭に支えられていたし、またそれを商売の誇りとしていた。達吉もまた父の跡を継ぎ、「この昭和十四年といふ世の中に、提灯屋なんて商売は、ほんまに時代おくれや。その提灯屋が、とにもかくにもかうして呼吸して行けるのは、なんといふても天神さんのお庇げだす」と思っている。山本源太郎も、達吉と同じく提灯で生計を立てていた。しかし、提灯屋は提灯屋でも、達吉の家のような工作中心の店とは異なり、小売専門の提灯工場であった。そして、津村滝之助は天満市場の屈指の漬物商「津の彌」の息子であった。滝之助の父の彌吉は、浪華漬の創始者である。この浪華漬が大流行し、「津の彌」は毎年天神祭には四斗樽を二樽も枕太鼓や神輿の連中に誰彼構わず振る舞うまでの大店になった。しかし、昭和十二年の秋、銀行の没落で預金を全部失ったのが躓きの始めとなり、商売には執拗だが金銭には恬淡な性格が禍して、どんどん下り坂をたどり続け、遂に店まで人手に渡してしまった。借金の返済のために、滝之助の妹のお若は、曾根崎新地から藝妓として出た。翌年の天神祭には「津の彌」は酒を振る舞うことが出来るような状態ではなかった。それを内うちで金を出し合い、例年のように酒樽を用意し、「津の彌」の対面を立てたのが、達吉と、源太郎、滝之助の三人であった。このあばれ神輿の棒先トリオはもちろん、この年の祭には、お若が曾根崎新地の藝妓の代表の一人として「八処女」に扮した。縹緻と品位と人柄の三拍子が揃わねば、「八処女」として神の庭に立つことは出来ない。それだけに、選ばれた「八処女」は、この上もない名誉となった。しかし、この年の祭が滝之助にとって、最後の天神祭となった。祭が終わってまもなく応召された滝之助の遺骨が、翌年の九月に、生前の手記とともに届いた。昭和十四年十月十日、滝之助の葬儀がしめやかに行われた。その席で、彌七は故人の遺志であった達吉とお若の結婚を公にする。そして、息子の一生を振り返って、「あいつには、冠も、婚も、葬もなかつた。たゞ祭だけが、立派すぎるほど立派な祭だけがあつたんやなあ……」と言った。

（荒井真理亜）

特別阿房列車《とくべつあぼうれっしゃ》　エッセイ

〔作者〕内田百閒〔初出〕「小説新潮」昭和二十六年一月一日号。〔初版〕『阿房列車』昭和二十七年六月三十日発行、三笠書房。〔全集〕『内田百閒全集第七巻』昭和四十七年十月二十日発行、講談社。

〔内容〕「私」は「用事がないので」という名目の下に、東京から大阪への旅を計画する。足りないお金を工面し、国鉄職員であ

る友人「ヒマラヤ山系」を連れて特急列車「はと」に乗り込む。十二時三十分東京駅発の列車は二十時三十八分大阪へ到着。駅の助役の計らいで江戸堀に宿を取る。部屋で酒を飲んで朝起きると山系が切符を手配。大阪駅でひととおりの挨拶を済ませたあと、昨日と同じ十二時三十分発の上り列車「はと」で東京に帰る。

（大杉健太）

ドけち《どけち》　短編小説

〔**作者**〕今東光〔**初出**〕「小説新潮」昭和三十四年二月号。〔**初収**〕『河内風土記』昭和三十五年四月二十日発行、新潮社。〔**小説の舞台と時代**〕八尾。昭和三十年頃。

〔**内容**〕「河内もの」の一つ。文栄は亭主が赤痢でぽっくり死ぬと、若後家の身空で伊之助親分の家の刷子女工になった。夫と死に別れて一年あまり経った頃、大和から背負い呉服の行商に来る親木三次郎と知り合う。やがて所帯を持つ。一年経った頃、三次郎の最大の欠点が吝嗇であることがわかった。生活費も出してくれない。文栄はついに愛想を尽かして、夫の居ぬ間に洗いざらいを質に入れ家出し、その足で布施の小料理屋の住み込みの仲居となる。夫は一悶着の末、大和に帰る。その後三日経って、文栄が村に帰ってきたのであった。

（中谷元宣）

ド根性《どこんじょう》　短編小説

〔**作者**〕今東光〔**初出**〕「別冊文藝春秋」昭和三十二年四月号。〔**初収**〕『闘鶏』昭和三十二年八月三十日発行、角川書店。〔**小説の舞台と時代**〕八尾、下呂温泉。昭和三十年頃。

〔**内容**〕「河内もの」の一つ。村から十人、下呂温泉へ旅行に行くことになった。観光より、酒を飲んで蛙みたいに反吐をつくのが楽しみで行く連中である。一行は河内山本駅から乗り込み、鶴橋で省線に乗り換え、大阪駅に着く。大阪駅からさらに列車に乗ると、まだ動かないうちから、「やい。飲もうで」。五時間ほどで下呂に到着。河内者は無駄な金を使わない。宿も交渉次第。銚子附き二食六百円に値切った。宿銭に損がないように、湯に何度もつかる。一滴の酒も無駄にしない。しかも、節約のために温泉で酒を燗しようとして湯にあたる。河内音頭「石童丸」や中河内郡刑部村に伝わる「ほてこ踊」で興じる。挙げ句の果て、姫買いまでする。そこでも値切る。河内者はケチなのだ。何ともにぎやかな旅であった。

（中谷元宣）

ドジョウの《どじょうの》泡《あわ》　エッセイ

〔**作者**〕開高健〔**初出**〕「潮」昭和五十二年四月号。〔**初収**〕『完本白いページ』昭和五十三年六月二十五日発行、潮出版社。〔**全集**〕『開高健全集第19巻』平成五年六月五日発行、新潮社。

〔**内容**〕子どもの頃、大阪の川には無数のドジョウがいた。その頃ドジョウはウナギやナマズよりも下等な部類に属していたが、今は数が減って高級料理になりつつある。ドジョウを繁殖させようとしている渡辺恵三氏の努力を応援したい、という。

（大杉健太）

嫁ぐ《とつぐ》ひと《ひと》　短編小説

〔**作者**〕藤沢桓夫〔**初出**〕未詳。〔**初収**〕『大阪の女たち』昭和三十二年三月一日発行、東方社。〔**小説の舞台と時代**〕道頓堀。昭和二十四年頃。

〔**内容**〕道頓堀で「ミモザ美容室」を営む多喜子には美代子という小学三年生になる娘がいる。しかし、美代子は多喜子の実の娘ではない。弟の誠一が身分違いの恋をした相手に生ませた子供である。召集令状が

届いた誠一は、多喜子に生まれてくる子供のことを託して戦場へと出て行き、還らぬ人となった。多喜子は、先方には内緒で生まれてくる子供を、自分に引き取らせて欲しいと大金を積み頼み込んだのである。ある日、ミモザへ新しい客がやって来た。上品な顔立ちのその女性は、何故か多喜子の心に残った。そして、それ以来よく店に顔を見せるようになったその女性になら、美代子が実の子ではないと打ち明けてもよいとさえ多喜子は考えるようになった。だが、女性の名前を聞いて多喜子は驚く。その女性こそが、美代子の本当の母親だったのである。その女性が、結婚することになり、式のため髪を結って欲しいと頼まれた多喜子は、実の母親の晴れ姿を見せようと、美代子も一緒に連れて行く約束をするのであった。（巻下健太郎）

どないしたろか《どないしたろか》　長編小説

〔作者〕梶山季之〔初版〕『どないしたろか』昭和四十九年三月十五日発行、徳間書店。

〔小説の舞台と時代〕京都上賀茂、東淀川、十三、東吹田、道修町、淡路、平安神宮、神戸埠頭、千里山、白浜、木挽町、乃木坂、赤坂、東中野、幡ケ谷、嵐山、中之島、宗右衛門町、御堂筋、中野、天王寺、大徳寺、八坂神社、知恩院。昭和三十年二月から四十年代後半。

〔内容〕その道の素人だった若者が薬品工場に就職し、業界のドロドロしたところを勝ち抜いて出世するのを描いたど根性出世譚。

　庄司道男は京都の私大英文科を卒業する予定。不況のあおりで就職が決まらず、やむなく畑違いの五十嵐薬品工業に就職する。社長の五十嵐夏治は無産運動家から工業薬品のメーカーになった異色の人物である。親友の向坊洋二は宗教新聞社に就職したが、その内幕の汚さ、春日正見という悪僧に利用され、よごれていく自分への不満を庄司にぶちまける。庄司は薬品業界の本場である道修町に足を入れる。営業に力をそそぐが、相手にされず、社長から叱咤される。この頃、社長の娘恵子と親しくなる。また、薬ブローカーの橘敬太と知り合う。週末、恵子と平安神宮など京都を歩く。向坊は春日正見に一層付け入られる。庄司は恵子と嵐山を歩き、そこで婚約する。道修町では、橘敬太から、M物産が洗剤作りに使う二百トンのトリポリ燐酸ソーダを持て余しているという話を聞き、庄司はそれをS石鹸の大阪工場に売り繋ぐことに成功し、二千万円以上の利益を出す。庄司はたちまち道修町の有名人となる。頭角を現した庄司を工場長の三上は自分の姪の夫にと考えるが、庄司は断り、三上との関係は冷え込む。千里山に居を構え母を迎える。新入社員に、薬科大学出身の荒井博之と畠中茂四郎を採用する。二千万の利益を生かして、トリポリ燐酸ソーダを作る工場を建てることになるが、三上と対立する。恵子と正式に結婚をし、母と離れ、五十嵐家の離れに住むことにする。向坊は春日正見のさしむけた女に溺れ、身を持ち崩し女を刺して傷害罪で逮捕される。庄司と恵子が白浜に新婚旅行に行ったとき、社長の五十嵐夏治が発作で亡くなる。葬儀に五十嵐の腹違いの子の望月冬太郎が現れる。社長には夫人の静江がつき庄司は常務についた。庄司は五十嵐薬品の二次工場を作ろうとするが外国輸入もののダンピングを恐れて、通産省に燐酸関係の製品を日本の独占とすべく働きかける。上京し、通産省局長原田を妾の木元節子を通じて知り合い、交渉を成立させる。節子と男女の仲になる。銀行が融資を渋り、新工場建設の資金が出ず、不渡りを出す危機に会う。難渋したところ橘敬太が金を貸す話を持ちかけるが、これは橘が庄司を嫉妬

したための罠だった。信用金庫の金と言い勧めるが、実は春日正見から出た金で、春日に引き合わされる。そこで、工場の土地が義兄の望月冬太郎の名義になっている事実を聞く。庄司は春日から当座の金を借りる。庄司は節子を通して、二菱銀行頭取の浅見純の妾の千鶴と知り合い、浅見純に会うことに成功し、機転を効かせて融資を取り付ける。荒井と畠中は近頃の庄司の働きの異常さをぼやき、二児を産んだ恵子は庄司を中之島にデートに連れ出し、近頃働き過ぎではないかと苦言を呈する。その頃、橘敬太に入れ知恵された望月冬太郎から、工場の所有権を主張し二億円を請求する手紙が来る。法的には望月の主張は既に無効で、つき撥ねる。このころ水虫の予防薬の開発に成功する。橘は春日正見と共謀し、工場長の三上専務をだまし仲間に引き入れる。会社乗っ取りを狙い、五十嵐薬品の悪評を立て、二菱銀行からの融資を取り下げさせる。二年後、会社は経営危機に陥り、春日正見やヤクザ金融からの借金に追い詰められる。そんなとき、かねて庄司に好意を寄せ、人に嫁いでいた三上の姪由美は庄司と一夜を共にし叔父の悪事を暴く。一通りのことが分かり、庄司は春日正見の愛人宅に乗り込む。春日に迫り、庄司は五千万円の融資を手にし、やっと経営をやり繰りするが、一年後、行き詰まり倒産する。庄司は六法全書を手にし、会社更生法の法文を目にする。制定間もない法律だったが、借金を帳消しにできる起死回生の策だった。弁護士と相談し適用を申請しようとしたところ、約束手形を片にヤクザに拉致され天王寺で暴行を受ける。そこをその界隈で有名な娼婦お政に助けられる。危機を脱した庄司は会社更生法を背景に春日正見を脅し、反対に春日を管財人として味方につけ、会社を立て直す。三上は辞職、望月は執拗に食い下がる。向坊は出所し、春日への憎悪と庄司への妬みから、公害問題の旗手となり、五十嵐薬品を追い込もうとするが、隙がなく不首尾に終わり、庄司の手腕に感服する。様々な危機を乗り越えた庄司は家族とハワイに旅行に出かけ、自分を支えたのは大阪弁の〝どないしたろか〟という言葉ではなかったかと感慨にふけるのであった。

（岡本直哉）

隣りの風景《となりのふうけい》　短編小説

〔作者〕藤本義一〔初出〕未詳。〔文庫〕『悪い季節』〈角川文庫〉昭和五十五年九月発行、角川書店。〔小説の舞台と時代〕大阪。昭和五十年頃。

〔内容〕学生運動を終え、同棲相手にも去られたゼン（全学連のゼン）は、予備校の事務に就職する。ゼンは、そこで浪人している郷里の高校の後輩と出会う。その後輩は、ゼンがかつて反戦デモに参加している姿を見て感激したと語る。ゼンは彼をヨビ（予備校のヨビ）と名づけ、奇妙な二人暮らしが始まる。隣室に新婚夫婦が引っ越しして来る。二人はその性の営みを天井板を外して覗く。当然、ヨビの成績は日毎に落ちていくことになる。その打開のためにゼンは、このアパートには子どもが生まれたら出て行かなければならないという入居者と管理人のいわば一種の紳士協定があると言い、隣りの夫婦の避妊具に細工をして子どもを生ませ、ここから追い出すことを提案する。ゼンは、留守中の隣室に天井から忍び込み、コンドームに穴をあける。しかしヨビは、天井の上から先輩を見損ったと言い放ち、天井板に釘を打ちつけてしまう。ゼンは焦りに焦り出口を探すが上手くいかず、仕方なく正規の戸口に走るが、そこに女房の下駄音が聞こえてくる。これから先に何の野望も約束もない。「なんで、なに

もかも、こうあかんのや」と、ゼンは呟くのであった。（中谷元宣）

賭博の町《とばくのまち》 短編小説

〔**作者**〕黒岩重吾〔**初出**〕未詳。〔**初収**〕『相場師』昭和三十五年十一月二十五日発行、東方社。〔**小説の舞台と時代**〕北浜界隈。昭和三十年代。

〔**内容**〕払うことのできない借財を背負った証券マン田倉は、自分の相場では勝てないが、愛する赤木紀子の相場では、慎重に調査を行うため、負けなかった。田倉は、妻が大切にしている母の形見である腕時計を奪い、同僚及川との賭けの負けを埋める。まさに、畜生である。その及川と組んで詐欺をはたらくつもりでいたが、田倉の窮状を知った紀子は十万円の小切手を渡し、結婚するため去る。田倉は良心を取り戻し、及川との共謀を拒絶、妻と第二の人生を踏み出すことを誓うのだった。（中谷元宣）

飛田ホテル《とびたほてる》 短編小説

〔**作者**〕黒岩重吾〔**初出**〕「別冊文藝春秋」昭和三十六年四月号。〔**初版**〕『飛田ホテル』昭和三十六年六月二十日発行、講談社。〔**全集**〕『黒岩重吾全集第二十三巻』昭和五十八年十二月二十日発行、中央公論社。〔**小説の舞台と時代**〕飛田。昭和三十六年頃。

〔**内容**〕飛田駅近くの日光アパートは、通称、飛田ホテルと呼ばれている。工員、職人、日雇い、売春婦、当たり屋、拾い屋など、いろいろな人間が住んでいた。有池一は、一年ぶりに堺刑務所から飛田ホテルに戻ってきた。しかし、待っているはずの浪江がいない。有池は、関係者を調べ探す中で、自身を含めた飛田ホテルに渦巻く愛憎を知る。浪江は、有池を待ち切れず浮気をして、知り合いの仙子と鉄にそれをゆすられた結果、自殺したのであった。後には、「こんど生れかわったら、しょじょで、あんたの奥さんになりたい、そう思ったら、死ぬのんこわくなくなった」という、悲しい遺書が残されてあった。（中谷元宣）

トマトの話《とまとのはなし》 短編小説

〔**作者**〕宮本輝〔**初出**〕「文学界」昭和五十六年十一月一日発行。〔**初収**〕『五千回の生死』昭和六十二年六月十五日発行、新潮社。〔**全集**〕『宮本輝全集第十三巻』平成五年四月五日発行、新潮社。〔**小説の舞台と時代**〕大阪市内、伊丹市昆陽《こや》。昭和四十五年頃。

〔**内容**〕小野寺は大阪では中堅クラスとみなされている広告代理店に勤める。思い出に残るアルバイトの経験はないかと同僚に訊かれて語る。

「ぼく」が大学三年生のとき、父が死に、道路工事のための交通整理要員のアルバイトに行った。アスファルトの匂いと、通過する無数の車の排気ガスの充満している交差点の真ん中に立つ仕事は、気を抜くと死ぬか大怪我をする危険なものであった。飯場の部屋に一人の労務者が病気で寝ている。トマトが欲しいというので買ってきたが、いつまでも置いたままで食べない。その男から手紙をポストに入れてくれと預かる。男は血を吐いて死んでしまう。男の蒲団のまわりは血の海のようになり、その中に腐りかけたトマトが五つ転がっていた。男から預かった手紙はどこかで落としてしまった。熱いアスファルトの下に閉じ込められたのかと、必死に捜しまわったが、みつからない。「ぼく」はあれ以来、ただのひときれも、トマトを食べたことがない。（浦西和彦）

土曜夫人《どようふじん》 長編小説

〔**作者**〕織田作之助〔**初出**〕「読売新聞」昭和二十一年八月三十日～十二月八日発行。

作者の死去のため未完。〔初版〕『土曜夫人』昭和二十二年四月二十五日発行、鎌倉文庫。〔全集〕『定本織田作之助全集第七巻』昭和五十一年四月二十五日発行、文泉堂書店。〔小説の舞台と時代〕西木屋町、高瀬川、三条河原町、四条河原町、淀川、淀屋橋、中之島公園。昭和二十一年。

〔内容〕昭和二十一年十二月五日未明、織田作之助は銀座裏佐々木旅館で喀血した。その日の夕方、絶対安静にも拘らず、書き上げられたのが、「土曜夫人」の連載第九十六回の原稿であった。つまり、「土曜夫人」は、織田作之助の絶筆なのである。

「土曜夫人」は、京都にある「キャバレエ十番館」で茉莉というダンサーが、京吉という青年と踊っている最中に、青酸カリを飲んで自殺する「女の構図」から始まり、以下「夜光時計」「貴族」「夜の花」「兄ちゃん」「東京へ」「身の上相談」「鳩」「キャッキャッ団」「暮色」「登場人物」「走馬灯」の章からなる。

茉莉の友人であった陽子には、彼女の自殺の理由がわからない。陽子は政治家中瀬古鉱三の娘で、東京の出身である。政略結婚を拒み、家出をして、現在は京都で生活のためにダンサーをしている。しかし、生まれ持ったプライドから、他のダンサーのようにダンスの相手に決して身体を許したりしない。持ち前の美貌と潔癖から、反撥もあったが人気があった。しかし、素性を侯爵乗竹春隆に知られてしまう。秘密を守る見返りに、「田村」という料理屋風の宿屋に呼び出され、肉体関係を迫られた陽子は、断固としてこれを拒み、夜の街を飛び出しいく。そこを、巡査に夜の女と間違えられ、一晩、留置所に拘留されてしまう。

留置所で陽子は、「田村」の一人娘チマ子と出会い、木崎というカメラマンに盗んだライカを返すよう頼まれる。木崎は「十番館」で茉莉が倒れた時、たまたまそこに居合わせ、写真を撮った男である。木崎の亡妻もかつてダンサーであった。しかし、その職業柄、木崎と結婚する前に既に男を知っていたことから、木崎はダンサーという職業を憎んでいた。陽子がチマ子の使いで、木崎を訪ねて行った時にも、木崎は陽子を軽蔑し、二人は口論となる。

一方、茉莉が倒れた時、彼女と踊っていた京吉は、密かに憧れていた陽子が侯爵に犯されたものと信じ込む。京吉は「田村」のママ・貴子の燕であったが、貴子のパトロンの来る土曜日には「田村」へ帰ることが出来ない。土曜日になると泊めてくれる女を探し、色々な女の家を転々としていた。そんな自分のことは棚に上げて、京吉は、陽子への面当てに京吉を「兄ちゃん」と呼び慕っている浮浪孤児のカラ子と、東京へ行こうとする。しかし、その時ヒロポン中毒の坂野の妻芳子が、かつての与太者の集まりである「キャッキャッ団」の銀ちゃんの子供を身ごもっていることを知り、両者をよく知る京吉は間に入って、奔走する。

「田村」のママ・貴子は、パトロンの目を盗み、陽子に振られた侯爵と、友達のキャバレエの下見に東京行きの汽車に乗る。そして、その汽車には貴子のパトロンも乗っていたのである。爪楊枝職人の息子から成り上がった木文字章三は、貴子が「田村」を始める時、その改造費の二百万円を何も言わずに出したのである。この木文字は、実は政治家中瀬古に資金を出す代わりに、陽子を欲しいと言った張本人である。木文字は人一倍自尊心の強い男であった。プライドが高く、人に媚びない陽子を貶めるため、陽子を金で買おうとしたのである。ところが、陽子に逃げられてしまった。そして今、貴子にも木文字の自尊心が傷つけられようとしていた。かろうじて、自分を制

した木文字ではあったが、ものの弾みでデッキから見知らぬ男を突き落としてしまう。そこを若い女に見られ、女に自分に会いたければ銀座の「アルセーヌ」へ来るよう指示される。貴子の留守中、「田村」には大阪拘置所から脱走したチマ子の父親姫宮銀造が訪ねてきた。銀造はかつて貴子のパトロンであったが、事業に失敗し、貴子に捨てられたのである。しかし、すぐに警察から「田村」へ連絡が入り、銀造はその場から去り、夜の街へ消えた。その頃、京吉は坂野の妻を連れて、街を彷徨っていた。京吉は芳子を「田村」に連れて帰るわけにはいかず、かといって銀ちゃんの元へ連れて行くことも出来ず、もてあましていた。そこで、芳子ともども、陽子の家に転がり込もうと決意する。陽子のアパートまで来て、芳子は怒って帰るが、陽子が侯爵に汚されたものと思い込んでいた京吉は陽子の家に上り込み、陽子に襲いかかった。しかし、陽子の必死の抵抗で、誤解が解け、京吉は自分自身が恥ずかしくなり、夜の街に飛び出して行った。

「土曜夫人」は、夜の街へ飛び出した京吉と銀造が、警察署の前で出会うところで終わっている。（荒井真理亜）

豊臣秀吉　異本太閤記《とよとみひでよしいほんたいこうき》

長編小説

〔作者〕山岡荘八〔初出〕未詳。〔全集〕『山岡荘八全集17〜19巻』昭和五十七年六月二十六日、七月二十六日、八月二十六日発行、講談社。〔小説の舞台と時代〕尾州愛智郡中村、稲葉、東宿、清洲須賀口、船着山、風来寺山、長篠、田楽狭間、墨俣、岐阜、伊勢高岡城、小谷城、三井寺極楽院、粟田口、東福寺、清水寺、青龍寺城、高槻城、本国寺、堺大和橋、敦賀、朽木谷、近江野洲河原、姉川、横山城、長浜、高松城、鳥取城、本能寺、山崎、天王山、安土城、坂本城、有馬、京都大徳寺、佐和山、賤ケ岳、大坂城、小牧、犬山城、長久手、淀城、筥崎八幡、赤間ケ関、聚楽第、小田原、名護屋城、釜山、京城、平壌、吉野。天文十三年（一五四四）十二月半ばから慶長三年（一五九八）八月十八日。

〔内容〕豊臣秀吉の生涯を作者独自の視点から史実も交えてユーモラスに描いた長編小説。

日吉丸は中村の地で、親思いではあるが、持ち前の元気さを発揮し、大暴れして、そこにいられなくなる。旅の僧、随風に出会い、天下を取る相だと言われる。野宿していると、日吉丸につまずこうとした野武士、蜂須賀小六に出会う。ぶつかりながらも意気投合し、小六のところに一、二年居候をし武藝を習いながら、共に天下を取ろうと誓う。十六歳となり、木下藤吉郎と名乗り、小六のもとを離れる。藤吉郎は、美濃稲葉山で、針売りを始める。そこで、明智光秀と出会い、お春という娘を妻として、駿河に連れて行くことを頼まれる。道行き、お春と男女の仲になり、二人で駿河の今川家重臣、松下嘉平次のもとに世話になる。松下家に剣豪疋田小伯の一行が訪れ、藤吉郎はその一行と悶着を起こす。一行のなかにはお春の許婚、山崎源八郎がおり、藤吉郎を深く憎む。疋田小伯はそれを見かね、藤吉郎を密使として、甲府に逃がす。途中、甲府に向かう医者父娘に会い、これを助ける。お春は、藤吉郎が留守の間に、山崎源八郎の奸計にかかり、斬られてしまう。

藤吉郎は傷心を押して清洲で針売りを始め、そこで機転により前田犬千代（利家）、寧々らと知り合い織田信長に仕官するようになる。藤吉郎は御台所奉行に昇進し、蜂須賀党ら野武士に根回しをし、今川との戦に一役を買う。戦は、信長の奇抜な発想と藤吉郎らの功により、今川義元を討ち取り、

勝ちを収める。藤吉郎はまた出世する。騒動を起こしながら、前田犬千代らの助けで寧々と結婚することになる。藤吉郎は清洲の城普請を仰せつかり、また、美濃攻略に向けて、織田家重臣柴田勝家らがなしえなかった、墨俣城築城を拝命する。蜂須賀小六正勝らの力を得て、藤吉郎は墨俣城築城を成し遂げる。美濃の重臣大沢治郎左衛門を度胸と才覚で味方につけ、美濃攻略の橋頭堡とする。大沢の策略で、豪気な美濃の家老安藤伊賀の性格を利用して主君斎藤龍興を離間させ、安藤の婿で、希代の軍学者竹中半兵衛を決起させ、稲葉山城を占領させる。さて、半兵衛を味方に引き入れようとする藤吉郎だが、逆に半兵衛の知略により門前払いとなる。半兵衛は稲葉山を引き払い、隠居する。藤吉郎は再度、半兵衛と直談判を試み、やっと味方に引き入れる。半兵衛は藤吉郎の直属の家臣になる。竹中半兵衛の策略により、美濃に信長勢がなだれこみ、稲葉山城も、土地の少年堀尾小太郎の手引きにより陥落する。龍興は伊勢長島に流され、稲葉山城は岐阜と改名される。織田家家臣に明智光秀も加わり、光秀ともども滝川一益が指揮する伊勢攻めに加わる。光秀と相談して、滝川一益に手柄を立てさせずに、伊勢高岡城を落とし、伊勢を平定する。さらに藤吉郎は出世し、加藤虎之助、福島市松を家来に入れる。京上洛の足掛かりとすべく、信長は妹お市を北近江大名、浅井長政に嫁がせる。その護衛の任に藤吉郎は当たる。お市に惚れている藤吉郎は複雑な思いながら、近江小谷城にお市を送り、任務を成し遂げる。信長はいよいよ大軍を率いて、京に上り、足利義昭を将軍とする。藤吉郎は光秀と共に、京奉行を拝命し、京の治安の安定に尽力する。その手際の鮮やかさに、畿内の有力者松永久秀も内心を偽りながら降伏する。信長の才腕により、堺も手に入る。その際の交渉に藤吉郎が当たり、茶人千宗易（利休）、堺の豪商曾呂利新左衛門こと、坂内宗拾と知り合う。織田軍は松永の謀反にてこずるもこれを再び軍門に下し、徳川家康勢と越前朝倉家征伐に向かう。しかし、近江の浅井氏が寝返り、必死の退却を余儀なくされる。形勢を立て直し、姉川で浅井・朝倉勢と織田・徳川勢とが激戦を戦い、織田・徳川勢は勝利を収める。藤吉郎は長浜五万石の城主とされ、名も羽柴秀吉と改める。その後、八方塞がりで敵ばかりの中を、比叡山を焼き打ち、朝倉家を滅ぼし、必死で織田勢は勝ちを収めていく。秀吉の働きで、お市の方とその娘をからがら救い、浅井家も滅ぼす。その時の功により、旧浅井領は秀吉に与えられる。秀吉は、信長に天下を平定する策を立てよ、と命じられる。秀吉は悩んだあげくに、国友村の鉄砲鍛冶藤次郎を見つけだし、鉄砲を作らせることを思いつく。京極家の美姫お満津の協力も得て、首尾を達成する。鉄砲の効果が上がり、甲斐の武田勝頼を長篠で破る。柴田勝家について北陸攻めに向かうことになる秀吉だが、懇意になったお満津の方の願いもあって、中国攻めに回る。お満津は秀吉の愛妾となる。

この頃、松永久秀はまた謀反をおこして死に、上杉謙信は卒中で死ぬ。竹中半兵衛も播州の陣中で病没する。武田勝頼も滅びる。黒田官兵衛を軍師に迎え、四年かけて秀吉は慎重に毛利攻めを行う。最後の仕上げに信長自らの出撃を願おうとするが、信長は本能寺で明智光秀の謀反にあい討ち死にする。水攻めをしている最中の備前高松城城主清水宗治を切腹させることと所領の割譲を条件にして、いち早く中国を去り、光秀を討つべく、京に帰り、織田家重臣丹羽長秀らを味方につける。素早い秀吉の行動を前に光秀は瞬く間に不利になり、山崎

の戦いで、秀吉に敗れる。光秀の首が送られるが、本人のものとは違う。この「異本太閤記」では、光秀は落ち延び、出家して大日坊と名乗り、曾呂利新左衛門らと秀吉を裏で手助けしたとの説を取る。ことは、信長亡き後の重臣間での主導権争いへと移る。信長三男信孝を跡継ぎにすえようとする、勇猛で知られた筆頭家老柴田勝家が、有利に事態を進めるが、秀吉は本能寺で亡くなった信長の長男信忠の子、幼少の三法師を擁立し、丹羽長秀らを巧みに味方につけ、跡目争いにおいても主導権を握る。曾呂利新左衛門の助力、大日坊の知恵を得て、柴田勝家を京から追い出す。信長の葬儀を曾呂利ら堺の金を用いて盛大に行い、柴田勢と本格的な争いの体勢に入る。織田信孝に宣戦状を送り、織田信雄、柴田方の部将を味方につけるべく根回しする。冬になり、雪にはばまれ動けない柴田勢を横目に巧みに長浜城、信孝の居城の岐阜城を攻める。信孝と一応の和議を結んで、伊勢の柴田方の滝川一益を攻めるが、苦戦して、冬が明け、柴田勢が北近江に進撃を開始した。秀吉は伊勢から取って返し、佐和山城に入り、賤ケ岳が戦場となる様相を呈する。勇敢一方だった柴田勝家もこの頃は老練さを身につけ、秀吉相手に慎重な持久戦に持ち込む。焦る秀吉に大日坊が助言をし、陽動作戦で柴田を叩く戦略を取る。それでも動こうとしない柴田だが、若い部将たちのすすめに応じてついに兵を出す。勝家の甥佐久間玄蕃盛政は、緒戦に勝ち、勢いに乗って勝家の命を破って、羽柴勢を攻めるが、素早く攻め立ててきた羽柴勢に押され、敗走する。加藤虎之助以下、賤ケ岳七本槍の活躍もあって、戦いは完全に秀吉の勝ち戦となる。勝家は自分の側で戦いながら、秀吉との友情から、態度を曖昧にしていた前田利家に、羽柴に加担してもよいこと、勝家の妻お市と三人の娘を助けてくれることを頼む。お市の機転で、娘三人を逃し、勝家とお市、残った兵らは北の庄で自害する。天下を手中に収めた秀吉だが、信孝母子を殺すような秀吉のやり方に、大日坊、曾呂利、千宗易は秀吉の先行きを不安視する。秀吉は壮大な黄金の大坂城の築城に着手する。織田信雄は秀吉の覇権に不満を抱き、徳川家康と結び、秀吉と対決する。家康は秀吉の連戦を横目に、東海に着々と勢力を延ばし、信雄を操るようになっていた。家康と腹を探り合うように戦いに入る。小牧山に本陣を置いた家康と対峙する。思った以上に家康が手ごわいのに秀吉は手を焼く。秀吉家臣、池田勝入の陽動作戦を逆手に取って、家康勢は長久手で、池田勝入勢を倒し、戦の勝利を手にする。家康有利の条件で講和し、他家に嫁いでいた妹朝日姫を無理に家康に嫁がせ、母を人質にして、ようやく家康を大坂に招くことに成功する。秀吉はお市の娘、茶々（淀君）を溺愛し、妾として、淀城に住ませる。秀吉は曾呂利らの策動により、関白にのぼりつめ、豊臣姓を名乗る。四国、九州を攻め落とし、聚楽第を築く。莫大な金を使い、関東を制圧し、東北の伊達政宗も服従させ、天下統一を果たす。だが、秀吉は次第に狂い、諫言する千利休を切腹させ、無理な朝鮮出兵を強行する。母は死に、一回目の朝鮮出兵は失敗する。淀君が一子秀頼を生むが、甥秀次を死なせ、人気は失墜する。明、朝鮮方との講和の際に地震があり、大坂城も崩壊する。講和は不調に終わり、二度目の朝鮮出兵となるが、秀吉は病に倒れ、北の政所の見守るなか、薨去する。その年の十二月から、子飼いの家臣のはげしい争いが始まるのであった。

（岡本直茂）

寅吉《とらきち》　短編小説

〔作者〕折口信夫〔全集〕『折口信夫全集第二十七巻』平成九年五月二十五日発行、中央公論社。〔小説の舞台と時代〕宗右衛門町、道頓堀、九郎衛門町、新町、難波。江戸後期から明治中、後期。

〔内容〕国学院大学に自筆原稿二十八枚が存する。「家へ来る女　小説にあらず」と、一連の「寅吉もの」であり、執筆は昭和十年頃と考えられる。中絶された作品であるが、主として、会話文で筋が展開されており、関西弁で書かれたそれらの会話は、「寅吉」を通して土地や時代の空気を生き生きと伝える。

　寅吉の母は、「私」の村に生まれた。そうして母が四、五十年も前に出た村へ、藝者渡世をやめた寅吉が戻ってきたのは、寅吉が死ぬ十四、五年前であった。「私」の父が、藝者寅吉としてこの人を見知ったのは、宗右衛門町が今の様に盛んでなく、対岸の道頓堀の雑踏を西に外れた九郎衛門町が、新町に取って代わりそうな権式と繁昌とを持ち始めた頃であった。糠田屋と言う、第一等の置屋で、流行児の中に寅吉の名もあったのだそうだ。だが、その頃の寅吉の話は、本人がうっかり口にした僅かばかりの笑い種しか「私」は知らなかった。寅吉の母は、大きな箱を背負って買い出しに行く姿を見ても、その器量のずば抜けていたことを知ることができた。だが、寅吉は「深あばた」で、左足はひきづっているような歩き方をした。寅吉が歩くと子供だけでなく、大人までも一緒に囃し立てることがあった。

　だが、寅吉は極度の侮蔑を軽く跳ね返していた。そして、逆に軽い揶揄が浮かんできた時は、決まって同年配に対しても「此お子」を二人称に使った。寅吉のところには、僅かな祝儀を包んで浄瑠璃を合わせて貰いに行く人の姿を見ることがあった。寅吉は毒舌であったが、そんなに気を悪くしないで笑いながら帰っていく人を「私」はよく見かけた。そして、嘲笑や、侮蔑など、手の裏返しに好都合にするのがこの女の手練れであった。（高橋博美）

泥の河《どろのかわ》　短編小説

〔作者〕宮本輝〔初出〕「文藝展望」昭和五十二年七月一日発行。〔初収〕『螢川』昭和五十三年二月十日発行、筑摩書房。〔全集〕『宮本輝全集第一巻』平成四年四月五日発行、新潮社。〔小説の舞台と時代〕大阪の安治川の端建蔵橋たもと。昭和三十年夏。

〔内容〕端建蔵橋のたもとでやなぎ食堂を経営している板倉晋平の八つになる息子の信雄のまなざしから、川筋に住む人たちと、屋形舟に住む家族たちが描かれる。やっと中古のトラックが買えるようになったと喜んでいた馬車引きの男が、馬と荷車に押し倒され、死んでしまう。舟で沙蚕《ごかい》を採っていた老人が川に落ちて消えてしまう。一所懸命生きて、ほんまにすかみたいな死に方をした。信雄はどこからともなく屋形舟で引っ越してきて住みつく喜一少年にはじめて会った雨の日、〝泥の河〟のなかにお化け鯉を見て、その夜、高い熱を出してしまう。戦争で受けた傷がもとで夫が死に、銀子と喜一のふたりの子供を養うために、その母親はオンボロの屋形舟を住居にして、そこへ男を呼び入れているのである。信雄は、一度だけ真近で喜一の母親に「目に見えぬ力で自分を誘なう不思議な匂い」をかぐ。喜一は、舟べりに蟹を並べ、火をつける。蟹は火柱をあげ這い廻る。喜一はその屈折した異常さを見せる。信雄の母の貞子は喘息で発作をおこし、医者に転地療養をすすめられる。晋平は店を閉め、新潟行きを決心する。ある日突然、信雄の前に姿をあらわした舟の家も、いま再びどこへ行く

とも告げず、この河畔から消えて行こうとしていた。お化け鯉が、その舟の家のあとにぴったりくっついたまま泥まみれの河を悠揚と泳いでいくのを、信雄は見ていた。

　第十三回太宰治賞受賞作である。井上光晴はその選評で「心のこもった佳作である。文学としての時間に耐える、というい方をしてよかろうが、現実と虚構のあいだに横たわる糸を、思う存分張りつめた勢いとかたちがそこにこめられている」と評した。

（浦西和彦）

【な】

中之島今昔《なかのしまこんじゃく》　エッセイ

〔作者〕山口誓子〔初出〕『随筆集大阪讃歌』昭和四十八年九月二十九日発行、ロイヤルホテル。

〔内容〕中之島周辺の建造物の移り変わりについて述べる。

　子供の頃、父の勤める中之島の大阪ホテルに行った。そのホテルは焼失し、結婚式を挙げた同系のホテル（元今橋ホテル）も今はない。大阪ホテルの西には豊国神社があったが、焼けて跡に中央公会堂が建った。更に西には大阪府立図書館がある。神社は図書館の西に移され、その後大阪城内に移転した。今図書館の西には大阪市庁が建っている。その前の御堂筋沿いには日本銀行大阪支店がある。そこから堂島川に沿って西の蔵屋敷跡に大阪中央郵便局があったが、今は新朝日ビルが建ち、その中に大阪グランドホテルがある。四ツ橋筋を隔てて左に朝日新聞社、右に朝日ビルがあったが、装い改めて大きなビルとなった。朝日ビルの西が新大阪ホテル、大阪ホテルの後身である。

（山本冴子）

中之島三丁目《なかのしまさんちょうめ》　短編小説

〔作者〕東秀三〔初出〕未詳。〔初収〕『中之島』平成三年七月十四日発行、編集工房ノア。〔小説の舞台と時代〕中之島、東京。昭和末期。

〔内容〕健一は中之島の近くの新聞社の社会部で働いている。夜勤明けで中央市場近くの行きつけの寿司屋で腹ごしらえしてから夕方帰宅した。息子の健太郎は浪人をしていて予備校からまだ戻っていなかった。夜、目を覚ましてテレビを見ると昭和天皇の病状急変の知らせが飛び込んできた。健一は慌てて社に戻るがその日は何事もなく、オリンピックのメダルの記事が一面を飾った。情報が錯綜する中で健一たち社会部は泊まり込みで昭和天皇の病状を見守っていた。緊張する中でも健一は趣味の将棋のニュースは欠かさず見ていた。病状のニュースが進む中でもオリンピックでメダルを取るニュースが出てきたり、一方で昭和天皇の危篤の予定記事が間違って出されたりと混乱するようになってきた。そんな中、息子健太郎が予備校に行っていない様だと聞かされる。ホテルに着替えを持ってきた健太郎には気づかれないようそれとなく話をしてみるがやはりやきもきするものがあった。一進一退する病状の中、リクルート事件があり、中野駅の列車追突事故もあった。結局年を越してしまい、社会部はじめほとんどの記者は昭和天皇が崩御するその歴史的瞬間をずっと待ち構えていた。そしてその時がやってきた。正月の休みだというのに、街は異様な様子であり、レンタルビデオが多く借りられていた。健一が紙面を作り終えて自宅に戻ると、健太郎がまだ起きていた。正月以降は真面目に勉強をしているらしかった。妻に言わせればホテルで疲れきった健一を見て何か思うところがあったらしいとのことだ。「おれのひと仕事は

終わったが、お前は後何日の戦いなんや。」と疲れ果てながらもゴールの来ない健太郎のことが改めて気になった。（井迫洋一郎）

中之島のこと《なかのしまのこと》　エッセイ

〔作者〕橋本宇太郎〔初出〕『随筆集大阪讃歌』昭和四十八年九月二十九日発行、ロイヤルホテル。

〔内容〕中之島を中心として大阪の変化や、昔の思い出、東京と比較した気風について愛着をこめて綴られた随筆。

　大阪の街を歩いて感じるのは、大阪の変わったことである。筆者の子供のころの面影はどこにも残っていない。繁栄をよろこぶ気持ちとともに感慨無量といったところもある。筆者は生粋の大阪人である。北区の北同心町で生まれた。天神さんの方向で、家も天神さんの氏子だったという。夏になると、源八の渡しあたりで水泳を楽しんだと思い出す。中之島へ行った記憶も鮮明である。土俵があり、そこで相撲をとった。休日には親につれられた子供たちがたくさん来ていた。このごろは休日になると子供たちが郊外に出て行くことを残念がり、子供が集まる所は環境の良い所であり、子供の集まる街にしたいという。同じような意味で昔から大阪に宿泊する人が少なかったことに触れる。が、いいホテルができるようになって、この心配はなくなりつつある。これからのホテルは、単なる宿泊施設ではなく、家族の憩いの場になるのではないか。昼間でも子供を連れて遊んでいける場所になってほしい、と語る。大阪の変わったことで特に川の水の汚れたことを残念に思う。人間が汚したのだから、人間さえその気になれば、必ず再び清らかになる。

　筆者は十三歳のとき碁の修業のため東京へ移り育った。四十歳のとき帰って来て、そのまま大阪で苦労した。大阪と東京を比較すると大阪の角のとれたやわらかさを好む。東京はどうもとげとげしく、きつい。これは碁をみてもわかる。東京の碁は、なにか鋭い。関西の碁は、包容力があるというのか、どこかふんわりしている。気風が棋風に通じるということか。これほどまでに、人をつくることに影響する環境はやはり美しくしておきたい。中之島の水も、美しくしたい。もともと〝のれん〟を大切にし、手厚さといったことを重んじる大阪人だから八百八橋の伝統はかならず息を吹き返すに違いない。夢よもう一度である。（岡本直茂）

長柄の人柱《ながらのひとばしら》　エッセイ

〔作者〕牧村史陽〔初収〕『浪花のロマン』昭和四十二年十二月二十五日発行、全国書房。

〔内容〕推古天皇の時代、長柄付近は大雨が降るとすぐに橋が押し流され、住民の困苦はひどかった。工事を始めてもはかどらず、また洪水が起こるといった具合で、自然の猛威に対して為すすべが無かった。窮余の一策として人柱を立てることになり、垂水の長者岩氏というものを川に沈めてしまう。その後、住民は安心して田畑の仕事にいそしむのだが、この話には後日談がある。岩氏には娘が居たが、父が人柱になっていらい口を利けなくなってしまった。夫は妻に付き添い故郷の垂水へ帰る途中、一羽の雉を射殺す。その時、妻は「ものいわじ父はながらのひとばしら、なかずばきじも射られざらまし」と歌を詠み、雉も鳴いたから射られたのだし、父もいらぬことを口にしたために人柱にされたのだと父の多言を戒めた。しかし、この歌は推古天皇時代のものではなく、後日談も実は、中国の話を持ち込んだものである。（巻下健太郎）

泣き上戸の天女《なきじょうごのてんにょ》　短編小説

〔作者〕田辺聖子〔初出〕「オール読売」昭

和六十一年二月一日発行、第四十一巻二号。〔初収〕『ブス愚痴録』平成元年四月二十日発行、文藝春秋。〔作品集〕『田辺聖子珠玉短篇集⑤』平成五年七月三十日発行、角川書店。〔**小説の舞台と時代**〕玉屋町、ミナミ、キタ。現代。

〔**内容**〕トモエとは玉屋町のスナックで知り合った。トモエは泣き上戸で、ひとしきり泣いた後は機嫌よく「歌でも歌てこまそか」と野放図な悪たれ口をたたいている。おそらくその悪たれ口がトモエの人生の復元力であったのかもしれない。野中は奔放な悪たれ口に新鮮なショックを受け、トモエが好きになったのである。激励会でもやろうかということになり、野中とトモエは春日大社の万灯籠を見に行った。帰りに割烹旅館で一緒に食事をし、そのまま泊まることにした。三十代くらいかと思っていたら、トモエは野中と同じ四十代だという。野中のためにカニの身をほぐすトモエの熟練した手つきが「生きすれてきた、したたかさ」を思わせた。その後トモエは、野中の部屋に荷物を運び込んで、一緒に暮らし始めた。野中は非のうちどころのないトモエを天女だと思う。一年半二人で暮らして、野中が籍を入れようと迫ると、翌日トモエは置き手紙をしていなくなってしまった。トモエを探すうち、野中はトモエが本当は六十を過ぎていたことを知る。歳月に古びぬ女の可愛らしさを持っていたトモエが懐かしい。「ほんまに好きやったら」年なんか関係ない、トモエがトモエであるかぎり一緒に暮らしていたかったのに、と野中はトモエに言いたかった。

（荒井真理亜）

名残川《なごりがわ》　短編小説

〔**作者**〕今東光〔**初出**〕「小説新潮」昭和三十六年六月号。〔**初収**〕『今東光秀作集第一巻』昭和四十二年六月十五日発行、徳間書店。〔**小説の舞台と時代**〕八尾。昭和二、三十年頃。

〔**内容**〕「河内もの」の一つ。吉村弘子は、西成に近いところで戦災に遭い、父が戦死していたこともあり、母が再婚することになった田中金太について八尾市近郊にやって来た。金太は後、市会議員となる。弘子は金太を嫌悪、八尾の東郷の散髪屋で住み込みの弟子となった。店によく来る小学校教師大村健治に恋をする。初めて大村宅を訪れる途中、小さな橋のところで鼻緒が切れた。縁起が悪いと思う。ふと街灯に照らされた黒い川を見た。これが名残川だった。二人は結ばれる。以後、ホテルで密会を重ねる。しかし、健治は淡路島の洲本に近い田舎に養子先が決まっていた。それは、同じ小学校教員の兄剛造の口ききだった。翌年の新学期、健治は淡路島へ転勤となるが、一年から三年のうちに、淡路島を飛び出し、弘子と結婚すると約束する。弘子は待ち焦がれた。しかし、油断から剛造に犯されてしまう。弘子は自暴自棄になる。コール・ガールになり、ケリーと名乗る。売れっ子となる。そんなある日、市会議員田中金太が死ぬ。弘子は八尾に帰り、葬儀に列席する。だが、遺族席には座らなかった。金太もケリーの客の一人であった。客として迎えたのは、自分を追い出した母に対する痛烈な復讐だった。

（中谷元宣）

謎《なぞ》　短編小説

〔**作者**〕今東光〔**初出**〕「小説新潮」昭和三十四年五月号。〔**初収**〕『河内風土記』昭和三十五年四月二十日発行、新潮社。〔**小説の舞台と時代**〕八尾。昭和三十年頃。

〔**内容**〕「河内もの」の一つ。離婚歴のある片眼の貞ちゃんは時折天台院に遊びに来る一人。天台院の梵妻をつかまえては結婚の相談に来るのであった。父親は最優良の巡

査だった。娘の眼が片方潰れた時、大阪中の眼科医に診てもらうだけでなく、生駒山麓のありとあらゆる滝に参って滝垢離したが、効果はなかった。やがて縁がまとまり、ストリップ劇団のラッパ吹きと二度目の結婚をする。この男は過去の経験から女が信用できず、唯一処女が望みであった。しかし、初婚と偽っていたことが露見して、破婚の危機に陥る。そこで朝吉親分が説教し、男は改心する。「せやけどな。お住ッさん。あの男みたいな小綺麗な男前の男が、わざわざ好んでガンチの嫁はん貰いたいちゅうのんわかりまへんな。あんたはよう人生は謎みたいなもんやとお言いやすが、まったく謎だんな」と朝吉親分は呟いた。

（中谷元宣）

なつかしい夏《なつかしいなつ》　エッセイ

〔作者〕河野多恵子〔初出〕「ポスト」昭和四十三年六月一日発行。〔初収〕『私の泣きどころ』昭和四十九年四月八日発行、講談社。〔内容〕上京して最初のお祭りの時、子供たちが小さな御輿をかついでいる東京のお祭りの貧弱さにびっくりした。私のなじんでいた大阪のお祭りは、最初に毛槍などが来る長いおねりであった。大阪では、おねりと言わず、お渡りといっていた。私の家の氏神様は難波神社で、七月二十一日だったから、夏休みはそのお渡りと共にくる。その数日前には御霊神社のお渡りがある。日曜日など土佐堀の土佐の神社やあみだ池へよく遊びに行った。この神社はさくらで有名で、ホタル放しがあった。新町の夜店、九条の夜店、瀬戸内町の夜のせともの市などへもよく行った。五色のライトを使った中之島の噴水のみごとさにびっくりした記憶がある。大阪の地下鉄が開通したのは、私が小学校一年か二年の時のことだが、初めて乗りに連れて行ってもらったのも、やはり夏の宵のことだった。当時のデパートは夏だけ夜間も営業していたのも思い出す。

（浦西和彦）

懐かしい浪花座《なつかしいなにわざ》　エッセイ

〔作者〕上司小剣〔初出〕「新演藝」大正十三年七月一日発行。〔内容〕浪花座はいかにも大阪らしい劇場という感じのするところである。建築が古くて狭いが、日本の歌舞伎劇を演ずるのにはちょうどよい。俳優の藝が引き締まっていい。したがって、劇場もあまり舞台を広く取ってはいけない。火災後、新築された歌舞伎座は、鉄筋コンクリートで舞台がやたらとだだっ広い。歌舞伎座のような舞台では、大抵の脚本が間の抜けたものになってしまうだろう。

しかし、何よりも浪花座の帯びている古色が懐かしい。木造建築で多人数の出入りするところは、劇場でも、お寺でも、すぐ古びてくる。しかも、日本の劇場は「最近」まで、座席での喫煙を咎めなかったから、煙草の煙だけでも煤けるのが早い。浪花座は、その古び方、煤けようが、いかにもしっとりと、情味を帯びていて、大阪というところの地方色を出している。まさしく鴈治郎や梅玉の藝を見せるにふさわしい。

浪花座は昔、「大西」や「筑後の芝居」と呼ばれ、「竹田の芝居」で通っていた弁天座とともに道頓堀の両端に位置していた。かつて、大劇場と言えば、中座と角座のように言われていたが、浪花座も鴈治郎の全盛期を通じて、大阪第一の大劇場となった。

「大阪道頓堀の竹田の芝居銭が安くて面白い」と唄に残った景色を、大阪の劇場に保存しておきたいものである。芝居の「ハイカラ化」は東京に任せておいて、大阪の芝居には、どこまでも古い味を留めたい。浪花座が大阪第一の大劇場の地位を失った

のは、鴈治郎一座に梅玉を失うよりも遺憾である。（荒井真理亜）

なつかしの死の日々《なつかしのしのひび》　短編小説

〔**作者**〕富岡多恵子〔**初出**〕「海」昭和五十年四月号。〔**初収**〕『動物の葬礼』昭和五十一年二月発行、文藝春秋。〔**全集**〕『富岡多恵子集2』平成十年十月二十日発行、筑摩書房。〔**小説の舞台と時代**〕大阪。現代。

〔**内容**〕勝利には七十二歳になる老母がいる。勝利夫婦は二階に住み、母親は階下の部屋で暮らしている。家庭の中心は、かつては母親の部屋であったのが、今では勝利夫婦のいる二階に移っている。母親はいつも一人で部屋にいる。興味がないために何もすることがない。体を動かすのが大儀になったので、掃除や洗濯やご飯ごしらえもできない。三度の食事のときだけみんなのいる台所へ出てくるが、耳が遠くなったのと、ボケが始まっているために、会話にうまく入ることができず、食事がすむとすぐ自分の部屋に戻ってしまう。そんな母親を勝利一家は見守っている。もし母親が寝たきりになったとしても、勝利の妻がその世話をすると言っている。だから、死ぬまで見放されることはない。ただ、母親が、死ぬまでのすべての瞬間が人生だと思うかどうかはわからない。ある日、埼玉に住んでいる勝利の姉がやってくる。母親の世話を勝利らにまかせっ放しであることを、彼女は申し訳なく思っている。それで、母親が勝利の妻へ不平を口にするのを封じるため、寂しさを我慢している姑のことを彼女は母親に話して聞かせる。だが、ほめられるような人間の話を聞かされて不機嫌になった母親は、攻撃的な言葉ばかりを返してくる。姉は、一晩泊まっただけでもう帰っていこうとする。彼女は、タクシーに乗って去っていった。去っていくとき、見送りにきた母親はいつまでも一人で立っていた。ところが、三十分ほどして、新幹線の切符がなかったとうその口実を設けて、姉は再び引き返してくる。彼女は、母親のためもう一晩泊まることに決めたのだった。夕食の後、勝利と妻、姉は、三人で母親のことを話題にする。「今度くるときは葬式かな」と冗談を言う姉に、「まだや、まだや、あと十年ぐらいは」と勝利は言う。『遠野物語』に、昔は六十を越えた老人はすべて蓮台野へ追いやる風習のあったことが記されている。そこに追いやられた老人は、もはや死んだ人である。が、本当の死を迎えるまで、老人はそこで生きなければならないし、家族も老人を見守ることになる。作品では、老母の余生と、蓮台野に追いやられた老人たちの「死の日々」（捨てられてから本当に死ぬまでの日々）が重ねられている。

（国富智子）

夏菊《なつぎく》　中編小説

〔**作者**〕谷崎潤一郎〔**初出**〕「大阪毎日新聞」「東京日日新聞」昭和九年八月四日～九月八日発行。全二十八回（未完）。挿絵は佐野繁次郎。〔**初収**〕『谷崎潤一郎全集第十四巻』昭和四十二年十二月二十五日発行、中央公論社。〔**小説の舞台と時代**〕大阪界隈。昭和初年代（推定）。

〔**内容**〕モデルと目された根津清太郎（松子夫人の前夫）の申し出により、二十八回をもって連載中止。

　大阪商人有川敬助、汲子夫婦は零落して借金に苦しみ、夫の妹由良子の家で世話になっている。だが敬助は、羽振りの良かった頃を忘れず、質屋で金を作り、贅沢に暮らしていた。このような境遇になっても昔の気位を失わない夫を、妻は敬愛している。二人には由太郎という息子もいる。この家

には、商売全盛時代からの奉公人鶴七がいる。内心では、早くこの家と縁を切り、谷町九丁目の義兄の許に同居している母のためにも一人前になることを望んでいる。そんな時、敬助は隣家を借りる計画を立てる。鶴七と由良子の恋愛関係を抑えるためと、家財道具をその家に隠して借金取りから守らせるために、母を引き取らせて鶴七とともに住まわせるためであった。敬助は万事につけ倹約に励む由良子の神経を逆撫でする。由太郎に飲ませる牛乳を巡り、敬助が女中お篠を叱り飛ばし、その波紋が広がりつつある時、物語は中止された。（中谷元宣）

夏の陣《なつのじん》　短編小説

〔作者〕直木三十五〔初出〕「文藝春秋」昭和三年二月号。〔**小説の舞台と時代**〕藤井寺、小松山近辺。元和元年（一六一五）。

〔内容〕大阪城の外堀を埋められた西軍は、後藤基次の案に従い、東軍を大和川口で迎え撃つ作戦に出た。後藤基次、毛利勝永、真田幸村ら諸将はそれぞれの配置についた。しかし、肝心の物資を運ぶ小荷駄隊が兵士の裏切り、農民の反乱で到着しない。先陣を切っていた後藤基次の部隊は、小松山で孤立し、撃破される。一方、真田幸村は、戦は小荷駄がするものではないとして、銃弾等の物資が届かないまま、伊達政宗の部隊と対峙する。幸村隊は敵の銃騎兵に対し、直前まで引き付け一気に迎撃するという作戦で撃退する。だが、戦況は東軍に圧倒的に有利で、西軍は退却を余儀なくされる。幸村ら生き残った諸将は翌日の決戦への意気込みを新たにするが、大阪城の上には真っ黒な雲が夕焼けを受けて乾いた血のようにどす黒く広がっていた。（巻下健太郎）

夏祭団七九郎兵衛《なつまつりだんしちくろべえ》　エッセイ

〔作者〕上井榊〔初収〕『浪花のロマン』昭和四十二年十二月二十五日発行、全国書房。

〔内容〕十に満たない苦の多い人間がひしめきあって暮らしていたからであろうか、日本橋には九丁目までしかない。寛政七年（一七九五）ごろには悪の吹き溜まりとなっていた。道頓堀裏に住む狂言作者の並木宗輔は目明しの茶碗屋久六から、人殺しの話を聞く。殺されたのはかつて、宗輔を深く傷つけた女衒の義平次であった。立作者として名をなしていたが、自分の仕事に悩みを抱えていた宗輔にとって、長町の事件は創作意欲を湧かせるに十分であった。この事件を軸に書き上げられたのが、竹田小出雲、三好松洛との共作「夏祭浪花鑑」である。宗輔は長町の殺しの場面を義平次に復讐するように、凄惨に描く。義平次を殺した魚屋九郎兵衛は悔いのない顔で千日前の刑場へと送られて行った。茶格子の帷子を着せた団七九郎兵衛の人形が吉田文三郎の手によって竹本座にあがり、好評を博す。その、茶格子の帷子が団七縞として流行したのは皮肉なことであった。（巻下健太郎）

浪花阿呆譚《なにわあほうたん》—五六八・一、二、三《ごろはち・いち、に、さん》　長編小説

〔作者〕藤本義一〔初版〕『浪花阿呆譚—五六八・一、二、三』昭和四十九年十二月十日発行、徳間書店。〔**小説の舞台と時代**〕神戸、台湾、東京玉の井、難波界隈。明治三十四年秋から昭和四十七年秋。

〔内容〕西岡幸一は、明治三十四年十一月三日、大阪の浄正橋に生まれ、神戸に育つ。父は学者肌の優れた電気技師。母と姉と幸一は父に米屋をやらされる。父は突然台湾のオーエス製糖会社に発つが、九歳の幸一も父を頼り単身で台湾に渡る。そこで物事にとことん打ち込むという性格を示し始めるが、父子とも二年で日本に帰る。幸一が

関西学院中等部普通科に進学して間もなく、父は死ぬ。米騒動に遭い、進学を断念、十七歳で神戸の大蔵省土木局局員（土方）に就職。野球チームを結成するが、すぐに辞職、沢田正二郎の新国劇野球部に入り、活躍する。やがて役者となり、三島謙之助と名乗り、この頃から多くの女性を知る。玉の井で女陰ばかりを描く男を探すために退団、新たに東京を基盤とする同志座に入団。その男は巡査で東岡兵作といい、毛相学（陰毛についての学問）を研究していた。幸一と兵作は共同で玉の井の女の壺地図なるものを作成、販売する。役者業は三枚目に転向、麻雀にも凝る。異常性欲の女につきまとわれ、そのために同志座をやめ、麻雀一本にのめり込む。幸一は十年ぶりに大阪に舞い戻り、砂一枝と結婚、道頓堀に住む。終戦を迎え、曾我廼家五郎八と名乗る。ヒロポンを注射して麻雀に没頭するが、錯乱状態に陥る。快復後、ヒロポンと麻雀をやめる。次にパチンコに傾倒、パチプロに転身した兵作に再会するが、腸をこわし入院。今度はオートバイにはまり、車の運転でも負けず嫌いを発揮する。そして、ゴルフ。破天荒ではあるが家族を幸せにし、藝の道にも一途に生きた男の人生である。

（中谷元宣）

浪速怒り寿司《なにわいかりずし》　短編小説

〔作者〕長谷川憲司〔初出〕未詳。〔初版〕『浪速怒り寿司』平成二年七月三十日発行、関西書院。〔小説の舞台と時代〕北新地。現代。

〔内容〕寿司職人の次郎は客と喧嘩して「部屋」に揚がってきた。次郎が籍を置く「部屋」の最古参の職人が次郎の師匠沼田である。沼田も腕は確かだが、客とのトラブルが絶えない。そんな二人に新装の店を任せたいという依頼が来る。店主の赤尾が二人の前歴を知りながら指名してきたのである。開店後、一週間で客足は遠のく。しかし、赤尾は動じない。次郎は一カ月を過ぎたあたりから僅かながら客の数が増えていることに気づく。彼らは、寿司を目当てに来るのではなく、次郎や沼田の毒舌を面白がって集まってくるのである。そのことが客と喧嘩してでも旨い寿司を食べさせることを信条としている次郎には面白くない。だが、次郎の思いに反して店は繁盛する。夕刊紙に「浪速の怒り寿司」と取り上げられる。さらに、客足が伸びる。職人が客を叱るというスタイルをブームにしようと考えた赤尾の筋書き通りだった。やがて店の人気はテレビに取材されるまでになる。職人は他人に調理場に入られるのを極端に嫌うがテレビクルーはお構いなしに調理場を撮影する。そして、女性リポーターが捌いたばかりの魚に触ったとき、次郎の怒りが爆発する。魚の内臓の入ったバケツをレポーターの頭にぶちまけ、カメラに一升瓶を投げつける。この件で次郎は店を揚がった。そして、次郎は自分の店を持って本物の「怒り寿司」をやろうと考える。それは、妻芳江の長年の夢でもあった。今回の一件は全て、次郎に店を持たせるために芳江と沼田が仕組んだことだとは次郎は知る由も無かった。

　第四回織田作之助賞受賞作。（巻下健太郎）

浪花怨藝譚《なにわえんげいたん》　短編小説

〔作者〕藤本義一〔初出〕「小説現代」昭和四十七年七月号。〔初収〕『鬼の詩』昭和四十九年七月二十四日発行、講談社。〔小説の舞台と時代〕難波界隈。昭和三、四十年代。

〔内容〕ほとんど無名であった藝人立花家円太の妻の回想。円太は、幼少の頃の母との無理心中が原因で、性生活が営めないばかりか、自殺癖があった。その母は立花家円蝶に捨てられたのであり、円太は円蝶の

な

実の子であった。妻の献身で性能力を回復、それと同時に藝にも脂が乗り始める。円蝶に立花家を名乗ることは許さないと言われる。その円蝶に認めさせるチャンスの舞台で、円太は舌を嚙み自殺を図り、舞台を潰してスキャンダルとなるが、これがかえってチャンスとなり、円蝶が真打で登場する道頓堀の劇場に出演することになる。円太はやはり、舞台上で西洋剃刀で手首と頸動脈を切りつけて死ぬ。円蝶への復讐であったが、円蝶は血の汚点のついた高座で陽気な咄を何事もなかったように終えるのであった。

（中谷元宣）

浪速区の広場の集まりの松本治一郎《なにわくのひろばのあつまりのまつもとじいちろう》　エッセイ

〔作者〕野間宏〔初出〕「解放新聞」昭和四十一年十一月二十五日号。〔全集〕『野間宏全集第十三巻』昭和四十五年八月十日発行、筑摩書房。

〔内容〕昭和十三年の夏、戦争物資統制で部落の皮革産業が危機にさらされた頃、皮革業界の正常的な回復と部落民の生活のために経済更生会運動を展開していた松田喜一さんに「私」は松本治一郎という名前をよく聞かされた。部落のいろんな人たちはこの水平社運動の指導者の名前を尊敬と期待と親しみの心を込めて「私」に告げた。

松本さんは全国水平社第十一回大会の部落委員会活動方針を決定するに当たって大きな役割を果たした。それを「私」はひそかに聞かされた。それから二年がたって昭和十五年の夏松本さんは福岡から浪速区の松田さんを訪ねてこられた。松田さんは「松本さんが来てくれはるのや」「みなを集めよう」とした。「私」は直接松本さんと顔をあわせることができ、うれしかったが松田さんの紹介にもかかわらず松本さんは「私」の方など見向きもしてくれなかった。見捨てられた気持ちであった。広場に松本さんと松田さんが着くと部落の人たちは二人を取り囲み強い連帯感を感じさせた。「私」一人だけが取り残されたようであった。が、松本さんは敏感に「私」の気持ちを感じ取り「私」の肩をつかみ群衆の中へ引き入れた。松本さんは明治四年八月二十八日に出された解放令について攻撃した。それは全国水平社創立以来、あらゆる権力と戦い続けてきた人物らしく聞く人の心臓をぐさりと突き刺すものであった。そしてその演説の終わりに経済更生会運動を激励した。みじかい集会が解散する時間になりみなと別れて曲がり角まで来た松本さんは後ろを振り向いて軽く手を振った。広場の方から「松本はん」というみなの声がこちらへ届いた。その瞬間「私」ははじめて日焼けしている顔に微笑が拡がるのを見た。

（李　鍾旭）

浪花恋しぐれ《なにわこいしぐれ》　短編小説

〔作者〕難波利三〔初出〕未詳。〔初収〕『通天閣夜情』昭和五十九年九月五日発行、桃園書房。〔小説の舞台と時代〕難波、天王寺、背辺駅（近鉄）、動物園。現代。

〔内容〕三十過ぎの主婦育代は小学校の子供二人を実家の両親のところに預けている。夫の圭一は女ができて、ある日出勤したまま戻らなかった。二人の子供のために育代は皿洗いのパートをしながら、美容室で技術を習い、実家に子供の生活費を送っている。ある日、美容室の先生から劇場のチケットをもらって見に行った。そこで、出演者若月新之介と握手するとき、紙をもらった。それをもらった育代は興奮して、新之介が行くM温泉まで追いかけた。温泉は実家から二駅だけ離れていたが、実家に帰る気持ちはぜんぜんなかった。新之介と同じホテルに泊まって公演を見た。その夜、新

之介は育代の部屋に訪ねてきた。育代が大阪に戻ったら、主人の圭一が来た。一からまたやり直そうと思ってきたのだ。ちょうどパート先で育代を好んでいた人も来たので二人は大げんかになってしまった。育代は自分は好きな人がいると言いながら、なぜか涙が出てきた。大阪の座長大会で新之介に五十万円のお札で造ったレイをかけてあげた。財布の中はたった数千円しか残ってなかった。今までたったこの一回、燃えるところまで燃やしてみたい。狂うところまで狂わせてみたかった気持ちだった。

（桂　春美）

浪花三銃士《なにわさんじゅうし》　短編小説

〔作者〕藤本義一〔初出〕未詳。〔文庫〕『浪花色事師』〈徳間文庫〉昭和六十年八月十五日発行、徳間書店。〔小説の舞台と時代〕釜ケ崎、十三。昭和五十年頃。

〔内容〕作者得意の分野「詐欺師もの」の一つ。詐欺専門の「わい」、ポン引き専門の清やん、掏摸《すり》専門の辰公の三人は、釜ケ崎で出会い意気投合、「現代三銃士」を結成、詐欺をすることになる。十三のホテル街で浮気していた柴原を巧みに騙し、六万円が手に入るところまでこぎつけるが、そのどさくさに柴原の妻が産気づき、出産。初対面を装って詐欺を展開していたはずの清やんと辰公が感動のあまり手に手をとって喜び、危うく柴原にばれそうになり、三人は退散する。「わい」は、清やん、辰公の二人の部下に、詐欺師としてもっと気合いを入れるように檄を飛ばすのであった。

（中谷元宣）

浪花少年探偵団《なにわしょうねんたんていだん》　推理小説

〔作者〕東野圭吾〔初出〕「小説現代」昭和六十一年八月臨時増刊〈しのぶセンセの推理〉、「小説現代」昭和六十二年二月臨時増刊〈しのぶセンセと家なき子〉、「小説現代」昭和六十二年七月臨時増刊〈しのぶセンセのお見合い〉、「小説現代」昭和六十二年十二月号〈しのぶセンセのクリスマス〉、「小説現代」昭和六十三年三月号〈しのぶセンセを仰げば尊し〉。〔初版〕『浪花少年探偵団』昭和六十三年十二月十二日発行、講談社。〔小説の舞台と時代〕大阪市生野区大路。現代。

〔内容〕「しのぶセンセの推理」「しのぶセンセと家なき子」「しのぶセンセのお見合い」「しのぶセンセのクリスマス」「しのぶセンセを仰げば尊し」の五編からなる。竹内しのぶは二十五歳、独身で、短大を卒業し、大阪市大路小学校六年五組担任の教師である。大阪の下町で育ったせいで言葉は汚く、ちょっと見は丸顔の美人だが、身のふるまいは万事ががさつで繊細さのかけらもない。おまけに口も早いが手も早い。このしのぶセンセと教え子の鉄平ら子供達が大阪府警捜査一課の万年ヒラ刑事の漆崎と、しのぶセンセに恋する新藤刑事と一緒になって、しのぶセンセのクラスの福島の父親が殺された事件などを推理し解決していく。大阪を舞台にユーモラスに描く。

（浦西和彦）

なにわ魂《なにわだましい》—したたかに生きのびる知恵—《したたかにいきのびるちえ》　エッセイ

〔作者〕藤本義一〔初出〕「週刊大衆」平成七年二月六日～九年十月二十日発行。〔初版〕『なにわ魂—したたかに生きのびる知恵—』平成十年五月二十六日発行、講談社。

〔内容〕「まえがき—なにわ魂の原点—」で「大阪という土地から芽生える思考と表現はたしかにケッタイである。ケッタイは怪体であり、怪態であるというが、この奇妙さは決して意識して生まれたわけではではない。じわじわと歴史の土壌から湧き出したものが、無意識に骨の髄、脳髄の中枢の

部分に宿ったと思われる。ナニワ遺伝子とでも名付けていいような気がする。拭《ぬぐ》おうとしても拭うことが出来ない」という。「ⅰケッタイな人情」「ⅱ不思議な研究者」「ⅲ『人間学』を教わる」「ⅳどうにも納得できない奴ら」「ⅴ金に群れる人々」「ⅵ競馬に哲学あり」「ⅶ気楽に生きる知恵」から構成される。パリの凱旋門の上にエッフェル塔を乗せた通天閣を明治四十五年に誕生させたアイデアは如何にも大阪人らしいと思う。大阪の街で触れ合うケッタイな物やケッタイな人物について描く。（浦西和彦）

浪花珍草紙《なにわちんぞうし》　短編小説
〔作者〕藤本義一〔初出〕「小説現代」昭和四十八年六月号。〔初収〕『鬼の詩』昭和四十九年七月二十四日発行、講談社。〔小説の舞台と時代〕高津、難波界隈、祇園界隈。大正中頃。
〔内容〕上方落語界が分裂した大正中頃、藝の力のない夢楽亭双六はいずれの派にも属さずにいたが、人並みはずれた男根の持ち主であった。その逸物で珍藝を披露して金を稼ぎ、うめを落籍、夫婦となり高津の貸家に住む。三遊亭円馬に弟子入り、珍藝を封じ正統な藝を磨くが、家計は苦しく、二ツ井戸の長屋、さらには鰻谷の一間雨漏の長屋へと転居しなければならなかった。そして、双六の巨大な逸物が原因か、うめは急死、慟哭する。双六は再び珍藝に身を落とし、永山亀松の傘下におさまり、祇園、先斗町から七軒家、宮川町と活動する。最期、双六は永山に間違われて刺殺される。双六は一銭小屋以外の劇場には一度も上がらなかったが、珍藝で生きた藝人には違いなかった。（中谷元宣）

浪花っ子の原点、御堂筋一直線《なにわっこのげんてん、みどうすじいっちょくせん》　エッセイ
〔作者〕河島あみる〔初収〕『関西こころの旅路』平成十二年一月二十日発行、山と渓谷社。
〔内容〕御堂筋は大阪の北と南を結ぶ、西日本で一番にぎやかな通りだ。梅田から心斎橋を歩くと、普段、車では気付かない風景に出逢える。中之島からスタートすると、淀川にかかる〝難波橋〟からはレンガ造りの図書館や公会堂、中之島公園が一望できる。また御堂筋の歩道には、車からでは見ることのできないオブジェがいくつもかざられている。都会の真ん中でここだけは、ゆったりと時間が流れているようだ。心斎橋に近づくにつれ、まわりもオフィス街から繁華街へと変わる。
　難波橋から見える中之島図書館や公会堂は、都会の中にあっても一種の落ち着いた雰囲気をかもし出している。車で通っていると、交通量が多いためにゆっくりとは鑑賞できないが、歩いて渡ると懐かしさを覚える場所である。（田中　葵）

浪華妻《なにわづま》　自歌自釈
〔作者〕吉井勇〔初出〕未詳。〔初収〕『恋ぐさ』大正十五年八月五日発行、交蘭社。〔全集〕『吉井勇全集第四巻』昭和三十八年十一月二十日発行、番町書房。
〔内容〕「とつぎ来て三年《とせ》経《へ》ぬてふ浪華妻なほわが歌を愛づと云ふかな」の歌一首を「浪華妻」としてあげ、「私が或る女から貰った手紙の一節」を自釈として紹介している。（浦西和彦）

浪花の勝負師《なにわのしょうぶし》　エッセイ
〔作者〕梅林貴久生〔初収〕『浪花のロマン』昭和四十二年十二月二十五日発行、全国書房。
〔内容〕明治四十四年、株式仲買人岩本栄之助は、私財百万円を投じて、大阪市に公

会堂を寄付すると言って、人々の度肝を抜いた。日露戦争後の株式相場で栄之助は巨万の富を築いたが、それは北浜の仲買人を守るため相場で勝負した結果であった。北浜の恩人、侠気の勝負師などと最大級の賛辞を受けた栄之助だが、大正七年の公会堂の完成を見ることなくこの世を去る。第一次大戦の景気で荒れた相場に売り方として出動した栄之助は思惑が外れ、万策尽き果ててしまう。散髪をすませ、最後の写真を撮った栄之助は、ピストルで喉を撃ち貫いて自殺を図る。大正五年十月二十七日、四十歳の男盛りに栄之助は息をひきとった。自殺の理由は明らかではないが、相場師は命をかけてでも他人に迷惑をかけるなという無言の教訓を、北浜に残したのかもしれない。

（巻下健太郎）

難波の女人《なにわのにょにん》　評論

〔作者〕岡部伊都子〔初版〕『難波の女人』昭和四十八年三月八日発行、講談社。

〔内容〕「磐之媛皇后」「間人皇后」「防人と女人」「『君なくて』の君」「明石の上」「狐葛の葉」「江口の遊君」「細川ガラシャ夫人」「樽屋おせん」「紙屋おさん」「緒方八重夫人」「鵙屋春琴」の章から成る。文字化された日本文学の国生み神話の舞台は、難波津からの発想ではなかっただろうか、〃八《や》十嶋《そじま》祭〃の意味するこころを思う時、大阪の位置、大阪の風土は、日本にとって扇の要のような原点として、とらえ直さずにはいられない。仁徳帝の皇后磐之媛は「女人にとって最も苦しい嫉妬の業に生涯を苦しみつづけた。めずらしく強い姿勢の、それは激しく生一本な、古代難波の女人」であったという。古代から近世にかけての古典文学の中になにわ女をとらえて描く。「あとがき」に「実在がたしかな人よりも、創作に託された像のほうが多くなった。たとえ架空の存在であっても、そこにはしたたかに大阪の情感や女心がこめられていると思うが、正直、もっと実在者を得たかったというさびしさがのこる。」という。

（浦西和彦）

難波の春《なにわのはる》　放送劇　三幕

〔作者〕折口信夫〔放送日〕昭和二十年二月十日。〔全集〕『折口信夫全集第二十四巻』昭和三十年六月五日発行、中央公論社。〔放送劇の舞台と時代〕難波、奈良、住吉の社、大伴、磯歯津、荒陵、大宰府、筑紫、播州路、椌原、那波、明石、藤江、瀬戸の八十島、播磨灘、響灘、常陸、相模、下野、武蔵、難波疏水の岸。天平勝宝七年（七五五）三月三日の午後。

〔内容〕放送劇。筆者は釈迢空。作曲・片山頴太郎。配役・家持（滝沢修）、沙美麻呂（汐見洋）、舞姫（山本安英）。大伴家持を中心に、東歌に込められた防人やその妻達の想いが、阿部沙美麻呂、防人の妻の生き霊である舞姫とのやりとりの中で展開される。

第一、うたげの場　天平勝宝七年三月三日の午後。防人の事務を終え、奈良の宮へ復命の決まった阿部沙美麻呂が、渚の松陰に饗宴の場を設け、勤めを果たした祝いを兼ねて季節の祝いを賀していた。そこへ正客として招かれていた兵部少輔大伴家持が到着する。家持は請われ、祝ぎ歌を歌う。そして、それに対する沙美麻呂の返しは、東海道を都に上る防人が東の故郷を思って歌った歌のようにも受け取られるものであった。二人の話は必然、先だって世話を焼いた防人達の身の安否へと移り、更に、東遊び、東歌、東人、についての話へと展開していく。杯を空けながら、家持は次々と数首の東歌を歌う。そして、宮廷に対し忠義を誓っている代々の東人、その彼らの大昔から幾代と知れぬ歌詞の積もり積もった

のが東歌であり、日本の名歌として残ったのも、そのまごころの為である、として、沙美麻呂にその心を解きだす。若者の美しい心を丸出しにした相模の丈部造人麻呂作「大君のみこと畏れみ　石《いそ》にふり海《うの》原わたる。父母おきて」。一番優れていたと思う歌の一つ、下野の今奉部与会布作「今日よりは顧みなくて　大君の醜の御楯と出で立つ。我は」。そして、夫の歌は採用されていないが、情愛も生活も環境までもよく現している豊島の宇遅部黒女作「赤駒を　山《やま》野《ぬ》に放《はが》し、とり難《か》にて、多摩の横山　徒歩《かし》ゆかやらむ」。そうして酒のまわるうち、舞姫の舞が始まった。

第二、幻想　家持は沙美麻呂の饗宴の席にいたはずが、気付くと難波館の門前に立っていた。そして河向かいの磧《かわら》で舞っている舞姫に目が留まる。「見渡せば、向《むか》つ丘《お》の上のにほひ　ゐみて立てるは、愛《は》しき誰が妻。愛しき誰が妻」。すると、その声に応ずるように、舞姫は舞い振りを変え、そうして、どうしたのか、いつの間にか家持の前に来て舞っている。不思議に思った家持は舞姫に問う。二人の問答は歌を交えながらなされ、いつしか、舞姫の現実をはなれた口振りに誘われて、家持の物言い全て、歌もどきのようになっていった。果たして、舞姫は「夫の名はありながら、わたしが名を顕す為。又わたしの名は有りながら、夫の歌は落ち失せて…その上にあの様に伝へ曲げられ」、そうした為に姿を現したのだと申し述べる。舞姫は先頃筑紫へ送った防人の妻、宇遅部黒女の生き霊であったのである。家持はそれらを改めることを約束し、まことの歌の姿を聞く。

第三、うたげの場　気が付くと、家持は、沙美麻呂の饗宴の席にいる。そして、家持は、歌の文句が間違っていた事を皆に伝え、正しい歌を、満座の衆に声を合わせてもらい、誦したのであった。「あが駒を山野《ぬ》に放《はが》し、とり難《か》にて、多摩の横山　徒歩《かし》ゆか行《や》らむ」。

（高橋博美）

浪華の春雨《なにわのはるさめ》　戯曲

〔作者〕岡本綺堂〔初出〕「演藝画報」大正三年六月一日発行。〔初演〕大正四年一月、本郷座。出演・中村又五郎、市川松蔦、市川八百蔵等。〔選集〕『岡本綺堂戯曲選集4』昭和三十三年九月一日発行、青蛙房。〔戯曲の舞台と時代〕大阪大宝寺町。寛延三年（一七五〇）三月十八日。

〔内容〕赤格子と異名をとった海賊九郎右衛門が大阪で捕まり千日前で獄門にかけられた。その九郎右衛門の子であった六三郎という大工の弟子と新屋敷の遊女お園とが西横堀で心中を遂げた実録を戯曲化した世話物である。六三郎は、幼いときに親に捨てられ、十歳のときから大工の庄蔵の弟子となり、十年の年季もあと一年となる。福島屋の抱妓お園と恋仲である。父の九郎右衛門が突然たずねてくる。九郎右衛門は見付け次第に訴人したものに銀二十枚の御褒美つきの海賊であった。六三郎は父が召し捕られ科人の子と指さされて、大阪の地に住みづらく、江戸へ出て、二、三年辛抱するのも辛く、お園と西横堀で心中するのである。

（浦西和彦）

浪華のひとへ《なにわのひとへ》　短歌

〔作者〕吉井勇〔初出〕未詳。〔初収〕『毒うつぎ』大正七年五月発行、南光書院。〔全集〕『吉井勇全集第一巻』昭和三十八年十月二十日発行、番町書房。

〔内容〕大正五年後半期から大正七年初期までに制作した作品を収めた歌集『毒うつぎ』に、「浪華のひとへ」として、「浪華にもまた忘られぬ黒瞳ありてかなしき夏は来にけり」「病むと聴けば胸安からず浪華な

るひとりの君にわがこころ寄る」他十三首を収める。

（浦西和彦）

なにわの夕なぎ《なにわのゆうなぎ》　エッセイ

〔作者〕田辺聖子〔初出〕「朝日新聞」平成十三年四月二日～十四年九月三十日夕刊。原題「ゆくも帰るも浪花の夕凪」。〔初版〕『なにわの夕なぎ』平成十五年一月三十日発行、朝日新聞社。

〔内容〕虎ちゃん、よっしゃん、上品婦人、ミドちゃんといった友人達に囲まれた筆者の日常生活を、大阪弁を交えながらユーモラスに綴っている。そして、エッセイ連載中、筆者は夫を亡くしてしまうが、夫を亡くした際の心境やその葬式の様子なども語られている。

本書所収の「大阪文化」というエッセイの中で筆者は、大阪の文化を「ちゃらんぽらん文化」と呼んでいる。戦後すぐの復興時代には、その大阪の「ちゃらんぽらん文化」が注目されていたのだが、今や日本全体に「ちゃらんぽらん」の気風がみちてしまった。そのため、「ちゃらんぽらん」は時代遅れのものとなり、その結果、大阪文化が沈滞してしまったのではないか、と筆者は述べるのである。

その他の大阪に関する話題としては、OSK日本歌劇団の解散のことなどに触れている。

（三谷　修）

浪華風流《なにわふうりゅう》　短歌

〔作者〕吉井勇〔初出〕未詳。〔初収〕『黒髪集』大正五年四月発行、千章館。〔全集〕『吉井勇全集第一巻』昭和三十八年十月二十日発行、番町書房。

〔内容〕大正二年後半期から大正五年初期までの作品から選ばれた歌集『黒髪集』に、「浪華風流」として、「浪華潟南地北地のたをやめも忘れねばこそ恋しきものを」「曾根崎や君をおもへば芝雀に似し横顔もなつかしきかな」「大阪の夜はにはかに華やぎぬ君くつがへり笑ひたまへば」等、二十五首を収める。

（浦西和彦）

浪花ままごと《なにわままごと》　エッセイ

〔作者〕田辺聖子〔初出〕「週刊文春」昭和六十年六月六日～六十二年六月四日号、百一回連載。〔初版〕『浪花ままごと』昭和六十一年十月三十日発行、文藝春秋。〔全集〕『田辺聖子全集第九巻』平成十七年二月十日発行、集英社。

〔内容〕当時の事件や出来事が時代風景や思い出、大阪という地域を織り交ぜながら独自の視点で書かれている。程々でこなせたらいいという大阪人の気質を「だましだまし」の気質とするなら、その反対は「きたえきたえ」の気質であると友人に言われた。真面目にひとつひとつ固めていこうとする気質に対して大阪の気質はまさしくだましながら最後までいけたらいいという気質なのだと語る。そして、そんな気質もやはり大阪一帯だけであるという見解にいきついて、このふたつの均衡がとれているからこそうまくいくのだと言っている。舞台や演藝をみるのが好きな作者は宝塚にかかさず足を運ぶ一方で、桂米朝の独演会にも足を運ぶ。そして、落語の中にある「滋味」もまた小説にも必要なものであると考える。米朝の「滋味」はなかなかいきつけるところではないと痛感した。大阪の独自性を考える時に、阪神の熱狂ぶりを考えたりする。「あほ」と「馬鹿」の言葉の重みにも地域性があり、気取らない気質が現れているのではないかと述べている。遺書ひとつとってみても昔、知り合いを失った日航機墜落事故で最後に書きとめられていた遺書は全て男性のものであった。遺書というものは男性がよく書くと言われるが、女性はどう

して書かないのだろうか、男性と違って生活を支えているという意識が低いからなのか、それとも死というものを意識していないからだろうかと考えたりする。

エッセイの中で作者がお酒の飲む場所でのやりとりが多いことが特徴である。作者と作者の仲間のやりとりの面白さがエッセイを通じて伝わってくる作品である。

（井迫洋一郎）

浪花笑草《なにわわらいぐさ》　短編小説

〔作者〕藤本義一〔初出〕「別冊小説現代」昭和四十八年春号。〔初収〕『鬼の詩』昭和四十九年七月二十四日発行、講談社。〔小説の舞台と時代〕難波界隈。昭和初年代。

〔内容〕桂春団治に毒づく桂笑露の語り。笑露は客うけの良い春団治の藝に批判的であり、それはまさに嫉妬だった。笑露はなにかと春団治と張り合う。臨監席の巡査中原文治は、かつて妻を藝人に寝取られたという過去を持ち、それゆえ、藝人の藝には決して笑おうとはしなかった。中原を笑わせてやろうとして、幾人かの藝人は自らの藝を崩し、消え去っていた。春団治は中原を無視、自らの藝に専心し、人気を博していたのだった。しかし笑露は、中原を笑わせることに拘泥、藝を崩し始める。笑露は恋人のお春を中原に抱かせ、それを種にゆすり、臨監席で笑うことを約束させる。中原は約束通り大声で笑うが、他の客は藝の拙さを笑ったととり、これまた大笑い、笑露の藝はずたずたになり、小屋を追われる。笑いを得ようとして自滅した、けったいな落語家だった。

（中谷元宣）

波の上の自転車《なみのうえのじてんしゃ》　短編小説

〔作者〕田辺聖子〔初出〕「別冊文藝春秋」昭和六十二年七月一日発行。〔初収〕『ブス愚痴録』平成元年四月二十日発行、文藝春秋。〔全集〕『田辺聖子全集第五巻』平成十六年五月二十日発行、集英社。〔小説の舞台と時代〕宝塚、帝塚山。現代。

〔内容〕四十三歳の村山は「扶桑化工　第二営業部長」で、宝塚のマンションに妻と娘と暮らしている。尼崎の下町、出屋敷で生まれ育った村山は阪神沿線に住みたかったのに、山手の高級住宅地を走る阪急沿線に住みたいと主張した妻に、宝塚にマンションを買わされた。いわゆる「会社ニンゲン」で毎晩帰りの遅い村山が珍しく早く帰って妻を相手に酒を飲んでいると、妻が今度生まれ変わったら、「どんな女と結婚したい？」と聞く。そんな質問は、いかにも女のバカさかげんを象徴していると村山はにがにがしい。村山が「そんなこと、わからへん、オレは」と不機嫌に答えると、そこから口論となり、阪神阪急論争にまで発展した。それを会社の部下で、恋人の南野ゆかりに愚痴る。ゆかりは二十四歳、帝塚山の古い大きな家の離れを借りていて、村山は一年ほど前からそこを訪れるようになった。殺伐たる村山の人生に、ゆかりだけが生き甲斐である。村山の話に、今度はゆかりが、飛行機が不時着するかもしれない時に頭に浮かぶのは誰の顔かと聞いてきた。村山は「二十代女もアホじゃ！」と思う。さらに、ゆかりは、秋には部屋を出ないといけなくなったし、「ボチボチ、結婚相手、捜すかなあ」と言う。オアシスと思ったのは蜃気楼だったというのか。村山はその晩、水面を進む自転車の夢を見る。ゆかりとの情事も、妻との団欒も、いうなら束の間の、「波の上を走る自転車」、現実にはありえないのだという示唆なのか、と村山は思った。

（荒井真理亜）

なんだかんだ《なんだかんだ》　短編小説

〔作者〕藤本義一〔初出〕未詳。〔文庫〕

『浪花色事師』〈徳間文庫〉昭和六十年八月十五日発行、徳間書店。〔**小説の舞台と時代**〕住之江、北浜。昭和五十年頃。

〔**内容**〕作者得意の分野「詐欺師もの」の一つ。東京在住のルポ・ライターの北川圭介は、週刊誌の編集長から取材を命じられ、住之江競艇場へやって来た。昨夜、生国魂神社近くのホテルで気紛れに肉体関係を持った幸子を連れている。競艇場で「別れ屋」を名乗る中沢と出会い、ミナミで鍋を囲む。そこで、圭介と中沢は、幸子の身の上を知る。聞けば、幸子は、株式二部上場のゴム会社社長矢野の愛人であったが、たった二十万円の手切れ金で関係の精算を迫られ、女心を深く傷つけられたという。二人は組むことになり、「別れ屋」を結成、矢野を巧みに騙し追い詰め、二百万円の金をせしめる。圭介は幸子を東京に連れて帰り、新しい生活を始めようと思うのであった。

（中谷元宣）

南地心中《なんちしんじゅう》　短編小説
〔**作者**〕泉鏡花〔**初出**〕「新小説」明治四十五年一月一日発行、第十七年第一巻。〔**初版**〕『南地心中』大正元年十二月二十日発行、文藝書院。〔**全集**〕『新編泉鏡花集第六巻』平成十五年十一月七日、岩波書店。
〔**小説の舞台と時代**〕大阪（天満橋、道頓堀、千日前、淀川、桜宮、網島町、住吉、天王寺、南新地、新地、浜寺、北新地、新町、堀江、道成寺、高津、心斎橋、船場、高麗橋、太佐衛門橋、戎橋、相生橋、畳屋町、笠屋町、玉屋町）。明治末期。
〔**内容**〕二十九章から成る。大阪へ初見参することを初阪というが、ある初阪が、天満橋の上で大阪城を見ている時、美しい女を見た。黒雲の下、煙を纏い、城の中へふいと入って、こちらを振り向こうとした姿は、凄く、美しかった。名をお珊といい、昨夜、中座を見物した時、隣りの桟敷に居た女であった。同伴の者に話を聞くと、以前、お珊は藝者であった頃、北新地、新町、堀江を一つ舞台として藝比べをしたことがあり、その時、願懸けに蝮を腹巻に入れて、道成寺を舞ったらしいと言うのだ。初阪は、お珊なら、しかねない女だろうと思った。願懸けに使う蛇は、高津の蛇屋で売っているという。蛇に願い事を言い聞かせて一晩寝かせ、高津の宮裏の横穴に放す。すると願いが叶うというのである。蛇屋が貯えた大瓶の中の蛇は、黒焼きの注文の際には、外へ出たがらないが、まじないに使う客の時には瓶から煙が立つように見えるらしい。船場の大金持ちである丸田官蔵に落籍されたお珊は、天王寺で猿曳きをしていた美少年、多一を気に入り出世させてやろうと、引き取って世話をする。だが、多一には許婚がおり、名をお美津と言った。お珊は、丸田に承知させ、自分が酌をして、多一とお美津に三々九度を交わさせようとした。その時もお珊は、心願を懸けた蛇を袂に忍ばせていた。その後、多一は、唄を謡っている最中に血を吐いて死んでしまう。また、お美津も踊っている最中に血を吐いて死んでしまった。お珊は市女姿となり、宝の市の練行列の最中に、縫い針で手首の動脈を刺し貫いていた。お珊は、多一を後囃子に、お美津を前囃子に仕立てて、無理心中を図ったのであった。
　作品に出てくる、このような蛇の願懸けを「巳さん」信仰というらしい。田中励儀は、『新編泉鏡花集第六巻』の解説で、「宝の市の練行列は日中戦争下の昭和十五年に断絶。蛇の出所たる「高津の蛇屋」も店を閉じ、今ではこのような形での〝巳さん〟信仰も聞かれなくなった。「南地心中」は明治末期の大阪南地の様子を書き残した作品としても意義深い。」と述べている。

（田中　葵）

難波村の仇討《なんばむらのあだうち》　短編小説

〔作者〕司馬遼太郎〔初収〕『大坂侍』昭和三十四年十二月発行、東方社。〔短編全集〕『司馬遼太郎短篇全集第二巻』平成十七年五月十二日発行、文藝春秋。〔小説の舞台と時代〕道頓堀、千日前、難波村。幕末維新。

〔内容〕佐伯主税は岡山から兄の仇を討つべく大坂に出てきていた。仇の名は奴留湯佐平次と言い、剣客と易者と三百代言を合わせたような男である。また、主税は佐平次の妹とは知らず、お妙と関係を結んでしまう。そのことを主税は後悔するが、お妙は満更でもない。佐平次は主税の仇討ちの免許を買い取ろうと画策する。しかし、主税は頑なに拒み続け、隙あれば佐平次を討ち果たそうとつけ狙う。だが、佐平次の力量は主税をはるかに凌ぎ、本懐を遂げることが出来ない。仇討ちのため大坂に出てきて三年目の春、天下は大きく回転してしまった。幕府が倒れ、明治の世がきたのである。姿を消していた佐平次が、再び主税の前に現れたのは、ちょうどその頃であった。斬りかかる主税を制した佐平次は、お妙と二人、米国に行けと言う。主税は、三年の苦労で得たのは、あのチャッカリ娘一人かと思うとその場に崩れ落ちてしまった。

（巻下健太郎）

【に】

にえきらない男《にえきらないおとこ》　短編小説

〔作者〕田辺聖子〔初出〕「週刊平凡」昭和四十一年四月七日発行、第八巻十四号。〔初収〕『愛の風見鶏』昭和五十年十一月五日発行、大和出版販売。〔作品集〕『田辺聖子珠玉短篇集⑤』平成五年七月三十日発行、角川書店。〔小説の舞台と時代〕大阪。現代。

〔内容〕勝気で機敏なモモ子は、松村悠一の気弱すぎて優柔不断なところが歯がゆくてならない。そう思いながら、その甘い美貌には何度見ても胸をしめつけられる。モモ子につつかれて悠一はモモ子の母に結婚を許してほしいと申し込んだ。母は「頼りないねえ」と言い、必ずしも賛成しているわけではないようだ。モモ子は前途多難だなと思った。頼りないと言われると、彼の煮え切らないところ、気の弱いところも、切ないほど好きでたまらない。翌朝、会社の同僚の早枝子がモモ子と悠一の結婚の噂を確かめようとする。早枝子がかつて悠一に手紙を送ったり、モーションをかけたりしていたことは、モモ子も知っている。モモ子への面当てに、早枝子はかつて悠一のプロポーズを断ったのだという。モモ子も負けじと言い返し、早枝子は憤怒で目をつりあげた。その日、悠一は急用ができたから一緒に帰れないと電話してきた。モモ子は悠一と話し合うため下宿を訪ねると、そこには悠一のセーターを着た早枝子がいた。モモ子は悠一や早枝子にぴしっと一言言ってやりたかったが、出てきた言葉は結局「あんたって…煮え切らない男ね！」だった。

（荒井真理亜）

二階のおっちゃん《にかいのおっちゃん》　短編小説

〔作者〕田辺聖子〔初出〕「オール讀物」平成元年一月十五日発行、第四十四巻二号。〔初収〕『うつつを抜かして—オトナの関係—』平成元年六月三十日発行、文藝春秋。〔作品集〕『田辺聖子珠玉短篇集④』平成五年六月三十日発行、角川書店。〔小説の舞台と時代〕岸和田、難波、千日前、昆陽野市。現代。

〔内容〕岸和田のだんじり祭を見に行って

からこっち、「私」はツル子と別れることになった。ツル子が二階に下宿させている若い虎夫と仲良くなったからである。別れると言っても、ツル子と「私」は正式な夫婦ではない。五十になった「私」は、昔二階に住んでいたおっちゃんの言葉をしばしば思い出す。二十年前はおっちゃんがツル子と暮らし、若い「私」は二階の間借人だった。それがツル子と「私」がいい仲になり、おっちゃんはツル子と別れた。「私」はおっちゃんの座っていた場所に座り、ツル子と暮らし始めた。そのうちおっちゃんが身体を患ったというので、二階に来てもらうことにした。おっちゃんがいよいよ悪くなってからは、市民病院に入院させてツル子と二人で面倒を見た。おっちゃんは胃ガンで亡くなった。若さゆえに素直になれない「私」は、最後までおっちゃんに許してほしいと言えなかった。「私」は昔のおっちゃんと同じように老けてしまったのに、ツル子は老けもせず、昔のままに見え、若い虎夫と仲良くなり、虎夫に「別れるんやったら死ぬ」などと言わせている。女はお化けだと思う。家を出て、「私」は軽い胃潰瘍になり、入院した。ツル子と虎夫が見舞いに来た。自分ではそうするつもりはないが、もし身体が動かなくなったら、「私」もおっちゃんのようにあの二階へ行くのだろうかと考える。

（荒井真里亜）

二月《にがつ》の旗《はた》 短編小説

〔作者〕長谷川幸延〔初出〕未詳。〔初収〕『舞扇』昭和十八年六月十日発行、六合書院。〔小説の舞台と時代〕玉造東雲町、天王寺。昭和初期。

〔内容〕二月の風が冷たい稲荷祭の日。通り筋の文港堂文房具店では、昔から毎年稲荷祭をした。大阪方面は土地柄で、伏見稲荷を祀る家が多い。文港堂でも奥庭に、伏見さんの末社である、玉姫稲荷を地祀りしてあった。また、稲荷祭には店を開放して、文港堂にとって一番の得意客である子供たちを集めて、旗や太鼓で賑やかに遊ばせた。子供たちは入れ代わり立ち代わりして、旗や太鼓をかつぎ出しては、外を歩いた。文港堂の隠居の老父は、貴重な純綿の旗を大切にするよう念を押して、子供たちを送り出してやった。その一団に加わっていた年少の達ちゃんが、自分にも旗を持たせてくれと、しきりにせがむ。年長の子は反対したが、島田哲夫という少年が、自分の持っていた旗を達ちゃんに貸してやった。ところが、不幸なことに達ちゃんが、不意に飛び出してきた自転車に旗をひっかけて、破損させてしまった。哲夫は、自分が罪をかぶって、達ちゃんの代わりに文港堂の老父に叱られた。それを見ていた文港堂の主人の旧友の相良国也は、島田哲夫が自分の妻の生き別れた子供であることを確信する。相良は、妻のためにその子を引き取りたいと思って、自分とも親しく、島田との近所付き合いもある文港堂を頼ってきたのであった。しかし、稲荷祭の日でもあり、なかなか話を切り出せずにいた。しかし、その内、相良は島田哲夫とその育ての母であるキヌの絆の深さを思い知らされる。キヌが、生まれたばかりの哲夫を、親知らずの約束でもらった時には、夫はまだ健在であった。しかし、夫の亡き後も、「哲夫を他人の手にかけたくない」という理由から、再婚もせずに、哲夫を女手一つで育ててきた。もともと自分が他人であったことなど、とうの昔に忘れていた。キヌはその美しさゆえに他人の親切から再婚を強いられ、三度も住居を変えた。そして、今度もいつも仕立て物の仕事を廻してもらっている木畑に再婚を勧められ、それを断ったがために、木畑との関係がこじれて、仕事も廻してもら

に

えず、居辛くなっていた。しかし、稲荷祭の日、哲夫が木畑の息子の達ちゃんをかばって文港堂の老父に叱られたことが明らかになり、怒っていた木畑が歩み寄り、両者は和解出来た。稲荷祭の帰り、相良は、自分の前を並んで歩くキヌと哲夫の母子を見つめていた。母は子の肩を抱くようにし、子は母に寄り添うようにして歩いた。母は小さなハンカチに包んだものを子に渡した。自分は一つも手を付けず、立ち際に包んで渡された「大阪ずし」である。子は、両手でそれを捧げるようにして歩いた。もつれ合って、手を引き合って、長く地をひく母子の睦まじい影をじっと眺めながら、相良は「妻よ、あきらめろ」と心の中でつぶやいた。

（荒井真理亜）

肉体は濡れて《にくたいはぬれて》　短編小説

〔作者〕野間宏〔初出〕「文化展望」昭和二十二年七月号。〔全集〕『野間宏全集第一巻』昭和四十四年十月五日発行、筑摩書房。〔小説の舞台と時代〕上町。昭和二十年頃。〔内容〕木原始と優子の間には恋はなかった。ただ一度、二人は接吻し合ったことがある。しかし、自分の求めるものはここにはないと彼は思った。以前愛していた他の女春枝の姿も頭に浮かんでいた。その少女は、彼の肉体の欲望を恐怖し、彼は彼女が彼の情欲を嘲笑するのを感じた。彼は彼女の思い出から逃れ、自分の肉体を冷笑しない人間をできることなら得たいと思い、それを優子に求めた。しかし、優子の肉体は彼の求めるものではなく、しりぞける以外にないのであった。彼の求めているのは、彼の肉体を正しく導いてくれる一つの肉体である。上町線の電車道路に沿って歩きながら春枝を思う。春枝は少女だった。「俺は何故、あのように我武者羅に、一人の女の肉体を求めたのであろうか。あの優しい、震えている小さい肉体を、何故俺はあのように、むごく取扱ったりしたのだろうか」木原始は肉体の問題について苦悩するのであった。

（中谷元宣）

虹《にじ》　中編小説

〔作者〕藤井重夫〔初出〕「作家」昭和四十年四月号。〔初版〕『虹』昭和四十年九月二十五日発行、文藝春秋新社。〔小説の舞台と時代〕天王寺、下寺町、河堀口、大国町、恵比須町。昭和二十五年。〔内容〕順一（17歳）、儀イやん（15歳）、丹波（15歳）、カズヒコ（14歳）の四人は、みな大阪に流れ着いた戦災孤児たちである。阿倍野橋に近い河堀口に、作りかけて建築中止になった建物がある。四人はここを共同のねぐらにしている。順一は朝鮮で敗戦を迎えた。引き揚げの途中、父は行方知れずとなり、四国の父方の親戚の家に落ち着いてすぐに母も過労で亡くなる。子だくさんなその家でいじめられた順一は、家出をし、小遣い銭をためながらあちらこちら放浪するうち、たどり着いたのが大阪だった。儀イやんは、名古屋で戦災に遭って戦災孤児となったということしか語ろうとしない。カズヒコは広島で生まれた。彼は疎開している間に父母と姉を原爆で失う。貨車に押し込まれ、大阪の戦災孤児収容所へ送られる途上で見た虹の美しさが忘れられず、彼は虹を見るたび父母と姉のことを思いだして泣く。丹波は知能が遅れており、自分の来歴をほとんど記憶していない。ある日、カズヒコは、儀イやんに誘われて墓の竹串を飲食店に売りつける仲間に加わり、警察に突き出される。このとき親切にしてくれたスズキという巡査に親愛感を抱いたカズヒコは、スズキに接近し懇意になる。丹波とともに遊びに行ったりもするようになる。儀イやんは、チボ（すり）の手先を働いた

り、撃ち殺した鳩や墓から盗んだ竹串を飲食店に売りつけたり、きたない方法で金を稼いできた。そんな儀イやんを順一は戒めるのだが、またしても、白痴娘を恥ずかしい見世物にして稼ぎ始める。順一は強引につれて帰ろうとして、儀イやんの親分格の男に殴られる。儀イやんは男の元へと去っていく。順一は、このとき儀イやんを追いかけて連れ戻さなかったことを後から悔いる。この日以来、儀イやんは姿を消してしまったからだ。カズヒコと丹波が、スズキから順一の分まで新品のシャツをもらって帰ってきた次の日、順一はお礼を言うために交番を訪れる。その折、スズキから、カズヒコを養子にほしいと相談される。カズヒコが普通の家の子になると思うと、寂しさがわき起こり、彼はカズヒコになかなか話が切り出せない。翌々日の午後、儀イやんの居所がわかる。儀イやんは、例の親分格の男を刺して、少年保護鑑別所に収容されていた。次の日、三人は差し入れの食料を買い込んで、鑑別所へと向かう。その途中、順一は、スズキからの申し出をカズヒコに伝える。カズヒコは喜び、丹波はさびしがりながらもいい親類ができるのはうれしいと言う。順一も丹波の言葉に納得する。噴水プールのある広場へやってきたとき、水を噴出させている小便小僧の足元に虹がかかっていた。カズヒコはもう泣いてはいなかった。

（国富智子）

西成海道ホテル《にしなりかいどうほてる》

長編小説

〔作者〕黒岩重吾〔初出〕「小説現代」昭和四十八年五月〜四十九年一月号。〔初版〕『西成海道ホテル』昭和四十九年四月十八日発行、講談社。〔全集〕『黒岩重吾全集第九巻』昭和五十八年十月二十日発行、中央公論社。〔**小説の舞台と時代**〕西成。昭和四十八年頃。

〔**内容**〕「私」は昭和三十二年頃、大阪西成の飛田界隈に住んだことがある。現在、街は変化し、庶民的な潤いはなくなり、乾いた街になっていた。

春日荘に住む生田美加江は、かつて新宿のクラブに勤めていたが、金を持ち逃げして、このアパートに隠れていた。美加江は宇田と出逢い、関係を持つ。宇田は美加江との新しい生活を望むが、すれ違い、美加江は去る（「虹の故郷」）。美加江の隣室の柳田は四十代半ばの占師、妻の峯子は旧飛田遊郭の傍のスタンドで働いている。やがて柳田はまき江が好きになり、入れ込むが、結局他の男と駆け落ちしてしまう（「残夢の花床」）。日の本旅館と飛田商店街の間に、香奈江とその娘美々子が営む小さなお好み焼屋があった。親子とも数々の男性遍歴がある。春日荘に住む大出夫婦をはじめとする周囲の人間模様と、背景としての釜ケ崎騒動の喧騒が巧みに描かれる（「闇に残った茜雲」）。阿倍野のモータープールに勤める住山と、その妻恵美子は、大出夫婦の隣りへ引っ越してきた夫婦で、美人局をやっている。戦争で右腕を失い、肉体的コンプレックスを持つ春日荘の管理人龍野は、恵美子が阿倍野の喫茶店に勤めていることをつきとめる。春日荘の持ち主で戦友である大平に恵美子を紹介する。やがて恵美子は大平に囲われる。妻に逃げられた住山は、まもなく春日荘を出ていく（「果てしない階段」）。パチンコの釘師大出は、ある日、病身の妻朝子と街で待ち合わせる。その妻にある若者が近寄り、声をかけた。朝子への愛情を示し、恰好良さを見せるため、大出は若者を殴打するが、下腹部を刺される。命に差し支えなく、十日間の入院で済んだが、妻のへそくりを使い果たした上に、借金を作ってしまう。情婦の明江が、妻と別れてくれと言い寄るが、大出は力一杯撥ね

除け、痩せた身体を蒲団に横たえる朝子を思い浮かべるのだった（「木枯しの嗤い」）。一時、この街に落魄の身を寄せており現地取材して、古ぼけたアパートの住人を中心に、愛憎にうごめく底辺社会を描いた連作風の長編小説である。

（中谷元宣）

西成山王ホテル《にしなりさんのうほてる》　長編小説

〔作者〕黒岩重吾〔初出〕「小説現代」昭和三十九年七月～四十年二月号。〔初版〕『西成山王ホテル』昭和四十年七月六日発行、講談社。〔全集〕『黒岩重吾全集第七巻』昭和五十八年一月二十日発行、中央公論社。**〔小説の舞台と時代〕**西成。昭和三十九年頃。

〔内容〕萩之茶屋駅の近くに十数軒の古物屋通があり、その裏側にあるバラックのような家の一軒に、澄江（23歳）は住んでいた。血のつながらない母の男性関係を見て育った。澄江は気弱なサンドイッチマン高井吾一を好きになる。虐げられたことに対して復讐するため、高井は友人の一男と組んで、強盗をはたらき、傷を負い、死ぬ。澄江は我を忘れて家を飛び出し、近鉄百貨店の前で車にはねられて即死する（「湿った底に」）。裕福に育った鈴掛啓文は、神戸のやくざの娘で、一つ年上の間柄不二を好きになるが、母を捨てた父への復讐と称して、外人相手に売春する不二には、その愛は届かず別れる。啓文は無軌道な生活をして、大学も退学する。やがて二人は再会するが、不二の顔半分は火傷でただれていた。しかし、啓文は愛しくて不二を抱く。不二も昔から啓文が好きだったのだ。だが、明かりのない夜だけの愛情がどんなに短いかを不二は知っていた。早い朝を迎える西成で、不二は薬物自殺するのであった（「落葉の炎」）。妾の子である立松あかねは、本宅の二男裕二を愛してしまうが、それは人として許されないことである。また、やくざの兄実は妹を溺愛して、男を近づけず、暴力で監禁したりする。しかし、あかねは血のつながりはないと嘘をつき、裕二に抱いてもらう。翌日、西成のアパートの一室で、あかねは兄を刺殺、自らも命を断つのであった（「崖の花」）。飛田遊郭の女・きん子は、売春防止法施行の慌しさの中、ニヒルな美貌を持つ宮原を好きになる。宮原はチンドン屋ではあるが、何か訳がありそうである。きん子は、吉岡に囲われながらも、宮原と逢瀬を重ねるが、吉岡にばれて、宮原の妻殺しの過去が暴かれる。宮原は逮捕され、きん子は彼のコートを抱いたまま放心したように歩き始める（「朝のない夜」）。社会から脱落して釜ケ崎にやって来た葉村高男は、西成山王町の末広旅館でアルサロに勤める古谷静江と同棲する。静江はアルサロを辞め、高男は計理士としてまともな生活を始める。しかし、東京から来た絶世の美貌を持つ原川綾子と知り合い、かつていた社会での野心が再び頭をもたげ、西成を出る決意をして、綾子と一夜をともにする。静江はそれを知り、中之島の川で自殺してしまうのであった（「雲の香り」）。以上、連作五編。西成山王町界隈の哀話である。

（中谷元宣）

西成十字架通り《にしなりじゅうじかどおり》　長編小説

〔作者〕黒岩重吾〔初出〕「小説サンデー毎日」昭和五十一年四月～十一月号。〔初版〕『西成十字架通り』昭和五十一年十二月二十五日発行、毎日新聞社。〔全集〕『黒岩重吾全集第七巻』昭和五十八年一月二十日発行、中央公論社。**〔小説の舞台と時代〕**西成。昭和五十年頃。

〔内容〕吉原が西成山王町のアパートに住むようになったのは、昭和四十九年の秋であった。吉原は伊村利子と恋仲になり、新しい生活を始め、グァム島への旅行を思う。

しかし、利子は別れるつもりであった夫の手切れ金の要求を拒否したため、刺殺される。落葉が夢見た青い海は、所詮、落葉には縁のない風景だったのかもしれない（「落葉は夢見た」）。旧飛田遊郭の外れのアルバイト料亭に勤める真沙美は、ぶらりと現れた加納と名乗る男が好きになり、抱かれる。加納は斎田という人物を探している。真沙美は協力するが、加納はピストルで撃たれて死ぬ。実は、加納は東京から来た麻薬捜査官であった。真沙美は過去の苦い経験から加納を愛することに臆病になっていたが、その死に直面して、彼が恋人であったと認めるのであった（「流木の歌」）。飛田に住むタクシー運転手其村は、かつて東京の証券会社にいた時に相場で不正行為をした挙句に失敗して逃げ、名古屋、博多と転々とした後、今に至っていた。酒場でインテリ・相田と出会い、交流する。其村は女に騙される。相田は自分も女に騙され、大学教師としての名誉も、地位も、財産も失ったことを告げ、其村に「もっと飲んで泣け」と言うのであった（「墓石の遺物」）。西成の三十二歳の娼婦定子は、様々なしがらみに苦しんでいたが、ペンキ塗装工・今田と名乗る男の尽力で、娼婦から足を洗う。定子は今田に抱かれ、生まれ変わる。だが実は、今田は密入国者の手引きをする韓国人で、警察に追われていた。定子はそれでも今田を敬愛し、刑事を煙に巻くのであった（「雨漏り」）。以上四編、西成界隈の物語。

（中谷元宣）

虹の十字架《にしのじゅうじか》　短編小説

〔作者〕黒岩重吾〔初出〕「小説中央公論」昭和三十八年六月号。〔初版〕『虹の十字架』昭和三十八年十二月十五日発行、集英社。〔全集〕『黒岩重吾全集第二十五巻』昭和五十九年二月二十日発行、中央公論社。〔小説の舞台と時代〕浪速区、天下茶屋、芦屋。敗戦から昭和四十年頃まで。

〔内容〕浅香は浪速区馬淵町の市営アパートに住んでいるが、敗戦後の天王寺公園の浮浪児だった。小学生の時、旅藝人昇之助に処女を奪われ、忌まわしい経験をする。養父弥吉は腕のいい植字工で、生野にある印刷会社に引き抜かれ、収入もよくなり、天下茶屋の椿荘に移った。弥吉は会社を辞めるが、浅香はその会社の秘書となる。社長の内海は浅香に言い寄るが拒絶し続ける。しかし、弥吉が亡くなり、二十以上も年の違う内海の求婚を受け、愛のない結婚をし、芦屋の豪邸の女主人となる。浅香は内海の息子圭一と結ばれる。それは、圭一に対する愛だけではなく、憎しみもあったし、自分の運命への復讐もあった。暗い星の下で過ごした女が夢見る美しい虹は、苛烈な十字架をその背後にひそませていることを、浅香は十五の年から知っていたようである。浅香と圭一は、六甲の裏山で睡眠薬自殺するのであった。

（中谷元宣）

西の旅《にしのたび》　短編小説

〔作者〕徳田秋声〔初出〕「文藝春秋」昭和十五年六月一日発行。〔初版〕『西の旅』昭和十六年六月二十五日発行、豊国社。〔全集〕『秋声全集第十二巻』昭和三十八年一月十日発行、雪華社。〔小説の舞台と時代〕名古屋、東京、九条、松島、心斎橋、道頓堀、十三、千日前、天満、長柄川、馬場、堀江、横寺町、淀屋橋、梅田、青物市場、福島、神戸、茅場町、別府、安治川。明治三十四年大晦日から翌年二月。

〔内容〕初出「文藝春秋」巻末には、「（未完）」とあり、「これは小説といふにふさはしからぬ貧弱な自叙伝の一部である。曾ての「光を追うて」の書き足しで、書き出した以上、或程度纏りをつけておきたいと思

ひ、文藝春秋の作品欄の数頁を汚すこととなつたものである。」という作者の言葉が掲載され、秋声の自叙伝的小説「光を追うて」の続編であることが示されている。全四章。

等は、少し落ち着いたので、前年散々厄介をかけた兄を憶い出し、大阪へ行く。西の都会に行ったのは、何となく懐かしい雰囲気と、歓楽境にも興ざめた心の反動もあったからであった。懐かしい大阪に着いたのは丁度大晦日の暮れ方で、露天のカンテラが影絵のように群衆の姿を映し出し、あわただしい感じであったが、町の雰囲気は東京より肌触りが柔らかで、しっとりとしていた。しかし、生活がすべてせせこましく、裄丈がつんつるてんである女たちの着物にも、学生の制服姿が見えないのにも、寂しさを感じずにはおれなかった。

年が明けてから、等は道頓堀や千日前へ寄席などを聞きに通い出す。甘い声調が気に食わなかった後の摂津の越路太夫。東京では義太夫だけを享楽する為、人形には興味の持てなかった文楽。上方風の嫌味を感じたが凡優ではない鴈治郎。また、人間の偉さの裏を行くような藝風の仁左衛門、その他、我童や雀右衛門。等にとって、この旅での上方の芝居ほど、はっきりとした印象を残したものは後々まで少ないものとなった。

ある日、等は大阪に来ている師、尾崎紅葉から、葉書を受け取り、文淵堂の申し出で、千日前の「緑」という料亭に行く事になる。紅葉は二、三杯飲むと直ぐに横になってしまうほどの下戸であったのだが、はたしてその時も、間もなくして肘枕で寝そべってしまった。しばらくして、繁華な町をぶらぶらし、店屋を覗き覗きしていた紅葉は、一軒の家具屋で、桂舟画伯や漣山人、鏡花、風葉など所帯持ちへの土産と思われる、頃合いな箱膳、体裁のいい通い盆など、三、四種を見繕い自宅へ送る手筈を取った。等は無精なのと、当時は見送りというのも一般化していなかったのとで、梅田に見送りには行かなかったが、紅葉はその翌日か翌々日に大阪を立ったらしかった。

そうするうちに、二月になった。枚数が少し不足していた為、この旅先で、ふと浮かんだ題材で書いた数枚の小編を郵便に託した等は、「一月もいれば貴方の胃病なぞ直ぐに直ってしまう、親戚もいることから費用もそうかからない」、と言う嫂のすすめに従って別府に行く気になる。そうして、等は或寒い日の午後、別府に向かって安治川から舟に乗ったのである。（高橋博美）

二十五の女をくどく法《にじゅうごのおんなをくどくほう》

短編小説

〔作者〕田辺聖子〔初出〕「小説現代」昭和五十七年十月号、第二十巻十一号。〔初収〕『宮本武蔵をくどく法』昭和六十年一月十四日発行、講談社。〔作品集〕『田辺聖子珠玉短篇集②』平成五年四月二十日発行、角川書店。〔小説の舞台と時代〕井池、ミナミ。現代。

〔内容〕四十四歳の野沢の宿望は、若い女の子とじっくり話し込んでみたいということだった。話し込んでいるうちに「くどく」という事態にスムーズに移行すればどんなにいいかと、野沢の夢は果てしなく広がる。野沢の得意先である大阪の繊維商店街・井池の「川路タオル」の主人は四十六歳の妻子持ちのくせに二十五、六の娘を恋人にしている。川路に言わせれば、「体できてるし、性根あるし」「オナゴは二十五、六に限る」という。野沢は川路の説にいっとなく影響された。野沢は出っ腹、薄ら禿、短足、矮軀の中年男、会社の女の子には相手にされず、じっくり話しこめるような若い女と出会う機会もなかった。しかし、名古

屋地方の出張からの帰り、東海道線の大阪行きの急行の中で、レザーのミニスカートをはいた二十五、六の女の子に話し掛けられる。それをきっかけに会話が弾み「レザーミニ」に誘われて、京都で二人は途中下車する。

（荒井真理亜）

尼僧の子《にそうのこ》　短編小説

〔**作者**〕今東光〔**初出**〕「小説新潮」昭和四十四年七月号。〔**初収**〕『小説河内風土記巻之六』昭和五十二年七月十五日発行、東邦出版社。〔**小説の舞台と時代**〕八尾。昭和四十年頃。
〔**内容**〕「河内もの」の一つ。幸作どんは嫁ももらわず、いつも孤立していた。天台院和尚には、それがなぜなのか、不思議であった。実は、幸作どんはかつて天台院に勤めた円妙尼の子であり、父親は後に癩病を発病した森村新右衛門であった。幸作どんは癩病が遺伝すると信じ、子孫を残すべきではないと考え、孤独な境涯にいたのである。和尚は癩病は伝染病であり、遺伝しないことを教える。幸作どんは生きる希望を持つのであった。
（中谷元宣）

日曜《にちよう》　中編小説

〔**作者**〕水上瀧太郎〔**初出**〕「大阪毎日新聞」大正七年八月二十三日～九月二十一日。大正八年二月二十日～四月二日。〔**初版**〕『日曜』大正九年十一月発行、国文堂。〔**全集**〕『水上瀧太郎全集二巻』昭和十六年六月三十日発行、岩波書店。〔**小説の舞台と時代**〕大阪。大正時代。
〔**内容**〕正太郎は船場にある銀行に勤める独身者である。富家に生まれ、財を積む欲求を持たず、虚偽虚飾を嫌い、下宿では風変わりな客だった。東京の母からは早く身を固めよと手紙で言ってくる。ある日曜、下宿の食事を嫌って天ぷら屋へ食事に行く。そこで何処かの会社に勤めている男と、その受付か何かをしている女を見かける。女に興味を持った正太郎は、帰る女のあとをつける。女は同じ銀行で働いている牧野老人の姪お房であった。牧野老人に誘われ、曾根崎に近い鳥屋で一緒に飲む。そこでお房を僕にくれというのである。そして二人は滅茶苦茶に酔っ払ってしまう。正太郎は牧野老人が泥酔し溝に落ち怪我をして欠勤しているのを見舞いにいく。酔った上での冗談でなく、本気でお房を貰う気だというはめになる。母親からは見合い写真が送られてきていた。牧野老人が下宿に訪ねてきて、貴方のような金持ちの若旦那との縁組は無理だというのを、正太郎は、親にお房さんを貰う手紙を書こうとしているところだと、その場で手紙を書く。土曜日に牧野老人の誘いで訪ねると、お房が天ぷら屋で一緒だった男を連れて帰ってくる。その男はお房を嫁に欲しいと既に申し出ていて、お房は正太郎との結婚を不承知だという。明くる日の日曜日、天ぷら屋で酒を呑み、この一週間の出来事に、うっかり乗りかかった愚かさ、よくもあの無智な娘をしょい込まないで済んだ自分の幸運に感謝しながら、日曜の嬉しさを感じるのである。
（浦西和彦）

荷造りはもうすませて《にづくりはもうすませて》　短編小説

〔**作者**〕田辺聖子〔**初出**〕「月刊カドカワ」昭和五十九年一月一日発行、第二巻一号。〔**初収**〕『ジョゼと虎と魚たち』昭和六十年三月二十七日発行、角川書店。〔**作品集**〕『田辺聖子珠玉短篇集①』平成五年三月二十日発行、角川書店。〔**小説の舞台と時代**〕天王寺、豊中、御堂筋、淀屋橋、大江橋、本町、梅田、曾根崎、西宮。現代。
〔**内容**〕えり子は結婚して十年になる。夫

の秀夫は再婚だが、えり子は初婚だった。秀夫が天王寺に行くときには、きまって不機嫌になる。天王寺には、彼の義母と前妻の京子と、京子との間にできた三人の子供がいる。秀夫は天王寺の老夫婦の実子ではなく、養子に入って家を継ぎ、そこへ京子を迎えた。京子が子供を置いて家を出たので、えり子たちが養育費は送る約束で、義母が子供たちの面倒を見てくれることになった。ところが、京子が再婚に破れて、天王寺の家に舞い戻ったのだ。秀夫と二人だけの夫婦生活は楽しかったが、時々夫が天王寺に行って、昔の妻子と団欒するというのは、今の妻のえり子にとって気分のいいものではない。息子が学校で問題を起こすようになってからは、秀夫が天王寺へ呼ばれる回数も増えた。秀夫は一度も天王寺の家には泊まったことはなかったが、えり子は、秀夫にとって、前妻と子供たちのいる天王寺が本宅で、自分のいる西宮が別宅なのではないだろうかと思い始める。息子が行方不明になって、秀夫はまた天王寺へ呼ばれた。えり子は、二人でよく行った曾根崎の「てっちり屋」を一人でくぐった。秀夫は、えり子が「てっちり屋」へ行くと言うと、「結構なこっちゃな」と業腹そうな声で言って、電話を切ってしまった。えり子は秀夫が来るかもしれないと「てっさ」を二人前頼んでいたので、ひれ酒で体じゅうに快く血がめぐった頃、初めて天王寺の家へ電話をしてみた。しかし、電話を受けたのは元の妻で、秀夫を出してくれるように頼むと、「いま取りこんでて出られしませんねん」と言って切られた。京子に言わせると、えり子はのんきに見えるだろう。えり子自身は秀夫と甘美な時間も共有したいが、秀夫と苦痛を共有したい気もし始めていた。えり子はどうしていいかわからなかった。荷造りはもうすませているが、どこへ向けて旅立てばいいのかわからない。しかし、さっきの京子も同じかもしれないと思った。　（荒井真理亜）

二兎を追う《にとをおう》　短編小説

〔作者〕黒川博行〔初出〕「小説現代」平成九年八月号。〔所収〕『燻り』平成十年九月発行、講談社。〔小説の舞台と時代〕北淀、吹田、千里、生野、泉北。現代。

〔内容〕沢井は六年前吹田で強盗致傷で逮捕され、現在仮出獄の身である。しかし、仕事も辞めてしまい、結局再び空き巣をして暮らしていた。そんなある日、北淀署の森嶋という刑事が聞き込みにやってくる。詳しくは言わないが沢井を疑っている節が見られた。沢井自身最初は空き巣をしていることがばれたと思い、森嶋と別れた後、盗品をデイパックにいれてゲートボール場の倉庫に隠す。森嶋が沢井に聞き込みにやってきた理由は一カ月程前に強盗殺人事件があり、部屋への侵入方法が沢井の方法と似ていたために疑われていたことを知る。森嶋は執拗に食い下がるが沢井は身に覚えがないことなので否定し続ける。沢井は盗品が心配になり、調べに行ったところで森嶋に逮捕されてしまう。強盗殺人の方は別の犯人がいたことが判明したが、沢井は空き巣で結局再び逮捕される羽目になってしまった。　（井迫洋一郎）

日本アパッチ族《にほんあぱっちぞく》　長編小説

〔作者〕小松左京〔初版〕『日本アパッチ族』昭和三十九年三月五日発行、光文社。〔小説の舞台と時代〕東区杉山町。戦後。

〔内容〕戦後、破壊し尽くされた旧砲兵工廠跡は鉄とコンクリートの廃墟と化していた。政府は、社会秩序を乱す者たちの追放地とした。失業罪に問われ追放された木田福一は脱出の見込みがないことを悟り一度

は絶望する。しかし、野犬の群れに襲われていたところをアパッチ族の一人に助けられ、彼らの仲間になる。大酋長、二毛次郎に率いられたアパッチ族は鉄を主食としているため、皮膚は金属化し、運動神経も常人をはるかに超えていた。福一がアパッチ族の生活になれた頃、追放地整備の名目で、政府はアパッチ族殲滅計画を遂行する。だが、戦闘開始直後に、政府の近代装備の部隊は全滅させられる。追放地を抜け出した福一らは、自分たちの存在を世間に公表し、それと時を同じくして、日本各地に食鉄人種が出現する。増え続ける彼らに有効な対策を講じられない政府は、アパッチ族を居留地に封じ込める政策をとるが、それを良しとしない軍部がクーデターを起こし、大阪の戦いからちょうど一年後、両者は全面戦争に突入する。多くの犠牲を払いながらもアパッチ達は軍の核攻撃を耐え抜き、勝利をおさめる。戦争後、アパッチ発祥の地、砲兵工廠跡に戻った福一は自分たちが滅ぼしてしまったかつての日本を想い、泣き崩れる。

（巻下健太郎）

日本三文オペラ《にほんさんもんおぺら》　長編小説

〔作者〕開高健〔初出〕「文学界」昭和三十四年一月～七月号。〔初版〕『日本三文オペラ』昭和三十四年十一月二十日発行、文藝春秋新社。〔全集〕『開高健全集第2巻』平成四年一月十日発行、新潮社。〔小説の舞台と時代〕天王寺、新世界、寺田町、鶴橋、猪飼野、玉造、森之宮、京橋、杉山町。昭和二十年代後半。

〔内容〕新世界界隈を放浪していた主人公のフクスケは、ある日、呼び止められた女に仕事を紹介される。その仕事とは、杉山町にある旧陸軍工廠の敷地に放置された戦車や大砲などの巨大なスクラップを盗んで運び出す仕事だった。城東線（現在の大阪環状線）京橋駅付近の貧窮した集落、通称「アパッチ部落」に連れてこられたフクスケは、「アパッチ族」と呼ばれる泥棒集団の仲間入りをする。

　アパッチ族はリーダー格のキムを筆頭に、見事なチームワークで警察の取り締まりをかいくぐり、巨大なスクラップを運び出す。各々の個性が完全に発揮された彼らの仕事を目の当たりにしたフクスケは、アパッチ族として着実に成長していく。一方、アパッチ族同士でも相手を出し抜き、生き延びるための狡猾な駆け引きが繰り広げられていた。アパッチ族対策に業を煮やした警察は取り締まりを強化。収入が入らなくなるのを恐れたアパッチ族のスクラップ強奪作戦は徐々にエスカレートし、彼らの統制が乱れ始める。なんとしてでもアパッチ族の離散を食い止めたいキムはアパッチ族首脳会議を開き、活路を見出そうとするが、挫折する。アパッチ族の混乱は収束せず、各自がてんでばらばらに行動し始め、事故が多発し、死者が多数出るまでになった。キムはなんとか妥協点を見出そうと警察部長に掛け合うが徒労に終わる。アパッチ部落を離れる者は後を絶たず、急速な崩壊が起こり始めた。フクスケはアパッチ族の最古参の一人の運転するトラックに乗り、新天地を目指してアパッチ部落を後にする。

（大杉健太）

『日本三文オペラ』《にほんさんもんおぺら》―舞台再訪《ぶたいさいほう》　エッセイ

〔作者〕開高健〔初出〕「朝日新聞」昭和四十一年六月十六日発行。〔初収〕『言葉の落葉Ⅳ』昭和五十七年十二月十五日発行、冨山房。〔全集〕『開高健全集第22巻』平成五年九月五日発行、新潮社。

〔内容〕『日本三文オペラ』を発表してから九年が経ち、再び杉山鉱山を訪れると、そ

に

こは広大な大阪城公園に変わっていた。物語の舞台になった猫間川、十二万坪の草原、そしてアパッチ族は姿を消し、京橋のアパッチ部落は「季節のない町」になってゴルフ練習場までが出現し、「砲兵工廠」があったことなど忘れ去られてしまった。ただ平野川のみが当時のままネトネト淀んでいる。しかし、アパッチ族は消えてもドン底はなくならない。釜ケ崎を訪ねて虚無の中に立ち込める力を感じ、「新しいテーマが芽をもたげてくる」のを感じた、と述べている。（大杉健太）

日本人の遊び場《にほんじんのあそびば》　エッセイ

〔作者〕開高健〔初出〕「週刊朝日」昭和三十八年七月五日～九月二十七日号。〔初版〕『日本人の遊び場』〈コンパクトシリーズ34〉昭和三十八年十月三十日発行、朝日新聞社。〔全集〕『開高健全集第13巻』平成四年十二月五日発行、新潮社。

〔内容〕日本人を夢中にさせる全国の遊技場に取材し、それら「遊び場」の魅力、その地方の特性や風土を紹介し、その背後に見える日本人の特性を描き出すエッセイ。「食いだおれ」の章では釜ケ崎騒動に見られた大阪人の優しさとユーモア感覚、また「食いだおれ」の社長に代表される不屈の精神が描かれる。一方、「ナイター釣堀」の章では常識にとらわれない自由な発想をもった大阪商人気質を浮き彫りにしている。（大杉健太）

日本人のこころ1《にほんじんのこころいち》　評論

〔作者〕五木寛之〔初版〕『日本人のこころ1』平成十三年六月二十二日発行、講談社。

〔内容〕大阪の都市を論じた「第一部見えざる日本人の宗教心」は「大阪は宗教都市である」「寺内町という信仰の共和国」「現代に息づく『同朋意識』と信仰心」から構成されている。大阪城が建っている場所に、かつては蓮如が建設した「大坂御坊《ごぼう》」ができ、のちには浄土真宗の本山となった「石山本願寺」が存在していたということは、ほとんど知られていないのではないか。蓮如が大阪の町の礎をきずいた。大阪は宗教都市であった。「大坂」の地名が登場するのも、蓮如が明応七年（一四九八）にしたためた「御文」（「御文章」ともいう）が最初である。「大坂」の「坂」の字が「土に返る」、「死」ということに通じるため、明治初年以降は、現在の表記「大阪」と書かれるようになった。大坂は城下町になる前、寺内町として栄えていた。そこに集まってくる人々全員が「御同朋《ごどうぼう》」だった。蓮如はそれらの人々にアイデンティティを与えた。真宗は徹底して迷信を嫌う。大坂という町に、蓮如、親鸞という人たちの思想が生活化されて、深く根づいているのが、大阪人の「合理性」であるという。（浦西和彦）

俄《にわか》—浪華遊侠伝《なにわゆうきょうでん》—　長編小説

〔作者〕司馬遼太郎〔初出〕「報知新聞」昭和四十年五月～四十一年四月発行。〔初版〕『俄—浪華遊侠伝—』昭和四十一年七月発行、講談社。〔全集〕『司馬遼太郎全集第十三巻』昭和四十七年八月三十日発行、文藝春秋。〔小説の舞台と時代〕大阪。幕末から大正初年代。

〔内容〕十一歳で賭場あらしとなった大坂北野村生まれの侠客小林佐兵衛こと明石屋万吉の痛快無比な生きざまを描く。

万吉は父が逐電したため、自ら母親と庄屋に絶縁宣言し、子ども博打の賭場に入り込んだ。万吉は胴元の前につまれた銭を自分のふところにいれたため叩きのめされる。やがて万吉は自分で胴元となり、いかさま博打をはじめる。一年がたち、母に届けた金は七十二両になった。母は万吉がどろぼ

うになったと思いこむ。この噂から万吉はご用聞きにひっくくられ、拷問をうける。だがなぜかほうびの銭までもらって放免された。大人の賭場あらしをはじめ、十五歳で万吉は兄哥《あにい》となっていた。米の高相場をつぶそうと取引所になぐり込んだが、捕らえられ、奉行所で万吉は壮絶な拷問を受けるが、依頼主の名前を明かさなかった。やがて釈放され、万吉を出迎えたのは数百の大坂市民だった。文久三年（一八六三）、播州一柳家の留守居役が訪ねてきた。万吉に武士の身分を与えて、物騒になっている大坂の町を警備させようというのだ。万吉は自宅に藩邸の名目をもらい、朝から賭場を開帳する。子分たちをにわか武士に仕立てて浮浪藩士の捕殺が役目であった。慶応三年（一八六七）、将軍慶喜は大政を奉還した。鳥羽伏見の敗戦後、万吉は一柳家から免職される。薩長軍は大坂警備に働いた者たちの処刑をはじめたが、万吉はかつての奇妙な因縁により命拾いする。堺事件がおこった。刑場となった妙国寺が腹を切って死んだ土佐藩士の埋葬を拒否した。そのやりとりを聞いた万吉は、近所の貧乏寺宝珠院をくどき、土佐藩との橋渡しをした。堂島の米問屋大文字屋が万吉に米相場をやれという。相場の神様ともいわれていた大文字屋の指導で、金だけはおもしろいように入ったが、通貨混乱がおこり相場は休止する。二年後、再び万吉は米相場で大金をつかむ。大阪府知事の渡辺昇から、万吉は大阪の消防対策を頼まれる。その後も相場で稼いだ金で、養老院兼少年院のような授産所をつくる。国内博覧会では自らかごを担いでくず拾いをする。明治二十五年、相場はうまくいかなかったが、子分の数だけは増え続けた。博打を打たない博打うちの親分は、遊び人どもを集めて、手に職をつけさせていたのである。九十近くになった万吉は「ほなら、往てくるでぇ」と息を引き取った。

（浦西和彦）

人間同士《にんげんどうし》　短編小説

〔**作者**〕宇野浩二〔**初出**〕「文藝春秋」昭和十五年二月号。「公論」昭和十五年六月～十六年一月号。原題「人間往来」。「文藝」昭和十六年七月号。原題「人の身」。〔**初版**〕『人間同士』昭和十九年五月十五日発行、小山書店。〔**全集**〕『宇野浩二全集第七巻』昭和四十四年四月二十五日発行、中央公論社。〔**小説の舞台と時代**〕大阪、堺、新町、岸和田、富田林、石川村、島之内、箕面、奈良、京都、有馬、天満、与力町、曾根崎新地、神戸、山下町、糸屋町、宗右衛門町、谷町、北久太郎町、船場、阿波座、奈良、王子町。天保（一八三〇～四四）から昭和。

〔**内容**〕三十一章から成る。この作品は、河内の国の金田（大阪府下南河内郡金岡村大字金田）の岡見という庄屋とその親戚を含む一族の生活を描いたものである。この岡見の家というのは、昔は七つも蔵があり、大名に金を貸したり宿を貸したりしていて、白壁の塀をめぐらした寺のような門のある、いかにも豪農の庄屋らしい構えの家であった。天保四年（一八三三）二月、おせきはこの家に生まれた。おせきは七人兄弟の四番目で、一番下の七五郎は、ずっと後にこの家をつぐ事になる。おせきは三十歳の時、岸和田の岡安という家の後妻になり、清一郎と正作という息子と、おさとという娘ができた。おさとは十九歳の時、父親は天満で与力をしていて、本人は中学校と師範学校の教師である藤木太一郎と結婚する。その後、崎一郎と岡次郎を出産した。岡次郎は後に小学校の教員になる。また、おさとの兄の正作は、羅紗と洋傘の卸し商をした。その後妻であるおときは、三人の子供を産んだ。

このようにして、大阪を主な舞台として

岡見という一つの家を中心に、天保から昭和という長い時代に亙って、その周辺の人人の生涯を描いた作品である。　（田中　葵）

人間の死にざま《にんげんのしにざま》　エッセイ

〔作者〕五味康祐〔初版〕『人間の死にざま』昭和五十五年六月二十日発行、新潮社。

〔内容〕作者の死後に編集され出版されたエッセイ集。「死」をテーマにして作家太宰治やグフタス・マーラ、山内一豊の妻、北政所、広井雅尚、吉原遊女から銀座のホステスまであらゆる人間像の「死」について書かれている。その内のひとつ、自分の生い立ちと使用人として生きたある人物についての部分に大阪ゆかりの内容がある。「或る下僕―庶民の骨格―」がそれにあたる。大阪に比較的裕福に育った「私」の家に彦坂という下僕がいた。祖父は和歌山の下級武士の出で、明治維新の時に土地ころがしによって財をなし、大阪で興行をおこした。屋敷のあったところは現在天王寺駅となっている。彦坂は車夫として働いていた。「私」が八尾中学に通っていた時、台風で電車が脱線してしまったときに真っ先に心配して駆けつけたのが彦坂であった。彦坂は欲の無い男でかつて無心したのはご馳走したまむし（鰻丼）を妊婦の妻に食べさせてやりたいので新聞紙を一枚頂きたいと言った時だけであった。しかし、彦坂はかつて幕府があった頃は五千石の旗本の息子であったらしい。当時であるならば二男、三男でも下僕を従えていたはずである。明治維新があって、一族は離散し、こうして祖父の下で車夫として働いている。時代が時代なら下級武士であった祖父が彦坂に対してふんぞりかえって命令することも無かったであろうと、作家になって当時の資料を調べて境遇を考えさせられた。昭和二十六年ごろ、復員し農地改革によって没落してルンペンとなっていた「私」は彦坂のことをよく考えていた。出征の時に応援して見送ってくれた彦坂に思わず目を伏せてしまったことも思い出した。彦坂は昭和二十年の大空襲で消火に専心していて亡くなったと聞く。彦坂に限らず当時多くの日本人は同じような死に方をした。時代は変わっても、昔と変わらず没落する家もあれば、かつての祖父のように成り上がる人もいる。彦坂のように没落しながらも武士の心意気をもっている醇朴さこそが日本人であり、今もそれは受け継がれ、庶民の骨格を成していると歴史が示している。ちなみに作者の家族については長編小説『興行師一代』に書かれている。　（井迫洋一郎）

【ぬ】

額田女王《ぬかたのおおきみ》　長編小説

〔作者〕井上靖〔初出〕「サンデー毎日」昭和四十三年一月七日～四十四年三月九日発行。〔初版〕『額田女王』昭和四十四年十二月二十五日、毎日新聞社。〔全集〕『井上靖全集第十九巻』平成八年十一月十日発行、新潮社。〔小説の時代と舞台〕大和、難波、熟多津、娜大津、筑紫、近江。大化六年（六五〇）二月から天武天皇七年（六七八）四月まで。

〔内容〕額田女王を神事に奉仕し、「神の声を聞く」特殊な女性として設定し、中大兄皇子と大海人皇子との緊張した三角関係を描いた歴史小説。連載に先立つ昭和四十二年十二月三十一日、「サンデー毎日」の「作者のことば」に、「『紫の匂える妹』と謳われた近江朝の才媛額田女王を中心に、その生きた時代を書くことは、私の多年にわたる夢でありますす（中略）ただ古代人の心の中にはいることは難しく、果して私の

野望が達せられますか、どうか」とある。

中大兄皇子と中臣鎌足によって政変のあった大化元年に、都が飛鳥から難波に移った。白雉三年（六五二）元日、新宮は「難波長柄豊崎宮」と名付けられた。その夜、大海人皇子は額田を求めて彷徨っていた。そして、もう一人、額田を探す人物、中大兄皇子がいた。しかし、二人の求愛者は額田に逃げられてしまう。

額田女王は、神事に奉仕することを任務としている女官で、歌才に恵まれ、天皇に代わって歌を詠むこともあった。神と人間との仲介者で、天皇の代弁者でもある額田をどうすることも出来ず、大海人皇子は、観梅の宴を開くと嘘を吐いて、額田を呼び出し、強引に関係を結ぶ。かくて、大海人皇子と額田女王の間に、十市皇女が生まれた。愛人となり母となった額田だが、「神の声を聞く」特殊な女性としての誇りを保つため、身体は与えても、心はやるまいと決心する。

その間に、世の中は大きく変化していった。二度にわたって遣唐使が海を渡り、難波から再び大和に遷都された。孝徳天皇亡き後、その御子である有間皇子が謀殺された。有間皇子を斬った中大兄皇子の手は、額田女王に迫っていた。中大兄皇子は、大海人皇子に額田を所望してきたのだ。額田は複雑だった。生殺与奪の権を握っている中大兄皇子に対する怖れもあれば憎しみもあった。有間皇子を死に追いやった怒りもあった。そしてまた、大海人皇子との関係を知りながら、なお自分に挑んでくる不敵さに対して、もう絶対どこへも逃げることは出来ないだろうといった畏怖の思いもあった。百済が新羅と事を構え、半島への出兵のために、朝廷の首脳部が筑紫へ移ろうという時、額田は中大兄皇子の寵愛を受けた。中大兄皇子と大海人皇子が額田女王をめぐって仲違いせぬよう、中大兄皇子と額田に生まれた新しい関係は秘密にされた。娜大津に向かう途中立ち寄った熟多津で、額田女王は中大兄皇子の心で「熟多津に船乗りせむと月待てば／潮もかなひぬ今は漕ぎ出でな」という歌を詠む。その歌を聴いて、大海人皇子は、中大兄皇子に額田の心を奪われたと感じた。百済を救うための日本からの援軍は白村江で惨敗し、結局百済は滅びてしまう。中大兄皇子と鎌足は敗戦責任者として、豪族たちの不平を除き、民を敗戦意識から立ち直らせるための新しい政策を打ち出さねばならない立場に追い込まれた。中大兄皇子はその一環として、都を近江に移し、天智天皇として即位したのである。額田女王は、現世の神になった中大兄皇子と別れねばならなかった。皇子の妃として他の妃と並ぶことは、「神の声を聞く」ものとしての誇りが許さなかった。額田は、自由でありたかったのだ。近江に移ってからは、額田女王はいつも女たちだけに取り巻かれていた。人々には、額田は生き生きとした自由で美貌の女性に見えた。そのうち、大海人皇子と額田女王の間に生まれた十市皇女に縁談が持ち上がる。相手は天智天皇の第一皇子、大友皇子である。実は、十市皇女は一緒に育った異母兄弟である高市皇子と相思の間柄だった。何も知らない額田は不安を抱えながらもこの縁談を承諾し、十市皇女は大友皇子の元へ嫁いでいった。鎌足が死に、今までは鎌足が間に入って取り成してきた、天智天皇と大海人皇子との間に確執が生じる。天智天皇は新しい重臣の序列を発表し、大友皇子を太政大臣に任命した。大海人皇子は遠ざけられた格好になったのである。その後、天智天皇が重い病患に倒れた。大海人皇子は混乱を避けるため、吉野に赴き、出家した。天智天皇は崩御し、大友皇子が皇位を踏む

はずであった。しかし、大海人皇子が吉野で挙兵し、高市皇子も近江を出て父の元へ走る。その他にも多数の朝臣が吉野側へ加担するために近江を脱出し、結局、大友皇子は敗れてしまう。大海人皇子は新しく営まれた飛鳥浄御原宮において帝位に即いた。天武天皇である。天武天皇の三年（六七四）、亡き天智天皇の山科陵の造築成った時、額田女王は勅を拝して歌を作った。その歌を最後にして、額田の消息は史書から消えている。額田が飛鳥の新しい都において、いかなる立場で、いかなる生活を持ったかは不明である。

（荒井真理亜）

【ね】

ネオンと三角帽子《ねおんとさんかくぼうし》　短編小説

〔作者〕黒岩重吾〔初出〕「サンデー毎日」昭和三十三年十月号。〔初収〕『相場師』昭和三十五年十一月二十五日発行、東方社。〔小説の舞台と時代〕ミナミ。昭和三十三年頃。

〔内容〕夜になると、道頓堀界隈はネオンの渦である。大川捨一はキャバレー花の夢のボーイに応募、採用される。その時、新しくホステスに採用されたみどりと出会う。先輩のいじめにも怒りをこらえて頑張り、上司の評判は良い。しかし、ウィスキーを盗んだボーイの名を上司に告げ、仁義に反していると、可愛がってくれた田中に見損われる。くびになったボーイに襲われるが、その名を警察には告げなかった。これが上司の耳に入り、見所があるとして、ガイドに出世する。好きだったみどりは大会社の社長の妾になり、田中は情婦を刺す。田中からの別れの手紙には、僕は君が好きだ、ボーイも人間だ、道化師のような三角帽子を被るな、とあった。

（中谷元宣）

寝腐れ髪《ねくされがみ》　短編小説

〔作者〕今東光〔初出〕「小説現代」昭和四十四年九月号。〔初収〕『小説河内風土記巻之六』昭和五十二年七月十五日発行、東邦出版社。〔小説の舞台と時代〕八尾。明治、大正、昭和。

〔内容〕「河内もの」の一つ。菊村の別嬪お芳が官員の子を孕む。お芳は父無し児として太平を生む。太平の倅が仁吉である。仁吉は萱振村の地主である西川の娘お民と結婚する運びとなる。お民には三つ年上、二十三歳の自分つきの女中お牟妻がいた。お民とお牟妻は同性愛に耽っていた。そこに仁吉も加わった愛欲の世界が展開する。仁吉はお民の寝腐れ髪が蛇のように枕元に這っているのを見ながら、この女を是非とも嫁に迎え、お牟妻をも手許に引き取りたいと思うのであった。

（中谷元宣）

猫も杓子も《ねこもしゃくしも》　長編小説

〔作者〕田辺聖子〔初出〕「週刊文春」昭和四十三年十二月九日～昭和四十四年七月七日発行。三十回連載。〔初版〕『猫も杓子も』昭和四十四年九月二十五日発行、文藝春秋。〔文庫〕『猫も杓子も』〈文春文庫〉昭和五十二年七月二十五日発行、文藝春秋。〔全集〕『田辺聖子全集第二巻』平成十六年十月十日発行、集英社。〔小説の舞台と時代〕御堂筋、梅田、千日前、中之島、丼池、大阪城、堂島川。現代。

〔内容〕夏木阿佐子は三十歳の独身である。マンガやさし絵を描いたり、少女雑誌に詩や小説を書いたり、テレビドラマを書いたり、自分でも出演したりする。恋人の悟は年下で、船場の雑貨問屋の息子である。阿佐子は悟と寝ながらも結婚する気はない。束縛されるのがいやなのだ。阿佐子は悟の

ことを別にして、呑ン兵衛の高校教師の冬木信吉に惚れ、誘惑しようとするが、信吉は女より酒を愛するタチで、阿佐子は悪酔いする。悪酔いした阿佐子をさりげなくモノにしたのが、女に手の早い国包弁護士だが、阿佐子はこの中年男に夢中になる。このほか服飾デザイナーの伊吹レイ子（四十代の独身）とその若い愛人ミノル、レイ子の友人で洋装店を経営する桑田芽利、阿佐子のアシスタントの山元かすみと悟の情事など、それぞれの人間模様を展開させる。大阪を舞台にして、三十歳の当世風の独身女性の色恋が描かれる。（浦西和彦）

【の】

野井戸《のいど》　短編小説

〔**作者**〕今東光〔**初出**〕「別冊小説新潮」昭和三十六年一月号。〔**初収**〕『今東光秀作集第一巻』昭和四十二年六月十五日発行、徳間書店。〔**小説の舞台と時代**〕八尾。昭和三十年頃。

〔**内容**〕「河内もの」の一つ。元禄年間の大和川の付け替え工事により、大和川から遠く離れた村々はかえって水利の便を失ったため、多くの野井戸を掘らなければならなかった。しかし近年になり、次第に水利が発達してきたので、いつとなく野井戸がなくなり、忘れられた存在になってきた。夏祭りの夜、曙川の土堤でおちかは音吉と結ばれる。秋になるまで密会を重ねる。おちかは妊娠する。しかし音吉は逃げる。山本新田の産婆の所で堕胎する。おちかは嬰児を玉櫛川右岸の自分の地所の野井戸に捨てる。おちかの父平作は土地会社の埋め立て用の土を盗んで、毎夜この野井戸を埋めていた。平作はこの野井戸を埋め土地を高値で売りたがっていたが、土を買う金がなかったのだ。おちかと母は、その盗みを止めさせるために争い、平作を古井戸に落としてしまう。友吉の助けを借り平作を引き上げる。友吉はおちかへの愛を告白、帰路を急ぐのであった。（中谷元宣）

野井戸《のいど》　短編小説

〔**作者**〕今東光〔**初出**〕「小説新潮」昭和四十一年十一月号。〔**初収**〕『裸虫』昭和四十二年十一月二十五日発行、新潮社。〔**小説の舞台と時代**〕八尾。昭和三、四十年頃。

〔**内容**〕「河内もの」の一つ。お留の家は八尾中野村の一番北の外れにあった。お留は子供心に自分が父親似で美しくないことを悟っていた。男も近寄らなかった。お留はお種に誘われ、上ノ島の盆踊りに出かけた。お種にはぐれたところで男に声をかけられた。恩智川に近い田圃道を一緒に歩いていると、男は口笛を吹き、草叢から五人の若者が飛び出した。お留は押さえつけられ輪姦される。しかしお留は悦楽した。お留の秘所は草叢の中にある野井戸のごとくであった。その年の冬、布施や鶴橋の市場に生花を卸している、九歳上の川田重作の嫁になる。夫婦は中野村に住んだ。七年も経つと夫婦も倦怠してくる。そんな時、夫の従弟万作が下宿してくる。万作は、その昔お留を輪姦した一人だった。お留は復讐と称し、万作を犯し返すのであった。（中谷元宣）

覗きからくり《のぞきからくり》　短編小説

〔**作者**〕今東光〔**初出**〕「小説新潮」昭和三十四年六月号。〔**初収**〕『河内風土記』昭和三十五年四月二十日発行、新潮社。〔**小説の舞台と時代**〕八尾。昭和三十年頃。

〔**内容**〕「河内もの」の一つ。八坂神社の境内に覗きからくりがやって来た。地獄極楽を見せている。天台院の和尚が子どもの頃、叔父の家から追手門の近くにある学校へ一

年間だけ通学したことがあった。その頃、叔父は玉造に住み、そこから三十七連隊に通勤していた。ゆえに、和尚は玉造にある神社の夜宮によく行ったものだったが、その時分の覗きからくりは「古市十人斬り」の弥太郎と熊五郎などという人物の活躍を節廻し面白く竹で叩いて哀しい節調を聞かせたものだった。それから半世紀を隔てて八尾市の町はずれで、ひょっこりと覗きからくりに出会ったのだから、和尚は感無量の面持ちで正面の看板に見入った。かつて、作次は人妻のおちかと不倫し、浅吉親分の飯場の帳簿に穴をあけ、逃げた。諸方を渡り歩いた末、布施の若江岩田辺りに潜んでいるうち、覗きからくり屋になり、八尾に帰ってきたのだった。（中谷元宣）

信長と秀吉と家康《のぶながとひでよしといえやす》　長編小説

〔作者〕池波正太郎〔初版〕『信長と秀吉　関ケ原の決戦』〈物語日本史6〉年月日記載なし、学習研究社。書き下ろし。〔再刊〕『信長と秀吉と家康』昭和四十六年三月十日発行、東京文藝社（このとき改題）。〔文庫〕『信長と秀吉と家康』〈ＰＨＰ文庫〉平成四年八月十七日発行、ＰＨＰ研究所。〔所収〕『完本池波正太郎大成第二十七巻』平成十二年九月二十日発行、講談社。〔小説の舞台と時代〕大阪（堺、石山、河内）、愛知、東京、京都ほか。天文十六年（一五四七）から元和二年（一六一六）。

〔内容〕「織田信長」「豊臣秀吉」「徳川家康」「関ケ原の戦い」「豊臣家ほろぶ」の五章から成り立つ。

　応仁の乱の後、日本で百年にも及ぶ戦争が絶えなかった時代を、いわゆる「戦国時代」と呼ぶ。その間、武人であり大名にして、初めて国の乱れを鎮め、天下を治めたのが織田信長である。信長は、少年の頃から「人間五十年。天下のうちをくらぶれば、夢まぼろしのごとくなり」という文句を好んでいたという。また、信長の草履持ちからその頭の良さと技量でみるみる出世し、織田信長が自決した後、天下を取ったのが豊臣秀吉である。徳川家康は、六歳の頃から今川義元のもとで人質生活をし、信長や秀吉の動きをじっくりと眺め、時をおいて、秀吉が死んだ後に天下を取り、征夷大将軍に任命された。この三人の性質の異なりは、「鳴かぬなら～ほととぎす」の歌でも有名だが、それぞれの考え方、やりかたで国を統一したことは事実である。主に大坂が舞台となるのは、信長が没した後、秀吉が、天正十一年（一五八三）より石山本願寺に築いた大坂城に本陣を構えてからである。家康は、関ケ原の戦いの後、慶長十九年（一六一四）十一月に「大坂冬の陣」、元和元年（一六一五）五月に「大坂夏の陣」と、二回に亙って大坂城を攻めている。また、信長は、貿易港である、大坂の堺の町を手に入れ、そこで鉄砲を造っていたと言われている。

　この作品では、信長や秀吉、家康などの死に際まで描いており、その人間像に迫っている。また三人を取り囲む人物たちの裏話も付け加えられている。（田中　葵）

蚤師瓢助《のみしひょうすけ》　短編小説

〔作者〕藤本義一〔初出〕「オール読物」昭和四十九年六月号。〔初収〕『一尺五寸の魂』昭和四十九年十二月十日発行、文藝春秋。〔小説の舞台と時代〕ミナミ、長崎、上海など。明治十年代から昭和二十六年。

〔内容〕稲荷屋瓢助は幇間師の妾の子である。母が結婚する相手の男が気に入らず、母と別れることになるが、別れの夜、瓢助は母に男にしてもらう。その時、母の内股にとりついた飴色に輝く蚤が官能とともに

記憶に残る。道修町中央の木賊屋に丁稚奉公に上がるが、藝に目覚める。同時に、蚤を偏愛するようになる。アメリカのジョネス一座に蚤の曲藝があることを知り、天王寺での集金を持ち逃げして、長崎に行き、上海に渡る。その旅の船中で松江と結ばれ、行動をともにする。瓢助は辛苦の中で蚤の曲藝を追究、大阪に帰ってくる。しかし苦労がたたり、身重の松江は赤ん坊もろとも死んでしまう。瓢助は傷心を抱いたまま、明治二十八年の春、千日前で興行を打つが、もの珍しさだけが売りで長続きせず、各地を転々とする。大正から昭和に年号が変わる頃には、瓢助は精密機械工場の工員となり、戦後、大阪市生野区田島町のレンズ工場の工員となった。蚤とともに曲藝をしただけあって、レンズの研磨における彼の仕事の精密さは群を抜いていた。蚤のサーカスが登場するチャップリンの「ライムライト」を観ることを楽しみにしながら、その封切前の昭和二十六年の暮れ、帰らぬ人となるのであった。

（中谷元宣）

暖簾《のれん》　長編小説

〔作者〕山崎豊子〔初版〕『暖簾』昭和三十二年四月二十日発行、東京創元社。書き下ろし。〔全集〕『山崎豊子全集1』平成十五年十二月二十五日発行、新潮社。〔小説の舞台と時代〕船場、順慶町、島之内、泉佐野、日本橋、立売堀。明治二十九年三月から昭和三十年八月下旬まで。

〔内容〕明治二十九年三月はじめ、郷里の淡路島から金儲けのために大阪へ出た十五歳の八田五平は、通りすがりの浪花屋利兵衛に拾われ、昆布問屋「浪花屋」で丁稚奉公することになる。丁稚名は「吾吉」。奉公人としての労働は厳しいものだったが、明治三十六年二十二歳で丁稚から手代に出世、吾七と改名。この年、吾七の加工した昆布が内国勧業博覧会に行幸した天皇陛下の献上品となるなど、着実に商売人としての実力をつけた吾七は二十四歳で番頭格となり、二十七歳で暖簾を分け与えられ独立。名前も八田吾平に還る。立売堀に店を構えた吾平は暖簾を遵奉する船場商人の掟を守りつつ大阪商人の持つ合理精神を発揮し、浪花屋を発展させてゆく。しかし、関東大震災で積荷の昆布が焼け、さらには昭和九年には水害に遭い、昆布がすべて流されるなど、必ずしも順風満帆ではなかった。水害の後暖簾を抵当に入れ、借銭に奔走した末工場を再建。阪急百貨店との取引が当たって借金生活から立ち直る。大戦が始まり、昆布が統制品になると加工工場の廃業を余儀なくされ、配給品の販売を心ならずも受け持つ。そして昭和十八年の空襲に遭い、船場は焼けてしまう。終戦後、暖簾を掲げての商売にあくまで執着する吾平だったが旧円封鎖により暖簾復活の最後の望みが断たれてしまう。昭和二十一年浪花屋の暖簾再建に着手したのは吾平の次男孝平であった。暖簾の精神や繋がりの絶えた中で昆布の入荷に奔走。その熱意を買われて近畿昆布荷受組合に招かれ、荷受現場を担当し、商品を選別する目を養う。二十二年九月父吾平死去。逆境に立たされるが統制経済の取れた時が勝負だと思い定め、二十三年秋、統制経済の撤廃を前に浪花屋開店を決意。その年の十二月中旬、日本橋二丁目に浪花屋は再建を果たした。暖簾に寄りかかれなくなった戦後の社会の中で、再建後の浪花屋は、努力する大阪商人の精神を受け継ぎつつも、合理的精神を重んじる孝平によって堅実に成長する。二十五年の朝鮮戦争によって景気が上向いたのを境に新たに加工工場を建て、製造販売を一本化。さらに孝平は百貨店の一画に『大阪老舗街』を作り、東京への進出を企てるなど多角的な経営手

腕を発揮。そして昭和三十年の三月、元あった立売堀に浪花屋の暖簾を再び掲げる。伝統と格式を持った浪花屋を再び取り戻したのだった。しかし日本経済の中心はすでに東京に移っており、大資本が優位に立つ経済機構に変わっていた。孝平は暖簾の下に商いをしていた大阪の力を信じ、必ず元の大阪を取り戻すと心のなかで呟く。

（大杉健太）

のんきな患者《のんきなかんじゃ》　短編小説

〔作者〕梶井基次郎〔初出〕「中央公論」昭和七年一月号。〔全集〕『梶井基次郎全集第一巻』昭和四十一年四月二十日発行、筑摩書房。〔小説の舞台と時代〕阿倍野界隈。昭和七年頃。

〔内容〕結核を患い、死の恐怖を感じながらも、どこか達観した雰囲気で自己の心の葛藤と、周囲の人間への感情を語る主人公吉田の生活を描く。主人公には作者自身の強い投影があり、舞台も住居のあった阿倍野界隈であろうと思われる。昭和四年八月、阿倍野界隈の人々がいかにして結核にやられるかを見聞、これが本作品の材料となった。同人雑誌以外に発表された唯一の作品である。本作発表後、持病の結核が悪化、昭和七年三月二十四日、永眠。阿倍野葬儀場にて荼毘に附され、南区中寺町二十四常国寺に埋葬された。

（中谷元宣）

【は】

背信の炎《はいしんのほのお》　短編小説

〔作者〕黒岩重吾〔初出〕「オール讀物」昭和三十九年九月号。〔初収〕『さ迷える魂』昭和三十九年十一月十五日発行、新潮社。〔全集〕『黒岩重吾全集第二十七巻』昭和五十九年八月二十日発行、中央公論社。〔小説の舞台と時代〕釜ケ崎、白浜、宝塚。昭和三十年代。

〔内容〕破産した香代産業社長香代達男は、白浜三段壁で投身自殺を偽装し、釜ケ崎に身を隠した。破産したことだけがこの行動の理由ではなく、妻美沙緒の不貞を探ることも目的であった。香代は全てを知る。会社の破産は部下石戸の計画的なものであり、しかも妻と関係があり、妻もそれに加担していたのだ。まず、石戸を絞殺する。次に覆面をして妻を襲い、目隠しして犯すが、夫であった時一度も妻を燃えさせることができなかったのに、今、目の前の妻は燃えていた。香代は人生に絶望する。香代は白浜の崖に向かうのであった。

（中谷元宣）

背徳のメス《はいとくのめす》　長編小説

〔作者〕黒岩重吾〔初版〕『背徳のメス』昭和三十五年十一月二十五日発行、中央公論社。書き下ろし。〔全集〕『黒岩重吾全集第一巻』昭和五十八年七月二十日発行、中央公論社。〔小説の舞台と時代〕阿倍野。昭和三十年代。

〔内容〕阿倍野病院産婦人科医師植秀人（三十五歳）は、妻に裏切られ別れた後、無頼漢のごとく生き、女遊びも激しかったが、医療には真剣に携わる男である。勤務病院の科長西沢が手抜きミスを犯し、堕胎患者光子を死なせてしまう。旧帝大医学部出身の西沢は自らの非を認めない傲慢な人物で、地方の臨時医専しか出ていない植を見下し、口裏を合わせるように促すが、植は良心と反抗心から同調しない。光子の男でやくざの安井は西沢を脅して慰謝料を請求するが、西沢は屈しない。ある夜、泥酔した植は睡眠薬を飲まされ、ガス栓が開かれ殺されかける。植は、西沢をはじめ、多くの女から恨まれている。植は真相を追及する。医者同士の権力構造が浮き彫りになる。植と西

沢が対立を深める中、西沢は植に助かる見込みのない患者を押しつけ、植の失敗を誘い、それを咎めないのを条件に、自身のミスも責めないように言う。植は従う。敗北であった。丹念な追及の結果、植を狙った犯人は、西沢を愛していたオールドミスの婦長信子であったことがわかる。その愛を取り戻すための犯行であった。西沢の信子への愛は冷め、嫌悪すら感じている。しかし信子は、この世でただ独り肌を許した西沢を道連れに、毒をあおって自殺する。植は都会の泥のような人間関係に疲れ、故郷の岩手富士の秀峰を思い浮かべるのであった。

作者は、全集の解説「無名作家の頃」において、本作品を推理小説ではないとしつつ、「推理的手法を駆使して、様々な過去を引きずっている人間の葛藤を描いた小説である」としている。第四十四回直木賞受賞作品。

（中谷元宣）

爆竹殺人事件《ばくちくさつじんじけん》　短編小説

〔作者〕藤沢桓夫〔初出〕「オール讀物」昭和三十二年四月号。〔初収〕『そんな筈がない』昭和三十二年七月十日発行、講談社。〔小説の舞台と時代〕天王寺。昭和三十年頃。

〔内容〕医大生康子の活躍を描いた推理小説。康子の幼馴染、留岡初子の伯父弥市が殺された。猜疑心が強い金の亡者だった弥市は、浮御堂を寝室にしていた。現場は全くの密室で、外部から侵入し弥市を殺すことは不可能であった。容疑者は、留岡家にいた五人のうちの一人であることは明らかだが、凶器も発見されず解決の糸口は見つからない。手がかりは弥市に残された傷が、銃創のようなものであるということのみである。康子は凶器が、弾丸のように加工でき、それでいて証拠を残さないもの、ドライアイスであると推理する。また、その弾丸は、浮御堂の直線上にある土蔵の二階から撃たれたものであることを突き止める。しかし、容疑者のうち四人は射撃の達人であった。そこで、康子はドライアイスの入手経路から犯人を割り出す。四月という季節はずれな時期にドライアイスを入手していたのは、支配人の丸橋であった。弾丸を発射した際の銃声は、隣家の中華料理屋が祝いに鳴らしていた爆竹の音にかき消されたのであった。

（巻下健太郎）

はげっしょ蛸《はげっしょだこ》　短編小説

〔作者〕今東光〔初出〕「小説新潮」昭和三十四年九月号。〔初収〕『河内風土記』昭和三十五年四月二十日発行、新潮社。〔小説の舞台と時代〕八尾。昭和二十年代。

〔内容〕「河内もの」の一つ。七月三日の半夏至（はげっしょ）、河内国ではどこの農家でもぼた餅を作り、蛸を食べる。聞くところによると、ある年、河内国の田圃が稲虫病ですっかり剝げてしまった。幸いに剝げなかった農家ではぼた餅を作って祝った。その祝い酒の肴が蛸だったそうだ。はげっしょというこの土地の訛りが、田の剝げたのに通ずるのも面白い。寅吉は若江岩田の農家から、八尾中野に養子に来る。寅吉は食事にまで口を出す、非常な倹約家だった。妻花子の父が病で床についた。あまり食欲のない父が、半夏至蛸を食べたがったので、花子は寅吉に買ってくれるように頼む。しかし寅吉は許さず、しかも医者の注射までけちり、間もなく父は死ぬ。葬式も質素に済ます。お通夜に酒を出すという村の因習についても、農村一番の悪習と言い一滴の酒も出さなかったので、人は集まらず、淋しい限りだった。やがて姑も亡くなり、花子もぽっくり死んだ。花子が死んでから、半夏至が来ると寅吉は蛸を仏壇に供えた。中野部落と山本地区の接点みたいな路地に、

華道の先生の情婦ができる。女は共同経営の花屋を開店しようと持ちかける。寅吉は百万円を用意し手渡すが、女は持ち逃げする。寅吉は村有墓地で首吊り自殺する。半夏至の翌日、七月四日の出来事だった。

（中谷元宣）

橋と笑い《はしとわらい》　エッセイ

〔**作者**〕秋田実〔**初出**〕『随筆集大阪讃歌』昭和四十八年九月二十九日発行、ロイヤルホテル。

〔**内容**〕子供の時友達と大阪の橋の名前でクイズをしたりして遊んでいた。たとえば、大阪にバシと濁らないハシが三つあるとか。また難波橋の石のライオンが話題になったときもある。そして、「渡ると英語を覚える橋がある、エービーシ橋」だった。町の便利になる橋をどんどん架けて下さい、という。

（桂　春美）

橋の上《はしのうえ》　短編小説

〔**作者**〕宇野浩二〔**初出**〕「電気と文藝」大正九年十一月号。〔**初収**〕『わが日わが夢』大正十一年二月十五日発行、隆文館。〔**全集**〕『宇野浩二全集第三巻』昭和四十三年九月二十五日発行、中央公論社。〔**小説の舞台と時代**〕大阪ミナミ、戎橋、住吉公園。明治三十年頃、明治四十年頃。

〔**内容**〕「一　氷店」「二　初恋」「三　朝鮮の客」の三章から成る。戎橋の上から眺められる電気広告にまつわる挿話である。「一　氷店」では、私の六歳か七歳位の時、母と一緒にいった戎橋の上に出店を出していた氷店のこと、その橋の上から見た舌を出す人間の顔の形をした電灯広告の思い出が書かれる。「二　初恋」では、それから十二、三年後、中学五年生の時の初恋が描かれる。幼なじみのおもよが藝者として出ていた。私は脚気を病んだ夏、偶然にもおもよが心臓病をわずらって「お座敷」を休んで家で養生していた。毎晩私たちは家の表の涼み床に腰をかけて話し合った。そのうち秋が来て、私たちは出会う機会を失った。その年の冬、偶然おもよと出会い、住吉公園で半日をともに過ごした。だが、向かい同志に住みながら、一日一日と離れてしまった。いつか一年が廻って、私は高等学校の試験に落第し、その上、また脚気で水腫れした体を太い木の杖で支えて歩いていると、彼女の姿を認めた。私たちは何にも言わないでもじもじして立っていた。箱屋にうながされて、そのまま別れた。私が杖に力を込めて立ち止まっていたところがE橋の橋詰めだった。楕円形の電気広告に四方から軽い笑い声が起こるのであるが、私だけは笑えなかった。

「三　朝鮮の客」は、それから後の或年の夏、暑中休暇で大阪へ帰った時のことである。E橋を通りかかった時、例の電気の顔の広告塔を数十人の人夫が壊していた。日韓合併で朝鮮の有力者を御馳走するために案内した時、電気の顔が真っ赤な舌を出すのに、彼等は電気仕掛で侮辱すると言って怒ったため、「その言訳と謝罪といふ訳で、大急ぎであれを潰してるんやといふことだす」という。私は人々と一緒に橋の上から馴染みの深い電気の顔が取り壊されるのを眺めた。

（浦西和彦）

走らなあかん、夜明けまで《はしらなあかん、よあけまで》　長編小説

〔**作者**〕大沢在昌〔**初出**〕「小説現代」平成四年八、十一月号、平成五年五、八月号。原題は「大阪タフナイト」。〔**初版**〕『走らなあかん、夜明けまで』平成五年十二月三日発行、講談社。〔**小説の舞台と時代**〕梅田、福島、難波、十三、大阪市内。現代。

〔**内容**〕食品会社に勤める坂田勇吉は、新

製品の宣伝会議の為に大阪にいた。自分の名前と一字違いの坂田三吉の記念館で勇吉は、新製品の入ったアタッシュケースを盗まれてしまう。盗んだ相手はやくざに繋がる男で、彼らの取引に巻き込まれることになる。アタッシュケースを追う中で、知り合った真弓と共に、アタッシュケースが組事務所に運ばれたことを突き止めた勇吉は、事務所へと出向く。勇吉のアタッシュケースは、やくざ同士の取引の最中に間違えて盗まれたと知らされるが、勇吉はやくざ達に本当のアタッシュケースを取り戻してくるように言いつけられる。真弓を人質に取られ、勇吉は相棒に付けられたサンジと共に、アタッシュケースを求め大阪の街を駆け回る。途中、真弓の知り合いのケンに助太刀を求め、勇吉はアタッシュケースのありかを突き止める。しかし、それを勇吉一人で取り戻すのは絶望的な状況であった。知恵を絞り、機会を待って何とかアタッシュケースを奪い返した勇吉は人質になった真弓を引き取る。安心したのも束の間、アタッシュケースを奪い返したやくざに見つかってしまう。だが、万事窮すと思われたとき、刑事達に助けられる。（巻下健太郎）

裸の時間《はだかのじかん》　エッセイ

〔作者〕開高健〔初出〕「インセクタリウム」昭和四十九年一月号。〔初収〕『白昼の白想』昭和五十四年一月十五日発行、文藝春秋。

〔内容〕今は団地アパートになってしまったが、幼い頃住んでいた大阪の南の郊外で、トンボつりや魚釣りをして遊んだ。その当時は川や池がいたるところにあり、生き物の息づかいがあった。泥だらけになって夢中に遊んだその時間はまさに「裸の時間」だったが、今はどこに散ってしまったのだろう、と述べる。（大杉健太）

裸虫《はだかむし》　短編小説

〔作者〕今東光〔初出〕「小説新潮」昭和四十二年八月号。〔初版〕『裸虫』昭和四十二年十一月二十五日発行、新潮社。**〔小説の舞台と時代〕**八尾。昭和初年頃。

〔内容〕「河内もの」の一つ。相撲取りのことを裸虫という。河内国の青年らは三度の飯より相撲が好きだと言えるかもしれない。そのため民間団体としての相撲部屋が出現したわけで、これは他地方には見られない特徴ということができる。朝吉の兄は旭鶴という四股名の、かつて北中南河内連合相撲大会で五人抜きの優勝を果たした力士で、良き親方となっている。十八歳で八尾に刷子産業を持ち込み、寒村を潤し、弱冠二十五歳で町会議員として町政を運営することになった。相撲部屋同士の対立、選挙妨害などもあったが、朝吉は元力士の荒磯と争って勝ち、鈴子と結婚する話までする。しかし、しばらく馴染んだことのある郡山の廓のお染が押しかけて来て、関係を持ってしまう。これが露見し、失意の鈴子は荒磯と失踪してしまうのであった。（中谷元宣）

畑の細君《はたのさいくん》　短編小説

〔作者〕岩野泡鳴〔初出〕「黒潮」大正五年十二月一日発行、第一巻第二号。〔全集〕『岩野泡鳴全集第六巻』平成七年十月二十日発行、臨川書店。**〔小説の舞台と時代〕**大阪（玉造、心斎橋、千日前）、東京ほか。大正期。

〔内容〕東京で日本語教師をしている蓮太郎は、暑中休暇を利用して大阪へやってきた。十五、六の時、ある宣教学校にいた時から今日に至るまで、七年も付き合いを続けてきた友人で大阪に住む、畑武一から結婚するという手紙をもらったからである。蓮太郎は東京で、ある小学校の女教員と関係を持ち、結婚を考えていた。だが、十二、

三の頃から相親しんで、十五、六の頃、大阪に出るために別れる時、行く末は一緒になろうというような事を約束しておいた女がいた。ある事情でその家とは音信不通になったが、大阪に出ているに違いないと思い、その女が見つかれば、今の女とは手を切ってもいいという下心があった。だから、東京の女を置いて一人で出てきたのである。蓮太郎は、畑の家にしばらく泊まり、友人たちと楽しい時間を過ごす。畑の妻菊子は、彼の学生時代からの付き合いで、蓮太郎も知っていた。菊子はちょっとしたことから蓮太郎を嫌っており、一時は、畑との仲を隔てようとしたこともある。そういうことから、蓮太郎は畑の家を訪ねることを少し気兼ねしていたのだが、思ったより菊子はさっぱりとした女であった。蓮太郎は、友人夫婦の新生活や、その周囲に仲間入りをしている面白さから、昔の恋人のことはあまり気にならなくなっていった。また、学生時代の知り合いである、渡辺の妻と親しみを有したいという気持ちにも駆られる。そんな折、東京に置いてきた女から届いた手紙にも、早く会いたいが、ついでだからこの夏中は大阪に遊んでいたい、と返事を書いた。そうして畑の家で過ごしているうちに、蓮太郎は、最初はなんとも思わなかった菊子のことが気になっていった。菊子と一緒に乗った、狭い二人乗りの車や、自分のハンカチと間違えて、菊子の裾を引っ張ったことが、蓮太郎に変な気を起こさせた。蓮太郎は、男の気持ちというものは、どうしても、昔のよりは今の、遠い方のよりは手近なのへまとまって行くと考えた。そして、大阪に来た最初の目的の為に、心斎橋の煙草屋を訪ねたが、何の手がかりもつかめなかった。

（田中　葵）

ハッピイ・バースデイ《はっぴい・ばーすでい》

短編小説

〔作者〕富岡多恵子〔初出〕「新潮」昭和四十九年十一月一日発行、第七十一巻十一号。〔初収〕『動物の葬礼』昭和五十一年二月十五日発行、文藝春秋。〔全集〕『富岡多恵子集2』平成十年十月二十日発行、筑摩書房。

〔**小説の舞台と時代**〕大阪。現代。

〔**内容**〕ナカタナツノは、大阪府の北のはずれの山の中にある、キリスト教会がやっている老人ホームで暮らしている。昼の食事のあと、ナツノのいる部屋へ食器をとりにきた教会の女のひとが、その部屋にいる六人の老人に向かって「今日はナカタさんのお誕生日だから、夕食はごちそうよ、みんな」と言って出て行った。明治の生まれだから、今風の正確な年齢の数え方ができないナツノは、正月に八十四だと思ったから、誕生日ならば八十三歳になるのだろう、と思う。ナツノのもとを訪ねて来るのは、ナツノの妹と、妹の娘と息子、そしてその息子の幼い子供だけである。ナツノの妹は、もう七十歳であり、妹の娘ヨーコも四十歳を過ぎている。そして、妹の息子のシゲオは三十七か八になる三児の父親である。ナツノの妹は、一度結婚した相手の子供ふたりを三十代のはじめからひとりで育てており、その妹が働かねばならぬ間、ナツノは幼い子供の面倒を見ていた。五年前に、ナツノが老人ホームへ行くと決心した時、妹とその息子は自分たちといっしょに住むように何度もすすめたが、何十年もひとりで暮らしてきたナツノは、八十歳も近くなって妹の息子の家族の中へ入っていくのはいやなことだった。ナツノは、区切りなくつづいていく毎日の中で、特に思い出すこともなかった。ナツノは、長生きしてくれというひとには、いったいいつまで生きてやれば満足するのだろう、と思う。夕食の時間になり、「ほら、ごちそうよ、今日は。

ナカタさんのお誕生日だから、みんなごちそうよ」と言いながら、ホームの女のひとが、みんなに夕食を配った。しかし、誕生日のごちそうといっても、老人ばかりだから、特別のものはなく、いつもとほとんど変わらない。誕生日だからといって、ナツノに話しかけるひとはいない。（三谷　修）

初昔《はつむかし》　エッセイ

〔作者〕谷崎潤一郎〔初出〕「日本評論」昭和十七年六〜九月号。〔初収〕『初昔　きのふけふ』昭和十七年十二月三十日発行、創元社。〔全集〕『谷崎潤一郎全集第十四巻』昭和五十七年六月二十五日発行、中央公論社。〔内容〕回想。松子夫人との生活、旅の思い出、老年による弱気、モルガンお雪の帰郷、『源氏物語』現代語訳、初孫の誕生などが記される。また、もし一人で生きるなら、船場か島之内の路地の奥の長屋に住み、家の掃除に励み、戎橋心斎橋界隈の飲食店、百貨店の食堂で食事して、千日前辺りで寄席や映画を観るなどして、終日大阪の街を歩き廻りたい、と松子夫人との結婚前の独身時代に思ってみたりしたことを語っている。（中谷元宣）

はつむかし《はつむかし》　短編小説

〔作者〕富岡多恵子〔初出〕「文藝」昭和五十年八月一日発行、第十四巻八号。〔初収〕『動物の葬礼』昭和五十一年二月十五日発行、文藝春秋。〔全集〕『富岡多恵子集3』平成十一年一月二十日発行、筑摩書房。〔小説の舞台と時代〕大阪（池田）、京都（大原）。昭和二十二年。

〔内容〕戦争が終わって二年目ぐらいのことである。兼松順之介の家には、数所帯がいっしょに住んでいた。順之介には九つと十の二人の男の子があり、女房は中肉中背の美人であった。他に、順之介のふたりの姉が、それぞれ亭主や子供をつれて、順之介の家に住んでおり、また、順之介の母親もそこにいた。順之介の姉たちは、いずれも、大阪の中心部で家を焼かれて、そこへ来ていたのである。順之介は、京都のエライお茶の宗匠のところへ通いながら、となり近所の若い娘たちにお茶を教えていた。しだいに順之介は「お茶」にのめりこんでいき、若い娘たちへの稽古をしなくなっていく。順之介は、おくさんが揃えた金で、京都へ茶の道具を買いに行き、茶室にこもっていた。おくさんは、金の愚痴は一言も夫に言わなかったが、ついに実家へ帰ってしまう。そして順之介は、お茶のため、家を抵当に入れてお金を借りる。そのうちに、順之介のふたりの姉の家族も、元の大阪の中心部へ帰っていったので、家の中は息子ふたりと老母だけになり、老母の頼みで順之介の妻は実家から呼び帰される。順之介は、おおかた京都へ行って留守で、家にたまっていくのは茶道具だけである。そのうち、順之介の妻は、お金のため、近所の娘に和裁を教えるようになり、順之介は家を出て、大原の田舎の小さな借家にひとりで暮らし始める。そして、抵当にとられた家を出ることをせまられた順之介の妻は、ついに京都のはずれにいる夫のところへいく決心をする。だが、老母が京都へ行くのを嫌がったので、老母のことを相談するため、順之介の妻は、長男の順彦に留守番をさせて、次男の道彦だけを連れ、夫のもとへ行くことにする。順之介の妻が道彦を連れて夫の家を訪れると、順之介は息子の見ている前で妻を凌辱してしまう。しかし、その一週間後には、老母と妻と、ふたりの息子は、その狭い順之介の家に住みはじめていた。（三谷　修）

花狩《はなかり》　長編小説

〔作者〕田辺聖子〔初出〕「婦人生活」昭和三十三年三〜十二月号。〔初版〕『花狩』昭和三十三年十一月三十日発行、東都書房。〔長編全集〕『田辺聖子長篇全集1』昭和五十六年十月一日発行、文藝春秋。〔小説の舞台と時代〕大阪の福島。明治四十年から昭和二十年まで。

〔内容〕メリヤス女工のおタツはメリヤス職人の半次郎と心中騒ぎまでおこして一緒になった。二人は働きぬき、せっかく持てた小工場も火事で焼ける。しかしへたばらず第一次大戦の好況の波にのって職人四十人、女中三人を使うまでに成功する。だが長女の田鶴は肺病に蝕まれて死に、ひどい不景気がつづくなか夫の半次郎は長患いのあげくに死に、工場もつぶれる。おタツはメリヤスの行商や家政婦となって働きつづける。満州事変、台風、日華事変など時代は激動する。長男は戦死し、娘のかめ子は剣持と結婚したが、気に入らぬ男である。空襲で焼け出される。敗戦になると満州から引きあげてきた娘夫婦に厄介がられ、岡山県の玉島に追っ払われる。おタツは花吹雪のなかで「大阪へはやく帰ろう」と思う。「大阪のゴミの中から生れ、大阪のゴミを吸って生涯をすごした人間は、大阪で働いて死に、大阪のゴミになりたいのだ。大阪の臭いどぶの淀んだにおいがなつかしかった」のである。おタツという市井の女性の一代記を大阪近代史の流れのなかで描いた。

（浦西和彦）

花藝人《はなげいにん》 短編小説

〔作者〕藤本義一〔初出〕未詳。〔初収〕『淀川ブルース』昭和四十九年十二月十五日発行、番町書房。〔小説の舞台と時代〕ミナミ。昭和四十二年頃。

〔内容〕陰部を使い様々に藝をする女を、花藝人という。OL時代、坂田という男に騙され、春夫という子どもまで生んだ「うち」は、当初、ミナミのバーでホステスをしていた。アパートの隣りの部屋には、春夫を可愛がってくれる石田という男がいた。「うち」は石田にひかれ求婚するが、石田は自身が不能であることを理由に返事をしぶる。だが「うち」は、それをも愛で受けとめ、結婚する。そんなある日、花藝を見る。まさに藝術であった。また、「うち」はこれを体得すれば石田も満足させることができると思い、師匠につき、懸命に稽古する。やがて一人前となり、別府で興行をした時、あの坂田を客席に見つける。「うち」は花藝で「坂田稔のド助平」と書初めし、復讐する。今、「うち」は生玉子を入れて、中から茹玉子にして出す方法を研究している。

（中谷元宣）

放生亀《はなしがめ》 短編小説

〔作者〕長谷川幸延〔初出〕未詳。〔初収〕『御霊文楽座』昭和十七年六月五日発行、日進社。〔小説の舞台と時代〕堀江の花街近くの阿弥陀池付近、四天王寺、北久太郎町。昭和九年秋から昭和十六年。

〔内容〕前半は、四天王寺の彼岸会が舞台である。母を亡くしたばかりの幼子関口一雄が、「放生亀」をすることを中心に、一雄を一人で育てている祖母のおさとと、自分の息子に生き写しの一雄に当惑する玖仁子、そして一旗上げて来ると大陸へ渡ったきり音沙汰のないなまくら息子を思うお兼と、三人の老母の気持ちが交錯する。

一雄が軍服を着せてもらうのは、三度目である。最初は父親の出征を見送った日で、晴れて歓迎の群の中へ加われない理由のある、母親のお絹は爪先で立ちながら、いつまでも父親の眼に写るように軍服姿の一雄を精一杯掲げた。二度目は、それから半年経つや経たず、その母親お絹の葬儀の日で

あった。そして、三度目が、母親の初めての彼岸会である。祖母のおさとには、軍服を着せてもらい、無邪気にはしゃいでいる一雄の姿が痛々しかった。四天王寺の西門を出たところで、船場の商家の「お家さん」の玖仁子は、一雄の落とした経木を拾ってやる。それには、「俗名絹、行年二十四」とあった。一雄のあどけない様子が、今は戦地にいるわが息子誠二郎の幼い頃を思わせた。何度勧めても妻を迎えなかった誠二郎だが、孫でも遺しておいてくれたら、一雄のようであろうと思う。亀の池のあたりで、玖仁子は再び一雄と出会う。一雄は「放生亀」に興味を持ってその場を動こうとしない。仕立て直しなどでなんとか生計を立てている苦しい生活を考えると、祖母のおさとはわずか三十銭の亀を買うのにも思わず躊躇する。そこへ通りかかった玖仁子は、自分の代わりに一雄に「放生亀」をさせてやる。そして、一雄に「亀は万年の齢を保つと言ひますよつて、この亀があんたへ恩返しに、きつと息災に長生さして呉れまつせ」と優しく教えてやった。おさとは遠くから、玖仁子に幾度も御辞儀をした。

後半は、一雄が玖仁子の息子の誠二郎の子であったことが発覚する。誠二郎とは商業から商大までの旧友であった丸井謙吉が、一足先に応召された誠二郎の代わりに、誠二郎が母親に隠し続けてきた秘密を、玖仁子に伝えたのである。玖仁子夫婦には後継ぎがなかったため、誠二郎を親知らずで養子に貰ったのは、誠二郎が四つの時であった。玖仁子は愛情深い母親であったが、士族の血を享けて、謹厳で男勝りな女であった。二十八歳の誠二郎が、一家の当主でありながら、一雄のことを言い出せないうちに出征したのも、そのためであった。一雄の母お絹は「秀勇」という藝妓であったが、妊《みごも》るとすぐに藝妓をやめた。晴れて夫婦になれる日をおとなしく待っていたが、四年待って誠二郎が召集された。生還が期し難い。戦地に向かう誠二郎の心残りとならないように「安心しておくれやす。もう一ぺん褄をとつても、ぼんには決して不自由さしまへん」と言って送り出したのだった。そのお絹ももうこの世にいない。玖仁子は誠二郎が五年もの間、そのような重大な秘密を打ち明けてくれなかったことを「水臭い」と言って責める。しかし、五年もの間、息子の秘密に気がつかなかった自分自身こそ「水臭かつた」と思い直し、誠二郎との親子関係を省みる。そして、自分の孫でもあった一雄を迎え入れ、既にこの世にいない嫁を祀ることにした。孫と祖母との不思議な出会いに、後生安楽と仏の供養、そして功徳に繋がるといわれる放生亀を用いている。

（荒井真理亜）

花の記憶喪失《はなのきおくそうしつ》　短編小説

〔作者〕田辺聖子〔初出〕「問題小説」昭和五十二年十二月号。〔初収〕『男の城』昭和五十四年二月十六日発行、講談社。〔小説の舞台と時代〕東大阪、九州（日向の落水村、安藝の宮島、大隅）。現代。

〔内容〕東大阪のある寺の青年が、突然失踪した。愛車に「殺される」との走り書きと女物の履き物が残されており、警察が捜査に乗り出して大騒ぎになった。

その捜査が行き詰まりかけた半年ばかり後のこと、九州で空腹のために行き倒れた男が発見された。はじめは記憶喪失を装っていたが、これが失踪した青年であった。彼は女性問題のもつれを苦にして、いろいろ擬装して蒸発したのである。

「私」は新聞でそのニュースを読み、彼が失踪する時の偽装工作や記憶喪失を装ったというくだりに興味を持ち、事件についての想像を膨らませる。結果『殺される』

走り書き事件」は、「女との手切れ方法として最上のものである」と感心するが、その結末にはがっかりする。

「記憶喪失」ということで、「私」はフランス映画、アメリカ映画、さらには西鶴の『懐硯』巻五「面影の似せ男―無筆は無念なる事」の例を挙げる（妻と子供を残して失踪した男「与太夫」と瓜二つの男「小平太」が、「天狗にさらわれた」と言ってうまく記憶喪失を装い、与太夫の妻に近付いて居据わってしまう。結局、偽者であることに村人たちは気付くが妻が認めず、噂となるだけで終わった話）。

それらの話を、八年前に、同じく夫に蒸発された経験を持つ、古い友人の谷本タマ代に話す。タマ代は「『殺される』走り書き事件」について「私」の意見に賛成する。また「私」は、蒸発者の現れ方として、小平太の方が賢く垢抜けていると感じていた。しかし、今タマ代と同棲している男は、自分の家を蒸発してきた人間であるという。結局「私」とタマ代は、蒸発者の現れ方としてはこれが一番垢抜けている、と意見が一致する。

記憶喪失は花ざかりのようである。

（森香奈子）

花のれん《はなのれん》　長編小説

〔作者〕山崎豊子〔初出〕「中央公論」昭和三十三年一月～六月号。〔初版〕『花のれん』昭和三十六年六月十日発行、中央公論社。〔全集〕『山崎豊子全集1』平成十五年十二月二十五日発行、新潮社。〔小説の舞台と時代〕西船場、天満、松島、法善寺、千日前、新世界、南森町。明治四十四年三月から昭和二十二年四月まで。

〔内容〕大阪商人のど根性に殉じた女河島多加の苦闘の生涯を描いた長編小説。船場の河島屋呉服店に嫁いだ河島多加であったが夫吉三郎の寄席道楽で店は傾いていた。多加は性根の入らない呉服商いよりもいっそ一番好きなことをやってみなはれと吉三郎に勧め、店を閉め、明治四十四年七月天満に寄席小屋を開業する。客の入りも少ない小さな寄席小屋だったが多加の細やかな心配りとアイディアで客足は天満亭へと向いてきた。三年目には松島の芦辺館を買収するも吉三郎は女遊びに手を出し、妾宅で死んでしまう。夫の葬式の日、多加は船場のしきたりで生涯後家を通すという証である白い喪服を纏っていた。夫の残した莫大な借金を返済すべく多加は夫が贔屓にしていた剣舞師ガマ口と共に寄席小屋の経営を引き継ぎ、藝人の手配、資金繰り、お茶子の差配にいたるまで女手一つでやってのける。大正七年に法善寺の老舗寄席小屋「金沢亭」を商人顔負けの取引の末、手に入れた多加は「花菱亭」を開業。女商人の厳しい商いごころの象徴として花のれんを掲げた。勢いに乗った花菱亭は一流の藝人を引き抜き、安来節を寄席に取り入れ、エンタツ・アチャコの才能を見出すなど、時勢を先取りした出し物で人気を博す。昭和二年、通天閣を買収。六年には大阪漫才を東京へ進出させた。苦心の末に関西随一の興行師となった多加であったが、戦争の拡大で藝人たちが戦争にとられ、通天閣は解体される。さらに空襲で法善寺の花菱亭を失った。終戦後の多加は藝人の借金帳消しに奔走していたが、二十二年の四月、藝人たちとガマ口に見守られて生涯を終える。小説には他にも市会議員伊藤との恋愛や、一人息子の久男とのすれ違いなどを盛り込み、女商人ゆえの哀しみと孤独をも描いている。

第三十九回直木賞受賞作。

（大杉健太）

花火《はなび》　短編小説

〔作者〕瀬川健一郎〔初出〕「新文学」昭和二十年一月号。〔初収〕『大阪の灯』昭和二

十二年九月三十日発行、誠光社。〔**小説の舞台と時代**〕大阪（淡路、天王寺、谷町、高麗橋、曾根崎、道修町、難波、堂島、横堀、道頓堀、阿倍野、炭屋町、北浜、桜橋、渡辺橋、肥後橋、京町橋、お初天神、阿弥陀池、九郎右衛門町、長堀、平野町、生国魂神社、天神橋）、徳島。昭和初期。

〔**内容**〕淡路から大阪へ出てきた、若い浄瑠璃語りである与三が、太夫殺しと言われる団平に弟子入りをした。鶴八の三味線で稽古をしたが、生まれつきの嗄れ声はよくならず、三年過ぎても五年過ぎても、芽が出ずに、下積みの暮らしが続いた。二人は、泣きながら、太夫になる日を夢見た。そんな与三を支えたのが、妻の時枝である。時枝は咽喉を痛めた与三の為に、縫い物の仕事で夜なべを続け、十五日間、高麗橋の高橋病院に通わせた。時枝は近所で、働き者と評判が立った。逆に与三は甲斐性なしと親指を立てる者もいた。二人は天満から曾根崎へ引っ越した。浮かばれない日が続いて、与三が団平に「見込みおまへんやろか」と聞くと、「斜めに撥が走って」、「与三は頬を斬られた」。その撥を団平は、「刃物に使うた団平の撥や、お前にやろ。納めとき」と言って、与三にくれた。その時の顔の傷の治療のため、高麗橋の天源堂へ出向き、通う内に、代金の代わりとして、売薬することになる。日当は十銭もらえたが、目標の五軒売るには三里の道を歩かねばならなかった。そんな中、団平の声がかかり、三味線の鶴八と一緒に、彦六座へ出ることになる。掛け合い浄瑠璃を少し語り、番附の隅に小さく名前が出た。夫の名前が大きくなるにつれ、衣装代もかかり、時枝は無理な仕事に精を出した。時枝はついに寝込んでしまった。その十日後に与三は「淡路太夫」を名乗り、時枝も泣いて喜んだ。しかし、その後、腕が上がらず、「淡路太夫」は下手くそだという噂まで立つ。さらに、頼りにしていた団平は死んでしまう。団平の加護がなくなると、後見や故老の風当たりがきつくなり、相手の鶴八まで苦情を言う始末である。あっさり「淡路太夫」は引退を表明し、時枝に別れ話をする。後見になだめられて引退を見合わせたが、団平の一周忌の日、「淡路太夫」は時枝を残して大阪から姿を消してしまった。「淡路太夫」が大阪を離れてから、時枝は千歳を生んだ。産後の病にとりつかれ、三年が経ち、鶴八の世話になった。「淡路太夫」は悄然と帰ってきたが、千歳を夫に預けると安心し、時枝は死んでしまった。困っている「淡路太夫」を見かねて、千歳は、鶴八の妻お慶が引き取ってくれた。彦六座から御霊に移り、文楽座へ出たが、閑古鳥の鳴くような始末で、貧乏な暮らしが続いた。そんな折、千歳が堂島の小学校に通うようになると、校長から教員に浄瑠璃を教えてくれとの話があった。一人世帯の「淡路太夫」の生活の不便を察し校長が、寛太郎という飯炊きの小僧を連れてきてくれた。寛太郎は利発によく動いた。そのうち二人は十年の弟子のように気が合い、文楽座へもお供するようになり、次第に浄瑠璃に目覚めていく。鶴八は寛太郎の声を聞いて、いい太夫になるといったが、「淡路太夫」はまだ子どもだと言って、寛太郎に稽古をつけなかった。しかし寛太郎の気持ちが半端ではないことに気付き、稽古をつけると上達が早く、腕が認められ、「志野子太夫」と名前がついた。しかし、忙しい中、寛太郎は下腹部に痛みを覚えはじめた。引く袖の多い千歳を羨み、自分の身が悲しいという気持ちに病んだのか、厳しい稽古がたたったのか、遂に倒れてしまった。脱腸だった。寛太郎は再び床へ上がることを望んだが、脱腸と胸の病の為、浄瑠璃は、医者に厳しく止めら

れた。「淡路太夫」も許してくれなかった。もう「志野子太夫」ではなく、もとの寛太郎という名に戻り、これまでを夢とあきらめ、故郷へ帰るしかなかった。見納めになるかもしれない御霊の夏祭りの打ち上げ花火を見て、寛太郎は、「千歳の幸福が星空に踊る花火の中にあるような」気持ちがした。（田中　葵）

花まんま《はなまんま》　短編小説

〔**作者**〕朱川湊人〔**初出**〕「オール讀物」平成十六年十一月号。〔**初版**〕『花まんま』平成十七年四月二十五日発行、文藝春秋。〔**小説の舞台と時代**〕東大阪市。一九九〇年頃。

〔**内容**〕フミ子が生まれた日のことは今でもよく覚えている。お父ちゃんは目にいっぱい涙を溜めて、大きな声でバンザイと叫んでいた。その二年後にお父ちゃんは事故であっさり死んでしまった。二つか三つまではフミ子は本当に可愛かった。しかし、フミ子が四歳の冬、様子がガラリと変わってしまった。夜中に突然目を覚まし、自分が真っ暗なところでお風呂に入って、ぷかぷか浮かんだり沈んだりしていたと話し、そのままいきなり吐いて救急車で運ばれたのである。それ以来、フミ子はワガママになってしまった。「俺」は、そんな妹の面倒を見るのが嫌で仕方が無かったが、死んだお父ちゃんの妹のことを守ってやれという言葉が忘れられず、がんばろうという気になってしまうのである。ある日、フミ子は「彦根」という漢字の読み方を聞いてきた。その時は何故フミ子がそのような地名を知っているのかを不思議に思っただけだった。しかし、その後も、フミ子の自由帳に「繁田喜代美」という名や、その家族と思われる名前が書き連ねてあったり、一人で電車に乗って、京都で迷子になったりとおかしなことが続いた。しばらくして、フミ子に「繁田喜代美」という名について尋ねてみると、フミ子は自分が「繁田喜代美」という女性の生まれ変わりだと話し始めたのである。「俺」は信じられなかったが、フミ子は「繁田喜代美」には兄と姉がいて、高校を出た後はエレベーターガールになったが、二十一歳の時、勤務中に刺されて死亡したということまで話し出した。フミ子は「俺」に一生のお願いだから、彦根まで一緒に行ってほしいと頼む。「俺」は「繁田喜代美」の家族には会わないという約束で、それを引き受けた。彦根に着くと、フミ子は一人のやせ細った老人を指差して、自分のお父ちゃんだと言った。「俺」は「繁田喜代美」の友人だとフミ子が話す店員にその老人について聞いてみた。すると、あの老人は娘を不幸な事故で亡くし、それ以来、ちゃんとした物は何にも食べないようになってしまったのだと話した。そしてフミ子は、「繁田喜代美」のお父ちゃんに会うかわりに、「俺」に包みを渡してほしいと頼んだ。「俺」は「繁田喜代美」の家を訪れ、中から出てきたおばちゃんに、若い女の人から渡すように頼まれたと言って、その包みを渡した。包みの中は、つつじがぎっしり詰まった弁当箱だった。すると、おばちゃんはこれは〝花まんま〟というもので、喜代美が小さい頃に作っていたものだと話し始めた。そして老人に向かって、きっと喜代美がお父ちゃんにちゃんとごはんを食べてほしくてあの世でも心配しているのだと言った。「俺」は公園で待っていたフミ子に、喜代美さんの心配は老人に伝わったと話した。大阪に戻ろうとすると、改札でおばちゃんに見つかり、老人がフミ子の肩を掴んで、喜代美だねと言った。「俺」は老人にフミ子を触らせるわけにはいかず、力いっぱい抱きしめ、フミ子には

もう死んでしまったが立派なお父ちゃんとお母ちゃんがいるのだと言った。「俺」はこれからもフミ子に何かあればどんな時でも駆けつけるだろう。しかし、フミ子は明日、大好きになった男と結婚するのだ。だから、しばらくはあいつに任せておこうかと思っている。誰かの生まれ変わりだと言う妹と、それを見守る兄との関係を描いた不思議な短編小説。

直木賞を受賞した作品集『花まんま』の表題作である。（林未奈子）

花婿試験《はなむこしけん》 短編小説

〔作者〕藤沢桓夫〔初出〕「モダン日本」昭和十五年二月号。〔初収〕『飾り無き女』昭和十六年十二月十五日発行、三杏書院。〔小説の舞台と時代〕千日前。昭和初期。〔内容〕柴田千吉は恋人の初枝の父親が漫才師の千年家ひょうたんだと知って開いた口が塞がらなかった。二人は結婚の約束をしていた。初枝は千吉のことを父親に話してはいたが、結婚の許しは得てない。結婚は女にとって一生に一度の大事なので簡単には認めないと言うのである。そして、もう一つ千吉には障害があった。近所の質屋の若旦那が初枝を嫁に欲しいと申し出ているのである。初枝の両親の気持ちは金持ちの若旦那の方へと傾きかけていた。父親に会うため初枝と待ち合わせをしていた仙吉は、広告配りの男から紙切れを渡される。それを丸めてポケットに入れた千吉は緊張しながら父親の待つ店へと向かった。部屋には若旦那も来ていた。父親は二人を前にして、娘をやるにふさわしいか試験で決めると言う。問題は「鶏を水のなかで泳がすにはどうしたら一番良いか?」であった。生まれつき駄洒落や謎かけが苦手で大嫌いだった千吉は面白い答えどころか、答えそのものが思い浮かばなかった。若旦那の答えを書く鉛筆の音を聞きながら千吉は絶望する。煙草を吸って最後の知恵を絞ってみようと外套のポケットに手を入れた時、がさりと触れたものがあった。それは広告配りがくれた紙切れだった。そこには「開店御披露博多名物水たき」と書かれていた。それを見た千吉が物凄い速さで答えを書き終えたのと試験が終わるのとが同時であった。答えを採点に来た三人の漫才師全てが、千吉の「水だきにすべし。」を選んだ。晴れて千吉は初枝の花婿となったのである。若旦那の方の答えは「足に水掻きをつけるべし」であった。（巻下健太郎）

母と子《ははとこ》 短編小説。

〔作者〕里見弴〔初出〕「東京朝日新聞」大正三年十一月二十三日〜十二月三日発行。〔初収〕『善心悪心』大正五年十一月十五日、春陽堂。〔全集〕『里見弴全集第一巻』昭和五十二年十月二十日発行、筑摩書房。〔小説の舞台と時代〕大阪。大正時代。〔内容〕母親は、初孫の誕生を待ち構えて、娘の産室を出たり入ったりしながら、十三から三十六歳まで長い藝者稼業の間に、一人ひとり父親の違う子を九人も生んだ自分の過去を省みる。そのうちの五人は、妊娠中に慎みのないことが原因と言われる早産のために育たなかったのだ。娘もまた、藝者をしていて、十七の年で初めての子を持とうとしている。

問題は、今生まれてこようとしている子の父親になるべき客から貰える金のことだった。母親は、三味線屋の隠居を父親に選びたかったが、娘は当時相思の仲であった年若な久保を選んだ。しかし、久保は三味線屋の隠居の存在を知ると、腹の子を自分の胤とは認めないと言い出したのである。

やがて、娘は女の子を産んだ。生まれた子は、随分色の白い子だった。娘はわが子に臨みながら「どうぞまア達者で成人りま

すやうに…」と祈るような調子で、しんみり言った。翌日、子供の様子を尋ねる娘に、手伝いに来ていたお絹が何かを言い出しにくそうにしていると、娘は「やゝこ死んだんと違ひまつか」とはらはらと涙を落とした。

父親さえ見知らない藝者の子、淫蕩な戯れのたねにされて、一人は産声をあげて、一人は白い顔をして死んでいなくなってしまった。娘のおさだは、なんとも言えぬ心細い気持ちになって、ぶるぶると震え上がった。（荒井真理亜）

母に似た娘《ははににたむすめ》　短編小説

〔作者〕藤沢桓夫〔初出〕未詳。〔初収〕『大阪の女たち』昭和三十二年三月二日発行、東方社。〔小説の舞台と時代〕高師ノ浜。昭和三十年代。

〔内容〕昌子と明子の母娘は二十年の隔たりはあっても、同じような環境で育ったこともあり、物事の考え方が似ている。その一例が潔癖性で、人の泳いだ海に入るのが我慢ならず、早朝の海で泳ぐというものである。休暇中にもかかわらず学校に行くと言う明子に対し、昌子は不安を感じる。昌子は、明子と同じ年のころ、洋画の研究所で知り合った画家と恋に落ちたことがあった。昌子の両親に反対された二人は東京へ駆け落ちする。結局、昌子だけが連れ戻され、画家との関係はそれっきりになった。そして、現在の夫を養子に迎えたのである。そんな過去があったので、明子から重大な相談があるともち掛けられた時、どきりとせずにはいられなかった。相談は予想通り恋愛のことであった。相手は、妻子ある短大の国語教師であると言う明子の姿は、二十年前の昌子と同じであった。昌子はかつて両親がしたように懸命に反対する。しかし、明子は迷いの無い瞳で昌子を眺めて微笑んだ。やはり、娘は母に似たのであった。（巻下健太郎）

鱧の皮《はものかわ》　短編小説

〔作者〕上司小剣〔初出〕「ホトトギス」大正三年一月一日発行、第十七巻第四号。〔初版〕『鱧の皮』〈現代文藝叢書第四十一編〉大正三年九月十五日発行、春陽堂。〔小説の舞台と時代〕道頓堀、千日前、戎橋、宗右衛門町、日本橋。明治三十八年。

〔内容〕お文は、家付き娘の「御寮人さん」で、三十六の女盛りである。婿養子の福造は家出して東京にいる。お文は三人の子供と隠居の母を抱え、道頓堀で「讃岐屋」という鰻屋を女手一つで切り盛りしている。「道頓堀の夜景は丁度これから、という時刻で、筋向うの芝居は幕間になつたらしく、讃岐屋の店は一時立て込んで、二階からの通し物や、芝居の本家や前茶屋からの出前で銀場も板場もテンテコ舞をする程であつた」。そんなお文のもとに、家出中の夫から一通の厚い封書が届く。その封書には、金の無心と元の鞘へ納まるための条件が書かれ、末尾には好物の鱧の皮を送ってほしいとある。夫の好物を思い出して、お文の心はさまざまに乱れる。婿養子の要求を知って母親のお梶は激怒するが、お文は叔父の源太郎を言いくるめて、母親には内緒で夫に会うため東京に行く用意をし、まずは鱧の皮を買って夫に送ろうとする。

「鱧の皮」には、「随一の名妓と唄はれてゐる、富田屋の八千代の住む加賀屋といふ河沿いの家あたりは、対岸でも灯の色が殊に鮮かで、調子の高い撥の音も其の辺りから流れてくるやうに思はれた」のように、当時の大阪・ミナミの繁華街の様子が鮮やかに描き出されている。また、富田屋の八千代や奈良丸のように実在の人物や、「重亭」や「入船」などのかつて実際に存在した料亭の名も出てくる。

「鱧の皮」は、田山花袋が「新年の文壇（四）」（「時事新報」大正3年1月4日発行）で、「上司小剣の『鱧の皮』は大変面白いと思ひました。お文といふ女と、その周囲とがいかにもよく書いてありました。福造といふ亭主と短い会話の中にはつきりと出てをりました。立派な短篇だと思ひました。それに、大阪らしい気分が十分にはつきりと出てゐて、感じに確実としたところがあるのが及び難いと思ひました」と絶賛したことで、上司小剣の文壇における作家的地位を確固たるものとした作品。（荒井真理亜）

「鱧の皮」を書いた用意《「はものかわ」をかいたようい》

エッセイ

〔作者〕上司小剣〔初出〕「文章倶楽部」大正十五年六月一日発行。

〔内容〕上司小剣の代表作「鱧の皮」（「ホトトギス」大正3年）の創作意図や執筆動機、モデルとなった人物たちのその後について書いたもの。上司小剣は、「鱧の皮」の創作意図について、「たゞ、あゝした女の手一つで、母子が心を合せて、生存競争の激しい渦巻の中闘つてゐる、その結果が、如何にも『鱧の皮』のやうな、肉のない皮だけのものと云ふやうな風になつて表れてゐる。其処のところを、剔り取つたやうにして書き表し度いと思つたのであつた」と述べている。「鱧の皮」の題意に対する、作者自身の言葉でもある。また、鱧の皮には、大阪の生活をよく理解したものでなければわからない「大阪生活の風味」がこめられているという。

「鱧の皮」の主人公お文のモデルとなった人物は、高熱に苦しんでいる時にも、「どうせ私は死んでいく身だ。氷嚢一つでも、無駄には使ひ度くない」と言って、古びた水の洩る氷嚢で我慢し通した。その母親の方も、娘がまだ死なぬ内から、娘の入らんとする仏壇を用意する。このようなお文とその母お梶のモデルとなった母子が死に臨むまで続けていた生活に、上司は「大阪人の通有性」を見た。

「鱧の皮」の舞台となった道頓堀は、大阪でも船場とはかなり異なった空気が漂っている。大阪は、上司がかねがね書きたいと願っていた「年を題目とした」小説の取って置きの題材でもあった。（荒井真理亜）

薔薇の雨《ばらのあめ》

短編小説

〔作者〕田辺聖子〔初出〕「別冊婦人公論」平成元年七月二十日発行、第十巻三号。〔初版〕『薔薇の雨』平成元年九月二十日発行、中央公論社。〔作品集〕『田辺聖子珠玉短篇集②』平成五年四月二十日発行、角川書店。〔小説の舞台と時代〕千日前、御堂筋、キタ。現代。

〔内容〕五十歳の留禰には、十六歳年下の恋人がいる。二人が付き合い始めて、五年が経過しているが、留禰は五十歳には見えないほど若々しいし、三十四歳の守屋もどちらかというと老けて見えるので、傍目には取り立てて不釣り合いなカップルには見えないだろう。しかし、留禰はそろそろ別れを意識し始めている。別れる記念に二人で沖縄の島に旅行に行ったし、留禰は自分で「クンツァイト」というライラックピンクの大きな石のついた指輪を買った。それなのに、守屋は電話をしてくるし、守屋に誘われると留禰も出かけて行ってしまう。そうして、守屋に会っているうちに別れる決意が薄れていく。逢瀬のあと、留禰は「宴果ててまかる一人に薔薇の雨」という久保より江の句を思い出し、土下座して守屋を引き止めたいと緊迫したせつなさに苦しめられた。（荒井真理亜）

薔薇は蘇るか《ばらはよみがえるか》

短編小説

〔作者〕藤沢桓夫〔初出〕未詳。〔初版〕『薔薇は蘇るか』昭和二十二年八月二十五日発行、ロマン書房。〔小説の舞台と時代〕難波、萩之茶屋、心斎橋。昭和二十年代前半。

〔内容〕喜劇役者、波田勘多は追いはぎに絡まれていた若い女を助ける。女の名は松原園子と言った。泣きながら行くあてが無いと言う園子をアパートに連れて帰った勘多だが、自分の部屋に泊める訳にも行かず、隣に住むダンサーのユリに預ける。園子の身の上は不幸で、それまで世話になっていた今岡という金持ちの家から飛び出してきたのであった。自活の道を求める園子に、勘多は劇団の歌手になるよう勧める。翌日の朝刊に金持ち殺しの記事を見つけた勘多は驚く。記事によると被疑者は仮名ながら園子のことを指している様である。それでも、園子を信じようと決めた勘多は劇場の支配人に歌手として雇うように交渉する。しかし、ユリから園子が姿を消したと聞かされ疑念を抱く。だが、園子は勘多を訪ね劇場にやって来る。園子から、事情を聞き疑いを晴らした勘多は、彼女の記憶を頼りに真相を究明する。浮かび上がった真犯人は以前、今岡と激しい口論をしていた闇屋の男であった。勘多は其のことを警察に電話する。犯人はやはり、闇屋の男で事件はスピード解決する。その日から園子の新しい生活が始まる。「上方劇場」には新しいスター逢坂路子が誕生した。この新スターこそ松原園子であり、名付け親はもちろん勘多であった。そして、二人が結婚して天下茶屋にささやかな家を持ったのはその一年後のことである。この物語は若い二人の新生活の開始をもって終わる。（巻下健太郎）

薔薇娘《ばらむすめ》　短編小説

〔作者〕藤沢桓夫〔初出〕未詳。〔初収〕『淡雪日記』昭和十五年五月十五日発行、輝文館。〔小説の舞台と時代〕阿倍野橋、梅田。昭和初期。

〔内容〕堀田と千佳子は、エレベーターの中で千佳子そっくりの女を見つける。二人は、互いの顔を眺めあっていたが、立派な薔薇の花束を持ったその娘は、ドアが開くと千佳子のことなど忘れたかのように歩き出した。千佳子の方は、自分と似た娘に興味があるらしく、堀田は求婚者という弱みもあって命じられるまま娘を尾行する。堀田の頭に千佳子と娘は姉妹ではないかという考えが浮かぶ。千佳子の父は関西経済界の大立者で、女道楽でも有名な男だったので隠し子の可能性は否定できない。阿倍野橋で、娘に尾行を気付かれた堀田は事情を話す。薔薇の花束を持った娘の正体は花屋の店員であった。翌日、再び娘と出会ったビルへ出かけた堀田はスケート場で彼女の姿を見つける。娘は千佳子に内緒にする約束で、堀田に名前を教えようと言う。だが、彼女に対する好奇心が増すごとに、彼女への想いが強くなることを恐れた堀田は名前を聞かない。その代わりに、千佳子の父親との関係を問う。事実は、堀田の予想どおりであった。千佳子と結婚するという堀田に、娘はお祝いだと、口付けをする。呆然とする堀田に「さよなら」の言葉を残し、娘は振り返りもせず去って行った。（巻下健太郎）

春団治のことその他《はるだんじのことそのた》　評論

〔作者〕谷崎潤一郎〔初出〕「毎日新聞」昭和二十八年三月十八日発行。〔全集〕『谷崎潤一郎全集第三十巻』昭和三十四年七月三十日発行、中央公論社。

〔内容〕昭和二十八年二月二十五日午前七時十九分、大阪落語の最後の巨人・春団治が死んだ。「此れで大阪落語も滅びた」の感が深い。大阪も大阪、あくどいくらいの

大阪顔。その風貌と、口を突いて出る滑稽諧謔とが真に渾然と調和して、大阪式雰囲気を体全体から濃厚に醸し出していた。滑らかなようでネチネチした、油っこくたっぷりした分厚な感じのする肉声が、なお一層大阪的で、作者は何よりもそれに魅せられたという。

（中谷元宣）

春の川風《はるのかわかぜ》　短編小説

〔作者〕長谷川幸延**〔初出〕**未詳。**〔初収〕**『渡御の記』昭和十七年九月十日発行、東光堂。**〔小説の舞台と時代〕**道頓堀、千日前。昭和六、七年から昭和十六、七年まで。

〔内容〕昭和六、七年頃に比べると、「現在」の道頓堀から千日前へかけての盛り場はあまりにも暗い。万一の空襲に供え、大阪きっての繁華街は、まるで火の消えたような暗さである。浅草生まれの若い東京漫才師インテリ・げん子の夫婦コンビが、舞台用の衣装と二分の一のバイオリンだけを持って、大阪の南地の「花月」の舞台に上がったのは、「今」から十年前のことであった。十年前と言えば、上海事変の真っ最中、人人は息詰まるような緊張のはけ口を、「たまゆらの」笑いに求めた。新しい大衆娯楽として、漫才が登場し、遮二無二上昇しようとしたのもその時である。漫才を藝と名の付くものに引き上げ、後世語り継がれるエンタツ・アチャコも、雪江と五郎も、その頃は脇目も振らず、精進の一筋道を走り続けていた。もともと漫才というものは、大阪弁の持つ独特の「脂っこさ」が生命である。それに対して、「花月」に立ったインテリ・げん子の東京漫才は、その藝名の示す通り、知識階級の微苦笑を狙う藝風なので、大阪式のこってりした笑いを求める客には合わなかった。純白のタキシードとドレス、それにバイオリンという思い切った舞台姿も、漫才らしくない水臭さしか感じさせなかった。インテリ・げん子は、評判がよくなかった。ちっとも人気が出なかった。それどころか、最早場末の寄席へ転落する運命だろうという評判の立つ、土壇場まで来てしまった。そんな時、同じく「花月」へ出勤していた、当時タイガーレコード専属の流行歌手だった喜久枝が、窮地に追い込まれた二人にチャンスを与えてくれる。自分を拾い出してくれた興行師への義理から、既に台湾巡業が決まっていた喜久枝は、自分の出演延長の条件として、インテリ・げん子の舞台を打ち切らないように、「花月」の支配人に掛け合ってくれたのだ。喜久枝はインテリ・げん子を「かき茂」へ招待し、「ほんとに勉強して下さい。私のやうな不仕合せな藝人でなしに、仕合せな藝に生きて行ける貴方がたなのですから……」と言って励ます。歌いたい歌さえ歌わせてもらえない喜久枝と違い、漫才師である二人は、例え歩く道は険しくとも、力一杯思うままの藝でぶつかって行けるからである。「人間の運には一生に一度、傍目もふらずに登り切らねばならない峠がある」。喜久枝の思いやりに触れ、インテリ・げん子は、喜久枝が恩返しのつもりで行う台湾巡業が、彼女の運の足を引っ張らないようにと心から祈った。それから十年が経ち、戦局も変化し、あらゆる世の中がその相貌を改めた。藝界の姿も、内に外に大きな変革を見せ、漫才界でもエンタツ・アチャコなどは既に後尾的な存在となり、「現在」では、いわゆる新傾向派の中心である大和屋さくら・すみれと名を改めたかつてのインテリ・げん子が、第一線に立って、全軍をリードしていた。その人気の絶頂で、夫のさくらは「名誉の召集」を受けた。さくらは妻のすみれのために適当な相方を物色しようとしたが、すみれは断固応じなかった。浅草を歩きながら二人は今後

のことを相談していたが、ふと「俗曲と歌謡　喜久枝」と書かれた看板が目に止まる。人違いではない、あの時の喜久枝だった。しかし、喜久枝の立つ舞台は、浅草でも場末の寄席であった。喜久枝の恩人に報いるはずの台湾巡業は、思いがけない不成績に終わってしまったのであろう。そして、あとは階段を転がるようにここまで来てしまった様子が、目に浮かぶ。かつての喜久枝に受けた恩を返すためにも、さくらの不在の間、すみれは自分の相手役に喜久枝を立てようとする。一度は承諾した喜久枝だが、夫婦の用意した祝宴に、とうとう姿を見せなかった。

（荒井真理亜）

春の夢《はるのゆめ》　長編小説

〔作者〕宮本輝〔初出〕「文学界」昭和五十七年一月一日～五十九年六月一日発行。二十回連載。原題「棲息」。〔初版〕『春の夢』昭和五十九年十二月十五日発行、文藝春秋。〔全集〕『宮本輝全集第四巻』平成四年七月五日発行、新潮社。〔小説の舞台と時代〕大阪、大東市。昭和四十四、五年頃。

〔内容〕夕暮れの道に桜の花びらが降る日、大学生の井領哲之は、大東市の安アパートに移った。これ以上の留年は許されない。父が死の直前に振り出した約束手形を、卒業後、毎月一万五千円ずつ三年間、浪速実業金庫に払い続ける約束になっている。もう一枚が手形ブローカーに渡り、きびしい取り立てにあっている。そこで、母と別々のところに住み、やくざから逃れようということになった。母はキタ新地の「結城」という料理屋に住み込みで働く。哲之がアパートへ移った翌日、三年前からつきあっている陽子が訪れ、ふたりは初めてからだの関係ができた。その翌朝、哲之は、一匹の蜥蜴が、胴体の真ん中を釘で貫かれ、柱に打ちつけられているのを見て、立ちすくんだ。昨夜、電灯が点かないので、手さぐりで打った釘であった。蜥蜴はもがきながらも生きている。哲之は、釘を抜いたら丸い穴があいて死ぬのではないかと、釘を抜くことができない。哲之は梅田にあるホテルでアルバイトをする。どう嗅ぎつけたのか、やくざが乗りこんできて、哲之の顔面をなぐり、倒れている彼の横腹を何回も蹴りつけた。哲之は蜥蜴にキンと名前をつけ、「お前、柱に釘づけにされても死ねへんかったなァ……。なんで死ねへんかったやろ。」と話しかける。心臓弁膜症の磯貝晃一や、ホテル内の派閥争い、そして、いっとき他の男との結婚に心を傾けかかる陽子、死に場所を求めて日本までやってきたドイツ人の老夫婦、『歎異抄』に心酔している友人の中沢雅児など、哲之は人間関係の渦のなかにまきこまれる。そして、またしても高利貸のやくざに、哲之は半殺しにされる。哲之は「死ねへんぞ、死ねへんぞ」とキンに呼びかける。安アパートを去る日、柱のキンの釘を抜いてやる。トラックに乗って迎えにくる陽子を待つ間に、哲之は木箱に移したキンをのぞいた。が、キンはいなかった。

宮本輝は単行本の「後記」で、「私は、生きようとする闘いを書こうと思い、未熟でがむしゃらで潔癖な恋愛を書きたいと思った」「『春の夢』には、例外的に、私の体験がかなり生な形であらわれている。私には、主人公の哲之のような恋をし、哲之のように生きた時代がある」と述べている。

（浦西和彦）

晴着《はれぎ》　短編小説

〔作者〕山崎豊子〔初出〕「新潮」昭和四十一年一月号。〔全集〕『山崎豊子全集5』平成十六年五月十日発行、新潮社。〔小説の舞台と時代〕福島、安治川、千船橋。昭和

四十年頃。

〔内容〕病床に臥している清治はある日、葬式の夢を見た。大阪に出てきて五年、苦しい生活に耐えてきた妻志津に、清治は晴れ着を着て芝居見物へ行くことを勧める。病床の気晴らしに妻の晴れ着姿を見たいという清治の気持ちを察し、志津は晴れ着を着るため、銭湯へ行くと清治に伝え、家を出た。最初、丹後半島の伊根浦に嫁いだ志津は姑や前夫米一に冷たくされ、心が冷え切ってしまったが、米一の弟清治と恋に落ち、駆け落ちして大阪に出た。晴れ着は伊根浦時代、清治が志津に渡した金で買ったもので、晴着が清治と志津を結びつけたのだった。大阪に出てからは苦労続き。職を転々とした清治は一年前から寝込んでいる。何とか生計を立てようとした志津であったが、三カ月前に清治の容態が急変し、晴れ着を質屋に預け、喪服を手元に残した。もしもの時の配慮であった。志津は自分の晴れ着姿を見せて夫の気を引き立たせるため、喪服と引き替えに晴れ着を質から出し、銭湯へ行く。晴れ着に寵められている自分と清治との結びつきを思い返し、銭湯を出て家に戻る。晴れ着を纏った自分の姿を清治に見せたい志津は着付けを終え、清治を起こそうとするが、清治は志津の晴れ着姿を待ち受けるような姿で死んでいた。志津の晴れ着の美しさが清治と自分とを結びつけたことを思い起こし、志津は晴れ着を脱いで清治の体に蓋いかぶせた。　（大杉健太）

半眼訥訥《はんがんとつとつ》　エッセイ

〔作者〕高村薫〔初版〕『半眼訥訥』平成十二年一月三十日発行、文藝春秋。

〔内容〕高村薫初のエッセイ集。仕事や子供、言葉、家など様々な事柄について書いている。大阪について書いているものも多く、「岸壁に立つ」（「読売新聞」平成6年4月11日夕刊）では、東京と大阪との岸壁を比較し、「デパートマン　後藤昌弘さん」（「読売新聞」平成9年12月22日大阪本社版夕刊）では、阪急百貨店食品部に勤める後藤昌弘さんの仕事に目を向け、「ブライダルエスコート　吉田富貴子さん」（「読売新聞」平成10年1月20日大阪本社版夕刊）では、大阪のリーガロイヤルホテルで「ブライダルエスコート」として働く吉田富貴子さんの一日の仕事を追っている。また、著者が幼い頃に千里山の公団住宅を初めて見た時のことなどをふり返り、公営の集合住宅について語った「集合住宅」（「日本経済新聞」平成9年11月11日夕刊）、大阪市内の東住吉区や千里山で暮らしていた頃の思い出を「カンナ」や「ツバキ」、「バラ」などの花々を素材としてふり返った「折々の花」（「オール読物」平成5年9月号）がある。また、小説家の目から見た大阪を、自身の著作や言語、工場や海の風景などから、その風土や文化について述べた「小説の言葉―わたくしのなかの大阪」という大阪府立文化情報センター主催文化サロン「文藝の大阪」の講演（平成10年11月14日）をまとめたものがある。　（林未奈子）

阪僑精神《はんきょうせいしん》　エッセイ

〔作者〕服部良一〔初出〕『随筆集大阪讃歌』昭和四十八年九月二十九日発行、ロイヤルホテル。

〔内容〕日本ではジャズのメッカ（聖地）は大阪であるといわれて来た。大正末期の東京では〝楽隊〟が集まると、大阪弁でまくし立てるので、江戸ッ子までも思わず「ソヤ、ソヤ」と怪しい大阪弁を操るほどだった。関西弁、特に大阪弁は一種のジャズの発想に近いニュアンスがあるのか、そのイントネーションに不思議な軽快さと魅力があるのかも知れない。しかし作者は上

京以前から何んとなく江戸ッ子の歯切れよさにたまらなく魅力を感じていたという。大正七年に初めて浜松・静岡方面の演奏旅行に参加した時、江戸弁に聞き惚れ、いつの日か上京し、自分もあの魅力ある言葉を使ってみたいと憧れていたことを語る。二十五歳の夏、その夢が実現し東京の人形町ダンスホールから楽士として招かれたが、現実には作者が大阪弁で話すと、皆に馬鹿にされているようで、次第に自己嫌悪に陥る。仕方なく大阪で作曲に邁進する。その内に誰からともなく、ハーモニーのレッスンを受けたいという楽士が多くなり、終演後は各ダンスホールから作者のアパートへ集まって来た。江戸ッ子・大阪ッ子・ハワイ出身といろいろな生徒が筆者の講義を聞いて、大阪弁コンプレックスは解消したのでおもしろい、と言う。その頃、筆者も少し有名になりレコード会社から作曲編成の依頼がくる。道頓堀で自らジャズの中で生活した体験を生かして、ジャズ編成のリズムを基調としたメロディーを考えようと恐るおそる古賀メロディーに挑戦した。淡谷のり子の「別れのブルース」やジャズ・コーラス「山寺の和尚さん」によりその曙光が現れ出す。大阪で身につけたジャズの精神が大阪スピリットと合致して全国的に流行した時はさすがに、東京への長かった道を振り返って胸が痛んだ。もう一つラッキーだったのは大阪松竹少女歌劇出身の笠置シヅ子の出現だった。大阪弁まる出しの彼女を生かそうと、戦後の「東京ブギ」や「買物ブギ」を書く動機が生まれた。その頃になるとレコード会社でも、映画撮影所でも、誰を憚ることなく関西弁が罷り通るようになり、東京人には耳に心地よい言葉として響くようになった。藝能界に関しては、大阪弁は完全に東京を制圧したようだ、関西の落語・漫才・コメディアンがテレビ・ラジオに圧倒的にウケていることを考えても、大阪の土根性や藝魂は立派だと、今更に筆者のような阪僑にはまことに心強い、としている。大阪の作曲家の一人として、最近、大阪をテーマとして交響詩歌「大阪讃歌」のような曲を書きたいと話したところ、大阪各界の実力者や大フィル指揮者朝比奈隆氏の賛同を得て音楽生活五十年の集大成をこの一曲に打ち込む決意を固め、この完成までは何としても、生き続け、書き続けたい、としている。

（岡本直茂）

阪神見聞録《はんしんけんぶんろく》　エッセイ

〔作者〕谷崎潤一郎〔初出〕「文藝春秋」大正十四年十月号。〔初収〕『饒舌録』昭和四年十月十二日発行、改造社。〔全集〕『谷崎潤一郎全集第二十巻』昭和五十七年十二月二十五日発行、中央公論社。

〔内容〕「大阪の人は電車の中で、平気で子供に小便をさせる人種である」で始まる、大阪（上方）批判の文章。電車の中で平気で子供に小便や糞をさせたり、乳呑み児を頭の上の網棚に乗せて笑ったり、不躾に他人の新聞を借りて読んだり、むやみにスペースをとって座ったり、共同風呂で不作法に見ず知らずの人に話しかけたり、または話しかけず無遠慮にジロジロ見つめたりする。「私はいつぞや上方の喰ひ物のことを書いたから、今度は人間のことを書いてみた。が、斯うして見ると、人間の方はどうも喰ひ物ほど上等ではないやうである」と結んでいる。

（中谷元宣）

半袖ものがたり《はんそでものがたり》　エッセイ

〔作者〕谷崎潤一郎〔初出〕『摂陽随筆』昭和十年五月二十一日発行、中央公論社。〔全集〕『谷崎潤一郎全集第二十一巻』昭和五十八年一月二十五日発行、中央公論社。

〔内容〕大阪人が夏着るものに、半袖とい

う一種の簡易服がある。関西へ移住した当初、この得体の知れぬ服装に眉をひそめ、外国人を見るような異様な眼をもって眺めた。実利に生きる大阪人は他人の思惑を顧慮するよりも、半袖の重宝さと着心地の良さを愛す。魚崎での、昭和七年の暑い夏、初めて半袖を着た。不格好だが、とても涼しい。しかもそれを着た日から、肉体ばかりでなく、心の上の虚栄心は除かれ、急に精神が自由の天地に闊歩し出した。私は自分が一介の庶民であることを知り、その分限に甘んじて謙譲の道を守るべきであることを悟った。大阪の土地と人とに深い愛着を感じる所以は、すなわち半袖を愛する所以であるかもしれない。（中谷元宣）

晩年《ばんねん》　短編小説

〔**作者**〕藤沢桓夫〔**初出**〕「文学界」昭和十一年四月号。〔**初収**〕『恋人』昭和十一年十二月二十日発行、竹村書房。〔**小説の舞台と時代**〕千日前。昭和六年頃。〔**内容**〕千日前に住む老人、伊藤延親は、かつて、金風堂延親の名で知られた彫金師で、多くの得意先と、何人かの内弟子を持っていた。しかし、仕事が出来なくなった今では、決まった時間に朝風呂に入り、戻ると自慢の浄瑠璃をうなるという判で押したような孤独で単調な毎日を送っていた。あくの強い老人の性格は、友人を遠ざけ、身寄りもない彼を訪ねるのは、浮世絵師の菱川芳信と人形遣いの吉田文七の二人だけになっていた。何の喜びもない、単調な毎日を送っていた老人は、二月のある日、木が枯れるように六十八年の生涯を終える。厳しい寒さが老人を弱らせたのである。通夜の席で遺品を整理していた人形遣いの文七は一冊の通帳を見つけて驚く。六百円もの大金が手付かずのまま預けられていたのである。その場にいた全員が物欲に恬淡で、遺す身寄りも無い老人が何故、との思いにかられていた。そして、「わかると言えばわかる、わからぬと言えば絶対にわからぬ感動」で彼らはしばらく押し黙ったままであった。（巻下健太郎）

万暦赤絵《ばんれきあかえ》　短編小説

〔**作者**〕志賀直哉〔**初出**〕「中央公論」昭和八年九月一日発行、第四十八年第九号。〔**初版**〕『万暦赤絵』昭和十一年十一月発行、中央公論社。〔**全集**〕『志賀直哉全集第四巻』昭和四十八年十月十八日発行、岩波書店。〔**小説の舞台と時代**〕淡路、堺、奈良。昭和四年前後。〔**内容**〕主人公の「私」は、万暦赤絵に以前から親しみを持っており、常々自分も一つ所蔵したいと思っていた。大阪の山中商会から支那古陶石展観の目録が届いたので、「私」は万暦の花瓶を求めて、大阪淡路町の美術倶楽部へ足を運んだ。五彩龍鳳尊という紙札のついたものの中に二つ、私の気に入ったものがあったが、高すぎて手が出せなかった。いくら万暦赤絵といえども、こんなに高くては石濤の書冊やコローの風景画の方を買った方がよいと考える。「私」は堺筋へ出て、三越の食堂へ行った。食事を取った後、小鳥や犬を扱っている店で、毛足の長い小型犬を見つけた。八十円を五十円にまけさせて安い買い物をしたように感じたが、美術倶楽部で高価なものばかりを見ていたための錯覚であった。果たして、この買い物は失敗であった。子供達も二、三日は喜んでいたが、すぐに前からいる犬を可愛がり、買ってきた犬に冷淡になった。新しい犬は知らない土地に連れて来られて、何度も迷子になった。その度に、迎えにいかねばならないので、とうとう「私」は犬の迷子札を外してしまった。犬はついに行方不明になり、「私」は娘たちの非難を浴

びることになった。それからしばらくして、「私」は満鉄で紀行文を書くよう依頼されて、里見弴と二人で、満州を見に行った。南満鉄道嘱託の洋画家である真山孝次に、現地なら万暦赤絵が日本の十分の一の値段で手に入ると聞かされたからである。とにかく大変面白い旅であったが、念願の万暦赤絵はついに手に入らなかった。しかも、鉄道部長の家で飼っている蒙古犬の小犬をもらう約束をしてしまった。帰宅してその旨を妻に話すと、妻に「万暦もいい加減にして頂かないと、これぢやあ犬ばかりふえて堪らないわ」と言われた。

「万暦赤絵」は、昭和八年八月三日より五日にかけて、執筆された。志賀直哉は「続創作余談」に「書かれた事は事実」であると述べている。実際、志賀は「万暦赤絵」を執筆する以前に、里見弴と中国を旅行している。昭和四年十二月二十二日に奈良を出発し、ハルピン、奉天、撫順、大連、天津、北京などを廻り、翌五年一月二十九日に帰国した。この時の体験が小説の題材になっている。

（荒井真理亜）

【ひ】

火 ひ　短編小説

〔作者〕宮本輝〔初出〕「新潮」昭和五十五年一月一日発行。〔初収〕『星々の悲しみ』昭和五十六年四月二十五日発行、文藝春秋。〔全集〕『宮本輝全集第十三巻』平成五年四月五日発行、新潮社。〔小説の舞台と時代〕大阪市北区老松町。昭和三十五年頃。

〔内容〕啓一は大阪へ帰る京阪電車の中で、小学校四年生のとき、ひとつ屋根の下で暮らした見覚えがある男を見つけた。

もう二十年前になる。啓一の父は、事務機や文具を会社や商店に直接販売する仕事を手広く商っていた。住み込みで、三十にもなる古屋がやってきた。古屋は四六時中、洟をかんでいた。襖一つ隔てて二階の部屋に寝る啓一には何か気色悪い男であった。ある夜、古屋の部屋から、何か燃えているような光がこぼれてきた。赤い光は、ついては消え、ついては消えた。マッチを擦っているようだ。その奇妙な行為が、何を意味するのか、啓一には見当がつかなかった。力道山のテレビ放映があるとき、古屋は啓一を喫茶店に連れていき見せてくれた。その時、古屋は「子供のときから、火ィ見てると、すっとするんや。俺、昔から蓄膿でなァ。それで気がむしゃくしゃすると、マッチに火ィつけるんや。どんな薬もあかん、火ィ見るのんが一番や」という。それから十日後、古屋は、夜中のうちに事務所の金庫から売り上げ金を盗んで、そのまま姿をくらましたのである。

啓一は、その男が古屋なのか、よく似た別人なのか確かめてみたい気持ちになった。男は京橋駅で降り、「アゼリア」という喫茶店に入った。喫茶店はかなり暗かったが、ゆらめく小さな炎が、ついたり消えたりしていたので、どこに男が坐ったのか、啓一にはすぐにわかった。

（浦西和彦）

ヴィナス誕生 びいなすたんじょう　短編小説

〔作者〕藤沢桓夫〔初出〕「別冊文藝春秋」昭和三十三年十月号。〔小説の舞台と時代〕梅田、心斎橋。昭和三十年代。

〔内容〕松原進吉が佐川梨枝子を知ったのは偶然の機会からであった。大学の英文科を卒業した進吉は大学講師のかたわら、翻訳の内職をしていた。友人の今岡から翻訳の仕事がもたらされ、打ち合わせに使った梅田の倶楽部で働いていたのが梨枝子であ

った。梨枝子の美しい顔は、進吉にボッチチェリの「ヴィナス誕生」を思い起こさせた。ある時、進吉はひどく酔っ払った梨枝子を見つけ、介抱のため自分の部屋に一晩泊める。だが、その後の梨枝子の消息は不明であった。今岡から梨枝子は不品行が原因で勤めを辞めさせられたと聞いた進吉は、ショックを受ける。二度と梨枝子とは会えないと諦めていた進吉だが、心斎橋で大学時代の友人が彼女を連れて歩いているのを見かける。二人は結婚しているのだと思った進吉は、梨枝子の幸福を喜んだ。だが、後日、友人に梨枝子のことを訊ねると実は彼女は友人の妻などではなく、コールガールであった。

（巻下健太郎）

光を追うて《ひかりをおうて》　長編小説

〔**作者**〕徳田秋声〔**初出**〕「婦人之友」昭和十三年一月一日～十二月一日発行。九月は休載。全十一回。〔**初版**〕『光を追うて』昭和十四年三月十六日発行、新潮社。〔**全集**〕『秋声全集第十二巻』昭和三十八年一月十日発行、雪華社。〔**小説の舞台と時代**〕金沢、飛騨、愛宕山、浅野川、犀川、長野、本郷、南町、東京、横浜、大阪、森本、津幡、倶利伽羅峠、石動、水橋、市振、越後、親不知、直江津、長野、碓井峠、上野、広小路、神田、鶴巻町、牛込、能登、越前堀、蠣殻町、横寺町、麹町、牛込見附、神楽坂、横寺町、本町、大久保余丁町、銀座、八官町、本所菊川町、新橋、一橋、新富町、関ケ原、梅田、京町堀、安治川、御霊筋、船場、心斎橋筋、道頓堀、御堂筋、京都、天満、天神橋、天満橋、越後、神戸、河内、宇治、祇園、敦賀、長岡、伏木、七尾、出雲崎、信濃川、柏崎、愛宕山、今町、原町、小石川、弥生が丘、神田錦町、箪笥町、清水町、納戸町、東五軒町、柿木横町、榎町、向島、駿河台。明治四年から三十四年。

〔**内容**〕初回に掲載された「作者の言葉」に、「曽つて「文藝春秋」に「思ひ出づるまゝ」と云ふ長い随筆を書いて其のなかに、いくらか過去を書いたことがあり、後になつて書いたくらゐならもつと書けばよかつたと思ふやうなことも沢山あるし、随筆風でなしにやはり物語として、出来るだけ時代の背景や周囲も取り入れたいと思ふ。」とあるように、秋声の自伝を下敷きとして描かれた長編である。全四十八章。

向山等は、明治変革の中、金沢の旧藩士の家に生まれた。等の家は、没落とまではいかないものの、次兄は手に職をつけさせる為外に出し、姉を嫁に出すのにも苦心する、身を切るような切迫した生活状況であった。

そして、元来病弱で、三度目の妻の子である等は、異母兄姉にも可愛がられて育ったものの、何か探るような冷たい感覚を持つ子供となり、遊ぶのも女の子とばかりで、小学校へは姉の付き添いが無ければ登校できず、「お前のような子をもって、お母さんが恥ずかしい、さあ学校が厭なら一緒に死のう」と母に真剣に叱られたりする。四高に入る頃には、周囲からの文学の刺激も強くなる。しかし、等は、三学年の終わりに代数・化学の試験を落第生の一番で落ちてしまったのを機に、兄の送金が途絶えがちになって月謝を出して貰うのも憂鬱であったことから、高校を退学し、東京に出ることを決める。そして、父の亡くなった翌年の春、退学し、二人の兄の反対を押し切って、文学を志し、東京に出る。東京に出るとすぐに紅葉の門を叩くが、断られ、送った原稿も返される。僅かな旅費も少なくなり、生活に困窮した等は、博文館に就職の交渉をするが断られ、坪内逍遙も訪ねるが、こちらは逍遙の壮んな声咳に居すくんで自身の作品の事を口にすることもできな

いで帰る。そして、軽い天然痘にかかった等は、困った挙げ句、大阪に出ていた長兄に旅費を送ってもらい、結局東京では佗びしい下宿生活を送っただけで、大阪へと落ち延びる事になる。

長兄の憲一は重厚な性格で当地の人望も厚く、等の面倒もよく見、小遣いを与え、本なども買わせていた。しかしそのうち、等の体の処置を謀って、等の母方筋の従姉にあたる、石油業を営む菊代の家へと等を預ける。等はその家で、商売の発展と共に遊び癖も盛んとなる主人、ヒステリーを起こす妻、など、大阪商人の家庭の内輪を見る。等は、菊代の夫のつてで大阪新報へ長編を執筆するようになっていたが、読者には難しすぎるというので打ちきりになり、菊代の家も衰頽してきた事から、兄の処へと戻る。兄の薦めで筆耕生となった等は、兄の示唆もあり、思いついた短編を投稿、大阪における最初の文学雑誌「葦分舟」に掲載される。大毎の批評欄に等の投稿小編の批評が出るが、「葦分舟」に敬意を持っていない等は、兄への申し訳にしか思わない。その後、郡役所にも勤めるが、一月もしないうちに辞めてしまい、上京以来無駄に過ごした一年弱の月日を悔やみ、再度学校へ戻ろうと、故郷に帰る事を決める。

だが、旧藩士の没落した生活は苦しく、帰郷した等を母も歓迎する訳は無かった。等は再び学校の試験を受ける。しかし、これからの五、六年の苦学も考えると、等はまたしても沮喪し、その時話のあった、長岡での新聞社勤めを決める。等の仕事は主として、新聞社に呼んでくれた渋谷の為の政治経済関係書の翻訳であった。だが、所有物のように等を扱う渋谷に嫌気が差し、泉鏡花の文壇デビューにも刺激され、再び東京に出る事にする。

等の文壇生活が始まるが、仕事はなかなか軌道に乗らない。そのうち、不規律な生活が祟り、ひどいアトニイに罹り、衰弱してしまう。死を感じた等は、遺作のつもりで長編を執筆するが、この作が反響を呼び、春陽堂からの出版までも決まる。その頃には、胃腸も治りかけ、歌舞伎などを見る余裕も出て来る。そして新潮社の新作シリーズ担当も決まる。そこで、等はその仕事を持って大阪へ行くことにする。大阪の方が人間の臭みがあり、彼の気分に合うようであったからだが、兄も懐かしかった。等は暮れの三十日に夜行で新橋を発った。

連載第二回以降、巻頭に秋声に対する評価や読み方についても書かれた文章が掲載されたが、その第十回では、「秋声氏のこの小説は（中略）観念的な人間像は大変希薄であるとも云へないではありません。かくあらうとするよりも、かくあつたといふ方で、生活の流るるままの姿の説明といつたやうな作者の態度でもあります。けれども、その生活の流れを、ぢつとみつめてゐる作者の観照眼の裡にもれあがる写実的な人間の姿は、単にありのままに描かれただけのものでなく、人間の低い類型を破つて、どんな人物でも、特殊な深み、可笑しさ、可憐さのあることを、はっきり印象づけるところに、この作品の面白さが加へられます。」（「この小説を読む方のために」「婦人之友」昭和13年10月）と解説された。また、『三代名作全集　徳田秋声集』の「あとがき」で、秋声は、「掲載雑誌が「婦人之友」といふ若い婦女連の雑誌であり、編輯者の希望も小説といふのでもなかつたので、出来るだけ小説らしくなることを避け、文字も生硬で、題目も私の柄にもなく「光を追うて」となつてをり、人生の光明面を描いたやうに見えるが、事実は必ずしもさうではなく、強ち光なぞ追つてはゐなかつたのである。」と述べている。

（高橋博美）

ヒキガエルの眼《ひきがえるのめ》　エッセイ

〔作者〕開高健〔初出〕「面白半分」昭和五十五年十二月三十日発行、臨終号。〔初収〕『言葉の落葉Ⅳ』昭和五十七年十二月十五日発行、冨山房。

〔内容〕一番よく覚えているので最も古い記憶は、四歳か五歳の頃、寺町のお寺の無花果の木の下で見たヒキガエルの目。舌の記憶で鮮やかなのは道頓堀の中華料理屋で食べた八宝菜と、戦後の食料欠乏の頃に食べたイワシである。食物に不自由しなくなってからこれらの光景をしのぐ味覚は現れない。物の味を味わうためには禁断症状を設けることが必要なのではないか、という。（大杉健太）

髯籠の話《ひげこのはなし》　評論

〔作者〕折口信夫〔初出〕「郷土研究」大正四年四・五月、五年十二月発行、第三巻二・三号、第四巻九号。〔全集〕『折口信夫全集第二巻』平成七年三月十日発行、中央公論社。

〔内容〕十三、四年前、葛城山の方へ旅行した時に、紀州西河原という山村にある粉河寺の表門で、曳き捨てられた「だんじり」の車の上に大きな髯籠が据えられているのが目に着いた。それは町の人によると、祭りの「だんじり」の竿の尖きにつける飾りということであった。そこで髯籠の由来についての考えを纏めている。まず考えられるのは、標山のことであり、そこは「最天に近い処」であると同時に神が降り来たる処ということで、その際に一本松や一本杉といったものが神案内の目標とされたが、それらが見当たらない場合は、神にとっての「よりしろ」、人間にとっての「おぎしろ」が必要となってくる。標山系統の「だし」・「だんじり」・「だいがく」の類には、必ず中央に経棒があって、その末梢には何かの依代をつけるのが本体であり、大阪市南区木津の「だいがく」の本体は、天幕に掩われた髯籠であった。その依代は、青空より降り来る神にとっては必ず何かの目標を要したはずであり、祭りの時に用いられる「だいがく」などの柱の先端につけた髯籠がその役割を果たしたとしている。東京の御祖師花や葬式の際の花籠、日の丸の国旗の先端に赤い玉を附けること、五月幟の竿の先に目籠などをつけることも髯籠と同様の理由によるものであると考えられる。また、儀式の依代の用途が忘れられて供物容れとなり、それが更に贈答の容物となったのが、平安朝の貴族側に使われた髯籠であり、それはほぼ神の在所であることが確かであることから、神格を付与せられた依代であると言える。さらに、七夕竹、精霊棚の竹、十日戎の笹、妙義の繭玉、目黒の御服の餅なども皆依代であり、それらが自然木の枝を多数用いることが髯籠の髯と関係していると述べている。そして「だし」について述べると、江戸では屋台全体のことを「だし」というが、京都・長崎・大阪木津では「だいがく」の柱頭のしるしなどのことを「だし」と言っている。下町の山車になると、柱の存在がほとんど無かったりするものの、人形の後に小さく日月幢を立てて俤を残している。つまり、そそり立つ柱なり竿なりの先に依代として附いている「だし」は、どれだけ柱が小さくなっても、或はその柱自体が失われても振り落とされなかったのである。「だし」が依代としての役割を持つということは、だし行灯が神を迎える宵宮から御輿送りまで立てられたことが物語っており、神招ぎの依代として、天降ります神の雲路を照らすものなのである。

祭りの際に用いられる髯籠や「だし」の由来を、標山と依代に関連付けて説いた民俗学の論文である。（林未奈子）

被差別部落は変ったか—大阪市内の部落を再び訪れて—《ひさべつぶらくはかわったか—おおさかしないのぶらくをふたたびおとずれて—》　評論

〔作者〕野間宏〔初出〕「朝日ジャーナル」昭和四十四年五月二十五日、六月一・八日号。〔全集〕『野間宏全集第十三巻』昭和四十五年八月十日発行、筑摩書房。

〔内容〕「青年の環」を書き続けている私にとって、大阪全市の部落一つ一つをこの現在に訪れるということは、健康に不安はあるが、やはり非常に意味のあることだった。また、部落解放運動における文学・藝術活動の重要性を唱え、それに賛同してくれる谷口修太郎部落解放同盟事務局長と意見交換し、松本治一郎・朝田善之助・松田喜一ほか、水平運動、部落解放運動を大きく進めた人々の伝記の作成、部落における生活記録活動と、生活記録の収集、部落に伝わる民話民謡その他伝統的習慣の調査研究、部落研究の深化、そして文学誌『水平』（仮称）刊行などを計画してきた。加えて、部落発生の歴史を、アジア的生産様式時代から考え直し、部落史を書き変える必要があると考える。今回の再訪を通して得るところは実に大きかったが、私は部落を知ることなくして日本を知ることはできない、部落解放を遂げずして日本全体を解放することはできないと考える。（中谷元宣）

悲惨と笑いと狂騒—『日本三文オペラ』《ひさんとわらいときょうそう—『にほんさんもんおぺら』》　エッセイ

〔作者〕開高健〔初出〕「朝日新聞」昭和三十七年二月十二日発行。〔初収〕『食後の花束』〈現代の随想〉昭和五十四年六月十五日発行、日本書籍。〔全集〕『開高健全集第22巻』平成五年九月五日発行、新潮社。

〔内容〕『日本三文オペラ』を執筆するきっかけを語るエッセイ。昭和三十七年、ノイローゼとなって小説が書けなくなり、大阪に帰ると兵器工場の跡地に全国からあぶれ者がやってきて奇怪な生活を営んでいると友人から聞いた。繊細な文学に嫌気がさしていた自分は、彼等の悲惨や懊悩とともに「笑い」が描きたかった、と語る。（大杉健太）

秘事《ひじ》　長編小説

〔作者〕河野多恵子〔初出〕「新潮」平成十一年七月一日〜十二年九月一日発行。十二年一月号は休載。十四回連載。〔初版〕『秘事』平成十二年十月三十日発行、新潮社。

〔小説の舞台と時代〕大阪ミナミ、シドニー、ロンドン、ニューヨーク。昭和三十年代前半から平成五年頃。

〔内容〕三村清太郎と麻子は、共に関西生まれで、昭和三十年代前半に地元の国立大学と女子大学を出ている。学生の映画の上映会を機に知り合った。ある日曜日、清太郎が難波の地下的改札口で麻子に出会ったとき、就職先を聞くと、ふたりは偶然にも同じ綜合商社に入社が決まっていた。清太郎は麻子と結婚するので麻子の方が入社を辞退してくれないかと密かに思っていた。ところが、ミナミの大阪球場そばのアイス・スケート・リンクに行くため、清太郎と待ち合わせている時、麻子は交通事故に遇い、西長堀にある外科病院で片頬の疵口を七針も縫い、大きな「疵痕」をこしらえてしまう。麻子はこの事故のあと、自ら入社を辞退し、清太郎の入社の秋に結婚する。清太郎は結婚に不承不承の母に向かい、「僕らは必ず添い遂げますから」という。その後、太郎と次郎の二人の子供に恵まれ、今や孫も四人生まれている。そして、清太郎はシドニー、ロンドン、ニューヨークと、海外赴任を終えたあと、本社にもどって常務取締役にまで出世する。赴任先の事件や、子供たちの成長、親族の死、内緒で貸金庫を開設したことでのふたりの諍いなどが描

かれる。あるとき、清太郎は、二組の息子たち夫婦の前で、自分の臨終の時には、子供たちは席を外して欲しい、麻子に「素晴らしい言葉を聞かせるから」と約束する。だが、まだ五十七歳の麻子は予期せぬ劇症肝炎に襲われ、思いかけず急死する。清太郎は「素晴らしい言葉」を告げ得ぬまま妻の最期を看取る。自分が麻子と結婚したのは自分の目前で顔に疵を負ってしまった彼女への「侠気や責任感」などではなく、ひたすら愛情ゆえだったと告白することだった。麻子が契約した貸し金庫に、子供たちの臍の緒と一緒にまだ黒髪だった頃のふたりの髪が残されていた。（浦西和彦）

美女《びじょ》 短編小説

〔**作者**〕宇野浩二〔**初出**〕「改造」大正九年六月号。〔**初版**〕『美女』大正九年十二月十五日発行、アルス。〔**全集**〕『宇野浩二全集第一巻』昭和四十三年七月二十五日発行、中央公論社。〔**小説の舞台と時代**〕大阪、肥後橋、千代崎橋、松島橋、本田、川口、江の子橋、浪花橋、中之島、淀屋橋、北浜、天神橋、松屋町、島町、谷町、天王寺、今宮、大黒町、西浜、鷗町。明治から大正にかけて。

〔**内容**〕五十歳の男が語る思い出話。

大阪の「大丸」で、丁稚奉公を終え、さらに番頭を十三年つとめた時、「私」はちょうど三十歳だった。若旦那が十八、九の時分からちょいちょい遊び始めたのに対し、「私」は店一番の堅物と言われていた。ある日、若旦那が通う茶屋に金を払うため、銀行から千円を引き出して、巡航船に乗ったところ、「私」はそこでこの上なく美しい女子と出会う。肥後橋で乗り換えねばならないのに、女子に心を引かれた「私」は、そのまま千代崎橋まで行ってしまう。なぜか女子のほうでも「私」を意識しているらしい様子がうかがえる。男前に生まれついていた「私」は、きっと相手も自分に気があるのであろうとうぬぼれる。千代崎橋についたとき、女子が下りたので、「私」も下りて女子のあとを追う。ところが、女子は、何度も「私」のほうを振り返りながら、あちらこちら寄り道してただぶらぶら歩くだけである。千代崎橋から松島橋、本田、川口、江の子橋…。そのうち、私を釣る気やなという思いが起こってくる。中之島、北浜、松屋町、島町、谷町、天王寺、と行くほどに、胸がどきどきするのも直ってしまって、この女子をいっそのこと殺したろかと思い始める。さらに、女子が西浜のほうへ向かって歩いているのに気がつくと、女子が被差別部落の娘であるならかえって結婚話が早くまとまるかもしれないなどと空想する。ちょうど鷗町のごたごたしたところを右左曲がり曲がりしていたとき、女子は突然ぴたりと立ち止まる。目には恨みがいっぱいこもっている。「しつこい！」と言って、彼女が「私」の足元にぶつけたものを見て、「私」は真っ青になる。足元に落ちていたのは、千円を入れた「私」の財布だったのだ。（国富智子）

びっくりぜんざい《びっくりぜんざい》 短編小説

〔**作者**〕長谷川幸延〔**初出**〕未詳。〔**初収**〕『大阪百話・千日前』昭和二十六年十月二十日発行、新小説社。〔**小説の舞台と時代**〕法善寺、道頓堀、南河内誉田、天下茶屋、布施。大正十四年から昭和六年までに起こったことを二十年後に回想している。

〔**内容**〕「びっくりぜんざい」に纏わる人々の話を、戦後すっかり変わってしまった道頓堀を歩きながら、語り手の信吉が思い出している。

法善寺横丁のぜんざい屋は、店の名を言うより、「めおとぜんざい」と言った方が

通りのよい、古い暖簾である。何しろ中村宗十郎の弟子だった中村銀蔵が、役者の足を洗って始めた商売だ。その時分、ぜんざいは大阪中何処へ行っても大抵一杯が二銭であった。それを銀蔵は半分ずつ二つの器に入れて出した。中身は少なくても二杯は二杯、また、二杯が二銭とはせずに二つ並んでいるので「めおとぜんざい」としたところが大阪の人間の気に入って、人気が出た。信吉の祖母などは、よく「銀蔵という役者は、芝居は下手やったが、商売は上手やった」と語っていた。しかし、信吉には「めおとぜんざい」と言えば、お多福人形とともに、その店で住み込みで働いていた「卯三やん」の顔が浮かんで来る。「卯三やん」は本名福島卯三郎と言い、南河内の道明寺の生まれであった。十九歳の春、天下茶屋で新世帯を持ったばかりの従姉のおきくを頼って、大阪の繁華街へと出てきた。そして、おきくの夫の兼松に「めおとぜんざい」を紹介してもらったのである。おきくは髪結だった姉を手伝ううちに、松竹の「ごりよんさん」に気に入られ、笠屋町の本宅へ奉公に上がった。松竹の本宅には、常に五、六人の女中がいた。その女中たちは本家風に教育されるのである。そして、劇場や本社の事務所にいる社員の中で、特に社長や「ごりよんさん」のお眼鏡にかなった者と、社長夫婦直々の仲人で結婚させてもらえるという慣例があった。また、逆に女中たちとの結婚が成立した社員は、将来松竹の一翼としての活躍が約束され、言わば坦々たる重役街道が開ける。おきくも二十歳の暮れに「ごりよんさん」の目に適った、前田兼松と結婚した。前田は学歴こそないが、劇場付営業部員としてはなかなかのやり手で、その当時、新築されたばかりの角座の主人代理でもあった。おきくは兼松と結婚すると、「ごりよんさん」の計らいで、兼松と同じ角座で客席係として働くことになり、二人は毎朝仲よく角座へ通った。卯三郎がおきくを頼ってきたのは、その頃である。しかし、結婚して三年が経った頃から、おきくが伏見稲荷を信仰し始め、夫婦仲がおかしくなってきた。おきくは寝ても覚めてもお稲荷さんに夢中で、兼松のことを省みようともしない。夫婦の溝が深まれば深まるほど、おきくは兼松の気持ちを取り戻すべく、信仰にのめり込んでいった。兼松は寂しさからいつしか「二鶴」の仲居の富士子と懇ろになっていた。ところが、兼松と富士子の仲を知らない卯三郎が、富士子に惚れてしまう。自分の妻の従弟でもある卯三郎に本当のことを打ち明けることが出来ず、兼松は苦しむ。しかし、やがて富士子のことはおきくの知るところとなった。そして、おきくから卯三郎へと伝わった。卯三郎は、兼松が富士子と自分の仲を取り持ってくれているとばかり思っていたので、ショックを受ける。おきくは怒りのあまり、仕事中にも関わらず、角座の舞台裏で、兼松に富士子のことを問いただした。やがて、そのことが社長夫婦の耳に入り、兼松は一時的に松竹巡業部主任に異動させられることになった。おきくは自分の失態ゆえの夫の異動に、人目にも哀れなほどの放心状態であったが、兼松は旅に出ることで、眼に見えない呪縛から解放される気がして、屈託なさそうに身辺整理をした。兼松は旅に出た。伊勢路から名古屋に出て、さらに中国、四国、九州に入る約半年の巡業のはずであった。しかし、その途中で兼松は富士子を連れて出奔した。ただ、最後まで、卯三郎の信頼を裏切ってしまったことだけを気にしていた。そんなことがあってから一時は卯三郎も荒れたが、やがて立ち直り、「めおとぜんざい」から独立した。千日前東洋劇場の前、出雲屋の隣

りへ「びつくりぜんざい」の看板を掲げた。「めおとぜんざい」の先代も奇抜なアイデアで大阪人の好みに投じたが、卯三郎もまた、その頃の相場の十銭で、丼鉢一杯のぜんざいを出し、大阪の「珍らしもん食い」のお客を獲得し、成功した。（荒井真理亜）

秀吉と利休《ひでよしとりきゅう》　長編小説

〔作者〕野上彌生子〔初出〕「中央公論」昭和三十七年一月～三十八年九月号。〔初版〕『秀吉と利休』昭和三十九年二月八日発行、中央公論社。〔全集〕『野上彌生子全集第十三巻』昭和五十七年三月五日発行、岩波書店。〔小説の舞台と時代〕大阪、京都、小田原。天正十六年（一五八八）晩春から十九年春にかけて。

〔内容〕天下一の茶湯者として知られる利休は、茶頭として、また政治顧問として、関白太政大臣秀吉に仕えていた。秀吉は利休に篤い信頼を寄せていた。何かにつけ最も頼れるのが利休であった。茶道においては利休の才能を妬みつつ、利休を独占することで大きな満足を覚えていた。一方、利休も秀吉を必要とした。秀吉の権勢と富がなければ、彼の藝術的理想の実現はありえない。利休はひたすら秀吉に尽くした。しかし、むら気の多い、時に暴君の顔を見せる秀吉とのかかわりは、利休に大きな緊張を強いた。利休の一番弟子、山上宗二という男は追放の身であったが、利休との再会を果たした日、秀吉より茶頭としての復帰を許される。にもかかわらず、これを拒否したことが秀吉の怒りに触れ、惨殺される。秀吉の御機嫌次第で人の運命が左右される。このことを宗二の死によって改めて思い知らされた利休であったが、やがて同様のことが彼自身にも降りかかってくる。国内統一を果たした秀吉が、野望をさらに国外へと広げ、唐御陣（大明出兵）に情熱を傾けていたころ、「唐御陣は明智討ちのようにはいくまい」という利休の失言が、石田三成の耳に入ってしまう。三成は、秀吉の子飼いの武将であり、典型的な官僚政治家でもあった。絶対的な中央集権こそ、豊臣氏の天下支配を揺るぎないものにすると確信している三成は、利休の失言を重大事として取りあつかう。さらに三成は、利休の寿像が大徳寺の三門に置かれている事実を突き止める。これは大徳寺の和尚、古渓宗陳の勧めによるものであったのだが、彼はこれを僭越な行為として非難し、利休排斥の口実として利用する。三成にそのかされた秀吉は、利休を堺に追放する。刑が思いのほか軽かったのは、秀吉の利休への執着が断ちがたいものであったためである。だが、そのうち利休からわびが入るだろうという一方的な期待が裏切られると、怒りに駆られ、秀吉は利休に切腹の命を下す。それから数日を経ない内に、利休は地上から抹殺された。彼の首は獄門にかけられ、木像までが磔にされ、衆目に晒された。

　以上のように、天才利休は時の権力者秀吉との葛藤の果てに悲劇的な最期を遂げるのであるが、作品のもう一つの流れとして、利休を父に持つ紀三郎の青春の懊悩が語られる。自分が常に「利休の息子」であって「自分自身」ではないことに不満を持つ紀三郎は、ぶらぶらと日を過ごしていた。働きもせず、父の跡を継ぐ気もなく、婿養子の話も受け付けない。彼は、茶人としての父を尊敬していた。しかし、秀吉の召し抱えとしての父には反撥を感じていた。彼が父の身に起こったことを知ったのは、遠い世界への逃亡を企てていたときだった。播磨まで行き着いたところで事件を知った紀三郎は、天満で詳細を確認すると、すぐさま獄門へと足を運ぶ。半腐れの首に過ぎなくなった父を見たあと、彼は子どものよう

に泣きながら、父の生き様に思いをめぐらす。父は最後のぎりぎりまで、彼らしく生き抜いた。自分は一度でも本当に生きたことがあっただろうか。紀三郎はふとそんな疑問にとらわれる。どこ行く当てもなくなった彼は、偶然出会った茶売りの老人についていく。（国富智子）

ひとつの〝大阪〟《ひとつの〝おおさか〟》　エッセイ

〔作者〕開高健〔初出〕「東京新聞」昭和三十三年十一月二十二日夕刊。〔初収〕『言葉の落葉Ⅰ』昭和五十四年十一月二十五日発行、冨山房。

〔内容〕昭和三十三年、大阪市営地下鉄で「サンマはとれたて、スシはにぎりたて、イモは焼きたて、アルサロはできたての、××ハーレムへ」という広告を見つけた。この広告は女と客とをののしってやろうといういかにも大阪らしい広告だ、という。（大杉健太）

人の果て《ひとのはて》　短編小説

〔作者〕今東光〔初出〕「文学界」昭和三十年三月号。〔初収〕『闘鶏』昭和三十二年八月三十日発行、角川書店。〔**小説の舞台と時代**〕八尾。昭和二十年代。

〔内容〕「河内もの」の一つ。火葬場で死体を焼く職業を隠亡という。庸吉は女手一つで二人の子を育てるおせきのもとに転がり込み、この仕事に従事したが、子どもはなつかず、生活も苦しい。こんなことなら、また放浪の旅に出たらよさそうなものであるが、がっちり庸吉をつかんで離さないものがあった。隠亡の庸吉は、人知れず不思議な快楽を持っていた。何日も葬礼がなく、冷たい死体の感触に遠ざかっていると、何となく物足らなく、不思議な焦燥に駆られる。それが、葬式があって、誰一人見ていない焼き場の中で、冷凍したような人体に触ると、はじめて胸騒ぎが鎮まり、奇妙な安堵感を催す。どんなに拭っても、決して取り去ることのできない皮膚の記憶。「俺は一生、隠亡をしよう」庸吉は闇の中で呟いた。（中谷元宣）

人見知り《ひとみしり》　エッセイ

〔作者〕吉田五十八〔初出〕『随筆集大阪讃歌』昭和四十八年九月二十九日発行、ロイヤルホテル。

〔内容〕私は大阪人のことをよく知らない。そこで、東京っ子から見た大阪人を書く。東京人は人見知りで、気の小さい人種である。大阪人は概して人見知りをしない。大阪人のほうが東京人よりはるかに社交的で、陽性で、開放的で積極的だ。そこに大阪人の商業人としての根底がある。これは大阪商人の世界進出の、大きな要因の一つではないか。（山本冴子）

火の誘惑《ひのゆうわく》　長編小説

〔作者〕源氏鶏太〔初出〕「小説倶楽部」昭和二十八年八月～二十九年一月号。〔初版〕『火の誘惑』昭和二十九年四月発行、東方社。〔**小説の舞台と時代**〕大阪、白浜温泉。昭和二十年代前半。

〔内容〕香椎竜三は北浜の建築会社につとめている。梅田新道の喫茶店ダイヤで十年ぶりに奈々江と再会した。奈々江とは十五歳になるまで隣同士であった。が、はっきり恋愛の段階にうつる前に、香椎は応召した。奈々江は三十歳近くも年の違う東宮泰蔵と結婚していた。東宮は五十五歳で、追放で会社を辞めて、専ら読書三昧の生活を送っていた。ダイヤのマダムの洋子と奈々江は昔からの知りあいであった。香椎の同僚の伊豆子は、土建請負業の北村にプラトニック・ラブされるが、香椎を愛している。しかし、伊豆子は母と住む家の立ち退き問

題で二十万を、くるりと体をまわして、「これが担保よ」と、北村に金を借りる。北村はダイヤのマダムの洋子のパトロンである。妻の奈々江の気持ちが自分から離れていくことを知った東宮は、奈々江を白浜温泉に軟禁する。だが、香椎が怪我で入院し、腹膜炎を起こして、病状が悪化しているのを知って、奈々江は病院へいく。「女炎すべなし」（「大阪新聞」昭和23年2月15日～5月15日）を改題・改訂した作品である。

（浦西和彦）

非法弁護士《ひほうべんごし》　長編推理小説

〔**作者**〕姉小路祐〔**初版**〕『非法弁護士』〈カッパ・ノベルス〉平成八年五月発行、光文社。〔**文庫**〕『非法弁護士』〈光文社文庫〉平成十一年十月二十日発行、光文社。

〔**小説の舞台と時代**〕岸和田、大阪、関西国際空港。平成三年から八年。

〔**内容**〕だんじり祭の岸和田で生まれ育った大淀鉄平は、国立大学に現役で受かり、弁護士になることを夢見ていた。だが、バブル絶頂期の関西新空港の建設に伴う地上げで、執拗に立ち退《の》きを迫るヤクザのいやがらせによって父親が命を落とした。鉄平は単身で相手のもとに乗り込み、傷害の現行犯で逮捕され、懲役の実刑判決を受ける。将来の夢を断たれた鉄平は、裏街道の弁護士〝うら弁〟として生きる決意をする。

　自転車工場主の安川は、貸した金が回収できなくなったために裁判を起こすが、審理はなかなか進まなかった。強ノ原たち暴力団が甘い言葉で安川を博打に誘いこむ。蟻地獄に落とされた安川は、鉄平のたてた計画で危機を脱出する。しかし、鉄平に出し抜かれたために、強ノ原らはおのれのメンツを賭け、さらなる策略を仕組んでくる。安川は殺されてしまう。ヤクザらと鉄平との法の盲点を衝いた戦いを描いたサスペンス長編小説である。

（浦西和彦）

秘めごと《ひめごと》　短編小説

〔**作者**〕由起しげ子〔**初出**〕「文学界」昭和三十八年十月号。〔**小説の舞台と時代**〕梅田、天王寺、築山、高輪、護国寺、目黒、駕籠町、神戸、大塚駅前、東大病院。大正六年頃から昭和初期。

〔**内容**〕「私」のもとへ、夏休みで福島県の親元に帰っていたはずの妹尾世良という友人から電話がかかってくる。相談があるのだという。会う約束をして、天王寺駅から城東線に乗り、梅田駅の待合室で世良を探した。「私」はベンチでうつむいて掛けていた世良の急に大人びた姿に驚いた。とりあえず「私」は世良をそのまま自分の家に連れて帰った。二日後、世良は訳を話したのだが、東京から帰省していた兄に犯されたのだという。兄といっても血はつながっておらず、子供のない両親が、いつか夫婦にするつもりで、別々のところからもらってきた他人同士である。理屈はともかく、「私」と世良にはそのようなことが起きたことだけで衝撃であった。教会へ通っていた二人は牧師を訪ねて告白するという結論に達した。話し終えた後、世良は風呂に入ったが、「私」は何となくいやな感じで一緒に風呂に入れなかった。二人で並んで寝ながら話していると、世良の中には急激な変化が起こり、兄を許そうとしているばかりか、結婚という定められた道を受け入れようとしているらしい。懺悔したいと思っているのは、その行為そのものなのだ。次の日、牧師はどうやら許したらしく、世良は洗われたような顔つきで実家に帰って行った。翌年卒業し、「私」は音楽の勉強をするため上京したが、「私」が入った音楽学校の英語専科に世良も入学してきた。世良は「私」に、兄が三山物産に就職し、三

山系のお嬢さんと結婚したことを報告した。兄は世良に「一生お前の力になってやる」と謝ったというが、言ってみれば、進学を理由に体よく追い出された形であった。まもなく、「私」はピアノの師匠の家で知り合った彫刻家と結婚し、その後夫と一緒に外国に留学した。子供が生まれ、帰国してからは音楽から遠ざかった。新居を訪ねてくるのは、夫の来訪者ばかりで「私」が淋しく思っていると、大阪の女学校時代の友人峯涼子から、世良の消息を聞く。「私」は早速世良を訪ね、二人の交遊が復活した。世良は結婚して、「家永」を名乗っていた。十九歳の時に、十五も年上だった男に嫁がされたのだという。五人の子をなし、ある時は夫が事業に失敗し、住まいを転々としたが、今は東京で派出婦会を切り盛りし、苦しい生活を送っているという。そのうち、世良の出生の秘密もわかった。世良は養父と思っていた父親が別の女に産ませた実の娘だったのだ。それに気づいた養母は、父親の死後、兄夫婦と画策して、遺言を隠してしまった。世良の回りには暗い話ばかりだったが、「私」は自分も彫刻家との間にトラブルが起こっていたときであったので、よく世良の家へ遊びに行った。ある時「私」は、世良に犬をもらってもらえないかと頼まれる。「私」の家では無理そうだったので断ると、兄のところにやるのはどうしても嫌だという。訳を聞くと、妹尾の別荘へ遊びに行っていた世良の子を兄の嫁が泥棒扱いしたりしたのだそうだ。「私」は峯涼子にもらってもらうように計らったが、皮肉にもその犬は峯涼子の家から妹尾の兄のところにもらわれてしまった。つくづく不幸な世良の不幸はさらに続いた。夫が脳溢血で死んでしまったのだ。世良は窮地に追い込まれた。「私」も子供を連れて夫と別居し、苦しい生活を送っていた。次第に「私」は世良との間に小さな溝を感じ、戦争が激しくなったこともあって足が遠のいて行った。義兄を亡くし、神戸で病身の姉の面倒を見ていた「私」を突然世良が訪ねてきた。「私」は変わり果てた世良の姿に驚いた。世良は子供の世話にはならず神戸の製粉会社で雑役婦をしていると言った。世良はその後も一人で、禅寺の老女の世話をしたりしたが、世良が「私」を呼んでいると聞いた時には、世良は肺ガンで東大病院に入院していた。世良の子が「どうしてつらいこと、つらいことばっかりえらんで行ったのかしら」と言った。それを聞いた「私」は、あの秘事に始まった世良の生涯を思っていた。

（荒井真理亜）

ひめはじめ《ひめはじめ》　短編小説

〔作者〕今東光〔初出〕「小説中央公論」昭和三十八年三月号。〔初収〕『河内の風』昭和三十八年七月二十日発行、講談社。〔小説の舞台と時代〕八尾。明治、大正、昭和。〔内容〕「河内もの」の一つ。馬方の亀之助は夏祭りの夜、男三人に付きまとわれていたお菊を助ける。お菊と付き合い、子ができ、夫婦となり、八尾中野村に世帯を持った。やがて、天王寺から八尾を通って奈良へ鉄道が敷かれる。しかも、城東線という大阪梅田駅と天王寺駅の鉄道に、天王寺を経て湊町まで延長した鉄道が稼働し始める。亀之助の仕事はめっきりと減る。毎日夫婦喧嘩が絶えない。息子の善吉が高等小学校二年生の時、亀之助は「仇を討つぞ」と叫び、貨物列車に戦いを挑み、跳ねられ死ぬ。善吉は馬方となるが体が続かない。天台院の和尚を頼り出家し、善妙と名乗る。和尚は善妙を叡山中学へ入れる。和尚はスペイン風邪で死ぬ。やがて善妙は山を下り、天台院の後任の住職を助けようとしたが、好い顔をされず、仕方なく上ノ島村に間借り

した。姓名判断がうけ、評判をとる。肝煎りのお鉄後家が活躍して、善妙は村内に教会所を開き、運勢判断に努めた。しかし結局、天台院の住職にはなれそうになかった。信者らとの元旦の酒宴の後、善妙とお鉄後家は一緒に寝る。正月二日のひめはじめであった。

（中谷元宣）

白夜行《びゃくやこう》　長編小説

〔**作者**〕東野圭吾〔**初出**〕「小説すばる」平成九年一月一日～平成十一年一月一日発行、隔月十三回連載。原題「陰画関係」。〔**初版**〕『白夜行』平成十一年八月十日発行、集英社。〔**文庫**〕『白夜行』〈集英社文庫〉平成十四年五月二十五日発行、集英社。〔**小説の舞台と時代**〕大阪、布施。現代。

〔**内容**〕昭和四十八年、大阪の近鉄布施駅近くの真澄公園の向こうの、子供たちの遊び場になっている無人の古いビルで他殺体が発見された。被害者は質屋の店主の桐原洋介。容疑者として浮かびあがった寺崎忠夫は、確証を得ぬままに、阪神高速大阪守口線上において交通事故死してしまう。被害者が亡くなる前に立ち寄った西本文代も不慮の死をとげる。洋介の息子桐原亮司と、親戚の養女となった文代の娘唐沢雪穂の二人の子供が残された。

雪穂は優雅で美しく成長する。しかし、なぜか雪穂の周囲の人間は不幸な出来事に巻き込まれていく。亮司はハイテク化する社会に適応し、銀行カードの偽造やコンピュータソフトの海賊版を作るなどの悪事に身を染めながら、したたかに生き抜いていく。

事件は時効を迎えるが、十八年間、一人で事件を追いつづける老刑事がいた。馳星周は、文庫版「解説」で、「主人公ふたりの内面は一切描写されない。行動ですら、すべてが描写されるわけではない。にもかかわらず、物語がすすむにつれ、ふたりの背中には哀切が漂いはじめる。白夜に照らされた虚無の道を行くふたりの姿に、読む者の心が動かされていく」という。

（浦西和彦）

表彰《ひょうしょう》　短編小説

〔**作者**〕織田作之助〔**初出**〕「文藝春秋」昭和二十二年十二月一日発行。〔**初収**〕『六白金星』昭和二十一年九月三十日発行、三島書房。〔**全集**〕『定本織田作之助全集第五巻』昭和五十一年四月二十五日発行、文泉堂書店。〔**小説の舞台と時代**〕高津表門筋、御蔵跡、黒門市場、松島、新町、飛田、千日前、桜川、大正橋、市岡の新開地、北山町、河原町、道頓堀、天王寺公園、鳥取。昭和二十年頃。

〔**内容**〕高津表門筋の浜春という料理屋の長女であったお島は、十八歳で伊三郎に嫁いだ。学校に上がらぬ前から妹や弟の守りをし、学校に上がってからは、学校にもろくに行かず、店の料理場で働いていた。お島は生まれつき左利きで、料理をさせてみても器用だし、小柄ゆえに廻りが早く、おまけに愛想もよい。警察からその孝行ぶりを表彰されたほど、親にとって役立つ娘で、近所でも評判であった。結婚してからまもなく、伊三郎は鉄物屋を始めた。お島は伊三郎を手伝って、一日中真っ黒になって働いた。子供の頃から、働くことと、人に頭を下げること以外教えられなかったお島は、粗末な身なりをして、白粉もつけず、せっかくの器量を台なしにしていた。その内、伊三郎は家を空けるようになった。市岡の新開地に、女を囲っていたのである。お島は伊三郎の兄に間に入ってもらって、何とか伊三郎と妾を別れさせることが出来た。子供のなかった二人は、養子をもらうことに決めた。松太郎である。貰い子の身をひがまぬように、お島が精一杯甘やかしたこ

ひ

ともあって、松太郎は十八歳になる頃には、手のつけられぬ不良になっていた。伊三郎は松太郎と口を利かなくなり、お島は松太郎が不憫でならない反面、松太郎のことで伊三郎に責められる度に、松太郎が憎くて憎くて堪らなかった。しかし、古着屋の「御寮ンさん」から、伊三郎がもう七年も前から鳥取に妾を囲っていること、既に女の子が二人あって、しかも今度は男の子が生まれそうであることを聞かされる。お島は四十歳になる今日まで「石女」で通してきたことが悔やまれ、松太郎をかばうことで、自分自身をかばうようになった。お島の松太郎への愛情は、はた目から見てもいやらしいくらいで、世間はお島を悪く言うようになった。その上、松太郎の品行はよくなるどころか、ますます悪くなった。松太郎は徴用逃れに警防団に入り、団にはろくに顔も出さず、毎夜近所の喫茶店でとぐろを巻いていた。ある夜、その喫茶店の向かいの「カズラ屋」から出火した。いつものように喫茶店で油を売っていた松太郎は、一番乗りで消火に努めた。そして、感謝状をもらった。かねがね印のついた書類に畏敬の念を抱いている伊三郎は、松太郎のもらった「書いたもん」を眺めて、初めて松太郎に優しい言葉をかけた。松太郎は初めて父親の愛情に接し、ハラハラと涙をこぼした。それからすぐに松太郎は徴用された。そして、今度は伊三郎が警防団に入った。平団員であったが、辞令を大切にし、出席簿に印が増えるのを楽しみに、せっせと務めた。自然、鳥取へも足が遠のいている。伊三郎は警報がなる度に、警防団本部へ一番乗りして、消防ポンプを引き出すのだった。いつしか、お島もついて行って、ポンプを後押しをするようになった。その働きぶりからか、伊三郎は消防本部の副班長に任命され、お島は警防団から表彰された。ところが、その表彰状は空襲で伊三郎の家とともに焼けてしまった。焼け出された二人は、鳥取の妾を頼って、汽車に乗った。お島は、「東条が阿呆な戦争をしたばっかしにわては妾の厄介にならんならん」とぼやき、やがて疲れきって眠ってしまった。伊三郎は、お島のやつれ果てた寝顔を見て、行き先を変更することにした。空襲のもっとも激しかった、昭和二十年六月に、「文藝春秋」の夏目伸六からの依頼で書かれた作品である。しかし、結局雑誌は発行されず、戦後、復刊した最初の号にようやく掲載された。

（荒井真理亜）

漂泊者のアリア《ひょうはくしゃのありあ》　長編小説

〔作者〕古川薫〔初出〕「山口新聞」平成元年九月一日～二年一月三十一日発行。〔初版〕『漂泊者のアリア』平成二年十月二十五日発行、文藝春秋。〔小説の舞台と時代〕下関、大阪、東京、パリ。明治三十一年から昭和五十一年。

〔内容〕混血のオペラ歌手として世界に名を馳せた藤原義江の波瀾に富んだ生涯を描いた伝記長編小説。「第一章流離」「第二章ミラノの空」「第三章ナポリ港の夕陽」からなる。藤原義江の父N・B・リードの墓は、関門海峡と響灘を左右の眼下に望む丘の上にある。父のリードはスコットランド人貿易商で、母の坂田キクは下関の花街稲荷街の検番に籍を置く琵琶藝者だった。義江は十一歳の時、大阪から一人で下関の父をたずねて行ったが、なぜか父親は冷淡な態度をとり、大阪へ追い返される。だが、列車が姫路駅で停まると、車掌が「大阪北区は昨夜からの大火で、目下延焼中」と大声で言った。曾根崎の母の家も、梅田の伯父の家も焼けて、義江は下関に帰るしかなかった。大阪の大火が、父リードとの絆をわずかに繋ぎとめてくれたのである。

母と二人で九州各地を放浪した幼年期、

大阪での外人経営のロイヤル・ブラッシュという会社の給仕や住み込みの質屋の丁稚などをした少年時代、上京して学校を転々とした学生時代、新国劇や浅草オペラを経て、オペラ歌手となっていく様子や、次々と女性を求め、世紀の恋と騒がれたあき子との結婚と離婚など、義江の漂泊の生涯を克明に描く。

（浦西和彦）

昼と夜の巡礼《ひるとよるのじゅんれい》　長編小説

〔作者〕黒岩重吾〔初出〕「日本」昭和三十九年一月～十二月号。〔初版〕『昼と夜の巡礼』昭和四十年一月三十日発行、講談社。〔全集〕『黒岩重吾全集第五巻』昭和五十八年八月二十日発行、中央公論社。〔小説の舞台と時代〕大阪市、六甲山、北陸など。昭和三十九年。

〔内容〕世界金属工業事業本部長榊原良介が、その愛人である社長秘書真月葉子に三百万円を渡し、失踪した。葉子は退社、バーおようを開店、マダムとなる。葉子は、榊原の妻和枝の経営するバー・サカキを買収するため、証券会社の若き社長島健次に力を求める。一方、葉子は、世界金属工業社長富岡に肉体を与え、榊原の失踪の原因を探る。葉子は、榊原の会社への裏切り行為、そして妻との因縁を知る。それは、学歴のない榊原の野心であり、彼は日本から密出国して、大きな仕事に取り組んでいたのである。帰国した榊原は葉子に求婚するが、葉子の愛は冷め、今は、精神病の妻を持つ島を愛していた。葉子も数年の間に大人となり、変わったのだ。そして愛ゆえに島の秘書になることを望んでいる。

（中谷元宣）

【ふ】

ファミリー・ビジネス《ふぁみりー・びじねす》　長編小説

〔作者〕米谷ふみ子〔初出〕「新潮」平成十年五月一日発行。〔初版〕『ファミリー・ビジネス』平成十年五月発行、新潮社。〔小説の舞台と時代〕東京、横浜、福岡、大阪帝塚山、夙川、曾根崎、新大阪、梅田。現代。

〔内容〕「私」は国際結婚をし、アメリカと日本を行ったり来たりしている。理由のひとつはアメリカにいる息子がずっと脳障害をおこして入院しているから、そしてもうひとつは自分の描いた絵画を売りこみにいくためである。そんな「私」にも八十七歳になる母がいる。未亡人になってからは大阪から東京の老人ホームへ出てきて兄のところに行ったり妹のところに行ったりしているらしい。今回も絵画の商談に帰国すると、おはるばあさんから親戚の法事があるので一緒に行くようにと言われる。時間も幾らかあったので一緒に行ってみると、久しぶりの親戚の集まりや、日本の慣習、世間体の話などで疲れてしまった。しかし、その法事には妹の姿がなかった。それからしばらくして、おはるばあさんがいなくなったと連絡が入る。兄に聞いてみると、どうやら妹の息子が家出をしたらしく、法事の時に話していた福岡でのやくざの話と重なっておはるばあさんは孫がやくざものになってしまうと一人合点してしまったらしく、探しに飛び出したらしい。慌てて「私」は後を追いかけ、偶然博多で見つけることができたおはるばあさんとともに大阪の妹のところに行くことになった。話を聞いてみれば、妹の息子は大学教授の父親に反撥して家を飛び出したらしい。その父親はプライドばかりが高く、結局ろくに探すこともせずに海外の学会に出発してしまった。「私」とおはるばあさんは妹のところに厄介になる。しかし次の日にはおはるばあさんは孫から電話があるかもしれないといっ

ふ

てすぐに東京に帰ってしまった。妹も姑の世話が大変らしい。「私」は大阪の画廊に商談に行ったときに同級生に会う。そして一緒に関西の美術会の会合に行くのであるが、昔の恩師は皆亡くなっており、唯一残っている先生もまた歩くのもままならない様子であった。ごたごたしたままで帰国した「私」であったが、その後妹の息子は異国で働く「私」の息子の下で生活をしているとのことだった。そんなところから息子がおはるばあさんから相談をうけたらしい。その内容はユダヤ教で葬式をしたいとのことだった。先日まではキリスト教なのでキリスト式にしたいと言っていたし、それから兄には仏教式でやりたいとも言っていたらしい。お好きなようにしてくれ、とおはるばあさんの空回りする話を「私」は呆れて聞いていた。

　この作品で第三十七回女流文学賞を受賞した。

（井迫洋一郎）

風土《ふうど》　短編小説

〔**作者**〕藤井重夫〔**初出**〕「新潮」昭和二十六年十二月号。〔**初収**〕『虹』昭和四十年九月二十五日発行、文藝春秋新社。〔**小説の舞台と時代**〕ジャンジャン横丁、白浜。昭和二十五、六年。

〔**内容**〕ビタへお詣りの留さんを見つけたギミイは、世界館横丁にある留さんの店で朝めしにありついた。留さんは、四十五をとうに過ぎているが、独身で、月のうち二、三回「ビタ詣り」と称して飛田へ泊まりにゆく。留さんの店には不釣り合いなほど上等の黒い額縁に戦争中に金属回収で取り壊された通天閣の絵葉書一枚入れたのがかかっている。「通天閣ができるまで、ここは動かへん」。留さんは、通天閣が再建されるときに寄付するつもりで、毎月売り上げの一割を郵便貯金して、もう四年になる。ギミイは十六歳で、学童疎開中に両親と弟妹が爆死した。新世界に住みついて三年になる。公園入口の夕刊の立ち売りを手伝っている。おなじ浮浪児で白痴の寛太はホテルの「お花畠」を清掃する仕事をしている。新世界は、じぶんで手をよごして合法的に生きる道を発見しているギミイや寛太のようなドヤなし少年たちをそっとしておいてくれる。

　夏の終わりのある日、ギミイと寛太は留さんに連れられて白浜へ一晩遊びにいった。温泉に入り、留さんが「寛太はちゃんと、男になっとるデ。薄いやつが生えかけとる」と囁いた。この日の水入らずの旅が、ギミイと寛太が留さんを見た最後になった。留さんはビタで心中したのである。ところが、三十三万余円全額を払い戻しにきた男が局員に怪しまれたことからあしがつき、留さんの貯金を狙って、男の情人であるビタの女が、留さんに致死量の睡眠薬を嚥《の》まして狂言心中を企てたことがわかったのである。ギミイは眼に見えてひとが変わりはじめる。薬を注射《う》つようになり、マンホールの鉄蓋を剝がして盗《ぬす》もうとして、警邏に追われ、マンホールのまっ暗な穴に落ち、絶息した。寛太だけはこの街にこれから先も、根づよく生きていくだろう。雑草は、どのような風土のなかでも、凋《しぼ》むことを知らない。

（浦西和彦）

風流巨根節《ふうりゅうきょこんぶし》　短編小説

〔**作者**〕藤本義一〔**初出**〕未詳。〔**初収**〕『淀川ブルース』昭和四十九年十二月十五日発行、番町書房。〔**小説の舞台と時代**〕大阪、白浜。昭和五十年頃。

〔**内容**〕民俗学専門の万年助教授橋田と、落語家鶴丸を中心に、逸物のコンクールを催すことになった。己の肉体に自信を持つというアキレス・コンプレックスに名を借

り、コンクールの名称をアキレス会とする。審査は、料亭「梅川」の女将と、年増の藝者三人の合議制で、西も東もなく、横綱一人、大関二人を決める。第一審査は持続時間ということで、水を入れた土瓶を吊り下げることにした。コンクール参加者は、藝能人、自由業者、実業家、医師、僧侶、牧師、プロゴルファーなど、定員五十名を満たした。勝負は厳しく、敗者は打ちひしがれ、勝者は意気揚々であった。鶴丸は大関となる。数日後、自分に自信を持った鶴丸は、白浜温泉で温泉藝者を抱き、腹上死してしまうのであった。（中谷元宣）

プールサイド小景《ぷーるさいどしょうけい》　短編小説

〔作者〕庄野潤三〔初出〕「群像」昭和二十九年十二月号。〔初版〕『プールサイド小景』昭和三十年二月発行、みすず書房。〔全集〕『庄野潤三全集第一巻』昭和四十八年六月二十日発行、講談社。**〔小説の舞台と時代〕**帝塚山。戦後のある年の夏。

〔内容〕青木弘男はある織物会社の課長代理である。彼は五年生の長男とひとつ下の次男と妻との四人の家族を持っている。

夕食の前、青木はいつも子供二人を連れて水泳をしに行った。ある日、青木は帰宅して突然首になったと言った。妻は聞いたとたん、意地悪い冗談であることを願った。しかしそれは事実であった。青木は会社で六カ月あまりの給料を使い込んだのだ。本当は家を売って賠償してもよかったが、会社ではその代わり辞めさせた。青木はもともと謹直ではないし、意志強固な人間でもなかった。だから、まったく想像できないものでもなかった。

ある日、水泳の帰り道で妻は青木が一番よく行く店の話を聞いた。それはOというバーで、美貌の姉と不美人の妹二人がやっている店であった。最初は友達に連れられて行った。青木は姉の美貌に引かれ、試みにアフリカの有名な選手が出る国際水上競技試合の切符を渡した。その帰りに姉は幼年時代を父とハルピンで過ごしたことを話してくれた。姉を誘惑したいと思いつつ、怒られるのも心配で結局手出しはしなかった。それ以来チャンスはなかった。ある日、また店へ行ったら姉は父の親しい友人と二時間もずっと私室で会った。青木にとってはどうにも不愉快なことだった。青木が大金を使い込んだのはその女のためだった。この話は霹靂のように妻を打った。主人が夜遅く帰るのは最初からだったから、妻にとってはそれが固定観念になってしまったのだ。だから、夜遅く戻っても何の疑いもなかった。主人の話によると、会社に用事がなくても、直接家には帰りたくなかった。結婚して以来十五年、二人の間にほとんどコミュニケーションが取れていないのだ。妻は、初めて自分の存在を確かめたくなった。十日間家にいた青木は仕事を探しに出た。家族の生計にも関わるし、近所の人たちに疑わしい目で見る人も出てきたからだった。妻は主人の姿を想像しながら、毎日無事に戻るのを願った。（桂　春美）

醜男《ぶおとこ》　短編小説

〔作者〕山崎豊子**〔初出〕**「小説中央公論」昭和三十六年三月号。〔全集〕『山崎豊子全集5』平成十六年五月十日発行、新潮社。**〔小説の舞台と時代〕**本町、曾根崎新地、道頓堀、梅田。昭和三十年頃。

〔内容〕大阪繊維株式会社の庶務係長大山岩治は、幼いころから醜い容貌で損をしている。醜悪な顔立ちで貧相な外見の為、会社でも十五年間昇進せず、片隅に追いやられていた。だが、そんな岩治の自慢は、峰子という容姿端麗の妻である。箱入り娘で、世間を知らぬまま岩治に嫁した峰子は、十

五年間慎ましやかな妻として結婚生活を営んでいたが、PTAの会合に出かけたのをきっかけに、自らの容姿に自信を得、外出が頻繁になり、岩治との結婚生活を退屈きわまるものと感じて家を飛び出してしまった。岩治は自慢の妻に見限られたことに衝撃を受け、なんとか峰子を取り戻そうとするが、峰子は岩治に生活費のみを要求。それでも岩治は峰子がいつかは自分の元に戻ってくると信じて生活費を送り続けた。しかしその甲斐もなく、周囲からの薦めもあって岩治は峰子と離婚し、新しく妻を娶る。その女は岩治と同様、容貌よろしくない日陰の女であった。しかし彼女は初めて自分を女として認めてくれた岩治に感謝し、岩治に心をこめて尽くす。だがその結婚生活も長くは続かず、結婚して半年、岩治は突然死んでしまう。献身的な介護の甲斐もなく、苦しみにもだえた岩治は今わの際に「峰子!」と叫んだ。それを聞いた彼女は「愛した女には見捨てられ、本当に自分を愛してくれた女にはなにもできなかった惨めな男」であると岩治のことを思った。

（大杉健太）

不完全犯罪《ふかんぜんはんざい》　短編小説

〔作者〕藤沢桓夫〔初出〕「宝石」昭和三十三年十二月号。〔初収〕『青髯殺人事件』昭和三十四年三月五日発行、講談社。〔小説の舞台と時代〕茶臼山、浜寺公園、大阪の南郊。昭和三十年代前半。

〔内容〕医大生康子の活躍を描いた推理小説。社会学者の尾武道人の妻麗子が殺された。麗子は美貌の女流歌人としてその名を知られていた。自宅から遠く離れた人気の無い神社で発見された麗子の死体の手には、疑問符の「?」が書かれた名刺大の紙切れが握らされていた。捜査は難航し真田刑事はまたしても康子に知恵を借りることになる。尾武は以前、新聞紙上に完全犯罪はあり得ないと談話を載せたことがあった。その数日後、尾武宛に完全犯罪が可能である証拠を見せると言う内容の脅迫状が届く。尾武は悪戯だと思いながらも警察に届ける。何事も無く一カ月が過ぎ誰もが脅迫状のことなど忘れた頃に惨事が起きたのである。真田刑事が帰って数時間後に純吉がたずねて来なければ、康子はこの事件に深くかかわることは無かった。純吉の友人の三坂という男が、麗子の隠れた愛人であった。この事実が明るみになれば三坂が不利な立場に立たされる。三坂の潔白を信じる純吉は康子と共に事件の真相解明に乗り出す。真田刑事から三坂を容疑者として拘引したと聞かされた康子は、自分の推理を確かめる為、尾武が教授を勤める大学へと向かう。守衛から事件当日、尾武を見かけたと聞いた康子は自分の推理が正しいと確信する。尾武の研究室にあるストーブの中に運動靴の燃えかすが残っていた。殺害現場に残されていた足跡も運動靴のものであった。証拠隠滅を図ったことで麗子殺しの犯人は尾武であることは明らかになった。真田刑事が事件の経過を話し終えた頃、研究室に現れた尾武は自分の罪を認める。常に誇り高き男でありたかった尾武は、自分を裏切った妻を許すことができなかったのである。

（巻下健太郎）

河豚《ふぐ》　短編小説

〔作者〕里見弴〔初出〕「白樺」大正二年十二月号。原題「実川延童の死」。〔初収〕『未明』大正八年七月十五日発行、春陽堂。〔全集〕『里見弴全集第一巻』昭和五十二年十月二十日発行、筑摩書房。〔小説の舞台と時代〕大阪、伊豆徳、玉庄、千日前。明治十六年。

〔内容〕実川延童は、中村高麗之助の代役

ふ

で博多まで下った帰途に、広島で脳を悪くした。大阪へ帰ってから玉庄で大好物の河豚を食べた。その日の午後、芝居の稽古をしていると、身体の異変に気が付いた。脳病で逆上せているだけだと思うが、河豚にあたったのかしらとも思う。たとえ河豚にあたったとしても、まさか自分がこの世からいなくなろうとは思われなかった。しかし、夕方頃には、延童の身体はもう彼の自由にはならなかった。延童は竹田の芝居小屋が焼けた時のことなど思い出す。一番落ち着き払っていた親仁でさえ焼け死んだ。それを考えると、死は突然眼前に迫ってきた。延童は、そのまま再生することなく、息を引き取った。 （荒井真理亜）

福翁自伝《ふくおうじでん》 自伝

〔作者〕福沢諭吉〔初出〕「時事新報」明治三十一年七月一日～三十二年二月十六日発行。全六十七回。〔初版〕『福翁自伝』明治三十二年六月発行、時事新報社。〔選集〕『福沢諭吉選集第10巻』昭和五十六年十月二十三日発行、岩波書店。

〔内容〕福沢諭吉は一八三五年に大阪で生まれた。父は下級氏族で、もともと中津の人だった。数え年三歳のとき、父が亡くなると、母・兄・姉たち（諭吉は末っ子）とともに国へ帰ることになり、幼少時代を中津で過ごす。諭吉が再び大阪へ出てくるのは、二十三歳のときである。緒方洪庵のもとで蘭学を学ぶため、彼は大阪の適塾に通う。適塾に学ぶ当時の学生たちの無法ぶりが生き生きとつづられている。役人に成りすまして芝居をただ見する、往来で大げんかのまねごとをする、料理茶屋で飲んだついでに猪口やら小皿やらを拝借する等々といった具合である。二十五歳のとき、諭吉は蘭学の教師となって、江戸へ出る。ふとしたきっかけで悟ったのは、オランダ語よりも英語を学ばねばならないということだった。独力で英語を学ぶうち、アメリカやヨーロッパなど、幕府が実施した外国行きに同行する幸運を手に入れる。はじめて見る馬車や、ホテルに敷き詰められた絨毯、シャンパンの入ったグラスに浮かぶ氷などに驚きとまどう日本人のありさまや、ホテルがあまりに豪華なため、日本から持参した大量の米や行灯が無駄になってしまった話など、ユーモアたっぷりに書かれている。が、日本へ戻ると、世は攘夷論真っ盛りである。洋学者たちは身の危険にさらされていた。攘夷論を唱える京都の「浮浪」たちと、開国に向けて動いている江戸幕府。東西二派に分かれて争ううち、王政維新となった。同じ年、諭吉は日本で唯一の洋学の学校、慶応義塾を開く。洋学を学ばなければ西洋諸国と肩を並べることはできないとの考えが彼にはあった。王政維新の後、新政府に仕官せぬかとの誘いをたびたび受けたが、国民に対して威張ってばかりいる役人への反撥もあって、諭吉は頑として応じなかった。直接政治にかかわるよりも、言論をもって政治社会に影響を及ぼそうと、一八八二年（明治十五年）、時事新報を創刊する。

本自伝は、福沢諭吉の幼児期から老後にいたる経歴を記したもので、本人の口伝えを速記者が筆記し、諭吉自らが校正した上で「時事新報」に掲載したと、序文にある。

諭吉の鋭い政治批判、また、権威ある人人に対する臆せぬ立居ふるまいは痛快である。反面、平等主義の不徹底、朝鮮人・中国人への蔑視、日清戦争勝利を喜ぶ記述なども見られ、その思想には新しさと古さが混在している感がある。 （国富智子）

復讐が大好き《ふくしゅうがだいすき》 短編小説

〔作者〕藤沢桓夫〔初出〕未詳。〔初収〕

『新・大阪物語』昭和三十八年十一月五日発行、桃源社。〔**小説の舞台と時代**〕梅田、上本町。昭和三十年代。
〔**内容**〕神谷吟子は戦後の混乱期に稼いだ資金を元手に梅田で酒場を経営している。そこへ、かつて吟子の裏の商売である高利貸しを手伝っていた豊子が、脚本家の夫田辺との別れ話の相談に来る。田辺と結婚することに反対だった吟子は、豊子の力になってやろうと決心する。住んでいるアパートから豊子を追い出そうとする田辺に対し、吟子は慰謝料、百万円を要求する。しかし、支払われたのは六十万円であった。豊子の荷物をアパートに取りに行った吟子はありとあらゆる物を持ち出し、抽斗に入っていた金歯さえ豊子に持って帰れと言う。豊子が別れた男の感傷に耽っているのを尻目に、何の未練も無いように吟子は、部屋を立ち去ったのであった。

（巻下健太郎）

節穴節《ふしあなぶし》　短編小説

〔**作者**〕藤本義一〔**初出**〕未詳。〔**文庫**〕『悪い季節』〈角川文庫〉昭和五十五年九月発行、角川書店。〔**小説の舞台と時代**〕道頓堀界隈。昭和五十年頃。
〔**内容**〕作者の十八番「浪花藝人もの」の一つ。笑福亭八十八こと松野啓介と、笑福亭米助こと丸谷五郎は、隣室同士であることを利用して、節穴を作り、盗見屋（のぞきや）をすることにする。啓介が女と実演、五郎が客を集めるという役割でスタート、上々に滑り出す。啓介は女と客の両方を悦ばす腕を上げ、客も増える。しかしある夜、啓介が部屋に連れ込んだ女が、かつて服役したことのあるオカマで、自衛隊あがりの啓介が逆手をとられて押さえられ、必死に隣室に助けを求める。だが一同は、啓介はこの悲愴な声の次に、快楽の声をあげるのではないかと期待し、動かないのであった。

（中谷元宣）

舞台《ぶたい》　短編小説

〔**作者**〕井上靖〔**初出**〕「展望」昭和二十六年一月一日発行、第六十一号。〔**初収**〕『雷雨』昭和二十五年十二月二十五日発行、新潮社。〔**全集**〕『井上靖全集第二巻』平成七年六月十日発行、新潮社。〔**小説の舞台と時代**〕心斎橋、四ツ橋、梅田、梅田新道。昭和三十五年頃。
〔**内容**〕小寺はつばめで大阪へ着くと、「風見冴子楽壇デビュー十五年記念演奏会」の会場となっている、心斎橋の松竹座へ急いだ。本日、関西で一番大きい交響楽団の指揮を取るのは、冴子の父風見逸平であった。指揮者としてもヴァイオリニストとしても逸平は世間に全く知られていなかった。そもそもこの演奏会の最初の動機は、天才ヴァイオリニスト風見冴子を育てた父親の逸平の十五年の隠れた労苦を慰めたいという冴子を初めとする周囲の気持ちから出たものだった。傍ら最近とかく父娘の間がうまくいっていないので、逸平の鬱積している感情にこの企画がいい方に働いてくれたらという小寺の気持ちも加わって、小寺が多少強引に顔を利かして、関西の楽壇や新聞社に働きかけ、今夜のこの会に漕ぎ着けたのである。大阪の音楽会にしても今までについぞなかった盛況だった。風見冴子の人気はもちろん、記念演奏であること、やはり父親の逸平がタクトを振るということが、興行的な人気を集めているようで、東京では考えられぬ、大阪という土地が生み出した特殊な現象であった。冴子のヴァイオリンの音色はいつもほど冴えていないようであったが、逸平の出来は意外なほどよかったのである。小寺はふと自分の頬に涙が伝わるのを感じた。総てが終わってしまった、そんな気持ちだった。小寺は親譲りの莫大

な財産で生活に何の不自由もないままに、音楽批評やら音楽に関する雑文などを書いていた。冴子を今日まで育て上げた人間が逸平だとすれば、その逸平の十五年の苦しい闘いを、終始激励し助言して、今日に至らしめたのは小寺であった。しかし、一体何が終わってしまったというのか、小寺にも自分の心がはっきりと摑めているわけではなかった。演奏会の後、祝盃をあげるため関係者は梅田の喫茶店に集まった。しかし、肝心の逸平は梅田新道の酒場に寄り道して、なかなか現れなかった。そのうち逸平も顔を出し、会は遅くまで続いた。冴子は途中、若い者たちと西宮で改めて祝盃をあげることになっているらしく、引き上げていった。小寺と二人きりになって、逸平は小寺に「もうお前の役目は終わった。そんなことを、先生からも冴子からも言われそうな気がしますねん」と言った。そして、急に激昂して、冴子が結婚したがっていると怒鳴った。小寺には逸平の気持ちがよく判った。小寺は、冴子を一個の藝術作品として、全く別種の女性として考えていたが、冴子の結婚話を聞いて、一人の天才少女の成長を見守ってきた男としての、誰にも解らぬ執着もあり、嫉妬もあるようであった。小寺は、「次の瞬間どこかに転落する以外、どうにも其処にとどまっていることの出来ない瞬時の幸福の絶頂にいる一組の父娘の交歓として」、「あの朗々と明るい舞台に漲っていた悲しみ」を思い出していた。

（荒井真理亜）

譜代大阪人と外様大阪人《ふだいおおさかじんととざまおおさかじん》

エッセイ

〔作者〕今竹七郎〔初出〕『随筆集大阪讃歌』昭和四十八年九月二十九日発行、ロイヤルホテル。

〔内容〕「私」は甲子園に住んでいるが、いつも知人に大阪人に間違えられている。知人は甲子園が大阪にあると思い込んでいる。大阪には純正大阪産の譜代大阪人と私のような外様大阪人とで構成される。近ごろは人類文化の暴走がすさまじい。譜代、外様を超えて、真剣に人間さまの生命保全の手を打たねばならない。

（桂　春美）

二つの燕《ふたつのつばめ》

短編小説

〔作者〕田山花袋〔初出〕「大阪毎日新聞」大正十一年六月二十四日～七月十三日夕刊。十七回連載。原題「二人で」。〔初収〕『アカシヤ』大正十四年十一月十日発行、聚芳閣。〔全集〕『定本花袋全集十三巻』昭和十二年三月三十日初版発行、平成六年四月十日復刻版発行、『同二十一巻』平成七年一月十日発行。両巻に収録。臨川書店。〔**小説の舞台と時代**〕長谷、多武峰、唐招提寺、薬師寺、奈良、東京駅、新橋駅、逗子、中国、九州、岡山、国府津、琵琶湖、大津、宇治川、逢坂山、御殿場、富士、沼津、大井川、浜松、米原、彦根、大阪、梅田の停車場、山科、東山、清水、鴨川、高槻、吹田、生駒、新淀川、天王寺、浅草、勝山通、信貴山、上本町、若江、瓢箪山、大和、奈良平野、佐保川、法隆寺、三条通、大極殿趾、室生。大正後期秋。

〔内容〕大阪へ行った愛人から葉書が来た。その葉書には、男の手で、長谷、多武峰の紅葉が見事であるので、遊びに来いと書いてあった。それは、愛人がこちらを立つ前に誰にもわからないように誘って寄越すと言った通りの葉書であった。順吉は行くか行くまいかと悩むが、奈良の紅葉の美しさ、そしてそこに立った彼女を頭に浮かべ、明晩の寝台車で向かうことにする。急であるのを不思議がり、寂しい素振りを見せる妻に、順吉は弁解がましく奈良の紅葉の美しさなどを説明し、胸を痛めながらも家を後

にする。順吉は、車中で、彼女と彼女の母を連れて中国から九州へ旅した時の事を思い出す。その時は、彼女に惚れていた男と岡山で鉢合わせし、凄まじい喧嘩をして別別に帰ってきた。そして、一時は彼女が憎くて仕方がなく、捨てようとしても捨てきれず、かといって、完全に自分のものにもできず、執着の底から浮かび上がれないように思える時期があった事も思い出す。それが今は完全に女の心を自分に引き寄せ、恋の勝敗を超越し、互いに思いやるようになっている。歌でも口ずさみたい気分になった順吉は万葉の古歌「青丹よし」を彼女の前でよく歌った事、後には教養の無い彼女でさえその歌を諳んじ、続けて歌っては笑った事を思い出す。順吉も今、古人と同じく、遠く女に会いに行く身であった。翌朝、天王寺の彼女の妹宅へ着く。彼女は、いつものように、来てすぐ帰る事を言う順吉を、此処まで来れば家の事を気にする必要は無い事、経済的な事なら「私が食わせてあげる」から良いという事、などを言いながら、いつもの事だという調子でたしなめていたが、急かす順吉に連れ添い、案内人には案内して貰えないという西の京の寺へと出立する。景色を楽しみながら、順吉は、謡曲か何かにある「つひにはなびく青柳」の文句そのままの二人の仲を思う。そして「もう大丈夫ね…何んなことがあっても壊れないのね」こう女が言ったのに対して、「本当だ…。もう何年逢わなくったって、一生逢わなくったって好い…」こう感激して言った事を思い出す。女は、貴方の心が本当にわかってから、自身が変わったと言った。順吉もまた、女を玩具のようにしていたのを、彼女によって女に心のある事を知った。恋という事の精髄に深く入ったような心持ちがした。二人は昔斑鳩に行って、盲目的に恋をし、種々な争いや愛や悶えが二人にあった頃の事を話し合いながら、順吉が何度も彼女を連れてきたいと思っていた薬師寺、唐招提寺を巡る。そして、恋の歓楽の趾を、人間の残した趾というものを、二人して立って見てみなくてはならない、こういう風に思った事を順吉は心の中で、繰り返した。

田山花袋とその愛人飯田代子との関係を材に書かれた小説。中村白葉は、「「百夜」の先駆を成すものであって、生涯をかけた作者自身の恋の後期体様を如実に示す一編」であり、「短編ながらによくまとまってゐて、自叙的連鎖的興味以外、一編の作品としても藝術的香気の高い、田山花袋好みの情趣に富む逸品たるを失はない」（全集13巻、解説）と評価する。（高橋博美）

二つの肉体《ふたつのにくたい》　短編小説

〔作者〕野間宏〔初出〕「近代文学」昭和二十一年十一、十二月合併号。〔全集〕『野間宏全集第一巻』昭和四十四年十月五日発行、筑摩書房。〔小説の舞台と時代〕難波、十三。太平洋戦争中。

〔内容〕由木修と光恵は難波駅で待ち合わせ、阪急電車で十三に降り、淀川の堤防を歩く。二人は別れを意識している。彼は光恵の体が彼の体の中にある思想を恐れているのを感じている。また、二人の肉体が肉体の関係に入る一歩手前のところに来て、互いにぶつかり合い卑しめ合い、ののしり合い、欲望の呻きを聞くことに対する嫌悪と恐怖もある。彼は自分の体が、大阪駅で出征の兵隊を見送る万歳の声と、光恵の体の間にはさみ打ちにされるのを感じる。そして彼はその二つのものの間にようやく身を支えた。（中谷元宣）

二つの話から〝大阪型人間像〟という事《ふたつのはなしから〝おおさかがたにんげんぞう〟ということ》　エッセイ

〔作者〕扇谷正造〔初出〕『随筆集大阪讃歌』昭和四十八年九月二十九日発行、ロイヤルホテル。

〔内容〕亡くなったアサヒビールの元社長山本為三郎氏から聞いた話が今も頭に残っている。銀座、新橋、築地界隈の料亭は関西料理で占められている。関西人は魚を仕入れてとことん使うが、関東は背を刺身にしてからポンと捨てる。大阪人と東京人、名古屋人と三人一緒にご飯を食べたら、東京財界人は、三人分の勘定をいかに人に気がつかれないように支払いしようかと心をくだく。大阪財界人は自分の分をすばやく計算し、自分の分だけを用意する。中京財界人は、東京か、大阪の人が払ってくれるから、お礼の文句を考える。戦後の日本の子供たちは、戦前のように、ガキ大将も圧倒的な優等生もいなくなった。機能的に人間像が普遍化しつつある。（桂　春美）

仏心《ぶっしん》　短編小説

〔作者〕今東光〔初出〕「小説新潮」昭和四十一年九月号。〔初収〕『裸虫』昭和四十二年十一月二十五日発行、新潮社。〔**小説の舞台と時代**〕八尾。明治末。

〔内容〕「河内もの」の一つ。明治の末、河内八尾の天台院に、美貌の尼僧春海が庵主として赴任して来た。四国から小法師秋江もやって来る。二人の尼僧は村の男たちの注目の的となる。菊やんと為やんは、酒屋の兄弟に遅れをとるまいと、それぞれ二人の尼に夜這いを決行する。拒絶されるかと思いきや、我が身を色餓鬼に与える捨身行として、受け入れてくれる。色餓鬼が満足すれば、女は観音に還る。秋江はこれが真の仏心であると言う。（中谷元宣）

仏壇《ぶつだん》　短編小説

〔作者〕上司小剣〔初出〕「太陽」大正十年七月一日発行。〔**小説の舞台と時代**〕堺の大浜。大正六年頃。

〔内容〕大正三年一月、「ホトトギス」に発表された「鱧の皮」に登場した人物たちのもう一つの物語。

「仏壇」の主人公は、「鱧の皮」の主人公お文の母のお梶である。女の腕一つで身代を築いたお梶は、「釜の底に居るやうな」大阪の夏の盛りの酷熱に、ことさら火気を使う客商売のたまらなさから、六十の錨を取った老いの悲哀をしみじみ感じ、堺の大浜に隠居した。初めて大浜の夏に親しんでから四年目に、お梶は交渉に交渉の上、漁夫の住み荒らした汚い家を、千九百円で購入した。そこへ幼い孫と移り住んだが、近所の人々は口々に「買ひかぶりなはつたなあ」と言う。お梶はその度に耳を押さえたかった。お梶の娘お文も聟養子の福造も、お梶から引き継いだ店の方が忙しくて、この大浜の新しい隠居所を見に来る暇もなかった。ところが、それからしばらくして、これまでも二、三度家出して、その度に千円、二千円と店の金を使い果たした福造は、また千円ばかり持って、店にいた「渋皮の剝けた」女とともに出奔した。母に似て勝ち気なお文は、無理をして、暮れの忙しい時期を一人で銀場に座り込み、風邪を引いたのをなおも押して働き詰めたので、そのまま病床の人となってしまった。病気がきっかけで、初めて大浜の古家を見たお文は、「お母はん、汚ない家だんな、これ千九百円高うおまつせ」と言った。それに対してお梶は、「いんまにこの辺がだん／＼開けて来ると、坪百円には黙つてゝなるのや、まアつもつてみい、三年に千九百円の金が、四千円になるんやもん、こんなボロいことあれへん。店の方より此方でわしが余計儲けたるんやよつて」と腹の中の皮算用を打ち明ける。お文の病気は急性肺炎になった。

ふ

お文は死の床で、「お母はん、損やおまへんやろか、この家買ひなはつたん。わたへはそれが気になつて……」と心配する。お梶の娘も、死の直前まで、重病に痛む胸で算盤玉を弾くことを忘れなかった。お文の死後、地価がドンドン高騰し、潮時を見るのに機敏なお梶は、その古家と土地を七千円で売り、「それ見たことか」と叫んだ。お文の死に顔に「いんまに、この家が四千円に売れたら、大けな仏壇を買つたる」と約束したお梶だが、古家と土地で儲けた後も、結局新しい仏壇は買わなかった。

「人間の身体も生命も、総べて、算盤玉に弾か」なければすまない母娘の話。

（荒井真理亜）

不動の寿安《ふどうのじゅあん》　短編小説

〔作者〕龍文雄〔初出〕未詳。〔初収〕『小説大坂蘭学史』平成二年八月十五日発行、鶴書房。〔小説の舞台と時代〕末吉橋、南久太郎町、船場、心斎橋、伏見町、寝屋川、川内、天満橋、天神橋、四天王寺、飛田、道頓堀、名古屋、九条島、大阪湾、四ツ橋、九の助橋。江戸時代初期。

〔内容〕北山寿安という歴史上の人物が医学済民と梅毒の絶滅のため、どういうふうに自分の意志を実践したのかを描いた歴史小説。

長崎出身の北山寿安の本名は道長、友松または挑禅坊ともいう。父は明末の馬栄宇《マエイウ》という名の中国人で、母は長崎丸山妓楼の女であった。帰化僧である独立と化林の二人に医術、拳法を学んだが禅林を捨てる。後小倉藩小笠原十五万石に仕え、年来悪性の胃腸疾患に悩む小笠原忠雄を快癒へ導き、深くその寵を得るが医学済民の意志が強かったこともありこれを辞して大坂へ赴く。大坂の南久太郎町で開業したが用心深く慎重な大坂人にすぐには流行らなかった。それで寿安が考え出したのは患者を引き連れてくることであった。しかも無料診療で食事までもあたえた。あくまでも医学済民のためであった。このような仕事振りで生活はできるはずがなかったが、それを心配している妻くすに彼は口癖のように「ええがな」という。ある日参勤交代途中の小笠原忠雄が大胆にも行列から脱け出し寿安の家へ立ち寄った。その日から「いや、あれは大名かも?」「あの寿安という医者は、滅多にそのへんにいる医者やあらへんで」「百年にいっぺん、出るかでえへんかわからへん先生やそうやがな」等などの噂が飛び交った。一気に状況が変わってしまい、以前は診察の申し出を受け入れなかった人人からも往診の依頼が入って来ることとなる。伏見町の呉服商加賀屋藤左衛門の一件もその一つであった。そこで彼は加賀屋藤左衛門の息子が大腸炎だと診察を終え、標準をはるかに超える金額を要求した。この治療費に関して彼には一つの原則があった。貧しい人たちは無料で診てやるが、金持ちからは出来るだけ取るということがそれである。このように金を頂戴した直後、彼は天神橋の河原へ向かう。そこには飢えているばかりではなくさまざまな病気で苦しんでいる者も多かった。金の半分をみなに分けてやるとともに無料診療を行う。医学済民の志を抱いている彼には一つの課題があった。それは梅毒を絶滅させることである。これはイタリア出身の探検家コロンブスが東洋へ運んできたが、日本では永正年間（一五〇四～二一）以来厄介な病菌となっていた。寿安は妻と相談のうえで、遊郭へほぼ毎晩行くことにした。寿安は患者の上半身を脱がせ病人を観察しつくす望診法の達人であった。彼は数日にかけて数多くの女郎たちを見つづけた。ほとんどが性病にかかっているのが分かった。しかし、望診

法で診断を続けるのみでは彼女らにも彼自身にも何の役にも立たなかった。もっと本格的にやるべきだと思い、女郎の一人を彼の家へ連れ出そうと決心する。郭に出入りするのも最後の日、彼が待っている部屋へ牡丹という女性が入ってきた。梅毒の症状がひどかった。不安になった彼女を「きかせよか。わしの母もな、牡丹、同じ遊女やったんや」と安心させ無事に連れ出しに成功する。二人がいた部屋の襖には「この女《じょ》、病い篤し。依ってしばらくの間、借り受けるもの也。なべて世の中のこと、金銭のみにあらず。」と書いてあった。しかし梅毒の絶滅への執念は彼の生涯の末まで果たすことができなかった。

　年来寿安には諸侯の招聘もあったが固辞して受けず漢方諸流の長短をよく調べ治療にあたった。徳川幕府三百年の初期であったため、彼が医学済民に適用しようとした蘭方はまだ移入されていなかった。著書に北山医案・北山医語・方考評議・大成論抄など数多くある。元禄十四年（一七〇一）三月没。

（李　鍾旭）

太った《ふとった》　短編小説

〔作者〕開高健〔初出〕「文学界」昭和三十八年二月号。〔初収〕『見た　揺れた　笑われた』昭和三十九年五月二十五日発行、筑摩書房。〔全集〕『開高健全集第7巻』平成四年六月五日発行、新潮社。〔**小説の舞台と時代**〕梅田、心斎橋、道頓堀、難波。昭和三十七年五月から六月。

〔**内容**〕大阪の私立大学で国文学教室の講師をしている「私」は、かつて「私」が主宰していた同人雑誌の仲間で、今は芥川賞受賞作家となった「彼」と八年ぶりに再会する。やせぎすで、神経質だった「彼」は「ふてぶてしいぐらいに」肉付きが良くなっていて、鋭い目つきだけは変わらぬものの、「私」は「彼」の豹変ぶりに驚かされる。ここ二年は旅行ばかりしていた「彼」は東ヨーロッパの情勢についてさまざまなことを聞かせてくれたが、文献の山に埋もれ、そこに留まるしかない「私」には、「彼」の文学的主題やこれまでの生活とは関係の無いそれらの話を聞くのは苦痛だった。それから一カ月後、「彼」は再び「私」の家に現れた。「私」は、世界の苦痛を背負ったかのような顔をして生きていながら、みにくく太ったことを指摘し、「おまえは嘘つきだ」と罵ると、「彼」は「その通りだ」と認め、うなだれた。それを見た「私」もまた、自らの軽薄と傲慢に気づき、「彼」の痛みを理解する。

　主人公の「私」を谷沢永一、「彼」を開高健自身になぞらえ、「私」＝作者自身という私小説の定型を破って描いた作品。

（大杉健太）

冬枯れ《ふゆがれ》　短編小説

〔作者〕瀬川健一郎〔初出〕「東西」昭和二十一年十月号。原題「寒木」。〔初収〕『大阪の灯』昭和二十二年九月三十日発行、誠光社。〔**小説の舞台と時代**〕大阪（炭屋町、御霊、木綿橋、生国魂神社、淡路、北堀江、四ツ橋、信濃橋、堂島、道頓堀、上本町六丁目、心斎橋、北浜、谷町、天王寺、平野町、法善寺、南堀江）、奈良（生駒）、東京。昭和十年代。

〔**内容**〕延次郎は、炭屋町の借家から御霊の文楽座へ出て、団平のところへ通い、三味線の修業に打ち込んだ。二十五歳の時、団平が倒れた。その前日、団平から撥をもらっていたが、撥が強くて相手の太夫から嫌われた。売れずに借金は溜まったが、その頃、淡路から出てきた人気者の宇太夫と出会う。宇太夫はその借金を払ってくれ、二人は組んだ。それから延次郎の運も開け、

ふ

「三味線」になってから、弟子もたくさんついたが、団平ゆずりの厳しい延次郎の稽古に一年も続かない者が多かった。その中にお徳という道頓堀の芝居茶屋の女中がいた。お徳は、延次郎を慕い、厳しい稽古に耐えていたが、そうとう爪が剝がれてしまった。その折、宇太夫の息子で鶴子太夫という者がいたが、呆れるほど声が悪く、延次郎の三味線でしか、巧く語れなかった。さらに辛抱がなく、すぐに弱音を吐くざまである。その鶴子太夫の為に、お徳は三味線を弾いた。お徳の弾く撥に「河庄」の文句はさらさら鶴子太夫の咽喉から出た。数日後、歳末、大阪に女義太夫が来ているので、鶴子太夫は、お徳に聞かせてやりたいと思い、誘った。お徳の願いは、鶴子太夫が一人前になることだった。しかし、お徳の胸の内は複雑で、自分相応の師匠について三味線を続けたいと、置き手紙を残して姿を消した。まもなく岸澤善右衛門から句会の呼び出しが来て、その句会には、お徳が出席していた。父の宇太夫や延次郎の微笑が意味ありげで、鶴子太夫は酒も咽喉を通らなかった。お徳との見合いのようでもあり、別れの句会のようでもあったのだ。間もなく除夜の鐘が響いてきた。

筆者は、「冬枯れ」について『大阪の灯』のあとがきで、「飄々解脱の心境を書きたかったが、とても筆は及ばなかった。」と述べている。（田中　葵）

ふりむけば朝《ふりむけばあさ》　長編小説

〔作者〕藤本義一〔初出〕未詳。〔文庫〕『ふりむけば朝』〈集英社文庫〉昭和五十二年五月三十日発行、集英社。**〔小説の舞台と時代〕**天満。江戸（天保）時代。
〔内容〕平八郎が幼少の頃、与力の父に、その職務は「人のため、世のために己を捨てること」と教わる。平八郎が七歳の時、父は破傷風で死ぬ。その二カ月後の初冬、母が毒をもられて死ぬ。両親の非業の死は、堂島の米相場と何か関係があるようだった。祖父に育てられ、平八郎は剣術と学問（陽明学）に励む。十四歳で御番方見習、二十一歳で定町見廻となり、遊女夕と出会い、逢瀬を重ねるが、夕は病で死んでしまう。大坂東町奉行の命を受け、命の恩人である香具師黒兵衛（実は、京都所司代の雇われ隠密）を伴い、油屋の手代に変装して、豊国観音の調査に京に上る。その旅中、麗人・豊田貢に近づき、北白川にある水野軍記主宰の豊国観音祈禱所に潜入する。黒兵衛は軍記を毒殺してしまう。平八郎はターゲットを、大坂で新たに豊国大明神なるものを創設した貢に絞り、その夫伊織を密偵として利用するが、殺害される。事件には黒幕がいる。号を洗心とし、洗心洞塾を開いて門弟に陽明学を教えながら、本格的に邪教、汚吏の捜査に踏み込み、苦闘の末、解決する。部下である格之助を養子に迎え、ひろを妾とし、ゆうと名乗らせる。そして、「豊国貢・邪教事件」で知った大坂の豪商・汚吏・姦吏の貧民を苦しめる卑劣さに憤慨、「救民」を掲げ、挙兵する。しかし敗れ、自害する。天保飢饉（一八三二）の時代、窮民救済のために乱を起こした、大坂天満与力大塩平八郎。作者が史実と虚構を巧みに折り込んだ異色時代小説である。（中谷元宣）

ブルータス・ぶるーす《ぶるーたす・ぶるーす》　短編小説

〔作者〕藤本義一〔初出〕未詳。〔文庫〕『浪花色事師』〈徳間文庫〉昭和六十年八月十五日発行、徳間書店。**〔小説の舞台と時代〕**ミナミ、十三。昭和五十年頃。
〔内容〕作者得意の分野「詐欺師もの」の一つ。一人称語りによる、ブルーフィルム、ブルーテープ制作者の物語。「わい」は、

ファックの美を追究する藝術家である。「わい」は、宮田歯科の待合室で、株式一部上場の有名な製薬会社社長大垣彦市の妾である増田幾代に目を付け、興信所所員と名乗って騙し、その不貞な素行をネタに、まず我が物とする。そして、自らが制作するフィルムに出演させるのであった。色事に生命を賭ける男の執念である。（中谷元宣）

古き世界の上に《ふるきせかいのうえに》　詩集

〔作者〕小野十三郎〔初版〕『古き世界の上に』昭和九年四月十五日発行、解放文化連盟出版部。〔著作集〕『小野十三郎著作集第一巻』平成二年九月二十日発行、筑摩書房。〔内容〕大正九年に上京した小野十三郎は、昭和八年四月に大阪へ帰住した。東京在住十余年を隔てた後に見た大阪を「橋の上で」「天王寺公園」「工場裏の家」「阪南風景」「難波駅近く」「淀川の北」等で描いている。「天王寺公園」では「嘘のやうだ／十年の歳月が流れたとは／路端の風にあふられる新聞屑／ところきらわず吐きちらされた痰唾、吸殻、弁当殻／藤棚のある運動場／雨水の滲みこんだ公会堂の壁／砂を浴びた樹立や芝生／古ぼけた鉄骨の高塔――『通天閣』／そのかなたに浮んでゐる夏雲のみだれ／そしてまたこゝを歩いてゐる人々の疲れた顔、鈍い眼眸《まなざし》／みんな昔のまゝだ／リボンのとれた帽子も　よごれた白衣も／『昨日』もあゝしてベンチの上や植込の蔭でアブレや浮浪者はエビのやうに身体を折り曲げて眠ってゐた」云々と歌う。（浦西和彦）

ふるさと　大阪《ふるさとおおさか》　エッセイ

〔作者〕梁雅子〔初出〕『随筆集大阪讃歌』昭和四十八年九月二十九日発行、ロイヤルホテル。〔内容〕現在の大阪は、その底にあるものを無くしてしまった。心の故郷大阪は、自分の心にだけある。「私」は鉄商の娘だった。父は浄瑠璃に凝っていて、我が家の二階は母や近所の店主たちが稽古をする、義太夫の稽古場だった。大阪商人は稽古事が好きであった。父はいつも店の者に「商売人はええで、……一国一城の主や」と言っていた。「私」が嫁にいき、父が亡くなってから、私の大阪は影薄くなり、変貌した。しかし、今後どのように大阪が変わっても、私の心中の大阪は変わらないだろう。大阪は町人の街、権力をうけつけぬ都、自由の都として栄えるだろう。（山本冴子）

フロリダに帰る《ふろりだにかえる》　短編小説

〔作者〕開高健〔初出〕「文藝」昭和四十一年一月号。〔初収〕『七つの短い小説』昭和四十四年三月三十日発行、新潮社。〔全集〕『開高健全集第8巻』平成四年七月五日発行、新潮社。〔小説の舞台と時代〕東京、大阪。昭和三十年代。〔内容〕東京郊外に住む「私」の家に大阪で洋酒専門の屋台を引いていた「ナベちゃん」がやってくる。現在は釣餌のミミズを採って生計を立てている「ナベちゃん」を見て「私」は彼の脳が崩壊したのを感じ取る。ヴェトナム戦争で知り合ったアメリカ兵が入院しているのを聞きつけ、見舞いに行く。だが、彼を見ていた「私」の眼は戦場での残酷な経験を蘇らせようとするが、「私」はそれらの経験をきれいに忘却してしまっているのだった。忘却しつつある現在を、戦場での極限状態の回想を絡ませて描いた作品。物語の中心は東京だが、屋台を引いていた「ナベちゃん」を描く際、曾根崎病院が登場する。（大杉健太）

文藝と道徳《ぶんげいとどうとく》　講演

〔作者〕夏目漱石〔初収〕『朝日講演集』明治四十四年十一月十日発行、大阪朝日新聞

ふ

社。〔全集〕『漱石全集第二十一巻』昭和三十二年三月十二日発行、岩波書店。

〔内容〕明治四十四年八月十八日、大阪中之島公会堂での講演。漱石はこの講演の題を解説して、文藝と交渉のある道徳の話、とし、まず道徳について昔と今の区別から論を起こす。漱石は維新前、徳川時代の道徳を昔の時代の道徳とし、完全な一種の理想的な型を拵えて、その型を標準として吾人が努力の結果実現の出来るものとして出立したものとし、忠臣、孝子、貞女といった例を出す。そうした完全かもしれないが実際あるか分からない理想的人物を描いて、感激して辛抱していた理由として、昔の人の批判精神の乏しさ、科学の未開をあげる。それに比べて、維新後は、事実というものを土台にしてそれから道徳を作り上げつつ、今日まで進んできたとし、事実を重視する維新後の流れを指摘し、今の若い人は存外淡泊で、昔のような感激性の詩趣を倫理的に発揮することは出来ないかも知れないが、大体吹き抜けの空筒で何でも隠さない所がよい、とする。

　文藝の大きな流れとして、浪漫主義と自然主義をあげる。浪漫主義の文学は読者が倫理的に向上遷善の刺激を受けるのが特色になっており、自然主義の文学では読者も作者も倫理的感激に乏しく、人間の弱点を綴り合わせた様に見える作物が見える。つまり普通の人間をただありのままの姿に描き、道徳に関わる行為も疵瑕交出する。また、文藝と道徳の関係について、徳義的な批判を許すべき事件が経となり緯となり作物中に織り込まれるなら、どうして両者が没交渉とすることができよう、とする。その上で浪漫自然二主義についてこれらがどういう風に道徳と交渉しているかを調べる。浪漫派は内容からいって藝術的であるけれども、内容の取り扱い方は非藝術的かもしれない。事件をこう写して感動させてやろうとか鼓舞してやろうとか、胸に一物あって、それを土台に人を乗せようとしたがる、厭味が出てくるとする。これに反して自然主義は道義に訴えて藝術上の成功を収めるのが本領でないから、作中には随分汚いことも、鼻持ちならないことも書いてある。しかし不善挑発もこの種の文学の主意でないことは論理的に証明できるし、藝術的でないと難を打つこともできるが、厭味に陥ることは少ない。一見道義的で貫いている浪漫派の作物に存外不徳義的な分子が発見されたり、徳義の方面に何等の注意を払わない自然派の流をくんだものに妙に倫理上の佳所があったり、そうして道義的であるや否やが一に藝術的であるや否やで決せられるのだから、二者の関係は一層明瞭になった、とする。普通一般の人間は平生は大抵浪漫派でありながら、いざとなると十人が十人自然主義に変じる。実行者は自然派で批評家は浪漫派だ。

　そして、明治以前の道徳をロマンチックの道徳、明治以後の道徳をナチュラリスチックの道徳と名付け、人間の知識が進んだことから「ロマンチックの道徳は大体において過ぎ去ったものである」とする。我々も昔の様なロマンチシストでありたいが、周囲の社会組織と内部の科学的精神にも相当の権利を持たせなければ順応調節の生活が出来にくくなるので、自然ナチュラリスチックの傾向を帯びるのを余儀なくされるのである。

　一見道徳とは没交渉に見える浪漫主義や自然主義の解釈も文学者の専有物ではなく、我々と切り離せない道徳の形容詞として応用できる。道徳が日本の過去現在に興味ある陰影を投げ、その陰影がどういう具合に未来に放射されるだろうかというのが演題の主眼として、論を閉じている。（岡本直茂）

文福茶釜《ぶんぶくちゃがま》　短編小説

〔作者〕黒川博行〔初出〕「オール読物」平成十年七月号。〔初版〕『文福茶釜』平成十一年五月発行、文藝春秋。〔小説の舞台と時代〕中之島、大阪城公園、淀屋橋、北浜、敦賀。現代。

〔内容〕佐保は大阪で行われた古い漫画の中古販売会を取材していた。骨董品などを扱う佐保にとって、漫画がどうして高値で売れるんだろうと不思議に思っていたが、現在、手塚治虫、藤子不二雄は昔みんなが夢中になって読んでいたものである、その生の原稿や初版本などは宝物としてほしいものであり、骨董品よりも収集する楽しみがある、と店を開く人は言っていた。ただ、贋作は作りやすく、真偽が難しいものが多いという話をしていた。そんなある日、佐保の友人末永から連絡が入って会うことになった。末永の知り合いが骨董品の茶釜をだまされて売ってしまった、それを取り返してほしいという依頼だった。佐保は初出し屋の素性も明確にわからない分期待できないといいながらも、少ない資料のもと、その芦屋の茶釜と言われる骨董品を探す。案の定、大嶋という男は大阪で芦屋の茶釜を売りに出していた。しかも老女をだまして買った値段より遥かに高値で売っていた。大嶋は初出しで騙して買ったことは少しも出さない。また買い戻してはどうかと佐保は末永に言うが、あまりに高値のため、しぶられる。末永は騙されたのだから騙し返して少しでも儲けたいとまで言い出す。困った佐保はあることを思いついた。しばらくして、大嶋は再び敦賀に呼び出された。末永が古い漫画を売りたいと大嶋に持ちかけたのである。大嶋は知り合いの古本屋羽沢とともにやってきた。出された作品はどれも値打ちのあるものばかりで千万はくだらない、大嶋と羽沢は末永が値段を知らないと思い込み、八百万余りで買ってまずは半分の四百万を手渡し逃げるように帰っていった。しかし、買っていったものは実は佐保が用意した贋作ばかりであった。佐保と末永は騙された老女に儲けを渡し自分たちの儲けで飲みに行った。もちろん二人は大嶋達と同じように偽の名前、そして屋敷まで借りて用意周到に騙したのであった。

（井迫洋一郎）

文楽《ぶんらく》　戯曲　四幕

〔作者〕北條秀司〔初演〕昭和二十三年六月上演、大阪歌舞伎座。配役・喜太郎（島田正吾）、おふみ（二葉早苗）、房造（秋月正夫）ほか。〔初版〕『文楽』昭和二十三年十一月五日発行、羊文社。〔選集〕『北條秀司戯曲選集Ⅳ』昭和三十九年十一月二十日発行、青蛙房。〔戯曲の舞台と時代〕第一幕・大阪平野町の御霊神社境内、大正八年春。第二幕・島之内綿屋橋、昭和二年冬。第三幕・木綿屋橋、昭和二十一年初秋。第四幕・大阪四ツ橋文楽座、昭和二十二年六月十四日。

〔内容〕御霊文楽座の三味線弾き豊沢重助は、鬼重と呼ばれ、弟子たちの稽古は厳しかった。特に喜太郎は撥を投げつけられ、頬べたが切れた。重助の娘おふみと喜太郎は夫婦になって、六代目を襲名する。文楽は一切合財古臭いと反抗し、脱落する者が続出した。喜太郎は「文楽は小判や。立派な金の小判や」と、文楽と心中するつもりで、苦労をつづけた。敗戦後、文楽座が復興したが、喜太郎は筋が固まって関節にひっついて、もはや三味線の撥を持つことが出来ない身体になった。天皇陛下が文楽座へ行幸になると知って、喜太郎は感激した。喜太郎は病気を押して、おふみに付き添われながら出かけるが、文楽の古老達には入場が許されず、府会議員や市会議員らで、

陪観席は占められていた。天覧の舞台はいよいよ高調し、舞台の人は誰も知らず、喜太郎は楽屋で死んでいった。（浦西和彦）

文楽の味《ぶんらくのあじ》　評論

〔作者〕織田作之助〔初出〕「みつこし」昭和十八年十一月一日発行、三越大阪支店。〔全集〕『定本織田作之助全集第八巻』昭和五十一年四月二十五日発行、文泉堂書店。〔内容〕十月興行の文楽は満員だった。以前の寂寥がなつかしい。人々の雷同性に反撥する所以であろうが、滅び行くと見える古典藝術への郷愁からでもあろうか。人形遣いが見せる美しい瞬間――虚心坦懐に見物すれば、（少なくとも大阪人には）その良さがわかるはずだ。（山本冴子）

【へ】

頁の背後《ぺーじのはいご》　エッセイ

〔作者〕開高健〔初出〕『開高健全作品全十二巻』昭和四十八年十一月二十日〜四十九年十月二十日発行、新潮社。『開高健全ノンフィクション全五巻』昭和五十一年十二月五日〜五十二年十月十五日発行、文藝春秋。〔初収〕『さまざまな邂逅』昭和六十一年四月十日発行、大和出版。ただし、『開高健全作品』一巻から四巻に収められたものの抄録。〔全集〕『開高健全集第22巻』平成五年九月五日発行、新潮社。〔内容〕開高健自身が過去を振り返り、自身の小説がどのようにして生まれたか、そしてどのようなことが書きたかったのか、また、書けなかったかを述べるエッセイ。大阪の上本町五丁目に生まれてから戦争を経験、寿屋の宣伝マンとなり、芥川賞を受賞してから小説家として登録され、『夏の闇』を書き上げるまでを様々な体験を交えて語っている。（大杉健太）

僻見《へきけん》　評論

〔作者〕芥川龍之介〔初出〕「女性改造」大正十三年三月、八、九月号。〔全集〕『芥川龍之介全集第十一巻』平成十二年九月九日発行、岩波書店。〔内容〕「広告」「斎藤茂吉」「岩見重太郎」「大久保湖州」「木村巽斎」の五章から成る。筆者が、「広告」で、「この数篇の文章は何人からの人人を論じたものである。いや、それらの人人に対する僕の好悪を示したものである。」と述べているように、章の名前に挙げられた人々について語られている。

木村巽斎は、名を孔恭、字を世粛といい、大阪の堀江に住んでいた造り酒屋の息子である。巽斎は幼い頃から学藝に志し、またその師事した学者や書家も大半は当時の名流であった。この聡明な造り酒屋の息子は、こういう幸福な境遇のもとに自己を完成し、名声のうちに悠々と六十年の生涯を了した。巽斎が後代に残したものは、数巻の詩文集と数帳の山水だけである。が、筆者である芥川は、巽斎というディレッタントに、「落莫たる人生を享楽するかを知っていた、風流無双の大阪町人に親しみを感ぜずにはいられないのである」と述べている。（田中　葵）

ヘチマ顔と石頭と《へちまがおといしあたまと》　短編小説

〔作者〕野間宏〔初出〕「文藝春秋」昭和三十九年一月号。〔全集〕『野間宏全集第三巻』昭和四十五年四月十日発行、筑摩書房。〔小説の舞台と時代〕難波。昭和三十年代。〔内容〕漫才師角井丸吉は、作夜、相手役のガク子の不手際を責め、喧嘩となり、翌日そのガク子に舞台をはずされ、困っていた。ヘチマに似た少しばかり脳の弱そうな顔のガク子と、四角の石頭で額の鉢の大き

い顔の角井丸吉は、自らの顔を笑いのネタにしつつ、経済漫才という確固たる藝を持つ藝人である。昨夜、ガク子に「あんたの漫才ちっとも新しいない、ほんまに古くさい漫才だす。ほんまに古くさい漫才だす」と反撃され、その言葉に怒りながらも、亀井丸吉はガク子を待ち続ける。コンビの解散も覚悟している。南北演藝名人会の出演依頼を持って来た内川興行係にガク子の不在が理由で出演できないことを伝えられず、角井丸吉は故郷に帰るから都合が悪いと偽ってごまかす。しかし、内川興行係は折れず、さんざんに責め立てる。そこにやっとガク子がやって来る。そして絶妙な漫才を披露する。しかし、「あんたの漫才ちっとも新しいない」という言葉が依然として耳に聞こえているのであった。

（中谷元宣）

ベチャビルでの日々《べちゃびるでのひび》　エッセイ

〔作者〕開高健〔初出〕「オール読物」昭和四十九年四月号。〔初収〕『白昼の白想』昭和五十四年一月十五日発行、文藝春秋。

〔内容〕著者の寿屋（現サントリー）宣伝部時代のことを回顧したエッセイ。川漁師がウナギを獲っていた頃の堂島川の風景や、寿屋のビルが「ベチャビル」と渾名されていたこと、「屋台バー」なる商売を始めたが、ある日突然いなくなった「ヤマちゃん」と呼ばれる人物との交流（この人物については小説「フロリダに帰る」〔前掲〕や、エッセイ「もどる」〔「潮」昭和50年1月号。『白いページⅡ』昭和50年10月25日発行、文藝春秋。『開高健全集第19巻』平成5年6月5日発行、新潮社〕）にも描かれている。

（大杉健太）

紅しぼり《べにしぼり》　エッセイ

〔作者〕岡部伊都子〔初版〕『紅しぼり』昭和二十六年発行、私家版。〔復刊版〕『紅しぼり』昭和五十一年七月二十日発行、創元社。

〔内容〕復刊版「あとがき」で、「原本『紅しぼり』は、数え年十七歳（一九三九）から、二十三歳（一九四五）の敗戦までの記述でまとめられている。「花」「きのうきょう」（十七歳）、「たたかい」「蛍」「うずらそば」「庖丁」「白梅」「予感」（十八歳）、「嘘八百」「床の上で」「ドウデエ調」（十九歳）、「咲く」「狂心」「亡兄」（二十歳）、「うつろい」（二十一歳）、「伽羅橋へ」「わからない」「死期」（二十二歳）、「花の雨」（二十三歳）などが、今回さし加えた項目。」という。昭和十四年から二十年までの随筆四十六編を収める。「あらためて『紅しぼり』と、残っていた原稿を読み直してみて、私は苦しい涙をこぼした。次兄、義兄の戦死、のちに沖縄で自決した婚約者との別れ、第一回の大阪空襲による本拠焼滅。激動の状況がつづいた時代である。『国民精神総動員法』の意図どおり『忠君愛国』思想に心酔している自分が、まざまざと浮び上がる。ほんとうはその姿を、あからさまにする稿を加えるべきだろう。だが、できるだけそうではない部分を選んだ。今そのような文字を活字にして、右傾に資されるのがおそろしい。いつか、この辛い部分に焦点を合わせ、克明なコメントをつけて整理しておきたいと思っている」と、さきの「あとがき」で述べている。

（浦西和彦）

へらへら《へらへら》　短編小説

〔作者〕田辺聖子〔初出〕「小説新潮」昭和四十六年六月号。〔初収〕『あかん男』昭和四十六年九月十日発行、読売新聞社。〔作品集〕『田辺聖子珠玉短篇集③』平成五年五月三十日発行、角川書店。〔小説の舞台と時代〕心斎橋とその周辺。現代。

〔内容〕永谷家は夫と妻と子供の三人暮ら

して、団地に住むごく普通の家庭である。お向かいの川添家とも家族ぐるみの理想的な付き合いをしていた。ところが、ある日突然置き手紙を残して、夫の浩三と川添家の奥さん信子が蒸発したのだ。浩三は男前ではなかったが、不足もグチも言わず、おとなしくやりやすい男で、今年から幼稚園に入った一人娘のミカの相手をして遊ぶのが、唯一の道楽というような男であった。その浩三が隣りの奥さんと蒸発したと知った妻のモト子は、悲しむどころか腹が立って仕方がない。それに比べて川添氏は顔が涙で腫れ上がるほどに泣いている。その様子を見ると、男のくせに泣くな、とモト子はムカムカしてくる。そして間抜け同士、自己嫌悪に陥りそうになる。しかし天真爛漫に泣く川添氏を見ていると、いい人に思えてくるのだ。結局モト子は川添氏の提案で、一緒に大阪を廻って蒸発した二人を探すことになる。物思いに疲れていた二人だが、食事をしたり、バーに立ち寄ったりするうちに目的も忘れて楽しんだ。一日をともに過ごして、二人は互いに好意を持った。翌日、モト子は川添氏に食事を作ってやる。夫といる時よりも話がはずみ、面白いのは事実だ。もしかしてこれは夫婦の組み合わせを間違ったのではないか。人間はいい加減、へらへらなものだとモト子は思った。

（小河未奈）

へんねし《へんねし》　短編小説

〔作者〕山崎豊子〔初出〕「オール読物」昭和三十四年四月号。〔全集〕『山崎豊子全集5』平成十六年五月十日発行、新潮社。

〔小説の舞台と時代〕今橋、横堀川、太左衛門橋、曾根崎新地、高津神社、信濃橋、北堀江、法善寺横丁、高麗橋。昭和初期。

〔内容〕今橋の傘問屋、勝又屋の主人・勝又徳七は、強風の中、三人目の女、喜美の所へ遊びに行く。徳七の妻房子はもうそんなことには慣れきっていたのか、不平がましい事を言わずに徳七を送り出した。女の所へ行く道すがら、徳七は今までの女の事を思い出した。一人目は二十二歳の玉子。陽気で几帳面な女であったが、二人目の男児を出産した後、死んでしまった。房子は夫に女ができたことを知りながら、愚痴一つ言わずに玉子が生んだ長男徳太郎を総領息子として本宅に連れて帰る。玉子は生前、房子を評して「こわいくらいに出来過ぎたお心」と言っていた。二人目は法善寺横丁のはま子。房子の色気のなさにうんざりしていた徳七は、自堕落なはま子の雰囲気に惹かれ、ともに毎晩酒を浴びるように飲んでいたが、徳七ははま子の起こした無理心中に巻き込まれ、九死に一生を得る。病室で目覚めた徳七は房子がはま子の遺体に付き添い、一人で通夜をしていたことを知らされ、身の毛もよだつような怖れを覚えた。三人目の女である喜美の下にたどり着いた徳七だったが、今橋の方へサイレンの音が集中していくのを聞き、本宅へ舞い戻ると、勝又屋は焼けていた。住人は全員無事だったが、徳七は房子が常時使用していた座布団の間から、人形を型取った白い紙片が落ちるのを見る。古い大阪の女に伝わる人を呪い殺すための願掛けであった。陰湿で、蛇のような執念を持った房子の「へんねし（嫉妬）」を目の当たりにし、徳七は今までの女が房子に呪い殺されていたように思った。徳七に願掛けを見られたとは気付かない房子はいつもと変わらぬ慎ましやかな物腰で「お喜美さんのほうはどないで―」と徳七に尋ねるのだった。

（大杉健太）

【ほ】

法駕籠のご寮人さん《ほうかごのごりょんさん》

短編小説

〔作者〕司馬遼太郎〔初収〕『大坂侍』昭和三十四年十二月発行、東方社。〔短編全集〕『司馬遼太郎短篇全集第二巻』平成十七年五月十二日、文藝春秋。〔小説の舞台と時代〕天満。幕末。

〔内容〕勤皇の志士、三岡八郎と新選組隊士の山崎烝は奇妙な縁から天満の法駕籠で顔を会わせるようになる。若くして未亡人となった女主人お婦以の話し相手にと番頭の松じじいが二人を選んだのである。本来は志を異にする二人だが、店での密会を重ねるごとに懇意になっていく。松じじいは、お婦以が山崎に惹かれているらしいことを知り、気が気でない。しかし、お婦以はあっさり否定する。やがて、鳥羽伏見の戦いが起こり、山崎は戦死してしまう。松じじいはお婦以の様子を見て、相手は山崎ではなく三岡であったのだと直感する。維新政府ができると、人足を貸し出す法駕籠の商売は成り立たなくなり、お婦以は店を畳む。その結果できた、五千両のうち三千両を松じじいに渡したお婦以は、かねてより思っていた手代の庄吉と共に生きることを決心する。お婦以の相手を聞いた松じじいは、呆然として、やっぱり女は魔物やなあと思うのであった。

（巻下健太郎）

法善寺の女《ほうぜんじのおんな》

短編小説

〔作者〕藤沢桓夫〔初出〕未詳。〔初収〕『恋人』昭和十一年十二月二十日発行、竹村書房。〔小説の舞台と時代〕法善寺、天下茶屋。昭和初期。

〔内容〕お秋は、法善寺の料理屋「喜雀」の仲居である。一家の苦境を見兼ねて十七で働きに出て以来、お秋は旦那を持ったことがなかったが、代わりに彼女には小堀という恋人がいた。お秋は小堀の「寒そうな病人くさい風体」に心惹かれるものがあった。初めて会った日以来、毎日のように小堀は店に通って来る。ある日、小堀に天下茶屋のアパートまで送ってもらったことをきっかけに、二人は店が終わると一緒に帰るようになる。何度かの天下茶屋行きを経て、二人は関係を持つ。それから、二人の仲は急速に進展する。だが、小堀が愛情を示すことは無く、お秋の心は「大嫌い！しかし、自分はどうしても彼を失うことはできない」という気持ちで一杯であった。一年ほど過ぎた頃、映画会社に勤める小堀は、何も言わず、いつもの無表情のまま、大連の支社へと旅立ってしまう。その後、一度手紙を寄越したきりで、音信不通となり、お秋は寂しい思いをする。新人の画家塩瀬が店にやってきたのはそんな時であった。塩瀬もまた、お秋に惹かれるようになり、小堀と同じように天下茶屋のアパートまで送ってもらうようになる。だが、二人の間には何の進展も無かった。そんな毎日が続いていたある日、突然、小堀が店にやってくる。お秋は小堀を無視し、塩瀬と旅行に行く約束をする。約束の日、お秋を迎えに行った塩瀬は一通の手紙を渡される。手紙には小堀と共に大連へ行くと書かれていた。

（巻下健太郎）

暴力株式会社《ぼうりょくかぶしきがいしゃ》

長編小説

〔作者〕福本和也〔初版〕『暴力株式会社』昭和五十五年四月発行、光文社。〔文庫〕『暴力株式会社』〈光文社文庫〉昭和六十二年八月二十日発行、光文社。〔小説の舞台と時代〕大阪、網走。昭和四十年代初め。

〔内容〕宝田徳一が極道の世界でのし上がっていき、暴力団の世界を企業としてとら

ほ

え、経済界や政界に進出していくプロセスを描いた作品。宝田徳一シリーズの第一作である。この後『狼の番外地』(『狼よ、逆潮を翔べ』を改題)『大阪極道戦争』『新・大阪極道戦争』『極道株式会社』と続く。宝田徳一の生い立ちに始まって、少年鑑別所入りや、網走刑務所入りを経て、広域暴力団塚田組の幹部にのし上がり、競馬新聞を発行するが、思わぬ邪魔が入って躓いてしまうところまで描く。網走刑務所では、元F大学経済学部の助教授で教え子を殺して無期懲役に科せられていた平岡公平に、経済学や社会の仕組みの講義を受ける。第二作の『狼の番外地』は、競馬と株を中心に、宝田徳一の東京進出が描かれる。

(浦西和彦)

放浪《ほうろう》　短編小説

〔**作者**〕織田作之助〔**初出**〕「文学界」昭和十五年五月一日発行。〔**初収**〕『夫婦善哉』昭和十五年八月十五日発行、創元社。〔**全集**〕『定本織田作之助全集第一巻』昭和五十一年四月二十五日発行、文泉堂書店。〔**小説の舞台と時代**〕岸和田、岸和田駅、大阪駅、梅田駅、難波駅、泉北郡、生玉前町、牛滝山、駒ケ池、四日市、下寺町、生国魂神社、大阪病院、千日前、隅田川、源生寺《げんしょうじ》坂、黒門市場、南海道、戎橋、心斎橋筋、中座、飛田遊郭、天王寺公園、田蓑橋の阪大病院、天王寺市民病院、道頓堀、天満京阪、玉江橋、東京駅、荒川放水路、玉ノ井、浅草、別府、南海高島屋、天保山、徳島刑務所、仙台刑務所、大阪劇場。昭和初期。

〔**内容**〕母おむらは順平のお産で死んでしまう。その後、父康太郎が後妻をいれたので、順平の兄文吉は康太郎の姉婿金造の養子に貰われる。順平は乳飲み子で可哀想だとおむらのお婆に引き取られ、育てられる。しかし、順平は七つの頃、お婆が死ぬと同時にまた、父の所に戻される。が、継母には連れ子があり、康太郎の子供まで産んでいた。一方、文吉を義理で養子に入れてくれた金造は、岸和田で働いていた自分の娘が男の子をもうけたことから文吉に対する態度が一変する。そのせいで文吉は金造にこき使われることになる。順平の十歳の年には、父までもが亡くなり、順平は料理仕出し屋丸亀の叔母おみよの養子となる。文吉とは違って、順平はさっぱりした着物を着せられたり、小遣いを与えられたりする。尋常五年になってから、叔父は順平に板場の腕を仕込みはじめる。叔父叔母二人ともそうして順平が一人前になって自分らの娘である美津子の婿になってくれればと願っている。そう望みながらも、順平をわざわざ継子扱いはしない。すべてが順調であった。やがて十九歳になり、板場の腕もあがり、丸亀の料理場を支えていけるほどになる。しかし順平は美津子に自分にはエスプリがないことと、格好が付かない容貌のことで嫌われているのではないかと心配する。そんなある日、美津子が某生徒と関係を結ぶが、捨てられてしまう。日がたち、妊娠していることが両親にも判るが、周囲のみんなには順平の子だと思われる。丸亀夫婦は美津子から相手は順平ではないことを告げられる。あわてた夫婦は順平に娘を嫁にしてくれるようにと頼む。順平はこの事があると予期していた態度で、喜びながら受諾する。そして美津子の腹が目立たないうちにと結婚式が急がれる。結婚式には泉北郡から文吉がやってくる。金造にこき使われていた文吉は、婚礼料理を食べ過ぎ、医者まで呼ぶ騒ぎを招く。翌日、文吉の帰り道に順平は出雲屋という料理店でうまいものをたべさせる。いよいよ美津子が子供をうむ。順平は本当の父親に負けないくらい赤ん坊へ愛情をそそぐ。しかし、赤ん坊は

間もなく死んでしまう。順平は心も夫婦の縁も許してくれない美津子に、名ばかりの亭主でむなしい限りであるのを感じる。が、順平は文吉を迎えるためにすべての事を辛抱していく。文吉は、金造の筍を青物市場に渡してもらった三十円の金を持ったまま大阪へくる。これは金を盗もうとして、以前から計画を立てたというより、ほぼ衝動的に起こしたものである。彼はその金で順平に食べさせてもらった出雲屋にはいり、餓鬼のように食事をおえ、中座で活動写真を見たり、また遊郭へ行って生まれて初めて女を経験する。あっという間に金造の金を使い果たした彼は深夜の天王寺公園にて猫いらずを飲み、口から白い煙を吹き出す。兄の死に相当な衝撃を受けた順平は、ひそかに貯めていた二百円ほどの金を持って家出をする。順平も千日前、道頓堀へ行って何の当てもなく遊びまわる。このとき北田というでん公にそそのかされて、博打で残っていた金を全部取られてしまう。これをきっかけに北田と組んだ順平は売屋のサクラをしたり、時には真打ちになったりする。北田に売屋も飽いたと言われ、義姉浜子に無心をしたこともある。その頃、美津子が新たに婿を迎えると言う噂を聴く。順平はそれを確認した途端、大阪の土地が怖いもののように思われ東京へ行く。東京では友人木下の屋台を手伝っていたが、役に立たなかったので、浅草のすし屋へ住み込みで雇われる。追い回しという資格であったため忙しい日々を送るが、脱腸の悪化で手術をうけ、十日あまり寝たきりになった後、また大阪へ戻ってくる。が、頼りにしていた北田が別府にいるのを知り、追っていく。北田は温泉旅館の客引きをしていたが、順平を小料理屋へ世話してくれる。この店は季節柄河豚料理一点だけをやっていた。一カ月が経ったある日、河豚をあつかったことのない順平は主人に腕を認めて貰おうと河豚料理に挑む。それを食べた四人のうち三人は命だけは取り留めたが一人は死亡。主人の必死な策動もあり、すべての責任が順平に問われる。過失致死罪、懲役一年三カ月の判決で徳島刑務所へ。またそこで問題を起こし仙台刑務所で刑を終える。

　汽車賃、弁当代、刑務所での労働の報酬として二十一円をもらい大阪へ。夜についた大阪は電力節約のためネオンも外灯も消されていて、身内も頼りもなくなった順平はひどい寂しさを覚える。二十銭の安宿に泊まり、次の朝玉江橋まで歩いて行って、橋の上から川の流れを見ながら情けない気持ちになる。しかしまだ使える金があると思い、一度勘定して見ると六円五十二銭ある。もう一度勘定しようとした途端、金が入っていた紙袋を川へ落としてしまう。交番へ届けようとしたが今回は道に迷う。「ふと方角を失い、頭の中がじーんと熱っぽく鳴った」のでそこにそのまま突っ立ってしまう。

（李　鐘旭）

北摂の三姉妹《ほくせつのさんしまい》　長編小説

〔作者〕本多隆朗〔初出〕月刊誌「御堂さん」（年月日未詳）。〔初版〕『北摂の三姉妹』昭和五十九年五月十五日発行、弘文出版。

〔小説の舞台と時代〕大阪（森之宮、三国、茨木、豊中、梅田、中之島公園、摂津、天王寺）、奈良（黒滝村）、兵庫（尼崎）、京都、東京（目黒）、長崎（諫早）、ハワイ。昭和五十年代。

〔内容〕松田保子、純子、昌子という三姉妹の人生が描かれている。

　長女の保子は三十六歳になるまでに三人の男と恋をする。一人目は、浪花航空のパイロットの島本治男で、保子が十九歳の時である。島本は保子の家の近所に住んでいて知り合い、交際が始まった。しかし、交

際して三カ月すると、島本は仕事の都合でアメリカに行くことになる。そして、四カ月後に日本へ帰ってきた島本は保子に、自分には婚約者がいたことと、保子とは結婚できないということを告げる。そのような形で保子は島本と別れるが、それから一年経ったころに保子は二度目の恋をする。相手は前嶋信弘という名で、大阪観光サービスという会社の社長である。前嶋は、保子が母親と二人の妹との四人でやっている割烹「鳥栄」の客だった。保子は前嶋にデートに誘われ、そこから交際が始まるが、ある日ベッドで二人が重なり合っている時、前嶋は他の女の人の名前を呼んでしまう。そして、結局そこから二人の仲は急速に冷えていってしまった。その後、保子は二人の妹と母親とでお好み焼き屋「まつ田」を始めるが、その「まつ田」の客であった森山勝一が保子の三人目の恋の相手である。森山には妻子がいたのだが、森山は保子に一生つきあってほしいと迫り、二人は交際するようになった。保子は森山の子供を産み、森山は妻と別れ、ついには保子と結婚する。しかし、森山の経営する建設会社が倒産してしまい、そこから夫婦仲はうまくいかなくなる。そして、最終的には保子と森山は離婚する。

次女の純子は、「まつ田」の客であった山岸洋司と結婚し、二人の子供を産む。しかし結婚後、洋司はだんだん家族に暴力を振るうようになる。そんな中、純子はガンに侵されてしまい、純子がガンで入院している時に二人は離婚してしまう。そしてその後、純子はすさまじい闘病生活の末に、死ぬことになる。

三女の昌子は、石井守という男に二年間思いを寄せられていた。そして、次女純子の死後、昌子はその石井に結婚を申し込まれる。しかし、昌子は姉達とは違った生き方していくつもりであると石井に告げ、結婚を断る。

（三谷　修）

誇り高き半阪僑として《ほこりたかきはんはんきょうとして》

エッセイ

〔作者〕大森実〔初出〕『随筆集大阪讃歌』昭和四十八年九月二十九日発行、ロイヤルホテル。

〔内容〕大宅壮一が阪僑会という会を作り、〝大阪華僑〟のずぶとさを自慢していたが、大阪人は〝華僑〟のようにずぶとさとしぶとさをもっている。私は神戸生まれ、大阪育ちで、大阪弁を誇りとして使っている。仕事場で私に影響され、東京人が大阪弁を使い出だすのは実に愉快なことである。

（桂　春美）

欲しがりません勝つまでは―私の終戦まで―《ほしがりませんかつまでは―わたしのしゅうせんまで―》

長編小説

〔作者〕田辺聖子〔初版〕『欲しがりません勝つまでは―私の終戦まで―〈のびのび人生論2〉』昭和五十二年四月（日付記載ナシ）発行、ポプラ社。〔文庫〕『欲しがりません勝つまでは―私の終戦まで―』〈新潮文庫〉昭和五十六年七月二十五日発行、新潮社。〔小説の舞台と時代〕大阪。昭和十六年から二十年まで。

〔内容〕昭和十六年、田辺聖子の十三歳から、敗戦を迎える昭和二十年、十七歳に至るまでを描いた自伝小説。「欲しがりません勝つまでは」「『少女草』とわたし」「人生二十年」「トミちゃーん」「生けるしるしあり」の章で構成されている。「私」は十三歳、女学校二年生である。「天皇陛下と祖国・日本のために、命をすてるのだと、かたく決心している。そうして、ジャンヌ・ダルクにあこがれている」少女である。「私」は小学生のときから活字中毒で、新聞でも菓子屋の広告でも、活字さえあれば

読んでいた。やがて、長編小説を書きつづけ、グループで回覧雑誌をつくる。四年修了で樟蔭女専の国文科に入学するが、敗戦を迎える。「更級日記」の少女のことばかり考えていた「私」は、戦火をくぐりぬけて、いまはじめて「生きたい！」と感じたのである。（浦西和彦）

星の屑たち《ほしのくずたち》　短編小説

〔作者〕井上靖〔初出〕「文学界」昭和二十五年九月一日発行。〔初収〕『雷雨』昭和二十五年十二月二十五日発行、新潮社。〔全集〕『井上靖全集第二巻』平成七年六月十日発行、新潮社。〔小説の舞台と時代〕大阪、梅田新道、京都、神戸、三宮、元町。太平洋戦争中から終戦後まで。

〔内容〕大阪のK商事会社に勤務する「私」は、中学を卒業して高等学校の受験の準備をしていた一年間だけではあるが、神戸の下町の小学校の代用教員を勤めたことがあった。その時、担当した児童であった司きよ子と江戸光子の間に、神戸でも有名な暴力団の首領大門を巡って一悶着起こり、「私」が仲介をすることになる。代用教員時代の児童は名前ももちろん顔すら記憶に留めていないが、光子ときよ子のことは、不思議と「私」の脳裏に刻まれている。光子は負けん気が強く、成績はよかったが大将におさまっていないと気がすまぬような子供であった。これに反し、きよ子は商家の子供らしくいつも身ぎれいにしていて、性格も多少因循なくらい大人しく、一人でいることが多かった。ある時、光子の鞠をきよ子が返さないと言っていじめていたことがあった。「私」が訊ねると、きよ子は「家に忘れた」や「鞠など借りてはいない」と様々に言い訳した。翌朝、光子の鞠が教室の隅に転がっていた。きよ子は「そうら、うちや、あらへん！　よう見といてんか！」と叫んだ。その口調にも態度にも一気に恨みを晴らすような何かはっとするものがあった。「私」はきよ子を信じたが、この事件から十年余り経って、「私」は自分の判断を多少訂正しなければならないかと思うようになった。「私」は北陸線の汽車の中で、小学校以来初めてきよ子と会った。それから二カ月程して、「私」の元へきよ子が就職の依頼に来た。こうして、きよ子は「私」の会社に入社した。彼女の美貌と態度物腰のつつましさは、社員間の噂の的となり、秘書課に廻そうという話も出たほどであった。終戦後、きよ子に愛人がいるという噂が立ち、欠勤が多いことが問題となった。「私」が監督する責任があるという人事課の考えから、きよ子は私の課へ異動となった。平生の彼女を観察するうち、「私」は彼女に妙に潔癖な感性の強さを感じるとともに、彼女の外見からは想像出来ない太々しさを感じた。きよ子は、米を安く買ってやるからと言って他の社員から預かった金を使い込んだり、左翼新聞を売り歩いてその収益金を着服したりして、結局会社を辞めた。その後、「私」はきよ子の母親に頼まれて、彼女の母親と一緒に、大門の家へ彼女を迎えに行った。しかし、前前から大門が好きで、大門と結婚しようとまで思っている江戸光子の復讐が怖くて、きよ子は家へは帰れないという。そこで、「私」が間に入って、二人に話し合いを持たせた。その結果、光子がきよ子に手切れ金として十万円を渡し、きよ子は大門と別れることになった。果たして、その受け渡しの日、夜闇の舞子公園で、おさまりのつかぬ光子が、きよ子に飛びかかろうとした。真っ暗で分からないが、きよ子は夜鳥のように叫びながら、逃げ惑っていた。その時、「私」は大分前から司きよ子を愛していたに違いない自分に気が付いたのである。そ

してまた、彼女が江戸光子の眼に射すくめられ、蛙が蛇に睨まれた時のように、身動き出来なくなる残酷な瞬間が来ることを、ひたすら待っていた。（荒井真理亜）

星々の悲しみ《ほしぼしのかなしみ》　短編小説

〔作者〕宮本輝〔初出〕「別冊小説新潮」昭和五十五年十月十五日発行。〔初版〕『星々の悲しみ』昭和五十六年四月二十五日発行、文藝春秋。〔全集〕『宮本輝全集第十三巻』平成五年四月五日発行、新潮社。〔小説の舞台と時代〕大阪梅田、中之島図書館、福島。昭和四十年。

〔内容〕ぼくは十八歳のとき、百六十二編の小説を読んだ。図書館でひと目惚れした女子大生が好きになって、予備校で受験勉強するのを放擲して、毎日中之島の図書館に通った。その帰り、同じ予備校に通っている有吉と草間とに出会う。三人で「じゃこう」という喫茶店に入って、「星々の悲しみ　嶋崎久雄　一九六〇年没　享年二十歳」と記された大きな油絵が入口の横の壁に掛けられているのを盗み出す。ぼくはその絵を家に持ち帰えって、見つめていると、五年前、二十歳の若さで死んだ嶋崎久雄という画家が、どんな青年であったのかを知っているような錯覚に駆られた。妹の加奈子は有吉が好きであり、草間は加奈子に片思いをしている。ぼくは九月に入って有吉が腰の病気で入院したのを知った。十一月十日、四度目の見舞いにおもむいた時、有吉は変わり果てていた。それから二十日後に有吉は死んだ。腸が癌でやられていたのである。自分が、いままさに死にゆかんとしていることを知らないままに死んでいく人間などいないと、ぼくは思う。それから、ある寒い日、草間から新聞にあの絵のことが出ていることを知らされる。絵を盗み出してから、すでに八カ月がたっていた。ぼくは妹に手伝わせて、絵を返しにいく。ぼくはなぜか、有吉とまたどこかで逢えそうな気がした。（浦西和彦）

細川ガラシャ夫人《ほそかわがらしゃふじん》　長編小説

〔作者〕三浦綾子〔初出〕「主婦の友」昭和四十八年一月～五十年五月号。〔初版〕『細川ガラシャ夫人』昭和五十年八月一日発行、主婦の友社。〔全集〕『三浦綾子全集第六巻』平成四年三月三日発行、主婦の友社。〔小説の舞台と時代〕美濃、越前、京都、近江、鳥羽、丹波、丹後、播磨、大坂、信濃。天正から慶長の間。

〔内容〕明智光秀とその妻熈子の間に生まれた玉子は、幼い頃から利発で美しく、いつも人目を集める存在であった。十六歳になった玉子は織田信長の命により、細川与一郎忠興と結婚することになる。政略結婚ではあったが、舅の藤孝と父光秀は互いに心を許し合う友であったこと、また、夫の忠興が玉子を熱愛したことなどからも、この結婚は幸せに思われた。しかし女たちが政争の具として扱われることに玉子は耐えられぬ思いを抱いていた。光秀が信長を本能寺に倒した後、その形勢が悪くなると、光秀の娘である玉子自身、また、玉子の嫁ぎ先である細川家が危機となった。家臣の者たちは玉子を送り返すか、命を奪うか、どちらかの決断を忠興に迫るが、忠興は断固として聞かず、玉子を丹後半島の山中にある味土野にかくまうことに決める。味土野に幽閉された玉子は、結婚以来侍女となった清原佳代とよく語り合った。佳代はマリヤという洗礼名を持つ熱心なキリシタンであり、玉子の生涯を通してのよき相談相手であった。二年近くの味土野での生活を終え、忠興のもとに帰れる日がやって来るが、その時既に忠興には側室がいた。男は

女を戦の道具に、あるいは子を産む道具にしか考えていないのではないか。玉子は深い苦しみを味わい、信仰こそがこの苦しみを消し去ってくれる唯一の手段のように思われた。そしてキリストの教えの書である『こんてむつすむん地』を懸命に読み、忠興の留守中に急いで佳代から洗礼を受け、ガラシャという洗礼名を与えられた。玉子の入信を知った忠興が激怒したが、秀吉のキリシタン迫害がゆるむと、それもおさまった。やがて秀吉が死に、天下の形勢が大きく変わろうとしている時、忠興は讒言により逆心ありとの疑いを家康からかけられた。必死の弁明で逆心なしと認められたものの、家康は人質を要求してきた。忠興は三男の忠利を人質として送り、石田三成と徳川家康の天下分け目の戦いには徳川方につく決心をする。しかし、忠興には、石田は必ずや玉子を人質にとって、自分を牽制するであろうことがわかっていた。もし玉子が石田方の人質になれば、家康への忠誠が疑われる。忠興出陣後、やはり石田勢は玉子を人質に要求してきた。忠興は人質になってはならぬと言った。また、玉子を独占したいがために、玉子が屋敷から出ることを許さなかった。妻たる者は、「夫にはキリストさまの如く仕えよ」。この教えを守るためにはもはや玉子には死しかなかった。しかし、キリシタン故、自害はできない。そこで、重臣たちの手で果てることを決意する。慶長五年（一六〇〇）七月十七日、玉子、三十八歳であった。玉子の死は多くの人々の感動を呼び、徳川方の勝利を導く一因になったと言われている。（小河未奈）

蛍の宿　わが織田作《ほたるのやどわがおださく》　長編小説

〔作者〕藤本義一〔初出〕「別冊婦人公論」昭和六十年十月二十日発行。〔初版〕『蛍の宿　わが織田作』昭和六十一年二月二十五日発行、中央公論社。**〔小説の舞台と時代〕**京都、東一条、吉田山、大阪、天王寺、帝塚山、千日前、道頓堀、御堂筋、難波、日本橋、天満橋、姫路、東京、上野。大正から昭和。

〔内容〕織田作之助とその妻一枝をモチーフに描いた長編小説の第一部。各章が一枝の視点、作之助の視点と交互に入れ替わる構成となっている。一枝が父の借金の為に奉公に出ていた京都のカフェ、ハイデルベルヒの客として作之助は現れた。作之助は一枝に一目ぼれの感じであった。文学の名台詞や、言い回し、語源や洒落などで一枝の興味をひく作之助の姿をみて、一枝は不純なものが介在しない、心が裸になっていく感じがした。ある日、大阪に誘い出された一枝は松虫花壇という連れ込み宿でともに一夜を過ごす。そして二人は結ばれる。そして、ある日、一枝を夜中に店から友人たちと梯子を使って連れ出し救助する。一枝は店をやめて、作之助の下宿で同棲に近い生活を送る。作之助の友人、白崎や瀬川の助けもあり、又、作之助の弱さや繊細さを見つけては私だけでも支えていける存在になろうと心に誓う。作之助の友人たちが卒業し、東京へ向かう中、作之助は病気と性格から勉強が疎かになり、落第してしまう。又、一枝も一度作之助の子供を身籠ったが流産してしまう。失意の中で作之助は虚勢を張り、東京で一旗をあげるべく、喫茶店をしようと一枝にもちかける。一枝も賛成し、上京する。作之助が話をつけてくる間に渡された、同人雑誌「海風」に作之助の戯曲「モダンランプ」があった。はじめて目にする作之助の作品が嬉しく、その活字がまぶしく写り幾度も指で撫で紅のついた唇を押し付けた。投げつけて渡した作之助の照れが思い浮かんだ。だが、喫茶店

の話は失敗、作之助も持病の肺病が悪化、喀血して倒れる。大阪に戻った作之助と一枝は療養する中で新たな二人の生活を始めることになる。

（井迫洋一郎）

蛍の宴　わが織田作2《ほたるのうたげ　わがおださくに》

長編小説

〔作者〕藤本義一〔初出〕「別冊婦人公論」昭和六十二年一月二十日発行。〔初版〕『蛍の宴　わが織田作2』昭和六十二年四月二十日発行、中央公論社。**〔小説の舞台と時代〕**大阪、帝塚山、天王寺、北野田、高津、御堂筋、難波、心斎橋、戎橋、安堂寺、東京、奈良。昭和初期。

〔内容〕作者による織田作之助と妻一枝をモチーフに描いた四部作の第二部。東京から戻ってきた作之助と一枝は大阪の下宿で同棲するようになった。作之助の身体も徐徐によくなってきているようであったが、それが精神的なもので持ちこたえているに過ぎないと考えている一枝はいつも心配をしていた。作之助はその思いを知ってか知らずか友人たちと喫茶店の女中を使って誰が〝女を操る〟ことが出来るかなどといって御堂筋の喫茶店の女中雪子と親密になっていた。そんな中やはり自らのプライドにかけて作之助は一枝を置いて一人上京し、戯曲作家を目指そうとする。一枝は時々送られてくる手紙や荷物を見て、作之助の焦りと不安を見抜き、東京へ向かう。作之助は自分への行き詰まりを感じて放蕩していた。一枝は虚勢を張る作之助を心配し、又誰か他の女が出来たのではないかと考えるようになる。実際の所、大阪の喫茶店の女中雪子が同じ頃に追いかけてきたり、同人仲間との人間関係がうまくいかなくなって作之助は自暴自棄になっていた。一枝はそんな作之助を見ていられずに京都の実家へ帰る。作之助もそんな自分に苛立ちを覚えていた。作之助は「劇作」に批評を載せるも文壇や他の作家からの反論もなく、ひとり相撲をとっているだけの存在であると作之助は思った。ただ、一枝だけは劇作家の一流雑誌に載った作之助の名前を見て涙した。友人白崎との同人雑誌「海風」も原稿が集まらず苦労する。そして、自分の作品にはどこかに大阪の要素が入っていることに気づく。作之助はもう一度作家としてやり直すべく、大阪に戻ることにした。大阪に戻った作之助は奈良にいる姉に一枝と結婚することを伝え、一枝を連れて行く。友人の瀬川が仲人となり二人は結婚式をあげた。南海高野線の北野田というところに家を借り、作之助は業界新聞の記者として働く。そして、「俗臭」が芥川賞候補にあがり、期待するのであるが、落選する。悔しさから「放浪」を一気に書き上げたが、血痰が喉に詰まり、死にそうになる。だが、一枝はすぐに作之助を介抱し、一命を取り留める。「放浪」は激賞され、作之助の心にも余裕が出来たこと、そしてこうして二人でいられることを一枝は幸せに感じていた。

（井迫洋一郎）

蛍の街　わが織田作3《ほたるのまち　わがおださくさん》

長編小説

〔作者〕藤本義一〔初出〕「別冊婦人公論」昭和六十三年一月二十日発行。〔初版〕『蛍の街　わが織田作3』昭和六十三年三月二十日発行、中央公論社。**〔小説の舞台と時代〕**大阪、心斎橋、難波、天王寺、信濃、京都。昭和初期。

〔内容〕織田作之助と妻の一枝の生涯をモチーフに描いた長編小説の第三部。『夫婦善哉』の執筆が始まった作之助は気分によって一枝に対しての態度が大きく変わった。一枝は作之助の機嫌をいつも気にしていなければならなかった。一方で、作之助は一

枝に原稿の清書を頼み、誰よりも作之助の原稿を一番に読むことのできる幸せを感じていた。雑誌「文藝」推薦の為の条件に同人雑誌「海風」への掲載があった。焦る中で作之助は一枝に当たっていた。作之助は「週刊朝日」に「探し人」の掲載を始める。自分の仕事先とは商売敵のところでの掲載は作之助にとって挑戦であり、自分を評価してくれたことに対して優越感にひたっていた。そして、「文藝」推薦の知らせを友人瀬川から受け、狂喜する。一枝は祝い酒で酔いつぶれた作之助を正座して待ち嬉しさのあまり涙した。評価としてはかろうじて推薦といった感じであり、宇野浩二と武田麟太郎のみが推してくれて、同じ大阪出身である川端康成は推してくれなかった。作之助は川端に対して恨みを覚えた。単行本となり、大阪では人気となって作之助自身、手に入れるのに苦労をした。ようやく買った一冊を姉に渡し、嬉しそうに語る様子を見て一枝は幸せに思った。そして、結婚はしていたが、入籍をしていなかった二人はこれを機に入籍し、晴れて本当の夫婦となった。作之助はそれからは作家として多くの作品を書くようになる。信濃で療養している白崎の所にも赴き、色々話をした。そうしているうちに世の中は戦争へと進み、作品に対しても検閲が厳しくなっていった。自由に書けない苦しみを作之助は浮気に走ったりすることで鬱憤を晴らしていた。京都へ行った時に大阪の近代化の立役者五代友厚のことを書こうと作之助は思い立つ。一方、一枝は月のものがこないことから自分の体に一抹の不安を覚えるのであった。

（井迫洋一郎）

蛍の死　わが織田作4《ほたるのし　わがおださくよん》

長編小説

〔作者〕藤本義一〔初出〕「別冊婦人公論」昭和六十三年十月二十日発行。〔初版〕『蛍の死　わが織田作4』平成元年二月二十日発行、中央公論社。**〔小説の舞台と時代〕**大阪、天王寺、難波、北野田、心斎橋、堀江、東京、京都。昭和十年から二十年代。

〔内容〕織田作之助とその妻一枝をモチーフに描いた長編小説の第四部。作之助の執筆活動も軌道にのり、「西鶴新論」を発表し、研究者、文壇からの集中砲火を浴びながらも気にすることなく書き続けていた。作之助自身、自分は三十五で死ぬんだと言い、一枝に奇妙な不安を持たせたりもしていた。作之助も自分の姿を投影させた小説「事始め」や、一枝との青春の日々を書いた「周囲」などを発表する。一枝は作之助の原稿を清書しながら、原稿を貰う時、恋文を貰うような幸せを感じていた。しかし、作之助を慕う女性、C・Sが作之助に原稿を渡し、病死する出来事があった。一枝は作之助の気持ちに思い苦しむこともあった。「わが町」が東京で上演されることになり、勢いもついてきたときに、一枝が下腹部から出血し倒れる。病名は子宮癌であった。一枝は手術の為入院し、作之助はその横で執筆活動を続けた。「清楚」の映画化など、作之助は大阪の代表作家として多忙の日々を過ごす一方、一枝を献身的に介護をする。一枝も作之助の身体を案じお互いに寄り添いあって生きていた。三高時代からの友人白崎の死にであい甲斐なき人生だった、と作之助は思った。いつか蚊帳で飛ばした蛍と一枝を重ね、「蛍」の執筆に入る。病床の身であっても一枝は作之助の清書が出来る喜びをかみしめていた。「清楚」が映画化され、二人で封切を見に行こうとした日、一枝は再び倒れる。癌が転移していたのである。一枝は死ぬ直前、突然普段のように仏壇まで歩いていき、何か唱えていた。作之助はその空間に立ち入ることが出来なか

った。そして、一枝は息をひきとった。作之助は自分が一枝を苦しめたのだと涙を流した。後、三年経ったら直にいくからな、と泣いた。彼岸の向こうで一枝は作之助を見つめていた。いつも私の骨を持って空襲から逃げていたこと、いつも写真の私に話しかけてくれていたこと、彼岸の向こうでも一枝は幸せだった。しかし、もうすぐやってくる作之助に声は届かない。一枝は文学者として一歩一歩文学の途を歩いてきてほしいと願っていた。

作者の大胆な創作により、遺族からは抗議が大きかった作品であるが、作者の織田作之助とその妻一枝に対する思い入れの強さがよくわかる作品である。（井迫洋一郎）

牧歌《ぼっか》　長編小説

〔作者〕藤沢桓夫〔初版〕『牧歌』昭和二十二年十月三十日発行、三島書房。〔**小説の舞台と時代**〕千日前、道頓堀。昭和二十二年。〔**内容**〕歌手の立花ひとみは、正月の晩、終電に間に合わなかったことが縁で、奇妙な三人組と知り合う。トランプの女王・先生・チビ公と共にひとみは、焼け残った映画館で一夜を明かす。翌朝、先生と呼ばれる青年のことを気に懸けながらも、ひとみは家路につく。だが、互いに素性を知らないもの同士であったが、再び会えるような気がしていた。道頓堀の劇場に出演するようになったひとみは、出番の合間にチビ公のねぐらである映画館を探しに行く。だが、映画館は板塀で囲まれ取り壊しが始まろうとしていた。別の日、再び映画館の前にやってくるが、やはりチビ公の姿は無い。諦めて引き返そうとした時、ハーモニカの音色が耳に届く。その音色に誘われるまま進んで行ったひとみは、チビ公と再会する。チビ公が吹いていたのは、先生が作った「居眠り王様」と言う曲であった。ひとみが音楽教師だと思っていた先生は、チビ公の話によると建築学の教授であった。「居眠り王様」が気に入ったひとみはステージで歌い、観客の反応も上々であった。出番を終えたひとみをトランプの女王が訪ねて来る。先生の消息を聞いたひとみに、女王は先生のいる所へ案内すると言ってキャバレーにひとみを誘う。先生はそこのバンドで、アコーディオンを弾いていた。大学教授が何故、キャバレーで働いているのかひとみは理解に苦しんだ。先生と連れ立って帰ったひとみは、彼の家が自分の家の近所だと知る。別の日、散歩に出たひとみは先生の家に立ち寄り、先生を散歩に誘う。新聞で、女王が実業家であることを知ったと話すひとみに対して、先生は自分一人で生き抜く為に金の力を利用する彼女も不幸な女なのかもしれないと答える。チビ公の消息についても先生は話す。チビ公は、先生の友人が住職を勤める三重の山寺に引き取られて行ったのである。子供の頃から音楽が好きだった先生は、自分の夢を生活の手段とすることを潔しとせず、何時の間にか、大学の教壇に立っていた。しかし、生活の手段であった教授の職も、今では充分な生活の糧をもたらさなくなっていた。そして、先生はキャバレーのアコーディオン弾きの内職は生活の糧を得るため、自分の夢を切り売りしていたのだと自嘲する。ひとみは、そんな彼に、「あたしのお眼にかかった男の方のなかで一番立派」だと言う。その顔は真っ赤であった。

なお、「あとがき」に「牧歌」は、作者が「新仮名ずかい」と「当用漢字」の制約下に書いた長編であることを記しておきたい、とある。（巻下健太郎）

ほっこりぽくぽく上方《かみがた》さんぽ《ほっこりぽくぽくかみがたさんぽ》　エッセイ

〔作者〕田辺聖子〔初出〕「オール読物」平成七年十二月～十一年三月号。〔初版〕『ほっこりぽくぽく上方さんぽ』平成十一年七月三十日発行、文藝春秋。
〔内容〕作者が生まれ育った大阪を中心に近畿一円を歩き、文学作品や歴史にゆかりのある場所を独自の感性で綴るエッセイ集。織田作之助が作品の舞台として描いた法善寺横町の町並みを歩き、『夫婦善哉』に出てくるうまいもんの講釈を述べる。帝塚山の坂道を歩き、織田作の歩いた軌跡を追いかけてみたりもしてみた。一緒に同行している編集者に自由軒のカレーの感想を聞いてみて一喜一憂したりもした。若者の集まる所となったアメリカ村の変わりように驚く。大阪のニンゲンはあるときはガメツイ、また一方では呑気な人種でもあり、情に厚いのもいいところであると述べている。戦時中の思い出とともに母校やキタの町並みを散歩したりした。淀屋橋のそば、洪庵ゆかりの適塾は知ってはいたものの大阪に住んでいて今回初めて訪れる運びになった。与謝野晶子のゆかりの地、堺へも赴いた。晶子の歌碑を探しながら町を散策し、晶子の歌について考えたりする。今工業地帯となった堺を見て変化に思いを巡らせたりもした。大阪港から船にのって天保山に行く。海遊館というネームセンスが好きで、特に「館」とつけた部分にひかれている。『源氏物語』ゆかりの宇治、宝塚の歌劇に尼崎、神戸では浮き寝のかもめ鳥。奈良から熊野に仏を訪ねて旅をする。上方の古きよき心温まる懐かしい風景を地域の文学者や文学作品とともに丹念に訪ね歩いて描かれている。

（井迫洋一郎）

ぼてぢゅう一代《ぼてじゅういちだい》―肌と銭の戦記《はだとぜにのせんき》　長編小説

〔作者〕阿部牧郎〔初出〕「大阪新聞」昭和四十八年九月四日～四十九年三月三十一日発行。〔初版〕『ぼてぢゅう一代―肌と銭の戦記』昭和四十九年七月三十一日発行、サンケイ新聞社出版局。〔小説の舞台と時代〕大阪（阿倍野、天王寺、梅田、難波、旭町、新世界、玉出、大国町、今里、鶴橋、心斎橋、道頓堀、上本町六丁目、宗右衛門町、天神橋筋六丁目、堺筋、法善寺横町、千日前、お初天神、住吉、本町、十三、京橋、野田）、東京ほか。昭和二十年から四十一年。
〔内容〕「一銭洋食」、「豚脂と歌姫」、「道頓堀」、「大繁昌」、「冬の陣、夏の陣」、「二転三転」、「蛸の足」の七つの章から成る。

　五十歳の西野栄太郎は、大阪の玉出で一銭洋食の店を出し、家族と一緒に戦後の生活をまかなっている。一銭洋食とは、メリケン粉にキャベツを加えて練り、鉄板で焼くのが基本の薄っぺらな食べ物で、お好み焼きの前身である。闇市全盛の時代、メリケン粉は配給制で、キャベツもラードも貴重品であり、客がいても材料が無く、たやすく商売が出来なくなっていた。そんな折、以前に仲良くしていた今里の芸者である小歌から、メリケン粉の委託販売をしてくれる木村圭三という男を紹介してもらう。木村は、栄太郎の店で味見をしていったが、たまたま店においてあったマヨネーズを一銭洋食にかけることを思いつく。そして、それは栄太郎にとってすごいヒントになり、大阪名物お好み焼きの誕生になったのだった。次第に繁昌してきた店で、昔からの付き合いの霧山ちづるは、栄太郎のお好み焼きを、ぼてっと置いて、ぢゅうと焼けることから、「ぼてぢゅう」と呼び、その名前は定着していった。昭和三十一年の秋、道頓堀で麻雀の店を三つも経営しているという社長宮永和一から、道頓堀で店を開かないかともちかけられた。結局、栄太郎は妻の菊枝と二人合わせて、給料七万円で働く

ほ

ことになった。名前を「ぼてぢゅう」とし、宗右衛門町に店を構えた。この頃になると、他のお好み焼き屋も出来ていたが、「ぼてぢゅう」は、夏も冬も大繁昌することになる。また、宮永の計らいで、「ぼてぢゅう」は、関東関西へ増殖を進めていった。栄太郎は、十三で小歌と遊んでいる時、「ぼてぢゅう」を十三にも開こうと考えた。しかし、そんな栄太郎を持病の胃痛が襲うのであった。栄太郎は過去に三度、胃潰瘍の手術で入院したことがあった。一方、木村が「ぼてぢゅう」の商標登録を行っていたことが分かり、「ぼてぢゅう」の十三進出は妨げられた。そのうち胃痛はどんどん激しくなり、結局、栄太郎はまた入院することになる。実は、木村が商標という非常手段を用いて新店をやめさせたのは、栄太郎の妻菊枝に頼まれたからだった。菊枝は、最近ひどく疲れて老いてきた栄太郎を心配し、新店の計画をなんとか断念させようとしたのである。

栄太郎は後の検査で癌と判明し、手術が成功してあと数年生きのびるか、このまま死んでしまうかの瀬戸際に立っていたのであった。手術の朝、栄太郎は、戦争、空襲、お好み焼きひとすじの後半生、自分が関係を持った女たちのことを考えていた。そしてぼんやりした視界の中に増殖していく「ぼてぢゅう」の看板を見る。夢の中で、栄太郎は、通天閣の展望台から菊枝と一緒に大阪の夜景を見おろしていた。（田中　葵）

ホテルさんありがとう《ほてるさんありがとう》

エッセイ

〔作者〕渋谷天外〔初出〕『随筆集大阪讃歌』昭和四十八年九月二十九日発行、ロイヤルホテル。

〔内容〕「わたし」は本格的に夫婦喧嘩をしたことがない。女房に腹が立ったりシャクにさわったりするとよく新大阪ホテルの日本間に飛び込んだ。一晩泊まった次の朝、女房は子供を連れて迎えにきた。そんな阿呆ないさかいを何度かくり返したが、残念ながらロイヤルホテルにはその経験がない。いまは二人の形勢があやしくなったら「わたし」は書斎へ逃げたり、女房は台所へかくれたりする。そんなある日、「わたし」は脳卒中に襲われ、六カ月間も阪大病院へ入院したことがある。ロイヤルホテルの建物と毎日差し向かいで暮らしていた。入院三カ月になって、外食の許可をもらいロイヤルホテルへはいったとたん「わたし」は歩けなくなってしまった。そのときホテルの人が車椅子を提供してくれた。息子の結婚披露も私達の銀婚式も間近になっている。そのときのお礼代わりにぜひロイヤルホテルを利用させてもらおうと思っている。（李　鍾旭）

ぼてれん《ぼてれん》

短編小説

〔作者〕田辺聖子〔初出〕「オール読物」昭和四十八年六月一日発行、第二十八巻第六号。〔初収〕『男の城』昭和五十四年二月十六日発行、講談社。〔作品集〕『田辺聖子珠玉短篇集①』平成五年三月二十日発行、角川書店。〔小説の舞台と時代〕大阪。現代。

〔内容〕このごろ、沢田は会社から帰宅するのが苦痛である。二流紡績会社の係長である沢田は、養子ではないが、妻の実家に住んで養子のような形になってしまっている。家の中が「ぼてれん」ばかりだからだ。「ぼてれん」というのは、大阪弁で妊婦のお腹が大きいことを言う。今、「ぼてれん」状態にあるのは、妻の友子と、妻の妹の純子、そして義母に妻の伯母である。義母も伯母も妊婦ではないが、老姉妹よく似た体つきで、大柄で太っている。「ぼてれん女」、四人が一堂に会しているさまは壮観という

しかなく、男は身を置く場所もない気がする。沢田はまだ子供が生まれるという実感はなく、友子が気分にむらができ、ふくれたり、機嫌が悪くなったりするのがうっとおしいだけだ。妊婦たちの腹はカンカンに張って、青筋が浮いたりしている。本人はけろりとしているが、沢田などが見ると、恐ろしいばかりである。会社で定年間近の課長に、「身重の女房いうのも、可愛いもんやろ」と聞かれても、偉そうに人を使う友子を見ていると、とてもそんな風には思えない。そのうち、友子の出産予定日を五日も過ぎた。さすがに、沢田が見ていても、早く、友子を解放してやりたい気がした。起きているときの友子は、どこもかしこもネジがゆるみ、ひたすらぼてれんだけになったキイキイ声の、へんなおばけであるが、眠っていると、あわれな、可愛らしい女の子で、何かの犠牲者のようである。少し口をあけて眠っている友子は、「どうしてくれるのよ！」と食ってかかる「ぼてれん女」ではなく、こんな目にあってしまって、これはいったい、どうしたことでしょう、と途方にくれたような、あわれさ、いじらしさがあった。沢田は何カ月ぶりかで、はじめて友子に欲情を感じた。はじめて、暖かいぼてれんを可愛く思って撫でた。

（荒井真理亜）

ほどよしおはん《ほどよしおはん》 短編小説

〔作者〕花登筐〔初出〕未詳。〔初収〕『船場情艶』昭和五十一年九月二十日発行、毎日新聞社。〔小説の舞台と時代〕船場、長堀。明治初期。

〔内容〕料亭の娘おはんは同業の料亭万葉の息子万吉のところに嫁に行くことになった。最初はおはんが妾の子なので主人は信用に関わると悩んでいたが、万吉の母お久はそれを承知で来てもらいたいと言ってきた。しかし、この結婚は万吉の女癖の悪さをなんとかしようとするためのお久と仲居のおいちの策であった。万吉は藝妓の芳香と仲良くなった。もちろん、料亭の跡取りをそのような藝妓と一緒にすることはできないので、うまく誤魔化し、落ち着かせようとする。しかし、おはんは嫁に行ったものの、万吉には相手をしてもらえず、また、おいちも冷たく扱う。万葉では嫁であるにも関わらず仲居よりも低い扱いをうけ、また出戻りになりたくないおはん自身も鰻の頭のようにのらりくらいと自分の意見を言うことなく耐え忍んでいた。ある日、おはんはおいちと万吉が密通しているのではないかと考え、夜な夜な蔵であう二人を見つけお久に密告する。お久は信頼していたおいちが密通しているとは信じることができず、つい狼狽し、おはんにおいちは自分が昔連れ添った男の娘であり、万吉と通じることは近親相姦であるとばらしてしまう。そして、おいちはそれを聞いて驚くも、実は蔵で万吉と会っていたのは藝妓の芳香で、もう少しで手を切らせることができたのに、おはんの密告によって二人が駆け落ちしてしまったことを話してしまう。結局、おはんは離婚することもなく、また、おいちも料亭をやめることなく、お久も咎める事もできない奇妙な関係で料亭を切り盛りすることとなった。そして、駆け落ちした万吉の行方は分からない。鰻の頭のことを関西で半吉といい、その女性読みとしておはん、というのであるという作者の解説から、つかみどころのないという設定がわかる。

（井迫洋一郎）

火中に立ちてとひし君はも《ほなかにたちてといしきみはも》 短編小説

〔作者〕広実輝子〔初出〕『ほむら野に立つ』昭和五十年八月、大阪府立豊中高女学徒動

員記録の会編。〔文庫〕日本ペンクラブ編『ロマンチックはお好き?』〈集英社文庫〉昭和五十六年七月二十五日発行、集英社。

〔小説の舞台と時代〕豊中の石産精工三国工場。昭和二十年六月七日。

〔内容〕作者は、豊中高等女学校在学中、石産精工三国工場へ学徒動員され、昭和二十年六月七日、空襲にあい左手を負傷した。その体験を描いた作品。動員されてから七カ月たった。海軍新鋭機〝紫電改〟の部品を作り、組み立てていた。警戒警報のサイレンがなった。天を覆う轟音は、身体中をひえわたらせた。黒煙は空を掩い、昼の光はどこにもない。私の左手は砕かれた。銃弾が貫通し、橈骨《とうこつ》、尺骨《しゃこつ》の四カ所が折れ、肉ははじきとんで、穴のあいた傷口から血が流れ走っていた。小柄なおじいさんと、中学生に助けられて逃げていく。火からの脱出を、敵機は追って来た。やがて警報解除になった。刀根山《とねやま》病院に収容されたが、病院も爆撃をうけ、入院患者が爆死するといった惨状で、まさに阿鼻叫喚の凄惨な状況であった。左手の切断を宣言されたが、母が「切断しません」と頑張った。六月十一日に阪大へ転院、麻酔なしで、骨片の除去、砂、石ころ等のとり出しがなされた。傷がおさまったのは昭和二十一年の春であった。二十四年の冬に、火中に立ちてといし、あの中学生とお会いする機会を得たが、三十五年一月二十一日、彼は肝臓癌のため三十歳の若さで逝かれた。

（浦西和彦）

骨がらみ文献《ほねがらみぶんけん》　短編小説

〔作者〕龍文雄〔初出〕未詳。〔初収〕『小説大坂蘭学史』平成二年八月十五日発行、鶴書房。〔小説の舞台と時代〕難波島、葭原刑場、南地堀江、道頓堀川畔、木津川、三軒家川、合掌島。江戸時代後期。

〔内容〕人間の骨格の研究に志を果たした西洋医者のすさまじいほどの精神が読み取れる作品。

各務文献《かがみぶんけん》は今日の産婦人科医である。病院の名前も各務産所。来る日も来る日も患者は女ばかりであり、診察もまた女体の部分だけを入念にしたので彼はもう限界の状況におかれていた。彼の心情的状態に気づいた患者らはもう産所へ来なくなる。といっても生活に負担はなかった。沢庵と胡麻味噌を副食とし、麦飯で我慢すれば三、四年の暮らしの保証は与えられていたのである。むしろ文献は患者数が減ったのをいい機会だとも思う。やり遂げたいことがあったからである。文献は人間の骨組みにしつこいほど関心を注いでいた。それはほぼ病的な何ものかであった。骨格の精密さはどのようになっているのかが彼の最大の関心事である。事実、二、三年前からは毎年何度か行われる死体腑分けへ馳せ参じ、肉体のことは手に取る如く分かっていた。しかし、骨格の全体まではまだまだであった。

罪びとの首なし屍体執刀役の刑吏が執刀を行う度に、彼は横合いから何度も口を挟み、もっともっとという注文を付けたりした。その文献に刑吏は「もう仏さんやで!」というと、彼はすかさず「わかってる、わかってる。けどなどうせそこまでやってるのやろ。仏さんは痛うも痒ゆうもないわいな。それやったらナ、ここは中途半端はやめにしてとことんやった方が、仏さんも成仏しやはるのと違うか」と言い返す。すると今回は刑吏の方から「せんせが死んだら、そないしまッさ」と口を封じられる。執刀が行われる場所は難波島の中州に設けられた葭原刑場の片隅であった。文献は蘭方医の友人草葉苜州と屍を盗む計画を立てる。妻の於栄は実家へ帰らせようとしたが彼女から加担する意を見せたのでさりげなく三人で実行へ移す。月も星もない深夜を選び、

苜州が見送る中、文献夫婦は葭原刑場がある難波島まで小船を動かす。文献の身長は五尺七寸、これに加えて少々肥満であって、この時代では巨漢であったが、背負っている女の首なし屍体はやはり重かった。帰り道に格別事変もなかったのであるが、文献は罪の意識が湧き上がってくるのを感じる。即座に般若心経を静かに読む。家まで運んできた屍を彼はまず床下へ埋め、線香を林立させる。死体の臭みをなくしながら、周囲を護摩化すためであった。しかしすぐさま執刀へ臨まなかった。日を待ちながら、自分自身を清めた上でやりたかったのである。そのあくる日文献は聖なる夢を見る。そしてその次の日にはやっと埋まっていた屍を腑分けにかかった。

文献が死んだのは文政二年（一八一九）十月、六十五歳であった。通称を合二、字子徴、帰一堂と号した生前の彼は整骨医として名を上げ、いまで言う繃帯を創案したのでも知られている。（李　鍾旭）

骨よ笑え《ほねよわらえ》　長編小説

〔作者〕有明夏夫〔初出〕「別冊文藝春秋」昭和五十七年六、九、十二月、五十八年三、六月号。〔初版〕『骨よ笑え』昭和五十九年四月十五日発行、文藝春秋。〔**小説の舞台と時代**〕大阪ミナミ。明治七年から四十年七月。

〔**内容**〕大阪ミナミの千日前は江戸時代から明治はじめまで、墓所と刑場のあった土地であった。明治七年、太政官は火葬を禁じて、土葬にせよという布告を発した。大阪府も墓地を郊外に移転する計画を進める。大阪府の土木課が千日墓地の灰山の土地を一坪五十銭つけて払い下げた。千日墓所には百七万五千貫の骨が積んである。灰山は全部で四つある。三月のうちに平地にしなければならぬ。素褌屋の山田屋重助や香具師、巡査、質屋の婆さんらが活動を開始する。累々とつもり重なった人骨の堆積が、突貫工事で掘り崩され、肥料として売り飛ばされる。次にその跡地に、人寄せのために法要をいとなませ、見せ物小屋を建て、群衆の足で踏み固めてもらう。女相撲に洋弓屋、お化け屋敷にニセ秘宝「古今おもしろ秘宝御開帳」と銘打った太閤秀吉のふんどしまでもが陳列される。後半は上方の「笑い」の中興の地になった千日前の近代上方藝能史の草分け時代が描かれる。（浦西和彦）

洞の花《ほらのはな》　短編小説

〔作者〕黒岩重吾〔初出〕「別冊文藝春秋」昭和三十八年四月号。〔初版〕『洞の花』昭和三十八年六月十日発行、講談社。〔全集〕『黒岩重吾全集第二十四巻』昭和五十九年七月二十日発行、中央公論社。〔**小説の舞台と時代**〕阿倍野界隈。昭和三十八年頃。

〔**内容**〕八島化学繊維の三村は、化繊時報の広告取り柏木に、決定していた全面広告の掲載の取り下げを告げて来た。かなりの打撃である。それは、化学繊維タイムスに取られていた。しかも、三村は柏木を拒絶している。当初、理由は全くわからなかったが、柏木は偶然知る。それは、柏木が馴染みにしている娼婦美子を、それと知らずに三村も抱いたが、三村は見下していた柏木と同じ女と関係したことが不快でたまらず、柏木を遠ざけ、全面広告も取り止めたのであった。柏木は三村が浮気したことをゆするが、逆に謀られ殺害される。しかしその二年後、美子は三村を殺して復讐し、服毒自殺するのであった。（中谷元宣）

堀江川《ほりえがわ》　戯曲　二幕

〔作者〕北條秀司〔初演〕昭和三十七年六月上演、大阪中座。配役・七五郎（渋谷天

外）、香次郎〔藤山寛美〕、おかみ〔酒井光子〕ほか。〔初収〕『北條秀司戯曲選集Ⅳ』昭和三十九年十一月二十日発行、青蛙房。〔戯曲の舞台と時代〕第一幕・大阪堀江、大正初期。第二幕・島之内の旅館、一幕より十年後。

〔内容〕大阪の堀江座の楽屋番七五郎は、二十の時から耳は聞こえるが口が利けなくなった。その息子の香次郎は大部屋の役者である。香次郎は太夫元の娘お駒と恋仲であった。そのお駒が金と義理が重なって、泣きの涙でどうしても他所へ嫁入りしなくてはならなくなった。友達が口惜しがって、花嫁行列に躍り込み、お駒を奪えと煽動するが、香次郎は老父の立場を思って気持ちをおさえた。そして、大阪を離れ、東京へ修業にいく。

　十年後、香次郎は東京で出世し、錦を飾って大阪に戻ってきた。流し按摩におちぶれた七五郎はそれを知って姿を隠した。人気役者の親が按摩であることを、息子のために隠しておきたかったのである。香次郎が堀江川を舟乗込みをした夜、堀江橋の群衆の中から、七五郎は、利けぬ口を開いて「手島屋ァ」と精一杯の掛け声をかけつづけた。（浦西和彦）

堀の鷗《ほりのかもめ》　談話

〔作者〕泉鏡花〔初出〕「中央文学」大正八年三月一日発行、第三年第三号。〔全集〕『鏡花全集第二十八巻』昭和十七年一月三十日発行、岩波書店。

〔内容〕鏡花が、大阪と神戸の友人に会いに行った時のことを振り返っている。土佐堀には鷗がいるが、道頓堀にはいない。鷗は、土佐堀に限ると述べ、だから、大阪見物をする際、南地を心がけていても駄目だと言う。明石鯛や鴫など、食についても述べられている。また、いかにも上方の小父さんというような人が、小舟に野菜などを積んで土佐堀を漕いでいるのを見て、「あれが食べたい」と思えば夕飯に出してくれるのは贅沢なことだ、と食べ物について絶賛している。他に鏡花は、大阪は何の景色もないと言い、通り道の奈良とを比較している。奈良の鹿は、「今日は」と言うと挨拶し、さらに、その相手が婦人だと、「角を曲げて細い首で容子をする」というのだ。鏡花の友人との何気ない日常が窺える作品である。（田中　葵）

ぼんち《ぼんち》　短編小説

〔作者〕岩野泡鳴〔初出〕「中央公論」大正二年三月号。〔初版〕『ぼんち』〈現代傑作叢書第3編〉大正二年六月二十五日発行、植竹書院。〔全集〕『岩野泡鳴全集第一巻』平成六年十二月二十日発行、臨川書店。〔小説の舞台と時代〕大阪市内、宝塚。明治四十五年頃。

〔内容〕ぼんちの定は、繁さん、長さん、松さらの悪友に、玉突きに負けたおごりに宝塚へ散財に出かけた。梅田からの電車が新淀川の鉄橋を渡る時など、向こうに焚《た》い松《まつ》をともして漁でもしている光が水にきらきらと映って、「もう鮎が取れるのんや」と、語っているうちに十三駅も過ぎてしまった。ぼんちが電車の窓から首を出したとたんに、頭をいやというほどがんとぶつけてしまった。蛍ケ池辺では電柱が電車軌道の両側に立っているのではなく、真ん中に立っていたのである。頭が痛むが、ぼんちは今から大阪へ引き返すといい出せなかった。宝塚につくと、医者にも見せないで、友人らはぼんちの苦しいのをほッたらかしといて、酒だ、藝子だと、ぼんちの財布を当て込んで遊ぶのである。店のものが医者を探し当てて診察して貰った時には、脳味噌が外に出ていて、もう手遅れになっていた。ぼんちは「『死にとむない』ばかりの

痛みと後悔とにもだえて、おのれの愚か」であったことを責めるのである。岩野泡鳴は、単行本『ぼんち』のあとがきで、「人物の生活に於ても、また人物の用語に於ても、純粋の大阪物を書いて見たいと云ふ最初の作である」という。（浦西和彦）

ぼんち《ぼんち》　長編小説

〔作者〕山崎豊子〔初出〕「週刊新潮」昭和三十四年一月五日～十二月十四日号。〔初版〕『ぼんち上巻』昭和三十四年十一月十五日発行、新潮社。『ぼんち下巻』昭和三十五年一月十五日発行、新潮社。〔全集〕『山崎豊子全集2』平成十六年二月十日発行、新潮社。〔小説の舞台と時代〕西横堀、道頓堀、新町、本町、宗右衛門町、鰻谷、河内長野。大正八年から昭和二十一年八月まで。

〔内容〕主人公喜久治の生き方を大阪の「ぼんち」というイメージに託し、大阪船場の風俗、母系家族に表れる特殊な家族制度と独特な風習を、洗練された船場言葉を用いて描いた長編小説。足袋問屋河内屋は独特のしきたりを残す船場の商家。その五代目河内屋喜久治は女系家族という特殊な環境の中で生まれ育った船場の「ぼんぼん（ぼんち）」。格好悪い女遊びが過ぎると母の勢以、祖母のきのから言われ、二十二歳で高野弘子を嫁に迎えるが、弘子は姑の勢以、きのから成金商人あがりの嫁と見下され、跡取り息子の久次郎を出産した後、すぐに河内屋を追われる。弘子と離縁した後、喜久治は店に出て商いに本腰を入れるようになるが、程なくして父の喜兵衛が病床に臥す。死に際に喜兵衛は「気根性のあるぼんちになってや。ぼんぼんはあかん。男に騙されても女に騙されたらあかん」と言い残し世を去る。軽妙でありながら地に足がついたような印象を与える「ぼんち」という言葉は喜久治に深い痕跡を残した。父の死後、喜久治は五代目喜兵衛を襲名。その襲名披露の宴会で藝者ぽん太と出会い、その無邪気さと才覚のよさに惹かれた喜久治はぽん太を自前藝者にする。喜久治は放蕩を続け、質素ながら強い色気を感じさせる宗右衛門町の幾代を落籍《ひか》す。ぽん太は出産するが、船場のしきたりで里子に出させる。喜久治は白くきめ細かな肌を持ち、喜久治を翻弄するお福、我が強く、金だけでは自由にできない競馬狂いの比沙子たちと関係を持つなかで様々な経験を積むが、昭和六年、最も慎ましやかだった幾代がお産のショックで急死。しかしこの時も喜久治は妾の葬礼には顔を出してはならぬという船場のしきたりを遵守せねばならなかった。昭和十年にはお福の勧めで藝妓見習の小りんを水揚げする。放蕩を続けながらも商いを能くし、放蕩と商売の帳尻をきちんとあわせてきた喜久治であったが、戦争の拡大に伴い、河内屋の暖簾に頼る商売が難しくなってきた。女中心の母系家族を構成していた河内屋も徐々に男中心になりつつある。女性が徴用されるほど戦争が逼迫してきても、喜久治は自分の女たちの徴用逃れに奔走し、あくまで船場の「ぼんち」であろうとした。昭和十九年の初め、きのと勢以が有馬に疎開。そして河内屋は昭和二十年三月の空襲で商い蔵を残して全焼する。それを知ったきのは、二百八十年続いた母系家族の終焉を象徴するように横堀川に入水し、河内屋の母系家族の伝統は潰えた。終戦後、喜久治は四人の妾たちを河内長野の寺に預ける。二十一年、河内長野に妾たちを訪ねた喜久治は、妾たちも、もう喜久治とは無縁になりつつあることを知る。喜久治はこれまでの一切のものが消えていったことを痛切に感じるが、一方、それは心の広がりを伴った新鮮な感情だった。大阪の「ぼん

ち」は、心の高鳴りを覚えながら大阪の街へ消えて行く。（大杉健太）

本の売れ行きは神のみぞ知る、こういう氷河期には作家は猫背になりますぞ《ほんのうれゆきはかみのみぞしる、こういうひょうがきにはさっかはねこぜになりますぞ》 エッセイ

〔作者〕開高健〔初出〕「週刊文春」昭和六十一年五月二十九日発行。〔初収〕『オールウェイズ下』平成二年十月三十一日発行、角川書店。

〔内容〕昔話を交えながら、「カネ」にまつわるエピソードを語る。敗戦の年の冬、パン焼き工のアルバイトで初めて得た給料や、焼け跡の真ん中にあった今宮中学校近辺でのエピソードが語られる。（大杉健太）

ぼんぼん《ぼんぼん》 長編小説

〔作者〕今江祥智〔初出〕「教育評論」昭和四十五年九月～四十八年五月号。〔初版〕『ぼんぼん』昭和四十八年十月発行、理論社。〔全集〕『今江祥智の本第5巻』昭和五十五年一月発行、理論社。〔小説の舞台と時代〕四ツ橋電気科学館、心斎橋、塩町筋、末吉橋、長堀橋、鞍馬、北堀江、橋本町、上賀茂、松屋町筋、横堀川、四条大宮、四条烏丸、六角、出町柳、円通寺、二色ケ浜、北大路、上本町二丁目、学文路、生駒山、安堂寺橋、谷町六丁目、東雲町、十二軒町、玉造、南久宝寺町二丁目。昭和十六年五月二十九日から昭和二十二年七月。

〔内容〕戦中の大阪に育った子供達の成長を表現豊かに描いた児童小説。

昭和十六年五月二十九日、小松洋と洋次郎の兄弟は四ツ橋の電気科学館を訪れる。兄の洋次郎は洋と三つちがいの中学一年生。プラネタリウムを見て、何万年もして北斗七星の姿が変わっていくのを知り、兄弟の頭のなかで、〃ゼッタイに変わらぬはずのもの〃が一つ、静かにくずれる。出るとき少女が麦わら帽子を忘れたのを見つけ、洋はそれを返しに行く。握手をして別れる。少女の美しさに魅かれる。塩町筋の家に帰ると、父が頭をぶつけ怪我したことを知る。退院し仕事に出るが、また頭痛を起こし、亡くなってしまう。父の思いでに浸りながら、葬儀に出る。日がたち、父の死の影が日毎に育ちはじめるのがわかるのだった。気落ちしている兄弟をみかね、内田の伯父が紀北の橋本町にある別荘に行くことをすすめる。二人は喜んで行き、田舎暮らしで洋は泳ぎを覚える。その年の秋、洋の祖母がひっこしてくる。母の正子がまいってしまうのを見かねたのである。家族を大いに助けてくれる祖母であったが、急に死んでしまう。親子三人で暮らすのは淋しすぎると、伯父のはからいで、親戚の一人の佐脇さんという人が同居することになる。昔、やくざをしていた人だったが、非常に頼りになる人であった。そんな中、日本は米英と戦争を始める。洋次郎は、ドイツものの曲のレコードにこり始める。佐脇さんは喧嘩出入り、料理、絵、防空演習、洋との凧遊びと大活躍する。「ぼんぼん、凧つくったげまっさ。」そういう佐脇さんだった。副級長の白石なぎさちゃんに誘われ、三月三日桃の節句に、なぎさちゃんの家を訪ね、いろんな女の子に囲まれて恥ずかしそうに遊ぶ洋。白酒で酔っ払い、帰りをなぎさちゃんに送ってもらう。その際、中学生にからまれ、なぎさちゃんだけを帰そうとすると、佐脇さんが現れてその場を助けてくれる。佐脇さんにすすめられて、お礼になぎさちゃんを京の六角に案内する。六角を出ると麦わら帽子の女の子にたまたま出会う。島恵津子といって鴨国民学校の四年生だった。少女は母と相談して、洋ら三人を鞍馬に案内する。ある日曜日、洋次郎は洋にべー

ほ

トーベンを聞かせる。洋次郎はドイツ好きが高じていく。戦争が始まり、学校でも締め付けが強くなっていく。愛国心に燃える洋次郎と、洋は喧嘩をし、思いを日記につづるようになる。水泳部に属する洋次郎だったが、軍の命令で、プールが使えなくなる。気がふさぐ洋次郎を気にかける洋を見て、佐脇さんは機転を利かせ、軍関係者になりすまし事情を調べ、二色ケ浜で合宿できるよう導く。洋次郎は洋を連れて、ベートーベンの演奏会を聞きに行く。二日後、戦争のことについて話をするが、その激しさにこれが同じ兄かと洋は訝る。一方で空襲の恐怖に脅える二人だった。一年後、玩具屋の倉庫で洋はクリスマス・デコレーションを手に入れる。佐脇さんのすすめで、それを京都の恵津子ちゃんのところに届けに行く。恵津子ちゃんの家は禁制のクリスチャンだった。五年生から、男女は組を分けられることになった。平田武士というおかっぱ頭の転校生がやって来る。洋は級長を命じられ、先生にいじめられる武士の相手をする。洋が、上本町二丁目の武士の家を訪ねると、そこは最新の洋式の音楽、食べ物に囲まれた家で、洋は驚きを覚える。なぎさちゃんと会えなくなっていた洋だが、なぎさちゃんといっしょに家庭教師につくことになる。中原という戦争に行っている長男で義兄洋一の戦友が訪れ、洋一から受け取ったレコードを渡す。洋一はそのころ、戦死していた。水泳部は解散。洋は白蛇が家から出て行くのを見る。代わりに白猫が家に舞い込み、佐脇さんが時の東条総理にちなんで、名をトージョーはんとつける。洋次郎は学徒出陣で橿原へ動員となる。佐脇さんが水泳の一件で憲兵隊に連れていかれいなくなる。一度、佐脇さんは抜け出し、自分が学文路にいることを洋に告げるがやせこけてしまっていた。洋は学文路を訪ねるがもういない。B—29の空襲が始まり、大阪も火に包まれる。佐脇さんが現れ、なぎさちゃんを助け、連れ出し、洋も助ける。町に帰ると家も何も焼けている。トージョーはんも本能で猫の集団を率い、いち早く戦火を逃れようとしていたが、焼け死んでいた。

「玉音放送」があり、天皇陛下が敗戦を告げる。その日、佐脇さんは消えてしまう。敗戦を周りの人に知らせたところ、袋だたきにあったのだった。二年過ぎ、夏、洋次郎は京都で、共産党の講演会を聞きに行く。洋は恵津子ちゃんの家を訪ねるが留守だった。「ここでは何もかわらへんな。そやけどうちはみなかわった、かわった、かわってしもた…」と、心のすみでつぶやく洋だった。（李　鍾旭）

「ほんまもん」《「ほんまもん」》　エッセイ

〔作者〕浅井孝二〔初出〕『随筆集大阪讃歌』昭和四十八年九月二十九日発行、ロイヤルホテル。
〔内容〕大阪の移り変わりが激しい。新しく生まれ変わっていくのを強く感じる一方である。古いものの良さが消えていくのに強く淋しさを感じる。新大阪のホテルの完成は人を驚かせたが、いつか当たり前の建物になってしまった。大阪商人の倹約してきれいに使う「始末の精神」「ほんまもん」の精神を守っていってほしい。（桂　春美）

【ま】

舞扇《まいおうぎ》　短編小説

〔作者〕長谷川幸延〔初出〕未詳。〔初版〕『舞扇』昭和十八年六月十日発行、六合書院。〔小説の舞台と時代〕堀江。「紀元二千六百年藝能報国会」の行われた昭和十五年。

〔内容〕主人公の上方舞山村流の山村六之輔は、「現在」はどちらかと言えば大阪より東京に籍のある人である。山村流は上方、殊に大阪の古い伝統の誇りを持っている。しかし、六之輔は藤間・花柳の両派に比べ、あたら古い伝統を持ちながら、家元六翁の無気力から沈滞しきっている自流にあきたらず、上方舞の進出を志した。妻のおつまさえ大阪に残し、三年間、苦労は覚悟で、単身で上京したのであった。そして、その三年の間に東京に地盤を築き、最高の権威である日本舞踊総会の春秋公演にも、上方舞を引っ提げて、山村流の真価を問うまでに伸し上がっていた。六之輔の居ぬ間に病が進み、死を待つばかりの病床に横たわっているおつまの看病のため、六之輔は久し振りに帰阪した。そこで、師匠である家元六翁の還暦祝いが開かれることをたまたま知る。順序から言えば、六之輔が六翁門下の代表として、発起人の筆頭に立つべきはずの会であった。しかし、遠い東京暮らしとはいえ、六之輔には何の相談もなければ、通知さえこなかった。胸元へこみ上げてくる忿懣を抑えつけ、六之輔はとにもかくにも駆けつけずにはいられなかった。何も知らないおつまは、病床から家元のご祝儀に新曲の「松の常磐」を舞うように六之輔に勧め、「松の常磐」の披露のために舞扇を手渡した。「松の常磐」は、歌詞と振りは六之輔が、曲節はおつまが心を込めてつけた、二人にとって会心の作で、還暦祝いの記念に披露するのにふさわしいものである。六之輔は還暦祝いというからには、門下や親しい知己の少数の人が集い、祝辞や祝盃を心から捧げ、六翁の藝に捧げた半生を振り返るのだと思っていた。ところが、還暦祝いの会は六之輔の想像していたものとは違っていた。会場になった堀江の宴舞場は、舞扇一本を振りかざして行歩艱難の藝界を乗り切った六翁を讃える会にしては、けばけばしく俗悪な空気が立ちこめていた。六之輔は五円の会費と引き換えに、花見弁当のような折り詰めと冷たい正宗一合瓶を渡されて、呆然と立ちつくした。発起人らしい友人たちの挨拶も、袮こそつけないが役者の口上を真似た悪趣味であった。六之輔はこのような低俗な会とは知らず、心からの祝いの辞や「松の常磐」を用意してきた自分が可哀想になり、一刻も早く会場から姿を消したいと思った。そこを、旧知の間柄である葉村邦太郎につかまった。さらに、葉村と会の感想を言い合っていると、牛田平助がやってきて、門下だけでお祝いの引き幕を拵えたので金を出せ、と言ってきた。牛田は、六翁門下としては六之輔より古顔であったが、愚鈍でカンが悪いため、舞踊で身を立てる見当も付かず、途中から山村流名取りたちの山村会の事務員に転じた男であった。六之輔は自分のところへ通知も寄越さずにおいて、金を出せという牛田に心底嫌気がさし、憂さ晴らしに酒を煽って帰宅した。しかし、六之輔の帰りを心待ちにしていた妻には、さすがに本当のことが言えず、披露してもいない新曲の成功を語ってやった。

後日、六之輔は還暦祝いに行って、肝心の家元に挨拶もせずに帰った不義理を詫びに、六翁を訪ねた。久し振りの師弟の対面にも関わらず、六翁は牛田を庇い、牛田の要求した金を払わずにいた六之輔の無責任を責めた。六之輔は必死に弁明するが取り付く島もなく、ついには六翁に「今後、山村とも六之輔とも名乗って欲しうない。したがつて山村流の舞踊は演つて欲しうない。一応封じるよつてなあ」と宣言されてしまう。六之輔にとっての不運はさらに重なり、おつまが亡くなった。その後、六之輔は東京へ戻り、日本舞踊総会の臨時大会として

催された紀元二千六百年藝能報国会に、本名の「多田章太郎」の名で、新しい上方舞踊の創造へと踏み出した。六之輔はその首途の演目に、師匠の六翁にも女房のおつまにも縁の無かった「松の常磐」を選ぶ。自分の演目が終わり、華々しい拍手の中で六之輔は「多田章太郎君へ　山村六翁より」と書かれた祝いの引き幕を目にした。六之輔はその時初めて師匠の心を知った。六翁は六之輔を自分には過ぎた弟子だと思い、独り立ちさせるためにわざと突き放したのである。六之輔は師匠の有り難さに、引き幕の字が涙でにじんだ。

（荒井真理亜）

摩訶不思議《まかふしぎ》　短編小説

〔作者〕朱川湊人〔初出〕「オール讀物」平成十六年四月号。〔初収〕『花まんま』平成十七年四月二十五日発行、文藝春秋。〔小説の舞台と時代〕大阪。現代。

〔内容〕「世の中、不思議なもんやなぁ」というのがツトムおっちゃんの口癖だった。そして、三日前まで元気だった当のおっちゃんが、今は棺桶の中に寝かされているから、本当にその通りだとアキラは思う。葬式の準備中、おっちゃんと一緒に暮らしていたカツ子さんは蹴飛ばされた犬のように泣いていた。控え室に向かう途中、アキラはおっちゃんのもう一人の恋人・カオルさんに声をかけられ、自分は奥さんの前には出られないから、自分のかわりに小さな包みをお棺に入れてくれと頼まれる。葬式を終えた後、火葬場に向かったが、霊柩車が急に動かなくなってしまう。妹のヒロミはおっちゃんが燃やされたくないのだと言う。そこでアキラは、おっちゃんが人生はタコヤキだと話していたことを思い出した。タコヤキを食べるには楊枝が二本必要で、人生を味わおうと思ったら、女も二人いた方がいいと言うのだ。だから、カオルさんが葬式に来なかったのが気に入らず、心残りがあるのだとアキラは思った。アキラは棺桶に入れ損ねた、カオルさんから預かった包みを開いた。その中には、カオルさんの〝下の毛〟が入っていた。それを鼻息で飛ばしてしまい、アキラは必死で地面を探した。その姿を見て、いらいらしたお父ちゃんが、おっちゃんにはうんざりだと言って泣き始めた。それを見たアキラは、おっちゃんに口止めされていたカオルさんのことを話してしまう。その後、カオルさんが呼ばれ、おっちゃんにお別れを言った。カツ子さんは敵意むき出しの顔をしていた。すると、一度霊柩車のエンジンがかかるものの、再び止まってしまう。カツ子さんとカオルさんがお互いに罵り始めたので、アキラはおっちゃんのタコヤキの話をして、二人とも好きだったのだと伝える。すると妹のヒロミが、もしかしたらおっちゃんは〝ヤヨイちゃん〟に会いたいのではないかと言い出す。おっちゃんは、アキラにカオルのことを口止めしていたように、妹にもヤヨイという恋人のことを口止めしていたのだ。すぐに彼女が呼ばれ、ヤヨイさんは霊柩車を蹴り飛ばした。すると、霊柩車のエンジンが突然かかったのだ。その後、火葬は恙無く行われ、三人の女性がお骨を拾うことが出来た。ある日、お使いを頼まれたアキラは、カツ子さんの家を訪れた。部屋に入ると、そこにはカオルさんとヤヨイさんの姿があったのだ。彼女たちは姉妹のように仲良く話し、アキラにタコヤキの楊枝が一本増えただけのことだと言う。そして、霊柩車のエンジンが動かなかったのは、おっちゃんが最後に自分の女をずらりと並べて見送ってもらいたかったからじゃないかと話す。アキラは、「世の中、不思議なもんやなぁ」とつぶやいた。人生をタコヤキに例えたおっちゃんの死後を、様々な人

との関係を交えて描いた不思議な短編小説。（林未奈子）

政吉の被り物《まさきちのかぶりもの》　短編小説

〔作者〕岩野泡鳴〔初出〕「中央公論」大正二年六月一日発行、二十八年七号。〔初収〕『猫八』大正八年五月一日発行、玄文社。〔全集〕『泡鳴全集第三巻』大正十年六月二十日発行、広文庫。『岩野泡鳴全集第一巻』平成六年十二月二十日発行、臨川書店。〔小説の舞台と時代〕大阪（池田）。明治二十一年頃。

〔内容〕政吉は、司法官になる目的で東京へのぼり日本大学へ入った。しかし、もうすぐ卒業というところで、政吉はどんどんと頭が禿げていくという病気に罹ってしまい、ついには丸坊主になってしまう。丸坊主になった政吉は故郷に帰る気になれず、ついには母の死に目にも会いに帰らなかった。だが、政吉は頭に被り物を被ることを思い付き、被り物を被って帰郷する。帰郷した政吉は、友人らによる歓迎会に招かれるが、その席で頭のことを言われ、不愉快な思いをする。そして、政吉の昔の恋人である初野は、歓迎会の席で政吉の隣りに坐るのをいやがり、杉本という男の横に坐りたがった。歓迎会の席を出て、家へと帰った政吉は、初野を杉本に渡したくないと考える。そこで、政吉は初野の家を訪ねて行き、杉本と初野の関係を初野の母親に聞いてみた。すると、初野の母親は二人の関係を否定する。しかしその後、政吉が友人の小池の家に行くと、小池は、杉本と初野は一緒に神戸へ行って暮らすという約束をしているのだと言う。それを聞いた政吉は、杉本と初野の関係を断たせようと考え、初野を道で待ち伏せし、初野に「おれと一生ほんまの夫婦になりなはれ！」と迫る。しかし、初野はそれには答えない。その翌日、初野が勤めている小学校を政吉が訪ねると、初野はすでに職を辞していた。その帰りに政吉が小池の家を訪問すると、そこへ杉本がやって来て、これから直ぐ神戸へ行くことを告げる。腹を立てた政吉は、線路に障害物を置き、杉本と初野が乗っている電車を脱線させてしまう。しかし、それによって政吉は警察に捕まり、そこで被り物をはがされる。（三谷　修）

升田幸三伝《ますだこうぞうでん》　短編小説

〔作者〕藤沢桓夫〔初出〕未詳。〔初収〕『将棋百話』昭和四十九年十月発行、弘文社。〔小説の舞台と時代〕北区老松町。昭和七年六月三十日から三十七年。

〔内容〕棋士升田幸三の伝記小説。升田が弟子入りのため老松町の木見金次郎の家を訪ねたのは昭和七年六月三十日の夜八時ごろであった。入門当時の升田の将棋は「きつい手」は指すが、強くはなかった。だが、初段を前にして、受け将棋に磨きをかけた頃から格段に棋力が進歩する。一方で、人間としての升田は内弟子時代、棋譜をいい加減に記録したり、兄弟子角田に対する舌禍事件を引き起こしたりするなど悪童振りを発揮していた。太平洋戦争が激化し、升田は南方の島へ出征するが、九死に一生を得て再び棋士としての生活を始める。当時の名人であった木村義雄との対局に勝利し、升田の名前は一躍脚光を浴びることになる。だが、実力では第一人者と認められながらも打倒木村の宿願を弟弟子の大山康晴に先を越されるなど、不運が続く。しかし、昭和三十一年の王将戦で大山を破り、続く昭和三十二年の名人戦で再び大山を下し、九段位を合わせて三冠王となる。それまで勝負への妄執を捨てきれなかった升田の心境が変化したのは、家庭の平安が彼を「勝負の鬼」から「人間」へと引き戻したからで

あった。

（巻下健太郎）

まずミミズを釣ること《まずみみずをつること》　エッセイ

〔作者〕開高健〔初出〕「旅」昭和四十三年一月号。〔初収〕『私の釣魚大全』昭和四十四年六月二十五日発行、文藝春秋。〔全集〕『開高健全集第16巻』平成五年三月五日発行、新潮社。

〔内容〕大阪の南の郊外で少年時代を過ごしたが、その頃は川、池が豊富にあり、魚たちが悠々と泳いでいたものだった。しかし、今は川は埋め立てられ、野原を満たしていた生き物たちの生のざわめきは消えてしまった。今は魚釣りをする前に、まずミミズを釣らねばならない時代であるが、人間たちは様々な知恵を使って魚を釣り上げてきた。そうした古い個性はまだ谷や磯にあるだろう、と述べる。

（大杉健太）

マッチ売りの少女《まっちうりのしょうじょ》　短編小説

〔作者〕野坂昭如〔初出〕「オール読物」昭和四十一年十二月号。〔初収〕『受胎旅行』昭和四十二年十月発行、新潮社。〔小説の舞台と時代〕西成、森之宮、山谷、吉原、浅草、田原町、香里園、大宮町、梅田。現代。

〔内容〕異様な風貌のお安が現れると、西成のドヤ街の男たちはみな彼女をよける。夜、下半身を、マッチの火で照らして男たちに「御開帳」することで、彼女はわずかな稼ぎを得ていた。五十過ぎに見えるが、彼女はまだ二十四である。お安の父は早くに死んだ。中二のとき、母親の情夫に、後には継父に抱かれた彼女は、いずれの男からも、見たことのない父を感じ、以来、父親代わりの男をしきりに求めるようになる。継父が死ぬと、彼女は喘息の発作を起こした母に睡眠薬を与えてこれを殺し、東京へ出る。見知らぬ男にトルコ風呂で働かされたり、安アパートで売春させられたりした末、再び彼女は大阪へ戻るが、そこでも彼女が生活のたつきとしたのは、若い男との痴態の写真撮影や売春である。しかし、彼女に娼婦の自覚はない。中年男に父親を感じる彼女は、客がないとさびしくて寝られないのである。そのうち、彼女の体はぼろぼろになる。それでも客を求めるお安に同情したある女の計らいで、連れて行かれたのが西成の釜ケ崎である。だが、釜ケ崎でもしだいに買い手がつかなくなる。せめて二日に一度はドヤに泊まりたいと考えた末が、マッチ一本五円の「御開帳」だった。夜の十二時近くなり、人気がなくなると、マッチをすって、彼女は下腹部を暖めた。暖めているうち、ふと思いついて、マッチを股の間にさし入れたところ、火は寝巻きに移り、たちまち彼女は炎に包まれ、やがて闇に消えた。

（国富智子）

真夏の犬《まなつのいぬ》　短編小説

〔作者〕宮本輝〔初出〕「新潮」昭和六十三年五月一日発行。〔初版〕『真夏の犬』平成二年三月二十五日発行、文藝春秋。〔全集〕『宮本輝全集第十三巻』平成五年四月五日発行、新潮社。〔小説の舞台と時代〕大阪の北西部。昭和三十七年八月。

〔内容〕中学二年生のぼくは、夏休みの後半のすべてを、大阪の北西部に位置する工場街の滅多に人の姿の見られない、だだっ広い空き地で、朝の七時から夜の七時まで、廃車置き場に坐ってすごすはめになった。タイヤや、まだ使える部品を盗まれないように見張るのである。うだるような暑さである。野良犬の群が集まってくる。父はぼくにパチンコを持たせる。野良犬をめがけてパチンコのゴムを力一杯引いた。と同時にぼくは右目に烈しい衝撃を受けて倒れた。ぼくは右目をおさえて、ダンプカーの荷台

によじのぼった。犬たちがダンプカーを取り囲み、弁当箱の中身を奪い合っていたとき、ぼくは荷台の隅で、くの字に体を曲げて横たわっている女の足を踏んだのである。ぼくと、女の死体は、七時間近くも真夏の太陽を浴びつづけた。ぼくは、女と父とが、いかなる関係であったか、女がなぜ自殺したのかを知らない。空き地の所有者は契約を解除し、父は仕事を失い、半年近く消息を絶ったのである。（浦西和彦）

まぼろしの大阪《まぼろしのおおさか》　エッセイ

〔作者〕坪内祐三〔初出〕「ぴあ〈関西版〉」平成十四年七月十五日号～平成十六年八月九日号。〔初版〕『まぼろしの大阪』平成十六年十月十日発行、ぴあ株式会社。

〔内容〕単行本『まぼろしの大阪』は、書き下ろしの「まぼろしの大阪」他、「ぴあ〈関西版〉」に連載された五十五編の文章が収録され、さらに大阪に関する谷沢永一との対談と森村康昌との対談が収められている。五十五編のエッセイには一つひとつにタイトルがつけてある。例えば、「OMMの古本祭りで買い逃してしまった本」「阪急百貨店の大食堂に行き逃してしまった」「キャバレー・メトロについて知りたい」「宇野浩二の名著『大阪』のこと」「大阪には美人が少ないと菊池寛は言った」「優勝あとの阪神の消化ゲームを早く目にしたい」「小野十三郎のモダニストならではの視線」「自由軒のメニューにカツカレーがあった気がする」「織田作は実は古いタイプの人?」「明治の大阪の悪徳タクシーについて」「念願の『なんばグランド花月』を初体験してきた」など。タイトルを読めばわかるように、その内容は多岐にわたっている。野球、古本、キャバレー、文学、食文化、吉本興業など、大阪に関することは何でも話題にされている。タイトルの一つに「いつのまにか今年の阪神を応援している」とあるが、筆者は「あとがき」の中で、「この連載のおかげで、私は、大阪という町について、前よりほんの少し詳しく知るようになりました。親しみもわいてきました。（その内、東京よりも好きになってしまうかもしれません）。」と述べている。宇野浩二や藤沢桓夫、織田作之助などの文学者たちが大阪について書いた文章がたくさん紹介されているのも、「まぼろしの大阪」の特色の一つである。筆者と谷沢永一との対談は、大阪の経済・雑誌・新聞・大阪弁から、谷沢永一の「天王寺中学～『えんぴつ』の時代」が話題になっている。森村康昌との対談は、たこやきや焼き肉に代表される大阪の食、鶴橋という町の変化、小野十三郎の詩について話が交わされている。（荒井真理亜）

丸太藝人奇談《まるたげいにんきだん》　短編小説

〔作者〕藤本義一〔初出〕「小説サンデー毎日」昭和四十八年十月号。〔初収〕『一尺五寸の魂』昭和四十九年十二月十日発行、文藝春秋。〔小説の舞台と時代〕高津、ミナミ。昭和初年代から三十四年頃。

〔内容〕漫談師浪華家定九郎は、親譲りの左翼思想の傾向があり、頭が良すぎて藝人になりきれない藝人であった。定九郎は、二・二六事件に衝撃を受けると同時に、己の漫談のネタにする。これが不敬罪にあたり連行されるが、どうしたことか、そのまま行方不明となる。妻は死んだものとしてあきらめ、生まれたばかりの息子玉太郎をその化身として愛して暮らしていたところに、定九郎は帰ってくる。しかし、両手・両足は凍傷となっていて、脳障害を起こしている。そして暮れの二十七日、京都の陸軍病院の防疫班に連れて行かれ、帰ってこなくなる。定九郎は、関東軍防疫給水部隊、

俗に言う七三一部隊の人体実験の材料となっていたのだ。そこでは人間を丸太と呼ぶ。定九郎の凍傷もその変貌ぶりも、実験台としての傷あとであったのだ。妻は慟哭する。戦後の昭和三十二年の春頃から、玉太郎は二代目浪華家定九郎を名乗り、父の藝を継ぎ人気を博す。しかし、皇室をネタにしたため、法善寺で刺されて死ぬ。時代は変わったようで、変わっていなかったのである。

（中谷元宣）

漫才狂騒曲《まんざいきょうそうきょく》　短編小説

〔作者〕難波利三〔初出〕「小説新潮」昭和六十年四月一日発行、第三十九巻四号。〔初収〕『大阪笑人物語』昭和六十年十二月二十日発行、新潮社。〔小説の舞台と時代〕大阪（西成区山王町、ジャンジャン横丁、天王寺）。昭和五十年代。

〔内容〕主人公の岩田時造は、かつてラッキータイムという藝名で漫才コンビを組んでいた。しかし、その相方であったハッピータイムは早くに死んでしまい、現在の時造は舞台に立つことがない。ある日、時造が一時期面倒を見たことがある漫才コンビ、ラッキー金太・ラッキー銀太が時造のもとを訪れた。金太と銀太は現在、一八藝能の仕事をしているが、そこの女社長夢村菊乃に博打で負け、出演料と舞台衣装を巻き上げられたと言う。それを聞いた時造は、金太と銀太を連れて菊乃に会いに行く。そして、時造は金太と銀太の保証人になり、二人が菊乃に取られたものを取り戻してやる。その一週間後、再び金太と銀太は時造のもとを訪れ、家宝の掛け軸を形に東京進出の資金を貸して欲しいと頼む。時造は、それを承諾し三十万円貸すことにする。その二日後、菊乃が時造のところへやって来て、二人で一緒に余興の漫才をすることを持ちかけるとともに、金太と銀太が持って来た掛け軸が偽物であることを告げる。菊乃との余興の漫才は成功するが、その帰りに時造は菊乃に迫られる。しかし、時造は菊乃を突き放す。そして、家に帰ろうと駅構内を抜けようとしたとき、時造は東京に居るはずの金太と銀太が歩いているのを見つける。時造が声をかけると金太と銀太は走って逃げ出す。それによって、掛け軸が偽物であることと東京進出の話が嘘であることがはっきりする。

（三谷　修）

漫才作者秋田実《まんざいさくしゃあきたみのる》　長編小説

〔作者〕富岡多恵子〔初版〕『漫才作者秋田実』昭和六十一年七月三十日発行、筑摩書房。〔全集〕『富岡多恵子集8』平成十一年二月二十日発行、筑摩書房。

〔内容〕大阪の玉造に生まれ、昭和五十二年七十二歳で病死した「漫才作者」秋田実を描いた書き下ろし評伝。外国の笑話を暗記して藤沢桓夫らをびっくりさせていた秋田実が、旧制大阪高校在学中に社会科学研究会をつくり、東京帝国大学に進んでからは、新人会の会員となって日本金属労働組合で活躍した。「戦旗」編集部員となり、林熊王の名前でアジ・プロ小説を書いていた秋田実が横山エンタツと出会ったのを契機に、「無邪気な笑い」「健康的な笑い」を求め、「漫才」を健全な娯楽にまでひきあげた。漫才師たちを対象に「ネタのセリ市」を行い、新人養成機関の漫才学校を設立し、戦時中の検閲をくぐり抜けて漫才の近代化に努めた。秋田実は、いち早く、漫才に「台本」の必要をいい、「台本」をえることで、秋田実は「万才」の分節化をはかって「漫才」へすすめた。しかし、秋田実は「台本」に著作権を確立するまでの「漫才」の近代化はなしえなかった。秋田実の「漫才」にし残した仕事があるとしたら、「台本」の「著作権」認知かもしれない、とい

う。

（浦西和彦）

漫才酔狂伝《まんざいすいきょうでん》　短編小説

〔作者〕難波利三〔初出〕「小説新潮」昭和五十九年十一月一日発行、第三十八巻十一号。〔初収〕『大阪笑人物語』昭和六十年十二月二十日発行、新潮社。**〔小説の舞台と時代〕**大阪（西成区山王町、阿倍野、心斎橋筋）。昭和五十年代。

〔内容〕主人公の文平は、藝名を淀川源氏といい、かつては淀川平家とともに漫才コンビを組んでいた。しかし、相方の淀川平家と喧嘩別れしてしまい、現在はコンビ解消中である。そこで文平は、自身で漫才が出来ないかわりに、若い漫才コンビを探して来て漫才を教えるという事を繰り返しているが、いつも若い漫才コンビにすぐ逃げられてしまう。今回も、淀川ノボル・アガルというコンビに自分の漫才を教え込もうとしたが、ノボルは文平の書いた台本が面白くないと言い、結局二人は文平のもとから逃げ出してしまった。そんな時、曲藝師の東西勝丸が文平のもとを訪れ、元相方の淀川平家が、これから先は一生眠らないことに決め、一晩中起きているのだということを告げる。それを聞いた文平が、勝丸とともに平家に会いに行くと、平家は漫才の勉強をするために眠らないのだと言う。文平は、平家のその言葉が、自分との漫才コンビ復活の意思表示ではないかと感じ、うれしく思う。平家とよりを戻したいと思いながらも、自分からそれを切り出せずにいた文平は、ある日、心斎橋筋で催される新人漫才コンテストを見に行く。そこには、以前文平のもとから逃げ出した淀川ノボル・アガルが、ゴールデン新太・ゴールデン京太という名で出場していた。ゴールデン新太・ゴールデン京太は、文平の書いた台本を微妙に改変した漫才で場内を沸かせ、遂に最優秀新人賞を受賞する。ゴールデン新太・ゴールデン京太の漫才を見て以来、文平は若手の漫才師を育てることに限界を感じ、平家と漫才をするのが自分には相応しいと感じていた。そんな時、平家は睡眠不足の為に階段で転び、意識不明になる。救急車で平家が運ばれようとしている所に駆けつけた文平は、平家にむかって死んだらあかんぞと喚く。

（三谷　修）

漫才日和《まんざいびより》　短編小説

〔作者〕難波利三〔初出〕「週刊小説」昭和五十九年八月十日発行、第十三巻十七号。〔初収〕『大阪笑人物語』昭和六十年十二月二十日発行、新潮社。**〔小説の舞台と時代〕**大阪（西成区山王町、ジャンジャン横丁、天王寺動物園）。昭和五十年代。

〔内容〕久平は二年前に妻の菊代が亡くなるまで、玉井玉夫・玉井玉子という名で夫婦漫才をしていた。すでに七十歳の久平は、朝天斎一光の家に行くのが最近の日課になっている。朝天斎一光は、久平の昔からの知り合いで、三年前に脳卒中で倒れてから寝たきりとなり、近くに住む娘夫婦の世話になっている藝人である。久平はいつものように一光の家に行った後、ジャンジャン横丁のある串カツ屋へ行く。その串カツ屋で働く圭子という女性を、自分の漫才の相方にならないかと、誘うためである。久平は以前から何度も圭子を誘っているのだが、いつも断られており、今回もやはり断られてしまった。圭子に断られた久平は店を出て、動物園に行く。そして、ゴリラの檻の前でゴリラに向かって、昔の漫才のネタをしゃべるが、その姿が周囲から気味悪がられる。久平は動物園を出て、再び一光の家に行く。すると、そこには一光の娘が来ており、一光に病院に入ることを持ちかけていた。一光の娘は、夫の転勤のため九州へ

引っ越すことになったので、一光の世話ができなくなったのである。一光の娘は、久平にも一光の説得を頼むが、久平は「そんなこと、わしの口からは、よう言わんわい」と怒鳴り返す。しかし次の朝、久平は一光のもとを訪れ、やはり病院へ入ったほうがいいと言う。すると、閉じた一光の目尻から、涙がしたたり落ちる。久平は一光を励まし、部屋の窓から外を眺めると、そこには串カツ屋の圭子が男と寄り添って歩いていた。それを見て、圭子が漫才の相方になる話に乗って来ない理由を悟った久平は、「一巻の終わりか」と声に出して言う。

（三谷　修）

卍《まんじ》　中編小説

〔**作者**〕谷崎潤一郎〔**初出**〕「改造」昭和三年三月～四年四月号、六月～十月号、十二月～五年一月号、四月号。〔**初版**〕『卍（まんじ）』昭和六年四月二十日発行、改造社。〔**全集**〕『谷崎潤一郎全集第十一巻』昭和五十七年三月二十五日発行、中央公論社。〔**小説の舞台と時代**〕香櫨園、芦屋川、東区淡路町、梅田、船場、今橋、天王寺、難波、心斎橋、奈良若草山。昭和初年代。

〔**内容**〕同性愛をも交えた、四人の男女の愛憎劇。渦中にあった柿内園子が語り、「先生」（作者）が聞き書きする。全三十三章。柿内孝太郎、園子夫婦は香櫨園に住んでいるが、夫婦は性質、生理ともに合わない。孝太郎は弁護士で、今橋に事務所を持つ。園子は天王寺の女子技藝学校で日本画を学び、そこで徳光光子と出逢う。光子は船場の羅紗問屋のお嬢様。芦屋川に家がある。園子と光子は意気投合、若草山などに遊び、親密になっていく。園子の楊柳観音の絵のモデルのために、光子が裸になった時、二人は激情のうちに結ばれ、同性愛に陥る。だが、光子と以前から交際していた綿貫栄次郎が、陰険な方法で二人の仲を裂こうとする。綿貫は性的不能者。光子も愛想をつかしている。三人の複雑な関係の中に立たされた孝太郎もまた、光子と肉体関係を結んでしまう。孝太郎は尽力し、綿貫に手を引かせる。園子、光子、孝太郎は卍巴の愛欲生活に酔い痴れる。しかし、綿貫や女中によってスキャンダルは新聞に暴露される。三人は心中を企てるが、光子だけが蘇生する。本作品は、東京出身の作者が、二人の助手を雇い、会話、地の文とともに大阪弁で一貫して描いた意欲作である。

（中谷元宣）

【み】

見送りに来た女《みおくりにきたおんな》　短編小説

〔**作者**〕佐藤春夫〔**初出**〕「北海タイムス」昭和四年一月一日発行。〔**全集**〕『定本佐藤春夫全集第七巻』平成十年九月十日発行、臨川書店。〔**小説の舞台と時代**〕大阪（心斎橋）、兵庫（宝塚）。昭和初期。

〔**内容**〕彼と幸子とは、彼の恋人のせい子を通じて知り合いになった。幸子は、以前ある青年と駆け落ちをし、世帯を持ったが、その良人を姉に奪われたという過去を持つ女性である。さらに幸子は、良人を姉に奪われてすぐに肋膜を患ったため、過激な運動を慎まねばならず、そのために幸子は恋愛を慎んでいた。せい子の紹介で幸子と知り合った彼は、せい子には内緒で、幸子と二人で心斎橋へ食事に行ったり、宝塚へ行ったりした。そして、宝塚へ行った際に、彼と幸子は、二人の間に危ういものを感じる。その後、彼のもとへ幸子から日記帳の一部が送られて来る。日記帳の文章は、危ういところまで進んだのを急に避けた自分を哀訴するものだった。それ以来一月あまり、彼は幸子に会っていなかった。そして、

み

紀伊半島の南端のSという町へ行ってしばらく住むことになった彼は、そこへ行く前に挨拶に寄ろうと思いつき、幸子のもとを訪れる。これからS町へ行くことを幸子に説明すると、幸子は桟橋まで見送りに来てくれた。その四カ月後、彼はS町を引き揚げて東京へ移り、さらにその一年後、彼は自分の田舎に帰る途中、大阪に下車して、せい子の従兄である彼の友人の家で三晩泊まった。彼は、その友人の細君から、幸子がある男と恋愛関係になり、その為に仕事を首になったこと、そして幸子は喀血して、明石の病院へ入院していることを聞いた。

（三谷　修）

三亀松さのさ話《みきまつさのさばなし》　短編小説

〔**作者**〕長谷川幸延〔**初版**〕『三亀松さのさ話』昭和四十六年五月二日発行、日藝出版。〔**小説の舞台と時代**〕大阪。大正から昭和。〔**内容**〕単行本『三亀松さのさ話』には、「桂春団治」「花月亭九里丸」「笑福亭松鶴」が収録されている。当時にしては珍しく、三亀松は東京から大阪へやってきて、人気を博した。「三亀松さのさ話」は、その生い立ち、都都逸にさのさの成立を描いている。この他、名人桂春団治、舌足らずで早口で何をしゃべっているのかわからないのになぜか人気があった花月亭九里丸、地味ではあるが大阪落語を最後までやり続けた笑福亭松鶴の落語家人生を描いている。伝記小説であるが、作者の言葉によれば、「桂春団治」は「寄席交遊録」であるという。「桂春団治」は渋谷天外が脚色して上演、三演された。その後、森繁久弥・花菱アチャコ・藤田まことが新しい脚色で上演し、辰巳柳太郎も芝居にした。さらに、森繁久弥・藤山寛美によって映画化もされた。また、長谷川幸延は「桂春団治」に加筆し、『小説・桂春団治』（昭和37年5月10日発行、角川書店）を刊行した。（荒井真理亜）

短夜《みじかよ》　短編小説

〔**作者**〕瀬川健一郎〔**初出**〕「文学雑誌」昭和二十二年二月号。〔**初収**〕『大阪の灯』昭和二十二年九月三十日発行、誠光社。〔**小説の舞台と時代**〕大阪（道頓堀、天王寺、桜之宮、淀川、天満、浪花、源八、道修町、天神橋筋、堂島、松屋町、堀江、阿倍野）、京都、丹波、神崎、名古屋、他。昭和初期。〔**内容**〕友二郎が浪花座に柝打ちの見習いに入ったのは十五歳の春であった。七歳違いの姉お茂と二人暮らしである。一人前の柝打ちになるのに十五年かかる。友二郎の父は、丹波に生まれたが、医業を志し、京都の梁川星巌の門へ弟子入りしたが、戦火が近づくにつれて、田舎へ呼び戻された。学のあった父は村長になり、結婚して平穏な暮らしをしていた。しかし、騙されて諸方へお金を貸し、村長を失格になった上に、家財まで失ってしまったのである。それから大阪の天満に移り住み、お茂が生まれ、八百屋の商いをしていた。父は梁川星巌に弟子入りした頃を懐かしむ。そこへ、道頓堀に「梁川星巌」が来ているという噂を聞く。親子三人でその新派劇を観に行ったが、父の目は赤かった。父は、頭を上げて舞台を見る事が出来なかった。四年後、友二郎が生まれた時、父は腸が悪くなり、三年経つと死んでしまった。父が道頓堀の芝居を観たのは一度だけである。お茂は芝居茶屋の奉公に行き、母は気が沈んで、とうとう死んでしまった。友二郎は、お茂が奉公している茶屋の女将に拍子木を打ってみないかと話を持ちかけられる。しかしなかなか腕は上がらず、誰も友二郎の名前を覚えてくれないほどであった。姉のお茂が、名古屋の女将の親戚すじへ行くと決まった夜、友二郎は、四天王寺へふらふら出向き、五

み

重塔へ届くように柝を打った。柝を打っている姿を、一度、姉に見てもらいたかったのである。気が付くと後ろには延若が立っていた。今度、自分の「梁川星巌」の舞台を打って欲しいというのである。父が唯一見た芝居である。翌日、友二郎はお茂を大阪駅まで見送った。お茂は、「しっかり打つんやで。阿父うさんも墓の下から見てはるやろし」と言い残した。友二郎は血を吐きながら頑張り、死ぬのは延若さんの舞台だと心に決めていた。結局、姉は嫁にも行かず、三十七歳で死んでしまった。友二郎は、今、六十三歳になり、長い舞台生活だった。姉と暮らした天王寺の家へ帰ると、今でも若い二人の弟子が、疲れていても身の回りの世話をしてくれる。（田中　葵）

水かけ不動《みずかけふどう》　エッセイ

〔**作者**〕小野十三郎〔**初出**〕『随筆集大阪讃歌』昭和四十八年九月二十九日発行、ロイヤルホテル。

〔**内容**〕「私」は、大阪の難波で生まれてすぐ田舎へ里子に出された。中学校のとき、大阪に戻った。大阪で一番好きなところは「南」の界隈である。よくここをうろつくし、外国のお客さまが来てもここを案内している。母の家がここにあったからだし、若い時を送った巷だったからである。（桂　春美）

水なき川《みずなきかわ》　短編小説

〔**作者**〕今東光〔**初出**〕「小説新潮」昭和四十年十二月号。〔**初収**〕『今東光秀作集第一巻』昭和四十二年六月十五日発行、徳間書店。〔**小説の舞台と時代**〕八尾。昭和四十年頃。

〔**内容**〕「河内もの」の一つ。万野源作はお袖と結婚するが、妹の八重は三十年増になっても嫁の貰い手がなかった。源作と弥六とは友達で、畔を隣りにしていた。玉櫛川の水が枯れて農業に苦心しているのにもかかわらず、池で魚を飼うことが村の農業会で決まる。田に水を引くことができなくなった。そんな折、八重と弥六は肉体関係を持つが、弥六は結婚しようとしない。源作は怒り、天秤棒で弥六の頭を殴り、五針の傷を負わせ、警察沙汰になる。もちろん結婚の話も潰れる。しかしながら、源作と弥六の二人は意気投合、池の堰を切り、河内野の田圃に水を押し流すのであった。（中谷元宣）

水の都《みずのみやこ》　エッセイ

〔**作者**〕高安月郊〔**初収**〕『畿内見物―大阪之巻―』明治四十五年七月二十五日発行、金尾文淵堂。

〔**内容**〕「故郷の土」「大阪の四季」「十日戎」「天王寺」「天神祭」「川涼」「夜店」「道頓堀」「千日前」「浄瑠璃」「蜆川」「蒹葭堂」「天守台」「住吉」「堺の町」「浜寺」「江口」「蕪村の故郷」「歌人村」「近松の墓」「須磨」「新しい土」から成る。大阪の土は淀川の藍である。茅渟《ちぬ》の海の青である。藍に青は縦横の堀に満ちて、大阪の土を潤沢にしたのであろう。道頓堀は、いつとなく快楽の堀、美感の堀になった。大阪の特色を見るに好《よ》いのは芝居である。大阪の風俗を見るに最も好いのも芝居の桟敷である。大阪の女性は、東京、京都よりも芝居を第一の晴れの場所とする。東京よりは目立たぬ裾模様、京よりは凝った八掛は大阪の土地を表していて、道頓堀は大阪の趣味の堀になったという。千日前は元旦から大晦日まで大阪の人が歓楽をほしいままにする所である。大阪を象徴するものは浄瑠璃である。義太夫は大阪の人の特性を捉えたものである。蒹葭堂は、真に富める人であった。黄金《こがね》よりも、風雅に富める人であった。趣味に富

み

める人であった。風交に富める人であった。彼は真に富を解する人であり、大阪人の説明者である等々、大阪について語る。

（浦西和彦）

水の都《みずのみやこ》　長編小説

〔作者〕庄野潤三〔初出〕「文藝」昭和五十二年六月～五十三年二月号。〔初版〕『水の都』昭和五十三年四月二十六日発行、河出書房新社。〔小説の舞台と時代〕大阪。明治、大正、昭和。

〔内容〕「必ずしも商家に限らないが、古い大阪の街のなかの空気を吸って大きくなった人に会って、いろいろ話を聞いてみたらどうだろう」という書き出しではじまっている。「あとがき」には、「どういうふうに続いて行くものやら（また続かないものやら）見当がつかないままに始めた小説に、ともかくも一つの纏まりが得られたのは、作品に登場して商家の日常の細部と大阪らしい気分を通じて楽しい活気を与えてくれた人たちの力による」とある。作者である「私」が、妻にいろいろ手伝わせながら縁を頼って、古い大阪商家における従弟制度的な厳しい修業時代を聞き出し、故郷である大阪について古く懐かしい風俗人情を描き出している。妻の一つ年下の従弟で「美術商」（茶道具屋）をしている悦郎さんの丁稚奉公で仕込まれた話、父の代から鞘の鰹節問屋で敗戦まで満州（中国東北部）・朝鮮にかけて商いをしていたという鈴木の叔父の話、親類筋の紙店の奉公人で、今は東京の会社経営者になっている内田さんの話が淡々と語られている。高橋英夫は「庄野氏ならではの落ち着いた、渋い艶消しされた語り口で、この都会の生活力、生命力をえがき出している。商人たちの生活が題材なのに、ざわついたところがなく、いかにも端正な小説である」（「日本経済新聞」昭和53年6月11日）と評した。

（浦西和彦）

見世物《みせもの》　短編小説

〔作者〕織田作之助〔初出〕「新世界」昭和二十年十二月号。〔初収〕『わが町』〈現代新書28〉昭和三十一年四月二十五日発行、現代社。〔全集〕『定本織田作之助全集第五巻』昭和五十一年四月二十五日発行、文泉堂書店。〔小説の舞台と時代〕淀川、心斎橋、道頓堀、四ツ橋、難波、生国魂、住吉、天満。元禄六癸酉年（一六九三）冬。

〔内容〕節約したお金で久助は妻と一緒に大阪へ旅した。村の人たちは無事に戻った久助のために小宴を開いた。宴会で久助は旅の話をした。大阪で久助は南を歩いた時、店に女を紹介されたのだ。その女は顔色が悪いし、体も細長かった。翌朝、ふとんから出た女は首が伸びて行灯の油を舐めた。それを見た久助は思いっきり逃げてしまったのだ。話を聞いていた村の吉兵衛は翌日屋敷を売ってその金を持って姿を消した。吉兵衛も大阪へ行って、同じ店へ行って、同じ女を紹介された。夜、女の首を凝視したが、首は伸びていなかった。ちょっとがっかりした。女は初音という。昔は人気物だったが、一度身請け話の人が牢に放り込まれ、話がそのまま消えてからは、客は少なくなり抱主にも苛められ一日三食も保証してくれなかった。それから初音は油を舐め始めたのだ。吉兵衛は初音を身請けした。そして難波、道頓堀に見世物の一人として初音を入れた。油を舐める女として見世物に出したのだ。いいものばかり食べられるようになってから、油はどうも舐められなくなった。そこで、吉兵衛は食事をろくに与えなかった。すると、初音はまた油を舐め始め、今度は下痢して寝込んでしまった。医師に見てもらい、初音を看病する間、吉兵衛は愛情を抱くようになった。インチキ

な見世物はやめて、完全に治った初音を連れ、故郷へ旅立った。　　（桂　春美）

道なき道《みちなきみち》　短編小説

〔作者〕織田作之助〔初出〕「週刊毎日」昭和二十年十月二十八日号。〔初収〕『六白金星』昭和二十一年九月三十日発行、三島書房。〔全集〕『定本織田作之助全集第五巻』昭和五十一年四月二十五日発行、文泉堂書店。〔**小説の舞台と時代**〕生国魂神社、上本町七丁目、北向き八幡宮。昭和十年代。〔**内容**〕天才少女とさわがれたヴァイオリニスト辻久子をモデルとして、その血の出るような修行時代を描いた、一種の藝道残酷物語。

寿子（辻久子をモデルとする）はまだ九つの小娘であった。父親が弾けというから、弾いてはいるものの、音楽とは何か、藝術とはどんなものか、そんなことは無論わかる道理もなく、考えてみたこともなかった。ただ、父親が教えてくれた通り弾かねば、いつまでも稽古がくりかえされたり、小言をいわれたりするのが怖さに、出来るだけ間違えないようにと鼻の上に汗をかいているだけに過ぎなかった。げんに丁度その日は生国魂神社の夏祭りで、他所の子はお宮の境内の見世物を見に行ったりしているのに、自分だけは出られずに、暑い家の中でヴァイオリンを弾かされていたのである。西日にたまりかね、さすがの父親もカーテンを閉めて西日を防いだのは良かったが、ついでに窓まで閉めてしまい、部屋の中はまるで火室のような暑さだった。が、父親の言うには「太鼓の音が喧しゅうていかん」というのである。そんな父親であった。ヴァイオリンのことになるとまるで狂人のようになってしまう父親であった。曲は「チゴイネルワイゼン」。七つの春から習いはじめて、二年の間に寿子はそんな曲が弾けるようになる位きびしく仕込まれていた。父親庄之助はふと弦から九つの少女が弾いているとは思えぬくらい力強い音に気づく。やがて何を思ったか、生国魂神社に詣でに連れて行く。拝殿の前まで来ると、庄之助は賽銭を投げて、寿子に、「日本一のヴァイオリン弾きになれますようにと、お祈りするんだぞ」と、言った。寿子は言われた通り呟いて、「パパが見世物小屋に連れて行ってくれますように」と加え、頭をあげて父親の方をみると、まだ頭を下げて何やらブツブツ言っていた。庄之助は何を祈っているのであろう。彼はヴァイオリン弾きとしての自分の恵まれぬ境遇を振り返り、自分の音楽への情熱と夢を、娘の寿子によって実現しようと決心した。「――そのためには、軍楽隊もやめます。指揮もやめます。そして、私の生活のすべてを犠牲にして、道なき道を歩みながら、寿子を日本一のヴァイオリン弾きに仕込みます」氏神の前にそう誓った。やがて、長いお祈りを終えると、わき眼もふらずに家へ帰ると、庄之助は怒鳴るように言った。「さア寿子、稽古だ！」。乾いた雑巾から水を絞り取るような苦しい稽古が、その日から繰りかえされた。ある夏の夜、父は寿子を蚊帳の外にやり、蚊帳のなかに入ってしまう。「お前は蚊帳の外で、出来るまで弾くんだ」という父の声が来た。父はいつまでたっても「出来た」と言わなかった。寿子の母親の妹であり、寿子の母親が寿子の三つの年になくなってまもなく後妻に入り、叔母から継母となった礼子は「親も親なら、娘も娘だ」とどちらも正気の沙汰でないと呆れ返っていた。夏の短い夜は明け始め、それでも弾いているといきなり、「出来た！」蚊帳の中から父の声が来た。やがて寿子の腕は、庄之助自身ふと嫉妬を感ずる位、上達した。十三で小学校を卒業してまもなく、東京日

み

日新聞主催の音楽コンクールが東京で行われた。寿子は大阪の予選で一位を占め、コンクールでも第一位になった。審査員の絶賛を受け、新聞記者や楽壇のマネージャーたちがつめかけ、異口同音に「天才」という言葉を口にしたが、自分を不当に扱った世間に対する恨みや反逆心を抱き、そういう手合いに厳しい言葉を浴びせる庄之助だった。仕事の話もその態度のため立ち消えになる。やがて、父娘は大阪行きの汽車に乗った。車窓に富士山が見える。無心に富士を仰いでいる寿子の美しい横顔を見つめる。美しいが、しかしやつれ果てて、痛々しい位、蒼白い横顔だった。しかし、今はもう以前にもまして苛め抜くより外に、愛情の注ぎようがないわけだと、庄之助の眼は残酷な光にふと燃えていた。（岡本直茂）

蜜蜂の家《みつばちのいえ》　短編小説

〔作者〕岩野泡鳴〔初出〕「雄弁」大正八年四月号。〔全集〕『泡鳴全集第七巻』大正十年六月二十日発行、広文庫。『岩野泡鳴全集第四巻』平成七年四月二十日、臨川書店。この全集では、「征服被征服」の〈二の巻〉として収録されている。〔小説の舞台と時代〕大阪、梅田、池田、箕面、宝塚、東京ほか。明治期。

〔内容〕関根耕次は、東京から出て来て大阪の新聞社で働いている。そのうち愛人の近藤澄子も大阪へ出てきて同居していた。耕次は、澄子が自分の正式な妻になりたがっている事が分かって来たので、女に対する征服と、男に対する服従を要求することにした。それが、愛を誠実にする方法だと信じているからである。澄子は東京を嫌っており、それにはいろいろ理由があったが、また、大阪に関してもうわべだけの言葉や風俗の違いを取り上げては笑った。また、耕次は澄子が家庭の主婦らしく出来ていない欠点を見つけてしまうのであった。仕事もプライベートもうまくいかない耕次は、ほんの出来心から始めた蜜蜂の飼養とその研究に本気になった。そして、それをきっかけに耕次と澄子の間に共通の趣味ができたのである。だが、耕次は飼養を趣味だけにとどめず、やがては実益を得ようとして、その研究を進めた。そうすると、澄子は自分がうとんじられると思い、耕次に邪魔や難題を持ちかけた。耕次は澄子に犬の児を持ってきて与え、自分は蜜蜂の研究の方に緊張を向けていた。澄子は寂しがり、ある時は、耕次がいる玉突き倶楽部まで迎えに来る始末であった。しかし耕次からすれば、澄子がそういう態度の時の方が却ってやりやすかった。そのうち、「あんた夫婦はあんたの飼うてる蜜蜂のようやさかい」と、購買組合の主人が冷やかし半分に言った言葉が皆にまわって、耕次の家の別名は「蜜蜂」の家となってしまった。

　ある新聞社の催しで大阪から箕面までの徒歩競争があり、到着点が箕面公園なので、耕次は澄子を連れて見物にいった。すると、そこで耕次と最初の妻の媒介人となった農学士の妻に出会った。その後、東京にいた耕次の妻も呼ばれて大阪に来たが、耕次は会いたくないので農学士夫婦と離婚の協議をした。長い間の離婚問題は解決し、養蜂の方も独り立ちでやっていけるように思えてきたので、耕次は、これを機会に東京に帰ろうかと、澄子に持ち掛けたが、澄子は承諾しなかった。それは、東京に住む旧知人たちに対する反感が残っているのと、この地に於いて新しく得た恋愛的記念物に執着しはじめたからであった。（田中　葵）

御堂筋殺人事件《みどうすじさつじんじけん》　長編推理小説

〔作者〕内田康夫〔初版〕『御堂筋殺人事件』

〈トクマ・ノベルズ〉平成二年六月発行、徳間書店。〔文庫〕『御堂筋殺人事件』〈講談社文庫〉平成十年二月十五日発行、講談社。〔小説の舞台と時代〕御堂筋、豊中、泉大津市。平成二年。

〔内容〕浅見光彦物の三十七冊目、内田康夫の刊行された六十冊目の作品である。御堂筋パレードの最中にコスモレーヨンの新製品「フリージアスロン」をまとったモデルの梅本観華子が巨大なペガサスのフロート（山車）の上から転落し、死亡する。浅見光彦はコスモレーヨンのPR取材に出かけていて、その目前で観華子の身体が突然崩れ落ちたのである。毒物による殺人事件であることが判明する。お通夜の時、男から観華子を殺した犯人を知っている、一千万円出せば教えるという電話がかかってくる。その翌日、南御堂で男の死体が発見される。男は南堺化学の社員であり、観華子と知り合いであったことが判明する。国際花と緑の博覧会が開かれた大阪を舞台に、コスモレーヨンの特許出願した極超微粒子噴射装置が、南堺化学の社員であった本吉の設計図を盗用した事実と絡まる殺人事件を、浅見光彦が解決していく。（浦西和彦）

ミナミ氷雨川《みなみひさめがわ》　短編小説

〔作者〕長谷川憲司〔初出〕未詳。〔初収〕『浪速怒り寿司』平成二年七月三十日発行、関西書院。〔小説の舞台と時代〕天王寺区生玉、難波、太左衛門橋。現代。

〔内容〕うどん屋「さん喜本店」は喜一が名物の「うどん鍋」と共に生涯を捧げて育ててきた店である。しかし、跡を継いだ息子の啓伍は、老舗の味を守りたいという喜一の想いを無視してチェーン展開を始める。味より利益優先の店にも、息子の啓伍にも愛想を尽かした喜一は毎日のように飲み歩く。志麻子と出会ったのはそんな頃である。志麻子が語る商売のあり方は、常日頃、喜一が考えていることを見事に代弁していた。そこに意気投合した喜一は、志麻子に店を持たせて思うように商売をさせてみたいと考える。喜一は資金を、さん喜本店のビルを啓伍に売ることで調達した。また、啓伍のほうでも、東京進出の資金を借り受ける担保としてどうしてもビルが必要であった。志麻子の店は繁昌し、喜一が訪ねて行ってもいつも満席であった。志麻子にマンションを借りてやったこともあったし、たちの悪い男たちへの手切れ金に二千万円払ってやったこともあった。喜一はビルを売った金を全て志麻子につぎ込んで行った。喜一にさん喜を必死で育てていた頃の充実感が蘇り始めていた。しかし、ある日、書き入れ時に店を閉めていることを不審に思った喜一は志麻子のマンションを訪ねる。だが、マンションはもぬけの殻で、管理人に志麻子は自らの意志で出て行ったと聞かされ、喜一は騙されたことに気づき落胆する。一方、志麻子は啓伍から三千万円が入った封筒を受け取っていた。それは、喜一に近づきビルを売るように仕向けたことに対する報酬であった。（巻下健太郎）

耳の物語《みみのものがたり》　長編小説

〔作者〕開高健〔初出〕「新潮」昭和五十八年一月～六十年十一月号。〔初版〕『破れた繭　耳の物語*』昭和六十一年八月二十五日発行、新潮社。『夜と陽炎　耳の物語**』昭和六十一年八月二十五日発行、新潮社。〔全集〕『開高健全集第8巻』平成四年七月五日発行、新潮社。〔小説の舞台と時代〕上本町五丁目、阿倍野橋、寺田町、北田辺、天王寺、桑津、布施、道修町、心斎橋、帝塚山、中之島、我孫子、梅田、道頓堀、四天王寺、淀屋橋、御堂筋、東京、ポーランド、ヴェトナム、アマゾン川。昭和八

年頃から五十五年二月まで。

〔内容〕人生の様々な場面で聞いた「音」の記憶を手がかりに、一人称の「私」を用いることなく半生を描く自伝的長編小説。幼年時代から父親になるまでを描いた『破れた繭』と、洋酒会社に就職し、その後作家となって五十歳を迎えるまでを描く『夜と陽炎』とに分かれる。

大阪の寺町で生まれ育ち、七歳までそこにいた。生まれて初めて聞いたハスのはじける音には凍りつくような恐ろしさを感じた。昭和十三年に寺田町に引っ越し、虫や魚と戯れながらおびただしい印象を刻み付けられ、少年時代を過ごした。やがて戦争が始まり、焼けつくような空腹感の中、耳は体内にも音を持っていることを知った。母の泣き声、警戒警報や焼夷弾の落下する音。耳にはおびただしい音が流れ、身体を突き抜けていった。

戦争が終わると、パン焼き工、学習塾、旋盤の見習い工など、数多くのアルバイトで生計をつないだ。同人雑誌「えんぴつ」を主宰していた谷沢永一と出会い、谷沢の豊富な蔵書をむさぼり読み、激しい文学論議を交わす。谷沢が言った「絶交したい」の言葉に自身の声を初めて感じさせられた。やがて「えんぴつ」同人となり、合評会に参加。同じ「えんぴつ」同人だった女と同棲した。ある日、女が言った「できたらしいヨ」の言葉に、これまでとは全く別種の恐怖を感じる。大学三年生の七月、父親になった。

洋酒会社の宣伝部にコピーライターとして採用された。酒を飲む毎日で、同人雑誌時代には小説を書いたが今はその衝動が起こってこない。やがて東京に転勤する。ふと目にした新聞記事に触発されて書いた小説が文藝時評で取り上げられ、にわかに小説家としての暮らしが始まる。夜に活動する生活となり、様々な国に出向いて戦争を追いかけ、家庭を省みなかった。妻子に激しく弾劾され、罵声を浴びた。ヴェトナム戦争にも従軍した。サイゴンで聞いたおびただしい銃声、三角陣地では死刑因の歌声を聞いた。結局この戦争で掲げられた「解放戦線」のスローガンは感傷に終わった。戦争を追いかけるのを止め、釣り竿を片手に世界中を駆け巡った。アマゾン川ではヴェートーヴェンの「アパッショナータ」を、ペルーの砂漠ではモーツアルトの「ジュピター」を聞いた。それらは今までに聞いたことのないほど素晴らしいものだったが、二度とその素晴らしさは蘇ってはこなかった。かくして時は過ぎてゆき、五十歳を過ぎた今、身体も記憶も何もかもを失おうとしている。人生の様々な局面に現れた音楽は一回しか聴けないのだった。

この作品で昭和六十二年度第十九回日本文学大賞を受賞した。

（大杉健太）

都づくし旅物語《みやこずくしたびものがたり》—京都・大阪・神戸の旅—《きょうと・おおさか・こうべのたび》 短編小説

〔作者〕長野まゆみ〔初出〕「三都物語」平成二年夏号〜平成五年春号。「Hanako」平成三年七月〜平成五年六月。〔初版〕『都づくし旅物語　京都・大阪・神戸の旅』平成六年二月五日発行、河出書房新社。〔小説の舞台と時代〕天満橋、万博公園、なんば、造幣局、梅田、大阪港、中之島、新梅田シティ、通天閣。現代。

〔内容〕大阪・京都・神戸の実在する場所をモデルに、それらの場所を旅する主人公が行く先々で不思議な少年やお店に出会うという「古都遊覧」、三都を舞台にして、そこでの少年たちの交流をファンタジー風に描いた「三都逍遥」との二部で構成された短編小説集。〝三日月少年〟や〝柘榴〟、〝ソオダ〟、〝スノー・ドロップ〟などとい

った長野まゆみ独特の要素が詰め込まれた作品集である。（林未奈子）

【む】

零余子―共働きの記録《むかご―ともばたらきのきろく》

戯曲　三幕

〔作者〕長谷川伸二〔初収〕『大阪の戯作三人の戯曲集』昭和四十八年七月二十日発行、テアトロ。〔戯曲の舞台と時代〕大阪市周辺、寝屋川。昭和三十年代。

〔内容〕昭和三十八年十一月の第十回大阪職場演劇祭に初演された戯曲。全三幕構成。第一幕は清太郎の還暦祝いに家族が集まるところから始まる。長男の清一は日雇いの仕事をして博打と酒に使うという生活、三女の留子は彼氏持ち、長女の初枝は仕事をして一人でそれなりに暮らしている。それぞれが最近の生活を話す中で、次女の和子が妊娠していることがわかる。和子は夫善也と同じ職場で共働きをしているのであるが、出産した後も働きたいと思っている。しかし、善也の職場はそれを許さない雰囲気の職場であった。善也も和子に話すが生活が苦しいのにそんなことはできないと反対する。そして、当分の間、実家である清太郎のところに住むと言い出す。第二幕はその半年後の正月、結局和子夫婦が住むということになって、借家の建て増しをすることになった。和子は子供の世話と仕事で困憊していた。一方で善也は上司から和子をはやく退職させるように言われていた。そんな様子をみていた清一は善也に反撥する。和子の育児疲れとともに清太郎夫妻は困り果てる。第三幕では留子の結婚から話が始まる。清一と清太郎の仕事に対する価値観の違いから留子の恋人である秋山の労働組合の話になり、労働者に対する考えの違いから言い合いになる。善也もまた、会社から和子の仕事について圧力をかけられていた。そして、和子もまた、善也に対して共働きできない会社に対する不満をぶつけていた。そうしているうちに、留子と秋山の結婚の日となる。出戻りとなった和子、共産的な考えをする留子と秋山、それに反対する清太郎、きく夫妻。共働きの意味をそれぞれ考えた結果、初枝もこの家を出て行く決心をする。和子もまた考え直し善也のもとに戻る。作者も解説で「自分達の生活の中で経験した重苦しい吐息」をはく労働者の姿を描いたものであるとしている。（井迫洋一郎）

昔の女《むかしのおんな》

短編小説

〔作者〕藤沢桓夫〔初出〕未詳。〔初収〕『妻の感傷』昭和十五年九月一日発行、読切講談社。〔小説の舞台と時代〕難波、心斎橋、高津。昭和十年代前半。

〔内容〕フランスから帰ってきた洋画家の茂木悦治は懐かしい女から電話を受ける。女の名は幸子といい、かつて同じ画塾で学んだ仲であった。悦治は幸子に恋をしていたが、彼女は別の男と駆け落ちし、妊娠した。幸子が二十も年上の商人の所に嫁に行ったという噂を耳にして間もなく悦治もパリへと旅立った。そんな過去があったが、その後の幸子の生活に興味をもった悦治は彼女に会うことにする。フランスに行っている間に様変わりした大阪の街を幸子と歩いているうちに二人は高津神社へとやって来た。境内からは大阪の街が一望できた。帰り際、幸子が今、歩いている坂は有名な縁切り坂だと言って立ち止まる。二人は顔を見合わせ、笑い合い何食わぬ顔で下っていった。永住のつもりで東京へ出て一年が過ぎた頃、友人に幸子が若い学生と駆け落ちしたと聞かされる。友人が「あの女とな

ら、一生に一度くらゐは駆け落ちしても悪くないか。」と言ったのに対し、悦治は黙って何とも答えなかった。（巻下健太郎）

虫けら—男のナナ《むしけら—おとこのなな》　短編小説

〔作者〕藤沢桓夫〔初出〕「新潮」昭和十年四月号。〔初収〕『恋人』昭和十一年十二月二十日発行、竹村書房。〔**小説の舞台と時代**〕心斎橋。昭和十年代。

〔内容〕関西新派で売り出し中の女形、松ヶ枝繁雄は「自由軒」の出前持ち吉井に夢中である。吉井の連絡役を任されている弟子には師匠の趣味が解らず、無神経な吉井に好感を持っていなかった。知り合って四十日にもならない吉井に吝嗇な師匠が言いなりになっていることも弟子には腑に落ちない。繁雄には茶屋を経営する妻がいるが、ほとんど寄り付かない。役者にありがちな藝者との浮ついた噂も無い。繁雄は妻に限らず女という女に嫌気がさし、興味を失っているようであった。繁雄は吉井と会う約束をするが、その日は偶然、彼のパトロンが訪ねて来る日でもあった。約束を反故にされた吉井は怒り、繁雄を折檻する。劇場を後にして、遊郭近くの関東煮屋で吉井は酔いどれて「好きやない言うたら好きやないわい」と繰り返す。そして、紙幣を一枚放り出し、ふらつく足を踏みしめ、よろよろと表に出た。外は雪が降り出していた。（巻下健太郎）

無邪気で人間的な大阪《むじゃきでにんげんてきなおおさか》　エッセイ

〔作者〕岡本太郎〔初出〕『随筆集大阪讃歌』昭和四十八年九月二十九日発行、ロイヤルホテル。

〔内容〕大阪に来ると、いつもふと「日本にきた」というような感じがする。文明は進歩が基準になっている。それで、地方は中央を見習う。しかし、文化と文明は違う。己の土壌の上に、絶対的信念を持って開くものが文化である。万博を開いた大阪はもっと世界の魅力的な文化都市の一つになるはずだ。世界の文化の中心になるのだということを大阪人は誇ってほしい。（桂　春美）

むすめ《むすめ》　短編小説

〔作者〕藤沢桓夫〔初出〕未詳。〔初版〕『むすめ』昭和二十一年四月五日発行、瑤林社。〔**小説の舞台と時代**〕大阪市内。昭和十年代。

〔内容〕槙子は平凡な良い女になるよう幼い頃から育てられてきたせいもあり、二十歳になる今日まで、恋愛の経験が無かった。その槙子の所へ、北村という男から映画の試写会の案内が届く。北村は、友人の千代子の従兄弟で、槙子は一度会ったことがあるだけであった。そんな男から案内が届いたことに驚きながらも、槙子は出かけて行く。北村の態度がはっきりと自分に好意を寄せていることに気付いた槙子は、困惑する。その後、自分宛に、音楽会の切符が送られてくる。そのやり方を「不良染みてる」と感じた槙子は、約束を反故にし、以後は北村のことを一切考えないと決心する。それから、数日経ったある日、思いがけず母の口から北村の名を聞き、槙子は狼狽する。槙子の留守に、千代子の父親が槙子を北村の嫁に欲しいと申し出ていた。だが、北村の秀でた容姿をみた母親は先々のことを心配して申し出を断る。それを聞いた槙子は北村への恋しさがこみ上げる。しかし、一方で、好意を受けなかったことで、気を悪くした北村が、二度と誘ってくれないのではないかと考えると、槙子はひどく悲しくなった。（巻下健太郎）

ムッシュ・クラタ《むっしゅ・くらた》　短編小説

む

〔作者〕山崎豊子〔初出〕「新潮」昭和四十年二月号。〔初版〕『山崎豊子全作品1957―1985第五巻　花紋／ムッシュ・クラタ』昭和六十年七月二十五日発行、新潮社。〔全集〕『山崎豊子全集9』平成十六年九月十日発行、新潮社。〔**小説の舞台と時代**〕大阪駅、梅田新道、心斎橋、大阪大学。昭和三十九年九月から十一月まで。

〔**内容**〕主人公の「私」は元日本新聞のパリ特派員だった倉田玲氏の訃報を知る。生前一度だけ会ったフランス文化を身につけた倉田氏の華やかな印象と、それとは対照的な寒々とした亡骸との間に、ただならぬ人生の秘密を感じた「私」は、倉田氏をモデルとした小説を書こうと思い立ち、生前の倉田氏を知る四人の人物に取材する。きざで嫌みたらしいフランスかぶれであるという倉田氏の印象は、フランス文化を心から愛するが故の態度からくるものであると「私」は気付き始める。また、大戦中、フィリピン特派員として倉田氏に同行し、凄惨極まる従軍を倉田氏と共にした竹内氏の日記によって、倉田氏の毅然とした態度と、どのように窮迫してもフランス風の生活態度を保ち続けた倉田氏の姿を知った。さらに、倉田氏の未亡人と娘から取材した倉田氏の印象は、自分の生き方を飽くまで貫いた誇り高い人間の姿だった。倉田氏の証言の断片をつなげると、やはり倉田氏はムッシュ・クラタと呼ばれるのがふさわしい人物であったと合点した「私」は取材ノートの表紙にMonsieur Kurataと記した。

（大杉健太）

紫障子《むらさきしょうじ》　短編小説

〔作者〕泉鏡花〔初出〕「新小説」大正八年三月一日～四月一日発行、第二十四年第三号～第四号。〔初収〕『雨談集』大正八年十月二十日発行、春陽堂。初出では「紫障子」と「続紫障子」に分載され、それぞれ第一章からはじまっていたが、『雨談集』で題名が「紫障子」に統一された。〔全集〕『新編泉鏡花集第六巻』平成十五年十一月七日発行、岩波書店。〔**小説の舞台と時代**〕京都（宇治、桃山、八坂、松原、七条、清水、相国寺）、大阪（南地、梅田、松原、中之島、道修町、曾根崎）、奈良（生駒）その他。大正期。

〔**内容**〕「木菟」は、大阪南地の蘆絵という美人藝妓を案内人として同伴し、大阪、奈良、京都を旅している。蘆絵は黒の棋石を持っていた。今晩で三度目の夜だが、夢にうなされて目を覚ました「木菟」は、大阪での第一夜、奈良での第二夜を回想する。大阪では、宿の炬燵に入り、「お前の袖と私が袖……」という地唄を耳にした。奈良の旅籠屋では、棋を打ち、蘆絵の爪弾きの三味線を聴く。時間は第三夜の京都の夜に戻るが、目を覚まし、厠へ向かった。「木菟」は、湯殿の中に蛇二匹を肩にぶらさげた女の幻を見る。女中に聞いてみると、この宿には蛇が祭ってあるという。しかし、「木菟」は、その後でも不思議な女の幻を見た。さらに蘆絵が死ぬ夢までも見てしまう。その朝、自動車に乗った二人は、無事な顔を見合わせた。蘆絵も、いやな夢を見たという。祇園の舞妓と藝妓が車座になって、棋石につけては油を舐め、奈良で棋を打った御寮が掛地に向かって拝み、蘆絵を見て、いい色艶や、艶豊して……と言って、蛇に手足を巻かれるという夢である。その話をしている途中「木菟」が幻に見た女が現れたと思うと、いきなり車が停まった。轢いたのではないかと運転手が慌てて確かめると、そこには誰もいなかった。しかし、蘆絵は息絶えていた。

「南地心中」（「新小説」明治45年1月1日）と同じく蛇の俗信を取り扱った作品で

む

ある。色や媚をより妖艶にするために、京の藝舞妓が執り行う邪神の秘儀とは、「皆が車座に座って、棋石につけては油を舐める」という奇怪な振る舞いであったという。その油は「色よく、顔よく、肉よき女を種々の術を以って呪って」取り絞った「纐纈《こうけち》」であり、蘆絵はその犠牲になってしまったのである。

（田中　葵）

【め】

名門の末裔《めいもんのまつえい》　短編小説

〔作者〕今東光〔初出〕「小説新潮」昭和四十一年五月号。〔初収〕『今東光秀作集第一巻』昭和四十二年六月十五日発行、徳間書店。〔小説の舞台と時代〕八尾。昭和四十年頃。

〔内容〕「河内もの」の一つ。楠正成の末孫は、足利時代には生き辛かったので、楠という字を二つに裂き縦に並べて南木として生き延びた。その南木と称する男がバーに遊びに来て、お喜美を生国魂神社界隈のホテルに連れ出す。南木はさらに土地建物ブローカーと偽り、バーのママお芳に接近、体と大金八百万円を騙し取る。南木は警察に捕まる。本名は中村秀雄という平凡な名であった。しかし、中村は最後まで堂々と貴族振りを見せていた。お喜美もお芳も騙されたことを後悔しないのであった。

（中谷元宣）

夫婦善哉《めおとぜんざい》　短編小説

〔作者〕織田作之助〔初出〕「海風」昭和十五年四月二十九日発行。〔初版〕『夫婦善哉』昭和十五年八月十五日発行、創元社。〔全集〕『定本織田作之助全集第一巻』昭和五十一年四月二十五日発行、文泉堂書店。〔小説の舞台と時代〕大阪。大正十二年から昭和十年。

〔内容〕一銭天婦羅商の種吉は年中借金取りに攻められ日雇いにも出た。娘の蝶子は古着屋の女中奉公をやめ、十七のとき、曾根崎新地に出て藝者になった。そして、二十歳のとき、化粧品問屋の息子で女房と四歳の子供のある三十一歳の維康柳吉と馴染みとなる。二人は熱海へ駆け落ちをしたが、関東大震災にあい、避難列車で大阪に帰り、種吉の家に落ち着いた。蝶子はヤトナ（臨時傭の有藝仲居）となり、二人は黒門市場の路地裏の二階に新世帯をもった。蝶子は柳吉を「一人前の男に出世」させたいために身を粉にして働き、貯金をするが、それを柳吉は遊びにつかってしまう。二年経って、三百円余りの貯金で剃刀屋を開店したが、客足が悪くやめてしまった。実家に戻っていた柳吉の先妻が死んだ。柳吉は浄瑠璃の稽古に凝り、蝶子は再びヤトナになる。柳吉が妹から無心してきた三百円と蝶子の貯金で飛田大門前通りに関東煮の店を開店した。繁盛したが、妹の結婚式に出席をはねつけられた柳吉が気を腐らせて放蕩し、果物屋に転業する。柳吉は腎臓結核で入院し、退院後、養生に湯崎温泉へ行った。そこで妹に金を無心し、藝者遊びに散財していた。蝶子は北新地で一緒に働いていた金八の出資でカフェー〝蝶柳〟を経営する。柳吉の父の葬式に、柳吉に「来たら都合わるい」と蝶子は言われ、ガス自殺をはかったが助かった。十日経ち、柳吉が戻って来た。二人は法善寺境内の「めおとぜんざい」を喰いに行く。やがて、二人は浄瑠璃に凝り出した。

改造社の第一回「文藝推薦」受賞作品である。その時、武田麟太郎は「出来上りから云へば、抜群と云へよう。眼と才能は、現在の文学のレベルを超えてゐる。執拗に一組の男女を追ひかけて、見事に描出した。

この手法、唯今は楽々としてゐるが、すぐに行き詰りに会ふだろう」と選評した。

（浦西和彦）

饗女守り《めかけもり》　短編小説

〔作者〕司馬遼太郎〔初出〕「オール読物」昭和四十年十月号。〔全集〕『司馬遼太郎全集第二十九巻』昭和四十九年一月三十日発行、文藝春秋。〔**小説の舞台と時代**〕大坂城。戦国時代末期。

〔**内容**〕慶長五年（一六〇〇）、徳川家康は石田三成の挙兵を誘うべく会津へ出陣した。秀吉時代からの不文律に従い家康も大坂城に子女を残している。その女たちを守ることになったのが佐野肥後守綱正である。武士として出陣できない屈辱に堪え女たちを守り抜く策をめぐらせるが、僅か三百の手勢ではことが起こればなすすべは無い。だが、毛利輝元の大坂入城を契機に状況は好転する。綱正らは、西の丸を追い出される形で大坂を脱する。しかし、大坂方の勢力下である畿内に安全な場所は無く綱正の旧領である河内誉田村に落ちていく。主命とはいえ女たちを守り一人生き延びることに複雑な思いを抱きながら綱正は兵を落城確実な伏見城へ送り出す。女たちは百姓家での生活に堪えかね綱正に不平を言い募る。そこで、武士の矜持を傷つけられた綱正は主命に背き伏見城へ入る。綱正は、鬼神の如き働きを見せ、最後は武士として死んでいく。関ケ原の合戦後、徳川方では唯一の例外として綱正の所領のみが没収された。生き延びた女たちの讒言が原因であった。しかし、後に家康は綱正の遺児新太郎に知行を与え直参とした。

（巻下健太郎）

女敵討ち《めがたきうち》　エッセイ

〔作者〕下井喜一郎〔初収〕『浪花のロマン』昭和四十二年十二月二十五日発行、全国書房。

〔**内容**〕出雲松平家の近習小姓、池田文次は雲州藩屈指の美男剣士であった。伯父の庄兵衛は身を固めるように勧めるが、文次は相手にしなかった。だが、ある時、藩の茶道役宗林の妻と間違いを起こす。それに気づいた庄兵衛が文次を討つため乗り込んだ時には、二人は大阪へ出奔した後であった。大阪の宿に落ち着いた文次だが、自分が犯した大罪を悔いていた。やがて、敵討ちにやってきた宗林らの前で文次は宗林の妻を刺し、自らも切腹して果てる。宗林は、憎さの余り文次の死骸の指を切り落とし、高麗橋の上から東堀に蹴り込む。庄兵衛が隠亡をつれて戻ってくると、宗林は庄兵衛に気づかないらしく妻の亡骸を背負って東堀に身を投げた。宗林らの死体は本町橋下にあがって葬られたが、ばらばらであるはずの文次の指がまとまってよどみに浮かんでいるのを見たのは庄兵衛だけであった。

この女敵討ちは、近松によって「鑓の権三重帷子」として作られたものである。

（巻下健太郎）

めし《めし》　長編小説

〔作者〕林芙美子〔初出〕「朝日新聞」昭和二十六年四月一日～七月六日発行。林芙美子死去のため九十七回連載で未完。〔全集〕『林芙美子全集第九巻』昭和五十二年四月二十日発行、文泉堂出版。〔**小説の舞台と時代**〕大阪、東京。昭和二十六年。

〔**内容**〕「めし」は、「遊覧バス」「日常」「雨風」「妻は何で生きるか」「ジャンジャン横丁」「愛情の性質」「立志伝」「誘惑」「野鳥」の見出しから成る。「戦争が終って、六年にもなる」大阪を舞台に、結婚生活に、少しも希望が持てないで不安を感じはじめている三千代の微妙な倦怠感を描く。三千代は岡本初之輔と親の反対を押し切って結

婚して五年、大阪に移り住んで三年になる。初之輔は、余りにも善人すぎるし、子供もいない単調な暮らしに満たされない気持ちを持っている。東京から初之輔の血のつながらない姪里子が家出してきて家にころがりこんでくる。初之輔は里子に好意的に接する。三千代は子供をもらって育ててみようと思うが、決心もつかない。三千代は里子を大阪に置けないと、里子を連れて東京の実家へ帰ってゆく。同じ列車に、結婚する前、三千代に思いを寄せていた一夫が乗り合わせていた。里子を追って遊び相手の芳太郎も上京してくる。里子は一夫とも近付きになろうとしている。初之輔は心のどこかで三千代を待ちわびながら、天神ノ森でひとりで暮らしている。「めし」は道頓堀・千日前・心斎橋・新世界とフンダンに大阪の風景や町々が描かれる。

「めし」の文学碑が天王寺公園内、市立美術館の南側に建立されている。（浦西和彦）

眼のスケッチ《めのすけっち》　短編小説

〔作者〕開高健〔初出〕「新潮」昭和三十六年五月号。〔初収〕『開高健全作品〈小説6〉』昭和四十九年四月二十日発行、新潮社。〔全集〕『開高健全集第5巻』平成四年四月十日発行、新潮社。〔小説の舞台と時代〕大阪の下町、上本町六丁目、難波、谷町五丁目。昭和十年代前半から昭和三十年代。

〔内容〕大阪の下町に生まれ育った「私」は小学生の時、「だら介」と呼ばれる漫才師があるとき陰惨な眼をしていたのを目撃し、彼を誤解していたのだと悟らされた。今では彼の陰惨な眼を彷彿とさせるような人に出会っても大して驚きはしない。しかし、徹底的な悪が行われたアウシュビッツで見た被害者たちの眼は、いつも「私」を立ち止まらせる。アウシュビッツはヨーロッパを考えるとき、いつも「私」の前にある。あの被害者たちの眼と「私」は対峙しなければならない。そしてどんなに使い古された言葉であっても、残されたものは「善とヒューマニズム」でしかない、と結論付ける。（大杉健太）

女蛭《めひる》　短編小説

〔作者〕黒岩重吾〔初出〕「日本」昭和三十六年四月号。〔初収〕『飛田ホテル』昭和三十六年六月二十日発行、講談社。〔小説の舞台と時代〕大阪。昭和三十年頃。

〔内容〕百貨店に勤める国本康人は、栄達のため、関係のあったしのぶと別れ、愛してもいない重役の娘玉枝と結婚する。義父が脳溢血で倒れたのを機に、恐いものがなくなり、君子を高津の高級アパートに囲うが、何者かに殺されてしまう。犯人は、別れてから十五年間ずっと国本を蛭のように見守り続けてきたしのぶであった。しのぶは、妻以外と関係を持った国本が許せなかったのだ。国本は、ゆするしのぶを殺害しようと車に乗せるが、逆に背後から首に紐をかけられ、車ごと大和川に落ちる。癌で余命いくばくもなかったしのぶは、国本との死を選んだのであった。（中谷元宣）

売布神社の宵《めふじんじゃのよい》　短編小説

〔作者〕薄田泣菫〔初出〕『夜の京阪』大正九年八月十七日発行、文久社出版部。〔全集〕『薄田泣菫全集巻八』昭和十四年六月一日発行、創元社。「大国主命と葉巻」と改題。〔小説の舞台と時代〕売布。大正九年頃。

〔内容〕春の夕暮れ時、「私」は売布の小高い丘で過ごすのが好きだ。近くにある売布神社は神代の昔、大国主命が路傍に店を出して、往来の人に布を売っていた跡だという。いつものように丘へ出た「私」は、草の上に座って葉巻を吸いながら考え事をし

ていた。ふと振り返ると、老人が一人突っ立っている。目の前の池では白鷺がいやに取り澄ました顔で、哲学でも考えているようだ。爺さんは布を売り歩いているのだと言い、大国主命と名乗った。売り残りがあるから、他の神様のようにお社に納まっていられないらしい。焼き捨てればいいでしょう、と言うと、焼こうにも焼けないとの返事。焼けない布と聞いて売り代の交渉をするが、お金も、指輪も、書物も、霊魂さえも取り合ってもらえない。どうしてそうまで欲しがるのかと不思議がる爺さんに、それを着て女の腹に入ってみたいのだ、と言うと、爺さんはそれが聞きたかったのだと呟いた。そうして焼けない着物を貰った「私」は、代わりに葉巻を献上する。爺さんはすぱすぱとふかし、どこへともなく歩き出した。一部始終を立ち聞きしていた白鷺は、自分の哲学ではとても解釈のつかない程のえらい物でもみせつけられたように、飛び立っていった。

（山本冴子）

【も】

もう長うない《もうなごうない》　短編小説

〔作者〕田辺聖子〔初出〕「週刊小説」昭和四十八年十月二十六日発行、第二巻四十一号。〔初収〕『ほとけの心は妻ごころ』昭和四十九年十月二十五日発行、実業之日本社。〔作品集〕『田辺聖子珠玉短篇集④』平成五年六月三十日発行、角川書店。〔**小説の舞台と時代**〕大阪。現代。

〔**内容**〕結婚以来、夫は口癖のように「もう長うない」「オマエは強いなあ」と言い続けてきた。確かに夫は病身ではあるが、格別の大病も大怪我もせず、生まれて四十二年を過ごしてきた。人並みに食欲もあるし、酒も飲むし、ゴルフもする。無欠勤だけではなく、無遅刻の優良社員である。結婚当初は「もう長うない」と言われて、「私」は心からショックを受け、「タケオさんが死ぬんなら、私も死ぬ！」と言ってすすり泣いたりもしたが、「もう長うない」を十三年間も繰り返されると、今ではすっかり慣れてしまって「ほんまかいな」「またかいな」と思ってしまう。夜中に気分が悪いと言う夫に叩き起こされ、汗を拭いてやったり、背中を撫でてやったりしなければならない。そのうち「私」の方が風邪をひいてしまった。夫は「オマエのような野蛮人が、病気するとはなまいきやぞ」と毒づく。「私」の病気はインフルエンザだと判明した。「私」は夫に向かって「あたし、もう長うないわ」と言ってやった。夫は髪をかきむしって飛び上がり「絶対、そんなことないよ、オマエは長生きするよ、野蛮人やないか！　オレより長生きする、バカをいうな！」ととりすがった。その時「私」は夫の快感がわかったのである。

（荒井真理亜）

もうひとつの夢《もうひとつのゆめ》　短編小説

〔**作者**〕富岡多恵子〔**初出**〕「中央公論」昭和五十二年二月一日発行、九十二年二号。〔**初収**〕『斑猫』昭和五十四年十月十五日発行、河出書房新社。〔**全集**〕『富岡多恵子集3』平成十一年一月二十日発行、筑摩書房。〔**小説の舞台と時代**〕大阪。昭和十年代。

〔**内容**〕阿部定とアサという女性とが、対照されて描かれる。

　語り手の叔母アサと、阿部定とはほぼ同じ年齢である。アサは生まれてこの方大阪から一歩も出たことがなく、二十二、三歳から二十五、六歳のころまで、大阪のどこかで、自前で藝者に出ていた。阿部定事件があった昭和十一年には、アサは、カタギの商人のおかみさんになっており、子供も

も

いて忙しく働いていた。アサは、阿部定のように、不良少女から藝者、娼妓、さらに高等淫売や妾稼業などは、とうていできず、藝者をやめてから、二度と藝者になりたくないために、おそらくビルディングの便所掃除婦までしたのである。アサには子供が五人いた。そして、亭主は女のところで泊まることが多かった。アサは化粧どころか、いつも同じ地味な着物を着ており、三十代の女ざかりのころには、子供の世話と商人のおかみさんとしての仕事の忙しさで、女らしい気持ちになる余裕さえなかった。阿部定は二十八歳の時、高等淫売をやめて妾になっても、旦那のくるのが月に五、六度なのでひとり寝が寂しくてたまらず、淫売当時の好きな客二人とも時々関係していたという。定が石田吉蔵を殺したのは「あの人が好きで堪らず自分で独占したいと思ひ詰めた末あの人は私と夫婦でないからあの人が生きて居れば外の女に触れることになるでせう殺してしまへば外の女が指一本触れなくなりますから殺してしまったのです」というわけで、「何故石田の陰茎や陰嚢を切取って持出したか」といえば、「夫れは一番可愛い大事なものだから」だった。アサが三十九歳の時、アサの亭主はお芳という妾を持つ。アサの亭主は、はじめ一週に二度くらい妾のもとへ通い、だんだん回数がふえて、ついには毎日夕方からいなくなった。そして、ある深夜に、アサは亭主の父親が危篤だという知らせを受ける。アサは子供を連れて、亭主とその妾のいるところへ行き、父親が危篤であることを亭主に告げる。すると亭主は、アサに「先に帰っとれ！」と言い、妾のお芳は「なにも子供つれてこなくたって」と言う。もしも、子供をつれずに自分がひとりで夫を呼びにきたら、父親が危篤だといっても信じてもらえただろうかと、夜道を歩きながら、アサは思っていた。

（三谷　修）

盲目物語《もうもくものがたり》　中編小説

〔作者〕谷崎潤一郎〔初出〕「中央公論」昭和六年九月号。〔初版〕『盲目物語』昭和七年二月五日発行、中央公論社。〔全集〕『谷崎潤一郎全集第十三巻』昭和五十七年五月二十五日発行、中央公論社。〔小説の舞台と時代〕近江、越前、大坂など。戦国時代。〔内容〕夫浅井長政が織田信長に滅ぼされ、息子まで殺された信長の妹お市の方は、信長の死後、柴田勝家と再婚する。だが、勝家も豊臣秀吉に敗れ、ついに勝家とともにその悲劇的生涯を閉じる。秀吉は、お市の方に生き写しのその娘お茶々（後の淀君）を寵愛するが、秀吉の死後、淀君も大坂の陣で絶命する。この物語を、日夜肩を揉んだり、三味線を弾いてお市の方に仕えた盲目の遊藝人弥市が、その思慕とともに語ったという設定になっている。

　戦に駆り立てる秀吉の野心の裡に、お市の方への執着を看取するあたり、歴史の背後に女ありとする歴史観を持つ作者らしさが出ている。作者は新妻と高野山に籠もりながらも、有夫の根津松子（後の谷崎夫人）をイメージして女主人公を造型したと、松子への書簡の中で語っている。初版単行本の題字は松子による。口絵は松子をモデルにした北野恒富画伯筆「茶茶」を用いた。

（中谷元宣）

木像《もくぞう》　長編小説

〔作者〕上司小剣〔初出〕「読売新聞」明治四十三年五月六日〜七月二十六日発行、計八十一回。〔初版〕『木像』明治四十四年一月五日発行、今古堂。〔小説の舞台と時代〕八尾、平野、湊町、千日前、難波新地、天下茶屋、梅田停車場、蜆川、天満の天神さん、堂島川、備後町、南地、島之内、北新

も

地、道頓堀、堺の南浜寺。明治四十年頃から四十二年頃。

〔内容〕福松は、奈良で饂飩屋を営んでいる。福松の家では、六十幾つになる老母がすべての采配を振るい、福松は店の主でありながら、職人とともに捏ね方、打ち方、切り方をしている。店のことにしても、家のことにしても、福松の権力の及ばないところが多かった。早くから女を得たいと切望していた福松は、老母が結婚を勧めてくれないことに失望し、カトリックの洗礼を受けた。しかし、受洗したことを老母に打ち明けられずに、秘密を持つ。その後、福松は妻を娶り、二人の子どもを儲けた。信仰のために嘘をつく機会が多くなり、「安心を得べき宗教」が「不安心の種」になってしまったことで、次第に宗教に疑念を抱き始める。そんな福松のもとへ、甥の竹丸が預けられた。竹丸と一緒に暮らすようになって、三人目の子供が生まれ、老母が死んだ。老母の死後、大阪道頓堀で女手一つで商売をしている姉に勧められて、福松一家は大阪に出て、梅田停車場の近くで「梅ばち」という饂飩屋を始める。竹丸も学校に通うため福松のもとを離れて備後町に下宿した。大阪は物価も高く、客層も異なることから、福松の商売も奈良でのようには行かない。さらに妻が四人目の子供を身ごもり、福松の生活は次第に追い詰められていった。月々二、三十円、多いときには四十円も持ち出しをして、「梅ばち」は営業を続けていたが、「大阪で幾十年目とか幾百年目とかの大火事」で罹災してしまう。福松は「大阪が怖うなつた」を繰り返し、奈良へ帰る。大阪に舞台が移った物語の後半には、竹丸が突然東京に行ってしまう。以後、福松と竹丸の手紙のやりとりによって作品が進行する。「大阪で幾十年目とか幾百年目とかの大火事」とは、明治四十二年七月三十一日に実際に起こった大阪北区の大火である。

上司小剣は『お光壮吉』（大正4年6月12日発行、植竹書院）の序で、「木像」について「痴人の信仰を中心として、惑乱した思想、切迫した生活とを描こうとしたものである」と書いている。のちに青野季吉が「解説」（『木像〈文潮選書6〉』昭和23年6月15日発行、文潮社）の中で、「木像」に年代史的な意義と価値を見たいと述べ、「木像」に出てくる場所のうち、奈良は「旧いものとそれが崩れかけているもの」、大阪は「新しく芽立つたものとそれの成長したもの」、そして、東京が「さらにその先を告げるもの」を代表していると指摘した。

（荒井真理亜）

もと夫婦《もとふうふ》　短編小説

〔作者〕田辺聖子〔初出〕「小説セブン」昭和四十五年四月号。〔初版〕『もと夫婦』昭和四十六年八月十六日発行、講談社。〔作品集〕『田辺聖子珠玉短篇集③』平成五年五月三十日発行、角川書店。〔**小説の舞台と時代**〕西宮、芦屋、梅田。現代。

〔内容〕「僕」が仕事をしている最中に、桂子からけたたましい電話がかかった。泥棒に入られたのだと言う。桂子は一一〇番よりも先にもと夫の「僕」に電話をしてきた。二人は半年ほど前に別れていた。桂子は「僕」より三つ上の三十四歳。約三年前から女流評論家として名が出はじめた。家事をしなくなった妻の代わりに、「僕」はエプロンをして台所に立ち、炊事、洗濯をこなした。ところがある日、桂子は、お互いの飛躍発展のために別れた方がいいのではないかと言い出した。「僕」は特に未練もなくそれを承知した。しかし、離婚後も桂子に何か頼まれると、「僕」は手伝ってやってもいい気になる。そんな具合なので、今

も、桂子から電話があって、うるさくはあるがほっておくわけにもいかなかった。

その後も桂子からは梅田の地下街で御飯たべて出ようとしたら、お金足らんねん。大急ぎで持って来て、とか、幾度となく電話で呼び出され、用事を頼まれた。「僕」は早く次の後釜を見つけて、桂子から自由になりたいと思った。ある時、桂子は今度結婚したい人がいるから会って欲しいと言った。その人を家に招待した日、「僕」は料理の上手い従弟として紹介され、エプロンをつけて二人のご馳走を作ってやった。

その日、「僕」が自分のアパートへ帰ると、ドアのところに由起モモ子が立っていた。モモ子は前から目をつけていた若い事務員で、二人はお茶を飲みに行ったり、映画を見に行ったりする仲である。相談があるというので何かと尋ねると、結婚したい人がいるので、結婚費用を貸して欲しいとのことだった。次の日、桂子から電話があった。桂子は結婚をやめると言う。「今日、来てくれる?」と言われ、理由もなく会うのは初めてなのに、「僕」は承知した。次次と桂子のマンションに自分のものが増えて、最後に自分自身もエプロンをつけて向こうにいる姿が浮かんだが、不思議と嫌な気はしなかった。

（小河未奈）

喪服《もふく》　短編小説

〔作者〕庄野潤三〔初出〕「近代文学」昭和二十八年一月号。〔全集〕『庄野潤三全集第一巻』昭和四十八年六月二十日発行、講談社。〔**小説の舞台と時代**〕難波、伊丹飛行場、帝塚山。昭和二十五年十二月二十三日。〔**内容**〕難波のエリシスという酒場でNさんと、私と、兄とY君と四人が一緒にお酒を飲んでいた。この時期は、朝鮮戦争で大阪周辺に駐屯していた軍隊も朝鮮前線に移動したのだ。そのため、市内でアメリカ兵の姿を見ることが少なくなってしまった。ところで私たちが入った時から、窓際の四人掛けのテーブルにアメリカの将校が二人、日本の女一人と向かい合って静かにビールを飲んでいた。女は黒のトッパーの下に黒のワンピースを着ていて三人の雰囲気は奇妙な感じだった。私は大阪の赤十字病院で毎晩深夜に行われているという特殊な作業のことを思い浮かべた。

朝鮮の前線から飛行機で送られてきた米国兵の死体が、伊丹飛行場から赤十字へ運ばれる。死体は米国へ送還されるわけだが、迫撃砲弾の破片で顔半分が吹き飛ばされていたり、腸が飛び出しているのである。アルバイトに傭われた日本人が、死体をドライアイスで箱詰めにするのである。雇われたアルバイト達は三日以上続く者は稀だった。

酒場でまた、増島氏の二男と会った。増島氏は自然堂という仏教の教会を開いたが、実はN紡績の取締役だった。私立学校を経営していた私の父とは以前から親しくしていたのだ。二男は蜂谷家の次女の美貌に目をつけて、結婚したのだ。父がどういうことで増島氏の世話をしたのか知らないが、父の世話になったことを繰り返し言った。

アメリカ将校が私の後ろを通り抜けようとしたとき、腕が私の背中に当たった。そこで行儀よく謝った。増島氏は将校に向かって英語でしゃべりかけた。彼等は朝鮮から休暇で帰っていた将校だった。しかし、彼等は身体にちっとも戦場の匂いがしなかった。「朝鮮はどうか」と聞いたら、弾丸が顔すれすれに飛び去る様子をして見せた。三人が帰ってしまった後、酒場は或切羽詰まった、どうにも出来ない苦痛と不幸の感じが穴を開けたように残った。将校と一緒にいた女の人は死んだ愛人のための喪服であったのかもしれないと思ったりもするのだ。

（桂　春美）

【や】

焼鏝の女《やきごてのおんな》　短編小説

〔作者〕藤沢桓夫〔初出〕未詳。〔初収〕『道頓堀の女』昭和十二年四月二十日発行、信正社。〔小説の舞台と時代〕千日前、道頓堀、天下茶屋。昭和初期。

〔内容〕幼馴染の修吉とお咲は、彼女が仲居をする料理屋で再会したのをきっかけに、付き合うようになる。月給六十円の映写技師修吉にはお咲の店に通うのも負担が大きく、やがて二人はお咲のアパートで逢うようになる。半月ほど経った或日、お咲はパトロンの存在を修吉に告げる。半ばあきらめの気持ちを抱いていた修吉だが、お咲は男と別れると宣言し、間もなく男との関係を清算する。二人が同棲を始めた頃、お咲は女将と喧嘩別れして店を辞め、カフェーの女給として働き出す。丸髷をやめ洋髪にしていたお咲は髪を結うのにアイロンを使っていた。ある日、修吉に渡されたアイロンを誤って彼の頬に押し付けてしまう。あまりの苦痛に蹲っていた修吉は、何とも言えない不吉な音を耳にして起き上がる。そこで彼は、お咲がその美しい頬にアイロンを押し当てているのを目にする。修吉に飛び掛かられ、アイロンを放り出したお咲は身も世も無いような声を上げて泣き伏した。彼女を抱きしめながら修吉は複雑な感情にとらわれつつ、はらはらと涙を落とした。畳の上で焼鏝はぷすぷすと黄色い煙を上げていた。

（巻下健太郎）

疫病神《やくびょうがみ》　長編小説

〔作者〕黒川博行〔初版〕『疫病神』〈新潮ミステリー倶楽部特別書〉平成九年三月十五日発行、新潮社。〔小説の舞台と時代〕大阪・中央区西心斎橋。平成八、九年頃。

〔内容〕主人公の二宮は、ミナミの雑居ビルでコンサルタント業を営む。ヤクザを使ってヤクザを抑える〝サバキ〟の斡旋にシノギを求めている。二宮は、産廃業者から地元ボスの水利権の承諾書をとることを請け負ったことから、数十億円もの利権が絡んだ産業廃棄物処理場建設に巻き込まれていく。二宮の相棒となるのが、エゴイストでカネの亡者、極道の桑原である。二宮にとって桑原はまったくの疫病神だった。「切り取り」のカスリは五分というだけの関係だ。この二人は、殴られても蹴られても、拉致され溺死の目にあわされても、引き下がろうとはせず、問題の真相に迫っていく。大阪弁の会話で描く、関西風味ハードボイルド小説である。

（浦西和彦）

夜光虫《やこうちゅう》　中編小説

〔作者〕織田作之助〔初出〕「大阪日日新聞」昭和二十一年五月二十四日～八月八日発行。〔初版〕『夜光虫』昭和二十二年四月二十五日発行、世界文学社。〔全集〕『定本織田作之助全集第六巻』昭和五十一年四月二十五日発行、文泉堂書店。〔小説の舞台と時代〕細工谷町、寺田町、阿倍野町、動物園前、朝日会館、渡辺橋、南海通、千日前通、ハナヤ、戎橋通、大阪駅、梅田新道通、北浜、上本町、淀屋橋、中之島公園、難波、日本橋筋、下寺町。昭和二十一年五月一日から三日まで。

〔内容〕「夜光虫」は、複数の事件、複数の登場人物たちが、一つの輪のようにつながっていき、作品が完結する。青山光二は『定本織田作之助全集第六巻』の「解題」で、この手法による織田作之助の作品群を「偶然小説」と呼び、「夜光虫」は、のちの「夜の構図」や「土曜夫人」などの前提にあたると位置付けた。

「夜光虫」は、「裸の娘」「悪の華」「大阪

の憂鬱」「夜のポーズ」「青蛇団」「氷の階段」「朝の構図」から構成されており、昭和二十一年五月一日の夜更け、土砂降りの雨の中で、二十九歳の復員軍人・小沢十吉が、一糸もまとわぬ裸体の娘に助けを求められたことが、話の発端となっている。この素っ裸の娘は、雪子と名乗っただけで、素性も事情も一切話そうとしない。雪子は助けてもらったお礼に小沢に身を任せようとするが、彼女の職業がストリート・ガールであると悟った小沢は、その誘いを拒んだ。翌日、小沢は食料と、雪子のために着物を探しに出かけた。梅田駅に預けてあった荷物を取りに行く途中、小沢は亀吉という少年に引き換えチケットを掏られてしまう。亀吉は、雪子に密かに想いを寄せている豹吉が率いる「青蛇団」という窃盗団の一員である。豹吉は、自分はいかなることにも驚かぬが、つねに人を驚かすことを信条としている。その日も、例の悪い癖から、朝早くから釣りをしていた男を淀川に突き落としたところであった。豹吉がそんな大それたことを仕出かしたとはつゆ知らず、亀吉は自分の仕事を自慢げに豹吉に報告に行った。しかし、豹吉は驚くどころか、「復員軍人と引揚げだけは掏るな」と亀吉を一喝し、「返してこい」と言う。亀吉はしぶしぶ小沢を探しに出かけた。運良く地下鉄の中で亀吉は小沢に再会した。換金した小沢の二千円を本人に返そうとしたが、その金を「青蛇団」と敵対する「隼団」という組織の者に掏られてしまい、代わりにポケットには「隼団」から豹吉への果たし状が入っていた。亀吉は豹吉を探し、その旨を報告する。豹吉は単身で指定された中之島公園に出向いて行った。「隼団」は豹吉をぐるりと取り囲み、彼の頭に拳銃を突きつけた。最早これまでと豹吉が観念した時、「青蛇団」の連中が駆けつけてきた。そこへ小沢もやってきた。そして、「青蛇団」「隼団」の者たちを前に、「日本人はかつては、暴力や喧嘩沙汰の好きな国民だった。だから戦争をおっぱじめて、こんなみじめなことになってしまったんだ。ところが君たちは、これからの日本の再建に一番重大な役割を果たさなきゃならない君たちが、今なお暴力や喧嘩を好み、腕力でことを決しようとしている」と演説を始める。この乱入者のおかげで、組織の対立はお預けとなった。ところで、地下鉄で亀吉に呼び止められた時、小沢は梅田の闇市で見かけた怪しげな青い刺青の男を尾行中であった。この男は、「ガマンの針助」と呼ばれている。「ガマン」とは大阪の方言で「刺青」のことをいう。この男は西で一番の刺青の名人であるが、街で目ぼしい子を見つけては声をかけ、いやがるのを無理に、脅したり、すかしたり、甘言を弄しては家に連れ込み、麻薬をかがせて、刺青をしてしまうという性癖があった。そして、掏りを仕込んで、その稼ぎを巻き上げる。刺青という重荷を背負い込んだ者は、針助から一生逃れることが出来ない。こうして、組織されたのが、豹吉の率いる「青蛇団」であったのだ。しかし、「ガマンの助針」も小沢の通報によって、その悪事の全てが露呈し、警察に拘留された。小沢は「青蛇団」のメンバーにも自首するよう働きかける。豹吉に夜光虫の光に憧れる悪の華ではなく、太陽に向かって伸びていく向日葵の花のようになることを、望んでいると説得する。小沢の説得に豹吉は応じ、「青蛇団」の面面は全て自首した。その留置所には意外な人物がいた。雪子であった。雪子は小沢の帰りが遅いので、出来心から宿屋の着物を盗み、警察に連行されたのである。また、小沢に助けを求めた晩、雪子は「ガマンの針助」を客にとったところ、刺青をされそ

うになって逃げ出したこともわかった。そして、もう一人、豹吉が淀川に突き落とした筈の男もいた。幸い、男は泳ぎが達者であったため助かったのだが、その後浴びるように酒を飲み、警察の厄介になったと見える。実はこの男は、小沢の友人で、伊部といい、今でこそ仕事もしないで朝から釣りなどしてふらふらしているが、かつて優秀な外科医であった。そして、今までに何度か、刺青除去の手術をやったことがあるのだ。雪子を始め、小沢、伊部の妹道子の説得により、「彼等の背中を真白にしてやることは、彼等の心の汚れを取るばかりでなく、同時におれのデカダンスのクリニングになるかも知れない」と言って、「青蛇団」の刺青を取ってやることを承諾した。

物語はここで完結しているが、作品の末尾で、作者織田作之助は、これらの登場人物についての今後の展開など「その他なお述べるべきことが多いが、しかしそれらはこの『夜光虫』と題する小説とはまたべつの物語を構成するであろう」と結んでいる。（荒井真理亜）

やさしい嘘《やさしいうそ》　短編小説

〔作者〕難波利三〔初出〕「週刊小説」平成二年十二月二十一日号。〔初収〕『藝人洞穴』平成五年八月二十五日発行、実業之日本社。〔小説の舞台と時代〕此花区、難波。現代。〔内容〕瀬川はウイングという出版物の企画制作を手がける十三人程の会社の社長である。ゴルフが好きで今回、花と緑の博覧会に有名なゴルフコースであるオーガスタのコースの一部を再現したブースがあり、抽選でプレイすることができるのであるが、その抽選に瀬川が当選したのである。瀬川は練習を重ねて当日に臨んだ。そして当日、部下の平岡は応援するために博覧会に赴く。多くのゴルファーがその難関と言われたコースに挑戦する姿を見て、うらやましく思う。瀬川の順番が近づく中、瀬川の前のプレイヤーが見事にワンオンする。平岡は嫌な予感がした。瀬川はやはり緊張のあまり、かすったボールは十センチばかり転がって止まった。瀬川はうなだれてその場から姿を消した。平岡はなんとかしてもう一度打たしてくれないかと思ったがそんなことはできない。その場で会った二人の部下にお互いに見なかったことにしようと約束し、その場を去った。月曜、瀬川は会社に来ていなかった。平岡たちは察しがついていたがあえて何も言わずに仕事をしていると瀬川はやって来た。もちろん、誰か見に来たのかと聞かれたが、用事があって行けなかったと答えた。瀬川自身もパーをとったとうそぶき、いつもより多弁になっていた。その日の帰り、瀬川と平岡は二人で飲んだ。そこで、実はワンオンは嘘だったこと、そして禊のためにゴルフをやめると瀬川は言った。次の日曜、平岡は瀬川が譲るといったゴルフクラブをもらいに家を訪れる。しかし、瀬川は次のゴルフコンペの練習に行っていると告げられる。やはり逃げられないんだな、と思いながら瀬川が帰ってくるまえに平岡は退散した。（井迫洋一郎）

やたけた奴《やたけたやつ》　長編小説

〔作者〕難波利三〔初出〕「週刊小説」昭和五十九年十一月二日〜十二月二十八日号。原題「藝人横丁0番地」。〔初版〕『やたけた奴』昭和六十年五月十日発行、実業之日本社。〔小説の舞台と時代〕大阪西成区、藤井寺、天王寺、恵美須町、新世界、島根県、尼崎、日本橋。昭和二十年終戦から昭和三十年前後。

〔内容〕「やたけた」とは古くからの大阪弁で、無茶とか、でたらめなどの意味を表す言葉である。藝人無茶千三は山王町の〃て

や

んのじ村〟という藝人達の長屋に住む取りえのない藝人である。尼崎で生まれた千三は早くに父母を亡くし叔父にひきとられるが、博打のカタに千三は藝人のところへ連れていかれる。無器用な千三は何をやっても藝を成功させることができない男であった。常に相方を見つけて、そこそこの藝をするのであるが、結局うまくいかずに別れてしまう。千三は無類の好色家で、相手が人妻であろうと生娘であろうと手を出しては問題を起こす。それが藝人としてうまくいかない理由のひとつでもあった。出征中に夫を亡くした菊乃と一緒になるが、戦争が終わり、実は夫は生きていて、取り返される。又ある時は、地方回りで地元の有力者の娘を手ごめにするが、赤ん坊ができたのを知ると、大阪へ逃げだす始末である。戻って来てオカマ二人と漫才をするが、妖しい関係になり、再び逃げ出す。藝人の大家の妻ゆり子にも手を出そうとして、大阪の藝人の世界からの信用も無くし、とうとうジャンジャン横丁で浮浪者の様な生活を始める。その時にお清という売春婦と会い、意気投合する。それから、古い友人の浪曲師広ノ家秋円から、銀天座の経営をまかされる。呉という経営主から一切をまかされた千三は、心機一転で経営に取り組む。すると今までは相手にもしなかった藝人達が千三のもとへ寄ってくる。戦争後、進駐軍を恐れて逃げていた遠久みる子という藝人までもが雇ってほしいとやってきた。銀天座の客入りは上々で、お清の一銭五厘漫談も不意の出来事から人気を得、銀天座は栄える。千三を藝の世界で干そうとしたゆり子まで泣きついてきた。夫を結核で亡くし、一人でアコーディオン漫談をしていたが、うまくいかないようであった。ゆり子は一度は拒んだ体を使ってまで千三に取り入った。敵対心を持ったお清も又、千三に体を許し、奇妙な三角関係が生まれた。そんな中、呉が脱税で捕まってしまう。そして、みる子の策略によって千三は経営者を下ろされてしまう。千三はあの時判コを押して（肉体関係を持つこと）おけばとくやむが、今、やめさせられては困るので従う。みる子は、藝風の一新をはかる為にゆり子とお清をクビにすると言う。ゆり子は最近ヒロポン中毒にかかり、満足な藝ができない。お清は売春婦というイメージからクビにしたいとみる子は思っているようだが、下層からの社会風刺漫談は人気がよく、又、クビにしたら女の縁も切れるのではと千三はためらう。しかし、自分の生活もかかっているので二人をやむなくクビにする。ゆり子は半狂乱になってクビになることを拒む一方、お清は「一銭五厘やなあ」と呟くのみであった。その夜、銀天座は火事にあい、焼失する。一人の女性の焼死体が見つかるが判別できず、皆口々に、ゆり子だ、いやお清だと言うが、警察も分からずじまいであった。その後、千三は身元の分からない遺骨をひきとり、二代目となった通天閣にのぼる。銀天座の跡地を見ながら、今までは前狂言、これからは切り狂言、と華を咲かせようと心に決める。すると、下を眺めるとお清らしき女が歩いている。千三はあわてて追いかける。お清が心の支えになってくれると思いながら。しかしお清の姿は見えなかった。

（井迫洋一郎）

やってみなはれ　戦後編—サントリーの70年—《やってみなはれ　せんごへん—さんとりーのななじゅうねん—》　エッセイ〔作者〕開高健〔初出〕サン・アド編『やってみなはれ　サントリーの70年』昭和四十四年六月一日発行、サントリー。〔初収〕『言葉の落葉Ⅲ』昭和五十六年七月二十五日発行、冨山房。〔全集〕『開高健全集第21巻』平成五年八月五日発行、新潮社。

や

〔内容〕戦後の混乱期の最中、寿屋（現サントリー）の創業者、鳥井信治郎は卓抜なウイスキーブレンド技術と「やってみなはれ」の開拓者精神で寿屋を一大洋酒メーカーに押し上げる。非凡な父親の後を受け継いだ佐治敬三は、時代の流れを敏感に感じ取る鋭い嗅覚を発揮。「ウイスキーの寿屋」と呼ばれた時代から、総合洋酒メーカーへの脱皮を図るべくビール業界への進出を企てる。社員一同数々の苦労を経験し、ついに寡占市場のビール業界の一角に食い込むまでを描く親子二代の奮闘記。作中では寿屋宣伝時代の開高健自身も顔をのぞかせ、寿屋の宣伝マンになるまでの経緯や、「寿屋宣伝部黄金期」と言われた柳原良平、坂根進らのいた時代のエピソードも語られる。（大杉健太）

やってみなはれ―芳醇な樽―《やってみなはれ―ほうじゅんなたる―》 長編小説

〔作者〕邦光史郎〔初版〕『やってみなはれ―芳醇な樽―』平成元年一月発行、集英社。〔文庫〕『やってみなはれ―芳醇な樽―』〈集英社文庫〉平成三年九月二十五日発行、集英社。〔小説の舞台と時代〕大阪市東区釣鐘町、道修町、西区靭、南区安堂寺。明治十二年から昭和四十三年。

〔内容〕寿屋すなわち現在のサントリーの創設者鳥井信治郎、その後継者佐治敬三を描いた伝記小説。鳥井信治郎は、明治十二年一月三十日に大阪の東区釣鐘町で両替商のおとんぼ（末っ子）として生まれた。十四歳で薬種問屋に奉公に出たのがきっかけで、終生、洋酒造りに係わるようになった。独力で創り出した甘味葡萄酒「赤玉ポートワイン」が大成功を収める。更に、我国最初の本格ウイスキーの製造に取り組む。原料を仕込み、発酵・蒸溜させた上で、三年、五年と樽で眠らせねばならない。大変な資金力を要する。創業者信治郎は〝やってみなはれ〟を信条とし、その後継者佐治敬三は〝やらせてみなはれ〟を信条として、新しい事業に挑むのである。大阪商人の若々しいエネルギーが横溢する時代を描いている。（浦西和彦）

傭い歯《やといば》 短編小説

〔作者〕今東光〔初出〕「小説現代」昭和四十年十二月号。〔初収〕『今東光秀作集第四巻』昭和四十二年九月十日発行、徳間書店。〔小説の舞台と時代〕八尾。昭和二、三十年頃。

〔内容〕「河内もの」の一つ。真っ暗で淋しい近鉄河内山本駅前の玉櫛川沿いに寿司屋を出したのは、元は鯉昇という角力取りあがりの老人だった。長年花柳界で生きていたお龍が、この鯉昇の押しかけ女房に納まった。鯉昇は河太郎と角力して勝つ。しかし、鯉昇の体には河太郎の匂いがつき、臭くてたまらない。それが原因で夫婦喧嘩となり別れる。その際、お龍は鯉昇に殴られ歯が折れ、総て傭い歯にする。河内では義歯のことを傭い歯というのである。（中谷元宣）

宿家書房の終焉《やどやしょぼうのしゅうえん》 短編小説

〔作者〕黒岩重吾〔初出〕「オール読物」昭和三十六年八月号。〔初収〕『落日の群像』昭和三十六年十二月二十五日発行、新潮社。〔全集〕『黒岩重吾全集第二十六巻』昭和五十九年一月二十日発行、中央公論社。〔小説の舞台と時代〕日本橋。昭和三十六年頃。〔内容〕日本橋に古くからある宿家書房はかなり大きい店である。主人坊太郎は好色で、女子店員に次々と手をつけ、現在さちと関係があり、結婚を望んでいるが、茶華道を教える別居中の妻節代、その娘八重子は反対していて、さちと八重子は憎しみ合

っていた。家族がいがみ合っているからか、奇妙なことが起こり、強盗が入ったりする。今後について家族会議をもった夜、坊太郎は毒殺される。大木警部は丹念に調べ上げる。強盗は八重子の狂言であることがわかり、一気に疑いがかかる。しかし、坊太郎の酒に農薬を混入したのはさちで、その意図は、チビチビ酒を飲む坊太郎なら気づくだろうと思い、そして八重子の仕業であると疑わせ、八重子を追い出す計画だったのだ。店は事件で信用を失うが、節代がきりもりしていくことになった。（中谷元宣）

山伏物語《やまぶしものがたり》　短編小説

〔作者〕今東光〔初出〕「小説新潮」昭和三十四年十月号。〔初収〕『河内風土記』昭和三十五年四月二十日発行、新潮社。〔小説の舞台と時代〕八尾。昭和三十年頃。

〔内容〕「河内もの」の一つ。山伏は天台院を退散した後、生駒山系の信貴山麓の渓谷に滝行場を作った。順調であったが、突然死んでしまう。息子が後を継いだ。友人で東高安駅の駅員の茂やんが休日毎に遊びに来るようになる。ある暴風雨の夜、息子の留守をいいことに、母親と茂やんは関係を持ってしまう。小山伏の息子に露見する。茂やんと小山伏は殴り蹴り合い血だらけになる。やがて二人はさわやかに和解、握手して別れる。二人とも家出する。二人の愛するものを失った老女は、見るも無残な姿になってしまったのだった。（中谷元宣）

闇の航跡《やみのこうせき》　長編小説

〔作者〕黒岩重吾〔初出〕「宝石」昭和四十一年四月～四十二年七月号。〔初版〕『闇の航跡』昭和四十二年七月一日発行、光文社。〔全集〕『黒岩重吾全集第四巻』昭和五十八年四月二十日発行、中央公論社。〔小説の舞台と時代〕大阪南部。昭和二十八年から四十年頃。

〔内容〕新興宗教である天光霊会の教祖小川良乃の秘書高倉精一は、教団を育て上げた功労者であるが、良乃とその夫喜助を別れさせ、良乃と密通していたのも束の間、教団をバックアップするS市出身の代議士・杉岡田に奪われてしまう。高倉は、喜助と同様に良乃に切り捨てられかけるが、教団は火事になり、崩壊する。放火犯として喜助が捕まり、高倉は杉岡田の私設秘書となる。十年の歳月が経つ。高倉は能力を発揮、杉岡田の権力は増していく。しかし、刑期を終えた喜助が絡んでくる。喜助は、当時検事であったが、現在弁護士となり、杉岡田のライバルとして政界をうかがう藤道に無実の罪にはめられたと主張、藤道を追いつめる選挙対策として、高倉は再審請求するため暗躍する。事実、喜助は犯人ではなく、杉岡田の妻玉代が真犯人だったのだ。しかし、証拠がなく、今となってはどうしようもない。周到に計画された、痛烈な夫への復讐であった。高倉も強請容疑で捕まる。したたかな玉代の勝利であった。

　作者は、「私と新興宗教」（『黒岩重吾全集第四巻』）において、「新興宗教が持っている魔力は、体験した人でなければ分らない恐ろしさを秘めている。かつて私は、その魔力に触れ、盲目になり掛けたことがある」として、『闇の航跡』は、三十年前の私の体験が生んだ小説」と述べている。（中谷元宣）

【ゆ】

夕刊《ゆうかん》**流星号**《りゅうせいごう》**―ある新聞の生涯―**《―あるしんぶんのしょうがい―》　長編小説

〔作者〕足立巻一〔初版〕『夕刊流星号―ある新聞の生涯―』昭和五十六年十一月十日

ゆ

発行、新潮社。〔小説の舞台と時代〕大阪。昭和二十一年から三十一年。〔内容〕「あとがき」に「《夕刊流星号》と仮りに呼ぶ夕刊新聞社にわたしは戦後十年あまりを勤め、その時期は第二の青春期にあたっていて、わたしなりに理想と情熱を凝らしたつもりでいた」「記述にあたってはなるべく事実に即するようにつとめたが、誇張や虚構を加えた個所も少なくない。また、おびただしい登場人物にはそれぞれ実在の原像があるが、事実そのままではあり得ないことはいうまでもない。数人を一人に合成した人物もある」と記す。昭和二十一年二月四日に夕刊新聞「新大阪」が創刊された。著者が勤務した「新大阪」を「夕刊流星号」として、その新聞の興亡を描く。創刊の動機には、占領軍の政策が働いた。占領軍総司令部は昭和二十年十月二十六日の覚え書きにより、新聞用紙割り当ての管理権を利用して、既存新聞社をおさえ、地方新聞、小新聞を育てる政策をとっていた。大新聞は占領軍の政策で夕刊を発行することを認められなかった。そのため「流星号」は毎日新聞社の意向によって資本金十九万五千円の傍系列会社として設立されたのである。幹部はすべて毎日新聞社の出向社員である。「英字少国民」という子供向けの週刊ローマ字新聞の創刊や闘牛大会などの事業や社内が二派に分かれて対立、そして昭和三十一年三月十四日に、社長の鹿島呑海が恐喝容疑で逮捕されるまでを描く。

（浦西和彦）

友情《ゆうじょう》　短編小説

〔作者〕水上瀧太郎〔初出〕「新小説」大正九年一月一日発行。〔初収〕『日曜』大正九年十一月発行、国文堂書店。〔全集〕『水上瀧太郎全集三巻』昭和十六年八月三十日発行、岩波書店。〔小説の舞台と時代〕大阪市内、宗右衛門町、北新地。大正七年頃。〔内容〕大正七年浅草の家が類焼の災難に合った久保田万太郎が身の上相談のためわざわざ大阪まで訪ねて来たことに題材を取って描いた作品。

三田は朝下宿を出るとき一通の来信をわたされた。友人戸川からの手紙で、家が類焼の災難に合った松浦が一身上の重要問題について相談に大阪へ来るというのである。松浦、戸川、三田の三人は、同じ学校の中学部の一年級からの友達で、もう十五年来のつきあいである。三田は、自分を頼りにしてくれることを喜んだが、当の松浦からは何とも言って来ず、いつくるかとじりじりしていた。三田は、十日ほどののち友人の電報で松浦が出発したことを知る。駅へ出迎えると、松浦はすでに三田の知らない男たちに出迎えられていたばかりでなく、二人きりで話したいと思い、宿にも寝る用意をさせておいたのに、その男たちの方が世話役を買っていた。三田も同行を求められ、宗右衛門の茶屋へ引っぱって行かれる。次の晩も二人きりで話す機会がなく、三田は苛立つ。三日目の晩やっと二人だけで酒を汲みかわすことができ、相談事を持ちかけられると内心では感激しながらも、「君は到底生活の改造なんか出来ない人だと思ふ」と口ではつけつけと非難の言葉をあびせかけずにいられない。すると松浦は今夜これから京都へ行くという。二人の気持ちがこじれてしまう。

（浦西和彦）

夕映えの宿《ゆうばえのやど》　短編小説

〔作者〕黒岩重吾〔初出〕「小説新潮」昭和三十七年十月号。〔初収〕『法王の牙』昭和三十八年一月三十日発行、中央公論社。〔小説の舞台と時代〕梅田、愛知県。昭和三十七年頃。〔内容〕梅田にあるR商業美術学校の図案

科教師千賀満男は、草川律子をはじめとする女生徒四人を連れ、愛知県南設楽郡に卒業記念として一泊のドライブ旅行に出かけた。その地の鳳来寺山の傍を流れる老川に面して、親類が営む宿があった。一泊した次の朝、老川渓流で千賀が死体で発見される。転落事故死で片づく。一年後、四人は再度その地を訪れ、事件の真相を知る。それは、千賀を巡る愛憎のもつれから、藤木良志子が千賀を岩場に突き落としたのだった。告白を終えた良志子は、自らも谷底に身を投げるのであった。（中谷元宣）

夕陽ホテル《ゆうひほてる》　長編小説

〔作者〕黒岩重吾〔初出〕「小説新潮」昭和四十二年五月〜七月号。〔初版〕『夕陽ホテル』昭和四十二年十月三十日発行、新潮社。〔全集〕『黒岩重吾全集第八巻』昭和五十八年三月二十日発行、中央公論社。〔小説の舞台と時代〕大阪市。昭和四十二年頃。〔内容〕K国人斎藤進が経営する夕陽ホテルというマンションの四階には様々な人間が住んでいた。当初、お互いは全く干渉せず、それが社会の疎外者たちには居心地が良かったのだが、経営者が主催したパーティーを機に、それぞれの人生が交錯する。ホステスであり喫茶店のマダム山垣京子は、雌伏にあるシナリオライター松木譲を好きになり関係を持つが、その別居中の妻美晴は奥平路子と名乗り、夕陽ホテルに入り込み夫の動静をうかがう。別居の原因は妻の不貞であったが、松木が真に衝撃を受けた理由は告げてはいなかった。同じく松木を愛する香西恵子もその財力で様々な工作をする。また、恵子に仕える有坂美保は、高利貸しの不能者菅田勉の人間性に惹かれ、その秘書となる。松木が家を出た本当の理由、妻の痴態を目撃してしまったことを話し、心から離婚したいことを告げたその夜、妻は自殺する。人間と人間の凄まじい絡み合いであった。自殺者の出たマンションは縁起が悪いといって、斎藤は菅田に売却するのであった。

　作者は、「十年目の頃」（『黒岩重吾全集第八巻』）において、『夕陽ホテル』は、確かにフランスの民衆作家、ユージェーヌ・ダビの『北ホテル』からヒントを得ている」として、自作「人間の鎖」（「小説エース」昭和44年1月〜12月号）を挙げ、「両者とも、一人の人間の生活が、他人の生活と見えない鎖によって繋がっている、という点で共通している」と述べている。

（中谷元宣）

雪《ゆき》　短編小説

〔作者〕藤沢桓夫〔初出〕「新潮」昭和二十三年四月号。〔小説の舞台と時代〕梅田、難波。昭和十九年頃から二十一年頃まで。〔内容〕前川は若い頃胸を病み、二十代の後半を療養に費やして以来、人一倍健康に気を遣い「消極的健康体」を維持してきた。戦況の悪化に伴い、四十を過ぎた前川にも召集令状が届く。令状を受け取った日、前川は悔し涙で枕を濡らした。どうしても召集に応じたくない前川は、半病人である証明書を貰うため友人の医師を訪ねる。検査の必要があるため、出直してくるよう言われ落胆するが、どうしても証明書が必要であった。炎天下、電車を待っていた前川は、電車に乗るなり貧血で倒れる。その様子を見た、女車掌は停車駅である難波に着くまでに死んでしまうと言う。前川は死ななかったが、彼の体はそれほどまでに衰弱していた。翌日、希望通りの証明書を手に入れ、召集は免れる。永い戦争が終わり月日が経つにつれて前川は健康を取り戻し、日々の生活も以前の、平凡無為なものへと戻っていった。敗戦から一年ほど経ったある日、

大阪駅へ人を迎えに行った前川は思いがけないものを見て茫然とする。北国から来たであろう列車の上にはべっとりと白い雪が乗っていた。高原での療養生活中は雪の日が珍しく、晴れた日には雪に汚れた線路や駅の構内を見ていたことを前川は思い出す。晩秋初冬の午後の陽射しをあびた雪の白さは前川の眼を射た。戦争によって失われたのは人の心だけではなかった。前川の青春も憐れむべき怠惰と無為のうちに失われ去ろうとしていた。雪は前川の眼にただ遠く、美しかった。（巻下健太郎）

雪《ゆき》　評論

〔作者〕谷崎潤一郎〔初出〕「新潮」昭和二十三年十月号。〔全集〕『谷崎潤一郎全集第二十一巻』昭和五十八年一月二十五日発行、中央公論社。〔初収〕『月と狂言師』昭和二十五年三月二十日発行、中央公論社。

〔内容〕峰崎勾当作曲、大阪地唄「雪」。大阪の曲ではあるが、大阪よりはむしろ、嵯峨の雪深き竹藪の奥、枝折戸の蔭の草庵のようなところに侘住みをしている四十前後の佳人の姿を連想させる。また同氏作曲の「残月」は、幽玄、瞑想的で、高揚の精神に満ちている。これこそ真に日本人の死を美化したものの極限である。ピアノもいいが、自分の魂を「心の故郷」へ連れて行ってくれるものは、やはり「雪」や「残月」のような自分の国の古典音楽に限る。（中谷元宣）

雪《ゆき》　短編小説

〔作者〕河野多恵子〔初出〕「新潮」昭和三十七年五月号。〔初収〕『幼児狩り』昭和三十七年八月三十日発行、新潮社。〔全集〕『河野多恵子全集第一巻』平成六年十一月二十五日発行、新潮社。〔**小説の舞台と時代**〕大阪、東京、神田、横浜、平塚、大磯、二宮、鴨宮、小田原、宮の下、箱根、木賀、宮城野、仙石原。昭和三十年代。

〔内容〕早子は、雪が降ると、こめかみから生え際の中へかけて激しい痛みが走る。子どものころ、雪を見てはしゃいだのを母にとがめられ、折檻されたことがきっかけで、彼女は雪が嫌いになった。早子の持病は、雪による一種の条件反射であった。早子の母は実母ではない。父が別の女性との間に赤ん坊を作ったころ、七歳になる男の子と三歳になる女の子がいた。父は女と別れ、赤ん坊を家に引き取ったのだが、それから間もなく、母は精神異常の発作を起こし、夜中に泣き出した三歳の女の子を雪の中にうずめて殺してしまう。夫婦は赤ん坊をいったん里子に出し、三年後、再度引き取ることになる。その子どもには、かつて母が殺した女の子と同じ年齢、同じ名前が冠せられた。それが早子であった。

　早子は幼稚園へも小学校へも二年早く入園（学）させられ、そのために自分の年齢と肉体や知能との間にあるギャップに苦しめられる。母は早子に対して苛酷であったが、それでいて娘に執着する気持ちも強かった。そんな母も、大阪の兄一家の家で年の暮れになくなった。早子は東京で一人暮らしをしており、木崎という男と付き合っていた。自分の存在に不安感を抱く早子は、彼と結婚できずにいる。一月の下旬、二人は旅行に出かける。目的地は暖かい伊東であったが、持病がなおったのではないかという希望を抱いた早子は、木崎が気遣うのも聞かず、行く先を強引に箱根に変更する。途中、雪が降りはじめ、だんだんひどくなる。すると、最初は何ともなかったのが、やはりこめかみが痛み出す。が、早子は引き返そうとはしない。夜、二人はホテルで番傘を借りると、まだ雪の止まない戸外へ出て行く。早子のこめかみは相変わらず痛む。雪を素手で触ったとき、「埋めてもら

おうかしら、わたしを」という言葉が、彼女の口をついて出る。驚く木崎に、早子はなおもせがみ続ける。（国富智子）

雪のサンタ・マリアの祝日《ゆきのさんた・まりあのしゅくじつ》　短編小説

〔作者〕今東光〔初出〕「小説新潮」昭和四十三年三月号。〔初収〕『小説河内風土記巻之五』昭和五十二年六月三十日発行、東邦出版社。〔小説の舞台と時代〕八尾。昭和四十年頃。

〔内容〕「河内もの」の一つ。恩智川のほとりで、慶長（一五九六～一六一五）何年かの、「雪のサンタ・マリアの祝日」と刻んである墓が発見された。それはキリシタンの墓である。発見者は河内角力の河内錦で、植木屋だった。その息子弥吉と恋人千代が、同棲費用を手に入れるため、その墓石を盗む。しかし、それは三文にもならないと道具屋に言われる。証拠湮滅のため、それを三野郷神社の裏の古沼に捨てる。「雪のサンタ・マリアの祝日」は永遠に消え失せてしまうのであった。（中谷元宣）

雪の降るまで《ゆきのふるまで》　短編小説

〔作者〕田辺聖子〔初出〕「月刊カドカワ」昭和五十九年十一月一日発行、第二巻十一号。〔初収〕『ジョゼと虎と魚たち』昭和六十年三月二十七日発行、角川書店。〔作品集〕『田辺聖子珠玉短篇集②』平成五年四月二十日発行、角川書店。〔小説の舞台と時代〕大阪、安土町、横堀、鷺洲。現代。

〔内容〕以和子は大阪の安土町の服飾問屋で経理事務をもう何十年もやっている。地味でつつましやかにみえる以和子は、もっさりして平凡な女事務員である。「嫁きおくれた陰気なハイミス」と思われている一方で、以和子は自分の何かを見破って近づいてくる男だけ、ひそかに選り好みして付き合っていた。結婚する気はないので、男との遊びにも張りがあって充実していた。現在の恋人は、京都九条の木材業者である大庭である。「胃袋の在りどこを知るうまい水」という川柳があったが、大庭との交わりは閉経した以和子に「子宮の在りどころを知る」ような満足感を与えた。大庭とのことは、「いつ別れてもええように…」と思いながら楽しんできたので、会う片端から前世のように遠い過去になるのであった。大庭は「あんたはいつも『つづき』にならへんのやな。一回ごとに完結して、また新しイにはじめるお人やなあ」という。雪が降る京都の料理屋で大庭に抱かれながら、以和子はやはり初めての時のような動悸を感じた。（荒井真理亜）

雪のめぐりあい《ゆきのめぐりあい》　短編小説

〔作者〕田辺聖子〔初出〕「九重華」昭和四十六年一月一日発行。〔初収〕『浮舟寺』昭和四十六年十二月七日発行、毎日新聞社。〔作品集〕『田辺聖子珠玉短篇集①』平成五年三月二十日発行、角川書店。〔小説の舞台と時代〕大阪、城崎温泉。昭和四十年代。

〔内容〕千佳子が、大阪に嫁いで三年。夫は銀行員だが、夫の実家の家業が食料品店なので、舅、姑、義妹二人と同居している。一家の家事を全部引き受けさせられて憤った時もあったが、千佳子は誰にも口答えしたことはなく、和やかに接している。しかし、心の奥底では何となく投げやりな空虚感をもてあましていた。そんなある日、昔付き合っていた圭吾から電話があった。久しぶりに城之崎温泉で会おうという。城之崎温泉なら圭吾の住む町から三十分ばかりで行けるらしい。圭吾と千佳子は会社で知り合った。圭吾はアルバイトで働きに来ていた大学生だった。圭吾が大学を出、会社を辞めて、二人の仲は、間もなく切れた。

千佳子は圭吾と再び煩わしい関係を持ちたくないと思いながらも、夫や家族に内緒で圭吾に会いに行くことに決めた。仕事が終わってから来ることになっている圭吾を待っている間、千佳子は温泉に浸かった。千佳子の女の感情は、結婚と同時に終焉してしまったような気がしていたが、いま一人になって、ひろびろとした浴場に身を曝していると、女の心のときめきが再び蘇ってきた。久しぶりに見た圭吾は、輝くようだった青年らしい美貌も今はくすんで冴えずに、まるで別人のようだった。圭吾は自分が婿養子であることや、三カ月前に子供が生まれたことなどを話した。千佳子は、圭吾がその雪の多い、暗い田舎町で暮らし、淋しいのではないかと思った。すると、両目からほとばしるように涙が溢れてきた。ここに来る前は二度と圭吾と煩わしい関係を持ちたくないと思っていた千佳子だが、今は圭吾を帰したくないという気持ちでいっぱいになっている。しかし、圭吾は、田舎町は口うるさいから帰るという。帰り際、千佳子の耳に口を寄せ、「こんど、いつかまた」と囁いた。翌日、千佳子は城之崎の町を散策して大阪に帰った。「いつかまた」という言葉ほど、人生で残酷な言葉はない。千佳子はもう圭吾には会わぬつもりでいる。

（荒井真理亜）

雪の夜《ゆきのよる》 短編小説

〔作者〕織田作之助〔初出〕「文藝」昭和十六年六月一日発行、改造社。〔全集〕『定本織田作之助全集第二巻』昭和五十一年四月二十五日発行、文泉堂書店。〔小説の舞台と時代〕大阪、流川通（別府の道頓堀）、道頓堀、下味原町、千日前、有馬、勝山通、松竹座、東京、熱海、別府、猪飼野、本郷森川町、亀ノ井ホテル、海岸通。昭和十年代の大晦日。

〔内容〕大晦日の雪の夜だった。別府の道頓堀流川通で、坂田は暮れを越す金銭も用立てできず、易の店を張っていた。一帯温かい土地柄であるのに、このような寒さは珍しい。雪は重く、降りやまなかった。坂田が松木と五年ぶりの再会をしたのはこのような夜であった。坂田は元々親の代からの印刷業を大阪で営んでいた。だが、道頓堀のグランドキャバレエ・赤玉の女給だった照枝に入れあげて身代を潰し、今は大道易者をやっている。松本は照枝の客だった男である。今は胸を患い、「大阪で死にたい」が口癖となった家にいる照枝、その照枝の流産した子供の父親かもしれぬ男松本を、坂田は忘れるはずもなかった。子供は流産した。だが、この疑いだけは永年育ってきて、貧乏暮らしよりも辛かった。松本は坂田と引き替え、藝者四人を引き連れ、河豚を食べる、という豪奢振りであった。久し振りの顔合わせに松本は坂田を喫茶店に誘う。松本が坂田を誘ったのは、連れてきた藝者達の前で坂田を肴に自分の出世を誇りたい気持ちからである。しかし、コーヒーを二、三口で飲むのを止め、喫茶店でチップを渡し、と田舎者じみた野暮な伊達をいまだに忘れぬ心意気を思いやると、それが出来ぬほど、坂田はみじめに見えた。一度だけ関係を持ったことのある瞳（照枝）も貧乏暮らしでやつれているに違いない。松本は喫茶店のマダムに悲しいほど丁寧にお辞儀して出て行った坂田を追い、大阪で働く労を取ろうと名刺を渡す。店に戻った松本は、瞳が病気であり、坂田が昼は屑屋、夜は易者で、この店にも瓶を貰いにきていることを聞く。得意先であるこの店に大勢を引き連れて客となって来た事、帰りしなにマダムにした坂田の丁寧な挨拶、病気の瞳、いまさっき投げ出していった金も、大晦日の身を切るような金ではなかったか。

坂田の黒い後ろ姿を目に浮かべ、松本は何か熱いものを感じた。坂田は海から吹き付ける風の中で、松本の顔を見た今、照枝と松本に関係のあったことを確信していた。しかし身辺に迫るのは、ただ今夜を越す才覚だけであった。喫茶店で今夜の売り上げの全てであった九十銭を投げだし、今は無一文であった。家に現金のあるはずもない。別府で死にたいと駄々をこねて来たものの、三年経った今では大阪で死にたいと、照枝は無理を言う。病気の体で辛抱してついてきてくれた事を思えば返してやりたいと坂田は思ってはいるのだが、二人分二十円足らずのその金が纏まったためしも無い生活であった。雪で足先が濡れてひりひりと痛んだ坂田は無意識のうちに松本の名刺を千切る。まだ目を覚ましている照枝、それは松本の手垢がついているとは思えないほどの痩せた体であった。坂田は何かほっとして、いつものように表戸に手をかけ入っていった。

（高橋博美）

弓削の女《ゆげのおんな》　短編小説

〔作者〕今東光〔初出〕「オール読物」昭和四十年十一月号。〔初収〕『今東光秀作集第四巻』昭和四十二年九月十日発行、徳間書店。〔小説の舞台と時代〕八尾。明治時代。

〔内容〕「河内もの」の一つ。朝吉と伊一郎は、夜相撲を取るために、八尾村から太子堂へ抜ける道を避けて、恩智村から近道を採って弓削村へ出かけて行った。大昔の弓削ノ荘は物部氏の領地で、物部氏が蘇我氏に滅ぼされると蘇我氏の荘園となり、蘇我氏が滅亡して後は凡河内氏の領地にくり入れられた。聖武帝の頃にこの弓削ノ荘から道鏡法師が生まれたのである。物部氏の弓削部が土着していたので地名がおこったと伝えられている。そこで朝吉はお菊と出会い、いい雰囲気になるが、その兄が割って入る。この兄は本名佐一、四股名を玉椿という村の大関である。朝吉は四股名を玉虫と名乗り、玉椿と角力で勝負する。玉虫は玉椿の胸元に頭突きをくれ、肋骨をへし折る。朝吉はお菊を争う戦いに勝ったのだ。お菊は妹を取られる兄の嫉妬を嫌い、朝吉のもとに奔るが、伊一郎に騙され、道頓堀の遊女となってしまう。五、六年後、朝吉と再会を果たすが、涙ながらに抱擁するしかない二人であった。

（中谷元宣）

弓削道鏡《ゆげのどうきょう》　長編小説

〔作者〕今東光〔初出〕「オール読物」昭和三十四年一月～十二月号。〔初版〕『弓削道鏡』昭和三十五年二月二十日発行、文藝春秋新社。〔小説の舞台と時代〕八尾（弓削）、奈良（平城京）。奈良時代。

〔内容〕生駒山麓の河内国弓削ノ邑の少年・道彦は、四季折々の自然の中でたくましく育つが、唯一、肉体的なコンプレックスがあった。それは男根が馬の化身のように大きく、女性に没入できないのである。このことは道彦に大きな絶望感を与えた。道彦はこの劣等感を立身出世にぶつけるべく、出家し、学問しようと思う。道彦は生駒山の彼方にある都（平城京）に出る。法名を道鏡と給わる。葛城山で修行、次第に頭角をあらわす。そして藤原一門に食い込み、孝謙帝とも結ばれ、最高権力・法王にまで登りつめる。しかし難産の挙句、女帝とその子はこの世を去る。道鏡は慟哭した。失脚した道鏡は、薬師寺別当として地方を遊歴する。宝亀三年（七七二）四月七日、道鏡は下野の配流地で亡くなった。その死は別当の格式ではなく、庶人の礼をもって葬ったと国司は言上している。

　黒岩重吾は「解説―巨大な生と輝き」（『弓削道鏡』〈徳間文庫〉昭和60年2月15日発行、徳間書店）において、「人間の深

淵と生へのエネルギーを、該博な知識で、叩きつけるように書かれたこの作品は、或る意味で大僧正の生き様の投影かもしれない、と私は道鏡に酩酊しながら、異様な昂奮に襲われた。この時から、大僧正は私にとって身辺な人になったようだ」と述べている。（中谷元宣）

指輪が言った《ゆびわがいった》　短編小説

〔作者〕黒川博行〔初出〕「小説宝石」昭和六十二年九月号。〔初収〕『てとろどときしん〈大阪府警・捜査一課事件報告書〉』、平成三年九月二十六日発行、講談社。〔小説の舞台と時代〕羽曳野、山王。現代。

〔内容〕取調室で福島浩一は、事件について話し始めていた。事の発端は、飲みに行った帰りに鎌田と財布を拾ったことに始まる。財布の中には僅かな現金と、銀行のカードが入っていた。預金を引き出そうと銀行に探りを入れると、カードの持ち主は失踪した宝石商であった。再び、財布を拾った現場に戻った福島は、今度は指輪を見つけ、それを、換金して鎌田と分け合った。これが、福島が刑事に話した内容であった。しかし、警察は失踪した宝石商を殺したのが福島であると目星をつけていた。刑事の執拗な追求をかわしていた福島だが、決定的な証拠を突きつけられ宝石商殺しを自供する。（巻下健太郎）

夢雁《ゆめかり》　短編小説

〔作者〕田辺聖子〔初出〕「小説すばる」平成六年四月号。〔初収〕『夢渦巻』平成六年十一月三十日発行、集英社。〔小説の舞台と時代〕大阪、本町、西宮。現代。

〔内容〕「私」（江森マキ）は大阪のファッション雑誌の編集者で、年齢は三十五歳になる。三十歳のときに良という男と結婚したが、離婚して今はシングルである。「私」は、良の浮気に激怒し、彼を追い出す形で離婚した。その良から、平家蟹を押し平めたような字で頻繁にＦＡＸが送られてくるようになる。昔、中国の蘇武という男は、匈奴にとらえられて十九年たったとき、雁の翼に手紙を結びつけて、皇帝に自分の生存を知らせた。ＦＡＸは、その雁のようなものだと言う。ＦＡＸが送られてくるたび、「私」は罵倒の言葉を書き連ねて送り返す。

「どこの世界にワルイことをして追い出されたくせに、またゴハンたべにやってくる奴がいるのだっ」

「一人でなつかしがっとれ、うるさくカタカタ、いわすな。こっちは忙しいんだ、邪魔するな」

「誰が会うねん。あんたなんかに。あたしは白雪姫だよーん。きったない狼は永久にきったなーいのだ」

　こんな調子である。「私」はフリーライターの柳瀬さんと食事をすることがある。柳瀬さんは四十になる独身男だが、ファッションセンスがあり、お酒の飲み方も粋で、良とは大違いである。柳瀬さんは、「私」のことを「男を立てる」人と見ているが、その言い方はあたっていないと「私」は思う。ある日、「私」は柳瀬さんから一緒に温泉に行かないかと誘われる。かつて良と付き合い出したころ、誘われて素直にＯＫしたことを「私」は思い出す。考えておくとは言ったものの、良に言ったみたいに、ええよ、という返事が出てこない。久しぶりに良からＦＡＸが届いたので読んでみると、ドライブしないかという誘いの手紙であった。「車をころがして」「本町の×ビルの前で拾てんか」とある。つぶれた平家蟹みたいな字を見ているうちに、「私」はふと、良の「男を立てて」やりたくなる。「私」は編集長の小山さんからファミリアを借り、本町へ向かう。そして、×ビル前

で煙草をふかしながら北のほうを眺めている良に、「どこ見てんのーっ、こっちだよーっ」と大声をあげてしまう。（国富智子）

夢とぼとぼ《ゆめとぼとぼ》 短編小説

〔作者〕田辺聖子〔初出〕「オール讀物」昭和五十九年四月一日発行、第三十九巻四号。〔初収〕『はじめに慈悲ありき』昭和五十九年十二月十日発行、文藝春秋。〔作品集〕『田辺聖子珠玉短篇集④』平成五年六月三十日発行、角川書店。〔小説の舞台と時代〕吹田、伊丹空港。昭和五十年代。

〔内容〕大沢の妻は二年も東京に単身赴任している。子供がいないので、いつも夫婦二人で飲んで食べて、そこから駅前の安いバーへ行って、カラオケを歌ったりしていた。みんな「仲のええ夫婦や」と思っていたかもしれない。大沢は四十歳だが古いところがあって、妻の単身赴任を「恥ずかして、人にいわれへん」と思っている。だから、妻のマスミと行った店には行きたくない。新しく開拓した「よっしゃん」に通っている。カラオケバーも見つけた。最近は自炊もするようになった。それでも「アマエタ」の大沢はマスミがいないと淋しくてかなわない。久しぶりに帰ってきたと思ったら、マスミは本を出したという。タイトルは『夫のわすれかた』である。大沢はたけり狂う。大沢の知らぬうちにマスミの別な生活は展開していたのだ。大沢とマスミの生活は、もう幕が下りたのかもしれない。大沢はそっと部屋を出て、勤め先の工場へ行き、仮眠室で休むことにした。そこで切れ者の専務が経理のハイミスと痴話げんかをしているところを目撃してしまう。みんな真剣に渡世のみちに励んでいる。大沢はそっと現場をはなれた。マスミを放したくない大沢は、今の会社を辞めて東京へ行ってもよいと思った。そう思うと、夢がまた開いたような、そのくせどこかとぼとぼした足取りで大沢は歩き出した。（荒井真理亜）

夢のように日は過ぎて《ゆめのようにひはすぎて》 長編小説

〔作者〕田辺聖子〔初出〕「小説新潮」昭和六十三年七月号。〔初版〕『夢のように日は過ぎて』平成二年二月二十日発行、新潮社。〔全集〕『田辺聖子全集第十一巻』平成十七年三月十日発行、集英社。〔小説の舞台と時代〕清水町、御堂筋、梅田、難波、伊丹空港、戎橋、宗右衛門町、六甲山、芦屋、道頓堀、兵庫県、鳥取県、姫路、三宮、畳屋町、鶴富、淀屋橋、北新地、たつみ橋、神戸、元町、北野、須磨、本町。現代。

〔内容〕三十五歳のＯＬ芦村タヨリさんはニットデザイナーとして会社に勤めている。日本酒で造った化粧水を「タヨリ水」と命名し、肌はぴかぴか。相手の男の年齢層は幅広い。そして、いつも自分なりのフレーズ「アラヨッ」で元気を出す。平凡な生活の中でいつも楽しさを捜しながら、元気で暮らしている。その楽しさはほとんど男の人との付き合いからきているのだ。たとえば、二十五歳の古川君とか二十九歳の並木君とか、山田君などみな自分より年下であり、一緒にご飯を食べたりする。山田君はもうすぐ結婚するにもかかわらず、私のところに来たからその報復として結婚女性の会社で山田君の悪口を言って、結局結婚はだめになった。それとある親戚の結婚式に出て池内さんと知り合った。彼は年取ったおじさんで、男に優しくする女を誉めながら、私を神戸にドライブに連れていった。そのあと、池内さんの奥さんと会ったときに、池内さんと今度約束したホテルの場所と時間を教えて御主人が待っていると、ちょっとのいたずらを楽しみにした。しかし、賢くてもたまには騙される時もあるのだ。

同僚と一週間休みを取って旅行する間に、ある若い男と知りあった。まだ二十四歳だが、私を二つ上だと思い込んでいた。そこで、途中で旅を止めて彼のところへ行って泊まった。最初の何日かはご飯を作ってあげたらそれに感激しながら涙も出したが、あとからはすぐ日本式の亭主風になった。それで私も荷物を持って出たら、駅の周りのデパートで彼と若い女の子とのデートを見つけた。それも会社に出ると、うそをついたのだ。彼に年齢を大幅に言って相手が何歳かも知らずに付き合っているのかと言い、振ってしまった。

　年下の子はほとんどけちで、安い店ばかり行って、割り勘でもううんざりした。そこでまたよく行っているバーで知り合った谷口さんがホテルのクリスマスショーの切符を奢ってくれたおかげで一緒に好きな女性の歌手の歌を聞いた。それからまた京都のある高級な店で奢ってくれるが、食事をするまえに奢りのお金は全部会社の伝票で落とすのを分かってすぐ店を出た。

　一人暮らしの女性として一番過ごしにくいのはお正月なのだ。ほとんど毎年、家族の騒ぎが嫌いなので、一人でどこか旅行しに行くのだ。今度決めたところは「須磨海岸ホテル」である。しかし、ホテルで一人の時も演技が必要だと初めて気づいた。でも、運よく田川さんと知り合った。彼はこのホテルの社長と経済クラブの会員でさすが格が違う。田川さんと名刺を交換して本音を言う仲間になり、前日の話題で頭のいい人がするスポーツは何かと聞いたら、「SEX」と答えた。

（桂　春美）

夢見る瞳《ゆめみるひとみ》　短編小説

〔**作者**〕藤沢桓夫〔**初出**〕未詳。〔**初収**〕『大阪の女たち』昭和三十二年三月一日発行、東方社。〔**小説の舞台と時代**〕曾根崎。昭和二十八年。

〔**内容**〕酒場「ミユキ」のマダムまち子は「潤んだような大きな眼」をした色白の女である。常連の学生は彼女の眼を「夢見る瞳」だと評した。彼女の「夢見る瞳」が見ていたのはお金持ちになりたいという夢であった。戦後は様々な前身を持った女性達が生きるために社会へ進出した時代だが、まち子もその一人である。彼女は、かつて御幸まち子の名で人気を集めた宝塚のスターであった。結婚を機に退団したが、すぐに離婚し、しばらくはその際受け取った金で暮らしていた。しかし、戦災はまち子から全てを奪った。戦後、生きるためにパトロンを見つけ「ミユキ」を開いたのである。ある日、まち子の所へ宝塚時代の友人が訪ねて来る。病弱な夫と五人の子供を抱えた友人が金の無心に来たことを感じたまち子は五千円を渡す。友人を見送ったまち子はかつてスターと呼ばれた少女が一方では、毎日の生活の遣り繰りに心砕く女となり、他方では生きるために日陰の女となって酒場を営んでいることに、果たしてどちらが本当に不幸なのかと考えていた。その日、再びまち子の所へ宝塚時代の友人が訪れる。娘を宝塚に入れるため願書を出した帰りに寄ったのである。まち子は、少女の二十年後の生活はどのようなものになるのかと不安に近い眼で少女を見直さずにはいられなかった。

（巻下健太郎）

【よ】

容色《ようしょく》　短編小説

〔**作者**〕田辺聖子〔**初出**〕「大阪人」昭和三十六年三月一日発行、第十五巻三号。〔**作品集**〕『田辺聖子珠玉短篇集②』平成五年四月二十日発行、角川書店。〔**小説の舞台**

と時代〕久宝寺。昭和三十年代。

〔内容〕ウメノは息子の嫁である喜栄に不満がある。とりわけ気に入らないのは、彼女の容姿である。ウメノは自分がぶきりょうであったために、美貌が好きだった。早くに死んだ夫もさわやかな男ぶりであったし、生まれた子供たちも母に似ずみな美しかった。しかし、娘の安子は平凡なサラリーマンと結婚し、末子の謙造には喜栄のような野卑で鈍重で醜い女が嫁に来た。ある時、ウメノは喜栄と言い合いをし、喜栄が子供たちを連れて実家に帰ってしまった。次の日喜栄は帰ってきたが、喜色が溢れた顔で喜栄を迎える謙造を見て、ウメノにも喜栄の地位がわかった。ウメノは荷物をまとめて、安子の家に行った。容色は衰え、見るたびに冷たくなっていく娘に、ウメノは索漠とした思いになる。安子の息子に「去ね」とののしられ、ウメノが持ってきた土産も食卓には上らずウメノがいないところで開けているようである。蜜柑を買ってきてもらうと、一番最後に一番小さい蜜柑をウメノに手渡すその配り方に心が冷えた。風邪気味だったウメノは安子の家で寝付いてしまった。安子が慌てふためいて謙造に連絡し、その夜車で謙造と喜栄が迎えに来た。喜栄は持ち前の大力で軽々とウメノを背負うと、「おばあちゃんはどこへもいかれん。うちを出なはると、すぐさま病気をしなはる。もうどこへもいきなはんな」と言った。ウメノは喜栄の顔を見ながら、「この人もまんざらのきりょうでもないのやなあ」と思った。


（荒井真理亜）

妖精生物《ようせいせいぶつ》 短編小説

〔作者〕朱川湊人〔初出〕「オール讀物」平成十六年七月号。〔初収〕『花まんま』平成十七年四月二十五日発行、文藝春秋。〔小説の舞台と時代〕大阪。一九七〇年代。

〔内容〕大阪の下町で生まれ育った「私」が、その生き物を手に入れたのは今から三十年ほど昔の小学四年生のことだった。「私」は、怪しげな物売りからガラス壜に入った、半透明のビニールの塊のような生き物を買った。物売りの男は、その生き物を「ずっと昔の魔法使いが作った、妖精生物」だと話した。そして、それは飼っている家に幸せを運んでくれる生き物だと言う。その生き物を掌の上に乗せてみると、まるで掌をぬるい舌先でゆっくりと舐められ、吸いあげられているような心地がした。「私」はたびたび妖精生物を掌に乗せて、その甘美な感覚を楽しんでいた。それから間もなく、工務店を営んでいる「私」の家に、大介という若い職人がやってきた。「私」は彼を見て胸がドキドキした。そして、妖精生物の壜を手に取って、幸せとはこういうものなのかと思った。間違いなく、「私」の初恋だった。「私」は大介さんに妖精生物を見せ、大きな壜に移しかえた。そうすると、妖精生物は大きく育ち、掌に乗せたときの感覚も体が浮かびあがりそうなほど強いものになった。ある日、大介さんは自分が「私」の父や職人のジロウさんに好かれていないから、来年はいないかもしれないと話す。そして弟は、母が大介さんのシャツを抱いて匂いを嗅いでいたのを見たと話した。九月の半ば、大介さんは「私」の家から去っていった。「私」は唐突に妖精生物のことを思い出し、掌に乗せた。するといつもよりも何十倍も強くなった感覚が襲ってきた。「私」は、部屋で寝たきりの祖母の右手に、妖精生物を乗せてみた。寝たきりの祖母にも、あの感覚を感じる機能が残っていたことを疎ましく感じた。秋を迎えたある日、学校のトイレで自分の中から出てきた鮮血を見て、「私」は怯えた。

家路についた「私」は、大きな鞄を下げ、ミニ丈のスカートをはいた母が笑顔で小走りに過ぎていくのを見た。そして、そのまま母は家に戻ってこず、後で父から母は大介と逃げたのだと聞かされる。祖母の世話をしながら、「私」は妖精生物が幸せを運んできたのは、母にだけであったと思った。「私」は壜の中から妖精生物を取り出し、まな板に叩き落とした。そして包丁を叩きこむと、その切れ目の皮がめくりあがり、そこに皺だらけの老人の顔を見た。「私」は叫びながら、その生き物をドブ川に叩きつけた。それからの日々は暗い沼の中に沈みこんだようなものだった。「私」はジロウと結婚し、三人の子供の母になったが、今でもあの奇妙な生き物の感触を懐かしく思う。あの老人の顔を持った生き物が「私」に〈その幸せでいいのか〉と語りかけてくる。「私」は老いさらばえていく自分の中の女が哀れになり、明日捨てるかもしれない子供の頬にそっと口づける。奇妙な生き物を通して、大人の感覚を知った少女の頃の体験を振り返った短編小説である。

（林未奈子）

妖精は花の匂いがする《ようせいははなのにおいがする》

長編小説

〔作者〕藤沢桓夫〔初出〕未詳。〔初版〕『妖精は花の匂いがする』昭和二十七年十月二十日発行、東成社。〔小説の舞台と時代〕松虫、阿倍野橋、心斎橋、針中野。昭和二十年代。

〔内容〕水絵の親友田鶴子はアルバイトを探していた。男友達の唐木から田鶴子にヌードモデルの仕事を見つけてきたと聞かされた水絵は驚く。だが、田鶴子はアルバイトを誰にも内密にすることを条件に引き受ける。依頼主は名倉洋之助という三十代の男であった。一方、水絵は両親に近々見合いをするようにと言い渡される。顔は写さない約束で撮影を始めた洋之助だったが、偶然を装って田鶴子の全身を収めた写真を一枚写す。半月ばかり経ったある日、水絵は一人の男と見合いする。その男は洋之助であった。洋之助の撮った写真が展覧会に出品されたことで、水絵は田鶴子と洋之助の関係を知る。田鶴子を愛していた唐木は、写真の撤収を求めるが、洋之助は聞き入れない。学校に、写真のことが知れ、窮地に立たされた田鶴子を友人の丹下は弁護する。田鶴子のことで気が立っていた丹下は、水絵から卒論の相談を受けるが冷たく突き放す。自棄を起こした水絵は、洋之助の許へと向かい、そのまま二人で旅に出る。だが、水絵は後悔していた。水絵が姿を消したと聞いた、丹下らは二人を追う。途中、唐木の機転で警察に協力を求めて、洋之助から水絵を取り戻す。丹下が水絵の頬を打ち力強く抱きしめたのを見た田鶴子は丹下の心がやはり水絵にあると知り落胆する。その彼女に、唐木は自分がついていると言う。田鶴子は、がっかりしたように、唐木の肩に頭を凭せ掛けた。

（巻下健太郎）

幼年時代がよみがえる泉州の水ナス《ようねんじだいがよみがえるせんしゅうのみずなす》

エッセイ

〔作者〕奥本大三郎〔初収〕『関西こころの旅路』平成十二年一月二十日発行、山と渓谷社。

〔内容〕大阪の和泉地方では「水ナス」という独特のナスがとれる。品種なのか土質によるのか他の地方では見たことがない。まだ子どもだった「私」はナスの漬物とはすべてそういうものだと思っていた。噛むと皮になんともいえぬ快い歯触りがあり、身は脆くて、口の中で崩れるような感触で、ほのかな甘みが残るのである。「私」は母の姉である「島田のばあちゃん」に猫かわ

いがりされていて、お婆ちゃん子そのものだった。その「島田のばあちゃん」が、「私」が五歳の夏の日に、紫と浅黄色につやつや光るナスの浅漬けを鉢に山盛りにしてくれていた。まことに爽やかで、夏の食欲のない時期でもいくらも食べられる感じであった。

　たまに貝塚から水ナスの浅漬けを送ってもらって「ああ旨い」と思う時、心の中によみがえるのは、その夏の昼下がりの光景なのである。

（田中　葵）

よかった、会えて《よかった、あえて》　短編小説

〔**作者**〕田辺聖子〔**初出**〕「週刊小説」平成元年一月十八日号。〔**初版**〕『よかった、会えて』平成四年六月十日発行、実業之日本社。〔**全集**〕『田辺聖子全集第五巻』平成十六年六月二十日発行、集英社。〔**小説の舞台と時代**〕西大阪。現代。

〔**内容**〕四十一歳の佐賀は今まで独身で過ごしてきたが、佐賀よりも二つ年上の木村美晴という女性とは親しい関係にあった。美晴となら一緒に住んでもいいと思ったが、彼女は非婚主義者であった。佐賀はある日、会社近くのうどんやで、古川麻美と知り合った。話を聞けば、彼女も非婚主義者であるという。しかし、まだ二十八歳の麻美は理屈っぽく、美晴の方が大人であると思った。美晴は、電話をすると喜んでやってきて、理屈はこねず、主義もぶち上げず、「よかった、会えて。またね」と機嫌よく帰ってゆく。佐賀にはそれが心地よかった。佐賀は美晴とも麻美とも関係を続けたが、そのうち麻美が結婚したいと言い出した。美晴に相談すると、面白そうに「その子と結婚しなさいよ」と言い、結婚したらもう会わないと言う。美晴の思いきりのよさに佐賀は未練をかきたてられた。そして、なんと男らしい女だろうと一種、尊敬の念を抱いた。結婚式当日、麻美は時間になっても式場に現れなかった。急病か、交通事故かと、人々は声を高くしたが、佐賀の姉は、花嫁にすっぽかされたのではないかと言った。佐賀は不安になった。二日前の深夜、麻美から電話があった。麻美は佐賀の住んでいる西大阪のマンションで、口紅で書かれた落書きを発見し、他の女の存在を知ったというのだ。佐賀は美晴が落書きをするなど信じられなかった。言い訳をするうちに電話は切られ、そのまま結婚式の朝を迎えてしまったのだ。式をひとまずお開きにしようとした時、美晴と麻美が言い争いながらやってきた。朝早く、美晴が麻美のアパートへ押しかけて、絶対、結婚させないと宣言したというのだ。佐賀は美晴の変貌に言葉が出てこなかった。所詮女は女である。佐賀は一つ、目が開いた思いであった。

（小河未奈）

吉野葛《よしのくず》　中編小説

〔**作者**〕谷崎潤一郎〔**初出**〕「中央公論」昭和六年一月～二月号。〔**初収**〕『盲目物語』昭和七年二月五日発行、中央公論社。〔**全集**〕『谷崎潤一郎全集第十三巻』昭和五十七年五月二十五日発行、中央公論社。〔**小説の舞台と時代**〕吉野、大阪（和泉、新町など）。明治末か大正初め頃。

〔**内容**〕吉野の地理、歴史を多分に盛り込んだ紀行文的要素を持つ作品。

　二十年ほど前、「私」は吉野を旅した。南朝の末裔自天王を中心とする歴史小説を構想していて、国栖の親戚を訪ねる一高時代の友人津村に同道したのである。妹背山を眺めながら吉野川沿いに歩み大谷家で「初音の鼓」を見る。川に架かる橋のたもとの岩の上で、島之内の旧家出身の津村は、生田流箏曲「狐噲」にまつわる、幼少の頃に死別した、かつて新町九軒の遊女であっ

た母の思い出と、和泉の信田の森の「葛の葉」伝説に連なる母への恋しさを語り、手紙をてがかりに母の故郷が国栖であるとつきとめた経緯を説明する。そして津村は、その土地に住む母の面影を宿した遠縁の娘、お和佐に求婚、首尾よく結婚する。しかし、「私」の歴史小説はとうとう描けずに終わったのであった。

（中谷元宣）

淀川《よどがわ》　紀行文

〔作者〕井上俊夫〔初版〕『淀川』昭和三十年六月十五日発行、三一書房。

〔内容〕十章から成る作品である。「近江の海」「瀬田の流れにそいながら」「宇治をたずねる」「伏見から淀へ」「八幡と橋本」「大山崎と桜井」「楠葉からの枚方へ」「くらわんか船物語」「淀川の治水と洪水《明治以前Ⅰ》」「淀川の治水と洪水《明治以前Ⅱ》」と分けられている。淀川の水源である琵琶湖から始まり、大阪府枚方市まで、淀川を軸として、その周辺の逸話を織り交ぜて描かれている。大阪は、主に枚方市を舞台とし、京阪電車の開通や枚方事件が語られている。また枚方の「くらわんか船」の話も登場する。「くらわんか」とは、「喰べないか?」という意味の方言であり、その起源や俗説についても触れられている。「淀川の治水と洪水」の章では、明治以前の淀川の洪水の記録や治水工事について述べられている。

（田中　葵）

淀川《よどがわ》　紀行文

〔作者〕東秀三〔初版〕『淀川』平成元年七月十四日発行、編集工房ノア。

〔内容〕筆者が琵琶湖から瀬田川、宇治川、と名前を変え、木津川、桂川と合流し淀川となっていく一本の川の流れに沿って、その淀川の町並みや生活、歴史を調べ、新たな発見を見つけようとする紀行文である。天王山からみる淀川へ合流する支流の様子、その地でかつてあった戦国時代の歴史。八幡の橋本の渡しでは、谷崎潤一郎の『蘆刈』を引き合いに出し、水無瀬離宮をたずねる作者の思いを述べている。十返舎一九の『東海道中膝栗毛』に出てくる「くわらんか船」という、淀川を上り下りする船に対して飲み物や食べ物を売る船のことも記している。高槻の城跡に向かえば、キリシタンであった高山右近の銅像が立っている。キリシタンとして有名な右近の町には今もカトリックの教会がある。寝屋川は昔話で有名な「鉢かづき姫」の場所である。守口はかつて大塩平八郎の乱の起こった場所でもあった。そして、大阪市内に入る。江戸時代、淀川は大きな治水工事が行われ、整備された。そのまわりには大きな町ができる。天神様を祭ったことから天神橋通りができ、明治になると、阿波座の近くに川口居留地が作られた。そして川口の傍には江戸時代は朝鮮通信使がやってきた。明治以降は外国人が居住地とした。中央卸売市場が堂島の米市場や京橋の魚市場をまとめて出来た。最後に淀川で行われる天神祭、造幣局の通り抜け、川を臨む大阪城などを説明してこの紀行文は終わっている。一本の川が多くの歴史や文化を育み、今もこうして生活の水として、また憩いの場所として淀川は流れている。

（井迫洋一郎）

淀川づたひ《よどがわづたい》　エッセイ

〔作者〕田山花袋〔初出〕「文藝倶楽部」明治三十八年四月号。〔初収〕『草枕』明治三十八年七月一日発行、隆文館。『京阪一日の行楽』（大正12年2月発行、博文館）収録の「淀川づたひ」は別文。

〔内容〕京から大阪に下る淀川の流れに空想を乗せ、淀川沿岸の詩趣に思いを巡らせた随筆。

よ

淀川沿岸、趣味深いのは実にこの川沿い一帯の地である。今回は初めてその地を車で走らせて見た。京から伏見、淀に向かって進むと、風景が好い。淀川が宇治から流れて来て、淀町のすぐ側で、京の加茂川、桂川を合わせて、それから真っ直に西を指す具合は頗る愉快である。帆が三つ四つ重なり合って、其向こうに淀町の幾白亜、昔の名所図絵の挿絵が思い出される。男山八幡、これも眺望に富んで居る。木津川は丁度其下で淀川に沿うて居るし、八幡の町も一寸富貴そうな小都邑である。しかし、枚方町は、都名所図絵で見たような情趣は今は無かった。左程風景の好い所でも無いのには、絶望した。それから思うと、好いのは宇治だった。訪ねたのは七、八年前だが、それでもまだその川、其碧なる流れが忘れられない。自分は枚方から車を走らせながら、淀川の上流―宇治川を想像した。京都から山を越ゆれば三、四里、深山と言うのでも無いが、それでも此間は甚だしく人寰に遠ざかって、宇治川の両岸は山高く絶壁を為し、容易に人の近付くことが出来ぬようになって居るとのことである。想像を逞しくすると、山から山、その下に清い美しい水が流れて居て、凄まじい瀬鳴りの音が手に取るばかりに聞こえてくる。けれど、その水の尾の髣髴を認めることが何うしても出来ぬ。何うにかして見ようと岩に縋り、石に取り付き、木の根に帯を結んで辛うじて底を覗くと、右から左へと曲がった水が、坌涌激越して、或は水沫を飛ばし或は急湍をつくりつつ、幾屈曲して流れて行く、そのさきが微かに微かに…。

わが車は夢より甚だしい空想を載せながら、俗の俗たる大阪の市街に近づいた。絶えず添える淀川の水も曾て美しい山間の地を流れたとは見えぬように、濁りつつ淀みつつ流れて居る。彼処には大阪の市街、百万の人民の波打てる気吹はどことなく天地に漲り渡り、煙突の煤煙は黒く、黒く…。史や万葉集を繙くと、風情の優れた風光明媚な地であったことが能く分かる。歴代の歌人が詠じた国風は、実に数え切れぬほどである。それが、今は市街、大都会、万丈の俗塵、百条の煤煙である。（高橋博美）

淀川にちかい町から《よどがわにちかいまちから》

短編小説

〔作者〕岩阪恵子〔初出〕「群像」平成二年十月一日発行。〔初版〕『淀川にちかい町から』平成五年十月二十八日発行、講談社。〔小説の舞台と時代〕大阪市旭区。昭和三十年代。〔内容〕四十歳すぎた鶴子が物心についたときからの記憶に鮮明にあるのは、腹ぐだしに関する辛さであった。父の洋服仕立ての仕事に雇われている職人のひとりの松田は、腕は立つのだが、身のこなしが年寄りくさく、態度が横柄なので、周囲の評判は芳しくない。十四歳を頭に三人の子供がおり、細君は癇症なくらいのきれい好きである。鶴子の家から北へ十七、八分歩いたところに淀川が流れている。松田は熱烈なプロレス・ファンで、鶴子の家でその番組を観るときなどテレビのいちばん近くに陣取り、彼より前に人が座ると怒るのである。夏の祭りに、鶴子は新しいゆかたを着て、松田の二人の娘といっしょに大宮神社にお詣りにいく。それから半年ほどたったある夜、松田はプロレスを観ていて、頭に血がのぼり血管が切れて、突然に死んでしまう。松田の家族はめぼしい家財道具とともに、いつのまにか姿を消した。当時「夜逃げ」は珍しい出来事ではなかったのだ。（浦西和彦）

淀川のこと《よどがわのこと》

エッセイ

〔作者〕山口誓子〔初出〕「教育大阪」昭和

四十三年一月号。〔全集〕『山口誓子全集第九巻』昭和五十二年八月二十五日発行、明治書院。

〔内容〕山口誓子が伊勢に行った時のエッセイである。

神末の御杖神社に詣でたことがあるが、森の中にあるその神社は、灯籠には貞享二年（一六八五）という年号が彫られており古い神社である事が分かる。祭神は水の神である。神社のほとりには、水源を三畝山に持つ川が流れている。その流れが名張川となり木津川となり、淀川となっているのだ。大阪の市民は淀川の水を飲みながら、そんな事は知らないだろう。自分とて御杖神社に詣でなければ知らなかった。知った以上、大阪の市民は、自分たちの水の神である御杖神社をもっと崇敬し、その水源たる三畝山を感謝の念を込めて仰ぎ見なければならない。

京都生まれの山口誓子が大阪の事を描いたエッセイである。　（田中　葵）

淀川《よどがわ》ブルース《ぶるーす》　短編小説

〔作者〕藤本義一〔初出〕未詳。〔初版〕『淀川ブルース』昭和四十九年十二月十五日発行、番町書房。〔小説の舞台と時代〕大阪市内、淀川界隈。昭和五十年頃。

〔内容〕ポルノ販売の仕事をする「わい」の奇妙な話。いつものように「わい」は、ブルーフィルムを駅構内のロッカーに配分して、客に鍵を渡す。双方の危険を避けるため、ロッカーを利用するのは妙案である。アフターサービスの電話をかけたところ、T商事の山田はんがおかしい。キタの堂島川に面した一流ホテルのロビーで会い、車で移動し、淀川の河川敷公園で話をすると、山田はんは「わい」に大阪駅西口のロッカーの鍵を返して、自首しろと言う。「わい」はそのロッカーの中を調べると、何と腐乱した赤ん坊の死体が入っているではないか。「わい」を犯人だと思っている山田はんの誤解を解き、話し合い、ブルーフィルムの件はふせ、警察に届けることにする。新聞発表され、その母親が「わい」を訪ねてくる。「わい」と罪を悔いる女は、淀川の堤で話をして、心がふれあい、淀川の見える木造アパートで同棲するようになる。世間の目から隠れなければならない二人は、とにかく生きることを胸に生きていくのであった。　（中谷元宣）

淀屋辰五郎《よどやたつごろう》　エッセイ

〔作者〕富永滋人〔初収〕『浪花のロマン』昭和四十二年十二月二十五日発行、全国書房。

〔内容〕宝永二年（一七〇五）、大阪の豪商淀屋辰五郎が、財産没収追放の処分を受けた。表向きの理由は、分に過ぎた奢侈であったが、実際には大名を凌ぐほどの権勢を振るいだした町人への見せしめであった。辰五郎は、約一年半の間に、十六万六千両を使ったという。辰五郎は父譲りの女好きで、その中でも取り分け愛したのが、新町茨木屋の遊女吾妻太夫であった。吾妻が辰五郎に嫁いだころには、すでに淀屋の家運も傾いており、辰五郎自身、禁治産者になっていた。吾妻、娘の五百、淀屋の元手代半七が、古証文を持って大名屋敷に嫌がらせをしていたのはそのころである。毎日のように蔵屋敷の前に座り込んでは借金の返済を迫る三人に大名側が弱り始めたころ、町人代表の三井高房が仲裁に入る。大名家の家老が三人に頭を下げるということで話は纏まるが、三人が地面に座ったままであったため、家老らは土下座で頭を下げる羽目になる。翌朝、堂島川には引き裂かれた証文が桜吹雪のように舞っていた。追放後、山城八幡近辺に隠居した辰五郎は、平和で平凡な生活を送った。　（巻下健太郎）

夜もすがら法師《よもすがらほうし》　短編小説

〔作者〕今東光〔初出〕「小説新潮」昭和三十四年四月号。〔初収〕『河内風土記』昭和三十五年四月二十日発行、新潮社。〔小説の舞台と時代〕八尾。昭和三十年頃。

〔内容〕「河内もの」の一つ。河内国若江郡中野村の天台院の和尚は夕方になると蝙蝠のような墨染姿で逮夜参りに出かける。和尚は夜通し本を読み勉強するため、起きるのは夕方なのだ。檀家は、木菟みたいに夜起きているのだから、逮夜参りが夕まぐれから始まっても是非ないと諦めていた。また、寺へ訪れる檀家も話のおもしろさについ話し込み、夜中の二時を過ぎ、次の日仕事にならない。次第に夜の客は減ることになり、和尚は仕方なく本を読んで夜ふかしした。肴屋の甚吉は博打好きの甲斐性なしで、妻お久仁は身を売り金を得て世帯をまわしている。夏祭りの夜、隣村の米吉がお久仁の家に忍んで会いに来た。連れの万太郎は隣家の後家の産婆に夜這いする。しかし、産婆はすでに情夫と寝ていて、取り押さえられ、警察に捕まる。和尚は、米吉に頼まれ、万太郎の身柄を貰い下げた。和尚は、夜もすがら起きているといろいろな目に会うものだと思った。　（中谷元宣）

夜の挨拶《よるのあいさつ》　長編小説

〔作者〕黒岩重吾〔初出〕「週刊プレイボーイ」昭和四十五年六月十六日～四十六年九月七日号。〔初版〕『夜の挨拶』昭和四十六年十二月二十五日発行、集英社。〔小説の舞台と時代〕大阪、神戸、東京。昭和四十年頃。

〔内容〕神立麻由加は、四天王寺の境内に捨てられていたという出生の秘密を持つ。十八歳の時の、六甲山中での忌まわしい輪姦事件から男に対して憎悪を持ち、性の喜びを失った。シャンゼリゼでバニーガールをしている時、かつて束の間の邂逅をしたにすぎない江野原と再会、東京に連れられて行く。そこで、親友圭子と会い、東京の華やかな生活と憂鬱を知る。大阪に帰ると退屈な生活が待っていた。シャンゼリゼのパトロン松岡に体を売り、五十万円の大金をせしめる。江野原の紹介でクラブ・ライムのホステスとなり、二年間で一流となる。圭子が死ぬ。麻由加は東京に出てその真相を探る。事件は解決する。しかし、麻由加は愛する江野原と無理心中を図り、麻由加だけが生き残ってしまう。麻由加の人生にとって、夜は終わったのか、これからが始まりなのか、それはわからない。

『夜の挨拶』〈集英社文庫〉（昭和54年9月25日発行、集英社）の解説において、戸塚文子は、「一人の夜に生きる女の生きざまを、その生いたちから、克明に追っているうちに、興味深い推理小説になっていたと、つい、いいたくなる。じつは、この感想は、間違っている。『結果としての推理小説』なんて、あり得ない。プロットの計算は、あくまで、初めから精密にたててある。それを感じさせないだけなのだ。感じさせない、ということは、じつは、大へんなことなのだ。なみなみならぬ手腕がいる」と述べている。　（中谷元宣）

夜の玩具《よるのおもちゃ》　短編小説

〔作者〕難波利三〔初出〕未詳。〔初収〕『通天閣夜情』昭和五十九年九月五日発行、桃園書房。〔小説の舞台と時代〕千日前、ロイヤルホテル、住吉区、宗右衛門町、新大阪駅、大国町、玉出駅。昭和五十年代。

〔内容〕主人公茶谷省一は大手会社の大阪支店の社長である。高卒で入社、本社で働いて、そのうち支店の社長になった。省一には女の子二人と妻がいて平凡な生活を送っている。本社から来た横田部長の接待に、

ある風俗店に連れて行き、そこであきという三十歳素人女と知り合うようになった。翌日、部長を見送るために新大阪駅へ行ったら、ちょうどあきが小学生の男の子二人を連れているのを見た。その上の子だけが新幹線に乗り、三人とも泣いていた。感動的な場面を見た省一は改札口を出て二人連れて喫茶店へ行った。あきは化粧が薄く、店にいる時とまったく別人らしく見える。そして、子供の誘いでアパートへ行った。もともと男の子が好きなためか、その子にある好感を持った。省一は子供とキャッチボールをやりながら、次週はドライブに行くことを約束した。その夜、また店に行ってあきを指名した。あきは二年前離婚したのだ。主人とは問題はなかったが、姑と小姑との折り合いが悪かったからだ。それで、上の子は主人に、下の子はあきが育てることになった。いろいろ聞いて、罪悪感を感じながらもあきとかかわりをした。仕事で子供との約束を破った謝罪であきに香水と子供には玩具を買ってアパートへ行ったら、庭で家族四人が遊んでいるのを見た。省一はそのまま帰り、土産はマージャンの景品だといって家族にあげた。妻はよろこんだが、子供は「こんなガキっぽい玩具、よくも持って帰れたもんやわ」という。（桂　春美）

夜の顔《よるのかお》　昼の顔《ひるのかお》　長編小説

〔作者〕阿部牧郎〔初版〕『夜の顔　昼の顔』平成五年十一月発行、徳間書店。〔小説の舞台と時代〕北大阪、北新地、大阪市。バブル崩壊後（一九九〇年代後半）。

〔内容〕花岡証券北大阪支店の次長である太田浩介は、三十九歳の妻子持ち。バブル崩壊後で景気は低迷し、花岡証券も苦境に立たされていたが、太田はストーカーに悩む支店のマドンナの三浦敦子の相談に乗ったことから二人は急接近し、敦子は太田の愛人となった。敦子の一人暮らしを援助するため、太田は北新地でバーテンのアルバイトを始める。やがて雇い主のママとも情事を楽しむようになった。店を訪れた府議から「国策銘柄」についての情報を得た太田は、未亡人のやり手女社長と関係を持つことで商談をまとめ、府議と取引した。太田は株の動きを正確に読み、株価低迷で失っていた顧客の信用を取り戻す。太田は支店長に昇進、敦子と祝杯を挙げた。

（荒井真理亜）

夜の河《よるのかわ》　短編小説

〔作者〕沢野久雄〔初出〕「文学界」昭和二十七年十一月号。〔初版〕『夜の河』昭和三十一年、大日本雄弁会講談社。〔小説の舞台と時代〕京都中京、大阪、道頓堀。昭和二十五年頃。

〔内容〕中京で染物屋を営む船木由次郎には、後妻のみつとその息子の彰、そしてふたりの娘がいた。次女の美代は結婚したが、長女の紀和はすぐれた職人として店で働いている。紀和が仕事への野心をもち、世の中が変わろうとも伝統文化を守り発展させたいと考えているのに対し、由次郎のほうは、いずれ亡びるものは亡びると考え、仕事が忙しくなっても職人を入れようとはしない。その由次郎が、職人を雇うことにしたと急に言い出し、紀和は驚く。父の心変わりは、継母であるみつが自分と竹村とのことを父に話したためではあるまいか、と紀和は思い当たる。竹村は、阪大で遺伝学の研究をしている男である。彼には三年前から病の床に臥している妻と、一人娘がいる。大阪に出たとき、ひょいと彼の研究室を訪ねるのが、紀和の楽しみであった。二人で行きつけの宿に泊まることもあった。「奥さんやお子さん」を不幸にしないため、子どもを作らないことを約束させた上で、

紀和は竹村と付き合っていた。みつは、紀和と竹村との仲に感づき、相手が妻子もちであることを気にかけていた。そのうち、竹村の妻の容態が悪化し、阪大病院に移される。「もう少しのことだ、待っててくれよ」という竹村の言葉に、紀和は引っかかる。間もなく竹村の妻宏子の死を知らせる葉書が舞い込んでくる。紀和と竹村はこれで結ばれるものと、みつは想像している。紀和は、自分は「あの人の死を望んだことはない」ということを自分自身に証すため、彼女の葬式に出かけていく。葬式からの帰り道、竹村との関係ももう断つべきだろうと紀和は考える。家に帰り着くと、近江屋袋物店の展示会に出品する品々を由次郎に見せ、妊娠したという美代からの知らせに涙を流し、紀和はことさらにはしゃぎたてた。（国富智子）

夜の客《よるのきゃく》　短編小説

〔作者〕今東光〔初出〕「中央公論〈文藝特集号〉」昭和三十二年五月号。〔初収〕『闘鶏』昭和三十二年八月三十日発行、角川書店。〔小説の舞台と時代〕八尾。明治、大正、昭和。

〔内容〕「河内もの」の一つ。河内木綿から刷子への産業変遷史を記しながら、女三代の人生を描く。木綿、刷子産業資料としても有用。明治三十七、八年の日露戦争後の好景気が河内野にも訪れた。世間は戦勝の夢に酔っていた。村々では河内音頭がはずんだ。お栄は女音頭取りとして人気があった。しかし、角力取りの情夫を持ったために、由縁の女に水銀を飲まされ声を潰してしまう。角力取りは去ってしまうが、それとの間の子がお留である。お栄は河内木綿の機場で脇目もふらずに働き、よくお留に河内木綿の自慢をして聞かせた。お留はお栄の乱倫な生活を見ながら成長した。やがて、低廉なインド綿の輸入が河内平野の綿を駆逐、また河内木綿の家庭的手工業に限界が訪れ、泉州の機械工業がいち早く取って代わった。河内人は生きるために、新しく刷子製造を家内工業として家庭へ持ち込んだ。お留は一生懸命働いた。その娘おしまも美しく育つが、女三代にわたり父無し児を生むのであった。（中谷元宣）

夜の光芒《よるのこうぼう》　短編小説

〔作者〕黒岩重吾〔初出〕未詳。〔初収〕『消えない影』昭和四十八年四月三十日発行、サンケイ新聞社出版局。〔小説の舞台と時代〕大阪。昭和四十八年頃。

〔内容〕大阪のクラブ・カミのホステス・澄子には、数人の男がいて、関係を持つたび小遣いをもらい生活している。勤めの給料は全て貯金し、現在八百万円ある。一千万貯め、自分の店を開くのが夢である。男たちとの出会い、別れを繰り返す。やがて、滝村と出会い、恋する。しかし、澄子は滝村に八百万円だまし取られ、殺されるのだった。（中谷元宣）

夜のスカウト《よるのすかうと》　短編小説

〔作者〕黒岩重吾〔初出〕未詳。〔初収〕『坐れない席』昭和四十三年八月十五日発行、東方社。〔小説の舞台と時代〕ミナミ界隈。昭和四十年頃。

〔内容〕大阪宗右衛門町のキャバレー「夜の美人」のスカウトマン奥村春光は、主人の命令で「ミス処女苑」の青葉輝子をスカウトするために店に通うが、恋してしまう。主人の目のつけた女と恋するのは、もちろん御法度である。また、輝子にはパトロンがいると思い込み、春光は恋を諦め、店にスカウトする。それまで純粋な愛から通って来てくれていたと思っていた輝子は、悲しみ、「夜の美人」に入店後も、春光とは

険悪な関係である。春光は店をクビになる覚悟で、輝子に「わしの嫁さんにスカウトする」と告白、輝子も「有難う奥村さん、うちスカウトして貰う」と叫ぶ。春光は空を仰いだ。ネオンの消えた後の、夜空の星は、吃驚するほど綺麗だった。（中谷元宣）

夜の千日前《よるのせんにちまえ》　エッセイ

〔作者〕斎藤渓舟〔初収〕秋田貢四編『夜の京阪』大正九年八月十七日発行、文久社出版部。

〔内容〕東京暮らしと思われる友人に向かって、一緒に歩きながら夜の千日前の情景を紹介する形で書かれた随筆。

　道頓堀に立って、千日前との位置関係や道頓堀の地理を説明する件から文が始まる。道頓堀から千日前の人出の多さを「人の流れ」という言い方ではすまない、夜の銀座よりずっと人間の密度の濃い混雑だ。東京で言えば、浅草の雷門前辺りだとも言う。押されながら千日前に向かって、大混雑のなかを二人は入って行く。千日前の群衆は、誰だって千日前を見ているものはいないだろう、しかしそれが実際千日前見物には、一番適切な見方かも知れない。南に向かい泳ぐ二人の眼に最初に入ってくるのは「女義太夫修業」という大きな金看板である。道すがら、その周辺にまつわる古今の物語りをしつつ、法善寺横町を通って行く。法善寺横町は食い物屋と、席亭以外なにもないという一寸変わった場所である。そこで「正弁丹後」という大きな割烹店について物語りする。また、昼のように明るい千日前の通りに、法善寺の山門が独り薄暗いような口を開けて立っているのは不似合いな謎だとも言う。渦を巻いて動く人間の河のちょっとした淀みの小口の山門の軒下には地道な服装で心学道話的な口調で演説をする翁にでくわす。

　千日前の中心になる四つ辻に出る。辻の西南の角の大きな兜を伏せたような建物が楽天地で、その向かいの東南の角にあるのが芦辺劇場である。楽天地は千日前の象徴とも言える国活の定小屋である。看板だけ見てそこを過ぎる。芦辺劇場では活動役者熊谷武雄の名を見た。千日前を横断している電車線路があるが、一度も電車に轢かれて死んだという人がいないのが不思議である。芦辺劇場の横にはカフェー・クレナヰがある。そこの店主は自分のこだわりを持って店を営業している。楽天地、芦辺劇場を過ぎて敷島倶楽部という活動の定小屋がある。その付近の露路にもなにか面白いものもあるが、それは別に説明する必要もないし、材料もないとして文を結んでいる。

（岡本直茂）

夜の天神祭《よるのてんじんまつり》　エッセイ

〔作者〕斎藤渓舟〔初収〕秋田貢四編『夜の京阪』大正九年八月十七日発行、文久社出版部。

〔内容〕「妾《わたい》」は同様の巫女はんたちといっしょに天神祭の御行列に参加するようになった。この御祭礼で一番、見物人の目を引くのは「妾《わたい》」らの姿であろう。「妾《わたい》」らは真っ白の水干に緋《ひ》の袴《はかま》をつけ、濃い厚化粧にぼうぼうの眉、玉虫色の口紅であるからである。目じりまで紅をさしているので人相が変わっている。十二人のお互いがすぐには、誰が誰なのか判らないくらいである。そして美しいのを取り上げると、やはり御稚児はんたちだと思う。

　大川の河岸《かし》でお神輿が船に移されると同時に、「妾《わたい》」らもお供船に乗り、河を下って松島の旅所まで行く。日が暮れてゆくのにつれ、灯の数は増えていく綺麗なお祭りの夜が始まる。船から見る花火は一層、華やかである。このような状態の中で船たち

は調子に乗って狭苦しい所を乱暴にすり抜けて行ったり、突き当たったりする。いよいよ、お神輿はんの船が動き出す。一艘の船には二十ほどの提灯が点いている。これらの仰山な船は、何町も繋がって、ずっと一列に続いている。金の音、太鼓の音、三《しゃ》絃《み》の音、花火の音、人のどよめきや艪櫂《ろかい》の音で耳が聞こえなくなりそうである。実はこれ、昼から夜になるまで精根を尽くしたものであって、「妾《わたい》」らは腹が減っている。この時、友人のお粂はんからもらった飴玉がとてもおいしい。

石造りの日本一の難波橋に至ると、橋の欄干の電灯と、船の提灯の光が交差し、十文字になってくる。四、五年前、まだ巫女に上がらなかった時にもこの船行列拝みにきた事がある。拝まねばならない訳もないのに、毎年その時になると見なくてはいられない。これ、おかしいものである。

無事に行列が終わると何も身をもんだ事もない「妾《わたい》」らも、ずいぶん骨が折れてしまう。お供物《くもつ》を運んだり、お神楽《かぐら》があったからであろう。まるで、人に酔ったような気持ちである。

（李　鍾旭）

夜のない日々《よるのないひび》　長編小説

〔作者〕黒岩重吾〔初出〕「小説新潮」昭和四十三年一月〜十二月号。原題「横断歩道」。〔初版〕『夜のない日々』昭和四十四年二月二十日発行、新潮社。〔全集〕『黒岩重吾全集第六巻』昭和五十八年六月二十日発行、中央公論社。〔**小説の舞台と時代**〕北浜、石橋、松山、能登半島。昭和四十三年。

〔**内容**〕家族とともに、大阪の郊外、金岡団地に住む江見守（三十三歳）が製薬会社の販売課長代理であった時、D病院とのトラブルを手際よく処理、三十五歳で課長に昇進、出世コースのトップを走っていた。しかし、直属の上司である部長矢部の失策により、四十歳の江見は松山の主張所所長に左遷される。酷薄無残な人事異動だった。矢部は子会社のB商事の取締役に転出した。一年の後、江見は、自らの野心と、矢部の本社復帰に力を貸すため、B商事調査部付として大阪に帰る。しかし江見は、頼りにしていた矢部の非人間性を思い知り、嫌になる。江見をただの道具としか見ていない。しかも、江見の妻にも、矢部に道具として利用された過去があったのだ。江見の怒りは爆発、矢部と決裂、傷つき、能登に家出していた妻を迎えに行く。江見は小さな製薬会社に再就職、幸福が戻るのであった。企業において出世するために必要な能力や気概、しかしそんなものとは無関係に行われる人事異動。だが、それに異議を申し立てることも、反抗したりすることも、または失望したからといって、退職することもできない生活のしがらみ。そういった現実社会の過酷な有様が、作者ならではの迫力ある筆致で描かれている。作者の持ち味は、現実に立脚した視点で、人間の心の葛藤を逃さず描き切るところにあると言える。

（中谷元宣）

夜の花が落ちた《よるのはながおちた》　短編小説

〔作者〕黒岩重吾〔初出〕「講談倶楽部」昭和三十六年二月号。〔初収〕『飛田ホテル』昭和三十六年六月二十日発行、講談社。〔**小説の舞台と時代**〕阿倍野。昭和三十六年頃。

〔**内容**〕コールガールの紀子は、上客の、九条の泉建設社長泉に雇われ、O市建設局河川課長代理の戸山という醜男を接待する。紀子は戸山を夢中にさせるが、泉とは仲違いする。そんな時、O市建設局土木課に汚職の疑いがかかる。紀子は、戸山を罠にかけ秘密を語らせそれをテープに録音して、泉を脅し、五十万円を要求する。しかし逆

に、泉に謀られ、自宅である阿倍野の高級アパートで戸山もろとも殺害される。だが、紀子は生前、再録したテープを郵便局員にことづけていた。泉に一矢報いたのである。

（中谷元宣）

夜を賭けて《よるをかけて》　長編小説

〔作者〕梁石日《ヤンソギル》〔初版〕『夜を賭けて』平成六年十二月発行、NHK出版。〔文庫〕『夜を賭けて』〈幻冬舎文庫〉平成九年四月二十五日発行、幻冬舎。〔小説の舞台と時代〕大阪、岡山、長崎、東京。昭和二十五年から平成十一年。

〔内容〕終戦後、十年以上たっても、大阪造兵廠跡は廃墟のまま放置されていた。在日朝鮮人集落に住む人々は、その廃墟から掘り出した屑鉄を売って暮らしていた。彼らはいつでも、夜になってから組を組んで行動した。金義夫、張有真、金聖哲らも五人組を作って、毎夜、メタンガスの吹き出る運河を越え、廃墟の中へと乗り出していった。漆黒の闇の中での作業は困難を極めた。何一つ収穫物のない日が続くこともある。限界を越えた鉄塊を積み込んだために伝馬船が沈んでしまったこともある。錫を掘り出したと思ったら安物の金属であることが判明し、物笑いの種になったこともある。そのうち、警察が弾圧を強めてきた。足の悪い徐達司という男は、警察に追われ、運河を泳いで逃げようとしたが、両岸から挟み撃ちにされ、力尽きて水死した。金義夫らのグループの李三元は、警官に追い詰められて鉄柱によじのぼるが、腐食していた梁の中央部が折れ、墜落して死んだ。彼らと警察との攻防は日増しに激しさを加えていった。マスコミは朝鮮人集落を「アパッチ部落」、そこに住む者を「アパッチ」と呼び、事件を大々的に報道した。そして、ある日ついに、警察は大挙して集落へ乗り込み、アパッチを壊滅に追い込んだ。その後、大阪府内で強盗、窃盗事件が相次いだ。首謀者は金義夫であった。義夫は逮捕され、裁判にかけられ、執行猶予五年の判決を受ける。ところが、ほっとしたのもつかの間、義夫を憎む蔵田刑事の陰謀で、長崎県の大村収容所へ送られてしまう。大村収容所は、ナチスのゲットーと同じように朝鮮人に恐れられている場所だった。そこは、日本人警備官から非道な扱いを受けるばかりでなく、「北組」「南組」の対立も熾烈であった。金義夫は「南組」の房に入れられ、凄惨なリンチを受けたために顔が変形してしまう。義夫を救い出すため、献身的に尽くしたのは初子であった。彼女は一人長崎へと向かい、その地に住みついて、お金をためながら収容所に何度も足を運ぶ。やがて救援活動が組織され、初子も慣れないデモ行動に参加する。金義夫は仮放免となり、二人は結ばれる。それから三十五年後、張有真は東京で作家生活を送っていた。テレビ局との打ち合わせのため、大阪へ赴いた彼は、「ワン・コリア・フェスティバル」の会場である大阪城公園で、金義夫と再会する。アパッチ集落である造兵廠跡の廃墟は姿を消し、アパッチ集落も今ではすっかり様変わりしていた。大村収容所も来年取り壊されることになっていた。野外ステージから響いてくる「ハナ（ひとつ）！　ハナ！　ハナ！」という韓国語の合唱が、大きな渦となってあたりを圧倒し、夕闇の空にこだました。

（国富智子）

夜を旅した女《よるをたびしたおんな》　短編小説

〔作者〕黒岩重吾〔初出〕「婦人公論」昭和三十六年九月号。〔初収〕『強迫者』昭和三十七年三月三十日発行、中央公論社。〔全集〕『黒岩重吾全集第二十五巻』昭和五十九年二月二十日発行、中央公論社。〔小説の舞台と時代〕阿倍野、大和川。昭和三十

六年頃。

〔内容〕阿倍野の安アパートで独りで暮らし、角丸製薬に勤める三十三歳の「私」は、今まで恋愛一つしたことがなかったが、岡本静代と恋に落ち、結婚を約束する。しかし、静代は失踪する。「私」は探す。やがて「私」は、コールガールをしていた静代の過去を知り、その組織の男の大見根に接近する。大見根は、コールガールを辞め、会社に勤め、結婚しようとした静代を殺害した犯人だった。「私」は、静代が死んだ大和川近くの野井戸に、大見根を突き落とし、復讐するのであった。（中谷元宣）

弱い勝負師《よわいしょうぶし》　短編小説
〔作者〕藤沢桓夫〔初出〕「小説新潮」昭和三十八年三月号。〔初収〕『新・大阪物語』昭和三十八年十一月五日発行、桃源社。〔小説の舞台と時代〕梅田、天王寺、道頓堀。昭和三十年代。
〔内容〕棋士の広川浩一は二十七歳になるが、段位は未だ三段でくすぶっている。浩一は先輩の紹介でテレビ局に将棋の指導に来ているのだが、そこで見覚えのある女と出会う。女の名は鷺見慶子と言い、かつて浩一の近所に住んでいた医者と同じ苗字であった。因縁を感じた浩一は、確かめてみると、果たして慶子は鷺見医師の娘であった。懐かしさも手伝い鷺見医師に会いに行った浩一だが、医師はすっかり人が変わってしまっていた。全ては賭け事が原因であった。父のことを批難する慶子に対し、浩一は勝負事で身を滅ぼしつつある医師に共感を覚える。浩一は、内職として賭け将棋の周旋をしていた。ある時、鷺見医師を対局の場に誘ったのだが、勝負運に見放されている医師は有り金、全てをなくしてしまう。負けることには免疫が出来ていると医師は言うが、浩一は医師にも慶子にも申し訳ないことをしたようで胸が痛むのであった。（巻下健太郎）

【ら】

落日の群像《らくじつのぐんぞう》　短編小説
〔作者〕黒岩重吾〔初出〕「別冊文藝春秋」昭和三十六年十月号。〔初版〕『落日の群像』昭和三十六年十二月二十五日発行、新潮社。〔全集〕『黒岩重吾全集第二十四巻』昭和五十九年七月二十日発行、中央公論社。〔小説の舞台と時代〕大阪西区、緑ケ池（堺）。昭和三十六年頃。
〔内容〕大阪西区立売堀にある鈴木金属株式会社社長鈴木誠一は、経営に行きづまり、不能となっていた。各社から強壮剤をとりよせ、試したが効果がない。鈴木は妻政子を性生活で満足させることができず、また愛人大木道子とも同様であった。そんな時、強壮剤に似せて、毒薬が送られてくる。鈴木は、自分を裏切っていた道子と、不貞を犯している政子と、その相手で部下でもある大岡を疑う。加えて、会社創設時から辛苦をともにした臼井は、政子を争って敗れた恨みを忘れていず、謀って会社に大きな借財を背負わせる。鈴木は、毒薬を送った大岡と、そして臼井を射殺、近くにキリスト教の学園がある、堺の緑ケ池の土堤の上で自殺するのであった。（中谷元宣）

【り】

李歐《りおう》　長編小説
〔作者〕高村薫〔初出〕『李歐』〈講談社文庫〉平成十一年二月十五日発行、講談社。『わが手に拳銃を』（平成4年3月28日発行、講談社）を下敷きにして新たに書き下ろさ

れたもの。〔小説の舞台と時代〕千里丘陵、北千里、福島、梅田、北新地、十三、姫里、曾根崎、生野区巽、茨木市豊川、豊中市待兼山町、西天満、天王寺、中之島公園、難波、心斎橋、港区福崎、住之江区平林、大阪城公園。昭和三十五年頃から平成二、三年頃。〔内容〕大阪大学工学部に所属する吉田一彰は、アルバイトと大学だけの毎日に空虚さを感じていた。一彰は幼い頃に母とともに東京から大阪の姫里に移り住み、近くにあった守山工場という町工場とその隣りにあった教会が遊び場であった。その工場には中国や朝鮮からの不法滞在者が働いていたが、その内の一人と母が駆け落ちしてしまう。一彰はそれ以後、その男や工場で働いていた男達の行方を追っており、会員制ナイトクラブ〝ナイトゲート〟で働くきっかけともなった。ある日、一彰は鈴木と名乗る美しい男と出会う。その男は殺し屋であり、一彰も鈴木が行う殺人を帮助することになる。それ以後、一彰も警察から監視されるようになる。大学とアルバイトを辞めた一彰は、十五年ぶりに守山工場を訪ね、工場で匿われていた鈴木に再会し、いくつもの名前を持つ中国人ギャングだが、本名は〝李歐〟だと教えられる。美しい北京語で「惚れたって言えよ」と言われた一彰は、彼に惹かれていることを自覚する。その後、李歐と一彰は手を組んで、密輸された拳銃を盗み出すという計画を実行する。李歐は一彰をいつか大陸へ連れて行くという約束をして、フィリピンへ逃亡するが、一彰の人生は李歐と出会ったことで、大きく変わっていく。守山工場の主耕三が亡くなり、一彰が工場主となって操業していくものの、幼い頃から工場で密造されていた拳銃に魅せられていたということもあり、暴力団組長原口達郎と関わるなどして次第に裏の世界ともつながるようになる。そんな中でキーナン司祭に李歐からの伝言を伝えられたり、李歐の幽霊を見るなどして、一彰にとって李歐との出会いが運命的なものであったと感じられる。李歐はギャングであり殺し屋であり、裏の顔をいくつも持っていたが、表の経済・金融業界で成功を遂げ、一彰のために中国の土地を用意する。そこには守山工場にあったような桜が何千本も植えられていた。裏の世界と関わりを持ったことで妻を亡くした一彰は、息子とともに桜花屯と名付けられたその土地へ向かう。そこで十数年ぶりに二人は再会を果たすのである。李歐と一彰という二人の男の運命的な出会いや別れ、再会を、闇の社会を交えて描いた長編小説である。

（林未奈子）

利久の死《りきゅうのし》　短編小説

〔作者〕井上靖〔初出〕「オール読物」昭和二十六年四月一日発行。〔初収〕『異域の人』昭和二十九年三月三十日発行、講談社。〔全集〕『井上靖全集第二巻』平成七年六月一日発行、新潮社。〔小説の舞台と時代〕堺、安土、京都、淀川。天正四年（一五七六）春から天正十九年。

〔内容〕足が冷えて利久は眼覚めた。厠に立って窓から戸外を覗くと、暁闇の中を細かい雪が舞っていた。再び目覚めて見ると、よい天気であった。暁方雪が落ちたのを知っているのは自分一人かも知れない。漠然とそんなことを考えている時、「今日は何かがやって来るだろう」と、ふと、あらたまった気持ちが心を占めた。利久が突然秀吉に蟄居を命ぜられたのは、二月十三日のことである。全く思いがけない烈しい運命の転変であった。利久は直ちにその晩のうちに郷里である堺に帰ってきて、秀吉の後の御沙汰を待つことになったのだ。彼が死を賜る本当の理由は、大徳寺の木像事件でも、茶器の売買でも、娘のことでも、自分

と武人との交わりに対する秀吉の誤解でもないことを利久は知っていた。十何年か前、当時まだ信長公の一武将であった秀吉と初めて会った時、既に自分の死は決まっており、自分ははっきりとそれを感じていたと思った。なぜなら、その時、利久は彼より十五歳も若い一人の武将と刺し違えたはずであったからである。天正四年春、利久の点前で信長公の御前で秀吉が茶を賜った。秀吉は、茶を喫する態度も法に適い、茶器に対しても恐ろしいほどの眼利きであった。利久は、何ものにも臆さないこの若い武人に大きい感動をもって見惚れるように見入っていたが、「お眼利き、奇特に存じます」と憎しみをもって静かに言った。利久という人間に対して何ものも認めていない秀吉の同じ眼が、茶器を見、道具を見、軸を見ていると感じたからだ。以来、大俗物に対する闘争意欲は、利久の心の内で烈しく燃えていたのである。秀吉が不審庵の露地に咲いた朝顔を見に来た時も、秀吉が来る前に、利久は朝顔の中から一輪だけ選んで摘み採ると、他の朝顔を残らず抜いてしまった。茶室に活けた一輪の朝顔の花は、藝術家利久の心をくぐった藝術作品であるとともに、大俗物に対する一閃の短刀に他ならなかった。

今、関白様からの使者を迎えて、十何年か前の「お眼利き、奇特に存じます」という利久の言葉に対して、秀吉からの言葉が返されるはずであった。利久は不思議と充足した思い、自足した気持ちでそれを迎えた。十何年の長い間、秀吉と利久との間に置かれ続けた緊張は、この時、張り切った糸が切れるようにぷつんと切れたのである。

（荒井真理亜）

陸軍刑務所と死《りくぐんけいむしょとし》　エッセイ

〔作者〕野間宏〔初出〕「東京新聞」昭和三十五年八月五日号。〔全集〕『野間宏全集第二十一巻』昭和四十五年五月十日発行、筑摩書房。

〔内容〕昭和十六年十月十五日、「私」は補充兵教育召集で大阪の四師団三十七連隊歩兵砲中隊に入隊、三カ月の教育を受けて召集解除になる前日、引き続き臨時召集に切り替えられて、上海近くの江湾の兵舎に送られ、次いでフィリピンのバターン、コレヒドール戦に参加させられた。道端に溜まっている水を飲んだために、バターン戦後、マラリアと東洋毛様繊虫病に罹り、大阪に帰る。人事係准尉の事務の手伝いをしたが、治安維持法に問われて六カ月程陸軍刑務所に送られる。昭和十九年十月末に召集解除となる。先日、日本文学代表団の一員として中国を訪れたが、私の戦争についての態度を中国の人々は知っていて、二等兵だった私の姿を想像して笑い、そして乾杯するのだった。

（中谷元宣）

理護摩《りごま》　短編小説

〔作者〕今東光〔初出〕「別冊小説新潮」昭和三十九年一月号。〔初収〕『今東光秀作集第六巻』昭和四十二年十一月十日発行、徳間書店。〔小説の舞台と時代〕八尾。昭和三十年代。

〔内容〕「河内もの」の一つ。三年ほど前から天台院の寺男を志願して手紙をよこす野田という男があった。和尚は野田を琵琶湖を見下ろす泰門庵の寺男にする。次いで、信貴山の登り口近くの東塚（古墳）の上にある空屋敷の留守番にする。そこには、ルンペン同様の六十過ぎの不法滞在者がいた。その男は、摂津生まれなので難波と呼んでくれと言う。しかも、東塚を拝みに来るお照という情婦がいる。野田もお照と関係する。そんなある日、お照がいなくなり、東

塚の石柱あたりが陥没する。つまり、それは古墳盗掘犯が掘り進んで来たトンネルで、お照も地上の見張りをする仲間だったのだ。明くる朝、難波は風のように消え失せ、野田も行方不明となってしまうのであった。

（中谷元宣）

流木《りゅうぼく》　短編小説

〔作者〕庄野潤三〔初出〕「群像」昭和二十八年十二月号。〔全集〕『庄野潤三全集第一巻』昭和四十八年六月発行、講談社。〔小説の舞台と時代〕弁天島、天保山、六甲山、大阪駅、鳥取、米子、佐摩、大山神社、小豆島、高砂、加古川、三宮、徳島、小松島、阿倍野橋、高砂大橋、東二見の駅、本荘。昭和二十五年。

〔内容〕真柄涼子が沼四郎の前に現れたのは彼が大学の四年に進んだときだった。沼と同じ社会学科にいる小山の紹介で一年生の涼子が劇研究会へ入った。彼女が入学したのはこの劇研究会に入るためだった。沼は三年の時からこの研究会の部長を担当していた。涼子の初めの印象は賢そうで、素直で、しっかりしていた。彼女の演技もまもなく先輩たちから好評をえられた。沼は三十人近い部員をよく統率したが、彼のやり方には強引すぎるところがあった。その年の夏、初めての地方公演で涼子は舞台裏で不注意で脱いで、彼女の上半身を沼が見てしまった。そのときから、涼子に対する愛を感じた。公演が終わってメンバーの一人が遊びでボートに乗って流された。それで、沼は男のメンバーを集めて救援隊を組んで助けに行った。幸いに、その人は助けられた。しかし、その夜沼はほかのメンバーを集めて全員を一人ずつ殴ったのだ。涼子もそのとき殴られた。沼が海を見て気持ちがやっと静まり、戻ろうとしたときに涼子と会った。二人はそこで接吻した。これは二人きりの秘密だった。それからは二人だけの機会はほとんどなかった。翌年の冬、やっと劇研究会のメンバー四人で大山へスキーに行った。そのとき、沼と涼子は初めて関係を結んだ。しかし、涼子は普通の女の子と違って沼をもっと頼りにするのではなくて、彼に対して厳しかった。キスさえ禁止した。学校を卒業しても彼は就職しようという意志はまったくなかった。涼子の父は化学工業の会社の専務で、母は美人だった。沼は初めてがっしりした洋館の家の前に立った時、なんとなく気後れがした。彼は田舎で育った男である。涼子の父を見た瞬間も溶け込めないものを感じ取った。それに涼子の父が彼の家族のことを詳しく聞きだすに及んで甚だしく不快を感じた。それから、沼はよく六甲の涼子の家を訪ねるようになった。しかし、時間が経っても彼は就職も決めなかったので、彼の家でも涼子の家でもいい顔を見せなくなった。沼が涼子に結婚の話を出した時、涼子は徳島の公演から戻って返事すると言った。しかし、約束の日、沼は日付を間違えて、涼子をかなり待たせた。そのあと涼子を待っている時、マネージャーと一緒に遅くに戻るのを見て怒って彼女を殴った。後悔して涼子と二人で話せるチャンスを捜したが、なかなか見つからなかった。涼子はずっと彼を避けたのだ。最後に彼への手紙でもう二度と会いたくないと書いてきた。沼は酒と薬を飲んで、高砂大橋の上から身を投じたが、結局、真っ暗な汀の上に流木のように打ち上げられた。一カ月後、再びもとの丈夫な身体にかえった。

（桂　春美）

流木の終駅《りゅうぼくのしゅうえき》　短編小説

〔作者〕黒岩重吾〔初出〕「小説現代」昭和三十八年四月号。〔初収〕『洞の花』昭和三十八年六月十日発行、講談社。〔全集〕『黒

り

岩重吾全集第二十三巻』昭和五十八年十二月二十日発行、中央公論社。〔小説の舞台と時代〕飛田界隈。昭和三十八年頃。

〔内容〕中川一雄が飛田遊郭の傍で、トランプ占を始めてから、もう三年たった。四月になれば、バー・シクラメンのマダム代理ひなえは結婚してもいいと言った。中川もひなえも、岩に打ちつけられ、全身傷だらけの流木であった。愛を育むが、ひなえは失踪する。中川は真相を探る。ひなえはすでに、言い寄る悪徳医者高峰に麻薬中毒にさせられていた。中川とひなえの関係を嫉妬した高峰は、男娼を使いひなえを抱かせ、それをタネにゆすり、関係を迫ったのだ。ひなえは高峰を刺そうとして、逆に殺されたのだった。中川は高峰に復讐、殺害するのであった。（中谷元宣）

料理の名人《りょうりのめいじん》　エッセイ
〔作者〕亀岡太郎〔初出〕『随筆集大阪讃歌』昭和四十八年九月二十九日発行、ロイヤルホテル。
〔内容〕大阪ミナミに八三郎という割烹店がある。ここのオヤジは「この年になるまで包丁を握っている男は大阪広しいえども三人しかいない」と自慢している文化財的人物である。このオヤジは口の悪いことでも有名で、一流銀行の頭取をつかまえても「わいはなあ……」とこんな調子。
　さて、この店の名物である蟹を注文すると、例のオヤジ、籠の中から一匹を引っ張り出して、そのまま無雑作に真っ二つにきり、それをもう一度切って「さあ、お待ちどうさん」と差し出す。「料理いうもんは、醬油で味をつけたり、火かげんしたり、いろいろおますがね……誰が一番立派な材料を仕入れてくるか、それにかかってまんのや」「うちで、美味い蟹食ったゆうて、家帰って、よめはんいじめても無駄でっせ。この蟹はな、うちしかおまへんよってな」と大声で言う。（李　鍾旭）

【る】

留守ごと《るすごと》　エッセイ
〔作者〕折口信夫〔初出〕「暮しの手帖」昭和二十四年四月号、第三号。〔初収〕『現代随想全集第十八巻』昭和二十九年五月発行、創元社。〔全集〕『折口信夫全集第三十三巻』平成十年二月十日発行、中央公論社。
〔内容〕二、三代縁遠いくせがついてしまい、家を離れなかった数多い女の中で、最も印象に残っている叔母との思い出について語っている。同時に目に浮かぶのは、大阪の町の真ん中にある故郷の家の古畳であり、その畳の上での叔母たちの動作が一々思い出される。若い叔母の方は東京帰りで、十歳になっていないうちから聞かされた英語の単語やイソップあたりの動物比喩譚、叔母の東京弁まじりのアクセント、身振りまで思い出すことができる。一年の内に一、二度、気難しい父が北河内の淀川に近い所にある実家に戻り、まる一日家を空けることがあった。主人が家を空ける間にひそかに楽しむ行事を、「留守ごと」と呼んでいた。ある年のある留守ごとに、女たちの藝の「さらへ」が済んだら、母の用意した馳走を出そうという手順になっていた。母は琴を弾き、大叔母は地唄よりは江戸唄をと言って、越後獅子を弾いた。小さい叔母の舞は、極めて自由で美しいもので、皆驚嘆した。その後、いよいよ祖母に藝の順番がまわってきた時、父の車が玄関につき、留守ごとの美しい、のどかな饗宴はひっそりとなり、祖母と母は父を迎えに出る。叔母たちは道具を仏壇の横の暗がりに押し入れ、父が座敷へ来た時には、愉しい心のなごり

を見せるものは何一つちらばっていなかった。父はこれほど嬉しいことはないというようににこにこしながら、床の軸の掛け替えをしようとするのである。母は御馳走を出す前でよかった、留守ごともいいが、「ぬすっとの雛祭り」みたいでひやひやしたと言い、くすくすと笑った。

家族の思い出とともに、大阪の町人の、主人がいない間のひそかな楽しみ「留守ごと」について綴った、大阪人ならではのエッセイである。（林未奈子）

【れ】

麗子《れいこ》　短編小説

〔作者〕難波利三〔初出〕「小説現代」昭和六十年一月一日発行、二十三巻一号。〔初収〕『大阪笑人物語』昭和六十年十二月二十日発行、新潮社。〔小説の舞台と時代〕大阪。現代。

〔内容〕麗子は昔、若花咲江・良江というコンビを組んで漫才をしていたが、コンビ解散後は漫才を諦め、現在は、将来喫茶店かお好み焼き屋をひらくための資金集めとしてトルコ風呂で働いている。そんな麗子のもとに、ある日、客として、もと漫才師で現在はテレビタレントとして活躍している、合田勝太がやってくる。麗子の顔に見覚えのある合田は、以前どこかで会ったことがないかと麗子に聞く。そこで麗子は、自身が昔漫才をしており、その時に合田に会ったことがあることを打ち明ける。それを聞いた合田は、麗子に再デビューの話を持ちかける。その気になった麗子は、家に帰ると早速昔の舞台衣装をタンスから取り出し、昔録音した自身の漫才のビデオを繰り返し観る。その後、麗子の漫才界に戻りたいという気持ちは日毎につのり、麗子はトルコ風呂の仕事も辞める。しかし、合田からの連絡は、二週間、三週間経ってもなかった。しかし、ある日、ようやく合田から電話がかかってくる。麗子はすぐに合田のもとへ向かうが、そこで合田と共に待っていたのはトルコ風呂の経営者の神塚だった。神塚は、自分の店で働かないかと麗子を誘うが、麗子は「トルコ風呂を、たらい回しにしようとしているだけではないか」と感じて腹を立て、すぐに席を立つ。そして、麗子がマンションに帰ると電話が鳴っており、でてみると合田だった。電話で合田はさっきの事を謝り、今度は麗子に自分の二号（セカンドワイフ）にならないかと切り出す。怒った麗子は乱暴に電話を切り、ビデオテープと舞台衣装をハサミで切り刻む。そして、今日から再びトルコ風呂で働くことを決心し、お金を貯めて絶対に喫茶店がお好み焼き屋を開こうと強く思う。（三谷　修）

零時二分梅田発《れいじにふんうめだはつ》　詩

〔作者〕井上靖〔初出〕「文学生活」昭和二十五年十月一日発行、第四号。〔全集〕『井上靖全集第一巻』平成七年四月二十日発行、新潮社。

〔内容〕「私」は、零時二分梅田駅発の終電車に乗るのが好きだ。乗降する人々は、一様に疲労をいっぱいに身につけ、ひたすら眠りのみを欲している。ここには、軽蔑すべき、しかしどうにもならぬ平等があるばかりだ。この時刻の、この電車ほど、人をなべて悲しい生物にみせるものはない。（荒井真理亜）

烈士の墓《れっしのはか》　短編小説

〔作者〕長谷川幸延〔初出〕「日の出」昭和十七年七月一日。〔初収〕『渡御の記』昭和十七年九月十日発行、東光堂。〔小説の舞台と時代〕堺、道頓堀。慶応四年（明治元

年・一八六八）二月十五日、明治七年六月。〔内容〕明治七年六月、大阪道頓堀の「中の芝居」は、開場前から非常な評判で、木戸も割れんばかりに客が殺到した。当時、芝居と言えば心中物か、白浪物か、決まりきったものばかりだったが、「中の芝居」はわずか六年前に起こって、まだ人々の記憶に新しい「妙国寺事件」を、「偖残念剛の碑」という三幕ものとして、初めて上演したのである。しかも、その事件の中心人物として、今なお人々の讃仰の的になっている六番隊隊長蓑浦猪之吉には、その頃人気の絶頂であった青年俳優の中村飛鶴が扮したのである。

「妙国寺事件」は、慶応四年（明治元年）二月十五日、大阪沖に停泊中のフランス軍艦の兵士が、突然堺の町に上陸して、狼藉を働いた。もともと堺の町は幕府の直轄であったが、伏見、鳥羽の戦後、勅命によって土佐藩が警備にあたっていた。フランス軍の数々の乱暴に対し、土佐藩士が狙撃し、十数名のフランス人を殺傷した。フランス公使は、暴行土佐兵二十名の処刑を政府に要求した。十一名が妙国寺で切腹し、絶命した。残りの九名は、立会いのフランス将校が恐怖のために退席したため、切腹が中止となり生き残った。十一人の烈士は、理は当然我にありながら、穏健外交の犠牲となって死んだのである。大阪、堺の人々は、その烈士の最期を、「残念様」といって、心からあわれんだ。お絹は、「福桝屋」の一人娘で、年は二十四歳。娘としては盛りを過ぎかけた年だったが、堺の町でも材木小町と噂される美貌の持ち主であった。「福桝屋」へよく遊びに来ていた蓑浦猪之吉と、自然に想い合うようになっていった。蓑浦は寡黙で、職務に忠実な男であった。すらりとした長身に、土佐人らしい浅黒さ、眉には精悍の気が溢れる昂然とした男らしさがあった。また、仏山と号して、立派な詩を多く残し、心優しい中に、凛とした犯しがたい気象もあった。二人は蓑浦の任期が終わったら、一緒に土佐へ行く約束もしていた。蓑浦はお絹に、妹の藤絵と土佐の月を見せたいと言っていた。そんな矢先、フランス兵の狼藉、土佐藩士の切腹と、「妙国寺事件」が降って湧いたのである。お絹は蓑浦に操を立て、あらゆる良縁にも振り向きもしないで、妙国寺に葬られている十一人の烈士の墓を、事件以来六年間にわたり守り続けていた。今はもう会いたくても会えない蓑浦の姿を拝めると、この度の道頓堀の「中の芝居」の初日を誰よりも心待ちにしていた。しかし、この芝居を最後の幕まで観ることは出来なかった。二幕目が終わって、やがて大詰の切腹の場で、興行差止めとなったのである。以来、お絹は衝撃のあまり、長い間、病床の人となってしまった。ようやく起き上がることが出来るようになり、妙国寺に墓参りに行くと、そこで妙国寺事件の生き残りである土居八之助と、蓑浦猪之吉の妹の藤絵に出会う。二人は「中の芝居」の噂を聞き、わざわざ土佐から出て来たのである。しかし、肝心の興行は差し止められており、せめて墓参りだけはと思い、妙国寺にやってきたのであった。「烈士の墓」の前で、三人は再び「妙国寺事件」を題材とした芝居が上演される日を待とうと誓い合う。大正九年四月二十七日、遂に堺殉難の十一人の烈士は、靖国神社に合祀された。その年、大阪千日前の楽天地は、靖国神社合祀を記念して、食満南北作の「妙国寺の血汐」を上演した。非常な評判で、百数十回の公演であったという。

（荒井真理亜）

レモンの月《れもんのつき》　長編小説

〔作者〕藤沢桓夫〔初出〕「朝日新聞」昭和

れ

二十七年七月一日～十月三十一日発行。〔初版〕『レモンの月』昭和二十七年十二月一日発行、朝日新聞社。〔小説の舞台と時代〕心斎橋。昭和二十年代後半。

〔内容〕有名な音楽家の娘である星川泰子は結婚した姉と折り合いが悪く、自活するため仕事を探していた。父の弟子で、現在はキャバレー「グラナダ」でピアノを弾いている斎木に仕事を紹介して貰おうと訪ねる。斎木は恩師の娘をキャバレーで働かせるわけにはいかないと泰子の頼みを断るが、「グラナダ」で働く女雪子の尽力で歌手として採用される。妹がキャバレーで働いていることを知った姉は、何とか辞めさせようと様々な圧力をかける。泰子の一件があって以来、斎木と雪子は親しく口を聞く関係になっていった。雪子との仲が深まるにつれて、キャバレーのオーナーの松室は斎木に露骨な態度を取るようになる。雪子は松室の愛人であったのである。一方、泰子は、姉が松室に圧力をかけた結果店を辞めさせられる。斎木も辞表を出すが、松室は姿を消した雪子をおびき出すおとりに、斎木を利用するため慰留する。大阪を離れる決心をした雪子は斎木に一緒に逃げて欲しいと懇願する。だが、泰子のことが気がかりな斎木は決心できない。仕事を失った泰子も身の振りかたを斎木に委ねようとする。斎木の心は揺れ動く。幼馴染の吾郎は、泰子に結婚を勧める。危険をかえりみず斎木に会いに出かけた雪子だが、斎木には松室の見張りがついていて、会えない。一人、大阪駅に行った雪子は斎木が一緒に逃げてくれると信じ、東京行きの切符を二枚買う。翌日、斎木は雪子から、八時発の列車で東京へ旅立つという手紙を受け取る。また、泰子からも七時半に会いたいと連絡を受ける。両方の希望を同時に叶えることの出来ない斎木は、最初、泰子との約束の場所に行き、彼女を連れて大阪駅に向かおうと考える。大阪駅に間に合うぎりぎりの時間まで泰子を待ったが、彼女は現れない。斎木は置き手紙を残して大阪駅に向かう。その直後、泰子がやってくる。泰子は、旅支度をした雪子と話し込んでいたのである。泰子は斎木が、自分ではなく雪子を選んだことに傷つく。その心を癒すため、一人で海に行こうと決心する。吾郎から結婚について重大な話があると電話が掛かるが取り合わない。しかし、洲本に滞在していた泰子を行き先も知らないはずの吾郎が訪ねる。わざと、冷淡な態度を取った泰子だが、吾郎が追ってきてくれたことに、ほっとしたような安堵感を覚えた。沖の方へ泳いでいく泰子の後ろを、彼女の行く所ならどこまでも一緒に行こうと決心したように吾郎は泳いでいった。


（巻下健太郎）

【ろ】

老女と少女《ろうじょとしょうじょ》　短編小説

〔作者〕藤沢桓夫〔初出〕未詳。〔初収〕『われ愛す』昭和四十二年十月二十日発行、東方社。〔小説の舞台と時代〕河内長野、千日前裏。昭和四十年頃。

〔内容〕竹岡耕二は中之島の人事興信所に勤めている。その縁で、実家近くの素封家杉村雪子にある人物の身辺調査を依頼される。相手は、紅葉原礼子と言い杉村家の血を引く最後の一人であった。年老いた雪子は、かつて縁を切った甥の娘であっても、引き取って一緒に暮らしたかったのである。耕二は簡単に礼子親娘の消息を突きとめる。礼子は千日前裏の大衆食堂に勤めていた。耕二は、依頼された通り、異性関係について問うが、礼子に恋人は居なかった。雪子に礼子の近況を報告した耕二は彼女を跡取

りにしても大丈夫だと付け加える。しかし、雪子は無関心に聞き流す。十日余り過ぎたある日、耕二は再び礼子を訪ねる。礼子は雪子が会いに来たと話すが、一緒に住むことに乗り気ではない。そんな礼子に耕二は試験のつもりで一緒に住んでみるように勧める。杉村家に入って半月程が過ぎた頃、礼子が耕二の家にやってきて雪子の躾が厳しいと愚痴をこぼす。それから、数日後、雪子から礼子が家出したと聞かされた耕二は、必ず連れ戻すと約束する。そして、礼子の母親も一緒に引き取るように雪子に提案する。長い沈黙の後、雪子は承知する。それを聞いた耕二の胸に昂奮に似たものが快くこみ上げて来た。（巻下健太郎）

ろくでなし《ろくでなし》　短編小説

〔作者〕藤本義一〔初出〕未詳。〔文庫〕『悪い季節』〈角川文庫〉昭和五十五年九月発行、角川書店。〔小説の舞台と時代〕ミナミ界隈。昭和五十年頃。

〔内容〕大阪府警の刑事村瀬卓也の目の前で、逮捕歴が数回あるスリの常習犯夏村麗子は犯行を成功させ、逃走する。スリは現行犯逮捕が原則であり、目撃しても逃げられてはもともこもなかった。しかも驚くべきことに、被害者は麗子の腹違いの妹新谷節子であった。麗子は妾の子であり、それが屈折した理由であるようだ。村瀬は麗子から愛の告白を受ける。しかし、村瀬にすればスリの言葉は信じられないし、また、警察官という職業上の理性もあり、麗子を拒絶する。約半時間後、村瀬は麗子を現行犯逮捕する。女の真剣な気持ちを受け入れることができない「ろくでなし」には、その女を逮捕するぐらいしかできないのだ、と村瀬は呟くのであった。（中谷元宣）

路地裏のお好み焼き《ろじうらのおこのみやき》　エッセイ

〔作者〕仁喜和彦〔初収〕『関西こころの旅路』平成十二年一月二十日発行、山と渓谷社。

〔内容〕天王寺の路地裏に「マンカイのオバハンとこ」と呼んでいたお好み焼き屋があった。三十年ほど前、小学生から高校生になるまで足繁く通った。てらてらでっぷりと肥えたオバハンと客五人がギリギリおさまるような小さな店である。オバハンの口癖だった、「あんたら青春満開やなぁ」という言葉から、「マンカイのオバハン」という呼び名が付いたのである。今にして思えば、親でも教師でもない、お好み焼き屋のオバハンのところに通いつめ、怒られたりほめられたりすることで、かなりの社会勉強をした。そこで知らず知らずのうちに覚えた〝だんどりと思いやり〟は四十男になった今、仕事や人付き合いの流れと淀みの中で、確実に活きている。マンカイのオバハンが店を閉め、姿を消してから十五年ほどたつ。時代が新しくなるごとに「マンカイのオバハンとこ」みたいな昔ながらのお好み焼きが激減した。お好み焼きをフランス料理のようにナイフとフォークで食べる店もある。しかしお好み焼きとは、アルミの器に入ったタネを匙でまぜ、コテで食べるのが本当の食べ方である。

　しかしミナミには法善寺からスバル座の前を路地に入った「おかる」というお好み焼き屋がある。そこは昭和二十四年の創業以来、お客さんに焼いてもらうという商いを貫いている。なぜか「マンカイのオバハンとこ」と同じ雰囲気をかもし出している、大阪のお好み焼き好きなら落ち着くはずの店である。大阪の路地裏にはそういうお好み焼き屋が残っていると信じている。

　「オバハン」というのは「おばさん」の事で、「…とこ」という呼び方も大阪独特の言い回しである。大阪人なら誰しもが分か

る、お好み焼きの食べ方などを書いた、懐かしさを覚えるエッセイである。（田中　葵）

六白金星《ろっぱくきんせい》　短編小説

〔作者〕織田作之助〔初出〕「新生」昭和二十一年三月号。〔初版〕『六白金星』昭和二十一年九月三十日発行、三島書房。〔小説の舞台と時代〕香櫨園、心斎橋、戎橋、坂町、松林寺、千日前、高槻、小宮町、萩之茶屋、桃山、阿倍野橋、岸ノ里、豊中など。一九一〇年代から三〇年代にかけて。

〔内容〕圭介の次男、楢男は、生まれつき頭が悪く、子どものころから奇異な振る舞いが目立った。学校に通っている間は、落第が二度に及んだ。家出して、ビールを飲んでいるところを教師に見つかり、補導されたこともある。「運勢早見書」によると、楢男の星は六白金星で、この年生まれの人は「一端かうと思ひ込んだことはどこまでもやり通」すというが、彼はある日、砒素を飲んで自殺を図る。彼の残した遺書には、「俺ハ誰ノ子デアルカ教ヘテクレ。俺ハコノ疑問ヲ抱イテ死ヌノダ！」とあり、父を激怒させた。一方、長男の修一は、頭がよく、父母から頼りにされていた。自分たちが妾の子であることを、楢男に教えたのは修一である。父の死後、修一は、阪大医学部を卒業し、附属病院の産婦人科の助手となる。彼は二度、見合いをして、二度とも破談する。中学時代から女をあさってきた修一であるが、彼が結婚を望むのは、医師として出世するためである。見合いが破談するたび、妾の子であることが先方に知れたためだと、修一は母、寿枝に八つ当たりする。楢男のほうも、高槻の高医を出てやはり医者になる。彼は学校を卒業する前から下宿暮らしを始め、卒業後、京阪マーケットで知り合った売り子の雪江と同棲を始める。彼女はブリキ職人の子で、以前は女工をしたり、喫茶店に勤めたりしていた女である。寿枝は、二人の結婚に反対し、執拗に楢男の考えを翻そうとする。楢男は、寿枝から姿をくらますため、住むところを転々と変え、勤務場所も桃山の伝染病院から豊中の町医者へと変えたのだが、寿枝は私立探偵を使ってまで、雪江の素性と楢男のアパートを突き止めようとする。楢男はとうとうレプラ療養所で世間と絶縁して生きる道を選ぶ。（国富智子）

ロミオの父《ろみおのちち》　短編小説

〔作者〕阪田寛夫〔初出〕「文学界」昭和四十九年十二月号。〔初収〕『土の器』昭和五十年三月十五日発行、文藝春秋。〔小説の舞台と時代〕関西、米原、松山、東京。現代。

〔内容〕元演出家で、今は歌詞を書くことが仕事の「彼」の「次女」が、文化祭で、ロミオの役を貰ってきた。「彼」は「次女」に〝一度読んでみろ〟といったが、〝いいの〟と答えるだけで、両親の前では全く読もうとしない。「彼」と同じ性質で、「次女」は照れ屋なのだ。「彼」の家族の中で唯一照れ屋でないのは「妻」だけである。文化祭の日、仕事の為に、「次女」の舞台を観に行く事になかなかふんぎりがつかなかった「彼」に、「妻」はしきりに観に行くことを勧めた。「彼」は結局仕事を早目に切り上げ、電車で「次女」の学校へと急いだ。舞台本番では、足りなくなった人数を補って三味線を弾いたりしていた。そんな事は一つも両親に伝えなかった。背の高い「次女」はロミオを含め、男役を二役演じていた。昨年の文化祭（アルト・サックスでソロを弾いた）に引き続き「次女」の〝できる姿〟を「妻」は「彼」に見せたかったのである。そんな「次女」を見て「彼」は、自分の事のように緊張し、恥ずかしがる。正月に彼は、せめてものことにと『ロミオ

とジュリエット』の文庫本を買って「次女」に与えた。

（田中　葵）

【わ】

若き日の聖徳太子《わかきひのしょうとくたいし》　短編小説

〔作者〕福田紀一〔初収〕『浪花のロマン』昭和四十二年十二月二十五日発行、全国書房。〔小説の舞台と時代〕渋河。西暦五八七年七月。

〔内容〕廐戸皇子は、蘇我馬子が指揮する物部氏討伐軍の中にいた。勇敢な兵に守られながら瞑想をしてきた皇子だが、この場は、大陸文明を積極的に取り入れようとする蘇我氏の一員として戦わねばならないと我にかえる。だが、血なまぐさい戦場にあって皇子を元気付けるのは、つねに現実ではなく、美しい遠いイメージであった。渋河の物部屋敷に突撃を繰り返すが、守屋が陣頭に立ち応戦するので次第に討伐軍の士気は衰えていった。そこで、立ち上がったのが廐戸皇子である。手近のヌデリの木を切り刻んで四天王の像を作り、伏し拝み、前髪にとりつけた。その後、再び攻撃を開始した討伐軍は、守屋を討ち取り勝利する。戦後、皇子は、四天王に誓った通り西に海に面した難波の地の小高い丘に四天王寺を建てた。夕陽に映える日本最初の高層建築である五重塔は、大陸文化を迎え入れる灯台として、長く聳えることになったのであった。

（巻下健太郎）

わが小林一三―清く正しく美しく―《わがこばやしいちぞう―きよくただしくうつくしく―》　長編小説

〔作者〕阪田寛夫〔初出〕「文藝」昭和五十八年三月～五月号。〔初版〕『わが小林一三―清く正しく美しく―』昭和五十八年十月八日発行、河出書房新社。〔小説の舞台と時代〕山梨県韮崎、大阪、宝塚、池田。明治六年一月から昭和三十二年一月。

〔内容〕小林一三は山梨県韮崎に明治六年一月三日に生まれたので一三と名づけられた。早く母を失い、父と別れ、少年時代に文学書を耽読、十六歳で上京、慶応義塾卒業後、三井銀行に入り、明治四十年箕面《みのお》有馬電気軌道（現阪急電鉄）専務に就任した。宝塚少女歌劇団の創始者でもある小林一三を描いた評伝小説である。野坂昭如は「生れから育ちを、その以後を社会的背景の中で、編年風に記述しつつ、著者は、その故の題名であろう『わが小林一三』を創り上げている。業績、事実の羅列ではない、すぐれた探偵の如く、残された小林の文章、周辺の証言、寵愛したモノを検証しつつ、惚れこんだが故に届く眼くばりで、さらに惚れ直し、少年の日の感傷を、色合いとしてとどめつつ、決して、溺れない。この兼合いは見事なもので、題名の自負も当然、一人の人間の生きた軌跡を、ただ辿ったのではなく、著者とのいきいきした交感が、実在した小林一三を、小説の、主人公に昇華させているのだ」（「文学界」昭和58年12月）と評した。

（浦西和彦）

わが天神祭り《わがてんじんまつり》　エッセイ

〔作者〕藤本義一〔初出〕『飛鳥から難波へ』〈探訪神々のふる里第五巻〉昭和五十七年五月発行、小学館。〔初収〕『声はずむ水の都』〈日本随筆紀行17〉昭和六十二年一月十日発行、作品社。

〔内容〕大阪では、菅原道真公のことを、天神様とはいわない。天神さんである。親父の語っていたところでは、その昔は、女芝居、浄瑠璃、祭文、新内といった藝事があり、若い男も老いた男も、松島（遊廓）に殺到したという。大阪の祭りは、欲望の

爆発なのである。この十年間に、二度ばかり、船渡御の行列船に乗った。川から岸を見上げる位置で、大阪のエネルギーが感じられた。大阪の町方三郷といわれる北組、南組、そして天満組が、町人、商人を主体にした力で構成されていて、江戸の寺社奉行の管理から外れた祭りを行ったので、大阪の祭りが混然としたエネルギーの氾濫になり、近くに遊廓が生まれるということになったのではないだろうか。

（浦西和彦）

わが炎死なず《わがほのおしなず》　長編小説

〔**作者**〕黒岩重吾〔**初出**〕「いんなあとりっぷ」昭和四十八年三月号～五十年五月号。〔**初版**〕『わが炎死なず』昭和五十年六月十日発行、いんなあとりっぷ社。〔**小説の舞台と時代**〕中之島界隈。昭和二十八年から三十四年。

〔**内容**〕昭和二十八年、株の新聞の記者であった私は、わずか一週間ほどの間に全身が動かなくなり、中之島公園の傍にある回生病院神経科に約四年間入院した。病名は脊髄灰白髄炎、別名、小児麻痺である。全身麻痺で一年間全く動けず、丸太棒のようにベッドの上に転がっているだけだった。陰惨を極める生活の中で妻S子とせめぎ合う。彼女は、他の男に気持ちを移し、やがて去る。入院患者の安村との友情、松葉杖のトレーニング、低周波治療器の購入をめぐるエピソードなどが描かれる。そして再起、作家を志し、退院。学生時代に喧嘩別れした秀子と再会、昭和三十四年秋から住吉の六畳一間のアパートで暮らすようになる。昼、夜と働き、その後アパートの窓際の机に向かって必死に小説を書き、ふと顔をあげると、編物をしている秀子の顔が窓ガラスに映っていた。生のある間、私は生命の炎を燃やして生き続けていくだろう。その炎を消すのは私ではなく、天なのである。本作品は、生への執念を燃やす日々を描く自伝的長編である。初版単行本オビに、「黒岩重吾は、強烈で爽快なバイタリティの持主である。その根本にあるものは、資質ももちろんだが、三十歳のころに送った全身麻痺の三年間であろう。その時期をはじめて長篇に書いた。力感にあふれた作品である」という、吉行淳之介の言葉がある。

（中谷元宣）

わが町《わがまち》　長編小説

〔**作者**〕織田作之助〔**初出**〕「文藝」昭和十七年十一月一日発行。〔**初版**〕『わが町』昭和十八年四月二十日発行、錦城出版社。〔**全集**〕『織田作之助全集第三巻』昭和四十五年四月二十四日発行、講談社。〔**小説の舞台と時代**〕谷町九丁目、千日前、築港、源聖寺坂、生国魂神社、地蔵路地、河童路地、榎路地、狸路地、新世界、松屋町筋、天王寺公園、南河内狭山、生駒、平野町、横堀川、日本橋筋、黒門市場、梅田新道、竹林寺、難波駅、下寺町、いろはの横町、自安寺、カンテキ横町、高津神社、飛田大門通り、法善寺、道頓堀、四ツ橋、市岡、大正橋、境川、萩原天神、堺、中百舌鳥。明治三十五年七月から昭和まで。

〔**内容**〕明治、大正、昭和の三章からなる。マニラ—バギオ間を結ぶバンゲット道路は、日本人工夫六百人余の犠牲のもと完成した。生き残った一人佐渡島他吉は帰国後も再びマニラへとの思い強く、代わって娘婿を送り出した。しかし娘婿は現地で病死、娘もショックで赤子の命と引きかえに死んだ。孫の君江を男手一つで育てるため他吉は人一倍働き、君江自身も十歳で下足番に遣った。年頃になった君江は幼い頃親しくした次郎と再会し、結ばれる。二人は他吉に隠居を勧めるが、「人間は働くために生まれて来た」が持論の他吉は聞き入れない。逆

に、家庭大事さに危険な仕事をしなくなった次郎を怒り、君江を連れ戻してしまった。次郎は荒れ、散財した挙句事故に遭う。君江は働きながら看病し、次郎も再び職に戻る。折りしも大東亜戦争が始まり、他吉の友が慰問隊でマニラ方面へ行くことになった。出発当日、「南の空」が実演されたプラネタリウムの座席で、冷たくなっている他吉が発見される。マニラの空で見た南十字星を見ながら、行きたいといっていたマニラへ行ったのだ、と君江は泣いた。葬式が済み、悔やみの客を送り出した君江の目には、降るような星空が映った。（山本冴子）

わが街の歳月・福島《わがまちのさいげつ・ふくしま》

エッセイ

〔作者〕田辺聖子〔初出〕「サンケイ新聞」昭和五十六年三月二十三日～五月九日夕刊。原題「Ｏｈ！関西『阪神間』」。〔初収〕『歳月切符』昭和五十七年十一月三十日発行、筑摩書房。〔全集〕『田辺聖子全集第二十三巻』平成十八年一月十日発行、集英社。

〔内容〕越路吹雪さんは、最後に入院したとき、「いっぱい恋もしたし、美味しいものも食べたし、歌も唄ったし…もう、いいわ」と言ったらしい。その言葉を思い浮かべながら、筆者は思う。自分もまたこれまでの人生を楽しめた。一生評論家という「神サン」がいるとすれば、その神サンは「まあそんなトコとちゃいますか」と言うに違いないと。筆者は、大阪・福島区に生まれ、尼崎・神戸・伊丹と、西へ流れていった。彼女の人生への満足感は、関西人の気風との関連が深い。関西人には「ショウバイニン」の感覚がある。太っ腹で、目前の小利に足をすくわれず、相手のメンツも立てることができる。そういう人は顔のヒモがほどけている。「もうかりまっか」「ボチボチですワ」というように、関西には「ボチボチ」なる語がある。みんなそれぞれ楽しみごとを持っていて、「ボチボチにまあ、いきまひょか」という気風がある。人生を楽しむことが大阪の「小」市民は巧い。福島にはメリヤス関係の店が多い。福島の町とこのメリヤスを結びつけて書いた小説『花狩』は、「小」市民の逸楽の人生がテーマとなっている。

「福島の、ごちゃごちゃした町の楽しさは、私の人生の好みなり、志向なりを、かたちづくってしまった気がする」

筆者は、自分の人生と福島との関係をこのように振り返る。（国富智子）

若もの《わかもの》

短編小説

〔作者〕武田麟太郎〔初出〕「新潮」昭和八年五月号。〔初収〕『釜ケ崎』〈文座書林文学全集〉昭和九年二月十八日発行、文座書林。〔全集〕『武田麟太郎全集第四巻』昭和二十五年五月五日発行、六興出版社。〔小説の舞台と時代〕大阪（天下茶屋、道頓堀、難波）。昭和八年頃。

〔内容〕私が難波の本屋で雑誌を立ち読みしていた時、学生から「武田の麟ちゃんではありませんか」と声をかけられた。幼馴染の光子の弟の浅田信雄で、高等学校二年生である。姉の光子は三十近い今日までも独り身で、赤玉というカフェにつとめ、一家を経済的に支えている。父はすでに鋳物木型製作所の職を離れ、三度目の妻にも前のと同じく不在中突然に死なれて以来、弱りに弱り、精神は少し魯鈍になっている。信雄は社会主義を熱心に初歩から勉強したいという。組織の手がとどくまで、一緒に勉強しようか、と私は久しぶりに浅田の家を訪ねた。信雄の友達、学校の生徒五人と史的唯物論をテキストにして読書会を開く。隣りの部屋からは父親の経文を誦するものの憂い声がつづく。

「この短編を藤沢桓夫におくる。」という

わ

献辞が付されている。「三十三年三月二十七日、朝」に脱稿。　（浦西和彦）

若者《わかもの》　短編小説

〔作者〕藤沢桓夫〔初出〕「オール読物」昭和二十年十一月号。〔初収〕『初恋』昭和二十二年七月二十日発行、弘文社。〔小説の舞台と時代〕立売堀。戦時中。

〔内容〕岸本清一は、修行中の若い将棋指しである。清一が将棋の道に入ったのは不幸な事故がきっかけであった。船場の材木問屋の一人息子として生まれた清一は、何不自由なく成長した。しかし、中学のとき始めた野球の練習中、目にボールを当て、視力を失う。学業を続けることが困難になり、清一は学校を辞める。家業を継ぐ気は無く、自分に身についた仕事で身を立てようと考えていた清一は、将棋指しになるため、喜志八段の門を叩く。なかなか上達しない清一に兄弟子は定跡の研究を勧める。負けず嫌いの性格と相俟って研究の成果は覿面に現れる。入門後、一年半で四級に進み、錬成会の対局にも出場するようになる。だが、同期の棋士が昇級して行くのに対し、清一の棋力は伸び悩む。視力の弱い清一を「盲人棋士石本検校」になぞらえ「岸本検校」と呼ぶ者が出てくる。この綽名に軽侮の調子が混じっていることを感じた清一はひそかに唇を噛む。自分の将棋の欠点を補うため詰め将棋の研究を始め、時間の許す限り高段者の対局の記録係を買って出た。先輩棋士から「名記録係」との異名を貰う頃には、清一の棋力は格段に進歩していた。ある日、清一は喜志八段らと病院へ傷病兵の慰問に出かける。患者の中で一番将棋の強い男と清一は「盲人将棋」を指す。眼の悪い清一は頭の中で手筋を考える習慣が出来ており、目隠しをして指すことは苦ではなかった。予想通り、勝負は清一の勝ちであったが、相手からも観客からも、明るい笑い声が起こった。清一は将棋指しになって以来、この時ほど楽しい気分になったことはなかった。その後の大阪最初の大空襲で清一の家も焼ける。だが、清一は、きっと自分は死なないと思い、真っ赤に染まった遠い空を見上げ、いつも通りの明るい顔で、歩いて行った。

　なお、この小説のモデルは実在の棋士、西本馨である。　（巻下健太郎）

わが淀川《わがよどがわ》—やぶにらみ浪花噺—《やぶにらみなにわばなし》　短編小説・エッセイ・詩

〔作者〕井上俊夫〔初版〕『わが淀川—やぶにらみ浪花噺—』昭和五十四年四月十七日発行、草思社。

〔内容〕「ガイメロ」「三十石船」「小さな小さな船客」「子供を河へ落した女」「くらわんか船」「川小便」「忠度都落」「葦刈」「みじか夜や…」「野渡」「扇さしかくして…」「遊女宮城」「『伊勢丸耳語』第八十二番」「洪水」「藤井竹外」の、淀川に関する短編小説、エッセイ、詩、戯文、考証文など十五編と「あとがき」を収録。淀川沿岸の旧蹟を訪ねまわったり、あるいは土俗や治水の資料を集めたりなどの歴史散歩ふうの取材と叙述の方法を拒否したところに本書は成立している。「わが淀川」という題名は、敬愛する幕末の詩人藤井竹外いうところの「わが澱江」の顰《ひそみ》に倣《なら》ったものであると、「あとがき」でいう。

　〝水船〟とか〝溺れ〟などという言葉は、淀川で船をあやつる者にとって絶対禁物の忌み詞《ことば》である。三十石船に乗り遅れたまだ十五、六の下女風の小娘が、わたえの大好きな頼山陽という偉い詩人先生から教えてもろたと、船頭のいやがる不吉な言葉を投げつける「ガイメロ」や「三十石船」「子供を河へ落した女」「くらわんか船」等の

わ

短編小説、詩「川小便―ビアス風に」など、近世の淀川史話、伝承、古典などから取材して淀川べりを描く。

（浦西和彦）

病葉の踊り《わくらばのおどり》　短編小説

〔作者〕黒岩重吾〔初出〕「近代説話」昭和三十五年四月号。〔初収〕『青い火花』昭和三十六年三月一日発行、東方社。〔全集〕『黒岩重吾全集第二十二巻』昭和五十九年三月二十日発行、中央公論社。〔小説の舞台と時代〕大阪、満州。大正末から昭和三十年頃。

〔内容〕幼少の頃から様々な病気を繰り返した、猿のような風貌の男の遺稿。その男は、自分を「俺」と呼び、その半生を綴る。「俺」は、大正十三年の春、出雲大社の神殿の傍に捨てられていた。大阪博労町に住む紙屋の中年夫婦に拾われ育てられるが、非常に病弱であった。満州第八三七野砲連隊でも、病気が幸いし、陸軍病院に入院、戦いで命を落とさずにすむ。そこで浜谷と関係を持ち、ソ連が侵入した時、二人で逃げようとするが、浜谷は「俺」が喀血したと偽り、「俺」だけ担送患者としてハルピンに送られ、本土に帰る。浜谷は「俺」と逃げるのが怖くなったのか、いや「俺」だけを安全な場所に逃がそうとしたのか、その真意はわからなかった。その後、肺浸潤となり、入院。その絶対安静中、阿倍野から飛田にいたる街路で、くる病の醜い女を買うが、その女に「あんたは人間やない、うちの同類や、仲間や」と言われ、逃げる。一年の絶対安静の後、復学、そして北浜で相場予想をやり、成功する。しかし小児麻痺となり、再び入院。そこで、恨みと嘲笑に満ちた目で見つめる看護婦岡部と出会う。岡部は、かつて東満の病院に勤務していて、浜谷と同性愛に耽っていたが、浜谷を俺に取られたため、取り返すために、性的にあまり能力のない「俺」をはるかに上回る男を浜谷にあてがい、「俺」を捨てさせたのであった。俺は自分の無力を知り、自殺する。

（中谷元宣）

忘れ得ぬ日の記録《わすれえぬひのきろく》　エッセイ

〔作者〕谷崎潤一郎〔初出〕『天皇歌集みやまきりしま』昭和二十六年十一月三日発行、毎日新聞社。〔全集〕『谷崎潤一郎全集第十六巻』昭和五十七年八月二十五日発行、中央公論社。

〔内容〕大宮御所にて、天皇陛下の御前で、新村出・吉井勇・川田順らとともに、文藝について自由に語り合った雑談の記録。末尾に「（日記より抄出）」とある。作者は、大阪人気質についての質問を受け、関東大震災以来上方に住みこちらの人情を解するに至ったこと、文楽人形の顔に大阪人の特徴がよく出ていること、大阪人の粘り強く実行力に富むこと、大阪人と東京人が喧嘩すれば結局大阪人が勝つであろうこと、大阪人の方が東京人よりも脂切って肉声もドギツク、悪く言えば下品であるがよく言えば力強いこと、義太夫と長唄の差などを答えた。新村・吉井・川田もこれに続き、近松西鶴秋成などの文学の特徴、天神祭の特色、大阪人の買物・経済観念、そして言葉、文楽、歌についてなど多岐にわたった。

（中谷元宣）

私の食物誌《わたくしのしょくもつし》　エッセイ

〔作者〕吉田健一〔初出〕「長浜の鴨」より「東京の雑煮」（「読売新聞」昭和46年2月4日～12月26日）、「東京のおせち」より「日本の米」（単行本のための書き下ろし）、「食物の美」（初出未詳）、「酒の味その他」（「別冊文藝春秋」昭和43年12月号）、「酒と風土」（初出未詳）、「飲む場所」（「甘辛春秋」昭和45年3月、6月、9月、12月号）、

「立食式」（「小説新潮」昭和45年8月号）、「旨いもの」（「別冊文藝春秋」昭和45年9月号）。〔初版〕『私の食物誌』昭和四十七年十一月三十日発行、中央公論社。

〔内容〕日本全国の名産品や、郷土料理の印象を綴ったエッセイ集。特定の店や料理人の腕前よりも、素材そのものの味を表現することに重点が置かれていることが特色。「大阪といふのは大体が食べものの旨い所だ」と著者は言い、大阪の旨い食べ物として、雀鮨、かやく飯、いいだこの煮もの、鰻の佃煮、鱧、鯖鮨などを挙げて紹介している。また、「小さな店で、そこの主人か板前が腕にものを言はせて旨いものを客に食べさせる」店を大阪では「小料理屋」と称し、それが「大阪の到るところにある」と紹介しており、さらに「大阪に行けば酒は何でも旨い」と述べているように、大阪の食に対する評価の高さを窺い知ることができる。（大杉健太）

私と大阪《わたしとおおさか》　エッセイ
〔作者〕ミヤコ蝶々〔初出〕『随筆集大阪讃歌』昭和四十八年九月二十九日発行、ロイヤルホテル。
〔内容〕「私は幸せな大阪の女ひとりです」。と自叙伝を舞台化した「女ひとり」の大詰めの舞台で挨拶したミヤコ蝶々の大阪に対する郷土愛を綴った随筆。
　何から何まで大阪が、というのではありません。江戸っ子気質で生涯を通した父に育てられたせいか東京と大阪、それぞれの味わいに各々の良さがあるように思われます。しかし、東京の街の変容ぶりと比較して大阪がそれに一歩遅れていると言われるのも、ドロ臭さの代表のように扱われるのも困ります。昔、大阪人としての「私」を取り上げて大阪の蝶々といった構成の番組が企画されました。しかし、そこに生き生きした大阪はなく、古い古い感じの大阪しかなかった。大阪代表のような扱いを、そういう形でされたくなかったので断りましたが、そこには仕事を断ってまで大阪をドロ臭く描いて欲しくない郷土愛がありました。「女ひとり」の舞台で「私は幸せな大阪の女ひとりです」という表現で挨拶をしましたが、これは単に大阪のお客様に対する儀礼的なものではない、ごく自然に出た言葉でした。「私」もいずれはこの大阪に骨を埋めるでしょう。「私」と大阪はそんな間柄なのです。（高橋博美）

私と〝サイカク〟《わたしと〝さいかく〟》　エッセイ
〔作者〕開高健〔初出〕『古典日本文学全集第22巻井原西鶴集（上）付録2』昭和三十四年十一月五日発行、筑摩書房。〔初収〕『言葉の落葉Ⅰ』昭和五十四年十一月二十五日発行、冨山房。〔全集〕『開高健全集第13巻』平成四年十二月五日発行、新潮社。
〔内容〕西鶴の日本文学に占める特異さの故に「サイカク」と表現したほうがぴったりくる。織田作之助の判定した西鶴の諸性質は大阪生まれの私には親近感を以って理解できるが、織田や太宰治、武田麟太郎らのイメージにはいつも食い足りない印象があった。それを自ら書いてみようと思いながら果たせないでいる、と述べる。（大杉健太）

私の裏切り裏切られ史《わたしのうらぎりうらぎられし》　エッセイ
〔作者〕花登筺〔初出〕「週刊朝日」昭和五十八年二月二十五日〜九月十六日号。〔初版〕『私の裏切り裏切られ史』昭和五十八年十二月十日発行、朝日新聞社。
〔内容〕テレビ草創期から「番頭はんと丁稚どん」「細うで繁盛記」「どてらい男」などで活躍した花登筺が昭和五十七年夏に大吐血して、胃潰瘍の手術を受けた。病院の

わ

ベッドで「あまりの『裏切られ』の多さと、また『裏切り』をせねば泳いで行けぬテレビ界を含む藝能界という不思議な海の中での体験記や告白を、二度とペンを持てぬかも知れぬ、と信じた私が書き残しておきたい」という。「敵を作る時には、まず味方を作ってからにしろ」という商法をもとに、松岡社長に「悪貨は良貨を駆逐する」と言ってのけたために、十年間、「松岡パージ」を受けたことや、スポンサーに拒否され、三年間どこのテレビ局でも採用にならなかった「どてらい男」が、制作局長の執念で日の目を見たとたんに大評判になったことなどが回想される。テレビ局や藝能社で活躍した大村崑、西郷輝彦、本郷功次郎をはじめ、大勢の人間模様が描かれる。

（浦西和彦）

私の大阪《わたしのおおさか》　エッセイ

〔作者〕藤沢桓夫〔初版〕『私の大阪』昭和五十七年十一月二十日発行、創元社。

〔内容〕「文学的放談」「随想」「大阪随筆」「私の履歴書」の四部から成る随筆集。「あとがき」には「文学的放談」の全十八章のうち十二章までは、昭和五十五年中央公論社の「歴史と人物」に一年間連載され、残る六章は昭和五十六年秋「神戸新聞」の随想欄に書かれたとある。また、「私の履歴書」は昭和五十六年六月二十八日から七月二十三日まで「日本経済新聞」に連載されたとある。

「文学的放談」決まったテーマについて書かれているのではなく大阪の今昔、著名な漢学者の祖父南岳や、かつて森鷗外の部下であった叔父に対する思い出など、内容は多岐にわたる。

「随想」特に大阪を扱っている訳ではないが学生時代に堀辰雄と芥川龍之介を訪ね、三人で萩原朔太郎宅へダンス見物に出かけたエピソード。筆者の愛した将棋に関する文章が収められている。また、「大阪酔虎伝」と題し「上方高座の生字引」と呼ばれた酒豪の友人、吉田留三郎への回想記も併せて収められている。

「大阪随筆」の「大阪人はうどん好き」では主にきつねうどんを例に大阪人の気質、好みについて書いている。また、「赤い灯青い灯」からは冷やし飴屋や絵葉書屋が繁華街にもあったのどかな大正期の道頓堀界隈の様子を知ることができる。

「私の履歴書」筆者の交遊録、文壇への進出などの出来事を綴った半生記。一度浪人したこともある受験時のエピソードなどは興味深い。また筆者の回想の背景として描かれている大阪の街の様子についても注目したい。

（巻下健太郎）

私の大阪人観《わたしのおおさかじんかん》　エッセイ

〔作者〕辻久子〔初出〕『随筆集大阪讃歌』昭和四十八年九月二十九日発行、ロイヤルホテル。

〔内容〕音楽家の「私」は、大阪に生まれて大阪に育ち、ずっと大阪近辺から離れることがなかった。大阪があまりにも身近で、「私」もやはり一大阪人であるので、大阪人について、改めて見直そうとしても、なかなかわかりにくいものである。大阪人は「ど根性」があり、情に溺れやすく、突飛な行動をするというレッテルを貼られている。しかし、「私」たち大阪人から見れば、大阪に限らず、成功には「ど根性」は必要なものであり、一見突飛で「どえらいこと」をしでかしたように見えても、理論的に細かく計算されたものの上に、強い信念があっての行動ということになる。なるほど、大阪は、中央集権都市の東京と、何かにつけて比較されやすいが、ローカルに見えても、真の大阪人は非常に国際的で、各分野

で成功を収めている人が多い。（荒井真理亜）

私の大阪八景《わたしのおおさかはっけい》　長編小説

〔作者〕田辺聖子〔初出〕「民のカマド〈私の大阪八景その一福島界隈〉」（「のおと」昭和36年12月1日発行、第8号）。「陛下と豆の木〈私の大阪八景その二淀川〉」（「大阪文学」昭和37年9月20日発行、第9号）。「神々のしっぽ〈私の大阪八景その三馬場町・教育塔〉」（「大阪文学」昭和38年7月1日発行、第10号）。「われら御楯」（「文学界」昭和40年9月1日発行、第19巻9号）。「文明開化」は書き下ろし。〔初版〕『私の大阪八景』昭和四十年十一月一日発行、文藝春秋新社。〔全集〕『田辺聖子全集第一巻』平成十六年九月十日発行、集英社。〔**小説の舞台と時代**〕大阪（福島、淀川、馬場町、四貫島、鶴橋、梅田、堂島川）、兵庫（武庫川）。昭和十五年頃から二十二年まで。

〔内容〕「民のカマド」「陛下と豆の木」「神々のしっぽ」「われら御楯」「文明開化」の五章から成る、自伝的長編小説。トキコという少女が、戦時下の大阪で成長して行く姿が描かれている。

　トキコは、写真館の娘である。トキコは小学六年生の時に、同級生の清川アキラという少年を好きになった。しかし、中学校への進学を機に、二人は離れ離れになる。そして、女学校へ進学したトキコは、天皇陛下のためなら命も要らないという、忠臣ぶりを示すようになっていく。大東亜戦争が始まって四年目の正月があけると、トキコは学徒動員で航空機製作所の工場へ行くことになる。工場へ動員されるときまったとき、トキコは嬉しくてたまらなかった。トキコは、すべての青春を捧げてただただ、祖国と天皇陛下を護りぬかなければいけないと思うのである。だが、空襲でトキコの家が焼かれてから、トキコの心はからっぽになった。そして、昭和二十年八月十五日に戦争が終わる。敗戦後、トキコは偶然会った幼馴染から、小学校時代に好きだった清川アキラが死んだことを知らされる。ある日、トキコが梅田新道の金物問屋で仕事をしていると、関西へ巡行に来た天皇陛下が梅田新道を車で通った。トキコが天皇陛下の姿を見ていると、トキコの耳に「ヘイカ！　置いていかないで下さあいッ！」という、無数の死者の叫びが聞こえてくる。（三谷　修）

私のふるさと《わたしのふるさと》　エッセイ

〔作者〕川端康成〔初出〕「週刊サンケイ」昭和三十八年七月十五日号。〔全集〕『川端康成全集第三十三巻』昭和五十七年五月二十日発行、新潮社。

〔内容〕孤児として育った浮浪の境涯から「落ちつく場所」であるはずの「ふるさと」に対して思いをめぐらせた随筆。

　「私」の郷里は大阪府三島郡豊川村大字宿久庄東村である。今は、豊川村の一部は箕面市に合併され、残りは茨木市に合併された。「私」が村を離れたころ、五十戸ほどあった戸数は今もあまり増えていないらしい。しかし、毎日町から食料などを売りに来てささやかな露天市が立ち、そのひとときだけは村人で賑わうという。本当のことであろうか。「私」が先祖代々の「ふるさと」の村、宿久庄を離れて、五十年になる。親のない子の「私」をいたわってくれた「ふるさと」は懐かしい。しかし無頼浮浪の「私」は旅のところどころ、たとえばデンマーク、パリなどにも「ふるさと」を感じる。私は宿久庄に落ちつくよりも、それらの外国の土地に住みたいのではないか。人間のふるさとはどこにもなく、世界のどこにでもあるかのようだ。宿久庄などの田舎、農村はまだいいだろうが、日本のたい

ていの町は「ふるさと」らしさを失いつつある。むしろ、外国にふるさとは残っているのではないかとさえ思うくらいだ。ふるさととはなんであろうか。

「週刊サンケイ」の「私のふるさと」と題する連載欄の第二十七回に発表された一文。（高橋博美）

私の見た大阪及び大阪人《わたしのみたおおさかおよびおおさかじん》　エッセイ

〔作者〕谷崎潤一郎〔初出〕「中央公論」昭和七年二月～四月号。〔初収〕『倚松庵随筆』昭和七年四月十五日発行、創元社。〔全集〕『谷崎潤一郎全集第二十巻』昭和五十七年十二月二十五日発行、中央公論社。

〔内容〕「『阪神見聞録』を書いた時のやうに皮肉な興味からでなく、今や第二の故郷たらんとする京阪の地への愛情から」の、東京から移住した後足かけ十年の観察に基づいた上方文化の批評。大阪は何よりも先に金がものを言い、活動的、進取的であるが、全てがあくどく、エゲツない。話題は大阪ならではのファッション、声、生活定式（年中行事）、倹約、言葉、文楽、風土と広がる。大阪女性の声は潤い、艶、あたたか味があり、東京よりも大阪に軍配を上げると言う。「伊豆山放談」（「サンデー毎日」昭和35年1月3日発行）の一章「声」でも同様に述べている。（中谷元宣）

笑い泣き人生《わらいなきじんせい》　長編小説

〔作者〕長谷川幸延〔初版〕『笑い泣き人生』昭和四十五年九月二十日発行、東京文藝社。〔小説の舞台と時代〕千日前、道頓堀、宗右衛門町、伊丹、堺、岸和田、心斎橋、梅田。明治三十五年から昭和二十三年。

〔内容〕大阪喜劇の生みの親である曾我廼家五郎、十郎の生涯を描いた伝記小説。歌舞伎役者であった中村柵之助は今のままでは芽が出ないと見切りをつけ、芝居仲間の中村時代とともに喜劇を興した。そして、柵之助は曾我廼家五郎、時代は十郎と改名する。素人ばかりで苦労しながらも努力が実り、曾我廼家の喜劇は大阪、京都、東京と受け入れられていった。十郎の巧まずしてその役になり切る軽妙な芸風に対して、五郎は声を潰して声を造り自分の個性とした。明治から大正へ時代の移り変わりとともに曾我廼家の芝居も変化して行き、やがて十郎と五郎は芝居に対する考え方の相違から分かれて、それぞれの劇団を立ち上げた。十郎の芸風はいよいよ枯淡の域に達していたが、結局は五郎の積極さが十郎を圧倒した形になった。大正十四年十二月四日、十郎が亡くなった。十郎の死を知って五郎は「兄貴、殺生やぜ。わしをこんな声にしたまま死んでしまうのは。」「兄貴と舞台で張り合わなんだら、わしも人並の声でいられたやろうのに…」と言って泣いた。芝居のために造った声、それが原因で五郎は後年舌ガンと闘うことになる。ついに五郎は声を捨て、弟子に自分の台詞をつけさせて、それに合わせて演技した。五郎の舞台に対する執念はすさまじいものがあって、客は五郎を「声のない鬼」と呼んだ。命を賭してまで、芝居に生きた男たちの半生を描く。（荒井真理亜）

悪い季節《わるいきせつ》　短編小説

〔作者〕藤本義一〔初出〕未詳。〔文庫〕『悪い季節』〈角川文庫〉昭和五十五年九月発行、角川書店。〔小説の舞台と時代〕梅田界隈。昭和五十年頃。

〔内容〕浪速有線放送株式会社の営業マン新作と、成人式を迎えたばかりの歌手志望の家出娘友枝の四畳半一間の同棲生活も二年を数え、そろそろ転機がやってきた。友枝が妊娠したのである。産みたいと言う。

新作は漠然とした死の恐怖を抱えながらも、大金をつかむために、自社を裏切り、新興のライバル社大阪ミュージックの新規開拓に協力、加盟店を増やすことに手を貸す。二つの会社の思惑にはさまれ、新作は何者かに刺殺される。友枝は号泣する。友枝は新作の遺骨を海辺の彼の故郷に連れて帰るが、そこで流産してしまう。荒れる海の波の音は、いつも悪い季節を連れて来る音だと、友枝は思うのであった。（中谷元宜）

我は海の子《われはうみのこ》　短編小説

〔作者〕長谷川幸延〔初出〕未詳。〔初収〕『舞扇』昭和十八年六月十日発行、六合書院。〔小説の舞台と時代〕新世界付近。昭和初期。

〔内容〕源太郎と平吉は漫才師である。二人がコンビになって七、八年、舞台のことでは喧嘩もしたが、その他のことでは兄弟の如く仲のいい二人であった。舞台の藝では華やかな人気には乏しかったが、栄枯盛衰の激しい藝人社会でいつも堅実に一つの位置を保っていた。二人の秘蔵のネタは、最新作の「我は海の子」である「我は海の子」は、我は海の子白波の……の唱歌の音楽伴奏で、源太郎と平吉が水平帽、水平服で颯爽と登場する、という冒頭からして、人々の意表を衝いていた。話の内容も笑いの中に海の科学、海事思想、そして海防の観念を盛り込んでいく。この新作漫才は、各方面で好評を博した。ところが、源太郎はやり始めてから二カ月も経たぬうちに、ぴたりと呼び物の「我は海の子」を封じてしまった。誰もが不審がって、首をかしげた。源太郎には源一という男の子が一人あった。生まれてすぐに母親が死んだので、源太郎は源一を手許で育てずに、三重県鳥羽の漁村の遠縁に預けた。源太郎は子供の頃から海が大好きであった。源太郎の祖父も鳥羽の漁村で網元を業とし、果ては持ち舟とともに海の藻屑となってしまったが、やはり海を愛する人であった。そして、血は争えないのか、源一もまた、中学を優秀な成績で卒業すると、海軍兵学校へ入学したいと言い出した。「我は海の子」の新ネタも、そこに芽を吹き、実を結んだのであろう。しかし、源一の海軍兵学校の受験は失敗に終わった。源一は一年間死に身になって勉強して来年こそはパスしてみせると意気込むが、息子の受験の失敗を源太郎は自分のせいだと思い込んでしまう。源太郎は、海軍兵学校の入学資格として、何よりも温かい家庭の、自然な環境に育った者が尊重されるという噂を耳にし、自分が漫才師であることが源一の足を引っ張っているのだと思う。ちょうど「我は海の子」がもてはやされていた時ではあったが、源一のことを考えると何が「我は海の子」だと、秘蔵のネタを封じてしまったのである。源太郎はそれ以来目に見えて衰えてしまった。しかも、死病の胃癌であった。源太郎は病床から平吉に向かって、「平やん。もういっぺん演りたいなあ、『我は海の子』を。わしは世の中に拗ねて、あれを封じてしもうたが、今こそあれを演って、漫才師は漫才師なりに、せめて生き甲斐のある仕事がしたいなあ」と言う。平吉は、源太郎を励ますために、「我は海の子」の稽古をする。しかし、そんなことがあってすぐに、源太郎は死んだ。源一はちょうど受験中であった。源太郎は、自分が死んでも源一には知らせるなと言い、源一が不合格の時のことを案じて、平吉に後のことを頼んで逝った。源太郎の初七日の前日、源一から源太郎あてに試験合格の電報が届いた。平吉は源太郎の取り越し苦労がうれしくもあり、源太郎がそれを知らずに亡くなったのが悔しくもあった。（荒井真理亜）

大阪近代文学書目

宇田川文海《うだがわぶんかい》

嘉永元年（一八四八）二月二十二日〜昭和五年（一九三〇）一月六日。

春霞筑波曙　宇田川文海校閲
明治十四年十二月（日付ナシ）出版　御届十二月　編輯出版人・和田喜三郎　大売捌・岡嶋真七　中本　紙装和綴　一三丁　定価記載ナシ
§木版口絵（山崎年信）／序詞《はしがき》／春霞筑波曙（第一〜五回）

春霞筑波曙第二編　宇田川文海校閲
明治十五年三月（日付ナシ）出版　編輯出版人・和田喜三郎　大売捌・岡嶋真七　中本　紙装和綴　一五丁　二銭
§木版口絵（芳峰）／春霞筑波曙第二編（第六〜九回）

北国奇談檜の橘初編　宇田川文海校閲
明治十五年七月（日付ナシ）出版　御届七月三日　編輯出版人・内藤久人　発売所・駸々堂本店　中本　紙装和綴　三〇丁　定価記載ナシ
§序／北国奇談檜の橘（発端〜第二十齣）

北国奇談檜の橘第二編　宇田川文海校閲
明治十五年八月（日付ナシ）出版　御届七月三日　編輯出版人・内藤久人　発売所・駸々堂本店　中本　紙装和綴　二六丁　一五銭
§北国奇談檜の橘第二編（第二十一〜四十齣）

北国奇談檜の橘第三編　宇田川文海校閲
明治十五年九月（日付ナシ）出版　御届七月三日　駸々堂本店　中本　紙装和綴　二八丁　一五銭　表紙画・芳峰
§北国奇談檜の橘第三編（第四十一〜五十九齣）

鴈信壺の碑第一編
明治十五年十月（日付ナシ）出版　御届十月九日　編輯兼出版人・浅野米次郎　発売所・太田権七　中本　紙装和綴　二〇丁　八銭
§鴈信壺の碑（第一〜十五回）

鴈信壺の碑第二編
明治十五年十月（日付ナシ）出版　御届九月三十日　編輯兼出版人・浅野米次郎　発売所・太田権七　中本　紙装和綴　一九丁　八銭
§鴈信壺の碑（第十六〜三十回）

鴈信壺の碑第三編
明治十五年十月（日付ナシ）出版　御届十月九日　編輯兼出版

人・浅野米次郎　発売所・太田権七　中本　紙装和綴　二〇丁八銭

鴈信壺の碑第四編

§鴈信壺の碑（第三十一～四十二回）

明治十五年十一月出版　御届十一月二日　編輯兼出版人・浅野米次郎　発売所・太田権七　中本　紙装和綴　一〇丁　六銭

§鴈信壺の碑（第四十三～五十回）

浮萍断梗夢乃手枕　宇田川文海校正

明治十六年九月三十日出版　御届五月十九日　駸々堂本店　中本　紙装和綴　九三丁　定価記載ナシ　旭亭芳峯画

§はしがき／浮萍断梗夢の手枕（第一～五十章の下）

奇縁井出の下帯　宇田川文海校正

明治十六年十月三十一日出版　御届七月五日　駸々堂本店　中本　紙装和綴　四一丁　定価記載ナシ　仙斎年信画

§奇縁井出の下帯（第一～二十回）

伏見義民伝初編　宇田川文海校

明治十六年十一月十四日出版　御届七月十八日　編輯兼出版人・内藤久人　西京発売所・駸々堂本店　東京発兌元・絵入自由出版社　大坂発兌元・岡島支店　中本　紙装和綴　二四丁一二銭

§序（柳亭種彦）／天明騒動伏見義民伝初編（第一～十回）

勤王佐幕巷説二葉松初篇　宇田川文海校

明治十七年一月八日出版　御届明治十六年十二月十七日　駸々堂　中本　紙装和綴　五六丁　二五銭　旭亭芳峰画

§序詞／勤王佐幕巷説二葉松初篇（第一～二十六齣）

勤王佐幕巷説二葉松二篇　宇田川文海校正

明治十七年二月（日付ナシ）出版　御届明治十六年十二月十七日駸々堂　中本　紙装和綴　五六丁　二五銭　旭亭芳峰画

§勤王佐幕巷説二葉松二篇（第二十七～五十七齣）

春宵閑話新街夜作楽　宇田川文海校正

明治十七年六月十六日出版　御届五月二十七日　駸々堂　中本紙装和綴　六四丁　三〇銭

§春宵閑話新街夜作楽の序／春宵閑話新街夜作楽（第一～二十二回）

新編三枝物語　宇田川文海校閲

明治十八年九月七日刻成出版　編輯人・中村善兵衛　出版人・和田庄蔵　大阪発売元・婦美屋つね　京都売捌元・婦美屋出張所　東京売捌元・婦美屋文治　四六判　厚紙（背クロス）装二二五頁　一円二五銭　旭亭芳峰画

§序／口絵／新編三枝物語（第一～十七章）

欧洲佳劇断腸花　宇田川文海訳述

明治二十年八月刻成　岡島宝文館　四六判　厚紙（背クロス）装　二一〇頁　定価記載ナシ

§序（菊池三溪）／口絵／自序／例言／断腸花（第一～三齣）

同窓美談青年の友　宇田川文海著

明治二十年十二月（日付ナシ）出版　金港堂　四六判　紙装　一五六頁　定価記載ナシ

§自序／青年の友（第一～十二回）

汝所好　宇田川文海著

明治二十一年十二月二十四日出版　出版人・大淵濤　発売所・駸々堂本店　四六判　紙装　一六八頁　定価記載ナシ

§口絵／汝所好（第一～十六回）

蓮乃露　宇田川文海校　静処散士著

明治二十一年十二月二十九日出版　駸々堂本店　四六判　紙装
二三二頁　定価記載ナシ
§蓮の露（第一～二十四回）

花嫁　宇田川文海校　静処散士著
明治二十二年一月二十一日出版　駸々堂本店　四六判　紙装
一四八頁　定価記載ナシ
§花嫁（第一～十一回）

小説ありのまゝ　宇田川文海校　静処散士著
明治二十二年一月三十一日出版　出版人・大淵濤　発売所・駸
々堂本店　中本　紙装　一五二頁　定価記載ナシ
§口絵／小説ありのまゝ（第一～九章）

狂花
明治二十二年三月十八日発行　岡本書房　大売捌・金川支店
中本　一四三頁　定価記載ナシ
§自序／狂花

雪中松
明治二十二年五月二十五日発行　日吉堂　中本　厚紙装　二八
五頁　定価記載ナシ　挿絵（吟光）
＊明治二十五年十月（日付ナシ）再版発行

銀釵　宇田川文海著
明治二十二年五月二十八日出版　駸々堂本店　四六判　厚紙
（背クロス）装　三二六頁　定価記載ナシ
§口絵／銀釵（第一～二十八回）

おもひ起や　宇田川文海著
明治二十二年七月十九日出版　偉業館　大売捌・北島長吉・岡
本支店　四六判　厚紙装　一六七頁　定価記載ナシ
§おもひきやの序／口絵／おもひきや（第一～十八）

貧福
明治二十二年七月三十日発行　駸々堂書店　中本　厚紙装　二
二一頁　定価記載ナシ
§貧福

小説叢書 **可比よ世一籠**　宇田川文海著
明治二十五年二月十日出版　出版人・岡島真七　売捌所・岡島
真七新聞舗　中本　紙装和綴　一四二丁　一〇銭
§はしがき／烈女勝子伝（挿絵・筒井年峯）／愛婦／おしかけ
聟／霞外花（挿画・稲野年恒）
＊明治二十五年六月二十日再版発行

小説叢書 **貝よ勢二籠**　宇田川文海著
明治二十五年四月十日発行　出版人・岡島真七　売捌所・岡島
新聞舗　中本　紙装和綴　一三五頁　一〇銭
§烈女勝子伝（挿絵・稲野年恒）／みめより／掏摸／磨須良雄
（挿絵・後藤芳景）

小説叢書 **貝よ勢三籠**　宇田川文海著
明治二十五年四月二十日発行　出版人・岡島真七　売捌所・岡
島新聞舗　中本　紙装和綴　一二七頁　一〇銭
§烈女勝子伝（挿絵・稲野年恒）／二度喫驚／磨須良雄／和合
／心のあやおり（挿絵・中川蘆月）

小説叢書 **貝よ勢四籠**　宇田川文海著
明治二十五年五月十五日出版　出版人・岡島真七　売捌所・岡
島新聞舗　中本　紙装和綴　一二三頁　一〇銭
§烈女勝子伝（挿絵・稲野年恒）／阿菊／和合／磨須良雄（挿
画・中川蘆月）／心組織（挿画・歌川国峰）

＊明治二十五年六月二十日再版

小説叢書**貝よ勢五篇**　宇田川文海著
明治二十五年六月十五日出版　出版人・岡島真七　売捌所・岡島新聞舗　中本　紙装和綴　一一六頁　一〇銭
§烈女勝子伝（挿絵・稲野年恒）／白蓮華（挿絵・中川蘆月）／磨須良雄／心組織（挿絵・田口年信）

小説叢書**貝よ勢六篇**　宇田川文海著
明治二十五年七月十五日出版　出版人・岡島真七　売捌所・岡島新聞舗　中本　紙装和綴　一一九頁　一〇銭
§烈女勝子伝（挿絵・稲野年恒）／政治小説岩戸びらき（挿絵・歌川国峰）／槍梅／孟蘭盆（挿絵・中川蘆月）

小説叢書**貝よ勢七篇**　宇田川文海著
明治二十五年八月十六日出版　出版人・岡島真七　売捌所・岡島新聞舗　中本　紙装和綴　一一七頁　一〇銭
§烈女勝子伝（挿画・稲野年恒）／岩戸開／菖蒲太刀（挿画・田口年信）／孟蘭盆（挿画・歌川国峰）

小説叢書**貝よ勢八篇**　宇田川文海著
明治二十五年九月十五日出版　出版人・岡島真七　売捌所・岡島新聞舗　中本　紙装和綴　一二〇頁　一〇銭
§烈女勝子伝（挿絵・稲野年恒）／政治小説岩戸びらき／菖蒲太刀（挿絵・牧岡恒房）／孟蘭盆（挿絵・中川蘆月）

立志新説**快男子**　宇田川文海著
明治二十五年十月五日発行　順成堂　菊判　紙装　二七二頁　定価記載ナシ
§自序／口絵／快男子（第一〜三十五節）

小説叢書**貝よ勢九篇**　宇田川文海著
明治二十五年十月十五日出版　出版人・岡島真七　売捌所・岡島新聞舗　中本　紙装和綴　一二三頁　一〇銭
§烈女勝子伝／岩戸開（挿画・牧岡恒房）／菖蒲太刀（挿画・歌川国峰）／血に啼く鳥（挿画・稲野年恒）／紅葉

造船学士
明治二十五年十一月十四日発行　明文館　中本　紙装和綴　一二三頁　定価記載ナシ
§造船学士（挿絵・信一）

小説叢書**貝よ勢十篇**　宇田川文海著
明治二十五年十一月十八日出版　出版人・岡島真七　売捌所・岡島新聞舗　中本　紙装和綴　一一九頁　一〇銭
§烈女勝子伝（挿絵・稲野年恒）／寒紅梅（挿絵・中川蘆月）／菖蒲太刀（挿絵・歌川国峰）／一万円

小説叢書**貝よ勢十一篇**　宇田川文海著
明治二十六年一月二日出版　出版人・岡島真七　売捌所・岡島新聞舗　中本　紙装和綴　八四頁　一〇銭
§烈女勝子伝／寒紅梅（挿絵・歌川国峰）／菖蒲太刀／からくり会社／附録　蓬萊（挿絵・中川蘆月）

士族の商業（合本）　宇田川文海著
明治二十六年二月十六日再版　駸々堂本店　四六判　紙装　上巻二〇八頁　下巻一六五頁　定価記載ナシ
§口絵／士族の商業上巻／士族の商業下巻
＊初版未調査

契沖阿闍梨〈少年文学32編〉　宇田川文海著
明治二十七年十一月十九日発行　博文館　四六判　紙装和綴　一一一頁　一二銭

§口絵／緒言／生立／出家／修行／創庵／著述／育才／入寂／釈万葉集の跋／遺言／遺績／評論

＊大正三年七月三十日九版発行

大阪繁昌誌上巻　宇田川文海・長谷川金次郎著
明治三十一年四月二十七日発行　東洋堂　菊判　紙装　二〇二頁　五〇銭

§題字（広瀬宰平）／序文（藤沢南岳）／題歌（中村良顕）／大阪繁昌誌序（原敬）／序（七香斎主人南岳）／木版口絵／口絵写真／緒言（編者）／大阪繁昌誌上巻／本誌編纂に就て（長谷川古都士稿）

大阪繁昌誌下巻　宇田川文海・長谷川金次郎著
明治三十一年六月二十五日発行　東洋堂　菊判　紙装　二〇〇頁　五〇銭

§題字（西村捨三）／序文（須藤南翠）／題歌（久保田有恒）／大阪繁昌誌序（南翠外史）／序（南洲外史近藤元粋）／木版口絵／口絵写真／大阪繁昌誌下巻

南海鉄道案内（上・下巻）　宇田川文海編述
明治三十二年六月二十二日発行　南海鉄道　発売元・吉田書店
四六判　紙装　三三六頁　一六三頁　定価記載ナシ　二分冊

§南海鉄道案内

＊復刻版『南海鉄道案内全（上下巻）』昭和五十三年十二月十八日発行　南海電気鉄道　販売元・新和出版　二五〇〇円

復活の紀念　宇田川文海編纂
大正六年十一月十五日発行　岩井亀次郎　印刷所・万文堂　菊判　紙装　八一頁　非売品

§口絵写真／復活の紀念（附言・青木庄蔵／開会の辞・永江為政／石橋為之助君の演説／小川滋次郎君の演説／青木庄蔵君の演説／山田俊郷翁の演説／武本喜代蔵君の演説／乾吉次郎君の演説／湯浅豊太郎君の演説／田村新吉君の演説／高木貞衛君の演説／荒木和一君の演説／山田安民君の演説／山本辰六郎君の演説／青木庄蔵君の復活を祝す・宇田川文海／送別会出席者人名簿）

助一條〈道友叢書第十一編〉　宇田川文海著
大正八年六月五日発行　道友社　菊半截判　厚紙装　一三五頁　五〇銭

§序（道友社）／一　たすけ一條／二　ほこり／三　道徳の更新／四　主婦としての天理教徒／五　世界戦後の日本と天理教／六　世界一列／七　とびらひらいて（上）／八　とびらひらいて（下）

大阪と豊国神社
大正十三年九月一日発行　府社豊国神社社務所　紙装　四四頁　非売品

§明治元年閏四月六日神祇局及大阪裁判所へ御沙汰書／大阪と豊国神社

喜寿記念　宇田川文海著
大正十四年八月二十五日発行　宇田川翁喜寿記念会　菊判　紙装　二七六頁　定価記載ナシ

§題字（村山龍平）／口絵写真／緒言／喜寿記念（私が新聞記者になるまで／朝日新聞創刊以前の大阪の新聞／阿闍梨契沖／狂雲子（赤裸々の一休和尚）／豊太閤と千利休）／宇田川文海翁祝寿会の顚末／室谷鉄腸氏跋

大阪繁昌誌上・下巻　宇田川文海・長谷川金次郎著

昭和五十年七月一日発行　新和出版社　A5判　紙装　四一二頁　五五〇〇円
§宇田川文海翁略伝／稀覯本「大阪営業案内」を合わせて復刊（藤原秀憲）／「大阪繁昌誌」の復刊をよろこぶ（宮本又次）／役に立った良書「大阪繁昌誌」（米谷修）／大阪繁昌誌（上巻／下巻）

渡辺霞亭《わたなべかてい》
元治元年（一八六四）十一月二十日～大正十五年（一九二六）四月七日。

福島奇聞自由の夜譚上編　東洋太朗訂正　簑輪勝編輯
明治十六年九月三日御届　金松堂　中本　紙装和綴　四二丁　二〇銭
§口絵（年恒画）／自由の夜譚序（東洋太朗述）／福島奇聞自由の夜譚

維新元勲西郷隆盛君之伝　渡辺勝著
明治二十二年八月十日発行　発行人・市川路周　売捌・文事堂　四六判　厚紙(背クロス)装　三七二頁　定価記載ナシ　題字・勝海舟
§西郷隆盛氏の伝に序す（高橋愛山）／西郷隆盛伝に序す（林雪香）／西郷隆盛の伝に序す（黒岩香骨）／口絵／緒言（稿者識）／維新元勲西郷隆盛君伝／維新元勲西郷隆盛君伝附録（魁真楼主人）

菊合　霞亭主人著
明治二十四年十月三日発行　発行者・梅原忠蔵　売捌所・図書出版・競争屋　中本　紙装和綴　九五頁　定価記載ナシ
§口絵（貞広）／菊合（第壱～三十七回）
＊明治二十五年十月二十三日四版発行

浪花侠客　霞亭主人稿
明治二十四年十月三日発行　図書出版　中本　紙装和綴　六六頁　一〇銭
§口絵（貞広）／浪花侠客（第一～三十回）

＊明治二十五年四月十五日第三版発行

萩乃戸　霞亭主人著
明治二十四年十月三十日発行　図書出版　中本　紙装和綴　八九頁　定価記載ナシ　画・貞広
§萩の戸序（欠伸居士）／口絵／萩の戸（第一～三十八回）
＊明治二十五年六月八日三版発行

浮世　霞亭主人著
明治二十四年十二月十九日発行　金港堂書籍　菊判　紙装　一六二頁　一六銭
§浮世（初篇／下篇）

小説玉手水（合集）
明治二十五年三月二十日発行　発行者・飯井萬助　発売元・明文館　菊判　紙装　五〇頁　六銭
§若夫婦（霞亭主人）／汽車新語（仰天子）／たき川（桃南子）／孤児（紫芳散人）

時雨傘　霞亭主人著
明治二十六年一月十日発行　図書出版　四六判　紙装　一四四頁　定価記載ナシ
§時雨傘（第一～三十四回）

女武者　渡辺勝著
明治二十六年二月二十二日発行　発行者・鈴木常松　専売所・積善館・積善館支店
§序（南翠外史酔後書）／木版口絵／はしがき／女武者（壱～二十五回）

網代木　渡辺勝著
明治二十六年五月九日発行　図書出版　菊判　紙装　一四八頁　二〇銭
§木版口絵（年峰）／はしがき／網代木（第一～三十回）

花の香（合集）
明治二十六年九月一日発行　発行者・鈴木常松　専売者・積善館本店・積善館支店・大谷仁兵衛・東京堂　菊判　紙装　一二三頁　定価記載ナシ
§花の香はしがき（霞亭主人）／口絵（仙斎）／四つの糸（霞亭主人）／乳母橋（梅の舎主人稿）／阿新丸（虚心亭主人）

お家物語　渡辺勝著
明治二十六年十一月十八日発行　発行者・岡本仙助・金川善兵衛　発売所・北島長吉・岡本宇野　菊判　紙装　一四六頁　定価記載ナシ
§はしがき／お家物語（第一～三十二回）
＊明治二十六年五月二十六日発行、明治二十六年十一月十日譲受

渡辺崋山〈少年読本第22篇〉　渡辺霞亭著
明治三十三年五月十日発行　博文館　菊判　紙装　カバー　一八二頁　一三銭　筒井年峯画
§渡辺崋山

洗ひ髪　渡辺勝著
明治三十四年十月十五日発行　正英堂書店　菊判　紙装　二一七頁　三五銭
§木版口絵／洗ひ髪（一～六三）

想夫憐　黒法師著
明治三十七年二月四日発行　今古堂書店　菊判　厚紙装　二一九頁　四五銭

§はしがき／口絵／想夫憐（一～六十八）
＊明治四十二年十月五日十五版発行

新細君　婚礼の巻　黒法師作
明治三十八年一月一日発行　隆文館　菊判　紙装　一四八頁　五十銭
§新細君（婚礼の巻）

次郎島　渡辺霞亭著
明治三十八年六月一日発行　隆文館　菊判　クロス装　二三二頁　七〇銭
§木版口絵（春汀）／次郎島（一～十五）

吉丁字上巻　渡辺勝著
明治三十八年十一月二十日発行　春陽堂　菊判　クロス装　二二二頁　六〇銭
§はしがき／吉丁字（一～六十四）

吉丁字下巻　渡辺勝著
明治三十八年十二月二十四日発行　春陽堂　菊判　クロス装　二三五頁　六〇銭
§吉丁字下巻（一～七十）／上巻続き

花夜叉　黒法師著
明治三十九年三月二十五日発行　隆文館　菊判　紙装　一四〇頁　三五銭
§木版口絵（春汀）／花夜叉（一～四十八）

白梅紅梅　春帆楼主人著
明治四十年五月十日発行　隆文館　菊判　紙装　一七六頁　四五銭
§木版口絵／白梅紅梅（一～一五）

大石内蔵助　緑園著
明治四十一年二月四日発行　隆文館　菊判　紙装　八〇四頁　特製一円八十銭　並製一円五〇銭
§口絵／大石内蔵助

渡辺崋山前編　碧瑠璃園著
明治四十一年二月二十三日発行　弘文書院・西弘文書院　菊判　紙装　三〇七頁　六〇銭
§崋山筆（大限伯所蔵）／序（末松謙澄）／渡辺崋山はしがき（加藤弘之）／序（牧野伸顕）／題詠（下田歌子）／年譜／口絵／渡辺崋山前編（一の一～一四の六）
＊明治四十一年九月十二日八版発行

渡辺崋山後編　碧瑠璃園著
明治四十一年七月七日発行　弘文書院・西弘文書院　菊判　紙装　四二六頁　八五銭
§題詠（高崎正風）／序（大限重信）／序（加藤高明）／口絵（富田秋香）／渡辺崋山後編（一五の一～三七の六）
＊明治四十一年十月二十日十版発行

乳人政岡上編　碧瑠璃園著
明治四十一年七月十一日発行　梁江堂　菊判　紙装　三七三頁　七五銭
§口絵／乳人政岡（一の一～十三の五）

木村長門守　緑園生著
明治四十一年九月十日発行　金尾文淵堂　菊判　布装　二五四頁　七〇銭
§口絵／木村長門守（一～九一）

荒木又右衛門　緑園生著

明治四十一年九月二十一日発行　宝文館・盛文館　菊判　クロス装　七七八頁　一円八〇銭
§口絵写真／写真説明／荒木又右衛門（第一～三十九）
後藤又兵衛　緑園生著
明治四十一年十一月五日発行　隆文館　菊判　クロス装　三四六頁　八〇銭
§口絵／後藤又兵衛（一～一一二）
加藤清正　緑園著
明治四十一年十二月二十五日発行　隆文館　菊判　紙装　二八四頁　八〇銭
§加藤清正
二宮尊徳前篇　碧瑠璃園著
明治四十二年一月二十三日発行　興風書院　四六判　紙装　三四五頁　八〇銭
§翁の道歌道俳／口絵／二宮尊徳（前篇）
＊明治四十二年四月七日十版発行
乳人政岡後篇　碧瑠璃園著
明治四十二年二月五日発行　梁江堂　菊判　紙装　三四七頁　七五銭
§口絵／乳人政岡後篇（十四の一～二十六の十一）
＊明治四十二年二月二十五日再版発行
乳人政岡続篇　碧瑠璃園著
明治四十二年三月十日発行　梁江堂　菊判　紙装　二九六頁　七五銭
§口絵／乳人政岡続篇（二十七の一～三十六の二）
＊明治四十二年四月二十八日再版発行

楠正儀　緑園著
明治四十二年五月十日発行　隆文館　菊判　紙装　三六八頁　八五銭
§口絵／楠正儀
二宮尊徳後篇　碧瑠璃園著
明治四十二年六月二十五日発行　興風書院　四六判　紙装　三四六頁　八〇銭
§序（一本喜徳郎）／口絵／向上主義／二宮尊徳（後篇）
＊明治四十二年七月十五日九版発行
白河楽翁　碧瑠璃園著
明治四十二年十月四日発行　至誠堂書店　菊判　箱入　クロス装　三三二頁　一円二〇銭　口絵・装画・川村清雄　装画・斎藤松洲
§題字（小松原英太郎）／口絵（川村清雄）／白河楽翁（一の一～一六の五）
金色蛇　渡辺勝著
明治四十二年十月十八日発行　春陽堂　菊判　紙装　三二二頁　七五銭
§木版口絵（英朋）／金色蛇（一～九十一）
後藤隠岐〈武士道小説叢書〉　緑園著
明治四十三年一月元旦発行　隆文館　菊判　紙装　二五八頁　八〇銭
§口絵／後藤隠岐／附録　宇都宮公綱
吉田松陰後編　碧瑠璃園著
明治四十三年一月二十日再版発行　梁江堂書店　菊判　紙装　二七五頁　八〇銭

§口絵写真／吉田松陰後編
＊初版未調査

天野屋利兵衛前篇　碧瑠璃園著
明治四十三年一月二十日発行　隆文館　菊判　紙装　カバー　三一四頁　七五銭
§口絵／天野屋利兵衛（一の一～十五の十）

二宮尊徳終篇〈興風叢書第二巻〉　碧瑠璃園著
明治四十三年一月二十二日発行　興風書院　四六判　紙装　三六二頁　定価記載ナシ　装画・渡部審也　題字・土方秦山・君閲・留岡幸助
§口絵／二宮尊徳（終篇）／二宮尊徳先生年譜／報徳社定款準則
＊明治四十三年一月二十三日七版発行

津保田お政　渡辺霞亭著
明治四十三年六月一日改版印刷　井上一書堂　菊判　紙装　一九五頁　定価記載ナシ
§木版口絵／津保田お政（一～五十）

高山彦九郎前編　碧瑠璃園著
明治四十三年六月十五日発行　至誠堂書店　菊判　紙装　カバー　二八一頁　八〇銭
§題字（土方伯）／題字（黒田子）／高山彦九郎（一の一～一二の八）

義兄弟　緑園著
明治四十三年六月二十日発行　隆文館　菊判　クロス装　三〇四頁　八〇銭
§口絵／義兄弟（一～七十三）／附録　蓬莱島（一～三十五）

天野屋利兵衛後篇　碧瑠璃園著
明治四十三年七月十日発行　隆文館　菊判　カバー　二三九頁　五五銭
§口絵／天野屋利兵衛（後篇）

曾我兄弟　碧瑠璃園著
明治四十三年九月二十六日発行　朝日書院　興風書院　菊判　紙装　四八九頁　一円二〇銭　京山小円口演
§題字／口絵／曾我兄弟（前編／後編）

家庭読本春日局　碧瑠璃園著
明治四十三年十月五日発行　至誠堂書店　菊判　紙装　四一〇頁　一円
§口絵／家庭読本春日局（第一～二十五章）

金原明善翁〈興風叢書第三巻〉　碧瑠璃園著
明治四十三年十一月二十四日発行　興風書院　菊判　紙装　三一九頁　九〇銭
§序（伯爵土方久元識）／口絵／金原明善翁／拾遺録
＊明治四十三年十二月二十一日四版発行

大石陸女〈家庭読本第貳編〉　碧瑠璃園著
明治四十四年一月二日発行　至誠堂書店　菊判　紙装　四〇〇頁　一円
§題詩（下田歌子）／口絵／大石陸女（第一～二十三章）

実説朝顔日記　碧瑠璃園著
明治四十四年三月十五日発行　天書閣書楼　菊判　紙装　二六六頁　九〇銭
§口絵／熊沢蕃山真蹟／朝顔日記（第一～二十六章）

碧瑠璃園集　碧瑠璃園著

明治四十四年九月十六日発行　天香閣書房　三六判　クロス装　三二九頁　五〇銭

§各務野／阿胡麻／泉仲愛／明智左馬之助／白菊／茶道宗古／緋緞子の下帯／魚津城／小舟／金閣寺

豊臣秀吉―日吉丸の巻―　緑園生著

明治四十四年九月二十五日発行　東亜堂書房　菊判　紙装　カバー　三二〇頁　一円

§口絵／豊臣秀吉―日吉丸の巻―（一～一六）

豊臣秀吉―藤吉郎の巻―　緑園生著

明治四十四年十一月二十二日発行　東亜堂書房　菊判　紙装　カバー　三二三頁　一円

§口絵／豊臣秀吉―藤吉郎の巻―（一～十三）

仏佐吉　渡辺勝著

明治四十五年二月二十二日発行　竹ケ鼻町教育会　菊判　クロス装　箱入　三六〇頁　定価記載ナシ

§口絵／賛同之辞（薄定吉・大隈重信・金原明善）／仏佐吉（第一～十六章）／永田佐吉翁正伝（岐阜県竹ケ鼻尋常高等小学校長水谷静吉誌）

豊臣秀吉―藤吉郎の巻―後編　緑園生著

明治四十五年二月二十五日発行　東亜堂書房　菊判　紙装　カバー　四二四頁　一円三〇銭

§木版口絵／豊臣秀吉―藤吉郎の巻―後編（十四～三六）

＊明治四十五年三月一日再版発行

世界乃大秘密美人探検　黒法師著

明治四十五年二月二十八日発行　東亜堂書房　菊判　四七六頁　一円四〇銭

§世界乃大秘密美人探検

高山彦九郎後編　碧瑠璃園著

明治四十五年五月十五日発行　至誠堂書店　菊判　紙装　カバー　二六三頁　八〇銭

§高山彦九郎後編（一の一～十九の六）

大石良雄　少壮之巻　渡辺勝著

明治四十五年七月十三日発行　興風書院　菊判　紙装　三〇八頁　九〇銭

§口絵／大石良雄

次郎島　渡辺霞亭著

大正元年九月十日発行　隆文館　菊判　クロス装　四二八頁　一円一〇銭

§木版口絵／次郎島／次郎島（続篇）

金光教祖　碧瑠璃園著

大正元年九月十六日発行　発行者・武田彌富久　発売所・宗徳書院・興風書院　菊判　クロス装　二八二頁　七五銭

§題字（金光大陣）／緒言／金光教祖（第一～八章）

豊臣秀吉―筑前守の巻―　緑園生著

大正元年十月八日発行　東亜堂書房　菊判　紙装　カバー　三四五頁　一円二〇銭

§口絵／豊臣秀吉―筑前守の巻―（一～十八）

＊大正元年十月十二日再版発行

義士余影　碧瑠璃園著

大正元年十一月一日発行　興風書院　菊判　紙装　二四二頁　八五銭

§口絵写真／義士余影

由比正雪　碧瑠璃園著
大正元年十二月二十日発行　東亜堂書房　菊判　紙装　三三〇頁　一円一〇銭
§口絵／由比正雪（第一～二十一章）

豊臣秀吉―筑前守の巻―後編　緑園生著
大正二年六月一日発行　東亜堂書房　菊判　紙装　カバー　二六一頁　一円二〇銭
§口絵／豊臣秀吉―筑前守の巻―後篇（一～廿一）

実伝乃木大将上巻　碧瑠璃園著
大正二年八月一日発行　隆文館　菊判　クロス装　四七八頁　一円五〇銭　編輯者・乃木大将景慕修養会
§口絵／例言／乃木大将／附録　乃木大将片影
＊大正二年九月十三日五版発行

実伝乃木大将下巻　碧瑠璃園著
大正二年八月一日発行　隆文館　菊判　クロス装　五二七頁　一円五〇銭
§乃木大将（続編）／軍人心得

乃木大将実伝　碧瑠璃園著
大正二年八月二十日発行　隆文館　菊判　クロス装　箱入　九九八頁　三円
§口絵写真／例言（乃木大将景慕修養会識）／乃木大将実伝／附録　乃木大将片影
＊大正五年二月二十五日十三版発行

戎子大黒　碧瑠璃園著
大正二年十月十二日発行　興風書院　四六判　紙装　二九六頁　六〇銭
§日本福神戎子大黒天（第一～十三章）

小説渦巻上編　渡辺霞亭著
大正二年十月十八日発行　隆文館　菊判　クロス装　箱入　二八〇頁　九五銭
§木版口絵（清方）／口絵写真／渦巻（其一～十八）

赤埴源蔵　渡辺勝著
大正二年十月二十八日発行　養賢堂　菊判　クロス装　四二一頁　一円三〇銭
§口絵（小山栄達）／はしがき／赤埴源蔵（一～一五二）

小説渦巻中編　渡辺霞亭著
大正二年十一月二十一日発行　隆文館　菊判　クロス装　箱入　二七九頁　九五銭
§木版口絵（清方）／口絵写真／渦巻中編（其一～十六）／渦巻同情録（其二）

小説渦巻下編　渡辺霞亭著
大正二年十二月三十一日発行　隆文館　菊判　クロス装　箱入　二九三頁　九〇銭
§木版口絵（清方）／口絵写真／渦巻下編（其一～十四）／渦巻同情録（其三）

豊臣秀吉―太閤の巻―　緑園生著
大正三年二月五日発行　東亜堂書房　菊判　紙装　カバー　三七五頁　一円二〇銭
§口絵―豊臣秀吉―太閤の巻―（一～二十五）

小説渦巻続編　渡辺霞亭著
大正三年二月二十五日発行　隆文館　菊判　クロス装　箱入　三〇六頁　九五銭

§口絵写真／木版口絵（清方）／渦巻続編（其一～十一）／渦巻同情録（其四）
豊臣秀吉―太閤の巻―後篇　緑園生著
大正三年三月十三日発行　東亜堂書房　菊判　紙装　カバー　三八九頁　一円二〇銭
§木版口絵／豊臣秀吉―太閤の巻―後篇（一～二十四）
立教百年祝祭記念**黒住教祖一代記**　渡辺霞亭著
大正三年四月一日発行　宗徳書院　菊判　紙装　二七〇頁　八〇銭
§口絵／はしがき／黒住教祖一代記
金光教祖　碧瑠璃園著
大正三年四月十五日縮刷第一版発行　大鐙閣　菊半截判　クロス装　一九六頁　三五銭
§口絵写真／緒言／第一章　信心文／第二章　金神崇／第三章　真の信心／第四章　神勤／第五章　広前／第六章　神徳／第七章　生神金光大神／第八章　皈幽
＊大正七年九月一日第四版発行
実録仙台萩　碧瑠璃園著
大正三年五月十日発行　大鐙閣　四六判　クロス装　八一八頁　二円八〇銭
§口絵／実録仙台萩（前編／後編）
＊大正七年十一月五日四版合本発行
金原明善翁　碧瑠璃園著
大正三年十月十日発行　大鐙閣　菊判　厚紙装　箱入　三一九頁　二円五〇銭
§題字／序（土方久元識）／金原明善翁

＊大正十年四月十日十六版発行
勝関前編　渡辺霞亭著
大正三年十二月十日発行　隆文館書店　菊判　厚紙装　箱入　三一二頁　九五銭
§木版口絵／勝関上編（其一～十七）
勝関中編　渡辺霞亭著
大正四年二月二十五日発行　隆文館図書　菊判　厚紙装　箱入　二八〇頁　九五銭
§木版口絵／勝関中編（其一～十一）
まごゝろ前編　渡辺勝著
大正四年四月十八日発行　春陽堂　菊判　紙装　カバー　二七〇頁　七〇銭
§口絵／まごゝろ前編（其一～十六）
弘法大師　渡辺霞亭著
大正四年四月二十日発行　霞亭会　菊判　厚紙装　三一五頁　一円二〇銭
§題字／口絵写真／弘法大師伝序（伯大隈重信）／緒言／弘法大師（第一～二十六章）
＊大正十五年五月一日改版発行は四六判
女忠臣蔵前編　緑園生著
大正四年五月十二日発行　隆文館図書　菊判　紙装　三〇二頁　九五銭
§女忠臣蔵
勝関下編　渡辺霞亭著
大正四年六月二十日発行　隆文館図書　菊判　厚紙装　箱入　三一六頁　九五銭

§口絵／勝関下編（其一～大団円）／勝関同情録

まごゝろ後編　渡辺勝著

大正四年七月二十四日発行　春陽堂　菊判　紙装　カバー　三一六頁　八五銭

§口絵／まごゝろ後編（其一～二十一）

奥村五百子　渡辺霞亭著

大正四年九月十日発行　霞亭会　菊判　クロス装　四四〇頁　一円八〇銭

§口絵写真／自序／奥村五百子

＊大正四年十月二十七日再版発行

忠孝両全黒住宗忠　碧瑠璃園著

大正五年二月十五日発行　霞亭会出版部　菊判　厚紙装　二六九頁　九〇銭

§口絵／黒住宗忠（第一～十五章）

中山大納言前編　碧瑠璃園著

大正五年三月二十五日発行　金尾文淵堂　菊判　厚紙装　箱入　二三八頁　九〇銭

§中山愛親卿書状／木版口絵／中山大納言（一～六十三）

楠正儀　碧瑠璃園著

大正五年四月一日発行　霞亭会　菊判　厚紙装　三六八頁　九〇銭

§楠正儀

日本神話国びらき　碧瑠璃園著

大正五年七月十日発行　霞亭会　四六判　厚紙装　一円二〇銭

§口絵／日本神話国びらき

親鸞聖人　碧瑠璃園著

大正五年十二月五日発行　霞亭会　発売・大鐙閣　四六判　紙装　五四三頁　一円三〇銭

§口絵／親鸞聖人御真筆／親鸞上人

高野長英　碧瑠璃園著

大正六年一月元旦発行　東亜堂書房　三六判　紙装　六四六頁　一円六〇銭

§高野長英

水戸黄門　碧瑠璃園著

大正六年五月十日発行　霞亭会出版部　発売元・大鐙閣　四六判　クロス装　五五二頁　一円三〇銭

§口絵／水戸黄門（前編）

吉田松陰　碧瑠璃園著

大正六年六月五日縮刷発行　大鐙閣　袖珍判　クロス装　六六四頁　一円二〇銭

§緒言／吉田松陰／松陰遺稿（回顧録／照顔録／坐獄日録／留魂録／松陰年譜）

水戸黄門中編　碧瑠璃園著

大正六年八月三日発行　霞亭会出版部　発売元・大鐙閣　四六判　クロス装　箱入　四八四頁　一円三〇銭

§口絵／水戸黄門（中編）

萩江　渡辺勝著

大正六年八月十六日発行　至誠堂書店・至誠堂小売店　三六判　紙（背クロス）装　七六六頁　一円三〇銭

§口絵／萩江

大石内蔵助　碧瑠璃園著

大正六年九月十日縮刷発行　大鐙閣　三五判　クロス装　箱入

八七三頁　一円五〇銭
§口絵写真／大石内蔵助（第一～三十三章）
＊大正八年五月十五日六版発行

水戸黄門後編　碧瑠璃園著
大正六年十月二十日発行　霞亭会出版部　発売元・大鐙閣　四六判　クロス装　箱入　五三六頁　一円三〇銭
§口絵写真／水戸黄門（後編）

天野屋利兵衛　碧瑠璃園著
大正六年十一月二十五日発行　大鐙閣　四六判　紙装　五五四頁　一円三〇銭
§天野屋利兵衛再版のはじめに／天野屋利兵衛

光秀の妻　碧瑠璃園著
大正七年六月二十五日発行　大鐙閣　三六判　クロス装　三六三頁　一円二〇銭
§光秀の妻

水戸黄門終編　碧瑠璃園著
大正七年七月十日発行　大鐙閣　四六判　クロス装　箱入　四一〇頁　定価記載ナシ
§水戸黄門（終編）
＊大正七年九月十日再版発行

熊沢蕃山　碧瑠璃園著
大正七年七月十日発行　大鐙閣　菊判　紙装　二五四頁　一円二〇銭
§蕃山先生略伝／蕃山先生年譜／熊沢蕃山

高杉晋作　碧瑠璃園著
大正七年八月十日発行　大鐙閣　四六判　クロス装　四六一頁　一円六〇銭
§高杉晋作（一～百六）
＊大正八年十月二十五日八版発行

かなわともゑ　渡辺霞亭著
大正七年八月二十日発行　久米武　三六判　クロス装　二五八頁　非売品
§口絵写真／序（児博一識）／かなわともゑ

千鳥ケ淵　渡辺霞亭著
大正七年九月八日発行　講談社　四六判　厚紙装　四七四頁　二円
§口絵／千鳥ケ淵
＊大正九年六月十五日五版発行

増補二宮尊徳〈碧瑠璃園傑作叢書第一編〉　碧瑠璃園著
大正七年十一月一日第四十版発行　大鐙閣　三五判　クロス装　箱入　七六四頁　一円三〇銭
§口絵／編者曰く／二宮尊徳〈第一～十章〉／未定稿／日記抜
＊初版未調査

実録仙台萩　碧瑠璃園著
大正七年十一月五日四版合本発行　大鐙閣　四六判　クロス装　八一八頁　二円二〇銭
§口絵／実録仙台萩（前編／後編）

多賀兒弟仇討寛永曾我　碧瑠璃園著
大正七年十二月一日発行　大鐙閣　四六判　クロス装　六五二頁　改正定価二円五〇銭
§多賀兒弟仇討寛永曾我（一～百七十）

乳人政岡〈縮刷碧瑠璃園傑作叢書第八篇〉　碧瑠璃園著

大正七年十二月三十一日発行　大鐙閣　三五判　クロス装　八一一頁　一円五〇銭
§口絵／乳人政岡（第一〜三十六）

日蓮聖人　碧瑠璃園著
大正八年一月一日発行　大鐙閣　四六判　クロス装　八七〇頁　二円八〇銭　表紙・扉文字・碧瑠璃園　装幀・鍋井克之
§口絵写真／序（本多日生師）／序（佐藤鉄太郎）／序（能仁事一）／日蓮聖人

残月　渡辺霞亭著
大正八年七月五日発行　玄文社　三六判　クロス装　箱入　六三四頁　一円六〇銭
§残月

孝子物語〈家庭自学文学〉　高島平三郎立案　渡辺霞亭編述
大正八年十一月二十日発行、隆文館図書　四六判　クロス装　三〇四頁　一円六〇銭　挿画十図
§序（高島平三郎識）／口絵／養老の孝子／平重盛／曾我兄弟／阿新丸／中江藤樹／矢頭衛門七／孝子要吉／仏佐吉／孝女ふさ／孝女お兼／上杉鷹由／二宮金次郎／渡辺崋山／清水千賀女／生野の藤蔵／乃木大将

義民佐倉宋五郎　碧瑠璃園著
大正九年一月一日発行　霞亭会出版部　発売所・大鐙閣　四六判　厚紙装　箱入　三二六頁　二円五〇銭
§木内宗吾／院の庄／岡崎城／永井正宗／福井小次郎／浦浪の月／母里但馬／傾城浮橋

横山隆興翁　渡辺霞亭編
大正九年七月二十五日発行　沢田助太郎　菊判　布装和綴　三三五頁　非売品
§序／横山隆興翁（第一〜八）／附録　祖先

久世喜弘翁　渡辺勝著
大正九年十一月九日発行　久世勇三　菊判　紙装和綴　一四〇頁　非売品　表紙題字・久世桂子　装釘・久世勇三
§題字（戸田氏共）／序（大隈重信）／立志／砲術取調役／造幣事業／晩年／逸話／義之助氏の経歴／跋（久世勇三識）

三大勅語実践資料　渡辺霞亭著
大正九年十二月十五日発行　教育勅語実践会関西総支部　菊判クロス装　箱入　四九九頁　定価記載ナシ
§口絵写真／題字（久我通久・細川潤次郎・田尻稲次郎・大迫尚道・井口省吾・渋谷在明・寺垣猪三・摺沢静夫・金原明善・平沼淑郎・持明院基哲）／三大勅語実践資料（第一〜十八章）／軍人勅諭／茂申詔書
＊大正九年十二月二十五日再版発行

新比翼塚　渡辺霞亭著
大正十年一月十日発行　日本評論社出版部　四六判　厚紙装　五〇〇頁　二円五〇銭　挿画・相葉春江　装幀・広川松五郎
§口絵／新比翼塚

大楠公夫人　碧瑠璃園・高橋淡水著
大正十年五月十四日発行　楠妣会館出版部　発売兼発行所・四条畷神社々務所　A5判変型　布装　箱入　一四八頁　一円八〇銭
§口絵／題字／序（渡辺霞亭）／楠公夫人に就て（土屋弘述）／楠公夫人の事蹟は大日本史烈女伝序に曰く（大高常丸）／自序（著者識）／大楠公夫人（高橋淡水著）／附録　大楠公夫人

年譜と時勢周囲／実説物語大楠公夫人（碧瑠璃園著）
＊大正十四年五月十一日五版印刷発行

聖徳皇太子　碧瑠璃園著
大正十年九月十五日発行　霞亭会出版部　発売所・大鐙閣　四六判　厚紙装　箱入　二二六頁　一円九〇銭
§口絵／聖徳皇太子（一～十五）

偉人の幼年時代第六編　碧瑠璃園著
大正十一年三月二十日発行　大鐙閣　三六判　厚紙(背クロス)装　箱入　四一八頁　八〇銭
§徳川家康／上杉謙信／コロンブス／忠婢お初

偉人の幼年時代第一編　碧瑠璃園著
大正十一年五月二十五日発行　霞亭会出版部　発売所・大鐙閣　三六判　厚紙(背クロス)装　箱入　四〇四頁　八〇銭
§はしがき／豊臣秀吉／木村長門守／シーザー／光明皇后／家庭訓話

偉人の幼年時代第十編　碧瑠璃園著
大正十一年六月十五日発行　霞亭会出版部　発売所・大鐙閣　三六判　厚紙(背クロス)装　三九三頁　八〇銭
§和気清麿／高山彦九郎／親鸞聖人／ナイチンゲール

坂本龍馬　碧瑠璃園著
大正十一年七月二十五日発行　大鐙閣　四六判　クロス装　箱入　三九七頁　二円五〇銭
§口絵写真／坂本龍馬

偉人の幼年時代第十三篇　碧瑠璃園著
大正十一年九月十五日発行　大鐙閣　三六判　厚紙(背クロス)装　三七三頁　八〇銭
§源為朝／ウエリントン／小督局／貝原益軒

社会小説**青空**　渡辺霞亭著
大正十一年九月二十八日発行　拓殖新報社　四六判　紙装　一二四頁　一円
§口絵／青空（一～十一）

豊臣秀吉前編　碧瑠璃園著
大正十一年十一月三十日発行　忠誠堂　三五判　クロス装　箱入　一〇九〇頁　一円七〇銭
§日吉丸の巻／藤吉郎の巻（前編）／藤吉郎の巻（後編）
＊大正十二年四月一日七版発行

豊臣秀吉中編　碧瑠璃園著
大正十一年十一月三十日発行　忠誠堂　三五判　クロス装　箱入　七二〇頁　一円四〇銭
§筑前守の巻（前編）／筑前守の巻（後編）
＊大正十二年四月五日七版発行

豊臣秀吉後編　碧瑠璃園著
大正十一年十一月三十日発行　忠誠堂　三五判　クロス装　箱入　七七五頁　一円四〇銭
§太閤の巻（前篇）／太閤の巻（後篇）
＊大正十二年四月五日七版発行

偉人の幼年時代第五編　碧瑠璃園著
大正十一年十二月十五日発行　大鐙閣　三六判　厚紙(背クロス)装　四一二頁　八〇銭
§西郷隆盛／熊沢蕃山／ビスマーク／乳人政岡

偉人の幼年時代第二十二編　碧瑠璃園著
大正十二年一月十五日発行　大鐙閣　三六判　厚紙(背クロス)

装　三八三頁　八〇銭

§北条時宗／ソクラテス／巴御前／大隈重信

大楠公夫人　碧瑠璃園著

大正十二年一月二十日発行　大鐙閣　四六判　クロス装　箱入　二八五頁　一円九〇銭

§大楠公夫人

偉人の幼年時代第二十一編　碧瑠璃園著

大正十二年一月二十五日発行　大鐙閣　三六判　厚紙(背クロス)装　四〇二頁　八〇銭

§新田義貞／諸葛孔明／エリザベス女王／藤原鎌足

物語日本史神代の巻　碧瑠璃園著

大正十二年五月二十日発行　大鐙閣　四六判　紙装　三二六頁　二円二〇銭

§口絵／序／おのころ島／神々の出生／迦具土／黄泉国／ひら阪／河波岐原／真名井／石屋戸隠れ／神やらひ／大蛇退治／須賀宮／八上比売／赤猪／蛇の室屋／鼠／生太刀生弓矢／八十神の征服／沼河姫／国土経営／天使下降／国譲／三諸山

鳳凰帖　渡辺霞亭著

大正十二年十一月一日発行　関西婦人新聞社出版部　領布所・教育勅語実践会　菊判　布装和綴　三〇三頁　六円

§口絵写真／皇后陛下／皇太子殿下／御外遊記／良子女王殿下

雛鶴　渡辺勝著

大正十三年七月二十日発行　榎本書店　四六判　厚紙(背クロス)装　箱入　五二九頁　二円

§雛鶴（一～八八）

大石内蔵助　碧瑠璃園著

大正十四年一月五日発行　一書堂書店　四六判　厚紙装　二五六頁　九〇銭

§序／大石内蔵助

春の芽含　渡辺霞亭著

大正十四年一月五日発行　榎本書店・進文堂　四六判　布装　箱入　五五七頁　二円二〇銭　見返し絵（恒富）

§自序／春の芽含（一～五十）

井伊大老　碧瑠璃園著

大正十五年十月十八日発行　大鐙閣・霞亭会出版部　四六判　クロス装　箱入　五〇六頁　二円二〇銭

§口絵写真／井伊大老

物語日本史　仏教伝来の巻　碧瑠璃園著

大正十五年十月二十五日発行　大鐙閣　四六判　クロス装　箱入　三一三頁　二円二〇銭

§物語日本史―仏教伝来の巻

大石内蔵助〈碧瑠璃園全集第二巻〉　碧瑠璃園著

昭和四年八月二十五日発行　碧瑠璃園全集刊行会　四六判　布装　箱入　六三六頁　非売品　第一回配本

§大石内蔵助

＊挿み込み「碧瑠璃園渡辺霞亭全集月報第一号」（X・Y・Z「我等の円本奉仕」、税所篤二「画家の涙」）四頁

由比正雪〈碧瑠璃園全集第五巻〉　碧瑠璃園著

昭和四年九月十五日発行　碧瑠璃園全集刊行会　四六判　布装　箱入　七九三頁　非売品　第二回配本

§由比正雪

＊挿み込み「碧瑠璃園渡辺霞亭全集月報第二号」（XYZ「史眼」税

所篤二「正雪の二代目」）四頁

渡辺崋山〈碧瑠璃園全集第九巻〉　碧瑠璃園著
昭和四年十一月十五日発行　碧瑠璃園全集刊行会　四六判　布装　箱入　五五六頁　非売品　第四回配本
§渡辺崋山
＊挿み込み「碧瑠璃園渡辺霞亭全集月報第四号」（江上修治郎編「渡辺霞亭先生著作年表（其ノ一）」「雑読漫筆」、堺利彦「碧瑠璃園と自分」）四頁

日蓮上人〈碧瑠璃園全集第七巻〉　碧瑠璃園著
昭和五年三月十五日発行　碧瑠璃園全集刊行会　四六判　布装　箱入　八七二頁　非売品　第八回配本
§日蓮聖人
＊挿み込み「碧瑠璃園渡辺霞亭全集月報第八号」（江上修治郎「渡辺霞亭先生著作年表」）四頁

山鹿素行　木村長門守〈碧瑠璃園全集第三巻〉　碧瑠璃園著
昭和五年四月十五日発行　碧瑠璃園全集刊行会　四六判　布装　箱入　六〇五頁　非売品　第九回配本
§山鹿素行／木村長門守
＊挿み込み「碧瑠璃園渡辺霞亭全集月報第九号」（江上修治郎編「渡辺霞亭先生著作年表（其ノ五）」「実録に現れた長門守」）四頁

魂のとびら　渡辺霞亭著
昭和五年五月五日発行　前田大文館　四六判　クロス装　四八四頁　一円八〇銭
§魂のとびら（一〜四六）

栗山大膳〈碧瑠璃園全集第十六巻〉　碧瑠璃園著
昭和五年五月十五日発行　碧瑠璃園全集刊行会　四六判　布装　箱入　五七四頁　非売品　第十回配本
§栗山大膳
＊挿み込み「碧瑠璃園渡辺霞亭全集月報第十号」（「黒田家の発祥」「渡辺霞亭先生著作年表（其ノ六）」「大名の奥と表」）四頁

高野長英〈碧瑠璃園全集第一巻〉　碧瑠璃園著
昭和五年六月十五日発行　碧瑠璃園全集刊行会　四六判　布装　箱入　五六二頁　非売品　第十一回配本
§高野長英
＊挿み込み「碧瑠璃園渡辺霞亭全集月報第十一号」（日本蘭学の源泉「平戸と和蘭屋敷」・「シーボルトの事ども」）四頁

吉田松蔭〈碧瑠璃園傑作叢書〉　碧瑠璃園著
昭和六年十月三十日発行　碧瑠璃園傑作全集刊行会　菊半截判　クロス装　カバー　箱入　四九二頁　八〇銭
§吉田松蔭

水戸黄門（初旅の巻）〈碧瑠璃園傑作叢書〉　碧瑠璃園著
昭和六年十月三十日発行　碧瑠璃園傑作全集刊行会　菊半截判　クロス装　カバー　箱入　五二七頁　八〇銭
§水戸黄門（初旅の巻）

水戸黄門（五代将軍の巻）〈碧瑠璃園傑作叢書〉　碧瑠璃園著
昭和六年十月三十日発行　碧瑠璃園傑作全集刊行会　菊半截判　クロス装　カバー　箱入　四六四頁　八〇銭
§水戸黄門（五代将軍の巻）

渡辺崋山〈碧瑠璃園傑作叢書〉　碧瑠璃園著
昭和六年十月三十日発行　碧瑠璃園傑作全集刊行会　菊半截判　クロス装　五九一頁　八〇銭
§渡辺崋山

二宮尊徳〈碧瑠璃園傑作叢書〉　碧瑠璃園著
昭和六年十月三十日発行　碧瑠璃園傑作全集刊行会　菊半截判　クロス装　カバー　箱入　五四〇頁　八〇銭
§二宮尊徳

春のめぐみ　渡辺霞亭著
昭和七年五月二十五日発行　忠文館書店　四六判　厚紙装　五五七頁　一円八〇銭
§春のめぐみ（一～五十）

小説**渦巻**　渡辺霞亭著
昭和七年十一月十五日発行　前田大文館　四六判　クロス装　箱入　七九七頁　二円
§木版口絵（清方）／渦巻（其一～五十九）

偉人の幼年時代　碧瑠璃園著
昭和八年八月二十五日発行　榎本文雄　関西発売所・榎本書店　偉人の幼年時代刊行会　四六判　厚紙装　箱入　四一二頁　七〇銭
§はしがき／西郷隆盛／熊沢蕃山／ビスマーク／乳人政岡

渦巻〈日本近世大悲劇名作全集第八巻〉　渡辺霞亭著
昭和九年十一月五日発行　中央公論社　四六判　クロス装　箱入　六七四頁　予約一円　口絵・岩田専太郎　装幀・山川秀峰
§口絵／渦巻（其一～五十九）

乃木大将〈日本英雄偉人文庫〉　碧瑠璃園　渡辺霞亭著
昭和十一年四月二十日発行　教育図書出版社　四六判　紙装　一〇七頁　二〇銭
§乃木大将

乃木大将夫人〈日本英雄偉人文庫〉　碧瑠璃園　渡辺霞亭著
昭和十一年四月二十日発行　教育図書出版社　四六判　紙装　九二頁　二〇銭
§乃木大将夫人

熊沢蕃山〈日本英雄偉人文庫〉　渡辺霞亭　碧瑠璃園著
昭和十一年四月二十日発行　教育図書出版社　四六判　紙装　一〇四頁　二〇銭
§熊沢蕃山

中江藤樹〈日本英雄偉人文庫〉　渡辺霞亭　碧瑠璃園著
昭和十一年四月二十日発行　教育図書出版社　四六判　紙装　九五頁　二〇銭
§中江藤樹

日本武尊〈日本英雄偉人文庫〉　渡辺霞亭　碧瑠璃園著
昭和十一年四月二十日発行　教育図書出版社　四六判　紙装　九〇頁　二〇銭
§日本武尊

忠婢お初〈日本英雄偉人文庫〉　渡辺霞亭　碧瑠璃園著
昭和十一年四月二十日発行　教育図書出版社　四六判　紙装　一〇〇頁　二〇銭
§忠婢お初

源義経〈日本英雄偉人文庫〉　渡辺霞亭　碧瑠璃園著
昭和十一年四月二十日発行　教育図書出版社　四六判　紙装　一〇〇頁　二〇銭
§源義経

真田幸村〈日本英雄偉人文庫〉　渡辺霞亭　碧瑠璃園著
昭和十一年四月二十日発行　教育図書出版社　四六判　紙装　八七頁　二〇銭

§真田幸村

大塩平八郎〈日本英雄偉人文庫〉 渡辺霞亭 碧瑠璃園著
昭和十一年四月二十日発行 教育図書出版社 四六判 紙装
九五頁 二〇銭
§大塩平八郎

高山彦九郎〈日本英雄偉人文庫〉 渡辺霞亭 碧瑠璃園著
昭和十一年四月二十日発行 教育図書出版社 四六判 紙装
一〇四頁 二〇銭
§高山彦九郎

井伊直弼〈日本英雄偉人文庫〉 渡辺霞亭 碧瑠璃園著
昭和十一年四月二十日発行 教育図書出版社 四六判 紙装
九〇頁 二〇銭
§井伊直弼

春日局〈日本英雄偉人文庫〉 渡辺霞亭 碧瑠璃園著
昭和十一年四月二十日発行 教育図書出版社 四六判 紙装
九九頁 二〇銭
§春日局

木村長門守〈日本英雄偉人文庫〉 渡辺霞亭 碧瑠璃園著
昭和十一年四月二十日発行 教育図書出版社 四六判 紙装
九四頁 二〇銭
§木村長門守

貝原益軒〈日本英雄偉人文庫〉 渡辺霞亭 碧瑠璃園著
昭和十一年四月二十日発行 教育図書出版社 四六判 紙装
八一頁 二〇銭
§貝原益軒

伊藤博文〈日本英雄偉人文庫〉 渡辺霞亭 碧瑠璃園著
昭和十一年四月二十日発行 教育図書出版社 四六判 紙装
一〇〇頁 二〇銭
§伊藤博文

大石内蔵助〈日本英雄偉人文庫〉 渡辺霞亭 碧瑠璃園著
昭和十一年四月二十日発行 教育図書出版社 四六判 紙装
九七頁 二〇銭
§大石内蔵助

後藤又兵衛〈日本英雄偉人文庫〉 渡辺霞亭 碧瑠璃園著
昭和十一年四月二十日発行 教育図書出版社 四六判 紙装
九九頁 二〇銭
§後藤又兵衛

明治天皇〈日本英雄偉人文庫〉 渡辺霞亭 碧瑠璃園著
昭和十一年四月二十日発行 教育図書出版社 四六判 紙装
九三頁 二〇銭
§明治天皇

北条早雲〈日本英雄偉人文庫〉 渡辺霞亭 碧瑠璃園著
昭和十一年四月二十日発行 教育図書出版社 四六判 紙装
九五頁 二〇銭
§北條早雲

豊太閤〈日本英雄偉人文庫〉 渡辺霞亭 碧瑠璃園著
昭和十一年四月二十日発行 教育図書出版部 四六判 紙装
九四頁 二〇銭
§豊臣秀吉

正行の母〈日本英雄偉人文庫〉 渡辺霞亭 碧瑠璃園著
昭和十一年四月二十日発行 教育図書出版部 四六判 紙装
九三頁 二〇銭

§正行の母

銭屋五兵衛〈日本英雄偉人文庫〉 渡辺霞亭 碧瑠璃園著
昭和十一年四月二十日発行 教育図書出版社 四六判 紙装
九六頁 二〇銭
§銭屋五兵衛

山中鹿之助〈日本英雄偉人文庫〉 渡辺霞亭 碧瑠璃園著
昭和十一年四月二十日発行 教育図書出版社 四六判 紙装
一〇四頁 二〇銭
§山中鹿之助

細川忠興之妻〈日本英雄偉人文庫〉 渡辺霞亭 碧瑠璃園著
昭和十一年四月二十日発行 教育図書出版社 四六判 紙装
一〇一頁 二五銭
§細川忠興之妻

新井白石〈日本英雄偉人文庫〉 渡辺霞亭 碧瑠璃園著
昭和十一年四月二十日発行 教育図書出版社 四六判 紙装
八四頁 二〇銭
§新井白石

上杉謙信〈日本英雄偉人文庫〉 渡辺霞亭 碧瑠璃園著
昭和十一年四月二十日発行 教育図書出版社 四六判 紙装
一〇八頁 二〇銭
§上杉謙信

吉田松陰 渡辺勝著
昭和十三年八月五日発行 大鐙社 四六判 厚紙装 カバー
五四九頁 二円
§口絵／はしがき／吉田松陰（前編／後編）

村上浪六《むらかみなみろく》

慶応元年（一八六五）十一月一日～昭和十九年（一九四四）十二月一日。

三日月 村上信著
明治二十四年七月七日出版 春陽堂 菊判 紙装 一二二頁
§三日月序（思軒居士）／はしがき／口絵／わけがき／三日月
＊明治二十六年四月三日第九版

井筒女之助 村上信著
明治二十四年十二月二十二日出版 春陽堂 菊判 紙装 一六五頁 三五銭
§はしがき／木版口絵（年方）／井筒女之助

奴の小万 村上信著
明治二十五年六月七日出版 春陽堂 菊判 紙装 一六八頁 三〇銭
§はしがき／木版口絵（省亭）／奴の小万／のちがき
＊明治二十五年六月二十五日増補再版では「回外逸聞」を加える。

鬼奴 村上信著
明治二十五年十月十五日出版 春陽堂 菊判 紙装 一五八頁 二五銭
§はしがき／木版口絵（桂舟）／鬼奴（ちぬの浦浪六添删・無名氏著作）
＊明治二十五年十一月二十五日印刷再版

破太鼓 村上信著

明治二十六年三月六日発行　春陽堂　菊判　紙装　一五三頁
二五銭
§はしがき／木版口絵（年方）／山鹿甚五左衛門／破太鼓

夜嵐　村上信著
明治二十六年七月二十四日発行　春陽堂　菊判　紙装　一七〇
頁　二五銭
§はしがき／木版口絵（桂舟）／夜嵐（ちぬの浦浪六添删・無
名氏著作）

浪六漫筆　村上信著
明治二十六年十一月十八日発行　春陽堂　菊判　紙装　一六一
頁　三〇銭
§木版口絵（桂舟）／浪六漫筆
＊明治二十六年十二月五日第二版

深見笠　村上信著
明治二十七年二月十七日発行　春陽堂　菊判　紙装　一六八頁
二五銭
§はしがき／木版口絵（桂舟）／深見笠

髯の自休　村上信著
明治二十七年五月十日発行　春陽堂　菊判　紙装　三五〇頁
二五銭
§口絵／後の髯重／髯の自休
＊明治二十八年五月七日再版印刷発行

高山彦九郎〈少年文学第廿九編〉　村上浪六著
明治二十七年八月八日発行　博文館　四六判　紙装和綴　一〇
一頁　一二銭
§口絵／高山彦九郎

日清事件新小説　ちぬの浦浪六著
明治二十七年十月十七日発行　青木嵩山堂　菊判　紙装　一〇
三頁
§はしがき／口絵／日清事件新小説
＊明治二十七年十二月十日再版

安田作兵衛　村上信著
明治二十七年十一月十六日発行　春陽堂　菊判　紙装　一六三
頁　三〇銭
§木版口絵（省亭）／安田作兵衛
＊明治三十六年二月九日第五版印刷発行

征清軍記　村上信著
明治二十七年十二月十七日発行　青木嵩山堂　菊判　クロス装
五四二頁　定価記載ナシ
§征清軍記（発端／本記）
＊明治二十九年六月三十日増補再版発行

たそや行燈〈浪六叢書十番のうち〉　村上信著
明治二十七年十二月二十日発行　春陽堂　菊判　紙装　一六五
頁　三〇銭
§はしがき／口絵（省亭）／たそや行燈

海賊　ちぬの浦浪六著
明治二十八年四月十七日発行　青木嵩山堂　菊判　紙装　一三
八頁　定価記載ナシ
§はしがき／木版口絵（春郊）／海賊

後の海賊　村上信著
明治二十八年六月二十一日発行　青木嵩山堂　菊判　紙装　一
二〇頁　三〇銭

§はしがき／木版口絵（春郊）／後の海賊／回外余筆

後の三日月　村上信著
明治二十八年七月一日発行　春陽堂　菊判　紙装　一三〇頁　二〇銭
§はしがき／木版口絵（年方）／後の三日月
＊明治二十八年八月十五日再版発行

古賀市　村上信著
明治二十八年七月二十七日発行　青木嵩山堂　菊判　紙装　一二二頁　三〇銭
§はしがき／木版口絵（春郊）／古賀市
＊明治二十八年八月十四日三版

魚屋助左衛門　村上信著
明治二十八年八月二十三日発行　青木嵩山堂　菊判　紙装　一三六頁　三〇銭
§はしがき／木版口絵（春郊）／魚屋助左衛門
＊明治二十八年九月十五日第三版発行

草枕　村上信著
明治二十八年九月十九日発行　青木嵩山堂　菊判　紙装　一三一頁　三〇銭
§草枕はしがき／木版口絵／草枕（浪六執筆・島田澄三遺稿）
＊明治四十三年五月八日十四版発行

呂宋助左衛門　村上信著
明治二十九年一月一日発行　青木嵩山堂　菊判　紙装　一四六頁　三〇銭
§はしがき／木版口絵／呂宋助左衛門
＊明治二十五年二月一日三版発行

花車〈浪六文庫五冊のうちその第一巻〉　村上信著
明治二十九年二月二十二日発行　青木嵩山堂　菊判　紙装　一二三頁　三〇銭
§はしがき／木版口絵（春郊）／花車
＊明治四十年十一月二十二日十一版発行

鬼あざみ　村上信著
明治二十九年六月五日発行　青木嵩山堂　菊判　紙装　一三七頁　三〇銭
§はしがき／木版口絵／鬼あざみ
＊明治二十九年七月十日三版

大阪城　村上信著
明治二十九年九月十二日発行　青木嵩山堂　菊判　紙装　一三一頁　三〇銭
§序／木版口絵／大阪城
＊明治二十九年九月二十日再版発行

十文字　村上信著
明治二十九年十月十八日発行　青木嵩山堂　菊判　紙装　一二五頁　三〇銭
§はしがき／木版口絵（年方）／十文字
＊明治二十九年十月三十日三版発行

十文字後篇　村上信著
明治二十九年十二月十八日発行　青木嵩山堂　菊判　紙装　一四六頁　三〇銭
§木版口絵／十文字後篇

志なさだめ〈浪六文庫〉　村上信著
明治二十九年十二月二十七日発行　青木嵩山堂　菊判　紙装

一四六頁　三〇銭
§序／志なさだめ
＊明治三十二年四月五日八版発行

当世五人男後篇　村上信著
明治三十年四月一日発行　青木嵩山堂　菊判　紙装　一三七頁三〇銭
§木版口絵（年方）／当世五人男後篇
＊明治三十年四月十日再版発行

黒田健次　村上信著
明治三十年五月十七日発行　青木嵩山堂　菊判　紙装　一五九頁　三〇銭
§はしがき／口絵（年方）／当世五人男のうち黒田健次
＊明治三十年十月二十八日六版発行

黒田健次後篇　村上信著
明治三十年八月十二日発行　青木嵩山堂　菊判　紙装　一四二頁　三五銭
§木版口絵（年方）／黒田健次後篇
＊明治三十一年十一月二十一日七版発行

黒田健次続篇　村上信著
明治三十年十一月二十日発行　青木嵩山堂　菊判　紙装　一五三頁　三五銭
§木版口絵（年方）／黒田健次続篇
＊明治三十一年十一月二十二日六版発行

武者気質　村上信著
明治三十年十二月七日発行　青木嵩山堂　菊判　紙装　一四〇頁　三〇銭
§木版口絵（永洗）／はしがき／武者気質

浮世草紙　村上信著
明治三十一年一月二十八日発行　青木嵩山堂　菊判　紙装　一七一頁　三五銭
§はしがき／木版口絵（年方）／浮世草紙／八重の潮路
＊明治三十七年九月三十日七版

蔦の細道　村上信著
明治三十一年四月二十六日発行　青木嵩山堂　菊判　紙装　一四五頁　三〇銭
§口絵／蔦の細道

志づはた　松田政一郎著　浪六閲
明治三十二年二月十四日発行　鍾美堂本店・発売所　菊判　紙装　一三六頁　三〇銭
§序（なみろく）／はしがき（秋浦しるす）／口絵／志づはた／枕頭漫筆

最後の黒田健次前篇　村上信著
明治三十二年六月十八日発行　青木嵩山堂　菊判　紙装　一八四頁　三五銭
§木版口絵（年方）／はしがき／最後の黒田健次前篇

最後の黒田健次後篇　村上信著
明治三十二年八月十二日発行　青木嵩山堂　菊判　紙装　一五〇頁　三五銭
§はしがき／木版口絵／最後の黒田健次後篇

原田甲斐　村上信著
明治三十二年十一月発行　青木嵩山堂　菊判　紙装　一七〇頁三五銭

§木版口絵（年方）／原田甲斐前篇
＊明治三十六年六月二十日八版発行

原田甲斐後篇　村上信著
明治三十三年一月一日発行　青木嵩山堂　菊判　紙装　一五五頁　三五銭
§木版口絵（年方）／原田甲斐後篇
＊明治三十四年十一月一日六版発行

原田甲斐続篇　村上信著
明治三十三年三月発行　青木嵩山堂　菊判　紙装　一三五頁　三五銭
§木版口絵／原田甲斐続篇
＊明治三十六年十月二十八日五版発行

赤蜻蛉　村上信著
明治三十三年九月四日発行　青木嵩山堂　菊判　紙装　一六〇頁　三五銭
§木版口絵（半古）／赤蜻蛉

狂歌集　村上信著
明治三十三年十月十五日第二版発行　青木嵩山堂　菊半截判　紙装　二〇九頁　三〇銭
§はしがき（なみろくしるす）／狂歌集
＊初版未調査

明治十年　村上信著
明治三十三年十二月十五日発行　青木嵩山堂　菊判　紙装　一八五頁　四〇銭
§明治十年の序／木版口絵／明治十年（浪六・鶴陰著）

やまと心　村上信著
明治三十四年二月六日発行　青木嵩山堂　菊判　紙装　一四九頁　四〇銭
§木版口絵／やまと心

当世五人男のうち**上田力前編**　村上信著
明治三十四年二月発行　青木嵩山堂　菊判　紙装　一五三頁　四〇銭
§口絵／はしがき／当世五人男のうち上田力
＊明治三十七年三月十日八版発行　初版未調査

上田力後編　村上信著
明治三十四年四月発行　青木嵩山堂　菊判　紙装　一五五頁　四〇銭
§はしがき／口絵／当世五人男のうち上田力後篇
＊明治三十六年四月六日六版発行　初版未調査

上田力続編　村上信著
明治三十四年十二月二十日発行　青木嵩山堂　菊判　紙装　一五一頁　四〇銭
§はしがき／口絵／当世五人男のうち上田力続篇

男一疋　村上信著
明治三十五年一月一日発行　駸々堂　菊判　紙装　一四四頁　四〇銭
§はしがき／口絵／男一疋
＊明治三十五年六月二十日四版

毒婦前編　村上信著
明治三十五年一月四日発行　青木嵩山堂　菊判　紙装　一五九頁　四〇銭
§木版口絵（年方）／毒婦

＊明治四十二年十一月二十一日五版発行

伊達振子　村上信著
明治三十五年三月十日発行　駸々堂　菊判　紙装　一三一頁　四〇銭
§口絵（黙仙）／伊達振子

しぐれ笠　村上信著
明治三十五年三月十五日発行　駸々堂　菊判　紙装　一三六頁　四〇銭
§口絵／しぐれ笠

当世五人男のうち**倉橋幸蔵前編**　村上信著
明治三十五年四月二日発行　青木嵩山堂　菊判　紙装　一六二頁　四〇銭
§はしがき／木版口絵（年方）／当世五人男のうち倉橋幸蔵
＊明治三十五年六月三日再版発行

伊達振子後編　村上信著
明治三十五年五月二十日発行　駸々堂　菊判　紙装　一五三頁　四〇銭
§口絵（黙仙）／伊達振子後編

毒婦後編　村上信著
明治三十五年六月五日発行　青木嵩山堂　菊判　紙装　一五四頁　四〇銭
§はしがき／木版口絵（年方）／毒婦後編
＊明治四十四年一月十五日三版発行

当世五人男のうち**倉橋幸蔵後編**　村上信著
明治三十五年七月発行　青木嵩山堂　菊判　紙装　一五六頁　四〇銭
§口絵／当世五人男のうち倉橋幸蔵後編
＊明治三十七年十二月三日四版発行　初版未調査

当世五人男のうち**倉橋幸蔵続編**　村上信著
明治三十五年七月発行　青木嵩山堂　菊判　紙装　一五九頁　四〇銭
§口絵／当世五人男のうち倉橋幸蔵続編
＊明治三十六年十一月二十六日三版発行　初版未調査

伽羅若衆　村上信著
明治三十五年八月十日発行　駸々堂　菊判　紙装　一二二頁　四〇銭
§口絵／伽羅若衆

やみの闇　村上信著
明治三十五年八月十日発行　駸々堂　菊判　紙装　一三五頁　四〇銭
§口絵／やみの闇／ながれ弾

毒婦続編　村上信著
明治三十六年一月二十八日発行　青木嵩山堂　菊判　紙装　一五〇頁　四〇銭
§木版口絵（年方）／毒婦続編
＊明治四十二年九月十八日三版発行

当世五人男のうち**川上三吉**　村上信著
明治三十六年五月発行　青木嵩山堂　菊判　紙装　一四九頁　四〇銭
§はしがき／口絵／当世五人男のうち川上三吉
＊明治三十七年三月二十三日三版発行　初版未調査

当世五人男のうち**川上三吉後編**　村上信著

明治三十六年十一月発行　青木嵩山堂　菊判　紙装　一五一頁
四〇銭
§はしがき／口絵／当世五人男のうち川上三吉後編
＊明治三十九年三月六日三版発行　初版未調査

当世五人男のうち川上三吉続編　村上信著
明治三十六年十一月発行　青木嵩山堂　菊判　紙装　一四八頁
四〇銭
§はしがき／口絵／当世五人男のうち川上三吉続編
＊明治三十七年九月二十七日再版発行　初版未調査

うやむや日記　村上信著
明治三十七年二月十日発行　青木嵩山堂　菊判　紙装　一四四
頁　四〇銭
§はしがき／木版口絵（年方）／うやむや日記

金剛盤前編　村上信著
明治三十七年三月五日発行　青木嵩山堂　菊判　紙装　一九二
頁　四〇頁
§はしがき／口絵／金剛盤前編

金剛盤後編　村上信著
明治三十七年五月六日発行　青木嵩山堂　菊判　紙装　一八四
頁　四〇銭
§口絵／金剛盤後編

最後の岡崎俊平　村上信著
明治三十七年十二月十日発行　青木嵩山堂　菊判　紙装　一九
〇頁　四〇銭
§口絵／最後の岡崎俊平前編

最後の岡崎俊平後編　村上信著
明治三十八年一月一日発行　青木嵩山堂　菊判　紙装　一八六
頁　四〇銭
§口絵／最後の岡崎俊平後編

夜叉男前編　村上信著
明治三十八年四月十一日発行　青木嵩山堂　菊判　二三三頁
四〇銭
§はしがき／口絵／夜叉男

大悪魔　村上信著
明治三十八年七月十二日発行　青木嵩山堂　菊判　紙装　一四
二頁　四〇銭
§木版口絵（年方）／大悪魔

脚本業平文治　ちぬの浦浪六・田中霜柳脚色
明治三十八年八月十五日発行　鹿鳴社　菊半截判　紙装　二一
八頁　二五銭
§口絵（伊井容峰）／脚本業平文治

大悪魔後編　村上信著
明治三十八年九月八日発行　青木嵩山堂　四六判　紙装　一四
八頁　四〇銭
§口絵／大悪魔後編

仍如件　村上信著
明治三十九年一月一日発行　青木嵩山堂　菊判　紙装　一八三
頁　四五銭
§木版口絵（年方）／仍如件

仍如件後編　村上信著
明治三十九年四月十八日発行　青木嵩山堂　菊判　紙装　二一
三頁　四五銭

§木版口絵（年方）／仍如件後編

当世女前編　村上信著
明治四十年一月一日発行　青木嵩山堂　菊判　紙装　二三六頁　四五銭
§はしがき／口絵／当世女

元禄女前編　村上信著
明治四十年二月二十日発行　隆文館　菊判　紙装　一七二頁　四五銭
§口絵／元禄女前編
＊明治四十年十月二十日再版

当世女後編　村上信著
明治四十年四月二十日発行　青木嵩山堂　菊判　紙装　二二〇頁　四五銭
§口絵／当世女後編

八軒長屋　村上信著
明治四十年六月四日発行　民友社　菊判　紙装　四八四頁　七〇銭
§木版口絵（菊仙）／はしがき／八軒長屋
＊明治四十一年十二月五日十版

浮世車前編　村上信著
明治四十年八月十八日発行　青木嵩山堂　菊判　紙装　二七四頁　四五頁
§はしがき／口絵／浮世車

元禄女後編　村上信著
明治四十年九月一日発行　隆文館　菊判　紙装　一六八頁　四五銭
§口絵／元禄女後編

浮世車後編　村上信著
明治四十年十月三日発行　青木嵩山堂　菊判　紙装　二三一頁　四五銭
§口絵／浮世車後編

八軒長屋後編　村上信著
明治四十一年三月十五日発行　民友社出版部　菊判　紙装　四九五頁　七〇銭
§はしがき／口絵／八軒長屋後篇
＊明治四十二年四月二十八日六版

浮世　村上信著
明治四十一年七月二十日発行　青木嵩山堂　菊判　紙装　二三六頁　四五銭
§はしがき／木版口絵／浮世

八軒長屋続篇　村上信著
明治四十一年八月五日発行　民友社　菊判　紙装　三八六頁　六五銭
§はしがき／木版口絵（菊仙）／八軒長屋続篇
＊明治四十一年十月十二日三版

浪六傑作集上巻　村上信著
明治四十一年十月十八日発行　春陽堂　菊判　布装　九三一頁　一円五〇銭
§はしがき／三日月／井筒女之助／鬼奴／安田作兵衛／破太皷／夜嵐

日蓮　村上信著
明治四十一年十二月五日発行　民友社出版部　菊判　紙装　三

八四頁　八五銭
§口絵写真／緒言／凡例／辻説法／名越の月／長谷の夜／立正安国論／松葉が谷の煙／伊豆の配所／故郷の空／小松原の釼／鎌倉／龍の口／佐渡が島／鎌倉の暁／月延の白雲／池上の夕陽／日蓮年譜／立正安国論に就て／立正安国論／開目鈔

浪六傑作集下巻　村上信著
明治四十二年一月一日発行　春陽堂　菊判　布装　九四一頁　一円五〇銭
§はしがき／深見笠／後の髯重／髯の自休／奴の小万／たそや行燈／後の三日月／浪六漫筆

稲田一作　村上信著
明治四十二年十月十五日発行　民友社出版部　菊判　紙装　四〇一頁　七五銭
§口絵／稲田一作

華族　村上浪六・中村白鳳著
明治四十三年九月十五日発行　富田文陽堂　石塚松雲堂　四六判　紙装　三六四頁　五〇銭
§はしがき（浪六）／口絵／華族（村上浪六・中村白鳳合作）

稲田一作後篇　村上信著
明治四十三年十月十五日発行　民友社出版部　菊判　紙装　三〇〇頁　六五銭　校正者・中山由五郎
§口絵／稲田一作後篇

元禄忠魂録列伝　村上信著
明治四十四年二月十五日発行　至誠堂書店　至誠堂小売部　菊判　厚紙装　三三三頁　一円
§序／烏帽子／有髪の尼／山科の里／うき様／あはう浪人／密謀／奮激／父子／離別／絶望／黒白／先発／男山／梅林庵／東下／偵察／節度／遺書／墓参／出発／討入／自訴／泉岳寺／臨検／待罪／細川家／三家／最後

豊太閤　村上信著
明治四十四年三月十日発行　民友社出版部　菊判　紙装　四六一頁　一円二五銭
§口絵／はしがき／織田信長・豊臣秀吉系図／豊太閤

馬鹿野郎　村上信著
明治四十四年七月十九日発行　金葉堂　菊判　紙装　三一〇頁　八〇銭
§口絵／はしがき／馬鹿野郎

元禄忠魂録　村上信著
明治四十五年二月十五日発行　至誠堂書店　菊判　クロス装　三三三頁　一円
§序／木版口絵（菊僊）／元禄忠魂録

居家処世人間学　村上信著
大正元年十一月八日発行　大江書房　菊判　紙装　二七六頁　八五銭　校正者・中山由五郎
§口絵／序／成功／失敗／貧／富／金／借金／自殺／情死／恋愛／不平／癇癪／法螺／自惚／男女／落魄／同情／恩義／放蕩／恍惚／滑稽／道楽／のろけ／とぼけ／ふぬけ／まぬけ／腰ぬけ／づぬけ／善悪／愚癡／喧嘩／啖呵／議論／策畧／狼狽／驚愕／調子／都合／通人／野暮／狂的／病的／吝嗇／倹約／世辞／愛嬌／売春／犯罪／衣食住

いたづらもの　村上信著
大正二年六月二十一日発行　大江書房　菊判　紙装　二六八頁

八五銭　校正者・中山由五郎
§口絵／はしがき／いたづらもの

現代思潮男女の戦ひ　村上信著
大正二年七月十五日発行　至誠堂書店　菊判　紙装　二七〇頁　九五銭　装幀・川村画伯
§口絵写真／はしがき／現代思潮男女の戦ひ
＊大正三年一月十日七版

現代思潮男女の戦ひ続編　村上信著
大正二年九月十八日発行　至誠堂書店　菊判　紙装　二七八頁　九五銭
§口絵写真／はしがき／現代思潮男女の戦ひ（続編）

黒雲　村上信著
大正三年一月二日発行　至誠堂書店　菊判　紙装　二七六頁　九五銭
§口絵／黒雲

生きたる人間の解剖　村上信著
大正三年一月三日発行　大江書房　菊判　紙装　一七八頁　七五銭
§序／生きたる人間の解剖（人間／生気／原始／体格／遺伝）／頸より以上（総説／顔面／眉と眼／鼻／耳／口舌／触覚／脳）

雪だるま　村上信著
大正三年一月十八日発行　至誠堂書店　菊判　紙装　カバー　三五四頁　一円二〇銭
§木版口絵（清方）／雪だるま

罵倒録〈大正名著文庫第四編〉　村上信著
大正三年四月三日発行　至誠堂書店　四六判　クロス装　カバー　三七四頁　一円二〇銭
§題／口絵写真／罵倒録（蟻の低声／蝶の私語／女難／色男／恋病／犠牲／談話／鳴ア天下／美人／金の番人／猿智慧／鼻思案／久米の仙人／粧飾の人間／矛盾／顛倒／先生／大将／べらぼう／のツぺらぼう／屁理窟／糞度胸／ぶる奴がる奴／とまどひ／江戸ツ児／上方贅六／幇間／対照／相場師／仕事師／華族／紳士／謀反気／出来心／医者／学者／埒／噂／言行一致／心機一転／鴉の談話／鼠の会合／蚊の文句／浅草の観世音／目黒の不動尊／浮世／貧乏神／福の神）
＊大正四年二月十五日十三版

川柳自在うき世の裏表　村上信著
大正三年六月十三日発行　文明社　文昌堂　四六判　クロス装　二一〇頁　七五銭
§はしがき／川柳自在うき世の裏表
＊大正三年六月二十日再版

元禄四十七士上編〈大正名著文庫第六編〉　村上信著
大正三年八月発行　至誠堂書店　四六判　紙装　三九一頁　一円二〇銭
§元禄四十七士上編

元禄四十七士下編〈大正名著文庫第七編〉　村上信著
大正三年八月十五日発行　至誠堂書店　四六判　紙装　三七九頁　一円二〇銭
§元禄四十七士下編

我五十年　村上信著
大正三年十二月五日発行　至誠堂書店　四六判　クロス装　四二〇頁　一円五〇銭

§序文／口絵写真／我五十年

世間感想録　村上信著

大正四年七月四日発行　如山堂書店　東京堂書店　四六判　クロス装　三二〇頁　一円　校正者・中山由五郎

§世間感想録（不平家／吝嗇家／刀筆吏／女学生／新聞記者／若旦那／代議士／妾／書画骨董商／内助の細君／おさンどん／へボ文士／べらンめエ／へボ医者／山師／名物女／商店の小僧／野狐禅／理窟屋／未亡人／へボ壮士／うぬぼれ屋／なまけもの／神経家／嫉妬の細君／放蕩の良人／交際屋／千三屋／悲哀家／楽天家／気焔家／迷信家／馬鹿亭主／馬鹿女房／食客／女優）

放言録〈大正名著文庫第拾九篇〉　村上信著

大正四年十一月八日発行　至誠堂書店　四六判　クロス装　四〇二頁　一円二〇銭

§放言録（停電／欧洲の列弱／麻羅の解／握手／奇習／大胆／監獄の内外／美人／停車場／秋／蚊に贈るの文／已むを得たし／辞世／避暑避寒／馬鹿らしい記／あやふや人形／子宝／立腹／失敗／河豚／鮟鱇／鰹／反故／寄生虫／懸想文／情死／来客／夫婦喧嘩に関して／友人の不和に対して／我知足／恋／びッくり／病中の感／妻／辻占／感情／蛙／寄附／旅行記／言文一致／今昔の感／貞操問題／我国の一大文章／いろは俗諺／明鏡／坐談一束）

＊大正四年十一月二十五日三版

日蓮　村上信著

大正五年一月二十三日発行　明文館書店　三五判　クロス装　箱入　二三三頁　七〇銭

§口絵写真／緒言／日蓮

＊大正六年三月一日五版

世間学　村上信著

大正五年七月十五日発行　大阪屋号書店　金尾文淵堂　菊半截判　クロス装　一円三〇銭

§序／世間学（運命／生命／性質／遺伝／結婚／夫婦／家庭／生活／人情／忘想／欲望／罪悪／職業／数字／善悪／趣味／表裏／歳月）

＊大正九年一月一日十二版

大正五人男　村上信著

大正五年十二月十二日発行　至誠堂書店　菊判　厚紙装　二八三頁　一円

§はしがき／口絵／大正五人男

浪六傑作集第一巻　村上浪六著

大正七年一月一日発行　春陽堂　三五判　クロス装　箱入　五一九頁　一円三〇銭

§序／三日月／後の三日月／井筒女之助／奴の小万

＊大正八年九月二十五日九版

浪六傑作集第二巻　村上浪六著

大正七年一月二十五日発行　春陽堂　三五判　クロス装　箱入　六〇八頁　一円三〇銭

§鬼奴／安田作兵衛／山鹿甚五左衛門／破太皷／夜嵐

＊大正七年八月五日五版

浪六傑作集第三巻　村上浪六著

大正七年二月十五日発行　春陽堂　三五判　クロス装　箱入　六〇一頁　一円三〇銭

§たそや行燈／深見笠／後の髷重／髷の自休／浪六漫筆

＊大正七年十月五日五版

出放題　村上信著

大正八年四月十三日発行　至誠堂書店　四六判　紙装　三五二頁　一円六〇銭

§はしがき／口絵／出放題（祭礼の神輿／脱線／胡麻塩／杜鵑／日本三景／評判の美人／処世と水泳／お株／団菊左／足袋／面の皮／やりくり算段／馬鹿／未亡人／痛快／男女の対照／洒落／死損ひ／女房／世の中／恋愛／策士／先生／相変らず／守銭奴／年齢／親子／不平不満）／社会一片（押川長官の自殺事件／仲小路農相の米価調節／夢の世界／夢の解釈）／短篇四箇（石川五右衛門／花房助兵衛／落花狼藉／片輪車）

裏と表前編　村上信著

大正八年十月一日発行　至誠堂書店　菊判　厚紙装　三〇四頁　二円

§口絵／序／裏と表

＊大正八年十月三十日五版

浮世の裏表　村上信著

大正八年十月二日発行　帝国出版協会　菊半截判　厚紙装　カバー　三七二頁　一円三〇銭

§人情の機微／うきよ／阿字門／八重の潮路／金と運／豪傑

裏と表中編　村上信著

大正八年十二月十八日発行　至誠堂書店　菊判　厚紙装　三一〇頁　二円

§口絵／裏と表（中編）

水車　村上信著

大正九年一月四日発行　大明堂書店　四六判　紙装　三三二頁　一円八〇銭

§はしがき／男三人／金と運／一狂禅／花房助兵衛／団の小平／石川五右衛門／小巴／信長と光秀／秀吉と家康／かり枕／配所の日蓮

裏と表後編　村上信著

大正九年八月十八日発行　至誠堂書店　菊判　厚紙装　一八四頁　一円五〇銭

§口絵／裏と表（後編）

無遠慮　村上信著

大正九年十二月十五日発行　至誠堂書店　菊判　紙装　二九二頁　二円

§口絵／はしがき／無遠慮

水車　村上信著

大正十一年九月十日発行　明文館　三五判　クロス装　箱入　二六八頁　一円三〇銭

§男三人／一狂禅／花房助兵衛／団の小平／石川五右衛門／小巴／信長と光秀／秀吉と家康／かり枕／配所の日蓮

牛肉一斤　村上信著

大正十一年十一月二十三日発行　至誠堂書店　四六判　クロス装　三二四頁　二円五〇銭

§はしがき／牛肉一斤（牛／生活／広告／デー／労働体験／庭園解放／香水と米価／食料問題／新らしい女／古今の人情比較／講談の歴史／貞操問題／母性と娼性／暗示／質屋／虚栄病／貯金病／三慾／性の崇拝／性の秘密／性の解放／婦人の犯罪／空業家／苦学生／親子喧嘩／夫婦喧嘩）

時代相　村上信著
大正十二年三月六日発行　時代相刊行会　四六判　布装　三三九頁　二円六〇銭
§口絵／時代相第一巻

時代相第二巻　村上信著
大正十二年七月十五日発行　時代相刊行会　四六判　布装　箱入　三五一頁　二円六〇銭
§口絵／はしがき／第一巻の梗概／時代相第二巻
＊大正十三年五月十日卅五版発行

親鸞〈縮冊版〉　村上信著
大正十三年一月五日発行　明文館書店　三五判　布装　三七二頁
§はしがき／親鸞

時代相第三巻　村上信著
大正十三年二月二十五日発行　時代相刊行会　四六判　布装　箱入　二九六頁　二円六〇銭
§口絵／はしがき／時代相第三巻

馬鹿野郎〈縮冊版〉　村上信著
大正十三年三月二十五日発行　明文館書店　三五判　布装　箱入　三五九頁　一円三〇銭
§馬鹿野郎

灰の中に芽ぐむ時代相第四巻　村上信著
大正十三年四月二十日発行　時代相刊行会　四六判　布装　箱入　三〇二頁　二円六〇銭
§口絵／灰の中に芽ぐむ時代相の序文／灰の中に芽ぐむ時代相

落花狼藉　村上浪六著
大正十三年五月二十八日発行　高陽社　四六判　布装　箱入　二三七頁　二円
§落花狼藉

稲田一作　村上信著
大正十三年六月五日発行　明文館書店　三五判　布装　箱入　七四〇頁　二円三〇銭
§稲田一作／稲田一作後編

人の垢　村上信著
大正十三年七月十五日発行　明文館書店　三五判　布装　箱入　二八六頁　一円三〇銭
§人の垢

時代相第五編　村上信著
大正十四年一月二十五日発行　時代相刊行会　四六判　布装　箱入　三一五頁　二円六〇銭
§口絵／はしがき／時代相第五編

無名の英雄と失敗の英雄　村上信著
大正十四年七月十五日発行　時代相刊行会　四六判　布装　箱入　三〇四頁
§口絵／はしがき／無名の英雄／失敗の英雄

浪六名作選集　村上浪六著
大正十四年九月十八日発行　大日本雄弁会　四六判　布装　三五六頁　二円三〇銭
§はしがき／洛東の法然と熊谷直実／北越の親鸞と佐々木高綱／鎌倉武者／辻説法の日蓮と配所の日蓮／明智光秀／花房助兵衛／石川五右衛門／米村権右衛門／蒲生源左衛門／池田市郎兵衛／駿河大納言／安藤右京進／安藤帯刀／菅沼主水／山鹿甚五

左衛門／烏帽子親／有髪の僧尼／あほう浪人

人生の裏面　村上浪六著
大正十四年十一月十五日発行　忠誠堂　三五判　クロス装　箱入　二八〇頁　一円二〇銭
§わからず屋／わかり屋／いたづらもの／浮気もの／落伍者／成功者／空論家／発明家／嘘つき屋／お世辞屋／冷血漢／熱血漢／こぼし屋／ぶう〳〵屋／男三人／女三人／黄金仏／師走の感想／うきよ／世間／高利貸／質屋／お晦日／奇縁／阿字門

裸体の人間　村上信著
大正十四年十二月十五日発行　時代相刊行会　三五判　布装箱入　四二六頁　二円五〇銭
§はしがき／人間／人と魚／人と猿／人と鳥／原始的の男女／男女乱交時代／血を以て女を奪ひし時代／女を財産とせし時代／女の提供を礼儀とせし時代／一夫多妻の時代／婚姻の基礎時代／婚姻の売買時代／一夫一婦の婚姻／我帝国の太古／我国の国民性／習慣力／遺伝性／恋愛史／恋の罪／赤裸々／人の首／人の頭／人の質／昼夜の人間／文明病

日蓮　村上信著
大正十四年十二月二十五日発行　明文館書店　四六判　布装箱入　二三六頁　二円三〇銭
§口絵／緒言／日蓮

吉田雄蔵　村上信著
大正十五年六月十五日発行　浪六叢書刊行会　菊半截判　クロス装　箱入　二九六頁　一円五〇銭
§口絵／はしがき／吉田雄蔵（前編／後編）

倉橋幸蔵　村上信著
大正十五年六月十五日発行　浪六叢書刊行会　菊半截判　クロス装　箱入　三八四頁　二円
§口絵／はしがき／倉橋幸蔵（前篇／後篇／続篇）

天眼通前篇　村上信著
大正十五年六月二十日発行　浪六叢書刊行会　菊半截判　クロス装　箱入　四七三頁　二円五〇銭
§口絵／天眼通（前篇）

天眼通後篇　村上信著
大正十五年七月八日発行　浪六叢書刊行会　菊半截判　クロス装　箱入　四七六頁　二円五〇銭
§口絵／天眼通（後篇）

川徳　村上信著
大正十五年八月八日発行　浪六叢書刊行会　菊半截判　クロス装　箱入　五〇六頁　二円五〇銭
§序／口絵／川徳（前篇／後篇）

男女の戦ひ　村上信著
大正十五年九月八日発行　浪六叢書刊行会　菊半截判　クロス装　箱入　四三二頁　二円
§男女の戦ひ／男女の戦ひ（続篇）

原田甲斐　村上信著
大正十五年九月八日発行　浪六叢書刊行会　菊半截判　クロス装　箱入　三七八頁　二円
§原田甲斐（前篇／後篇）

うらと表　村上信著
大正十五年九月十五日発行　浪六叢書刊行会　菊半截判　紙装箱入　四一八頁　三八〇頁　二円　二分冊版

§口絵／序／うらと表前篇
§口絵／うらと表後篇
仍如件〈浪六全集第13編新装版〉 村上信著
大正十五年九月二十日発行　至誠堂書店　三五判　紙装　四五七頁　一円八〇銭（特価一円二〇銭）
§仍如件
妙法院勘八 村上浪六著
大正十五年十一月二十一日発行　大日本雄弁会講談社　四六判布装　三四七頁　二円二〇銭
§はしがき／妙法院勘八の執筆に就いて／妙法院勘八
＊昭和四年六月十日二十版
浮世の表裏 村上信著
昭和二年一月十日再版発行　文武タイムス社　四六判　布装一六一頁　一円
§はしがき／浮世の表裏／附録
＊昭和三年七月五日五版発行　初版未調査
毒舌 東洲生編
昭和二年二月十日発行　修文社　四六判　クロス装　四四〇頁二円二〇銭
§口絵写真／毒舌／快気焔／破荒の斧／機微談語／八つ当り／皮肉と諷刺／七花八裂／熱罵冷笑／社会相
浪六全集第一編 村上信著
昭和二年十一月五日発行　玉井清文堂　三五判　布装　五五二頁
§口絵／当世五人男／当世五人男後編／黒田健次／黒田健次後編
浪六全集第二編 村上信著
昭和二年十二月五日発行　玉井清文堂　三五判　布製　四七四頁
§当世五人男に就いての白状／黒田健次続編／最後の黒田健次
浪六全集第三編 村上信著
昭和三年一月十五日発行　玉井清文堂　三五判　布装　四三九頁
§口絵／上田力／上田力続編
裸体の人間 村上信著
昭和三年二月三日発行　明文館書店　三五判　クロス装　箱入四二六頁　二円五〇銭
§はしがき／裸体の人間
浪六全集第四編 村上信著
昭和三年二月五日発行　玉井清文堂　三五判　布装　四三七頁
§口絵／倉橋幸蔵／倉橋幸蔵後編／倉橋幸蔵続編
浪六全集第五編 村上信著
昭和三年三月五日発行　玉井清文堂　三五判　布装　四一八頁
§口絵／川上三吉／川上三吉後編
浪六全集第六編 村上信著
昭和三年四月五日発行　玉井清文堂　三五判　布装　五一〇頁
§口絵／吉田雄蔵／吉田雄蔵後編／花車／しなさだめ
浪六全集第十六編 村上信著
昭和三年六月五日発行　玉井清文堂　三五判　布装　四三九頁
§口絵／毒婦
浪六全集第七編 村上信著

昭和三年七月五日発行　玉井清文堂　三五判　布装　四二一頁
§口絵／金剛盤

浪六全集第八編　村上信著
昭和三年八月五日発行　玉井清文堂　三五判　布装　四〇九頁
§口絵／岡崎俊平／石坊主／坐談一束

浪六全集第九編　村上信著
昭和三年九月五日発行　玉井清文堂　三五判　布装　四七六頁
§口絵／序／人間学／人間学続編

浪六全集第十編　村上信著
昭和三年十月五日発行　玉井清文堂　三五判　布装　四四五頁
§序／口絵／八軒長屋

馬鹿野郎と稲田一作　浪六著
昭和三年十月十三日発行　明文館書店　四六判　布装　箱入
七一〇頁　一円三〇銭
§馬鹿野郎／稲田一作

浪六全集第十一編　村上信著
昭和三年十一月五日発行　玉井清文堂　三五判　布装　四五四
頁
§口絵／八軒長屋後編

浪六全集第十二編　村上信著
昭和三年十二月五日発行　玉井清文堂　三五判　布装　四四三
頁
§口絵／八軒長屋続編／阿字門／一狂禅／花房助兵衛／落花狼
藉／石川五右衛門／小巴

日蓮と親鸞と豊太閤　村上信著
昭和三年十二月十日発行　明文館書店　四六判　布装　箱入
八二二頁　一円三〇銭
§日蓮／親鸞／豊太閤

人の力と英雄　村上信著
昭和三年十二月二十日発行　明文館書店　四六判　クロス装
箱入　三〇四頁　一円三〇銭
§はしがき／人の力／無名の英雄

浪六全集第十三編　村上信著
昭和四年一月五日発行　玉井清文堂　三五判　布装　四五七頁
§口絵／仍如件

男一疋　村上信著
昭和四年一月十五日再版発行　修文社　三五判　クロス装　箱
入　四七八頁　一円六〇銭
§はしがき／男の中の男一疋／快男子
＊初版未調査

浪六全集第十四編　村上信著
昭和四年二月五日発行　玉井清文堂　三五判　布装　五〇一頁
§口絵／当世三人兄弟／うやむや日記

浪六全集第十五編　村上信著
昭和四年三月五日発行　玉井清文堂　三五判　布装　五一二頁
§口絵／元禄名物男

いたづらもの　かはりもの　裸体の人間　村上信著
昭和四年三月十日発行　明文館書店　四六判　布装　箱入　八
九五頁　一円三〇銭
§いたづらもの／かはりもの／裸体の人間

人生の旅行と海賊　人の垢と人生の苦楽　村上信著
昭和四年三月二十日発行　明文館書店　四六判　紙装　八四一

頁　一円三〇銭
§人生の旅行／海賊／人の垢／人生の苦楽
浪六全集第十七編　村上信著
昭和四年四月五日発行　玉井清文堂　三五判　布装　四八六頁
§口絵／男女の戦ひ／男女の戦ひ続編
浪六全集第二十四編　村上信著
昭和四年五月五日発行　玉井清文堂　三五判　布装　四六三頁
§口絵／稲田一作
浪六全集第二十五編　村上信著
昭和四年六月五日発行　玉井清文堂　三五判　布装　四三四頁
§口絵／稲田一作（続編）／煩悶病院
浪六全集第二十六編　村上信著
昭和四年七月五日発行　玉井清文堂　三五判　布装　四五二頁
§罵倒録／放言録
浪六全集第二十七編　村上信著
昭和四年八月五日発行　玉井清文堂　三五判　布装　五三二頁
§口絵／天眼通前編
浪六全集第二十八編　村上信著
昭和四年九月五日発行　玉井清文堂　三五判　布装　四八三頁
§口絵／天眼通後編
蜂須賀小六　村上信著
昭和四年九月二十六日発行　明文館書店　四六判　紙装　三六九頁　一円四〇銭
§口絵写真／建碑の裏面／蜂須賀小六正勝／蜂須賀小六
浪六全集第二十九編　村上信著
昭和四年十月五日発行　玉井清文堂　三五判　布装　四三六頁
§口絵／川徳
浪六全集第三十編　村上信著
昭和四年十一月五日発行　玉井清文堂　三五判　布装　四五〇頁
§口絵／海賊／後の海賊／回外余筆／十文字／十文字後編／十文字拾遺
浪六全集第三十四編　村上信著
昭和四年十二月五日発行　玉井清文堂　三五判　布装　四七三頁
§口絵／出放題／社会一斤／赤蜻蛉
かまいたち　村上信著
昭和五年一月三日発行　明文館書店　四六判　布装　三三八頁　一円四〇銭
§口絵写真／《かまいたち》に就て／かまいたち
浪六全集第三十五編　村上信著
昭和五年一月五日発行　玉井清文堂　三五判　布装　四二〇頁
§口絵／夜叉男
浪六全集第三十六編　村上信著
昭和五年二月五日発行　玉井清文堂　三五判　布装　四五五頁
§口絵／はしがき／浮世車
浪六全集第三十七編　村上信著
昭和五年三月五日発行　玉井清文堂　三五判　布装　四四〇頁
§口絵／雪だるま
浪六全集第三十八編　村上信著
昭和五年四月五日発行　玉井清文堂　三五判　布装　四八九頁
§口絵／大悪魔

浪六全集第三十九編 村上信著
昭和五年五月五日発行 玉井清文堂 三五判 布装 四七〇頁
§口絵／大正五人男／世間感想録

浪六全集第四十編 村上信著
昭和五年六月五日発行 玉井清文堂 三五判 布装 五〇四頁
§口絵／日本武士／武士道／武者気質

浪六全集第四十一編 村上信著
昭和五年七月五日発行 玉井清文堂 三五判 布装 四四八頁
§口絵／はしがき／魚屋助左衛門／呂宋助左衛門／大阪城／古賀市

浪六全集第四十二編 村上信著
昭和五年八月五日発行 玉井清文堂 三五判 布装 三九九頁
§口絵／浮舟／蔦の細道／八重の潮路

浪六全集第四十四編 村上信著
昭和五年九月五日発行 玉井清文堂 三五判 布装 六六八頁
§元禄四十七士

浪六全集第二十二編 村上信著
昭和五年十月五日発行 玉井清文堂 三五判 布装 四一二頁
§口絵／はしがき／当世女

浪六全集第十八編 村上信著
昭和五年十一月五日発行 玉井清文堂 三五判 布装 四七九頁
§口絵／鬼あざみ／高倉長右衛門

浪六全集第二十一編 村上信著
昭和五年十二月五日発行 玉井清文堂 三五判 布装 四一六頁
§口絵／元禄女／明治十年

浪六全集第四十五編 村上信著
昭和六年一月五日発行 玉井清文堂 三五判 布装 五八三頁
§口絵／石田三成／伊達振子／唐撫子

鈴木新内 村上信著
昭和六年一月十五日発行 明文館書店 四六判 布装 箱入 四一八頁 一円三〇銭
§口絵写真／はしがき／鈴木新内

浪六全集第三十一編 村上信著
昭和六年二月五日発行 玉井清文堂 三五判 布装 四二九頁
§口絵／牛肉一斤／浮世草紙

浪六全集第二十編 村上信著
昭和六年三月五日発行 玉井清文堂 三五判 布装 五二三頁
§口絵／無遠慮

浪六全集第二十三編 村上信著
昭和六年四月五日発行 玉井清文堂 三五判 布装 四四三頁
§口絵／豊太閤

浪六全集第三十二編 村上信著
昭和六年五月五日発行 玉井清文堂 三五判 布装 四一〇頁
§裏表前編

侠客列伝 村上信著
昭和六年五月十八日発行 明文館書店 四六判 布装 箱入 三〇六頁 一円二〇銭
§はしがき／夢の市郎兵衛／幡随院長兵衛／女侠柳屋お辰／馬方藤五郎／緋鯉の藤兵衛

浪六全集第三十三編 村上信著

昭和六年六月五日発行　玉井清文堂　三五判　布装　三九〇頁
§裏と表続編

大石内蔵助　村上浪六著
昭和八年一月一日発行　大日本雄弁会講談社　四六判　紙装
三一五頁　本誌と共に六〇銭　講談倶楽部新年号第二十三巻第一号附録　表紙画・多田北烏　扉及挿画・小村雪岱
§はしがき／大石内蔵助

たそや行燈〈日本小説文庫325〉　村上浪六著
昭和八年七月三十日発行　春陽堂　菊半截判　紙装　一六一頁
二五銭
§たそや行燈／夜あらし

深見笠〈日本小説文庫320〉　村上浪六著
昭和八年八月五日発行　春陽堂　菊半截判　紙装　一八〇頁
二五銭
§深見笠／後の髷重／髷の自体

奴の小万〈日本小説文庫323〉　村上浪六著
昭和八年八月五日発行　春陽堂　菊半截判　紙装　一六三頁
二五銭
§奴の小万／浪六漫筆

安田作兵衛〈日本小説文庫322〉　村上浪六著
昭和八年八月十五日発行　春陽堂　菊半截判　紙装　一六一頁
二五銭
§安田作兵衛／鬼奴

三日月〈日本小説文庫321〉　村上浪六著
昭和八年八月十五日発行　春陽堂　菊半截判　紙装　一二九頁
二五銭
§三日月／後の三日月

破太皷〈日本小説文庫324〉　村上浪六著
昭和八年八月三十日発行　春陽堂　菊半截判　紙装　一六八頁
二五銭
§山鹿甚五左衛門／井筒女之助

俠客　村上信著
昭和九年一月八日発行　明文館書店　四六判　クロス装　七八〇頁　一円六〇銭
§はしがき／木津の勘助／井筒屋小糸／金看板甚五郎／釣鐘弥左衛門／はやをけの久八／ちびの大三郎／飛脚半兵衛／国定忠治旅日記／半時長五郎／大前田英五郎／白魚の権太郎／伊蔵の与吉／忍川のお勘／小金井小次郎

うき世の雨に破れ傘　村上信著
昭和九年六月十三日発行　明文館書店　四六判　紙装　九一〇頁　一円八〇銭
§うき世の雨に破れ傘／幡随院長兵衛／女俠柳屋お辰／緋鯉の藤兵衛／夢の市郎兵衛／馬方藤五郎

当世五人男（二）黒田健次〈春陽堂文庫476〉　村上浪六著
昭和十四年四月十日発行　春陽堂書店　菊半截判　紙装　二八五頁　五〇銭
§当世五人男に就いての白状／黒田健次よりの書簡／黒田健次続編／最後の黒田健次

当世五人男〈春陽堂文庫475〉　村上浪六著
昭和十四年四月二十三日発行　春陽堂書店　菊半截判　紙装
三三〇頁　五〇銭
§当世五人男／当世五人男後編／黒田健次前編／黒田健次後編

当世五人男（三）上田力〈春陽堂文庫477〉　村上浪六著
昭和十四年六月二十日発行　春陽堂書店　菊半截判　紙装　二六一頁　五〇銭
§上田力／上田力後編／上田力続編

毒か薬か　村上信著
昭和十五年十二月二十日発行　モナス　四六判　厚紙装　三五八頁　一円八〇銭
§口絵（村上浪六氏自画）／序／酒と煙草／茶／衣服／食物／家屋と住居／不老長生／人間と魚類／人間と鳥類／嫉妬の解剖／恋愛の道程／自殺／顔面の検討／頭脳の検討／人体の大小高低／人体の尺度／男女両性の比較／貧乏学／虚栄病／親子喧嘩と夫婦喧嘩／貞操問題／母性と娼性／銀座病／八人の日記／川柳の選粒／偽善と人情／或人の家庭談／不平均の大平均／新聞と新聞記者／魔道／昼の人間と夜の人間／苦学生／親の愛と子の孝

海上の歴史　村上浪六著
昭和十八年四月二十日発行　輝文堂書房　B6判　紙装　二五四頁　一円五〇銭
§巻頭の辞／序（小笠原長生識）／第一部（神代より倭寇まで／豊太閤の征韓／倭寇）／第二部（倭寇前身）荒浪の浮世〈小説〉）／第三部（倭寇より現代まで）

一足飛　村上浪六著
昭和二十九年八月二十日発行　金園社　四六判　厚紙装　カバー　六五九頁　二八〇円
§はしがき／一足飛

裸一貫・南無三宝〈放送新書〉　村上浪六原作　斎藤豊吉脚色
昭和三十年十一月二十五日発行　鱒書房　新書判　紙装　カバー　一八九頁　一〇〇円　装釘・三井永一
§裸一貫／南無三宝／あとがき（斎藤豊吉）

八軒長屋〈古典文庫〉　村上浪六著
昭和五十六年三月十日発行　現代思潮社　四六判　厚紙装　カバー　オビ　二九五頁　一八〇〇円
§八軒長屋／解説（神郡周）

西村天囚《にしむらてんしゅう》

慶応三年（一八六七）七月二十三日〜大正十三年（一九二四）七月二十九日。

屑屋の籠　前編　西村時彦著
明治二十年五月三日出版　博文堂　中本　厚紙(背クロス)装　一八〇頁　六〇銭
§自序／緒言／口絵／屑屋の籠　前編（発端〜第九回）

活髑髏　西村時彦著
明治二十一年一月(日付ナシ)出版　博文堂　中本　厚紙(背クロス)装　五六頁　二〇銭
§自叙／活髑髏例言／活髑髏

政事上之放逐人千里風煙　ウヰクトル・チッソー　コンスタン・アメロー著　ジョージ・デー・コックス英訳　鈴木力（天眼子）重訳　末広重恭・西村時彦補述
明治二十一年二月二十三日出版　敷文館　中本　厚紙装　二四二頁　六〇銭
§緒言（鉄膓居士）／千里風煙序（天囚居士）／自序（天眼子）／政事上之放逐人千里風煙上編（第一回〜第十七回）
＊明治二十二年三月二十七日再版出版

奴隷世界　西村時彦著
明治二十一年四月二十八日出版　有文堂　中本　厚紙(背クロス)装　一五七頁　四〇銭
§自叙／凡例／奴隷世界（総論　奴隷根性／第一回　名誉の奴隷／第二回　黄金の奴隷／第三回　娥眉の奴隷／第四回　文字の奴隷／第五回　威権の奴隷／第六回　風潮の奴隷／結論　国を挙げて他邦の奴隷たる勿れ）

屑屋の籠　後編　西村時彦著
明治二十一年五月十九日出版　博文堂　中本　厚紙(背クロス)装　二〇二頁　六〇銭
§自叙／緒言／屑屋の籠後編（第一回〜第十回）
＊明治二十六年四月七日合本印刷／明治二十六年四月八日増補三版

さゞなみ　西村時彦著
明治二十一年十二月二十四日出版　五東樓　中本　紙装　八一頁　二〇銭
§題詩／緒言／さゞなみ（発端〜第七回）

居酒屋の娘　西村時彦著
明治二十一年十二月二十四日印刷出版　同盟分舎　中本　厚紙装　一一六頁　定価記載ナシ
§自序／居酒屋之娘

評聾閨怨　西村時彦著
明治二十一年十二月(日付ナシ)出版　東雲堂　中本　紙装　七〇頁　定価記載ナシ
§序／評聾閨怨緒言／春（袖香炉／御所車／春雨／行暮て／梅にも春／むっとして／花の曇り）／夏（落し文／こすの戸／夕顔／独寐に／恋し〳〵／一声は）／秋（袖の露／菊の露／秋の夜／霧の雨／萩桔梗／時雨ふる／浮世捨て／君来すは）／冬（雪／黒髪／我物／枯ほそる）／雑（四の袖／玉川の水／鬢のほつれ／雪は月夜／ほんに思へば）／別集（山姥／黒木売／傾城無間鐘／山賤／高尾懺悔／燕子花／秋の巣籠／染糸）

小夜物語〈小説無尽蔵第一号〉　西村天囚著
明治二十二年九月三十日出版　駸々堂分店　中本　紙装　一二〇頁　一〇銭
§小夜物語／双鴛鴦

赤穂義士実話　重野安繹・口演並訂正　西村時彦編述
明治二十二年十二月二十七日出版　大成館　中本　クロス装　二六六頁　八五銭
§勅語（大石良雄）／赤穂義士実話引／凡例／赤穂義士実話引用書目録／赤穂義士実話（緒論／第一　発端の事／第二　刃傷の事　附梶川与惣兵衛の事／第三　切腹の事／第四　赤穂城退散の事　附大野九郎兵衛の事／第五　萱野三平の事　附喜剣の事／第六　大石内蔵助復讐決心の事　附お軽・小浪・戸無瀬・お石の事／第七　吉良邸討入の事　附寺坂吉右衛門の事／第八　泉岳寺引揚の事　附高田郡兵衛の事／第九　四家御預御仕置の事　附上野宮の事／第十　内蔵助会計首尾書の事　附天河屋義平の事／第十一　義士の総論　附山鹿素行の事）／跋（学海居士）

美人の艶説　西村天外道人著
明治二十三年六月（日付ナシ）発行　自由閣　四六判　厚紙（背クロス）装　一四三頁　定価記載ナシ
§勝海舟伯題辞／美人の艶説

鉄炮伝来録　西村時彦著
明治二十四年二月十三日印刷　西村時彦　印刷所・大阪活版製造所印刷部　菊判　クロス装　二五頁　定価記載ナシ
§種子島家略譜／鉄炮伝来録

維新豪傑談　西村時彦著
明治二十四年八月十三日出版　春陽堂　菊判　紙装　一七五頁
§自序／天囚聞書維新豪傑談（第一　観音堂／第二　白毛鎗／第三　好丈夫／第四　薩摩下／第五　双侠／第六　猿が辻／第七　生礫／第八　古狂生／第九　古壮士／第十　無頼漢）

薩摩嵐　天囚居士著
明治二十四年十月三日出版　図書出版　中本　紙装　八六頁
画・貞広
§口絵／薩摩嵐（第一回～第三十四回）

老媼物語　西村時彦著
明治二十四年十一月二日出版　図書出版　中本　紙装　七二頁
画・春香
§序／口絵／老媼物語―一名女子家訓（むかしかたり／若狭／古田御前／千代女／時員母／浅山氏女／けさ／山田歌子／長野氏／つる女）

演劇脚本**天目山**　西村時彦著
明治二十四年十二月二十七日発行　図書出版　中本　紙装和綴　四二頁
§緒言／天目山
＊明治二十五年四月二十三日再版

桃谷小説　西村時彦・渡辺勝・本吉乙槌著
明治二十五年二月十三日出版　図書出版　中本　紙装和綴　一二二頁　一五銭
§序（天囚生）／天囚雑文（平家物語拾遺／桃山の記／観楓の檄／初音）／霞亭漫筆（阿姑麻／初一念／抜参り）／欠伸近縞（白拍子／思ひ出るまゝ／忍艸）

老女村岡　天囚居士著

明治二十五年三月七日出版　図書出版　中本　紙装　八四頁　一〇銭
§はしがき／口絵／老女村岡（発端～第三十）
＊明治二十五年四月七日再版

夜あらし　西村天囚居士著
明治二十五年十一月十四日出版　明文館　発売元・駸々堂　中本　紙装　六二頁
§夜あらし

大衝突論　西村時彦著
明治二十六年二月十一日出版　博文堂　中本　紙装　一三一頁　九銭
§引（天囚生）／大衝突論（緒言／第一章　二府の衝突／第二章　衝突の遠因／第三章　衝突の近因／第四章　内閣の政策／第五章　議会の政策／第六章　衝突の実相上／第七章　衝突の実相下／第八章　大本論）
＊明治二十六年二月十六日増補再版

快男児　西村時彦著
明治二十六年四月三日出版　博文館　菊判　紙装　一五三頁　二〇銭
§緒言／口絵／快男児（第一回～第二十回）
＊明治二十七年五月十二日版権を梅原出張店に譲受

赤星源氏　西村時彦著
明治二十七年三月十八日発行　金川書店　菊判　紙装　一四四頁　二五銭
§序／口絵／赤星源氏（第一回～第三十五回）

単騎遠征録　西村時彦著
明治二十七年六月二十八日発行　金川書店　菊判　紙装　四三二頁　五〇銭
§凡例五則／口絵写真／単騎遠征録（陸軍歩兵中佐福島安正校閲　天囚西村時彦編述）／附録（歓迎記／帰槎日記）

甲午朝鮮陣　西村時輔徳夫遺著　時彦子俊校
明治二十八年十二月七日発行　大阪日進堂印刷　菊判　紙装　七三頁　非売品
§口絵写真／序（西徳二郎）／西村徳夫墓誌銘／序／凡例／甲午朝鮮陣

北白川の月影　西村時彦著
明治二十八年十二月二十八日発行　大阪朝日新聞　菊判　七二頁　一六銭
§口絵／奉哭　能久親王文／能久親王を台湾に奉祀する議／北白川の月影／竹園遺話／跋

紀行八種　西村時彦著
明治三十二年五月十日発行　誠之堂書店　菊判　紙装　一二九頁　三〇銭
§口絵／奥山羽水／雲の行方／風流順礼／金剛山／奈良巡／観仏記／春衫軽筇録／河内紀行
＊明治三十二年七月二日再版発行

南島偉功伝　西村時彦著
明治三十二年六月十五日発行　誠之堂書店　菊判　紙装　一五六頁　四〇銭
§口絵写真／南島偉功伝序／種子島家系図／凡例／南島偉功伝上巻（発祥／門地／墾地勧業／教化／武功）／下巻（鉄砲記／甘諸伝／土工／外交／結論）

都の春風　西村時彦著
明治三十二年七月二十八日発行　誠之堂書店　四六判　紙装
一二六頁　二五銭
§序詩／桜泉先生題詩／凡例／嬉春日記／鎌倉紀行／目黒詣／多摩川の鮎狩／水戸游紀／暮雲録／附録　春風唱和詞／序記三編

今古歌話　西村天囚・磯野秋渚編
明治三十九年十月十日発行　参文舎　積文社　四六判　クロス装　カバー　二八四頁　五五銭
§今古歌話のはしがき／今古歌話

谷三山
明治四十一年十一月十日発行　相在室　菊判　紙装　四〇頁
非売品
§口絵写真／三山先生筆蹟　墓写真／題言／緒言／谷三山（一小時発憤／二　中年造詣／三　交游推服／四　釈褐教授／五学問本領／六　幕末建言／七　性行逸事／八　門人附伝／九補遺）

尾張敬公　西村時彦著
明治四十三年三月十五日発行　名古屋開府三百年記念会　菊判紙装　二二六頁　非売品
§尾張敬公序（名古屋開府三百年記念会）／序説／附記／尾張敬公（出生／幼学／提封／築城／遷府／軍旅／文学／武事／奉公／政道／性行／尊王／追賞）

宋学伝来考　天囚西村時彦著
発行年月日記載ナシ（「序」年月に明治四十二年三月初六）
印刷者・大谷留夫　菊判　紙装和綴　一四二頁　非売品
§序／宋学伝来考
＊題簽「宋学の首倡」

日本宋学史　西村天囚著
明治四十二年九月一日発行　梁江堂書店　杉本梁江堂　菊判クロス装　四〇七頁　二円
§緒言／緒言附記／日本宋学史　上編（叙論／宋学の由来／宋学伝来者／北條氏の文／教／宋学研究の嚆矢／禅林の宋学者／中巌円月の尊信／南北朝時代の学者／岐陽の四書和点／岐陽の学派／公武の学風／足利学校と宋学／足利時代の新文藝）／下編（桂庵の前半生／菊池文学と桂庵／島津氏の桂庵招聘／日本最初の大学刊行／桂庵の後半生／大内文学と南学／四書の文之点／掖玖聖人／惺窩村文之点の疑獄／文運の推移／文教の興隆／宋学一統の由来／王政維新と宋学／結論）／宋学史余談（薩摩の学風／伊地知潜隠伝）

学界の偉人　西村天囚著
明治四十四年二月五日再版発行　梁江堂書店　杉本梁江堂　菊判　三五二頁　一円六〇銭
§序／口絵写真／緒言／学界の偉人　上巻（三先生伝の序論／三浦梅園／脇愚山／帆足萬里／三先生伝結論）／下巻（井上通女／柴野栗山／皆川淇園／谷三山）

懐徳堂五種　西村時彦編輯兼発行者
明治四十四年十月五日発行　松村文海堂　菊判　紙装和綴　二八丁　非売品
§万年先生　論孟首章講義／甃菴先生　五孝子伝／富貴村良農事状／竹山先生　蒙養編／貞婦記録

勢語通　西村時彦編輯兼発行者

明治四十四年十月五日発行　松村文海堂　菊判　紙装和綴　六○頁　五○頁　二分冊　非売品
§序（純禎）／伊勢ものがたり内の巻一　通第一／伊勢ものがたり内の巻下　通第二
§序（純禎）／伊勢ものがたり外の巻上　通第三／伊勢ものがたり外の巻下　通第四

訳本琵琶記　天囚居士訳
大正二年六月下旬印刷成同志五十人分配　幹事・河田南荘　印刷者・野田福蔵・長谷川鶴松　菊判　紙装和綴　一二二丁　定価記載ナシ
§訳本琵琶記序／支那戯曲／曲話三則

大正重刊屑屋の籠　全　西村時彦著
大正十三年十月十九日四版発行　博文堂　菊判　クロス装　二五六頁　二円五○銭
§口絵写真／口絵／大正重刊屑屋の籠の序／増刊三版三板屑屋の籠の序／前編緒言／前編自序／後編緒言／後編自叙／屑屋の籠前編／後編

懐徳堂考　西村時彦著
大正十四年十一月一日発行　財団法人懐徳堂記念会　菊判　紙装　一八八頁　二円
§序（松山直蔵）／序（天囚郁彦）／挿絵／懐徳堂考／懐徳堂復興小史／懐徳堂年譜

南島偉功伝　西村時彦著
昭和八年八月五日発行　熊毛郡教育会　菊判　紙装　一五六頁　非売品
§口絵写真／再版の辞（徳田富実）／南島偉功伝序／種子島家系図／凡例／南島偉功伝　上巻（発祥／門地／懇地勧業／教化／武功）／下巻（鉄砲記／甘藷伝／土工／外交／結論）

日本宋学史〈朝日文庫12〉　西村天囚著
昭和二十六年九月二十五日発行　朝日新聞社　B6判　紙装　二七九頁　二六○円　装幀・恩地孝四郎
§口絵写真／序（重野安繹）／緒言／緒言附記／日本宋学史上編／下編／宋学考余録　薩摩の学風／伊地知潜隠伝／解題（竹内義雄）

九州の儒者たち―儒学の系譜を訪ねて―〈海鳥ブックス9〉　西村天囚著　菰口治校注
平成三年六月二十日発行　海鳥社　B6判　紙装　カバー　二○一頁　一七○○円（本体一六五○円）
§出版にあたって（菰口治）／凡例／久留米・福岡／唐津・多久／針尾島・長崎／秋月・日田／西村天囚のこと（町田三郎）

単騎遠征録　西村天囚編
発行年月日記載ナシ　菊判　紙装和綴　一一九丁
§行程地図／単騎遠征録

角田浩々歌客《かくたこうこうかきゃく》

明治二年（一八六九）九月十六日〜大正五年（一九一六）三月十六日。

詩国小観　角田勤一郎著
明治三十三年六月十六日発行　金尾文淵堂書店　菊半截判　紙装　四三六頁　四〇銭
§浩々歌（馬子才）／啓上（猪一郎）／浩々歌客に寄す（稲村真里）／序（浩々歌客）／老天／霞浦一瞥／夜半逍遥／ふくろふ／無声声／明暗／田園雑興／春魂秋夢／花下酔翁／山のたより／富士山を憶ふ／滑稽時代／双燕偶語／一家言／興亡と詩人／雲濤

国性爺〈少年史談第三編〉
明治三十三年　吉岡書店

出門一笑　角田勤一郎著
明治三十四年六月十六日発行　金尾文淵堂書店　四六判　紙装　二一八頁　三〇銭
§自題／人の声（擁翠山荘／風頭語／売花翁／涼宵／寒月／三千里／水の月／小西湖畔／老僕と我／天使／紅梅爺）／自然の影（野花／泉／静夜／あさかほ／秋心／暗濤／隣の庭／ひたき鳥）／讃岐名勝／歌浦一瞥／古都の半日／三狂顛／向上一路／啓行／幻花／社会の好尚と文学／懐疑的詩人／田園雑興／康有為の大同大平論／詩歌

理趣情景　剣南道士著
明治三十八年七月一日発行　東亜堂書店　四六判　紙装　二四二頁　四〇銭
§口絵／序（蘆花生謹識）／題言五則／打月棒（小引／人天眼目／基督と那翁／自然と超自然／人生の見地／師弟説／美的生活とは何ぞや／哲学に死したる一青年／内的生活と文学／読書社会の青年／海外文学研究の二面／三田と早稲田／高山樗牛／入蔵者河口慧海／紅葉山人／伊藤侯の弔団洲文／苦悶の消息／青年自殺者の日記／ノルドーの小説／作家としての泉鏡花／理情の弁）／風雲理観（日露戦争の神秘観／彼我文壇の形勢／戦争の理観／広瀬中佐とマロフ中将／二十世紀の新三国志）／風頭詩（朝の声／敗荷浮萍／牽牛花の芽／蛍／吉野渡頭／月露雑興／冥想片々）／松の葉（婦人の典型／本居宣長／吉備団子）

恋愛と藝術と天才と　ショッペンハウエル原著　角田勤一郎編
明治四十年一月一日発行　隆文館　菊判　紙装　一八二頁　六〇銭
§恋愛の哲理／婦人論／藝術の本質／美術談片／詩歌の審美論／天才論

鷗心録　角田浩々歌客著
明治四十年七月三十日発行　金尾文淵堂　四六判　クロス装　三〇一頁　七〇銭
§題言三則／比興詩を論ず／比興詩余論／芬蘭文学の片影／アントン、チエホフ／丁抹近代文学／北欧文豪の日本文学観／バイロンの『海賊』／動物神とは何ぞ／時代の側面観／「荘子を読む」を読む／英の国家観／桎梏教育の反動／人世観と文学／寓言の要を論ず／月前の山家集／余が記憶する桜痴居士／妄言妄聴／即事即興（下馬桜／無名樹／観魚／つき草／灯／雨脚／車窓の曙／踏切のおじき／淡輪日記／水前寺の一時間／岩崎邸

の小使）／寒霞渓／子守唄／大椿事／小囚／流人

漫遊人国記　角田勤一郎著
大正二年二月四日発行　東亜堂書房　菊判　クロス装　七六三頁　三円
§読者へ／口絵写真／序（江原素六）／序（龍渓閑人識）／序（逍遙生）／序（蘇峰学人）／自序／漫遊人国記（北日本　山陰道中／天橋観／北陸／南日本　大阪人の研究／小豆島／琵琶湖／洞ケ峠／郷土雑感／日本と富士山）／漫遊人国記索引

菊池幽芳《きくちゆうほう》

明治三年（一八七〇）十月二十七日～昭和二十二年（一九四七）七月二十一日。

明治富豪譚　菊池清著
明治二十五年九月二十日発行　発行者・松井辰吉　大売捌所・松井書店・盛文館・大倉書店　菊判　紙装　八二頁　一三銭
§自序／明治富豪譚

己が罪前編　菊池清著
明治三十三年八月十三日発行　春陽堂　菊判　紙装　二四五頁　四〇銭
§木版口絵（永洗）／己が罪（前編）
＊明治三十三年十二月三日五版発行

家庭の栞第弐編　あきしく編
明治三十三年九月二十八日発行　駸々堂　菊判　紙装　二四八頁　三五銭
§はしがき／口絵写真／育児の部（小児養育／小児と牛乳／人乳と牛乳とにて育てし小児の死亡率／医者の無責任と母親の無智／赤児は只乳を要す／哺乳壜／牛乳と人乳／驢馬と山羊の乳／牛乳の消化を易からしむる事／大麦湯牛乳配合の割合／牛乳の注意／牛乳の酸性／雑則／母親のため／吃逆を止むる法／鼾声を発する小児／物を呑込みたる時／小児の注意／乳母車の害／妊娠中腹帯の害／哺乳児の急性胃腸加答児予防法／小児営養法／小児観察）／衛生の部（口内の衛生／歯の養生法及歯痛の治法／海水と海辺の空気／海水温浴／海水冷浴／空気療養／海

水及び温泉浴の利用法に就て／医者の来るまで／切傷の場合／犬猫等に噛れたる場合／鼻血の場合／咯血または吐血の場合／雑則片々／挫傷／毒虫に螫れたる時／中毒の取扱ひ／野菜と菓実／健康の意味）／家政及化粧の部（家政／安価なる消毒剤／洗濯法／靴の注意／化粧／女子のため／美貌と心／美貌と愛／美貌と幸福／皺の寄らぬ工夫／眼に若々しき艶を保たしむる秘訣）／化粧及家政の雑則／料理の部（豆腐百珍／簡易料理）／活花の部（挿花水揚法／水揚法の質問に答ふ）

秋の夜ばなし　あきしく著
明治三十三年十一月十五日発行　駸々堂　菊判　紙装　一〇二頁　三〇銭
§木版口絵／三ツの品／魔法遣ひ

己が罪中編　菊池清著
明治三十四年一月一日発行　春陽堂　菊判　紙装　二五八頁　四五銭
§自序／木版口絵（耕雪）／己が罪前編の大意／己が罪（中編）

異聞奇話 **瑣談片々**　あきしく著
明治三十四年一月五日発行　駸々堂　菊半截判　紙装　一五八頁　三〇銭
§はしがき／口絵写真／瑣談片々

小説 **みをつくし**　菊池清著
明治三十四年一月二十五日発行　駸々堂　菊判　紙装　一八七頁　三五銭
§木版口絵（国一）／澪標

小説 **春日野若子**　菊池清著
明治三十四年五月十五日発行　駸々堂　菊判　紙装和綴　一七九頁　三五銭
§木版口絵／春日野若子

よつちゃん　菊池清著
明治三十四年五月二十日発行　金尾文淵堂書店　菊半截判　紙装　一九八頁　四〇銭
§はしがき（よつちゃんの父）／よつちゃんに贈る（泣菫）／口絵写真／よつちゃん

己が罪後編　菊池清著
明治三十四年七月八日発行　春陽堂　菊判　紙装　二三三頁　四〇銭
§木版口絵（桂舟）／己が罪前編及び中編の大意／己が罪（後編）

小説 **七日間前編**　菊池清著
明治三十四年十二月十日発行　金尾文淵堂書店　菊判　紙装　二〇〇頁　四〇銭
§はしがき／木版口絵（耕雪）／七日間（前編）

若き妻前編　菊池清著
明治三十五年二月十七日発行　春陽堂　菊判　紙装　一五九頁　三五銭
§木版口絵（永洗）／若き妻（前編）

若き妻後編　菊池幽芳著
明治三十五年十一月十六日発行　春陽堂　菊判　紙装　一七四頁　三五銭
§木版口絵（永洗）／若き妻（後編）

七日間後編　菊池清著
明治三十六年一月十五日発行　金尾文淵堂書店　菊判　紙装

一三五頁　四〇銭
§口絵（耕雪）／七日間（後編）

二人女王　菊池清著
明治三十六年五月二十六日発行　春陽堂　菊判　紙装　三二三
頁　五〇銭
§はしがき／口絵／二人女王／加治丈次氏の跋

日本海周遊記　菊池清著
明治三十六年七月十三日発行　春陽堂　四六判　厚紙装　三二
七頁　一円
§巻首に録す／日本海周遊の途に上るの記／船中生活の趣味／
口絵写真／第壱編　北陸沿岸及ビ北海道／第二編　西比利亜

乳姉妹前編　菊池清著
明治三十七年一月一日発行　春陽堂　菊判　クロス装　カバー
二六六頁　六〇銭　画・清方
§はしがき／口絵／乳姉妹（前編）

小説 **二人娘**　菊池清著
明治三十七年一月三日発行　駸々堂出版局　菊判　紙装　一七
六頁　四〇銭
§木版口絵（清方）／二人娘

乳姉妹後編　菊池清著
明治三十七年四月十五日発行　春陽堂　菊判　クロス装　カ
バー　二六二頁　六〇銭　画・清方
§木版口絵（清方）／乳姉妹（後編）
＊巻末に「乳姉妹前編批評一般」を付す

妙な男　菊池清著
明治三十八年六月十日発行　金尾文淵堂　菊判　厚紙装　二四
四頁　六〇銭　画・清方
§はしがき／口絵写真／妙な男

夏子（愛と罪）前編　菊池清著
明治三十八年十月十三日発行　春陽堂　菊判　クロス装　カ
バー　二四八頁　七〇銭　画・鏑木清方
§木版口絵（清方）／夏子（愛と罪）（前編）

夏子（愛と罪）後編　菊池清著
明治三十九年一月一日発行　春陽堂　菊判　クロス装　カバー
二七四頁　七〇銭　画・阪田耕雪
§木版口絵（耕雪）／夏子（愛と罪）（後編）

妙な男後編　菊池清著
明治三十九年一月一日発行　金尾文淵堂　菊判　クロス装　一
七九頁　六〇銭　画・清方
§口絵／妙な男（後編）

売花娘　菊池幽芳著
明治三十九年二月二十八日発行　隆文館　菊判　厚紙装　二五
六頁　五〇銭　画・清方
§木版口絵／売花娘（売花娘の巻／仮面力士の巻）

筆子　菊池幽芳著
明治三十九年十一月一日発行　隆文館　四六判　クロス装　四
五〇頁　九〇銭　画・清方
§木版口絵／筆子（初枝の巻）

筆子　菊池幽芳著
明治四十一年一月二十八日発行　隆文館　四六判　布装　四六
二頁　九〇銭　画・清方
§はしがき／木版口絵（清方）／筆子（筆子の巻）

月魄前　菊池清著
明治四十一年三月一日発行　金尾文淵堂　菊判　厚紙装　四三二頁　一円　画・清方
§口絵／月魄（前編　藤乃の巻）

琉球と為朝　菊池幽芳著
明治四十一年五月一日発行　文禄堂書店　菊半截判　紙装　三三二頁　七五銭
§口絵写真／琉球と為朝（序／じょうが越／琉球に於ける為朝舜天の影響／為朝夫妻旧捷の地／運天港＝為朝の上陸地点／浦添／結論）／離島めぐり（粟国島／渡名喜島／久米島／海上の遭難／慶良間島）

月魄後編　菊池清著
明治四十一年六月一日発行　金尾文淵堂　四六判　クロス装　四七八頁　九〇銭　画・耕雪
§口絵（耕雪）／月魄（後編　倭文子の巻）

別府温泉繁昌記　菊池清著
明治四十二年五月五日発行　如山堂書店　四六判　紙装　一二七頁　三五銭
§口絵写真／別府温泉繁昌記―日本一の温泉地

山水男　菊池清著
明治四十二年八月八日発行　如山堂書店　菊半截判　紙装　一七六頁　四〇銭
§口絵／山水男

家なき児　エクトル・マロー著　菊池幽芳訳
明治四十五年六月十五日発行　春陽堂　菊判　厚紙装　四八八頁　一円一〇銭
§序言（幽芳生識）／口絵／家なき児

百合子前編　菊池清著
大正二年九月一日発行　金尾文淵堂　菊判　クロス装　三二三頁　一円一〇銭　画・清方　装幀・非水
§木版口絵（清方）／百合子（前編）

百合子中編　菊池清著
大正二年十月五日発行　金尾文淵堂　菊判　クロス装　二五三頁　一円　画・清方　装幀・非文
§木版口絵（清方）／百合子（中編）

百合子後編　菊池清著
大正二年十二月五日発行　金尾文淵堂　菊判　クロス装　三〇九頁　一円一〇銭　画・清方　装幀・非水
§木版口絵（清方）／百合子（後編）

秘中の秘前編　菊池清著
大正二年十二月五日発行　金尾文淵堂　菊判　厚紙装　二七八頁　九五銭　画・清方　装幀図案・非水
§木版口絵（清方）／秘中の秘（前編）

秘中の秘後編　菊池清著
大正二年十二月五日発行　金尾文淵堂　菊判　厚紙装　二五五頁　九五銭　画・清方　装幀図案・非水
§木版口絵（清方）／秘中の秘（後編）

百合子画集上　菊池清著　鏑木清方画
大正三年一月一日発行　金尾文淵堂　菊判　厚紙装　箱入　一円二〇銭　装幀・杉浦非水
§はしがき（浪華幽芳生）／百合子画集上

無言の誓〈大正文庫20〉　菊池幽芳著

大正三年三月五日発行　駸々堂書店　袖珍判　布装　二二六頁
二五銭
§口絵／無言の誓

百合子画集下　菊池清著　鏑木清方画
大正三年五月三日発行　金尾文淵堂　菊判　厚紙装　箱入　一円二〇銭　装幀・杉浦非水
§百合子画集下

乳姉妹　縮刷合本判　菊池清著
大正三年十一月十八日発行　春陽堂　三六判　クロス装　箱入
五三〇頁　一円
§口絵／木版口絵／乳姉妹（前編／後編）

お夏文代前編　菊池清著
大正四年一月一日発行　春陽堂　菊判　厚紙装　箱入　二七九頁　一円一〇銭
§木版口絵（清方）／お夏文代（前編）

小ゆき　菊池清著
大正四年四月三日発行　金尾文淵堂　菊判　紙装　二九三頁
九五銭
§口絵／小ゆき

小ゆき中巻　菊池清著
大正四年四月十八日発行　金尾文淵堂　菊判　紙装　箱入　三一一頁　九五銭
§木版口絵（清方）／小ゆき（中編）

小ゆき後編　菊池清著
大正四年六月二十一日発行　金尾文淵堂　菊判　紙装　箱入
二七八頁　九五銭
§木版口絵（清方）／小ゆき（後編）

小ゆき続編　菊池清著
大正四年八月二十一日発行　金尾文淵堂　菊判　紙装　箱入
二九八頁　九五銭
§木版口絵（清方）／小ゆき（続編）

幽芳集〈大正名著文庫第18編〉　菊池清著
大正四年十月一日発行　至誠堂書店　四六判　クロス装　五一九頁　一円六〇銭
§媚薬／森のかたみ／戦場奇譚／伯林包囲／幻想／最後の授業／小でかめろん／歯／十二ケ月／コンフエッチの雪／レヴエーヨン／巴里の魂祭／異郷の悲音／サラ・ベルナール／面白き事実／巴里は小児の楽園／宝石の話／庭園趣味の変遷／新聞小説の未来／旅／アラソーゾン

お夏文代中編　菊池清著
大正五年一月一日発行　春陽堂　菊判　厚紙装　箱入　二七二頁　一円一〇銭
§木版口絵（清方）／お夏文代（中編）

毒艸　お品の巻　菊池清著
大正五年十二月八日発行　至誠堂書店　菊判　厚紙装　箱入
三七六頁　一円三〇銭
§口絵（清方）／毒草（お品の巻）
＊大正五年十二月十五日再版発行

お夏文代下編　菊池清著
大正六年四月十七日発行　春陽堂　菊判　厚紙装　箱入　二七七頁　一円一〇銭
§木版口絵（清方）／お夏文代（後編）

毒艸　疑獄の巻　菊池幽芳著
大正六年四月十五日発行　至誠堂書店　菊判　厚紙装　箱入　二八〇頁　一円一〇銭
§口絵（清方）／毒草（疑獄の巻）

毒艸　お仙の巻　菊池幽芳著
大正六年六月五日発行　至誠堂書店　菊判　厚紙装　箱入　二六一頁　一円一〇銭
§口絵（清方）／毒草（お仙の巻）

朝鮮金剛山探勝記　菊池清著
大正七年七月二十八日発行　洛陽堂　菊半截判　クロス装　一八八頁　一円一〇銭
§口絵写真／序／金剛山とは如何なる山か／叢石亭／九龍淵峡谷／大自然の神秘／新旧万物相／王女峰頭の大観／長安寺／木蓮薫る峡谷／百尺の鉄鎖／表訓寺／万瀑洞／摩訶衍庵／楡岾寺越の大森林／楡岾寺／山より海へ／海豹出没する海金剛／三日浦／雪取りの失敗／釈王寺

売花娘〈名著傑作小説〉　菊池幽芳著
大正八年七月十三日発行　東京小説出版社　菊判　布装　二五六頁　一円
§口絵／売花娘

新聞売子後編〈大正文庫77〉　菊池幽芳著
大正九年七月五日再版発行　駸々堂書店　袖珍判　クロス装　二〇七頁　定価記載ナシ
§口絵／新聞売子（後編）
＊初版未調査

新聞売子〈大正文庫76〉　菊池幽芳著
大正九年七月十日再版発行　駸々堂書店　袖珍判　クロス装　三一一頁　定価記載ナシ
§口絵／新聞売子
＊初版未調査

二人娘〈大正文庫19〉　菊池幽芳著
大正九年八月十日再版発行　駸々堂書店　袖珍判　クロス装　二四四頁　定価記載ナシ
§口絵／二人娘
＊初版未調査

無言乃誓〈大正文庫20〉　菊池幽芳著
大正九年九月五日再版発行　駸々堂書店　袖珍判　クロス装　二二〇頁　定価記載ナシ
§口絵／無言の誓
＊初版未調査

みをつくし〈大正文庫37〉　菊池幽芳著
大正九年九月五日再版発行　駸々堂書店　袖珍判　クロス装　二一五頁　定価記載ナシ
§口絵／みをつくし
＊初版未調査

春日野若子〈大正文庫16〉　菊池幽芳著
大正九年十一月五日再版発行　駸々堂書店　袖珍判　クロス装　二五三頁　定価記載ナシ
§口絵／春日野若子
＊初版未調査

白百合〈大正文庫36〉　菊池幽芳著
大正九年十一月十日再版　駸々堂書店　袖珍判　クロス装　二

四四頁　定価記載ナシ
§口絵／白百合
＊初版未調査
白蓮紅蓮上巻　菊池清著
大正十一年二月十五日発行　発行兼印刷者・荒木利一郎　発売所・大阪毎日新聞社・東京日日新聞社　四六判　紙装　三一六頁　一円五〇銭
§口絵／白蓮紅蓮（上巻）
彼女の運命前編　菊池清著
大正十二年十二月二十五日発行　大阪毎日新聞社・東京日日新聞社　四六判　布装　三八一頁　二円六〇銭
§口絵／彼女の運命（前編）
彼女の運命後編　菊池清著
大正十三年四月二十五日発行　大阪毎日新聞社・東京日日新聞社　四六判　布装　四九五頁　一円七〇銭
§口絵／彼女の運命（後編）
幽芳全集第十巻　菊池清著
大正十三年八月十八日発行　国民図書　四六判　布装　箱入　七〇八頁　非売品
§須磨子／妻の秘密
幽芳全集第十一巻　菊池清著
大正十三年十二月四日発行　国民図書　四六判　布装　箱入　七七六頁　非売品
§序／忘れがたみ／女の行方
幽芳全集第十三巻　菊池清著
大正十四年二月二十八日発行　国民図書　四六判　布装　箱入　六三二頁　非売品
§序／私の自叙伝／短編其他（コンフエッチの雪／レヴエーヨン／媚薬／森のかゞみ／新牡丹灯籠／黒外套／首／伯母の写真／再縁／連れ子／鏡／金貨）／紀行文三編（賀茂丸より／朝鮮金剛山探勝記／琉球と為朝―琉球紀行断片―）
小夜子前編　菊池清著
大正十五年三月二十八日発行　大阪毎日新聞社・東京日日新聞社　四六判　クロス装　箱入　三七二頁　一円八〇銭
§口絵／小夜子（前編）
小夜子後編　菊池幽芳著
大正十五年六月十五日発行　大阪毎日新聞社・東京日日新聞社　四六判　クロス装　箱入　三六九頁　一円八〇銭
§口絵／小夜子（後編）
妖美人物語　菊池幽芳著
昭和三年七月一日発行　大日本雄弁会講談社　四六判　クロス装　四九四頁　二円三〇銭　画・山口蓬春
§口絵／妖美人物語
月魄　菊池幽芳著
昭和四年二月十八日発行　河野成光館出版部　四六判　クロス装　六一二頁　一円八〇銭
§口絵／月魄
菊池幽芳全集第一巻　菊池幽芳著
昭和八年一月二十二日発行　改造社　四六倍判　クロス(背革)装　箱入　三八二頁　二円五〇銭　装幀・中川一政
§口絵写真／自序／己が罪／若き妻／月魄／家なき児
菊池幽芳全集第二巻　菊池幽芳著

昭和八年四月九日発行　改造社　四六倍判　クロス（背革）装　箱入　五八七頁　二円五〇銭　装幀・中川一政
§口絵写真／百合子／小ゆき／毒草

菊池幽芳全集第三巻　菊池幽芳著
昭和八年五月二十一日発行　改造社　四六倍判　クロス（背革）装　箱入　五三二頁　二円五〇銭　装幀・中川一政
§口絵写真／女の生命／お夏文代／須磨子（一名呪はれたる恋）／妻の秘密

菊池幽芳全集第四巻　菊池幽芳著
昭和八年七月十九日発行　改造社　四六倍判　クロス（背革）装　箱入　五一六頁　二円五〇銭　装幀・中川一政
§口絵写真／恋を裏切る女／女の行方／白蓮紅蓮／忘れがたみ

乳姉妹後編〈日本小説文庫317〉　菊池幽芳著
昭和八年八月十日発行　春陽堂　菊半截判　紙装　二〇三頁　二五銭
§乳姉妹（後編）

己が罪前編〈日本小説文庫318〉　菊池幽芳著
昭和八年八月十日発行　春陽堂　菊半截判　紙装　三〇二頁　三五銭
§己が罪（前編）

己が罪後編〈日本小説文庫319〉　菊池幽芳著
昭和八年八月二十日発行　春陽堂　菊半截判　紙装　三〇一頁　三五銭
§己が罪（後編）

月魄　菊池幽芳著
昭和十一年三月五日発行　宏元社書店　四六判　布装　箱入　六一二頁　一円八〇銭
§月魄（藤乃の巻／倭文子の巻）

家なき児〈世界大衆文学名作選集第二巻〉　マロー作　菊池幽芳訳
昭和十四年四月九日発行　改造社　B6判　紙装　六八五頁　予約定価・八〇銭　装幀・内田巌
§序／家なき児

幽芳歌集　菊池幽芳著
昭和十四年六月二十五日発行　創元社　四六判　厚紙装　箱入　二二七頁　一円八〇銭　古稀記念出版
§口絵写真／菊池幽芳翁が古稀記念歌集に題する短歌五章（斎藤茂吉）／自序／第一部　古稀の春（十首）／武漢三鎮落つる日（四首）／わが泣く涙（二首）／味覚の故郷（六首）／故郷の松（七首）／故郷の紅梅（三首）／母みまかる（十首）／大寒即景（五首）／友虚吼逝く（四首）／松陰本山翁の臨終（四首）／三羽烏（四首）／温室葡萄（五首）／雲仙と島原　山裾原（二首）／野岳（六首）／瓔珞つつじ（二首）／普賢岳展望（十首）／絹笠岳展望（三首）／しじまの森（二首）／バスガール（二首）／島原の宿　病める刀自（二首）／歌碑（一首）／島原景観（四首）／新焼―幽芳渓（六首）／五島めぐり　小値賀島（四首）／奇勝玉の浦（六首）／みみらくの島（四首）／海亀（一首）／富江（三首）／筑紫路の旅　列車の窓から（一首）／壺網（二首）／己が罪の『活動』（二首）／薩摩路―琵琶法師（三首）／指宿温泉（三首）／薩摩富士（四首）／南国の果（二首）／霧島途上（一首）／霊峰霧島（五首）／行縢の瀧（二首）／臼杵の石仏群（四首）／別府（四首）／私と別府

(三首)／土佐の室戸(十四首)／土佐の大杉(一首)／真熊野の旅　瀞峡(六首)／那智(五首)／りうびんたい(二首)／名木なんぢやもんぢや(二首)／屋島、琴平、鞆の浦　屋島展望(二首)／かはらけ投(二首)／遍路娘(三首)／琴平宮参道(二首)／多度津公園所見(二首)／鞆の浦(四首)／歌反古　初夏の竹生島(三首)／琵琶湖上の鵜の島(一首)／十勝の思出(二首)／或年の春旅路に(一首)／裏山(三首)／浜木綿(二首)／りうびんたい(一首)／第二部　武漢三鎮落つる日(四首)／聖戦第一年の秋に(六首)／菊花礼讃の歌(八首)／菊作る翁(十四首)／雨の日(五首)／颱風の歌(八首)／野分其他　野分(六首)／暴風雨前後(十首)／霖雨の歌(五首)／菊の手入(八首)／菊を作らんといふ人に(二首)／新品種作出(六首)／実生畑(八首)／実生菊の歌(五首)／細菊種々相(十三首)／盛上菊(九首)／折々に歌へる(二十五首)／菊花壇(三首)／菊作る浪華人(三首)／園丁を失ひて(四首)／残菊(十首)／孫花の歌(十五首)／菊の交配採種(八首)／種子蒔(十二首)／菊の歌かく(三首)／歌集の後に題す(二首)

河井酔茗《かわいすいめい》

明治七年(一八七四)五月七日〜昭和四十年(一九六五)一月十七日。

詩美幽韻　河井酔茗編
明治三十三年七月十五日発行　内外出版協会　菊半截判　紙装　一二五頁　二五銭
§序に代ふ(酔茗生)／巌間の白百合(すゞしろのや)／いてふ集(夜雨)／吾嬬布里(葉末露子)／春宵台独賦(秋暁)／白芙蓉(和郷)／夢野の夕風(白浪)／うらわか草(桜木歌二)／魂のなやみ(紫紅)／草苑の人(夏野橘村)／うつしゑ(すみ子)／北国磯枕(汀水)／軽風茶煙(虹川)／白雲青山(奥原碧雲)／八雲の袖(香川翠浦)／雲無心(酔茗)

無弦弓　河井幸三郎著
明治三十四年一月一日発行　内外出版協会　三五判　紙装　一四四頁　三〇銭　表紙口絵・一條成美　挿画六葉・一條成美　序文の絵・無名氏
§序文／妹／胡蝶の墓／紅芙蓉／希臘半島／湯の香／蛙の声／いさよふ雲／行く春／こざくら／大雪小雪／みづわか草／やほじほ／月のはえ／ちぬの海／露の玉章／夕の声／朝の声／春風怨／小羊／漫吟／恋の神／曙の里／経木流し／天女の声／山水秀／自然の文／星の光／冴ゆる夜／花すみれ／あじろ守／浦なれ衣／残る心／罪の終／征矢獵矢

悲絶痛絶**吹雪の敵**　佐々醒雪校　井上松雨・河井酔茗作歌
明治三十五年二月二十八日発行　金港書籍　菊判　紙装　二三

頁　六銭
§序（愚仏）／吹雲の敵（田村虎蔵・作曲）／悲絶痛絶吹雪の敵（佐々醒雪校・井上松雨・河井酔茗作歌）／付録雪の宿り（河井酔茗作歌）

剣影　河井酔茗著
明治三十八年三月十八日発行　金色社　四六判　紙装　七八頁　一八銭
§初めに／紀元節／露国公使を送る／瑞雲／古戦場／九連城の役／遼陽の決戦／戦後／芙蓉／娘楽隊／日進春日／灯台守／水兵／異調／余韻／血書／柩の落花／めぐり合ひ／春は陸より／軍使／旅順陥落／万歳男／天長節

塔影　河井幸三郎著
明治三十八年六月四日発行　金尾文淵堂　四六判　クロス装　一六八頁　四五銭
§献辞／口絵／塔影／天の高市／庭燎／破れし譜／はてなき森／仙媛／のろひ／失せたる針／汀のいのち／つまづき／恋物語／白き矢／鵲／絵師の後ろに／沓手鳥／温室の花／稚子の夢／薄暮／銀河を読む／画ける琴／菩提樹の蔭／山守／都の富士／吾心は暗し／萎める百合／眠らしめよ／雷鳥の歌／彼は家を失へり／詩災／茶汲女／寺の鐘／霊芝／夕立／葛城の神／歌の故郷／初めの謎／刻める名／野の歩み／都に帰りて／人影／巷の木枯／さむ空／都はづれ／晴たる家／斯る人に／萩の若葉／さくら／母が奏づる／内裡雛／林檎を植うる歌／行く春の海辺に立ちて

青海波　河井幸三郎編
明治三十八年六月十二日発行　内外出版協会　四四桝型判　紙装　三四一頁　五〇銭
§はしがき（河井酔茗）／口絵／波かしら　全都覚醒賦（北原白秋）／兎を弔ふ歌（沢村胡夷）／巣籠る雲雀（石井楚江）／山彦（小牧林鐘）／朝顔鐘賦（鈴木裂絃）／彼は山に在り（伊藤紫泉）／霊斧（桝屋秋風）／雛鶏守（内海信之）／草の鞭（原田ゆづる）／かへり花（秋元蘆風）／逐はれし詩人が（人見東村）／白石島に立ちて（西尾桐里）／花の幕（日南田村人）／風洞（菫月一露）／思ひ出（いさゝ川）／彗星の歌（藪紫影）／菊合せ（筒井菫坡）／春の磯貝（久保白泉）／秘め歌（服部楠山）／春曙怨（登阪柳暗）／鵙のをとり（宗石芝）／山男（長田秀雄）／龍の歌（星野李渓）／八重山桜（中島鎮絵）／海の香　騂馬鬼鹿毛（溝口白羊）／磐梯竹（小牧暮湖）／燭の火（小牧暮湖）／美しき謎（東草水）／秘め恋（東草水）／鴿（窪田うつぼ）／みじか夜（水野葉舟）／めじろ（緒方雁峰）／海の幽黯（大内白月）／蝦蟇の歌（碧血児）／毒蛇物語（高田浩雲）／霊桜樹賦（佐々木たつみ）／ともしび（佐藤澱橋）／山霊湖神（内田茜江）／鄙の手ぶり（平井晩村）／森の泉（小杉紫陽）／野の夢（平方暁声）／霜柱（朝倉蘆鳴）／花車（長谷川春草）／玉川砧（藤波楽斎）／青うみ　人故妻を遂はれて（横瀬夜雨）／我は疲れし旅人なり（横瀬夜雨）／山岳雑詩（伊良子清白）／漂泊（伊良子清白）／まつよい草（木船和郷）／野梅集（葉末露子）／夢のあとさき（瀧沢秋暁）／ゆく雲（一色白浪）／剣光（久保田山百合）／沈鐘（山崎紫紅）／夏を懐ふ（清水橘村）／湖上曲（大倉桃郎）／落葉を掃ふ歌（西川虹川）／逍遙（沢田東水）／雲の扉（坂東白適）／篝火（近藤野水）／落日（山内冬比古）／木の花、草の花（河井酔

茗）

玉むし　河井幸三郎著
明治三十九年五月十八日発行　女子文壇社　四六判　クロス装　二一六頁　六〇銭
§口絵（中山古洞筆）／姉妹／をさな草紙／渡りぞめ／夕焼／氷山／若葉の家／吾行く道／舞少女／廃城／恋ごもり／天香山／暗き谷／浜名湖物語／幹に刻める／笛物語／幼き冨士／廃屋／春意／草苅／手紙の端に／冬の日影／火性／詩人村／天なる恋／鶯のゆくへ／林檎／雨夜の占／詩人の家／木の葉／眠らんとして／大和三山／夜の戸／塔下の少女／軍人町／朝餐晩餐／昔の恋／夕暮日記／故郷の家／終点まで／落葉を焚く歌／狸囃子／茗荷の子／鍬を止めて／懸想文売／故国の音楽／新年の歌／我子／歳の暮／吾家の花／哀江頭／手函の薔薇／さゝやき／愛子の死／いのり／片羽を奪へ／駿馬／絵師／昼顔／紫苑／海の幸／高野街道／朝顔の葉／わが家の正月行事／くもり空／五尺手拭／玉虫草紙

桂の巻　河井酔茗選
明治三十九年十一月二十三日発行　左久良書房　四六判　紙装　一〇八頁　三二銭
§佐保姫（千家銀箭）／銀の星（田中静潮）／八重雲（矢崎笛月）／草月夜（有本芳水）／稲の葉（筒井菫坡）／絵の霊（岡田鯨洋）／灯影（中尾根虹剣）／そらだき（長谷川春草）／艶容（戸沢菊韻）／暗潮（佐々木幽浪）／瑠璃鳥（秋庭露花）／凌宵花（多久銀花）／古皷（杉山胡蝶）／花野（鹿野枯峯）／冬の台（酒井渓水）／みすゞ集（北沢久治）／蜘蛛（山田碧波）／夏の日（高瀬蔦紅）／牧の春風（月の山守）／海棠桜（小藤つかさ）／南風（上野不孤）／暮春（龍治流泉）／詩聖（木村湘散）／海の幸（五味三次郎）／蜑に（赤羽彩美）／秋の人（中田緑葉）／汐けふり（鳥井春外）／新衣（川島文軒）／潮流（鶴田龍波）／草革の実（青人）／鍾乳洞（松岡貞総）／夏の朝（花輪みどり）／豊年の歌（淡霞子）／古鈴（江風）／臨終（細江釣士）／ノーウ井ツク（茨城童子）／傷ける友に（緑夢）／枯生（吉田葭舟）／吾家の黄昏（飯田故郷）／秋の燕（河村童子）／年を惜む（三木亮）／夏の泉（竹の堂守）／天宮（楓葉生）／春の料（柴田笥浦）／罪のかげ（手塚水哉）／渚の秋（孔扇子）／暗き蔭（矢萩碧雨）／木実を拾ふ歌（杉本藻花）／ともしび（はつ女）／秋の海（蓼村釣客）／天滴（笠原琉治）／公孫樹（詩霊石）／恐怖（松村彩花）／椎の実（鈴木五道）／昼顔（滑川狭衣）／北極星（田草川生）／みどり（鈴木篝川）／天竺（佐久間桂花）／秋の宮居（三木露風）／附録　新年河（河井酔茗）／はころび（河井酔茗）／閃電（河井酔茗）

論説記事文範〈通俗作文全集〉　河井酔茗編
明治四十年五月二十一日発行　博文館　四六判　紙装　三〇四頁　三五銭
§凡例／論説文範／記事文範／贅鼇頭　最新論説類語／批評語彙／形容熟語／近世記事類語／和文記事類語／現代記事類語

女子作文良材　河井酔茗・溝口白羊共編
明治四十一年二月一日発行　三星書房　四六判　紙装　三五二頁
§緒論　第一章　創作の要素／第二章　文学の意義／第三章　詩とは何ぞや／第四章　律語と散文／第五章　詩と藝術及科学

の関係／本論　第一章　文章の要件／第二章　女の文章／第三章　美文は如何にして作る乎／第四章　叙事文／第五章　抒情文／第六章　叙景文／第七章　論文／第八章　日記文／第九章　書簡文／第十章　短文

新体詩作法　河井酔茗著

明治四十一年六月二十五日発行　博文館　四六判　紙装　三一〇頁　三五銭

§緒言／第一章　新体詩の発達（一　新体詩の発芽／二　革新の初期／三　七五調の全盛期／四　三十七、八年の詩壇／五　象徴詩起る／六　現在の詩壇）／第二章　物語詩（一　物語詩の分類／二　史詩／三　詩と神話伝説／四　創意の物語詩／五　西洋の物語詩／六　劇詩）／第三章　詩の解釈（一　生／二　死／三　恋／四　霊／五　自然）／第四章　詩の形式（一　七五と五七／二　自由の詩形／三　言文一致の詩／四　詩の用語／五　詩の朗読）／第五章　欧洲近代詩人伝（一　独逸／二　仏蘭西／三　英吉利／四　南欧諸国／五　北欧諸国）

霧　河井酔茗著

明治四十三年五月十日発行　東雲堂書店　四六判　紙装　二〇三頁　五五銭　表紙・長原止水　巻頭画・岡田三郎助

§口絵／薔薇色の雨／声せぬ家／雪炎／痙攣／円い顔と細い顔／暗い浜辺／礼拝／ためらひ／泣き声／無言の号令／月の痛み／島／行け／魚の血／飯の湯気／屋根伝ひ／眺望／石／消ゆる雲／細君／旗／草／転宅／トンネル／泣く女／ある朝／鳥柱暁／橋／雨／睡眠／旅情／お窓の姉さん／暁鐘／晩鐘／光の下にて／野／松風／翼の響／揺れる花／すれちがひ／涙／脈搏窓のあかり／舞台／都会の足音／闇夜／力のない日／無意味／きもの／花弁／信濃町の月夜／山頭火／非人間／堀の外／夢の杜／表まで来た人／つぶて／恋の詩／空虚／暮れたばかり／肉声／毛髪／鼓の音／若気／臆病／うたゝね／場末／道ゆき／塵烟／寒い日／消えゆく日記／秋の湖畔／水が無い／海辺の娘／旅寝

新体少女書簡文　河井酔茗著

大正元年十一月十八日発行　博文館　四六判　紙装　四四二頁　六五銭

§はしがき／一月　鶯を送る／歌留多会に招く／出産を促す／感冒に罹りて／返事／友人を紹介す／観劇に誘はれしに答ふ／雪割草を貰ひて／絵葉書を集めんとて／投書の当選したる人に／雪国より／小包に添へて／千枚漬の礼／松取りし日に／初刷を送る／新年会に招く／年賀状（㈠先生に／㈡親戚に／㈢友人に／㈣絵葉書にて）／二月　スケートに誘ふ／雪の降る日／雑誌の欠本を求む／紅梅に添へて／白梅に添へて／出産祝ひ／肩揚を下さんとして／温泉より／浄瑠璃を聴きて／問合せの返事／廻覧雑誌に加入を勧む／毛布の注文を受けて／バザーに来会を勧む／寒風の吹く日に／月末に／三月　雛祭に招く／雛祭に招かれし礼／草花の種子を乞ふ／彼岸のお重に添へて／菫を封じて／和歌の会を催ふさんとて／学課の質問／暖かな晩に／田舎の乳母へ／少女会に誘ふ／対話の相談／縞帖を拵へるに就いて／朝鮮へ行く友に／木の芽ふく頃／卒業を報ず／卒業を賀す／結婚を祝す（㈠雲輪さんに／㈡お葉さんに）／四月　新入学を報ず（㈠東京より故郷の父に／㈡地方より東京の兄に）／花見に誘ふ（㈠山家のさくら／㈡荒川の八重桜）／花見を断る／摘草に誘ふ／摘草の翌日／潮干に誘ふ／返事／飛行機を見て／

洋行する先生に／初めて交際を求む／平家物語を読みて／小さな町より／犬の子の貰い手を問合す／お浚ひの打合せ／忘れたる舞扇に添へて／桜咲く窓の下より／船の中にて／春の画に新茶を贈る／コスモスの苗を乞ふ／コスモスの苗に添へて／若葉の頃に／音楽会に誘ふ／新聞の切抜を頼む／料理会の通知奉公先より妹に／花瓶借用／時計の修繕を頼む／過言を謝す職業に就きたる姉に／森の中にて／蛍籠に添へて／眠気ざましに／六月　白百合に添へて／田植の手伝ひを頼む／時鳥を聴きて／思はぬ人に会ひし事を／此頃の日記を（㈠都会より／㈡田舎より）／梅雨の頃に／返事／晩餐会に招く／髪結を頼む／別れて後／出京後の様子を報ず／嫁ぎし友へ／七月　七夕の夜に／雨傘を返すとて／夏帽の買求めを頼む／藪入して／田舎の盆／海水浴に誘ふ／旅行に誘ふ／旅行の問合せ（㈠途中の状況を問ふ／㈡目的地の状況を問ふ）／卒業したる兄に／玉蜀黍を贈る／返事／八月　葉山より（㈠第一信／㈡第二信／㈢第三信湖畔より／富士の麓より／舞子の浜より／別府より／旅に在る友に／帰省して／帰省中の様子を／暑中見舞／返事／汽車の不通を報ず／洪水見舞（㈠遠くの出水／㈡近くの出水）／返事（㈠遠くより／㈡近くより）／休暇日記に添へて／涼みに誘ふ／九月　新学期の初めに／葡萄の礼／年忌に招く／萩見に誘ふ／負傷して／暴風見舞／返事／生花の先生に／病気見舞／雑誌の交換を望む／月明の頃に（㈠観月に誘ふ／㈡仲秋の夜に／㈢お月見に招く）／ダリアに添へて／糸瓜の水を贈る／十月　遠足に誘ふ／読書会の廻章／コスモスに添へて／寄宿舎より／友の死を報ず／悔み／郊外写生に赴いて／柿を贈る／秋晴の日に／秋雨降る夜に／蝶の羽を封じて／虫を放ちやりて／松茸の礼／任地の父に／返事／運動会に招く／絵画展覧会に誘ふ／十一月　白菊に添へて／返事／稲刈時に／林檎の礼／書物を返す／文章の添削を乞ふ／地震見舞／返事／返り花を封じて／故郷の祖母さんに／写真を送る／返事／貸家を知らす／転居報知／温室借用／紅葉見の様子を／十二月　落葉焚く日／歳暮大売出しの模様を／火事見舞／返事／指輪の見立を頼む／久しく便りせぬ友に／水仙に添へて／文反古を焼いて／出席を断る／初雪の降りし日に／餅を贈る／歳の暮に（㈠お歳暮に添へて／㈡返事／㈢行く年）／クリスマスに／暮の買物を頼む／除夜に

弥生集　河井酔茗著

大正十年三月十日発行　天佑社　四六判　クロス装　箱入　二五七頁　二円四〇銭　装幀・長原止水

§火の色（火の色／こほろぎ／海際の一つの灯／昼の灯火／微動／曠野／若き胸ふるき胸／女の群衆）／鳥の寝息（鳥の寝息／巌に立ちて／幽霊／夜の化粧／砂書／窓を開け／背ける時計／雪もよひ／柔かい霧／明るい夜）／愛のあゆみ（愛のあゆみ／近き厩／土の歓喜／波のあと／覚めたる芽／暁色／柳は青む／鸚鵡／蘖／小さな虫／朝涼／水を与へよ／蘭／球根／小さな蜘蛛よ／葉の散るまで／掃きながら／梟／クリスマスの頃／旧い橋／大きい海よ／冬青樹／隠れた根／愛の培ひ）／ふるさと（ふるさと／卵黄色の塀／大きい船／絶叫／人間ばなれ／残れる命／動揺／うつむき／私の不思議）／炬火（炬火／柔かき波／舗石に立ちて／深き眠／林檎／縁側／地下室の金庫／五月／褐色の原野／一人となりて／硝子磨る人／住吉踊／沈黙（沈黙／沈丁花／明るき室／葉／開かぬ封／花唇／寂しさ／苦き汁／深夜／暗示／如意珠）／山の歓喜（山の歓喜／湯の湧く麓／

ひろき胸／山の町／巌壁の群集／暮色／単純なる線／表情／絶頂さして／高山の花／白日の霧／遠山雪／さるをがせ）

東京近郊めぐり　河井酔茗著

大正十一年七月十八日発行　博文館　三六判　クロス装　箱入　三六四頁　一円八〇銭　装幀・中沢弘光　スケッチ・阪本繁二郎・石井鶴三・織田一・磨岡落葉

§口絵／はしがき／品川＝本牧（池上・羽田・鶴見・金沢）／三浦半島／鎌倉＝江ノ島／藤沢＝小田原（茅ケ崎・平塚・大磯・国府津）／箱根（温泉・登山）／伊豆半島／富士山（山麓の五湖）／駿河の海岸／相模野（相模川・大山・丹沢山）／多摩の丘陵／多摩川／目黒＝渋谷／代々木＝中野（角筈）／井ノ頭＝小金井（国分寺・府中）／高尾山＝御嶽山／甲斐（甲府・南アルプス）／目黒＝赤羽／武蔵野／飛鳥山＝道灌山（瀧野川・田端）／大宮＝熊谷／秩父／上毛三山（太田・館林・四万・草津）／塩原＝那須／国府ノ台＝稲毛／筑波山（水戸・大洗）／霞ヶ浦＝銚子（鹿島・香取）／房総半島

酔茗詩集　河井酔茗著

大正十二年一月一日発行　アルス　四六判　クロス装　五六九頁　三円五〇銭

§序／ちぬの海（ちぬの海／妹／胡蝶の墓／紅芙蓉／湯の香／いざよふ雲／行く春／こざくら／夕の声／みづわか草／朝の声／春風怨／星の光／小羊／恋の神／曙の里／天女の声／花すみれ／かへらぬ波／浦なれ衣／残る心／海酸漿）／塔影（塔影／落葉を焚く歌／天の高市／庭燎／破れし譜／はてなき森／仙媛／のろひ／鵲／絵師の後ろに／沓手鳥／温室の花／薄暮／失せたる針／汀のいちの／つまづき／恋物語／吾心は暗し／萎める百合／眠らしめよ／彼は家を失へり／茶汲女／寺の鐘／刻める名／きさらぎ／さくら／舞少女／幹に刻める／朝顔の葉／住吉踊）／霧（霧降る宵／丁字／沈黙／沈丁花／明るき室／葉／開かぬ封／火の色／女の群衆／寂しさ／苦き汁／深夜／暗示／如意珠／曠野／炬火／柔かき波／舗石に立ちて／深き眠／花唇／五月／褐色の原野／一人となりて／硝子磨る人／地下室の金庫／海際の一つの灯／昼の灯火／微動／若き胸ふるき胸／こほろぎ）／雪炎（雪炎／薔薇色の雨／痙攣／泣き声／無言の号令／魚の血／飯の湯気／眺望／消ゆる雲／暁鐘／晩鐘／揺れる花／力のない日／闇夜／うたゝね／寒い日／暁／舞台／砂書／ふるさと／卵黄色の塀／大きい船／蘭／小さな虫／場末／若気／夢の杜／憎まれた人／意味のない言葉／草／旗／旧い家／月の痛み／声せぬ家／暮れたばかり／信濃町の月夜／花弁／窓のあかり／野／光の下にて／ある朝／橋／睡眠／鳥柱）／愛のあゆみ（愛のあゆみ／近き厩／土の歓喜／波のあと／覚めたる芽／暁色／柳は青む／鸚鵡／朝涼／水を与へよ／食卓／縁側／球根／小さな蜘蛛よ／葉の散るまで／掃きながら／梟／クリスマスの頃／旧い橋／大きい海よ／冬青樹／隠れた根／愛の培ひ／絶叫／人間ばなれ／残れる命／動揺／うつむき／私の不思議／窓を開け／背ける時計／雪もよひ／柔かい霧／明るい夜／鳥の寝息／巌に立ちて／幽霊／夜の化粧／山の歓喜／湯の湧く麓／温泉（Ⅰ）／温泉（Ⅱ）／温泉（Ⅲ）／ひろき胸／山の町／巌壁の群集／暮色／単純なる線／表情／絶頂さして／高山の花／白日の霧／遠山雪／さるをがせ）室内落葉（室内落葉／大地のもだえ／砂路に泌む雪／荊棘の芽／をさなき者／寂しき道づれ／青い夜／美しさ／幼い時の魂よ／植木屋との話／なじみの道／よい悩み

／墓地の雪／地面／しほれた花／波の地ひゞき／鶺鴒の巣／彫塑室／所有／新しい言葉／まんだら／見出す前に／われは／一日／視野）／生れるまで（生れるまで）／酔茗年表

生ける風景　河井酔茗著

大正十五年一月一日発行　アルス　四六判　厚紙装　カバー　二八四頁　二円

§序／砂丘の家より（砂丘の家より／砂上随筆／一軒離れた家／松の枝ぶり／海の鳥山の鳥／海岸の生活／砂丘の足跡）／山のこなた（有名の山と無名の山／国境／雪に埋れて／秩父の山を想ふ／山を開いた人／郊外生活者／新緑／相模野に立ちて／都会へ移される樹木／自然解放の一様式）／歩いた道（波に乗る／富士山を中心にして／都筑ケ丘から相模野へ／妻坂越／隠されたる渓流／旅泊の思ひ出／山の宿海の宿）／鎮まる大地（地震覚え書／余震時々の手記／濁れる海／一年の後）

日本立志物語〈日本児童文庫39〉　河井酔茗著

昭和三年三月五日発行　アルス　四六判　厚紙（背クロス）装　二四四頁　非売品　装幀・恩地孝四郎　口絵挿画・高畠華宵

§口絵／はしがき／中江藤樹／渡辺崋山／江川太郎左衛門／山田長政／勝安房／聖徳太子／蓮月尼／一茶／柿本人麿／愚庵／紫式部／伊能忠敬／河村瑞軒／広重／法然上人／平政子／新井白石／福沢諭吉

現代詩人全集第四巻　河井酔茗・横瀬夜雨・伊良子清白著

昭和四年十一月十五日発行　新潮社　四六判　四六六頁　定価記載ナシ

§河井酔茗集（「無弦弓」より／「塔影」その他より／「霧」より／「弥生集」以後）／横瀬夜雨集（筑波に登る／夜雨集より／二十八宿より／花守日記より／花守より／夕月より）／伊良子清白集（五月野／鷗の歌／南風の海／笹結び／夕づつ）

紫羅欄花　河井酔茗著

昭和七年七月十日発行　東北書院　四六判　クロス装　箱入　一三四頁　二円

§序に代ふ（上田敏氏訳）／阿羅世伊止宇（春の詩集／ゆづり葉／捧げもの／美しい人に／六月の空／選まれた花／春のMENEU／途上の女達／或る女性に／女達の坐り場所／春の饗宴／透明体／都会の横顔／霧に包まれて／宵の灯／顔を忘れる人に対へ／草を分けて／明るい顔／快晴／隠しもの／春のおとづれ／ねここぶな／思ひ出の巻／花のない時／夜景／女の手詩よりも）／詩の道（詩の道／発生／湖畔の幻惑／忘れもの／歩いた道／或る島島／貝殻の島／一つの心／地層／書物／無人境／詩を償へ／黒い土／窓をしめようとする時／地下／防火扉／街路樹／人に／紫の烟／水上に咲く花／緑樹青草／機影／花鎮め）『紫羅欄花』の後に

明治代表詩人　河井酔茗著

昭和十二年四月十五日発行　第一書房　四六判　厚紙装　三七二頁　一円五〇銭

§口絵／島崎藤村／蒲原有明／薄田泣菫／山田美妙／宮崎湖処子／中西梅花／北村透谷／横瀬夜雨／伊良子清白／児玉花外／前田林外／三木天遊／後書

南窓　河井酔茗著

昭和十年十二月三日発行　人文書院　四六判　厚紙装　箱入　二六三頁　一円八〇銭

§口絵写真／題言／南窓に倚りて（恋愛偶感／高速度の文藝／

文藝的集団の意義／白紙を以って天下の女性に臨む／文学を好む女性は何故に抑圧されるか／女性に対する一つの態度／第三者の存在）／虚空余閑（受胎と誕生／夜明け／譲り葉／山の文学／山脈の美／雪／女の好む春の花／秋の草花／花の魂／鵙／壁／家の話）／炭一俵花一俵（炭一俵花一俵／菊の香／朝夕／机上点景／齢の超越）／郷里に居た頃（ちぬの海／住吉踊）／家を切る話（鳥羽に清白を訪ふ／御大葬拝観記）／回顧文話（初期の雑誌／硯友社の『江戸紫』／讃美歌飜訳の功労者）／明治年間の大阪文藝（一、第一期の活動／二、文藝雑誌の消長）／『電報新聞』時代の追憶／『女子文壇』の思ひ出／秋宵歌話／美妙の短歌／税所敦子の歌／花袋／『迦具土』の著者／思ひ出せない人／夜雨の『死の歓び』／愚庵のこと／大野若三郎の歌／須藤泰一郎氏に就いて／一茶と子供／一茶と動物

酔茗詩話　河井酔茗著

昭和十二年十月二十日発行　人文書院　菊判　布装　箱入　三二二頁　二円八〇銭

§口絵写真／序／明治詩史大要／『文庫』の全貌／詩人とその時代／藤村の前と後と／詩集の序・題言等／高三隆達／伊良子清白／山縣悌三郎先生／詩話／詩書雑筆／故詩人を語る／歌謡偶感

酔茗詩抄〈岩波文庫〉　河井酔茗著

昭和十三年八月五日発行　岩波書店　菊半截判　紙装　二六二頁　四〇銭

§無弦弓より（ちぬの海／かへらぬ波／胡蝶の墓／湯の香／みづわか草／紅芙蓉／こざくら／妹／曙の里／残る心／行く春／天女の声／寧楽の都／海酸漿）／塔影より（塔影／天の高市／落葉を焚く歌／庭燎／破れし譜／はてなき森／仙媛／のろひ／失せたる針／つまづき／鵲／絵師の後ろに／沓手鳥／温室の花／稚子の夢／薄暮／朝顔の葉／画ける琴／菩提樹の蔭／山守／吾心は暗し／雷鳥の歌／霊芝／夕立／葛城の神／歌の故郷／故郷の家／野の歩み／人影／巷の木枯／都はづれ／斯る人に／萩の若葉／母が奏づる／内裡雛／行く春の海辺に立ちて）／霧より（霧降る宵／雪炎／月の蝕み／石／光の下にて／鳥柱／花弁）／彌生集より（火の色／丁子／海際の一つの灯／曠野／若き胸／ふるき胸／山の暮色／絶頂さして／沈黙／沈丁花／葉／寂しさ／苦き汁／深夜／暗示／如意珠／女の群衆／こほろぎ／巌に立ちて／幽霊／愛のあゆみ／近き厩／土の歓喜／波のあと／鸚鵡／球根／小さな蜘蛛よ／冬青樹／隠れた根／さるをがせ／温泉山の歓喜）／紫羅欄花以前（新しい言葉／室内落葉／彫塑室／まんだら／美食地獄／視野／女性に与ふ／私は飛び込む／牛／雪渓に立ちて／枯野／隆達／寂しき道づれ／美しさ／鵜鴿の巣／大地のもだえ／荊棘の芽／白い花／乾いた砂原／波のあばれる晩／莫告藻／あかるさの悩み／海草の誇り／はりがね／砂上の秒音／流木／大地よ鎮まれ／所有／わが母／われは／見出す前に／一日／浅芽生〈三十章〉）／紫羅欄花より（ゆづり葉／春の詩集／捧げもの／美しい人に／選まれた花／春の饗宴／途上の女達／女達の坐り場所／透明体／都会の横顔／霧に包まれて／宵の灯／顔を忘れる／人に対へ／隠しもの／花のない時／湖畔の幻惑／歩いた途／或る島島／貝殻の島／一つの心／地層／黒い土／紫の烟／女の手／発生／水上に咲く花／詩よりも／詩の道／花鎮め）／後書

酔茗随筆　河井酔茗著

昭和十八年三月十日発行　起山房　四六判　厚紙装　カバー　三八〇頁　二円三〇銭　装幀・蕗谷虹児
§題言に代ふ／無上の詩／詩は先行す／歌詞に就て／或る疑問／詩と俳句（詩と俳句の共通相／俳文偶感／余技）／藝術院会員を受諾するに就て／戦時の今昔（「抜刀隊」の作者／山田美妙の軍歌／松崎大尉の事／『文庫』を再閲して／明治二十七、八年頃の詩／『日本国歌』／北清事変の歌／慰問袋の話／「巌間の白百合」／『剣影』／比律賓の志士／美妙の『あぎなるど』／白星の『アギナルド』／浪六の『呂宋助左衛門』／志賀矧川の『南洋時事』／岡倉天心の抱負）／明治大正百詩人／軍国詩人／平井晩村の詩／細越夏村の詩／竹久夢二の思ひ出／新派和歌発祥の当時／夜雨祭／山縣氏と出版事業／『蘆茸く宿』の名称に就て／相馬愛蔵氏の著書／『黙移』の刊行に際して／詩書研究の或る分類／雑誌の豪華版／沙羅連想／雲無心／季節の予告／塔／井水／紀元二千六百年式典奉祖参列之記／朱筆／茶詞／喫烟録／根津に居た頃／上方歴訪記／文藝時評（国民精神と詩歌／戦役と雑誌界／鏡花、時雨、荷風／歌舞伎座を観る／詩的名文／畸形の散文／白秋眼を病む／森川幸雄に寄す／文藝の節約／明治文学者評伝／きちと兵隊／鏡花の近業／「夕立や雲の道行」／詩人懇話会賞／皇紀一新と古事記／左団次を惜む／二人の自然観照家／第二回日本詩の夕／無関心を警む／翼賛の字義／時雨女史逝く／支那に新しき詩を興すべし／詩の朗読／隆達を想ふ／詩と十八年）／後書

詩と詩人〈駸々選書〉　河井酔茗著
昭和十八年三月十五日発行　駸々堂　四六判　厚紙装　三四九頁　二円五〇銭　装幀・恩地孝四郎
§口絵写真／緒言／『文庫』詩史／『詩人』とその時代／詩集の序・題言等／詩集の挿絵／山田美妙／宮崎湖処子／横瀬夜雨／伊良子清白／島崎藤村

真賢木　河井酔茗著
昭和十八年十一月三十日発行　金尾文淵堂　B6判　紙装　二七三頁　二円七〇銭　装幀・結城素明　題簽・尾上柴舟
§真賢木（真賢木／建国頌歌／慶雲／二神出征／真住吉之神／木花之佐久夜媛／須勢理媛／大山津見神／神神の時代）／南船北馬（覚めよ島島／哨兵はおもふ／昇る日章旗／その夜の北斗星／白草地帯／土を均らせ／敵影無し／激戦直後／美しき血に生ける文字／不退転の意志／赤道祭／かささぎ／南方風物詩）／普天の下（普天の下／南海船／望洋賦／新防人／来れ敵機／不断の祈／欅／噴火山上の更生／水の色／女性に／空しき厩／夜の街／或る会館／ゴムの木の傍らにて／不惜身命／愛樹／庶民子来／三代の愛国詩／戦塵）／大東亜戦争（振へ日本国民／戦勝の春／征け大陸へ／寒山寺／大東亜戦争／奉祝／祝勝／戦時下の佳節）／老境一（老境／唖れゆく声／優曇華の花／女人済度／射干玉／つぶらなる実／咲かざる花／明けゆく空／哀詩／葉を味ふ／寒山詩を読む／炭／笹の葉抄／白磁）／老境二（草木に囲まれた家／皺／空を見ながら／無数の室／正しき一票／什麼／展墓／筑波の雪／たきもの／印を彫る人／明滅／微塵／樹木の素質）

若き女性に贈る　河井酔茗著
昭和二十一年八月二十日発行　矢代書店　B6判　紙装　一七一頁　三〇円　装画・小磯良平
§序／題詞（僧空海）／春のおとづれ（春のおとづれ／わが影

／星を仰いで／星の想へる／明るい顔／雪の朝／雪の夜道／雪の来る頃／春の淡雪／雨／蛇／春の眼覚め／春の詩集／花よ鎮まれ／鳥の寝息／一つの手より／愛樹／夏の服／重いもの／良夜／石楠／蔓もどき／山の季節／七夕／海のはだ／海幸／耳秋草は言ふ／少しの暇に／冬構へ／歳を送らう／自信／青年に寄す／声を和らげよ／ねころぶな／釣橋／たきもの／夜更の跫音／不知／何をか持たむ／富士山不壊）／わが母（わが母／女人済度／神前に舞ふ如く／還れ田園／一陽来復／晶玉／かさなるもの／浅春／きさらぎ／挿木／イタチササゲ／香気／大山れんげ）／笛（一管の笛／待つ春／春昼静座／朝陽映島／欅の大樹／幹に刻める／恋ごもり／海酸漿／舞をとめ／帰り待つ間／瞬間／わが詩集／歌へ若人／四行詩〈十五章〉／歌詞編（羽衣／樵夫／山の湖水／海辺／朝の海／小袖曾我／母のおもひ／恩師／冬の朝／草の実木の実／秋のみのり／菊の香／瀧／青き木の実／初夏の牧場／初夏／若竹／水郷／山百合／花鎮め／落花の道）／本書の後に

花鎮抄　河井酔茗著

昭和二十一年十月五日発行　金尾文淵堂　四六判　紙装　四〇頁　一八円　挿画・赤松麟作（百合・塔影）・瀧山源三郎（南海船）

§第一部（花鎮め／詩の道／老境／南海船／落葉を焚く歌／塔影）／第二部（山の歓喜／土の歓喜／譲り葉／球根／無数の室／正しき一票）

文藝初心抄　河井酔茗著

昭和二十二年五月五日発行　民生本社　B6判　紙装　二九〇頁　四〇円　題字・著者　装幀・木場貞彦

§Aノ部（富士山と文藝／好きな道／「平家物語」／紫式部／清少納言／ほととぎすの歌と句／「醒酔笑」解釈／随筆の良書／古典余話）／Bノ部（正岡子規／石川啄木／与謝野晶子／竹久夢二／旅行記の今昔／「よもやま」話／藝術家の横顔）／Cノ部（先づ詩を作れ／詩の作り方の順序／詩の主題／童謡の作り方／青空の詩／「海潮音」より／詩の名所／詩の草分）／Dノ部（日本文学の精神／藝術の苦心／文学の興味／多作か寡作か／文章を書く手近な心得／日記を書く心得）／後記

文庫詩抄〈詩人全書〉　河井酔茗編

昭和二十五年六月一日発行　酣燈社　菊半截判　紙装　二一九頁　一〇〇円

§河井酔茗（烏婆玉／塔影／内裡雛）／瀧沢秋暁（とこよの関／島木赤彦（白雲／市隠／諏訪湖畔に立ちて）／横瀬夜雨（お才／雪灯籠／堰の戸）／伊良子清白（秋和の里／漂泊／安乗の稚子）／清水橘村（宝の十字架）／水野葉舟（みじか夜）／山崎紫紅（松の歌）／溝口白羊（我馬は疲れたり）／内田茜江（錦木を植うるの歌）／平井晩村（佐渡ヶ島）／窪田空穂（若葉）／小牧暮（潮）／北原白秋（林下の黙想）／全部覚醒賦模倣猿）／三木露風（書写山）／沢村胡夷（壇の浦）／服部嘉香（沙羅双樹）／有本芳水（海の幸）／一色醒川（母に帰らむ）／川路柳虹（沈める船）／森川葵村（石墻）／『文庫』概説（河井酔茗）／作品解題（河井酔茗）

河井酔茗詩集　千里横行　河井酔茗著　島本融編

昭和四十一年九月十日発行　塔影詩社　四六判　布装　箱入一八九頁　非売品

§千里横行（始に還る／堺へ帰らう／詩人の言葉／あいてゐる

窓／四行詩〈別離ほか〉／耳／島／根／鐘かへる／信言不美／開ける門／老来／千里横行／四行詩〈筆屋のあとほか〉／島は漂ふ／雪を待つ／冬構へ／咲かぬ花／歳を送らう）／秋風の吹く丘に立ちて（鴉と鳶／旅より帰つて／橙の木／不思議なる触感／秋風の吹く丘に立ちて／さびしき指／空華／四行詩〈雪ほか〉雲の広場／上り屋敷の開墾／機械／雪中語）／混堂（名もなき詩集／人間の色素／天気図／熊／人間征服／混堂／犬／花束を受けて／地震／四行詩〈花信ほか〉／多雨国／影／毒蛾／蔓／地形図／海は去る／五つの月／夢のあと／世代の体験）／舗道の夕（去来今／四行詩〈青海原ほか〉／顔／化身／新人名簿／魚と釣る人／灰色と茶色／小牧氏の御霊前に／明暗／四行詩〈裸の眼ほか〉／舗道の夕／幻覚／うつせみ／死の灰降る／悠久／女／生きる途／不断の地震／人生九十／駒は勇む）／あとがき（編者）

中村吉蔵《なかむらきちぞう》

明治十年（一八七七）五月十五日～昭和十六年（一九四一）十二月二十四日。

無花果　中村吉蔵著
明治三十四年七月十五日発行　金尾文淵堂書店　菊判　紙装　三〇八頁　四五銭
§路加伝第十三章／口絵／無花果
＊明治三十五年三月二十日五版発行

雛鳩　中村吉蔵著
明治三十四年十二月十三日発行　金尾文淵堂書店　菊判　紙装　三二五頁　四五銭
§はしがき／例言／盂蘭盆会／吾妹／雑り種／片男浪／追羽子／今日一日／もつれ糸／雛祭／白妙塚／当世娘気質／廃村落／絵画／哲学／ちぎれ文／天神橋／自然詩人／尼のゆくへ／つゞれ錦／浮沈／わが罪／二本松城／鉄道馬車／妹山／鉱脈／月の船唄／病犬

旧約バイブル物語　中村春雨著　坪内文学博士閲
明治三十六年十一月二日発行　冨山房　菊判　紙装　一四九頁　二〇銭
§口絵／序（校閲者識）／緒言／旧約バイブル物語（世界の創造／大洪水／イサクとリベカとの結婚／モーゼ神の霊力を示す／壮丁六十万三千人／美少年サウル／ソロモンの栄華）

角笛　中村春雨著
明治三十六年十一月二十日発行　今古堂書店　菊判　紙装　二

六六頁　六〇銭

§はしがき／例言／口絵／小説（海底の音楽／新年宴会／木枯／かり枕／明鏡／穢多村／道すがら／耶蘇降誕祭／殉教者／忘年会／島の灯台）／小品（新市街／かるた会／出迎茶屋／鏡ケ浦／往復葉書／偶感一則／新橋発／姉妹／秋の声／穴八幡／蕎麦店／冬の日影）

司法大臣　中村吉蔵著

明治三十七年一月一日発行　春陽堂　菊判　紙装　二八二頁　五〇銭

§はしがき／木版口絵／司法大臣（九幕）

密航婦　中村吉蔵著

明治三十九年一月一日発行　金尾文淵堂　菊判　クロス装　二四八頁　七〇銭

§はしがき／口絵／密航婦

新約物語　中村吉蔵著

明治三十九年一月一日発行　金尾文淵堂　四六判　クロス装　二八八頁　一円

§口絵／緒言／香壇の天使／ベテレヘムの槽／星／主の殿／野に呼る人／サタン／婚筵の水甕／古井のほとり／最初の説教／大漁の網／奇異／麦の穂／山上の説教／高価の香油／譬喩譚／嵐／少女の復活／舞踏／大饗宴／母の顔／イエスの栄光／小児／構廬の節／生来の盲目／善き牧者／蘇生／放蕩息子／富人と貧人／神の国／下山／殿の終／橄欖山／最後の晩餐／橄欖園／荊の冠／闇黒世界／復活／岸の人／最初の教会／美の門／天罰／殉教者／車中の貴人／天の声／異邦人の洗礼／鉄門／最初の宣教／獄中の歌／アレオ丘／コリント／アルテミス／訣別／石階の説教／獄中の二年／グリッパ王／難船／パウロの最後／神坐／神の市

旧約物語　中村吉蔵著

明治四十年一月二十七日発行　金尾文淵堂　四六判　クロス装　四八六頁　一円五〇銭　挿画・青木繁

§緒言／楽園／罪の初／洪水／バベルの塔／長の旅路／神の契約／活ける者の井／火の雨／射る人／人の犠牲／求婚／家督／天階角力／売られたる人／夢占／季の弟／銀の杯／再会／葺の舟／焔の神／血の流／雲の柱／海の中道／十戒／黄金の牛／神の天幕／祭祀の式／飲酒の咎／贖罪／カナンの葡萄／旅の終／ものいふ驢／モーゼの訣別／ヨブの話／緋の網／エリコの壁／金の棒／征服／老勇者／血の復讎／岸の祭壇／左利のエホデ／婦人の功／ギデオンの三百騎／エフタの誓約／勇士サムソン／ダンの偶像／落穂拾ひ／神の申子／贖罪所／士師の終／撰まれし王／即位／王子ヨナタン／サウロの罪／ベテレヘムの牧羊者／巨人／投鎗／ヨナタンの矢／ベテレヘムの水／サウロの生命／サウロの最後／弓の歌／桑樹の物音／王の前の跛者／予言者の羊の話／不幸の児／椽の樹の枝／復位／死の天地／ソロモン王／賢き審判／神の殿／ソロモンの治世／王国の分離／祭壇の灰／鴉／豪雨／神の招き／傷は予言者／葡萄園／征矢／焔の束／エリシャの泉／油の壺／シュネムの夫人／イスラエル少女／神軍／癩病人／戦士エヒウ／勝利の矢／イスラエル十族の末路／ユダ王／幼王／大予言者／ヒゼキヤ王／律法の古書／愁歎の予言者／谷の枯骨／人に繋られぬ石／爐の幻影／壁上の文字／獅子の檻／楽しき帰路／新しき殿／美妃エステル／旧約書の編纂／エルサレムの壁／聖書会

炬火　中村春雨著
明治四十一年五月十五日発行　今古堂書店　菊判　クロス装　四三二頁　一円
§口絵（清方画）／炬火

信仰　中村春雨訳
明治四十二年十一月二十日発行　杉本梁江堂・春秋社　四六判　クロス装　二七二頁　八〇銭　画・満谷国四郎
§序／信仰（アンドレーフ著）／沈黙（アンドレーフ作）

牧師の家　中村吉蔵著
明治四十三年五月十日発行　新橋堂書店・春秋社書店　四六判　クロス装　箱入　二九二頁　一円
§序に代へて／牧師の家（三幕）

欧米印象記　中村吉蔵著
明治四十三年六月二十日発行　春秋社書店　菊判　クロス装　四六二頁　二円三〇銭
§序／口絵写真／太平洋航海日記／太平洋航海別信／加州雑記／大陸横断日誌／プリンストン雑記／紐育雑記／大西洋航海日誌／倫敦日記／伯林雑記／大陸旅行日記／帰朝日記

無花果　中村吉蔵著
明治四十四年三月五日改版廿版発行　梁江堂　菊判　クロス装　二八五頁　七〇銭
§路加伝第十三章／木版口絵／無花果（中村春雨）

欧洲演劇史大日本文明協会第二期刊行会　中村吉蔵訳
大正二年一月一日発行　大日本文明協会事務所　菊判　クロス装　四四〇頁　非売品
§序（坪内雄蔵）／例言（大日本文明協会識）／原序（ブランダー・マシユース）／欧洲演劇史（第一章　戯曲家の技巧／第二章　希臘の悲劇／第三章　希臘及び羅馬の喜劇／第四章　中世の劇／第五章　西班牙の劇／第六章　英吉利の劇／第七章　仏蘭西の劇／第八章　十八世紀の劇／第九章　十九世紀の劇／第十章　将来の劇）

最近劇論と劇評　中村吉蔵著
大正二年九月十七日発行　岡村書店　菊半截判　クロス装　五五八頁　七五銭
§口絵／序／劇論（マーテルリンスとハウプトマン／眼に訴ふる劇／リバートリー式劇場／希臘劇場の幻影／少数者と多数者／日本に於ける劇作家の難点／脚本の根本的二要件／脚本の必ず具備すべき要素／脚本批評の標準／脚本検閲問題／脚本々位／観劇の心理／劇と背景／舞台と光線／劇壇対社会／東京の芝居と大阪の芝居／劇界小言（其一～三）／日本の女優に就て／余の見たる外国の女優と日本の女優／フィスク夫人／露独三女優の『ノラ』の型／劇の若き女主人公／歌劇『胡蝶夫人』梗概／ズウダアマンの『故郷』／『運命の人』の解釈／劇の那翁／トルストイ最後の戯曲／マーテルリンク劇を見て／アウグスト、ストリンドベルヒ／イブセンの『ブランド』に就て／イブセンとアーチヤーの会見／アーチヤーとガルスワーシー／名優カインツ逝く／オペラ、ドラマ、及コメデキー等に就て／西洋の芝居の初日／米国の演劇界）／劇評（歌舞伎座の印象／現代社会劇を観て〈有楽座の『己が罪』〉／東京座の三月興行／明治座の三月興行／市村座略評／本郷座の『寄生木』／家庭劇『小公子』に就て／本郷座の『白鷺』劇／新富座劇評／市村座劇評／五月の明治座／自由劇場の印象／六月の歌舞伎座／六月の新富

座／六月の明治座／本郷座の『御安堵』／東京座の『相馬大作』／四十三年の劇界／第二回新時代劇評／新富座劇評／河合と喜多村）

サロメ　ワイルド作　中村吉蔵訳
大正二年十一月二十三日発行　南北社　菊半截判　クロス装　一六四頁　六五銭　装飾・小林徳三郎
§序（訳者）／サロメ

ブランド　ヘンリック・イブセン作　中村吉蔵訳
大正三年二月十日発行　東亜堂書房　四六判　布装　四一四頁　一円二〇銭
§序（訳者）／ブランド

イブセン書簡集〈新潮文庫第5編〉　中村吉蔵訳
大正三年九月十八日発行　新潮社　菊半截判　紙（背クロス）装　二一五頁　二五銭
§『新潮文庫』刊行の趣旨／イブセン書簡集

イブセン　中村吉蔵著
大正三年十一月二十日発行　実業之日本社　四六判　厚紙装　箱入　三七五頁　一円
§序／一、イブセン以前／二、スカンヂナビヤ／三、少年時代／四、クリスチヤニヤ及びベルケン時代／五、羅馬時代／六、独逸（及羅馬）時代／七、故国のイブセン／八、総収／イブセン著作年表

人形の家〈新潮社文庫第23編〉　イブセン作　中村吉蔵訳
大正三年十二月十五日発行　新潮社　菊半截判　紙（背クロス）装　二一二頁　二五銭
§『新潮文庫』刊行の趣旨／人形の家

新社会劇　中村吉蔵著
大正四年四月二十四日発行　南北社　クロス装　三一五頁　九〇銭
§著者肖像写真／序（抱月）／自序／口絵写真／飯（一幕）／剃刀（一幕）／嘲笑（一幕二場）／ストライキの後（一幕）／幻（An Allegory in Three scenes）
＊大正六年三月二十日三版

無花果〈戯曲撰集第11編〉　中村吉蔵著
大正六年十一月二十一日発行　春陽堂　菊半截判　クロス装　二三六頁　五五銭
§無花果／爆発／帽子《ハットピン》

白隠和尚　中村吉蔵著
大正七年九月二十五日発行　天佑社　四六判　クロス装　箱入　三八四頁　一円六〇銭
§口絵写真／自序／白隠和尚／肉店／金力／世間／小出田庄左衛門

戯曲**淀屋辰五郎**　中村吉蔵著
大正九年四月十三日発行　天佑社　四六判　厚紙（背布）装　箱入　三五四頁　一円九〇銭
§はしがき／淀屋辰五郎（三幕六場）／職業紹介所（一幕）／賭（一幕）／俄乞食（一幕）／俄地主（一幕）

井伊大老の死　中村吉蔵著
大正九年六月七日発行　天佑社　四六判　クロス装　三四三頁　二円二〇銭
§序文／劇史井伊大老の死（五幕拾場）／井伊大老詠草抄

大塩平八郎　中村吉蔵著

大正十年十一月十日発行　天佑社　四六判　布装　三一九頁　二円
§口絵／史劇大塩平八郎／大塩平八郎檄文／洗心洞詩鈔／悲壮劇の主人公としての大塩平八郎

近代演劇史論　中村吉蔵・河野義博共著
大正十年十二月十五日発行　日本評論社出版部　四六判　布袋　四一九頁　三円五〇銭
§序（中村吉蔵）／第一章　総論／第二章　過渡時代／第三章　近代劇の誕生／第四章　仏蘭西の近代劇／第五章　独逸の近代劇／第六章　英国の近代劇／第七章　露西亜其他の近代劇／第八章　新浪漫派の作家／第九章　近代劇と舞台運動その他／第十章　日本に於ける近代劇運動／重要作家著作表

人形の家　イブセン著　中村吉蔵訳
大正十一年四月二十八日発行　新潮社　菊半截判　厚紙装　二〇九頁　九〇銭
§序（訳者）／人形の家

希臘悲劇六曲〈世界名著叢書第2編〉　中村吉蔵訳
大正十一年八月五日発行　東京堂書店　四六判　クロス装　箱入　五九七頁　三円
§口絵写真／はしがき（訳者）／エスキロス作（縛られたるプロメトイス／アガメムノン）／ソフオクレス作（オイヂポス／アンチゴーネ）／ユウリピデス作（メデキア／エレクトラ）／解説（希臘悲劇の発生）
＊大正十一年十一月一日三版発行

銭屋五兵衛　中村吉蔵著
大正十一年十一月十八日発行　改造社　四六判　クロス装　二五九頁　一円五〇銭
§まへがき／銭屋五兵衛父子（四幕五場）／白隠和尚（一幕）／小山田庄左衛門（二幕四場）

希臘劇・沙翁劇・近代劇〈早稲田文学パンフレット〉　中村吉蔵著
大正十三年一月五日発行　春秋社　四六判　紙装　一二九頁　六〇銭
§序／一、希臘悲劇の発生／一、沙翁劇演出の変遷／一、近代戯曲と社会改造運動／一、明治劇壇の変遷

聖書物語　中村吉蔵著
大正十三年十月十五日発行　春秋社　四六判　厚紙装　五〇五頁　予約　奥付著作者・神田豊穂
§序（編者）／旧約物語／新約物語

現代戯曲全集第四巻　中村吉蔵著
大正十四年三月五日発行　国民図書　菊判　クロス装　箱入　六七七頁　非売品
§著者写真／剃刀／飯／帽子ピン／肉店／地震／白隠和尚／井伊大老の死／大塩平八郎／小伝／上演及び著作年表／跋

銭屋五兵衛父子〈現代名脚本選集第2編〉　中村吉蔵著
大正十四年三月二十五日発行　春秋社　菊半截判　クロス装　箱入　三二一頁　一円五〇銭
§銭屋五兵衛父子（四幕五場）／牛と闘ふ男（一幕）／原始時代（一幕）／喜劇バラックの蔭（一幕）／喜劇終点（一幕）／無籍者（一幕）

戯曲作法　中村吉蔵著
大正十四年四月十五日発行　金星堂　菊半截判　厚紙装　二二

二頁　一円

§読者のために（著者の自序）／上編（一、緒論―戯曲とは何ぞや？／二、戯曲の本質と其特徴／三、作劇術の意義と目的／四、観客の要求と劇作家／五、作劇の用意、主題の撰定／六、戯曲の構図、脚色と場面の決定／七、性格と其対立、戯曲的会話／八、動作の発端／九、動作の発展／十、動作のクライマックス／十一、動作のキヤタストロフイー）／下編（十二、一幕物の技巧と其特徴／十三、開幕と幕切れ、登場と退場、舞台の雰囲気／十四、現実的場面と夢幻的場面其他／十五、ユーモア、笑ひ、激情、戦慄の創造／十六、表現派劇の手法と映画劇的手法／十七、演劇の術語と劇場用語の一班／十八、劇場の慣習と脚本の契約、協定問題／十九、劇場設備、俳優とマネージャー／二十、小劇場、大劇場、野外劇、児童劇等／二十一、劇作家と社会問題及び両性問題／二十二、明日の演劇藝術への出発点）

演劇概論脚本作法〈文藝及思想講習叢書〉　小山内薫・中村吉蔵著

大正十四年四月二十日発行　松陽堂　四六判　紙装　九八頁　五〇頁

§文章及文藝思想講習叢書の発刊に就て（校訂者識）／演劇概論（小山内薫講述）／脚本作法講話（中村吉蔵講述）

道化役者　中村吉蔵著

大正十五年七月八日発行　アルス　四六判　クロス装　箱入　四一四頁　二円五〇銭　装幀・恩地孝四郎

§はしがき／道化役者（三幕）／島のアダム（一幕）／三人（一幕）／象使ひ（一幕）／火（一幕）／地下室（一幕）／税（一幕）／与論（一幕）／華族の子と百姓の子（一幕）／つみ木（一幕）／上演及著作年表

THE DEATH OF II TAIRO　中村吉蔵著　城谷黙訳

昭和二年七月五日発行　ジヤパン・タイムス社出版部　四六判　布装　二七八頁　二円五〇銭

§INTRODUCTION/AUTHOR'S PREFACE TO ENGLISH TRANSLATION/CHARACTERS/THE DEATH OF II TAIRO

獅子に喰はれる女　中村吉蔵著

昭和三年十月五日発行　春陽堂　四六判　厚紙装　箱入　三六九頁　一円八〇銭

§星亨／予言者日蓮／檻の中／支那の女王／獅子に喰はれる女

中村吉蔵戯曲集　中村吉蔵著

昭和三年十月五日発行　春陽堂　四六判　厚紙装　箱入　三六九頁　二円三〇銭

§星亨／予言者日蓮／檻の中／支那の女王／獅子に喰はれる女

予言者日蓮　中村吉蔵著

昭和五年五月二十三日発行　近代社　四六判　厚紙装　三一六頁　一円五〇銭

§序／道元と時頼／予言者日蓮／道元禅師／弘法大師伝

明治畸人伝〈雄文閣藝術叢書第3輯〉　中村吉蔵著

昭和七年四月二十日発行　雄文閣　四六判　布装　箱入　四八三頁　一円五〇銭　挿画・装幀・木村荘八

§大津事件（十三場）／田中正造（十一場）／明治畸人伝（九場）

希臘劇研究　中村吉蔵著

昭和十一年九月十五日発行　文学研究会　菊判　紙装　一八九

頁　非売品　五〇部発行
§希臘劇研究

学藝随筆 演劇独語〈学藝随筆第7巻〉　中村吉蔵著
昭和十二年六月十七日発行　東宛書房　四六判　布装　箱入
三八七頁　改正定価二円　題簽・尾上柴舟　装幀・佐々木孔
§序／（A）小論集（歌舞伎劇の存亡／壬生狂言概観／秩父神楽に就いて／喜劇小論／喜劇と笑劇の畏限／チエホフ劇の一考察／イブセンの現代的意義／ヘンリック、イブセン）／（B）記録編（藝術座の幕の閉るまで／孤独の人、抱月氏／日本最初の女優／藝術座の記録／沢田正二郎評伝／鷗外氏の故郷から／北欧劇と鷗外／坪内先生の追憶／演劇革命新者としての坪内博士）／（C）時評編（新劇の現実と理想／新劇並に新劇団の左翼化傾向の批判／劇壇の動揺と過渡期的現象／現在劇壇の新動向／煽動劇と諷刺劇／演劇・映画雑感／「卓越個人」）

伊藤博文　中村吉蔵著
昭和十七年七月八日発行　大日本雄弁会講談社　B6判　紙装
カバー　三一一頁　二円七銭　装幀・池上秀畝
§序（永田衡吉）／序詞／第一章　家系及び幼・青年時代／第二章　錬成時代／第三章壊夷論から開国主義へ／第四章　王政復古・明治政府／第五章　征韓論／第六章　憲法制定・国会開設／第七章　日清戦役前後／第八章　日露戦役と韓国統監時代／終章　死の旅―人間伊藤博文
＊昭和十九年九月二十日三版発行

日本戯曲技巧論　中村吉蔵著
昭和十七年七月十五日発行　中央公論社　菊判　布装　箱入
八四〇頁　八円　題簽・佐々木泰雨
§第一章　序説／第二章　戯曲形態論／第三章　戯曲構成論／第四章　劇的局面論／第五章　劇的性格論／第六章　措辞論／第七章　日本戯曲の特殊性とその将来性／第八章　結論

現代演劇論〈早稲田演劇協会演劇叢書〉　中村吉蔵著
昭和十七年十一月二十日発行　豊国社　B6判　紙装　四五二頁　二円五〇銭　題簽・永井柳太郎
§序文（一流の文章〈河竹繁俊〉／第三演劇への企画図〈楠山正雄〉／中村先生の思出〈川村花菱〉）／（一）明治時代編（新らしき日本の劇壇に／宗教家の劇場改革論／戯曲と意志の争闘／西洋の芝居と寄席／新しき脚本と作家と批評家に／西洋劇場の印象）／（二）大正時代編（劇壇の傾向を見て国民劇の成立を促す／女優としての技量／劇界の新人と新機運／大正九年度劇壇の回顧／東京の民衆娯楽機関／観劇同盟と民衆劇場／現代の劇壇／劇場組織の問題／イプセン劇「鴨」を観て／近代劇に現はれたる婦人の種々相／地方文化と民衆娯楽の問題／作劇雑感／シエークスピア／所謂「世話物」観／藝術座勃興当時の真相）／（三）昭和時代編（大正期の新劇運動及び新劇／処女上演の追憶／昭和三年戯曲界の一年／沢田正二郎君の死／演劇と進化／メロドラマの再認／今日の劇作家／演劇を卑俗化より救へ／中劇場・大劇場／新時代の劇への暗示／大衆劇と藝術劇／昭和八年劇界小観／昭和九年劇壇年頭の辞／昭和九年劇界小観／坪内先生の追憶／劇界を観て／昭和十年劇界小観／昭和十一年劇界小観／国立劇場問題／昭和十二年劇界小観／浄瑠璃文学と尊皇観／昭和十三年劇界小観／昭和十四年劇界小観／忠臣蔵漫言／演劇とその将来／昭和十五年劇界小観／紀元二千六百年の劇界／現代演劇の基調／新体制と演劇政策／史劇と新作

と俳優／偉人の劇化／国民劇の方法論について）／中村吉蔵略歴／主要作品初演年表／後書き

戯曲伊藤・東郷・頭山　中村吉蔵著
昭和十八年八月十五日発行　鶴書房　B6判　厚紙装　カバー
四〇五頁　三円一〇銭　装幀・畠野圭右
§口絵写真／序（安保清種）／伊藤博文と李鴻章（一幕三場）／頭山満翁伝（五幕七場）／東郷平八郎（三幕九場）／中村吉蔵博士の生涯とその戯曲（納富康之）／あとがき（納富康之）／著作戯曲及び上演年表

小林天眠《こばやしてんみん》

明治十年（一八七七）七月二十七日～昭和三十一年（一九五六）九月十六日。

四十とせ前　小林政治著
昭和十四年九月六日発行　小林政治　四六判　厚紙装　箱入
二六二頁　非売品
§はしがき／宮島曲／二枚笈摺／蛇袴／おく霜／あだまくら／涙川／狭霧／迷ひ路／姫路染／難破船／落花流水／宵月夜／附その頃を語る　一、「丁稚修業」の頃／二、「文学少年」の頃／三、その頃の私の作品／四、「よしあし草」と「関西文学」／五、出版会社「天佑社」の事ども

故中村吉蔵博士追悼集　小林政治編纂兼発行者
昭和十七年五月一日発行　小林政治　A5判　紙装　七〇頁
非売品
§弔辞（田中穂積）／口絵写真／はしがき（小林政治）／追憶三編（日高只一）／戯曲作家としての中村さん他三編（河竹繁俊）／小説家としての中村吉蔵氏（本間久雄）／大阪時代の中村博士（高須芳次郎）／大阪時代の中村吉蔵君（西村真次）／完成された青年（秋田雨雀）／中村先生（永田衡吉）／中村先生を偲びて（仲木貞一）／頭山翁劇化の詩など（俵藤丈夫）／親友中村吉蔵君と私他一編（小林政治）／余録

毛布五十年　小林政治著
昭和十九年六月五日発行　小林産業　四六判　布装　カバー
四九五頁　非売品　見返し(表)・河井酔茗　見返し(裏)・伊良

子清白
§序（高田保馬）／毛布五十年／毛埃　古井戸を覗く／播州の役者村に就て／小郎寺丹女の墳墓／丁稚の修業／病弱より健康へ／『四十とせ前』と『よしあし草』／合作小説「雲がくれ」に就て／剋山人を憶ふ／『此君庵選集』序／鯛の活き作り／小泉氏の新詩社研究／与謝野寛氏起草の公安書／飛泉氏の思ひ出／故与謝野寛氏を憶ふ／歌帖「泉の壺」／冬相院、白桜院、追悼座談会／泉祐三郎の今様能楽／松井須磨子／中村吉蔵博士の事／廟行鎮記念の花筒／出征将士の慰問／或る幸福／喪章をつけた男／『四十とせ前』後記　『四十とせ前』上梓記念会の記／寸感抄／書翰抄／批評抄／追記　母の施筆／生みの親！育ての親！／跋　山川智応／高須芳次郎／河井酔茗／溝口駒造

浦西和彦（うらにし・かずひこ）

1941年９月、大阪市生まれ。1964年３月、関西大学卒業。現在、関西大学文学部教授。
著書『日本プロレタリア文学の研究』（1985年５月、桜楓社）、『日本プロレタリア文学書目』（1986年３月、日外アソシエーツ）、『開高健書誌』（1990年10月、和泉書院）、『葉山嘉樹』（1994年１月、明治書院）、『田辺聖子書誌』（1995年11月、和泉書院）、『現代文学研究の枝折』（2001年12月、和泉書院）、『河野多恵子文藝事典・書誌』（2003年３月、和泉書院）
現住所、〒639－0202 奈良県北葛城郡上牧町桜ケ丘１－６－10
E-mail：uranishi@ipcku.kansai-u.ac.jp
URL：http://www2.ipcku.kansai-u.ac.jp./~uranishi/zemi/

大阪近代文学作品事典
和泉事典シリーズ 18

二〇〇六年八月三一日　初版第一刷発行

編者　浦西和彦
発行者　廣橋研三
発行所　和泉書院
〒543-0002 大阪市天王寺区上汐五―三―八
電話　〇六-六七七一-一四六七
振替　〇〇九七〇-八-一五〇四三

印刷　亜細亜印刷／製本　渋谷文泉閣
装訂　上野かおる／定価はカバーに表示

ISBN4-7576-0372-X　C1590